清長沙王氏本詩三家義集疏

第一册

清 王先謙撰

中國國家圖書館藏民國四年長沙王氏虛受堂刻本

山東人民出版社·濟南

圖書在版編目（CIP）數據

清長沙王氏本詩三家義集疏 /（清）王先謙撰 .— 濟南：山東人民出版社，2024.3
（儒典）
ISBN 978-7-209-14281-6

Ⅰ.①清… Ⅱ.①王… Ⅲ.①《詩經》- 詩歌研究 Ⅳ.①I207.222

中國國家版本館 CIP 數據核字（2024）第 039057 號

項目統籌：胡長青
責任編輯：劉一星
裝幀設計：武　斌
項目完成：文化藝術編輯室

清長沙王氏本詩三家義集疏
〔清〕王先謙撰

主管單位　山東出版傳媒股份有限公司
出版發行　山東人民出版社
出 版 人　胡長青
社　　址　濟南市市中區舜耕路517號
郵　　編　250003
電　　話　總編室（0531）82098914
　　　　　市場部（0531）82098027
網　　址　http://www.sd-book.com.cn
印　　裝　山東華立印務有限公司
經　　銷　新華書店

規　　格　16開（160mm×240mm）
印　　張　98
字　　數　784千字
版　　次　2024年3月第1版
印　　次　2024年3月第1次
ISBN　978-7-209-14281-6
定　　價　234.00圓（全五册）

《儒典》選刊工作團隊

學術顧問　杜澤遜　李振聚　徐　泳

項目統籌　胡長青

責任編輯　劉　晨　劉嬌嬌　張艷艷
　　　　　呂士遠　趙　菲　劉一星

前言

中國是一個文明古國、文化大國，中華文化源遠流長，博大精深。在中國歷史上影響較大的是孔子創立的儒家思想，因此整理儒家經典、注解儒家經典，爲儒家經典的現代化闡釋提供权威、典范、精粹的典籍文本，是推進中華優秀傳統文化創造性轉化、創新性發展的奠基性工作和重要任務。

中國經學史是中國學術史的核心，歷史上創造的文本方面和經解方面的輝煌成果，大量失傳了。西漢是經學的第一個興盛期，除了當時非主流的《詩經》毛傳以外，其他經師的注釋後來全部失傳了。東漢的經解祇有鄭玄、何休等少數人的著作留存下來，其餘也大都失傳了。南北朝至隋朝興盛的義疏之學，其成果僅有皇侃《論語疏》幸存於日本。五代時期精心校刻的《九經》、北宋時期國子監重刻的《九經》以及校刻的單疏本，也全部失傳。南宋國子監刻的單疏本，我國僅存《周易正義》、《爾雅疏》、《春秋公羊疏》（三十卷殘存七卷）、《春秋穀梁疏》（十二卷殘存七卷），日本保存了《尚書正義》、《毛詩正義》、《禮記正義》（七十卷殘存八卷）、《周禮疏》（日本傳抄本）、《春秋公羊疏》（日本傳抄本）、《春秋正義》（日本傳抄本）。南宋兩浙東路茶鹽司刻八行本，我國保存下來的有《周禮疏》、《禮記正義》、《春秋左傳正義》（紹興府刻）、《論語注疏解經》（二十卷殘存十卷）、《孟子注疏解經》（存臺北「故宫」），日本保存有《周易注疏》《尚書正義》（凡兩部，其中一部被清楊守敬購歸）。南宋福建刻十行本，我國僅存《春秋穀梁注疏》、《春秋左傳注疏》（六十卷，一半在大陸，一半在臺灣），日本保存有《毛詩注疏》《春秋左傳注疏》。從這些情况可以看出，經書代表性的早期注釋和早期版本國内失傳嚴重，有的僅保存在東鄰日本。

鑒於這樣的現實，一百多年來我國學術界、出版界努力搜集影印了多種珍貴版本，但是在系統性、全面性和準確性方面都還存在一定的差距。例如唐代開成石經共十二部經典，石碑在明代嘉靖年間地震中受到損害，明代萬曆初年西安府學等學校師生曾把損失的文字補刻在另外的小石上，立於唐碑之旁。近年影印出版唐石經拓本多次，都是以唐代石刻與明代補刻割裂配補的裱本爲底本。由於明代補刻采用的是唐碑的字形，這種配補本難以區分唐刻與明代補刻，不便使用，亟需單獨影印唐碑拓本。

爲把幸存於世的、具有代表性的早期經解成果以及早期經典文本收集起來，系統地影印出版，我們規劃了《儒典》編纂出版項目。

《儒典》出版後受到文化學術界廣泛關注和好評，爲了滿足廣大讀者的需求，現陸續出版平裝單行本。共收録一百十一種元典，共計三百九十七册，收録底本大體可分爲八個系列：經注本（以開成石經、宋刊本爲主。開成石經僅有經文，無注，但它是用經注本删去注文形成的）、經注附釋文本、纂圖互注本、單疏本、八行本、十行本、宋元人經注系列、明清人經注系列。

《儒典》是王志民、杜澤遜先生主編的。本次出版單行本，特請杜澤遜、李振聚、徐泳先生幫助酌定選目。特此説明。

二〇二四年二月二十八日

目録

第一册

第二册

第三册

第四册

第五册

詩三家義集疏

乙卯仲夏

虛受堂刊

南書房壬戌年二月初十日欽奉
諭旨已故前內閣學士銜降調國子監
祭酒王先謙所著詩三家義集疏發
交南書房閱看茲據奏稱該書計二
十八卷網羅散佚獨具苦心折衷異
同義據精確洵屬有益詩學堪以留
備乙覽請旨一片王先謙著加恩開
復降調處分以示獎勸欽此

南書房覆奏稿

發下內閣學士銜降調國子監祭酒王先謙詩三家義集疏二十八卷臣等公同閱看伏查孟子說詩謂不以文害辭不以辭害志以意逆志是爲得之是詩至戰國已無塙解西漢之時齊魯韓三家並列學官蓋以去古未遠師承有自未容偏廢也毛傳既出鄭康成爲之作箋三家之傳遂微其散見於各家所徵引者吉光片羽搜采爲難學者憾焉王先謙於千載後網羅散佚獨具苦心使西漢經師遺言奧旨萃於一編朗若列眉嘉惠來學實非淺鮮至其折衷異同義據精確尤爲有益詩學堪以留備

乙覽再查王先謙生平著述不下千卷光緒三十四年前撫臣

岑春蓂采進所著尙書孔傳參正三十六卷漢書補注一百卷荀子集解二十卷日本源流攷二十二卷奉
旨賞給內閣學士銜嗣因飢民滋事案內被已革湖廣督臣瑞澂誤劾鐫級士林寃之辛亥以後遁迹窮鄉不問世事今
其身故已久可否
加恩開復降調處分以示奬勸之處出自
聖裁臣等未敢擅便謹　奏

陳君進呈稿

爲恭進業師遺箸呈請代　奏仰祈　聖鑒事竊臣業師在籍已故　特賞内閣學士銜前國子監祭酒王先謙由翰林院編修光緒初累官至祭酒歷充庚午雲南乙亥江西丙子浙江鄉試正副考官甲戌庚辰會試同考官江蘇學政任滿假歸修墓因病陳請開缺其在史館編成東華錄六百三十卷使薄海内外仰見　列聖謨烈承顯彌昭督學江蘇奏刊皇清續經解一千四百三十卷南菁書院叢書一百四十四卷尤能昌明經術俾宏儒效歸里以後歷主城南嶽麓書院務以經典導迪造成純懿之材迨學堂初開則又力挽澆漓講明正學既設師範館以研究敎旨復設簡易小學十餘處以養正童

蒙裨益學風良非淺鮮三十二年升任湖北按察使梁鼎芬以
該祭酒覃思經術忠愛敢言著書滿家士林模楷稱爲一代大
師奏請擢用三十三年故大學士升任湖廣督臣張之洞會同
前湖南撫臣岑春蓂亦以該祭酒學術純正博通古今衞道憂
時士林宗仰咨由學部奏派充湖南學務公所議長復經張之
洞稱其純正博通當今山斗函聘爲存古學堂總教三十四年
禮部奏纂禮書聘爲禮學館顧問各在案是年撫臣岑春蓂采
進該祭酒所著尚書孔傳參正三十六卷漢書補注一百卷荀
子集解二十卷日本源流攷二十二卷六月初三日奉
上諭前國子監祭酒王先謙所著各書洵屬學有家法精博淵
通淹貫古今周知中外著加恩賞給内閣學士銜用示嘉奬宿

儒之至意欽此是該祭酒學術純正早在　先皇睿鑒之
中宣統二年因飢民滋事案內被已革湖廣督臣瑞澂誤劾鐫
級當時究之辛亥以來遯居窮鄉絕迹城市流離顛沛不忘
朝廷憂憤既深以九年十一月二十六日在鄉病故所著書籍
除岑春蓂采進四種外尚有詩三家義集疏二十八卷釋名疏
證補八卷後漢書集解百二十卷新舊唐書合注二百五十卷
元史拾補十卷合校水經注四十卷外國通鑑三十三卷五洲
地理志略三十六卷莊子集解八卷校正鹽鐵論十卷世說新
語八卷虛受堂文集十五卷詩集十九卷續古文辭類纂三十
四卷駢文類纂四十四卷律賦類纂十四卷而詩三家義集疏
一種尤爲有益聖經三家在西漢本皆立於學官非毛傳所得

比肩自鄭康成爲毛作箋三家遂佚該祭酒於千載後網羅殘
缺折衷異同使西漢遺經還爲完籍重以義據精塙家法犂然
其功視孔氏正義殆不多讓合之曩進尚書孔傳參正及荀子
集解二種撰諸　國朝史例實屬有光儒林臣查漢書儒林傳
諸傳經博士莫不稱述師說貢之於朝臣自愧學無所成不足
揚扢　皇風惟該祭酒係臣業師既承授以遺經未忍斯文
之墜兹特將所著詩三家義集疏裝潢成帙恭呈　乙覽冈
爲表章師儒起見似於　典學之暇亦不無裨助於萬一所
有恭進業師遺著緣由理合呈請代　奏仰祈　皇上聖鑒
訓示謹呈

詩三家義集疏序例

經學昌於漢亦晦於漢自伏壁書殘其後僞孔從而亂之詩則魯齊韓三家立學官獨毛以古文鳴獻王以其爲河間博士也頗左右之劉子駿名好古文嘗欲兼立毛詩然其移太常書僅左氏春秋古文尚書逸禮三事而已東漢之季古文大興康成兼通今古爲毛作箋遂以翼毛而淩三家蓋毛之詁訓非無可取而當大同之世敢立異說疑誤後來自謂子夏所傳以掩其不合之迹而據爲獨得之奇故終漢世少尊信者魏晉以降鄭學盛行讀鄭箋者必通毛傳其初人以信三家者疑毛繼則以宗鄭者暱毛終且以從毛者屏三家而三家亡矣衆煦漂山聚蟁成雷乃至學問之途亦與人事一轍君子觀於古今盛衰興

亡之故可不爲長太息哉有宋才諝之士以詩義之多未安也咸出己見以求通於傳箋之外而好古者復就三家遺文異義爲之玫輯近二百數十年來儒碩踵事捜求有斐然之觀顧散而無紀學者病焉余研覈全經參匯衆說於三家舊義采而集之竊附己意爲之通貫近世治傳箋之學者亦加擇取期於破除墨守暢通經恉毛鄭二注仍列經下俾讀者無所觖望焉書成名之曰集疏自愧用力少而取人者多也癸丑冬平江旅次

詩有美有刺而刺詩各自爲體有直言以刺者有微詞以諷者亦有全篇皆美而實刺者美一也時與事不倫則知其爲刺矣自毛出亂經不復可辨然即以毛論楚茨以下諸篇毛以爲刺幽王者篇中皆無刺義雖與三家合否不可究知然其體固存

也今並列以明之如關雎魯說畢公刺康王也齊韓說刺也騶虞魯說歎傷之詞也羔裘毛序刺朝也女曰雞鳴毛序刺不說德也鳲鳩毛序刺不壹也鹿鳴魯說刺也魚麗齊說思初也楚茨毛序刺幽王也信南山毛序刺幽王也甫田毛序刺幽王也瞻彼洛矣毛序刺幽王也裳裳者華毛序刺幽王也桑扈毛序刺幽王也鴛鴦毛序刺幽王也魚藻毛序刺幽王也采菽毛序刺幽王也瓠葉毛序大夫刺幽王也此皆同體關雎之爲刺三家詩說並同琴操騶虞鹿鳴諸篇亦與衆說相應無一家獨自立異者雖舊文散落大致尚堪尋繹而毛於關雎騶虞別刱新說又以騶虞配麟趾爲鵲巢之應私意牽合一任自爲其居心實爲妄繆宜劉子駿不敢以之責太常也

南陔孝子相戒以養也白華孝子之絜白也華黍時和歲豐宜黍稷也有其義而亡其辭毛詩列魚麗之後箋云此三篇者鄉

飲酒燕禮用焉曰笙入立于縣中奏南陔白華華黍是也孔子論詩雅頌各得其所時俱在耳篇第當在於此遭戰國及秦之世而亡之其義則與衆篇之義合編故存至毛公爲詁訓傳乃分衆篇之義各置於其篇端又闕其亡者以見在爲數故推解什首遂通耳而下非孔子之舊　由庚萬物得由其道也崇丘萬物得極其高大也由儀萬物之生各得其宜也有其義而亡其辭毛詩列南山有臺之後箋云此三篇者鄉飲酒燕禮亦用焉曰乃間歌魚麗笙由庚歌南有嘉魚笙崇丘歌南山有臺笙由儀亦遭世亂而亡之燕禮又有升歌鹿鳴下管新宮新宮亦詩篇名也辭義皆亡無以知其篇第之處　宋洪邁容齋續筆云南陔白華華黍由庚崇丘由儀六詩毛公爲詩詁訓傳各置

其詩逸其義而亡其辭鄉飲酒燕禮云笙入堂下磬南北面立
樂奏南陔白華華黍乃間歌魚麗笙由庚歌南有嘉魚笙崇丘
歌南山有臺笙由儀乃合樂周南關雎葛覃卷耳召南鵲巢采
蘋采蘩切詳文意所謂歌者有其辭所以可歌如魚麗嘉魚關
雎以下是也亡其辭者不可歌故以笙吹之南陔至於由儀是
也有其義者謂孝子相戒以養萬物得由其道之義亡其辭者
元未嘗有辭也鄭康成始以爲及秦之世而亡之又引燕禮升
歌鹿鳴下管新宮爲比謂新宮之詩亦亡案左傳宋公享叔孫
昭子賦新宮杜注爲逸詩則亦有辭非諸篇比也陸德明音義
云此六篇蓋武王之詩周公制禮用爲樂章吹笙以播其曲孔
子刪訂在三百一十一篇內及秦而亡乃祖鄭說耳且古詩逸

不存者多矣何獨列此六名於大序中乎束晳補亡六篇不作可也左傳叔孫豹如晉晉侯享之金奏肆夏韶夏納夏工歌文王大明緜鹿鳴四牡皇皇者華三夏者樂曲名擊鐘而奏亦以樂曲無辭故以金奏之若六詩則工歌之矣尤可證也皮錫瑞詩經通論云漢初馬遷王式諸人皆云詩三百五篇無有云三百十一篇者是不數六笙詩甚明毛傳不以六笙詩列什數序云有其義而亡其辭亡字當讀有無之無鄭君以爲亡逸之亡自鄭爲此說陸德明孔穎達成伯璵諸人皆以爲詩三百十一篇與漢初人云三百五篇不合矣杜子春周禮鍾師注引春秋傳金奏肆夏之三云肆夏與文王鹿鳴俱稱三謂其三章也以此知肆夏詩也呂叔玉云肆夏繁遏渠皆周頌也肆夏時邁也

繁遏執競也渠思文也肆遏也夏大也謂遂於大位謂王位也

故時邁曰肆于時夏允王保之繁多也遏止也言福祿止於周

之多也故執競曰降福穰穰降福簡簡福祿來反渠大也言以

后稷配天王道之大也故思文曰思文后稷克配彼天鄭謂以

文王鹿鳴言之則九夏皆詩篇名頌之族類也此歌之大者載

在樂章樂崩亦從而亡是以頌不能具案吕說蓋以時邁思文

皆有時夏之文而執競一篇在其間故據以當三夏其說近傅

會鄭說是也特以爲頌之族類樂崩亦從而亡則猶未知金奏

與工歌不同本不在三百五篇中也愚案洪皮二說皆是詩之

緣起先有辭而後有聲古詩無不入樂故有歌以宣之卽有聲

以播之未有有其聲而無其辭者也惟聲既入譜卽各自爲書

不復與本詩相涉漢藝文志有河南周歌詩七篇別有河南周歌詩聲曲折七篇有周謠歌詩七十五篇別有周謠歌詩聲曲折七十五篇是詩自爲詩聲自爲聲不相參雜之證宋書樂志云詩章詞異興廢隨時至其韻逗曲折皆繫於舊又詩廢而聲不同廢之證南陔以下六詩之亡逸不知何時要決不在三百五篇之內僅有儀禮古學尚存笙詩之名此卽當時詩廢而聲未廢故止能笙而不能歌也毛欲藉此以標異於今文之學序又成於其手撰爲詩義羼入三百五篇之中然尚不敢大破籬籓竟改什數此其心迹之可窺見者也自鄭君信之遂併爲一談牢不可破矣

史記稱韓生推詩人之意爲內外傳數萬言頗與齊魯閒殊然

其歸一也所謂其歸一者謂三家詩言大指不相悖耳毛詩則詭名子夏而傳授茫昧姓名參錯其大恉與三家歧異者凡數十卽與古書不合者亦多徒以古文之故爲鄭偏好諸家旣廢苟欲讀詩舍毛無從撫今者溯往事而不平望古者覩遺文而長歎是以窮經之士討論三家遺說者不一其人而侯官陳氏最爲詳洽甄錄弁言藉明梗概其文其義散具篇章

陳喬樅魯詩遺說攷序云漢書藝文志詩經二十八卷魯齊韓三家魯故二十五卷魯說二十八卷楚元王傳云元王少時嘗與魯穆生白生申公俱受詩於浮邱伯文帝時聞申公爲詩最精以爲博士申公始爲詩傳號魯詩然則志載魯故魯說葢卽申公所爲之詩傳矣史記儒林傳言漢高祖過魯申公以弟子

從師入謁於魯南宮又言申公以詩教授弟子自遠方至受業者千餘人是三家之學魯最先出其傳亦最廣有張唐褚氏之學又有韋氏學許氏學皆家世傳業守其師法終漢之世三家並立學官而魯學爲極盛焉魏晉改代屢經兵燹學官失業齊詩既亡魯詩不過江東其學遂以寖微然而馬班范三史所載漢百家著述所稱亦未嘗無緒論之存足資攷證佚文采摭異義失在學者因陋就簡不能修學好古實事求是耳宋王厚甫詩攷據儀禮士昏禮鄭注引魯詩說公羊傳何注引魯詩傳及漢書文三王傳杜欽谷永傳注續漢書輿服志注後漢書班固傳注所引魯訓魯傳采爲魯詩疏漏尚多其石經魯詩殘碑惟取與毛異者餘皆棄而不錄顧魯詩今不傳止此殘碑雖文與

毛同亦當備載俾得據以考證不宜取此棄彼也案魯詩授受源流漢書可攷申公受詩於浮邱伯伯乃荀卿門人也劉向校錄孫卿書亦云浮邱伯受業於孫卿爲名儒是申公之學出自荀子荀子書中說詩者大都爲魯說所本今綴之列於魯詩原其所自始也孔安國從申公受詩爲博士至臨淮太守見史記儒林傳太史公從孔安國問業所習當爲魯詩觀其傳儒林首列申公敘申公弟子首數孔安國此太史公尊其師傳故特先之劉向父子世習魯詩攷楚元王傳言元王好詩諸子皆讀詩王子郢客與申公俱卒學申公爲詩傳元王亦次之詩傳號元王詩向爲元王子休侯富曾孫漢人傳經最重家學知向世修其業說苑新序列女傳諸書其所稱述出魯詩無疑矣後漢建

初四年下太常將大夫博士議郎郎中及諸生諸儒會白虎觀講議五經同異使五官中郎將魏應承制問侍中淳于恭奏帝親制臨決如孝宣石渠故事作白虎議奏今於白虎通引詩皆定爲魯說以當時會議諸儒如魯恭魏應皆習魯詩而承制專掌問難又出於魏應也爾雅亦魯詩之學漢儒謂爾雅爲叔孫通所傳叔孫通魯人也臧鏞堂拜經日記以爾雅所釋詩字訓義皆爲魯詩允而有徵郭璞不見魯詩其注爾雅多襲漢人舊義若犍爲舍人劉歆樊光李巡諸家注解徵引詩經皆魯家今文往往與毛殊郭璞沿用其語如釋故陽予也注引魯詩陽如之何釋草蘦蓳注引詩山有蘦文與石經魯詩同尤其確證熹平石經以魯詩爲主間有齊韓字葢敘二家異同之說此蔡邕

楊賜奉詔同定者也若夫張衡東京賦攷奢卽儉制美斯干之語與劉向傳說詩義合王逸楚詞注鷙鳥萃棘負子肆情之解與列女傳歌詩事同至如佩玉晏鳴關雎歎之臣瓚謂事見魯詩而王充論衡楊雄法言亦並以關雎爲康王之時仁義陵遲鹿鳴刺焉史遷蓋語本魯說而王符潛夫論高誘淮南注亦均以鹿鳴爲刺上之作互證而參觀之夫固可以攷見家法矣

又齊詩遺說攷序云漢書藝文志載詩經齊家二十八卷齊后氏故二十卷孫氏故二十七卷齊后氏傳三十九卷孫氏傳二十卷齊雜記十八卷隋書經籍志云齊詩魏已亡是三家詩之失傳齊爲最早魏晉以來學者尠有肄業及之者矣宋王厚甫所撰詩攷其於齊詩僅據漢書地理志及匡衡蕭望之傳與後

漢書佚湛傳中語錄入數事寥寥寡證間摭晁說之董彥遠說往往持論不根難以徵信近世余蕭客范家相盧文弨王謨馮登府諸君皆續有采輯然擇焉不精語焉不詳於齊詩專家之學究未能尋其端緒也竊攷漢時經師以齊魯爲兩大宗文景之際言詩者魯有申培公齊有轅固生春秋論語亦皆有齊魯之學其大較也漢儒治經最重家法學官所立經生遞傳專門命氏咸自名家三百餘年雖詩分爲四春秋分爲五文字或異訓義固殊要皆各守師法持之弗失寧固而不肯少變斯亦古人之質厚賢於季俗之逐波而靡也喬樅比補緝齊詩佚文佚義於經徵之儀禮大小戴禮記於史徵之班固漢書荀悅漢紀於諸子百家徵之董仲舒春秋繁露焦贛易林桓寬鹽鐵論荀

悦由鑒諸書皆確有證據不逞私臆之見不爲附會之語斬於實事求是而已夫轅生以治詩爲博士諸齊以詩貴顯者皆固之弟子而昌邑太傅夏侯始昌最明始昌通五經后蒼事始昌亦通詩禮爲博士訖孝宣世禮學后蒼最明戴德戴聖慶普皆其弟子三家立於學官詩禮師傳旣同出自后氏則儀禮及二戴禮記中所引佚詩皆當爲齊詩之文矣鄭君本治小戴禮注禮在箋詩之前未得毛傳禮家師說均用齊詩鄭君據以爲解知其所述多本齊詩之義故鄭志答炅模云坊記注以燕燕爲夫人定姜之詩先師亦然先師者謂禮家師說也齊詩有翼匡師伏之學班固之從祖伯少受詩於師丹誦說有法故彪固世傳家學漢書地理志引子之營兮及自杜沮漆並據齊詩之文

又云陳俗巫鬼晉俗儉陋其語亦與匡衡說詩合是其驗已荀悅叔父爽師事陳實實子紀傳齊詩見陸德明經典釋文後漢書言荀爽嘗著詩傳爽之詩學太邱所授其爲齊學明矣轅固生作詩內外傳荀悅特著於漢紀尤足證荀氏家學皆治齊詩故言之獨詳耳至如公羊氏本齊學治公羊春秋者其於詩皆稱齊猶之穀梁氏爲魯學治穀梁春秋者其於詩亦稱魯也董仲舒通五經治公羊春秋與齊人胡母生同業則習齊可知易有孟京卦氣之候詩有翼奉五際之要尙書有夏侯洪範之說春秋有公羊災異之條皆明於象數善推禍福以著天人之應淵源所自同一師承確然無疑孟喜從田王孫受易得易家候陰陽災異書喜卽東海孟卿子焦延壽所從問易者是亦齊學

也故焦氏易林皆主齊詩說豈僅甲戊己庚達性任情之語與翼氏齊詩言五性六情合亥午相錯敗亂緒業之辭與詩氾厤樞言午亥之際爲革命合己哉若夫桓寬鹽鐵論以周南之罝兎爲刺義與魯韓毛迥異以邶風之鳴雁爲稚文與魯韓毛並殊又其顯然易見者耳夫以二千餘年湮沒無傳之絕學墜緒茫茫苟能獲其單詞隻義已不啻吉光片羽良可寶貴況乎沿流溯源尚有涯涘之可尋雖未足以盡梗概而其佚時時見於他說者猶存什一於千百抑不可謂非幸也

又韓詩遺說攷序云自魏晉攺代毛鄭詩行而三家之學始微韓詩雖最後亡持其業者葢寡惟杜瓊著韓詩章句十餘萬言見於蜀志張紘從濮陽闓受韓詩見於吳書崔季珪少讀韓詩

就鄭氏學見於魏志晉大康中何隨治韓詩研精文緯見於華陽國志外此不數覯焉夫去聖久遠學不厭博漢世褒顯儒術建立五經爲置博士一經之學數家競爽凡別名家者皆增置博士各以家法教授所以扶進微學尊廣道藝也後之人因陋就簡安其所習毀所不見師法既失家學就湮豈非學士大夫之過與稽之漢書藝文志韓詩經二十八卷韓故三十六卷內傳四卷外傳六卷韓說四十一卷而隋書經籍志止載韓詩二十二卷薛氏章句唐書藝文志則載韓詩卜商序韓嬰注二十二卷又外傳十卷然觀唐人經義及類書所引韓詩要皆薛氏章句爲多至於內傳僅散見一二焉據後漢書儒林傳言薛漢世習韓詩父子以章句著名又言杜撫少受業於薛漢定韓詩

章句其所作詩題約義通學者傳之曰杜君注疑唐書藝文志所載當即此種故卷數與漢志不同雖題爲韓嬰注知非太傅之舊本葢韓故韓說二書其亡佚固已久矣他如趙長君詩細世雖不傳然韓詩譜二卷詩歷神淵一卷侯包韓詩翼要十卷具列隋志是其書猶未盡佚惜當時定五經正義專主毛詩鄭箋獨立國學韓詩雖在世所不用課士不取人無能明之者陸元朗經典釋文間采毛韓異同而罣漏尚多斯亦稽古者之大憾也宋元以後毛鄭詩亦復罕有專門而韓詩之傳遂絕其僅有存者外傳十篇而已說者因班志有取春秋采雜說咸非其本義之語遂訾其不合詩意不知董仲舒有言詩無達詁劉向亦言詩無通故讀詩之法亦貴善以意逆志耳太史公儒林傳

稱韓生推詩人之意而爲內外傳數萬言其語頗與齊魯閒殊然其歸一也夫詩三百篇中邇之事父遠之事君興觀羣怨之旨於斯焉備其主文而譎諫也言者無罪聞之者足以戒善惡美刺蓋不可不察焉孟子曰王者之迹熄而詩亡詩亡然後春秋作詩之與春秋固相與維持世道也子夏序詩言國史明乎得失之迹傷人倫之廢哀刑政之苛吟詠性情以諷其上達於事變而懷其舊俗者也今觀外傳之文記夫子之緒論與春秋雜說或引詩以證事或引事以明詩使爲法者章顯爲戒者著明雖非專於解經之作要其觸類引伸斷章取義皆有合於聖門商賜言詩之意也況夫微言大義往往而有上推天人性理明皆有仁義禮智順善之心下究萬物情狀多識於鳥獸草木

之名考風雅之正變知王道之興衰固天命性道之蘊而古今得失之林邪

鄭志荅趙商云凡賦詩者或造篇或誦古孔疏誦古指常棣也夫周公作常棣召穆公於厲王時重歌之而左傳富辰謂之作詩是誦古亦爲賦詩之明證也顧常棣今知爲周公作伐木則無知之者蓋伐木之詩因文王少未居位時藉端求賢與友生伐木山阪迨身爲國君山林之朋友已爲朝廷之故舊宴飲敘情事非周公不能知詩非周公不能作也詳具本詩年遠世衰賢人隱於伐木歌此詩以見志聞之者以爲其所作故云周衰作刺又謂伐木廢朋友之道缺也若非古說尚有流傳此義當塵霾千載鄭箋常棣云周公弔二叔之不咸而使兄弟之恩疏召公

爲作此詩而歌之以親之儻無左傳爲證則詩屬召公矣伐木
亦其比也故常棣伐木二詩爲誦古一體全經止此二篇因論
詩體並爲揭出

魏源詩古微云漢興詩始萌芽齊魯韓三家盛行毛最後出未
立博士葢自東京中葉以前博士弟子所誦習朝野羣儒所稱
引咸於是乎在與施孟梁邱之易歐陽夏侯之書公羊穀梁之
春秋並旁薄世宙者幾四百年未造而古文之學漸興力剏博
士今文之學然肅宗令賈逵撰齊魯韓毛異同六朝崔靈恩作
毛詩集注皆兼采三家使其書並傳切劘六義羽翼四始詎不
羣燎之燭長夜衆造之證疑獄也哉鄭康成氏少習韓詩晚歲
舍韓箋毛及鄭學大昌毛遂專行於世人情黨盛則抑衰孤學

易擯而難輔於是齊詩魏代即亡魯詩亡於西晉韓詩唐宋尚存新書藝文志崇文總目猶載其書御覽集韻多引其文而久亦亡於北宋物極必反情鬱思申於是攻毛議序者亦起於北宋不揣其本兩敗俱傷天之將喪斯文也夫何怪歟辯生於末學言止於甌臾要其矯誣三家者不過三端曰齊魯韓皆未見古序也毛詩與經傳諸子合而三家無證也毛序出子夏孟荀而三家無致也請一一破其疑起其墜以質百世案程大昌曰三家不見古序故無以總測篇意毛惟有古序以該括章旨故詁訓所及會全詩以歸一貫然攷新唐書藝文志韓詩二卷卜商序韓嬰注而水經注引韓詩周南敘曰其地在南郡南陽之間至諸家所引韓詩如關雎刺時也漢廣說人也汝墳辭家也

芣苢傷夫有惡疾也黍離伯封作也蝃蝀刺奔女也溱與洧說人也雞鳴讒人也夫栘燕兄弟也伐木文王敬故也鼓鐘刺昭王也賓之初筵衛武公飲酒悔過也抑衛武公刺王室以自戒也假樂美宣王之德也雲漢宣王遭亂仰天也雨無極正大夫刺幽王也四月歎征役也閟宫有侐公子奚斯作也那美襄公也皆與毛詩首語一例則韓詩有序明矣齊詩最殘缺而張揖魏人習齊詩其上林賦注曰伐檀刺賢者不遇明王也其爲齊詩之序明矣劉向楚元王孫世傳魯詩其列女傳以芣苢爲蔡人妻作汝墳爲周南大夫妻作行露爲召南申女作邶柏舟爲衛大夫作碩人爲莊姜傅母作燕燕爲定姜送婦作式微爲黎莊夫人及傅母作載馳爲許穆夫人作視毛序之空衍者尤鑿

鑿不誣且其息夫人傳曰君子故序之以編詩而向所自著書亦曰新序是魯詩有序明矣且三家遺說凡魯詩如此者韓必同之韓詩如此者魯必同之齊詩存什一於千百而魯韓必同之苟非同出一原安能重規疊矩三人占則從二人之言謂毛不見三家古序則有之三家烏用見毛序爲哉程氏其何說之詞王氏引之曰藝文志詩經二十八卷魯齊韓三家蓋以十五國風爲十五卷小雅七十四篇爲七卷大雅三十一篇爲三卷三頌爲三卷與毛傳同而志言毛詩經故二十九卷者毛以詩序別爲一卷與三家之序冠各篇者異也今魯齊二家序不可攷韓詩序則楊震傳引蝃蝀篇御覽引黍離篇皆以序與經文連引則知不別爲卷矣而毛又分周頌三十一篇爲三卷故今詁訓傳爲卷三十也案王氏說於漢志似符而於新唐書志又不合且韓詩邶鄘衛分合不可知則以序二卷與十三國數之亦適符漢志之數也鄭樵曰毛公時左傳孟子國語儀禮未盛行而先與之合世人未知毛詩之密

故俱從三家及諸書出而證之諸儒得以攷其異同得失長者出而短者自廢故皆舍三家而宗毛應之曰齊詩先采蘋而後草蟲與儀禮合小雅四始五際次第與樂章合魯韓詩說碩人二子乘舟載馳黃鳥與左氏合說抑及昊天有成命與國語合說騶虞樂官備與射義合說凱風小弁與孟子合說出車與采薇非文王伐玁狁與尚書大傳合大武六章次弟與樂章合其不合諸書者安在而毛詩則動與牴牾其合諸書者又安在顧謂西漢諸儒未見諸書故舍毛而從三家則太史公本左氏國語以作史記何以宗魯詩而不宗毛賈誼劉向博極羣書何以新書說苑列女傳宗魯而不宗毛謂東漢諸儒得諸書證合乃知宗毛而舍三家則班固評論四家詩何以獨許魯近左傳由

賈逵得立服虔作解而逵撰齊魯韓毛詩異同服虔注左氏鄭君注禮皆顯用韓詩卽鄭箋毛亦多陰用韓義許君說文敘自言詩稱毛氏皆古文家言而說文引詩什九皆三家五經異義論爵制論鄭風論生民亦並從三家說豈非鄭許之用毛者特欲專立古文門戶而意實以魯韓爲勝乎若云長者出而短者自廢則鄭荀王韓之易賢於施孟梁邱梅賾之書賢於伏生夏侯歐陽韓詩外傳賢於韓詩內傳左氏之杜預注賢於賈服而逸書十六篇逸禮七十篇亡所當亡耶至錢氏大昕據孟子勞於王事不得養父母爲孟子之用小序緇衣篇長民者衣服不貳從容有常爲公孫尼子之用小序則不如據論語關雎樂而不淫哀而不傷爲夫子用小序之爲愈也梅賾之僞古文書其

亦三代經傳襲用梅氏耶鄭氏其何說之詞葉氏夢得謂漢文章無引毛序者惟魏黃初四年詔曰曹風刺遠君子近小人毛序至是始行於世陳氏啟源駁之謂司馬相如難蜀父老文王事未有不始於憂勤終於逸樂爲用魚麗序班孟堅東郡賦大德廣之所及爲用漢廣序不知衛宏續序多剿取經傳陳言卽如首篇關雎憂在進賢不淫其色哀窈窕思賢才而無傷善之心卽穿鑿論語齟齬詩義何論其他馬氏端臨曰譬之聽訟毛詩其左證到案之人也齊魯韓其逋亡無證不到案之人也今所存魯韓遺說如以關雎爲畢公作以柏舟爲衛宣夫人作後儒皆不從之夫同一魯韓詩也他序可從而關雎柏舟之序獨不可從乎應之曰詩三百五篇篇自爲案各不相謀三家詩有亡逸者有到案者馬氏但就其所到之案虛公讞之可矣且其未到之案或可連類旁證比例互知者亦有之矣今以其有他案未到乃并其見存左證之百十案一切置之而惟毛詩

一面之詞遂不煩佐證不問是非虛實一切直之可乎馬氏又曰詩之見錄者必其序說明白而旨意可攷其刪佚不錄者必其序說無傳旨意難攷如其言是聖人折衷六藝衡鑒貿然惟以序說爲去取然貍首新宮之屬當以序不明而置之矣其所存二雅諸序當必與禮樂相表裏乃大雅正篇莫一詳其樂章之所用何耶十三國之無正風與燕蔡莒許杞薛之并無變風旣皆以序不明而置之矣則所存諸國之序當必可爲詩史乃國風小序於史有世家者皆傳之惡謚至魏檜之史無世家者則但以爲刺其君其大夫而無一謚號世次之可傳會又何耶其明白者安在其出國史者安在馬氏其何說之詞姜氏炳璋曰漢四家詩惟毛公出自子夏淵源最古且魯頌傳引孟仲子

之言緇衣序別高子之言北山序同孟子之語則又出於孟子
而大毛公親爲荀卿弟子故毛傳多用荀子之言非三家所及
應之曰漢書楚元王傳言浮邱伯傳魯詩於荀卿則亦出荀子
矣唐書載韓詩卜商序則亦出子夏矣韓詩外傳高子問載馳
之詩於孟子孟子曰有衞女之志則可無衞女之志則怠又載
荀卿非十二子篇獨去子思孟子且外傳屢引七篇之文則亦
出孟子矣故漢書曰又有毛公之學自言子夏所傳自言云者
人不取信之詞也至釋文引徐整云三國吳人子夏授高行子高行
子授薛倉子薛倉子授帛妙子帛妙子授河閒人大毛公毛公
爲詩敘訓傳於家以授趙人小毛公小毛公爲河閒獻王博士
一云子夏授曾申申傳魏人李克克傳魯人孟仲子孟仲子傳

根牟子根牟子傳趙人孫卿子孫卿子傳魯人大毛公夫同一毛詩傳授源流而姓名無一同且一以爲出荀卿一以爲不出荀卿一以爲河閒人一以爲魯人展轉傳會妄所據依豈非漢書自言子夏所傳一語已發其覆乎以視三家源流孰傳信孰傳疑姜氏其何說之詞愚案魏說明快足破近儒墨守陋見故備錄之攷毛之不爲人信者以序獨異故脫有如蔡邕之錄周頌序者但使齊魯韓皆存其序三家雖亡猶若未亡而任其散失不一顧念者則今古相仇意見橫出之過也毛詩之在西漢自杜欽（欽說小弁用毛詩蓋亦言不純師者）賈捐之外鮮肄業及之者鄭箋一出學者靡然以當時衆所不信之書特起孤行又值魏晉不甚說學之朝肅謐之徒見而生心競起作僞致聖人雅言之敎並蒙

其殃宜其流至朱明，尚有子貢詩說出也

爾雅魯詩之學先儒已有定論茲取其顯明者列注餘詳疏中

毛維字三家作惟或作唯彼其之其三家作已全詩大同然非

古書稱引不輒出之

毛傳巨謬在僞造周召二南新說羼入大序之中及分邶鄘衛

爲三國二南疆域三家具存其義若如毛說是十五國風不全

也孔子云人而不爲周南召南其猶正牆面而立也與推詳聖

意蓋因周立國最久至孔子時已六七百年二南規制既遠史

冊無徵惟據詩篇尚存崖略故有不爲牆面之歎秦漢之際經

亦幾亡毛傳乘隙奮筆無敢以爲非者古文勃興永爲宗主幸

三家遺說猶在不可謂非聖經一綫之延也

詩三家義集疏卷一

長沙王先謙益吾著

周南關雎弟一〔注〕魯說曰古之周南即今之洛陽又曰洛陽而謂周南者自陝以東皆周南之地也〔疏〕史記太史公自序天子始建漢家之封而太史公留滯周南古之至洛陽裴駰注引摯虞文洛陽至地也漢書司馬遷傳顏注引張晏文此魯家相承舊說也楊雄方言窕美也陳楚周南之間曰窕以陳楚周南地望相接特並舉之遷雄皆魯詩家也洛陽漢志河南郡雒陽縣今河南洛陽縣陝漢志宏農郡陝縣今河南陝州水經河水注云昔周召分陝以此城為東西之別東城即虢邑之上陽也周南詩篇有汝墳周南大夫之妻作有芣苢蔡人之妻作有漢廣江漢合流之地所作漢志汝南郡莽曰汝墳故胡國今潁州府阜陽縣上蔡故蔡國今汝寧府上蔡縣江夏郡沙羨江漢合流之地屬焉皆周南地也云自陝以東皆周南之地者就周陳楚衞之閒推測二南四至鄙周南之西與周都接以陝為界其東北與召南接以汝南郡汝陰縣為界其東南與陳接前漢淮陽國後漢陳國今陳州府淮甯縣東與楚接漢楚國今徐州府銅山縣蓋周業興於西岐化被於江漢汝蔡江漢所為詩並得登於周南之篇其地在周之南故以周南名其國江漢蒙化雖

皆服屬於周然諸侯衆盛各君其國如晉語之蔡原考工記注之姁胡猶可考案周特羈縻撫輯之而已迨文王受命稱王召公代行方伯之職南土日闢故別爲召南國名武王滅商之後戡定南國別建列侯禮樂記武始而北出再成而滅商三成而南四成而南國是疆卽詩南國究竟矣詩人之作或當時采自風謠或後世追述往事周南是歸美文王故云王者之風召南則兼美召伯故云諸侯之風總覽詩恉憭然易明乃毛詩大序云然則關雎麟趾之化王者之風故繫之周公南言化自北而南也鵲巢騶虞之德諸侯之風也先王之所以教故繫之召公孔疏關雎麟趾之化是王者之風文王之所以教民王者必聖周公聖人故繫之周公不直名爲周而必連言南者言此文王之化自北土而行於南方故也鵲巢騶虞之德是諸侯之風先王大王王季所以教化民也諸侯必賢召公賢人故繫之召公又魏書儒林傳梁武帝問於李業興曰詩周南王者之風繫之周公召南仁賢之風繫之召公何名爲繫對曰鄭注儀禮曰昔大王王季居於岐陽躬行召南之教以興王業及文王行今周南之教以受命作邑於酆分其故地屬之二公武帝又問曰若是故地應自統攝何由分封二公業興曰文王爲諸侯時所化之本國今既登九五之尊不可復守諸侯之地故分封二公愚案周南之詩不及周公一語曷爲繫之於公若以公爲周聖人然則文王非周乎抑非聖乎文王之先起自諸侯召公分土亦任方伯之職既云繫之召公曷爲以諸侯之風歸之太王王季

乎且兩言之中析周召言人二南言化杜撰不辭聖門親授之
恉殆不若是然則入句語意難通且上詩之至也不相貫注與鄭譜說曲徂毛序啟梁
武分封之疑業興臆測助成其詞亦非塙論也孔疏關雎者詩
篇之名既以關雎爲首遂以關雎爲一卷之目金縢云公乃爲
詩以貽王名之曰鴟鴞然則篇名皆作者所自名既言爲詩乃
云名之則先作詩後爲名也名篇之例義無定準多不過五少
纔取一或偏舉兩字或全取一句偏舉則或上或下全取則或
盡或餘亦有捨其篇首撮章中之一言或復都遺見文假外理
以定稱黃鳥顯緜蠻之貌草蟲棄喓喓之聲瓜瓞取緜緜之形
瓠葉捨番番之狀夭夭與桃名而俱舉蚩蚩從氓狀而見遺召
旻韓奕則采合上下騶虞權輿則並取篇末其中踳駮不可勝
論豈古人之無常何立名之異與以作非一人故名無定目據
孔說是舊目如此三家當然今從之關雎下毛加詁訓傳三字
今刪孔又云說文第次也字從竹弟稱第一者言其次第當一
所以分別先後也愚案說文弟韋束之次弟也不從
竹五經文字弟從韋省象圍帀次弟之形孔誤今正詩國風注
齊說曰詩三百五篇詩者持也在於敦厚之教自持其心諷刺
之道可以扶持邦家者也疏孔疏詩國風舊題也又云周南關雎第一詩國風元是大師所題今
從之鄭箋國者總謂十五國風者諸侯之詩從關雎至騶虞二
十五篇謂之正風孔疏詩者一部之大名國風者十五國之總

稱不冠於周南之上而退在下者案鄭注三禮周易中候尚書皆大名在下孔安國馬季長盧植王肅之徒其所注者莫不得盡然然則本題自然非注者移之定本亦然當以皆在第下足總攝故也詩三百五篇者詩譜序正義引詩含神霧文齊說也孔云據今者及亡詩六篇凡有三百十一篇云三百五篇者闕其亡者以見在爲數也樂緯動聲儀詩緯含神霧尚書璿璣鈐皆云三百五篇者漢世毛學不行三家不見詩序不知六篇亡失謂其唯有三百五篇讖緯皆漢世所作故言三百五耳愚案史記孔子世家云古者詩本三千餘篇去其重取其可施於禮義者三百五篇義讀曰儀可施於禮儀謂可以入樂凡賓客宴享皆用之也漢書儒林傳王式云臣以三百五篇諫遷式皆學魯詩者漢書藝文志孔子純取周詩上采殷下取魯凡三百五篇班氏學齊詩者是魯齊二家皆言三百五篇韓詩無考而孔云三家謂唯三百五篇韓傳後亡孔猶及見知韓與魯齊同也六篇亡失應以見在爲數孔謂毛學不行所致然班志藝文兼收毛傳並非不知毛學亦云三百五篇是三百五者漢儒通論稱之如此孔用以尊毛而抑三家非也詩者持也者亦譜序孔疏引含神霧文取聲同字爲訓孔云內則說負子之禮云詩負之注云詩之言承也春秋說題辭云在事爲詩未發爲謀恬澹爲心思慮爲志詩之爲言志也然則詩有三訓承也志也持也作者承君政之善惡述己志而作詩爲詩所以持人之行使不失隊故一名而三訓也在於至者也成伯璵毛詩指說引含神

務文釋持兼二義較孔尤備矣詩大序風風也教也又云下以
風刺上故曰風釋風兼二義與此兼教刺義合周禮大師教六
詩曰風曰賦曰比曰興曰雅曰頌鄭司農注古而自有風雅頌
之名故延陵季子觀樂於魯時孔子尚幼未定詩書而曰爲之
歌邶鄘衛曰是其衛風乎又爲之歌小雅大雅又爲之歌頌賈
疏若然此經有風雅頌則在周公時明不在孔子時矣風是十
五國風從關雎至七月是總號愚案古有風雅頌之名當如先
鄭說非孔子所定漢書儒林傳序言孔子論詩則首周南兹孔
子未定以前或篇次倒亂與今書不同與
史記言刪詩爲三百五篇疑皆三家舊說

關雎〔注〕魯說曰周道缺詩人本之衽席關雎作又曰后妃之制
天壽治亂存亡之端也是以佩玉晏鳴關雎歎之知好色之伐
性短年離制度之生無厭天下將蒙化陵夷而成俗也故詠淑
女幾以配上忠孝之篤仁厚之作也又曰周之康王夫人晏出
朝關雎豫見思得淑女以配君子又曰周衰而詩作蓋康王時
也康王德缺於房大臣刺晏故詩作又曰昔周康王承文王之

盛一朝晏起夫人不鳴璜宮門不擊柝關雎之人見幾而作又曰周漸將衰康王晏起畢公喟然深思古道感彼關雎性不雙侶願得周公配以窈窕防微消漸諷諭君父孔氏大之列冠篇首齊說曰孔子論詩以關雎爲始言太上者民之父母后夫人之行不侔乎天地則無以奉神靈之統而理萬物之宜故詩曰窈窕淑女君子好仇言能致其貞淑不貳其操情欲之感無介乎容儀宴私之意不形乎動靜夫然後可以配至尊而爲宗廟主此綱紀之首王教之端也韓敘曰關雎刺時也韓說曰詩人言雎鳩貞潔慎匹以聲相求隱蔽於無人之處故人君退朝入於私宮后妃御見有度應門擊柝鼓人上堂退反宴處體安志明今時大人內傾於色賢人見其萌故詠關雎說淑女正容儀

以刺時【疏】毛序后妃之德也風之始也所以風天下而正夫婦也故用之鄉人焉用之邦國焉○釋文舊說此是小序自風風也訖末名爲大序沈重云案鄭詩譜意大序是子夏作小序是子夏毛公合作卜商意有不盡毛更足成之或云小序是東海衞敬仲所作愚案大序末云然則關雎至召公已見又云是以關雎樂得淑女以配君子憂在進賢不淫其色哀窈窕思賢才而無傷善之心是關雎之義也箋哀蓋字之誤也當爲衷衷謂中心恕之無傷善之心謂好逑也愚謂此本子曰樂而不淫哀而不傷二語樂而不淫謂琴瑟友之鼓鍾樂之哀而不傷謂寤寐思服展轉反側哀之爲言愛思之甚也呂覽報更篇人主胡可以不務哀士高注哀愛也古哀愛字通釋名釋言語哀愛也愛乃思念之也與此哀意合聖人言敎子夏豈有不知而作如此解釋其爲毛竄入之迹顯然鄭破字爲衷失之○周道至雎作史遷十二諸侯年表文云詩人本之衽席者玉府衽席牀笫凡褻器鄭司農注衽席單席也賈疏衽席者燕寢中臥席古人燕褻之地或言衽席或言牀笫其義一也王后晏起周道始缺詩人推本至隱而作關雎儒林傳序周室衰而關雎作義與此同后妃至作也漢書杜欽傳文欽言作關雎之人歎在上之好色無度冀得淑女配君子也顔注引李奇曰后夫人鷄鳴佩玉去君所周康王后不然故詩人歎而傷之臣瓚曰此魯詩也周之至君子劉向列女魏曲沃負傳文云晏出朝者據下引虞貞節注明朝字衍文云關雎豫見者與杜欽傳贊關雎

見微楊賜傳言關雎見幾同義今本豫見作起興王氏念孫謂後人不曉魯詩之義而妄改之王應麟詩攷引列女傳尙作豫作見文選後漢皇后紀論李善注引虞貞節曰其夫人晏出故作關雎之歌以感誨之列女傳古有虞貞節注此引郎注文據李奇劉虞說知詩爲康王后夫人作李稱康王后劉虞言康王夫人者古后夫人得通稱猶後世后妃異號而韓說以后妃止是一人也硯匡衡傳以后夫人統言之亦齊說之明證列女傳云宣王嘗夜卧晏起后夫人不出房姜后請罪宣王曰非夫人之罪也引辭庭燎篇稱姜后曰夫人而姜后之外又别有后夫人此魯說可以推見周制矣周衰至詩作王充論衡謝短篇文上引詩家曰魯說也云周衰詩作者專以風刺之詩言淮南氾論訓王道缺而詩作周室廢禮義壞而春秋作詩春秋學之美者也皆衰世之造也與此義同昔周至而作袁宏後漢紀楊賜語賜與蔡邕同定石經魯詩亦用魯說云夫人不鳴璜者璜是夫人佩玉鳴佩玉上有蔥珩下有雙璜珩璜相準行步成聲詳鄭風女曰雞鳴故曰鳴璜今則雞鳴時過而珩璜無聲也不鳴與上佩玉晏鳴同義云宮門不擊柝者以下引薛君說互證之蓋夫人已去君所然後應門擊柝鼓人上堂否則宮門不擊柝也後漢楊賜傳康王一朝晏起關雎見幾而作李注此事見魯今亡失也又皇后紀論故康王晚朝關雎作諷注亦云見魯詩又楊雄法言孝至篇周康之時頌聲作乎下關雎作乎上習治也故習治則傷始亂也文選齊竟陵王行狀李注引應劭風俗通義云昔康王一

朝晏起詩人以爲深刺天子當夜寢蚤作身省萬機楊應二家與以上諸說同蓋魯詩王后並刺李奇諸人以爲歎后王充諸人以爲刺康王非有異也周漸至篇首古文苑張超誚青衣賦文後後漢文苑傳超河間人與蔡邕同時者超以關雎爲畢公作與論衡大臣刺晏合是大臣乃畢公魯詩所傳如此也云願得周公者願得如周公之聖德羅泌路史高辛紀云康王一晏朝而暴公作關雎之詩以諷乃本超賦而竊易之世說謝征西稱關雎有不妒忌之德夫人問詩是誰人所作曰周公作也襲周南詩繫周公之說亦無根據孔子至端也漢書匡衡傳文其上云臣聞之師曰衡受齊詩於后蒼此引后氏詩說也其謂后夫人之行不侔乎天地明主刺義姚氏鼐謂衡本學齊詩以關雎爲刺晏起故云情欲之感宴私之意朱子善其語取入集傳然其說詩實不同是也班固漢書杜欽傳贊曰庶幾乎關雎之見微後漢明帝紀昔應門失守關雎刺世李注引春秋說題辭曰人主不正應門失守故歌關雎以感之宋均注應門聽政之處也言不以政事爲務則有宣淫之心關雎樂而不淫思得賢人與之共化修應門之政者也班宋皆傳齊學合觀諸說知齊詩非主頌美也關雎刺時也者王應麟詩攷六引韓詩敘文詩人至刺時後漢明帝紀李注引韓詩薛君章句文云退反晏處者指后夫人言云今時大人內傾於色者大人當爲人君後漢馮衍傳衍顯志賦云美關雎之識微兮愍王道之將崩注薛夫子韓詩章句曰詩人言雎鳩貞潔以聲相求必於河之洲蔽隱無

人之處故人君動靜退朝入於私宮妃后御見去畱有度今人君內傾於色大人見其萌故詠關雎說淑女正容儀也互校明紀注大人內傾于色大人是人君之誤大人見其萌一大人又賢人之誤也綜覽三家義歸一致蓋康王時當周極盛一朝晏起應門之政不修而鼓柝無聲后夫人璜玉不鳴而去畱無度固人君傾色之咎亦后夫人淫色專寵致然畢公王室藎臣睹衰亂之將萌思古道之極盛由於賢女性不妒忌能爲君子和好眾妾其行侔天地故可配至尊爲宗廟主今也不然是無以奉神靈之統而理萬物之宜陳往諷今主文譎諫言者無罪聞者足戒風人極軌所以取冠全詩毛傳匿刺揚美蓋以爲陳賢聖之化則不當有諷諫之詞得粗而遺其精斯巨失矣韓詩外傳五引孔子曰關雎至矣乎夫關雎之人仰則天俯則地幽幽冥冥德之所藏紛紛沸沸道之所行如神龍變化斐斐文章大哉關雎之道也萬物之所繫羣生之所懸命也愚案賢妃和好眾妾取則天地廓乎有容以宮闈之幽深而德藏其內嬪御之紛沸而道行其間型家化國以成天下是以萬物羣生於焉託命又爲孔子所深取否則匹君子稱好逑耳於萬物羣生何與乎又案鄉飲酒鄭注云關雎言后妃之德燕禮注同此因後世樂歌推言其義與當日詩恉無涉關雎乃西都畿內之詩附錄於周南者以召南對有死麕何彼襛矣二詩例之關雎篇次蓋在汝墳之後麟趾之前自孔子列冠篇首合樂者因之因知禮經合樂在後不在周公之世吾聞周公作樂不聞周公合樂也

關關雎鳩注魯說曰關關音聲和也又曰鴡鳩王鴡又曰夫雎鳩之鳥猶未嘗見乘居而匹處也齊說曰貞鳥雎鳩執一無尤在河之洲注三家洲作州疏傳興也關關和聲也雎鳩王雎也鳥摯而有別水中可居者曰洲后妃說樂君子之德無不和諧又不淫其色愼固幽深若關雎之有別焉然後可以風化天下夫婦有別則父子親父子親則君臣敬君臣敬則朝廷正朝廷正則王化成箋摯之言至也謂王雎之鳥雌雄情意至然而有別○關關音聲和也者釋訓文史記佞幸傳索隱關通也尚書大傳雖禽獸之聲猶悉關於律注關猶入也案入亦通也太玄玄測都序注關交也關訓通亦訓交鳥之情意通則鳴聲往復相交故曰關重言之曰關關謂鳥聲之兩相和悅也玉篇關關和鳴也或爲喧廣韻喧二鳥和鳴說文無喧字此後起之義鴡鳩王鴡釋鳥文陸德明毛詩釋文唯依字且邊隹旁或作鳥說文鴡下云王鴡也从鳥不从隹則鴡是正字爾雅郭璞注鴡類大小如鴡深目目上骨露幽州人謂之鷲而楊雄許愼皆曰白鷹似鷹尾上白愚案說文鷲下云白鷲王鴡也段玉裁注謂轉寫之誤案王鴡也三字緣下科鴡字注誤衍段說是也廣韻白鷺善捕鼠與捕魚之鴡是二物禽經鴡鳩魚鷹郝懿行爾雅義疏云能扇波令魚出食之故淮南說林訓謂之沸波邵晉涵爾雅正義云史記正義王鴡金口鶚也今鶚

鳥能翱翔水上捕魚而食後世謂之魚鷹其鳴緩而和順與白鷺相似而色蒼非即白鷺也參稽眾說是鴡鳩即魚鷹矣左昭十七年傳鴡鳩氏司馬也杜注鴡鳩王鴡也摯而有別故爲司馬主法制摯虞槐樹賦嘉別鷙之王雎劉勰文心雕龍比興篇關雎有別后妃方德德貴其別不嫌於鷙鳥皆以鴡鳩爲鷙猛之鳥毛傳鳥鷙而有別釋文摯本亦作鷙釋鳥郭注引毛傳亦作鷙摯鷙古通用非有異義鄭箋摯之言至也謂王鴡之鳥雌雄情意至然而有別夫詩詠關雎情意已顯與別鷙之義相成而不相妨鄭讀摯爲至増文成訓轉失之矣有別兼遊不雙侶死不再匹二義夫雎至處也列女傳魏曲沃負篇文廣雅釋詁乘匹二也言雎鳩非不乘匹而人弗之見與張超賦性不雙侶義同讀者勿以詞害意文選張衡東京賦雎鳩麗黃關關嚶嚶思玄賦雎鳩相和歸田賦王雎鼓翼鶬鶊哀鳴交頸頡頏關關嚶嚶交頸關關承王雎言頡頏嚶嚶承鶬鶊言和鳴在無人之區有別於眾見之地也貞鳥鴡鳩執一無尤者易林晉之同人文下云寢門治理君子悅喜執一言其貞專也陸賈新語道基篇關雎以義鳴其雄淮南泰族訓關雎興於鳥而君子美之謂其雌雄之不乖居也（不乖居言不亂耦羅願爾雅翼引與淮南今本同或改乖爲乘以合列女傳非）陰陽自然變化論雎鳩不再匹皆其義此鳥德最純全故詩人取以起興〇三家洲作州者說文州下云水中可居曰州周繞其旁从重川詩曰在河之州洲俗字知三家作州也云在河之洲者以洲上有林木此鳥有別其和鳴必在林木隱蔽之處故君

子取之後漢張衡傳泗河林之蓁蓁兮偉關雎之戒女李注蓁蓁茂貌引此詩以爲衡覩河洲而思之也薛君章句言雎鳩以聲相求必於河洲隱蔽無人之處衡見河洲林木茂密雎鳩和鳴思詩人諷戒之情而偉之與河洲隱蔽之說相成衡學魯詩據此知魯韓義同毛傳但云水中可居曰洲則詩恉不憭

窈窕淑女（注）魯說曰窈窕好貌韓說曰窈窕貞專貌

君子好逑（注）魯齊逑作仇魯說曰言賢女能爲君子和好衆妾也齊說曰關雎有原冀得賢妃正八嬪韓說曰淑女奉順坤德成其紀綱（疏）傳窈窕幽閒也淑善逑匹也言后妃有關雎之德是幽閒貞專之善女宜爲君子好匹箋怨耦曰仇言后妃之德和諧則幽閒處深宮貞專之善女能爲君子和好衆妾之怨者言皆化后妃之德不嫉妬謂三夫人以下○窈窕好貌者王逸楚詞九歌注文下引詩曰窈窕淑女王學魯詩此魯說也廣雅釋詁窈窕好也方言窕美也陳楚周南之閒曰窕自關而西秦晉之閒凡美色或謂之好或謂之窕美狀爲窕美心爲窈以美釋窈窕並與王說合釋文引王肅云善心曰窈善容曰窕與方言義同析言之則窈窕義分渾言之但曰好也窈窕貞專貌者文選顏延年秋胡詩李注引薛君章句文說文窕深遠也釋言冥幼孫炎本幼作窈云冥深暗之窈也說文又云窕深肆極也釋言窕閒也

又肆也。鄭注輕竄者好放肆，非也。肆與肆極同義。肆極者，狀其深遠之至。淮南兵略訓谿肆無景，高注肆極也極谿之深不見景也，與說文肆極義合。惟貞專故幽閒，惟幽閒故穆然而深遠，意皆相承爲訓。薛釋窈窕爲貞專貌，主其根心之容而言，以應上文雎鳩貞一之恉，於義最長。匡衡云致其貞淑，不貳其操，曰貞曰不貳，卽貞專之義，明齊韓說同。說文淑清湛也，廣雅釋詁淑清也，言女之容德如水之湛然而清，亦深遠意也。○魯述作仇者，釋詁仇匹也，衆經音義引李巡注仇怨之匹也，怨耦曰仇，郭注詩曰君子好仇，據此魯作仇。齊述作仇者，匡衡傳及禮緇衣引作仇，乃齊作仇之驗。後漢張衡傳、邊讓傳李注，文選景福殿賦李注，嵇康琴賦注，嵇康贈秀才入軍詩注，白居易六帖十七引作仇，並用魯齊詩。言賢至妾也者，列女湯妃有㜪傳云：詩曰窈窕淑女，君子好仇，言賢女能爲君子和好衆妾也。今本列女傳作好逑，案既云和好衆妾，字當作仇，今本乃後人據毛詩妄改。謂衆妾有怨者，淑女能和好之，此魯義也。女曰雞鳴篇知子之好之，箋謂與已和好，彼亦釋好爲和。常棣篇妻子好合，謂妻子和合也。孟子凡我同盟，既盟之後，言歸於好，謂言歸於和也。箋云言后妃之德和諧，則幽閒處深宮貞專之善女，能爲君子和好衆妾之怨者，言皆化后妃之德，不嫉妒，係用魯說改毛。孔疏：此衆妾所以得有怨者，以其職卑德小，不能無怨，故淑女和好之，見后妃和諧能化羣下，雖有小怨，和好從化，亦所以明后妃之德也。關雎至八嬪，御覽皇親部引詩推度災文，宋均注八嬪正於內，則可以化四方矣。關雎有原者夫婦爲王化之原惟關雎詩義有之故宋云可以化四方也八嬪陳喬樅云古者天子諸侯一娶九女一爲適妻餘皆爲嬪孟子引詩刑於寡妻趙岐注言文王正己適妻則八妾從八妾卽此所謂八嬪也愚案詩緯用齊說趙注用魯說義正相通冀得賢妃正八嬪與求淑女和好衆妾合經言好緯言正者和好之俾各消釋怨妒以禮制情是卽所以正之其義相成也淑女至紀綱文選顏延年宋元皇后哀策李注引韓詩文言此淑女能奉順后妃之坤德紀綱衆妾和好怨者義與魯齊同此云成其紀綱匡衡傳言綱紀之首語亦同也易林履之頤雎鳩淑女聖賢配耦宜家受福吉善長久姤之无妄關雎淑女賢妃聖耦宜家壽母福祿長久小畜之小過關雎淑女配我君子少姜在門君子嘉喜皆以淑女爲卽聖配不分后妃淑女爲二人少姜在門未達其義

參差荇菜（注）三家參作槮荇作莕**左右流之**（注）魯說曰左右勴也流擇也**窈窕淑女寤寐求之**（注）韓說曰寐息也（疏）傳荇接余也流求也后妃有關雎之德乃能共荇菜備庶物以事宗廟也寤覺寐寢也箋左右助也言后妃將共荇菜之菹必有助而求之者言三夫人九嬪以下皆樂后妃之事后妃覺寐則常求此賢女欲與之共己職也○孔疏言此參差然不齊之荇菜參借字三家參

作槮荇作莕者說文槮木長貌詩曰槮差荇菜文選長笛賦森
槮柞樸注森槮木長貌西京賦橚爽橚槮注皆草木盛貌也說
文差下云貳也差不相值也从左从𠂹廣雅釋詁差次也槮差
謂如木有長者有㸚者槮差然不齊一也荇俗字說文莕下云
莕餘也荇下云莕或从行同盧文弨云今本說文荇誤脫水旁五經文字不誤云莕荇二同爾雅
釋文亦云莕說文作荇當據以訂正毛作參荇知許引三家文也釋草莕接余說
文荽餘同音借字孔疏引陸璣云接余白莖葉紫赤色正圓徑
寸餘浮在水上根在水底與水深淺莖大如釵股上青下白鬵
其白莖以苦酒浸之爲菹脆美可案酒李時珍云葉徑一二寸
有一缺而形圓如馬蹄者蓴也葉似蓴而稍銳長者荇也爾雅
翼陂澤多有今人猶止謂之荇菜非難識也葉亦卷漸開雖圓
而稍羨不若蓴之極圓也花則出水黃色六出今宛陵陂湖中
彌覆頃畝日出照之如金俗名金蓮子狀亦似蓴猪亦好食民
以小舟載取之以飼猪又可糞田或因是得猪蓴之名○左右
勴也者釋詁文邢疏引詩左右流之說文勴助也勴卽勴字之
消箋左右助也也與雅訓合釋文上音佐下音佑讀與毛異明用
魯義流擇也也者釋詁文郭注邢疏引同釋言流求也郭亦引詩
爲證陳氏奐云三家詩或用釋詁文訓流爲擇愚案爾雅本之
周公亦兼有衆家附益毛取流求釋經流擇固是魯義於參差
不齊中而擇其長成佳美者是擇與求義亦相近左右擇之猶
言黽勉求之睢鳩荇菜並卽所見起興○寐息也者慧琳音義
十四引韓詩文說文寤下云寐覺而有信曰寤寐下云臥也顧

震福云毛傳寐寢也息也蓋兼采毛韓二說論語公冶長鄭注寢臥息也文選永明九年策秀才文李注寢猶息也足證毛韓義同愚案寤寐猶言不寐謂求此淑女至於不寐也柏舟耿耿不寐易林作耿耿寤寐可證鄭箋釋爲覺寐覺寐卽不寐矣後漢應奉傳奉上書毋后之重興廢所因宜思關雎之所求遠五禁之所忌據注奉爲韓詩學五禁用外傳文關雎所求用韓詩寤寐求之文

求之不得寤寐思服【注】魯說曰服事也【疏】傳服思之也箋服事寐則思己職事當誰與共之乎○服事也者釋詁文郭注見詩邢疏服者周南關雎云寤寐思服此魯義也思服者思得此賢妃以和衆妾之事箋用魯義易毛仍說爲后妃求淑女故云思共己職事以曲成毛義也桓寬鹽鐵論執務篇詩云求之不得寤寐思服有求如關雎好德如河廣何不濟不得之有言其求誠也桓學齊詩此齊說**悠哉悠哉輾轉反側**【注】三家輾作展韓說曰展轉反側也魯說曰展轉不寐貌【疏】傳悠思也箋思之哉思之哉言已誠思之臥而不周曰輾○說文悠憂也不得淑女以爲己憂悠哉悠哉猶悠悠也二哉字增文以成句楚詞初放悠悠蒼天兮王注悠悠憂貌與說文義合重言之見其憂之長也三家輾作展者釋文輾本亦作展呂忱

從車展是輾字始見字林知三家作展說文驟馬轉臥土中人轉臥謂之展故馬轉臥即於展旁加馬謂之驟益證字之不當爲輾也展轉反側也者廣雅釋詁文即以本句互釋廣雅兼有魯韓義此韓義也說文展轉也是展轉義同禮曲禮鄭注側反側也蓋分言之則反訓覆側訓旁連言之則反側義亦同故展轉訓反側反側亦訓展轉何人斯箋反側展轉也與廣雅互證而義益顯詩重言以申意總謂不安之狀耳孔子言關雎哀而不傷即謂此也展轉不寐貌楚詞九歎王注文引本詩蓋魯義

參差荇菜左右采之窈窕淑女琴瑟友之【注】魯韓說曰友親也

【疏】傳宜以琴瑟友樂之箋言后妃既得荇菜必有助而采之者同志爲友言賢女之助后妃共荇菜其情意乃與琴瑟之志同共荇菜之時樂必作○說文采捋取也琴瑟大祭祀及房中樂皆用之箋云共荇菜之時樂必作是以琴瑟爲祭樂疏引孫毓云若在祭時則樂爲祭設何言德盛設女德不盛豈祭無樂乎又琴瑟樂神何言友樂也豈得以祭時之樂友樂淑女乎以此知毛意思淑女未得假設之詞也愚案傳上云后妃有關雎之德乃能共荇菜備庶物以事宗廟下云德盛者宜有鐘鼓之樂既明言事宗廟又鐘鼓不能奏於房中是毛意以爲祭樂鄭申成之孫駁箋祖傳未爲公論然樂爲淑女設即不得是祭樂孫說實有裨經恉如韓詩鐘鼓一作鼓鐘知琴瑟與鐘皆房中所用可無祭樂之疑賴此孤證袪毛傳數千年之惑誠古經之

幸矣友親也者廣雅釋詁文魯韓義也釋名釋親屬友埆言相親友也孔疏思念此女若來則琴瑟友而樂之思設樂以待之親之至也又云言友者親之如友與廣雅合

參差荇菜左右芼之注魯說曰芼搴也取也齊說曰芼草覆蔓韓芼作覒疏傳芼擇也箋后妃既得荇菜必有助而擇之者○芼搴也者釋言文郭注謂拔取菜邢疏云孫炎曰皆擇菜也某氏曰搴猶拔也郭云謂拔取菜以搴是拔之義關雎云左右芼之毛云芼擇亦謂拔菜而擇之也案釋言是魯說與毛異孫淍爲一邢遷就其說非是拔擇自二義不相通假芼取也者廣雅釋詁文又云搴取也是搴取義同並魯訓芼草覆蔓者說文文引詩曰左右芼之陳壽祺云昏義言婦人將嫁教於宗室教成祭之牲用魚芼之以蘋藻卽覆之義也愚案以荇菜覆蔓於牲上以爲祭品許說正本昏義齊說也韓芼作覒者玉篇見部引詩曰左右覒之覒擇也覒亦本作芼顧野王時惟韓詩存而引字作覒與毛異證以玉篇中它所引詩知顧用韓詩也說文覒擇也从見毛聲毛訓芼爲擇以芼爲覒借字徐璈云廣雅覒覗也䚍覗而擇之其義相成

窈窕淑女鐘鼓樂之注韓鐘鼓亦作鼓鐘韓說曰后妃房中樂有鐘磬疏傳德盛者宜有鐘鼓之樂箋琴瑟在堂鐘鼓在庭言共荇菜之

時上下之樂皆作盛其禮也○說文鍾酒器也从金重聲鐘樂鐘也秋分之音物穜成从金童聲今經典通作鍾韓鍾鼓作鼓鍾者外傳五引詩曰鼓鍾樂之徐璈云鼓鍾謂擊鍾也故靈臺曰於論鼓鍾又曰鼉鼓逢逢葢編鍾左傳所謂歌鍾也后妃房中樂有鍾磬者隋書樂志引漢侯包韓詩翼要文杜佑通典百四十七陳暘樂書百十三引同隋書經籍志包著韓詩翼要十卷包一作苞云房中樂有鍾磬者鍾磬所以節樂此證成韓詩鼓鍾之義侯云然者磬師掌教擊磬擊編鍾教縵樂燕樂之鍾磬鄭注磬亦編於鍾言之者鍾有不編不編者鍾師擊之縵樂謂雜聲之和樂者也燕樂房中之樂所謂陰聲也二樂皆教其鍾磬據此房中樂有鍾磬詩上詠淑女下言作樂明是奏樂於房故云鼓鍾樂之言鍾則有磬可知此即禮文可明詩義也鍾師云掌金奏凡樂事以鍾鼓奏九夏凡祭祀饗食奏燕樂鄭注以鍾鼓奏之賈疏饗食謂與諸侯行饗食之禮在廟故與祭祀同樂據此燕樂奏於房中用鍾磬奏於祭祀饗食用鍾鼓猶磬師凡祭祀奏縵樂既繫於磬師知縵樂用鍾磬鍾師掌鼙鼓縵樂鄭注謂作縵樂鼓鼙以和之既繫於鍾師則縵樂用鼙其義一也燕禮云若與四方之賓燕有房中之樂鄭注絃歌周南召南之詩而不用鍾磬之節也鄭知不用鍾磬者以用之賓燕與諸侯饗食之禮同必是以鍾鼓奏之故言不用鍾磬與鍾師注義相發賈疏乃謂磬師教房中樂待祭祀而用之故有鍾磬房中及燕則無鍾磬殊未明晰自來亦無達鄭旨者陳祥道禮書因

謂鄭氏注義岐出爲自惑誣鄭甚矣韓詩外傳一古者天子左五鍾將出則撞黃鍾而右五鍾皆應之馬鳴中律駕者有文御者有數立則磬折拱則抱鼓行步中規折旋中矩然後大師奏升車之樂告出也入則撞蕤賓以治容貌容貌得則顏色齊顏色齊則肌膚安蕤賓有聲鵠震馬鳴及倮介之蟲無不延頸以聽在內者皆玉色在外者皆金聲然後少師奏升堂之樂卽席告入也此言音聲相和物類相感同聲相應之義也詩曰鍾鼓樂之此之謂也韓此引又作鍾鼓足證詩古本元不同韓傳各據所見爲說磬師疏云鍾師云掌金奏又云以鍾鼓奏九夏明是鍾不編十二辰零鍾也若書傳云左五鍾右五鍾也所引書傳正與外傳合大司樂王出入則令奏王夏疏云王出入據大祭祀言案王夏卽九夏之一既奏王夏明當用鍾鼓足證外傳言天子出入亦主祭祀言也大抵外傳雜采諸家不專一義解者惟擇所宜侯作翼要專主鍾磬之說以韓內傳作鼓鍾本義宜然也孔子曰關雎樂而不淫云樂云云不淫明指房中言卽此語推之知聖人所見詩經必作鼓鍾而鍾鼓乃後出誤本毛傳共荇菜備庶物以祭宗廟蓋所據本作鍾鼓故以爲祭祀不云房中之樂此二說不可得兼後人用毛詩鍾鼓之文仍取韓說房中之義斯爲謬矣房中樂者惟燕樂奏於房故以房中名之蓋今俗所云細樂鄉飲酒禮乃合樂周南關雎葛覃卷耳召南鵲巢采蘩采蘋鄭注周南召南國風篇也王后國君夫人房中之樂歌也燕禮鄭注謂之房中者后夫人之所諷誦以事其君

子磬師賈疏房中之樂即關雎二南也謂之房中者房中謂婦人后妃以風喻君子之詩故謂之房中之樂葢周之後世樂歌廣及二南此房中後起之義與詩本義無涉

關雎五章章四句故言三章一章章四句二章章八句【疏】釋文五章是鄭所分故言以下是毛本意後放此

葛覃【注】魯說曰葛覃恐其失時【疏】毛序后妃之本也后妃在父母家則志在於女功之事躬儉節用服澣濯之衣尊敬師傅則可以歸安父母化天下以婦道也箋躬儉節用由於師傅之教而後言尊敬師傅者欲見其性亦自然可以歸安父母言嫁而得意猶不忘孝○葛覃恐其失時者古文苑蔡邕協和婚賦云考遂初之原本覽陰陽之綱紀乾坤和其剛柔艮兑感其脢腓葛覃恐其失時摽梅求其庶士唯休和之盛代男女得乎年齒婚姻協而莫違播欣欣之繁祉徐璈云賦意葢以葛之長大而可爲絺綌如女之及時而當歸於夫家刈濩汙澣且以見婦功之教成也故與摽梅並稱是亦士大夫婚姻之詩與何休謂歸寧非諸侯夫人之禮者義同魯家之訓也愚案徐說是也蔡賦恐失時用首章詩意次章已嫁三章歸寧正美其不失時玩賦末四語歸美意可見文王化行國中婚不違期非獨士大夫爲然此就本詩說之鄉飲酒燕

禮鄭注葛覃言后妃之職此推言房中樂歌義例若
用以說詩則不可通以澣衣歸甯皆非后妃事也

葛之覃兮施于中谷維葉萋萋〔注〕韓維作惟韓說曰惟辭也萋
萋盛也魯說曰萋萋茂也〔疏〕傳興也覃延也葛所以爲絺綌女
功之事煩辱者施移也中谷谷中也萋萋茂盛貌箋葛者婦人之所有事也此因葛之性以興焉
興者葛延蔓於谷中喻女在父母之家形體浸浸日長大也葉
萋萋然喻其容色美盛也○說文葛絺綌草也釋詁覃延也郭
注謂蔓延蔡賦作葛蕈陳喬樅以爲三家文案釋文葛覃本亦
作蕈徒南反是毛詩有作蕈者淮南原道訓高誘注潭讀葛覃
之覃又潯讀葛覃之覃高用魯詩而覃字不皆從艸禮緇衣釋
文葛覃本亦作蕈知齊詩亦不皆從艸是蕈字乃衆家異文也
說文蕈桑萸覃長味也引申之凡延長者皆訓覃蕈借字覃正
字顏師古匡謬正俗云施于中谷與施于條枚義兼訓移音亦
爲貤言葛生於此而蔓延漸移於彼也孔疏中谷谷中倒其言
者古人之語皆然詩文多此類也又引王肅云葛生於此蔓延
於彼猶女之當外成也孔駁之云案下句黃鳥于飛喻女當嫁
若此句亦喻外成於文爲重毛意必不然愚案傳云興也未嘗
指定某句興某事如鄭說黃鳥飛集灌木興女有嫁於君子之
道則王喻外成爲重然與毛意無涉孔疏非也葛生延蔓猶在
谷中鄭說較勝但黃鳥翔集和鳴見雌雄情意之至陽春融和

草木暢茂時鳥音變淑女有懷天機所流有觸斯感魯說以爲恐婚姻之失時義優於毛鄭也此從已嫁後追詠其情事惟辭也者文選楊雄羽獵賦阮籍詠懷詩李注引薛君韓詩章句文據此毛詩維字韓皆作惟它篇並同疏不復出萋萋盛也者文選潘岳藉田賦李注引章句文萋萋茂也者廣雅釋訓文魯說也茂盛義同故毛云萋萋茂盛貌

黃鳥于飛集于灌木其鳴喈喈注魯說曰倉庚幽冀謂之黃鳥魯灌亦作櫕

疏傳黃鳥摶黍也灌木藂木也喈喈和聲之遠聞也箋葛延蔓之時則摶黍飛鳴亦因以興焉飛集藂木興女有嫁于君子之道和聲之遠聞興女有才美之稱達於遠方○倉庚幽冀謂之黃鳥者呂覽仲春紀高注倉庚爾雅曰商庚黎黃楚雀也秦人謂之黃離齊人謂之摶黍幽冀謂之黃鳥詩曰黃鳥于飛集于灌木是也此魯說也方言驪黃自關而西謂之驪黃或謂之黃鳥或謂之楚雀楊亦用魯說孔疏引陸璣云黃鳥黃鸝留也或謂之黃栗留幽州人謂之黃鸎一名倉庚一名商庚一名鶩黃一名楚雀齊人謂之摶黍當葚熟時來在桑間故里語曰黃栗留看我麥黃葚熟亦是應節趨時之鳥也與楊高說合今楚人亦謂之黃鸎不獨幽州爲然說文離下云離黃倉庚也鳴則蠶生鵹下云鵹黃也从隹黎聲一曰楚雀其色黎黑而黃據此正今之黃鶯七月詩春日載陽有鳴倉庚鄭箋亦以倉庚鳴爲可蠶之候與說文合驪卽鸝字與黎離鵹鶩同音通用離黃之

爲黄離猶鶬斯之爲斯鶬離栗一聲之轉離留又雙聲短呼爲離長呼得離留二字也釋鳥倉庚商庚郭注即鶩黄也又云鵹黄楚雀注即倉庚也又云皇黄鳥注俗呼黄離留亦名摶黍案皇黄鳥郭注誤馬屬黄白曰皇此鳥名皇知非鵹黄之鳥也而段玉裁焦循遂謂毛傳以摶黍釋黄鳥不云即倉庚是詩之倉庚爲黄鶯而黄鳥爲今之黄雀黄雀啄粟故有摶黍之名因改摶爲搏以成其義攷釋文摶徒端反不音搏禽蟲隨地異名不煩強釋必謂啄粟故名摶黍然則鶬斯名舂黍亦能啄粟乎黄鳥名楚雀惟楚地有乎竊謂啄粟之黄鳥交交之黄鳥是黄雀它詩皆黄鶯郝懿行云其鳴聲和調而圓亮故葛覃云其鳴喈喈其毛色陸離而鮮明故東山云熠燿其羽其爲鳥柔易而近人故凱風云睍睆黄鳥其頸端有細毛雜色故小雅云綿蠻黄鳥文選注引薛君章句云綿蠻文貌也其説是矣于詞也曰飛猶聿飛説詳桃夭魯灌亦作樌者釋木灌木叢木郭注詩曰集于灌木陳喬樅云爾雅釋文樌木字又作灌下文木叢生爲樌釋文同據陸所見爾雅本作樌則注引詩當亦作集於樌木郭用舊注魯詩之文故字同作樌與毛異或本爾雅及呂覽高注作灌木者是後人依毛詩改之愚案詩釋文灌木下毛無亦作本則作樌者魯家異文也説文喈鳥鳴聲重言喈喈鳴相和也玉篇口部喈下引詩云其鳴喈喈喈和聲之遠聞也

葛之覃兮施于中谷維葉莫莫【注】魯韓説曰莫莫茂也【疏】傳莫莫成

就之貌箋成就者其可采用之時○莫莫茂也者廣雅釋訓文說文莫日且冥也从日在茻中詩重言莫莫其義自眾草翳不見日引申而出以狀葛葉延蔓廣遠後人增水旁爲漠漠詩家言廣遠義多承用之自此詩始也詩巧言章禮內則注釋文並云莫又作漠是其證矣

是刈是濩爲絺爲綌服之無斁注韓說曰刈取也濩瀹也魯說曰是刈是鑊鑊煮之也韓說曰結曰絺辟曰綌魯齊斁作射齊說曰射厭也言己願采葛以爲君子之衣令君子服之無厭言不虛也疏傳濩煮之也精曰絺麤曰綌斁厭也古者王后織玄紞公侯夫人紘綖卿之內子大帶大夫命婦成祭服士妻朝服庶士以下各衣其夫箋服整也女在父母之家未知將來所適故習之以絺綌煩辱之事乃能整治之無厭倦是其性貞專○刈取也者詩釋文文是艾本亦作刈魚廢反韓詩云刈取也據此毛作艾韓作刈孔疏本毛作刈是所見本異爾雅釋文是乂本亦作刈是陸據爾雅本作乂說文乂芟草也或从刀作刈今案葛但言芟其義不全故韓申訓曰取也濩瀹也者釋文是濩下云胡郭反煮也韓詩云濩瀹也音羊灼反愚案說文瀹漬也服虔通俗文云以湯煮物曰瀹既夕禮其實皆瀹注皆湛之湯李黼平云說文濩雨流霤下貌則濩爲浸漬淋灑之狀與瀹字意同皆謂浸漬而煮之也

是刈是鑊鑊煮之也者釋訓文陳喬樅云爾雅是鑊釋文又作濩毛詩作濩卽鑊之叚借詩正義引爾雅云云又申之曰以煮之於鑊故曰鑊煮非訓鑊爲煮鈐蹴本並誤改據此知孔見爾雅本作是鑊鑊字亦是魯詩文也郝懿行云說文鑊鑴也鑴瓽也淮南說山訓注無足曰鑊鼎鑊皆煮器惟有足無足爲異然則刈亦芟草之器因名芟爲刈且刈與鑊配並是器名故齊語挾其鎗刈耨鎛韋昭注刈鎌也方言云刈鉤說文鉤作鉊云鎌也愚案刈鑊器名而以爲用器之稱此魯義實字虛用例也○爲者煮葛以爲衣說文絺細葛也綌粗葛也結曰絺辟曰綌者玉篇系部引韓詩文顧震福云說文結絺也絺結不解也釋名結束也柏舟釋文辟本又作擘孟子滕文公篇妻辟纑高士傳作擘纑喪大記絞一幅爲三不辟正義古字假借讀辟爲擘詩言績葛爲布結束使密則精擘分使疏則粗也說文斁厭也詩曰服之無斁此引毛詩魯齊斁作射者釋詁射厭也郭注詩曰服之無射楚詞招魂王注射厭也詩曰服之無射是述魯文禮緇衣葛覃曰服之無射是齊作射斁射字經典叚借通用射厭至虛也緇衣鄭注文云爲衣令君子服之者是以爲女適人後事較箋云在父母家習絺綌煩辱之事者其義爲長此齊說也易林兌之謙葛生衍蔓絺綌爲願焦用齊詩言爲願與注言已願同云無厭者見君子安其所服恆德永好之意言不虛也者孔疏云君子實得其服而不虛也案詩言絺綌之事始於爲而終於服見婦功之實有成故彼文引以爲證此君子謂大夫以魯說

推之仲春昏時女子覩物有懷未夏適人親治絺綌爲君子服見文王聖化隆洽國中士女婚期無愆此歌詠所由起如傳箋所云當葛葉成就之時女尚在父母家過時不婚非詩意也

言告師氏言告言歸注魯說曰婦人所以有師者何學事人之道也疏傳言我也師女師也古者女師教以婦德婦言婦容婦功祖廟未毀教于公宮三月祖廟既毀教于宗室婦人謂嫁曰歸箋我告師氏者我見教告于女師也教告我以適人之道重言我者尊重師教也公宮宗室於族人皆爲貴○釋詁言我也此女自我也詩云我告師氏矣我告者何我歸耳歸即未章歸寧之歸毛傳婦人謂嫁曰歸今知非者上章詠適人後事此不當復言嫁也婦人至道也班固白虎通嫁娶篇文下引此詩二句爲證云婦人有師者說文𡛟女師也从女加聲杜林說加教於女也讀若阿㛂女師也从女每聲讀若母案㛂與姆同亦作母史記倉公傳作阿母葢轉寫失眞音存字變即此師氏矣云學事人之道也者昏義孔疏云昏禮姆纚笄綃衣在其右鄭注姆婦人五十無子出而不復嫁能以婦道教人者鄭知女師之姆必是無子而出者以女已出嫁母尚隨之公羊襄三十年傳曰宋災伯姬存焉傅至母未至逮火而死若非出而不嫁何以得隨女在夫家母既如此傅亦宜然孔疏又云南山鄭箋文姜與姪娣及傅姆同處襄公不宜往雙之則傅亦婦人也

何休云選老大夫爲傅大夫妻爲母禮重男女之别大夫不宜教女子大夫之妻當從夫氏不當隨女而適人事無所出其言非也愚案孔據昏禮公羊傳知姆當隨女往夫家說文釋姆爲女師是姆女師非有二義陳氏奐謂女師與傅姆異女師在公宮宗室不隨行傅姆隨女同行臆爲區别以證成毛傳在父母家之義其說非是內則大夫以上立師慈保三母亦證此爲大夫家婚姻之詩矣

薄汙我私薄澣我衣害澣害否疏傳汙煩也私燕服也婦人有副褘盛飾以朝事舅姑接見于宗廟進見于君子其餘則私也害何也私服宜澣公服宜否箋煩煩撋之用功深澣謂濯之耳衣謂褘衣以下至褖衣我之衣服今者何所當見澣乎何所當否乎言常自潔清以事君子○後漢李固傳薄言震之李注引韓詩曰薄辭也全詩義同說文汙薉也眾經音義引字林穢也釋名洿也私近身衣凡親褻者皆謂之私近身衣爲私衣猶言褻服矣私與衣不分二事我私我衣對文以見義省字以成句上言我衣則知上我私爲私衣猶大田篇雨我公田遂及我私上言公田則知下我私爲私田也說文澣濯衣垢也二句相屬爲文言我之私衣既薄汙矣則薄澣之害曷雙聲古借害爲曷故害易訓何此衣服中又有未汙而不必澣者故云何者當澣乎何者當否乎心口相商之詞也

歸寧父母注魯說曰自大夫妻雖無事歲一歸寧疏傳寧安也父母在則有時歸寧耳○釋詁寧安也說文寧願詞也寧安也今訓安之寧詩通作寧自大夫妻雖

無事歲一歸寧者公羊莊二十七年傳何休解詁云諸侯夫人尊重既嫁非有大故不得反惟自大夫妻雖無事歲一歸寧徐彥疏自從也言從大夫妻以下卽詩云歸寧父母是也詩是后妃之事而云大夫妻者何不信毛敍故也案古天子諸侯夫人皆不歸寧穀梁以婦人既嫁踰竟爲非禮傳凡八見春秋經莊二十七年冬杞伯姬來左傳凡諸侯之女歸寧曰來出曰來歸公羊傳直來曰來大歸曰來歸二傳解經意同非謂有當於禮葢春秋以降多違禮自恣若魯文姜杞伯姬皆是泉水載馳皆以父母既沒義不得往則知因父母存而歸寧者必多然如國策趙左師觸讋對太后云媪之送燕后祭祀必祝之曰必勿使反時至戰國猶知此義在西周之初自無后妃歸寧之事毛說疑與禮不合惟大夫妻有歸宗之道見禮喪服傳又鄭志荅趙商曰婦人有歸宗謂目其家之爲宗者大夫稱家與解詁合詳詩恉以魯爲長說文晏安也詩曰以晏父母段玉裁云引三家詩愚案此或齊韓文

葛覃三章章六句

卷耳〔注〕魯說曰思古君子官賢人置之列位也〔疏〕毛序后妃之志也又當輔佐君子求賢審官知臣下之勤勞內有進賢之志而無險詖私謁之心朝夕思念至於憂勤也箋謁請也○思古至位也淮南

倣眞訓云詩云采采卷耳不盈頃筐嗟我懷人寘彼周行以言慕遠世也高注詩周南卷耳篇也言采易得之菜不滿易盈之器以言君子爲國執心不精不能以成其道猶采易得之菜不能滿易盈之器也嗟我懷人寘彼周行言我思古君子官賢人置之列位也誠古之賢人各得其行列故曰慕遠也此魯說左襄十五年傳君子謂楚於是能官人官人國之急也能官人則民無覦心詩云嗟我懷人寘彼周行能官人也王及公侯伯子男甸采衞大夫各居其列所謂周行也杜注周徧也詩人嗟歎言我思得賢人置之徧於列位左氏引詩固多斷章取義此說周行與魯合是詩本義如此參證荀子解蔽篇所見此詩爲慕古懷賢欲得徧置列位思念深長諸家無異說藝文類聚三十引束晳云詠卷耳則忠臣喜唐書劉墝傳同葢人君志在得人是以賢才畢集樂爲效用而國勢昌隆也鄉飲酒燕禮鄭注卷耳言后妃之志亦後來樂歌義例無關詩恉

采采卷耳不盈頃筐【注】魯卷亦作菤韓說曰頃筐欹筐也【疏】傳采采事采之也卷耳苓耳頃筐畚屬易盈之器也箋者之興也器之易盈而不盈者志在輔佐君子憂思深也○芣苢薛君說云采采而不已此采采詩義當同采而又采是不已也釋草菤耳苓耳釋文菤謝作卷詩卷耳是也本草作枲耳云一名胡枲一名地葵一名葹一名常思陶注云一名羊負來昔中國無此物言從外國逐羊毛中來也廣雅云苓耳蒼耳葹常枲胡枲之

類耳案爾雅菤字魯家異文說文蓩卷耳也苓卷耳也是卷耳有二玉篇以蓩爲毒艸楚詞九思枲耳兮充耳王注枲耳惡草也此枲耳當即是蓩說文之苓則詩所謂卷耳菤名狀俱同毒不毒有別孔疏引陸璣云葉青白色似胡荽白華細莖蔓生可煮爲茹滑而少味四月中生子如婦人耳中璫今或謂之耳璫幽州人謂之爵耳是也案列子釋文引蒼頡篇云葹耳一名蒼耳埤雅引荆楚記同陳啟源桂馥皆以爲即今藥中蒼耳子是也箋器之易盈而不盈者憂思深也即用荀子引詩意俔御覽九百九十八引毛詩卷耳曰采采卷耳不盈傾筐易林鼎之乾傾筐卷耳憂不能傷易林用齊詩是齊毛俱有異文作傾說文頃頭不正也傾仄也字當以傾爲正頃筐攲筐也者詩釋文引韓詩文說文攲持去也無傾側義玉篇攲下云今作不正之攲攲下云傾低不正亦作攲是攲爲攲之借字說文箸飯攲也段玉裁云當作飯攲箸必傾側用之故曰飯攲宗廟宥坐之攲器古亦當爲攲器愚案說文攲攲嘔也攲嘔與崎嶇音義同傾側不正之意也宮正奇衺之民注奇衺譎觚非常是奇衺猶攲邪言傾側不正者當以奇爲正字攲字尚屬後起俗書緣奇誤攲遂以攲代攲攲行而奇義遂別即攲義亦隱矣頃筐後高前低其爲製傾低不正故韓以攲筐釋之傾則前淺故易盈也

嗟我懷人，寘彼周行。〔注〕魯韓說曰：周偏也。〔疏〕傳懷思寘置行列也思君子官賢人置周之列位箋周之列位謂朝廷臣也○嗟歎息之詞我者文王自我懷思也人謂古君子說文寘實也無寘字新附有之云置也廣雅釋詁寘塞也寘當爲窴之誤字東山篇釋文寘作窴大千反從穴下眞不誤彼彼賢人周徧也者廣雅釋詁文杜注本之釋文行列位也嗟我思古君子欲得寘彼賢人徧於行列故淮南云慕遠世猶綠衣篇我思古人意荀子解蔽篇詩云采采卷耳不盈頃筐嗟我懷人寘彼周行頃筐易滿也卷耳易得也然而不可以貳周行故曰心枝則無知傾則不精貳則疑惑楊注采易得之物實易滿之器以懷人寘周行之心貳之則不能滿況乎難得之正道而可以他術貳之乎案楊以懷人寘周行五字連文說與諸家同荀此引與淮南高注意微異荀云因懷人寘周行故采卷耳不盈頃筐賦也高云采易得之卷耳不滿易盈之頃筐以見執心不精不能成道故君子爲國宜憂勞求賢興也說詩不同大義則一

陟彼崔嵬我馬虺隤（注）三家虺作瘣隤作頽（疏）傳陟升也崔嵬土山之戴石者虺隤病也箋我我使臣也臣以兵役之事行出離其列位身勤勞於山險而馬又病君子宜知其然○此下三章言遠行求賢之事說文陟登也崔大高也嵬高而不平也釋山石戴土謂之崔嵬土戴石爲砠案如許訓崔嵬是高而不平明石在土上則土戴石爲崔嵬雅訓誤也釋名崔嵬土山之戴石者石山戴土曰砠毛傳同並與爾雅相反馬瑞辰云說文兀高而上平也屼

石山戴土也高而上平者爲石山戴土則知高而不平者爲土山戴石矣此說是也釋詁虺隤病也釋文引孫炎云馬退不能升之病也三家虺作瘣隤作頹者釋文引說文虺作瘣隤作頹據此說文引詩我馬瘣頹今本無之明轉寫遺奪郝懿行云瘣字誤說文作瘣云病也詩爾雅虺字俱瘣之假借愚案郝說是也易林賁之小過正作玄黃瘣隤釋詁釋文出瘣字云呼回反字林云病也今經注無此字蓋瘣卽瘣之篆文誤字陸氏忽不加察耳說文虺以注鳴無病義瘣正字虺借字說文隤下隊也穨秃貌頹卽穨之隸變頹隤通用字蔡邕述行賦我馬虺頹以元黃王逸楚詞九思逢尤篇車軏折兮馬虺頹蔡王並述魯詩明魯作虺頹易林三作虺隤一作瘣隤是瘣爲齊詩異文隤字又與說文不合然則作瘣頹者韓詩也

我姑酌彼金罍維以不永懷〔注〕三家姑作夃韓說曰金罍大器也天子以玉諸侯大夫皆以金士以梓〔疏〕傳姑且也人君黃金罍永長也箋我我君也臣出使功成而反君且當設饗燕之禮與之飲酒以勞之我則以是不復長憂思也言且者君賞功臣或多於此○三家姑作夃者說文秦人市買多得爲夃從乃從夊益至也詩曰我夃酤彼金罍玉篇夃下亦有此文又引論語曰求善價而沽諸是夃卽沽正字說文沽水出漁陽塞外東入海後人借爲市買之字沽行而夃廢此詩作姑又沽之借字凡從古得聲之字音義多相通借旣夕禮注

古文沽作古士虞禮注古文苦爲枯鄉射禮注釋文枯字又作楛讀爲釋詁釋文詁本作故荀子勸學篇注楛讀爲沽彊國篇注楛讀爲盬盬人典婦功注皆苦讀爲盬是其例也詩字作姑義仍爲沽毛傳姑且也以姑爲語詞望文生訓失古義矣文王遠行求賢酒或不給取之於夃情事宜然伐木篇無酒酤我箋疏皆以爲市買與此義同說文夃盛酒行觴也彼亦彼賢人求而得之則設饗燕之禮與之飲酒也金罍至以梓許愼五經異義六言罍制引韓詩文云大器也者孔疏引作大夫器案夫字衍下既云諸侯大夫皆一以金此不得云大夫器司尊彝疏引無夫字是也毛詩說言大一碩孔疏引阮諶禮圖亦云大一斛故韓言大器也云天子以玉者詩釋文引作天子以玉飾孔疏云經無明文案明堂位爵夏后氏以琖殷以斝周以爵孔疏琖夏爵名以玉飾之故前云爵用玉琖仍雕也說文斝玉爵也左昭七年傳賂以斝耳杜注斝耳玉爵明堂位疏又云太宰贊玉几玉爵是然則周爵或以玉爲之或飾之以玉據此夏殷周爵皆用玉諸天子以玉也孔偶有不照耳云諸侯大夫皆以金者釋文作所侯大夫皆以黃金飾異義又云毛詩說金罍酒器也諸臣之作酢人君以黃金飾尊大一碩金飾龜目葢刻爲雲雷之象是毛詩以金飾罍與韓同惟毛言人君統天子諸侯言之韓以諸侯大夫言唯是爲異疏云人君黃金罍謂天子也周南王者之風故皆以天子之事言毛恐案周南之詩是文王未稱王時作無嫌於金罍爲諸侯之制毛傳統言人君所以成其曲說不若韓之

得實也云土以梓者釋文同孔疏司尊彝注罍亦刻而畫之爲山雲之形言刻畫則用木矣故禮圖依制度云刻木爲之韓說言士以梓士無飾言其木體則以上同用梓而加飾耳疏又云謂之罍者取象雲雷博施如人君下及諸臣說文櫑下云龜目酒尊刻木作雲雷象施不窮也从木畾聲罍下云櫑或从缶𦉥下云櫑或从皿䨻下云籀文櫑文選班固東都賦列金罍借字固用齊詩蓋齊作靁漢書文三王傳梁孝王有䨻尊顔注引應劭曰詩云酌彼金䨻䨻畫雲雷之象以金飾之也劭蓋用魯詩說又引鄭氏曰上蓋刻爲雲雷之象顔疑刻畫不同故兩引之案據毛詩說司尊彝注皆刻畫並舉非有異義陳喬樅云食貨志注引鄭氏稱詩蕖有梅作蕖與魯韓毛文異知此據齊詩也說文永長也言如此則我不至以賢之不見長久懷思冀望之詞也蓋文王當日以官人爲急慮巖棲谷隱之賢伏而不出不憚跋涉勞瘁躬親訪求故有崔嵬高岡馬病僕痡之事獵呂尚於磻溪舉顛夭於山林皆其明證故知不通三家未可言詩也

陟彼高岡我馬玄黃(注)韓說曰峛崺曰岡峛崺者卽爾雅所說山脊也魯說曰玄黃病也我姑酌彼兕觥維以不永傷(注)韓說曰一升曰爵爵盡也足也二升曰觚觚寡也飲當寡少三升曰

觶觶適也飲當自適也四升曰角角觸也不能自適觸罪過也五升曰散散訕也飲不自節爲人謗訕總名曰爵其實曰觴觴者餉也觥亦五升所以罰不敬觥廓也所以著明之貌君子有過廓然著明非所以餉不得名觴魯說曰傷思也【疏】傳山脊曰岡玄馬病則黃兒觥角爵也傷思也箋此章爲意不盡申殷勤也觥罰爵也饗燕所以有之者禮自立司正之後旅醻必有醉而失禮者罰之亦所以爲樂○崔嵬至脊也玉篇山部引韓詩文說文同俱本爾雅山脊岡爲訓邢疏引孫炎曰長山之脊也必言長者脊脊骨長顧震福云孫說是也孔叢子云登彼邱陵峛崺其阪法言云升東嶽而知眾山之峛崺也是峛崺爲卑小之邱玉篇引埤蒼云峛崺沙邱也慧琳音義七十八引考聲云峛崺沙邱兒也卑且長也委曲相接也廣韻峛崺沙邱狀峛音邐集韻峛崺山卑長也或作邐迤邐迤卽峛崺之本字釋地邐迤沙邱鄭注旁行連延說文邐行邐邐也迤衺行也蓋沙土所積橫亘連延卑於高大有石之山謂之邐迤或作峛崺亦謂之岡卽邱陵也詩人所陟之岡乃卑中之高者故特曰高岡非岡本高山之名也釋名山脊曰岡岡亢也在上之名也殊誤陳奐云虺積疊韻玄黃雙聲皆合二字成義玄黃之不可分釋猶虺穨之不能

分釋也黃本馬之正色黃而玄爲馬之病色若以玄爲馬色而黃爲馬病則不通矣愚案陳說是玄黃病也者釋詁文與毛異此魯說蔡邕述行賦我馬虺頽以玄黃易林乾之革玄黃虺隤行者勞罷役夫憔悴踰時不歸師之臨震之艮同文選曹子建贈白馬王彪詩修坂造雲日我馬玄以黃玄黃猶能進我思鬱以紆蔡學魯焦學齊曹學韓皆玄黃連讀知毛義誤此章姑字以上章例之三家亦當爲夃○說文兕下云如野牛而青象形與禽离頭同兕下云古文从几觵下云兕牛角可以飲者其狀觵觵故謂之觵觥下云俗觵從光一升至名觴孔疏引許愼異義引韓詩文士昏禮疏引作韓詩外傳梓人疏引作今韓詩說云古周禮說亦與之同特牲饋食禮篚在洗西南順實二爵二觚四觶一角一散鄭注引此又作舊說云一升曰爵者禮器士昏注論語雍也篇集解燕禮疏廣雅釋器同梓人亦云爵一升云爵盡也者禮器疏引異義同曲禮長者舉未釂注盡爵曰釂釂與醮音義同醮亦訓盡荀子禮論篇利爵之不醮也注醮盡也左隱元年傳未王命故不書爵疏引服注云爵醮也所以醮盡其材也白虎通爵篇爵者盡也各量其職盡其才也王制王者之制祿爵疏爵者盡也爵本酒器一升至少而易盡故訓爲盡引申爲爵秩之字亦竝取盡意爵盡雙聲字爲訓也云足也者禮器疏引同飲不可多盡一升爲已足故又云足也說文觳禮器也象觳之形中有鬯酒又持之也所以飲器象觳者取其鳴節節足足也爵節足三字雙聲故又訓爵爲足云二升曰觚

者禮器注觶也篇集解燕禮疏廣雅釋器同梓人觚三升鄭注觚當爲觶賈疏鄭駁異義云觶字角旁支汝潁之間師讀所作今禮角旁單古書或作角旁氏角旁氏則與觚字相近學者多聞觚寡聞觗寫此書亂之而作觚耳禮器制度云觚大二升觶大三升是故鄭從二升觚三升觶也案說文觴受三升者謂之觚雍也篇馬注三升曰觚並緣周禮字誤燕禮坐取觚洗注古文皆爲觶又公坐取賓所媵觶作觚足證古書二字多相亂云觚寡也飲當寡少者觚寡雙聲字禮器疏引異義同云三升曰觶者士冠禮禮器注行葦釋文廣雅釋器同說文觶鄉飲酒角也禮曰一人洗舉觶觶受四升許以觚爲三升故云觶受四升溷觶於角也云觶適也飲當自適也者士冠禮釋文引字林云觶音至至適雙聲字云四升曰角者禮器注廣雅釋器同云角觸也不能自適觸罪過也者角所以觸此緣文生訓也釋樂釋角文引劉歆云角觸也物觸地而出戴芒角也廣雅釋言亦云角觸也禮戒多飲故以觸罪過爲訓云五升曰散者禮器大射儀注廣雅釋器同注並云散方壺之酒也蓋此器如壺而方云散訕也飲不自節爲人謗訕者散訕同聲字爲訓淮南精神訓注散雜亂貌荀子修身篇注散不拘檢者也多飲而散則爲人所訕此器受酒愈多故以散爲名韓又推其義釋之云總名曰爵者禮器疏引異義同對文則異散文則通云其實曰觴者禮器疏引同說文觶實曰觴虛曰觶據韓說凡爵實酒而進之皆曰觴不獨觶也大戴禮曾子事父母篇注亦云實之曰觴云觴者

餉也者，以飲食進人皆謂之餉說文餉饟也亦謂之饗呂覽長攻篇達鬱篇注竝云觴饗也餉饗同聲字云觥亦五升所以罰不敬觥廓也所以著明之貌君子有過廓然著明非所以餉不得名觴者左成十四年傳孔疏引同異義此下又云毛詩說觥大七升許慎謹案觥罰有過一飲而盡七升爲過多明許主韓五升之說不然毛義也釋文引韓詩云容五升與異義引同又讀禮圖云容七升彼蓋據毛爲說非也周禮小胥觵其不敬者注觵罰爵也閭胥掌其比觵撻罰之事注觵撻者失禮之罰也韓據禮爲說故云以罰不敬宋綿初云觥從光得聲廓從郭得聲光郭一聲之轉說文光明也觥從光聲亦即此義方言張小使大謂之廓張大郎著明之義愚案君子有過人皆見之廓然著明所以爲大說文其狀觵觵然故謂之觵言此器觵觵然大也故越語韋注云觥大也後漢郭憲傳李注觥觥剛直之貌移狀物之義以貌人與韓說君子有過廓然著明意正相發此觥既是罰爵非以餉人乃受罰者自取飲而盡之它爵賓酒曰觴觥雖賓酒不以進客不得名觴也此詩言酌賢人亦用兕觥者饗燕之禮有兕觥不必定是罰爵特就國君所有爲言耳七月篇朋酒斯饗稱彼兕觥左昭元年傳趙孟叔孫豹曹大夫入于鄭鄭伯兼享之趙孟爲客穆叔子皮及曹大夫興拜舉兕爵飲酒樂是饗燕皆用兕觥非以爲罰韓說乃制觥之初義其後爲禮亦得通用也○傷思也者釋詁文郭注感思也邢疏傷者周南卷耳云維以不永傷說文傷創也慯憂也傷是慯假借字此

言君子思賢且與上文永懷一例故不訓傷爲㥶而
訓爲思它處無訓傷爲思者足證此文諸家無異義

陟彼砠矣我馬瘏矣我僕痡矣云何吁矣【注】**齊韓砠作岨韓說曰云辭也魯吁作盱魯說曰盱憂也**【疏】傳石山戴土曰砠瘏病也痡亦病也吁憂也箋此章言臣旣勤勞於外僕馬皆病而今云何乎其亦憂矣深閔之辭○齊韓砠作岨者說文岨石戴土也詩曰陟彼岨矣案爾雅作砠是魯詩同毛其作岨者齊韓文皮嘉祐云釋名釋山石戴土曰岨岨臚然也成國作岨不作砠本齊韓義說文瘏病也詩曰我馬瘏矣痡病也詩曰我僕痡矣釋詁痡瘏病也邢孔疏並引孫炎曰痡人疲不能行之病瘏馬疲不能進之病案孫以痡爲疲不能行此魯義也蔡邕述行賦僕夫疲而劬劬兮我馬虺頹以元黃融會詩文易痡爲疲勞蔡用魯說正與孫合易林玄黃虺隤行者勞罷役夫憔悴踰時不歸勞罷與疲勞義合役夫憔悴又申言之賁之小過踰時不歸處子畏哀正釋末句意處子無義乃君子之誤云辭也者文選傳咸詩注引薛君章句文言此行云何我之憂矣鄭箋而今云何正云何二文連讀猶言云如之何魯吁作盱者釋詁盱憂也郭注詩曰云何盱矣邢疏卷耳及都人士文也郭引與毛異明據舊注魯詩文釋文盱本或作忏陳喬樅云訓憂當從心忏盱疑皆忏之假借愚案說文盱張目也列子釋文引作仰目也張目仰目皆遠望意不見

賢人憂思長望故曰盱憂
也意自貫注非必借字

卷耳四章章四句

樛木(疏)毛序后妃逮下也言能逮下而無嫉妬之心焉箋后妃能諧衆妾不嫉妬其容貌恒以善言逮下而安之○美文王得聖后受多福也文選潘安仁寡婦賦云伊女子之有行兮爰奉嬪於高族承慶雲之光覆兮荷君子之惠渥顧葛藟之蔓延兮託微莖於樛木李注葛藟二草名也言二草之託樛木喻婦人之託夫家也詩曰南有樛木葛藟纍之案潘以女子之奉君子如葛藟之託樛木李引此詩爲釋是古義相承如此不以樛木喻后妃葛藟喻衆妾也且詩明以樛木君子相對爲文無后妃逮下不妒忌衆妾意文選班孟堅幽通賦葛緜緜於樛木兮詠南風以爲綏李注引曹大家曰詩周南國風曰南有樛木葛藟纍之樂只君子福履綏之此是安樂之象也潘李所用詩義不能明爲何家大家用齊義而說此詩亦不及后妃逮下知三家與毛義異

南有樛木葛藟纍之(注)韓樛作朻魯說曰藟巨荒也虆緣也(疏)傳興也南南土也木下曲曰樛南土之葛藟茂盛箋木枝以下垂之故故葛也藟也得纍而蔓之而上下俱盛興者喻后妃能

以意下逮衆妾使得其次序則衆妾上附事之而禮義亦俱盛
南土謂荆揚之域○南者文王所治周南箋謂荆揚之域案下
南有喬木言化行江漢則南是荆揚之域此詩之南其爲陝洛
荆揚不可得知毛下言荆揚之域故鄭說本之詩言南有益證
毛以化自北而南釋二南字義爲非矣韓樛作朻者釋文木下
曲曰樛馬融韓詩本竝作朻說文以朻爲木高胡承珙云馬習
魯詩疑魯本作朻與韓同也說文朻下云高木也樛下云下句
曰樛桂馥云此與朻字訓互誤說文丩相糾繚也與下句意合
翏高飛也與木高意合釋木下句曰朻釋文本又作樛同樛朻
二字同聲相通愚案桂說是蓋古書以二字音同轉寫互誤宜
據以訂正文選高唐賦李注引爾雅作下句曰糾朻與糾音義
同糾繚相結正枝曲下垂之狀明釋文又作本爲誤韓作朻正
字毛作樛借字後人據各書改併說文二字之義則遷就而失
其真矣葛見葛覃說文藟艸也詩曰莫莫葛藟一曰秬鬯也又
云蘽木也蘽傳本草謂嬰奧爲千歲蘽郎今人言萬歲藤大者
如盌案廣雅釋草藟藤也郎說文之藟草釋木諸慮山櫐郭注
今江東呼櫐爲藤似葛而麤大郎說文之蘽木所謂嬰奧也二
者竝是藤而有草木大小之不同釋文藟本亦作蘽則其字後
人誤溷爲一藟巨至緣也者劉向楚詞九歎葛藟蘽於桂樹兮
王注藟巨荒也蘽緣也詩曰葛藟蘽之陳喬樅云孔疏引陸璣
云藟一名巨荒似燕薁亦延蔓生葉似艾白色其子赤亦可食
酢而不美巨荒今文苑誤作巨苽易困卦釋文苽作荒不誤又多幽州謂之推藟句臧鏞堂云宋槧傳箋本載釋文

稚詎荒元恪草木疏未著魯齊韓毛四家詩授受四篇雖以毛爲主爲之作疏實兼取三家說故說葛藟與叔師所述魯訓合愚案藟爲秬鬯古訓無徵說文秬鬯荅亦巨荒之譌嬰薁郎燕薁音同字異耳說文虆綴得理也無虆字荅後人以葛藟是草加艸作虆釋文虆力追反纍繞也本又作虆上附時掌反是毛詩亦有作虆者纍繞上附陸分二義王訓虆爲緣與上附意合藟既上緣自然纍繞與虆無異義高注呂覽季春紀虆牛云虆讀如詩葛虆之虆高用魯詩明魯本又作虆

樂只君子福履綏之【注】魯說曰履福也【疏】傳履祿綏安也箋妃妾以禮義相與和又能以禮樂樂其君子使爲福祿所安○說文只語已詞也从口象气下引之形廣雅釋詁詞也語相屬而氣微下引以舒之故爲語已詞句中皆然不獨句末樂只君子猶樂哉君子矣君子謂國君毛此章傳云履祿也履福也者釋詁履福也郭注詩曰福履綏之釋言履祿也郭注詩曰福履將之引與傳異明舊注魯詩義如此說文福祜也履足所依也與福相依無所不順故履訓福也釋言履禮也說文禮履也所以事神致福也履禮互訓說文釋禮亦言致福與履福也義合說文綏車中把也从系从妥爲形聲兼會意字釋詁妥安也綏安也妥綏古同字妥爲安故詩書中安皆借訓爲安上之之朻木下之之國君上言夫人託體於君子猶葛藟延緣於朻木爲夫人慶也下言樂哉君子已得夫人有此百福以安之又爲國君慶也

南有樛木葛藟荒之樂只君子福履將之(注)魯說曰履祿也(疏)傳荒奄將大也箋此章申殷勤之意將猶扶助也○說文荒蕪也一曰草掩地也兩訓相成草多則荒蕪而所掩覆者大釋言荒奄也郭注奄奄覆也見詩邢疏孫炎曰荒大之奄周南云葛藟荒之郭云奄覆卽掩覆矣荒蕪一聲之轉蕪與幠音同義近荒又作幠魯頌遂荒大東釋詁郭注引作遂幠大東說文幠覆也則知蕪亦有覆義矣參證兩文郭注知魯詩荒幠同字竝言掩覆之大葛藟延緣枓木蔓生既久則掩覆者亦大也魯訓履爲祿祿者引見上文履祿聲轉義同祿亦福也釋詁祿福也邢疏福祿對文則小異散則祿亦福也商頌元鳥篇百祿是何鄭箋謂擔負天之多福說文亦云祿福也禮少牢饋食禮使女受祿于天鄭注古文祿爲福是福祿字訓竝通履之爲祿猶履之爲福矣魯變文立訓故郭引不同釋詁將大也與上荒之文義相對首言安之此乃大矣

成則更進次弟如此

南有樛木葛藟縈之樂只君子福履成之(注)魯韓縈作⿱艹縈(疏)傳縈旋也成就也○說文⿱艹縈草旋皃也詩曰葛藟⿱艹縈之說文衣部褮讀若詩曰葛藟縈之與毛詩同此作⿱艹縈者三家文也士喪禮鄭注幎讀若葛藟縈之之縈鄭禮注用齊詩作縈與毛同則作⿱艹縈者乃魯韓本說文縈收卷也葛藟緣木暢茂言收卷則非其義

縈訓草旋貌謂草之盤旋而上達詳詩義縈正字縈借字說文成就也从戊丁聲戚古文成從午萬物丁實而長大此物之終也故詩終言之

樛木三章章四句

螽斯疏毛序后妃子孫衆多也言若螽斯不妬忌則子孫衆多也箋忌有所諱惡於人○周南詩人美后妃子孫多且賢也韓詩外傳九舉孟母教子爲相還金二事終篇兩引詩宜爾子孫繩繩兮言賢母使子孫賢也外傳多采雜事而大義必與內傳相應證以振振繩繩蟄蟄之義知韓說此詩美后妃能使子賢也御覽百三十七引續漢書順烈梁皇后曰陽以博施爲德陰以不專爲義螽斯則百斯男之祚所由興也後漢皇后紀言后治韓詩能舉大義此引螽斯詩卽韓說而云陰以不專爲義知韓言后妃不妒忌與毛同後漢荀爽傳爽對策略云衆禮之中婚姻爲首故天子娶十二天之數也諸侯以下皆有等差事之降也陽性純而能施陰禮順而能化以禮濟樂節宜其氣故能豐子孫之祥致老壽之福竊聞後宮采女五六千人從恩以爲諸非禮聘未嘗幸御者一皆遣出使成妃合配陽施祈螽斯爽治齊詩其論陽施螽斯之旨與韓毛同襄玄傳時趙飛燕爲皇后專寵懷忌玄上書諫曰臣聞王者承天繼宗統極保業延祚莫急肩嗣故易有幹蠱之義詩詠衆多之

福襄楷傳楷上疏曰昔文王一妻誕至十子今宮女數千未聞慶育宜修德省刑以廣螽斯之祚文選張茂先女史箴比心螽斯則繁爾類說詩竝同是此詩美后妃不妒忌以致子孫眾多能使皆賢自來說詩者無異詞序說言若螽斯不妬忌則子孫眾多螽斯微蟲妬忌與否非人所知箋說因之而益謬陳氏奐袒傳於斯字斷句究屬牽強

螽斯羽詵詵兮〔注〕三家斯作蜇詵詵作䢩䢩〔疏〕傳螽斯蚣蝑也詵詵眾多也箋凡物有陰陽情慾者無不妬忌維蚣蝑不耳各得受氣而生子故能詵詵然眾多后妃之德能如是則宜然○三家斯作蜇者眾經音義十引詩曰螽蜇羽十三引同與毛異葢三家文螽蜇與螽截然二物毛詩作斯故後人以斯爲語詞而溷螽斯與螽爲一物此大謬也說文蠭下云蝗也从䖵夂聲夂古文終字螺下云螽或从虫眾聲蝗下云螽也廣雅釋蟲螽蝗也眾經音義四蝗螽也謂蝗蟲也小曰蝩蠅鼆蠜大曰蝗魚子化作也今案凡魚蝦子遇天旱水涸乾著岸旁即可化蝗得雨水還復爲魚蝦若化蝗生子須掘地出之毋俾遺種此食苗爲災之螽也說文蚣下云蚣蝑以股鳴者从虫松聲蚣下云蜙或省蝑下云蜙蝑也从虫胥聲蜙蝑二字相連爲文此即詩之螽斯也毛傳螽斯蚣蝑也方言春黍謂之䗁蝑廣雅釋蟲蚻蝑蟒蠑也孔疏引陸璣云幽州人謂之春箕春箕即春黍蝗類也長而青長角長股股鳴者也或謂似蝗而小班黑其股似瑇瑁又五月中以兩

股相切作聲聞數十步是也。愚案：螽斯蚣蝑蜙蝑春箕春黍一物數名，竝字隨音變。螽蚣、春蝽疊韻字，斯黍、蝑箕一聲之轉。螽斯二字爲一蟲名，與單名螽者迥別。衆呼之曰蜙蝑，方言春黍又爲蚣蜙，釋蟲蜇螽蚣蝑，郭注蚣蜙也，俗呼蟠蟀是也。蜙蝑之爲蜙蝑，猶今人呼蟋蟀爲蟋蟋，急口呼之則音變也，倒呼之曰斯螽。豳風「五月斯螽動股」，玉篇「蚣蝑，斯螽」是也。又曰蜇螽，釋蟲蜇螽蜙蝑是也。斯析雙聲字，故釋文云「蜇本又作蟴」，與衆經音義所引螽蟴文合。螽蟴隨地皆有，初不爲害，與食苗爲災之螽形略同而性絕異。自李巡釋爾雅蜇螽諸物，槪以爲分別蝗子異方之語，陸璣以螽斯爲蝗類，范甯注穀梁桓五年傳蟲災之螽云蜙蝑之屬，後人展轉相沿，螽斯與螽遂併爲一物而莫可究詰矣。郭璞方言注：「江東呼爲蚱蜢。」郝懿行爾雅義疏云：「驗此類有三種：一種碧綠色，腹下淺赤，體狹長，飛而以股作聲戛戛者，蜙蝑也，陸疏前說是也；一種似蝗而斑黑色，股似瑇瑁文，相切作聲咨咨者，陸疏後說是也；又一種亦似蝗而尤小，青黃色，好在沙草中，善跳，俗呼跳八丈，亦能以股作聲，甚清亮。此三者皆動股屬也。郭廣異號，適符今名，郝據目驗，尤詳形質矣。螽蟴羣飛，故以羽言。○詵詵作⿰多辛⿰多辛者，釋文：「詵詵，衆多也。說文作⿰多辛，音同。」陳喬樅云：「說文無⿰多辛字，陸氏所據蓋古本有之。玉篇多部：『⿰多辛，多也。或作莘騂辨駪牲。』玉篇⿰多辛字卽本於詩文。又說文：『詵，致言也。詩曰：螽斯羽詵詵兮。』文與毛同，則⿰多辛字爲三家今文。」愚案：詵無衆多義，乃⿰多辛之假借。段玉裁亦以陸所據說文有⿰多辛字爲三家詩馬瑞辰云先辛雙聲通用小雅駪駪征夫說文引作莘莘伊尹耕於有莘之野有莘或作有侁是也廣雅釋詁𡖍多也明所引三家義兮語助說詳綠衣

宜爾子孫振振兮注魯說曰文王十子伯邑考武王發周公旦管叔鮮蔡叔度曹叔振鐸成叔處霍叔武康叔封南季載疏傳振振仁厚也箋后妃之德寬容不嫉妒則宜女之子孫使其無不仁厚○禮內則注宜猶善也韓云能使子賢是能善其子也爾爾太姒文王至季載白虎通姓名篇引詩傳文列女傳母儀篇同所引魯詩傳也皮錫瑞云太史公用魯詩管蔡世家云武王同母兄弟十人長子曰伯邑考次曰武王發次曰管叔鮮次曰周公旦次曰蔡叔度次曰曹叔振鐸次曰郕叔武次曰霍叔處次曰康叔封次曰冉季載其次序人名略異魯詩以周公爲兄管叔爲弟成叔名處霍叔名武史記以管叔爲兄周公爲弟郕叔名武霍叔名處或史公用古文說歟古毛詩說無明文古左氏說次序更異思齊毛傳但云太姒十子孔疏引史記云云曰其次不必如此其十子之名當然也皇甫謐云文王取太姒生伯邑考武王發次管叔鮮次蔡叔度次成叔武次霍叔處次周公旦次曹叔振鐸次康叔封次聃季載不知謐何所據而別於馬遷也左定四年傳注蔡叔周公兄孔疏亦引史記云云曰如彼文則蔡叔周公弟也今以蔡叔爲周公兄者以僖二十四年傳富辰言文之昭十六國

蔡在魯上明以長幼爲次賈逵等皆言蔡叔周公兄故杜從之史遷之言多辟謬故不用爲說案孔疏以毛鄭無明說依違其辭左傳疏則以傳有明文堅執爲是竊疑富辰隨意舉之不必皆以長幼爲次若以爲次不特管蔡周公兄成霍亦周公兄皇甫以周公列第七正據左傳孔謂不知何據疏矣周公若次第七不應越四兄攝政又不應其後魯爲宗國賈杜皇甫雖據左傳恐非左意史記以管叔列周公上猶相去不遠而漢世今文通行多同魯詩白虎通誅伐篇尙書曰肆朕誕以爾東征誅弟也後漢樊儵傳周公誅弟注周公之弟管蔡二叔流言於國張衡傳思元賦旦獲讟於羣弟兮注周公攝政其弟管叔等謗言魏志毋丘儉傳討司馬師表云春秋之義大義滅親故周公誅弟傳子通志篇管叔蔡叔弟也爲惡周公誅之舉賢篇周公誅弟而典型立皆今文說趙岐注孟子云周公惟管蔡弟也故愛之管叔念周公兄也故望之後人多疑其非不知漢時今文說如是也鄧析子無厚篇周公誅管蔡此於弟無厚也又在漢人前武氏石刻畫象武王同母兄弟十人序次自後而前首伯邑考次武王發次周公旦次一人名泐蓋管叔鮮次蔡叔度次二人名泐蓋曹叔振鐸霍叔武次叔處上一字泐微見鉤挑似是成字次康叔封次季載上一字泐當是南字石刻所列與白虎通列女傳合白虎通云成叔處霍叔武列女傳云霍叔武成叔處石刻叔處在後與列女傳合與白虎通次序稍異而周公列武王後管叔前則分明可據足爲魯詩之證愚案裏楷傳李莊

引史記言伯邑考等同母兄弟十人是衆妾所生者尚不在此數故大雅言百男詩上二句喻衆多下二句美善教孔疏言孫者協句生子衆則孫亦多愚謂作是詩時后妃必已有孫非協句也說文振奮也釋言振訊也郭注振者奮迅太元元瑩元文句並云振動也重言之則曰振振言后妃子孫受賢母之教莫不奮迅振動有爲之象也有駁傳振振羣飛貌左僖五年傳注振振盛貌晉語注振振威武也並與振字本義近亦與此振振義合麟趾振振同

螽斯羽薨薨兮宜爾子孫繩繩兮（注）韓薨作⿰虫厷韓說曰繩繩敬貌也（疏）傳薨薨衆多也繩繩戒愼也○韓薨作⿰虫厷者釋訓釋文引舍人本薨薨作雄雄當爲⿰虫厷⿰虫厷亦作翃因誤爲雄廣雅釋訓⿰虫厷⿰虫厷⿱𦳝羽⿱𦳝羽飛也集韻十七登博雅⿱𦳝羽⿱𦳝羽飛也或作⿰虫厷通作薨據此⿰虫厷⿱𦳝羽一字舍人本之雄雄有作⿰虫厷⿰虫厷⿱𦳝羽⿱𦳝羽者故廣雅引之而訓爲飛也釋訓同毛詩薨薨是借字廣雅本所引迺韓文玉篇⿰虫厷蟲飛也⿱𦳝羽羣鳥弄翅也二字分屬非是繩繩敬貌也者玉篇系部引韓詩文釋訓繩繩戒也毛傳釋繩繩爲戒愼本之顧震福云韓說敬貌敬當讀爲警常武既敬既戒夏官序官注作既儆既戒隸僕注釋文儆字又作警古警與敬通箋云敬之言警也釋名敬警也恆自肅警也說文警之言戒也从言从敬敬亦聲繫傳云禮曰先鼓以敬戒敬戒卽警戒下武篇繩其祖武傳繩愼也管子宙合篇故君子繩繩乎愼其所先漢書

禮樂志繩繩意變應劭注繩繩敬謹更正意也韓訓繩爲敬與毛訓戒愼義同

螽斯羽揖揖兮（注）魯韓揖作集**宜爾子孫蟄蟄兮**（注）魯說曰蟄靜也（疏）傳揖揖會聚也蟄蟄和集也○魯韓揖作集者揖無聚義陳奐云廣雅釋訓集集衆也說或本三家揖通作集如說文鏶或作鍓之例馬瑞辰云揖葢集之假借詩辭之輯矣新序引作集說文卙詞之集也又曰雧羣鳥在木上也或省作集是集本鳥羣集引申爲凡聚之稱重言之則曰集集廣雅本三家詩愚案揖輯集古字通用書舜典輯五瑞史記五帝紀漢書郊祀志作揖五瑞漢書兒寬傳統楫羣元注輯楫集三字同是揖集互通之證它書集集無連文明是此詩魯韓訓○蟄靜也者釋詁文郭注見詩傳案毛傳無此訓陳奐云此三家義何楷云說文蟄藏也物伏藏則安靜故又訓爲靜蟄蟄安靜而各得其所也愚案此魯說陳又云說文卙卙盛也徐鍇繫傳云詩曰宜爾子孫蟄蟄兮蟄蟄衆也此卙義近之也據此或三家有作卙卙訓盛者淮南原道注蟄讀什伍之什呂覽孟春紀注音律注蟄讀如詩文王之什此蟄什同音之證馬瑞辰云卙卙音義與蟄蟄同愚案二說近附會振振繩繩蟄蟄皆主性情言釋詁義合

螽斯三章章四句

桃夭〔疏〕毛序后妃之所致也不妬忌則男女以正婚姻以時國無鰥民也箋老而無妻曰鰥○易林否之隨春桃生花季女宜家受福多年男爲邦君師之坤謙之夬噬嗑之既濟大過之蹇解之歸妹同師之坤多年作且多下多在師中吉一句大過之蹇生花作始華師之坤謙之夬噬嗑之既濟邦君作封君古封邦字通用又復之解春桃萌生萬物華榮邦君所居國樂無憂又困之觀桃夭少華婚悅宜家君子樂胥長利止居陳喬樅云據易林說則桃夭之詩蓋當時實指其事張冕云桃夭如爲民間嫁娶之詩大學何由即指爲實能宜家而可以教國詳易林之語似是武王娶邑姜事然則大學引之非虛詞矣愚案張說無徵然易林云男爲邦君是齊詩說不以爲民間嫁娶之詩甚明參之大學宜家教國之義非國君不足以當之不知爲周南何國之詩也魯韓未聞

桃之夭夭灼灼其華〔注〕魯韓夭夭作枖枖又作𡝩𡝩魯韓說曰𡝩𡝩茂也灼灼明也〔疏〕傳興也桃有華之盛者夭夭其少壯也灼灼華之盛也箋興者喻時婦人皆得以年盛時行也○說文枖木少盛皃從木夭聲詩曰桃之枖枖𡝩巧也一曰女子笑皃詩曰桃之𡝩𡝩從女芺聲竝三家文九經字樣木部出枖夭二字注云音妖木盛皃詩云桃之枖枖上說文下經典相承隸省據此枖正字夭消字玉篇木部枖下云木盛皃廣韻四宵枖下云說文云木盛皃詩云桃之枖枖本亦作夭案三引竝刪去說文少字非是毛傳桃有華之盛者夭夭

其少壯也少壯與說文少盛意同徐鍇繫傳云桃之夭夭喻女子在家形體曰盈長也若無少字喻意不明易林云少華明齊義同大學引詩桃之夭夭易林云桃夭少華是齊毛同作夭則作枖娱者魯韓本也玉篇娱娟也與說文訓娱爲女子笑貌合娱娱茂也者廣雅釋訓文許以女子笑貌釋字義張以茂釋詩義兩訓相成正喻乃明灼灼明也者亦廣雅釋訓文與毛傳灼灼華之盛也義異說文灼炙也炙是灸之誤上文灸灼也互相爲訓灼無明義乃焯借字說文焯明也周書焯見三有俊心今書作灼此灼焯字通之證連言灼灼者文心雕龍物色篇灼灼狀桃花之鮮是也文選阮籍詩劉良注夭夭美貌灼灼明貌並用三家義華者說文𠂹下云艸木華葉𠂹象形𠌶下云艸木華也从𠂹亏聲華下云榮也从艸从𠌶釋草木謂之華草謂之榮對言則異散言則通榮從木木著華亦爲榮故說文訓華爲榮後世代以花字而華義別行據易林春桃生花則華之爲花自漢已然月令仲春之月桃始華通典五十九五經通論引束皙曰桃夭篇序美婚姻以時蓋謂盛壯之時而非日月之時故灼灼其華以喻盛壯非謂嫁娶當用桃夭之月其次章曰其葉蓁蓁有賁其實之子于歸此豈仲春之月乎詩人之興取義繁廣或舉譬類或稱所見不必皆可定候也案束辨正毛序足解箋疏之惑

之子于歸宜其家室（注）魯齊說曰之子者是子也（疏）傳之子嫁子也于往也宜以有室家無踰時者箋宜者謂男女年時俱當

○之子者是子也者釋訓文此魯詩之子通訓與毛嫁子義異大學引之子于歸鄭注之子者是子也明齊義同魯馬瑞辰云釋詁如適之嫁竝訓爲往傳以之與嫁同義故以之子爲嫁子然詩言之子甚多如之子于征之類不得訓爲嫁當從釋訓訓爲是子也又云傳于往也以于爲如之叚借故訓爲往然婦人謂嫁曰歸詩既言歸不必更以于爲往爾雅于曰也曰古讀若聿聿于一聲之轉之子于歸正與黃鳥于飛之子于征爲一類于飛聿飛也于征聿征也于歸亦聿歸也又與東山詩我東曰歸采薇詩曰歸曰歸同義曰亦聿也于曰聿皆詞也舊皆訓于爲往或讀曰如子曰之曰竝失之愚案此說足正自來注家之誤說文宜所安也室實也从宀从至至所止也家居也宜其室家猶言安其止居易林長利止居正宜其室家之文此齊說也毛以爲有室家無踰時似非詩義

桃之夭夭有蕡其實之子于歸宜其家室疏傳蕡實貌非但有華色又有婦德家室猶室家也○有蕡其實者舉蕡以狀桃實之大也字當爲黂借蕡字耳說文蕡雜香草無實義釋草黂枲實釋文黂本作蕡籩人其實麷蕡注麻曰蕡喪服傳釋文蕡麻實內則注釋文蕡字又作黂大麻子竝蕡黂通叚之證說文實富也从宀从貫貫貨貝也引申之凡物盈於內皆謂之實故草木果亦曰實也上室家此家室倒文合均

桃之夭夭其葉蓁蓁之子于歸宜其家人〔注〕齊說曰夭夭蓁蓁美盛貌魯說曰蓁蓁茂也韓說曰蓁蓁盛貌〔疏〕傳蓁蓁至盛貌至盛也一家之人盡以爲宜箋家人猶室家也○夭夭蓁蓁美盛貌者禮大學鄭注文以美釋夭夭盛釋蓁蓁有色有德形體盛貌者禮大學鄭注文以美釋夭夭盛釋蓁蓁蓁蓁茂也者廣雅釋訓文茂盛同義蓁蓁盛貌者菁菁者莪釋文引薛君說此詩義當同也大學引之子于歸宜其家人申之曰宜其家人而後可以教國人與易林男爲邦君及邦君所居樂國無憂義合此齊詩推演之說也上言宜家室但謂安其居止此言宜家人則能安一家之人故以家人國人對待言之惟自安其室家然後其家之人皆安之也

桃夭三章章四句

兔罝〔注〕韓說曰殷紂之賢人退處山林網禽獸而食之文王舉閎夭泰顛於罝網之中〔疏〕毛序后妃之化也關雎之化行則莫不好德賢人衆多也○殷紂至食之文選桓溫薦譙元彥表兔罝絕響於林中劉良注云罝兔網也殷紂之賢人退處山林網禽獸而食之唐惟韓詩存劉注本韓說也文王舉閎天泰顛於罝網之中者墨子尚賢篇文下云授之政西土服據此劉注所稱殷紂之賢人卽閎天泰顛墨子所

述實兔罝詩篇古義劉注係節引故未言文王舉賢以左傳説詩義推之知韓説此詩本末如此也天顛先臣事紂見其無道逃遁山林文王舉之詩人閔商之危亂惡天顛之不終事王朝而爲公侯腹心故作此詩蓋祖伊微子之志也時文王化被南方三分有二汝蔡江漢閒先爲殷地皆已屬周賢才樂爲文王用而忠於商者有深疾焉是以爲刺左成十二年傳郤至曰共儉以行禮慈惠以布政政以禮成民是以息百官承事朝而不夕此公侯之所以扞城其民也故詩曰赳赳武夫公侯干城及其亂也諸侯貪冒侵欲不忌爭尋常以盡其民略其武夫以爲己腹心股肱爪牙故詩曰赳赳武夫公侯腹心天下有道則公侯能爲民扞城而制其腹心亂則反之其以文王爲諸侯略武夫爲己腹心他國之詞不嫌已甚仍繫之周南者南人所作也與下三章皆一地一時事

肅肅兔罝，椓之丁丁。【注】魯説曰：兔罝，網也。又曰：肅肅兔罝，椓之丁丁，言不怠於道也。齊説曰：兔罝之容，不失其恭。【疏】傳肅肅敬也兔罝兔罟也丁丁椓杙聲也箋罝兔之人鄙賤之事猶能恭敬則是賢者衆多也○説文肅持事振敬也从聿在𣶏上戰戰兢兢也重言之則曰肅肅釋訓肅肅敬也魯毛義同罝兔網也者呂覽季春紀高注文引詩首句爲釋淮南時則訓注同釋器兔罟謂之罝網罟義同肅肅兔罝言設此兔罝之人雖託業微賤能持恭敬之道肅肅至道也者列女傳楚接輿傳云夫安貧賤而不怠於道者惟至德能之詩曰肅肅兔罝椓之丁丁言不怠於道也兔罝之容不失其恭者易林坤之困文據此魯齊韓釋肅肅義同說文椓擊也設罝於地椓擊其橜然後張之陳奐云椓杙謂之杙橜丁古杙字愚案說文杙橦也柱顛謂橦當爲撞五音集韻杙擊也義與丁合丁上从入丨象所以入之物丁丁椓之使深入地習勞苦之事則易生慢易之容今此賢人椓杙入地勞云至矣而終始持以肅肅故劉云不怠焦云不失深美之也天顯隱居山林网兔爲食王充論衡宣漢篇云猶守株待兔之蹊藏身破罝之路也趙岐孟子章指云兔罝窮處並用此事與劉艮說合王趙皆學魯詩明魯韓義同

赳赳武夫公侯干城注魯說曰赳赳武皃干扞也韓赳或作糾魯說曰言其賢可爲公侯扞難其城藩也又曰諸侯曰干城言不敢自專禦於天子也疏傳赳赳武貌干扞也箋干也城也皆以禦難也此罝兔之人賢者也有武力可任爲將帥之德諸侯可任以國守扞城其民折衝禦難於未然○說文赳輕勁有材力也赳赳武也者釋訓文廣雅釋詁赳材也材亦武也魯作赳與毛同韓赳或作糾者後漢桓榮傳李注引謝承後漢書云糾糾武夫公侯干城借糾爲赳此韓異文言其賢可爲公侯扞難其城藩也者呂

覽報更篇云宣孟德一士猶活其身而況德萬人乎詩曰赳赳武夫公侯干城濟濟多士文王以寧高注言其賢可爲公侯扞難其城藩也干扞也者釋言文與左傳義合云扞難其城藩者堯典而難任人枚傳難拒也扞難猶扞拒也衆經音義二十引蒼頡篇藩蔽也城所以爲蔽故曰城藩諸侯至子也初學記二十四引白虎通逸文云天子曰崇城言崇高也諸侯曰干城言不敢自專禦於天子也訓干爲禦與扞難義合云不敢自專禦於天子者城乃天子之城非諸侯所得專但爲天子扞禦而已公羊定十二年傳天子周城諸侯扞城何注軒城者闕南面以受過也或因干軒同聲以謂與白虎通合案傳自言周城闕城之制非此干城義也諸侯爲天子扞禦其城此赳赳然雄武之夫又能爲公侯宣力以扞城故卻至以爲天子有道之事徵諸往籍如齊之管仲晉之狐趙諸人皆能輔霸主以尊王室漢世韓安國張羽以梁孝王將軍爲漢廷扞吳楚七國之難皆其證矣卻云公侯所以扞城其民又云公侯能爲民扞城而制其腹心者公侯代天子牧民故但以民言云扞城其民者卻釋扞城並爲虛字蓋古說如此與高注白虎通異左傳孔疏蔽扞其民若城然故云所以扞城其民也云制其腹心者諸侯能奉公守法不敢私略武夫爲己腹心若天子制之然毛用左傳義迺於三章公侯腹心句下云可以制斷公侯之腹心斯爲謬矣劉向說苑復恩篇詩曰赳赳武夫公侯干城濟濟多士文王以寧人君胡可不務愛士乎此亦魯說言人君愛士則得武夫與公侯

共爲干城與御至言天下有道意合

肅肅兔罝，施于中逵。〔注〕韓逵作馗。韓說曰：中馗，馗中九交之道也。〔疏〕傳：「逵，九逵之道。」○施與葛覃「施于中谷」聲義同。釋宮：「九達謂之逵。」魯文與毛同。郭注：「四道交出，復有旁通者。」釋名：「九達曰逵。齊魯謂道多爲逵師，此形然也。」「中馗」至「道也」，文選鮑照蕪城賦李注引韓詩曰：「肅肅兔罝，施于中馗。」薛君曰：「中馗，馗中九交之道也。」顏延年皇太子釋奠詩、王粲從軍詩注引同。說文：「馗，九達道也，似龜背，故謂之馗。从九从首。或作逵。」王念孫云：「馗從九首聲，故與好仇韻。毛詩作逵，逵在尤韻，字從坴得聲，讀如逐。今韻馗逵並人脂，爲渠追切，作叶音者以好仇之仇爲渠之切，以韻逵字。讀韓詩自知其誤。」云「中馗，馗中」者，詩倒句爲文，如葛覃中谷之例。云「九交之道也」者，與郭注「四道交出，復有旁通」義同。左隱十一年傳「及大逵」，杜注：「道方九軌也。」劉炫規之，以爲九道交出。孔疏引李巡爾雅注，亦取並軌之義，因以劉爲非。案考工記「國中經涂九軌」，此言其廣，不名曰逵，若九達之逵，以縱橫交午爲言，其義各別。且兔罝之設，必在野外九逵之區，而非國中並軌之地，言逵義者，當以此經爲斷。薛說九交之道爲得其實，雅訓、左義皆可據以訂正。**赳赳武夫，公侯好仇。**〔疏〕箋：「怨耦曰仇。此罝兔之人，敵國有來侵伐者，可使和好之，亦言賢也。」○關雎「好仇」用三家義改毛，知此訓仇爲

怨耦亦三家說如此上言扞禦此言和好其義相屬亦主追思治世言謂武夫與公侯爲天子和好敵國

肅肅兔罝，施于中林。赳赳武夫，公侯腹心。【注】三家說曰：肅肅兔罝施于中林，處獨之謂也。【疏】傳中林林中可以制斷公侯之腹心箋此兔罝之人於行攻伐可用爲策謀之臣使之慮事亦言賢也○肅肅至謂也徐幹中論法象篇云人性之所簡也存乎幽微人情之所忽也存乎孤獨夫幽微者顯之原也孤獨者見之端也胡可簡也胡可忽也是故君子敬孤獨而慎幽微雖在隱蔽鬼神不得窺其隙也詩曰肅肅兔罝施于中林處獨之謂也案此與列女傳易林云云亦本三家爲說中林林中劉向注所謂退處山林也徐以中林爲隱蔽與關雎篇薛君言河洲隱蔽無人之處張衡以爲河林其義正合蓋天顯處山林幽獨之處仍不改其肅敬之容故文王以爲賢而舉之與臼季識郤缺郭泰得茅容事相類上二章公侯泛言治世之諸侯此公侯謂文王文王任牧伯居商公侯之位云腹心者郤至所謂略武夫爲己腹心詩人蓋歎商之失人將亡也桓寬鹽鐵論備胡篇賢良曰匈奴處沙漠之中生不食之地如中國之麋鹿耳好事之臣求其義責之禮使中國干戈至今未息萬里設備此兔罝之所刺故小人非公侯腹心干城也胡承珙云此言當時之臣異於周南之賢人不能折衝禦難爲國干城將不免爲兔罝詩人之所刺也愚案胡說是此與詩本

涉義無

兔罝三章章四句

芣苢注魯說曰蔡人之妻者宋人之女也既嫁於蔡而夫有惡疾其母將改嫁之女曰夫不幸乃妾之不幸也奈何去之適人之道壹與之醮終身不改不幸遇惡疾不改其意且夫采采芣苢之草雖其臭惡猶將始於捋采之終於懷擷之浸以益親況於夫婦之道乎彼無大故又不遣妾何以得去終不聽其母乃作芣苢之詩君子曰宋女之意甚貞而壹也韓敘曰芣苢傷夫有惡疾也韓說曰芣苢澤寫也芣苢臭惡之菜詩人傷其君子有惡疾人道不通求己不得發憤而作以事興芣苢雖臭惡乎我猶采采而不已者以興君子雖有惡疾我猶守而不離去也

疏毛序后妃之美也和平則婦人樂有子矣箋天下和政教平也○蔡人至壹也劉向列女傳貞順篇文宋陳遡妻鄭氏女孝經云芣苢與歌蔡人作誠本此魏源云國語文王卽位諏于蔡原韋昭以爲蔡君則文王時已有其國矣蔡宋無風賴是詩存之徐璈云路史言蔡黃帝後姞姓國樂記武王下車而投殷之後於宋蔡宋皆古國名也云壹與之醮終身不改與郊特牲壹與之齊終身不改義同說文醮冠昏禮祭列女傳賢明篇宋鮑女宗曰婦人一醮不改貞順篇息君夫人曰終不以身更貳醮與此傳合潛夫論云貞潔寡婦守一醮之禮成同穴之義一醮正用傳語無大故者夫未死又不遣妾何以得去者白虎通嫁娶篇云夫有惡行妻不得去者地無去天之義也芣苢至去也文選劉孝標辨命論李注引韓詩薛君章句文韓詩此下又韓詩外傳謑云求己不得者反求而不得其故郎小弁何辜于云詩曰采采芣苢薄言采之荅韓序也御覽七百四十二引作天我罪伊何意云發憤而作與列女傳云不聽其母微異而守而不去則同女子貞壹祓文王之化而然也

采采芣苢薄言采之采采芣苢薄言有之注韓苢作苡韓說曰直曰車前瞿曰芣苡魯韓說曰有取也疏傳采采非一辭也芣苢馬舄馬舄車前也宜懷姙焉薄辭也采取也有藏之也箋薄言我薄也○采采者采而又采薛君以爲采采而不已是也直曰車前瞿曰芣苡者

釋文苢本亦作苡芣苡馬舃也又名車前韓詩曰直曰車前瞿
曰芣苡是韓詩作苡與毛亦作本同又引陸璣云幽州人謂之
牛舌又名當道其子治婦人生難本草云一名牛遺一名勝舃
山海經及周書王會皆云芣苢木也實似李食之宜子出於西
戎衞氏傳及許慎並同此王肅亦同王基已有駮難也皮錫瑞
云今醫家無用車前治難產者陸疏云云疑傳會毛序婦人樂
有子而爲之說世無夫有惡疾人道不通而婦猶樂有子者魯
韓二說與毛序正相反也陳喬樅云大觀本草六引陶隱居云
韓詩乃言芣苢是木似李食其實宜子孫此爲謬矣此陶引韓
詩而駮之也然與毛詩釋文文選注所引不合豈陶誤記耶又
王會解作桴苡恐與詩之芣苡爲二物衞氏傳當是衞宏所作
而釋文序錄不言後漢書謂宏作訓旨殆即是也衞許皆習古
文詩皆宗毛不知何以解芣苢誤草爲木愚案說文芣苢一名
馬舃其實如李令人宜子从艸㠯聲周書所說許以芣苢一名
馬舃爲一事其實如李令人宜子周書所說爲一事兩存其義
以廣異聞非誤解也徐鍇繫傳云本草芣苢一名車前服之令
人有子爾雅注亦同韓詩云芣苢木名實似李則非也許慎文
言李則其子之苞亦似李但微小耳案小徐爲許曲解非說文
本義其引韓詩則緣隱居之誤也韓云直曰車前瞿曰芣苢者
釋草芣苢馬舃馬舃車前郭注今車前草大葉長穗好生道邊
江東呼爲蝦蟆衣郝懿行云瞿謂生於兩旁然芣苢即車前何
有瞿直之分蘇頌圖經春初生苗葉布地如匙面累年者長及

尺餘抽莖作長穗如鼠尾花甚細青色微赤結實如葶藶赤黑色今驗此有二種大葉者俗名馬耳小葉者名驢耳圖經所說葉長尺餘似是馬耳今藥所收乃是驢耳野人亦煮啖之其馬耳水生不堪啖也愚案陸疏云芣苢一名當道廣雅釋草亦云當道馬舄也韓所云瞿直者蓋以當道及生道之兩旁而言直之爲言當也直道中故曰車前一名當道生道之兩旁則曰芣苢說文瞿左右視也瞿鷹隼之視也瞿從䀠取義鷹隼下擊必左右視之以取物故曰瞿引申之人左右視亦謂之瞿易林震之離持心瞿目善驚搖動是其證韓釋異名郝誤駁也莊子至樂篇得水土之際則爲鼃蠙之衣生於陵屯則爲陵舄司馬彪注言物因水成而陸產生於陵屯化作車前改名陵舄也陵舄即郝云小葉俗名驢耳者是道上所生故爲陵舄鼃蠙之衣即郭所謂蝦蟆衣郝云大葉名馬耳水生不堪啖者以水生故名鼃蠙衣也芣苢牛遺音同字變牛舌驢耳又音之轉馬舄蘳衣鼃衣馬耳亦是音轉字變也釋草云芣苢馬舄馬舄車前以芣苢車前與馬舄有生陵生水之別故互釋之使人知名異物同正與莊子義相發韓又即芣苢車前分釋之薛云芣苢澤舄也寫亦作舄案此馬舄轉寫誤澤舄也韓訓車前薛不應與之違異釋草蕍蕮郭注今澤蕮是車前澤蕮二物雅訓甚明司馬莊子注云陵舄一名澤舄詩言采其藚傳藚水舄陸疏今澤瀉也其葉如車前草大其味亦相似是二物形狀相近司馬因而誤注耳有取也者廣雅釋詁交與毛

傳有藏之也義異陳奐云訓有爲取本三家詩義王念孫云詩之用詞不嫌於複有亦取也首章泛言取之次則言其取之之事卒乃言旣取而盛之以歸耳若首章旣言藏之而次章復言掇之捋之則非其次矣

采采芣苢薄言掇之采采芣苢薄言捋之【疏】傳掇拾也捋取也○掇之者說文掇拾也拾掇也互相訓叕下云綴聯也象形掇聲義竝從叕葢以手聯綴取之言其易也捋之者說文捋取易也寽五指捋也是捋之爲言掬也較掇更易故云取易也

采采芣苢薄言袺之采采芣苢薄言襭之【注】魯說曰袺謂之袸襭謂之褱【疏】傳袺執衽也扱衽曰襭○袺謂之褱廣雅釋器文云褱袸也集韻袸或書作褏玉篇袸衣袂也字或作褏通作胡深衣袂圓以應規注謂胡下也釋名襦褌衣之無胡者也此胡爲袸也管子輕重戊篇丁壯者胡丸操彈胡丸謂袸丸也采物旣多以袸受之此袺之義也釋器執衽謂之袺葢衣裳皆有衽以手執其兩旁交裂處竝合向前以受物毛傳本雅訓廣雅迺魯義也云襭謂之褱者說文褱俠也懷念思也古字通用漢書地理志外戚傳竝以褱爲懷列女傳云始於捋采之終於懷襭之訓襭爲懷與廣雅合此魯義同符之證釋器扱衽謂之襭說文襭下云以衣衽扱物謂

之禮擷下云襭或从手扱下云收也趿下云進足有所擷取也引爾雅扱謂之襭作趿謂之擷是擷爲進足向前以衣收物滿貯之與裹襭義同郭注爾雅云扱衣上衽於帶蓋盛物滿裹則上衽於帶情事宜然郭以意推之始采終襭列女傳所謂浸以益親也

芣苢三章章四句

漢廣【注】韓敘曰漢廣說人也【疏】毛序德廣所及也文王之道被于南國美化行乎江漢之域無思犯禮求而不可得也箋紂時淫風徧於天下維江漢之域先受文王之教化○漢廣說人也者文選曹植七啟李注引韓詩敘文陳啟源云韓敘說人夫說之必求之然惟可見而不可求則慕說益至其說是也江漢之閒被文王之化女有貞絜之德詩人美之以喬木神女江漢爲比三家義同

南有喬木不可休息【注】魯說曰喬木上竦少陰之木韓息作思

漢有游女不可求思【注】魯說曰江妃二女者不知何所人也出游於江漢之湄逢鄭交甫見而悅之不知其神人也謂其僕曰

我欲下請其佩僕曰此間之人皆習於辭不得恐罹悔焉交甫不聽遂下與之言曰二女勞矣二女曰客子有勞妾何勞之有交甫曰橘是柚也我盛之以笥令附漢水將流而下我遵其傍采其芝而茹之以知吾爲不遜也願請子之佩二女曰橘是柚也我盛之以筥令附漢水順流而下我遵其傍采其芝而茹之遂手解佩與交甫交甫悅受而懷之中當心趨去數十步視佩空懷無佩顧二女忽然不見詩曰漢有游女不可求思此之謂也齊說曰喬木無息漢女難得橘柚請佩反手離汝韓說曰游女漢神也言漢神時見不可得而求之疏傳興也南方之木美喬上竦也思辭也漢上游女無求思者箋不可者本有可道也木以高其枝葉之故故人不得就而止息也興者喻賢女雖出游漢水之上人無欲求犯禮者亦由貞絜使之然○南者楚地記漢江之北爲南陽漢江之南爲南郡文王化行江漢適當其地明與召南疆域相

接喬木至之木淮南原道訓高注文說文喬高而曲也从夭从高省引詩釋木上句曰喬又云小枝上繚爲喬上句上繚與高注上竦同意故說文以爲高而曲也說文休息止也从人依木喬木高而少陰故不可休孔疏傳解喬木之下先言思辭然後始言漢上疑經休息之字作休思也詩之大體韻在辭上疑休求字爲韻二字俱作思韓息作思者外傳一引作不可休思藝文類聚八十八引同案列女傳一引作不可休息易林云喬木無息是魯齊作息與毛同○說文漾下云水出隴西氐道東至武都爲漢漢下云漾也東爲滄浪水浪下云滄浪水也南入江敘漢水原流與禹貢合詩江漢竝舉知非水初出之地也游女神女詩舉昔漢水之所有以興今貞女之不可求也江妃至謂也劉向列仙傳文文選阮籍詠懷詩李注引略同吳淑事類賦引列仙傳云鄭交甫至漢臯臺下見二女佩兩珠大如荆雞卵二女解與之既行反顧二女不見佩珠亦失此無佩珠語傳寫闕逸文選琴賦注引列女傳游女漢水神鄭大夫交甫於漢臯見之聘之橘柚列女是列仙之誤文選楊雄羽獵賦漢女水潛李注引應劭云漢女鄭交甫所逢二女也張衡南都賦云游女弄珠於漢臯之曲王逸楚辭九思云周徘徊兮漢渚求水神兮靈女楊應張王皆學魯詩者也喬木至離汝易林萃之漸文又頤之既濟漢有游女人不可得噬嗑之困二女寶珠誤鄭大夫君父無禮自爲作笑君媞較之誤父甫字同竝齊說游女至求之文選嵇康琴賦注引薛君說曹植七啟謝朓齊敬皇后哀策文注引略

同郭璞江賦注引韓詩內傳曰鄭交甫遵彼漢皋臺下遇二女與言曰願請子之佩二女與交甫交甫受而懷之超然而去十步循探之即亡矣回顧二女亦即亡矣又南都賦注引韓詩外傳曰外傳誤當作內鄭交甫將南適楚遵彼漢皋臺下乃遇二女佩兩珠大如荊雞之卵御覽八百二引韓詩內傳曰漢女所弄珠如荊雞卵說文魁鬼服也韓詩傳云鄭交甫遇二女魅服初學記地部下引韓詩曰鄭交甫過漢皋遇二女妖服佩兩珠交甫與之言曰願請子之佩二女解佩與交甫而懷之去十步探之則亡矣回顧二女亦不見此韓詩說可參考者曹植七啟云諷漢廣之所求覿游女於水濱洛神賦云感交甫之棄言兮悵猶豫而狐疑曹學韓詩者也陳琳神女賦云贊皇師以南假濟漢水之清流感詩人之攸嘆想神女之所游琴賦云游女飄焉而來萃江賦云感交甫之喪佩敬皇后哀策文云清漢表靈阮籍詠懷詩云二妃游江濱逍遙順風翔交甫懷環佩婉孌有芬芳皆用三家義徐璈云游女之爲漢神猶楚辭之有湘君湘夫人也鄭交甫事未審係何時代亦以證漢神之實有耳詩以漢女之神不可犯興之子非謂游女即之子也斯言是矣列女傳六韓詩外傳一載孔子子貢見阿谷處女事終引此詩則說詩者推演之詞不爲正訓

漢之廣矣，不可泳思。江之永矣，不可方思。【注】魯永作羕，韓永作漾，云：漾，長也。魯方作舫。【疏】傳：潛行爲泳。永，長。方，泭也。箋：漢也，江也，其欲渡之者必有潛行乘泭之道今以廣長之故故不可也又喻女之貞絜犯禮而往將不至也○說文廣殿之大屋也引申之爲凡遠人之辭說文泳潛行水中也江者禹貢岷山所導至今湖北江夏縣合漢水入海魯羕作羕者說文羕長也象水巠理之長詩曰江之羕矣引與毛同又云羕水長也詩曰江之羕矣兼采魯詩釋詁羕長也正釋此義韓云漾長也者文選王粲登樓賦川既漾而濟深李注引韓詩曰江之漾矣不可方思薛君曰漾長也漾水名韓借漾爲羕故訓長魯方作舫者釋言舫泭也邢疏孫炎曰舫水中爲泭筏也周南漢廣云不可方思舫方音義同案爾雅作舫與毛異字此魯詩文說文方倂船也舫舟師也泭編木以渡也方正字舫借字方言泭謂之篺篺謂之筏筏秦晉之通語也楚辭惜往日篇注編竹木曰泭楚人曰泭秦人曰橃詩釋文泭本亦作柎又作桴或作柎竝同又引郭云木曰篺竹曰筏小筏曰泭說雖微異大旨則同此詩之方言倂木以渡非謂倂船倂船可入江編木爲小筏則不可詩以倂木爲方又自倂船義引申之此章喬木神女江漢三者皆興而比也

翹翹錯薪言刈其楚之子于歸言秣其馬漢之廣矣不可泳思江之羕矣不可方思注魯韓說曰翹翹衆也疏傳翹翹薪貌錯雜也秣養也六尺以上曰馬箋楚雜薪之中尤翹翹者我欲刈取之以喻衆女皆貞絜我又欲取其尤高絜者之子是子也謙不敢斥其適己

於是子之嫁我願秣其馬致禮餼示有意焉○說文翹尾長毛也引申之凡衆盛而高舉者皆謂之翹重言之爲翹翹也翹翹衆也者廣雅釋訓文王念孫云詩翹翹錯薪翹翹與錯薪連文則翹翹爲衆貌言於衆薪之中刈取其高者傳箋以翹翹爲高則與下句相複廣雅以爲衆蓋本於三家愚案此魯韓說文選陸機歎逝賦亹亹春翹而有思李注翹茂盛貌詩曰翹翹錯薪茂盛與衆義合亦用魯韓說木衆盛已有高義又於其中刈取尤高者以喻衆女之中欲取其尤高絜者也說文錯金涂也謂以金塗物其文錯雜引申之凡物雜亂皆爲錯說文薪蕘也急就篇顏注取木而然之曰薪詩以薪言木者目中之木即意中之薪謂此翹翹然高而雜亂者皆我之薪也故先言薪後言刈若已是薪則於翹翹義無當何煩更刈取乎陳氏奐以錯薪爲集草與木失之說文楚叢木一名荆也荆楚木也陳啟源云荆有二牡荆蔓荆楚乃叢木非蔓生蓋牡荆也蔓荆子大牡荆子小故又名小荆有青赤二種青赤爲荆赤者爲楛嫫條皆可爲筥箱古貧女以此爲釵即此二木也說文秣食馬穀也惠周惕云昏義壻親迎之後出御婦車而壻授綏御輪三周故曰之子于歸言秣其馬言得如是之女歸於我則我將親迎而身御之不言御車而言秣馬欲速其行且微其詞也又左傳有反馬之文鄭詩有同車之語故漢廣以秣馬秣駒爲言若箋言禮餼則納徵無用馬者馬瑞辰云聘禮餼之以其禮上賓太牢積惟芻禾注禾以秣馬是秣馬亦禮餼之一又士昏禮主人爵弁纁裳緇

衣乘墨車從車二乘執燭前馬婦車亦如之鄭箴膏肓據此謂士妻始嫁乘夫家之車是親迎必載婦車以往秣馬正載車以往之事箋謂致禮餼非也胡承珙云東山之子于歸皇駁其馬則士庶人亦有送女之馬愚案鄭說禮餼非不可通但秣馬承上于歸言自以惠馬胡諸說爲是箋意與韓敘悅人旨合敬慕之至也

翹翹錯薪言刈其蔞注魯刈作采**之子于歸言秣其駒漢之廣矣不可泳思江之永矣不可方思**疏傳蔞草中之翹翹然五尺以上曰駒○魯刈作采者楚辭大招王注蔞香草也詩曰言采其蔞廣韻十九侯引詩同陳喬樅云據叔師所引知魯詩刈字作采不與毛同本言刈草言采刈采散文亦通然以全詩例之如采蘋采藻采葑采菲采芑采薇凡草之類皆言采其義尤合陸疏釋蔞云其葉似艾白色長數寸高丈餘好生水邊及澤中正月根芽生旁莖正白食之香而脆美其葉又可蒸爲茹是蔞爲香草也元恪多采三家詩說說文蔞草也可以亯魚繫傳云今人所食蔞蒿釋草購蔏蔞郭注蔏蔞蔞蒿也生下田初出可啖江東用羹魚郝疏京師人以二三月賣之唯葉不中食今驗其葉似野麻而疏散嫩亦可啖陸以爲似艾白色葢其初生時耳愚案蔞高丈餘故亦言翹翹蔞是草而言薪者說文薪蕘互訓詩板釋文文選長楊賦李注引許書蕘下薪也二字並作草薪也漢書賈山傳楊雄傳

顔注竝云蕘草薪是草可稱薪也說文馬二歲曰駒二章三章重舉江漢以深致其贊美長言之不足又咏嘆之

漢廣三章章八句

汝墳〔注〕魯說曰周南之妻者周南大夫之妻也大夫受命平治水土過時不來妻恐其懈於王事葢與其鄰人陳素所與大夫言國家多難惟勉强之無有譴怨遺父母憂昔舜耕於歴山漁於雷澤陶於河濱非舜之事而舜爲之者爲養父母也家貧親老不擇官而仕親操井臼不擇妻而娶故父母在當與時小同無虧大義不罹患害而已夫鳳鳥不離於尉羅麒麟不入於陷穽蛟龍不及於枯澤鳥獸之智猶知避害而况於人乎生於亂世不得道理而迫於暴虐不得行義然而仕者爲父母在也乃作詩曰魴魚頳尾王室如燬雖則如燬父母孔邇葢不得已也

君子是以知周南之妻而能匡夫也韓敘曰汝墳辭家也【疏】毛序
道化行也文王之化行乎汝墳之國婦人能閔其君子猶勉之
以正也箋言此婦人被文王之化厚事其君子○周南至夫也
劉向列女傳賢明篇文云周南大夫之妻者毛序文王之化行
乎汝墳之國是此大夫本汝墳國之大夫而曰周南大夫者以
其國在南國疆域之中時服屬於周也易林兌之噬嗑南循汝
水伐樹斬枝過時不遇惄如周飢過時不遇與列女傳過時不
來合是齊與魯同汝墳辭家也者後漢周磐傳李注引韓詩文
傳稱磐居貧養母儉薄不充嘗誦詩至汝墳之章慨然而嘆迺
解韋帶就孝廉之舉注稱韓詩實韓序也云辭家者此大夫以
父母之故不得已而出仕義與列女傳同故磐誦之而就舉也
詳薛君章句附見鄭箋謂王室之酷烈是時紂存與列女傳生
於亂世迫於暴虐合孔疏文王率諸侯以事殷故汝墳之國大
夫猶爲殷紂所役若稱王以後則不復事紂六州文王所統不
爲紂役也案論語泰伯篇三分天下有其二以服事殷此詩之
作正當其時婦人知商王暴虐君子勤勞猶勉其
無怠王事貽父母憂非被文王之化何以能此

遵彼汝墳伐其條枚【注】魯韓說曰遵行也條枝也【疏】傳遵循也汝水名也
墳大防也枝曰條榦曰枚箋伐薪於汝水之側非婦人之事以
言己之君子賢者而處勤勞之職亦非其事○遵行也者廣雅

釋詁文。明魯韓訓遵爲行。易林「南循汝水」，是齊訓遵爲循，與毛同。案說文「循，順行也」，諸家訓異義同。汝墳者，漢志汝南郡定陵縣高陵山，汝水出，東南至新蔡入淮。說文「汝水出宏農盧氏還歸山，東入淮」。水經汝水篇「汝水出河南梁縣勉鄉西天息山」，酈注「地理志曰出高陵山，卽猛山也。亦言出南陽魯陽縣之大盂山。又言出弘農盧氏還歸山。博物志曰汝出燕泉山，竝異名也」。又云「汝水出東南逕奇雒城西北，今南潁川郡治也。濆水出焉，世亦謂之大㶏水。爾雅曰河有雍，汝有濆。然則濆者，汝別也。故其下夾水之邑猶流汝陽之名，是或濆㶏之聲相近矣，亦或下合㶏潁，兼統厥稱耳」。案釋水「汝爲濆」，郭注「詩曰遵彼汝濆」，是郭所見詩本作濆。御覽七十一引詩曰「汝濆，道化行也。文王之化行乎汝墳之國也。遵彼汝濆，伐其條枚」，陳喬樅以濆爲三家今文，非也。列女傳及周磐傳注引韓詩竝作汝墳，又王逸楚辭九章注「水中高者爲墳」中疑旁字之誤，詩云「遵彼汝墳」，是三家詩不作濆。濆自毛詩異文，御覽所引是毛詩序，尤其明證，特不見於陸氏釋文耳。陳喬樅云：「釋水又云『江有沱，河有灉，汝有墳』，郭注以爲上水重見。孔疏引李巡曰『江河汝旁有肥美之地名』。玫史記高祖功臣年表『汝陰爲夏侯嬰國』，漢志汝陰注『莽曰汝墳』，續志汝陰注『地道記有陶邱鄉，詩所謂汝墳也』。水旁之地多肥美者，大司徒辨土地之物生，四曰墳衍，其動物宜介物。鄭注『墳爲水厓』，以介物爲龜鼈之屬，水居陸生者，是墳衍皆指水旁之地言。高者曰墳，平者爲衍也。墳濆古字通用，然詩汝墳字不作濆，郭於汝爲濆下引詩曰遵彼汝濆非是據釋文云濆字林作涓衆爾雅本皆作涓則濆乃譌字釋水上言汝爲涓此大水溢出别爲小水之名故與河爲灉江爲沱諸别出之水以類言之下言汝有濆此汝旁肥美之地名故與江有沱河有灉諸水旁之地亦以類言之下又云滸水厓水草交爲湄皆指水旁之地也李巡於江有沱注云江溢出流爲沱則於汝爲涓下注云亦當然是分辨二者極爲明晰自郭本涓誤爲濆遂誤仞詩之汝墳卽爾雅之汝爲濆而引詩以實之又於下文江有沱諸句注云上水别出重見水經注本之以誤沿誤後人疑義紛起或執其説釋詩汝墳爲爾雅别出之水或糾其失謂爾雅汝爲濆爲郭私改之本不知釋水之文前後别言判然各異李注彼此異解昭然無疑也愚案説文墳墓也濆水厓也是訓水厓之字本作濆其作墳者乃假字陳因分别雅訓必謂詩汝墳字不作濆亦屬非是爾雅此注李義爲優郭但不應於汝爲濆下引詩實之至云汝有濆爲水旁肥美之地則説文義訓自合不在爭執文字也酈氏爲濆濦作注謂濆是汝别卽本雅訓特所據非作涓之本然濆濦異稱濦卽今河南郾城縣之大㶏水酈氏考實此水固是不妄今以作涓者爲是據説文涓訓水流未聞是水名也陳攻郭而侵酈殆失之矣文選鮑明遠蕪城賦李注詩曰遵彼汝墳又曰鋪敦淮墳爾雅濆莫大於河墳此蓋三墳考工記注妢胡胡子之國在楚旁説文坋大防也釋丘墳大防墳坋義通妢蓋坋字之借漢志汝陰故胡國莽曰汝墳證以續志引詩所謂

汝墳之國卽其地矣說文云伐擊也从人持戈條枝也者廣雅釋言文毛傳枝曰條幹曰枚易林伐樹斬枝伐樹謂枚斬枝謂條是三家訓條爲枝與毛同義說文枝幹也可爲杖幹是築牆耑木此許書借訓謂木之堅直可豎立者言己之君子伐薪汝側爲平治水土之用勤勞備至也治水需用薪柴漢武帝時命羣臣從官負薪寘河是其證箋謂伐薪非婦人之事以喻君子處勤勞之職亦非其事失之

未見君子惄如調飢【注】**韓惄作愵魯說曰惄思也一曰飢也魯調作朝齊作周**【疏】傳惄飢意也調朝也箋惄思也未見君子之時如朝飢之思食○未見君子列女傳所謂過時不來易林所謂過時不遇也韓惄作愵者釋文惄韓詩作愵音同說文愵惪貌从心弱聲與惄同方言愵憂也自關而西秦晉之間或曰惄眾經音義一四愵思也傷也愵訓憂傷則如爲比擬之詞故說文惄飢餓也一曰憂也从心叔聲詩曰惄如朝飢後說謂心憂如飢與韓義合前說直謂惄爲飢則如讀爲然言惄然而朝飢正狀其憂傷之切惄思也也者釋詁文惄飢也者釋言文皆魯說雅訓兩釋與說文合孔疏引李巡曰惄宿不食之飢也宿不食卽朝飢矣魯調作朝者說文朝旦也从倝舟聲蔡邕青衣賦思爾念爾惄焉且飢且乃旦之譌旦飢卽朝飢蔡用魯詩知說文作朝爲魯文晉郭遐周詩言別在斯須惄焉如朝飢正用詩語齊作周者易林作周飢朝從舟聲舟周古通

遵彼汝墳，伐其條肄。既見君子，不我遐棄。【注】魯韓說曰：肄，㭨也。
【疏】傳：「肄，餘也。斬而復生曰肄。」「既，已。遐，遠也。」箋：「已見君子，君子反也。君子已反，得見之，知其不遠棄我而死亡，於思則愈，故下章而勉之。」○「肄，㭨也」者，廣雅釋詁、釋木文。方言：「烈、㭨，餘也。陳鄭之閒曰㭨，晉衛之閒曰烈，秦晉之閒曰肄，或曰烈。」烈卽蘖也，音同字異。書盤庚「若顛木之有由蘖」，釋文：「蘖，本又作㭨。」馬注：「顛木而肄生曰㭨。」說文「𢎘」下云：「木生條也。」引書「由蘖」作「𢎘㭨」。「㰒」下云：「伐木餘也。」引書作「𢎘㰒」。「蘖」下云：「㰒或从木辥聲。」「㭨」下云：「古文㰒。」㭨卽㭨變體，與㰒、蘖一字。據說文，「𢎘」爲木生條，是書之「𢎘㭨」與此詩「條肄」同義。既顛之木，復有發生，長枝爲條，小栽爲肄也。說文：「棄，捐也。」「不我遐棄」，猶云「不遐棄我」。孔疏：「婦人以君子處勤勞之職，恐避役死亡，今思之，覬君子事訖得反，我既得見君子，卽知不遠棄我而死亡，我於思則愈。」詳三家詩義，大夫踰時不歸，妻恐其懈於王事，則是君子未反，孔疏得之。
魴魚赬尾，王室如燬。雖則如燬，父母孔邇。【注】齊赬作䞓，韓燬作焜。韓說曰：赬，赤也。焜，烈火也。孔，甚也。邇，近也。言魴魚勞則尾赤，君子勞苦則顏色變。以王室政教如烈火矣，猶觸冒而仕者，以父母甚迫近饑寒之憂爲此祿仕疏傳䞓赤也魚勞則尾赤燬火也孔甚邇近也箋君子仕於亂世其顏色瘦病如魚勞則尾赤所以然者畏王室之酷烈是時紂存辟此勤勞之處或時得罪父母甚近當念之以免於害不能爲疏遠者計也○說文魴赤尾魚馬瑞辰云爾雅魴魾郭注江東呼魴魚爲鯿鯿魴魾三字一聲之轉本草綱目云有一種火燒鯿頭尾俱似魴而脊骨更隆上有赤鬣連尾黑質赤章今江南有鯿魚其腹下及尾皆赤俗稱與綱目說同殆即古之魴魚詩以魚尾之赤興王室之如燬愚案字林玉篇衆經音義十九竝云魴赤尾魚與說文合馬說鯿之別種殆即赤尾鯿魚矣齊䞓作經者說文經赤色也詩曰魴魚經尾䞓下云赤或從貞案列女傳韓詩俱作䞓與毛同則魴魚經尾爲齊詩文其以魴爲赤尾魚當本齊說也王室紂之朝廷如燬列女傳作如毀王氏補注言王室多難如將毀缺不堅完也此魯義釋言燬火也郭注詩曰王室如燬燬齊人語也爾雅魯詩之學據此亦兼有齊文詩釋文齊人謂火曰燬是齊當作燬與毛同韓燬作焜者說文燬下云火也春秋傳曰衞侯燬焜下云火也詩曰王室如焜魯作毀齊作燬明說文作焜者爲韓詩文周磬傳注引韓詩曰魴魚䞓尾王室如焜雖則如焜父母孔邇兩引竝作焜足可證合王應麟詩考載後漢書注引韓詩作如焜今本李注作燬韓詩外傳一引詩雖則如燬二句亦當爲如焜今本亦作燬皆後人妄改段玉裁說文注謂字當爲焜徑刪燬篆由不知詩文各異耳䞓赤至祿仕周磬傳注引薛君章句文云魴魚勞

則尾赤君子勞苦則顏色變者以明詩取喻之義其言魚勞尾赤與毛傳同孔疏魴魚之尾不赤故知勞則尾赤左哀十七年傳如魚赬尾衡流而彷徉鄭氏云魚肥則尾赤以喻蒯聵淫縱不同者此自魴魚尾本不赤赤故爲勞也說與薛合鯿魚尾本不赤據尋常目驗言之義各有歸不嫌互異燬焜皆謂火烈王室政敎如之言暴虐也孔甚釋言文說文孔通也从乙从子乙請子之候鳥也乙至而得子嘉美之也古人名嘉字子孔案嘉者美之至故引申爲甚義詩通詁也邇近釋詁文言君子所以觸冒危難而仕者因父母甚迫近飢寒之憂藉祿以養釋孔邇爲與飢寒甚切近此韓義也列女傳迫於暴虐不得行義釋王室如燬句然而仕者爲父母在釋父母孔邇句言父母不能遠避則當無懈王事以貽親憂孔邇屬父母言此魯義也鄭箋父母甚近當念之以免於害與魯訓合列女傳所云素與大夫言卽末章之恉

汝墳三章章四句

麟之趾【注】韓說曰麟趾美公族之盛也【疏】毛序關雎之應也關雎之化行則天下無犯非禮雖衰世之公子皆信厚如麟趾之時也箋關雎之時以麟爲應後世雖衰猶存關雎之化者君之宗族猶尚振振然有似麟應之時無以過也○美公族之盛也者文選王融曲水詩序張銑注文此韓說也詩兼言子姓而專以爲美公族者子孫

之盛已見螽斯篇義可參考得之時文王大業日隆族姓既多且賢故詩人歎之螽斯之美乃后妃不妒善教所成至於公族多賢則國運鼎盛休徵日臻歷覽興朝莫不如此自是文王丕建周基擇賢佐理召公分治遂別爲風此二南所由分矣

麟之趾振振公子于嗟麟兮【注】韓于作吁韓說曰吁嗟歎辭也

【疏】傳興也趾足也麟信而應禮以足至者也振振信厚也于嗟歎辭箋興者喻今公子亦信厚與禮相應有似於麟○麟麐借字說文麟大牝鹿也麒仁獸也麐牝麒也史記司馬相如傳索隱引張揖曰雄曰麒雌曰麟釋文出麟之止三字云止亦本作趾兩通說文無趾字廣雅釋獸麒麟步行中規折還中榘不履生蟲不折生草此趾之德也故首章以趾爲興振振解見螽斯言此振奮有爲之公子應運而出卽是麟也公子諸侯之子文王位爲牧伯此公謂文王公子卽是武周諸人文王而稱曰公足證周南之詩在文未稱王時吁嗟嘆辭也者文選謝朓八公山詩李注引薛君章句文據此韓詩于作吁于吁古今字說文吁驚也䛩咨也一曰痛惜也嗞嗟也篆文無咨嗟字說解咨嗟當仍爲嗞䛩釋詁嗟咨𧨏也髪訓髮好亦借字吁嗟二字合訓是驚歎詞見公子多賢故異而美之

麟之定振振公姓于嗟麟兮【注】魯定作頞【疏】傳定題也公姓公同姓○魯定作頞

者釋言顁題也郭注題顁也引此詩案毛作定則作顁者魯家文也說文題頟也莊子馬蹄篇齊之以月題釋文引司馬崔云題馬頟上當顱如月形者也廣雅釋獸麒麟狼題京房易傳云麟狼頟卽詩所謂定矣姓之爲言生也禮特牲饋食子姓兄弟如主人之服鄭注子姓者子之所生亦謂孫也喪大記卿大夫父兄子姓立於東方注子姓謂衆子孫是也是姓訓爲孫公姓卽公孫上章公子此章公孫下章公族次弟如此或釋姓爲子謂公姓卽公子或據公孫之子以王父字爲姓謂公姓是公孫之子竝失之

麟之角振振公族于嗟麟兮〔注〕魯說曰麟似麕一角而戴肉設武備而不害所以爲仁也齊說曰麟木之精〔疏〕傳麟角所以表其德也公族公同祖也箋麟角之末有肉示有武而不用○麟似至仁也公羊哀十五年傳何休解詁文下引詩云麟之角振振公族是也麟木之精者路史後紀注引詩含神霧文陳喬樅云木性仁故麟爲仁獸角端有肉藝文類聚引春秋感精符曰麟一角明天下共一主也王者不刳胎不破卵則出於郊德及幽隱不肖斥退賢者在位則至明於興衰武而仁仁而有慮禽獸有埳穽非時張獵則去明王動則有義靜則有容乃見蓋亦本之齊說左隱八年傳諸侯以字爲謚因以爲族杜注諸侯不賜姓其臣因氏

其王父字或𨚗先人之謚稱以爲族據此孫以祖字爲姓因以祖字爲族族出於公公孫之子爲公族也

麟之趾三章章三句

周南之國十一篇三十六章百五十九句

詩三家義集疏卷一終

詩三家義集疏卷二

長沙王先謙益吾著

召南鵲巢弟二【注】齊說曰周南召南聖人所在韓說曰其地在南郡南陽之間【疏】周南召南聖人所在者焦延壽易林大過之頤文下云德義流行民悅以喜言皆文王轄治之地得兆民和也此齊說蓋文王先有周南後有召南其名爲召南者以召公所撫定也大雅召旻篇昔先王受命有如召公日闢國百里是召公之闢召南在文王受命後矣文王稱王明見尚書大傳非獨詩人言之召公之在召南位在諸侯之上王所任者牧伯之職文王或不仍西伯舊稱方言又云眾信曰諒周南召南衞之語也蓋召公自周南境內闢土而南直抵衞境與紂都相鄰諸侯慕義來歸如嬰孺之投慈母文王無敵之師終身抑而不用宜孔子稱爲至德也其地在南郡南陽之間者水經注江水篇引韓嬰敘詩文言秦拔鄢郢以漢南地置南郡又引逸周書南氏二臣分爲二南國與周召二南無涉以地理經文參證之韓敘指召南疆域也漢南郡今湖北荆州府荆門州襄陽施南宜昌三府境南陽今河南南陽府汝州境周南詩有汝墳是其境至汝周南東北郎召南西南也據水經注夏水江水篇江汜在江津豫章口與楚詞合江沱在枝江與漢志合

皆在南郡境內行露召南申女作申國在南陽郡宛縣知此文爲召南敘無疑羔羊篇標有梅篇毛序皆云召南之國殷其靁篇云召南之大夫是毛非不知有召南國而託名大序公然作僞不知是何居心也

詩國風【疏】召公分治南國後其地所爲詩及非召南人詩而其詞歸美召公者皆在焉野有死麕何彼襛矣二篇西都畿內之詩因召公分主陝西亦從附錄

鵲巢【疏】毛序夫人之德也國君積行累功以致爵位夫人起家而居有之德如鳲鳩乃可以配焉箋起家而居有之謂嫁於諸侯也夫人有均壹之德如鳲鳩然而後可配國君○鄉飲酒鄭注鵲巢言國君夫人之德南齊書五行志云鵲巢夫人之德也三家無異義國君者南國諸侯時皆服屬於周而自治其國不能知爲何國也文王受命稱王召公分治南土政教大行歌詠斯起後人就地采詩別爲召南葢猶是南國既在召公分治後卽不能不以諸侯之風目之所謂諸侯之風有異於周南王者之風以此毛序言國君語意亦非指文王迺孔疏云文王之迎太姒未爲諸侯而言國君者召南諸侯之風故以夫人國君言之文王繼世爲諸侯而云積行累功以致爵位者言爵位致之爲難夫未爲諸侯卽不當言國君何爲因後日召南諸侯之風而言之繼世爲諸侯卽不當言積累以致爵位何爲因爵位致之爲難而言之設詞大爲難通陳奐疏又云關雎麟止王者之風故曰后妃鵲巢騶虞諸侯之風故曰夫人后妃夫人皆謂大姒是一文王而忽王者忽諸侯一大姒而忽后妃忽夫

人事理亦殊不合釋文云周南是先王之所以教聖人之深迹召南是先王之教化文王所行之淺迹同一先王教化何故迹有淺深此皆牽就舊文不求通貫明知其非是而故亂之者矣御覽五百七十八引蔡邕琴操云古琴曲有歌詩五曲一曰鹿鳴二曰伐檀三曰騶虞四曰鵲巢五曰白駒今琴操鵲巢亡闕

維鵲有巢維鳩居之〔注〕齊說曰鵲以復至之月始作室家鳲鳩因成事天性如此也〔疏〕傳興也鳩鳲鳩秸鞠也鳲鳩不自為巢居鵲之成巢箋鵲之作巢冬至架之至春乃成猶國君積行累功故以興焉興者鳲鳩因鵲成巢而居有之而有均壹之德猶國君夫人來嫁居君子之室德亦然室燕寢也○鵲者說文舄下云誰也象形誰下云篆文舄雗下云雗鷽也鷽下云雗鷽山鵲知來事鳥也廣雅釋鳥鳱鵠鵲也淮南氾論乾鵠知來而不知往大射儀鄭注引作鳱鵠高注乾鵠鵲也人將有來事憂喜之徵則鳴此知來也知歲多風卑巢於木枝人皆探其卵故曰不知往也是山鵲乾鵲乾鵠鳱鵠雗鷽一物數名音轉字變郎今俗稱喜鵲鵲以至此也孔疏引詩推度災文云鵲以復至之月始作室家者月令疏引詩緯作復之月鵲始巢復於消息十一月卦淮南子天文篇曰冬至鵲始加巢是巢在復之月也箋冬至架之架加文同至春乃成故此言始月令十二月鵲始巢周書時訓解小寒之日又五日鵲始巢

鵲不始巢國不寍與此不同者彼以架巢至遲之候言過此不架則爲災也云鳲鳩因成事天性如此者毛傳鳩鳲釋鳥鳲鳩秸鞠郭注今之布穀也江東呼爲穫穀西山經南山鳥多尸鳩郭注尸鳩布穀類也呂覽仲春紀鷹化爲鳩高注鳩蓋布穀鳥釋文埤蒼云鴶鵴方言曰戴勝謝氏曰布穀類也諸說皆未詳布穀者近得之愚案鳩爲布穀諸家初無塙詁今布穀鳥南北多有小兒聆聲能識其不居鵲巢甚明崔豹古今注鴝鵒一名鳲鳩嚴粲詩緝李時珍本草綱目毛奇齡續詩傳鳥名陳啟源毛詩稽古編皆謂鴝鵒卽今之八哥喜居鵲之成巢是也鵲性好潔鴝鵒伺鵲出遺汙穢於巢鵲歸見之棄而去鴝鵒入居之又鵲避歲每歲十月後遷移則鴝鵒居其空巢吾鄉諺云阿鵲蓋大屋八哥住見窩謂此眾經音義十八鴝鵒似百舌荆楚歲時記五月鴝鵒子毛羽新成俗好登巢取養之以教其語今南方人猶喜弄之是八哥卽鴝鵒鴝鵒卽尸鳩古者鴝鵒不踰泲北方罕見此鳥故多以爲不祥因悟古人呼尸鳩爲布穀實卽八哥布與八穀與哥皆雙聲字高郭北人聞南方呼八哥以爲卽是布穀又無解於催耕之布穀異物同名云類云蓋皆存疑莫定之詞或以爲化生則吾無能知之矣文心雕龍比興篇尸鳩貞一夫人象義義取其貞無從於夷禽夫風人罕譬但取一端不關全體鳩居鵲巢以喻婦道無成有終之意推度災謂鳲鳩因成事最合詩旨必謂象夫人之貞一其失也拘矣

之子于歸百兩御之（注）曾說曰車

一兩爲兩兩相與爲體也又曰車有兩輪故稱爲兩猶履有兩隻亦稱爲兩三家說曰此國君之禮夫人自乘其家之車也又曰御侍也疏傳百兩百乘也諸侯之子嫁于諸侯送御皆百乘家人送之良人迎之車皆百乘象有百官之盛○車一至體也藝文類聚七十一引應劭風俗通義文車有至爲兩書牧誓序疏引風俗通文兩相與爲體也者凡物得耦而成體者謂之兩一車必兩輪而後行否則車體不具故云兩相與爲體也說文兩从一㒳平分錢二銖爲兩㒳二端亦爲兩並以耦爲名媒氏無過五兩注凡於娶禮必用其類五兩十端也必言兩者欲得其配合之名車亦娶禮所用故不言百車而言百兩車有兩輪故稱兩又引見後漢吳祐傳注履亦稱兩者齊風葛屨五兩是也百兩總言其多此國至車也鄭康成箴膏肓引士昏禮曰主人爵弁纁裳從車二乘婦車亦如之有裧則士妻始嫁乘夫家之車也又引此詩云此國君之禮夫人自乘其家之車也又云疏引左宣五年傳疏士昏禮疏引鄭駮孔疏夫人之嫁自乘家車故箴膏肓又云禮雖散亡以詩義論之天子以至大夫皆有留車反馬之禮據此鄭初解詩以百兩爲夫人家車三家義也夫人乘家車則侍從者亦乘夫人家車可知御侍也者廣雅釋言文釋文引王肅魚據反云侍也與廣雅合知王肅用三家義華嚴經音義引蒼

頡篇：「侍，從也。」《論語·先進》皇侃疏：「卑者在尊者之側曰侍。」訓御爲侍，謂衆媵也。《公羊傳》：「諸侯一娶九女，二國往媵之，以姪娣從，凡有八人。」《韓奕》「諸娣從之，祁祁如雲」，是其義也。傳「諸侯之子嫁於諸侯，送御皆百乘」，箋「御，迎也。家人送之，良人迎之，車皆百乘，象有百官之盛」。鄭依毛作訓，又以爲良人迎車，與《箴膏肓》異。案國君夫人自乘其家之車，故首章爲從車，次章爲送車，正取與禮證合。且詩以鳩喻之子，百兩之御將成，與上居方盈相承爲義，自當併屬之子說。若以首章爲壻車，與喻意不貫，知三家義則優矣。皮錫瑞云：「《儀禮》鄭注：『士妻之車，夫家共之；大夫以上嫁女，則自以車送之。』疏曰：『云大夫以上嫁女則自以車送之者，案宣公五年冬《左傳》云云，以此鄭《箴膏肓》言之，則知大夫已上嫁女，自以其車送之。若然，《詩》注以爲王姬嫁時自乘其車，《箴膏肓》以爲齊侯嫁女，乘其母王姬始嫁時車送之，不同者，彼取三家詩，故與毛詩異也。』據賈疏，以《箴膏肓》爲取三家。竊疑齊、魯詩久亡，唐時惟韓詩存，賈氏不明引韓詩而統言三家者，因其與毛詩不同，時未必別有明證。何劭公作《膏肓》以難《左氏》，言禮無反馬之法，是今春秋公羊說無大夫以上嫁女自以車送之說矣。鄭云禮有反馬之法，是據古春秋左氏說。孔、賈二疏皆申鄭義，孔廣森《公羊通義》、劉逢祿《箴膏肓評》皆略同孔疏，與何君義違。惟陳立《公羊義疏》曰：『按反馬之說出於《左氏》，推士禮以言大夫以上，婦人出嫁亦當乘其夫家之車，男帥女，女從男之義，所以重恥遠嫌也。《詩》之「百兩御」「百兩將」，自美其送迎之盛爾，不得據爲婦人自乘其車之證何知婦車不在百兩御之中乎昏禮雖士禮加三月廟見諸節皆同何所見婦車一節獨異焉錫瑞謂陳說申何近是反馬之說不見於他經蓋出於古文左氏說據何鄭兩義可以攷見今古文駁異之一端三家詩皆今文當與今春秋公羊說同不當與古春秋左氏說同賈疏以箴膏肓爲取三家似與漢人今古文家法未合若鄭君詩注以爲王姬嫁時自乘其車箴膏肓以爲齊侯嫁女乘其母王姬始嫁時車雖說稍不同皆自以其車送之非夫家之車皆有反馬之禮與何君云禮無反馬異也愚案鄭注昏禮在未見毛詩前故賈定箴膏肓爲取三家既無明證定爲何家故統言之劭公意在難左不關詩旨公羊與三家雖同一今文學容有異說卽三家已不能悉合也釋禮之旨女乘家車明不敢自安爲婦三月之後返自壻家以示承爲夫婦（義本在儀孔疏）與三月廟見之禮相成陳以乘夫家車爲帥女從男知其一不知其二又謂何知婦車不在百兩之中似又依違其說矣

維鵲有巢維鳩方之之子于歸百兩將之【疏】傳方有之也將送也○說文方併船也引申之物相併皆謂之方鄉射禮注方猶併也或訓竝或訓比皆引申義此方之亦謂比竝而居之釋言將送也孫炎注將者行之送也淮南詮言訓高注將送也此詩魯義亦當訓送孔疏引左傳云凡公女嫁於敵國姊妹則上卿送之公子則下卿

送之凡大國雖公子亦上卿送之是將之之義也

維鵲有巢維鳩盈之之子于歸百兩成之【注】齊說曰以成嘉福

【疏】傳盈滿也能成百兩之禮也箋滿者言衆媵姪娣之多是子有鳴鳩之德宜配國君故以百兩之禮送迎成之○說文盈滿器也引申之物滿至不能容皆謂之盈視方之義進以成嘉福者易林節之賁云鵲巢百兩以成嘉福謂夫人有此嘉福用百兩之禮以成之也孔疏箋以御爲迎夫人將之謂送夫人成之謂成夫人故易以百兩之禮送迎成之案之者夫人則成之是成夫人非謂能成百兩之禮箋意與易林合知鄭參用齊詩義也左昭元年傳鄭伯享趙孟穆叔賦鵲巢趙孟曰武不堪也杜注喻晉君有國趙孟治之案臣道與妻道一也故取爲喻

鵲巢三章章四句

采蘩【疏】毛序夫人不失職也夫人可以奉祭祀則不失職矣箋奉祭祀者采蘩之事也不失職者夙夜在公也○鄉飲酒鄭注采蘩言國君夫人不失職也案不失職者助祭祀是國君夫人之職能供祭祀是不失也射義士以采蘩爲節采蘩者樂不失職也此言士當不失職事故射以采蘩爲節由此詩不失職之義推而用之射禮鄭注樂不失職者謂采蘩曰被之僮

僮夙夜在公仍舉詩義明之與鄉飲酒注義同三家無異義王符潛夫論班祿篇背宗族而采蘩怨疑蘩是蘋之譌彼詩宗室牖下言嫁女祭於宗室故背宗族則因以致諷說自可通或是彼詩魯義與關雎騶虞魯說同若采蘩詩義無一語及宗族知其誤也陳氏喬樅以爲此詩魯說非是

于以采蘩于沼于沚于以用之公侯之事〔注〕齊蘩作繁〔疏〕傳蘩皤蒿也于於沼池沚渚公侯夫人執蘩菜以助祭神饗德與信不求備焉沼沚谿澗之草猶可以薦王后則荇菜也之事祭事也箋于以猶言往以也執蘩菜者以豆薦蘩葅言夫人於君祭祀而薦此豆也○于以者箋猶言往以也馬瑞辰云釋詁爰粵于也又曰爰粵于於也凡詩言于以猶言爰以粵以皆語詞箋訓爲往以失之案馬說是也釋文蘩本亦作繁案射義作繁是齊詩蘩當爲繁與毛亦作本同釋草蘩皤蒿又云蘩由胡蘩蘩通用字左隱三年傳疏引陸璣云凡艾白色爲皤蒿今白蒿也春始生及秋香美可生食又可蒸一名由胡北海人謂之旁勃夏小正二月榮堇采蘩蘩戴德傳堇菜也蘩遊胡遊胡者蘩母也蘩母者旁勃也皆豆實也故記之廣雅釋草蘩母蒡葧也蒡葧即旁勃說文沼下云池水沚下云小渚曰沚詩曰于沼于沚釋名沚止也小可以止息其上也孔疏白蒿非水菜此言沼沚者謂於其旁采之下于澗之中亦謂於曲內非水中胡承珙云爾雅翼

謂莪蘿蒿生澤田沮洳之處莪卽古之蘩圖經又云白蒿蓬也生中山川澤然則皤蒿水陸皆有通可名蘩故爾雅又云蘩之醜秋爲蒿也愚案白蒿有水陸二種爾雅通謂之蘩云蘩皤蒿者今陸生艾蒿辛薰不美云蘩由胡者今水生蔞蒿辛香而美云蘩之醜秋爲蒿者通水陸二種言詳李時珍本草綱目此蘩是水生蔞蒿故曰采於沼沚也箋云以豆薦蘩菹與戴傳豆實訓合大戴禮學與齊詩同源以知此豆薦蘩菹之說齊義如此而鄭用之醢人掌四豆之實凡祭祀共薦羞之豆實祭之事夫婦親之祭統夫人薦豆是其義矣公侯之事者謂祭公侯之事蘩雖微物亦供祭祀左隱三年傳苟有明信澗谿沼沚之毛蘋蘩薀藻之菜筐筥錡釜之器潢汙行潦之水可薦於鬼神可羞於王公又云風有采蘩采蘋雅有行葦泂酌昭忠信也杜注采蘩采蘋義取於不嫌薄物文三年傳詩曰于以采蘩于沼于沚于以用之公侯之事秦穆有焉杜注言沼沚之蘩至薄猶采以共公侯喻秦穆不遺小善昭元年傳鄭伯享趙孟穆叔賦采蘩曰小國爲蘩大國省穡而用之其何實非命杜注詩召南義取蘩菜薄物可以薦公侯享其信不求其厚穆叔言小國微薄猶蘩菜釋此詩義並同可羞於王公疏云上言鬼神此言王公是生王公也或以爲王公亦謂鬼神非生王公也泂酌論天子之事是羞於王采蘩云公侯之事是羞於公案後說是也公侯謂已往之公侯享祭者非生公侯知者下文公侯之宮是公侯廟寢則此公侯亦非生者也杜云薄物可薦公侯享其信不求其

厚是謂薦公侯而享之亦
以此詩公侯非生公侯

于以采蘩于澗之中于以用之公侯之宮【注】魯說曰廟寢總謂之宮【疏】傳山夾水曰澗宮廟也○廟寢總謂之宮者蔡邕獨斷太廟魯公稱世室羣公稱宮推尊周魯二公廟稱不同其餘武宮煬宮之屬並以宮稱以此例之是諸侯廟謂之宮釋宮室有東西廂曰廟無東西廂有室曰寢月令鄭注前曰廟後曰寢孔疏廟是接神之處其處尊故在前寢衣冠所藏之處對廟爲卑故在後隸僕賈疏寢廟大況是同有廂無廂爲異耳必須寢者祭在廟薦在寢故立之後漢明紀李注宮者存時所居緣生事死因以爲名

被之僮僮夙夜在公被之祁祁薄言還歸【注】三家僮僮作童童魯韓說曰童童盛也齊說曰夙夜在公不離房中【疏】傳被首飾也僮僮竦敬也夙早也祁祁舒遲也去事有儀也箋公事也早夜在事謂視濯溉饎爨之事禮記主婦髲髢言我也祭事畢夫人釋祭服而去髲髢其威儀祁祁然而安舒無罷倦之失我還歸者自廟反其燕寢○釋文髲本亦作髮孔疏箋引少牢之文云主婦髲

鬄與此被被一也。案少牢作被裼，注云被裼讀爲髲鬄，古者或剔賤者刑者之髮以被婦人之紒爲飾，因名髲鬄焉，此周禮所謂次也。又追師掌爲副編次，注云次次第髮長短爲之，所謂髲髢。即與次一也。知者，特牲云主婦纚笄，少牢云被錫纚笄，笄上有次而已，故知是周禮之次也。此言被與髲鬄之文同，故知被是少牢之髲鬄，同物而異名耳。陳奐云：副笄六珈傳副者后夫人之首飾，編髮爲之，被傳以副爲首飾，則副與被同物，副用編髮，被亦用編髮，編髮即周禮追師之編次也。鄭改少牢被爲髲，又讀詩之被爲髲髢之髲髢，婦人常服，后夫人副雖用編髮作成，與髲髢制相似，然亦不以髲髢爲從祭之服。鄭注追師及士昏少牢，以髲髢爲周禮之次，而次又非后夫人從祭之服也。箋詩與注禮又不合。愚案鄭以此詩之被即少牢之被錫，讀爲髲鬄，士昏追師之次亦即髲髢，箋詩與注禮非不合。陳謂被即是副，副用編髮爲之，即追師之編次，誤編次爲一物。案追師掌王后之首服，爲副編次追衡笄，爲九嬪及內外命婦之首服，以待祭祀賓客。賈疏此經云副編次以待祭祀賓客，明燕居不得著次，則次未嘗非從祭之服。又鄭注云：副之言覆，所以覆首爲之飾，其遺象若今步繇矣，服之以從王祭祀。步繇即步搖，繇搖一聲之轉。副笄六珈箋：副既笄而加飾，如今之步搖上飾。釋名：步搖上有垂珠，步則搖也。晉書輿服志皇后首飾則假髻步搖，俗謂之珠松是也。詳步搖名義，今婦人首飾上有之。編編列髮爲之，其遺象若今假紒矣，服之以告桑也。假紒即晉志之假髻，字又作[髟介]，說文[髟介]簪結也，結即髻字。廣雅釋詁[髟介]髻也。次次第髮長短爲之，所謂髲髢，服之以見王。說文髲下云鬄也，鬄下云髲也，髢下云鬄或从也聲，鬀下云鬀髮也。案鬄傳見己氏之妻髮美使髡之以爲呂姜髢吳志薛綜上事言漢鬄字或[illegible]通髲鬄者鬄人髮以被己髮古有此飾左哀十七年怨叛釋名髲被也髮少者得以被助其髮也朱崖叛以長史覩其人好髮髡取爲髲故百姓王后之燕居亦

纚笄總而已凡諸侯夫人於其國衣服與王后同詳鄭此文皆

據目驗以明古制假紒髲髢確爲二物士昏禮女次注次首飾也今時髲也彼注言今

時與追師注兩若今同皆據時目驗蓋髲髢所以益髮美觀假紒則編成以冠首

從而施步搖於其上爲首服極盛之飾惟從祭用之告桑則有

編次而不用副見王則有次而不用編其服遞殺燕居惟纚笄

總而已竝次不用文義甚明非謂從祭止用副而無編次也鄭

但引禮髲髢證此詩之被者以被文被褐義㬎舉其一端下言

僮僮則被上盛飾自見副編皆包舉在內釋詩被之之字義固

如是鄭特引而未發釋名王后首飾曰副副覆也以覆首也亦

言副貳也兼用衆物成其飾也編編髮爲之也次次第髮也副

編次分三物與鄭說同君子偕老傳云副者后夫人之首飾編

髮爲之此毛誤也副若止是編髮不得即謂是盛飾與褘之盛

服相稱理至易曉若追師副編次是一物但言副不言編次可

矣古書簡要何用繁文廣雅釋器假結謂之鬠變副爲鬠後漢

東平王蒼傳李注副婦人首飾三輔謂之假紒副編溷爲一事

其誤自毛傳啟之非鄭君據時制一一剖析詩禮古義竝就湮

廢矣童童盛也者廣雅釋訓文王念孫云僮與童通童童爲盛

蓋本三家釋名幢童也其貌童童然也蜀志先主傳云有桑樹

高五丈餘遙望見童童如小車蓋藝文類聚引作幢幢張衡東

京賦樹羽幢幢皆謂盛貌童僮幢古同聲而通用愚案射義鄭

注亦引作童童據此僮僮三家竝作童童說文𡖊早敬也从丮持事雖夕不休早敬者也夜舍也天下休舍也从夕亦省聲此夙夜本義詩夙夜二字連讀猶言早夜史記齊悼惠王世家魏勃常獨早夜埽齊相舍人門外早夜未旦之詞與此夙夜義合馬瑞辰謂詩言夙夜不一有兼指朝暮言者陟岵行役夙夜無已之類是有專指夙興言者此詩夙夜在公及它詩豈不夙夜夙夜敬止庶幾夙夜我其夙夜莫肯夙夜是其說是也在公猶言在廟不離房中者易林大過之小過文特牲迭言主婦盥于房中洗爵于房適房反于房少牢亦言主婦興入于房與此房中同義足證在公爲從祭於廟也釋訓祁祁徐也此魯說與毛義同說文徐安行也韓奕傳亦云祁祁徐靚也與此祁祁訓同薄言還歸者祭事畢則夫人歸於燕寢

采蘩三章章四句

草蟲注魯說曰孔子對魯哀公曰惡惡道不能甚則其好善道亦不能甚好善道不能甚則百姓親之也亦不能甚詩云未見君子憂心惙惙亦既見止亦既覯止我心則說詩人之好善道也如此疏毛序夫人妻能以禮自防也○孔子至如此劉向說苑君道篇文與毛序異左襄二十七年傳鄭七子享

趙孟子展賦草蟲趙孟曰善哉民之主也抑武也不足以當之杜注子展以趙孟爲君子又曰子展其後亡者也在上不忘降杜注降詩我心則降也與說苑好善道義合是詩爲好善作故趙孟聞子展之賦卽美爲民之主又自謙不足以當君子也在民上之人好善見君子而心降故以不忘降爲美德若妻見君子而心降禮固當然何足稱美且與在上義亦不合以此知魯說最古文選劉孝標廣絕交論夫草蟲鳴則阜螽躍雕虎嘯而淸風起以蟲之同類相從喻友之同道相合正用魯說徐幹中論法象篇晁霄以鶉奔喪年子展以草蟲昌族君子感凶德之如彼見吉德之如此故立必磬折坐必抱鼓周旋中規折旋中矩又就好善推演其義也

喓喓草蟲趯趯阜螽注魯韓說曰喓喓鳴也趯趯跳也魯說曰**草螽負蠜阜螽蠜**疏傳興也喓喓聲也草蟲常羊也趯趯躍也阜螽蠜也卿大夫之妻待禮而行隨從君子箋草蟲鳴阜螽躍而從之異種同類猶男女嘉時以禮相求呼○喓喓鳴也趯趯跳也者廣雅釋訓文草螽負蠜者釋蟲文郭注詩曰喓喓草蟲謂常羊也案月令蟲螟爲害蔡邕章句作螽螟是蟲螽古通用詩作草蟲爾雅作草螽郝懿行謂詩變文以韻句是也孔疏引陸璣云小大長短如蝗也奇音青色好在茅草中郝云如陸說蓋今之青頭郞大小如蝗而色靑卽蝗類

未聞能鳴今驗一種青色善鳴者登萊人謂之聒子濟南人謂之聒聒並音如乖順天人亦謂之聒聒音如哥體青綠色比蝗麤短狀類蟋蟀振翼而鳴其聲清滑及至晚秋鳴聲猶壯詩出車箋草蟲鳴晚秋之時及陸疏奇音青色唯此足以當之愚案郝說卽今之蟈蟈也以爲草蟲近之常羊未聞蟲蚤螽也者亦釋蟲文郭注詩曰趯趯阜螽集韻阜或作蟲是阜蟲同字據爾雅經注魯詩作蟲孔疏引李巡曰蝗子也陸璣云今人謂蝗子爲螽子兗州人謂之螣是李陸皆以阜螽爲蝗案說文螽蝗也蝗螽也蠜自蠜也未嘗以蠜爲蝗明蠜蝗是二物且阜螽爲自蠜草蟲爲負蠜負阜同音字負之爲阜猶螽之爲蟲凡蟲鳥草木之名或是變文或緣音轉初無定字草蟲阜螽同類故草蟲鳴而阜螽跳從之以喻聲應氣求之義若阜螽是蝗與草蟲非類何得聞聲相從經文不可通矣

未見君子憂心忡忡〔注〕魯忡作爞魯說曰爞爞憂也齊作沖〔疏〕傳忡忡猶衝衝也婦人雖適人有歸宗之義箋未見君子者謂在塗時也在塗而憂憂不當君子無以寧父母故心衝衝然是其不自絕於其族之情○君子謂善人爞爞憂也者廣雅釋訓文臧庸云忡忡三家詩必有作爞爞者愚案楚辭雲中君王注爞爞憂心貌張王訓義並合據此魯作爞爞嚴忌哀時命心煩冤之爞爞亦用魯義鹽鐵論論誹篇引詩云未見君子憂心沖沖桓寬所引乃齊異文沖當爲沖俗消說文沖水涌搖也心之憂勞似之也 **亦既見止亦**

既覯止我心則降【注】魯覯作遘【疏】傳止辭也覯遇降下也箋既見謂已同牢而食也既覯謂已昏也始者憂於不當今君子待已以禮庶自此可以寧父母故心下也易曰男女覯精萬物化生○魯覯作遘者釋詁遘遇也邢疏引草蟲曰亦既遘止陳喬樅云邢疏所引必據爾雅舊注之文知是魯詩也說苑引詩亦當作遘爲正愚案說文遘遇也覯遇見也上言見下不當複言遇見魯詩作遘義長止詞也釋言降下也後漢東平王蒼傳引詩我心則降李注降下也說文夅服也从夂屮相承不敢竝也降夅字同

陟彼南山言采其蕨未見君子憂心惙惙亦既見止亦既覯止我心則說【疏】傳南山周南山也蕨鱉也惙惙憂也說服也箋言我也我采者在塗而見采鱉采者得其所欲得猶己今之行者欲得禮以自喻也○南山山之在南者與采蘋南澗同郎目興懷非有指實毛謂是周南山說者遂以終南太一山當之非也釋草蕨虌說文蕨虌也釋文俗云其初生似鼈腳故名焉是鼈不當從草郝懿行云蕨菜全似貫眾而差小初出如小兒拳故名拳菜其莖紫色故名紫蕨愚案今京師每用供客以夷齊窮餓所食更其名曰吉祥菜詩言蕨菜至微以其可食尚不憚登山之勞以采之況善人有益於我甚大豈可不求見乎故未見則憂既見則說也說文惙憂也詩曰憂心惙惙眾

經音義四引聲類惙短气貌也釋訓惙惙憂也單言曰惙重言曰惙惙憂之至也說文說說釋也中心喜說而釋然靜女篇說懌女美鄭讀懌爲釋說釋卽說懌也

陟彼南山言采其薇【疏】傳薇菜也○說文薇菜也似藿孔疏引陸璣云山菜也戴侗六書故引項安世云今之野豌豆也莖葉花實皆似豌豆而小蕒可菹蜀人謂之小巢菜豌豆謂之大巢釋草薇垂水郭注生於水邊案薇是山菜故須陟山采之夷齊作歌亦云登彼西山兮采其薇矣或謂生山間水邊不害爲山菜然於登陟而采之之義未合雅廣二名不當泥視

未見君子我心傷悲亦既見止亦既覯止我心則夷【注】**魯說曰夷悅也喜也**【疏】傳嫁女之家不息火三日思相離也夷平也箋維父母思己故己亦傷悲○傷悲較憂義進極言其誠夷悅也者釋言文郭注詩曰我心則夷較毛訓平義進魯詩訓也夷喜也者楚詞九懷羨余術兮可夷王注詩曰我心則夷夷喜也喜悅義同詩降說夷對上憂傷悲言夷訓喜悅尤合釋詁悅服也郭注謂喜而服從降服義同是降亦悅也

草蟲三章章七句

采蘋【疏】毛序大夫妻能循法度也能循法度則可以承先祖共祭祀矣箋女子十年不出姆教婉娩聽從執麻枲治絲繭織紝組紃學女事以供衣服觀於祭祀納酒漿籩豆菹醢禮相助奠十有五而笄二十而嫁此言能循法度者今既嫁爲大夫妻能循其爲女之時所學所觀之事以爲法度○鄉飲酒鄭注采蘋言卿大夫之妻能修其法度也案射義采蘋樂循法也鄭注樂循法者謂采蘋曰于以采蘋南澗之濱循澗以采蘋喻循法度以成君事也彼言射禮樂章卿大夫以采蘋爲節是取以循法爲節之義亦由此詩卿大夫妻能循法度之義推而用之據射義毛序作循鄉飲酒注能修其法度之修當爲循字傳寫之譌古書循修字多相亂困學紀聞引曹粹中詩說云齊詩先采蘋而後草蟲陳喬樅云據儀禮合樂歌周南則關雎葛覃卷耳三篇同奏歌召南則鵲巢采蘩采蘋三篇同奏是知古詩篇次原以采蘋在草蟲之前三家次弟容與毛異曹說非無據也愚案曹氏郎本儀禮爲說三家皆同不獨齊也

于以采蘋南澗之濱【注】韓說曰沈者曰蘋浮者曰薸**于以采藻于彼行潦**【疏】傳蘋大蓱也濱涯也藻聚藻也行潦流潦也箋古者婦人先嫁三月祖廟未毁教于公宮祖廟既毁教于宗室教以婦德婦言婦容婦功教成之祭牲用魚芼用蘋藻所以成婦順也此祭女所出祖也法度莫大於四教是又祭

以成之故舉以言焉蘋之言賓也藻之言澡也婦人之行尚柔順自絜清故取名以爲戒。沈者曰蘋浮者曰薸者釋文引韓詩文薸誤藻盧文弨云王應麟詩攷引韓詩藻作薸當據以改正今從之說文無蘋字蕡下云大蓱也據此蕡正字蘋俗字鄭箋蘋之言賓也藻之言澡也皆舉字形以見義是鄭所見本蘋作蕡古從賓從頻之字多相亂釋草苹蓱郭注水中浮蓱江東謂之薸音瓢又曰其大者蘋郭注詩曰于以采蘋爾雅以蘋爲大蓱與說文合卽韓所謂沈者其浮蓱卽韓所謂浮者今之浮薸是也爾雅翼云蘋根生水底葉敷水上不若小浮蓱之無根而漂浮故韓詩云沈者曰蘋浮者曰薸薸音瓢卽小蓱也蘋亦不沈但比萍則有根不浮游耳薸藻形似致誤埤雅引韓詩亦作浮者曰藻遂謂藻出水上非也李時珍云蘋莖細於蓴莕其葉大如指頂面青背紫有細文頗似馬蹄決明之葉四葉合成中拆十字夏秋開小白花故稱白蘋說文無瀕字瀕下云瀕水厓人所賓附頻蹙不前而止从頁从涉據此瀕正字濱俗字宋書何尚之傳袁淑書曰舍南瀕之操尚之宅在南澗寺側故書曰南瀕毛詩所謂于以采蘋南澗之瀕也足證詩古本濱作瀕說文藻水艸也从艸从水巢聲詩曰于以采藻是許所據詩本作藻藻下云藻或从澡箋藻之爲言澡也是鄭所據詩本作藻左隱三年傳蘋蘩薀藻之菜杜注薀藻聚藻也說文薀積也積聚義同亦一聲之轉聚言其叢生之狀也齊民要術引陸璣云藻生水底有二種其一種葉如鷄蘇莖大如箸可長四五尺一種莖大如釵股葉如蓬謂之聚藻此二藻皆可食煮熟挼去腥氣米麵糝蒸爲茹佳美荆揚人飢荒以當穀食愚案葉如鷄蘇者舟行小河中常鉤得之莖連綿長數尺在水底有根說文所謂莙牛藻也牛藻葉大故別之曰莙葉如蓬者今人盆盎中貯水多蓄之藂生可玩無根易活俗謂之絲草蓬茸水中不生水底左傳所謂蕰藻陸所稱聚藻也二種人竝不食古今之異說文潦雨水大皃漢書司馬相如傳注引張揖曰潦行潦也洞酌毛傳行潦流潦也足證行潦二字相連爲義行之爲言流也雨水流行渟蓄汙下之處其水無原故曰行潦其渟蓄處則謂之潢汙左隱三年傳潢汙行潦之水杜注潢汙渟水周語韋注大曰潢小曰汙夏小正七月湟潦生苹傳湟下處也湟訓水名即潢之借字詩無潢汙之文左傳取與行潦相配爲義蓋但有行潦而無潢汙不能生物夏正是其明證傳文非虛設也孔疏行者道也潦雨水也行潦道路之上流行之水案行雖有道義但雨水道路流行豈遂有藻可采孔疏非也

于以盛之維筐及筥注魯說曰方底曰筐員底曰筥**于以湘之維錡及釜**注韓湘作鬺韓說曰鬺餁也疏傳方曰筐圓曰筥湘亨也錡釜屬有足曰錡無足曰釜箋亨蘋藻者於魚湆之中是鉶羹之芼○盛之者盛黍稷也言盛即知是黍稷者說文盛黍稷在器中以祀者也

是盛爲黍稷在器中以祀之專義筐筥又是飯器與它處泛言者不同鄭箋云其粢盛蓋以黍稷專言蘋藻於詩義不備也昏義鄭注亦云其齊盛用黍疏云以其告祭不用正牲則無稻粱既以蘋藻爲羹則當有齊盛士祭特牲黍稷故知此亦用黍也據此知盛不屬蘋藻言說文匡飯器筥也或從竹筥𥳓也𥳓一曰飯器容五升𥳓飯筥也受五升秦謂筥曰𥳓𥳓卽𥳓之異文廣雅𥳓簇也簇卽筥之異文今楚俗謂撈飯竹器爲𥳓箕卽是筥也毛傳方曰筐圓曰筥許書不言疑傳說非是淮南時則訓高注方底曰筐員底曰筥足證筐筥之異止是底有方員今世筥名不縣筐隨地有之底方上員猶存古製矣韓湘作鬺者漢書郊祀志鬺亨上帝鬼神師古注鬺亨一也鬺亨煮而祀也韓詩曰于以鬺之惟錡及釜陳喬樅云鬺爲古烹飪字下亨乃古亨祀字也音香兩反服虔音義云以亨祀上帝也正釋亨字師古以鬺亨爲一非是陳壽祺云說文無鬺字鬲部鬻煮也从鬲羊聲玉篇鬻式羊切亦作鬺鬺同上廣韻鬺亦鬻字集韻十陽鬻或作鬺鬺類篇鬻或作鬺鬺是說文鬻字卽韓詩于以鬺之之異文鬺餁也者廣雅釋詁文正用韓說說文餁大熟也左桓十四年傳疏餁是熟肉鄭箋亨蘋藻者於魚湆之中本昏義爲說魚爲俎實故須餁熟言鬺之則魚自在內不須縣文也不用它物者鄭以爲魚蘋藻皆水物陰類於婦人敎成之祭爲宜此告事非正祭說文錡鉏鎁也江淮之間謂釜曰錡錡下云鎁或从吾廣韻鉏鋙不相當也方言鍑江淮陳楚之間謂之錡注

云或曰三腳釜也案釋文亦云錡三足釜也釜是三腳不相當
對故謂之錡鋙方言注是也錡从奇聲亦取不偶之義爲形聲
包會意字說文鬹三足鍑也錡鬹疊韻故又轉爲鬹說文釜鬴
鍑屬釜下云鬴或从父金聲當爲从金父聲傳寫誤倒經典鬴釜通用毛傳
無足曰釜今人家常用之器俗呼曰鍋說文䰙下
云秦名土釜曰䰙从鬲干聲讀若過因誤爲鍋矣

于以奠之宗室牖下誰其尸之有齊季女【注】韓齊作齋韓說曰

齋好也【疏】傳奠置也宗室大宗之廟也大夫士祭於宗廟奠於
牖下尸主齊敬季少也蘋藻薄物也澗潦至質也筐
筥錡釜陋器也少女微主也古之將嫁女者必先禮之於宗室
牲用魚芼之以蘋藻箋牖下戶牖閒之前祭不於室中者凡昏
事於女禮設几筵於戶外此其義也與宗子主此祭維君使有
司爲之主設羹者季女則非禮也女將行父禮之而俟迎者蓋
母薦之無祭事也祭事主婦設羹教成之祭更使季女者成其
婦禮也季女不主魚魚俎實男子設之其粢盛蓋以黍稷○說
文奠置祭也从酋酋酒也下其丌也釋名喪祭曰奠奠停也言
停久也引申其義凡祭而設酒久停置之皆謂之奠奠之必於
宗室者教於大宗之室則奠祭於大宗之廟也左襄二十八年
傳寘諸宗室寘與說文置祭之置同卽詩所謂奠矣昏義古者
婦人先嫁三月祖廟未毀教于公宮祖廟既毀教于宗室教以
婦德婦言婦容婦功教成祭之牲用魚芼之以蘋藻所以成婦

順也禮文與詩相表裏知齊說同士昏禮祖廟未毀敎于公宮
三月若祖廟已毀則敎于宗室與昏義文同宮室皆廟也獨斷
廟寢總謂之宮是宮爲廟也洛誥王入大室祼馬注大室廟中
之夾室魯公廟稱世室是室爲廟也定之方中作于楚宮箋楚
宮謂宗廟也作于楚室傳室猶宮也釋宮宮謂之室室謂之宮
知廟得通稱宮室蓋祖廟未毀則於女所出之祖廟敎之女出
於君之高祖則敎於高祖之廟出於君之曾祖則敎於曾祖之
廟若與君四從以外同高祖之父以上其廟既毀則此女與君
絕屬就繼別大宗之廟敎之此禮之不得不然非意爲輕重厚
薄也敎於女所出之祖廟迨敎成而祭則亦於其廟也士昏禮
昏義鄭注兩解宗室一云宗子之家一云大宗之家訓室爲家
疑皆非是若如其說詩言宗室牖下傳言賓諸宗室義不可通
白虎通嫁娶篇云婦人學一時足以成矣與君有緦麻之親者
敎於公宮三月與君無親者各敎於宗廟[illegible]宗婦之室國君取五屬
大夫之妾士之妻老無子而明於婦道者祿之使敎宗室五屬
之女大夫士皆有宗族自於宗子之室學事人也案內則大夫
以上立師慈保三母女子十年不出姆敎婉娩聽從於嫁前三
月更就尊者之宮敎之三月爲一時則天氣變物有成故學足
以成也緦麻舉五屬最疏者是與君有屬皆就公宮敎之可知
至其廟既遷就大宗敎之者宗子收族宗婦又主敎女之事也
昏義注宗室宗子之家也孔疏鄭不云大宗小宗則大宗小宗
之家悉得敎之與大宗近者於大宗敎之與大宗遠者於小宗

教之案士昏禮鄭注明言宗室大宗之家孔偶有不照賈疏小宗不就之教者小宗卑故也其說允矣白虎通又言大夫士皆有宗族自於宗子之室學事人也此詩爲卿大夫妻作而云奠於宗室知亦是教於宗子之室與彼說合鄭云宗子之家若其祖廟已毁則爲壇而告焉詩云牖下故孔疏云此言牖下又非於壇知是大宗之廟也說文牖穿壁也以木爲交窗也奠必於牖下者胡培翬云大夫士宗廟之制室在中有東西房房室皆向堂開戶房有戶無牖室則戶牖俱有戶在東牖在西故以戶牖問爲尊位愚案論語王孫賈章皇侃疏室向東南開戶西南安牖士昏禮納采用鴈主人筵于戶西西上右几鄭注主人女父也筵爲神布席也戶西者尊處將以先祖之遺體許人故受其禮於禰廟席西上右設几案戶西近牖言西上則就牖下布席雖無牖下明文其禮神於牖下甚明司几筵賈疏生人則几在左鬼神則几在右故此右几也主人徹几改筵東上然後迎賓於廟門外納吉納徵請期如初禮及初昏壻至門外女父復筵於戶西西上右几以告神以此推之神事不同廟制則一教成祭祖亦當是西上右几故云牖下也司几筵云筵國賓於牖前左彤几其諸侯祭祀右彤几不言牖前以通禮故略之牖前牖下其義同也說文誰何也釋詁尸主也言何人主此祭也設爲問荅之詞詩例多有之韓齊作齋者玉篇女部齋下云阻皆切有齋季女引詩齊作齋是據韓詩齋好也者廣雅釋詁文正用韓說說文齋材也從女齊聲亦謂女之材者與好義近馬瑞

辰云左傳晉君謂齊女爲少齊蓋取齋好之義古文湝借作齊毛遂以敬釋之耳說文季少偁也季女少女卽大夫妻猶稱女者明是未嫁之詞已嫁則爲主婦助夫氏之祭不得言尸之矣必女尸之者惟大夫以下則然知者昏義鄭注君使有司告之孔疏此約雜記釁廟使有司行之故知此告成之祭亦使有司也若卿大夫以下則女主之宗子掌其禮也案祭禮主婦設羹將嫁時先使習之推本言之知其必能循法度以成婦禮也召南大夫之妻娶異國之女推其在家教成而祭之時而言左傳濟澤之阿行潦之蘋藻寘諸宗室季蘭尸之敬也正釋此詩濟阿蓋季女所居蘭或季女之姓惜古義就湮莫可尋究矣

采蘋三章章四句

甘棠注魯說曰召公之治西方甚得兆民和召公巡行鄉邑有棠樹決獄政事其下自侯伯庶人各得其所無失職者召公卒而民人思召公之政懷甘棠不敢伐歌詠之作甘棠之詩又曰詩曰蔽芾甘棠勿翦勿伐召伯所茇傳曰自陝以東者周公主之自陝以西者召公主之召公述職當桑蠶之時不欲變民事

与

而不敢伐詩甘棠之所爲作也齊說曰召公賢者也明不能與
聽訟決獄各得其所壽百九十餘乃卒後人思其德美愛其樹
召公主之當農桑之時重爲所煩勞不舍鄉亭止於棠樹之下
武王滅紂封召公於燕成王時入據三公出爲二伯自陝以西
言召公述職親稅舍於野樹之下也又曰燕召公奭與周同姓
萬物古聖之道幾哉又曰詩曰蔽芾甘棠勿翦勿伐召伯所茇
行孔子曰吾於甘棠見宗廟之敬也甚尊其人必敬其位順安
而致其位焉百姓歎其美而致其敬甘棠之不伐政教惡乎不
不足故歌詠之夫詩思然後積積然後滿滿然後發發由其道
故後世思而歌詠之善之故言之言之不足故嗟歎之嗟歎之
故不入邑中舍於甘棠之下而聽斷焉陝間之人皆得其所是

聖人分職常戰慄恐懼故舍於樹下而聽斷焉勞身苦體然後乃與聖人齊是故周南無美而召南有之又曰古者春省耕以補不足秋省斂以助不給民勤於財則貢賦省民勤於力則功業牢陳喬樅云業牢是築罕之譌穀梁莊二十九年傳民勤於力則功築罕可證爲民愛力不奪須臾故召伯聽斷於甘棠之下爲妨農業之務也韓說曰昔者周道之盛召伯在朝有司請營召以居召伯曰嗟以吾一身而勞百姓此非吾先君文王之志也於是出而就烝庶於阡陌隴畝之間而聽斷焉召伯暴處遠野廬於樹下百姓大悅耕桑者倍力以勸於是歲大稔家給人足其後在位者驕奢不恤元元稅賦繁數百姓困乏耕桑失時於是詩人見召伯之所休息樹下美而歌之詩曰蔽芾甘棠勿翦勿伐召伯所茇此之謂也又曰

昔召公述職當民事時舍於棠下而聽斷焉是時人皆得其所後世思其仁恩至乎不伐甘棠甘棠之詩是也疏毛序美召伯也召伯之教明於南國箋召伯姬姓名奭食采於召作上公爲二伯後封于燕此美其爲伯之功故言伯云○召公至之詩史記燕召公世家文西方謂陝以西鄉邑召公舊封淮南繆稱訓召伯以桑蠶耕種之時弛獄出拘使百姓皆得反業修職與此云各得所無失職合彼但言百姓此更兼及侯伯明方伯職尊其統屬有侯伯也詩曰至幾哉劉向說苑貴德篇文所稱傳魯詩傳也云周召分主二陝者與公羊隱五年傳文合何休彼注陝在宏農陝縣郡國志陝縣有陝陌二伯所分括地志陝原在陝州陝縣西南二十里分陝從原爲界集古錄陝州石柱相傳以爲周召分陝所立以別地里白虎通封公侯篇所分陝者是國中也若言面八百四十國矣謂周召分治各得四州之地有八百四十國也云召公述職者孟子諸侯朝于天子曰述職明召公因入朝得至其鄉邑也詩曰至下也楊雄法言巡狩篇文又先知篇云昔在周公征於東方四國是王召公述職蔽芾甘棠其思矣夫並以爲召公述職事與劉說同燕召至作也應劭風俗通義一文云與周同姓者以召公非文王子史記燕世家漢書人表並云召公周同姓據應說知聽訟棠下事在成王時又淮南氾論訓高注召康公用理民物有甘棠之歌王符潛夫論愛日篇邵

伯訟不忍煩民聽斷棠下而致刑錯忠貴篇周公東征後世追
思召公甘棠人不忍伐見愛如是豈欲私害之者哉王充論衡
須頌篇宣王惠周詩頌其行召伯述職周歌棠樹高及二王皆
用魯說者也召公至有之初學記人事部引樂動聲儀文白虎
通又云不分南北何東方被聖人化日少西方被聖人化日久
故分東西使聖人主其難賢者主其易乃俱致太平也上言被
聖人化聖人謂文王下言聖人主其難聖人謂周公勞身苦體
非但聽訟棠下此其一端後代論周室開國元輔周召竝稱是
與聖人齊也周南不斥文王此詩明頌召伯是周南無美召南
有美也毛傳甘棠美召伯也孔疏諸風雅正經皆不言美此言
美召伯者二南文王之風唯不得言美文王耳召伯臣子故可
言美也案孔兼舉二南其說未晰言美召伯不美文王義與動
聲儀合古者至務也桓寬鹽鐵論授時篇文云爲妨農業與劉
應二說合昔者至謂也韓詩外傳一文宋人以爲兢烝庶於隴
畝是墨子之道不知召公因述職而在朝非常常如是胡承珙
識外傳爲附會謬矣昔召至是也漢書王吉傳文云當民事時
舍於棠下正與魯齊說同外傳但言耕桑者倍力以勸故略其
文耳合觀三家是召公分陝後因述職入朝至其舊封召邑不
忍勞民以妨農務聽訟棠下卒後人思其德而作是詩論衡氣
壽篇云邵公周公之兄也至康王時尚爲太保傳稱邵公年百
八十與風俗通言壽百九十餘者略異竹書紀年康王二十四
年召公薨竹書雖不可信而其人康王朝尚存則論衡言之明

此詩之作在康王末矣藝文類聚五十引謝朓文云召公分陝流甘棠之德以此詩爲分陝後事用魯義八十一引孫楚賦云昔在邵伯聽訟述職甘棠作誦垂之罔極又張纘賦云伊宗周之令望巡召南而述職以此詩爲述職時事用魯韓義樂記五成而分周公左召公右是分陝在疆南國後武成以來二陝授政列國分封無復文代二南之舊此仍爲召南之風者因詩歸美召公義從附錄亦猶歌詠周公之詩牽連入於豳風也張纘以爲巡召南而述職試思巡在召南何以謂之述職六代詞人之說蓋無足深辨矣左襄十四年傳士鞅稱欒武昭二年傳季孫譽韓宣竝以甘棠召公爲比是此詩歸美召公古無異義

蔽芾甘棠〔注〕韓芾作茀**勿翦勿伐**〔注〕韓翦作剗魯亦作剗又作鬋**召伯所茇**〔注〕魯召亦作邵魯說曰王者所以有二伯者分職而授政欲其亟成也齊茇作废〔疏〕傳蔽芾小貌甘棠杜也翦去伐擊也箋茇草舍也召伯聽男女之訟不重煩勞百姓止舍小棠之下而聽斷焉國人被其德說其化思其人敬其樹〇說文蔽蔽小草也桂馥義證引此詩毛傳云蔽蔽宜作蔽芾非也釋詁蔽微也廣雅釋詁蔽障也隱也蔽蔽者草木初生微有所掩蔽重言之猶夭夭灼灼之例蔽芾卽蔽蔽也其本字當爲蔽茀借作蔽芾茀之爲言蔽也說文茀道多草不可行周語韋注茀草穢塞路也是茀有蔽義碩

人篇翟茀以朝傳茀蔽也采芑篇簟茀魚服箋茀之言蔽也其義皆自多草不可行引申之采芑釋文茀本又作芾芾亦蔽也說文市韠也上古衣蔽前而已市以象之韍篆文市王藻一命緼韍幽衡注韍之言亦蔽也白虎通紼冕紼者蔽也古書芾茀紼紱黻韍字竝通用韓芾作茀者韓詩外傳引作蔽茀甘棠家語廟制篇引同足證韓作蔽茀正字毛蔽芾借字巾車注引詩翟茀以朝作翟蔽明古書茀蔽二字非特義訓相通字亦互叚說文蔽蔽郎詩之蔽茀它書無蔽蔽連文此詩必有作蔽蔽甘棠者不能考究為何家異文矣汲古閣本漢書王吉傳師古注邵南之詩曰蔽茀甘棠蔽茀小樹貌案朱郎說文朮字古書从市从朮之字多相亂洪适隸釋涼州刺史魏元丕碑蔽芾其縱蔽俗字金薤琳瑯漢蕩陰令張遷碑蔽沛甘棠沛芾古通○釋木杜甘棠又云杜赤棠白者棠是謂杜兼二名棠杜之分在色之赤白也有杕之杜疏引陸璣云赤棠與白棠同耳但子有赤白美惡子白色為白棠甘棠也少酢滑美赤棠子澀而酢無味俗語云澀如杜是也赤棠木理韌亦可以作弓幹陳啟源云甘棠乃赤棠無疑陸疏饒以甘棠為赤棠又以為白棠前後自相反必有誤也愚案陸以赤白棠同有子無可區別乃分子之赤白以子白而甘者為甘棠致與雅訓相背然其所言亦據目驗郭注杜甘棠云今之杜梨郝懿行云其樹如梨葉似蒼朮而大二月開華白色結實如小楝子霜後可食邵晉涵說同是結實之杜何嘗非白似未可末殺陸疏說文棠下云牡曰棠牝曰杜

杜下云甘棠也徐鍇繫傳云木之性有牝牡牡者華而不實林
中伐去其牡則牝者亦不實疑棠杜之分止當據牝牡爲定益
有子者通是杜甘棠木實雖甘恆多微酢杜或亦然陸專於子
之赤白甘酢致辨未免拘泥土宜隨地輒殊木之性色容有改
易牝牡之別古今大同許書不用雅訓爲得其實耳○勿者勉
而止之之詞說文勿州里所建旗象其柄有三游雜帛幅半異
所以趣民故宂遽稱勿勿祭義勿勿乎其欲饗之也注勿勿猶
勉勉也小雅黽勉從事漢書引作密勿勿之爲勉其義自趣民
引申之故禁止之詞亦借勿義說文莿齊斷也歬下云不行而
進謂之歬翦下云羽生也一曰矢羽後世隸變以歬爲前後之
前而歬廢又變翦爲齊斷之翦而翦之本義亦亡故釋言云翦
齊也閟宮箋云翦斷也韓翦作劗者引見釋文集韻劗字注引
同據此上引外傳勿翦勿伐之文亦當爲勿劗勿伐作翦者後
人亂之秦詛楚文欲劗伐我社稷劗伐連文卽同韓詩魯亦作
劗者蔡邕劉鎭南碑頌蔽芾甘棠召公聽訟周人勿劗我賴其
楨蔡邕述魯詩是魯本亦作劗又作鬋者漢書韋元成傳劉歆廟
議云詩云蔽芾甘棠勿鬋勿伐邵伯所茇思其人猶愛其樹況
宗其道而毀其廟乎據此魯異文作鬋韋賢傳鬋茅作堂顏注
鬋與翦同翦鬋通用字說苑白虎通兩引詩勿翦勿伐知魯又
作翦也伐義具汝墳○召者水經注渭水篇雍水東逕召亭南
故召公之釆地京相璠曰亭在周城南五十里魯召亦作邵者
韋元成傳引作邵伯明邵亦魯異文王者至成也白虎通封公

侯篇文下引王制八伯各以其屬屬於天子之老二人分天下以爲左右曰二伯及此詩首章爲證二伯是殷周之制王制以明殷制詩以明周制也職方鄭注引公羊傳云自陝以東周公主之自陝以西召公主之是東西二伯也案召公稱伯者大宗伯八命作牧注謂侯伯有功德者加命得專征伐於諸侯九命作伯注謂上公有功德者加命爲二伯得征五侯九伯者鄭司農云長諸侯爲方伯典命亦云上公九命爲伯王之三公八命及其出封皆加一等據此二伯是方伯爲一方之長與侯伯之伯不同五經通義云何以爲二伯乎曰以二公在外稱伯東西分爲二所以稱爲伯何欲抑之也三公臣之最尊者也又以王命行天下爲其盛故抑之也明有所屈也此以公稱伯爲有所屈與周禮白虎通不合其説非也分職而授政欲其亟成也者列國分封政教不一王者欲治化亟成故分二伯之職而授其政以王朝之三公爲之上承流於朝廷下宣化於列國故治功之成可幾也齊茇作废者説文废舍也詩曰召伯所废釋文引舍上有草字玉篇亦云废草舍也毛詩作茇説文茇下云草根也無舍義箋訓茇草舍是讀茇爲废據説苑法言白虎通韋元成傳韓詩外傳所引明魯韓用借字作茇與毛同許引作废者齊詩文也棠下可舍自非小樹言蔽芾者謂今雖此樹旁生之小枝葉亦不可翦伐而箋遂以爲召公當日止舍小棠之下失之拘矣

蔽芾甘棠勿翦勿敗召伯所憩〔疏〕傳憩息也○集韻二十六產剗字注翦也引韓詩曰勿剗勿敗說文敗毀也从攴貝擊扑其貝是敗義也與伐同意釋詁憩息也釋文憩本又作揭集韻憩本作愒或作憩說文愒息也明揭是愒之譌漢書楊雄傳度三巒兮偈棠棃顏注偈讀作愒又借偈爲愒

蔽芾甘棠勿翦勿拜召伯所說〔注〕**魯韓拜作扒魯韓說曰扒擘也**〔疏〕傳說舍也箋拜之言拔也○魯韓拜作扒者廣韻十六怪扒拔也詩曰勿翦勿扒陳喬樅云扒得與拜通者司馬相如上林賦洶湧澎湃韓愈孟郊征蜀聯句云獠江息澎汎澎汎即澎湃也此足爲扒拜通叚之驗愚案扒拜以雙聲通轉扒擘也者廣雅釋詁文正釋此義知作扒者爲魯韓詩矣廣雅又云擘分也以手批而分之亦拔取之意擘拔聲轉而義通毛詩作拜箋拜之言拔也陳奐云本三家義愚案箋不用拜之本義而訓爲拔者見三家作扒是正字毛作拜是借字故讀拜爲拔也釋詁說舍也郭注詩曰召伯所說釋文說或本作稅文選曹植應詔詩注引毛詩亦作稅或以爲作稅是三家今文非也易林師之蠱精潔淵塞爲讒所言證訊結請繫於枳溫甘棠聽斷怡然蒙恩又復之巽閉塞復通與善相逢甘棠之人解我憂凶小過之坤謹愼重言不幸遭患周邵述職謂周之邵公也脫免牢圄旣濟之觀結衿流粥遭讒桎梏周召述職身受大福是召公聽訟棠

下實政可稽惜齊義
就湮無可取證矣

甘棠三章章三句

行露【注】魯說曰召南申女者申人之女也既許嫁於酆夫家禮
不備而欲迎之女與其人言以爲夫婦者人倫之始也不可不
正傳曰正其本則萬物理失之毫釐差之千里是以本立而道
生源始而流淸故嫁娶者所以傳重承業繼續先祖爲宗廟主
也夫家輕禮違制不可以行遂不肯往夫家訟之於理致之於
獄女終以一物不具一禮不備守節持義必死不往而作詩曰
雖速我獄室家不足言夫家之禮不備足也君子以爲得婦道
之宜故舉而揚之傳而法之以絶無禮之求防淫泆之行又曰
雖速我獄亦不女從此之謂也齊說曰婚禮不明男女失常行

露反言出爭我訟又曰行露之訟貞女不行韓説曰傳曰夫行露之人許嫁矣然而未往也一物不具一禮不備守志貞理守死不往君子以爲得婦道之宜故舉而傳之揚而歌之以絶無禮之求防汙道之行詩曰雖速我訟亦不爾從

【疏】毛序召伯聽訟也衰亂之俗微貞信之教興彊暴之男不能侵陵貞女也箋衰亂之俗微貞信之教興者此殷之末世周之盛德當文王與紂之時○召南至謂也劉向列女傳貞順篇文申者南陽被化之邦鄷者崇侯虎之故地文王伐崇後所作邑也禮不備而欲迎之者夫不親迎也女不肯往以不親迎爲輕禮違制也蓋既許嫁則非至迎娶之時無以明其不往而夫家或其時實有不能親迎之故遂相持以至於爭訟女乃必死不往此詩之所爲作也古禮最重親迎列女傳貞順篇云宋恭伯姬魯宣公之女成公之妹也其母曰繆姜嫁伯姬於宋恭公恭公不親迎伯姬迫於父母之命而行既入宋三月廟見當行夫婦之道伯姬以恭公不親迎故不肯聽命宋人告魯使大夫季文子如宋致命於伯姬春秋成九年公羊穀梁二傳注疏言致女義同夫宋公不親迎伯姬迫於父母之命而行若非迫於奉命伯姬必不往可知也既廟見而猶不肯成昏至於宋人告魯遣使致命而後從夫其視親迎

之重如此若在士庶家而遇此事未必不致爭訟也貞順傳又
云齊孝孟姬華氏之長女齊孝公之夫人也好禮貞壹齊中求
之禮不備終不往齊國稱其貞孝公聞之乃修禮親迎於華氏
之室遂納於宮三月廟見而後行夫婦之道傳先言禮不備不
往後言修禮親迎明親迎是備禮之大端也孟姬初未許人而
云禮不備不往者議昏之時先言必備禮而後往其守禮之嚴
如此若既許嫁而不親迎則孟姬之不往又可決也此二事可
與申女事參證以明之士昏禮記云若不親迎則婦入三月然
後壻見於妻之父母可見周時原有不親迎者張爾岐謂周公
制禮因其舊俗而但爲之節文是也風俗之同人情之所可通
雖聖王不能強使齊壹夫不親迎者事之權酆人宋公是也女
不肯往者義之正申女伯姬是也女守義男備禮相得益彰者
古禮之大明齊侯孟姬是也或疑申女節太高而過中據周禮
凶荒則殺禮而多昏是禮不備女非不可往此誤解一物不具
一禮不備之義申女嫁時其爲年荒與否書無明文士昏禮記
云女子許嫁鄭注許嫁已受納徵之禮也列女傳及韓詩傳皆
言申女許嫁時在納采問名納吉三禮之後此後則惟請期親
迎所謂元纁束帛儷皮者當時業已備具豈猶煩斷斷於聘幣
之多寡凡禮皆藉物以行親迎時冕服攝盛執雁御輪諸事禮
也亦物也禮既不行物卽不具是申女所謂禮物不備具者卽
指親迎言之明矣婚禮至我訟易林大壯之姤文行露至不行
无妄之剝文所稱婚禮不明貞女不行與列女傳輕禮違制女

不肯往合傳曰至爾從韓詩外傳文所稱傳曰蓋內傳文竝以此詩爲申女守志夫禮不備雖訟不行而作左宣元年傳正義引服虔曰古者一禮不備貞女不從詩曰雖速我訟亦不女從正用三家義

厭浥行露注魯韓厭作湆魯韓說曰湆浥濕也豈不夙夜謂行多露疏傳興也厭浥濕意也行道也豈不言有是也箋夙早也厭浥然濕道中始有露謂二月中嫁取時也言我豈不知當早夜成昏禮與謂道中之露太多故不行耳今彊暴之男以此多露之時禮不足而彊來不度時之可否故云然周禮仲春之月令會男女之無夫家者行事必以昏昕○厭浥者厭無溼義當爲湆借字說文湆幽溼也浥溼也湆浥溼也者廣雅釋詁文湆浥連文與下漸洳連文同是此詩魯韓義據此魯韓厭作湆釋文厭於立反湆去急反正與於立反同音小戎厭厭良人列女傳二作愔愔良人湛露厭厭夜飲釋文韓詩厭厭作愔愔足證魯韓二家厭與從音之字相通假彼借厭爲愔知此詩亦借厭爲湆也湆浥二字聲轉義同故疊文爲訓徐鍇說文繫傳今人多言浥湆也浥湆猶湆浥矣易林未濟之損厭浥晨夜道多湛露沾我襦袴一作瀸衣濡襦重難以步革之豫迷行晨夜道多湛露瀸我袴襦重不可涉涉字是步之誤是齊詩訓行爲道與毛同說文露潤澤也玉篇露天之津液下所潤萬物也藝文類聚九十八引五經通義曰和氣津液凝爲露從地生也二說不同案露

騰爲霜如雲升爲雨特陰陽氣異通義是也○夙訓早義具采蘩言豈不欲早夜而往夫家謂道中多露不可往耳露多難往但取喻不可行意因是夫家於義當往故云豈不夙夜左僖二十年傳君子曰隨之見伐不量力也量力而動而過鮮矣善敗由己而由人乎哉詩曰豈不夙夜謂行多露杜注言豈不欲早暮而行懼多露之濡己以喻違禮而行必有汙辱是亦量宜相時而動之義又襄七年傳晉韓獻子告老公族穆子有廢疾將立之辭曰詩曰豈不夙夜謂行多露杜注詩曰雖欲早夜而行懼多露之濡己義取非禮不可妄行於豈不夙夜句順文釋之而義自明

誰謂雀無角何以穿我屋誰謂女無家何以速我獄雖速我獄室家不足注魯說曰言夫家之禮不備足也疏傳不思物變而推其類雀之穿屋似有角者速召獄埆也昏禮純帛不過五兩箋女女彊暴之男變異也人皆謂雀之穿屋似有角彊暴之男召我而獄似有室家之道於我也物有似而不同雀之穿屋不以角乃以咮今彊暴之男召我而獄不以室家之道於我乃以侵陵物與事有似而非者士師所當審也幣可備也室家不足謂媒妁之言不和六禮之來彊委之○說文雀依人小鳥也穿通也屋居也雀本無角鼠本無牙以其能爲害反言之言誰謂雀無抵觸之角而不爲害乎苟雀無抵觸之角而不爲害何以能穿我屋誰謂

女無成家之道而非我夫乎苟無成家之道而非我夫何以能速我獄然雖速我獄而禮物有未具是室家之道尚不備足無怪我之不往也言夫至足也劉向說見上文孟子丈夫生而願爲之有室女子生而願爲之有家上指其夫故專言家下論夫婦之道故兼言室家對强暴不得如此立言知三家義長說文速疾也獄确也从㹜从言二犬所以守也速我獄者言疾致於我獄

誰謂鼠無牙何以穿我墉誰謂女無家何以速我訟雖速我訟亦不女從〔注〕韓女作爾〔疏〕傳墉牆也視牆之穿推其類可謂鼠有牙不從終不棄禮而隨此彊暴之男○說文牙牡齒也段注牡當作壯石刻九經字樣不誤壯大也壯齒齒之大者也統言之皆稱齒稱牙析言之則前當脣者稱齒後在輔車者稱牙牙較大於齒非有牝牡也鼠齒不大故云無牙東方朔說騶牙曰其齒前後若一齊等無牙此爲齒小牙大之明證胡承珙云左隱五年傳疏頷上大齒謂之爲牙徐鍇說文繫傳比於齒爲牡也此牡字亦當爲壯蓋徐所見說文作壯齒故云比於齒爲壯若本作牡齒而云比於齒爲牡則不成語矣愚案段胡說是說文墉城垣也引申之凡垣皆稱墉故釋宮云牆謂之墉說文訟爭也韓女作爾者外傳作亦不爾從陳喬樅云女爾古字通用桑柔告爾憂恤誨爾序爵墨子尚賢

篇引竝作女是其證愚案據外傳上文二女字皆當爲爾室家不足亦不女從二章義互相備易林井之益穿室鑿牆不直生訟褰裳涉露雖勞无功穿室鑿牆卽詩穿屋穿墉之喻不直生訟以夫家生訟爲無禮聽訟者不直之褰裳涉露本首章詩意而反用之守禮者云謂行多露則無禮者是褰裳涉露矣雖勞无功乃此詩訟事究竟非聖王化洽賢臣秉公不能完女節而明禮敎毛序以爲召伯聽訟蓋信而有徵矣

行露三章一章三句二章章六句

羔羊【注】齊說曰羔羊皮革君子朝服輔政扶德以合萬國韓說曰詩人賢仕爲大夫者言其德能稱有絜白之性屈柔之行進退有度數也【疏】毛序鵲巢之功致也召南之國化文王之政在位皆節儉正直德如羔羊也箋鵲巢之君積行累功以致此羔羊之化在位卿大夫競相切化有如此羔羊之人○羔羊至萬國易林離之復文謙之離同云羔羊皮革君子朝服足證退食非居私家云輔政扶德以合萬國非任方伯之職者不足以當之蓋齊詩以此爲美召公作也晉之臨皮革作皮弁弁郎革之譌萬國作萬福漢書儒林傳谷永疏曰王法納乎聖聽功烈施乎政事退食自公私門不開德配周召忠合羔

羊永學魯詩疏與羔羊大義以周召羔羊對言是羔羊美召公魯說亦如此詩人至數也者後漢王渙傳故洛陽令王渙秉清修之節蹈羔羊之義盡心奉公務在惠民李注引薛君章句云云是韓詩以此爲美召南大夫與魯齊不同其以詩素絲爲喻絜白屈柔剛見與齊說但言君子朝服者亦異漢書薛宣傳谷永疏曰竊見少府宣材茂行絜達于從政有退食自公之節臣恐陛下忽於羔羊之詩捨功實之臣任虛華之譽是以越職陳宣行能楚詞九思士莫志兮羔羊王注言士貪鄙無有素絲之志皎潔之行也永云行絜逸云皎潔之行與薛云素喻絜白合是魯韓義同古文苑二載曹大家鍼縷賦云退逶迤以補過似素絲之羔羊退食補過與永疏私門不開忠合羔羊同意大家學齊詩是魯齊義同也

羔羊之皮素絲五紽注韓詩曰羔羊之皮素絲五紽韓說曰小者曰羔大者曰羊素喻絜白絲喻屈柔紽數名也魯說曰紽數也退食自公委蛇委蛇注魯說曰退食自公私門不開齊韓委蛇作逶迤韓又作禕隋韓說曰逶迤公正貌疏傳小曰羔大曰羊素白也紽數也古者素絲以英裘不失其制大夫羔羊以居公公門也委蛇行可從迹也箋退食謂減膳也自從也從於公謂正直順於事

巨

也委蛇委曲自得之貌節儉而順心志定故可自得也○羔羊至名也者王逸傳注引薛君章句文引經明韓毛文同小者曰羔大者曰羊者說文羔羊子也故薛謂小者羔大者羊孔疏此說大夫之裘宜直言羔而已兼言羊者以羔亦是羊故連言以協句素喻絜白者說文素白緻繒也紈素也急就篇顏注素謂絹之精白者紈即素之輭細者漢班婕好詩新製齊紈素鮮潔如霜雪故薛云喻潔白也薛以性言謂其心之精白谷王以行言美其行之潔淸也絲喻屈柔者說文絲蠶所吐也皇皇者華篇六轡如絲傳如絲言調忍也調忍即屈柔之義故薛云喻屈柔也屈柔以行言立德尙剛而處事貴忍故屈柔亦爲美德紽數名也者與毛傳紽數也義同紽數也者廣雅釋詁文是魯韓說竝合孔疏此章言羔羊之皮卒章言羔羊之縫互見其用皮爲裘縫殺得制也素絲爲飾唯組紃耳若爲綫則所以縫裘非飾也故干旄篇曰素絲組之傳曰總以素絲而成組也紃亦組之類則素絲可爲組紃矣既云素絲即云五紽五緎是裘縫明矣又明素絲爲組紃而施於縫中故下雜記注云紃施諸縫若今之條是有組紃而施於縫中之驗孔因毛傳言古者素絲以英裘疏之如此陳氏奐謂素絲爲裘緣邊之飾如漢世偏諸非也王引之云案三章文義不當如爾雅所訓紽緎總皆數也五絲爲紽四紽爲緎四緎爲總五紽二十五絲五緎一百絲五總四百絲故詩先言五紽次言五緎次言五總也西京雜記載鄒長倩遺公孫宏書曰五絲爲䋈倍䋈爲升倍升爲緎倍緎爲紀

倍紀爲緵倍緵爲䍀豳風九罭釋文云緵字又作總然則緎者二十絲總者八十絲也孟康注漢書王莽傳云緵八十縷也史記孝景紀令徒隸衣七緵布正義與孟注同晏子春秋雜篇云十總之布一豆之食說文作稯云布之八十縷爲稯正與倍紀爲緵之數相合紽之數今失其傳釋文云紽本又作佗春秋時陳公子佗字子五父則知五絲爲紽卽西京雜記之緝矣馬瑞辰云佗字五父蓋取詩五佗爲義非必佗卽五數也佗古他字管子輕重甲篇夫得居裝而賣其薪蕘一束十他他一本作倍墨子經篇倍爲二也他與倍通則他亦二數矣柏舟篇之死矢靡他猶云有死無二也小雅人知其一莫知其他猶云知其一不知其二也紽通佗蓋二絲之數愚案素絲施諸裘縫雅訓元不誤紽緎總皆數名當如王說玉篇廣韻並云紽絲數陳氏奐訓數爲簇謂卽密縫之意亦非也紽爲二絲當如馬說五紽得十絲之數以西京雜記證之與倍緝爲升同義薛以紽緎總是數名故探下文退食委蛇之義復總釋之曰言其德能稱有絜白之性屈柔之行進退有度數也羔羊是大夫朝服大夫之德又能稱此服詩人以賦爲比合章句與楚詞注觀之知喻義古矣羔羊朝服齊說甚明毛傳大夫羔裘以居孔疏謂居於朝廷非居於家也論語狐貉之厚以居注云在家所以接賓客則可知不服羔裘矣論語注又云緇衣羔裘諸侯視朝之服卿大夫朝服亦羔裘唯豹袪與君異耳明此爲朝服之裘非居家也案朝廷不可言居孔曲釋之不以傳說爲然足與齊義證合退食

至不開谷永說見上文退食自公者自公朝退而就食非謂退歸私家永疏私門不開正釋自公之義卿大夫入朝治事公膳於朝不遑家食故私門爲之不開也漢衡方碑云禕隋在公自公卽在公也詩攷禕隋卽委蛇出韓詩內傳婁機漢隸字源云禕隋出韓詩足證魯韓釋退食自公義同後漢楊秉傳逶迤退食足抑苟進之風李注退食謂減膳也從於公謂正直順於事也宋宏傳以全素絲羔羊之潔焉李注言卿大夫皆衣羔羊之裘素絲自減膳食從於公事行步委蛇自得並用鄭箋非三家義也齊韓委蛇作逶迤者釋文委蛇韓詩作逶迤云公正貌案曹大家賦逶迤補過是齊作逶迤與韓同楊秉傳逶迤二字正用齊韓文韓又作禕隋者陳喬樅云據釋文韓作逶迤禕隋非韓詩經文乃內傳釋經逶迤之訓愚案衡方碑禕隋洪适謂本韓詩與王婁說合衆家皆有異文禕隋是韓異文釋文失引耳釋訓委委蛇蛇美也釋文作禕禕它它是禕委通用逶迤疑或作委隨故隸省隨作隋又變隋爲隋也云公正貌者陳啟源云毛委蛇傳以爲行可從迹韓逶迤訓作公正貌兩義意正相成惟其公正無私故舉動光明始終如一可蹤迹倣效卽毛序所謂正直也愚案說文委下云委隨也逶下云逶迆衺去之貌迆下云衺行也逶迤俗字箋委曲自得之貌人臣敬爾在公但云容體自得於義未備且逶迤之訓疑於衺曲故韓以公正貌釋之深爲有禆經恉曹大家云逶迤補過兼得賢臣退思之隱三家說詩以意逆志較毛傳行可從迹尤深切著明左襄七年傳衛孫

文子來聘公登亦登穆叔語之孫子無辭亦無悛容穆子曰孫子必亡爲臣而君過而不悛亡之本也詩曰退食自公委蛇委蛇謂從者也衡而委蛇必折此因孫子之不悛而言順理乃可委蛇若不順理而委蛇必折矣亦爲此詩委蛇補義與三家說相發

羔羊之革素絲五緎委蛇委蛇自公退食（注）魯說曰緎羔羊之縫也齊緎作黬韓說曰緎數也（疏）傳革猶皮也緎縫也箋自公退食猶退食自公○說文革獸皮治去其毛革更之象此言羔裘明非去毛孔疏謂對文言之則異散文則皮革通是也緎羔羊之縫也者釋訓文郭注縫飾羔皮之名詩釋文引孫炎云緎縫之界域孔疏縫合羔羊皮爲裘縫即皮之界域因名裘縫爲緎爾雅獨解緎者舉中言之緎言縫則紽總亦縫可知齊緎作黬者說文黬羔羊之縫从黑或聲此三家異文魯韓與毛同則作黬者爲齊詩繫傳詩曰羔羊之黬以黑爲縫也許引詩文雖異不云裘縫是黑小徐引詩既有奪文以黑爲縫亦文不成義以黑疑以黬字奪其半也蓋羔裘色黑以素絲爲縫裘之飾則其縫之處黑白益明故字從黑取義玉篇黬羔裘縫亦作緎黬是黬黬皆緎或體矣緎數也者玉篇系部引韓詩文據此知韓於紽緎總并訓數倍升爲緎得二十絲之數五緎一百絲也緎爲數名如縷一枚爲紽緯十

縷爲綹十五升布爲總之比首章十絲次章一百絲三章四百絲數取遞增文因合均非謂一裘之縫止用四百絲不當泥視猶無衣篇之豈曰無衣七兮豈曰無衣六兮干旄篇之良馬四之良馬五之良馬六之分章協句非有定數也文選五臣注本潘安仁馬汧督誄牧人逶迤自公退食李善本作逶迤與齊韓文合迤又迆之本文李注引毛詩曰逶迤逶迤自公退食毛是韓之誤

羔羊之縫素絲五總委蛇委蛇退食自公【疏】傳縫言縫殺之大小得其制總數也○說文縫以鍼紩衣也紩縫也總聚束也又云絩綺絲之數也漢律曰綺絲數謂之絩布謂之總此詩絲數亦稱總與漢律異古今之別耳絲縷既多聚而束之故又爲總也掌客釋文總本作緵莊子則陽篇是稯稯何爲者釋文字亦作總明總與緵稯字同據說文布之八十縷爲稯漢書王莽傳注緵八十縷五總正得四百絲鄒長倩書倍紀爲緵知漢世絲數亦互稱總也

羔羊三章章四句

殷其靁【疏】毛序勸以義也召南之大夫遠行從政不遑寧處其室家能閔其勤勞勸以義也箋召南大夫召伯之屬遠行謂使出邦畿○孔疏文王未稱王召伯爲諸侯之臣其下不得有大夫此言召南大夫則是文王都酆召伯受采之後說

與召南別爲風詩之義相發但孔尙未悟召南建國不與召伯采地相涉也三家無異義

殷其靁在南山之陽【注】韓殷作隱韓說曰隱隱也雷也【疏】傳殷靁聲也山南曰陽靁出地奮震驚百里山出雲雨以潤天下箋靁以喩號令於南山之陽又喩其在外也召南大夫以王命施號令於四方猶靁殷殷然發聲於山之陽○韓殷作隱者臧鏞堂云廣韻六脂隱雷也出韓詩隱隱也雷也者玉篇文卽此詩注廣雅釋天隱雷也正用韓說陳喬樅云集韻隱隱也殷隱古字通用隱訓隱雷隱或作轞亦作𨍏磤訓爲雷聲見通俗文及玉篇則隱亦當爲雷聲矣禮玉藻端行頤霤如矢注頤或爲隱釋文云隱音夷中庸壹戎衣注衣讀如殷聲之誤也齊人言殷聲如衣案殷聲如衣隱音爲夷故殷隱古得通假愚案臧云詩建本殷作隱釋詁邪疏召南隱其雷與臧所見建本同釋文殷音隱字又作隱殷隱衣三字以音轉通段中庸衣讀如殷白虎通云衣者隱也卽用雙聲字釋義衣夷頤亦一聲之轉隱音同夷故與頤通亦與殷隱字通用也其者廣雅釋詁詞也說文靁下云陰陽薄動靁雨生物者也釋文靁亦作雷初學記一引詩作雷與釋文合南山召南山義同草蟲穀梁僖二十八年傳山南爲陽南齊書五行志引洪範五行傳云雷者人君之象雷聲震驚以喩上之命令臣下遠行不遑安處勉君子震恐致福因取義焉在南山之陽賦而興也**何斯違斯莫敢或遑**

遑振振君子歸哉歸哉疏傳何此君子也斯此違去遑暇也振振信厚也箋何乎此君子適居此復去此轉行遠從事於王所命之方無敢或閒暇時閔其勤勞大夫信厚之君子爲君使功未成歸哉歸哉勸以爲臣之義未得歸也○釋詁斯此也上斯斯君子下斯斯地說文違離也廣雅釋詁同毛傳訓去離去義近廣雅釋詁或有也或有古通書洪範無有作好呂覽貴公篇作無或作好高注或有也是或爲有也釋文遑本或作徨釋詁遑暇也說文無遑徨偟三字當正作皇言何斯人而離斯地乎以奉君命故莫敢有暇耳因又曰此振奮有爲之君子庶幾畢王事而得歸哉重言之切望之也箋云歸哉歸哉勸以爲臣之義未得歸也本毛序爲說案詩恉明望君子之歸非勸勉語它詩如悠哉悠哉悠悠也懷哉懷哉懷也句例正同皆順文爲說推之玼兮玼兮瑳兮瑳兮舍旃舍旃左之左之右之右之有聲有聲式微式微采薇采薇曰歸曰歸之類凡遇疊語都無反言歸哉歸哉與曰歸曰歸同義風人之旨於征役勤勞不諱言歸全詩可按閔其勞而望其歸此正室家至情不煩補義也

殷其靁在南山之側何斯違斯莫敢遑息振振君子歸哉歸哉疏傳亦在其陰與左右也息止也○說文側旁也息喘也莫敢遑息猶言不暇喘息也桑柔箋如仰疾風不能息也疏息謂

喘息與此意同毛傳訓息爲止乃引申義

殷其靁在南山之下何斯違斯莫或遑處振振君子歸哉歸哉

注韓遑作皇疏傳或在其下處居也箋下謂山足○在南山之云下謂山足是也說文処止也得几而止處下云処或从虍聲韓遑作皇者衆經音義六引詩曰莫或皇處遑作皇陳喬樅云元應用韓詩者據韓詩推此上二章遑亦當爲皇

殷其靁三章章六句

摽有梅疏毛序男女及時也召南之國被文王之化男女得以及時也○蔡邕協和婚賦葛蕈恐其失時摽梅求其庶士唯休和之盛代男女得乎年齒婚姻協而莫違播欣欣之繁祉此魯義與毛序召南被文王之化男女得以及時指合媒氏疏引張融云摽有梅之詩殷紂暴亂娶失其盛時之年習亂思治故戒文王能使男女得及其時經義雜記云戒當作嘉張說蓋相傳古義召南被文王之化男女及時故既幸之而又唯恐失之也左襄八年傳晉范宣子來聘告將用師于鄭公享之宣子賦摽有梅季武子曰誰敢哉今譬於草木寡君在君君之臭味也歡以承命何時之有杜注宣子欲魯及時共討鄭取其汲汲相赴

雖係斷章亦見詩
唯恐失時之恉

摽有梅其實七兮（注）魯韓摽作莩齊作蔈韓梅作楳（疏）傳興也摽落也盛極則隋落者梅也尚在樹者七箋興者梅實尚餘七未落喻始衰也謂女二十春盛而不嫁至夏則衰○釋文摽婢小反落也魯韓作莩齊作蔈者孫奭孟子音義莩有梅丁云韓詩也陳喬樅云趙岐孟子章句引詩曰莩有梅莩零落也漢書食貨志贊引孟子莩作莩注引鄭德云莩音蔈有梅之蔈莩零落也說文𠬪物落上下相付也讀若詩摽有梅段注以毛詩摽字爲𠬪之假借孟子作莩者莩之字誤唐惟韓詩尚存故丁公著音義云莩是韓詩實則趙所引據魯詩文葢此詩魯韓同作莩與毛異蔡邕賦作摽梅亦後人順毛改字也鄭引作蔈當據齊詩之文愚案毛作摽摽訓擊非此詩義故許但於𠬪字下句云讀若摽有梅以寓正字之意物落上下相付也段據韻會落下補也字分二句讀桂馥云增韻云詩摽有梅本作𠬪𠬪變爲孚轉寫譌耳凡餓殍莩落字從孚者本皆作𠬪非孚信之孚程瑤田云韓詩所謂莩者卽𠬪字轉寫之異孟子言人飢腹中空而死如華秀不實者之𠬪落也參觀諸說摽字塙當爲𠬪魯韓之莩齊之蔈皆非正字韓梅作楳者釋文又云梅木名也韓詩作楳陳壽祺云韓詩言楳不言莩丁音言莩不言楳皆疏愚案說文某酸果也梅枏也可食楳下云或从某梅是枏木非可食者桂馥

謂說文可食字後人誤加是也詩正作某梅楳皆借字其實七兮者毛傳盛極則隋落者梅也尚在樹者七鄭箋梅實尚餘七未落喻始衰也孔疏十分之中其三始落是梅始衰興女年十六七亦女年始衰宜及此善時以爲昏左傳杜注梅盛極則落詩人以興女色盛則有衰眾士求之宜及其時亦與毛說同箋復以仲春昏期爲言非詩取喻之恉

求我庶士迨其吉兮〔注〕韓說曰迨願也〔疏〕傳吉善也箋我我當嫁者庶眾迨及也求女之當嫁者之眾士宜及其善時善時謂年二十雖夏未大衰○說文庶屋下眾也引申爲眾義士事也能理事者謂之爲士乃男子之美號荀子非相篇處女莫不願得以爲士楊注士者未娶妻之稱與此庶士義合釋言迨及也迨即逮或字迨願也者釋文引韓詩文陳喬樅云韓訓即孟子所云丈夫生而願爲之有室女子生而願爲之有家疑韓以此詩爲父母之詞愚案陳說是詩迨字多屬願望意匏有苦葉篇迨冰未泮鴟鴞篇迨天之未陰雨伐木篇迨我暇矣皆是說文吉善也迨其吉兮者女之父母願望眾士及此女善時也訓迨爲及疑於已及之詞故韓探詩意而爲之說鄭箋我我當嫁者孔疏言此者以女被文王之化貞信之教興必不自呼其夫令及時之取已鄭恐有女自我之嫌故辨之言我者詩人我此女之當嫁者亦非女自我孔申箋義以爲詩人我此女是詩人即女之父母據韓迨願之訓亦必以此爲父母之詞鄭訓迨爲及不用韓義然以詩人爲女父母固與韓合矣

摽有梅，其實三兮。求我庶士，迨其今兮。【疏】傳在者三也今急辭也箋此夏鄉晚梅之隋落差多在者餘三耳○其實三兮梅落益多喻時將過也今者卽時也史記漢書今以多爲卽與此詩義合

摽有梅，頃筐塈之。【注】韓頃作傾塈作摡韓說曰摡取也【疏】傳塈取也箋頃筐取之謂夏已晚頃筐取之於地○韓頃作傾塈作摡者玉篇手部摡下引詩云頃筐摡之頃傾字通卷耳頃筐齊毛本亦作傾箋頃筐取之於地說文塈仰涂也無取義摡下云滌也詩曰摡之釜鬵亦不訓取摡取也者廣雅釋詁文塙爲此詩韓訓旣有盡義加手則爲盡取之意時過而梅盡落故以頃筐盡取之

求我庶士，迨其謂之。【疏】傳不待備禮也三十之男二十之女禮未備則不待禮會而行之者所以蕃育民人也箋謂勤也女年二十而無嫁端則有勤望之憂不待禮會而行之者謂明年仲春不待以禮會之也時禮雖不備相奔不禁○謂勤釋詁文郭注詩曰迨其謂之此魯說也故箋以易毛鄭於北門謂之何哉隰桑遐不謂矣並云謂勤也釋名謂猶謂也猶得勑不自安謂謂然也謂謂憂危之意故云有勤望之憂勤之爲言望之深也穀梁僖二年傳不雨者勤雨也范注言不雨是欲得雨之心勤也江有汜序勤而無怨孔疏勤者心企望之迨其謂之言願望甚勤女年二十明婚期以此爲限

摽有梅三章章四句

小星【注】韓說曰懷其寶而迷其國者不可以語仁窘其身而約其親者不可以語孝任重道遠者不擇地而息家貧親老者不擇官而仕故君子橋褐趨時當務爲急傳曰不逢時而仕任事而敦其慮爲之使而不入其謀貧焉故也詩曰夙夜在公實命不同又曰嘒彼小星喻小人在朝也齊說曰旁多小星三五在東早夜晨行勞苦無功【疏】毛序惠及下也夫人無妬忌之行惠盡其心矣箋以色曰妬以行曰忌命謂禮命貴賤○懷其至不同韓詩外傳一文言貧仕卑官而引詩以明之任重道遠不擇地而息任事而敦其慮是夙夜在公也家貧親老不擇官不逢時而仕爲之使不入其謀是實命不同也上文云曾子仕於莒得粟三秉方是之時曾子重其祿而輕其身親沒之後齊迎以相楚迎以令尹晉迎以上卿方是之時曾子重其身而輕其祿言曾子親在則祿仕爲重親沒雖卿相不往外傳多推演之詞而義必相比明此詩是卑官奉使故取與曾子仕莒事相儗唐

白居易六帖奉使類引此詩肅肅宵征夙夜在公正用韓義宋洪邁容齋隨筆云小星肅肅宵征抱衾與裯是詠使者遠適夙夜征行不敢慢君命之意箋釋此兩句謂諸妾肅肅然而行或早或夜在於君所以次序進御又云裯者牀帳也謂諸妾夜行抱衾與牀帳待進御且諸侯有一國其宮中嬪御雖云至下固非閽閣微賤之比何至於抱衾而行況於牀帳勢非一己之力所能致者其說可謂陋矣宋章俊卿程大昌亦謂此爲使臣勤勞之詩皆本韓爲說喻小人在朝也者文選五臣本魏文帝雜詩呂向注文唐惟韓詩存所引乃韓義外傳雖無小人在朝之文然云不入其謀則小人間阻可知以此推之嘒星喻小人星在朝蓋韓內傳說如此旁多至無功易林大過之夬文旁多小人喻君側有小人故使臣雖勞無功與外傳所云爲之使而不入其謀合是齊韓義同也召南諸侯之臣勤勞任使義命自安固其人之賢能亦由漸被王化所致旁多小星指諸侯之朝言或以爲殷紂非也召南諸侯詩在文王受命後不得援汝墳王室爲詞矣

嘒彼小星三五在東〔注〕韓嘒作暳〔疏〕傳嘒微貌小星衆無名者三心五噣四時更見箋衆無名之星隨心噣在天猶諸妾隨夫人以次序進御於君也心在東方三月時也噣在東方正月時也如是終歲列宿更見○韓嘒作暳者玉篇日部暳下云衆星貌廣韻暳下云小星詩亦作暳俱不言出何詩以篇韻引詩例推之用韓義也云詩亦作

嘒者兼采毛詩說文嘒小聲也詩曰嘒彼小星詩語疑後人妄加玉篇嘒下引詩鳴蜩嘒嘒云嘒嘒小聲也嘒訓小聲與許合星本無聲嘒從日以光芒言韓義爲優彼猶論語彼哉彼哉之彼外之之詞也三五在東傳以爲三心五噣王引之云此郎下章言惟參與昴也文選任彥昇宣德皇后令注引論語比考讖曰堯觀河渚乃五老游渚流爲飛星上入昴又引注曰人昴宿則復爲星據此漢以前相傳昴宿五星故有降精爲五老之說其參之三星史記天官書明著之昴參相距不遠故得俱見東方若心噣相距甚遠心在東則噣在西不得言三五在東矣三五舉其數也參昴著其名也其實一而已矣愚案王說是據傳箋所云詩蓋郎一日夜行所見之星以起興必不舉終歲更見之列宿知三心五噣之說不可通矣

肅肅宵征夙夜在公寔命不同（注）魯說曰宵夜也韓寔作實云有也（疏）傳肅肅疾貌宵夜征行寔是也命不得同於列位也箋夙早也謂諸妾肅肅然夜行或早或夜在於君所以次序進御者是其禮命之數不同也凡妾御於君不當夕○肅肅敬也解具兔罝宵夜也者楚詞九歎王注文下引詩曰肅肅宵征說文征正行也夙夜早夜解具采蘩夙夜則嚮晨矣故易林云早夜晨行是齊說亦釋夙夜爲早夜連文讀之在公從於公也詩言彼微小之星方光明而在東我乃敬戒夜行不敢怠慢而早夜以從公者非君恩之不我逮乃有命不同故耳曷敢怨乎寔作實云有也者釋文

引韓詩文陳喬樅云韓奕實墉實壑箋云實當作寔趙魏之間實寔同聲頍弁箋云實猶是也釋詁寔是也是音義並同愚案說文寔止也與是義不合緣寔是同聲古書多借寔爲是因亦訓爲是說文實富也易大有上九注大有豐富之世也列子說符篇羨施氏之有注有猶富也是富有義通實訓富亦可訓有韓詩作實故就本義引申之訓爲有也

嘒彼小星維參與昴肅肅宵征抱衾與裯寔命不猶【注】三家裯作幬魯說曰幬謂之帳韓說曰幬單帳也【疏】傳參伐也昴畱也衾被也裯單被也猶若也箋此言眾無名之星亦隨伐畱在天裯牀帳也諸妾夜行抱衾與牀帳待進御之次序不若亦言尊卑異也○參昴者並西方宿開元占經西方七宿占引石氏云參十星天官書云參爲白虎三星直是也下有三星兌曰罰其外四星左右肩股也罰亦作伐說文昴白虎宿星廣雅釋天參謂之實沈昴謂之旄頭秦策高注抱持也說文衾大被裯下云衣袂祇裯祇下云祇裯短衣襤下云裯謂之襤褸襤無緣也案衾既爲被裯不應又爲襌被若訓爲祇裯則無緣之短衣亦未宜與被同抱三家裯作幬者鄭志張逸問此箋不知何以易傳答曰今人名帳爲裯雖古無名被爲裯是裯帳之訓三家說同幬謂之帳者釋訓文郭注今江東亦謂帳爲幬陳喬樅云爾雅幬帳之訓正釋此詩幬字邢疏言幬與裯音義同知三家作抱衾與幬幬單帳也

者慧琳音義六十三引韓詩外傳文顧震福云說文幬單帳也文選寡婦賦注引纂要曰單帳曰幬廣雅釋器幬帳也後漢馬融傳注同並與韓訓合愚案爾雅釋文幬本或作幗說文無幗字蓋即裯之俗體故鄭云今人名帳爲裯也早夜啟行僕夫以被帳之屬從須抱持之極言寢息不遑之狀文選曹子建贈白馬王彪詩何必同衾幬然後展殷勤李注幬與裯古字同曹學韓詩者言雖不與彪同行而殷勤之意可以詞達足證衾幬爲遠役攜持之物非燕私進御之物若如傳說曹詩義不可通矣鄭云古無名被爲裯而毛云然意以言帳則賤妾進御何至併帳攜行故釋爲襌被欲以成其曲說釋言猶若也郭注詩曰寔命不猷猷猶字訓同

小星二章章五句

江有汜【注】**齊說曰江水沱汜思附君子伯仲爰歸**伯仲陳喬樅本作仲氏非也遯之巽爰誤受明夷之噬嗑不誤**不我肯顧姪娣恨悔**【疏】毛序美媵也勤而無怨嫡能悔過也文王之時江沱之間有嫡不以其媵備數媵遇勞而無怨嫡亦自悔也箋勤者以己宜媵而不得心望之○江水至恨悔易林明夷之噬嗑文遯之巽同陳喬樅云比之漸云南國少子才略美好求我長女薄賤不與反得醜惡後乃大悔泰之震漸之困渙之

異同嗑作嗑之缺薄賤作賤薄南或作齊侯緣下齊侯而誤詳易林之語南國本求婚長女而女家不與但以仲女往媵之故云仲氏爰歸迨嫡不以其媵備數因而恨悔此江有汜之詩所爲作也後其長女所嫁反得醜惡之人乃更大悔前事比之詩漸云云及明夷之觀所云長女不嫁後爲大悔皆指此事言毛序以此詩爲美媵是據其後言之蓋至江漢之間被文王后妃之化嫡乃自悔其過此詩之作美媵之過勞無怨又以嘉嫡之能悔過自止也宜合齊說毛序參觀之其義始備愚案比之漸等所云求婚不與之事與此詩無涉彼但云求我長女並無不與長女而與次女之說陳強合爲一易伯仲爲仲氏以成其義謬矣古者諸侯一娶九女二國媵之其本國之媵或以君之庶女或以同姓大夫之女媵八歲備數十五從嫡二十承事君子未任承事還待年父母之國見公羊莊十九年傳何注繹焦說伯仲爰歸是伯爲嫡仲爲媵不媵以君之庶女一則仲是庶女也媵既從嫡嫡不令承事君子是不我肯顧媵非一人故有姪娣詩蓋仲所作兼言姪娣恨悔統詞也釋親女子謂晜弟之子爲姪同出謂先生爲姒後生爲娣公羊傳以姪娣從是也恨悔義同廣雅釋詁悔恨也荀子成相篇注恨悔也說文恨怨也廣雅釋詁怨恨也是恨悔總謂怨媵作此詩怨而不怒故美而錄之不我以不我與不我過就目前情事言即易林所云不我肯顧其後也悔其後也處料嫡他日必悔過而與處勤望之心立言最爲婉至其嘯也歌媵自明作詩之意義訓本自分明自詩序謂嫡能悔過此詩遂無正解推究

序文語意三截美媵也三字當日相傳古義勤而無怨嫡能悔過也二句與美媵意不貫注乃毛所推衍謨以其後悔處爲已然之事非美媵二字所能賅從而爲之詞文王之時江沱之間有嫡不以其媵備數媵遇勞而無怨嫡亦自悔也五句與上二句語意重復又後人暢發嫡能悔過之恉葢衞敬仲輩所塗附也夫嫡能悔過序豈容獨言美媵爲毛說者因謂嫡之悔由媵之勞而無怨故爲推本之詞尊卑倒傎莫此爲甚譬如君父放逐其臣子臣子萬無怨懟之理其後君父悔悟遂歸美臣子以爲君父悔悟由於臣子之不怨懟可乎且如毛說未章嘯歌義不可通知序之不出一人參以易林之文而詩之本義出矣

江有汜之子歸不我以不我以其後也悔注魯韓汜作洍疏傳興也決復入爲汜嫡能自悔也箋興者喻江水大汜水小然而竝流似嫡媵宜俱行之子是子也是子謂嫡也婦人謂嫁曰歸以猶與也○魯韓汜作洍者說文汜水別復入水也从水已聲詩曰江有汜洍水也从水洍聲詩曰江有洍一引毛詩一引三家今文汜洍古今字非別有水地呂祖謙讀詩記引董氏曰石經作洍據易林江水沱汜是齊詩作汜與毛同作洍者爲魯韓文矣漢書敘傳芈彊大於南汜顏注汜江水之別也水經夏水篇夏水出江津于江陵縣東南又東過華容縣南又東至江夏雲杜縣入于沔酈注江津豫章口東有中夏口是夏水之首江之汜也屈原所云經夏首而西浮顧龍門而不見也案酈注所云

正此詩之江汜又江水篇東過魚復縣南注云江水又東右逕汜溪口蓋江汜決入也地望懸隔非此汜矣鄭箋江水大汜水小然而竝流以嫡媵宜俱行案易林江水沱汜思附君子是齊義江喻君子汜以自喻思得附江以行與箋意不同之子謂嫡歸謂嫁我媵自我說文㠯用也不我以謂嫡不以自侍重言之以實見在情事其後也悔逆料而勤望之風人忠厚之恉也傳嫡能自悔也

誤爲已然事

江有渚之子歸不我與不我與其後也處注韓說曰水一溢一否爲渚文曰水一溢而爲渚疏傳渚小洲也水枝成渚處止也箋江水流而渚留是嫡與己異心使己獨留不行止嫡悔過自止○水一溢一否爲渚者釋文引韓詩文水一溢而爲渚者文選張衡西京賦李注引韓詩章句文陳喬樅云釋水水中可居者曰洲小洲曰渚李巡注四方皆有水中央獨高可處故云但大小異其名耳釋名渚遮也體高能遮水使從旁迴也韓云水一溢一否者謂一溢而一涸卽今俗所云水濱之洲東坍而西漲者也水枝成渚亦謂江水之枝分者溢而成渚耳愚案水中小洲曰渚洲旁之小水亦稱渚鶴鳴魚在于渚或潛在淵渚與淵對文是水深者爲淵淺者爲渚楚辭湘君注渚水涯也足證渚非無水之地韓詩水一溢一否謂水甫溢入纔無來源暫時渟聚故謂之渚說文洔水暫益

且止未滅也詩與渚同義益卽溢也暫益且止卽一溢一否之謂許說與韓義正合薛云一溢爲渚亦謂水流溢於旁地而渟聚者爲渚葢渚之爲言瀦也水決入它水而仍流入本水者曰氾水決卽入本水者曰沱決出而不復有所入者曰渚毛傳水枝成渚亦不以渚爲無水之洲以上下文沱氾例之此詩渚字不當用雅訓爲釋陳氏東坍西漲之解失之後漢淮陽憲王欽傳注與借也說文処止也或作處廣雅釋詁處凥也居止義同詩與處二字又相足言今日不偕我居其後必悔而偕我居也較首章義進箋云嫡悔過自止非

江有沱之子歸不我過不我過其嘯也歌【注】齊說曰江沱出枝江縣西東入江魯齊嘯作歗歌作謌韓說曰歌無章曲曰嘯【疏】傳沱江之別者箋岷山道江東別爲沱嘯蹙口而出聲嫡有所思而爲之既覺自悔而歌歌者言其悔過以自解說也○江沱出枝江縣西東入江者班固漢書地理志文說文沱江別流也出嶓山東別爲沱案江沱更有數處水經注江水篇云江水又東別爲沱開明之所鑿也郭景純所謂玉壘作東別之標者也縣卽汶山郡治劉備之所置也此一沱也又云犍爲郡有鄨江入焉出江原縣首受大江東南流至武陽縣注于江此無沱名亦一沱也又云魚復縣有夷溪卽佷山清江也經所謂夷水出

焉夷水篇云夷水出巴郡魚復縣江逕宜都北東入大江此又一沱也諸水之源竝在三峽以上又云江水之東逕上明城北其地夷敞北據大江江汜枝分東入大江縣治洲上故以枝江爲稱地理志曰江沱出西東入江是也案酈引漢志班注在南郡枝江下準之韓敘所稱召南地望適合明班爲此詩設證矣漢書陸賈傳注過至也不我過謂不至我所魯齊嘯作歗歌作謌者說文嘯下云吹聲也籀文从欠作歗歌下云詠也或作謌又出歗字云吟也詩云其歗也謌小徐本吟作吹云歗者吹氣出聲也是歗嘯二字聲義相同經典通用許引詩歗謌字與毛異葢出三家韓作嘯歌則歗謌爲魯齊文矣歌無章曲曰嘯者慧琳音義十五引韓詩文顧震福云封演聞見記云激於舌端而清謂之嘯成公綏嘯賦動脣有曲發口成音觸類感物因歌成吟葢嘯者蹙口激舌其聲清長有似歌曲而不成章愚案韓詩園有桃章句云有章曲曰歌無章曲曰謠此嘯無章曲而亦得稱歌者發聲清激近似高歌耳詠歎攄懷自明作詩之恉易林所謂恨悔也與白華嘯歌傷懷同意凡言歗者感傷之詞中谷有蓷之條其歗矣亦一證也若謂嫡悔過而蹙口作歌於義難通陳氏奐以爲媵備數而與君子歗歌與感傷之詞不合且與上句文義不屬也

江有汜三章章五句

野有死麕【注】韓說曰平王東遷諸侯侮法男女失冠昏之節野麕之刺興焉【疏】毛序惡無禮也天下大亂彊暴相陵遂成淫風爲不由媒妁鴈幣不至刼脅以成昏謂紂之世○平王至興焉劉昫舊唐書禮儀志文劉唐末人所用韓詩義也魏源云此東周時所采西都畿內之風也周初雒邑與宗周通爲邦畿千里平王東遷後秦文公破戎收地至岐岐以東獻之周及惠王尙與虢公以酒泉是西畿地東遷百餘年尙爲周有虞芮西虢亦錯處西畿之內未爲秦晉所併故甘棠思召伯何襛美王姬皆陝以西畿內之風野有死麕亦猶此例其詩旣不采於東都王城使不附於召南陝以西之風將何所屬愚案魏氏采風之說塙不可易參以下章平王之孫時代吻合此詩爲東遷後西都畿內之人所作無疑雖時當衰亂猶知見不善而惡之斯周初禮教之遺聖主賢臣之化入人爲至深矣

野有死麕白茅包之【疏】傳郊外曰野包裹也凶荒則殺禮猶有以將之野有死麕羣田之獲而分其肉白茅取絜淸也箋亂世之民貧而彊暴之男多行無禮故貞女之情欲令人以白茅裹束野中田者所分麕肉爲禮而來○說文野郊外也麇麞也籀文作麕釋文云亦作麏引陸疏云麏麞也靑州人謂之麏說文茅菅也本草茅根陶隱居云此卽白茅

其根如渣芹甜美嘉祐圖經春生牙布地如鍼俗閒謂茅鍼亦可噉夏生白花茸茸然至秋而枯其根至潔白亦甚甘美釋文包作苞云裹也木瓜疏引亦作苞說文苞艸也南陽以爲麤履包象人裹妊巳在中象子未成形也勹裹也據此勹本字包借字苞誤字

有女懷春【注】魯說曰春女感陽則思**吉士誘之**【疏】傳懷思也春不暇待秋也誘道也箋有貞女思仲春以禮與男會吉士使媒人道成之疾時無禮而言然○春女感陽則思者淮南繆稱訓春女思秋士悲而知物化矣高注春女感陽則思秋士感陰則悲感陽則思與懷春義合高用此詩魯訓媒氏仲春之月令會男女當春興懷以婚姻不及時也吉士誘之者吉士猶言善士男子之美稱說文差相訹呼也或作誘呂覽決勝篇注誘導也詩人覽物起興言雖野外之死麕欲取而歸亦必用白茅裹之稍示鄭重之意況昏姻大事豈可苟且乃有女懷春而爲吉士者不待父母之命媒妁之言遂欲以非禮誘導此女是愛人不如愛物矣

林有樸樕野有死鹿白茅純束有女如玉【注】三家純作屯【疏】傳樸樕小木也野有死鹿廣物也純束猶包之也如玉德如玉也箋樸樕之中及野有野鹿皆可以白茅裹束以爲禮廣可用之物非獨麕也純讀如屯如玉者取其堅而絜白○說文平土有叢木曰林樸木素也非此樸義樕下云樸樕木李燾本作樸樕小

木是也徐鍇繫傳云卽今小槲樹釋木樸樕心郭注槲樕別名邢疏引某氏曰樸樕斛樕也有心能溼江河間以作柱孫炎云樸樕一名心陳啟源云爾雅注皆言樸樕卽槲樕案槲樕與櫟相類華葉似櫟亦有斗如橡子而短小有二種小者叢生大者高丈餘名大葉櫟然則毛傳言其小者某氏注指其大者與愚案陳說是高丈餘者爲櫟亦名槲小而叢生者爲小槲亦名樸樕槲樸一聲之轉本字當爲槲樕樸是借字故許書樸下無小木義也櫟木理多拳曲不中宮室大材而堅固耐溼江河間橋柱用之亦可作小屋柱樸樕但供作薪釋木樸枹者郭注樸屬叢生者爲枹考工記注樸屬附著堅固貌樸樕樸屬亦是音轉字異狀其叢生附著故以爲名耳漢書息夫躬傳諸曹樸遬不足數顏注樸遬凡短之貌關尹子八籌篇草木俄茁茁俄停停注停停樸遬不長也與此樸樕字異義通三家純作屯者鄭箋純讀如屯孔疏云以純非束之義故讀爲屯陳喬樅云史記蘇秦傳錦繡千純索隱引國策高注音屯屯束也與鄭讀合是古屯束字多假作純左傳執孫蒯于純留志作屯留史記張儀傳當屯留之道亦卽純留也史記漢書竝作屯左傳作純是古文以純爲屯然則三家今文當作屯愚案陳說是也純屯古字通用故屯亦爲純純束者總聚而束之尋詩義謂倂樸樕死鹿而總束之也釋文屯聚也說文總聚束也漢書藝文志孔子純取周詩卽謂總取周詩與此純束義正同言林有樸樕僅供樵薪之需野有死鹿亦非貴重之物然我取以歸亦須以白茅總聚

而束之防其隊失今有女如無瑕之玉顧不思自愛乎上章刺男此章刺女曰如玉惜之至也語意藴含不盡傳云德如玉或說以爲色如玉皆非

舒而脫脫兮無感我帨兮注三家脫作娧感作撼**無使尨也吠**

疏 則狗吠箋貞女欲吉士以禮來脫脫然舒也又疾時無禮彊暴之男相劫脅奔走失節動其佩飾○說文舒緩也而讀爲如古如而字通用舒如猶舒然三家脫作娧者陳奐云集韻十四泰娧娧舒遲貌一曰喜也此三家詩義玉篇娧好貌娧娧爲本字脫脫爲假借字愚案陳說是說文娧好也方言廣雅釋詁同舒遲則容儀安好故娧訓爲好重言之曰娧娧集韻引與詩合脫訓消肉臞無舒遲義淮南精神訓則脫然而喜矣脫亦當爲娧故集韻娧下云一曰喜也三家感作撼者釋詁感動也陳喬樅云毛作感撼之渻借釋文感如字又胡坎切動也胡坎切卽撼字之音愚案御覽九百四引國風曰無撼我帨兮此三家異文說文感下云感動人心撼下云搖也以手取物作撼爲正我我女子說文帥佩巾也或從兌作帨內則女子生設帨於門右注帨事人之佩巾也又左佩紛帨注所佩之物皆是備尊者使令之用紛以拭器帨以拭手皆巾也士昏禮母施衿結帨是女事人所用之佩巾始生設之嫁時母爲結之事舅姑用之物雖

微而禮至重故以爲詞謂禮不可犯意不專重帨也說文尨犬
之多毛者詩曰無使尨也吠詩人代爲女拒男之言云士貽綏又
來我帨本不可動且無使犬吠而驚他人既儆以禮之難越又
喻以人之可畏詞婉意嚴可謂善於立言矣左昭元年傳子皮
賦野有死麕之卒章趙孟賦常棣且曰吾兄弟比以安尨也可
使無吠杜注義取君子徐以禮來無使我失節而使狗驚吠杜
云徐以禮來深得詩恉非
欲其緩來正拒其不來也

野有死麕三章二章四句一章三句疏陳奐本二章下增章字是

何彼襛矣注三家說曰言齊侯嫁女以其母王姬始嫁之車遠
送之疏毛序美王姬也雖則王姬亦下嫁於諸侯車服不繫其夫下王后一等猶執婦道以成肅雝之德也箋下王后
一等謂車乘厭翟勒面繢總服則褕翟○言齊至送之士昏禮
賈疏引鄭說云何彼襛矣篇曰曷不肅雝王姬之車言齊侯嫁
女以其母王姬始嫁之車遠送之下云鄭箴膏肓言之明此爲
箴膏肓文也又云詩注以爲王姬嫁時自乘其車箴膏肓以爲
齊侯嫁女乘其母王姬始嫁時車送之不同者彼取三家詩故
與毛詩異也案如三家說是齊侯之子爲齊侯所嫁之女平王
之孫周平王之外孫女也平王女王姬先嫁於齊留車反馬今
所生之女嫁西都畿內諸侯之國榮其所自出故以其母王姬

始嫁之車送之詩人見此車而貴之知其必有肅雝之德故深美之也魏源云傳以平王爲文王王姬爲武王女文王孫適齊侯之子武王元妃邑姜若女適齊侯之子無論丁公乙公皆違春秋傳譏取母黨之例覶縷且天子女適人曷不云當王之子而必遠繫之祖詩三百篇皆稱文王不應此獨易稱平王不見它經傳也或謂平王崩於魯隱三年春秋惟莊三年十一年兩書王姬歸於齊兩者之中齊襄無道魯主讐昏王姬爲齊繼室違諸侯不再取之義惟莊十年適齊桓者卒謚共姬意其有肅雝之德事在莊公十四年則王姬是平王之元孫不知韓奕汾王之甥蹶父之子美韓姞一人也碩人齊侯之子衛侯之妻東宮之妹邢侯之姨美莊姜一人也[illegible]無一稱其妻一之稱其夫分屬二人者至齊襄取王姬立已五年齊桓取王姬立已三年尚稱齊侯之子亦乖君薨稱世子既葬稱子逾年稱君之例唯箴膏肓得之平王四十九年以前未入春秋安知無王姬適齊而所生之女別適它國者齊女所嫁當是西畿諸侯虞虢之類其詩采於西都畿內既不可入東都王城之風又不可入齊風故從召南陝以西之地而録其風爾

何彼襛矣唐棣之華（注）韓襛作茙（疏）傳興也襛猶戎戎也唐棣移也箋何乎彼戎戎者乃移之華興者喻王姬顏色之美盛○何初見而驚訝之詞彼彼華說文襛厚貌詩曰何彼襛矣此據毛詩以衣厚擬華之盛多

也五經文字襛見詩風從禾者譌襛作莪者釋文引韓詩文云莪音戎陳喬樅云毛傳襛猶戎戎也戎當即莪省文戎又通作茸旄丘狐裘蒙戎左傳云狐裘蒙茸是其驗也說文茸艸茸茸貌然則戎戎猶言茸茸耳愚案釋草肩莪葵釋文云莪本作戎又戎叔列子立命篇作莪菽是莪戎同字傳云襛猶戎戎正釋襛爲莪因借字義不可通以正字明之釋詁戎大也然則莪亦大也唐棣之華盛大故以莪狀之胡承珙云傳唐棣移也爾雅常棣傳常棣棣也與今本爾雅同正義引舍人注唐棣一名移常棣一名棣又皆與郭注同後人據以爲唐棣常棣之分而所言華實形色又多溷淆王氏引之云常棣棣本或作常棣移柰晨風傳棣唐棣也論語子罕篇注唐棣棣也今本作唐棣移也此後人依郭本爾雅改之皇疏云唐棣棣也釋文不出移字之音則舊本作唐棣棣也可知則與郭本殊蓋所見爾雅舊本作常棣移唐棣棣也今案小雅常棣之華藝文類聚木部引三家詩作夫移之華則名移者乃常棣而非唐棣甚明常棣傳常棣棣也當依或本作常棣移也何彼襛矣傳唐棣移也及箋內之移俱當作棣後人據郭本爾雅改之也以三家詩及毛傳陸疏本草考之似作常棣移唐棣棣者爲長玉篇唐棣棣云棣也與晨風毛傳論語何注合蓋因常唐聲近遂致相亂耳承珙案王說是也說文移棠棣也棣白棣也棠棣即常棣棠常形聲皆相近漢書杜鄴傳引小雅常棣作棠棣顏注亦同文選曹子建求通親親表中詠棠棣匪他之誠李注引毛序云棠棣燕兄弟也又謝宣遠於安城荅靈運詩注引毛詩曰棠棣之華萼不韡韡蓋許氏以移爲

棠棣卽小雅之常棣毛詩常棣據選注有作棠棣者殆卽許所本與其又以棣爲白棣者意當時惟白棣得專棣名故以色別之此卽召南及論語之唐棣蓋唐棣可單稱棣故秦風山有苞棣止言棣而毛傳曰棣唐棣也常棣又可單稱常故小雅但言維常之華而毛傳曰常常棣也然則召南之唐棣移當作唐棣棣小雅之常棣棣當作常棣移由於後人互易致誤其故瞭然矣又云論語子罕篇疏引此詩陸疏云唐棣奧李也一名雀梅韡作李亦曰車下李所在山皆有之其華或白或赤六月中熟大如李子可食齊民要術引豳風陸疏鬱樹高五六尺實大如李正赤色食之甜廣雅曰一名雀李又名車下李又名郁李亦名棣亦名薁李二疏一正與神農本草郁李一名雀李御覽果部十郁李一名車下李一名棣者皆合薁郁字之通鬱薁聲之轉總之皆唐棣也陸氏此疏甚爲明晰惟於常棣之華疏云見爾雅邢疏引常棣許愼曰白棣樹也如李而小如櫻桃正白今官園種之此則微誤說文以棣爲白棣而訓移爲棠棣未嘗以常棣爲白棣也陸又云又有赤棣樹亦似白棣葉如刺榆葉而微圓子正赤如郁李而小五月始熟自關西天水隴西多有之此所言白棣赤棣以其子色別之蓋唐棣子名郁李其大如李常棣子如郁李而小其實皆棣樹而種微異耳自郭注以唐棣爲白移謂似白楊陸佃羅願遂以唐棣爲白楊而唐棣之別有郁李車下李諸名又以常棣當之名實糾紛不可董理不知詩言唐棣常棣皆取華爲形容姑無論其子之大小陸於常棣雖不言其華然

齊民要術引詩義疏云承華者蕚其實似樱桃薁李蓋常棣不獨子如郁李其華當亦如郁李之華故二者皆以棣名詩人並取其華之美郎常棣名栘亦與栘楊無涉古今注云栘楊亦曰栘柳亦曰蒲栘圓葉弱蔕微風善搖故云與白楊同類古詩曰白楊多悲風夫白楊安得有偏反之華韡韡之蕚耶

曷不肅雝王姬之車〔疏〕傳肅敬雝和箋曷何之往也何不敬和乎王姬往乘車也言其嫁時始乘車則已敬和○說文雝雝𩿨也雝之訓和蓋自鳥聲和鳴引申之凡邕雝等字故訓皆有和義本義俱不爾別作雍𪅙其譌並同此以唐棣之穠華興車服之盛美因決其婦德之肅雝言之子于歸何有不肅雝者乎不見所乘者乃其母王姬初嫁之車乎因母可以知女也釋文姬周姓也杜預云王姬以王爲尊易林艮之困王姬歸齊賴其所欲以安邦國荀悅申鑒時事篇尚主之制非古也釐降二女陶唐之典歸妹元吉帝乙之訓王姬歸齊宗周之禮蓋當日王姬歸齊能順成婦道安定邦國宜詩人知其女之必賢惜書缺有間無可證明矣宣五年齊高固及子叔姬來反馬大夫禮也泉水還車言邁是諸侯夫人用嫁時乘來之車王姬之車是天子嫁女所留之車知天子至大夫皆有留車反馬之禮

何彼襛矣華如桃李平王之孫齊侯之子〔疏〕傳平正也武王女文王孫適齊侯之

子箋華如桃李者興王姬與齊侯之子顏色俱盛正王者德能正天下之王○華如桃李猶桃李之華唐棣桃李華俱極盛故取以爲比華在上者倒文以合韻孔疏謂唐棣之華如桃李之華是興之外又有興矣又云箋言華如桃李者興王姬與齊侯之子顏色俱盛是以華比華而顏色不得卽謂之華二義皆非也孫者外孫馬瑞辰云言平王之外孫則於詩句不類故渻言之曰孫猶閟宮周公之孫不言曾孫而但言孫也魏源云爾雅女子子之子爲外孫儀禮外孫緦麻三月春秋僖五年杞伯姬來朝其子何休曰禮外孫初冠有朝外祖之道漢書西域傳龜茲國王上書自言得尙漢外孫女謂公主女細君也愚案喪服傳孫適人者注孫者子之子女孫在室亦大功也是女孫稱孫則外孫女亦可稱孫矣爾雅女子子之子爲外孫子兼男女言之知外孫統男女也平王之孫與韓奕汾王之甥同一義例推所自出以見其尊貴曲禮注言子者通男女齊侯之子義與碩人同

其釣維何維絲伊緡齊侯之子平王之孫疏傳伊維緡綸也箋釣者以此有求於彼何以爲之乎以絲爲之綸則是善釣也以言王姬與齊侯之子以善道相求○說文釣鉤魚也緡釣魚繁也謂繫絲於竿以釣也釋詁伊維也維伊皆語詞漢書禮樂志顏注伊是也言釣用何物維絲是緡耳與抑言緡之絲對文見義釋言緡綸也郭

注詩曰維絲伊緡緡繩也江東謂之綸案郭說嫌於緡繩不分維絲伊緡當與釆絲言綸之繩參看蓋絲是單絲綸紨兩股繩則總數絲而合之維絲伊緡是絲以爲綸言綸之繩是綸以爲繩也若如郭說則言綸之繩爲言繩之繩詩義不當如此

何彼襛矣三章章四句

騶虞【注】魯說曰騶虞者邵國之女所作也古者聖王在上君子在位役不踰時不失嘉會內無怨女外無曠夫及周道衰微禮義廢弛强陵弱衆暴寡萬民騷動百姓愁苦男怨於外女傷於內內外無主內迫情性外逼禮儀歎傷所說而不逢時於是援琴而歌魯韓說曰騶虞天子掌鳥獸官齊說曰五範四軌優得饒有陳力就列騶虞悅喜又曰騶虞樂官備也【疏】毛序鵲巢之應也鵲巢之化行人倫既正朝廷既治天下純被文王之化則庶類蕃殖蒐田以時仁如騶虞則王道成也箋應者應德自遠而至○騶虞至而歌蔡邕琴操文文選李陵與蘇武詩李注引琴操云騶虞者邵國之女所作也古者役不踰時不失嘉會曹子建贈丁儀

王粲詩注引琴操曰古者君子在位役不踰時琴操蔡邕所撰所引竝同聖王謂文王君子謂虞官云役不踰時不失嘉會者謂葭茁是春田之候始於此時狩獵也云歎傷所說而不逢時者追慕盛時不可得見于嗟乎騶虞者歎傷之詞也琴操五曲唯鵲巢亡闕騶虞伐檀鹿鳴白駒竝存其三詩皆合古義則以騶虞爲邵女所作亦古訓相傳如此召南列於國風故召南亦稱召國三家說詩雖推演之詞或有不同而大義必無謬舛大題非蔡能臆造也騶虞天子掌鳥獸官者鍾師疏引韓詩說許君五經異義引今詩韓魯說同明魯韓同義天子謂文王孟子滕文公趙注虞人守苑囿之吏也囿中有鳥獸皆其所掌易屯卦虞注虞謂虞人掌鳥獸者與此說同新書云虞者囿之司獸者也因詩詠豝豵故專以獸言非此虞但司獸也五範至悅喜易林坤之小畜文云五範者範法也與範我馳驅義同保氏教國子以六藝四曰五馭司農注五馭鳴和鸞逐水曲過君表舞交衢逐禽左是五範也云四軌者說文軌車轍也保氏賈疏舞交衢者衢道也謂御車在交道車旋應於舞節釋宮四達謂之衢郭注交道四出則舞交衢是四軌也云優得饒有者說文優饒也優饒皆多意壹發而五豝五豵是優得饒有也云陳力就列者用論語季氏篇文云騶虞悅喜者謂騶囿之虞官得其人可悅喜也騶虞樂官備也者禮射義文樂卽悅喜意與易林合竝齊說魯語詢於八虞韋昭注引賈唐曰八虞周八士皆在虞官伯達伯适仲突仲忽叔夜叔夏季隨季騧益其時君子盈朝

官制大備卽司獸之官亦仁賢畢集也鄉射禮樂正命大師曰奏騶虞間若一乃奏騶虞以射鄭注騶虞國風召南之詩篇也其詩有一發五豝五豵于嗟乎騶虞之言樂得賢者衆多歎思至仁之人以充其官其云歎思仁人與琴操合良由文王樂與民同雉兔芻蕘聽其采取遊斯囿者覩王制之崇隆美良臣之衆盛而又蒐田以時嘉會不失怨曠胥無世稱極樂及周道衰微王迹湮息畿內之民思昔時所慕說傷聖澤之不逮故召女作此詩以寄慨與關雎陳古刺今同一恉趣而文王當時仁賢在職民康物阜王業大成於斯畢見故以爲二南之殿云

彼茁者葭壹發五豝于嗟乎騶虞注三家壹作一齊說曰彼茁者葭一發五豝孟春獸肥草短之候也魯說曰古有梁騶梁騶者天子獵之田也又曰禮者臣下所以承其上也故詩云一發五豝吁嗟乎騶虞騶者天子之囿也虞者囿之司獸者也天子佐輿十乘以明貴也傎牲而食以優飽也虞人翼五豝以待一發所以復中也作此詩者以其事深見良臣順上之志也良臣

順上之志者可謂義矣故其歎之長曰吁嗟乎雖古之善爲人臣者亦若此而已魯于作吁【疏】傳茁出也葭蘆也豕牝曰豝虞人翼五豝以待公之發也騶虞義獸也白虎黑文不食生物有至信之德則應之箋記蘆始出者著春田之早晚君射一發而翼五豬者戰禽獸之命必戰之者仁心之至于嗟者美之也○說文茁艸初生出地貌从艸出聲詩曰彼茁者葭是茁爲形聲兼會意字趙岐孟子章句云茁生長貌詩云彼茁者葭生長亦出地意也釋草葭華樊光注詩云彼茁者葭郭注卽今蘆也說文葭葦之未秀者葦大葭也夏小正傳葦未秀爲蘆是葭蘆同也史記司馬相如傳其卑溼則生藏葭蒹葭此舉囿中澤地所有三家壹作一者爾雅說文詩汜麻樞新書壹皆作一明三家今文與毛異彼茁至候也說郭十引詩汜麻樞文言葭茁者所以著春田之候獸肥中殺草短便射故詩云然與琴操不失嘉會合足證魯齊義同發發矢釋獸豕牝豝郭注詩曰一發五豝說文豝牝豕也一曰二歲能相把弩也詩曰一發五豝廣雅釋獸獸二歲爲豝與說文一曰義合古有至田也文選魏都賦遊梁騶之所著張載注魯詩傳曰古有梁騶梁騶者天子獵之田也東都賦注魯詩作毛毛無此說後漢班固傳注引同一作梁鄒文選東都賦制同乎梁鄒誼合乎靈囿梁鄒郎梁騶也漢書人表鄒衍史記孟子傳作騶衍韓勑碑陰騶韋仲卿鄒作騶是騶鄒古通陳喬樅以漢志濟南郡梁鄒當之案

梁鄒在今鄒平縣四十里孫家嶺去西都地望絕遠不得取以爲證梁騶亦單名騶故賈誼云騶者天子之囿也蓋文王受命後於西都畿內爲囿以供田獵大雅靈臺之篇孟子七十里之對昭然可證騶者文王命名靈囿民所稱美書傳不言文王二囿騶囿卽靈囿也禮者至而已賈誼新書禮篇文引此詩以明臣下承上之義賈時惟有魯詩所引魯訓也云騶是囿虞是司獸之官與張載引魯傳賈許引魯韓說合云天子佐輿十乘以明貴也者田僕掌佐車之政賈疏引少儀注云朝祀之副曰貳戎獵之副曰佐是佐輿爲田車大戴禮天子貳車十有二乘率諸侯而朝日東郊所以教尊尊也戎僕掌王倅車之政賈疏亦云副車十二乘大行人上公之禮貳車九乘侯伯七乘子男五乘此言佐車十乘天子異等爲尊祝朝祀之貳車又少殺其數皆所以明貴也云饋牲而食以優飽也者中庸釋文貳本作饋是貳饋字同曲禮雖貳不辭注貳謂重殽膳也牲者成用之名饋牲而食明奉上之禮不同所以優飽故詩有一發五豝之文也云虞人翼五豝以待一發所以復中也者書多士注翼猶驅也毛傳亦云翼五豝以待上之發以五豝備一發非一發得五豕一矢不能貫五也獸雖多不忍盡殺一發中則殺一而已一發失之則待復中此虞人驅禽之義所以順上之志也箋云戰禽獸之命不若賈義爲長良臣將事雖古無加曰于嗟乎長歎而深美之五豝殺一仁也驅禽備射賢也射義注樂官備者謂騶虞曰壹發五豝喻得賢衆多也于嗟乎騶虞歎仁人也以五

豝喻衆賢鄭君推演之文非古義于嗟解具麟趾韓彼作吁此當同據新書魯作吁皮錫瑞云自毛傳孤行多信毛傳而疑三家且以周書山海經書大傳爲毛傳之塙證錫瑞謂諸書雖以騶虞爲獸然未嘗明言即詩之騶虞大傳於陵氏取怪獸雖文王時事亦非釋詩緯書如元命苞演孔圖援神契河圖括地象並以騶虞爲獸而皆他經之緯非詩緯爾雅同魯詩故釋獸無騶虞申公轅固生韓太傅賈太傅必無不見周書山海經書大傳而不引以解詩知諸書所謂騶虞非詩之騶虞也毛傳晚出見諸書言騶虞與詩騶虞二字偶合遂據以易三家其蹤跡可尋毛已自發其覆傳云虞人翼五豝以待公之發虞人即騶虞也下忽綴以騶虞義獸云云與上文不相承良由牽合古書欲挪新義上虞人字不及追改葛龔故奏貽笑後人此乃毛傳一大瑕許鄭諸公爲古文所壓不復攷其本末取毛傳所據者轉以證毛舍三家古義而從之其亦惑矣後人所以不信三家而信毛者一因騶虞二字與古書相合不知官名獸名不妨相同如太皞氏以龍紀官不必龍官即是龍少皞氏以鳥紀官不必鳳鳥氏以下至五鳩五雉九扈即是鳥周官有虎賁趣馬不必虎賁趣馬即是獸也一因于嗟二字與麟趾相同不知于嗟屢見於詩如于嗟闊兮于嗟洵兮于嗟鳩兮于嗟女兮皆詩人常言豈必兩兩相對以麟趾爲關雎之應騶虞爲鵲巢之應亦是毛義三家無明文即論毛義兩詩亦不相對麟之趾序箋云有似麟應之時疏引張逸問云致信厚未致麟是文王時無致麟

之事若騶虞據大傳云散宜生取以獻紂是文王實致騶虞矣六一未實致一是實致一喻言一本事又安得相對乎癸巳類稾詩古微皆駁毛猶未知古書所云騶虞非詩之騶虞未能絕袒毛者之口實更詳辨之以扶三家之義

彼茁者蓬壹發五豵于嗟乎騶虞疏 傳蓬草名也一歲曰豵箋豕生三曰豵○說文蓬蒿也籀文作莑蓬之爲言莑莑然枝葉緐盛故謂之蓬史記老子傳正義蓬其狀若皤蒿細葉蔓生於沙之中御覽九百三引詩曰一發五豵壹作一以上文例之亦本三家詩釋獸豕生三豵魯訓也箋意一歲不中殺故以易毛

騶虞二章章三句

召南之國十四篇四十章百七十七句

詩三家義集疏卷二終

詩三家義集疏卷三上

長沙王先謙益吾著

邶鄘衛柏舟弟三

疏毛詩邶柏舟詁訓傳第三鄘柏舟詁訓傳第四衛淇奧詁訓傳第五三家詩當爲一卷體式如此知者漢書藝文志云詩經二十八卷魯齊韓三家又云毛詩故訓傳三十卷案古經傳皆别行毛詩作傳取二十八卷之經析邶鄘衛風爲三卷故爲三十卷三家故說傳記别行其全經皆二十八卷十五國風爲十三卷邶鄘衛共一卷小雅七十四篇爲七卷大雅三十一篇爲三卷周頌三十一篇爲三卷魯商頌各爲一卷故二十八卷也邶鄘衛詩本同風不當分卷左襄二十九年傳吳公子札聘魯觀周樂爲之歌邶鄘衛曰美哉淵乎吾聞衛康叔武公之德如是是其衛風乎以邶鄘衛皆爲衛風卽其明證漢書地理志河内本殷之舊都周既滅殷分其畿内爲三國詩風邶鄘衛國是也邶以封紂子武庚鄘管叔尹之衛蔡叔尹之以監殷民謂之三監故書序曰武王崩三監畔周公誅之盡以其地封弟康叔號曰孟侯以夾輔周室遷邶鄘之民於雒邑故邶鄘衛三國之詩相與同風邶詩曰在浚之下鄘曰在浚之郊邶又曰亦流于淇河水洋洋鄘曰送我淇上在彼中河衛曰瞻彼淇奧河水洋洋洋洋乃汼汼之誤衛者蓋爲卷分上中下或一二三班習齊詩是齊說以爲三詩同風魯韓爲卷詩既同卷仍分邶鄘

既同知其義亦同也地理志又云至十六世懿公亡道爲狄所滅齊桓公帥諸侯伐狄更封衛於河南曹楚丘是爲文公而河內殷虛更屬於晉又云衛地營室東壁之分野也今之東郡及魏郡黎陽河內之野王朝歌皆衛分也衛本國既爲狄所滅文公徙封楚丘三十餘年子成公徙於帝丘故春秋經曰衛遷於帝丘今之濮陽是也本顓頊之虛故謂之帝丘凡四十世九百年最後絕故獨爲分野衛地有桑閒濮上之阻男女亦亟聚會聲色生焉故俗稱鄭衛之音御覽百五十七州郡部引詩含神霧曰邶鄘衛王鄭此五國者千里之城此域之誤處州之中名曰地軸陳壽祺云上脫九字州乙己占引詩推度災曰邶結蝓之宿鄘天漢之宿衛天宿斗衡宋均注結蝓之宿謂營室星天漢之宿謂天津也陳喬樅云丹鉛總錄五引作邶國結蝓之宿趙在翰云結宜作蛞本草蛞蝓蜀本圖經云即蝸牛也頭有四角廣雅云蛞斛蝸蝓也蛞蝓四蓋營室之精此亦齊詩家說案邶鄘衛本紂畿內地周分爲三以居武庚管蔡因三人分治各有疆界故即其舊地之名稱之若三國然此周初權立之制特以鎮撫頑民管蔡自有所封本國志但云尹之知此邶鄘衛不爲封國或以三監爲三國君非也周公誅三監盡以其地封康叔故邶鄘衛同風所詠詩皆衛事亦非至康叔子孫并兼邶鄘也鄭譜云置三監使管叔蔡叔霍叔尹而教之魏源云班志三監有武庚無霍叔者霍叔[illegible]文故也周書作雒解武王克殷乃立王子祿父俾守商祀建管叔於東建蔡叔霍叔於殷俾監殷臣孔晁注[illegible]書大傳言祿父及二監叛非蔡父[illegible]霍叔監總周公[illegible]叔王隸也自紂城而北謂之邶南謂之鄘東謂之衛王篇紂城東曰衛南曰鄘北曰邶廣雅

紂之畿內國名東曰衞南曰鄘北曰邶皆本鄭說說文邶下云故商邑自河內朝歌以北是也从邑北聲鄘下云南夷國也讀春秋楚所滅之庸不著此鄘爲何地孔疏云鄭以詩人之作自歌土風驗其水土之名知其國之所在衞曰送子涉淇至于頓丘頓丘今爲縣名在朝歌紂都之東也紂都河北而鄘曰在彼中河鄘境在南明矣都既近西明不分國故以爲邶在北愚案三詩同爲衞風則詩人所歌不足分證國地服虔王肅以爲鄘在紂都之西孫毓云紂城之西迫於西山南附洛邑檀伯之封溫原樊川皆爲列國鄘風所興不出於此說與服王同陳氏奐云周書云建管叔於東漢志云庸管叔尹之是鄘在朝歌東矣證合經史陳說爲長周書又言周臨衞攻殷殷大震潰俾康叔宇於殷俾中旄父宇於東孔晁注中旄父代管叔此康叔居衞而中旄父居鄘在其東權時立制俾相康叔其三監之地卒盡封之當如漢志所云也桑中之詩云爰采葑矣沫之東矣云誰之思美孟庸矣據漢志鄘作庸知鄘庸一也蓋居此之人取舊邑之稱以爲族姓故曰孟庸是鄘在沫東之壔證邶聲義並從北沫之北卽邶也沫鄉卽衞也沫借字亦作妹詩稱沫鄉猶尚書言妹邦矣水經注淇水篇云其水南流東屈逕朝歌城南晉書地道記曰本沫邑也詩云爰采唐矣沫之鄉矣殷王武丁始遷居之爲殷都也紂都在禹貢冀州大陸之野卽此矣有新聲靡樂號邑朝歌又云武王以殷之遺民封紂子武庚於茲邑分其地爲三曰邶鄘衞使管叔蔡叔霍叔輔之爲三監叛周討平

以封康叔爲衞說與漢志合釋文鄁本又作邶魯語漢書顏注廣韻同又作背隸釋衞尉衡方碑感背人之凱風通志氏族略二同此隸淆

詩國風

柏舟（注）魯說曰衞宣夫人者齊侯之女也陳喬樅云宣御覽四百四十一引作寡郝懿行妻王氏列女傳補注云此與魯寡陶嬰梁寡高行陳寡孝婦同作宣者形之誤耳說卦寡髮作宣髮亦其例嫁於衞至城門而衞君死保母曰可以還矣女不聽遂入持三年之喪畢弟立請曰衞小國也不容二庖願請同庖終不聽衞君使人愬於齊兄弟齊兄弟皆欲與君使人告女女終不聽乃作詩曰我心匪石不可轉也我心匪席不可卷也厄窮而不憫勞辱而不苟然後能自致也言不失也然後可以濟難矣詩曰威儀棣棣不可選也言其左右無賢臣皆順其君之意也君子美其貞壹故舉而列之於詩也又曰貞女不二心以數變故有匪石

之詩齊說曰汎汎柏舟流行不休耿耿寤寐心懷大憂仁不逢時復隱窮居【疏】毛序言仁而不遇也衞頃公之時仁人不遇小人在側箋不遇者君不受己之志也君近小則賢者見侵害○衞宣至詩也列女傳貞順篇文願請同庖終不聽者蘇輿云據此知禮國君惟夫婦得同庖也禮玉藻夫人與君同庖鄭注不特殺也媵人鄭注后與王同庖鄭云然者以玉藻文推知之繹禮微恉非惟重特殺亦以明繫屬辨嫌疑弟請同庖女終不聽則知其時君與夫人同庖已成通禮女聞更制恐漸取辱守死不聽防杜深矣御覽人事部八十二引列女傳願請同庖下作唯夫妻爲同庖夫人不聽推尋文義疑作夫人曰惟夫妻爲同庖不聽御覽倒誤又脫曰字此終字則緣下女終不聽而衍也范氏詩補傳終不聽上有夫人曰惟夫婦同庖八字卽據御覽增下文皆欲與君與許也言欲許同庖之請也貞女至之詩王符潛夫論斷訟獄篇文皆魯義也汎汎至窮居易林屯之乾文咸之大過同貞女確守節義而稱爲仁者與孔子謂夷齊求仁得仁義同復疑伏之誤字隱是伏處之詞義通男女或謂此與毛序仁而不遇合非也藝文類聚十八引湛方生貞女解云志存匪石之固守節窮居伏隱窮居與守節窮居一也魯齊義同

汎彼柏舟亦汎其流【疏】傳興也汎汎流貌柏木所以宜爲舟也亦汎汎其流不以濟度也箋舟載渡物

者今不用而與衆物汎汎然俱流水中興者喻仁人之不見用而與羣小人並列亦猶是也○說文汎下云浮皃从水凡聲泛下云浮也从水乏聲二字義同氾下云濫也蓋廣遠之意後人承用三字不分故廣雅釋訓云汎汎氾氾浮也莊子德充符釋文氾不係也貞女言今汎汎然而浮者是彼陽剛至堅之柏木所爲舟也乃亦汎濫流行於水中無所係賴乎喻己志節確然而衞君臣及齊兄弟皆不足依據致成此象蘇輿云亦汎其流與小弁譬彼舟流不知所屆同義愚案易林流行不休蹈見正釋流爲舟流不休與不知所屆意亦同也柏一名椈釋木柏椈其樹經冬不彫蒙霜不變故節義之婦取以自況此及後柏舟皆然

耿耿不寐，如有隱憂。微我無酒，以敖以遊。［注］魯耿作炯隱亦作殷齊韓作殷魯說曰隱幽也齊說曰殷大也韓說曰殷深也

［疏］傳耿耿猶儆儆也隱痛也非我無酒可以敖遊忘憂也箋仁人既不遇憂在見侵害○魯耿作炯者楚詞嚴忌哀時命云夜炯炯而不寐懷隱憂而歷茲王注言已中心愁怛目爲炯炯而不能眠如逢大憂常懷戚戚洪興祖補注隱一作殷隱痛也殷大也注言大憂疑作殷者是楚詞遠遊云夜炯炯而不寐兮王注憂以愁戚目不眠也詩云炯炯不寐王用魯詩知魯作炯炯陳喬樅云遠遊之目不眠釋炯炯字義卽引詩證之本亦作耿耿舊校云耿一作炯作炯者是也今注作耿耿猶儆儆引詩

云耿耿不寐此後人據毛詩所改遂以毛傳語竄入非王注本文哀時命仍作炯炯可證愚案陳說是也淮南說山訓高注詩曰耿耿不寐如有殷憂高用魯詩引耿耿當爲炯炯亦後人傳寫改之易林云耿耿寤寐上引見韓詩亦作耿耿則明齊韓與毛同寤寐不寐同義說文寐覺而有信曰寤寐覺即不寐矣魯詩隱亦作殷者據上引王高二注知魯作殷呂覽貴生篇高注隱幽也詩曰如有隱憂此引又作隱楚詞悲回風王注引詩亦作隱是魯隱殷兩作齊韓作殷者易林云心懷大憂上引見知齊作殷文選陸機歎逝賦阮籍詠懷詩劉琨勸進表嵇康養生論李注並引韓詩曰耿耿不寐如有殷憂知韓作殷矣隱幽也者引見上文高注殷大也者據易林心懷大憂文殷深也者歎逝賦李注引韓詩下文陳喬樅云李不言爲誰氏訓義然上既引韓詩爲證知用韓說也幽深義合如讀爲而古如而字通言炯炯然不得寐而心懷大憂微非也言非我無酒遨遊以解憂特此憂非飲酒遨遊所能解陳氏奐謂此四句皆合二句爲一句是也說文敖出遊也从出从放二以字語助足句泉水竹竿皆言出遊寫憂合證此詩明飲酒遨遊婦人所不諱詩又設想之詞耳

我心匪鑒不可以茹（注）韓說曰茹容也（疏）傳鑒所以察形也茹度也箋鑒之察形但知方圓白黑不能度其眞僞我心非如是鑒我於衆人之善惡外內心度知之○匪竹器詩借爲非違之非釋文監本又作鑒

鏡也據此陸所見作監說文無鑒字監下云臨下也鑑下云大盆也一曰鑑諸可以取明水於月諸字上脫司烜氏掌以鑒取明水於月鄭注鑒鏡屬鑒是後起之字釋文監則鑑之消也茹容也者韓詩外傳一云故新沐者必彈冠新浴者必振衣莫能以己之皭皭容人之混污然詩曰我心匪鑒不可以茹徐璈云外傳意以鑒之照物無論妍媸美惡皆能容納我則不能以身之察察受物之汶汶矣愚案小雅柔則茹之釋文引廣雅茹食也影入鑒中若食之入口無不容者故詩人取譬於茹而韓傳申義爲容貞女守節不失是其皭皭請同庖而聽之則容人混污如鑒之茹物故不可也

亦有兄弟不可以據薄言往愬逢彼之怒【疏】傳據依也彼彼兄弟箋兄弟至親當相據依言亦有不相據依以爲是者希耳責之以兄弟之道謂同姓臣也○兄弟列女傳所云齊兄弟說文據持杖也从手豦聲廣雅釋言據杖也釋詁逢遇也言亦有齊國之兄弟而不可以據杖今以不可同庖之義往愬於彼反遇其怒尚得謂可據乎列女傳言衞君使人愬齊兄弟不及女愬事據詩女不聽亦使愬兄弟而兄弟怒之情事宜然與傳義互相備

我心匪石不可轉也【注】魯說曰言守善篤也**我心匪席不可卷也**【疏】傳石雖堅尚可轉席雖平尚可卷箋言己心志堅平過於石席○說文轉運也言守善篤也者漢書劉向傳上封事

引詩文楚詞九辯王注我心匪石不變轉也執履忠信不離善
也守之篤則與善不離並魯義也說文席藉也卷厀曲也引申
之凡曲皆爲卷詩言石雖堅可轉運席雖平可卷曲我以善道
自守必不可奪此心匪石非席豈能聽人之轉運卷曲乎列女
傳所謂厄窮而不憫勞辱而不苟也當時女既不聽必有厄窮
勞辱之事故以轉石卷席爲喻言能屈其身不能挫其志所以
濟難者恃此自致其心而不失也說苑立節篇新序節士篇韓
詩外傳一外傳九屢引此四語皆斷章推演之詞非詩本義

威儀棣棣不可選也〔注〕**魯說曰夫有威而可畏謂之威有儀而
可象謂之儀富不可爲量多不可爲數故詩曰威儀棣棣不可
選也棣棣富也不可選眾也言接君臣上下父子兄弟內外大
小品事之各有容志也又曰言其左右無賢臣皆順其君之意
也三家選作算**〔疏〕傳君子望之儼然可畏禮容俯仰各有威儀
耳棣棣富而閑習也物有其容不可數也箋
稱己威儀如此者言己德備而不遇所以慍也○夫有至志也
賈子新書容經篇文時惟魯詩此魯說也左襄三十一年傳北
宮文子曰衛詩云威儀棣棣不可選也言君臣上下父子兄弟
內外大小皆有威儀也皆者言非一端正釋棣棣之義下文故

君子在位可畏云云文子引申之詞賈說本之並專言威儀之盛棣棣富也者承上富不可爲量言釋文棣本或作逮同棣借字逮正字禮孔子閒居威儀逮逮不可選也無體之禮也漢書韋玄成傳儀服此恭棣棣其則顏注引詩作逮逮並與左傳合與釋文或本同無體之禮謂儀節衆多因事爲制故無方體王念孫廣雅疏證云孔子閒居云無體之禮威儀翼翼皆盛之義也棣棣其則舊解爲安和貌及善威儀總謂禮儀之美盛也愚案禮中庸優優大哉禮儀三百威儀三千棣棣猶優優說文優饒也富饒同義說文逮唐逮及也逮及也及逮也隸及也是隶逮隸及並轉相訓凡言相及者非一之詞說文馺馬行相及也馬相及知非一馬也釋山小山岌大山峘郭注謂高過亦自相及得義故廣雅釋訓云岌岌高也又云岌岌盛也逮逮之爲富猶岌岌之爲盛矣逮又與遝通釋言逮遝也公羊哀十四年傳祖之所逮聞也漢石經逮作遝方言迨遝及也東齊曰迨關之東西曰遝或曰及說文遝迨也迨遝也王篇迨遝行相及也說文又云眔目相及也𧩼語相及也義並與遝通遝爲相及並進之義引申之即爲衆多之義史記韓信傳魚鱗雜遝文選洞簫賦驚合遝以詭譎雜遝合遝皆衆多意逮遝字同義通故逮逮訓爲富也毛傳棣棣富而閑習也富而閑習四字文不成義竊取連綴之迹顯然不可選衆也者承上多不可爲數言說文選一曰釋也古選算字通算又與撰同義大司徒注算車徒謂數擇之也不可爲數者衆多不可數擇也言接君臣上下父子兄

王

弟內外大小品事之各有容志也者言其君臣上下諸人互相接也發外爲容在心爲志因容見志故並言之總謂在外之威儀也言其至意也見上列女傳文言衛君臣威儀美盛而於禮之大者反若不知其左右惟阿順君意故知無賢臣也三家選作算者後漢朱穆傳注載穆絕交論引詩云威儀棣棣不可選也王應麟詩攷引作不可算也知三家有作算者今後漢書作選乃後人據毛詩改之漢書公孫賀等傳贊云斗筲之徒何足選也顏注言其材器劣小不足數也彼引論語算作選與絕交論引詩選作算同貞女雖處憂辱不敢斥言衛君臣但稱其威儀富盛可觀而是儀非禮之意言外自見北宮文子以衛臣述衛詩匿刺揚美爲其先世諱惡義固當然而以不可選屬威儀言此詩遂無正解列女傳探貞女之隱而推言之其釋不可選也乃與漢書何足選也同意其義尤深切著明矣

憂心悄悄慍于羣小疏傳慍怒也悄悄憂貌箋羣小衆小人在君側者○說文悄憂也詩曰憂心悄悄釋訓悄悄慍也此魯說郭注皆賢人愁恨患羣釋文引韓詩以慍我心薛君章句慍恚也此韓說亦當訓恚說文恚恨也怒恚也慍怒也眾經音義十引作怒也誤五及十三引與今本同與薛說合廣雅釋詁慍怒也蓋魯韓義皆訓慍爲怒慍于羣小以不聽從羣小人之言爲所慍怒上怒謂齊兄弟此羣小之慍謂衛諸臣二句連三章爲義與二章語句多寡不同而意則相配若以慍屬已言是慍羣

小非慍于羣小矣孟子盡心篇引此二語以況孔子最合詩恉荀子宥坐篇劉向傳上封事說苑至公篇韓詩外傳一趙岐孟子章句十四引詩皆推演之語非本詩義

覯閔既多受侮不少〔注〕魯齊覯作遘閔作愍魯說曰遘遇也〔疏〕傳閔病也○遘遇也者楚詞哀時命王注文引詩曰遘愍既多是魯作遘愍陳喬樅云今本楚詞章句作閔舊校云閔一作愍作愍者是也愚案班固幽通賦考遘愍以行謠即本詩語班學齊詩明齊作遘愍與魯同漢書敘傳遘閔既多是用廢黜閔亦當爲愍說文愍痛也閔弔者在門也魯齊正字毛借字言遇傷痛之事既多受人之輕侮亦不少不少總承上文齊兄弟衛諸臣言之

靜言思之寤辟有摽〔注〕魯齊寤作晤云晤明也魯說曰辟拊心也韓辟作擗云擗拊心也〔疏〕傳靜安也辟拊心也摽拊心貌箋言我也○說文靜審也言辭也魯齊寤作晤者說文晤明也詩曰晤辟有摽此魯齊文寐覺也寤覺亦明也其義不異辟拊心也者釋訓文此魯說郭注謂椎胸也釋文辟宜作擗詩曰寤擗有摽韓辟作擗者玉篇手部擗拊心也詩曰寤擗有摽玉篇多引韓詩此韓說擘擗字同辟乃借字說文擘擣也擣裂也摽擊也拊揗也揗摩也是拊僅撫摩之意貞女言審思此事寐覺之時以手拊心至於擘擊之也張協七命嫠爲之擗摽馬融長笛賦搯膺擗摽皆用韓詩並可證詩爲寡婦

日居月諸，胡迭而微。【注】韓迭作𢧁，云：𢧁，常也。【疏】箋：日，君象也。月，臣象也。微謂虧傷也。君道當常明如日，而月有虧盈。今君失道而任小人，大臣專恣，則日如月然。○孔疏：居、諸，語助也。禮檀弓：何居，我未之前聞也。注：居，語助也。左文五年傳：皋陶、庭堅不祀，忽諸。服虔云：諸，辭。是居、諸皆不爲義也。韓迭作𢧁者，釋文：迭，韓詩作𢧁，音同，云：𢧁，常也。𢧁字字書所無，葢是𢦏之誤字，𢦏又𢦏之誤字也。漢書地理志云：及車轔、四𢦏、小戎之篇。顏注：四𢦏，美襄公田狩也。其詩曰：四𢦏孔阜。𢦏音耋。錢坫云：𢦏，鐵古字。愚案：說文鐵下云：黑金也，从金𢦏聲。𢦏下云：鐵或省。今作𢦏者，葢鐵俗省作𢦏，因譌爲𢦏，或抑或鐵俗省作𢦏，因譌爲𢦏，故釋文引韓作𢧁也。云𢧁，常也者，陳喬樅云：廣雅：迭，代也。毛詩迭微，當訓爲更迭而食。韓訓爲常者，范家相詩瀋云：胡常而微，言日月至明，胡常有時而微，不照見我之憂思也。迭得通𢧁者，𢧁葢𢦏之或體。巧言秩秩大猷，說文作𢦏𢦏。又𢦏字注云：讀若詩威儀秩秩是也。𢧁訓常者，韓葢以𢧁爲秩之假字。釋詁：秩，常也。又賓之初筵不知其秩、祖有秩斯祜，毛傳並云：秩，常也。是其義。馮登府云：儀禮少牢勿替引之，替，古文袟，袟或爲𢦏。錢大昕云：袟是秩之譌。文說文引秩秩大猷作𢦏，是𢦏即秩也。秩即替之古文。秩、迭皆從失得聲，是迭、𢧁音近，故得假借。胡常而微，言日月有常明，胡有時而微也。

愚案迭秩古通借字韓詩本作秩故字或借或而訓爲常也而讀爲如與上文如讀爲而同例范云胡常有時而微案既曰常微則不得云有時而微范依字解之故未達韓恉說文微隱行也日月更迭而隱人所共覩惟窮居苦節之婦人終身晦闇若天日所不照臨故言日月胡常如微隱而不見韓義較毛爲優矣**心之憂矣如匪澣衣靜言思之不能奮飛**疏傳如衣之不澣矣不能如鳥奮翼而飛去箋衣之不澣則憒辱無照察臣之不遇於君猶不忍去厚之至也○衣久著不澣則體爲不適婦人義主絜淸故取爲喻葛覃薄澣我衣卽其證此正女功之事非男子之詞說文奮翬也从奞在田上詩曰不能奮飛又奞下云鳥張毛羽自奮也从大从隹翬下云大飛从羽軍聲言不能者貞女志不還齊故不必入國而竟入今欲返國備君臣亦不止之祇以既爲國君夫人越竟卽爲非禮雖欲奮飛義不能也張衡思元賦柏舟悄悄叅不飛用此經文

柏舟五章章六句

綠衣注齊說曰黃裏綠衣君服不宜淫湎毀常失其寵光疏毛序衞莊姜傷己也妾上僭夫人失位而作是詩也箋綠當爲褖故作褖轉作綠字之誤也莊姜莊公夫人齊女姓姜氏妾上僭者

謂公子州吁之母母嬖而州吁驕○黃裏至寵光易林觀之革文陳氏奐云君謂小君也愚案淫湎毀常謂衛君失其寵光夫人自謂序所云失位也據此齊與毛同左隱三年傳衛莊公娶於齊東宮得臣之妹曰莊姜美而無子衛人所爲賦碩人也公子州吁嬖人之子也鄭箋妾上僭者謂公子州吁之母詩恉甚明魯韓蓋無異義

綠兮衣兮綠衣黃裏疏 傳興也綠閒色黃正色箋褖兮衣兮者言褖衣自有禮制也諸侯夫人祭服之下鞠衣爲上展衣次之褖衣次之次之者衆妾亦以貴賤之等服之鞠衣黃展衣白褖衣黑皆以素紗爲裏今褖衣反以黃爲裏非其禮制也故以喻妾上僭○說文綠下云帛青黃色也从糸彔聲黃下云地之色也从田从炗炗亦聲炗古文光又云蔮青黃色也蔮即綠也又云莀草可以染留黃留黃或作流黃亦留劉瀏蔮綠竝一聲之轉釋名黃晃也猶晃晃象日光色也綠綠別稱釋名綠瀏也荆泉之水於上視之瀏然綠色此似之也東方間色以爲衣黃中央正色反以爲裏喻妾上僭夫人失位也說文裏衣内也此章對裏言則衣是在表之衣下章對裳言知衣是在上之衣因文以見義也陳喬樅云法言吾子篇綠衣三百色如之何矣紵絮三千寒如之何矣淮南精神訓注遂讀詩綠衣之綠楊高皆用魯詩於此篇並作綠衣是魯與毛同又列女傳班婕好賦綠衣兮白華自古兮有之亦作綠鄭箋定綠爲褖誤其義獨異疑本之齊詩據禮家師說爲解愚案鄭氏改

毛閒下己意不盡本三家義且易林用齊詩即作綠衣見班氏世習齊詩婕妤賦亦作綠陳謂齊作褖非也孔疏鄭知綠誤而褖是者詩宜因其所有之服而言不宜舉實無之綠衣以爲喻故知當作褖愚案詩喻毀常則綠衣未爲害義四章以絺綌當淒風亦貴者實無之事也皮錫瑞云攷之於古婦人服綠亦有明徵夏小正八月元校傳曰元也者黑也校也者若綠色然婦人未嫁者衣之任文田云絞蒼黃色蔣春雨云周禮王后六服首曰褘衣元末曰褖衣黑其外內命婦之卑者皆褖衣蓋元最貴其色似褖者惟女子可衣之命婦即不容僭元校殆有夏時之等焉案任氏以絞爲蒼黃色蓋本玉藻麛裘青豻褎絞衣以裼之鄭注絞蒼黃之色也綠色在蒼黃之間故任氏以絞爲校然麛裘白不當以綠色衣爲裼故皇氏云素衣爲正記者亂言絞耳且玉藻是說君服非婦人服亦與傳不合蔣引周禮夏固與周不同周禮王后六服末之褖衣外內命婦亦得服之若未嫁之婦人不當與命婦同服或與夏時之制同服綠亦未可知此詩言妾上僭妾非未嫁得與未嫁同服綠者古夫人自稱曰小童蓋不敢居尊而自謙爲妾楚語云司馬子期欲以其妾爲內子訪之左史倚相曰吾有妾而愿欲笄之內則云妾雖老笄總角拂髦然則古禮惟內子笄妾老雖笄猶必總角子期云笄之則不復總角是僭內子故不可也總角則猶童故古曰童妾據左氏傳公子州吁嬖人之子也古諸侯一娶九女夫人而外惟姪娣左右媵與兩媵之姪娣有位號其餘曰賤妾曰嬖人必

皆總角猶童女然其首旣爲未嫁之總角其身或亦爲未嫁之綠衣矣案據此則孔云綠衣實無亦非塙詁二兮字語助足句說文丂下云气欲舒出勹上礙於一也丂古文以爲亏字又以爲巧字亏下云於也象气之舒亏从丂从一一者其氣平之也兮下云語所稽也从丂八象气越亏也稽之爲言畱止也句中加兮所以畱止其語

心之憂矣曷維其已

疏傳憂雖欲自止何時能止也○曷何也已止也言憂何可止爲蛇象形釋名巳已也陽气已出陰气已藏萬物見成文章故巳爲終止之義辰巳之巳與已止之已古音義不別篇韻二音非也說文㠯用也从反巳巳爲止故反巳爲用也維其並語助

綠兮衣兮綠衣黃裳心之憂矣曷維其亡

疏傳上曰衣下曰裳箋婦人之服不殊衣裳上下同色今衣黑而裳黃喻亂嫡妾之禮亡之言忘也○說文衣依也衣有倚之者故爲裳聲兼義字也孔疏表裏與幽顯上下喻尊卑毀常甚矣較首章義進曷維其亡者何能無憂也亡無古通用說文亡逃也从人从乚無亡也从亡𣞤聲采荮何有何亡傳亡無也左襄九年傳姜曰亡杜注亡猶無也

綠兮絲兮女所治兮

疏傳綠末也絲本也箋女女妾上僭者先染絲後製衣皆女之所治爲也而女反

亂之亦喻亂嫡妾之禮責以本末之行禮大夫以上衣織故本於絲也○說文糸細絲也象束絲之形絲蠶所吐也从二糸治整理也言此綠兮之衣其爲絲時亦是女工所整理兮溯其未染言之黃綠雖殊絲無異質與嫡妾雖别人無異性也**我思古人俾無訧兮**疏傳俾使訧過也箋古人謂制禮者我思此人定尊卑使人無過差之行心善之也○釋詁俾使人說文俾益也从人卑聲一曰俾門侍人訧辠也从言尤聲周書曰報以庶訧卑爲侍人引申爲使令義詩言上僭之妾非質性爾殊特無人教之致陷於辠過耳我思持盈守分之古人欲喻之使免於訧辠兮忠厚之至也釋文訧本亦作尤魯語公父文伯之母欲室文伯饗其宗老而爲賦綠衣之三章師亥曰詩以合室歌以詠之度於法矣度於法故能無訧文伯母取此義也

絺兮綌兮淒其以風疏傳淒寒風也箋絺綌所以當暑今以待寒喻其失所也○絺綌當暑之衣解具葛覃說文淒雲雨起也雲雨起而加以風則寒氣至故淒有寒涼之義素問五常政大論淒滄數至注淒滄大涼也漢書外戚傳𣿅氣憯以淒淚兮注淒淚寒涼之意也是其證矣其辭也唐人詩多用淒其字本此以絺綌當淒風喻君待己恩禮之薄**我思古人實獲我心**疏傳古之君子實得我之心也箋古之聖人制禮者使夫婦有道妻妾貴賤各有

次序○說文獲獵所獲也从犬蒦聲引申之凡得皆曰獲廣雅釋詁獲得也詩言己處難堪之境又言我思安命樂天之古人實得我心不敢怨君亦忠厚之恉此及上章古人雖同合上下文觀之意各有屬左文九年傳季文子如宋致女復命公享之賦韓奕之五章穆姜出再拜賦綠衣之卒章取實獲我心之義不關詩恉

綠衣四章章四句

燕燕注魯說曰衛姑定姜者衛定公之夫人公子之母也公子既娶而死其婦無子畢三年之喪定姜歸其婦自送之至於野恩愛哀思悲以感慟立而望之揮泣垂涕乃賦詩曰燕燕于飛差池其羽之子于歸遠送于野瞻望弗及泣涕如雨送去歸泣而望之又作詩曰先君之思以畜寡人君子謂定姜爲慈姑過而之厚齊說曰泣涕長訣我心不快遠送衛野歸寧無子又曰燕雀衰老悲鳴入海憂在不飾差池其羽頡頏上下在位獨處

毛序衛莊姜送歸妾也箋莊姜無子陳女戴嬀生子名完莊姜以爲己子莊公薨完立而州吁殺之戴嬀於是大歸莊姜遠送之于野作詩見己志○衛姑至之厚列女傳母儀篇文以爲定姜送婦作魯義也泣涕至無子易林萃之賁文燕雀至獨處恆之坤文所云燕雀衰老在位獨處泣涕長訣歸寧無子與列女傳合是齊魯義同禮坊記詩云先君之思以畜寡人鄭注此衛夫人定姜之詩也定姜無子立庶子衎是爲獻公畜孝也獻公無禮於定姜定姜作詩言獻公當思先君定公以孝於寡人陳喬樅云鄭志答炅模云爲記注時就盧君先師亦然後乃得毛公傳既古書義又宜然記注已行不復改之攷二戴之學傳自后蒼蒼治齊詩故禮記引詩多從齊詩之文至馬融盧植考諸家同異附戴聖篇章去其繁重及所敘略而行於世即今之禮記是也鄭君亦依盧馬之本而注焉見釋文敘錄是禮記舊說多主齊詩傳義鄭云注記時就盧君又云先師亦然則坊記注說是述齊詩之說也禮釋文云此是魯詩魯蓋齊之誤魯以爲送其婦歸而作齊詩以爲送婦歸寧並爲獻公無禮而作詩義亦與魯互相備魯齊詩久已佚陸氏蓋據前儒遺說王應麟詩攷以此記注收入魯詩則王所見釋文本已誤作魯矣又云詩攷引李迂仲云燕燕韓詩以爲定姜歸其娣送之而作後漢和熹鄧皇后紀云和帝葬後宮人並歸園太后賜周馮貴人策曰朕與貴人託配後庭共歡等列十有餘年不獲福祐先帝早棄天下孤心煢煢靡所瞻仰夙夜永懷感愴發中今當以舊典分歸

外園慘結增歎燕燕之詩曷能喻焉紀言后年十二通詩時毛詩未立學官后語本三家而與定姜送娣之說情事相合是用韓詩也汪仲之言殆非無徵愚案詩所引晁李諸人說多出臆撰不足傳信柏舟詩爲衛寡夫人作寡一作宣李郎以爲宣姜自誓而作此詩定姜歸其婦李以爲歸其娣影附范書私意竄改並疑誤後人之甚者魯齊既同作定姜不應韓詩獨爲送娣也鄧后賜貴人策以尊臨卑其引此詩特借喻分飛慘歎之思何得援爲定姜送娣之證陳說非

燕燕于飛差池其羽疏傳燕燕鳦也燕之于飛必差池其羽箋差池其羽謂張舒其尾翼興戴嬀將歸顧視其衣服○說文燕下云玄鳥也籋口布翄枝尾象形乙下云玄鳥也巂下云周燕也巂周爲燕連篆文讀之釋鳥巂周燕燕鳦謂巂周名燕而燕又名鳦孫炎云別三名與說文合陳奐謂自郭景純不明詩義致誤爾雅燕燕連讀而孔穎達左傳疏以爲重名燕燕異方語其誤實始於郭愚案毛傳燕燕鳦也是誤自毛始後人承之不爲毛惑者獨許君耳陳正讀是袒毛非也連言燕燕者非一燕燕燕定姜自喻及婦于辭也差池其羽者左襄二十一年傳而何敢差池杜注差池不齊一定姜及婦皆身丁憂厄容飾不修故以燕羽之差池爲比齊說所謂憂在不飾也**之子于歸遠送于野瞻望弗及泣涕如雨**疏傳之子去者也歸歸宗也遠送過禮于於也郊外曰野瞻視也箋婦人之禮送迎不出門

今我送是子乃至于野者舒己憤盡己情○之子謂婦于歸往歸其國郊外曰野以三章于南例之此于野亦當爲往野言送之往外也送于野故云遠魯說所謂過而之厚也說文望出亾在外望其還也从亾朢省聲無聲出涕曰泣涕泣也婦去既遠瞻望之至不能逮及思之涕泣如雨之多也後漢十上注文選曹植上責躬應詔詩表注引詩弗及竝作不及

燕燕于飛頡之頏之疏傳飛而上曰頡飛而下曰頏箋頡頏興戴嬀將歸出入前郤○說文頡下云直項也从頁吉聲亢下云人頸也从大省象頸脈形頏下云或从頁漢書張耳陳餘傳乃仰絕亢而死注亢頸大脈也劉敬傳注亢喉嚨也頡之頏之者鳥大飛向前則項直而頸下脈見此狀其于飛之皃云飛而下上者後起之義 **之子于歸**

遠于將之瞻望弗及佇立以泣注魯說曰將送也佇立貌疏傳將行也佇立久立也箋將亦送也○將送也者釋言文郭注詩曰遠于將之孔疏引孫炎曰將行之送也是魯詩訓將爲送鄭用魯改毛遠往送之於義爲順佇立貌者楚詞離騷王注文引詩曰佇立以泣亦魯說也說文無佇字本字蓋作宁說文宁辨積物也文選孫綽遊天台山賦注宁猶積也亦通作貯說文貯積也引申之爲積久義經典作佇後起之字毛訓久立魯云立貌皆就文立義

燕燕于飛，下上其音。【疏】傳飛而上曰上音，飛而下曰下音。箋下上其音，興戴嬀將歸，言語感激，聲有大小。○先下後上者，鳥飛由下而上，下上皆聞其鳴，故云下上其音，音隨身下上也。說文：音，聲也。从言含一。凡物單出曰聲，雜比曰音。詩言音不言聲，知非一燕。之子于歸，遠送于南。瞻望弗及，實勞我心。【疏】傳陳在衛南。○于南，婦所歸之國在南，故送往南行。魏源云：此婦出薛國，任姓，薛在衛東南。愚案：史記衛世家，定公乃成公孫。漢書地理志東郡濮陽班注：衛成公自楚丘徙此，故帝丘，顓頊墟。魯國薛注：湯相仲虺居之。晉太康地記云：仲虺後當周世爵稱侯，後見侵削，爲霸者所絀爲伯，任姓也。一統志：濮陽今開州西南，薛今滕縣東南四十五里，在開州東少南。魏說是也。釋文：實是也，本亦作寔。說文：勞，劇也。从力熒省，熒火燒門，用力者勞。引申其義，故用心甚亦曰勞。

仲氏任只，其心塞淵。【注】韓說曰：仲，中也。言位在中也。魯說曰：淵，深也。【疏】傳仲，戴嬀字也。任，大。塞，瘞。淵，深也。箋任者以恩相親信也。周禮六行：孝、友、睦、婣、任、恤。○仲中也言位在中也者，眾經音義九引韓詩文。玉篇人部引詩仲氏任只，仲，中也。郎用韓義。禮大傳注：位謂齒列也。女子以伯仲爲字，位在中者，言此婦之字齒列在仲。仲氏任只者，魏源云：猶大明摯仲氏任，是薛國任姓之女。愚案：定姜婦爲何國女，書無明文，春秋無摯國，故魏以任姓爲薛女以大明之仲氏任例之此婦爲任姓義亦當然較傳文順陳奐云大明傳大任仲任也彼詩言大任來嫁故稱婦之姓而言任此莊姜詩戴嬀不必繫姓故但言仲而不言仲嬀是陳意亦據大明見及婦爲任姓特以爲毛作疏不能末殺序傳之戴嬀耳塞當爲寋說文寋隔也从土从寒省實也从心寒省聲書曰剛而寋今書作塞徐鍇繫傳引詩曰秉心寋淵今皆作塞借字淵深也者廣雅釋詁文淵訓深自水深義引申之莊子應帝王郭注淵者靜默之謂人靜默則心深莫測而又誠實無僞故美之曰塞淵蔡邕崔夫人誄塞淵其心漢書敘傳塞淵其德並本此文蔡學魯詩班學齊詩而皆作塞是齊魯與毛同字

終溫且惠淑慎其身先君之思以勖寡人　注　魯齊勖作畜

疏　傳惠順也勖勉也箋溫謂顏色和也淑善也戴嬀思先君莊公之故故將歸猶勸勉寡人以禮義寡人莊姜自謂也○終溫且惠者王引之云終猶既也詳引詩句例爲說釋訓溫溫柔也說文惠仁也言既柔且仁也釋詁淑善也說文愼謹也孔疏善自謹愼其身先君謂定公魯齊勖作畜者見上引列女傳坊記文鄭注畜孝也禮祭統孝者畜也孝經援神契庶人行孝曰畜案詩以孝爲畜義通貴賤不獨庶人然矣畜者養也孝貴能養養體養志皆爲畜孝畜又雙聲字寡人定姜自謂管子入國篇婦人無夫曰寡孟子梁惠王篇禮王制同釋名寡踝也踝踝單獨之言也寡人對上先君言非王侯謙言少德之謂此章追

述其婦之賢意謂先君在時既能孝養及先君已沒猶能追思先君愛敬寡人之思以孝養寡人禮中庸敬其所尊愛其所親事死如事生事亡如事存孝之至也能畜寡人知其不忘先君矣齊詩謂獻公無禮定姜作詩言獻公當思先君以孝寡人者此正定姜言外意左成十四年傳衛定公有疾立子衎爲太子及薨定姜既哭而息見太子之不哀也歎曰是夫也將不爲衛國之敗其必始於未亡人天禍衛國也夫獻公十八年孫甯作亂獻公奔齊及竟使祝宗告亡且告無罪定姜曰舍大臣而與小臣謀一罪也先君有冢卿以爲師保而蔑之二罪也余以巾櫛事先君而暴妾使余三罪也此定姜責獻公不能念先君以孝適母之證蓋獻公無禮初立已然故定姜有始於未亡人之語定姜之子年長而夭婦既賢孝宜可相依乃必歸其國至於遠送野外恩愛悲感若此蓋時事逼迫有不得不然者詩云先君知在定沒獻立之際定姜勸子思婦煢獨悲傷專爲獻公不能孝養末二句追美去婦卽以深責獻公詩恉甚明齊義非與魯異

燕燕四章章六句

日月（注）魯說曰宣姜者齊侯之女衛宣公之夫人也初宣公夫人夷姜生伋子以爲太子又娶於齊曰宣姜生壽及朔夷姜既

死宣姜欲立壽乃與壽及朔謀構伋子公使伋子之齊宣姜乃陰使力士待之界上而殺之曰有四馬白旄至者必要殺之壽聞之以告太子曰太子其避之伋子曰不可夫棄父之命則惡用子也壽度太子必行乃與太子飲奪之旄而行盜殺之伋子醒求旄不得遽往追之壽已死矣伋子痛壽爲己死乃謂盜曰所欲殺者乃我也此何罪請殺我盜又殺之二子既死朔遂立爲太子宣公薨朔立是爲惠公竟終無後亂及五世至戴公而後甯王氏注五當作三字之誤也三世宣惠懿詩曰乃如之人兮德音無良此之謂也

疏毛序衛莊姜傷己也遭州吁之難傷己不見荅於先君以至困窮之詩也○宣姜至謂也列女傳孽嬖篇文陳喬樅云此篇魯詩之說與毛迥異而於史記敘衛事爲合衛世家云初宣公愛夫人夷姜生子伋以爲太子爲取齊女未入室而宣公見所欲爲太子婦者好說而自取之更爲太子取他女宣公得齊女生子壽子朔太子伋母死宣公正夫人與朔共讒惡太

子伋宣公自以其奪太子妻也心惡太子欲廢之及聞其惡大怒乃使太子伋如齊而令盜遮界上殺之與太子白旄而告界盜見持白旄者殺之且行子朔之兄壽太子異母弟也知朔之惡太子而君欲殺之乃謂太子曰界盜見太子白旄即殺太子太子可毋行太子曰逆父命求生不可遂行壽見太子不止乃盜其白旄而先馳至界界盜見其驗即殺之壽已死而太子伋又至謂盜曰所當殺乃我也盜並殺太子伋以報宣公宣公乃以子朔爲太子新序云壽之母與朔謀欲殺太子伋而立壽也使伋之齊將使盜見載旄要而殺之壽止伋伋不可壽竊伋旄以先行幾及齊矣盜見而殺之伋至見壽之死痛其代己死涕泣悲哀遂載其屍還至境而自殺兄弟俱死故君子義此二人而傷宣公之聽讒也語與列女傳大略相同蓋皆本於魯詩惟以伋爲至境自殺與史記列女傳微異傳聞異詞耳愚案列女傳不備詩義合新序觀之蓋君子義此二人代作之詩不止一篇二子乘舟新序以爲憂伋壽見害於水作此詩當爲伋聞壽代已先往作也胡能有定義不可止也寧不我顧寧不我報謂壽胡不告我而竊旄先往也父兮母兮畜我不卒傷父母恩絕而已將見殺也報我不述謂棄父之命我爲不法也詩四章日月並興末章父母並稱則所謂乃如之人者自指宣公宣姜二人如伋自作詩不當稱父母爲之人故知他人作也綠衣毛序衛莊姜傷已也妾上僭夫人失位而作是詩也孔疏此言而作是詩及故作是詩者皆序作詩之由不必即其人自作也故清

人序云危國亡師之本故作是詩非高克自作也雲漢云百姓見憂故作是詩非百姓作之也卽其例

日居月諸照臨下土乃如之人兮逝不古處疏傳日乎月乎照臨之也逝逮古故也箋日月喻國君與夫人也當同德齊意以治國者常道也之人是人也謂莊公也其所以接及我者不以故處甚違其初時○日居月諸箋云喻君與夫人是也說文照明也臨監臨也釋詁臨視也視監義同詩言君與夫人臨治在下之人如日月照臨下土赫然光明無有障蔽傷己之不見照察也乃者說文乃曳詞之難也象氣之出難詩不敢斥言故爲難緩之詞出之箋云之人是人也彼申毛以是人謂莊公尋繹詩之義是人謂宣公宣姜也說文逝往也从辵折聲莊子山木篇釋文引司馬注曲折曰逝逝訓往又訓曲折當是曲折徐往之義逝之爲訓猶漸之爲進也廣雅釋詁逝行也行亦往也碩鼠逝將去女訓爲行將去女言徐徐然將去女也此詩逝不古處亦言徐徐然不古處其義自曲折而往引申之猶言漸不如前矣不古處箋云不以故處甚違其初時是也蓋宣姜於伋始尙無不相容之事及已生子已長謀奪太子搆害橫生宣公信讒恩愛漸薄違其初時非一朝一夕之故故云逝不古處也

胡能有定寧不我顧疏傳胡何定止也箋寧猶曾也君子之行如是何能有所定乎曾不顧念我之言是其所以不能定完也○陳奐云寧亦胡也詳引詩句例證之於義亦通定之

言止新序所謂壽止假也詩代假言壽雖止我我奉命而往何能有止乎胡不顧念我言而先往也說文顧還視也引申爲回念之義故箋云顧念也韓詩外傳九引胡能有定一語推演之不關詩恉

曰居月諸下土是冒乃如之人兮逝不相好胡能有定寧不我報【疏】傳冒覆也不相好不及我以相好盡婦道猶不得報箋覆猶照臨也其所以接及我者不以相好之恩情甚於己薄也○說文冒蒙而前也从冃从目詩言下土皆爲日月所覆冒傷己獨不見蒙覆於君夫人楚詞惜誦父信讒而不好注好愛也此好亦訓愛逝不相好漸失愛也呂覽權勳篇高注報白也詩謂壽胡不報白於我而竊旌以行也

曰居月諸出自東方【疏】傳日始月盛皆出東方箋自從也言夫人當盛之時與君同位○陳奐云禮器大明生於東月生於西此陰陽之分夫婦之位也注大明日也禮言日東月西以喻夫婦之位此言日月皆出東方者箋所云是也愚案此言宣姜干君之位如日月並盛箋意隱合

乃如之人兮德音無良胡能有定俾也可忘【疏】傳音聲良善也箋無善恩意之聲語於我也俾使也君之行如此何能有所定使是無良可忘也○德音以使命言卑奉尊命謂之德音若後世稱恩命矣左傳大國不加德音漢書楚元王傳發明詔吐德音義與此同騶鐵秩

秩德音則在下之詞總謂善言耳㫗善也忘不識也奉使如齊是德音陰使盜殺則無㫗矣然於義當往胡能止之使忘君命乎末二語當連讀爲一句也語詞韓詩外傳一引公甫文伯事亦推演之詞

日居月諸東方自出父兮母兮畜我不卒疏箋畜養卒終也父之如父又親之如母乃反養遇我不終也○父兮母兮者言已尊宣姜畜養也卒終也言恩養不終而殺之詩恉極明毛序謂莊姜不見荅於莊公而作箋中之云父兮母兮者言已尊之如父又親之如母此語施之夫婦既覺不倫而已不見荅於公又無追怨父母之理義至難通故疏家皆未及之

胡能有定報我不述注魯述作遹云不遹不蹟也韓述作術云術藝也又云術法也疏傳述循也箋不循不循禮也○魯述作遹者釋訓不遹不蹟也郭注言不循軌迹也陳壽祺云爾雅釋文不遹古述字又釋言遹述也釋文引孫炎曰遹古述字爾雅以不蹟訓不遹即訓此詩之報我不述陸氏於不蹟下誤引沔水之念彼不蹟非是陳喬樅云毛傳述循也說文述亦訓循釋詁遹循也訓義並同故郭解不蹟爲不循軌迹也韓述作術者文選劉峻廣絶交論注引韓詩曰報我不術詩釋文述本亦作術韓與毛亦作本同宋綿初云述術音義同士喪禮筮人許諾不述命注云古文述皆作術祭義術省注云術省當爲

述省賈山至言術追厥功孟郁堯廟碑歌術功稱韓勑修孔廟
後碑共術德政靈臺碑陰州里僞術樊敏碑臣子褒術義皆作
述唐君頌虓樂道述義又作術皆其證也云術藝也者慧琳音
義九引韓詩文鄉飲酒義古之學術道者鄭注術猶藝也左昭
十六年傳而共無藝杜注藝法也昭二十年傳布常無藝注藝
法制也十三年傳貢之無藝注同云術法也者絕交論注引薛
君說術藝也蓋韓詩之元文術法也章句申明韓訓以藝卽是
法也薛釋不術爲不法亦謂不循軌法與郭注不循軌迹義同
詩代仮言壽之報自於我者乃欲我不循軌法我不能止而不
往列女傳仮云棄父之命則惡用子是仮以奉命必往爲循法
自以棄命逃罪
爲不循法矣

日月四章章六句

終風【疏】毛序衞莊姜傷己也遭州吁之暴見侮慢而不能正也
箋正猶止也○惠然肯來傳云謂時有順心莫往莫來
傳云人無子道以來事己己亦不得以母道往加之魏源云莊
姜初年卽子完而惡州吁傳見左豈惡之莊公尚在之時而望之
篡弒大逆之後且以畢生孤危扶植之嗣子一旦取諸其懷而
殺之反仞賊作子倦倦顧念責其言笑之末冀其子道以來使
州吁貌爲恭敬莊姜卽母子如初乎是國人皆不君之莊姜反
欲子之石碏尚知大義滅親莊姜反不知母子義絕也此當從

韓說爲夫婦之詞愚案魏說是序首句莊姜傷己也葢大師相傳古義遭州吁云云則毛所聽增詳詩義爲莊公作也易林頤之升終風東西散渙四分終日至暮不見子懽此齊義懽與歡同荀子大略篇夫婦不得不驩驩亦歡借字故夫婦相謂曰歡古樂府疑是所歡來懊儂歌我與歡相憐並與子懽同意是齊詩以此爲夫婦之詞尤有明證爾雅謔浪笑敖郭注謂調戲葢是舊注魯詩義調戲之詞爲莊公言則可若屬之州吁而又云莊姜尚以子道望之殆無是理知魯亦謂此爲夫婦之詞矣

終風且暴顧我則笑【注】韓說曰終風西風也又曰時風又且暴魯說曰日出而風爲暴齊暴亦作瀑【疏】傳興也終日風爲終風暴疾也笑侮之也箋既竟日風矣而又暴疾興者喻州吁之爲不善如終風之無休止而其間又有甚惡其在莊姜之旁視莊姜則反笑之是無敬心之甚○終風西風也者釋文引韓詩文時風又且暴者文選陸機代顧彥先贈婦詩隆思亂心曲李注引薛君章句文下句云使己思益隆韓詩以爲夫婦之詞故陸贈婦詩用其義也胡承珙云終與西不相涉釋天西風謂之泰風疑本作泰風故韓依爾雅釋爲西風說文宂古文終又泰古文作𠆭是終泰古文形近易溷終亦爲眾士相見禮注今文眾爲終集韻眾古作𠯑列子周穆王篇齊爲齊爲右殷敬順釋文齊篆文泰𠯑與齊形亦相近韓詩自作泰風與毛師承各異其說亦通薛云時風者爾雅南風謂之凱

風東風謂之谷風北風謂之涼風西風謂之泰風此四方之風應四時者也詩泰風有隧疏引孫炎云西風成物物豐泰也泰風爲秋風故薛以時風釋之愚案毛傳終風終日風也據易林散渙四分終日至暮埧是齊詩亦訓爲終日風與毛同日出而風爲暴者釋天文魯說也齊暴亦作瀑者說文瀑下云疾雨也一曰沫也一曰瀑賓也詩曰終風且瀑案沫霅二義與詩無涉是說文引詩作疾雨解王篇瀑疾風也風薟雨之誤據薛說作暴知作瀑者齊文也此以喻莊公狂縱之狀顧我則笑者其笑無時不以禮義止情也

謔浪笑敖中心是悼〔注〕魯說曰謔戲謔也浪意萌也笑心樂也敖意舒也謔笑之貌也萌舊誤明從阮校正邢疏誤朙韓說曰浪起也〔疏〕傳言戲謔不敬箋悼者傷其如是然而已不能得而止之○謔戲至貌也者釋詁謔浪笑敖戲謔也郭注謂調戲也見詩孔疏引舍人曰謔戲謔也浪意萌也笑心樂也敖意舒也戲笑邪戲也謔笑之貌也此魯說謔戲謔也者下謔爲言字之誤說文謔戲也从言虐聲是謔爲戲言也浪意萌也者阮元云浪讀爲蒼筤竹之筤易正義云竹初生時色蒼筤取其春生之美也凡意蕊心花初生時似此故曰浪意萌也戲笑邪戲也者臧鏞堂謂衍邪上笑字是也並爲舊注調戲也作解謔笑之貌也總釋謔浪笑敖四字謔浪謔之貌笑敖笑之貌合言之爲戲謔也浪起也者釋文引韓詩文阮元云韓說正是意萌之

訓謂如彼之起愚案浪之爲言謔無己也萌起二訓相成敖從出放舍人訓意舒謂笑之大放也蓋謔非不可謔而浪則狂笑非不可笑而敖則縱分析言之故與上笑不復藝文類聚十九御覽三百九十一四百六十六引詩敖作傲後人傳寫致誤敖訓倨非詩怡中心猶心中說文悼懼也陳楚謂懼曰悼莊姜見公性情流蕩無節即其當前之歡愛已慮有他日之棄捐故中心因是而懼蓋終風即綠衣之兆矣

終風且霾〔注〕魯說曰風而雨土爲霾〔疏〕傳霾雨土也○風而雨土爲霾釋天文魯說也孔疏引孫炎注大風揚塵雨從上下也說文霾風雨土也从雨貍聲詩曰終風且霾無異義釋名霾晦也言如物塵晦之色也喻公心迷晦情愛忽移

惠然肯來〔注〕魯肯作肎〔疏〕傳言時有順心也箋肯可也有順心然後可以來至我旁不欲見其戲謔也○魯肯作肎者釋言惠順也肎可也郭注詩曰惠然肯來肯今通言釋文肯或作古肎字玉篇肎可也詩曰惠然肎來作肎者蓋魯文然詞也說文然燒也嘫語聲也語詞當爲嘫經典借然字詩人言公或意順而肎來乎冀望之詞

莫往莫來悠悠我思〔疏〕傳人無子道以來事已已亦不得以母道往加之箋我思其如是心悠悠然○莫往莫來不往來也無來故無往易林所謂終日至暮不見子懽也下莫字增文足句望其來而不來故思之悠悠

然長

終風且曀不日有曀注魯說曰陰而風爲曀疏傳陰而風曰曀箋有又也既竟日風且復曀不見日矣而又曀者喻州吁闇亂甚也○陰而風曰曀釋天文魯說也釋名曀翳也謂日光掩翳也箋訓有爲又有又古字通義亦互訓不日又曀不竟日而又曀也不日與河廣不崇朝意同言清明無多時復陰曀也箋謂不見日而又曀案不見日即曀也或謂有語助不日有曀謂陰也亦與且曀義複疑非詩恉楚詞九歎王注曀闇昧也詩曰不日有曀此喻莊公爲嬖寵翳蔽

寤言不寐願言則疐注韓疐作嚏三家則作卽疏傳疐跲也箋言我願思也疐讀當爲不敢嚏咳之嚏我其憂悼而不能寐汝思我心如是我則嚏也今俗人嚏云人道我此古之遺語也○兩言皆詞也釋詁願思也方言同言我思君甚寤覺而不能寐有時噴鼻以爲君思願我乃致我嚏也非眞謂公願正以形我思韓疐作嚏者玉篇口部嚏噴鼻也詩云願言則嚏案今毛詩作嚏當本是疐是段玉裁云毛作疐跲也鄭云疐讀爲不敢嚏咳之嚏此鄭改讀唐石經以下經傳皆從口是用鄭廢毛嚏不得訓跲今正義本傳是跲也則經當作疐釋文疐本又作嚏又作疐竹利反鄭作嚏音都利反疐卽疐變體狼跋釋文疐本又作疌可證與說文止部之疌字迴不相涉若經字作止部之疌

鄭不得讀爲噎釋文亦不當作竹利反矣愚案段說是據玉篇引詩直作噎字在唐石經前顧用韓詩所據即韓文鄭讀壹爲噎是用韓改毛也今仍正經字爲壹以顯韓義三家則作即者衆經音義十引蒼頡篇曰噎噴鼻也詩曰願言即噎十四十五引並同蓋三家文即則雙聲字

曀曀其陰虺虺其靁注韓曀作壇云天陰塵也疏傳如常陰曀曀然暴若震靁之聲虺虺然○韓曀作壇壇者說文壇天陰塵也詩曰壇壇其陰呂祖謙讀詩記引韓詩章句曰壇壇其陰天陰塵也詩攷引董逌詩跋云韓詩章句曰壇壇天陰塵也是說文壇字注正用韓詩玉篇土部亦云壇天陰塵起也後漢馮衍傳曰曀曀其將暮兮李注曀曀陰晦貌也詩曰曀曀其陰陳喬樅云馮用韓詩當作壇壇此後人傳寫依毛改之愚案蔡邕述行賦陰曀曀而不陽蔡用魯詩與毛同虺虺震雷聲曀曀其陰天常陰矣虺虺其雷漸施震怒旣無肯來之望已有失位之憂中心悼懼斯先見之明與

寤言不寐願言則懷疏傳懷傷也箋懷安也女思我心如是我則安也○箋懷安也雉雉揚之水同詩言我常寤而不寐冀君或思願我則我庶安其位也蓋遇此狂蕩暴戾之君始不以淫治求容終不以怨毒絕望亦賢矣哉

終風四章章四句

擊鼓【注】齊說曰擊鼓合戰士怯叛亡威令不行敗我成功【疏】毛序怨州吁也衛州吁用兵暴亂使公孫文仲將而平陳與宋國人怨其勇而無禮也箋將者將兵以伐鄭也平成也將伐鄭先告陳與宋以成其伐事春秋傳曰宋殤公之卽位公子馮出奔鄭鄭人欲納之及衛州吁立將修先君之怨於鄭而求寵於諸侯以和其民使告於宋曰君若伐鄭以除君害君爲主敝邑以賦與陳蔡從則衛國之願也宋人許之於是陳蔡方睦於衛故宋公陳侯蔡人衛人伐鄭是也伐鄭在魯隱四年○史記衛世家莊公卒桓公立弟州吁驕奢桓公絀之州吁出奔十三年鄭伯弟段攻其兄不勝亾而州吁求與之反十六年州吁收聚衛亾人以襲殺桓公州吁自立爲衛君爲鄭伯弟段欲伐鄭請宋陳蔡與俱三國皆許州吁陳喬樅云史記言州吁爲叔段伐鄭事與左傳異史公用魯詩魯說當然也愚案州吁自立在隱四年春至秋九月卽被殺於陳數月之中伐鄭者再據詩平陳與宋句與左傳合則此詩是與陳宋伐鄭之役軍士所作擊鼓至成功易林家人之同人文此齊說擊鼓合戰擊鼓練士以爲合戰之用也士怯叛亡與詩居處喪馬不我活信義合一時怨懟離叛之狀

可見

擊鼓其鏜踊躍用兵注齊韓鏜作鼞疏傳鏜然擊鼓聲也使眾皆踊躍用兵也箋此用兵謂治兵時○說文擊攴也从手从㱿攴小擊也齊韓鏜作鼞者說文鏜金鼓之聲从金堂聲詩曰擊鼓其鏜鼞鼓聲也从鼓堂聲詩曰擊鼓其鼞用兵時或專擊鼓或金鼓兼鼞鏜字並通風俗通義六鼓者郭也春分之音也萬物郭皮甲而出故謂之鼓詩云擊鼓其鏜應劭用魯詩引亦作鏜則作鼞者齊韓文也說文踊跳也躍迅也兵械也軍中暇時練習兵械擊鼓爲節踊躍者用兵時絶地奮迅之狀

土國城漕我獨南行注韓說曰二十從役三十受兵六十還兵疏傳漕衞邑也箋此言眾民皆勞苦也或役土功於國或修理漕城而我獨見使從軍南行伐鄭是尤勞苦之甚○土度也典瑞玉人以土地注並云土猶度也大司徒注云土其地猶言度其地凡爲土功必先量度之尚書皋陶謨惟荒度土功是役土功也說文城以盛民也从土句與城對文故但言土即知是土功即度土功矣詩渻字以成从成成亦聲管子輕重丁篇請以今城陰里注城者築城也左莊二十八年傳邑曰築都曰城漕者左閔二年傳管子小匡篇水經淇水注漢書地理志並作曹列女傳許穆夫人篇易林噬嗑之訟作漕是魯齊與毛同傳漕衞邑鄭志荅張逸云漕邑在河南左傳杜注曹衞下邑孔疏曹邑雖闕不知其處當在河東近楚丘也戴延之西征記始以漢東郡白馬縣爲衞漕邑後人

因之元和郡國志今滑州郭下白馬縣本衞之曹邑漢以爲縣因白馬津爲名是也今河南衞輝府滑縣東二十里互詳定之方中我者軍士自我獨者對上力役之衆言土功雖勞從軍尤苦也南行者衞都朝歌在今淇縣東北鄘在今新鄉縣北是役伐鄭由淇至新鄭爲南行也二十至還兵孔疏引韓詩文又云禮記五十不從力政六十不與服戎注云力政城郭道渠之役也力政之役二十受之五十免之故韓詩說二十從役王制云五十不從力政是也戎事則韓詩說曰三十受兵六十還兵王制云六十不與服戎是也葢力政用力故取丁壯之時五十年力始衰故早役之早捨之戎事須當閑習三十乃始從役未六十年力雖衰戎事稀簡猶可以從軍故受之旣晚捨之亦晚一陳喬樅云漢書高紀注引孟康曰古者二十而傅三年耕而又一年儲故二十三而後役之景紀二年令天下男子年二十始傅顏注傅著也言著民籍給公家徭役也韓說二十行役與周禮國中七尺以及六十皆征之說合鄉大夫大胥疏禮王制正義後漢書四十七引異義韓詩說與孔疏引同御覽三百六引白虎通曰王命法年三十受兵何重絕人世也師行不必反戰不必勝故須其有世嗣也年六十歸兵者何不忍鬬人父子也與韓詩說同愚案後漢班超傳注引韓詩外傳曰二十行役六十免役行役卽從役謂力政也六十免役六十乃五十之誤互校之孔疏引年二十行役下葢脫五十免役四字

從孫子仲平陳與宋【疏】傳孫子仲謂公孫文仲也平陳於宋箋子仲字也平陳於宋謂使告宋曰君爲主敝邑以賦與陳蔡從○唐書宰相世系表孫氏出自姬姓衛康叔八世孫武公和生公子惠孫惠孫生耳爲衛上卿食采於戚生武仲乙以王父字爲氏乙生昭子炎炎生莊子紇紇生宣子鰌鰌生桓子良夫良夫生文子林父據此孫之爲氏自乙始此孫乃公孫孫春秋公孫皆不爲氏公孫稱孫如魯子叔肸春秋作叔肸傳作子叔之例渻字稱之也傳孫子仲謂公孫文仲也箋子仲字也文仲不見春秋經傳然鄭申傳義無異說是三家當與毛同公孫子仲與州吁俱武公孫時代正合乙是武仲疑耳即文仲如魯臧氏父子以文武爲謚耳爲孫氏祖食采於戚至林父猶居之平和也左隱六年經注和而不盟曰平蓋陳宋有宿怨是役乃平春秋書宋公陳侯蔡人衛人伐鄭蔡衛大夫將兵陳宋國君來會情事顯然此詩義與春秋相表裏

不我以歸憂心有忡【疏】傳憂心忡忡然箋以猶與也與我南行不我與歸期兵凶事懼不得歸豫憂之○不我以歸猶言不以我歸當從出之時已知將無威令軍必散亡故豫憂之說文忡憂也有忡猶忡忡

爰居爰處爰喪其馬于以求之于林之下【疏】傳有不還者有亡其馬者山木曰林箋爰於也不還謂死也傷也病也今於何居乎於何處乎如何喪其馬乎于於也求不還者及亡其馬者當於山林之下軍行

必依山林求其故處近得之○釋詁爰曰也爰居爰處軍士私
相寬慰之詞既困役不歸則且於是居處軍士散居無復紀律
易林云士怯叛亡迺終言之說文喪亾也从哭从亾會意亾亦
聲人物亾失通言之于往也說文平土有叢木曰林从二木言
喪失戰馬且往求之林
木之下玩泄之情如是

死生契闊與子成說【注】韓說曰契闊約束也【疏】傳契闊勤苦也說數也箋從軍
之士與其伍約死也生也相與處勤苦之中我與子成相說愛
之恩志在相存救也○契闊約束也者釋文契本亦作挈同苦
結反闊苦活反韓詩云約束也陳喬樅云文選劉琨荅盧諶詩
李注又引韓詩章句曰括約束也韓改契闊爲約束是以契闊
爲絜括之叚借說文絜下云麻一耑也段注一耑猶一束也括
下云絜也係下云絜束也約下云纏束也玉篇絜約束也約束
也絜括之爲約束此其義胡承珙云死生絜括言死生相與約
結不相離棄也後漢繁欽定情篇何以致契闊繞腕雙跳脫魏
武帝短歌行越陌度阡枉用相存契闊談讌心念舊恩皆以契
闊爲約結之義與韓說同愚案箋用韓義改毛說文說一曰談
說淮南修務訓高注說言也成說猶成言謂與之定約相存救
晉楚成言見左襄二十七年傳楚詞初既與予有成言兮與予
成言卽用此詩與子成說義

執子之手與子偕老【疏】傳偕俱也箋執其手與子約誓示信也言俱老

者庶幾俱免於難○孔疏於是執子之手殷勤約誓庶幾與子俱得保命以至於老不在軍陳而死王肅以爲國人室家之志泥偕老爲詞非詩恉

于嗟闊兮不我活兮疏傳不與我生活也箋州吁阻兵安忍阻兵無衆安忍無親衆叛親離軍士棄其約離散相遠故吁嗟歎之闊兮女不與我相救活傷之○依周南文韓于當作吁說文闊疏也釋詁遠也孔疏于嗟乎此軍伍之人今日與我乖闊兮不與我相存救而生活兮言彼此不相顧也

于嗟洵兮不我信兮注魯韓洵作夐云夐遠也疏傳洵遠信極也箋歎其棄約不與我相親信亦傷之○魯韓洵作夐者釋文韓詩作夐夐亦遠也廣雅釋詁夐遠也亦卽此詩義呂覽盡數篇高注夐遠也夐讀如詩云于嗟夐兮是魯韓同錢大昕云古讀夐如絢與洵音近胡承珙云文選思元賦儵眴眴兮反常閻注引蒼頡云眴視不明也靈光殿賦目矎矎而喪精張載注矎矎目不正也是矎矎卽眴眴洵之爲夐與此同例毛訓洵爲遠以洵爲夐之段借也馮登府云穀梁文十四年傳夐千乘之國范注夐猶遠也文選幽通賦夐冥默而不周曹大家注夐遠貌也典引上哉夐乎上林賦儵夐遠去注並訓遠是夐本字洵借字愚案陳奐云管子宙合篇讂充言心也劉績補注讂遠也讂與夐通案釋文洵或作詢誤陳喬樅謂鄭讀信如字洵當作詢與下信應

非誤字葢鄭所據本作詢詢謏並從言因相通借亦一證也上文箋云執手約誓示信今離散違約是不我信左傳衆仲言州吁阻兵安忍衆叛親離又云州吁未能和其民與此詩情事相應

擊鼓五章章四句

凱風【注】齊說曰凱風無母何恃何怙幼孤弱子爲人所苦【疏】毛序美孝子也衞之淫風流行雖有七子之母猶不能安其室故美七子能盡其孝道以慰其母心而成其志爾箋不安其室欲去嫁也成其志者成言孝子自責之意○凱風至所苦易林咸之家人文後漢姜肱傳肱性篤孝事繼母恪勤感凱風之義兄弟同被而寢不入房室以慰母心據此則易林所稱無母而孤子爲人所苦者人即繼母故肱讀此詩而感其義也魯韓說當與齊同魏源云如毛序所說宜爲千古母儀所羞道乃漢明帝賜東平王書曰今送光烈皇后衣巾一篋可時奉瞻以慰凱風寒泉之思衞方碑感鄁人之凱風悼蓼儀之勤劬梁相孔耽神祠碑竭凱風以惆惨惟蓼儀以愴悢古樂府長歌行云遠游使心思游子戀所生凱風吹長棘夭夭枝葉傾黃鳥鳴相追咬咬弄好音竚立望西河泣下沾羅纓咸以頌母儀比劬勞毫無忌諱何耶孟子曰凱風親之過小者也親之過小而怨是不可磯也趙岐注凱風言莫慰母心母心不說也知親之過小也小弁言

行有死人尚或墐之而曾不關己知親之過大也以母心不說釋不可磯即內則父母怒撻不敢疾怨之誼若不安於室固未嘗苦虐其子何磯不磯之有昔人言餓死事小失節事大士庶人守一身與天子守天下無異論者乃謂衞母辱止一身故小幽王禍及天下故大是庶人終古無大過也或謂序言美七子能慰母心成母守節之志故孔疏有母遂不嫁之語以申凱風過小之誼如是則衞母過在未形七子諭親於道閨門泯然無迹序詩者乃追計其一念之陰私坐以淫風流行之大惡豈詩人忠厚之誼乎且與孟子不可磯之說風牛馬不相及矣據姜肱傳明此爲事繼母之詩或其母未能慈於前母之子故孟子與小弁被後母讒將見殺者分過之小大復以舜事後母例伯奇之事愚案序美孝子自是大師相傳古誼淫風流行云云則毛所塗附玩孟子親之過小一語周秦以前舊說決無母不安室之辭趙用魯詩其爲孟子章句母心不說云云當本魯訓亦與齊誼相通而與毛序顯異皮錫瑞云魏所引外尚有漢郎中馬江碑感凱風歎寒泉敦煌長史武斑碑孝深凱風後漢書章八王傳和帝詔曰諸王幼稚早離顧復弱冠相育常有蓼莪凱風之哀三國蜀志二主妃子傳今皇思夫人宜有尊號以慰寒泉之思此皆漢人之辭以後如潘岳寡婦賦覽寒泉之遺歎兮咏蓼莪之餘音陶潛孟嘉傳云淵明先親君之第四女也凱風寒泉之思實鍾厥心謝莊宋孝武宣貴妃誄仰昊天之莫報怨凱風之徒攀謝朓齊敬皇后哀冊文思寒泉之罔極兮託形管

於遺詠晉書孝友列傳序灑風樹以隤心瀕寒泉而沫泣是六朝人猶知古義愚案宋蘇軾爲胡完夫母周夫人挽詞尚有凱風吹盡棘成薪之句至南渡後朱子集傳申明毛序之恉文人皆以此詩爲諱矣

凱風自南吹彼棘心【注】魯說曰南風謂之凱風【疏】傳興也南風謂之凱風樂夏之長養者箋興者以凱風喻寬仁之母棘猶七子也○南風謂之凱風者釋天文魯說也郭注詩曰凱風自南釋文颽又作凱凱是爾雅經注並當作颽凱颽古今字之異玉篇風部颽南風也亦作凱又重文颽云同上廣韻十五海云颽南風也亦作凱皆其證邢疏詩正義引李巡曰南風長養萬物喜樂故曰凱風凱樂也呂覽有始篇高注離氣所生曰凱風詩曰凱風自南楚詞遠遊王注南風曰凱風引詩同是魯作凱與毛不異文選班固幽通賦颽凱風而蟬蛻兮曹大家注南風曰颽風疑齊詩家或作颽說文吹噓也从口从欠棘小棗叢生者从並朿易坎卦寘于叢棘虞注坎多心故叢棘棘之心赤大東傳棘赤心也朝士注樹棘以爲位者取其赤心而外刺象以赤心三刺 **棘心夭**也凱風喻母棘子自喻業生心赤興衆子赤心奉母

夭母氏劬勞【疏】傳夭夭盛貌劬勞病苦也箋夭夭以喻七子少長母養之病苦也○魯語韋注草木未成曰夭夭與漢書貨殖傳注夭謂草木之方長未成者重言之則曰夭夭與桃之夭夭同義木少盛皃也字亦當作枖枖徐鍇說文繫傳引

此詩云棘心所以速長者以得愷風也子所以速大者以母劬勞而養之也鴻雁釋文引韓詩文劬數也此詩劬義當同廣雅釋詁劬數也郎本韓詩釋詁劬勞病也人煩勞頻數則疲病韓義與雅訓相成

凱風自南吹彼棘薪【疏】傳棘薪其成就者○棘薪謂棘長大可爲薪與翹翹錯薪同義不指已刈者言喻子已長成

母氏聖善我無令人【疏】傳聖叡也箋叡作聖令善也母乃有叡知之善德我七子無善人能報之者故母不安我室欲去嫁也○說文聖通也善吉也與義美同意聖善言通於事理有美德也列女孫叔敖母傳引詩曰母氏聖善乃推演之詞釋詁令善也我無令人反己自責也

爰有寒泉在浚之下【疏】傳浚衛邑也在浚之下言有益於浚箋爰曰也曰有寒泉者在浚之下浸潤之使浚之民逸樂以興七子不能如也○水經瓠子水注濮水枝津上承濮渠東逕沮丘城南又東逕浚城南西北去濮陽三十五里城側有寒泉岡郎詩所謂爰有寒泉在浚之下世謂之高平渠非也御覽百九十三引郡國志云水冬夏常冷故曰寒泉今無此語續漢志

有子七人母氏勞苦【疏】說文苦大苦苓也从草古聲引申之爲五味之苦又推言之凡勤勞傷病厭惡皆謂之苦而苦字之本義廢勞苦者勞極則苦也言雖七子無益於母不如寒泉有益於人大戴禮立孝篇詩

云有子七人母氏勞苦子之辭也盧辯注七子自責任過之辭陳喬樅云盧注徵引有康成譙周孫炎宋均范甯郭象諸人則所稱述亦多魏晉以前舊說

睍睆黃鳥載好其音〔注〕韓睍睆作簡簡〔疏〕傳睍睆好貌箋睍睆以興顏色說也好其音者與其辭令順也以言七子不能如也○陳喬樅云玉篇目部睍目出貌詩云睍睆黃鳥睆出目貌義與毛異盍三家說韓睍睆作簡簡者御覽九百二十三羽族部引韓詩簡簡黃鳥載好其音詩攷引同段玉裁云毛詩睍睆雙聲此簡簡當本是雙聲字御覽誤重簡字耳陳喬樅云宋槧本引韓詩作簡斤黃鳥斤乃反之譌疑作簡販黃鳥轉寫脫去目旁僅存其半為反字說文販白眼也引春秋傳游販字子明爲證是販有明義簡亦明也故以簡販興顏色之明好一說戰國策田聲高注讀鄭游販之販說文聲轉目視也集韻聲同暇則販郎聲之通假也簡亦矙之通假說文矙戴目也江淮之間謂眄曰矙方言矙略眄也玉篇矙眄也廣韻矙販並訓爲目多白貌目眄睞則睛多白是矙販皆謂目之轉視流眄故爲顏色之悅也其義亦通毛傳睍睆之義亦宜爲眄睞洛神賦所謂明眸善睞是也若訓睍爲目出睆爲出目則不得云好皃睍睆盍郎暖睆之假借毛詩角弓見睍聿消荀子作宴然聿消此見宴字通之證集韻睆或作睆此睆睕字通之證說文暖目相戲也玉篇睆小嫵媚也新臺

燕婉之求說文作嬿婉之求矈睕即嬿婉皆好貌也愚案陳奐引詩經小箋云說文無晥字疑此本作睍睍故韓作簡簡段氏據影宋本御覽簡下第二字空白不可攷因而獻疑馮登府據張氏影宋本御覽作簡簡謂作簡簡無疑傳本參差立說互異陳氏釋毛韓通假之義固爲有見然據宋槧本作簡斤以斤爲反之譌究屬臆斷御覽今本雖有不同詩攷引韓作簡簡可據也考工記弓人欲小簡而長鄭司農云簡讀爲撊然登陴之撊釋天釋文僩本作撊荀子榮辱篇注僩與撊同是簡僩撊三字音訓互通淇奧瑟兮僩兮釋文引韓詩云僩美貌簡簡與撊然僩兮並爲狀物之詞簡簡猶僩僩也美好同訓簡簡之爲美貌猶睍睆之爲好貌矣別求通假不若以韓詁韓較爲明了載詞也好音可悅不獨顏色之美

有子七人莫慰母心疏傳慰安也○莫慰母心言不如黃鳥尚能悅人

凱風四章章四句

雄雉疏毛序刺衞宣公也淫亂不恤國事軍旅數起大夫久役男女怨曠國人患之而作是詩箋淫亂者荒放於妻妾烝於夷姜之等國人久處軍役之事故男多曠女多怨也男曠而苦其事女怨而望其君子○案序大夫多役男曠女怨正此詩之恉宣公云云乃推本之詞詩中未嘗及之箋於首次章牽附淫亂之事殆失之泥三家義未聞

雄雉于飛，泄泄其羽。（注）韓說曰：雉，耿介之鳥也。（疏）傳：興也。雄雉鼓其翼泄泄然。箋：興者，喻宣公整其衣服而起，奮訊其形貌，志在婦人而已，不恤國之政事。○雉耿介之鳥也者，文選潘岳射雉賦注引韓詩薛君章句文。詩雉始見此篇，選注所引當是此詩章句。士相見禮冬用雉注云：士贄用雉者，取其耿介，交有時，別有倫也。章句以雉爲耿介之鳥，知大夫妻以雄雉喻君子，非以喻淫亂之宣公，韓與傳箋異也。于，往也。泄泄，唐石經避太宗諱作洩洩，洩泄字同。板無然泄泄，釋訓作無然洩洩，是其證。文選思元賦注引左傳杜注：洩洩，舒散也。泄泄亦當爲舒散意。傳以爲飛而鼓翼狀，箋云奮迅其形貌，盡泄泄情態。**我之懷矣，自貽伊阻。**（注）韓說曰：阻，憂也。（疏）傳：詒，遺。伊，維。阻，難也。箋：懷，安也。伊當作緊，緊猶是也。言君之行如是，我安其朝而不去，今從軍旅，久役不得歸，此自遺以是患難。○說文：懷，念思也。釋文：貽本亦作詒。是陸所據本作貽。說文：遺，亾也。無貽詒字。詒卽遺也。釋言：貽，詒也。廣雅釋詁：遺，餘也。史記陳涉世家索隱：遺謂留餘也。自遺亡義引申之，遺亡卽留餘也，故又爲餽贈之義。自詒猶言自留遺也。箋云伊當作緊，緊猶是，陳奐云：箋於此及蒹葭、東山、正月之伊，竝云伊當作緊，或三家有作緊者。阻憂也者，玉篇阜部引韓詩文，慧琳音義六同。顧震福云：廣韻：阻，憂也。卽用韓說。左宣二年傳引詩：我之懷矣，自詒伊慼。王肅謂卽雄雉之詩。馬瑞辰云：阻從且聲，且之言藉也國語甯戚亢倉子作甯藉戚亦與憂義同愚案說文阻險也釋詁阻難也韓訓憂自險難義引申而出詩以雄雉奮迅往飛興君子勇於赴義今久役不歸而君莫之恤乃自詒是險難之憂也國有軍旅臣下義當自效惟宣公不恤國政罔念勤勞故大夫家人有君子自詒伊阻之傷所以爲刺否則詩人不當爲是言矣

雄雉于飛下上其音展矣君子實勞我心【疏】傳展誠也箋下上其音興宣公小大其聲怡悅婦人誠矣君子愬於君子也言君之行如是實使我心勞矣君若不然則我無軍役之事○下上其音者以雉之往復飛鳴興君子勞役無已釋詁展誠也言誠以君子之故使我心思之至於勞劇也

瞻彼日月悠悠我思道之云遠曷云能來【注】魯悠作遙魯說曰急時之辭也甚焉故稱日月也韓說曰急時辭也是故稱之日月也【疏】傳瞻視也箋日月之行迭往迭來今君子獨久行役而不來使我心悠悠然思之女怨之辭曷何也何時能來望之也○魯悠作遙者說苑辨物篇引詩曰瞻彼日月遙遙我思道之云遠曷云能來急時之辭也甚焉故稱日月也據此魯作遙說文無遙字方言遙遠也梁楚曰遙廣雅釋詁遙遠也釋詁悠遠也莊子秋水篇注遙長也說文悠長也遙悠雙聲字義

訓亦同急時至月也韓詩外傳一引詩文玩魯韓義言舉日月以喻君子日月至高可瞻而不可郎今君子遠不能來如之非所宜喻而取爲喻故以爲急且甚之辭爾望君子之切也荀子宥坐引此詩云伊稽首不其有來乎斷章取之

百爾君子不知德行不忮不求何用不臧（疏）傳忮害臧善也箋我不知人之德行何如者可謂爲德行事君或有所留女怨故問此焉我君子之行不疾害不求備於一人其行何用爲不善而君獨遠使之在外不得來歸亦女怨之辭○案謂在朝之大夫不知其君子之德行舉朝憒憒非獨君不恤下說文忮很也論語子罕篇馬注害也不疾害不貪求何用不爲善也案很忮則害人害是引申義不求馬說是韓詩外傳一凡三引詩推演其義所云不求福者爲無禍廉者不求非其有德義暢乎中而無外求釋不求並與馬說合說苑雜言篇引詩亦云廉者不求非其有足證魯韓義同說文用可施行也臧善也何用不臧猶言無往不利詩言我君子無很忮無貪求何所施行而不吉善乎雖君與百君子不知亦自安吾素而已

雄雉四章章四句

匏有苦葉（疏）毛序刺衛宣公也公與夫人並爲淫亂箋夫人謂夷姜○賢者不遇時而作也論語憲問篇子擊磬

于衞荷蕢諷之曰莫己知也斯已而已矣深則厲淺則揭此衞人引衞詩以明當隨時仕已之義乃詩說之最古者後漢張衡傳應閒云深厲淺揭隨時爲義又云捷徑邪至我不忍以揭步干進苟容我不忍以歛肩雖有犀舟勁檝猶人涉卬否有須者也衡習魯詩此本魯義與荷蕢引詩意合知古說無刺淫義也徐璈云此是士之審於出處而諷進不以道者濟涉濟盈大易涉川之象求牡歸妻孟子有家之喻全詩以二者託興呂祖謙云此詩皆以物爲比而不正言其事是也其曰迨冰未泮卬須我友則出處之間待時而動信友獲上有其道矣

匏有苦葉濟有深涉（注）齊說曰枯瓠不朽利以濟舟渡踰江海无有溺憂韓說曰涉渡也（疏）傳興也匏謂之瓠瓠葉苦不可食苦而渡處深謂八月之時陰陽交會始可以爲昏禮納采問名○說文匏瓠也从包夸聲包取其可包藏物也瓠匏也从瓜夸聲壺豕氏注引詩匏作苞楚詞劉向九歎作瓟並叚借字孔疏引陸璣云匏葉少時可爲羹又可淹煮極美故詩曰幡幡瓠葉采之亨之今河南及揚州人恒食之八月中堅强不可食故云苦葉本草苦瓠陶宏景注今瓠忽自有苦者如膽不可食非别生一種也唐本注云瓠味皆甜時有苦者而似越瓜長者尺餘頭尾相似愚案三說皆未考實匏卽今之壺盧瓜豳風八月斷

壺壺卽瓠也今之瓠瓜又別一種非詩之瓠晉以後謂之壺盧世說載陸雲入洛詣劉道眞劉問長柄壺盧是也南北皆有之燕京鄉間尤多種者味甚甜初熟時取其不能製物者食之餘則留待秋盡葉枯壺盧體質堅老摘取煮熟剖以爲瓢而食其瓤不剖者人繫於身入水不湛故江湖間用以防溺楚北舟人小兒多繫之腰間此皆得之目驗者論語孔子云吾豈匏瓜也哉焉能繫而不食謂此物也鶡冠子中流失船一壺千金劉子隨時篇作瓠亦謂繫瓠可以免溺苦當讀爲枯枯瓠至溺憂易林震卦文是齊讀苦爲枯枯苦字通莊子人間世篇此以其能苦其生者也釋文苦崔本作枯是其證葉枯然後取匏故匏有苦葉而後濟有深涉左襄十四年傳諸侯之大夫從晉伐秦及涇不濟叔向見叔孫穆子穆子賦匏有苦葉叔向退而具舟魯語諸侯伐秦及涇不濟叔向見叔孫穆子曰諸侯謂秦不恭而討之及涇而止於秦何益穆子曰豹之業及匏有苦葉矣不知其他叔向退召舟虞與司馬曰苦匏不材於人共濟而已魯叔孫賦匏有苦葉必將涉矣韋注材若裁也不裁於人不可食也共濟而已佩匏可以渡水也案穆子賦詩叔向卽知其將涉自是古義相承如此韋注不可食與夫子言不食義合匏待葉枯喻士須時至有匏而後可深涉喻士有材能而後可用世也釋言濟渡也說文𣦸下云徒行厲水从沝从步涉下云篆文从水廣韻涉徒行渡水也涉渡也者慧琳音義二引韓詩文廣雅釋詁涉渡也卽用韓義楚詞離騷王注同是魯韓不異顧震福云呂覽知公篇高

注國語韋注並云涉度也方言過度謂之涉濟渡度古字通用深則厲淺則揭【注】魯說曰揭揭者揭衣也以衣涉水爲厲繇郩以下爲揭繇郩以上爲涉繇帶以上爲厲韓說曰至心曰厲三家亦作砅又作濿【疏】傳以衣涉水爲厲謂由帶以上也揭褰衣也遭時制宜如遇水深則厲淺則揭矣男女之際安可以無禮義將無以自濟也箋既以深淺記時因以水深淺喻男女之才性賢與不肖及長幼也各順其人之宜爲之求妃耦○以衣至爲厲釋訓文釋此詩也至心曰厲者釋文厲下以衣涉水也韓詩云至心曰厲三家亦作砅又作濿者說文砅下云履石渡水也从水石詩曰深則砅濿下云砅或从厲釋文厲本或作濿戴震云詩意以淺水可褰裳而過若水深則必依橋梁乃可過衛詩淇梁淇厲並稱厲固梁之屬也邵晉涵云橋無妨有厲名至此詩當從爾雅韓云至心曰厲卽所云由帶以上說文涉徒行厲水也是未嘗不以厲爲以衣涉水不必因履石渡水之解傳合橋梁也陳喬樅云說文引詩深則砅此齊詩之文重文作濿者魯詩也劉向楚詞九歎離世云櫂舟航以橫濿兮王逸注濿渡也由帶以上爲濿又遠逝云橫汨羅而下濿向逸用魯詩字同作濿是本魯詩深則濿之語毛韓同作厲則砅爲齊詩無疑易林泰之坤濟深難渡濡我衣袴卽以衣涉水也由帶而上則水深至心矣玉篇水部水深至心曰砅是韓亦作

砅也至履石渡水之訓說文別爲一義與下文引詩無涉郝懿行云爾雅以由郲由帶言者葢爲空言深淺恐無準限故特舉此爲言明過此以往則不可渡也然亦略舉大槩而言實則由帶以下亦通名厲故論語鄭注左傳服注並云由郲以上爲厲由郲以上卽由帶以下故約略其文耳厲有淩厲之義因爲涉水之名故說文涉字解云徒行厲水也是厲涉通名砅字引詩別解義與爾雅異愚案陳郝說並是惟以砅字解爲別義非也韓許二家因雅訓由郲由帶義未明塙特易其文至心自上言之履石自下言之也石卽水中之石非謂橋梁漢鐃歌涼石水流爲沙是沙亦爲石凡深水沙石乃可徒行泥淖陷沒則否故云履石渡水此許意也許於涉字已解爲徒行厲水豈於此忽不知厲是徒行而易爲從橋之義乎許君釋字引經義歸一貫全書通例如此陳謂砅字解與引詩無涉疑誤後學不可從王引之云說文以砅爲履石渡水仍取渡涉之義非以砅爲石橋其說得之揭者說文高舉也淺則褰裳涉之故曰揭水深淺隨時故厲揭無定喻涉世淺深各有時宜也韓詩外傳一載莊之善事末引詩二語乃推演之詞

有瀰濟盈有鷕雉鳴（疏）傳瀰深水也盈滿也深水人之所難也鷕雌雉聲也衛夫人有淫佚之志授人以色假人以辟不顧禮義之難至使宣公有淫昏之行箋有瀰濟盈謂過於厲喻犯禮深也○有瀰猶瀰瀰有鷕猶鷕鷕全詩大同下

章有洸有潰韓詩作洸洸潰潰即其例也言瀰然者濟之盈鷕然者雉之鳴說文瀰滿也从水爾聲不作瀰新臺釋文引作水滿也玉篇深也盛也上濟以人言此濟以車言說文鷕雌雉鳴也从鳥唯聲詩曰有鷕雉鳴

濟盈不濡軌雉鳴求其牡

疏 傳濡潰也由輈以上爲軌違禮義不由其道猶雉鳴求其牡矣飛曰雌雄走曰牝牡箋渡深水者必濡其軌言不濡者喻夫人犯禮而不自知雉鳴反求其牡喻夫人所求非所求○由輈以上爲軌釋文軌舊龜美反謂車轊頭也依傳意直音犯說文軌車轍也从車九聲龜美反軓車軾前也从車凡聲音犯王念孫云傳由輈以上爲軌當作由軸以上爲濡軓軓者軸之兩端水由軸以上則其深滅軓徐邈等所見不誤知軓爲軸之轊頭故有車轊頭之訓陸孔所見本軸誤輈軓上又脫濡字故疑軓爲軾前之軓唐石經因之誤改軓爲軌王引之云水由軸以上則濡軸經不言濡軸者軸在軫下爲軫所蔽不若轊頭爲人所易見故以易見者言之而云濡軓晏子春秋諫篇景公爲西曲潢其深滅軓滅者沒也水由軸以上則轊頭沒入水中故曰滅軓不言滅軸而言滅軓亦以易見者言之也詳經義述聞足正毛傳唐石經之誤鳥曰雌雄獸曰牝牡散文則通故南山雄狐綏綏獸亦稱雌雄周書牝雞司晨及此詩鳥亦稱牝牡雉必其牡然後求之喻臣當擇主也水深濡軌則不濟危邦不入之義雉非其牡則不求非君不事之義

雝雝鳴雁，旭日始旦。【注】魯「雝雝」作「噰噰」，齊作「雍雍」，「鳴鳱」。韓「旭」作「煦」。韓說曰：「煦，暖也。」【疏】傳：「雝雝，鴈聲和也。納采用鴈。旭日始出，謂大昕之時。」箋：「鴈者，隨陽而處，似婦人從夫，故昏禮用焉。自納采至請期用昕，親迎用昏。」○魯「雝雝」作「噰噰」者，釋詁：「噰噰，音聲和也。」郭注：「鳥鳴相和。」邢疏：「邶風匏有苦葉云『噰噰鳴雁』。」齊作「雝雝鳴鳱」者，鹽鐵論結和篇引詩文。桓學齊詩也。御覽三、洪興祖楚詞補注八引作「嗈嗈」，事類賦十九作「邕邕」，並詩異文。陳喬樅云：「鳱同鴈，郎雁也。禽經：『鴈以水言，自北而南；鳱以山言，自南而北。』張華注：『鳱、鴈並音雁。鴈隨陽鳥也，冬適南方，集於江干，故字從干；鳱中春寒盡，雁始北向，燕代尙寒，猶集山陸岸谷閒，故字從厈。』開元五經文字：『雁又音岸。』則鳱郎雁無疑矣。」愚案：孔疏：「雁生執之以行禮，故言雁聲。」王引之云：「摯不用死，鄭注：『摯，雁也。』鴻雁不可生服，雁蓋鵝也。」陳奐云：「秋行嫁娶，納采在前，當無雁之時，則雁爲家畜之鵝。」王說是。說文：「旭，日旦出皃。一曰明也。」說文：「旦，明也。从日見一上。一，地也。」韓「旭」作「煦」，云「煦，暖也」者，文選陸機演連珠李注引薛君韓詩章句文。毛傳：「旭日始出，謂大昕之時。」箋云：「自納采至請期用昕。」說文：「昕，日將出也。」說文：「煦，日出昷也。」昷、暖義同。陳喬樅云：「周禮注引司馬法曰：『旦明，鼓五通爲發昫。』是昫亦訓爲日始出。旭、昫一聲之轉，韓詩『煦』字葢亦『昫』之通借。」胡承珙云：「易『盱豫』，釋文：『盱，姚信作旴，云日始出。』引詩『旴日始旦』。」今案：旴當爲旰，从干不从于。說文、玉篇皆無旰字説文旰雖訓晚然日部又云晘旰也玉篇晘明也旰也是旰有明義故釋天注言氣皓旰釋文云旰日光出也文選上林賦采色皓旰景福殿賦皓皓旰旰皆取光明之義詩釋文旭許玉反徐又許袁反案旰從干讀與軒同許袁反正其音是徐所見本亦必作旰日始旦與姚同

士如歸妻迨冰未泮【注】**魯説曰嫁娶必以春何春者天地交通萬物始生陰陽交際之時也齊説曰冰泮將散鳴雁雝雝丁男長女可以會同生育賢人韓説曰迨願也古者霜降迎女冰泮殺止**【疏】傳迨及泮散也箋歸妻使之來歸於已謂請期也冰未散正月中以前也二月可以昏矣○士如歸妻者婦人謂嫁曰歸自士言之則娶妻是來歸其妻故曰歸妻謂親迎也嫁娶至時也白虎通嫁娶篇文引本詩爲證冰泮至賢人易林豫卦文是齊詩説此章大恉説文泮下云諸侯鄉射之宮判下云分也詩借泮爲判謂冰乘春而分解冰泮將散猶言冰將泮散詩言未泮説文云將泮正釋迨字之義時至初春冰未泮而有將泮之勢唯恐中春冰泮過正昏之月也迨願也者摽有梅引韓説此詩願及時意亦同也古者至殺止周禮媒氏疏載王肅聖證論引韓詩傳文胡承珙云二語本荀子嫁娶時月毛鄭異説東門之楊傳云男女失時不逮秋冬鄭據周禮仲春之月令會男女以仲春爲婚月案管

子幼官篇春三卯十二始卯合男女秋三卯十二始卯合男女
管子所謂秋始卯在白露後卽霜降迎女春始卯在清明後卽
冰泮殺止也通典引董仲舒書曰聖人以男女當天地之陰陽
天地之道向秋冬而陰氣來向春夏而陰氣去故古之人霜降
而迎女冰泮而殺止與陰俱近與陽俱遠也太元亦云納婦始
秋分管荀皆周秦古書董楊又漢代大儒其義不可易矣王肅
云秋自馬氏以來乃因周官而有二月鄭說蓋本馬融至馬昭申
鄭援證諸詩則孔晁荅云有女懷春謂女惡無禮過時故思春
日遲遲蠶桑始起女心悲矣嘒彼小星喻妾侍夫人蔽芾其樗
喻行遇惡人熠燿其羽喻嫁娶盛飾皆非仲春嫁娶之候其說
皆孔優於馬若張融所據夏小正二月綏多士女蓋亦期盡蕃
育之法其實鄭正據定在周官今攷周官媒氏云掌萬民之判
凡男女自成名以上皆書年月日名焉令男三十而娶女二十
而嫁凡娶判妻入子者皆書之中春之月令會男女於是時也
奔者不禁若無故而不用令者罰之詳玩經文所謂判妻入子
皆書之自是霜降之候正以昏禮其下云云乃期盡蕃育之法
蓋自中春以後農桑事起婚姻過時故於是月令會男女其或
先因札喪凶荒六禮未備者雖奔不禁所謂不待禮聘因媒請
嫁而已若中春非爲期盡則正昏之月何用汲汲而先下此不
禁奔之令乎此誤會經文之失也惠氏禮說云左襄二十二年
傳十一月鄭游眅將如晉未出境遭逆妻者奪之則春秋時民
間嫁娶亦在秋冬尤塙證矣愚案胡氏此條足解自來經生聚

訟之紛當爲定論惟與白虎通義不合蓋東漢昏期不遵古制漸變西京舊說遂不免遷就今禮以解古詩此魯恭魏應等推衍魯義之失詩人以昏不可過期喻仕不可過時與孟子男女室家之譬同意明己未嘗不欲仕也

招招舟子人涉卬否人涉卬否卬須我友【注】魯說曰以手曰招以言曰召韓說曰招招聲也魯須作䫀【疏】傳招招號召之貌舟子舟人主濟渡者卬我也人皆涉我友未至我獨待之而不涉以言室家之道非得所適貞女不行非得禮義昏姻不成箋舟人之子號召當渡者猶媒人之會男女無夫家者使之爲妃匹人皆從之而渡我獨否○說文招手呼也以手曰招以言曰召者釋文引王逸說案見楚詞招魂章句敍蓋本魯故招招聲也者釋文引韓詩文陳喬樅云號召必手招之故毛以貌言手招亦必口呼之故韓以聲言也釋詁卬我也說文否不也魯須作䫀者釋詁䫀待也邢疏邶風匏有苦葉云卬須我友須作䫀蓋據舊注魯詩文說文須面毛也从頁从彡䫀待也从立須聲魯正字毛借字人皆涉我獨不然所以如此者我待我友而後涉耳詩人明己目前不仕之故待同心之友而後謀共濟也其抱道自重不輕一試可謂賢矣

匏有苦葉四章章四句

谷風疏毛序刺夫婦失道也衛人化其上淫於新昏而棄其舊室夫婦離絶國俗傷敗焉箋新昏者新所與爲昏禮○列女傳賢明篇晉趙衰妻狄叔隗生盾及返國文公以其女趙姬妻趙衰趙姬請迎盾與其母衰辭而不敢姬曰不可夫得寵而忘舊舍義好新而嫚故無恩與人勤於隘厄富貴而不顧無禮君棄此三者何以使人雖妾亦無以侍執巾櫛詩不云乎采葑采菲無以下體德音莫違及爾同死與人同寒苦雖有小過猶與之同死而不去況於安新忘舊乎又曰讌爾新昏不我屑以蓋傷之也君其逆之無以新廢舊趙姬引詩以爲夫婦失道之辭其義最古魯詩家載之如此是魯與毛同貞順篇息君夫人爲楚所虜與息君俱自殺節義篇楚昭越姬先昭王之薨自殺傳末竝引詩云德音莫違及爾同死此之謂也亦以二事明此詩夫婦同死之義禮坊記引詩采葑采菲四句鄭注此詩故親今疏者言人之交當如采葑采菲取一善而已君子不求備於一人案交謂相接也故親今疏與棄舊義合不求備申取一善義非有異說乃疏言鄭云此故親今疏者此鄭別解詩義以注記之時未見毛傳不知夫婦相怨謂交友相於儗鑑所以云故親今疏夫詩爲夫婦之辭其義甚明何必見傳始知此孔泥注文而誤會非三家說不同也

習習谷風以陰以雨注魯說曰東風謂之谷風谷之言穀穀生

也谷風者生長之風。疏傳：「興也。習習，和舒貌。東風謂之谷風。陰陽和而谷風至，夫婦和則室家成，室家成而繼嗣生。」○習習者，說文：「習，數飛也。从羽从白。」數飛則鳥羽和調，引申爲申重義，又爲和舒義，故以狀和風數至，重言之曰習習也。習與襲通，胥師注：「故書襲爲習。」書大禹謨疏：「習與襲同。」是習之言襲，亦謂和風徐來若襲人然也。東風謂之谷風者，釋天文，魯說也。谷之至之風，孔疏引孫炎注文，蓋舊注魯詩義也。谷之言穀，穀者，取同聲字爲訓。書堯典「宅西曰昧谷」，䌞人注作「度西日柳穀」。莊子駢拇篇「臧與穀二人相與牧羊」，崔譔本穀作谷。是谷穀字通。穀，生也者，釋言文。晉語注：「穀，所仰以生也。」廣雅釋詁：「穀，養也。」老子「谷神不死」注：「谷，養也。」其義同。水注谿相屬謂之谷，其生不窮，故生長之風亦爲谷風矣。說文：「陰，闇也。」廣雅釋詁同。山川蒸雲，上掩宙合，天地氣應，時雨乃至，故雨先以陰。陰陽和調則風雨有節，與夫婦和順則戾氣不生，正與不宜有怒相應。

黽勉同心，不宜有怒。注韓黽勉作密勿，云：「密勿，僶俛也。」魯黽勉亦作密勿。疏傳：「言黽勉者，思與君子同心也。」箋：「所以黽勉者，以爲見譴怒者，非夫婦之宜。」○韓黽勉作密勿，云「密勿，僶俛也」者，文選傅季友爲宋公求加贈劉將軍表李注引韓詩曰：「密勿同心，不宜有怒。密勿，僶俛也。」釋文：「黽，本亦作僶。」周禮矢前後俛，唐石經俛作勉。是黽勉、僶俛字同。白帖十七、御覽五百四十引詩並作僶俛。魯亦作密勿者，陳喬樅云：「十月之交黽勉從事漢書劉向傳引作密勿從事然則此黽勉同心魯詩亦當作密勿同心與韓同也釋詁蠠沒勉也郭注蠠沒猶黽勉釋文蠠本或作蠠說文蠠古密字是爾雅蠠沒卽魯詩密勿之通假沒亦重文作沒沒易繫辭鄭注亹亹沒沒也又轉爲勿勿禮器鄭注勿勿猶勉勉也義皆相通皮錫瑞云後漢蔡邕傳宣王遭旱密勿祇畏卽雲漢篇之黽勉畏去也又蔡邕月令問荅云晝夜密勿伯喈書石經用魯詩則此兩引密勿亦魯詩作密勿之證隸釋帝堯碑密勿匪休冀州從事郭君碑密勿其光無極山碑僉錄密勿皆漢人引三家詩也馬瑞辰云黽勉密勿蠠沒皆雙聲通用玉篇蠠勉也蠠又蠠俗字黽勉又作閔免漢書五行志閔免遯樂顏注閔免猶黽勉也又轉爲文莫說文忞自勉强也慔勉也廣雅文勉也楊慎丹鉛錄引晉欒肇論語駮云燕齊謂勉强爲文莫是也黽勉皆爲勉故釋文曰黽勉猶勉勉也愚案說文勿州里所建旗象其柄有三游所以趣民故遽稱勿勿據此勿勿爲戒勉之義自趣民意引申而出故勿勿猶勉勉也黽勉密勿字通而訓同猶展轉反側同義展轉訓反側反側亦訓展轉之例

采葑采菲無以下體德音莫違及爾同死【注】韓體作禮

【疏】傳葑須也菲芴也下體根莖也箋此二菜者蔓菁與葍之類也皆上下可食然而其根有美時有惡時采之者不可以根惡時并棄其葉喻夫婦以禮義合顏色相親亦不可以顏色衰棄其相與之禮莫無及與也夫婦之言無相違者則可與女長

相與處至死顏色斯須之有○釋草須葑蓯孔疏引孫炎曰須一名葑蓯說文葑下云須從也桂馥云當云須葑從脫葑字愚案從與蓯同葑名須又名蓯文倒義同非脫字坊記疏引陸璣云葑又謂之蓯是其證也釋文葑徐音豐須也字書作蘴郭璞云今菘菜也案江南有菘江北有蔓菁相似而異桑中箋葑蔓菁孔疏引陸璣云葑蕪菁幽州人或謂之芥葑蕪菁坊記疏引備矣人謂葑蓯蔓菁方言葑蕘蕪菁也陳楚之間謂之蘴齊魯之郊謂之蕘關之東西謂之蕪菁趙魏之郊謂之大芥其小者謂之辛芥或謂之幽芥愚案葑即蕪菁一名蔓菁非菘亦非芥昔人誤溷為一本草別錄有蔓菁陳藏器云蕪菁北人名蔓菁今并汾河朔燒食其根呼為蕪根猶是蕪菁之號蕪菁南北之通稱也郝懿行云蔓菁蘆菔芥三者相似而異北方人能識之楊陸以葑為芥非也芥味辛蔓菁味甜燒食蒸啖甚美齊民要術引廣志云蕪菁有紫花者白花者今驗紫花即是蘆菔字林以葑為蔓菁苗亦非也陳喬樅云玉篇艸部葑蕪菁也詩曰采葑采菲箋云葑蔓菁之類顧直以為蕪菁或據韓詩之說菲者說文菲芴也芴菲也釋草菲芴郭注即土瓜也又云菲葸菜孔疏引陸璣云菲似葍莖麤葉厚而長有毛三月中烝鬻為茹滑美可作羹幽州人謂之芴爾雅謂之葸菜今河內人謂之宿菜焦循云菲之為芴猶非之為勿蟲之名蜚一名盧蜰則菜之名菲即蘆葩也蘆葩即蘆菔與蔓菁一類故詩並舉之爾雅葖蘆菔葖從葖與忽音近忽芴字通馬瑞辰云菲芴一聲之轉菲菔葩聲亦相近蘆菔

今作蘿蔔，菔轉作蔔，猶扶服通作匍匐耳。愚案：廣雅釋草「土瓜芴也」，疑魯韓說如此，郭所本也。無以下體者，箋云「二菜皆上下可食，然其根有美時，有惡時，采之者不可以根惡時并棄其葉」。韓體作禮者，韓詩外傳九載孟子不敢去婦事，引詩「采葑采菲，無以下體」，詩攷引外傳體作禮，明韓作「無以下禮」，體正字，禮借字也。陳喬樅云：「今本外傳作體，乃後人據毛所改。外傳五云：禮者則天地之體，是禮本訓體，故禮體通假。」馮登府云：「釋名：禮，體也，得其事體也。廣雅釋言：禮，體也。義皆本韓詩。」愚案：左僖三十三年傳引詩云「君取節焉可也」，謂取其一節也。坊記注「言人之交當如采葑采菲，取一善而已」。春秋繁露竹林篇云「取其一美不盡其失」，引詩二語，制度篇亦引之，董用齊詩，其義並同。詩又言「爾常有德音而不相乖違，則我願與爾相處至死」。列女傳云「雖有小過，猶與之同死而不去」者，以「無以下體」為不念小過，與董云「不盡其失」意同，明魯齊無異義。

行道遲遲，中心有違。注：魯說曰：遲遲，行貌。韓說曰：違，很也。疏：傳「遲遲，舒行貌。違，離也」。箋「違，徘徊也。行於道路之人，將至於別，尚舒行，其心徘徊然，喻君子於己不能如也」。○行道，謂己辭夫出門行於道路，不指他人言。遲遲行貌者，楚詞九歎惜賢篇王注文，下引詩云「行道遲遲」，此魯訓。說文：「遲，徐行也。詩曰：行道遲遲。」一狀其容，一釋其義也。違很也者，釋文引韓詩文。胡承珙云：「說文：很，不聽從也。一曰行難也。韓以違為很，即行難之意。」馬瑞辰云廣雅釋詁怨愇很也韓蓋以違爲愇之假借故訓爲很很亦恨也書無逸民否則厥心違怨違與怨同中心有違猶云中心有怨曹大家東征賦遂去故而就新兮志愴恨而懷悲明發曙而不寐兮心遲遲而有違其義亦本韓詩傳訓違爲離箋以違回通用而訓爲徘徊均非詩義愚案胡馬二說並通愇是韙之或體說文訓是也以愇爲很後起之義很訓行難於韓尤合矣

不遠伊邇薄送我畿注魯邇作爾魯說曰出婦之義必送之接以賓客之禮君子絶愈於小人之交又曰蹷機門內之位也詩云不遠伊邇薄送我畿此不過蹷之謂疏傳畿門內也箋邇近也言君子與己訣別不能遠維近耳送我裁於門內無恩之甚○出婦至之交白虎通嫁娶篇文引本詩下句爲證蹷機至之謂呂覽孟春紀高注文皆魯說邇爾通用字不遠伊邇謂夫送之不遠不出畿故箋云無恩之甚也惠棟云蹷通橜即閫也段玉裁云機即畿門限也機畿古今文之異馬瑞辰云畿者機之消借周禮鄭注畿猶限也王畿之限曰畿門內之限曰機義正相近廣雅釋宮蹷機閬柴也柴或作梱又作闑說文梱門橜也蔡邕司徒夫人靈表曰不出其機言不出於閫也薄送我畿即送不過梱之謂愚案段氏謂門限可以蹷人故呂覽云招蹷之機是橜之名取於蹷猶梱之名取於困讀難柴古困字皆自門限得義門限可以蹷人與發

以陷人之機相等故通謂之機機從幾聲幾亦從幾省聲經典幾畿機三字互通易屯卦君子幾釋文鄭作機繫辭釋文幾本作機左昭二十二年傳宋仲幾公羊作機禮郊特牲疏幾與畿字相涉大學釋文畿本作幾畿有限義後漢孔融傳注畿限也禮郊特牲疏云畿是畿限之所本詩孔疏畿者期限之名故機又爲畿韓愈詩白石爲門畿本此

誰謂荼苦其甘如薺［疏］傳荼苦菜也箋荼誠苦矣而君子於己之苦毒又甚於荼此方之荼則甘如薺○釋草荼苦菜郭注詩曰誰謂荼苦孔疏引樊光注苦菜可食也陳喬樅云禮月命孟夏苦菜秀謂此郎今苦蕒菜廣雅釋草蕒藘也玉篇藘今之苦藘江東呼爲苦蕒是也愚案苦蕒今音轉譌爲苦抹薺菜亦譌呼地菜南北皆有之詩言昔與夫同處雖苦無怨譬之於荼而我甘之如薺列女傳所謂同寒苦也魯說當如此

宴爾新昏如兄如弟［疏］傳宴安也○說文宴安也孔疏言安愛汝之新昏其恩如兄弟也釋文宴本又作燕列女傳作讌俗字昏作婚白虎通同說文昏日冥也从日氏省氏者下也一日民聲婚婦家也禮娶婦以昏時婦人陰也故日婚从女从昏昏亦聲白虎通嫁娶篇又云婚者昏時行禮故曰婚姻者婦人因夫而成故曰姻詩曰不惟舊姻謂夫也又曰燕爾新婚謂婦也所以昏時行禮何示陽下陰也昏亦陰陽交時也昏婚古通用

涇以渭濁湜湜其沚［注］三家沚作止［疏］傳涇渭相入而清濁異箋小渚曰沚涇水以有

渭故見謂濁湜湜持正貌喻君子得新昏故謂已惡也已之持正守初如沚然不動搖此絕去所經見因取以自喻焉○漢書地理志安定郡涇陽下云幵頭山在西禹貢涇水所出東南至陽陵入渭過郡三行千六十里據孔疏引鄭注及禹貢疏引當作千六百里雍州川隴西郡首陽下云禹貢鳥鼠同穴山在西南渭水所出東至船司空入河過郡四行千八百七十里雍州寖案涇陽在今平涼府平涼縣西四千里幵頭山即縣笄頭山崆峒山之別名涇水發源縣西北固原州界至西安府高陵縣西南咸陽縣東北入渭漢陽陵地也首陽在今蘭州府渭源縣東北鳥鼠山在縣西渭水至同州府華陰縣北倉頭村入河古渭汭也漢京兆尹船司空縣故城在縣東北漢書溝洫志涇水一石其泥數斗是涇濁也潘岳西征賦清渭濁涇三秦記涇渭合流三百里清不濁不雜蓋水行愈遠則清濁不分故云涇以渭濁然水質本清不爲濁掩故湜湜其沚也衞地非二水所經而詩人以之託興蓋此女居涇渭之側而嫁於衞故據昔所經見言之也箋小渚曰沚三家沚作止者說文湜水清底見詩曰湜湜其止玉篇水部湜水清也引詩同集韻類篇並作止陳喬樅云白帖七引詩亦作止唐惟韓詩尚存足證說文玉篇所引據韓詩文馬瑞辰云說文止下基也湜湜狀水止見故以爲水清見底水流則易濁止則常清沚作止爲是愚案毛用沚借字三家作止正字蓋其夫誣以濁亂事而棄之自明如此

宴爾新昏不我屑以〔注〕屑以亦作已〔疏〕傳屑絜也箋以

用也言君子不復絜用我當室家○不我屑以列女傳以爲傷
之也晛魯以亦作已者趙岐孟子章句十三云屑絜也詩云不
我屑已以已古通趙學魯詩是魯以亦作已鄉射禮鄭注今文
以爲與江有汜擊鼓箋並云以猶與也論語述而篇與其潔也
不我潔以猶言不與我潔以清
潔而受汙濁之名可傷之甚也 **毋逝我梁毋發我笱**【注】韓說曰
發亂也【疏】傳逝之也梁魚梁笱所以捕魚也箋毋者論禁新昏
禮王制然後漁人入澤梁注梁絕水取魚者說文毋止之也
笱也从竹句句亦聲發亂也者釋文引韓詩文馬瑞辰云梁與
笱相爲用故詩言逝梁即言發笱笱從竹句會意笱之言句句
曲也謂以曲竹爲之使其口可入而不可出唐書王君廓傳君
廓無行負竹笱如漁具內置逆刺見鬻繒者以笱承其頭不可
脫乃奪繒去今時取魚者亦多爲逆刺有門可開淮南兵略篇
發笱門是其制也發訓開疑韓訓亂失之陳喬樅云𠭊人掌以
時𠭊爲梁鄭司農注梁水堰堰水而爲關空以笱承其空韓訓
亂是以發爲撥之通借釋名釋言語云撥播也播使移散也移
散即亂義梁以障水笱承梁空其曲竹非一必理之使與空關
相承乃可捕魚故云毋亂我笱謂勿移散之使魚得脫也馬以
訓亂爲失疏矣陳奐云韓讀發爲撥長發傳撥治也撥之爲亂
猶治之爲亂逝梁發笱喻新昏者入我家而 **我躬不閱遑恤我**
亂我室我欲禁其無然愚案二陳說並通

後注三家躬作今遑作皇疏傳閱容也箋躬身遑暇恤憂也我子孫也○說文閱具數於門中也義訓數又訓歷非此詩義閱是說之借字左襄二十五年傳云詩所謂我今不說皇恤我後者甯子可謂不恤其後矣引不閱正作說杜注皇暇也言今我不能自容說何暇念其後乎傳閱容也知毛所見本亦作說故取容說義釋之馬瑞辰云孟子以容悅並言亦以容爲悅也三家躬作今遑作皇者據禮表記引詩文馬云今對後言三家當有作今者躬今雙聲通用杜注言今我不能自容說知所見左傳經文元作我今不說故以今我釋詩我今今本作我躬後人據毛改之箋我身尚不能自容何暇憂我後所生之子孫案後謂婦人既去以後卽指上逝梁發笱事不必如箋以後爲子孫愚案箋云恤憂也表記引孔子云國風曰我今不閱皇恤我後終身之仁也上文引詩詒厥孫謀以燕翼子以爲數世之人所子孫與我後對文見義明以後爲子孫大子說詩已如此解列女傳王陵母傳云君子謂王陵母能棄身立義以成其子詩云我躬不閱遑恤我後終身之仁也陵母之仁及五世矣陵傳爵五世仁及五世反對遑恤我後言是魯詩家亦以後爲子孫箋用三家遠承古訓馬說非魯作躬作遑同毛是作今作皇者齊韓文

就其深矣方之舟之就其淺矣泳之游之注魯說曰言必濟也

〔疏〕傳舟船也箋方泭也潛行爲泳言深淺者喻君子之家事無難易吾皆爲之○廣雅釋詁就歸也是就有歸往義說文滜新也从水𦎫聲徐鍇繫傳曰按詩滜其深矣就作滜陳喬樅以爲據三家異文說文方併船也舟船也泳潛行水中也游下云旌旗之流也从㫃汓聲汓下云浮行水上也从水从子古或以汓爲沒泅下云汓或从囚聲是游正字當作汓與浮同訓廣雅釋詁游浮也書君奭正義游者入水浮渡之名古或以汓爲沒故方言云潛沈也游也郭注潛行水中亦曰游釋言泳游也郭注潛行游水底是也詩舟與方對自指一船言之泳與游對則游義亦不與泳複當訓浮行水上不訓潛行水中對文異散文通也言必濟也者徐幹中論法象篇云詩曰就其深矣方之舟之就其淺矣泳之游之言必濟也幹學魯詩蓋魯說如此孔疏隨水深淺期於必渡以興隨事難易期於必成與徐義合

何有何亡黽勉求之凡民有喪匍匐救之〔注〕魯齊匍匐亦作扶服魯救亦作拯〔疏〕傳有謂富也亡謂貧也箋君子何所有乎何所亡乎吾其黽勉勤力爲求之有求多亡求有匍匐言盡力也凡於民有凶禍之事鄰里尙盡力往救之況我於君子家之事難易乎固當黽勉以疏喻親也○詩言家中之物何者爲有何者爲亡無不在我心而盡力求之雖有仍求故知是求多也黽勉文選陸機文賦殷仲文解尙書表李注引並作僶俛與上黽勉同心合匍匐救之者言鄰里有凶禍事則助君子盡

力救之謂營護凶事賵賻之屬不特勤其家事亦且惠及鄉人箋謂以疏喻親非也魯齊匍匐亦作扶服者漢書谷永傳永疏引詩曰凡民有喪扶服救之谷用魯詩明魯作扶服楊雄長楊賦扶服蛾伏雄習魯詩與谷引合漢書元紀初元五年詔及說苑至公篇引詩又作匍匐元帝受魯詩見儒林傳及陸璣疏劉向亦用魯詩禮檀弓引詩作扶服孔子閒居篇又作匍匐是魯齊兩作之證陳喬樅云說文匍手行也匐伏地也廣雅匍伏也釋言匍匐也則匍匐字義互通釋名匍匐小兒時也匍猶捕也匐猶伏也人雖長大及其求事用力之勤猶亦稱之與箋盡力義合左昭十三年傳奉壺飲冰以蒲伏焉釋文本又作匍匐蒲本亦作扶昭二十一年傳扶服而擊之釋文本或作匍匐史記蘇秦傳嫂委蛇蒲服索隱蒲服即匍匐並音蒲伏范睢傳膝行蒲服淮陰侯傳俛出袴下蒲伏蒲扶服伏皆以音同假借馬瑞辰云服百音亦近故又作蒲百秦和鐘銘蒲百四方是也匍匐之合聲爲鞠東方朔七諫塊兮鞠當道宿王逸注匍匐爲鞠是也魯救亦作捄者谷永引詩見上文說文救止也捄盛土於梩中也此作捄借字禮大學注左昭十一年傳注釋文救本亦作捄

不我能慉反以我爲讎〔注〕三家作能不我慉云慉起也又云慉興也〔疏〕傳慉養也箋慉驕也君子不能以恩驕樂我反憎惡我○三家作能不我慉者說文慉起也从心畜聲詩曰能

不我慉云慉興也者玉篇文興亦起也俱三家義與傳訓養箋訓驕異晉語世相起也韋注起扶持也不我興起猶言不我扶持董氏讀詩記引王肅孫毓本並能字在句首陳奐云各本能字在不我下轉寫誤耳能不我慉與甯不我顧既不我嘉則不我遺同能甯既則皆語詞之轉說文段注云能不我慉與能不我知能不我甲同說文仇讐也下售當作讐則此應作仇**既阻我德賈用不售**注齊說曰賈庸不售讐困爲害韓說曰一錢之物舉賣百何時當售乎**疏**傳阻難箋既難卻我隱蔽我之善我修婦道而事之覬其察已猶見疏外如賣物之不售○釋詁阻難也書舜典鄭注尼也賈庸至爲害易林小畜之蠱文庸用古字通讐困爲害正釋阻德義言讐我者困害之困害與難尼義同一錢至售乎御覽八百三十五引韓詩文上引此二語言夫之於我不知其德反多方阻尼持物入市故索高價使不得售也售當作讐說文讐猶譍也典瑞疏仇爲怨讐爲報報譍義合抑無言不讐猶云無言不報買物以價相酬曰讐亦取報答義售俗字唐石經初刻作讐誤從釋文改售也**昔育恐育鞫及爾顛覆既生既育比予于毒**疏傳育長鞫窮也箋昔育育稚也及與也昔幼稚之時恐至長老窮匱故與女顛覆盡力於眾事難易無所辟生謂財業也育謂長老也于於也既有財業矣又既長老矣其視我如毒螫言惡已甚也○釋詁

育養也廣雅釋詁生也生養義相成言育則生在內故下文生育並言單言育省文兼言生足句釋文鞫本又作鞫說文鞫窮理辠人也引申之故鞫訓窮又云鞫䠻鞠也古書或借鞫為鞠故釋言云鞫窮也詩言昔謀生養時恐生養道窮與爾顛墜覆敗呂覽達鬱篇注比猶致也廣雅釋詁毒苦也比予於毒言致我於苦毒

我有旨蓄亦以御冬宴爾新昏以我御窮注魯說曰蓄菜乾葟之屬也疏傳旨美御禦也箋蓄聚美菜者以禦冬月乏無時也君子亦但以我御窮苦之時至於富貴則棄我如旨蓄○說文旨美也蓄菜至屬也者呂覽仲秋紀務蓄菜高注蓄菜乾葟之屬也詩曰我有旨蓄此魯義較箋蓄聚美菜文順釋文御禦也一本下句郎作禦字據此御禦借字白帖八十一藝文類聚八十二事類賦五引御冬並作禦冬禦之言備也冬時百物斂藏預儲蓄菜備窮乏也亦者孔疏亦已之禦窮窮苦娶我至富饒見棄似冬月蓄菜至春夏見遺

有洸有潰既詒我肄注韓說曰潰潰不善之貌疏傳洸洸武也潰潰怒也肄勞也箋詒遺也君子洸洸然潰潰然無溫潤之色而盡遺我以勞苦之事欲窮困我○有者狀物之詞有洸猶洸洸有潰猶潰潰說文洸水涌光也詩曰有洸有潰徐璈云洸者水激涌而有光潰者水潰決而四出皆以水勢擧似怒貌也毛傳洸洸武也本江漢武夫洸洸潰

潰不善之貌者釋文引韓詩文陳喬樅云傳潰潰怒也怒亦不善貌義與韓同箋君子洸洸潰潰然無溫潤之色皆重文言之禮樂記引詩肅雍和鳴釋之曰肅肅敬也雍雍和也是其例釋詁肄勞也孔疏爾雅或作勩孫炎曰習事之勞也爾雅釋文勩或作勣亦作肄馬瑞辰云郭注引莫知我勩左昭十六年傳引作莫知我肄是肄勩古通肄肆古亦通釋言肄力也力亦勤也勞也愚案既詒我肄謂空遺我以勤苦之事**不念昔者伊余來塈**【疏】傳塈息也箋君子忘舊不念往昔年稚我始來之時安息我○伊辭也說文塈白涂也此借字馬瑞辰云炁惠也㤅古文是㤅即古文愛字塈蓋㤅之假借伊余來塈猶言維予是愛也仍承昔者言之傳訓塈爲息以塈爲呬字假借王引之讀塈爲慨訓怒似不若讀㤅訓愛爲允愚案馬讀是八字爲句追念昔日之詞咎夫之不念也來是也全詩來字多與是同義詳釋詞

谷風六章章八句

式微【注】魯說曰黎莊夫人者衛侯之女黎莊公之夫人也既往而不同欲所務者異未嘗得見甚不得意其傅母閔夫人賢公反不納憐其失意又恐其已見遣而不以時去謂夫人曰夫婦

之道有義則合無義則去今不得意胡不去乎乃作詩曰式微式微胡不歸夫人曰夫婦之道一而已矣彼雖不吾以吾何可以離於婦道乎乃作詩曰微君之故胡爲乎中路終執貞壹不違婦道以俟君命君子故序之以編詩齊說曰式微式微憂禍相絆隔以巖山室家分散【疏】毛序黎侯寓于衛其臣勸以歸也箋寓寄也黎侯爲狄人所逐棄其國而寄於衛衛處之以二邑因安之可以歸而不歸故其臣勸之○黎莊至編詩列女傳貞順篇文漢志上黨郡壺關縣下應劭注黎侯國也今黎亭是潞縣下班自注故潞子國續志壺關有黎亭故黎國劉注文王戡黎即此又潞下注云東北八十里有黎城說文䣊下云殷諸侯國在上黨東北商書西伯戡䣊史記周本紀云敗耆國鄒誕生云本或作黎宋微子世家滅阢國徐廣曰阢音者索隱耆即黎也據此黎阢耆一也潞縣之黎城則晉重立之黎國左宣十五年傳赤狄潞酆舒奪黎氏地是年六月晉滅潞七月立黎侯是也又漢志東郡黎下孟康注詩黎黎侯國今黎陽也臣瓚駮之云黎陽在魏郡非黎縣也案此蓋春秋衛犂邑太叔疾以置妻娣者黎犂通作字至魏郡之黎陽晉灼注以爲取縣之黎山爲名無與黎國事水經河水注河水

又東北過黎陽縣南黎侯國也詩式微黎侯寓於衛是也並爲泥中衛邑作證此則因周旋毛詩而失之前此地說家所無魏源云諸侯失地名此黎莊公有謚非失國之黎侯也載馳河廣泉水竹竿皆衛女思歸詩而附於衛黎國無風又衛女所作其附衛風宜矣式微至分散易林小畜之謙文歸妹之困同室家分散卽謂夫婦分離此齊義與魯合所云隔以巖山當是黎侯不悅夫人遷嬪別所故傳母恐其已見遺而詩有中路泥中之語也

式微式微胡不歸注**魯說曰式微式微者微乎微者也**疏傳式用也箋式微式微者微乎微者也君何不歸乎禁君留止於此之辭式發聲也○式發至者也釋訓文郭注言至微也箋以式爲發聲用魯說改毛微之爲言輕賤也孔疏亦以至微爲見卑賤傅母謂夫人之貴而不得於君屏斥分散見卑賤極矣故云至微也疏引左傳榮成伯賦式微服虔注君用中國之道微陳奐云道微猶云無道案如陳說以無道指黎侯於義亦通歸大歸胡不歸者君無義則當去

微君之故胡爲乎中露注**魯露作路**疏傳微無也中露衛邑也箋我若無君何爲處此乎臣又極諫之辭○呂覽離俗篇高注微亦非也君謂黎侯魯露作路者列女傳作路晛路正字露借字釋名道一達曰道路道蹈也路露也言人所踐蹈而露見也孟子滕文公上音義路與露同漢書人表曹靖公路春秋定

八年作露是路露古通之證中路路中倒文以合均夫人言非吾君之故我何爲在中路夫一而已去將安之乎益當時遷往他所中道相謂之詞易林所謂偏以巖山也郝懿行云言所以微者以君不見納之故微字逗於義亦通

式微式微胡不歸微君之躬胡爲乎泥中【疏】傳泥中衞邑也○泥中猶中路也亦寓賤辱義左傳辱在泥塗莊子棄隸者若棄泥塗知身貴於隸也論衡蹂躪文錦於泥塗之中聞見之者莫不痛心皆以泥中喻賤辱言非君之躬何爲至此安忍之也魏源云序謂黎臣勸其君歸黎地爲狄奪復於何歸今有可歸昔不出奔矣且主辱臣死而出微君胡爲至此之怨詞殉國之忠恐不若是

式微二章章四句

旄丘【注】**齊說曰陰陽隔塞許嫁不荅旄丘新臺悔往歎息**【疏】毛序責衞伯也狄人迫逐黎侯黎侯寓于衞衞不能修方伯連率之職黎之臣子以責於衞也箋衞康叔之封爵稱侯今曰伯者時爲州伯也周之制使伯佐牧春秋傳曰五侯九伯侯爲牧也○陰陽至不荅易林歸妹之蠱文此齊說以旄丘與新臺並稱曰隔塞曰不荅知與式微同指亦黎莊夫人不見荅而作也廣雅釋詁悔恨也悔往歎息謂念往事自歎明夷之噬嗑釋江汜義

亦云姪娣恨悔與此意同江汜恨悔不害爲賢媵旄丘悔歎不失爲貞妻其志壹也列女傳稱夫人云彼雖不吾以吾何可以離於婦道乎不吾以與江汜不我以同詞謂不以爲婦也江汜次章又云不我與言不我偕處也證之此詩必有與也必有以也其爲婦不見荅於夫之詞義尤明顯是魯與齊同

旄丘之葛兮何誕之節兮【注】三家旄作堥【疏】傳興也前高後下曰旄丘諸侯以國相連屬憂患相及如葛之蔓延相連及也誕闊也箋土氣緩則葛生闊節興者喻此時衛伯不恤其職故其臣於君事亦疏廢也○釋丘前高旄丘郭注詩云旄丘之葛兮孔疏引李巡云謂前高後卑下三家旄作堥者釋文前高後下曰旄丘字林作堥云堥丘也亡周反又音毛山部又有嵍字亦云嵍丘亡付反又音旄此三家文釋名作髦云前高曰髦丘如馬舉頭垂髦也上舉形似所在多有寰宇記澶州臨河縣有旄丘在今大名府開州者名由後起地或偶同不得引以證經釋詁誕大也傳闊也闊亦大也馬瑞辰云誕者延之借字之猶其也猶云何延其節延訓長闊長義近愚案誕從延得聲義馬說亦通葛本蔓延之物日久則得地愈遠是延長亦大義也何

叔兮伯兮何多日也者警爵之詞覽物起興以見爲日之多

【疏】傳日月以逝而不我夏憂箋叔伯字也呼衛之諸臣叔與伯與女期迎我君而復之可來而不來女日數何其多也先叔後

伯臣之命不以齒○魏源云言叔伯者疑使人告衞兄弟故望兄弟之來問愚案魏說是也廣雅釋詁叔少也釋詁伯長也蘀兮篇叔兮伯兮句例正同彼箋云叔伯兄弟之稱此叔伯亦當訓兄弟蓋夫人因君不見荅屏置異地必嘗使人愬於衞兄弟情事宜然柏舟亦有兄弟不可以據薄言往愬逢彼之怒往嫁之女有事則愬親屬亦其證矣何多日也勤望兄弟之詞

何其處也必有與也何其久也必有以也【注】齊以作似【疏】傳言與仁義也必以有功德箋我君何以處於此乎必以衞有仁義之道故也責衞今不行仁義我君何以久留於此乎必以衞有功德故也又責衞今不務功德也○此又自爲問荅以明久而不歸之義處居與偕以用也言我所以不去而久處此者尚冀君之悔悟必我與必我以耳齊以作似者特牲饋食禮蓍有以也鄭注以讀如何其久也必有似也之似是齊文作似今本儀禮注疏似作以盧文弨云經蓍有以釋文云依注音似則注本作似明矣陳喬樅云下文注既知似先祖之德尚作似字不誤似以字通漢書高紀如淳注以或作似古以已字同見禮檀弓注似已字亦同斷疏干故以爲似也說苑政理篇修文篇韓詩外傳一外傳九並引此詩推衍之

狐裘蒙戎匪車不東叔兮伯兮靡所與同【疏】傳大夫狐蒼裘蒙戎以言亂也不東言不來東也無救患恤同也箋刺衞諸臣形貌蒙戎然但爲昏亂之行女非有戎車乎何不來東迎我君而復之黎國在衞西

今所寓在衞東衞之諸臣行如是不與諸伯之臣同言其非之特甚○釋文褎如字徐武邦反戎如字徐而容反蒙戎亂貌案徐此音依左傳讀作尨茸字愚案牧人杜注尨謂雜色不純雜亦亂也杜又云厖當爲尨厖尨古通小戎傳蒙厖也荀子榮辱篇楊注蒙讀爲厖厖聲義並從尨蒙厖互通故蒙尨亦相假義並訓亂何彼襛矣傳襛猶戎戎也戎戎即茸茸借字小戎疏引此詩亦作蒙茸左僖五年傳晉士蔿賦詩云狐裘尨茸一國三公吾誰適從以衣之蒙戎喻國事紛亂足證此狐裘亦喻意箋云刺衞諸臣形貌蒙戎然但爲昏亂之行彼申毛義故云斥衞諸臣如三家說乃刺衞兄弟也蘇輿云此以形貌寓言儀表可觀中實繆亂與柏舟威儀棣棣不可選也意同風詩美刺多寄服飾鄭檜羔裘是其例矣東者據一統志漢壺關縣故城在今潞安府長治縣東南潞縣在今潞城縣東北是先後二黎皆在衞西而衞出其東車謂使衞者所乘之車釋言靡無也言我愬衞兄弟非不使人東往衞國其如兄弟之無可與同何論語衞靈公篇孔子曰道不同不相爲謀傳母以爲於義可歸夫人終執貞壹同之難也傳母且然況兄弟乎

瑣兮尾兮流離之子注魯流作留疏傳瑣尾少好之貌流離鳥也少好長醜始而愉樂終以微弱箋衞之諸臣初有小善終無成功似流離也○釋訓瑣瑣小也韓詩防有鵲巢傳娓美也尾是娓渻借字故傳云瑣尾

少好之貌而孔疏云尾者好貌也尾又作微書堯典鳥獸孳尾史記五帝紀作鳥獸字微漢書人表尾生畮卽微生畝說文尾微也是尾微字訓互通瑣尾卽微瑣若今言猥瑣矣流離之子者釋文流本又作鶹草木疏云梟也關西謂之流離大則食其母魯流作鶹者釋鳥鳥少美長醜爲鶹鷅郭注鶹鷅猶鶹離詩所謂鶹離之子釋文鶹離詩字如此或作鶹離後人改耳是陸不以詩又作本爲然郭引作鶹離蓋舊注魯詩文也詩意喻叔伯年少無所聞知故以鳥子言**叔兮伯兮褎如充耳**【疏】傳褎盛服也充耳盛飾也大夫褎然有尊盛之服而不能稱也箋充耳塞耳也言衞之諸臣顏色褎然如見塞耳無聞知也人之耳聾恆多笑而已○釋文褎亦作袞由救反阮引釋文校勘哀當作褏六經正誤云亦作褏中从由或作褎从臼从臼誤羣經音辨云褏盛服也集韻四十九宥載褎褏二形云或从由皆可證愚案哀者褏之消褎者褏之譌說文褎下云袂也从衣𥝌聲褏下云俗褎从由或謂當作从衣𥝌聲以从𥝌聲爲譌案說文𥝌下云古文系字从系古文係字係下云从人从𥝌省𥝌古文系籒作系下云古文係下云古文係不省袞下云衣博裾从衣保省聲據此保古文係袞卽褒也褒正書不省而篆文省若褎亦作从衣𥝌聲是與篆文袞無異矣而惑其說者多故詳辨之褎是衣袂得引申爲盛服義者葢古人尊盛之服其袖必大故傳云然漢書董仲舒傳制云今子大夫褎然爲舉首顏注褎然盛服貌也詩邶風旄丘之篇曰褎如充耳褎

音弋授反案然如同訓褎如猶褎然也褎爲盛服貌引申之亦爲盛服自尊大之貌終言衞兄弟之塞耳無聞葢多日之望已絕矣

旄丘四章章四句

簡兮疏毛序刺不用賢也衞之賢者仕於伶官皆可以承事王者也箋伶官樂官也伶氏世掌樂官而善焉故後世多號樂官爲伶官

○三家無異義

簡兮簡兮方將萬舞注魯說曰簡擇也韓說曰萬大舞也疏簡傳大也方四方也將行也以干羽爲萬舞用之宗廟山川故言於四方箋簡擇將且也擇兮擇兮者爲且祭祀當萬舞也萬舞干羽也○簡擇也者釋詁文擇也郭注見詩邶疏引此詩云簡兮同據此知鄭用魯說改毛禮王制注簡差擇也廣雅釋言簡閱也閱亦擇也因萬舞之期先閱擇舞徒敢傳言大義長廣雅釋詁方始也釋詁將大也方將萬舞猶云始大萬舞矣萬大舞也者初學記十五引韓詩文陳喬樅云廣雅釋樂萬大也正用韓義萬者舞之總名干戚與羽籥皆是大舞對小舞言自當兼文武二舞故傳亦云以干羽爲萬舞箋釋萬舞爲干舞籥舞爲羽舞說者以箋爲易傳今案春秋宣八年經萬入去籥公羊傳萬

者何干舞也籥者何籥舞也鄭蓋據以爲說然公羊此傳於萬中別籥舞耳非專以萬之名屬干舞也五經異義引公羊說樂萬舞以鴻羽此可爲萬兼羽籥之塙據推鄭意蓋以萬舞先干戚而後羽籥此詩二章方言籥翟故於首章但言干舞非以萬舞爲獨有干戚而無羽籥也左隱五年傳考仲子之宮將萬焉公問羽數於衆仲亦萬兼羽籥之明證孔疏謂羽爲籥不得爲萬引孫毓評以毛爲失過矣韓詩說云萬以夷狄大鳥羽義與毛同

日之方中在前上處疏傳教國子弟以日中爲期箋在前上處者在前列上頭也周禮大胥掌學士之版以待致諸子春入學舍采合舞○日之方中謂祭畢時文選東京賦薛注方將也禮禮器季氏逮闇而祭日不足繼之以燭他日祭子路與質明而始行事晏朝而退疏晏晚也朝正饗晚禮畢而退案朝已饗晚是日將中也大夫祭且然諸侯可知聘義云聘射之禮質明而始行事日幾中而後禮成日方中猶日幾中也古人儀節煩重事畢需時不獨祭禮然矣詩舉日中事畢言者樂舞人衆至祭畢乃見此俁俁之碩人亦在公庭萬舞也箋在前上處者在前列上頭也蓋祭時樂舞在前故云然

碩人俁俁公庭萬舞注韓俁俁作扈扈云美貌疏傳碩人大德也俁俁容貌大也萬舞非但在四方親在宗廟公庭○說文碩頭大也引申爲大義釋詁碩大也碩人猶言大賢後漢周黃徐姜申屠傳注碩人謂賢者是其義也說文俁大也从人吳聲詩曰碩人

俁俁韓作扈扈云美貌者釋文引韓詩文陳喬樅云禮檀弓爾毋扈扈爾鄭注扈扈謂大也是扈扈本訓爲大釋文俁俁容貌大也容貌大即美義也愚案後漢馮衍傳注扈扈光彩盛也美盛同義公庭萬舞者傳云親在宗廟公庭是公庭即宗廟而碩人親舞也

有力如虎執轡如組 疏 傳組織組也武力比於虎可以御亂御衆有文章言能治衆動於近成於遠也箋碩人有御亂御衆之德可任爲王臣○左襄十年傳孟獻子曰詩所謂有力如虎者也嘉狄虒彌之勇引與詩意合說文轡馬轡也从絲从車與聯同意釋名轡拂也牽引拂戾以制馬也說文組綬屬其小者以爲冕纓禮內則疏云條也呂覽先己篇詩曰執轡如組孔子曰審此言也可以爲天下子貢曰何其躁也孔子曰非謂其躁也謂其爲之於此而成文於彼也聖人組修其身而成文于天下矣高注組讀組織之組夫組織之匠成文於手猶良御執轡於手而調馬足以致萬里也楚詞九歎靈懷篇王注執御猶織組也織組者動之於此而成文於彼善御者亦動之於手而盡馬力也詩云執轡如組高王荅用魯說淮南繆稱訓詩曰執轡如組動於近成文於遠毛傳動於近成於遠皆本呂覽爲說韓詩外傳二御馬有法御民有道法得則馬和而歡道得則民安而集詩曰執轡如組此之謂也毛傳御衆有文章言能治衆說亦與韓傳合此言碩人文武道備

左

手執籥，右手秉翟。注魯說曰：左手執籥，以節衆也。韓籥作龠，云：龠，樂之所管，三孔，以和衆聲也。又曰：秉，執也。魯說曰：翟羽可持而舞。齊說曰：樂萬舞以鴻羽，取其勁輕，一舉千里。韓說曰：以夷狄大鳥羽。疏傳：籥六孔。翟，翟羽也。箋：碩人多才多藝，又能籥舞，言文武道備。○笙師鄭注：籥如笛，三孔，舞者所吹也。引詩爲證。「左手」至「衆也」者，趙岐孟子章句二云：籥若笛，短而有三孔。下引詩云云。趙用魯詩，此魯說。公羊宣八年傳注：籥所吹以節舞也。與節衆義合。韓籥作龠者，龠正字，籥借字。說文：籥，書僮竹笘也。龠，樂之所管，三孔，以和衆聲也。从品侖，侖，理也。龠，樂至聲也。玉篇龠部文下引詩作龠，顧用韓詩，此韓異文。釋文：籥以竹爲之，長三尺，執之以舞。鄭注禮云三孔，郭璞同。廣雅云七孔。愚案：張用魯韓，當同三孔之說，疑傳寫譌三爲七，陸所見廣雅本已然。箋碩人多才多藝，又能籥舞。禮文王世子鄭注：羽籥，籥舞。詩云：左手執籥，右手秉翟。樂記注引同，與箋詩合。溱洧韓詩云：秉，執也。此亦當同。上言執，此言秉，文變義通。「翟羽可持而舞」者，釋鳥：翟，山雉。春秋疏引樊光曰：其羽可持而舞。詩曰：右手秉翟。此魯義與毛合。「樂萬」至「千里」，孔疏引異義公羊說文。公羊齊學，轅固詩亦齊學，治公羊者必稱齊詩，公羊說萬以鴻羽，知齊詩義同。皮錫瑞云：孔廣森公羊通義云：翟羽文，鴻羽質，蓋鴻舞者殷制翟舞者周制周禮舞大濩以享先妣魯有六代之樂或意以仲子之宮比先妣廟而舞殷舞與春秋有變文從質之義亦因以示法易曰鴻漸于陸其羽可用爲儀儀猶獻也錫瑞案衛居殷墟可用殷禮如孔說正可爲此詩之證公羊說取其勁輕一舉千里則鴻當爲鴻鵠之鴻鴻鵠卽黃鵠黃鵠卽黃鶴故有一舉千里之象若鴻雁之鴻不得一舉千里也以夷狄大鳥羽者亦孔疏引韓詩說段玉裁云韓詩蓋作秉狄廣雅釋器狄羽也正釋韓秉狄之訓愚案段說是也禮祭統疏引此詩云翟卽狄也古字通用喪大記注狄人樂吏之賤者狄人卽秉狄之人此翟爲狄之證

赫如渥赭公言錫爵注三家渥亦作屋疏傳赫赤貌渥厚漬也祭有畀煇胞翟閽寺者惠下之道見惠不過一散箋碩人容色赫然如厚傅丹君徒賜其一爵而已不知其賢而進用之散受五升○說文赫火赤皃渥霑也赭赤土也赫如渥赭謂其顏色赫然明盛如霑漬赤土然也與終南顏如渥丹義同三家渥亦作屋者隸釋修堯廟碑赫如屋赭屋渥之渻借皮錫瑞云漢碑作屋亦三家異文也易萃初六一握爲笑釋文握傳氏作屋鄭云當讀如夫三爲屋之屋鼎六四其形渥釋文引鄭作刑剭音屋詩韓奕正義醢人司烜氏疏引鄭說以爲屋中刑之鄭注司烜氏邦若屋誅云屋讀其刑剭之剭據此則渥可通剭剭可通屋而渥亦可通屋故漢碑以屋爲渥也公謂衛君碩人儀狀偉然不見識察待之如衆人言賜爵而已詩言碩人俁俁又

言赫如渥赭者意謂文武道備君雖未悉然其容貌異常可望而知乃略無省錄是不以求賢爲務此刺意也禮祭統夫祭有畀煇胞翟閽者惠下之道也畀之爲言與也能以其餘畀其下者也煇者甲吏之賤者也胞者肉吏之賤者也翟者樂吏之賤者也閽者守門之賤者也尸又至尊以至尊既祭之末而不忘至賤而以其餘畀之注翟謂教羽舞者也此樂吏得與惠賜之證又云尸飲五君洗玉爵獻卿尸飲七以瑤爵獻大夫尸飲九以散爵獻士及羣有司此祭禮錫爵得逮及羣下之證樂吏賤當受散爵也箋散受五升卷耳疏引異義云韓詩說五升曰散周禮梓人疏引同知箋用韓義

山有榛隰有苓疏 傳榛木名下濕曰隰苓大苦箋榛也苓也生各得其所以言碩人處非其位○釋文榛本亦作蓁同子可食孔疏引陸璣云榛栗屬其子小似杼子表皮黑味如栗釋文蓋本陸爲說說文榛木也亲果實如小栗本二物馬瑞辰云榛蓁皆亲之借字廣雅亲栗也亲之言辛辛物小之稱也云子可食後人溷榛爲亲耳說文隰阪下濕也孔疏釋草蘦大苦孫炎曰本草云蘦今甘草是也蔓延生葉似荷青黃其莖赤有節節有枝相當或云蘦似地黃陳喬樅云毛詩作苓傳云大苦字異訓同蓋毛魯文異愚案說文苓卷耳也蘦大苦也是魯用正字毛借字桂馥云夢溪筆談云本草注引爾雅蘦大苦注蔓生葉似荷莖青赤此黃藥也其味極苦故謂之大苦非甘草也案嘉祐圖經說甘草形狀與爾雅注大異爾雅注與

黃藥合然則以蘦爲甘草始於孫而郭沿其誤也說文甘草自作苷字沈存中之說可定羣疑愚案詩言榛有於山蘦有於隰土地所宜喻碩人之賢宜有於王朝故末句云然

云誰之思西方美人彼美人兮西方之人兮疏傳乃宜在王室箋我誰思乎思周室之賢者以其宜薦碩人與在王位彼美人謂碩人也○西方美人謂周室賢者也晉語韋昭注引詩曰西方之人兮西方謂周也下美人承上言之箋上下美人兩解蘇輿云同一美人似非兩指二句或是歎慕之詞言思周家盛時之賢者皆見用於王朝然彼賢人者亦幸而爲西周之人耳不若碩人否塞於衞也言外見意以美人喻賢者遂爲屈平離騷所祖矣較鄭意深曲

簡兮三章章六句

泉水疏毛序衞女思歸也嫁於諸侯父母終思歸寧而不得故作是詩以自見也箋以自見者見己志也國君夫人父母在則歸寧沒則使大夫寧於兄弟衞女之思歸雖非禮思之至也○三家無異義皮錫瑞云夫人歸寧今古文說不同左莊二十七年傳凡諸侯之女歸寧曰來歸襄十二年傳楚司馬子庚聘於秦爲夫人寧禮也毛詩葛覃傳父母在則有時歸寧耳此詩序嫁於諸侯父母終思歸寧而不得鄭箋於歸寧父母無明說而葛覃序箋云可以歸安父母言嫁而得意猶不忘孝此詩

箋云國君夫人父母在則歸甯又伏后議若后適離宮及歸甯父母從子禮據此則毛鄭皆同左傳以爲夫人父母在得歸甯父母没不得歸甯當使大夫甯此古文說也若公穀二傳今文說則與古文異公羊莊二十七年傳直來曰來何氏解詁曰直來無事而來也諸侯夫人尊重既嫁非有大故不得反唯自大夫妻雖無事歲一歸宗疏云其大故者奔喪之謂文九年夫人姜氏如齊彼注云奔父母之喪是也言從大夫妻以下即詩云歸甯父母是也案詩是后妃之事而云大夫妻者何氏不信毛敘故也穀梁莊二年傳婦人既嫁不踰竟踰竟非正也據此則今文說以爲國君夫人無論父母在不在皆不得歸甯唯有大故得奔喪耳案泉水蝃蝀竹竿三詩皆云女子有行遠父母兄弟似當從今文說不得歸甯爲是戰國策趙太后於其女燕后飲食祝曰必勿使反蓋戰國時猶守母在不歸甯之禮三家詩雖無明說而說文引詩以晏父母段玉裁謂即歸甯父母之異文其文與毛詩不同必出於三家詩三家作以晏不作歸甯此即三家詩謂夫人不得歸甯之證三家今文說當同公穀二傳不當同左氏此漢人家法之可據者愚案遠父母兄弟風詩屢有明文合之公穀國策足爲國君夫人不得歸甯之確證若葛覃本非后妃之詩即依文作歸甯父母亦自如禮不悖三家容有異文作以晏者然不必執此爲后妃既嫁不歸之據也

毖彼泉水，亦流于淇。〔注〕韓毖作祕〔疏〕傳興也泉水始出毖然流也淇水名也箋泉水流而入淇猶婦人出嫁於異國○韓毖作祕者釋文毖流貌韓詩作祕說文作毖云直視也陳喬樅云篇海祕壁吉反韓詩云祕刺也案方言祕刺也祕祕音同義通韓訓祕爲刺葢以祕爲泌之借字泌與滭同字采菽觱沸檻泉說文引作滭沸濫泉釋水濫泉正出正出涌出也公羊昭五年傳濆泉者何直泉也直泉者何涌泉也是正出即直出之義說文刺直傷也是刺有直義廣雅釋巨云巨上有水曰泌巨水出巨上即正出之直泉故稱泌巨也詩攷毖彼泉水下引說文毖直視也案說文目部毖直視也从目必聲讀若詩曰泌彼泉水是詩自作泌非謂从目作毖而釋文詩攷並云說文作毖豈所據說文古本泌字作毖無讀若二字耶愚案韓作祕說文所引葢魯齊異文水經注淇水篇淇水又東右合泉源水水有二源一出朝歌城西北東南流又東與左水合謂之馬溝水又東南注淇水爲肥泉也故衛詩曰我思肥泉茲之永歎又曰然斯水即詩所謂泉源之水也故衛詩曰泉源在左淇水在右此詩泉水當即泉源水下云所謂肥泉也泉淇皆衛地水女適異國無由得見追憶之以起興竹竿亦女適異國之詞而稱淇水泉源與此同也漢書地理志河內郡共下云北山淇水所出東至黎陽入河說文或云出隆慮西山案共今衛輝府輝縣隆慮今彰德府林縣輝縣西北接林縣西界山水合流爲淇水也黎陽屬魏郡在今濬縣東北泉亦流淇與己不得歸衛不如此水

有懷于衛靡日不思變彼諸姬聊與之謀【疏】傳變

好貌諸姬同姓之女聊願也箋懷至靡無也以言我有所至念於衛我無日不思也所至念者謂諸姬諸姑伯姊聊且略之辭諸姬者未嫁之女我且欲略與之謀婦人之禮觀其志意親親之恩也○靡日不思者思之長也箋與傳異益用三家義如鄭意變當訓思慕說文變慕也楚詞懷沙注慕思也是變與戀同義諸姬未嫁之女故思彼而欲與之見箋訓聊爲且略者以諸姬或兄弟之女及五服之親降於姑姊故於姑姊則言問尊之也於諸姬但言聊卑之也釋言謀心也論衡超奇篇心思爲謀宣於口亦爲謀故謀從言聊與之謀猶云相見略道思念而已蘇輿云與諸姬相見卽是與謀若今言謀面矣書立政謀面用丕訓德傳云謀所面見之事後世以相見爲謀面蓋本於此柳宗元鈷鉧潭記枕席而臥則清泠之狀與目謀灣灣之聲與耳謀悠然而虛者與神謀淵然而靜者與心謀謀不必專以言也於義亦通此豫言歸後見親屬之事故箋又申之曰此婦人之禮觀其志意親親之恩也孔疏以婦人之禮連上爲句謂衛女思見諸姬與謀婦禮案箋意若云與謀婦禮則是鄭重咨議不得訓聊爲且略之詞且爲國君夫人歸其母家豈嫺習儀文反不如未嫁之女而欲向彼咨議未聞之禮乎必不然矣疏又云傳言同姓之女亦謂未嫁也混合爲一非傳義陳奐云衛姬姓衛女嫁諸侯有姪娣從故以諸姬爲同姓之女申毛是也特以必不行之事而謀及姪娣適以顯己之不知禮或詩人不出此耳

出宿于泲飲餞于禰【注】魯韓說曰宿舍也魯泲作濟韓說曰送行飲酒曰餞韓禰作坭【疏】傳泲地名祖而舍軷飲酒於其側曰餞重始有事於道也禰地名箋泲禰者所嫁國適衞之道所經故思宿餞○宿舍也者廣雅釋詁文說文宿止也止亦舍也魯泲作濟者列女傳一引詩出宿于濟四句泲作濟泲濟字同禹貢濟字漢志皆作泲文選顏延之應詔讌曲水作詩注陸機挽歌注初學記十八白帖三十四御覽四百八十九引詩並作濟蓋用魯文送行飲酒曰餞者玉篇食部引韓詩文選謝靈運送孔令詩顏延之曲水詩序注並引薛君韓詩章句文韓禰作坭者釋文禰地名韓詩作坭玉篇食部引韓詩作禰葢後人順毛改之士虞禮鄭注餞送行者之酒詩云出宿于濟飲餞于泥字又作泥陳喬樅云廣韻坭地名釋丘水潦所止泥丘式微篇魯說不以中路爲地名則泥中亦不爲地名與毛傳異爾雅所釋泥丘當指此詩飲餞之地士虞禮注作坭可證也釋文云韓作坭泥丘釋文云又作坭坭與泥通三家皆今文與毛異列女傳用魯詩所引當作飲餞于泥今本作禰乃後人順毛改之士虞禮注于泥釋文本作于禰音乃禮反又載劉昌宗本作泥音同今注疏本作禰亦後人順毛改之皮嘉祐云書高宗肜日典祀無豐于昵馬注昵考也謂禰廟也昵坭音皆同禰昵之通禰猶坭之通禰矣愚案孔疏衞女思歸言我思欲出宿于泲先飲餞于禰而出宿以嚮衞國先言出宿者

見飲餞爲出宿而設故先言以致其意疏說是也知不爲來嫁時事者以下章亦言出宿飲餞嫁時道遠出宿容有二地飲餞必無繁文也沛禰二地今未詳所在或衞女所適國在沛水旁沛禰爲舟行適衞之道干言爲陸行適衞之道故設想歸程兩言宿餞歟**女子有行遠父母兄弟**【疏】箋行道也婦人有出嫁之道遠於親親故禮緣人情使得歸寧○左桓九年傳凡諸侯之女行杜注行嫁也遠父母兄弟統今昔言之昔嫁時已與父母兄弟相遠今父母既沒兄弟同等宜遠嫌歸與諸姬相見外惟問姑及姊而已禮曲禮已嫁而反兄弟弗與同席而坐弗與同器而食列女傳貞順篇禮婦人既嫁歸問女昆弟不問男昆弟所以遠別也合證二文女子歸寧無致問兄弟之禮兄弟相見而退亦不同坐詩所謂遠也**問我諸姑遂及伯姊**【注】韓說曰女兄曰姊魯說曰父之昆弟不俱謂之世父父之女昆弟俱謂之姑何也以爲諸父內親也故別稱之也姑當外適人疏故總言之也至姊妹亦當外適人所以別諸姊妹何以爲事諸姑禮等可以外出又同故稱略也至姊妹雖欲有略之陳立云可以二字疑誤欲有亦有誤字姊尊妹卑其禮異也詩曰

問我諸姑，遂及伯姊。謂之姊妹何？姊者咨也，妹者末也。【疏】傳「父之姊妹稱姑，先生曰姊」，箋「寍則又問姑及姊，親其類也。先姑後姊，尊姑也」。○左文二年傳：「詩曰『問我諸姑，遂及伯姊』，君子曰禮，謂其姊親而先姑也。」釋親：「父之姊妹曰姑，先生曰姊。」說文：「伯，長也。」禮曲禮「男女異長」，注「各自爲伯季也」。疏：「冠禮加字之時，伯某甫，仲叔季唯其所當。此女自舉其親屬，言既有伯姊，知女居次也。」女兄曰姊者，慧琳音義三引韓詩文，姊作姉，从市，市亦聲。或从市井之市，以形近而誤也。觀方言「娋，姊也」，郭注「今江南山越閒呼姊聲如市」，此因字誤逐俗也。如市，正謂如市井之市，知相承易誤，晉已如此。慧琳引姊从市，亦傳寫之譌。爾雅「男子謂女子先生爲姊」，郝懿行云：「據詩則女子亦謂女子先生曰姊，爾雅略舉一邊耳。」「父之」至「末也」，白虎通綱紀篇文，申詩及姊不及妹之故，此魯說。陳立云：「檀弓云『姑姊妹之薄也，蓋有受我而厚之也』，是姑外適人疏，故喪服姑出室降大功，亦從略之義也。女兄可咨問，故謂之姊；女弟末小於己，故稱妹。易歸妹注『妹，少女之稱』是也。」孔疏：「姑姊尊長，則當己嫁，父母既沒，當不得歸，所以得問之者，諸侯之女有嫁於卿大夫者，去歸則問之。」

出宿于干，飲餞于言。【疏】傳「干、言，所適國郊也」，箋「干、言猶沸、禰，未聞遠近同異」。○漢書地理志東郡下有發干縣，案在今東昌府堂邑縣西南。續志東郡衞國下有竿城，劉昭注「前書故發干城」，是竿卽干之變文，地與沸爲近，或卽詩

之干也言未聞御覽地部十引李公緒記曰柏人縣有干山言
山邶詩干言是也柏人今順德縣唐山縣地望遼遠未敢據信
下文言還車明此二地爲陸行道

載脂載舝還車言邁遄臻于衛不瑕有害

疏 傳脂舝其車以還我行也遄疾臻至瑕遠也箋言還車者嫁時
乘來今思乘以歸瑕猶過也害何也我還車疾至於衛而反於
行無過差有何不可而止我○越語注脂膏也脂之言膏車也
今北道人語如此史記田完世家豨膏棘軸所以爲滑也然而
不能運方穿荀卿傳炙轂過髡注引劉向別錄曰過字作輠輠
者車之盛膏器也案炙轂猶膏車也方言車釭齊燕海岱之間
謂之鍋自關而西謂之釭據此盛膏者乃謂之鍋釭鍋轢一聲
之轉此以釭爲盛膏器釭之一義也說文釭車轂中鐵也新序
雜事篇引湻于髡曰方內而員釭如何與田完世家語意同膏
軸不能運方穿猶員釭不能運方內以釭爲車轂中鐵與說文
合說文又云鐗車軸鐵也釋名鐗閒也閒釭軸之閒使不相摩
也急就篇釭鐗鍵鈷冶錮鐈顏注釭車轂中鐵也鐗軸上鐵也
施釭鐗者所以護軸使不相摩惌也此又釭之一義也後人溷
合爲一謂盛膏於釭中則鐵與鐵相摩使之滑利誤矣今車行
別以器盛膏若不滑利則下車取膏塗軸鐵乃行吳起治兵篇
所謂膏鐗有餘則車輕非膏盛釭中鐵自滑利也至取膏之物
說文鈷鐵銸也一曰膏車鐵鈷敕淹切急就篇顏注鈷以鐵有
所鑷取也是古人取膏用鐵其名曰鈷今束馬鬉毛爲之蕬取

其便與昔異矣舝者說文車軸耑鍵也兩穿相背从舛𢑚省聲𢑚古文偰字舝下云車聲也从車害聲一曰轄鍵也轄一訓鍵故舝通作轄文選潘尼贈陸機出爲吳王郎中令詩注引詩作轄是其證也所謂兩穿相背者穿所以受軸頭古謂之軹說文軹車輪小穿也今仍謂之穿以木裹鐵爲之兩穿夾輪左右制之使不移動中爲輪隔故曰相背穿之外復有鐵牡關之所謂轄也今俗謂之擋說文鍵下云一曰車轄急就篇顏注鍵以鐵有所豎關若門牡之屬也得其實矣故釋文云舝車軸頭金也車舝釋文云舝車軸頭鐵也金鐵無異義舝無用木者或云以木鍵之誤也淮南人間訓夫車之所以能轉千里者以其要在三寸之轄尸子文軒六駃題無四寸之舝則車不行舝作鍵三寸四寸隨車大小爲之無定制也還車言邁者箋云嫁時乘來今思乘以歸案乘嫁時車義具何彼襛矣釋言邁行也釋詁遄疾也臻至也言疾至于衞則已歸矣不瑕有害者馬瑞長云瑕遐古通用隰桑遐不謂矣禮記引作瑕不謂矣表遐之言胡胡無一聲之轉故胡甯又爲無甯凡詩言遐不眉壽遐不黃耇遐不謂矣遐不作人遐不猶云胡不信之之詞也易其詞則曰不遐凡詩言不遐有害不遐有愆不遐猶云不無疑之之詞也愚案馬說是此及上章並設想歸衞之事復轉一念曰此不無有害於義止而不往故下章但言思衞是以能義制情也

我思肥泉茲之永歎【疏】傳所出同所歸異爲肥泉箋茲此也自衞而來所渡水故思此而長歎○釋水

歸異出同流肥水經注淇水篇引詩我思肥泉茲之永歎又云毛注同出異歸爲肥泉爾雅曰歸異出同曰肥釋名曰本同出時所浸潤水少所歸各枝散而多似肥者也犍爲舍人曰水異出流行合同曰肥今是水異出同歸矣馬瑞辰云爾雅古有二讀一作歸異出同肥一作異出同流肥毛傳郭注釋名皆不釋流字之義是毛郭劉所見爾雅本作歸異出同肥其同下並無流字道元引爾雅歸異出同曰肥是其證此一讀也列子殷敬順釋文云水所出異爲肥與舍人皆不釋歸字則舍人爾雅本當作異出同流肥以歸字屬上句作汧出不流歸與異出同流肥相對成文又一讀也今本爾雅兩從致有歧誤又爾雅瀵大出尾下而水經河水注瀵水引呂忱曰爾雅異出同流爲瀵水是呂所見爾雅作異出同流瀵釋文亦云瀵水本同而出異與呂合則知肥當從毛作歸異出同以別於異出同流之瀵其大出尾下之下別有一字脫去不可考矣詩義蓋以肥泉之異流興女之各嫁一方然泉雖異歸終入于衞女子有行遂與衞訣又泉水之不若故思之滋歎耳愚案馬說甚辨而依傳釋詩非也肥有二水一異出同流一歸異出同此肥泉是異出同流之肥也酈注言淇水合馬溝水馬溝水合美溝水美溝出朝歌西北大嶺下流逕駱駝谷於中透迆九十曲歷十二崿崿流相承泉響不斷防閘積石千通水穴萬變案此肥泉上源今輝縣蘇門山百泉是也泉源異出故酈以舍人讀爲然又案呂忱字林肥水出良餘山此入淮之肥水經注肥水篇言肥水出九江成

德縣廣陽鄉西北流分爲二水施水出焉又北入于淮施水篇云施水亦從廣陽鄉肥水別東南入于湖此歸異出同之肥也雅訓與經相表裏所稱肥水當指詩之肥泉非入淮之肥水肥泉入淇歸並不異如依毛傳義不可通斯李酈之説不容易也至爾雅古本互異或後人因入淮之肥妄有竄改耳首章泉水興此當是賦馬以爲興亦非説文茲草木多益从艸絲省聲引申爲增益義故漢書五行志楊雄匈奴傳注並云茲益也永長也説文歎吟也禮坊記注歎謂有憂戚之聲也茲之永歎者葢女之父母既没或葬肥泉之側故思其地則益之長歎也藝文類聚引晉劉楷母孫氏悼艱賦云覽蓼莪之遺詠諷肥泉之餘音以肥泉與蓼莪並稱則二語爲思既没之父母古義如此

思須與漕，我心悠悠。駕言出遊，以寫我憂。

疏 傳須漕衛邑也寫除也箋自衛而來所經邑故又思之既不得歸寧且欲乘車出遊以除我憂○水經注沸水篇濮渠又東逕須城北衛詩云思須與曹也毛云須衛邑矣鄭云自衛而東所逕邑故思箋云自衛而來所經邑來譌東經譌逕案須之爲邑其名不顯鹽城陳蔚林詩説云説文湏下云古文沬从頁是湏卽沬也桑中沬之鄉矣是也此詩思湏之湏字當爲湏後人不知湏是古文沬字傳寫譌改爲須毛云衛邑無能名其所在者道元遂以後起之須城當之未爲塙證愚案陳説極精漕義具擊鼓思須與漕者錢澄之田間詩學謂詩作於衛東渡河後是也葢湏是舊都漕迺新徙故國之變聞而心傷思之悠悠

然長欲歸不得故結之曰駕言出遊以寫我憂罔極之哀多難之急皆在其內竹竿適異國不見答末章語同憂在己身此詩憂在家國皆有所不得已也否則思歸耳何爲憂乎說文駕馬在軛中寫置物也言惟駕言出遊置我之憂於度外耳

泉水四章章六句

北門 疏 毛序刺士不得志也言衞之忠臣不得其志爾箋不得其志者君不知己志而遇困苦○三家無異義潛夫論讚學篇君子憂道不憂貧箕子陳六極國風歌北門故所謂不憂貧也豈好貧而弗之憂邪葢志有所專昭其重也乃將以底其道而邁其德者也王用魯詩此葢魯說志有所專者以國爲憂也底道邁德者委於天命也終窶且貧者祿不足以代耕而非以貧爲病也王事敦迫國事加遺任勞而不辭阨窮而不怨可謂君子矣讀者因終窶之詞以爲憂貧而作不亦昧於詩義乎

出自北門憂心殷殷 疏 傳興也北門背明鄉陰箋自從也興者喻己仕於闇君猶行而出北門心爲之憂殷殷然○出北門者適然之詞或所居近之與出其東門同賦也箋自從也憂心殷殷者以國亂君闇故憂之深痛也釋文殷本又作慇同於巾反說文繫傳慇下云詩憂心殷殷本作此慇字是徐鍇所見與又作本合毛異文也釋訓慇慇憂也本又

作殷殷詩釋文云又音隱爾雅云憂也是陸以爾雅殷殷下當音隱隱柏舟如有隱憂韓詩作殷重言之則爲殷殷殷隱字同故殷殷又爲隱隱楚詞九歎惌思篇王注隱隱憂也詩云憂心殷殷亦作隱隱是也蔡邕述行賦感憂心之殷殷九惟文憂心殷殷潛夫論交際篇處卑下之位懷北門之殷憂內見謫於妻子外蒙譏於士夫蔡與二王並用魯詩據此魯正文爲殷殷亦作隱隱三家義訓並具柏舟

終窶且貧莫知我艱〔疏〕傳窶者無禮也貧者困於財箋艱難也君於己祿薄終不足以爲禮又近困於財無知己以此爲難者言君既然矣諸臣亦如之○釋文窶謂貧無可爲禮案此言既窶不能爲禮且至貧無以自給也說文窶無禮居也馬瑞辰云婁空也窶从婁聲故爲無禮居愚案所居窶陋無以爲禮也倉頡篇云無財曰貧無財備禮曰窶釋詁艱難也國勢瘠弱薄祿不足贍臣僚君子絜清自守爲貧所困雖有艱難無可告語也

已焉哉天實爲之謂之何哉〔注〕韓已上多亦字〔疏〕箋謂勤也詩人事君無二志故自決歸之於天我勤身以事君何哉忠之至○韓已上多亦字者外傳一兩引已焉哉並同是韓異文下二章當同新序節士篇引無亦字明魯與毛同陳奐云已哉猶言既已古訓既已通用然焉通用亦已焉哉猶言亦既然矣天實爲之惟聽命於天安貧之志也齊策高注謂猶奈也謂之何哉猶言奈之何哉潛夫論論榮篇夫令譽我興而大命自天降之詩云天實爲之謂

之何哉故君子未必富貴小人未必貧賤或潛龍未用或亢龍在天從古以然引詩以明修身俟命之義葢魯說如此韓詩外傳一引天實爲之二句三見新序節士篇兩見並推演之詞曹植求通親親表引同

王事適我政事一埤益我疏傳適之埤厚也箋國有王命役使稅之事則減彼一而以益我言君政偏已兼其苦○孔疏此王事不必天子事直以戰伐行役皆王家之事案箋是侯國而云王事知是王命役使之事疏以爲非天子事失箋恉矣適我者謂有王事則必之我政事對王事言知是國之政事荀子勸學篇注一皆也後漢馮緄傳注一猶專也說文埤增也釋詁厚也厚增義同一埤益我皆以增益於我也此與我獨賢勞意同

我入自外室人交徧讁我已焉哉天實爲之謂之何哉注魯讁作適韓作讁云讁數也疏傳讁責也箋我從外而入在室之人不知己志○孔疏此士雖困志不去君而家人使之去是不知己志書立政疏室猶家也呂覽愼勢篇注家室也室人猶家人傳讁責也魯讁作適者趙岐孟子章句七云適過也下引詩語明魯作適讁數也者玉篇言部引韓詩文說文讁罰也从言啇聲漢書食貨志注適責罰也是責亦爲罰適借字讁俗字顧震福云玉篇引毛詩作讁我是毛亦作讁集韻引詩作適我云適

與謫同商頌勿予禍適毛傳云適過也玉篇亦引作謫方言謫過也南楚以南凡相非議謂之謫齊語韋注謫譴責也韓云謫數也者廣雅釋詁數責也左昭二年傳使吏數之杜注數責其罪皮嘉祐云數猶責讓之謂商頌勿予禍適韓詩亦云適數也愚案過亦責也衆經音義十四引字林謫過責也淮南覽冥訓注過讀責過之過皆郎以過爲責陸氏列子釋文云謫謂責其過也此見古人過責之文而昧其訓故於文中加一其字而不知其非是也顏注漢書過責之過尤多誤釋古義之不明蓋自唐初已然矣

王事敦我政事一埤遺我注韓說曰敦迫疏傳敦厚遺加也箋敦猶投擲也○敦迫者釋文引韓詩文與毛訓厚異陳喬樅云後漢韋彪傳以禮敦勸注敦猶逼也班固傳靡號師矢敦奮撝之容注敦猶迫逼也義皆同韓詩胡承珙云敦與督一聲之轉廣雅督促也愚案釋詁敦勉也勉亦與迫義近唐杜甫八哀贈司空王思禮詩塞望勢敦迫正用韓詩文遺猶益也

我入自外室人交徧摧我已焉哉天實爲之謂之何哉注韓摧作讙疏傳摧沮也箋讙者刺譏之言○韓摧作讙者釋文摧或作催音同韓詩作讙音于佳子佳二反就也案說文催相擣也詩曰室人交徧催我此用或作本相擣者謂相懟怨若擣擊然說文無讙字廣雅

釋詁讙就也正用韓義馬瑞辰云玉篇讙譎也讙就以雙聲爲義就當爲蹵蹵同蹵廣雅蹵罪也廣韻蹵迫也與讙譎也義正合桂馥疑就爲訧字之誤又疑爲𧨷字形近之誤皆未塙陳喬樅云箋摧者刺譏之言是鄭用韓讙字爲義

北門三章章七句

北風【注】齊說曰北風寒涼雨雪益冰憂思不樂哀悲傷心又曰北風牽手相從笑語伯歌季舞燕樂以喜【疏】毛序刺虐也衞國並爲威虐百姓不親莫不相攜持而去焉○北風至傷心易林晉之否文北風至以喜否之損文噬嗑之乾同此齊說雨雪益冰者與易履霜堅冰至同意懼威虐之日甚故憂思而傷心相從笑語燕樂以喜與碩鼠樂土樂土爰得我所同意詩主刺虐以北風喻時政也此衞之賢者相約避地之詞以爲百姓莫不然或非也張衡西京賦樂北風之同車與易林燕樂意合張用魯詩是魯與齊同

北風其涼【注】魯說曰北風謂之涼風韓說曰涼寒貌也雨雪其雱【疏】傳興也北風寒涼之風雱盛貌箋寒涼之風病害萬物興者喻君政教酷暴使民散亂○北風謂之涼風者釋天文北魯說也郭注詩曰北風其涼釋文涼本或作古飄字同說文風謂之飄从風涼省聲與又作本合北風又曰廣莫風兒易通

卦驗乾元序制記淮南天文訓史記律書白虎通八風說文廣雅亦作廣漠見易稽覽圖又曰寒風見呂覽有始篇淮南地形訓寒風在冬至後別有西南方涼風寒貌也者王篇水部引韓北風非即涼風爾雅依詩立訓耳涼風亦見諸書在立秋之後是詩文上文北風故知是寒貌也白虎通涼寒也陰氣行也言涼則寒至矣皮嘉祐云列子湯問篇注引字林涼微寒釋名釋州國涼州西方所在寒州也是涼有寒義說文雱旁之籀文溥也溥者大也御覽三十四引引詩作滂穆天子傳郭注廣韻十遇藝文類聚二韓鄂歲華紀麗四並引作雱北風雨雪以喻威虐

惠而好我攜手同行其虛其邪既亟只且〔注〕**魯齊邪作徐魯說曰其虛其徐威儀容止也齊說曰虛徐狐疑也韓說曰亟猶急也**〔疏〕傳惠愛行道也虛虛也亟急也箋性仁愛而又好我者與我相攜持同道而去疾時政也邪讀如徐言今在位之人其故威儀虛徐寬仁者今皆以為急刻之行矣所以當去以此也○古然而同字惠而好我猶言惠然好我與終風惠然肯來句例同說文攜提也其虛至止也釋訓文郭注雍容都雅之貌孔疏引孫炎曰虛徐威儀謙退也郭孫注詞異意同班固幽通賦承靈訓其虛徐兮竚盤桓而且俟曹大家注虛徐狐疑也詩曰其虛其徐曹用齊詩訓虛徐為狐疑本齊說魯齊邪皆作徐韓說當同箋云邪讀如徐用三家改毛也馬瑞辰云虛者舒之

同音假借野有死麕傳舒徐也虛徐二字疊韻淮南原道訓注原泉始出虛徐流不止正以虛徐爲徐虛徐卽舒徐也正義釋虛徐爲謙退閑徐之義失之愚案詩借虛爲舒舒徐卽徐徐釋天李注徐舒也齊策徐州注徐州或作舒州是舒之與徐字訓並通其虛其徐卽其徐其徐也易困卦釋文引馬注徐徐安行貌詳繹雅訓曹注四字只是委蛇退讓裴回不前之狀孔疏析義未爲全失但宜連讀不宜分疏以各家注義證之可見詩人見其同行者從容安雅之狀如此又速之曰既亟只且猶言事已急矣尚不速行而爲此徐徐之態乎亟猶急也者慧琳音義八十引韓詩文說文急作悉云褊也从心及聲亟敏疾也从人从口从又从二二天地也蓋象人蹋天踏地口手並用之狀亟以事言急以心言故云亟猶急也顧震福云釋詁亟疾也釋文亟字又作苟說文苟自急敕也通作𩌏極說文𩌏急也極急性也釋言悈急也釋文悈本或作極又作亟毛傳亟急也與韓訓同只且語助

北風其喈雨雪其霏惠而好我攜手同歸其虛其邪既亟只且

注魯其霏作霏霏疏傳喈疾貌霏甚貌歸有德也○喈鳥鳴聲陳奐云玉篇颽疾風也或本三家詩愚案喈卽湝之假借說文湝下云一曰寒也颽乃湝之後起字猶飄爲涼之後起字也魯其霏作霏霏者列女傳楚處莊姪篇引詩

北風四句其霏作霏霏此魯詩文陳喬樅云廣雅釋訓霏霏雪也正釋魯詩雨雪霏霏之訓霏又與䨾通漢書揚雄傳雲䨾䨾而來迎顏注䨾古霏字是也

莫赤匪狐莫黑匪烏惠而好我攜手同車其虛其邪既亟只且

疏傳狐赤烏黑莫能別也箋赤則狐也黑則烏也猶今君臣相承爲惡如一○莫無匪非也莫非二字相連爲義孟子盡心篇莫非命也詩意猶言莫非赤狐黑烏耳說文狐妖獸也烏鴉鳴聲人多惡之唐韓愈詩鵲噪未爲吉鴉鳴豈是凶是烏嘑不祥古有此語目見耳聞皆妖異不祥之物亟思避之詞危而情迫矣在風人取喻或指奸猾亂民若云斥言其君殆非詩恉

北風三章章六句

靜女注齊說曰季姬踟躕結衿待時終日至暮百兩不來又曰季姬踟躕望我城隅終日至暮不見齊侯居室無憂又曰躑躅踟躕撫心搔首五晝四夜睹我齊侯疏毛序刺時也衛君無道夫人無德箋以君及夫人無道德故陳靜女遺我以彤管之法德如是可以易之爲人君之配○此媵侯迎而嫡作詩也季姬至不來易林師之同人

文結衿者結帨於衿儀禮母施衿結帨曰勉之敬之夙夜無違宮事是其義也待時謂俟迎季姬至無憂同人之隨文渙之遯同無末一句諫之巽作季姜躊躇待孟城隅姜是姬之謁孟卽孟姬也鄭躅至齊侯大有之隨文百兩不來始望之居室無憂繼喜之五書四夜晴我齊侯終慶之蓋焦氏多見古書當日皆有事實足徵而今無可攷此詩爲望媵未至時作也戴震云此媵俟迎之禮諸侯娶一國二國往媵之以姪娣從與而親迎惟嫡夫人耳媵則至乎城下以俟迎者而後入愛而不見迎之未至也徐璈云戴說與易林相證發尋詩意是靜女爲齊侯夫人所媵之同姓故曰季姬季少也我夫人自稱女謂媵詩指思賢惠下情詞悱然有關雎好逑之風車舝德音之慕矣陳喬樅云左傳言齊桓公有長衞姬少衞姬疑易林所云季姬卽指少衞姬愚案諸說皆是易林望我城隅卽詩之俟我城隅也又作待孟城隅明我爲孟姬自稱則媵是少衞姬而孟爲長衞姬矣同是一國之女又夙相見故先有貽管歸荑之事及孟已至國季在城隅孟思戀企望願其早見齊侯共承恩遇合詩與易林觀之情誼顯見列女傳賢明篇載齊桓衞姬事稱其信而有行齊桓使之治內立爲夫人此詩其賢明之見端矣

靜女其姝【注】韓說曰靜貞也姝姝然美也魯齊姝作姝作袾

俟我於城隅【注】魯於作乎【疏】傳靜貞靜也女德貞靜而有法度乃可說也姝美色也俟待也城隅

以言高而不可踰箋女德貞靜然後可畜美色然後可安又能服從待禮而動自防如城隅故可愛之○說文靜審也周書諡法解安也靜貞也者文選張衡思元賦宋玉神女賦曹植洛神賦注引韓詩文葢女貞則未有不靜也此依經立訓姝姝然美也者慧琳音義三十一引韓詩文三十二引作姝好然美也疑誤詩作其姝而韓作姝姝然者即經文一字傳箋疊字例如碩人其頎鄭箋玉篇並作頎頎之比傳姝美色也顧震福云說文廣雅並云姝好也元應音義六引字林姝好貌也方言娥嬿好也趙魏燕代之間曰姝廣韻姝美好後漢和熹鄧皇后紀注姝美色韻會姝美色又好貌說文好美也方言凡美色或謂之好廣韻美好色美一作媄說文媄色好也廣韻引字樣媄顏色姝好也魯齊姝作⿰女殳亦作袾者說文⿰女殳下云好也从女殳聲詩曰靜女其⿰女殳袾下云好佳也从衣朱聲詩曰靜女其袾褮下云一曰若靜女其袾之袾⿰女殳袾袾皆三家異文韓作姝則作⿰女殳袾者爲魯齊文矣廣雅釋詁袾好也眾經音義六云袾古文⿰女殳同案袾謂衣服麗都文殊義別假借作姝耳俟竢借字說文俟大也竢待也魯於作乎者說苑辨物篇引詩作乎言城隅者以表至城下將入門之所也戴震云城隅之制見考工記許叔重五經異義古周禮說文天子城高七雉隅高九雉公之城高五雉隅高七雉侯伯之城高三雉隅高五雉據記考之公侯伯之城皆當高五雉城隅與天子宮隅等門臺謂之宮隅城臺謂之城隅天子諸侯臺門以其四方而高故有隅稱

愛而不見

搔首踟躕注魯愛作薆齊作僾韓而作如踟躕作躊躇云躊躇猶躑躅也亦作跱躇疏傳言志往而行正箋志往謂踟躕行正謂愛之而不往見○魯愛作薆者釋言薆隱也郭注見詩方言掩翳薆也郭注薆謂蔽薆也詩曰薆而不見合證二注明郭據爾雅舊注魯詩文是魯作薆毛作愛潛借字而如字古通愛而卽愛如也戴震云愛而猶隱然陳喬樅云離騷衆薆然而蔽之薆而猶薆然也說苑引詩作愛後人從毛所改齊愛作僾者說文僾仿佛也詩曰僾而不見陳喬樅云禮祭義僾然必有見乎其位孔疏引詩云僾而不見與說文合今注疏本仍作愛段玉裁以爲愛當作薆是也葢禮記舊說有據齊詩以證祭義者故孔沿用其說然則許引齊詩文也薆僾字通韓而作如踟躕作躊躇者慧琳音義七十三引韓詩云愛如不見搔首躊躇躊躇猶躑躅也易林云躑躅踟躕一知齊訓與韓同七十二引韓詩外傳亦作搔首躊躇今本外傳一引詩作愛而不見搔首踟躕乃後人順毛改之文選思元賦注引韓詩愛而不見搔首踟躕薛君曰躊躇躑躅也據此知是薛訓躑上奪猶字琴賦注引二語仍作猶躑躅也可證兩引作而不作如亦後人所改搔首躊躇句又見思舊賦洞簫賦左思招隱詩何劭贈張華詩注惟鸚鵡賦注誤作踟躕亦作跱躇者說文繫傳躇下云跱躇不前也鍇曰詩云愛而不見搔首跱躇說文無跱字大徐僞跱躕是小徐時惟韓詩存葢亦韓異文顧震福云易姤羸豕孚蹢

躅釋文蹢本亦作躑躅本亦作躅古文作𨂐禮三年問蹢躅焉踟躕焉釋文作蹢躅踶躕荀子禮論作躑躅踟躕說文篤下云篤箸也蹢下云住足也或曰蹢躅躅下云蹢躅也彳下云小步亍下云步止也玉篇躊躇猶猶豫也蹢躅行不進重文作躑躅廣雅蹢躅躊躇也集韻躊躇行不進也躊亦作峙易緯是類謀物瑞騠騶鄭注騠騶猶踟躕也成公綏嘯賦又作踟跦篤著峙躇踶躕踟跦踟躕並與躊躇同蹢躅𨂐騠騶彳亍並與躑躅同皆猶豫不進之貌愚案搔首踟躕者說文搔括也古者以象骨爲揥以爲首飾所以自旁挈括其髮義具君子偕老及淇奧篇故許訓搔爲括鄘風正義云以象骨搔首是也人每有所思而搔首亦於髮上取其骨揥而復安之與括髮意同故亦謂之搔衆經音義引說文誤括爲刮又訓搔爲抓此後起之義古無是說後世以玉爲簪用以束髮故結髮曰簪髮散髮曰抽簪有所思而搔首亦用之唐杜甫詩天地空搔首頻抽白玉簪是其證矣踟躕謂媵易林云季姬踟躕可證蓋夫人初至成禮禮畢而後迎媵故詩以俟我爲詞媵在城外俟迎乃入致有終日至暮不見國君之事搔首踟躕夫人代媵設想如此韓詩外傳一略言不肖者縱欲夭年賢者精氣闐溢而後傷時不可過引懷昏姻也及此詩爲證說苑辨物篇引詩同並推演之詞

靜女其孌貽我彤管【注】魯說曰古者后夫人必有女史彤管之

法后妃羣妾以禮御於君所女史書其日授其環以示進退之法生子月娠則以金環退之當御者以銀環進之著於左手既御著於右手左手陽也以當就男故著左手右手陰也既御而復故又曰女史掌彤管之訓齊說曰彤者赤漆耳史官載事故以彤管赤心記事也【疏】傳既有靜德又有美色又能遺我以古人之法可以配人君也古者后夫人必有女史彤管之法史不記過其罪殺之后妃羣妾以禮御於君所女史書其日月授之以環以進退之生子月辰則以金環退之當御者以銀環進之著于左手既御著于右手事無大小記以成法箋彤管筆赤管也○變義具泉水詩言靜女從行其情甚與我相變慕乃貽我以彤管釋文貽本又作詒彤赤也管筆管後漢皇后紀注引詩詒我彤管與又作本合古者至復故御覽皇親部引劉向五經要義文魯說也藝文類聚十五引同女史掌彤管之訓者張衡天象賦文衡用魯詩者也周禮女史八人注女史女奴曉書者其職掌王后之禮職掌內治之貳以詔后治內政逆內宮書內令凡后之事以禮從夫人女史亦如之御覽百四十五引劉芳詩音義疏云女史彤管法如國史主記后夫人之過人君有柱下史后有女史內外各有官也後漢后

妃紀序頒官分務各有典司女史彤管記功書過劉知幾史通十一云詩彤管者女史記事之所執也古者人君外朝則有國史內朝則有女史故晉獻惑驪姬夜泣牀第之私房中之事不得掩焉楚昭讌蔡姬許之後死夫宴私而有書事之冊蓋受命者即女史之流乎皆掌訓之義也彤者至事也崔豹古今注牛亨問彤管何也董仲舒答曰云云此記其製物之式命名之由齊詩說也張華博物志同合證諸書是女史彤管書事記過使人君妃妾知所警戒進退得秩敘之美宮闈無瀆亂之愆所繫至重左定九年傳靜女之三章取彤管焉斷章之義取諸此也

彤管有煒說懌女美〔注〕三家懌作釋〔疏〕傳煒赤貌彤管以赤心正人也箋說懌當作說釋赤管煒煒然女史以之說釋妃妾之德美之○說文煒盛赤也从火韋聲詩曰彤管有煒眾經音義十八引作盛明貌也釋文說本又作悅白帖二十御覽六百五引並作悅三家懌作釋釋者箋說懌當作說釋此用三家改毛說文無懌字說下云說釋也即本此詩說釋之義與鄭合人說則心釋然故曰說釋學記相說以解與說釋意合女女彤管以下章女荑例之可見美善也說懌女美者夫人見媵贈此彤管知其義在箴規故說而善之此及下章並舉從行相贈遺之事以見情好之篤

自牧歸荑洵美且異匪女之為美美人之貽〔注〕韓異作瘱云瘱

悅也疏牧田官也荑茅之始生也本之於荑取其有始有終非絜白之物也自牧田歸荑其信美而異者可以供祭祀猶貞女在窈窕之處媒氏達之可以配人君遺我者遺我以賢妃也○釋地郊外謂之牧廣雅釋詁同周語國有郊牧韋注牧放牧之地歸讀如左閔二年傳歸夫人魚軒之歸晉語注歸饋也歸饋古通廣雅釋詁歸遺也遺貽同字歸貽同義上歸下貽變文言之耳說文荑草也眾經音義十九引通俗文草陸生曰荑自牧歸荑者言在郊外曾取此荑以饋我也韓異作癒云癒悅也者文選神女賦李注引韓詩文陳奐云它詩無癒訓當是此詩章句異者癒之借字異癒一聲之轉承上文說懌女美而言愚案陳說是洵美且異者言信美且可悅愛也女女荑夫人言此荑非形管比而我得之以爲信美可悅者非女荑之爲美也所以如此者美此人之貽我重其人因愛其物耳此女足爲我重如是安得不望其早見國君而承恩遇乎

靜女三章章四句

新臺疏毛序刺衞宣公也納伋之妻作新臺于河上而要之國人惡之而作是詩也箋伋宣公之世子○三家無異義孔疏此詩蓋伋妻自齊始來未至於衞公聞其美恐不從己故使人於河上爲新臺待其至於河而因臺所以要之耳案疏說

是也易林歸妹之蠱陰陽隔塞許嫁不荅旄丘新臺悔往歎息
此齊詩說新臺旄丘事異而其爲陰陽隔塞人倫禍變則同悔
往歎息以詩爲國人代姜氏之詞與序意合姜氏許嫁子伋入
其國不見其人是不荅也遇衞宣之强暴乃悔往而歎息其初
心未必不善轉念誤之耳左桓十六年傳衞宣公烝於夷姜生
急子爲之娶於齊而美公取之事又見史記衞世家列女傳新
序詳具日月篇水經注河水篇河水又東逕鄄城縣北故城在
河南十八里河之北岸有新臺鴻基層廣累高數丈衞宣公所
築新臺矣寰宇記新臺在濮州鄄城縣東北十
七里北去河四里一統志鄄城今曹州府濮州

新臺有泚河水瀰瀰【注】三家泚作玼齊瀰作洋【疏】傳泚鮮明貌
瀰瀰盛貌水所以絜汙穢反于河上而爲淫昏之行○新臺者釋文修舊曰
新三家泚作玼者釋文泚鮮明貌說文作玼云新色鮮也案說
文玼玉色鮮也从玉此聲詩曰新臺有玼與釋文引異段玉裁
云說文玉上當有新字玼本新玉色引申爲凡新色如玼兮玼
兮言衣之鮮盛新臺有玼言臺之鮮明其說是也說文無泚字
孟子滕文公篇其顙有泚當訓爲水出貌無鮮明義許引三家
正字毛借字齊瀰作洋者漢書地理志邶詩曰河水洋洋顔注
今邶詩無此句盧文弨云洋洋疑字誤或本作洋字从水芊聲
卽河水瀰瀰也洋字見廣雅釋上今亦譌爲洋班氏明引邶詩
必非逸句顧廣圻云影宋本廣雅作洋集韻洋字載十九侯盧

讀作泮非是陳喬樅云玉篇水部瀰深也盛也泮亦瀰字集韻四紙瀰瀰泮同字訓水盛皃類篇十一中水部瀰或作泮據此數證盧說良是但不當引廣雅以亂之耳集韻類篇雖引廣雅陴泮涯也然玉篇廣韻皆無此字王念孫廣雅疏證以爲涘字之誤是也且使廣雅作泮其訓爲涯豈可以當詩之瀰瀰乎顧說誤

燕婉之求籧篨不鮮〔注〕魯韓燕作嬿韓說曰嬿婉好皃齊作嫚魯說曰籧篨口柔也〔疏〕傳燕安婉順也籧篨不能俯者箋鮮善也伋之妻齊女來嫁於衛其心本求燕婉之人謂伋也反得籧篨不善謂宣公也籧篨口柔常觀人顔色而爲之辭故不能俯也○魯韓燕作嬿韓云嬿婉好皃者文選西京賦李注引韓詩曰嬿婉之求嬿婉好皃玉篇女部引詩亦從韓作嬿婉張衡西京賦從嬿婉衡用魯詩作嬿是魯韓文同薛綜注嬿婉美好之皃與韓訓合燕嬿皆借字本字當作宴說文宴下云宴婉也婉下云順也干祿字書冤或作惌故婏今作婉據此婉與婉通宴婉即宴婉矣傳燕安婉順也毛訓燕爲安明以燕爲宴後漢邊讓傳展中情之嬿婉李注嬿安也婉美也亦以嬿爲宴釋訓宴宴柔也郭注和柔是宴爲安和皃故雅訓柔也宴婉二字析言各字爲義合言則安和之意總謂美好耳齊作嫚者說文嫚目相戲从目晏聲詩曰嫚婉之求毛作燕魯韓作嬿則作嫚者齊文也嫚亦宴假借字下二章當同燕婉之求言爲嘉耦是求也籧篨口柔也者釋訓文釋文引舍

人曰籧篨巧言也李巡曰籧篨巧言好辭以口悅人是謂口柔
孫炎曰籧篨之疾不能俯口柔之人視人顏色常亦不伏因亦
名云此蓋魯詩說論衡累害篇籧篨多佞王用魯詩正合雅訓
晉語籧篨不可使俯蓋疾不能俯者名籧篨而口柔者似之故
以爲號餘互詳末章此一義也說文籧篨粗竹席也方言簟自
關而西其麤者謂之籧篨此以物之粗惡者爲比又一義也齊
韓家以戚施爲醜物則籧篨之訓當從本義以爲粗惡之物矣
竹席可卷反之則折是不可使俯也疾有籧篨之名卽取此義
以口柔爲籧篨又因疾狀推言之箋鮮善也不鮮
言遇此不善之人爾雅釋詁鮮善也知三家同

新臺有洒河水浼浼【注】**韓洒作漼云鮮貌浼浼作浘浘云盛貌**

漼亦作滜【疏】傳洒高峻也浼浼平地也○韓洒作漼浼浼作浘
反韓作浘浘音尾云盛貌段玉裁云此必首章新臺有泚河水
瀰瀰之異文漼浘字與泚瀰同部與洒浼不同部陸誤屬之二
章也馬瑞辰云洒洗雙聲古通用白虎通洗者鮮也呂覽高注
洗新也又與銑通晉語韋注銑猶洒也有洒猶有泚毛訓高峻
不若韓訓鮮貌爲確韓洒作漼者玉篇淬與漼同詩有漼者淵
本或爲萃洒通作漼猶洗通作淬皆異部叚借也儀禮釋文洗
悉禮反劉本作淬七對反是其類段謂漼爲泚異文非也說文
槃傳引詩新臺有漼云字本作滜說文滜新也廣韻滜新水狀

也亦與韓訓漼爲鮮同義說文㶕字注水流浼浼皃浼字注引詩河水浼浼浼古者讀如門與㶕音近浼浼卽㶕㶕也玉篇浘浘水流皃浼浼通作浘浘猶勉勉通作亹亹皆一聲之轉亹亹亹亹也猶文選吳都賦清流亹亹李注引韓詩亹亹水流進皃當亦此詩浼浼之異文古浼亹音皆如門故通用傳韓詩者不一家故浘亹字各異耳段以浘浘爲上章瀰瀰異文但取字之同部不知雙聲字古亦通用也愚案漼漼並三家文說文崔大高也嶵山皃文選靈光殿賦嵯峨嶵嵬嶵同辠辠猶崔嵬也辠之通崔與漼之通漼一例說文漼深也亦此詩義當以漼爲正字防有鵲巢韓詩娓美也此詩浘浘盛皃美盛義同河水浘浘猶言美哉河水矣

燕婉之求籧篨不殄注三家殄作腆疏傳殄絕也箋殄當作腆腆善也○三家殄作腆者箋殄當作腆疏腆殄皆今字之異故儀禮注云腆古文字作殄是也據此三家今文皆作腆故箋依以改毛不腆猶不鮮也

魚網之設鴻則離之燕婉之求得此戚施注魯說曰戚施面柔也韓說曰戚施蟾蜍蝛蝤喻醜惡亦作䵷鼀疏傳言所得非所求也戚施不能仰者箋設魚網者宜得魚鴻乃鳥也反離焉猶齊女以禮來求世子而得宣公戚施面柔下人以色故不能仰也○說文設施

陳也。易序卦傳「離者，麗也」，附著之義。「戚施，面柔也」者，釋訓文。釋文引舍人曰：「戚施，令色誘人。」李巡曰：「戚施，和顏悅色以誘人，是謂面柔也。」孫炎曰：「戚施之疾不能仰，面柔之人常俯，似之，亦以名云。」論衡累害篇「戚施彌姤，言戚施之人彌多姤忌，故以令色誘人」，益皆魯說。晉語「戚施不可使仰」，又云「戚施直鎛，籧篨蒙璆」，韋注：「籧篨，直者；戚施，瘁者。直，直擊鎛。鎛，鍾也。蒙，戴也。璆，玉磬。不能俯，故使戴磬。」淮南修務訓「啳睽哆噅，籧篨戚施，雖粉白黛黑弗能為美者，嫫母仳倠也」，高注：「籧篨偃，戚施僂，皆醜貌。」是戚施為不能仰之疾，而面柔者似之，故名。此一義也。「戚施，至醜惡」者，御覽九百四十九引韓詩曰：「魚網之設，鴻則離之。燕婉之求，得此戚施。」薛君曰：「戚施，蟾蜍𧑦蜻，喻醜惡。」亦作䵶𪓰者，說文鼀下云「圥鼀，詹諸也。其鳴詹諸，其皮鼀鼀，其行圥圥。从黽，从圥，圥亦聲」，䵶下云「鼀或从酋」，𪓰下云「䵶𪓰，詹諸也。詩曰：得此䵶𪓰，言其行䵶𪓰」。所引詩與魯、韓、毛文異，是據齊詩，而訓與韓合。詹諸，蟾蠩之消即薛所云「蟾蜍」，郭璞云「似蝦蟆，居陸地」者也。說文「其皮鼀鼀」猶言戚戚，「其行𪓰𪓰」猶言施施，故鼀𪓰與戚施同字。「其行圥圥」，桂馥云「行」不應重出，「圥」似詹諸之形，「行」當作「形」，是也。圥，力竹切，音六；鼀，七宿切，音蹴。詹諸一名圥鼀，又名䵶𪓰，亦名鼀䵶，釋魚「鼀䵶，詹諸」是也。鼀或作鼁，譌字，說文所無，後人據雅訓因謂說文誤併鼀䵶為一字。馬瑞辰云：爾雅釋文「䵶音秋」，䵶又作鰌，山海經郭注䵶𪓰似蝦蟆，玉篇䵶𪓰同字。秋、戚一聲之轉。莊子「諸大夫蹵然」，本或作愀然，蹵即蹙也，是秋、戚通用。據此，說文不誤。愚案，薛注「蟾蜍𧑦蜻」，異名也。蝛從就聲，秋、酋鼀戚同聲通轉尤爲顯證又名蝲蠪說文蝲下云蝲蠪詹諸以脰鳴者是也蝲蟙亦雙聲字一物繁稱字隨音變猶螽斯有十數名絫評例評皆可不必謂爾雅是而說文非也淮南原道訓蟾蠩捕蚤高注蟾蠩螔也又以一字爲名螔即此詩施字之增變矣說文其皮鼀鼀其行鼁鼁皆狀物之醜惡貌故詩人以爲比此又一義也惟蟾蠩之爲物亦不能使仰者是齊韓與魯毛訓異而義未嘗不通矣

新臺三章章四句

二子乘舟〔注〕魯韓說曰衞宣公之子伋也壽也朔也伋前母子也壽與朔後母子也壽之母與朔謀欲殺太子伋而立壽也使人與伋乘舟於河中將沈而殺之壽知不能止也因與之同舟舟人不得殺伋方乘舟時伋傅母恐其死也閔而作詩二子乘舟之詩是也其詩曰二子乘舟汎汎其景願言思子中心養養

〔疏〕毛序思伋壽也衞宣公之二子爭相爲死國人傷而思之作是詩也○衞宣至養養新序節士篇文下又使伋之齊云云

具曰月篇此魯韓詩義與毛序異范家相云姜與朔謀殺伋具事祕有傅母在內故知而閔之壽與伋共舟所以阻其沈舟之謀其後竊旌乃代死情事宛然此新序之勝於毛傳者陳奐云此與列女傳不同劉子政習魯詩兼習韓詩也

二子乘舟汎汎其景【疏】美傳二子伋壽也宣公爲伋取於齊女而美公奪之生壽及朔朔與其母愬伋於公公令伋之齊使賊先待於隘而殺之壽知之以告伋使去之伋曰君命也不可以逃壽竊其節而先往賊殺之伋至曰君命殺我壽有何罪賊又殺之國人傷其涉危遂往如乘舟而無所薄汎汎然迅疾而不礙也○案三家義傳母閔而作詩二子亦當指伋壽乘舟實事非喻言也沈舟祕計傅母知而不敢言壽與同舟以阻其謀其果沈與否亦非壽與傳母所敢知而壽有救伋之心傅母必知之故閔伋兼閔壽也汎浮貌重言之曰汎汎廣雅釋訓汎汎浮也王引之云景讀如憬泮水傳憬遠行貌與下章汎汎其逝同義士昏禮姆加景今文景作憬是憬景古通

願言思子中心養養【注】魯養養作洋洋【疏】傳願每也養養然憂不知所定箋願念也念我思此二子心爲之憂養養然○魯養養作洋洋者釋訓悠悠洋洋思也邢疏二子乘舟云中心養養此皆想念憂思也洋養音義同邢蓋據舊注魯詩文是養養當爲洋洋魯正字毛借字悠悠訓長洋洋亦爲思之長也馬瑞辰云首章中心養養二章不瑕有害皆二子未死以前恐其被害之詞非既死後

追悼之詞,且二子如未乘舟,不得直言乘舟也。新序說是。

二子乘舟,汎汎其逝。願言思子,不瑕有害。 疏 傳:「逝,往也。言二子之不遠害。」箋:「瑕猶過也。我思念此二子之事,於行無過差,有何不可而不去也。」○不瑕義具泉水。「不瑕有害」言此行恐不無有害,疑慮之詞。水經汴河水篇:「莘道城西北有莘亭,衛宣公使伋於齊,令盜待於莘,伋、壽繼隕於此。亭道阨限蹊要,自衛適齊之道也。望新臺於河上,感二子於夙齡,詩人乘舟,誠可悲也。」以河上乘舟爲實事,亦用三家義。

二子乘舟二章,章四句。

邶鄘衛國上十九篇,七十一章,三百六十三句。

詩三家義集疏卷三上終

清長沙王氏本詩三家義集疏

第五册

清 王先謙撰

中國國家圖書館藏民國四年長沙王氏虛受堂刻本

山東人民出版社·濟南

詩三家義集疏卷二十二

長沙王先謙益吾著

生民之什第二十二　詩大雅

生民〔疏〕毛序：尊祖也。后稷生於姜嫄，文武之功起於后稷，故推以配天焉。○史記周本紀：后稷母有邰氏女，曰姜原，爲帝嚳元妃。姜原出野，見巨人迹，心忻然悦，欲踐之，踐之而身動如孕者，居期而生子，以爲不祥，弃之隘巷，馬牛過者皆避不踐；徙置之林中，適會山林多人；遷之而弃渠中冰上，飛鳥以翼覆薦之。姜原以爲神，遂收養長之。初欲弃之，因名曰弃。弃爲兒時，屹如巨人之志。其游戲，好種樹麻菽，麻菽美。及爲成人，遂好耕農，相地之宜，宜穀者稼穡焉，民皆法則之。帝堯聞之，舉弃爲農師，天下得其利，有功。封弃於邰，號曰后稷，別爲姬氏。索隱：詩大雅生民篇所云是其事也。愚案：史遷所載皆本魯詩，其爲帝嚳妃，乃雜采它傳記，齊韓蓋同。

厥初生民，時維姜嫄。〔注〕魯維作惟，韓嫄作原，說曰：姜，姓；原，字。〔疏〕傳：生民，本后稷也。姜，姓也。后稷之母配高辛氏帝焉。箋：厥，其；初，始；時，是也。言周之始祖，其生之者，是姜嫄也。姜姓者，炎帝之後有女名嫄當堯之時爲高辛氏之世妃本后稷之初生故謂之生民○史記三代世表張夫子問褚先生曰詩言契后稷皆無父而生今案諸傳記咸言有父父皆黃帝子也得無與詩謬乎褚先生曰不然詩言契生于卵后稷人迹欲見其有天命精誠之意耳鬼神不能自成須人而生奈何無父而生乎一言有父一言無父信以傳信疑以傳疑故兩言之詩傳曰湯之先爲契無父而生契母與姊妹浴于玄邱水有燕銜卵墮之契母得故含之誤吞之即生契契生而賢堯立爲司徒姓之曰子氏子者茲茲益大也詩人美而頌之曰殷社芒芒天命元鳥降而生商商質殷號也文王之先爲后稷稷亦無父而生后稷母爲姜嫄出見大人跡而履踐之知於身即生后稷姜嫄以爲無父賤而弃之道中牛羊避不踐抱之山中山者養之又捐之大澤鳥覆席食之姜嫄怪之於是知其天子乃取長之堯知其賢才立以爲大農之姓之曰姬氏姬者本也詩人美而頌之曰厥初生民深修益成而道后稷之始也陳喬樅云漢書儒林傳沛褚少孫事王式爲博士魯詩有褚氏之學世表後所引詩傳乃魯詩傳又儒林傳山陽張長安幼君先事式論石渠至淮陽中尉其兄子即以詩授元帝之張游卿也世表張夫子其幼君與愚案孔疏引許氏五經異義詩齊魯韓說聖人皆無父感天而生褚雖引詩傳而意駁之毛謂姜嫄配高辛氏帝本未明著爲帝嚳鄭疑帝嚳不當與堯並在天子之位⿰弓見⿰鄭孔⿰走虎易爲高辛氏之世妃亦不能定爲何世要皆以姜嫄有夫后稷即有父也然觀褚引詩

傳堯已躬立棄爲大農與周本紀堯舉棄爲農師合則以弟臣兄不害同爲帝嚳之子原無帝嚳與堯並在位之嫌三姜嫄雖帝嚳妃棄雖帝嚳子而棄之生實感神迹不由其父則三家謂聖人無父正以始生之靈蹟已暴於天下特存其眞不爲過也魯維作惟者王逸楚詞章句序詩厥初生民時惟姜嫄明魯作惟姜姓原字者史記周本紀注引韓詩章句文嫄原字通作

生民如何克禋克祀以弗無子注三家弗作祓疏傳禋敬弗去也去無子求有子古者必立郊禖焉玄鳥至之日以太牢祠于郊禖天子親往后妃率九嬪御乃禮天子所御帶以弓韣授以弓矢于郊禖之前箋克能也弗之言祓也姜嫄之生后稷如何乎乃禋祀上帝於郊禖以祓除其無子之疾而得其福也能者言齊肅當神明意也二王之後得用人子之禮○三家弗作祓者御覽五百二十九載鄭記王權引生民詩作克禋克祀以祓無子陳喬樅云此三家之今文毛詩弗字乃祓之假借愚案以祓無子當即周禮女巫祓除所由昉鄭風溱洧篇韓詩以爲上巳祓除亦此類也鄭箋以祓釋弗正據三家改毛生民本於姜嫄周又特爲立廟棄生不由其父與契無異但詩言以祓無子固婦之事非女之事明矣故史記本紀漢書人表吳越春秋及大戴世本諸書皆仍著姜嫄爲帝嚳妃生棄其說亦必出於三家毋旣爲帝嚳妃則棄終爲帝嚳子故禮祭法仍有周人禘嚳而郊稷之文也而劉向列女傳乃不著姜嫄之夫張華遂謂爲思女不夫而孕可

謂禋矣說文禋潔祀也一曰精意以享爲禋祀祭無已也祓除惡祭也潔祀益即續漢書三月上巳宮人皆洗濯祓除爲大絜之義克禋克祀亦即大絜後之祭祀巫所掌宮人皆得自行之毛傳必援秦令說詩又改高禖爲郊禖謂姜嫄從帝郊見於天以傅其改履帝武爲踐高辛帝之迹斯則創解不經矣鄭既不信帝爲高辛之帝猶據從祀高禖爲說率九嬪以從帝祭嚴事也乃獨往履

履帝武敏注魯說曰履帝武敏武迹也敏拇也歆大神迹耶

攸介攸止載震載夙載生載育時維后稷疏傳履踐也帝高辛氏之帝也武迹敏疾也從於帝而見於天將事齊敏也歆饗介大也止福祿所止也震動夙早育長也后稷播百穀以利民箋帝上帝也敏拇也介左右也夙之言肅也祀郊禖之時時則有大神之迹姜嫄履之足不能滿履其拇指之處心體歆歆然其左右所止住如有人道感已者也於是遂有身而肅戒不復御後則生子而養長名之曰弃舜臣堯而舉之是爲后稷○履帝至拇也釋訓文爾雅釋文云敏舍人本作畝舍人注古者姜嫄履天帝之迹於畎畝之中而生后稷孔疏引孫炎注拇迹大指處王逸楚詞章句一武迹也詩曰履帝武敏歆是魯讀又於歆字斷句白虎通姓名篇周姓姬氏祖以履大人迹生也此皆魯說繁露三代改制質文篇后稷母姜嫄履天之迹而生后稷后稷長於邰土播田五穀此齊說愚案聖人之生宜有異迹詩本周公所作述其祖

事神異不以爲非毛何所嫌疑而矯枉過正如此爾雅之不用毛詩此尤其明證也

誕彌厥月【注】韓說曰誕信也**先生如達**【疏】傳誕大彌終達生也姜嫄之子先生者也箋達羊子也大矣后稷之在其母終人道十月而生生如達之生言易也○誕信也者文選陸雲大將軍讌會詩李注引韓詩文陳喬樅云說文誕詞誕也誕訓大言故又引伸爲虛詐之義廣雅釋詁誕信也此用韓詩義誕既訓詐又得訓信猶以亂爲治徂爲存皆詁訓之義有反覆旁通美惡不嫌同名也

不拆不副無菑無害【疏】傳言易也凡人在母母則病生則拆副菑害其母橫逆人道○論衡奇怪篇詩曰不坼不副是生后稷說者又曰禹卨逆生闓母背而出后稷順生不坼不副不感動母體故曰不坼不副如實論之彼詩言不坼不副言其不感動母體可也言其闓母背而出妄也陶元湻云兒在母腹胞衣裹之生時衣先破兒體手足少舒故生之難惟羊子之生胞仍完具墮地而後母爲破之故其生易后稷生時蓋藏於胞中形體未露如羊子之生故言如達馬瑞辰云陶說是不拆不副謂其胞衣不拆裂也

以赫厥靈上帝不寧不康禋祀居然生子【疏】傳赫顯也不寧寧也不康康也箋康寧皆安也姜嫄以赫然顯著之徵其有神靈審矣此乃天帝之氣也心猶不安之又不安徒以禋祀而無人道居默然自生子懼時人不信也○陳奐云

不皆發聲居猶其也然猶是也此承上章言姜嫄克禋祀上帝而上帝亦將安樂其禋祀其然生子謂生后稷也黃山云此申述生子之非常理以著下章誕寘之由也箋易傳於不寧不康皆釋爲不安亦必本之三家但謂禋祀卽前之克禋克祀則以前文旣爲禋祀上帝不得數舉遂爲又不安之說致辭窮而意轉窒今案列女傳言姜嫄履巨人迹歸而有娠浸以益大心怪惡之卜筮禋祀以求無子終生子以爲不祥而棄之云云正此詩四句之義葢姜嫄因赫然有娠顯示以靈怪之徵意上帝以己踐其迹不安而降之罰故曰以赫厥靈上帝不寧也已意亦因之不安而禋祀以求解本求無子而終生子故曰不康禋祀居然生子也前之潔祀求祓無子之疾後之潔祀求獲無子之庇至居然生子以爲不祥而棄之三家之說大同傳箋乃謂故棄之以顯其異斯不然矣

誕寘之隘巷牛羊腓字之誕寘之平林會伐平林誕寘之寒冰鳥覆翼之鳥乃去矣后稷呱矣實覃實訏厥聲載路[疏]傳誕大寘置腓辟字愛也天生后稷異之於人欲以顯其靈也帝不順天是不明也故承天意而異之於天下牛羊而辟人者理也置之平林又爲人所收取之大鳥來一翼覆之一翼藉之人而收取之又其理也故置之於寒冰於是知有天異往取之矣后稷呱呱然

而泣覃長訏大路大也箋天異之故姜嫄置后稷於牛羊之徑亦所以異之實之言是也覃謂始能坐也訏謂張口嗚呼也是時聲音則已大矣○史記引已見上論衡吉驗篇后稷之時履大人跡或言衣帝嚳之服坐息帝嚳之處妊身怪而弃之隘巷牛馬不敢踐之寘之冰上鳥以翼覆之慶集其身母知其神怪乃收養之長大佐堯位至司馬夫后稷不當弃故牛馬不踐鳥以羽翼覆愛其身楚詞天問稷惟元子帝何篤之投之於冰上鳥何燠之王逸章句曰帝謂天帝也言后稷之母姜嫄出見大人迹怪而履之遂有娠而生后稷姜嫄以后稷無父而生弃之於冰上有鳥以翼覆薦溫之以爲神乃取而養之詩曰誕寘之寒冰鳥覆翼之以上魯說趙煜吳越春秋一后稷其母邰氏之女姜嫄爲帝嚳元妃年少未孕出遊於野見大人迹而觀之中心歡然喜其形像因履而踐之身動意若爲人所感後妊娠恐被淫泆之禍遂祭祀以求謂無子履天帝之跡天猶令有之姜嫄怪而棄于阨狹之巷牛馬過者䟝易而避之復棄於林中適會伐木之人多復置於澤中冰上衆鳥以羽覆之后稷遂得不死姜嫄以爲神收而養之長因名棄趙從杜撫受韓詩見後漢儒林傳曹植仲雍哀辭曰昔后稷之在寒冰鬬穀之在楚澤咸依鳥馮虎而無風塵之災以上韓說愚案周本紀云適會山林多人遷之而棄渠中冰上吳越春秋言會伐木之人多復置于澤中冰上最得經旨傳言置之平林爲人所收取誤也

誕實匍匐克岐克嶷〔注〕魯嶷作㘈以就口食〔疏〕傳岐知意也嶷
識也箋能匍匐則岐岐然意有所知也其貌嶷嶷然有所識別也以此至於能
就衆人口自食謂六七歲時○魯嶷作㘈者釋文嶷說文作㘈
說文㘈下云小兒有知也从口疑聲詩曰克岐克㘈陳喬樅云
淮南原道訓扶搖抮抱羊角而上高注抱讀詩克岐克嶷之嶷
又本經訓菱杼紾抱高注抱讀岐㘈之㘈據此是岐㘈之㘈魯
詩正作口旁疑與說文所引詩合原道訓注作嶷此後人順毛
改之非高注之舊文也馬瑞辰云就之言求也釋詁求就並訓
爲終是就求同義之證論語就有道而正焉卽求有道而正之
也以就口食猶易頤自求口食春秋元命苞所云
岐頤自求也正義釋箋謂能就人之口取食失之蓺之荏菽荏
菽旆旆禾役穟穟〔注〕韓荏作戎三家役作穎麻麥幪幪瓜瓞唪
唪〔注〕三家唪作菶〔疏〕傳荏菽戎菽也旆旆然長也役列也穟穟
苗美好也幪幪然茂盛也唪唪然多實也
箋蓺樹也戎菽大豆也就口食之時則有種殖之志言天性也
○上文所引史記言后稷其游戲好種樹麻菽麻菽美此詩是
也吳越春秋后稷爲兒時好種樹禾麥桑麻五穀相五土之宜
青赤黄黑陵水高下粢稷黍禾蘽麥豆稻各得其理堯遭洪水
人民泛濫逐高而居堯聘棄使教民山居隨地造區研營種之
術三年餘行人無飢乏之色乃拜棄爲農師封之台號爲后稷

姓姬氏此韓說韓荏作戎者太宰賈疏生民詩云蓺之荏菽戎菽大豆后稷之所殖陳喬樅云賈疏所引直作戎菽當爲韓詩之異文釋詁戎王並訓爲大王任古通戎荏一聲之轉三家役作穎者說文穎下云禾采也从禾頃聲詩曰禾穎穟穟下云禾采之貌从禾遂聲詩曰禾穎穟穟爾引詩皆作穎段注古音支淸二部互轉役在支部郎穎之入聲葢爲叚借字許此句用三家詩若如鳥斯翽爲正字毛作革爲叚借字也三家唪作菶者馬瑞辰云唪唪即菶菶之叚借說文玤讀若詩曰瓜瓞菶菶又唪讀若詩瓜瓞菶菶皆用本字本三家詩菶菶猶旆旆幪幪皆盛貌也說文菶草盛通俗文草盛曰菶瓜盛與草盛同義故亦曰菶菶廣雅芾芾菶菶幪幪並訓爲茂其義亦本三家詩芾芾即旆旆也

誕后稷之穡有相之道茀厥豐草（注）韓茀作拂說曰拂弗也種**之黃茂實方實苞實種實褎實發實秀實堅實好實穎實栗即有部家室**（注）魯韓部作台齊作斄（疏）傳相助也茀治也黃嘉穀也種雜種也褎長也發盡發也不榮而實曰秀穎垂穎也栗其實栗栗然部姜嫄之國也堯見天因部而生后稷故國后稷於部命使事天以顯神順天命耳箋大矣后稷之掌稼穡有見助之道謂若神助之力也豐苞亦茂也方齊等也種生不雜也褎

枝葉長也發發管時也栗成就也后稷教民除治茂草使種黍稷黍稷生則茂好孰則大成以此成功堯改封於邰就其成國之家室無變更也○茀作拂拂弗也者釋文引韓詩文釋詁弗治也郭注見詩書邢疏卽引此詩云弗茀音義同是魯詩本作弗訓治毛借義韓借字也廣雅釋詁拂除也拔也治草非僅拔除故韓亦不用本義呂覽任地篇高注詩云實發實秀實堅實好又辨士篇注詩云實穎實栗有邰家室明魯毛文同惟無卽字說文史記周本紀索隱水經渭水注引亦無卽字白虛通京師篇后稷封於台公劉去台之邠詩云卽有台家室又云篤公劉于邠斯觀周家五遷其義一也皆欲成其道也陳喬樅云今本白虎通有台仍同毛詩作邰據王氏詩攷引作台知宋時本尚未誤也吳越春秋云后稷其母有台氏之女則魯韓詩本作台字諸所引作邰者皆後人傳寫爲加邑旁耳漢書地理志右扶風斄周后稷所封顏注斄讀與邰同是齊作斄

誕降嘉種維秬維秠維穈維芑注三家種作穀維作惟魯穈作虋說曰虋赤苗芑白苗秬黑黍秠一稃二米**恆之秬秠是穫是畝恆之穈芑是任是負以歸肇祀**疏傳天降嘉種秬黑黍也秠一稃二米也穈赤苗也芑白苗也恆偏肇始也始歸郊祀也箋天應堯之顯后稷故爲之下嘉種任猶抱也肇郊之神位也后稷以天爲己下此四穀之故則偏種之成熟則穫而畝計之抱負以

歸於郊禖祀天得祀天者二事後世○三家秠作䅗說文禾下引詩作誕降嘉穀惟秬惟秠秠一稃二米釋草文郭注引詩曰惟秬惟秠陳喬樅云毛詩虋字作穈與爾雅異知此爲魯詩之文盧文弨曰毛詩釋文穈爾雅作虋郭亡偉反赤粱粟也案爾雅釋文作亡津反偉字疑誤虋亹古通

誕我祀如何或舂或揄注三家揄作舀**或簸或蹂釋之叟叟烝之浮浮**注魯釋作淅叟作溞浮作烰疏傳揄抒臼也或簸糠者或蹂米者釋淅米也叟叟聲也浮浮氣也箋蹂之言潤也大矣我后稷之祀天如何乎美而將說其事也舂而抒出之簸之又潤濕之將復舂之趣於鑿也釋之烝之以爲酒及簠簋之實○說文舀下云舀抒臼也从爪臼聲詩曰或簸或舀抗或从手穴吮或从臼穴陳喬樅云揄者舀之叚借字有司徹鄭注引詩或舂或抗周官女舂抌注引詩同鄭注禮多用齊詩說文舀下兼收抗吮二形即三家之異文作抗者爲齊詩則舀與抗其魯韓之詩與或舂許引作或簸蓋傳寫之誤魯釋作淅叟作溞浮作烰者釋訓溞溞釋也烰烰烝也孔疏引樊光注詩云淅之溞溞烝之烰烰孫炎注溞溞淅之聲烰烰炊之氣陳喬樅云爾雅正義溞郭蘇刀反詩云淅之溞溞據此知爾雅舊注引詩如此故釋文載其說毛作釋之叟叟並古文叚借字烰毛作浮釋文云爾雅說文並作烰烝也浮亦烰之叚借說文引與爾雅文同從魯詩也

載謀載惟取蕭祭脂取羝以軷載燔載

烈以興嗣歲疏傳嘗之日涖卜來歲之芟獮之日涖卜來歲之戒社之日涖卜來歲之稼所以興來而繼往也穀熟而謀陳祭而卜矣取蕭合黍稷臭達牆屋先奠而後爇蕭合馨香也羝羊牡羊也軷道祭也傳火曰燔貫之加於火曰烈興來歲繼往歲也箋惟思也烈之言爛也后稷既為郊祀之酒及其米則諏謀其日思念其禮至其時取蕭草與祭牲之脂爇之於行神之位馨香既聞取羝羊之體以祭神又燔烈其肉為尸羞焉自此而往郊嗣歲今新歲也以先歲之物齊敬犯軷而祀天者將求新歲之豐年也孟春之月令曰乃擇元日祈穀于上帝○禮郊特牲鄭注蕭薌蒿也染以脂合黍稷燒之詩曰取蕭祭脂此齊詩文義與毛同

卬盛于豆于豆于登其香始升上帝居歆胡臭亶時后稷肇祀

注齊肇作兆庶無罪悔以迄于今疏傳卬我也木曰豆瓦曰登豆薦葅醢也登大羹也迄至也箋胡之言何也亶誠也我后稷之盛葅醢之屬當于豆者于登者其馨香始上行上帝則安而歆享之何芳臭之誠得其時乎美之也祀天用瓦豆陶器質也庶眾也后稷肇祀上帝於郊而天下眾民咸得其所無有罪過也子孫蒙其福以至於今故推以配天焉○釋器木豆謂之豆瓦豆謂之登此魯義也卬盛句統言之齊肇作兆者禮表記詩云后稷兆祀庶無罪悔以迄

于今鄭注兆郊之祭處也迄至也言祀后稷于郊以配天庶以其無罪悔乎福祿傳世以至于今此用齊說陳喬樅云上文以歸肇祀鄭讀肇爲兆是據齊詩易毛商頌肇域彼四海箋云肇當作兆此不言者文略耳小宗伯兆五帝于四郊注云兆爲壇之營域說文作垗段注今周禮作兆許作垗葢故書今書之不同也又尙書大傳兆十有二州古文堯典作肇此古文假借之證禮郊特牲正義引韓詩說曰三王各正其郊案毛詩釋文不言韓氏字異然據表記商頌箋讀肇爲兆知三家今文肇皆作兆馬瑞辰云廣雅釋詁胡大也時善也胡臭謂芳臭之大猶士冠禮永受胡福謂大福也載芟詩胡考猶云大考也釋邱方邱胡邱方與胡皆大也胡臭亶時與士冠禮嘉薦亶時句法相似亶時猶云誠善也箋說失之

生民八章四章章十句四章章八句

行葦【疏】毛序忠厚也周家忠厚仁及草木故能內睦九族外尊事黃耇養老乞言以成其福祿焉箋九族自己上至高祖下至玄孫之親也黃黃髮也耇凍棃也乞言從求善言可以爲政者敦史受之○案列女晉弓工妻傳弓工妻謁於平公曰君聞昔者公劉之行羊牛踐葭葦惻然爲民痛之恩及草木仁著於天下潛夫論德化篇詩云敦彼行葦牛羊勿踐履方苞方體惟葉柅柅公劉厚德恩及草木牛羊六畜仁不忍踐履生草則又況於民萌而有不化者乎又邊議篇公劉仁德廣被行葦

況含血之人已同類乎以上魯說班彪北征賦慕公劉之遺德及行葦之不傷此齊說吳越春秋公劉慈仁行不履生草運車以避葭葦此韓說明三家同以此爲公劉之詩後漢寇榮傳公劉敦行葦世稱其仁蜀志彭羕傳體公劉之德行勿踐之惠據諸說足證漢人舊義大同蓋公劉舉射饗之禮出行有此故事詩人美之因以名篇毛序刪之特以示異於眾

敦彼行葦牛羊勿踐履方苞方體維葉泥泥注魯維作惟泥作柅韓作苨疏傳敦聚貌行道也葉初生泥泥箋苞茂也體成形也敦敦然道傍之葦牧牛羊者毋使躐履折傷之草物方茂盛以其終將爲人用故周之先王爲此愛之況於人乎○馬瑞辰云葦叢生之物故以敦爲聚貌讀如團聚之團敦團聲相近敦彼形容之詞猶依彼鬱彼之比故傳以敦敦然釋之敦敦猶團團也愚案馬說是寇榮云敦行葦上引見敦之言厚也仁及草木故曰厚於行葦此望文而爲之說亦備一解魯維作惟泥作柅柅者陳喬樅云今文作惟葉柅柅石經魯詩可證柅柅潛夫論作檷檷盧氏文弨以檷字是柅字之譌良塙韓作苨者詩釋文云張揖作苨苨云草盛也愚案廣雅釋訓苨苨茂也釋文即本此張兼采魯韓義魯作柅柅明苨苨是韓之異文

戚戚兄弟莫遠具爾或肆之筵或授之几疏傳戚戚內相親也肆陳也或陳設筵

者或授几者箋莫無也具猶俱也爾謂進之也王與族人燕兄弟之親無遠無近俱揖而進之年稚者爲設筵而已老者加之以几○曹植求通親親表常有戚戚具爾之心用韓經文明與毛同

肆筵設席授几有緝御或獻或酢洗爵奠斝【疏】傳設席重席也斝爵也夏曰醆殷曰斝周曰爵箋緝猶續也御侍也兄弟之老者既爲設重席授几又有相續代而侍者謂敦史也進酒於客曰獻客荅之曰酢主人又洗爵醻客客受而奠之不舉也用殷爵者尊兄弟也○楚詞招魂王逸章句筵席也詩曰肆筵設席（席誤機陳喬樅據下文改）此魯說禮明堂位鄭注斝畫禾稼也詩曰洗爵奠斝此齊說

醓醢以薦或燔或炙嘉殽脾臄【注】韓說云臄口上阿也**或歌或咢**【疏】傳以肉曰醓醢臄函也歌者比於琴瑟也徒擊鼓曰咢箋薦之禮韭菹則醓醢也燔用肉炙用肝以脾函爲加故謂之嘉○孔疏引釋器云肉謂之醢李巡曰以肉作醬曰醢天官醢人注醓肉汁也葢用肉爲醢特有多汁故以醓爲名其無汁者自以所用之肉魚鴈之屬爲之名也又云醢所以擩菹禮籩豆偶有醢必有菹故云韭菹則醓醢韓說云臄口上阿也者玉篇肉部臄口上阿也詩曰嘉肴脾臄肴不作殽又與毛臄函也義異知野王所引據韓詩也詩釋文亦引通俗文口上曰臄口

下曰函所以糾正毛傳與王篇訓合釋文又云毛云徒歌曰咢爾雅云徒擊鼓謂之咢徒歌謂之謠亦主糾毛孔疏謂王肅述毛作徒擊鼓今定本集注作徒歌者誤案肅祖毛多陰丕其誤如皇矣篇毛作維此王季肅述毛亦據左傳改王季爲文王是其證此傳釋文定本集注皆作徒歌知亦傳說本異而肅陰據釋樂文改之孔遂因而從之耳今釋樂徒擊鼓謂之咢孫炎云聲驚咢也此自魯訓如此郭注引詩或歌可也亦魯詩文

敦弓既堅四鍭既鈞舍矢既均序賓以賢【疏】傳敦弓畫弓也天子敦弓鍭矢參亭己均中蓺序賓以賢言賓客次序皆賢孔子射於矍相之圃觀者如堵牆射至於司馬使子路執弓矢出延射曰奔軍之將亡國之大夫與爲人後者不入其餘皆入蓋去者半入者半又使公罔之裘序點揚觶而語公罔之裘揚觶而語曰幼壯孝弟耆耋好禮不從流俗修身以俟死者不在此位蓋去者半處者半序點又揚觶而語曰好學不倦好禮不變耄勤稱道不亂者不在此位也蓋僅有存焉箋舍之言釋也蓺質也周之先王將養老先與羣臣行射禮以擇其可與者以爲賓序賓以賢謂以射中多少爲次第○列女晉弓工妻傳射之道左手如拒右手如附枝右手發之左手不知詩曰敦弓既堅舍矢既鈞言射有法也案此魯說據文義當弓矢並引節去四鍭句均作鈞以聲同誤也箋以牛羊勿踐爲周先王愛物之仁蓋因毛序不指公劉

故渾言之此養老亦主周先王說是鄭意仍
指公劉下言曾孫乃因傳意而推及成王耳
敦弓既句【注】魯作彫**弓既㲉既挾四鍭四鍭如樹序賓以不侮**
【疏】傳天子之弓合九而成規（如樹）言皆中也（不侮）言其皆有賢
才也箋射禮搢三挾一个言已挾四鍭則已徧釋之不侮者
敬也其人敬於禮則射多中○魯作彫弓既㲉者孔疏云說文
㲉張弓也二京賦曰彫弓既㲉㲉與句字雖異音義同愚案今
說文㲉張弩也東京賦彫弓斯㲉文皆稍異張衡治魯詩亦用
魯文也敦作彫與列女傳引敦弓既堅異陳喬樅云廣韻弴弓
天子弓也又作敦毛古文借用敦字三家今文皆當作弴與彫
然則列女傳敦字殆後人順毛改之耳馬瑞辰云彫弓葢以五
采畫之故又曰繡弓考工記五采備謂
之繡春秋定八年公羊傳弓繡質是也
曾孫維主酒醴維醹酌以大斗以祈黃耇【疏】傳曾孫成王也醹
厚也大斗長三尺
也祈報也箋祈告也今我成王承先王之法度爲主人亦既序
賓矣有醇厚之酒醴以大斗酌而嘗之而美故以告黃耇之人
徵而養之也飲酒之禮曰告於先生君子可也○三家以此篇
爲公劉之詩篤公劉箋公劉后稷之曾孫釋文斗又作枓都口
反徐又音主三尺謂大斗之柄也馬瑞辰云斗斗與枓異物說文
斗十升也枓勺也勺所以挹取也此詩大斗及小雅維北有斗

皆枓之渻借考工記梓人爲飲器勺一升正義引漢
禮器制度勺五升徑六寸長三尺盞專指大斗言之

黃耇台背【注】魯台作鮐說曰鮐背耇老壽也**以引以翼壽考維祺以介景福**【疏】傳台背大老也引長翼敬也祺吉也箋台之言鮐也大老則背有鮐文既告老人及其來也以禮引之以禮翼之在前曰引在旁曰翼介助也養老人而得吉所以助大福也○張衡南都賦鮐背之叟明魯台作鮐鮐背耇老壽也者釋詁文孔疏引舍人曰鮐背老人氣衰皮膚消瘦背若鮐魚也左僖二十二年疏引云耇覯也血氣精華覯竭言色赤黑如狗矣孫炎曰黃耇面凍梨色如浮垢老人壽徵也孔疏又引釋名云九十曰鮐背皆當本三家詩訓

行葦八章章四句故言七章二章章六句五章章四句

既醉【疏】毛序大平也醉酒飽德人有士君子之行焉箋成王祭宗廟旅醻下徧羣臣至于無筭爵故云醉焉乃見十倫之義志意充滿是謂之飽德○三家無異義

既醉以酒既飽以德君子萬年介爾景福【疏】傳既者盡其禮終之屬事謂惠施先後及歸俎之類君子斥成王也介助景大也成王女有萬年之壽天又助女以大福謂五福也○說苑修文

篇凡人之有患禍者生於淫泆暴慢淫泆暴慢之本生於飲酒故古者愼重飲酒之禮使耳聽雅音目視正儀足行正容心論正道故終日飲酒而無過失近者數日遠者數月皆又有德焉以益善詩云既醉以酒既飽以德此之謂也此魯說禮坊記詩云既醉以酒既飽以德鄭注言君子饗燕非專爲酒肴亦以觀威儀講德美此齊說

既醉以酒爾殽既將君子萬年介爾昭明疏傳將行也箋爾女也殽謂牲體也成王之爲羣臣俎實以尊卑差次行之昭光也○馬瑞辰云古但云行酒不云行殽廣雅釋詁將美也將臧聲相近破斧詩亦孔之將王引之言猶亦孔之臧是也竊謂爾殽既將將亦爲美猶言爾殽既嘉耳黃山云楚茨爾殽既將傳亦訓將爲行馬已本此說易之案楚茨次章或肆或將傳訓將爲齊本釋言文郭注謂分齊也王肅云分齊其肉所當用也馬易爲劑量其水火此非郭分齊之義當以王說爲長末章爾殽既將莫怨具慶亦卽分齊其殽羞俾惠徧及故具慶而無怨者傳必改訓爲行反於具慶不應此章詩句正同楚茨箋云爲羣臣俎實以尊卑差次行之名爲申毛實仍用分齊之義也

昭明有融高朗令終令終有俶公尸嘉告疏傳融長朗明也始於饗燕終於享祀俶始也公尸天子以卿言諸侯也箋有又令善也天既助女以光明之道又使之長有高明之譽而以善名終是其長也俶猶

厚也既始有善令終又厚之公尸以善言告之謂嘏辭也諸侯有功德者入爲天子卿大夫故云公尸公君也○張衡東京賦昭明有融衡治魯詩此魯文也薛綜注融長也馬瑞辰云融者續也昭明有融與左傳明而未融語相反有當從箋訓又言既已昭明而又融融不絕極言其明之長且盛也左昭五年傳疏引樊光爾雅釋言注詩曰高朗令終蔡邕文烈侯楊君碑可謂高朗令終引魯經並與毛同

其告維何籩豆靜嘉朋友攸攝攝以威儀疏傳恒豆之菹水草之和也其醢陸産之物也加豆陸産也其醢水物也籩豆之薦水土之品也不敢用常褻味而貴多品所以交於神明者言道之徧至也攝以威儀箋言相攝佐者以威儀也箋公尸所以善言告之是何故乎乃用籩豆之物絜清而美政平氣和所致故也朋友謂羣臣同志好者也言成王之臣皆有仁孝士君子之行其所以相攝佐威儀之事○禮緇衣詩云朋友攸攝攝以威儀鄭注攸所也言朋友以禮義相攝此齊說也

威儀孔時君子有孝子孝子不匱永錫爾類疏傳匱竭類善也箋孔甚也言成王之臣威儀甚得其宜皆君子之人有孝子之行永長也孝子之行非有竭極之時長以與女之族類謂廣之以教道天下也

春秋傳曰潁考叔純孝也施及莊公○馬瑞辰云上章攝以威儀謂羣臣此章威儀孔時當謂成王臣下既佐以威儀則上之威儀儀得羣臣之佐亦甚善也首章及五六章君子皆指成王則此章君子有孝子亦指成王有者又也言君子又爲孝子也箋指羣臣失之禮坊記詩云孝子不匱鄭注匱乏也孝子無乏止之時此齊說楚詞九章王逸章句類法也詩曰永錫爾類陳喬樅云方言類法也訓與此同皆本魯詩愚案魯訓類爲法與毛訓善異而意同箋釋爲與女族類與左傳合義更宏大韓詩外傳八孔子燕居子貢攝齊而前曰弟子事夫子有年矣才竭而智罷振於學問不能復進請一休焉孔子曰賜也欲焉休乎曰賜欲休於事君孔子曰詩云夙夜匪懈以事一人爲之若此其不易也若之何其休也曰賜休於事父孔子曰詩云孝子不匱永錫爾類爲之若此其不易也如之何其休也推聖人之意亦是廣及族類故云爲之不易箋蓋用韓義易毛也

其類維何室家之壼君子萬年永錫祚胤疏傳壼廣也胤嗣也箋壼之言梱也其與女之族類云何乎室家先以相梱致已乃及於天下永長也成王女有萬年之壽天又長予女福祚至于子孫○馬瑞辰云壼梱以同聲爲義大射儀既拾取矢梱之鄭注梱齊等之也廣雅曰梱束也束亦所以齊之也室家之壼猶言室家之齊耳梱緻有相親之義但訓爲梱緻言其相親不若訓爲梱齊言其齊治箋說室家云云卽大學所云家齊而后國治國治而后天下

平也至周語引此詩而說之曰壼也者廣裕民人之謂也方言裕猷道也道民亦謂之裕康誥乃由裕民乃裕民曰皆道民也廣裕人民猶云廣道民人也說文壼宮中道从口象宮垣道上之形蓋言象宮中道之周帀而整齊也壼爲宮中道名因借以喻道民之道又因壼从口有周帀之象周帀則廣故言廣裕人民道與齊義相成道治也齊亦治也

其胤維何天被爾祿君子萬年景命有僕【疏】傳福祿也僕附也箋天予女福祚至于子孫云何乎天覆被女以祿位使錄臨天下成王女既有萬年之壽天之大命又附著於女謂使爲政教也○馬瑞辰云釋木樸枹者郭注樸屬叢生者爲枹釋文樸又作僕是僕樸古通用考工記凡察車之道欲其樸屬而微至鄭注樸屬猶附著堅固貌也正與僕訓爲附同義下文女士孫子皆歷敘其附著之衆孔疏訓僕爲僕御之僕昧古人叚借之義矣

其僕維何釐爾女士釐爾女士【注】魯女士作士女**從以孫子**【疏】傳釐予也箋天之大命附著於女云何乎予女以女而有士行者謂生淑媛使爲之妃從隨也天既予女以女而有士行者又使生賢知之子孫以隨之謂傳世也○列女塗山氏傳塗山氏既生啟獨明教訓而致其化焉及啟長化其德而從其訓卒致令名君子謂塗山彊於教誨詩云釐爾士女從以孫子此之謂也陳喬樅云此作士女蓋魯文與毛異馬瑞辰云釐與賚雙聲

釐郎賚之叚借故訓爲予列女傳引作士女謂女而士行猶都
人士詩言彼君子女謂女而君子者也箋女而有士行者正釋
經文士女今毛詩作女士者後人順箋文而誤愚案馬說是士
女實字在下虛字在上故釋爲女而有士行君子女即其明證
若作女士則實字反在上古人無此
屬文之法當從魯詩正作士女爲是

既醉八章章四句

鳧鷖【疏】毛序守成也大平之君子能持盈守成神祇祖考安樂之也箋君子斥成王也言君子者大平之時則皆然非獨成王也○三家無異義

鳧鷖在涇公尸來燕來寧爾酒既清爾殽既馨公尸燕飲福祿來成【疏】傳鳧水鳥也鷖鳧屬太平則萬物衆多馨香之遠聞也故以喻焉祭祀既畢明日又設禮而與尸燕成王之時尸來燕也其心安不以己實臣之故自嫌言此者美成王事尸之禮備爾者女成王也女酒殽清美以與公尸燕樂飲酒之故祖考以福祿來成女○易林大有之離鳧鷖遊涇君子以甯復德不愆福祿來成缺之蒙同雖德作履德異復陳喬樅云箋祭祀祭畢明日又設禮而與尸燕是以公尸燕飲爲繹而賓尸攷爾雅繹又祭也周日

繹商曰肜夏曰復胙此云復德卽復胙之義箋涇水名段氏玉裁謂亦水中之誤以涇沙渚潨亹一例爾雅直波爲徑釋名作涇涇徑字同謂大水中流徑直孤往之波故云涇水中也

鳧鷖在沙公尸來燕來宜爾酒既多爾殽既嘉公尸燕飲福祿來爲【疏】傳沙水旁也宜宜其事也〔爾酒二句〕言酒品齊多而殽備美〔來爲〕厚爲孝子也箋水鳥以居水中爲常今出在水旁喻祭四方百物之尸也其來燕也心自以爲宜亦不以己實臣自嫌也爲猶助也助成王也○馬瑞辰云少儀謂之社稷之役鄭注役爲也正義爲謂助爲也論語夫子爲衞君乎夫子不爲也並以爲爲助陳奐云孝子對公尸之稱永錫爾類永錫祚胤皆所謂厚爲孝子也

鳧鷖在渚公尸來燕來處爾酒既湑爾殽伊脯公尸燕飲福祿來下【疏】傳渚沚也處止也箋水中之有渚猶平地之有丘也喻祭天地之尸也以配至尊之故其來燕似若止得其處湑酒之泲者也天地之尸尊事尊不以褻味泲酒脯而已○易林噬嗑之中孚璚英朱草仁政得道鳧鷖在渚福祿來下又同人之剝文山紫芝雍梁朱草長生和氣王以爲寶公尸侑食福祿來處又蠱之渙紫芝朱草生長和氣公尸侑食福祿來下陳

喬樅云此詩公尸箋以首章爲祭宗廟次章祭四方萬物三章祭天地四章祭山川社稷末章祭七祀宋儒譏其臆說然據毛序以神祇與祖考並舉斷非專指宗廟而言正義申毛以五章皆屬宗廟非也鄭於詩兼通三家以五章分配宗廟天地社稷及四方羣祀必非無據馬瑞辰以爲古者祭天地社稷雖皆有尸然不聞有賓尸之禮繹而賓尸惟於宗廟見之決此詩爲宗廟繹祭余謂馬說未審周頌絲衣序云繹賓尸也高子曰靈星之尸也正以序言賓尸不明爲何祭之尸故特著此語續漢志云祠后稷而謂之靈星者以后稷又配食星也古今注元和三年初爲郡國立稷及祠社靈星禮器是古者靈星之祀與社稷爲類祭靈星有繹賓尸之禮則祭天地社稷及方祀羣祀之皆有賓尸亦足以明矣易林有璚英朱草仁政得道之文葢以王者德至天地天下太平符瑞並臻則三章之爲祭天地此亦其確證也

鳧鷖在潨公尸來燕來宗既燕于宗福祿攸降公尸燕飲福祿來崇[疏]傳潨水會也宗尊也崇重也箋潨水外之高者也有瘞埋之象喩祭社稷山川之尸其來燕也有尊主人之意旣盡也宗社宗也羣臣下及民盡有祭祀之禮而燕飲焉爲福祿所下也今王祭社又以尸燕福祿之來乃重厚也天子以下其社神同故云然○馬瑞辰云說文小水入大水曰潨義與傳合廣雅潨厓也厓方也厓與涯同方與旁同以潨爲厓葢本三

家詩箋所云水外之高者也

鳧鷖在亹，公尸來止熏熏。〔注〕魯作公尸來燕醺醺。旨酒欣欣，燔炙芬芬。公尸燕飲，無有後艱。〔疏〕傳：亹，山絕水也。熏熏，和說也。欣欣然樂也。芬芬，香也。無有後艱，言不敢多祈也。箋：亹之言門也。燕七祀之尸於門戶之外，故以喻焉。其來也，不敢當王之燕禮，故變言來止。熏熏，坐不安之意。艱，難也。小神之尸卑，用美酒，有燔炙，可用褻味也。又不能致福祇，但令王自今無有後艱而已。○胡承珙云：山絕水者，謂山橫跨水中，水流其罅，故箋云亹之言門，非斷絕水勢之謂。漢書地理志金城郡浩亹，顏注：亹者，水流夾山，岸深若門也。大雅曰鳧鷖在亹，亦其義也。今案：此亹字當如亹亹文王之亹，亦釁之俗字。釁本有罅隙義，故山絕水中，水流其隙曰亹，讀如門者，卽釁讀若穈之比。馬瑞辰云：亹，釁之變體，从釁省，从酉分聲，與門音近，故訓爲門。凡物之有間隙者皆得謂之亹。方言：器破而未離謂之璺。廣雅：璺，裂也。璺亦亹也。亹有門音，門眉雙聲，又轉爲眉，故古鐘鼎文眉壽多借作釁，亦作亹。竊疑亹卽湄之叚借。秦風在河之湄，傳：湄，水隒也。廣雅：隒，厓也。讀亹爲湄，正與上章沙渚深同，在水旁之地，猶衞風淇厲、淇側，秦風水湄、水涘，字異而義同也。陳壽祺云：文選吳都賦清流亹亹，李注引韓詩曰：亹亹，流進貌。說者以爲卽此詩章句。但吳都賦亹與水韻，則音不讀如

門此詩讀亹音若美則與下文熏欣芬艱不協非此詩章句也
當爲亹亹文王之訓陳喬樅云浩亹顏注必漢儒應服等音義
據三家詩訓爲解而顏注襲用之故引詩大雅不明其爲誰家
漢時三家並列學官學者肄業及之非有異文異義固不煩詞
費耳說文醺醉也詩曰公尸來燕醺醺段注今詩作來止熏熏
上四章皆云來燕則作燕宜也陳喬樅云許以醉釋醺則醺爲
醉意張衡東京賦具醉薰薰會詩意而言也愚案張學魯詩明
說文所引是魯文醺薰異字張用叚借也熏薰醺三字古通說
文熏火煙上出也薰香草也然釋訓炎炎熏也釋文本或作薫
醺之爲薰卽其比也葢亦出魯或作本趙岐孟子章句十二膊
炙者爲燔詩曰燔炙芬芬張衡
東京賦燔炙芬芬明魯毛文同

鳧鷖五章章六句

假樂〔疏〕毛序嘉成王也○論衡藝增篇詩言子孫千億美周宣
王之德能愼天地天地祚之子孫衆多至於千億是魯
詩與毛序嘉成王不同齊韓未聞假樂左傳及中庸引詩並作
嘉樂釋文正義皆以爲齊魯韓與毛不同趙岐孟子章句云大
雅嘉樂之篇正作嘉字又隸釋載綏民校尉熊君
碑亦作嘉樂然則三家今文皆作嘉正字毛借字

假樂君子顯顯令德〔注〕齊假作嘉顯作憲宜民宜人受祿于天

保右命之〔注〕齊右作佑自天申之〔疏〕傳假嘉也宜民宜人宜安民宜官人也申重也箋顯先也天嘉樂成王有光光之善德安民官人皆得其宜以受福祿於天天成王之官人也羣臣保右而舉之乃後命用之又用天意申敕之如舜之敕伯禹伯夷之屬○齊假作嘉顯作憲右作佑者禮中庸詩曰嘉樂君子顯顯令德宜民宜人受祿于天保佑命之自天申之鄭注憲憲興盛之貌保安也佑助也此齊說漢書董仲舒傳對策曰詩云宜民宜人受祿于天爲政而宜於民者固當受祿于天又刑法志詩云宜民宜人受祿于天書曰立功立事可以永年言爲政而宜于民功成事立則受天祿而永年命所謂一人有慶萬民賴之者亦皆齊說蔡邕集上始加元服與羣臣上壽表宜民宜人受祿于天九祝詞亦引受祿于天皆用魯經文

干祿百福子孫千億穆穆皇皇〔注〕齊皇作煌宜君宜王不愆不忘〔注〕齊愆作騫率由舊章〔疏〕傳宜君王天下也箋干求也十萬曰億天子穆穆諸侯皇皇成王行顯顯之令德求祿得百福其子孫亦勤行而求之得祿千億故或爲諸侯或爲天子言皆相勖以道愆過率循也成王之令德不過誤不遺失循用舊典之文章謂周公之禮法○後漢郎顗傳顗拜章曰天自降福子孫千億易林比之泰長生無極子孫

千億皆以千億屬子孫說與論衡藝增篇說同詶見彼文以詩爲美宣王而自后稷始受邰封訖於宣王合外族內屬血脈所連要不能千億故儒增篇又云百與千數之大者也實欲言十則言百百則言千也詩曰子孫千億此子孫可言千億之義也漢書哀紀謝立爲皇太子書宜蒙福祐子孫千億之報哀帝從韋元成韋賞受魯詩是齊魯說皆不與箋同齊皇作煌者班固明堂詩穆穆煌煌是齊詩皇作煌與毛異齊愆作騫者繁露郊語篇詩云不騫不忘率由舊章舊章者先聖人之故文章也率由各有修從之也陳喬樅云文選劉越石扶風歌李注騫與愆通列子黃帝篇釋文愆本又作騫是愆騫通用之證淮南詮言訓新序雜事五趙岐孟子章句七風俗通義三引詩作愆說苑建本篇引愆作僁陳喬樅云眾經音義僁古文寋遐二形籒文作諐今作愆同愚案作僁者魯亦作本韓詩外傳五引詩與毛同

威儀抑抑德音秩秩無怨無惡率由羣匹〔注〕齊羣作仇**受福無疆四方之綱**〔疏〕傳抑抑美也秩秩有常也箋抑抑密也秩秩清也成王立朝之威儀致密無所失教令又清明天下皆樂仰之無有怨惡循用羣臣之賢者其行能匹耦己之心○說苑修文篇凡從外入者莫深於聲音變人最極故聖人因而成之以德曰樂樂者德之風詩曰威儀抑抑德音秩秩謂禮樂也故君子以禮正外以樂正內此魯說列女傳二引詩威

儀抑抑二句亦魯經文齊羣作仇者繁露楚莊王篇百物皆有合偶偶之合之仇之匹之善矣詩云威儀抑抑德音秩秩無怨無惡率由仇匹此之謂也是齊羣作仇與毛異漢書禮樂志受福無疆用齊經文

之綱之紀燕及朋友注韓說曰師臣者帝友臣者王臣臣者霸魯臣者亡**百辟卿士媚于天子不解于位民之攸塈**注魯塈作呬

疏傳朋友羣臣也塈息也箋成王能爲天下之綱紀謂立法度以理治之也其燕飲常與羣臣非徒樂族人而已百辟畿內諸侯也卿士卿之有事也媚愛也成王以恩意及羣臣羣臣故皆愛之不解於其職位民之所以休息由此也○師臣至者亡唐會要七引韓詩內傳文陳喬樅云魯臣盧氏文弨以爲與虜同史記伍子胥傳遂滅鄒句魯之君以歸鄒郎邾也下當云魯其君之字誤也此亦魯虜通用之證友下或有受字衍文愚案文選贈五官中郎將詩小臣信頑鹵魯作鹵張孟陽七哀詩珍寶見剽虜李注引漢書注虜與鹵同是魯鹵虜三字互通也魯塈作呬者孔疏釋詁呬息也某氏注詩云民之攸呬郭注今東齊呼息爲呬塈與呬古今字段玉裁云塈者呬字之叚借非古今字漢書五行志引詩曰不解于位民之攸塈明齊毛文同

假樂四章章六句

公劉【疏】毛序：召康公戒成王也。成王將涖政，戒以民事，美公劉之厚於民，而獻是詩也。箋：公劉者，后稷之曾孫也。夏之始衰，見迫逐，遷于豳，而有居民之道。成王始幼少，周公居攝政，反歸之。成王將涖政，召公與周公相成王，爲左右。召公懼成王尚幼稚，不留意於治民之事，故作詩美公劉，以深戒之也。○史記周本紀：公劉雖在戎狄之間，復修后稷之業，務耕種，行地宜，自漆沮渡渭，取材用，行者有資，居者有蓄積，民賴其慶。百姓懷之，多徙而保歸焉。周道之興自此始，故詩人歌樂思其德。索隱：即詩大雅篇篤公劉是也。此魯說。易林家人之臨：節情省欲，賦斂有度，家給人足，公劉以富。此齊說。吳越春秋一：公劉避夏桀於戎狄，變易風俗，民化其政。吳越春秋五：昔公劉去邰而德彰於夏。此齊說。據魯說，詩專美公劉，不關戒成王，亦不言召公作，齊韓當同。

篤公劉，匪居匪康。迺場迺疆，迺積迺倉。迺裹餱糧，于槖于囊。思輯用光。弓矢斯張，干戈戚揚，爰方啟行。【疏】傳：篤，厚也。公劉居于邰，而遭夏人亂，迫逐公劉。公劉乃辟中國之難，遂平西戎，而遷其民，邑於豳焉。迺場迺疆，言修其疆場也。迺積迺倉，言民事時和，國有積倉也。小曰橐大曰囊思輯用光言民相與和睦以顯於時也戚斧也揚鉞也張其弓矢秉其干戈戚揚以方開道路去之豳蓋諸侯之從者十有八國焉箋厚乎公劉之爲君也不以所居爲居不以所安爲安邰國乃有疆場也乃有積委及倉也安安而能遷積而能散爲夏人迫逐已之故不忍鬭其民乃裹糧食於囊橐之中棄其餘而去思在和其民人用光大其道爲今子孫之基干盾也戈句孑戟也爰曰也公劉之去邰整其師旅設其兵器告其士卒曰爲女方開道而行明己之遷非爲迫逐之故乃欲全民也○趙岐孟子章句二詩大雅公劉之篇也乃積穀於倉乃裹盛乾食之糧於橐囊也思安民故用有寵光也戚斧揚鉞也又以武備之曰方啟行道路鹽鐵論取下篇公劉好貨居者有積行者有囊思案部之民亦有老病而不能行者則以積倉與之故孟子云居者有積倉行者有裹糧也然後可以爰方啟行趙桓皆本孟子爲說與鄭異陳喬樅云高誘戰國策注無底曰囊有底曰橐與說文訓同史記陸賈傳索隱引埤蒼作有底曰囊無底曰橐眾經音義亦云橐囊之無底者並與此異高用魯詩埤倉及倉頡篇所據或本齊詩故說互易又索隱引詩傳曰大曰橐小曰囊義與傳相反索隱所引蓋出韓詩傳也楚詞離騷王逸章句引詩曰乃裹餱糧明魯毛文同易林大壯之明夷弓矢斯張用齊經文

篤公劉于胥斯原既庶既繁既順迺宣而無永歎陟則在巘復

降在原何以舟之維玉及瑤鞞琫容刀〔疏〕傳胥相宣徧也民無長歎猶文王之無悔也巘小山別於大山也舟帶也瑤言有美德也下曰鞞上曰琫言德有度數也容刀言有武事也箋于於也廣平曰原厚乎公劉之於相此原地以居民民既眾矣既多矣既順其事矣又乃使之時耕民皆安今之居而無長歎思其舊時也陟升降下也公劉之相此原地也由原而升巘復下在原言反覆之重居民也民亦愛公劉之如是故進玉瑤容刀之佩○馬瑞辰云宣之言通也暢也言民心既順其情乃宣暢也故下卽言而無永歎矣詩五章乃言授田之事不得訓宣爲時耕也又云瑤爲美石孔疏謂瑤是玉之別名失之瞻彼洛矣詩鞞琫有珌傳天子玉琫而珧珌珧珌之珌當作鞞珧卽瑤之叚借此詩維玉及瑤連下鞞琫容刀言之謂以玉飾琫以瑤飾鞞卽彼傳所謂天子玉琫而珧珌也蓋公劉始以玉瑤爲鞞琫後遂尊爲天子之服猶皋門應門之制本自太王也孔疏分玉瑤與鞞琫爲二亦誤愚案舟周古通容刀身所佩喻公劉周行上下惟一身任其勞

篤公劉逝彼百泉瞻彼溥原迺陟南岡乃覯于京京師之野于時處處于時廬旅于時言言于時語語〔疏〕傳溥大覯見也是京乃大眾所宜居之也廬寄也直言曰言論難曰語箋逝往瞻視溥廣也山脊曰岡絕高爲之京厚乎公劉之相此原地也往之彼百泉之間視其廣

原可居之處乃升其南山之脊乃見其可居者於京謂可營立都邑之處于於時是也京地乃衆民所宜居之野也於是處其所當處者廬舍其賓旅言其所當言語其所當語謂安民館客施教令也○黄山云言語以通情愫詩謂民安其所賓至如歸歡然相親樂其情話視而無永歎又進也箋以爲施教令殆非

篤公劉于京斯依蹌蹌濟濟俾筵俾几既登乃依乃造其曹注三家造作告**執豕于牢酌之用匏食之飲之君之宗之**疏傳賓已登席坐矣乃依几矣曹羣也執豕于牢新國則殺禮也酌之用匏儉且質也爲之君爲之大宗也箋蹌蹌濟濟士大夫之威儀也俾使也厚乎公劉之居於此京依而築宮室其既成也與羣臣士大夫飲酒以落之羣臣則相使爲公劉設几筵使之升坐公劉既登堂負扆而立羣臣乃適其牧羣搏豕於牢中以爲飲酒之殺酌酒以匏爲爵言忠敬也宗尊也公劉雖去邰國來遷羣臣從而君之尊之猶在邰也○馬瑞辰云何楷錢澄之並以于京斯依四句爲宗廟始成之禮是也禮君子將營宮室宗廟爲先公劉依京築室宜莫先於宗廟大戴禮諸侯遷廟禮曰至於新廟筵於戶牖間又曰祝奠幣於几東正與俾筵俾几合祭統曰鋪筵設同几爲依神也與詩既登乃依合箋讀依爲扆失之三家造作告者衆經音義九引詩乃告其曹與毛異乃三家文

馬瑞辰云大祝掌六祈二曰造杜子春謂造祭於祖也造者祰之叚借說文祰告祭也葢凡告祭通曰造也造亦通作告阮氏積古齋鐘鼎款識載有衞公孫呂之告戈告卽造也三家之告亦造之消字耳曹者禮之消借藝文類聚引說文祭豕先曰禮今本說文脫去廣雅禮祭也玉篇禮豕祭也廣韻禮祭豕先據下云執豕于牢知詩乃造其曹謂將用豕而先告祭于豕先猶將差馬而先祭馬祖也

篤公劉既溥既長既景迺岡相其陰陽觀其流泉其軍三單度其隰原徹田爲糧度其夕陽豳居允荒〔疏〕傳既景乃岡考於日景參之高岡三單相襲也徹治也山西曰夕陽荒大也箋厚乎公劉之居豳也既廣其地之東西又長其南北既以日景定其經界於山之脊觀相其陰陽寒煖所宜流泉浸潤所及皆爲利民富國邰后稷上公之封大國之制三軍以其餘卒爲羨今公劉遷於豳民始從之丁夫適滿三軍之數單者無羨卒也度其隰與原田之多少徹之使出稅以爲國用什一而稅謂之徹魯哀公曰二吾猶不足如之何其徹也允信也夕陽者豳之所處也度其廣輪豳之所處信寬大也○胡承珙云單一也獨也三單者卽周禮凡起徒役無過家一人之謂葢止用正卒爲軍不及其羨故曰單相襲猶言相代三單之中尙有更休疊上之法其不盡民力如此此

公劉之所以爲厚也且此語雖爲制軍之數古者寓兵于農制軍所以爲授田故上承相陰陽觀流泉而下與度其隰原徹田爲糧相次可知非在道禦寇之謂郎箋云丁夫滿三軍之數亦謂依此數而每夫各授百畝以治田也

篤公劉于豳斯館〔注〕魯館作觀**涉渭爲亂取厲取鍛止基迺理爰衆爰有夾其皇澗遡其過澗止旅乃密芮鞫之即**〔注〕魯齊韓鞫作阸又作坈泦〔疏〕傳館舍也正絶流曰亂鍛石也皇澗名也遡鄉也過澗名也密安也芮水厓也鞫究也箋鍛石所以爲鍛質也厚乎公劉於豳地作此宮室乃使人渡渭水爲舟絶流而南取鍛厲斧斤之石可以利器用伐取材木給築事也爰曰也止基作宮室之功止而後疆理其田野校其夫家人數日益多矣器物有足矣皆布居澗水之旁芮之言內也水之內曰隩水之外曰鞫公劉居豳既安軍旅之役止士卒乃安亦就澗水之內外而居修田事也○魯館作觀者白虎通京師篇后稷始封於邰公劉去邰之邠又云郎有邰家室又曰篤公劉于邠斯觀周家五遷其意一也皆欲成其道也說文豳郎邠之重文邠異字館觀通用字陳喬樅云禮雜記公館復釋文館本作觀左傳築王姬之館於外白虎通嫁娶篇引作觀漢書元后傳春幸繭館顏注引漢宮閣疏云上林有繭觀班婕妤傳柘館列女傳作柘觀是館觀古通之證陳奐云說文厲旱石碫碫石厲

碫者斲礱之石也古者天子廟桷必加密石焉諸侯則斲之礱之取厲碫者爲營宗廟也部在渭北涉渭而取厲碫則渭南亦在部境此公劉新遷於豳而於故都取足材用焉魯齊韓鞫作阬又作坈泦者釋上厓内爲隩外爲隈釋文本隈作鞫與李巡注合釋文云鞫如字字林作坈云厓外也邢疏本隈當作鞫傳寫誤也又作坈原誤坈據阮校正音義同隩隈一事今分爲内外故知誤家隈从𠂤則釋上本文斷爲阬字之誤原不作鞫此魯作阬又作坈之證漢書地理志右扶風汧本注詩芮阬原誤爲阬又誤爲阬據官本及段說雍州川也此齊作阬之證顏注阬與鞫同韓詩作芮阬此韓亦作阬之證夏官職方鄭注引詩作汭坈之即毛本監本坈均作泦鄭先通韓詩注禮則用齊詩此齊韓又作坈泦之證廣雅釋上坈隈也沿爾雅誤文立訓不關詩義玉篇水外曰坈阬古岸也泦水紋也此以坈爲正字水外曰坈當本韓詩是知韓阬有作坈者廣韻諸訓同玉篇玉篇泦一曰水厓外是毛監本鄭注作泦必有所本集韻阬水厓外也或作坈又作泦詩鄭箋水外曰鞫義亦同以阬爲正字坈泦爲或體尤與爾雅誤文漢志本注字皆从𠂤者合段玉裁云鞫阬坈皆爲九六反阬从𠂤尻聲尻从尸九聲九之入聲得九六反俗譌爲阬則不通陳奐云傳訓鞫爲究究之爲言曲也說文氿水厓枯土也究即氿之段借氿即阬坈之異文然則泦亦即氿之或體明矣班注說芮水引詩是以芮爲水名鄭注禮亦以爲水名足知仍用齊說字作汭者順職方涇汭本文以通訓非異字也胡渭云涇水東南

流至邠州長武縣芮水自平涼府靈臺縣界流涇縣南而東注于涇公劉所居故豳城正在二水相會内曲之處也

公劉六章章十句

泂酌【疏】毛序召康公戒成王也言皇天親有德饗有道也○藝文類聚職官部二楊雄博士箴云公劉挹行潦而濁亂斯清官操其業士執其經陳喬樅云此以泂酌爲公劉之詩魯說與毛異指鹽鐵論和親篇政有不從之教而世無不可化之民詩云酌彼行潦挹彼注茲故公劉處戎狄戎狄化之大王去豳豳民隨之周公修德而越裳氏來陳喬樅云此與楊雄箴意合是三家說同韓詩外傳六詩曰愷悌君子民之父母君子爲民父母何如曰君子者貌恭而行肆身儉而施博故不肖者不能逮也殖盡於己而區略於人故可盡身而事也篤愛而不奪厚施而不伐見人有善欣然樂之見人不善惕然掩之有其過而兼包之授衣以最授食以多法下易由事寡易爲是以中立而爲人父母也築城而居之別田而養之立學以敎之使人知親尊親尊故父服斬縗三年爲君亦服斬縗三年爲民父母之謂也愚案三家以詩爲公劉作蓋以戎狄濁亂之區而公劉居之譬如行潦可謂濁矣公劉挹而注之則濁者不濁淸者自淸由公劉居豳之後別田而養立學以敎法度簡易人民相安故親之如父母及大王居豳而從如歸市亦公劉之遺澤有以致之也其詳則不可得而聞矣據楊箴官操其業士習其經之語

是周之學制權輿於公劉故并有行葦習射養老之典

洞酌彼行潦挹彼注茲可以餴饎豈弟君子民之父母【注】魯韓豈弟作愷悌齊或作凱弟【疏】傳洞遠也行潦流潦也餴餾也饎酒食也樂以強教之易以說安之民皆有父之尊有母之親箋流潦水之薄者也遠酌取之投大器之中又挹之注之於此小器而可以沃酒食之餴者以有忠信之德齊絜之誠以薦之故也春秋傳曰人不易物惟德繄物○胡承珙云孔疏釋言饙餾稔也孫炎曰蒸之曰饙勻之曰餾郭注今呼餈飯爲饙饙均熟曰餾說文饙一蒸米也餾飯氣流也然則蒸米謂之饙饙必餾而熟之故言饙餾非訓饙爲餾說文云餴滫飯也段注滫當依爾雅音義引作脩倉頡篇作餐餐之言深也水部曰深渼汏也此謂以水澆熱飯古語云餐飯承珙案字書餴一蒸米也說文以餴爲滫飯者即今人蒸飯熱時以水淋之謂撥饙此俗語之近古者傳餴餾也當作餴餴一餾也說文餾飯氣流也即謂撥饙之時飯氣流布耳是饙餾本一事故爾雅並以稔釋之傳以饙餾連言亦謂行潦之水可以沃飯使熟而爲酒食耳魯韓豈弟作愷悌者荀子禮論賈子君道篇白虎通義號篇說苑政理篇引豈弟君子二句並作愷悌後漢章帝紀建初元年詔云愷悌君子大雅所嘆章帝亦學魯詩者韓詩外傳六引豈弟作愷悌𥈅上外傳八兩引同皆其證齊豈

弟作凱弟者，禮孔子閒居引凱弟君子二句作凱弟，鄭注凱弟樂易也，表記引詩同，釋文凱本又作愷，弟本又作悌，大戴禮衛將軍文子篇引作愷悌，漢書刑法志引作愷弟，皆齊詩又作本

洞酌彼行潦，挹彼注茲，可以濯罍。豈弟君子，民之攸歸。疏傳濯滌也罍祭器

洞酌彼行潦，挹彼注茲，可以濯溉。豈弟君子，民之攸塈。疏傳溉清也箋塈息也○陳奐云溉當依釋文作摡上言濯罍爲滌祭器此言濯摡則所包者廣據特牲少牢饋食禮器之宜摡者甚多故末章於罍外廣言之愚案本詩釋文溉無作摡之說匪風溉之釜鬵釋文溉本又作摡亦毛或作本惟據說文則摡爲正字

洞酌三章，章五句。

卷阿疏毛序召康公戒成王也言求賢用吉士也箋吉猶善也○汲冢紀年成王三十三年遊于卷阿召康公從偽書不足信黃山云毛序於公劉洞酌皆增戒成王之說此篇亦然三家固無此言也夫采詩列於大雅自足垂鑒後王不必其詩皆爲戒王而作此詩據易林齊說以爲召公避暑曲阿鳳皇來集因而作詩蓋當時奉命巡方偶然遊息推原瑞應之至歸美

於王能用賢故其詩得列於大雅耳周公垂
戒毋佚成王必不般游毛說殆近於誣矣

有卷者阿飄風自南豈弟君子來游來歌以矢其音（疏）傳興也卷曲也飄風迴風也惡人被德化而消猶飄風之入曲阿也矢陳也箋大陵曰阿有大陵卷然而曲迴風從長養之方來入之興者喻王當屈體以待賢者賢者則猥來就之如飄風之入曲阿然其來也爲長養民王能待賢者如是則樂易之君子來就王游而歌以陳出其聲音言其將以樂王也感王之善心也○列女趙津女娟傳引詩云來游來歌以矢其音明魯毛文同韓詩外傳六載孔子和歌解圍引詩來游來歌明韓毛文同

伴奐爾游矣優游爾休矣豈弟君子俾爾彌爾性似先公遒矣（注）魯似作嗣遒作酋公下多爾字（疏）傳伴奐廣大有文章也彌終也似嗣也遒終也箋伴奐自縱弛之意也賢者既來王以才官秩之各任其職女則得伴奐而優游自休息也孔子曰無爲而治者其舜也與恭己正南面而已言任賢故逸也俾使也樂易之君子來在位乃使女終女之性命無困病之憂嗣先君之功而終成之○魯似作嗣遒作酋公下多爾字者釋詁酋終也郭注詩曰嗣先公爾酋矣阮校勘記云孔疏遒終釋詁文彼遒作酋音義同也是其本作

遒字郭注引嗣先公爾酋矣或出於三家毛鄭詩非有爾字也陳喬樅云毛詩似先公遒矣此注所引字句俱異知本舊注魯詩之文也馬瑞辰曰彌镾之叚借段玉裁曰蓋用弓部之彌而又省玉也說文镾久長也惟久長是以能終胡承珙曰終者盡也彌其性卽盡其性也

爾土宇昄章亦孔之厚矣豈弟君子俾爾彌爾性百神爾主矣

疏 傳昄大也箋土宇謂居民以土地屋宅也孔甚也女得賢者與之爲治使居宅民大得其法則王恩惠亦甚厚矣勸之使然使女爲百神主謂羣神受饗而佐之

爾受命長矣茀祿爾康矣豈弟君子俾爾彌爾性純嘏爾常矣

疏 傳茀小也嘏大也箋茀福康安也女得賢者與之承順天地則受久長之命福祿又安女純大也予福曰嘏使女大受神之福以爲常○釋詁祓福也郭注詩曰祓祿康矣陳喬樅云此引詩茀作祓與毛異箋茀福也卽用魯訓改毛方言福祿謂之祓戩戴震疏證以茀與祓爲古通用字

有馮有翼有孝有德以引以翼豈弟君子四方爲則疏 傳有馮有翼道

可馮依以爲輔翼也引長翼敬也箋馮馮几也翼助也有孝斥成王也有德謂羣臣也王之祭祀擇賢者以爲尸尊之豫撰几擇佐食廟中有孝子有羣臣尸之入也使祝贊道之扶翼之尸至設几佐合食助之尸者神象故事之如祖考則法也王之臣有是樂易之君子則天下莫不放傚以爲法○列女齊義母傳引詩曰愷悌君子四方爲則韓詩外傳八亦引詩曰愷悌君子四方爲則明魯韓豈弟作愷悌餘與毛同愚案漢武帝稱三輔曰京兆尹左馮翊右扶風馮翊即用詩有馮有翼句武帝時惟用魯詩蓋魯詩翼作翊上豈弟君子旣皆爲斥王不應此獨指臣下且觀下顒顒卬卬魯說爲指君德則此及下章豈弟君子不與上異解

箋說盡誤

顒顒卬卬如珪如璋令聞令望〔注〕**魯說曰顒顒卬卬君之德也令聞令望豈弟君子四方爲綱**〔疏〕傳顒顒温貌卬卬盛貌箋令善也王有然敬順志氣則卬卬然高朗如玉之珪璋也人聞之則有善聲譽人望之則有善威儀德行相副綱者能張衆目○顒顒卬卬君之德也者釋訓文蔡邕集與羣臣上壽表引詩顒顒卬卬如珪如璋二句皆屬君說益證上愷悌君子爲誤解徐幹中論修本篇詩云顒顒卬卬如珪如璋令聞令望愷悌君子四方爲綱舉珪璋以喻其德貴不變也明魯毛文同惟豈弟作愷悌荀子

正名篇引詩五句全與毛同疑誤
漢書敘傳如珪如璋明齊毛文同

鳳皇于飛翽翽其羽亦集爰止藹藹王多吉士【注】魯說曰藹藹止也維君子使媚于天子【疏】傳鳳皇靈鳥仁瑞也雄曰鳳雌曰皇翽翽羽聲也亦亦衆鳥也爰于也鳳皇往飛翽翽然亦與衆鳥集於所止衆鳥慕鳳皇而來喻賢者所在羣士皆慕而往仕也因時鳳鳥至因以喻焉媚愛也王之朝多善士藹藹然君子在上位者率化之使之親愛天子奉職盡力○說苑奉使篇引詩鳳皇于飛六句又引惟君子使二句維作惟翽作噦葢叚借字餘與毛同藹藹止也者釋訓文與濟濟同訓郭注皆賢士盛多之容止據傳文魯毛義同王逸楚詞九歎章句藹藹盛多貌也詩曰藹藹王多吉士此亦魯說韓詩外傳八引鳳皇于飛二句一引六句明
韓毛文同

鳳皇于飛翽翽其羽亦傅于天藹藹王多吉人維君子命媚于庶人【疏】箋傳猶戾也命猶使也善士親愛庶人謂撫擾之令不失職

鳳皇鳴矣于彼高岡梧桐生矣于彼朝陽菶菶萋萋雝雝喈喈

注魯齊雝作噰魯說曰藹藹萋萋臣盡力也噰噰喈喈民協服也疏傳梧桐柔木也山東曰朝陽梧桐不生山岡太平而後生朝陽梧桐盛也鳳皇鳴也臣竭其力則地極其化天下和洽則鳳皇樂德箋鳳皇鳴于山脊之上者居高視下觀可集止喻賢者待禮乃行翔而後集梧桐生者猶明君出也生於朝陽者被溫仁之氣亦君德也鳳皇之性非梧桐不棲非竹實不食菶菶萋萋喻君德盛也雝雝喈喈喻民臣和協○藹藹至服也釋訓文上已釋藹藹此又併萋萋釋之言菶菶萋萋與藹藹意同也不言菶菶者省文雝作噰魯異文箋云梧桐生猶明君出以生於朝陽爲喻君德與魯義異孔疏引舍人曰藹藹賢士之貌萋萋梧桐之貌孫炎曰言衆臣竭力則地極其化梧桐盛也郭注亦云梧桐茂賢士衆地極化臣竭忠鳳皇應德鳴相和百姓懷附興頌歌皆以爲譬況臣民之詞論衡講瑞篇案禮記瑞命篇雄曰鳳雌曰皇雄鳴曰郎郎雌鳴曰足足詩云梧桐生矣於彼高岡鳳皇鳴矣於彼朝陽菶菶萋萋噰噰喈喈瑞命與詩俱言鳳皇之鳴瑞命言郎郎足足詩云噰噰喈喈此聲異也案說苑辨物篇引詩與毛同論衡所引或記憶之誤偶倒其文易林觀之謙高岡鳳皇朝陽梧桐噰噰喈喈菶菶萋萋陳辭不多以告孔嘉又大過之需大樹之子百條共母當夏六月枝葉盛茂鸞皇以庇召伯避暑翩翩偃仰甚得其所揆之困同此齊說明齊毛文同雝亦引作噰文選七命李注引韓詩外傳曰鳳舉

日上翔集鳴曰歸昌是鳳鳴之聲
不特卽卽足足與雝雝喈喈異也

君子之車既庶且多君子之馬既閑且馳矢詩不多維以遂歌

疏傳上能錫以車馬行中節馳中法也不多多也明王使公卿獻詩以陳其志遂爲工師之歌焉箋庶衆閑習也今賢者在位王錫其車衆多矣其馬又習於威儀能馳矣大夫有乘馬有貳車矢陳也我陳作此詩不復多也欲今遂爲樂歌王日聽之則不損今之成功也○尚書序皋陶矢厥謨與此陳詩以告上意同此魯義也據齊說陳辭不多以告孔嘉意重遂歌言陳辭不欲煩多惟王使工師歌之永爲告戒則孔嘉也魯韓蓋同

卷阿十章六章章五句四章章六句

民勞疏毛序召穆公刺厲王也箋厲王成王七世孫也時賦斂重數繇役繁多人民勞苦輕爲奸宄彊陵弱衆暴寡作寇害故穆公以刺之○釋文從此至桑柔五篇是厲王變大雅三家無異義

民亦勞止汔可小康注魯汔作迄**惠此中國以綏四方無縱詭隨以謹無良式遏寇虐憯不畏明**注魯憯亦作慘齊韓作朁**柔**

遠能邇以定我王【疏】傳汔危也中國京師也四方諸夏也詭隨詭人之善隨人之惡者以謹無良愼小以懲大也憯曾也柔安也燮汔幾也康綏皆安也惠愛也今周民罷勞矣王幾可以小安之乎愛京師之人以安天下京師者諸夏之根本謹猶愼也良善式用遏止也王爲政無聽於詭人之善不肯行而隨人之惡者以此敕愼無善之人又用此止爲寇虐曾不畏敬明白之刑罪者疾時有之能猶伽也邇近也安遠方之國順伽其近者當以此定我周家爲王之功言我者同姓親也○說文汔水涸也或曰泣下从水乞聲詩曰汔可小康涸不得水泣不得志則猶幸少有所得毛訓危鄭訓幾皆險殆意亦卽冀近意也魯汔作迄者漢書元帝紀永光四年詔詩不云乎民亦勞止迄可小康惠此中國以綏四方元帝學魯詩此魯文魏志辛毗傳同說文無迄字新附有之云至也至可小康於文不順此以汔迄聲同叚借也荀子致仕篇川淵深而魚鼈歸之山林茂而禽獸歸之刑政平而百姓歸之禮義備而君子歸之禮及身而行修義及國而政明令行禁止王者之事畢矣詩云惠此中國以綏四方此之謂也淮南泰族訓聖主在上位廓然無形寂然無聲官府若無事朝廷若無人無隱人無軼民無勞役無冤刑四海之內莫不仰上之德象主之指夷狄之國重譯而至非戶辯而家說之也惟其誠心施之天下而已矣詩曰惠此中國以綏四方內順而外寧矣此皆魯說鹽鐵論論勇篇詩云惠此中國以綏四方故義之服無義疾於原馬良弓德

之召遠疾於虢傳重譯後漢班超傳上書亦引詩民亦勞止四句皆齊說廣雅釋訓詭隨小惡也此魯韓說也王引之云二字曡韻不得分訓詭隨卽無良之人亦無大惡小惡之分詭隨謂譎詐謾欺之人詭古讀若戈淮南說林訓水雖平必有波衡雖正必有差尺寸雖齊必有詭隨讀若䜍䜍音土禾反字或作詑又作訑隨其叚借字也方言虔儇慧也秦謂之謾晉謂之𢡉宋楚之間謂之倢楚或謂之䜍自關而東趙魏之間謂之黠或謂之鬼說文沇州謂欺曰詑楚詞九章或訑謾而不疑燕策寡人甚不喜訑者言並字異而義同馬瑞辰云王說是也元應書引三倉詭譎也廣雅釋詁詭欺也詭通作恑廣雅釋言詭恑也又省作危莊子漁父篇曰苦心勞形以危其眞釋文危本作譌詭僞亦聲近僞卽譌也譌卽訛也譎通作詑又通作訑廣雅詑訑並曰欺也又借作他淮南說山篇媒但者非學謾他今本他誤也此從廣雅疏證引又通作訑元應書引纂文曰兖州人以相欺人爲訑人皆詭隨爲譎詐謾欺之證至謂詩詭隨卽無良之人無大惡小惡之分則非胡承珙云後漢陳忠傳臣聞輕者重之端小者大之源故堤潰蟻孔氣洩鍼芒是以明者愼微智者識機書曰小不可不殺詩云無縱詭隨以謹無良所以崇本絕末鉤深之慮也此詩每章皆言詭隨而但曰無縱可知其爲小惡下文曰謹曰式遏明其惡漸大矣左昭二十年傳引詩作毋從詭隨唐石經春秋傳字亦作從故箋亦但曰無聽後儒釋爲縱舍之縱誤矣潛夫論述赦篇夫有罪而備辜寃結而信理天之正也而王之法也故曰無縱詭隨以謹無良

無原本訛是若枉善人以惠奸惡此謂斂怨以爲德蔡邕司空文烈侯楊公碑式遏寇虐用魯經文說苑君道篇牧者所以辟四門明四目達四聰也是以近者親之遠者安之詩曰柔遠能邇以定我王此之謂矣新序雜事四呂覽音律篇高注並引此詩二句明魯毛文同魯亦作憯者釋言憯曾也釋文本或作憯齊韓憯作朁者說文朁曾也从曰兓聲詩曰朁不畏明與毛作憯異節南山十月之交雲漢毛皆作憯明作朁者齊韓詩陳奐云明猶法也不畏明法卽是寇虐言爲政者用以遏止之左傳釋詩云糾之以猛也

民亦勞止汔可小休惠此中國以爲民逑無縱詭隨以謹惽怓式遏寇虐無俾民憂無棄爾勞以爲王休

注三家惽怓作讙嘵

疏傳休定也逑合也惽怓大亂也休美也箋休止息也合聚也惽怓猶讙譁也謂好爭訟者也俾使也勞猶功也無廢女始時勤政事之功以爲女王之美述其始時者誘掖之也○三家惽怓作讙嘵者大司馬卒長執鐃鄭注鐃讀如讙嘵之嘵賈疏從毛詩云以謹讙嘵案毛作惽怓釋文無異作本鄭注禮時未見毛詩讀如讙嘵自據三家文賈知鄭讀出詩特誤記爲毛耳箋惽怓猶讙譁也據釋文本譁作譊譊與嘵同蓋仍本三家爲說說文毛下引詩以謹惽怓馬瑞辰云毛惽卽怋之訛

民亦勞止汔可小息惠此京師以綏四國無縱詭隨以謹罔極

式遏寇虐無俾作慝敬慎威儀以近有德【疏】傳息止也慝惡也以近有德求近德也箋罔無極中也無中所行不得中正○胡承珙云左昭二年傳叔弓聘于晉晉侯使郊勞辭致館又辭叔向曰子叔子知禮哉吾聞之曰忠信禮之器也卑讓禮之宗也辭不忘國忠信也先國後己卑讓也詩曰敬慎威儀以近有德夫子近德矣近德者卽進於德之謂傳本左氏說有爲語助之詞

民亦勞止汔可小愒惠此中國俾民憂泄無縱詭隨以謹醜厲

式遏寇虐無俾正敗戎雖小子而式弘大【疏】傳愒息泄去也醜衆厲危也戎大也箋泄猶出也發也厲惡也春秋傳曰其父爲厲敗壞也無使先王之正道壞戎猶女也式用也弘猶廣也今王女雖小子自遇而女用事於天下甚廣大也易曰君子出其言善則千里之外應之況其邇者乎出其言不善則千里之外違之況其邇者乎是以此戒之○馬瑞辰云醜厲二字同義醜亦惡也古美醜好醜多對言傳訓醜爲衆失之

民亦勞止汔可小安惠此中國國無有殘無縱詭隨以謹繾綣

式遏寇虐無俾正反王欲玉女是用大諫【疏】傳賊義曰殘繾綣反覆也箋王愛此京師之人則天下邦國之君不爲殘酷玉者君子比德焉王乎我欲令女如玉然故作是詩用大諫正女此穆公至忠之言○馬瑞辰云錢大昭曰繾綣當作緊紾楚詞九思云心緊紾兮傷懷王逸章句緊紾糾繚也一作繾綣說文緊纏絲急也紾纏臂繩也今案緊字糾忍切从臤絲省別作綣玉篇引春秋成公四年鄭伯紲卒有古千一切則从臤得聲與繾音近故繾綣卽緊紾之別體左昭二十五年傳繾綣從公杜注繾綣不離散也與反覆義正相成廣雅釋詁繾綣摶也摶義與不離散義相近胡承珙云荀子成相篇精神相反楊倞注謂反覆不離散然則一傳訓反覆正與不離散義通也馬瑞辰又云說文金玉之玉無點其加一點者解云朽玉也从王有點讀若畜牧之畜阮元曰詩王欲玉女玉字專是加點之玉𤣩畜好古音皆同部相叚借玉女者畜女也畜女者好女也召穆公言王乎我正惟欲畜女好女不得不用大諫詩之玉女與孟子引詩曰畜君何尤畜君者好君也無異玉卽畜字之叚借其說是也因思禮記請君之玉女玉女亦當讀畜卽好女猶云淑女也洪範維辟玉食玉食猶言珍食玉亦好也此箋解爲金玉之玉失之

民勞五章章十句

板〔疏〕毛序凡伯刺厲王也箋凡伯周同姓周公之胤也入爲王卿士○後漢李固傳傳對策云竊聞長水司馬武宣開陽城門候羊迪等無他功德初拜便眞此雖小失而漸壞舊章先聖法度所宜堅守政教一跌百年不復詩云上帝板板下民卒癉刺周王變祖法度故使下民將盡病也李注詩大雅凡伯刺周厲王反先王之道下人盡病也華陽國志固父郃師事魯恭習魯詩固當傳其家學所引卽魯詩序說不言凡伯作或略厲王作周王猶蕩篇傷周室大壞之義毛序首句多本舊說李注言凡伯刺厲王亦有反先王之道下人盡病與魯說合皆與毛序泛言凡伯刺厲王者異葢本韓詩序說齊說當同

上帝板板〔注〕魯板亦作版**下民卒癉**〔注〕齊癉作瘴卒作猝**出語不然爲猶不遠靡聖管管**〔注〕三家說曰管管欲也**不實于亶猶之未遠是用大諫**〔疏〕傳板板反也上帝以稱王者也癉病也話善言也猶道也管管無所依繫亶誠也猶圖也箋猶謀也王爲政反先王與天之道天下之民盡病其出善言而不行之也此爲謀不能遠圖不知禍之將至王無聖人之法度管管然以心自恣不能用實於誠信之言言行相違也王之謀不能圖遠用是故我大諫王也○魯板亦作版者釋訓版版僻也不作板此魯文郭注邪僻邢疏引李巡云失道之僻也說文僻从旁牽也从旁牽引所以偏衺經典僻與辟通賈子

道術篇襲常緣道謂之道反遠爲辟後漢董卓傳李注文選辨命論李注皆作版版是知古多作版不獨魯文亦作板者李固傳引詩作板板歸楊賜傳不念板蕩之作虺蜴之誡賜亦學魯詩知魯亦作板也齊癉作癉韓卒作瘁者禮緇衣詩云上帝板板下民卒癉鄭注上帝喻君也板板辟也卒盡也癉病也此君使民惑之詩此齊亦作板癉作瘅者叚借字韓詩外傳五登高而臨深遠見之樂臺榭不若邱山所見高也平原廣望博觀之樂沼池不如川澤所見博也勞心苦思從欲極好靡財傷情毀名損壽悲夫傷哉窮君之反於是道而愁百姓詩曰上帝板板下民瘁瘅此韓亦作板卒作瘁者瘁瘅皆病也卒是悴之消借說文悴憂也讀與瘁同管管欲也者廣雅釋訓管管裕也裕於義不可通據下文旺旺思也乃欲之叚借卽箋以心自恣意也說與毛異當出三家箋葢卽本三家義以易傳黃山云靡聖謂心無忌憚不信有聖人非無聖人也故箋訓管管爲以心自恣廣雅管管欲也者如漢書汲黯傳吾欲云云之欲是亦爲自恣之意矣傳謂無所依繫則爲無聖人可依據非詩指箋本易傳孔疏握而一之誤也列女楚江乙母傳引詩猶之未遠是用大諫明魯毛文同左成八年傳引詩猶之未遠是用大簡諫作簡叚借字

天之方難無然憲憲天之方蹶無然泄泄〔注〕魯泄亦作洩齊韓言

作咄辭之輯矣民之洽矣辭之懌矣民之莫矣【疏】傳憲憲猶欣欣也蹶動也泄泄猶沓沓也輯和洽合懌悅莫定也箋天斥王也王方欲艱難天下之民又方變更先王之道臣乎女無憲憲然無沓沓然爲之制法度達其意以成其惡辭辭氣謂政教也王者政教和說順於民則民心合定此戒語時之大臣。魯泄亦作咄齊韓作詍者孟子引詩作泄泄釋訓憲憲泄泄制法則也此依邵晉涵據釋文正本舊本泄作洩說文無洩字阮校云沿唐諱之舊均魯文與毛同王篇引孟子作咄咄猶沓沓也爾雅釋文亦云泄泄或作咄是魯亦作咄說文咄多言也詍多言也並引此詩咄爲魯文則詍爲齊韓文矣說文泄水名咄詍正字泄借字孟子泄泄猶沓沓也又申之曰言則非先王之道釋訓制法則也郭注佐興虐政設教令也邢疏引孫炎說同荀子解蔽篇辨利非以言是則謂之詍均與多言合新序雜事三引詩曰辭之集矣民之洽矣辭之懌矣民之莫矣蔡邕答對元式引詩輯亦作集列女齊女徐吾傳洽作協說苑善說篇懌作繹惟列女齊太倉女傳下二句引詩與今本同皆魯文異字朱彬云懌讀爲殬殬說文殬敗也殬借作懌猶殬借作斁與擇也莫讀爲瘼訓病四語兼善惡言詞和則民合詞病則民病義駁傳箋爲允說苑善說篇子貢曰出言陳辭身之得失國之安危也引詩懌作繹矣民之莫矣正兼詞之美惡言之

我雖異事及爾同寮我即爾謀聽我囂囂【注】魯囂作敖我言維

服勿以爲笑先民有言詢于芻蕘（疏）傳寮官也蹻蹻猶謷謷也也我雖與爾職事異者乃與女同官俱爲卿士我就女而謀欲忠告以善道女反聽我言謷謷然不肯受服事也我所言乃今之急事女無笑之古之賢者有言有疑事當與薪采者謀之匹夫匹婦或知及之況於我乎○魯蹻作敖者正字此詩之訓是魯文敖本又作謷又作蹻同郭注傲慢賢者釋訓敖敖傲也釋文如此潛夫論明忠篇引詩云我雖異事及爾同僚我卽爾謀聽我敖敖此魯作敖敖之證馬瑞辰云服者艮之叚借說文艮治也我言維服猶云我言維治治對亂言猶左傳以治命對亂命言也箋訓服爲事云我言維事則不辭故以乃今之急事增成其義非詩意也列女衞姑定姜傳引詩云我言維服荀子大略篇天下國有賢人世有俊士迷者不問路溺者不問遂亡人好獨詩曰我言維服勿用爲笑先民有言詢于芻蕘言博問也說苑尊賢篇泰山不讓壤石江海不逆小流所以成大也詩曰先民有言詢于芻蕘言博謀也潛夫論明闇篇國之所以治者君明也其所以亂者君闇也君之所以明者兼聽也所以闇者偏信也是故人君通心兼聽則聖日廣矣庸說偏信則過日甚矣詩云先民有言詢于芻蕘列女齊管妾倩傳引詩同皆魯說禮坊記詩云先民有言詢于芻蕘鄭注先民謂上古之君也詢謀也芻蕘謂下民之事也言古之人君將有政教必謀及之於庶民乃施之鹽鐵論刺議篇多見者博多聞者知距諫者塞專

己者孤故謀及天下者無失策舉及下者無頓功詩云詢于芻蕘皆齊說韓詩外傳五兩引詩先民有言詢于芻蕘以上三家說詩明與毛文義並同

天之方虐無然謔謔老夫灌灌小子蹻蹻〔注〕魯灌亦作懽蹻作嬌匪我言耄爾用憂謔多將熇熇〔注〕魯熇作塙不可救藥〔疏〕傳謔謔然喜樂灌灌猶款款也蹻蹻驕貌八十曰耄熇熇然熾盛也箋今王方爲酷虐之政女無謔謔然以讒慝助之老夫諫女款款然自謂也女反蹻蹻然如小子不聽我言將行也今我言非老耄有失誤乃告女用可憂之事而女反如戲謔多行熇熇慘毒之惡誰能止其禍○釋訓謔謔謞謞崇讒慝也孔疏引舍人曰皆盛烈貌孫炎曰厲王暴虐大臣謔謔然喜謞謞然盛以興讒慝也謔謔非喜而云喜樂者王方暴虐甚可憂懼而以戲謔出之故曰謔謔然喜直以爲用憂謔也非我言耄多失誤也魯灌或作懽蹻作嬌者釋訓又云懽懽憂無告也郭注賢者憂懼無所訴也說文懽下引爾雅與今文合爾雅釋文出灌字云本或作懽孔疏引爾雅作灌又與釋文本合孔疏釋訓解其言灌灌之意耳非解灌灌之義此僞傳背雅訓溷襲不可據列女趙將括母傳引詩老夫灌灌小子嬌嬌匪我言耄爾用憂謔亦本魯詩爲說仍作灌灌而蹻蹻則作嬌嬌是魯灌灌通作蹻作嬌也尚書五行傳鄭注怵攸謂若老夫

嚾嚾小子蹻蹻灌作嚾蹻作蟜說五行義當本齊詩嚾卽懽之通叚魯頌矯矯虎臣釋文本作蟜云又作蹻亦作蹻是三字古皆通作韓詩外傳十楚邱先生章引詩老夫灌灌此韓毛同文王篇悹悹憂無告也悺同上說卽本之釋訓文阮元據說文悹憂也與王篇訓合謂釋訓之懽本作悹又廣韻悹下引詩傳悹悹無所依李富孫亦定爲此章灌灌之異文陳喬樅以音列廣韻二十四緩引詩傳又與本篇首章毛傳同定爲管管之異文愚案無所依本卽憂無告之義說文訓悹爲憂廣韻所引詩傳必同此悺毛以無依繫說靡聖管管本非塙詁廣韻乃孫愐等所采輯或因詩傳此訓適與毛說管管合誤入緩韻實則悹爲古玩切愐所作唐韻亦然不當列上聲也玉篇在廣韻之前說與爾雅說文並符知悹卽懽之異文李說爲長釋訓之懽說文既明定爲爾雅之字則玉篇廣韻所列皆卽韓詩灌之或作字蓋孫據韓傳而李以魯訓通讀也釋訓熇熇作謞謞明魯文如此釋文謞本亦作熇說文熇火熱也詩云多將熇熇熇正字謞借字也說苑辨物篇亂君之治不可藥而息也詩曰多將熇熇不可救藥甚之之辭也列女晉伯宗妻傳引詩文同皆用亦作本韓詩外傳三兩引多將熇熇不可救藥明韓毛文同

天之方懠無爲夸毗威儀卒迷善人載尸民之方殿屎注魯屎亦作吚**則莫我敢葵喪亂蔑資曾莫惠我師**疏傳懠怒也夸毗體柔人也殿屎

呻吟也蔑無資財也箋王方行酷虐之威怒女無夸毗以形體順從之君臣之威儀盡迷亂賢人君子則如尸矣不復言語時厲王虐而弭謗葵揆也民方愁苦而呻吟則忽然有揆度知其然者其遭喪禍又素以賦斂空虛無財貨以共其事窮困如此又曾不肯惠施以賙贍眾民言無恩也○釋言懠怒也郭注引詩天之方懠釋訓夸毗體柔也郭注屈己卑身以柔順人也與孔疏引李巡說屈己卑身求得於人曰體柔義同釋文引字書夸毗作舿舭廣韻作舿舭俱別體徐幹中論亡國篇君子者行不媮合立不易方不以天下枉道不以樂生害仁安可以禄誘哉雖強執搏之而不獲已亦杜口佯愚苟免不暇國之安危將何賴焉詩云威儀卒迷善人載尸此之謂也徐學魯詩明魯毛文同魯屎亦作吚者釋訓殿屎呻也郭注呻吟之聲孔疏引孫炎說同據此魯毛文同蔡邕和熹鄧后謚議人懷殿吚之聲明魯亦作吚吚正字屎借字說文唸下云吚也引詩民之方唸吚吚下云唸吚呻也亦於雅訓合五經文字吚亦作咿皆三家詩之異字者葢齊韓文也爾雅釋文或作歔欮又作㕧脲並俗字說苑政理篇相亂蔑資曾莫惠我師此傷奢侈不節以為亂者也孫志祖云相當為喪字之誤或魯家異文

天之牖民如壎如篪如璋如圭如取如攜攜無曰益牖民孔易注三家牖作誘

民之多辟無自立辟疏傳牖道也如壎如篪言相和也如璋如圭言相合也如取如攜言必從也辟法

也。箋：王之道民以禮義，則民和合而從之，如此易易也。女攜掣
民東與西，與民皆從女所爲，無曰是何益，爲道民在己甚易也。
民之行多爲邪辟者，乃女君臣之過，無自謂所建爲法也。○胡
承珙云：孔疏半圭爲璋，合二璋則成圭，故云相合，而於上壎篪
不詳。何以相和？樂器相和者多，何以獨言壎篪？張萱疑耀云：閱
古今樂律諸書，知七音各自爲五聲，如宮磬鳴而徵磬和，獨壎
篪則二器共爲一音，壎爲宮而篪之徵和，壎爲角而篪之羽和，
此所以言相和也。馬瑞辰云：攜無曰益，攜猶取也，取民之道以
治民，非於民有所增益，郎中庸以人治人也，故下郎云牖民孔
易。箋以益爲何益，失之。史記樂書：爲人君者，謹其所好惡而已
矣。君好之則臣爲之，上行之則民從之。詩曰：誘民孔易，此之謂
也。風俗通義六亦引詩云：天之誘民。禮樂記：詩云誘民孔易，鄭
注：誘，進也；孔，甚也。韓詩外傳五：故聖王之教其民也，必因其情
而節之以禮，必從其欲而制之以義，義簡而備，禮易而法，去情
不遠，故民之從命也速。孔子知道之易行，曰：詩云誘民孔易，非
虛辭也。今外傳本誘作牖，此從王氏詩辨引。史遷、應劭學魯詩，齊學詩禮同源，與
韓詩皆作誘民，是則誘正字，牖借字。後漢張衡傳東京賦：姬周
之末，政由多辟。又思元賦：覽蒸民之多辟兮，畏立辟以危身。玉
篇人部僻下引詩曰：民之多僻。僻，邪也。魯韓詩如此，齊文當同。
段玉裁云：傳辟，法也之上，不言辟，僻也，葢漢時毛詩本上作僻
下作辟，故箋云多爲邪僻。各書徵引皆上僻下辟，釋文亦然。自
唐石經二字皆作辟，而朱子并下辟字釋爲邪矣。愚案：陸孔均

不言毛有異字是本自作多辟與左宣九年傳昭二十八年傳引詩文同僻辟兩作惟三家今文然也

价人維藩〔注〕魯价作介維作惟**大師維垣大邦維屏大宗維翰懷德維寧宗子維城無俾城壞無獨斯畏**〔疏〕傳价善也藩屏也垣牆也王者天下之大宗翰幹也懷和也箋价甲也被甲之人謂卿士掌軍事者大師三公也大邦成國諸侯也大宗王之同姓世適子也王當用公卿諸侯及宗室之貴者爲藩屏垣幹爲輔弼無疏遠之斯離也和女德無行酷虐之政以安女國以是爲宗子之城使免於難遂行酷虐則禍及宗子是謂城壞城壞則乖離而女獨居而畏矣宗子謂王之適子○魯价作介維作惟者釋詁介善也郭注詩曰介人惟藩荀子君道篇君人者愛民而安好士而榮兩者無一焉而亡詩曰介人惟藩大師惟垣此之謂也馬瑞辰云爾雅介大也又介善也方言說文並曰夵大也介人爲善人即爲大人與下文大師大邦大宗爲一類若如箋說被甲之人則不類矣大師宜謂大衆大師惟垣猶云衆志成城也箋讀大如泰以大師爲三公誤矣愚案荀子引詩以證好士愛民之說是魯家最初塙詁彊國篇引詩說同與爾雅引詩作介文合惟舊作維臧鏞堂云案當作惟愚案魯皆作惟問有傳寫誤維者今正漢書諸侯王表昔周監二代三聖制法立爵五等封國八百同姓五十有餘周公康叔建於魯衞各數百里太公於齊亦

五侯九伯之地詩載其志曰介人惟藩大師惟垣大邦惟屏大宗惟翰懷德惟寧宗子惟城毋俾城壞毋獨斯畏所以親親賢賢褒表功德關諸盛衰深根固本爲不可拔者也易林頤之漸姬衞姜望爲武守邦藩屏燕齊周室以彊子孫億昌班焦皆學齊詩价作介與毛異易林爲武守邦子孫億昌卽詩大邦維屏大宗維翰意與箋說同也

敬天之怒無敢戲豫敬天之渝無敢馳驅昊天曰明及爾出王昊天曰旦及爾游衍疏傳戲豫逸豫也馳驅自恣也王往旦明游行衍溢也箋渝變也及與也昊天在上人仰之皆謂之明常與女出入往來游溢相從視女所行善惡可不愼乎○後漢蔡邕傳荅詔問災異曰畏天之怒不敢戲豫天戒誠不可戲也是魯詩敬作畏無作不郎顗傳條對亦曰詩云敬天之怒不敢戲豫丁鴻傳上封事引詩同顗學齊詩鴻不知何詩無皆作不楊秉傳引詩敬天之威不敢驅馳渝作威馳驅作驅馳皆三家異文

板八章章八句

生民之什十篇六十五章四百三十三句

詩三家義集疏卷二十二終

詩三家義集疏卷二十三

長沙王先謙益吾著

蕩之什弟二十三　詩大雅

蕩【疏】毛序：召穆公傷周室大壞也。厲王無道，天下蕩蕩無綱紀文章，故作是詩也。○三家無異義。

蕩蕩上帝，【注】魯「蕩」作「盪」。下民之辟。疾威上帝，其命多辟。天生烝民，其命匪諶。【注】韓「諶」作「訦」。靡不有初，鮮克有終。【疏】傳：上帝以託君王也。辟，君也。疾，病人矣。威，罪人矣。諶，誠也。箋：蕩蕩，法度廢壞之貌。厲王乃以此居人上，爲天下之君，言其無可則象之甚。疾病人者，重賦斂也。威罪人者，峻刑法也。其政教又多邪辟，不由舊章。烝，衆。鮮，寡。克，能也。天之生此衆民，其教道之，非當以誠信使之忠厚乎？今則不然，民始皆庶幾於善道，後更化於惡俗。○魯「蕩」作「盪」者，釋訓：「盪盪，僻也。」是魯作「盪盪」。邢疏引李巡云：「盪盪者，弗思之僻也。」本魯訓，與箋異。説苑至公篇：「公生明，偏生暗，端慤生達，詐僞生塞，神聖生誠，夸誕生惑。此六者，君子之所慎，而禹、桀所以分也。詩曰：疾威上帝，其命多僻。言不公也。」此亦魯説。惟其不公，是以命多邪僻，而疾與威因之俱至。韓「諶」作「訦」者，外傳五云：「繭之性爲絲，弗得女工燔以沸湯抽其統理不成爲絲；卵之性爲雛，不得良雞覆伏孚育積日累久不成爲雛；夫人性善，非得明王聖主扶攜內之以道，則不成君子。詩曰「天生烝民，假賦其命，匪諶。靡不有初，鮮克有終。」言惟明王聖主然後使之然也。今本作諶，此據王氏詩攷引。馬瑞辰云：「命當讀如『天命之謂性』之命，謂天命之初本善，而其後鮮終。以本善者歸之天，以終善者責之君，正合詩義。朱子集傳云『降命之初，無有不善，而人少能以善道自終』，義本韓詩。箋以命爲人君之教命，失之。」說苑敬慎篇：「曾子曰：官怠於宦成，病加於少愈，禍生於懈惰，孝衰於妻子。察此四者，愼終如始。詩云：靡不有初，鮮克有終。」白虎通謚篇：「詩云：靡不有初，鮮克有終。言人行終始不能若一，故據其終始，從可知也。」新序善謀篇：「詩曰：靡不有初，鮮克有終。言始之易，終之難也。」漢書賈山傳引詩同。大戴禮衞將軍文子篇、又韓詩外傳八、外傳十俱引詩下二句，與外傳五引同，是三家文義同。

文王曰咨，咨汝殷商。曾是彊禦，注魯齊禦作圉。**曾是掊克，曾是在位，曾是在服。天降滔德，女興是力。**疏傳：「咨，嗟也。彊禦，彊梁禦善也。掊克，自伐而好勝人也。服，服政事也。」「天，君。慆，慢也。」箋：「厲王弭謗，穆公朝廷之臣不敢斥言王之惡，故上陳文王咨嗟殷紂以切刺之。女曾任用是惡人，使之處位執職事也。厲王施倨慢之化，女羣臣又相與而力爲之，言競於惡。」○馬瑞辰云：「孔疏：咨是歎辭，故言嗟以類之。

非訓咨爲嗟也案說文咨下云謀事曰咨又嗞嗟也嗟者蓍之或體言部蓍下云咨也段本改作嗞也與嗞爲互訓是訓嗟之字當作嗞釋詁嗟咨蹉也釋文蹉本或作差引字林曰皆古嗟字案爾雅嗟咨同訓者亦以咨爲嗞之借字嗞借作咨猶爾雅訓咨爲此卽以咨爲茲之借字也秦策曰嗟嗞乎詩綢繆毛傳曰子兮者嗟茲也古人每以嗟嗞連言爾雅嗟咨卽嗟嗞也作茲者亦省借耳孔疏不知咨爲嗞之叚借遂謂傳非訓嗟爲咨矣魯齊禦作圉者楚詞離騷澆身被服強圉兮王逸章句云強圉多力也漢書敘傳曾是强圉掊克爲雄王學魯詩班學齊詩禦皆作圉韓詩當同王念孫云禦亦强也字或作圉逸周書謚法篇威德剛武曰圉繁露必仁且智篇其强足以覆過其禦足以犯詐是禦與强同義左昭元年傳彊禦已甚十二年傳吾軍帥彊禦非彊梁禦善之謂也楊雄司空箴班祿遺賢掊克充朝潛夫論敘錄曾是掊克何官能治用魯經文

文王曰咨咨女殷商而秉義類彊禦多懟流言以對寇攘式內侯作侯祝靡屆靡究〔疏〕傳對遂也作祝詛也屆極究窮也箋義用善人反任彊禦衆懟爲惡者皆流言謗毀賢者王若問之則又以對寇盜攘竊爲姦宄者而王信之使用事於內侯維也王與羣臣乖爭而相疑曰祝詛求其凶咎無極已○寇攘式內與召旻蟊賊內訌義同列女趙靈吳女傳引詩曰流言以對寇攘

式內言不善之從內出也明魯毛文同詁二句義與箋合釋文作本或作詛孔疏作卽古詛字詛與祝別故各言侯案詛祝本無別作之卽詛於古無徵焦循馬瑞辰雖引釋名助訓作呂覽高注苴音同酢說文姐之古文卽从歺从作疑音訓可通而義不相類故李黼平臧琳段玉裁李富孫胡承珙陳奐諸家皆斥陸孔爲誤謂毛傳作祝詛也本四字爲句卽訓作爲作祝詛而侯作作侯祝例如是剝是菹爰始爰謀乃宣乃畝克禋克祀初不分作祝爲兩事是則釋文或作原屬俗本孔疏亦沿之爲說也黃山云毛傳例不改字箋凡改字必詳其說此皆不言自無以作爲詛之事然諸家謂毛傳四字爲句亦尚未塙蓋詛必作祝春官詛祝作盟詛之載辭是其證而大祝掌六祝之辭作六辭以通上下親疏遠近則作祝固非僅用於詛小祝旬祝亦皆掌祝禮禮運作其祝號元酒以祭明作祝爲祭也毛以詩言侯作侯祝尙係統辭故以詛也釋作祝耳

文王曰咨咨女殷商女炰烋于中國斂怨以爲德不明爾德時無背無側爾德不明以無陪無卿〔注〕齊德側二韻倒在下側作仄韓時作以背作倍〔疏〕傳炰烋猶彭亨也背無臣側無人也無陪無卿無陪貳無卿士也箋炰烋自矜氣健之貌斂聚羣不逞作怨之人謂之有德而任用之無臣無人謂賢者不用○說文無炰字胡承珙云文選魏都賦吞滅咆

烋劉淵林注咆烋猶咆哮也自矜健之貌詩曰咆烋于中國據此知詩炰烋爲咆哮之借說文咆嗥也哮豕驚聲也咆哮者嗥鳴作健之意劉注卽用鄭箋愚案釋文不言毛炰烋有或作本魏都賦炰作咆與毛異字當本韓詩說文繫傳咆下引詩咆哮于中國乚無女字與劉注引同文與毛異亦必韓詩劉云炰烋猶咆哮明韓本烋哮通作箋卽據韓改毛非劉用鄭說也漢書五行志引傳云詩云爾德不明以亡陪亡卿不明爾德以亡背亡仄言上不明暗昧蔽惑則不能知善惡親近習長同類亡功者受賞有罪者不殺百官廢亂也陳喬樅云夏侯始昌善推五行傳志所載傳皆本始昌始昌傳齊詩則此齊說顏注言不別善惡有逆背傾仄者有堪爲卿大夫者皆不知之也以無背無仄爲不知惡人以無陪無卿爲不知善人與經言不明義相貫較毛鄭說爲善晉書五行志引詩與漢志同韓時作以背作倍者韓詩外傳五外傳八外傳十三引不明爾德四句仍與毛同詩攷引時作以背作倍今本妄改同毛

文王曰咨咨女殷商天不湎爾以酒不義從式既愆爾止靡明靡晦式號式呼【注】齊呼作謼**俾晝作夜**【疏】傳義宜也俾晝作夜使晝爲夜也箋式法也天不同女顏色以酒有沈湎於酒者是乃過也不宜從而法行之愆過也女既過湛湎矣又不爲明晦無有止息也醉則號

呼相斂用晝日作夜不視政事○初學記二十六引韓詩曰齊顏色均眾寡謂之沈閉門不出者謂之湎文選魏都賦李注引薛君曰均眾謂之流閉門不出客謂之湎本詩釋文亦引韓詩曰飲酒不出客曰湎馬瑞辰云天不湎爾以酒猶云天不淫爾以酒淮南要略訓高注沈湎淫酒也是也箋訓湎爲同色未免迂曲愚案初學記引韓說沈湎之文薛君說獨遺齊顏色箋乃單取顏色爲說葢以湎从面於顏色爲合而韓之本說則屬沈遂兼兩字說之其源亦出於韓高注則本魯訓耳齊呼作謼者漢書敘傳班伯曰式號式謼大雅所以流連也伯受齊詩於師丹知此爲齊文

文王曰咨咨女殷商如蜩如螗如沸如羹小大近喪人尚乎由行內奰于中國覃及鬼方【疏】傳蜩蟬也螗蝘也（人尚乎由行）言居人上欲用行是道也奰怒也不醉而怒曰奰鬼方遠方也箋飲酒號呼之聲如蜩螗之鳴其笑語沓沓又如湯之沸羹之方熟殷紂之時君臣失道如此且喪亡矣時人化之甚尚欲從而行之不知其非此言時人忕於惡雖有不醉猶好怒也○漢書五行志詩云如蜩如螗如沸如羹言上號令不順民心虛譁憒亂則不能治海內顏注謂政無文理虛言噂沓如蜩螗之鳴湯之沸湝羹之將熟也案漢志所言齊詩義也釋蟲蜩蜋蜩螗蜩以蜩爲諸蟬之總名分別五方之語蜋蜩郭注夏小正傳曰蜋蜩者五彩具方言蟬楚謂之蜩陳

鄭之間謂之蝘蜩初學記引孫炎曰蝘五色具蜩宮中小青蟬也蟪蜩郭注夏小正傳曰螗蜩者蝘俗呼爲胡蟬江南謂之螗蛦音夷邢疏引舍人曰三輔以西爲蜩梁宋以東謂蜩爲蝘郝懿行云案今螗蜩小於馬蜩背青綠色頭有花冠喜鳴其聲清圓若云鳥友鳥友與胡蛦之聲相轉蛦蝘又聲相轉也蝘蜩二字別有說詳豳風馬瑞辰云詩意謂時人悲歎之聲如蜩螗之鳴憂亂之心如沸羹之熟淮南王招隱曰歲暮兮不自聊蟪蛄鳴兮啾啾劉向七諫曰身被疾而不間兮心沸熱其如湯正取此詩之義箋說失之沸者鬻之㴱借說文鬻㴱也㴱鬻也㴱今俗作滾又云說文奰壯大也从三大三目二目爲䀠三目爲奰益大也讀若易虙羲氏詩曰不醉而怒謂之奰所引詩卽詩傳今作㚖者奰之省凡壯健義與怒近廣雅怒健也故奰爲壯大義又爲怒魏都賦姦回內奰劉淵林注引詩作內贔贔又奰之俗也正義引張衡西京賦巨靈奰屭以流河曲方言臏盛也郭注臏洄克壯也臏洄與㚖屭同淮南墬形篇食木者多力而奰高注奰讀內奰于中國之奰聲近鼻是其證也又怒則氣滿故爨从奰聲說文爨滿也愚案爾雅魯訓也招隱七諫皆用魯經文說文㚖作奰與毛異字與墬形篇及高注引詩正同亦本魯又引詩說並微異毛當爲毛出於魯馬謂卽引毛傳葢誤西京賦字亦出於魯宜同說文魏都賦及劉注引詩作贔當爲韓詩之異字故皆與毛

異鬼方詳見殷武

文王曰咨咨女殷商匪上帝不時殷不用舊雖無老成人尚有典刑曾是莫聽大命以傾疏箋此言紂之亂非其生不得其時乃不用先王之故法之所致老成人謂若伊尹伊陟臣扈之屬雖無此臣猶有常事故法可案用也莫無也朝廷君臣皆任喜怒曾無用典刑治事者以至誅滅○馬瑞辰云廣雅時善也匪上帝不時猶云非上帝不善耳箋云非其生不得其時失之荀子非十二子篇引詩雖無老成人四句明魯毛文同風俗通義五詩云雖無老成人尚有典刑國之大綱也可不申敕小懲而大戒哉說苑臣術篇諫諍輔弼之人社稷之臣也明君之所尊禮而闇君以爲己賊故明君之所賞闇君之所殺也明君好問闇君好獨明君尙賢使能而享其功闇君畏賢妬能而滅其業罰其忠而賞其賊夫是謂至闇桀紂之所以亡也詩云曾是莫聽大命以傾新序善謀篇列女楚武鄧曼傳引同漢書外戚傳成帝報許后曰詩云雖無老成人尚有典刑曾是莫聽大命以傾成帝從伏理受齊詩明齊毛文同鹽鐵論遵道篇引詩雖無老成人二句亦據齊詩爲說

文王曰咨咨女殷商人亦有言顛沛之揭枝葉未有害本實先撥注魯撥作敗殷鑒不遠魯鑒作監在夏后之世疏傳顛仆沛拔也揭見

根貌箋揭蹶貌撥猶絕也言大木揭然將蹶枝葉未有折傷其根本實先絕乃相隨俱顛拔喻紂之官職雖俱存紂誅亦皆死此言殷之明鏡不遠也近在夏后之世謂湯誅桀也後武王誅紂今之王者何以不用爲戒○魯撥作敗者列女齊東郭姜傳引詩曰枝葉未有害本實先敗是魯作敗韓詩外傳五引詩枝葉未有害本實先撥明韓毛文同魯鑒作監者潛夫論思賢篇殷監不遠在夏后之世夫與死人同病者不可生也與亡國同行者不可存也豈虛言哉趙岐孟子章句七言殷之所監視在夏后之世耳以前代善惡爲明鏡也欲使周亦鑒於殷之所以亡也是魯作監鹽鐵論結和篇語曰前車覆後車戒殷鑒不遠在夏后之世矣漢書傳贊梅福之辭合於大雅雖無老成尚有典刑殷鑒不遠夏后所聞此齊說韓詩外傳五夫明鏡者所以照形也往古者所以知今也夫知惡往古之所以爲亡而不襲蹈其所以安存者則無以異乎卻行而求逮於前人也鄙語曰不知爲吏視已成事或曰前車覆而後車不誡是以後車覆也故夏之所以亡者而殷爲之殷之所以亡者而周爲之故殷可以鑒於夏而周可以鑒於殷詩曰殷鑒不遠在夏后之世齊韓仍作鑒與毛同箋以明鏡不遠申毛即本魯韓說

蕩八章章八句

抑

〔注〕韓說曰衛武公刺王室亦以自戒計年九十有五猶使人

日誦是詩而不離於其側【疏】毛序衛武公刺厲王亦以自警也箋自警者如彼泉流無淪胥以亡○衛武至其側孔疏引韓詩翼要文本楚語爲說而小異陳氏奐據史記年表武公以宣王十六年爲衛侯至平王十三年卒則厲王乃追刺也申論虛道篇昔衛武公年過九十猶夙夜不怠思聞訓道命其羣臣曰無謂我老耄而舍我必朝夕交戒又作抑詩以自儆也衛人思其德爲賦淇奧且曰睿聖淮南繆稱訓衛武侯謂其臣曰小子無謂我老而羸我有過必謁之高注武侯蓋年九十五矣此皆魯說愚案楚語衛武公作懿以自儆韋昭云昭謂懿詩大雅抑之篇也抑讀曰懿抑與懿不相通借蓋取聲近字爲訓

抑抑威儀維德之隅人亦有言靡哲不愚【注】魯靡作無庶人之愚亦職維疾哲人之愚亦維斯戾【疏】傳抑抑密也隅廉也靡哲不愚國有道則知國無道則愚職主戾罪也箋人密審於威儀抑抑然是其德必嚴正也古之賢者道行心平可外占而知內如宮室之制內有繩直則外有廉隅今王政暴虐賢者皆佯愚不爲容貌如不肖然庶眾也眾人性無知以愚爲主言是其常也賢者而爲愚畏懼於罪也○漢書馮奉世傳贊詩稱抑抑威儀惟德之隅陳喬樅云抑抑威儀句又見班固辟雍詩惟德之隅句又見漢書敘傳皆齊

文是齊與毛同魯靡作無者淮南人間訓人能由昭昭於冥冥則幾於道矣詩曰人亦有言無哲不愚此之謂也是魯作無韓詩外傳六比干諫而死箕子曰知不用而言愚也殺身以彰君之惡不忠也二者不可然且爲之不祥莫大焉遂被髮佯狂而去君子聞之曰勞矣箕子盡其精神竭其忠愛見比干之事免其身仁知之至詩曰人亦有言靡哲不愚明韓毛文同

無競維人四方其訓之〔注〕魯維作惟亦作伊**有覺德行**〔注〕齊覺作梏**四國訓之訏謨定命遠猶辰告敬慎威儀維民之則**〔注〕三家維作惟〔疏〕傳無競競也訓教覺直也訏大謨謀猶道辰時也箋競彊也人君爲政無彊於得賢人得賢人則天下教化於其俗有大德行則天下順從其政言在上所以倡道猶圖也大謀定命謂正月始和布政于邦國都鄙也爲天下遠圖庶事而以歲時告施之則法也○魯維作惟惟亦作伊者呂覽求人篇高注詩大雅抑之二章無競惟人四方其訓之無競競也國之強惟在得人此維作惟蔡邕集陳留太守胡公碑可謂無競伊人溫恭淑慎者也司空臨晉侯楊公碑祖德頌引詩並同釋詁伊維也此魯亦作本楚詞九歎王逸章句覺較也詩曰有覺德行新序雜事五桓公所以九合諸侯一匡天下者遇士如是也詩曰有覺得行四國順之桓公其以之矣列女魯公姑姊傳亦引詩二句明魯毛文同韓詩外傳五引詩有覺德行四

國順之外傳六載齊桓公事亦引詩二句明韓毛文同齊覺亦作梏者春秋繁露郊祭篇詩有覺德行四國順之覺者著也王者有明著之德行於世則四方莫不響應風行善於彼矣此齊作覺與毛同禮緇衣詩云有梏德行四國順之鄭注梏大也直也是齊亦作梏馬瑞辰云爾雅梏直也廣雅覺大也覺與梏雙聲爾雅釋文梏郭音角卽讀同覺釋名上敎下曰告告覺也使覺悟知己意以覺告同音爲義故通用梏卽覺之叚借也黃山云釋詁梏較直也王逸章句覺較也亦以直爲義爾雅不爲覺作訓經典梏之有直義者亦惟有梏德行是釋詁卽爲此詩出訓知魯齊本皆以梏爲正字覺爲借字告之義爲牛觸人以木較牛兩角而梏之所以告人便覺寤也故从告之字得有較直義並可與覺通訓大射儀見鵠於參鄭注鵠之言較較直也賓之初筵鄭箋釋文鵠者覺也直也卽其證說文帝嚳之嚳从告學省聲覺从見亦學省聲然管子侈靡篇史記世表封禪書及武梁祠畫像題名均作帝俈則告固可以義兼聲不必從學省魯齊覺作梏正同此例韓亦當然說文德升也从彳悳聲悳外得於人內得於己也从直从心皆多則切德行以悳爲正字从直本其義梏以直爲訓故亦當爲詩正字大直者直之極故齊家兼兩字爲訓箋獨言大德失之韓詩外傳六賞勉罰偸章引詩曰訏謨定命遠猷辰告敬愼威儀惟民之則陳喬樅云韓遠猶作遠猷書盤庚女分猷念以相從漢石經作猶詩小星寔命不猶陟岵猶來無棄爾雅注引作猷常武王猶允塞韓詩外傳

作猷皆猶猷字同之證說文段注今人分謀猷字犬在右語助字犬在左經典絕無此例列女秦穆公姬傳詩云敬慎威儀惟民之則若夫墮其威儀怳其瞻視忽其詞令而望民之則我者未之有也莫之則者則慢之者至也陳喬樅云徐幹引詩敬慎作敬爾當緣下文敬爾威儀句致誤漢書匡衡傳衡疏云孔子曰德義可尊容止可觀進退可度以臨其民是以其民畏而愛之則而象之大雅云敬慎威儀惟民之則五行志中上引詩同是三家經文與毛皆同惟維作惟

其在于今興迷亂于政顛覆厥德荒湛于酒注魯齊湛作沈韓作愖**女雖湛樂從弗念厥紹罔敷求先王克共明刑**注魯韓共作拱疏傳紹繼共執刑法也箋于今謂今厲王也興猶尊尚也王尊尚小人迷亂於政事者以傾敗其功德荒廢其政事又湛樂於酒言愛小人之甚罔無也女君臣雖好樂嗜酒而相從不當念繼女之後人將傚女所爲無廣索先王之道與能執法度之人乎切責之也○魯齊湛作沈韓作愖者漢書五行志谷永對引詩顛覆厥德荒沈于酒韓詩外傳十載齊桓公置酒事引詩荒愖于酒韓作愖則作沈者魯齊文也馬瑞辰云荒湛者管子云從樂而不反者謂之荒荒亦樂酒無厭之意不必如箋云荒廢其政事也愖沈與湛皆酖之叚借說文酖樂酒也陳奐云釋詁雖維也古雖維聲通書無逸云惟耽樂之從文義

正與此同共作拱者釋詁拱執也此魯說玉篇手部拱引詩克拱明刑亦云執也此韓說共皆作拱訓執明魯韓與毛字異義同

肆皇天弗尚如彼泉流無淪胥以亡夙興夜寐洒埽庭內〔注〕韓**洒作灑維民之章脩爾車馬弓矢戎兵用戒戎作用逷蠻方**〔注〕**魯車作輿戎兵作弋兵戎作作作則逷作逖**〔疏〕傳淪率也洒灑章表也逷遠也箋肆故今也胥皆也王爲政如是故今皇天不高尚之所謂仍下災異也王自絕於天如泉水之流稍就虛竭無見率引爲惡皆與之以亡戒羣臣不中行者將并誅之章文章法度也厲王之時不恤政事故戒羣臣掌事者以此也逷當作剔剔治也蠻方蠻畿之外也此時中國微弱故復戒將率之臣以治軍實女當用此備兵事之起用此治九州之外不服者○馬瑞辰云爾雅尚右也右通作祐祐助也弗尚即弗右箋訓爲高尚失之韓洒作灑者外傳六載子路治蒲事引詩曰夙興夜寐灑埽庭內衆經音義八引通俗文云以水掩塵曰灑說文灑汎也从水麗聲汎灑也从水凡聲洒滌也从水西聲古文爲灑灑埽字是二字因今古文異知魯齊與韓同魯車至作逖者潛夫論勸將篇云旣作五兵又爲之憲以厲正之引詩修爾輿馬弓矢戈兵用戒作

則用逖蠻方愚案王符學魯詩此用魯說車輿字本通作詳見黃鳥出車弓矢句皆言軍械則戎兵之戎亦以作戈爲長用戒作則者卽所謂爲之憲以厲正之也逖者驅之使遠毛訓逷爲遠本釋詁魯說說文逷亦卽逖之古文不爲異字鄭讀逷爲剔葢齊韓文逷有作剔者因據易傳左僖二十八年傳糾逖王慝漢都鄉正街彈碑作糾剔王忒後漢王渙傳糾剔姦盜李注亦云逖與剔通則固與逷同通矣

質爾人民〔注〕齊質作誥魯韓作告**謹爾侯度用戒不虞愼爾出話敬爾威儀無不柔嘉白圭之玷尚可磨也斯言之玷不可爲也**〔注〕韓玷作㓠〔疏〕傳質成也不虞非度也話善言也玷缺也箋侯君也此時君平女萬民之事愼女爲君之法度用備不億度而至之事言謂敎令也柔安嘉善也斯此也玉之缺尚可磨鑢而平人君政敎一失誰能反覆之○齊質作誥者鹽鐵論世務篇事不豫辨不可以應卒內無備不可以禦敵詩云誥爾人民謹爾侯度用戒不虞故有文事必有武備魯韓質作告者說苑修文篇古者必有命民命民能敬長憐孤取舍好讓居事力者命於其君命然後得乘飾輿駢馬未得命者不得乘乘者皆有罰故其民雖有餘財侈物而無仁義功德則無所用其餘財侈物故其民皆

興仁義而賤財利賤財利則不爭不爭則强不淩弱衆不暴寡是唐虞所以具象刑而民莫敢犯法亂斯止矣詩云告爾民人謹爾侯度用戒不虞此之謂也韓詩外傳六說古者命民引詩同作告詩攷引外傳同今本作質誤馬瑞辰云質與詰不相通詰當爲誥之譌質誥雙聲質詰疊韻古並通用士冠禮質明行事說文引作哲明行事哲从折聲是質通折之證也古文哲从三吉作嚞或省作喆又通作詰小爾雅詰朝明旦也詰卽哲之叚借亦與質同故爲明旦此質通詰之證也三家詩葢作詰爾民人後以形近譌爲誥又省作告耳釋言誥誓謹也大司寇詰四方鄭注詰謹也是知爾雅誥亦詰字形之譌與詩詰譌爲誥同漢書刑法志以刑邦國詰四方顏注詰字或作誥誥謹也葢後人據誤本爾雅改之詩詰爾民人與下句謹爾侯度同義詰亦謹也黄山云說文詰問也誥告也告與誥音義並通齊作誥魯韓作告一也尚書有誥有誓大傳帝告作告大誥仍作誥卽其證荀子大略篇誥誓不及五帝誥與誓同爲以言誠約人故釋言云誥誓謹也郭注皆所以約勤謹戒衆是也雅文旣誥誓連舉誥必非詰之誤謹亦必非問之說明矣易象下傳后以施命誥四方鄭據古文誥作詰謹之訓遂移於詰而於大司寇之詰四方亦遂以謹說詰馬瑞辰據鄭注孤義欲盡改經史各字就之過矣三家字旣異毛無反求合毛字音義之理誥告與質同爲句首字抑非論韻之字毛以成訓質箋以平說成皆與謹義無關馬釋傳箋必欲强三家就毛無乃不知量修文與外傳

重在命民即命誥也盬纖論重在內備郎謹度也以爲韓之作告諮齊之作誥允必不詖何得改誥質之通誥質亦問也馬如以請問下民爲說作誥或可以謹爲說則從鄭禮注不若從釋言文又明矣況誥告質古皆讀用正齒音同在第七音第一部本爲同母十月之交日月告凶漢書劉向傳引詩告作鞠禮文王世子則告刑於甸人鄭注亦讀告爲鞠聲又本於質近問與鞠問皆以窮究罪狀爲義亦正互通方言布穀自關東西梁楚之間謂之結誥布穀爲雙聲字結誥亦雙聲則質誥可同爲雙聲太史公自序以酒材是告與上叔封始邑爲韻告可讀誥之誥告邑爲疊韻字則誥質可同爲疊韻又豈必不可通乎特三家本無事求通於毛仍可不論且愚案黃說主申二家亦不可廢齊作誥正字魯韓作告借字又人民二家引詩皆作民人亦古今之別也說苑君道篇人君不直其行不敬其言者未有能保帝王之號垂顯令之名者也詩曰慎爾出話敬爾威儀無不柔嘉此之謂也禮緇衣亦引詩慎爾出話一句明魯齊與毛文同史記晉世家引詩白圭之玷尚可磨也斯言之玷不可爲也此魯詩惟尚作猶異禮緇衣引白圭之玷四句明齊毛文同說文引詩白圭之刖當爲韓文

無易由言無曰苟矣莫捫朕舌言不可逝矣無言不讎〔注〕齊讎亦作醻酬韓作酬**無德不報惠于朋友庶民小子子孫繩繩萬**

民靡不承〔疏〕傳莫無捫持也讐用也箋由於逝往也女無輕易於教令無曰苟且如是今人無持我舌者而自聽
恣也教令一往行於下其過誤可得而已之乎惠順也教令之
出如賣物物善則其售賈貴物惡則其售賈賤德加於民民則
以義報之王又當施訓道於諸侯下及庶民之子弟繩繩戒也
王之子孫敬戒行王之教令天下之民不承順之乎言承順也
○新序雜事五引詩曰無易由言無曰苟矣可不慎乎說苑善
說篇亦引二句韓詩外傳五外傳六皆引詩無易由言二句鹽
鐵論散不足篇引無易由言一句明三家與毛文同馬瑞辰讀
苟爲茍云說文茍自急敕也从羊省从包省从口口猶慎言也
段注當作芊省从勹口勹口猶慎言也無曰茍矣無曰已誰慎
言也說新而義亦通但與諸家不合禮表記引詩云無言不讐
無德不報是齊與毛同魯讐作讎酬者荀子富國篇致仕篇兩
引皆作讐列女周主忠妾傳夫名無細而不聞行無隱而不彰
詩云無言不讎無德不報此之謂也蔡邕集太尉橋公廟碑無
言不酬張衡思元賦無言而不酬兮是魯亦作讎酬〔酬與讎同〕韓作
酬者外傳十載晏子使楚事引詩二句讐作酬〔據詩攷引今本同毛〕後漢
明帝紀永平二年詔亦引作酬據八年詔昔應門失守關雎刺
世知帝習韓詩韓詩外傳六服人之心章引詩曰惠于朋友庶
民小子子孫承承萬民靡不承據詩攷所引如此今外傳同毛
馬瑞辰云韓作承承承蓋取子孫似續相承之義繩與憴音近義
通下武篇繩其祖武後漢祭祀志注引作慎其祖武故爾雅毛

傳並以繩繩爲戒又萬民靡不承箋云天下之民不承順之乎言承順之也據箋說則鄭所見經文作萬民不承無靡字據釋文云一本靡作是不爲語詞猶云萬民是承也

視爾友君子輯柔爾顏不遐有愆相在爾室尚不愧于屋漏無曰不顯莫予云覯神之格思不可度思矧可射思【疏】傳輯和也西北隅謂之屋漏覯見也格至也箋柔安遐遠也今視女之諸侯及卿大夫皆脅肩諂笑以和安女顏色是於正道不遠有罪過乎言其近也相助顯明也諸侯卿大夫助祭在女宗廟之室尚無肅敬之心不慚媿於屋漏有神見人之爲也女無謂是幽昧不明無見我者神見女矣屋小帳也漏隱也禮祭於奧既畢改設饌於西北隅而厞隱之處此祭之末也矧況射厭也神之來至去止不可度知況可於祭末而有厭倦乎○陳奐云友君子卽上章所云朋友也愚案不遐與遐不義同猶言不無也詩云今王出而見賓與諸侯卿大夫相接必和柔女之顏色不可有暴慢之容又時時檢制不無稍有愆過爲友君子所指摘乎王入而承祭必先齋絜其心視在爾之室中不慚愧於屋漏毋曰闇昧不明而以爲莫我見也神之來至不可度知矧可常事而有厭倦乎釋宮西北隅謂之屋漏孔疏引孫炎解屋漏云當室之白日光所漏入御覽百八十八引舍人曰古者徹屋西北扉以炊浴

汲者訖而復之古謂之屋漏也釋名禮每有親死者輒撤屋之西北隅薪以爨竈煮沐供諸喪用時若值雨則漏遂以名之也陳奐云喪大記甸人取所徹廟之西北厞薪用爨之疏云謂正寢爲廟神之也此卽劉與舍人所本但喪大記謂新死者撤正寢西北厞隱之處非卽廟室之西北隅不得提而爲一且劉以雨漏作解尤爲迂遠孔疏謂漏隱釋言文今爾雅作陋漏卽陋之叚借釋名帷屋也以帛依板施之形如屋屋卽幄之叚借鄭箋之意蓋以詩之屋卽儀禮之席也詩之漏卽儀禮之厞也士虞疏云厞用席謂以席爲障使之隱箋說爲長愚案禮中庸引詩說之云君子之所不可及者其唯人之所不見乎是以屋漏爲人所不見之地陳說是也又引詩曰神之格思不可度思矧可射思言舉動皆有神鑒察之也黃山云說文雨部霤屋連文義取同意霤屋水流也从雨留聲屚屋穿水下也从雨在尸下尸者屋也水部漏以銅受水刻節晝夜百刻从水屚聲是漏爲刻漏屋漏之漏本以屚爲正字矣雨水穿屋下爲屚故日光穿中霤至室內亦爲屚卽所謂當室之白也鄭說月令中霤猶室中也土主中央而神在室古者複穴是以名室爲霤孔疏古者複穴皆開其上取明故雨霤之因名室爲中霤本取日光之明因雨霤之名霤故室中日光所入處亦得名屚不愧屋屚卽言不愧於神明神不可知以天明之猶言不愧於天天亦不可知以日明之板之詩曰昊天曰旦昊天曰明是也日循東南行旦明則光在西北室之西北隅正天神照察處而在室內有屋覆

之則仍不顯又設帳爲扉以棲神則尤不顯說文屋居也从尸尸所主也尸卽神之尸是屋之本義以棲神爲主徹扉以炊浴準以檀弓掘中霤而浴浴亦卽在室中自無並徹其上屋之理古者喪不祭故扉可徹諸說本可互通詩以爾室言自指近地鄭中庸注言君子雖隱居不失其君子之德容在室獨居猶不愧於屋屚明非就廟言葢本齊詩箋毛改爲助祭反覺其室陳氏申箋屋屚義甚備泥爾室爲廟室亦非列女晉羊叔姬傳引詩無曰不顯莫予云覯淮南泰族訓言鬼神視之無形聽之無聲亦引詩神之格思三句明齊魯經文與毛同

辟爾爲德俾臧俾嘉淑愼爾止不愆于儀不僭不賊鮮不爲則

投我以桃報之以李彼童而角實虹小子【疏】傳女爲善則民爲善矣止至也爲人君止於仁爲人臣止於敬爲人子止於孝爲人父止於慈與國人交止於信僭差也童羊之無角者也而角自用也虹潰也箋辟法也止容止也當審法度女之施德使之爲民臣所善所美又當善愼女之容止不可過差於威儀女所行不信不殘賊者少矣其不爲人所法此言善往則善來人無行而不得其報也投猶擲也童羊譬皇后也而角者喻與政事有所害也此人實潰亂小子之政禮天子未除喪稱小子○鄭注王制祭統辟明也辟爾爲德猶言明爾德箋訓法非列女宋恭伯姬傳引詩淑

愼爾止不愆于儀禮緇衣詩云淑愼爾止不諐于儀鄭注淑善也諐過也言善愼女之容止不可過於禮之威儀也愆本又作諐說文愆過也从心衍聲籀文作諐釋文諐本亦作僭是陸所見本作譖下我譖同孔疏與陸亦作同阮氏元以經本作譖爲僭之借字是也荀子臣道篇忠信以爲質端愨以爲統禮義以爲文倫類以爲理喘而言臑而動而一可以爲法則詩曰不僭不賊鮮不爲則此之謂也列女代趙夫人傳引詩同韓詩外傳六仁者必敬其人章亦引詩不僭不賊二句明魯韓與毛同鹽鐵論和親篇詩云投我以桃報之以李未聞善往而有惡來者易林巽之節云嬰兒孩子未有知識彼童而角亂我政事損之大畜同此兩引皆齊詩嬰兒孩子蓋謂少年新進之徒知箋以童羊喻皇后非齊義也釋言虹潰也此魯義郭注謂潰敗

荏染柔木言緡之絲温温恭人維德之基其維哲人告之話言順德之行其維愚人覆謂我僭民各有心〔疏〕傳緡被也温温寬柔也話言古之善言也箋柔忍之木荏染然人則被之弦以爲弓寬柔之人温温然則能爲德之基止言內有其性乃可以有爲德也覆猶反也僭不信也語賢智之人以善言則順行之告愚人反謂我不信民各有心二者意不同○荀子君道篇不苟篇非十二子篇說苑修文篇列女晉趙衰妻傳引温温恭人惟德之基禮表記亦引詩二句新序雜事四引詩其惟哲人告之話言順德之行三

句明魯齊經文與毛同惟維作惟釋文話說文作詁云詁故言也段注說文經當作告之話言案左襄二年傳亦引詩告之話言是古文本作話言與新序引魯詩合陸據說文話作詁今說文詁下云訓故言也詩曰詁訓話下云合會善言也傳曰告之話言臧琳胡承珙陳奐皆謂今說文經後人竄易毛本作話言皆據傳以古之善言爲訓與上愼爾出話傳有別耳不知毛說詩多采左傳左文六年傳古之王者知命之不長下云著之話言杜注亦云爲作善言遺戒毛以古之善言解話言明卽本此則毛詩不作詁言亦其證釋文不見毛有或作本無可疑也說文話下引傳告之話言亦明卽著之話言傳寫者涉詩誤著爲告又無可疑也至詁下引詩曰詁訓惠棟謂卽烝民之古訓是式案烝民古訓魯作故訓則齊韓宜亦有作詁訓者釋文何以引說文並據爲話言之話蓋以詁訓二字釋詁本齊韓傳說之通訓許引經說輒被以本經之名亦其通例陸知許所本故直斷說文話作詁魯旣同毛作話則說文所據爲齊韓之本尤無可疑

於乎小子〈注〉魯韓於乎作嗚呼**未知臧否匪手攜之言示之事匪面命之言提其耳借曰未知亦旣抱子**〈注〉齊借作籍**民之靡盈誰夙知而莫成**〈疏〉傳借假也莫晚也箋臧善也於乎傷王不知善否我非但以手攜挈之親示之以其

事之是非我非但對面語之親提撕其耳此言以教道之孰不可啟覺假令人云王尚幼少未有所知亦以抱子長大矣不幼少也萬民之意皆持不滿於王誰早有所知而反晚成與言王之無成本無知故也○韓於乎作嗚呼者文選潘岳寡婦賦李注引韓詩外傳曰嗚歎聲也陸機赴洛道中詩李注引薛君章句曰嗚歎辭也陳喬樅云外疑內之譌說文烏孝烏也象形孔子曰烏盱呼也取其助氣故以爲烏呼顏師古匡謬正俗曰尚書今文悉爲於戲字古文悉爲烏呼字詩皆云於乎中古以來文籍皆爲烏呼字案經傳無作嗚呼者唐石經誤爲嗚字十之一耳韓詩嗚字當作烏爲正愚案王逸楚詞章句序云詩人怨主刺上曰嗚呼小子未知臧否匪面命之言提其耳風諫之語于斯爲切然仲尼論之以爲大雅是魯亦作嗚呼也桂馥云盱當爲吁生民篇實覃實訏箋訏謂張口鳴呼訏即吁也論衡道虛篇黃帝既上天百姓皆抱其弓吁號故後世名其弓曰烏號愚案於亦烏之篆渻短言於長言烏呼二字究屬一字胡承珙云提耳者謂附耳而剖析之穀梁僖二年傳注明達之人言則舉綱領要不言提其耳則愚者不悟此亦以提耳爲言之詳也齊借作籍者漢書霍光傳詩云籍曰未知亦既抱子是齊借作籍籍藉之叚借字也

昊天孔昭我生靡樂視爾夢夢我心慘慘〔注〕魯慘作懆魯說曰

懆懆愠也誨爾諄諄聽我藐藐注齊諄作忳藐作眊魯韓藐作
邈匪用爲教覆用爲虐借曰未知亦聿既耄疏傳夢夢亂也慘慘憂不樂也藐
藐然不入也耄老也箋孔甚昭明也昊天乎乃甚明察我生無
可樂也視王之意夢夢然我心之憂悶慘慘然愬其自恣不用
忠臣我敎告王口語諄諄然王聽聆之藐藐然忽略不用我所
言爲政令反謂之有妨害於事不受忠言○釋訓夢夢亂也孔
疏引孫炎曰昬昬之亂也魯慘作懆者釋訓懆懆愠也釋文孔
疏本作慘慘惟張參五經文字作我心懆懆與爾雅同是魯文
如此說文懆愁不安也懆懆義同齊諄作忳藐作眊者禮中庸
鄭注肫讀如誨爾忳忳之忳是鄭所見齊詩文諄作忳釋文毛
諄又作訰亦於齊近鴻範五行傳鄭注作誨爾純純聽我眊眊
傳五行者亦齊詩藐作眊純當爲忳之誤文魯韓藐作邈者釋
訓邈邈悶也郭注煩悶說文悶懣也懣煩也義與郭注合聽而
煩悶卽不樂聽受之皃此魯訓廣雅釋訓邈邈遠也誨者在近
而聽者若遠乃迂闊所言之皃當爲韓説淮南脩務訓高注詩
云誨爾諄諄聽我邈邈正用魯韓訓中論虛道篇是己之非遂
初之繆至於身危國亡可痛矣夫詩曰誨爾諄諄聽之藐藐匪
用爲教覆用爲虐徐學魯詩所引蓋魯又作本聽我作聽之疑
傳寫之誤胡承珙云亦聿既耄承上聽我藐藐言之若云借曰
我未有知則亦聿既耄更事多矣如此既耄二字方有著黃山

云胡説非也上章借曰二句屬王言此改屬我言於文義爲乖矣聿亦曰也亦曰既耄者言止合云我已惛耄耳上抱子實言之故云亦既此既耄設言之故云亦聿正謂非悼非耄不能辭咎避上句曰字故變文爲聿也

於乎小子告爾舊止聽用我謀庶無大悔天方艱難曰喪厥國注韓曰作聿**取譬不遠昊天不忒**注魯譬作辟**同遹其德俾民大棘**疏箋舊久也止辭也庶幸悔恨也天以王爲惡如是故出喻不及遠也維近耳王當如昊天之德有常不差忒也王反爲無常維邪其行爲貪暴使民之財匱盡而大困急○韓曰作聿者陸釋文孔疏引韓詩並同聿曰古通用字説詳桃夭篇魯譬作辟者列女齊靈仲子傳引詩聽用我謀庶無大悔與毛文同周郊婦人傳引詩取辟不遠昊天不忒譬作辟與毛異

抑十二章三章章八句九章章十句

桑柔注魯説曰昔周厲王好專利芮良夫諫而不入退賦桑柔之詩以諷言是大風也必將有遂是貪人也必將敗其類王又

不悟故遂流于彘【疏】毛序芮伯刺厲王也箋芮伯畿內諸侯王利篇文魯說也史記周本紀厲王即位三十年好利近榮夷公芮良夫諫厲王不聽卒以榮公爲卿士用事王行暴虐侈傲三十四年王益嚴國人莫敢言道路以目三年乃相與畔襲厲王王出奔彘此詩之作在榮公爲卿士後去流彘之年當亦不甚相遠

菀彼桑柔其下侯旬捋采其劉【注】魯旬作洵魯說曰洵均也劉暴樂也瘼此下民不殄心憂倉兄填兮倬彼昊天寧不我矜【疏】傳興也菀茂貌旬言陰均也劉爆爍而希也瘼病也倉喪也兄滋也填久也昊天斥王者也箋桑之柔濡其葉菀然茂盛謂蠶始生時也人庇蔭其下者均得其所及已捋采之則葉爆爍而疏人息其下則病於爆爍興者喻民當被王之恩惠羣臣恣放損王之德殄絕也民心之憂無絕已喪亡之道滋久長倬明大貌昊天乃倬然明大而不矜哀下民怨懟之言○洵均也者釋言文郭注謂調均邢疏引李巡曰洵偏之均也下引毛詩其下侯旬仍作旬劉暴樂也者釋詁文郭注謂樹木葉缺落蔭疏暴樂見詩邢疏引舍人曰木枝葉稀疏不均爲爆樂下引毛傳仍作爆爍而希愚案周禮均人公旬鄭注旬均也讀如畇畇原隰

之當易坤爲均今亦有作旬者此與毛傳訓旬爲均同爲古文之說鄭注禮時未見毛詩故徵引不及而此詩齊韓亦必同魯作洵從可知矣說文洵過水中也均平徧也言水中則四面水皆平徧故引申即爲均均以土喩洵以水喩其取義亦同凡詩之洵皆當訓均箋於靜女宛邱皆訓爲信然羔裘洵直且侯毛仍從魯訓均鄭亦不能易也暴樂單言之亦可曰暴公羊宣六年傳是活我於暴桑下者也暴桑即桑之暴樂者足證釋詁今文正字毛作爆爍通叚字郭注見詩當指魯詩黃山云侯維也維旬止是言桑葉平徧時則已暴樂而葉稀又捋而采之則盡矣以興王之病民無已也舍人說但言葉稀不均自屬正解郭說葉落蔭疏亦重在葉箋言葉茂爲蠶始生就蠶言葉當亦本之三家接言人庇蔭其下則兼顧毛義也至謂捋采之則人病於爆爍是采之而後稀非缺落而稀矣又謂人病即因失此蔭是比而非興矣似亦非毛義且桑葉本以養蠶蠶時而采無損於桑至葉缺落蠶事久畢非采之時故以捋采爲非與馬質禁原蠶同意如箋說將不采以飼蠶長留以蔭人乎抑人不采終不爆爍乎知其義之短已釋文兒本亦作況馬瑞辰云倉兄疊韻郎滄況之渻借說文滄寒也況寒水也繫傳滄況寒涼貌孔疏引釋言云烝塵也古塵塡字同故塡得爲久

四牡騤騤旟旐有翩亂生不夷靡國不泯民靡有黎具禍以燼

於乎有哀國步斯頻注三家頻作矉疏傳駿駿不息也鳥隼曰旟龜蛇曰旐翩翩在路不息也夷平泯滅也黎齊也步行頻急也箋軍旅久出征伐而亂日生不平無國而不見殘滅也言王之用兵不得其所適長寇虐黎不齊也具猶俱也災餘曰燼言時民無有不齊被兵寇之害者俱遇此禍以爲燼者言害所及廣頻猶比也哀哉國家之政行此禍害比比然○王引之云厲王時征伐甚少不得云無國不見泯滅泯亂也承上亂生不夷故云靡國不亂耳黎老者老也黎耆古通尚書西伯戡黎大傳黎作耆是其證也馬瑞辰云民靡有黎謂老者轉死溝壑雲漢篇周餘黎民靡有孑遺黎民亦老民也曹植詩不見舊耆老正取詩民靡有黎之意三家頻作矉者說文矉張目也詩云國步斯矉此本三家詩馬瑞辰云說文頻水厓也人所賓附頻蹙不前而止頻賓古同音通用頻義又近顰說文顰涉水顰蹙也詩云國步之難猶頻爲水涯盡處頻蹙不前故傳訓頻爲急急猶蹙也

國步滅資天不我將靡所止疑云徂何往君子實維秉心無競

誰生厲階至今爲梗疏傳疑定也競彊厲惡梗病也箋蔑猶輕蔑民之資用是天不養我也我從兵役無有止息時今復云行當何之往也君子謂諸侯及卿大夫也其執心不彊於善而好

以力爭誰始生此禍者乃至今日相梗不止○馬瑞辰云疑者𠤕字之叚借說文𠤕未定也段注未行字是也士昏禮鄉飲酒禮鄭注皆云疑止立自定之皃釋言疑戾也戾止也皆即說文之𠤕詩云靡所止疑與下章靡所定處同義黃山云段氏輕改說文此條尤爲無理馬氏據之非也詩靡所止疑及儀禮各篇疑立之文爾雅釋言疑休之訓經文本皆作疑段則謂皆當作𠤕說文𠤕未定也从匕𥎨聲𥎨古文矢字匕變也今變匕之訛作化皆借字易繫傳變動不居不居即未定𠤕从匕故訓亦爲未定此字本不見經典且與毛傳訓疑爲定適得其反段則謂未爲衍字遂改𠤕未定之義爲定𠤕何以有定義則曰變而後定將元之从一訓始可改訓終二之指事爲高可改爲低乎無理一說文疑从惑也从子止𥎨聲𠤕原作匕二字訛徐鍇曰止不通也𥎨古矢字子幼子多惑也疑既从止明有定義其訓爲惑事疑惑則不行故說文疑聲之字如凝之即冰擬與儗之皆訓騃儗之訓止皆有定止義釋言疑戾也郭注戾止也疑者亦止即其證矣段乃強从匕之字爲定誣从止訓定之字爲謬無理二古疑本通凝易陰始疑也之疑釋文荀虞姚皆作凝禮中庸至道不凝焉之凝釋文又作疑廣雅釋詁及書皋陶謨庶績其凝馬注皆云凝定也荀子解蔽篇求可以知物之理而無所疑止之作疑王制篇好假道人而無所疑止也又作凝似皆即本魯詩靡所止疑爲說楊注亦云凝定也說文凝即冰冰訓水堅亦即水定水止之義可悟諸經疑字之訓爲定止者實借爲凝鄭鄉射禮注疑止也

有矜莊之色公食大夫禮注疑正立也自定之貌士昏禮注疑正立自定之貌止曰矜莊定曰正立明卽以冡爲端凝之凝段乃並改鄭注正立爲止立以就其說無理三從段作䫐必徧改羣經字書文注而義仍不堉不若不改之爲長愚案段說久爲後來說經者所崇信然詩攷引齊詩正作止凝則疑卽是凝不必改字明矣廣雅梗病也此魯韓義與毛同後漢段熲傳引詩至今爲鯁鯁魚骨刺也疑亦本三家詩

憂心慇慇〔注〕魯慇作隱**念我土宇我生不辰逢天僤怒自西徂東靡所定處多我覯痻孔棘我圉**〔疏〕傳宇居僤厚也圉垂也箋苦自傷之言痻病也圉當作禦多矣我之遇困病甚急矣我之禦寇之事○魯慇作隱者釋訓殷殷憂也字作殷王逸楚詞遠遊章句隱隱憂也詩曰憂心殷殷舊校云一作隱隱陳喬樅云詩釋文慇慇下云樊光於謹反爾雅云憂也爾雅釋文殷樊光於謹反郝氏懿行云此卽隱字之音臧鏞堂云爾雅是魯詩之學樊光本必作隱隱憂也引詩云憂心隱隱王逸楚詞注亦與爾雅同今本殷殷皆後人據毛詩改之舊校可證也黃山云詩於用韻之字可卽韻而得音義之範圍北門憂心殷殷本當作慇與下莫知我艱爲韻說文慇痛也卽此字毛作殷殷釋文又作慇又音隱作慇是矣音隱則非此詩憂心殷殷本當作隱與下

字怒亦爲韻殷卽隱之通段故柏舟如有隱憂韓隱本作殷書大傳以孝子之隱乎鄭注隱字或爲殷周語勤恤民隱劉熊碑引作勤恤民殷文選閒居賦隱隱乎李注亦作殷殷音義同皆可互證蓋殷之字从反身爲依本有隱義惟毛作从心之慇則古無通者矣易林大過之泰我生不辰明齊毛文同

爲謀爲毖亂況斯削告爾憂恤誨爾序爵誰能執熱逝不以濯其何能淑載胥及溺

【疏】傳毖愼也濯所以救熱也禮亦所以救亂也箋女爲軍旅之謀爲重愼兵事也而亂滋甚於此日見侵削言其所任非賢恤亦憂也逝猶去也我語女以憂天下之憂教女以次序賢能之爵其爲之當如手持熱物之用濯謂治國之道當用賢者淑善胥相及與也女若云此於政事何能善乎則女君臣皆相與陷溺於禍難○趙岐孟子章句七是猶執熱而不以濯也詩云誰能執熱逝不以濯詩大雅桑柔之篇言誰能持熱而不以水濯其手此魯說也段玉裁云尋詩意執熱言觸熱苦熱濯訓滌沐以濯髮浴以濯身洗以濯足皆得云濯詩謂誰能苦熱而不澡浴以潔其體以求凉快者乎凡爲熱水所湯者不可以冷水浸激前人注皆云濯其手由泥於執字耳愚案以執熱爲苦熱杜詩中屢用之韓昌黎荅張籍書云若執熱者之濯清風也此皆段說所本左襄三十一年傳衞北宮文子引詩釋之云禮之於政如熱之有濯也

濯以救熱何患之有墨子尚賢中篇爵位不高則民不敬也蓄祿不厚則民不信也政令不斷則民不畏也故古聖王高予之爵重予之祿任之以事斷予之令夫豈爲其臣賜哉欲其事之成也詩曰告女憂卹誨女予鬱孰能執熱鮮不用濯則此語古者國君諸侯之不可以不執善承嗣輔佐也譬之猶執熱之有濯也將休其手焉王念孫雜志云鬱爲爵之譌爾爾字皆作女序作予誰作孰逝作鮮以作用所見詩有異文也善上執字衍是解經濯爲濯手其義最古唐人新解未足以易之也又章句七詩云其何能淑載胥及溺淑善也載辭也胥相也刺時君臣何能爲善乎但相與爲沈溺之道也韓詩外傳四外傳六並引詩其何能淑載胥及溺明魯韓經文與毛同

如彼遡風亦孔之僾民有肅心荓云不逮好是稼穡力民代食稼穡維寶代食維好疏傳遡鄉僾唈荓使也力民代食無功者食天祿也箋肅進逮及也今王之爲政見之使人唈然如鄉疾風不能息也王爲政民有盡於善道之心當任用之反卻退之使不及門但好任用是居家吝嗇於聚斂作力之人令代賢者處位食祿明王之法能治人者食於人不能治人者食人禮記曰與其有聚斂之臣寧有盜臣聚斂之臣害民盜臣害財此言王不尚賢但貴吝嗇之人與愛代食者而已○釋言僾唈也郭云嗚唈短氣皆見詩是如彼二句喻王

政所及民皆如彼鄉疾風者爲之唈然短氣釋詁肅進也又俾拼抨使也郭注皆謂使令見詩爾雅不爲荓字作訓釋文荓或作拼蓋三家詩自作拼抨不作荓也以上鄭箋皆即據魯義王念孫云傳箋不解云字廣雅釋詁云有也荓云不逮即使有不逮是也古以仕進爲行論語用之則行是也廣雅釋詁進行也民有進心即有欲行其道之心使有不逮即使有不行耳不必如箋所云使不及門也箋說稼穡爲居家吝嗇釋文家王申毛音駕謂耕稼也鄭作家謂居家也穡本亦作嗇尋鄭家嗇二字本皆無禾下稼穡卒痒始从禾案下章稼穡卒痒鄭亦从禾此章直解作家嗇未合韓詩外傳十晉平公之時篇引詩稼穡維寶代食維好二句仍作稼穡是毛本之作家嗇字或省缺不當有別義韓文可證魯齊當同詩言有土此有財稼穡本王之所好也王好是稼穡勤民爲貧而使人代食之朝廷處位所食之祿皆自勤民來也是稼穡信維寶矣食天祿者亦必果好庶足以對吾民耳漢書食貨志力農數耘注力謂勤作之也孟子祿足以代其耕也注士不得耕以祿代耕也禮仲尼燕居注好善也左襄二十八年傳疏好即善之意也

天降喪亂滅我立王降此蟊賊稼穡卒痒哀恫中國具贅卒荒靡有旅力以念穹蒼疏傳贅屬荒虛也穹蒼蒼天箋滅盡也蟲食苗根曰蟊食節曰賊耕種曰稼收斂

曰穡卒盡痒病也天下喪亂國家之災以窮盡我王所恃而立者謂蟲孽爲害五穀盡病恫痛也哀痛乎中國之人皆見係屬於兵役家家空虛朝廷曾無有同力諫諍念天所爲下此災○韓詩外傳八梁山崩篇外傳十魏文侯問里克篇並引詩天降喪亂滅我立王明韓毛文同楊雄大司農箴府藏單虛靡積靡倉陵遲衰微姬卒以痒用魯經文易林同人之節螟蟲爲賊害我稼穡盡禾彈生秋無所得用齊經文韓詩外傳六民勞思佚治暴思仁刑危思安國亂思天詩曰靡有旅力以念穹蒼亦韓毛文同釋天穹蒼蒼天也郭注天形穹隆其色蒼蒼因名邢疏引李巡曰古時人質仰視天形穹隆而高其色蒼蒼然故曰穹蒼魯毛義同

齊韓當不異

維此惠君民人所瞻秉心宣猶考慎其相維彼不順自獨俾臧

注魯俾作卑**自有肺腸俾民卒狂**疏傳相質也箋惠順宣徧猶謀慎誠相助也維至德順民之君爲百姓所瞻仰者乃執正心舉事徧謀於眾又考誠其輔相之行然後用之言擇賢之審臧善也彼不施順道之君自多足獨謂賢言其所任之臣皆善人也不復考慎自有肺腸行其心中之所欲乃使民盡迷惑如狂是又不宣猶○不順與惠君對舉不順即不惠也自獨俾臧自獨以所使者爲臧也民視君爲效法不善而以爲善是使民惑矣禮祭統鄭注惟此惠君

民人所瞻明齊毛文同魯俾作卑者呂覽知度篇高注自智謂人愚自巧謂人拙詩云惟此不順自獨卑臧自有肺腸俾民卒狂愚拙者之謂也進南氾論訓高注亦云訾毀人行自獨卑臧皆以卑爲俾是魯作卑俾正字卑借字

瞻彼中林甡甡其鹿朋友已譖不胥以穀人亦有言進退維谷

疏 傳甡甡衆多也谷窮也箋譖不信也胥相也以猶與也穀善也視彼林中其鹿相輩耦行甡甡然衆多今朝廷羣臣皆相迫欺皆不相與以善道言其鹿之不如進退維谷前無明君卻迫罪役故窮也○說文甡衆生並立之皃重言之則衆多曰甡甡文選班固幽通賦曹大家注大雅曰人亦有言進退惟谷此敬慎之戒也韓詩外傳六載齊家石他死田常事外傳十載楚申鳴死白公事並引人亦有言進退維谷二句阮元云谷乃穀之段借字本字爲穀釋天東風謂之谷風郭注谷之言穀書堯典昧谷周禮縫人注作柳穀進退維穀穀善也此乃古語詩人用之近在不胥以穀之下嫌於二穀相並爲韻郎改一段借之谷字此詩人義同字變之例也晏子春秋叔向問晏子曰齊國之德衰矣今子何若晏子對曰嬰聞事明君者竭心力以沒其身行不逮則退不以誣持祿事情君者優游其身以沒其世力不能則去不以諛持危且嬰聞君子之事君也進不失忠退不失行不苟合以隱忠可謂不失忠不持利以傷廉可謂不失行叔向曰善哉詩有之曰進退維谷其此之謂與此與外傳言石他進盟以免父母退伏劍以死其君

引詩進退維谷同義皆謂處兩難善全之事而處之皆善也歎其善非嗟其窮也且叔向曰善哉善字卽明訓谷字也愚案阮說是矣胡承珙駁之以爲石申二事是謂進退兩窮未可謂進退皆善夫二人事處極難但求全義不必全身此卽聖人殺身成仁之旨其終同歸於善凡事至窮時皆必求善道以處之曹大家所謂敬慎之戒亦不外此晏子古說無可疑難韓傳二事並足證合是釋谷爲善於義允協經訓當引之愈深不應疏之使淺致乖古人立言之意也

維此聖人瞻言百里維彼愚人覆狂以喜匪言不能胡斯畏忌

注 魯斯亦作此 疏 傳瞻言百里遠慮也箋聖人所視而言者百里言見事遠而王不用有愚闇之人爲王言其事淺且近耳王反迷惑信用之而喜胡之言何也賢者見此事之是非非不能分別皁白言之於王也然不言之何也此提懼犯顏得罪罰○韓詩外傳五不出戶而知天下不窺牖而見天道詩曰惟此聖人瞻言百里外傳十引同胡承珙云箋以瞻言之言爲言語今案瞻言之言但爲語助據韓詩云云亦不以瞻言爲所視而言也魯斯亦作此者徐幹中論虛道篇忠言之不出以未有嗜之者也詩曰匪言不能胡斯畏忌明魯毛文同漢書賈山傳山至言論秦不納諫亦引詩匪言不能胡此畏忌賈山上書當文帝時所用魯詩斯字作此蓋魯亦作本

維此良人弗求弗迪維彼忍心是顧是復民之貪亂寍爲荼毒

疏 傳迪進也箋良善也國有善人王不求索不進用之有忍爲惡之心者王反顧念而重復之言其忽賢者而愛小人貪猶欲也天下之民苦王之政欲其亂亡故安爲苦毒之行相侵暴慍恚云之然○荀子儒效篇凡人莫不欲安榮而惡危辱故唯君子爲能得其所好小人則日徼其所惡詩曰維此良人弗求弗迪維彼忍心是顧是復民之貪亂寍爲荼毒此之謂也禮坊記詩云民之貪亂寍爲荼毒鄭注言民之貪爲亂者安其荼毒之行惡之也明魯齊與毛同

大風有隧注魯大作泰**有空大谷維此良人作爲式穀維彼不順征以中垢**疏 傳隧道也中垢言闇冥也箋西風謂之大風大風之行有所從而來必從大空谷之中喻賢愚之所行各由其性作起式用征行也賢者在朝則用其善道不順之人則行闇冥受性於天不可變也○魯大作泰者釋天西風謂之泰風郭注詩曰泰風有隧此用舊注魯詩文御覽九初學記一引詩亦作泰詩釋文大毛如字鄭音泰箋用魯詩改毛惟潛夫論班祿篇遏利篇兩引大風隧皆據魯詩泰仍同毛作大古書多叚大爲泰泰師讀固自不同也韓詩外傳五以明扶明則昇于天以明扶闇則歸其人兩瞽相扶不傷牆木不陷井穽則其幸也詩曰惟彼不順往以中垢闇行也陳喬樅云參之箋

說往疑征之譌愚案陳說是也中垢言闇冥與牆有茨中冓音義皆同

大風有隧【注】韓隧作隊魯亦作遂**貪人敗類聽言則對誦言如醉匪用其良覆俾我悖**【疏】傳類善也覆反也箋類等夷也對荅也貪惡之人見道聽之言則應荅之見誦詩書之言則冥臥如醉居上位而行此人或效之居上位而不用善反使我爲悖逆之行是形其敗類之驗○韓隧作隊魯亦作遂者韓詩外傳五福生於無爲而患生於多欲知足然後富從之德宜君人然後貴從之故貴爵而賤德者雖爲天子不尊矣貪物而不知止者雖有天下不富矣夫土地之生不益山澤之出有盡懷不富之心而求不益之物挾百倍之欲而求有盡之財是桀紂之所以失其位也詩曰大風有隊貪人敗類據此韓隧作隊潛夫論班祿篇咸氣加而化上風患害切而迫飢寒此臧紇所以不能詰其盜者也詩曰大風有隧貪人敗類明魯毛文同又遏利篇言是大風也必將有遂是貪人也必將敗其類亦用魯詩隧作遂是魯亦作遂隊遂皆與隧同聲而義不異列女晉羊叔姬傳漢書宣元六王傳贊均引詩貪人敗類韓詩外傳六引詩聽言則對誦言如醉明三家皆與毛文同

嗟爾朋友予豈不知而作如彼飛蟲時亦弋獲既之陰女反予

來赫【疏】傳赫炙也箋嗟爾朋友者親而切磋之也而猶女也我自恣東西南北時亦爲弋射者所得言放縱久無所拘制則將遇伺女之間者得誅女也之往也口距人謂之赫我恐女見弋獲既往覆陰女謂啟告之以患難也女反赫我出言悖怒不受忠告

民之罔極職涼善背爲民不利如云不克民之回遹職競用力

【疏】傳涼薄也箋職主諒信也民之行失其忠者主由爲政者信用小人工相欺違克勝也爲政者害民如恐不得其勝言至酷也競逐也言民之行維邪者主由爲政者逐用彊力相尚故也言民愁困用生多端○陳啟源云末二章三言民俗之敗皆歸咎於執政之人上欺違則民心罔中矣上尚力而不尚德則民行邪僻矣上爲寇盜之行則民心不能安定矣此詩刺王而兼及朝臣故篇末縷陳之漢書五行志盡涼陰之哀顏注涼信也是涼本與諒通訓箋郎本齊義易毛下涼曰同作諒誤也

民之未戾職盜爲寇涼曰不可覆背善詈雖曰匪予既作爾歌

【疏】傳戾定也箋爲政者主作盜賊爲寇害令民心動搖不安定也善猶大也我諫止之以信言女所行者不可反背我而大詈言距已諫之甚子我也女雖觝距已言此政非我所爲我已作女所行之歌女當受之而改悔

桑柔十六章八章章八句八章章六句

雲漢〔注〕韓詩曰對彼雲漢韓說曰宣王遭旱仰天也〔疏〕毛序仍叔美宣王也宣王承厲王之烈內有撥亂之志遇烖而懼側身修行欲銷去之天下喜於王化復行百姓見憂故作是詩也箋仍叔周大夫也春秋魯桓公五年夏天王使仍叔之子來聘烈餘也○對彼至天也鈔本北堂書鈔天部引韓詩及注文所云宣王遭旱仰天與毛序同特未言仍叔作詩耳合之繁露宣王憂旱云云㒒是齊詩與韓合魯詩當無異義

倬彼雲漢昭回于天〔疏〕傳回轉也箋雲漢謂天河也昭光也倬然天河水氣也精光轉運于天時旱渴雨故宣王夜仰視天河望其候焉○韓詩作對彼雲漢上引見王念孫云對當爲菿菿倬古字通小雅甫田篇倬彼甫田釋文云倬韓詩作菿卓也是毛倬字韓皆作菿則對爲菿之譌無疑俗書對字或作對見漢孔廟置守廟百石孔龢碑及千祿字書菿字或作對菿之爲對猶荊之爲荆二形相似世人多見對少見菿故菿譌爲對矣互詳甫田篇 王曰於乎何辜今之人天降喪亂饑饉薦臻〔注〕齊於乎作嗚呼薦作荐靡神不舉靡愛斯牲圭璧既卒寧莫我聽〔注〕韓說曰天子奉玉升柴加

傳薦重臻至也箋辜罪也王憂旱而嗟歎云何罪與今時天下之人天仍下旱災亡亂之道饑饉之害復重至也靡莫皆無也言王爲旱之故求於羣神無不祭也無所愛於三牲禮神之圭璧又已盡矣曾無聽聆我之精誠而興雲雨○齊於乎作嗚呼薦作荐者春秋繁露郊祀篇周宣王時天下大旱歲惡甚王憂之引此章十句與毛文同惟於乎作嗚呼薦作荐天子至牲上禮郊特牲疏引韓詩內傳文陳喬樅云此詩二章言不殄禋祀自郊徂宮此章圭璧既卒承上靡愛斯牲當兼燔柴之玉言之箋僅釋圭璧爲禮神之玉其義未備荀悅漢紀六消災復異則有周宣雲漢寗莫我聽用齊經文

旱既太甚蘊隆蟲蟲〔注〕韓蘊作鬱蟲作烔魯蟲作爞〔疏〕傳蘊蘊而暑隆隆而雷蟲蟲而熱箋隆隆而雷非雨雷也雷聲尚殷殷然○蘊作鬱蟲作烔者釋釋文引韓詩文馬瑞辰云釋文蘊本又作煴說文有薀無蘊云薀積也蘊即薀之俗字薀温煴古同聲薀鬱雙聲故通用釋言鬱氣也李巡曰鬱盛氣也荀子富國篇使夏不宛暍楊倞注宛讀爲鬱暑氣也是薀又通作宛宛鬱亦雙聲蘊隆謂暑氣鬱積而隆盛也蟲作烔者衆經音義四引埤蒼烔烔熱皃也廣韻烔熱氣烔烔烔與蟲皆徒冬反故通用爞通作烔猶說文蝕從蟲省聲讀若同也陳喬樅云鬱本訓火氣左定二年傳鬱攸從之杜注鬱攸火氣也詩以火氣之熏比旱氣之熏故云鬱隆烔烔華嚴經音義下引韓詩傳曰烔謂燒草傳火盛

也傳火與燒字意複當是傳火之譌此烔字本義也字林訓烔爲爇氣烔烔即本韓詩釋名熱爇也如火所燒爇也是熱氣即爇火之氣玉篇爞熏也集韻爞本作烔則爞乃烔之或體魯蟲作爞者釋訓爞爞薰也郭注旱熱薰炙人毛詩蟲蟲即爞爞之省

不殄禋祀自郊徂宮上下奠瘞靡神不宗后稷不克上帝不臨耗斁下土〔注〕韓說曰耗惡也**寧丁我躬**〔疏〕傳上祭天下祭地奠其禮瘞其物宗尊也國有凶荒則索鬼神而祭之丁當也箋宮宗廟也爲旱故絜祀不絕從郊而至宗廟奠瘞天地之神無不齊肅而尊敬之言徧至也克當作刻刻識也斁敗也奠瘞羣臣𣪍而不得雨是我先祖后稷不識知我之所困與天不視我之精誠與猶以旱耗敗天下爲害曾使當我之身有此乎先后稷後上帝亦從宮之郊○繁露郊祀篇又引此章十句與毛文同惟斁作射下又云宣王自以爲不能乎后稷不中乎上帝故有此災有此災愈恐懼而謹事天馬瑞辰云劉台拱曰宮即王宮祭日之類周禮所謂壇壝宮其說是也祭廟祭郊不同日下云后稷不克者謂郊天以后稷配非祭宗廟也箋說失之陳喬樅云論衡須頌篇云成湯遭旱周宣亦然然而成湯加成宣王言宣无妄之災不能虧政據董子引詩饑饉荐臻釋言荐再也釋天又曰仍饑爲荐毛傳作薦訓爲重釋詁臻仍乃也仍乃古通用訓臻爲乃即訓臻爲仍也薦臻猶今言頻仍耳六章曰胡寧瘨我以旱釋文

引韓詩作疹云重也皇甫謐言宣王元年大旱二年不雨至六年乃雨謐言無據然遭旱非止一年則三家說同齊說云不能乎后稷不中乎上帝皆爲自責之詞於義尤協黃山云據繁露說不克不臨詩皆倒文見義以能訓克以中訓臨中讀如仲與臨皆以適通訓猶云不當也與箋義迥別愚案說苑君道篇詩曰上下奠瘞靡神不宗言疾旱也此魯說耗惡也者釋文引韓詩文後漢竇后紀問息耗李注引薛君章句曰耗惡息耗猶言善惡也耗卽秏秏之俗玉篇禾部云秏敗也引詩秏斁下土毛無訓傳云斁敗也葢以斁爲殬之借字則耗義當訓惡與韓同馬瑞辰云後漢順帝紀詔靡神不禜三家詩葢有作禜者

旱既太甚則不可推兢兢業業如霆如雷周餘黎民靡有孑遺昊天上帝則不我遺胡不相畏先祖于摧〔疏〕傳推去也兢兢恐也業業危也無孑然遺失也摧至也箋黎眾也旱既不可移去天下困於饑饉皆心動意懼兢兢然業業然狀如有雷霆近發於上周之眾民多有死亡者矣今其餘無有孑遺者言又饑病也摧當作嗺嗺嗟也天將遂旱餓殺我與先祖何不助我恐懼使天雨也先祖之神于嗟乎告困之辭○趙岐孟子章句周餘黎民靡有孑遺志在憂旱災民無孑然遺脫不遭旱災者非無民也論衡治期篇詩道周宣遭大旱矣詩曰周餘黎民靡有孑遺言無有可遺一人不被害者災害之甚者也又藝增篇詩云周餘黎民靡有孑

遺是謂周宣之時遭大旱之災也詩人傷旱之甚民被其害言無有孑遺一人不愁痛者夫旱甚則有之矣言無有孑遺一人增之也周之民遭大旱之災貧羸無蓄積扣心思雨若其富人穀食饒足廪囷不空口腹不飢何愁之有而言靡有孑遺增益其文欲言旱甚也以上皆魯說漢書高惠文功臣表靡有孑遺耗矣用齊經文孟子說孑遺爲遺民以遺存爲義魯齊說同毛訓遺爲遺失是謂天盡殺之不失一人義雖相成實故爲異說馬瑞辰云則不我遺遺當讀如問遺之遺廣雅釋詁問遺也若如正義訓爲留遺則與孑遺語相複矣

旱既太甚則不可沮赫赫炎炎云我無所大命近止靡瞻靡顧羣公先正則不我助父母先祖胡寧忍予〔疏〕傳沮止也赫赫旱氣也炎炎熱氣也大命近止民近死亡也先正百辟卿士也先祖文武爲民父母也箋旱既不可卻止熱氣大甚人皆不堪言我無所庇蔭處衆民之命近將死亡天曾無所視無所顧於此國中而哀閔之百辟卿士雩祀所及者今曾無肯助我憂旱先祖文武又何爲施忍於我不使天雨○漢書敘傳赫赫炎炎易林乾之睽陽旱炎炎傷害禾穀穡人無食耕夫歎息明齊毛文同後漢質帝紀梁太后詔曰自春涉夏大旱炎赫后通韓詩用韓經文

旱既太甚，滌滌山川。【注】三家「滌」作「蔋」。**旱魃爲虐，如惔如焚。**【注】三家「惔」作「炎」。**我心憚暑，**【注】韓說曰：「憚，苦也。」**憂心如熏。羣公先正，則不我聞。昊天上帝，寧俾我遯？**【疏】傳：「滌滌，旱氣也。山無木，川無水。魃，旱神也。惔，燎之也。憚，勞。熏，灼也。」箋：「憚猶長也。旱既害於山川矣，其氣生魃而害益甚，草木焦枯，如見焚燎然。王心又畏難此熱氣，如灼爛於火，言熱氣至極。不我聞者，忽然不聽我之所言也。天曾將使我心遯遯慙愧於天下，以無德也。」○三家「滌」作「蔋」者，說文：「蔋，草旱盡也。从艸，俶聲。詩曰：『蔋蔋山川。』」玉篇艸部「蔋」亦引詩「蔋蔋山川」，云：「蔋蔋，旱氣也。」本亦作「滌」。廣韻：「蔋，艸木旱死也。」集韻：「蔋，或作蓧。」說文字本从俶，自玉篇傳寫誤从淑，廣韻、集韻皆沿其誤。玉篇云亦作「滌」，本借毛字通讀。集韻又誤增艸，則更不經。皆當據說文、毛詩訂正。毛作「滌」則作「蔋」者，三家也。黃山云：說文「茲，蔋連文。茲訓艸木多益，絲省聲；蔋訓艸旱盡也，俶聲。段玉裁所謂反對成文者是矣。絲从二系，故其義爲益爲多。俶，善也，一曰始也。道貴隱而惡顯，故臧之字即爲藏，物自無而之有，故元之字通於无。艸木初生爲屮，引申即爲屯難之屯，故蔋以俶爲聲，而得旱盡之義，亦即釋詁解爲善，落爲始之指。蔋、俶本一音伸縮之轉。从尗之字有宋，从叔之字有惄，亦不獨踧踧周道之踧與蔋得同有徒歷音也。史記魯仲連傳、文選子虛賦皆以俶爲倜儻之倜，即以同音通段尤㑥有徒歷音之誤段說文注反疑从㑥音義不類當以滌爲正字謂从滌如艸木盪滌無有然滌洒也盪滌器也亦無盡義且果如段說毛有本字不必加艸鹿鹿濯濯之濯毛訓娛游趙岐訓肥飽娛與肥皆美善意孟子即用爲若彼濯濯之濯段說淺率於字義經訓菸兩失之易林革之豐旱魃爲虐明齊毛文同又小畜之中孚魃爲災虐用齊經文王篇引文字指歸曰女妭禿無髮所居之處天不雨山海經大荒北經係昆之山有人衣青衣名曰黃帝女妭黃帝攻蚩尤冀州蚩尤請風伯雨師縱大風雨黃帝乃下天女曰妭雨止遂殺蚩尤妭不得上所居不雨妭即魃字之段借張衡客難曰女魃北而應龍翔義本山海經其說最古御覽引韋昭詩荅問曰旱魃眼在頭上與神異經言魃目在頂上合三家惔作炎者後漢章帝紀建初五年詔今時復旱如炎如焚李注引韓詩曰旱魃爲虐如炎如焚知三家今文皆作炎字說文炎火光上也憚苦也者釋文引韓詩文陳喬樅云傳云憚勞箋云憚猶畏也勞苦義近畏亦苦之意也馬瑞辰云遯當讀屯難之屯遯屯古同聲遯困亦同聲廣雅釋詁困逃也遯義爲逃亦爲困遺人疏引書傳云居而無食謂之困寍乃一聲之轉寍俾我遯猶云乃使我困也箋說失之

旱既太甚黽勉畏去〔注〕魯黽勉作密勿**胡寍瘨我以旱**〔注〕韓瘨作疹云疹重也**憯不知其故祈年孔夙方社不莫昊天上帝則**

不我虞敬恭明神宜無悔怒（疏）傳悔恨也箋瘨病也黽勉急禱請也欲使所尤畏者去所尤畏者魃也天何曾病我以旱曾不知為政所失而致此害虞度也我祈豐年甚早祭四方與社又不晚天曾不度知我心肅事明神如是明神宜不恨怒於我我何由當遭此旱也○魯黽勉作密勿者後漢蔡邕傳邕上封事曰宣王遭旱密勿祇畏陳喬樅云據此知毛詩黽勉畏去魯作密勿畏去與十月之交黽勉從事劉向引作密勿從事文同馬瑞辰云廣雅釋詁畏惡也卽苦此旱而惡去之也箋說失之疹重也者釋文引韓詩文陳喬樅云釋言疹重也疹與胗音同義通疹籀文胗字眾經音義引三蒼云胗腫也腫與重音義亦同愚案說文瘨眞聲胗疹皆㐱聲眞㐱一聲之轉胗訓脣瘍瘍亦病則疹與瘨義仍合張衡東京賦爰敬恭於明神用魯經文明神之神釋文本作祀云或作明神李富孫云文選陸機荅張士然詩江淹雜詩李注並引作明祀後漢章帝紀黃瓊傳並有敬恭明祀之文孔龢碑樊毅華山亭碑白石神君碑亦同作明祀當是三家本據此神祀古今文均兩作魯作明神則作明祀者當為齊韓也

旱既太甚散無友紀鞫哉庶正疚哉冢宰趣馬師氏膳夫左右靡人不周無不能止瞻卬昊天云如何里（疏）傳歲凶年穀不登則趣馬不秣師氏

弛其兵馳道不除祭事不縣膳夫徹膳左右布而不修大夫不食粱士飲酒不樂周救也無不能止言無止不能也箋人君以羣臣爲友散無其紀者凶年祿餼不足又無賞賜也鞫窮也庶正衆官之長也疚病也窮哉病哉者念此諸臣勤於事而困於食以此言勞倦也周當作賙王以諸臣困於食人人賙給之權救其急後日乏無不能豫止里憂也王愁悶於不雨但仰天曰當如我之憂何○胡承珙云正義申鄭言上文言王之於臣祿餼不足則此言當爲王救羣臣不宜爲羣臣救人故易傳今案春秋時列國有災卿大夫尚有能出所蓄以賑窮民者如楚子文宋公子鮑之類則宣王之時羣臣以祿食之餘賙給百姓固其宜矣若謂臣困於食而王給之則是給其祿餼不當言周且周官荒政十二無賑給羣臣之條庶政冢宰位高祿厚此而待賑民當若何況救荒當先及小民不應但賙給有位也釋文里如字憂也本亦作瘇爾雅作悝並同

瞻卬昊天有嘒其星〔注〕三家嘒作識星作聲**大夫君子昭假無嬴大命近止無棄爾成何求爲我以戾庶正瞻卬昊天曷惠其寧**〔疏〕傳嘒衆星貌假至也戾定也箋假升也王仰天見衆星順天而行嘒嘒然意感故謂其卿大夫曰天之光耀升行不休無自嬴緩之時今衆民之命近將死亡勉之助我無棄女之成功者若其在職復無幾何以勸之也使女無棄成功者何但

求爲我身乎乃欲以安定衆官之長憂其職事曷何也王仰天曰當何時順我之求使我心安乎渴雨之至也得雨則心安○三家嘒作譓星作聲者説文譓聲也从言歲聲詩曰有譓其聲段注如史所云赤氣亘天砰隱有聲之類葢卽此詩之異文愚案天不旱亦有星且係夜觀非晝所覩有譓其聲葢災異之一端故特言之此出三家詩嘒譓星聲音俱相近諸家傳授字異遂各據所聞釋之馬瑞辰云説文廣雅並曰縕緩也箋訓贏爲緩緩義與縕同但以文義求之葢勉羣臣敬恭祀典之意言誠能昭假於天其感應之理未有贏差者願無棄成功助我求雨冀天終惠我以安寧也

雲漢八章章十句

崧高（疏）毛序尹吉甫美宣王也天下復平能建國親諸侯褒賞申伯焉箋尹吉甫申伯皆周之卿士也尹官氏申國名

○此詩及下章皆有詩人自名三家無異義

崧高維嶽駿極于天（注）三家崧作嵩駿作峻維嶽降神生甫及申維申及甫維周之翰四國于蕃（注）韓蕃作藩四方于宣（疏）傳崧高貌山大而高曰崧嶽四嶽也東嶽岱南嶽衡西嶽華北嶽恒堯之時姜氏爲四伯掌四嶽之祀述諸侯之職於周則有甫有

中有齊有許也駿大極至也嶽降神靈和氣以生申甫之大功翰幹也箋降下也四嶽卿士之官掌四時者也因主方嶽巡守之事在堯時姜姓爲之德當嶽神之意而福興其子孫歷虞夏商世有國土周之甫也申也齊也許也皆其苗胄申伯也甫甫侯也皆有賢知入爲周之楨幹之臣四國有難則往扞禦之爲之藩屏四方恩澤不至則往宣暢之甫侯相穆王訓夏贖刑美此俱出四嶽故連言之○三家崧作嵩駿作峻韓藩作藩者禮孔子閒居其在詩曰嵩高維嶽峻極于天維嶽降神生甫及申惟申及甫惟周之翰四國于蕃四方于宣此文武之德也鄭注峻高大也翰幹也言周道將興五嶽爲之生賢輔佐仲山甫及申伯爲周之幹臣天下之蕃衞宣德于四方以成其王功此宣王詩也何休公羊莊四年解詁引詩嵩高惟嶽峻極于天易林山大壯之兌嵩高岱宗峻直且神是齊崧作嵩駿作峻爾雅釋山山大而高崧釋文崧本作嵩郭注今中嶽嵩高山蓋依此立名邢疏引李巡云高大曰嵩孔疏引李郭說作嵩皆順毛改字李郭二說皆據爲嵩釋文又云足證經文本作嵩楊雄河東賦瞰帝唐之嵩高兮漢書雄傳顏注嵩亦高也嵩高者謂唯天爲大唯堯則之也應劭風俗通義十中央曰嵩高詩云嵩高惟嶽峻極于天是魯崧作嵩駿作峻王應麟詩攷據韓詩外傳五引詩云嵩高維嶽峻極于天維嶽降神生甫及申維申及甫維周之翰四國于藩四方于宣此文武之德也是韓崧作嵩駿作峻蕃又獨作藩文選遊天台山賦李注初學記五藝文類聚七白帖五御覽三十

九及八百八十一引詩首二句皆作嵩峻毛據釋文無異本則諸書所引亦皆韓詩今外傳五嵩仍作崧此如爾雅之崧皆後人順毛改字其餘三家說有作崧者趙岐孟子注蔡邕楊公碑之類郎誤字矣韋昭國語注嵩字古通用崇字說文崇嵬高也正與嵩高義合別無嵩崧字新附補嵩云中岳嵩高山也从山从高亦从松仍引韋注通用崇字崇隸寫或爲宗漢書武帝紀改嵩高爲宗高以宗本即嵩也後漢靈帝紀復崇高爲嵩高則已離之矣說文嶽東岱南靃灊西華北恆中太室王者巡狩所至重文卽岳諸家嶽岳不同今古異也釋山首列五嶽之名末復云泰山爲東嶽華山爲西嶽霍山爲南嶽恆山爲北嶽嵩高爲中嶽嵩高郭注太室山也是許言五嶽與雅訓合毛傳以嶽爲堯時四岳復舉四山以實之又變霍言衡以與衆異鄭箋遷就其說孔疏更强爲之辭然閒居引詩言此文武之德鄭注云五嶽爲生賢輔佐外傳亦推本文武夫申甫爲周輔佐周備五嶽自應統舉德應由於文武不必乞靈於堯時之山證以爾雅說文知三家有同義也嵩高本概言山之崇高太室乃依以立名郭注明言之然就山說詩五嶽自可任舉齊主泰岱易林卽就岱宗言嵩高太室既被此名說詩尤切故應氏因說中嶽亦引詩以見義獨鼎臣新附字說竟以嵩爲中岳專名不復知有嵩高之詩斯大謬矣陳喬樅云孔疏謂箋以甫爲甫侯而孔子閒居引此詩注以甫爲仲山甫外傳稱樊仲山甫則是樊國之君必不得與申伯同爲嶽神所生注禮之時未詳詩意故耳喬樅謂疏說非也後漢

張衡傳應間曰申伯樊仲實幹周邦亦以甫爲仲山甫與鄭記注合張遊爲詩鄭述齊詩是魯齊說同蔡邕薦董卓表云是故申伯山甫列於大雅蔡亦述魯詩者並以申甫爲申伯仲山甫又司空楊公碑云昔在申呂匡佐周宣崧高作誦大雅揚言申呂卽此詩之申伯山甫也張衡司徒呂公誄云四嶽在虞傳士佐禹克厭天心姓姜氏呂登是南邦以家以處降及于周穆侯作輔登受八命衮職靡傾據此則樊仲山甫亦係出呂同爲四嶽之裔故詩言惟嶽降神生甫及申也孔疏以仲山甫是樊國之君必不得與申伯同爲嶽神所生何疏於考據邪困學紀聞謂仲山甫猶儀禮所謂伯某甫甫與父同若以仲山甫爲甫則尹吉甫程伯休父亦可言甫矣伯厚妄用駁難其說愈失之愚案陳氏引應間申伯樊仲證齊義同於魯家引呂誄衮職靡傾證樊仲亦出四岳此二條最足破孔疏之固惟三家旣以嶽爲五嶽則毛傳四岳之後本不關詩指係屬添設況孔疏旣謂姜姓於四岳之中爲其一則非姜姓者尙有其三旣謂樊係國名又何不可姓姜姓呂似亦不足辨也至呂誄言姜呂而遠溯四嶽說本齊太公世家

亹亹申伯王纘之事于邑于謝注韓纘作踐云任也魯纘作薦**謝作序南國是式王命召伯定申伯之宅登是南邦世執其功**

疏傳謝周之南國也召伯召公也登成也功事也箋亹亹勉也纘繼于往于於法式也亹亹然勉於德不倦之臣有申伯以賢入爲王之卿士佐王有功王又欲使繼其故諸侯之事往作邑於謝南方之國皆統理施其法度時改大其邑使爲侯伯故云然之往也申伯忠臣不欲離王室故王使召公定其宅令往居謝成法度於南邦世世持其政事傳子孫也○韓纘作踐云任也者釋文引韓詩文陳喬樅云禮中庸踐其位鄭注踐或作纘此踐纘古通之證韓訓踐爲任者謂王任用之使經理南國之事也魯纘作薦謝作序者潛夫論志氏姓篇四嶽伯夷爲堯典禮折民惟刑以封申呂裔或封于申城在南陽宛北序山之下故詩曰亹亹申伯王薦之事于邑于序南國爲式陳喬樅云地理志南陽郡宛故申伯國有屈申城與潛夫論說合又三式篇周宣王時輔相大臣以德佐治亦獲有國故尹吉甫作封頌二篇其詩曰亹亹申伯王纘之事于邑于謝南國是式又曰四牡彭彭八鸞鏘鏘王命仲山甫城彼東方此言申伯仲山甫文德致昇平而王封以樂土賜以盛服也案三式篇引詩字仍與毛同此後人據毛改之非王氏舊本也愚案纘踐薦皆音近通假謝與序亦雙聲轉變

王命申伯式是南邦因是謝人以作爾庸王命召伯徹申伯土田王命傅御遷其私人疏傳庸城也徹治也御治事之官也私人家臣也箋庸功也召公既定申伯

之居王乃親命之使爲法度於南邦今因是故謝邑之人而爲國以起女之功勞言尤章顯也治者正其井牧定其賦稅傳御者二王治事謂家宰也○陳奐云書牧誓篇我友邦家君御事司徒司馬司空指治事三卿至大誥酒誥梓材召誥雒誥等篇言御事皆爲諸侯治事之臣此傳以治事之官釋經文之御正與書義合臣工嗟嗟臣工嗟嗟保介傳保介工官也凡大國三卿命於天子皆有職司於王室故天子得以敕之命之傳御猶保介也諸侯之上大夫卿亦兼孤故春秋陽處父爲太傳士會將中軍爲太傳箋以傳御謂家宰正義用箋申傳失之私人郎傳御之私人傳御爲諸侯之臣故傳以私人爲家臣矣禮玉藻大夫私事使私人擯則稱名鄭注士臣於大夫曰私人儀禮士相見注家臣稱私有司徹注私人家臣己所自謁除也大夫言私人明不純此言私人爲大夫家臣之證

申伯之功召伯是營有俶其城寢廟既成既成藐藐王錫申伯四牡蹻蹻鉤膺濯濯（疏）傳俶作也藐藐美貌蹻蹻壯貌鉤膺樊纓也濯濯光明也箋申伯居謝之事召公營其位而作城郭及寢廟定其人神所處召公營位築之已成以形貌告於王王乃賜申伯爲將遣之○馬瑞辰云說文俶善也有俶爲城繕修之貌黃山云馬以繕通善然說文繕補也舊壞者可言繕新營之城不得言繕明矣釋詁俶始也說文俶

善也一曰始也有俶其城猶云始有其城詩云謝舊無城營之始有言有則城已成可知俶對既言既猶終也相應爲辭思案上言召伯是營則此不必更訓俶爲作下文藐藐專指寢廟承寢廟既成成言也釋詁藐藐美也說文作懇鈎膺詳采芑篇

王遣申伯路車乘馬我圖爾居莫如南土錫爾介圭注魯介作**玠以作爾寶往近王舅南土是保**疏傳乘馬四馬也寶瑞也近已也申伯宣王之舅也箋王以正禮遣申伯之國故復有車馬之賜因告之曰我謀女之所處無如南土之最善圭長尺二寸謂之介非諸侯之圭故以爲寶諸侯之瑞圭自九寸而下近辭也聲如彼記之子之記保守也安也○魯介作玠者釋器珪大尺二寸謂之玠郭注詩曰錫爾玠珪此魯說玠圭大圭惟天子得有之故經云以作爾寶箋亦云非諸侯之圭故以爲寶惟申伯膺此特賜俾之世守韓奕篇以其介圭入覲于王則諸侯之命圭亦因緣稱之與申伯所錫不同也爾雅釋器以明禮制字作玠餘皆作介張衡述魯詩其應閒云服衮而朝介圭作瑞亦作介是也近舊作近黃山云此篇首二四五六章第七句皆韻往近王舅舅字卽與本章馬土寶保上下爲韻用韻之句則有倒文如六章謝于誠歸七章不顯申伯皆是往近王舅亦當解作王舅往近周語引書曰民可近也亦不可上也韋注民可以思意近說文近附也謂親附之也華嚴經音義下引顧野王云近所以爲親也皆近訓親

附之證王勉申伯往謝親附其人民鄰國以保守是土故接云南土是保也毛鄭皆順說之故傳訓近為己近之古文作岸上从止則本有已義已止同部故音亦可轉為已古已已即一字記忌字从已亦得通叚故箋即讀近為彼記之記釋文遵傳箋作音乃其通例孔疏又申明近得轉記由其聲近皆叚借近為已通已於記唐石經以下各本於近字亦從無異作[illegible]宋毛居正撰六經正誤始以近為䢋之誤段阮以下紛然據以改經然說文䢋在丌部丌訓薦物之丌䢋訓遒人以木鐸記詩言徐鍇釋之云遒人行而求之故从辵丌薦而進之於上也此即今記載之記而記之本字說文訓為疏疏者昔所已言非憶不明則專為記憶之記彼記之記其本字既仍為已不可通於䢋明矣是改近為䢋同出於借固不如不改為長況說文䢋未引經爾雅廣雅皆不為䢋作訓又何從定為此詩之本字乎愚案緜之詩曰予曰有疏附訓近為附倒文見義於說亦得毛訓近為已已即矣字往矣王舅亦即倒文箋讀為記作彼記記下無之字則不詞以䢋通記固非也釋文孔疏均不改字箋彼記之記孔疏本原作彼己之已故直謂箋為申傳宋本箋作記涉釋文音記而誤毛居正又沿作記而誤顧炎武唐韻正已駁之矣惟段玉裁說往已王舅謂䢋从丌丌即古其字其已忌記丌䢋同部通假說亦不可廢陳奐疏本已據改今仍從之

申伯信邁王餞于郿申伯還南謝于誠歸王命召伯徹申伯土

疆以峙其粻〔注〕魯說曰粻糧也式遄其行〔疏〕傳郿地名箋遄行也申伯之意不欲
離王室王告語之復重於是意解而信行餞送行飲酒也時王
蓋省岐周故于郿云還南者北就王命于岐周而還反也謝于
誠歸誠歸于謝粻糧式用遄速也王使召公治申伯土界之所
至峙其糧者令廬市有止宿之委積用是速申伯之行○釋文
以峙如字本又作峙是陸所見本作以峙其粻馬瑞辰云說文
痔儲置屋下也侍待也儲侍也二字音義同詩序乃錢鎛考工
記總目注引作侍乃錢鎛是其證繫傳本無痔疑痔即侍之或
體周語韋注侍具也釋詁峙具也說文以峙爲峙躇字此詩釋
文本作畤及峙正義引俗本作時皆當爲侍字之叚借說文無
峙字今正義及釋文本作峙者皆峙字之流變玉篇廣韻云痔
或作畤衆經音義一又云古文峙今作跱同粻糧也釋言文魯
說也郭注今江東通言粻說文有糧無粻云糧穀也惟餱字注
引周書曰峙乃餱粻今書作糗糧禮王制五十異
粻箋注並云粻糧也雜記載粻鄭注粻米糧也

申伯番番既入于謝〔注〕魯謝亦作徐徒御嘽嘽周邦咸喜戎有
良翰不顯申伯王之元舅文武是憲〔疏〕傳番番勇武貌諸侯有
嘽徒行者御車者嘽嘽喜樂也不顯申伯顯矣申伯也文武是
憲言有文有武也箋申伯之貌有威武番番然其入謝國車徒

之行嘽嘽安舒言得禮也禮入國不馳周徧也戎猶女也翰幹也申伯入謝徧邦內皆喜曰女乎有善君也相慶之言憲表也言爲文武之表式○魯謝作徐者楚詞七諫王注徐周宣之舅申伯所封也詩曰申伯番番既入於徐陳喬樅云潛夫論引詩謝作序覗上此又作徐序謝古音通轉孟子書序者射也可證禮記射義序點注云序點或爲徐點是序與徐古通王述魯詩本或不同各據所見也韓詩外傳八云若申伯仲山甫可謂救世矣昔者周德大衰道廢於厲申伯仲山甫相宣王撥亂世反之正天下略正宗廟復興申伯仲山甫乃並順天下匡救邪失喻教德舉遺士海內翕然向風故百姓浡然詠宣王之德詩曰周邦咸喜我有良翰又曰邦國若否云云如是可謂救世矣案據此韓與魯齊同以甫爲仲山甫與毛指甫爲甫侯異愚謂若是甫侯吉甫引與申伯同稱決無全不表章之理惟其甫屬樊仲封頌各贈一人故此詩首章申甫並言而其功績專於下章明之立言之體固如是也若如毛說稱頌申伯而推一無可稱述之之達官配之當亦爲申伯所不許矣黃山云箋以甫爲卿相穆王訓夏贖刑之甫侯無論甫侯作刑由於諸侯不睦左氏以爲叔世亂政史家亦不以爲君臣之盛不當以申伯並提且中隔恭懿孝夷厲五王相距太遠由泥定俱出四嶽遂强相牽合耳

申伯之德柔惠且直揉此萬邦聞于四國吉甫作誦其詩孔碩

其風肆好以贈申伯〔疏〕傳吉甫尹吉甫也作是工師之誦也肆也碩大也吉甫爲此誦也言其詩之意甚美大風切申伯又使之長行善道以此贈申伯者送之令以爲樂○釋文揉本亦作柔馬瑞辰云民勞篇柔遠能邇傳柔安也安與順義近故揉亦省作柔說文柔木曲直也煣屈申木也凡經傳中作揉者皆即說文煣字之異體

崧高八章章八句

烝民〔疏〕毛序尹吉甫美宣王也任賢使能周室中興焉○三家無異義

天生烝民有物有則民之秉彝好是懿德〔注〕韓烝作蒸魯彝作夷**天監有周昭假于下保茲天子生仲山甫**〔疏〕傳烝衆物事則法彝常懿美也仲山甫樊侯也箋秉執也天之生衆民其性有物象謂五行仁義禮智信也其情有所法謂喜怒哀樂好惡也然而民所執持有常道莫不好有美德之人監視假至也天視周王之政教其光明乃至于下謂及衆民也天安愛此天子宣王故生樊侯仲山甫使佐之言天亦好是懿德也書曰天聰明自我民聰明○韓烝作蒸者韓詩外傳六大雅曰天生蒸民有物有則民之秉

彝好是懿德言民之秉德以則天不知所以則天又焉得爲君子乎烝作蒸通用字白虎通姓名篇姓者生也人秉天氣所以生也詩曰天生烝民潛夫論相列篇詩所謂天生烝民有物有則明魯毛文同魯彝作夷者潛夫論德化篇詩云民之秉夷好是懿德故民有心也猶爲種之有園也遭和氣則秀茂而成實遭水旱則枯槀而生孽民蒙善化則有士君子之心被惡政則人有懷姦惡之慮趙岐孟子章句十一詩言天生烝民有物有則有所法則人法天也民之秉夷夷常也常好美德陳喬樅云魯作夷與毛作彝異書洪範是彝是訓史記宋世家引作是夷是訓明堂位夏后氏以雞夷鄭注夷讀爲彝周禮司尊彝司農注郎引作雞夷古夷彝二字多以音同通用續漢郡國志河内郡修武故南陽秦始皇更名有南陽城陽樊攢茅田服虔曰樊仲山之所居故名陽樊後漢樊宏傳其先周仲山甫封於樊因而氏焉

仲山甫之德柔嘉維則令儀令色小心翼翼古訓是式〔注〕魯古作故**威儀是力天子是若明命使賦**〔疏〕傳古故訓道若順賦布也箋嘉美令善也善威儀善顏色容貌翼翼然恭敬故訓先王之遺典也式法也力猶勤也勤威儀者恪居官次不解于位也是順從行其所爲也顯明王之政教使羣臣施布之○魯古作故者列女宋鮑宗女傳引詩云令儀令色小心翼翼故訓是式威儀是力是魯古作故

箋故訓先王之遺典卽用魯義陳奐云故字又作詁抑傳云詁言古之善言也古故詁三字同周語樊穆仲說魯侯曰賦事行利必問於遺訓而咨於故實然則仲山甫能法古訓者矣愚案抑傳毛本作詁言作詁言者係釋文所據說文之說當出齊韓說文詁下引詩曰詁訓惠氏亦謂卽此詩文

王命仲山甫式是百辟纘戎祖考王躬是保出納王命王之喉舌賦政于外四方爰發〔疏〕傳戎大也喉舌冢宰也箋戎猶女也躬身也王曰女施行法度於是百君繼女先祖先父始見命者之功德王身是安使盡心力於王室出王命者王口所自言承而施之也納王命者時之所宜復於王也其行之也皆奉順其意如王口喉舌親所言也以布政於畿外天下諸侯於是莫不發應○蔡邕司空房楨碑用式是百辟句楊雄尚書箴用王之喉舌句蔡邕胡公碑橋公碑用賦政于外句明魯毛文同

肅肅王命〔注〕齊肅作赫仲山甫將之邦國若否仲山甫明之旣明且哲以保其身夙夜匪解以事一人〔注〕魯韓解作懈〔疏〕傳將行也箋肅肅敬也言王之政教甚嚴敬也仲山甫則能奉行之若順也順否猶臧否謂善惡也夙早夜莫匪非也一人斥天子○齊

肅作赫赫者後漢郎顗傳顗上書曰詩云赫赫王命仲山甫將之邦國若否仲山甫明之宣王是賴以致雍熙肅肅作赫赫齊異文也漢書刑法志有司無仲山甫將明之材正用齊經文韓詩外傳六王者必立牧章引詩邦國若否仲山甫明之明韓毛文同列女曹僖氏妻傳引詩既明且哲以保其身淮南主術訓高注詩云仲山甫既明且哲以保其身呂覽知化篇引詩同此魯毛文同禮中庸詩曰既明且哲以保其身鄭注保安也漢書司馬遷傳贊夫惟大雅既明且哲以保其身難矣哉此齊毛文同韓詩外傳八人之所以好富貴安榮章引詩曰既明且哲以保其身此韓毛文同魯韓解作懈者說苑立節篇詩云夙夜匪懈以事一人韓詩外傳八吳人伐楚章亦引詩夙夜匪懈以事一人上並引邦國若否四句齊崔杼弒莊公章孔子燕居章引二句同明魯韓與毛文同懈字異漢書董仲舒對策引詩夙夜匪解荀悅漢紀二十八引詩云夙夜匪解以事一人一人者謂天子也明齊毛文同

人亦有言柔則茹之剛則吐之維仲山甫柔亦不茹剛亦不吐不侮矜寡不畏彊禦〔疏〕箋柔猶濡毳也剛堅强也剛柔之在口或茹之或吐之喻人之於敵强弱○新序雜事四引詩云柔亦不茹剛亦不吐不侮鰥寡不畏彊禦明魯毛文同秦策高注引作不辟彊禦不侮鰥寡畏作辟猶矜作

鰥葢魯詩別本公羊莊十二年傳仇牧可謂不畏彊禦矣春秋繁露精華篇此亦春秋之不畏彊禦也大戴禮衞將軍文子篇不畏彊禦不侮矜寡明齊毛文同惟大戴及高注引詩均以不侮矜寡爲下句疑亦師讀之異韓詩外傳六君子崇人之德章引詩柔亦不茹四句楚莊王伐鄭章引柔亦不茹二句外傳八遜而直章引同宋萬與莊公戰章引惟仲山甫三句維作惟外傳六衞靈公晝寢而起章引詩不侮矜寡二句明韓毛文同

人亦有言德輶如毛民鮮克舉之我儀圖之維仲山甫舉之愛莫助之袞職有闕維仲山甫補之疏傳儀宜也愛隱也有袞冕者君之上服也仲山甫補之善補過也箋輶輕儀匹也人之言云德甚輕然而衆人寡能獨舉之以行者言政事易耳而人不能行者無其志也我與倫匹圖之而未能爲也我吉甫自我也愛惜也仲山甫獨能舉此德而行之惜乎莫能助之者多仲山甫之德歸功言耳袞職者不敢斥王之言也王之職有闕輒能補之者仲山甫也○春秋繁露王英篇匹夫之反道以除咎尚難人主之反道以除咎甚易詩云德輶如毛言其易也禮表記大雅德輶如毛民鮮克舉之我儀圖之惟仲山甫舉之愛莫助之鄭注輶輕也鮮罕也儀匹也圖謀也愛猶惜也言德之輕如毛耳人皆以爲重罕能舉行之者作此詩者周宣王之大臣也言我之匹謀之仲山甫則

能舉行之美之也惜乎時人無能助之者言賢者少案鄭述齊詩亦云舉德之賢人少無能爲仲山甫之助者與箋意同荀子彊國篇潛夫論交際篇並引魯詩德輶如毛民鮮克舉之韓詩外傳五德也者包天地之美章引韓詩曰德輶如毛民鮮克舉之黄氏曰鈔云方博士解王制三公一命衮若有加則賜也云衮雖三公可服非有加則不賜詩言衮者人臣之極常闕之而不補惟仲山甫獨賜而得之是當時所闕而今則補之也何氏古義曰後漢書蔡茂在廣陵夢大殿極上有三穗禾茂跳取之得其中穗輒復失之以問主簿郭賀賀曰大殿者宮府之形象也極而有禾人臣之上祿也取中穗是中台之位也於字禾失爲秩雖曰失之乃所以得祿秩也衮職有闕君其補之旬日而茂徵焉此引詩解異然補爲完衣之義蒙上衮衣言從左傳補過之說於義爲允胡承珙云左傳晉靈公不君士季引此詩而釋之曰能補過也君能補過衮不廢矣此解爲傳箋所本後漢楊賜傳故司空賜五登衮職法眞傳願聖朝就加衮職蓋漢人多以衮職爲三公之稱然此詩自當指王家語成王冠頌曰令月吉日王始加元服去王幼志服衮職是亦謂王爲衮職也

仲山甫出祖四牡業業征夫捷捷每懷靡及〔注〕韓捷作倢四牡彭彭八鸞鏘鏘王命仲山甫城彼東方〔疏〕傳言述職也業業言高大也捷捷言樂事

也東方齊也古者諸侯之居逼隘則王者遷其邑而定其居蓋去薄姑而遷於臨菑也箋祖者將行犯軷之祭也懷私爲每懷仲山甫犯軷而將行車馬業業然動衆行夫捷捷然至仲山甫則戒之曰既受君命當速行每人懷其私而相稽留將無所及於事彭彭行貌鏘鏘鳴聲以此車馬命仲山甫使行言其盛也○韓捷作倢者玉篇人部詩云征夫倢倢倢倢樂也陳喬樅云玉篇又云倢本亦作捷又案巷伯篇捷捷幡幡衆經音義十六引作倢倢幡幡據詩釋文云捷如字則毛詩他本無作倢倢者知元應所引亦皆爲韓詩之文可與此篇互相證也潛夫論三式篇引詩四牡彭彭四句詳見崧高篇明魯毛文同

四牡騤騤八鸞喈喈仲山甫徂齊式遄其歸吉甫作誦穆如清風仲山甫永懷以慰其心疏傳騤騤猶彭彭也喈喈猶鏘鏘也遄疾也言周之望仲山甫也清微之風化養萬物者也箋望之故欲其用是疾歸穆和也吉甫作此工歌之誦其調和人之性如清風之養萬物然仲山甫述職多所思而勞故述其美以慰安其心○漢書杜欽傳欽說王鳳曰昔仲山甫異姓之臣無親於宣就封於齊猶歎息永懷宿夜徘徊不忍遠去顏注引鄧展曰詩言仲山甫銜命往治齊城郭而韓詩以爲封於齊此誤耳晉灼曰韓詩誤而欽引之阿附權貴求容媚也此韓說以爲封齊王符潛夫論三式篇周宣王時輔相大臣以德佐治亦獲有國故尹吉甫作封頌二篇言申伯

仲山甫文德致昇平王封以樂土賜以盛服符學魯詩此魯說以爲封齊齊說無攷今文之學當同洪适隸釋載漢孟郁修堯廟碑仲氏祖統所出本繼於姬周之遺苗天生仲山甫翼佐中興宣平功遂受封於齊周道衰微失爵亡邦後嗣乖散各相土擇居因氏仲焉郁所學不知何家也釋詁齊遄速疾也郭注詩曰仲山甫徂齊說者以此齊爲訓疾陳喬樅云郭注蓋達下文式遄其歸如引伐柯伐柯其則不遠如彼雨雪先集維霰之類是證遄字訓疾之義傳寫者脫下句耳王氏詩總聞曰史記齊本封營邱至胡公始徙薄姑獻公殺胡公而徙臨菑則夷王時也再世而厲公暴虐胡公子入齊與齊人攻殺厲公胡公子亦死齊人乃立厲公子赤是爲文公誅殺厲公者七十人事在宣王之世築城之命疑在斯時蓋出定齊亂也置君戮叛之事疑出山甫方略史失紀耳愚案仲山甫本以輔佐大臣奉天子命徂齊蓋爲定亂而就封坐鎮亦事所有三家古說皆有師傳其籍既亡斷章隻義彌可寶貴若但以其與毛不符而貿焉置之是欲廣見聞而自蔽其耳目矣黃山云毛傳以仲山甫爲樊侯孔疏據杜預說經傳不見畿內之國稱侯男者天子不以此爵賜畿內也傳言樊侯不知何所案據今觀周語稱樊仲山甫樊穆仲晉語稱樊仲皆不曰侯張衡呂誅樊侯作輔此侯當是仲之說齊世家亦通無穆侯之謚夫周召分封三家猶以爲降稱二伯春秋書法亦惟曰伯曰子安得有侯毛說無稽雖孔亦不能爲之諱矣也馬瑞辰據周本紀正義引毛萇曰仲山甫樊穆仲謂張守節所見毛傳不作樊侯此誤以小毛注爲傳樊本蘇忿生田之一又名陽樊明係采邑孔於崧高篇據爲國名者謂畿內小國非指侯服之國也至仲山甫之所出何楷

等據爲周之同姓馬瑞辰歷舉左傳史記漢書諸證駁去之是矣至謂諸家言出於齊亦本韓詩封齊之誤則不過因毛詩不以申甫之甫爲仲山甫不欲從之非其實也案元于欽齊乘明言仲山甫太公之後潛夫論志氏姓亦謂仲山爲慶姓齊之慶氏爲齊同姓史傳可證合以張衡司徒呂公誄言呂而推及家職靡傾其爲齊族蓋無可疑正因本出於齊故宣王卽俾定齊亂魯說以此詩爲封頌之一則固堉爲封齊與崧高封謝一例矣不獨韓詩以爲封也惟于邑于謝所封亦止一邑續漢志謝城在南陽棘陽縣東北前漢志申國在南陽宛縣似謝舊亦申疆則仲山甫之封齊當卽取齊地以封之令鎭壓齊亂後遂爲慶氏所由起不必卽以之代齊也左隱十一年傳平王取鄭鄔劉蒍邘四邑之田而易之鄭不聞拒也僖四年傳齊桓公與鄭申伯以虎牢鄭亦不能拒也侯伯承王命尚得專諸侯之地取以與人西周王命尚行齊地固宣王所得主仲謚曰穆則其不終爲齊侯固可知矣蔡邕荅對元氏詩穆如清風王褒講德論吉甫歎宣王穆如清風列于大雅皆用魯詩與毛文同褒云吉甫歎宣王是魯詩序義與毛亦同也

烝民八章章八句

韓奕【疏】毛序尹吉甫美宣王也能錫命諸侯箋梁山於韓國之山最高大爲國之鎭所望祀焉故美大其貌奕奕然謂

之韓奕也梁山今左馮翊夏陽西北韓姬姓之國也後爲晉所滅故大夫韓氏以爲邑名焉幽王九年王室始騷鄭桓公問於史伯曰周衰其孰興乎對曰武實昭文之功文之祚盡武其嗣乎武王之子應韓不在其晉乎○三家無異義

奕奕梁山維禹甸之有倬其道〔注〕韓倬作晫云明也**韓侯受命王親命之纘戎祖考無廢朕命夙夜匪解虔共爾位朕命不易榦不庭方**〔注〕韓說曰榦正也**以佐戎辟**〔疏〕傳奕奕大也甸治也禹治梁山除水災宣王平大亂命諸侯有倬其道有倬然之道者也受命受命爲侯伯也戎大虔固共執也庭直也箋梁山之野堯時俱遭洪水禹甸之者決除其災使成平田貢賦於天子周有厲王之亂天下失職今有倬然者明復禹之功者韓侯受王命爲侯伯戎猶女也朕我也古之恭字或作共我之所命者勿改易不行當爲不直違失法度之方作楨榦而正之以佐助女君女君王自謂也○陳奐云書禹貢壺口治梁及岐漢書地理志左馮翊夏陽故少梁禹貢梁山在西北龍門山在北案梁山在今陝西同州府韓城縣西北郎漢縣夏陽地梁與龍門俱在河西二山比近禹隨山道河自東而西由壺口而龍門由梁而岐梁山治周都鎬京之北土盡咸狄野小雅信彼南山維禹甸之終南山在鎬京之南渭南之山旣治渭南之原隰亦得墾辟成耕兩詩立言義

同梁山在王畿東北交界處又爲韓侯歸國之所經故尹吉甫美宣王錫命韓侯章首卽以禹治梁山除水災比況宣王平大亂命諸侯與信南山以禹比曾孫成王者意正同也鄭據漢志梁山在夏陽西北誤以梁山爲韓國之山韓侯爲晉所滅之韓近儒能辨韓爲近燕之韓復據水經㶟水注水逕良鄉縣之北界歷梁山南爲此詩奕奕梁山之證則又誤梁山爲近燕矣梁自夏陽之梁山韓自北國之韓侯解者膠泥一處齟齬難通倬作晫云明也者釋文引韓詩文陳喬樅云毛詩作倬乃晫之通叚小雅倬彼甫田韓作菿釋詁菿大也廣雅晫明也菿訓大晫訓明各有本義而倬訓爲大貌則兼二義也晫與的音近義同聘禮匹馬卓上注云卓猶的也是又以卓爲晫之消借字韓侯受命者韓詩內傳曰諸侯世子三年喪畢上受爵命於天子䖀遁乃歸卽位何明嘗天子有也臣無自爵之義義禮正所以名之爲世子何言欲其世世不絕也酈虎陳喬樅云文選左思詠史詩李注引韓詩內傳曰所以爲世子何言世世不絕卽此傳之文陳奐云周禮九命作伯在外州者稱侯伯在王官者稱二伯其數則皆九命而侯伯統於天子八州八伯韓侯爲侯伯蓋作幽州伯也愚案前說韓侯以世子受爵命韓侯受命爲侯伯揉下幹不庭方而言或韓侯以世子來見受爵命天子嘉悅因而命爲侯伯其說亦通廣韻十九侯韓詩外傳曰周宣王大司馬韓侯子有賢德所稱韓侯子有賢德者當卽此傳以世子入覲嗣爲韓侯者也詩義可與瞻彼洛矣篇參看幹正也者文選西

京賦李注引薛君韓詩章句文陳喬樅云箋言作楨幹而正之是亦以幹爲正與韓同釋詁楨榦儀幹也楨榦或作楨幹楨幹皆正也廣雅釋詁幹正也易幹父之蠱虞翻注幹正也詩言幹不庭方庭直也謂正其不直違失法度之方也陳奐云方四方也榦不庭方言四方有不直者則正之侯伯得專征伐也

四牡奕奕孔脩且張韓侯入覲以其介圭入覲于王王錫韓侯〔注〕魯齊錫作賜**淑旂綏章簟茀錯衡玄袞赤舄鉤膺鏤錫鞹鞃淺幭鞗革金厄**〔疏〕傳脩長張大覲見也淑善也交龍爲旂綏大綏也錯衡文衡也鏤錫有金鏤其錫也鞹革也鞃軾中也淺虎皮淺毛也幭覆式也厄烏蠋也箋諸侯秋見天子曰覲韓侯乘長大之四牡奕奕然以時覲於宣王覲於宣王而奉享禮貢國所出之寶善其尊宣王以常職來也書曰黑水西河其貢璆琳琅玕此覲乃受命先言受命者顯其美也王爲韓侯以常職來朝享之故故多錫以厚之善旂旂之善色者也綏所引以登車有采章也簟茀漆簟以爲車蔽今之藩也鉤膺樊纓也眉上曰錫刻金飾之今當盧也鞗革謂轡也以金爲小環往往纏搤之○天子之圭大尺二寸謂之玠圭其諸侯命圭亦通稱介圭也此介圭旣其先世所執韓侯以世子入覲奉嗣爵之命亦得執之以覲於王而王復賜以多物也魯齊錫作

賜者北堂書鈔三十引韓詩曰諸侯有德天子錫之是韓作錫與毛同屨人鄭注引詩曰王賜韓侯禮注兼采三家韓既同毛則是魯齊錫作賜其義同也淑旂旂也綏章旗也出車采芑並言旂旐央央傳央央鮮明皃郎箋所謂善色矣公羊宣十二年傳注加文章曰旂釋文綏本又作緌禮明堂位夏后氏之綏鄭注綏當爲緌緌讀如冠蕤之蕤是緌爲正字矣今字通作綏綏章連文與六月帛茷連文同義茷與旆同章帛皆謂緣也以旆繼帛曰帛旆以緌繫於緣末加爲文章是曰綏章簟茀詳載驅篇錯衡詳采芑篇玄衮詳采叔篇屨人鄭注元衮赤舄舄有三等赤舄爲上冕服之舄則諸侯與王同亦魯齊義也齊韓鍚作錫者張衡東京賦鉤膺玉瓖又曰金鍐鏤鍚張君魯詩所用魯文也作鍚文與毛同說文鍚馬頭飾也詩曰鉤膺鏤鍚是鍚之省也魯既同毛則作鍚者蓋齊韓文陳奐云孔疏引說文云鞹革也獸皮治去其毛曰革鞟與鞹同既夕禮疏引毛傳鞹式中與幭覆式一例今字通作軾說文鞃車軾也詩曰鞹鞃淺幭讀若穹䪵會作車軾中靶奐謂靶當作鞔鞔即今之幫字穹與鞔聲義皆相近釋名鞹因與下輿相聯著也鞹鞃者以革幫車式中所謂鞹也小戎作茵又小戎傳云文虎皮此傳釋淺爲虎皮淺毛是淺與文同物也釋文幭本作幦曲禮素幦注或爲幂說文引作犬幦皆字異義同先儒謂之覆笭而此云覆式者蓋以幭爲式上所覆之皮與與笭當車前者異物禮玉藻禮不盛服不充故大裘不裼乘路車不式不式者無覆式也路車無覆式則非

路車有覆式可知傳意以此淺幭非路車之制故不以爲覆笭之幦而以覆式之皮言之解者直以式爲笭誤矣覆式曰軾虎幭者借稱耳愚案月令其蟲倮鄭注云虎豹之屬恒淺毛釋獸虎竊毛謂之虦貓郭注竊淺也說文亦云竊淺也故以此詩之淺爲虎皮淺毛馬瑞辰乃謂鹿毛最淺虎豹毛深不得名淺欲以鹿皮釋之引巾車藏藻車鹿淺幦玉藻大夫士齊車鹿幦爲證然必非天子錫命侯伯之物且雜訓禮注虎淺俱有明文似不必於此致疑也肇革詳蓼蕭篇金厄卽金軛之省馬瑞辰云說文軛轅耑也小爾雅衡軛也軛上者謂之烏啄胡承珙曰軛上疑軶下之譌釋名槅枙也所以枙牛頸也馬曰烏啄又馬頸似烏開口向下啄物時也啄噣古通用傳云烏噣卽小爾雅釋名所云烏啄噣釋文引沈音晝是也孔疏本譌作烏蠋遂引爾雅蚅烏蠋釋之誤矣又案衡爲横木所以横於輈前軶則以厄牛馬之頸烏啄又爲軶下兩邊叉馬頸者一名軥說文軥軶下曲者左傳服注軥車軶兩邊叉馬頸者是也是衡與軶異物軶與烏啄又異物而小爾雅以衡爲軶毛傳以厄爲烏噣者皆以相近遂移其名耳金厄謂於厄末爲金飾荀子禮論絲末彌龍所以養威也楊倞注彌如字又讀爲弭弭末也謂金飾衡軶之末爲龍首也續漢輿服志龍首銜軶卽詩所云金厄耳箋謂以金爲小環亦誤黃山云衡爲轅端横木軶卽就衡之兩耑爲之故考工記曰横任者五分其長以其一爲之圍鄭注横任謂兩軶之間也是中間爲衡兩耑爲軶矣軶淺不能又馬頸故又於軶

之兩邊設軥卽所謂烏啄左襄十四年傳射兩軥而還服注車軛兩邊叉馬頸者是烏啄雖向下仍著於軛上卽謂著於衡上亦可也分之爲三合之則仍以衡爲主小爾雅是以併言之金飾衡軛之末亦併言之矣末卽衡兩耑於兩耑爲龍首也若節節爲之必不牢固安能制馬乎

韓侯出祖出宿于屠顯父餞之清酒百壺其殽維何炰鼈鮮魚其蔌維何維筍及蒲其贈維何乘馬路車籩豆有且侯氏燕胥

【疏】傳屠地名也顯父有顯德者也蔌菜殽也筍竹也蒲蒲蒻也箋祖將去而犯軷也既覲而反國必祖者尊其所往去則如始行焉祖於國外畢乃出宿示行不留於是也顯父周之公卿也餞送之故有酒炰鼈以火熟之也鮮魚中膾者也筍竹萌也蒲深蒲也贈送也王既使顯父餞之又使送以車馬所以贈厚意也人君之車曰路車所駕之馬曰乘馬且多貌胥皆也諸侯在京師未去者於顯父餞之時皆來相與燕其籩豆且然榮其多也○風俗通義八案禮傳共工之子曰修好遠遊舟車所至足跡所達無不窮覽故記以爲祖神祖者徂也詩云韓侯出祖清酒百壺是其事也明魯毛文同陳奐云屠地名無攷說文左馮翊郃陽縣有鄺亭一作屠陽亭許不引詩鄺亭非卽屠地傳所云顯父有顯德逸周書成開本典篇並有顯父登德之文傳所

本也泉水傳祖而舍軷飲酒於其側曰餞重始有事於道也出祖飲餞雖是兩事總在一時祖而舍軷行者之事飲酒乃送行者之事即此清酒百壺是也黃山云此篇顯父蹶父同辭傳訓蹶父爲卿士而於顯父則曰有顯德者也蹶父即韓姞之父詩明言之矣顯父詩雖不詳然訓爲有顯德者是二字並非定名實大不倫箋訓周之公卿孔疏本公卿作卿士觀箋說侯氏燕胥謂諸侯在京師未去者於顯父餞之時皆來相與燕則指顯父爲餞送之主明謂是周卿士之一與傳訓蹶父同作公卿誤也如傳說本謂公卿有顯德者皆來餞疏失傳意亦說爲一人是以不言箋易傳耳胡承珙主傳說乃謂清酒百壺餞者必非一人夫百壺不過概言酒多喻餞送之盛爲侯氏燕胥作照胡豈謂人持一壺乎陳奐引逸周書謂爲傳所本而不敢究其說亦私毛也據逸周書成開篇五典一言父典祭二顯父登德三正父登過四譏父登失其五則闕五者皆官名盧文弨以言父爲宗伯顯父爲司徒正父爲司馬譏父爲師氏保氏闕者爲司空本典篇顯父登德德降則信信則民寧其文即同成開篇是顯父實爲一官非所謂有顯德者矣若竟就官論既非毛恉仍與蹶父岐不如從箋作卿士爲愈也蔌與殽對文謂菜茹也筍與蒲皆萌生而未出地者淮安人取以供客味極鮮美御覽八百五十九引鄭易注作其餗惟何餗蔌古通維作惟蓋本齊詩說文無蔌餗即鬻之重文鬻下云鼎實惟葦及蒲段注此有脫當云詩曰其鬻惟何惟葦及蒲是筍許亦作葦皆齊韓異字說

文葦大葭也釋草葭蘆菼薍其萌虇郭注葭蘆葦也今江東呼蘆筍爲虇案蘆筍即今之茭菜俗亦呼茭菰

韓侯取妻汾王之甥蹶父之子韓侯迎止于蹶之里百兩彭彭八鸞鏘鏘不顯其光諸娣從之〔注〕魯諸作姪祁祁如雲韓侯顧之爛其盈門〔疏〕傳汾大也蹶父卿士也里邑也祁祁徐靚也如雲言衆多也諸侯一取九女二國媵之諸娣衆妾也顧之曲顧道義也箋汾王厲王也厲王流于彘彘在汾水之上故時人因以號之猶言莒郊公黎比公也姊妹之子爲甥王之甥卿士之子言尊貴也于蹶之里蹶父之里百兩百乘不顯顯也光猶榮也氣有榮光也媵者必娣姪從之獨言娣者舉其貴者爛爛粲然鮮明且衆多之貌○漢書人表韓侯蹶父亦周宣王列上之下齊說也云韓侯迎止者足證諸侯親迎至宣王時禮尚不廢魯諸作姪姪者白虎通嫁娶篇天子諸侯一娶九女者重國廣繼嗣也春秋公羊傳曰諸侯娶一國則二國往媵之以姪娣從謂之姪者兄之子也娣者女弟也必一娶何爲其棄德嗜色故一娶而已人君無再娶之義也備姪娣從者爲其必不相嫉妬也一人有子三人共之若已生之也不娶兩娣何博異氣也娶三國女何廣異類也恐一國血氣相似俱無子也姪娣年雖少猶從適人者明人君無再娶之義也還待年於父母之國未任荅君子也詩云姪娣從之祁祁如雲韓侯顧之爛其

盈門是魯詩作姪娣士昏禮鄭注從者謂姪娣詩
諸娣從之祁祁如雲是齊詩仍作諸娣與毛同

蹶父孔武靡國不到爲韓姞相攸莫如韓樂孔樂韓土川澤訏訏魴鱮甫甫【注】齊甫作詡**麀鹿噳噳有熊有羆有貓有虎慶既令居韓姞燕譽**【疏】傳姞蹶父姓也訏訏大也甫甫然大也噳噳然衆也貓似虎淺毛者也箋相視攸所也蹶父甚武健爲王使於天下國國皆至爲其女韓侯夫人姞氏視其所居韓國最樂甚樂矣韓之國土也川澤寬大衆魚禽獸備有言饒富也慶善也蹶父既善韓之國土使韓姞嫁焉而居之韓姞則安之盡其婦道有顯譽○易林井之需大夫祈父无地不涉爲吾相土莫如韓樂可以居止長安富有同人之需同陳喬樅云易林言大夫祈父者蓋蹶父爲司馬之官書稱司馬亦曰圻父圻祈古通詩祈父予王之爪牙毛傳祈父司馬也司馬掌甲兵征伐之事故言孔武愚案易林齊說无地不涉卽詩之靡國不到也齊甫作詡者離之中孚云魴鱮詡詡利來無憂詡甫同音通用廣雅釋訓云詡詡大也卽用齊義說文吁驚語也詩吁亦作于方言芋大也訏大也注芋猶訏也說文芋下云大葉實根駭人故謂之芋也抑傳云訏大也韓土川澤之大見之驚人故以訏訏狀之而訓爲大也御覽引詩川澤滸滸詡滸雙聲通用蓋亦三家異文左成九年傳季文子如宋致女復命公

享之賦韓奕之五章取慶居燕譽之義也譽豫通言安樂也詳蓼蕭篇

溥彼韓城燕師所完以先祖受命因時百蠻王錫韓侯其追其貊奄受北國因以其伯實墉實壑實畝實籍獻其貔皮赤豹黃羆

〔疏〕傳師衆也韓侯之先祖武王之子也因時百蠻長是蠻服之百國也追貊戎狄國也奄撫也實墉實壑言高其城深其壑也貔猛獸也追貊之國來貢而侯伯總領之箋溥大燕安也大矣彼韓國之城乃古平安時衆民之所築完韓侯先祖有功德者受先王之命封爲韓侯居韓城爲侯伯其州界外接蠻服因見使時節百蠻貢獻之往來後君微弱用失其業今王以韓侯先祖之事如是而韓侯賢故於入覲使復其先祖之舊職賜之蠻服追貊之戎狄令撫柔其所受王畿北面之國因以其先祖侯伯之事盡予之皆美其爲人子孫能興復先祖之功其後追也貊也爲玁狁所偪稍稍東遷實當作寔趙魏之東實寔同聲寔是也籍稅也韓侯之先祖微弱所伯之國多滅絕今復舊職興滅國繼絕世故築治是城濬修是壑井牧是田畝收斂是賦稅使如故常○潛夫論志氏姓篇昔周宣王亦有韓侯其國也近燕故詩曰溥彼韓城燕師所完又五德志篇韓武之穆也是武穆之韓近燕魯說如此箋訓燕爲安非也水經注聖水篇聖水東逕方城縣故城又東南逕韓城東今固安縣有方城

村卽是漢縣韓侯城近在其地與河東姬姓爲晉所滅之韓確爲二地箋合爲一誤也追未聞貊在遼東漢魏之間見於史志其後無考當韓侯總領時尙是北方中較著之戎狄大國詩言此者見宣王能用賢臣而韓侯之世濟其美爲無忝光榮也

韓奕六章章十二句

江漢【疏】毛序尹吉甫美宣王也能興衰撥亂命召公平淮夷箋召公召穆公也名虎○三家無異義

江漢浮浮【注】魯浮浮作陶**武夫滔滔**【注】韓說曰武夫滔滔衆至大也**匪安匪遊淮夷來求既出我車既設我旟匪安匪舒淮夷來鋪**【疏】傳浮浮衆彊貌滔滔廣大貌淮夷東國在淮浦而夷行也水上命將率遣士衆使循流而下滔滔然其順王命而行非敢是斯須自安也非敢斯須遊止也王爲來求淮夷所處據至其境故言來車戎車也鳥隼曰旟兵至境而期戰地其自出戎車建旟又不自安不舒行者主爲來伐討淮夷也據至戰地故又言來○魯浮作陶者風俗通義十江出蜀郡湔流西徼外㟭山入海詩云江漢陶陶陳喬樅云陶陶當訓爲盛長貌楚詞懷沙篇陶陶孟夏兮注陶陶盛陽皃又哀歲篇冬夜兮陶陶注陶陶長皃詩言江漢陶陶謂其流盛而長也陶與下句滔韻武夫至大

也孔疏引侯苞韓詩翼要文引經明韓毛文同孔云下云武夫洸洸與此滔滔相類傳以洸洸爲武貌則此言滔滔廣大者亦謂武夫之多大故侯苞云衆至大也馬瑞辰云左文十二年傳趙穿曰裹糧坐甲固敵是求宣十二年傳趙同曰率師以來惟敵是求並與詩來求義相同方言廣雅並云鋪止也是鋪謂止其地

江漢湯湯武夫洸洸〔注〕魯洸作僙齊作潢韓作趪**經營四方告成于王四方既平王國庶定時靡有爭王心載寧**〔疏〕傳洸洸武貌箋召公既受命伐淮夷服之復經營四方之叛國從而伐之克勝則使傳遽告功於王庶幸時是也載之言則也召公忠臣順於王命此述其志也○魯洸作僙齊作潢韓作趪者釋訓洸洸赳赳武也釋文樊光本洸洸作僙僙是作洸乃順毛所改此魯作僙郝懿行云聲借之字古無正體即僙亦或體是也鹽鐵論繇役篇詩云武夫潢潢經營四方故飭四境所以安中國也桓習齊詩是齊作潢又玉篇走部趪趪武貌郝云趪趪與赳赳字俱从走玉篇似近之玉篇所據爲韓詩是韓作趪樂記橫以立武橫古音與光同其字亦通黃从芡聲芡古光字也故从黃之字或變从光說文兕觵之觵俗文作觥釋言桄充亦作橫充皆其證法言孝至篇武義璜璜兵征四方疑僙僙轉寫之誤

江漢之滸王命召虎式辟四方〔注〕韓詩曰式辟四方韓說曰辟除也徹我疆土匪疚匪棘王國來極于疆于理至于南海〔疏〕〔傳〕召虎召穆公也箋滸水涯也式法疚病棘急極中也王於江漢之水上命召公使以王法征伐開辟四方治我疆界於天下非可以兵病害之也非可以兵急操切之也使來於王國受政教之中正而已齊桓公經陳鄭之間及伐北戎則違此言者于往也于於也（釋文于疆句下于釋至句阮校以于於爲衍誤）召公於有叛戾之國則往正其境界修其分理周行四方至於南海而功大成事終也○楊雄揚州牧箴江漢之滸高誘呂覽適威篇注虎宣王臣詩曰王命召虎式辟四方徹我疆土明魯毛文同式辟至除也眾經音義十三引韓詩文文選司馬相如上林賦李注引作薜君韓詩章句式辟四方謂以王法開除四方之叛戾者

王命召虎來旬來宣文武受命召公維翰無曰予小子召公是似肇敏戎公用錫爾祉〔疏〕〔傳〕旬偏也召公召康公也似嗣肇謀敏疾戎大公事也箋來勤也旬當作營宣偏也召康公名奭召虎之始祖也王命召虎女勤勞於經營四方勤勞於偏疆理眾國昔文王武王受命召康公爲之楨榦之臣以正天下爲虎之勤勞故述其祖之功以勸之戎猶女也女無自減損曰我小子耳女之所爲乃嗣女先祖召康公之

功今謀女之事乃有斂德我用是故將賜女福慶也王爲虎之志大謙故進之云爾○馬瑞辰云旬通作徇廣雅徇巡也白虎通巡狩者徇也又云三年二伯出述職古者以二伯出述職代天子巡視邦國來旬來宣正其事也鴻雁傳宣示也是來旬爲巡視之徧來宣爲宣布之徧故爾雅同訓爲徧來亦語詞之是猶云是旬是宣箋訓爲勤失之白虎通王者不臣篇子得爲父臣者不遺善之義也詩云文武受命召公維翰召公文王子也愚案史記燕世家云召公周同姓是魯詩家不以爲文王子論衡氣壽篇云邵公周公之兄也至康王時尚爲太保出入百有餘歲矣王充以召公爲文王子與白虎通合蓋魯家別解陳奐云似訓嗣嗣猶繼也韓詩外傳云傳曰予小子使爾繼邵公之後受命者必以其祖命之韓意釋詩予小子爲宣王自謂言耳無以予小子之故不足上繼文武惟爾祖召公之是嗣也召伯之教明於南國穆公能疆理南海即是繼康公之事肇長也者釋文引韓詩文陳喬樅云商頌元鳥上言正域彼四海下云肇域彼四海則肇猶正也胡承珙曰韓以肇訓長承上召公是似而言謂祖孫相繼長有此功但肇之爲長不見所出喬樅謂齊語轉本肇木注肇正也正與長同義釋詁正長也斯干篇噲噲其正傳正長也肇之爲長亦訓詁展轉相通之義也

釐爾圭瓚秬鬯一卣告于文人錫山土田于周受命自召祖命

虎拜稽首天子萬年〔疏〕傳釐賜也秬黑黍也鬯香草也築煮合
文人文德之人諸侯有大功德賜之名山土田附庸箋秬鬯黑
黍酒也謂之鬯者芬香條鬯也王賜召虎以鬯酒一罇使以祭
其宗廟告其先祖諸有德美見記者周岐周也自用也宣王欲
尊顯召虎故如岐周使虎受山川土田之賜命用其祖召康公
受封之禮岐周周之所起爲其先祖之靈故就之拜稽首者受
王命策書也臣受恩無可以報謝者稱言使君壽考而已○白
虎通攷黜篇王制曰賜圭瓚然後爲暢未賜者資暢於天子秬
者黑黍一稃二米鬯者以百草之香鬱金合而釀之成爲鬯玉
瓚者器名也所以灌鬯之器也以圭飾其柄灌鬯貴玉器也韓
詩外傳八傳曰諸侯之有德天子錫之一錫車馬二錫衣服三
錫虎賁四錫樂器五錫納陛六錫朱戶七錫弓矢八錫鈇
鉞九錫秬鬯詩曰釐爾圭瓚秬鬯一卣引詩明韓毛文同

虎拜稽首對揚王休作召公考天子萬壽明明天子令聞不已
矢其文德洽此四國〔注〕齊矢作弛洽作協〔疏〕傳對遂考成矢施
爲也虎既拜而荅王策命之時稱揚王之德美君臣之言宜相
成也王命召虎用召祖命故虎對王亦爲召康公受王命之時
對成王命之辭謂如其所言也如其所言者天子萬壽以下是
也○孔疏釋云對成王命之辭謂對王命舊事成辭胡承珙云

以成爲成辭未免迂曲嚴粲曰成者毀之對謂不毀墜康公之休功范家相曰此章言報君之事召虎何以報上惟荅揚王之休命作召公已成之事業是乃報上之實事業既成惟祝天子壽考萬年以享其成此忠臣孝子之心也明明天子以下則因以進戒耳二說文義較明順韓詩外傳五三代之王也必先其令名詩曰明明天子令聞不已矣其文德洽此四國此文王之德也曹植責躬詩亦引詩明明天子明韓毛文同王念孫云明勉一聲之轉故古多謂勉爲明重言之則曰明明爾雅亹亹勉也禮器鄭注亹亹猶勉勉也亹亹勉勉明明亦一聲之轉明明天子令聞不已猶言亹亹文王令聞不已也齊矢作弛洽作協者傳矢弛也本釋詁各本作施宋本作弛禮孔子閒居繁露竹林皆引詩弛其文德協此四國是齊詩如此弛者寬緩之意以文德柔四國之民則四國皆有順心既以武功定之卽以文德柔之此一張一弛之義也洽讀爲協洽協聲同

江漢六章章八句

常武〔疏〕毛序召穆公美宣王也有常德以立武事因以爲戒然箋戒者王舒保作匪紹匪遊徐方繹騷○三家無異義

赫赫明明王命卿士南仲大祖大師皇父整我六師以脩我戎

既敬既戒惠此南國〔疏〕傳赫赫然盛也明明然察也王命南仲於大祖皇父爲大師箋南仲文王時武

臣也顯著乎昭察乎宣王之命卿士爲大將也乃用其以南仲爲大祖者今大師皇父是也使之整齊六軍之衆治其兵甲之事命將必本其祖者因有世功於是尤顯大師者公兼官也敬之言警也警戒六軍之衆以惠淮浦之旁國謂敕以無暴掠爲之害也每軍各有將中軍之將尊也○釋文赫火百反字又作爀薔赫字兼有郝音讀爲合郎與壑同淮南原道訓高注壑讀赫赫明明之赫高意郎以合音爲赫之正讀據此亦知魯毛文同古人錫命必於廟白虎通爵篇封諸侯於廟者示不自專也明法度皆祖之制也詩云王命卿士南仲大祖又引禮祭統古者人君爵有德於大祖潛夫論敘錄蠻夷猾夏古今所患宣王中興南仲征邊史記亦言南仲翊宣王時皆魯說也漢書人表有南中次周宣王世列上下即南仲此齊說也如文王時更有南仲焉班豈容知而不載明出毛傳臆說別無憑證衆所不信鄭珊皇父以南仲爲大祖之解欲以成文王時別有南仲之曲說而不知無益於毛自取排擊也皇父並命亦在大祖之廟故以大祖之文處其中句例多如此南仲爲將皇父監軍王肅所說情事或然夏官注既儆既戒與毛作敬異陳喬樅云箋敬之言警也警與儆義同蓋三家今文並作儆字揚雄趙充國頌整我六師用魯經文

王謂尹氏命程伯休父左右陳行戒我師旅率彼淮浦省此徐

士不留不處三事就緒〔疏〕傳尹氏掌命卿士程伯休父始命爲大司馬涖淮也誅其君弔其民爲之立三有事之臣箋尹氏天子世大夫也率循也王使大夫尹氏策命程伯休父於軍將行治兵之時使其士衆左右陳列而勅戒之使循彼淮浦之旁省視徐國之土地叛逆者軍禮司馬掌其誓戒緒業也王又使軍將豫告淮浦徐土之民云不久處於是也女三農之事皆就其業爲其驚怖先以言安之○孔疏此時尹氏當是尹吉甫也下至春秋之世天子大夫每有尹氏見於經傳馬瑞辰以爲據竹書紀年幽王元年王錫大師尹氏皇父命則皇父實爲尹氏卽二章所云王謂尹氏也陳奐云尹氏爲掌命卿士之官猶師氏保氏旅賁氏虎賁氏官皆稱氏書大誥肆予告我友邦君越尹氏庶士御事義爾邦君越爾多士尹氏御事孔疏云尹氏卽官也逸周書和寤武寤篇尹氏八士卽周禮序官大史小史中士八人也左傳尹氏以官爲族而與尹氏爲大史者不同解之者概以尹氏爲周族大夫失之愚案陳說較合孔疏以爲吉甫固未必然馬氏據竹書大師尹氏皇父之文以駁箋南仲說誤竹書安可據耶史記太史公自序重黎氏世序天地其在周程伯休父其後也當周宣王時失其官守而爲司馬氏潛夫論志氏姓篇重黎氏世序天地别其分主以歷三代而封於程其在周爲宣王大司馬詩云王謂尹氏命程伯休父此魯説漢書人表程伯休父次宣王世列上下此齊説據魯說休父爲司馬在宣王世其失官守亦在宣王世程國伯

爵休父名也續漢郡國志雒陽有上程聚古程伯休父之國韋昭以爲失天地之官疑非若失天地之官而尚爲司馬不得即以司馬命氏也休父是名如魯季孫行父晉荀林父之比胡承珙云周禮止言三農不言三事以三事爲官稱則詩書皆有明文立政三事農事就緒已在其中從傳義爲合

赫赫業業有嚴天子王舒保作匪紹匪遊徐方繹騷震驚徐方如雷如霆徐方震驚疏傳赫赫然盛也業業然動也嚴然而威遊也繹陳騷動也箋作行也紹緩也繹當作驛王之軍行其貌赫赫業業然有尊嚴於天子之威謂聞見者莫不憚之王舒安謂軍行三十里亦非解緩也亦非敖遊也徐國傳遽之驛見之知王兵必克馳走以相恐動震動也驛馳走相恐懼以驚動徐國如雷霆之恐怖人然徐國則驚動而將服罪○馬瑞辰云括地志泗州徐城縣今徐城鎭在臨淮鎭北三十里有故徐城號大徐城周十一里中有偃王廟故徐國也元和志周穆王時徐王偃好行仁義東夷歸之者四十餘國穆王發楚師大破之殺偃王其子北徙彭城原東山下山在下邳縣界續漢志下邳國云徐本國宣王伐徐在穆王克徐以後即下邳縣界之徐也下文濯征徐國孔疏言此徐當在徐州之地未必即春秋徐子之國失之漢書敘傳王師雷起霆擊朔野用齊經文胡承珙云王

師將至徐方必有陳兵守隘之處見王師而畏懼故有擾動之意王於是因其擾動而震驚之以如雷如霆之威而徐方遂不勝其震驚耳

王奮厥武如震如怒進厥虎臣闞如虓虎鋪敦淮濆〔注〕韓鋪作敷云大也敦云迫齊鋪敦亦作敦彼仍執醜虜截彼淮浦王師之所〔疏〕傳虎之自怒虓然濆涯仍就虜服也截治也箋進前也其色前其虎臣之將闞然如虎之怒陳屯其兵於淮水大防之上以臨敵就執其衆之降服者也治淮之旁國有罪者就王師而斷之○漢書敘傳虎臣之俊用齊經文蔡邕集太尉橋公碑威壯虓虎班固賓戲七雄虓闞是魯齊皆作虓所用經文與毛同服虔通俗文曰虎聲謂之哮文選七啟哮闞之獸李注哮與虓同風俗通義二詩美南仲闞如哮虎應劭習魯詩當是魯亦作本鋪作至云迫釋文引韓詩文陳啟源云大迫淮濆與濯征徐國文義相類陳喬樅云韓釋敷爲大者呂覽求人篇高注以榑木爲大木足證此敷字亦有大義也愚案說文敷㪚也从攴尃聲尃布也从寸甫聲是尃卽敷布之本字釋詁甫溥均大也則尃亦有大義明矣溥敷榑均尃聲又可互證也敷訓㪚經典引申訓布訓陳陳布則其象爲大與肆訓陳卽訓大例同後漢

馮緄傳詔策緄曰詩不云乎進厥虎臣闞如虓虎敷敦淮濆仍
執醜虜李注布兵敦逼淮水之涯因執得醜虜逼迫義同鋪雖
作敷而不釋爲大不與韓合鋪敦作敦彼者說文濆下引詩
敦彼淮濆彼爲語詞則敦兼屯迫二義疑亦齊詩之異文

王旅嘽嘽〔注〕齊旅作師嘽作驒**如飛如翰如江如漢如山之苞**
如川之流緜緜翼翼〔注〕韓緜作民**不測不克濯征徐國**〔疏〕傳嘽嘽然
盛也疾如飛摯如翰苞本也緜緜靚也翼翼敬也濯大也箋嘽
嘽閒暇有餘力之貌其行疾自發舉如鳥之飛也翰其中豪俊
也江漢以喻盛大也山本以喻不可驚動也川流以喻不可禦
也王兵安靚且皆敬其勢不可測度不可攻勝既服淮浦矣今
又以大征徐國言必勝也○齊旅作師嘽作驒者漢書敘傳王
師驒驒鄭氏曰驒驒盛也陳喬樅云此即王旅嘽嘽之異文顔
注訊鄭爲非轉引四牡驒驒駱馬爲解誤矣黄山云顔注駁鄭
引四牡驒驒爲喘息之貌說文嘽喘息也引詩嘽嘽駱馬是四
牡正以嘽爲本字此傳訓嘽爲盛乃借字矣惟顔駁鄭說而不
改字知齊詩兩嘽皆作驒韓緜作民者釋文云緜如字韓詩作
民民同謂其訓民民爲靚也韓詩外傳八齊景公謂子貢曰先
生何師章末引詩曰綿綿翼翼不測不克陳喬樅云今外傳同
毛詩作緜誤當據釋文訂正馬瑞辰云緜緍雙聲通用故詩緜
蠻黄鳥一作緍蠻韓綿綿作民民亦以雙聲叚借至傳訓緜緜

爲靚者靚卽靜字靜卽密也釋詁密靜也緜蠻雙聲字故訓爲靜猶言密也文選洛神賦注緜緜密意也與毛同義喬樅案漢書賈誼傳澹乎若深淵之靚注靚與靜同又外戚傳神眇眇兮密靚處以密與靚連言足證靚之本有密義矣

王猶允塞徐方既來〔注〕齊來作倈**徐方既同天子之功四方既平徐方來庭徐方不回王曰還歸**〔疏〕傳猶謀也來庭來王庭也箋猶尚允信也王重兵兵雖臨之尚守信自實滿兵未陳而徐國已來告服所謂善戰者不陳同猶違也還歸振旅也○齊來作倈者漢書景武昭宣元成功臣表詩云徐方既倈許其慕諸夏也顏注倈古來字漢書嚴助傳詩云王猷允塞徐方既倈言王道甚大而遠方懷之也新序雜事四夫不降席而匡天下者求之己也孔子曰其身正不令而行其身不正雖令不從先王之所以拱揖指揮而四海賓者誠德之至已形於外故詩云王猷允塞徐方既倈此之謂也言王道誠信充實遠人自服古書猶字犬旁不分左右然魯韓經文皆作猷不作猶與箋訓猶爲尚義異荀子君道篇議兵篇並引王猷允塞二句非相篇引徐方既同天子之功皆此意以上魯說韓詩外傳六事强暴之國難章勇士一呼而三軍避章趙簡子薨而未葬章並引王猷允塞二句明魯韓文與毛同漢書敘傳龍荒幕朔莫不來庭用齊經文

常武六章章八句

瞻卬【疏】毛序凡伯刺幽王大壞也箋凡伯天子大夫也春秋魯隱公七年冬天王使凡伯來聘○三家無異義

瞻卬昊天則不我惠孔填不寧降此大厲邦靡有定士民其瘵蟊賊蟊疾靡有夷屆罪罟不收靡有夷瘳【疏】傳昊天斥王也塡久厲惡也瘵病夷常也罪罟設罪以爲罟瘳愈也箋惠愛也仰視幽王爲政則不愛我下民甚久矣天下不安王乃下此大惡以敗亂之屆極也天下騷擾邦國無有安定者士卒與民皆勞病其爲殘酷痛病於民如蟊賊之害禾稼然爲之無常亦無止息時施刑罪以羅網天下而不收斂爲之亦無常無止息時此自王所下大惡○孔疏蟊賊者害禾稼之蟲蟊疾是害禾稼之狀言王之害民如蟲之害稼故比之也易林離之萃苛政日作螟食華葉割下啖上民被其賊以蟲比苛政與詩意同此齊家說

人有土田女反有之人有民人女覆奪之此宜無罪女反收之彼宜有罪女覆說之【疏】傳收拘收也說赦也箋此言王削黜諸侯及卿大夫無罪者覆猶反也○後漢劉瑜傳瑜曰人無罪而覆入之是女反收之三家詩當作女覆入之其義同也王符傳云天下本以民不能相治故爲立王者

以統治之在於奉天威命共行賞罰故詩刺彼宜有罪女反脫之潛夫論述赦篇同覆卽反也上四句反覆互易知下四句反覆亦當互易觀符傳女反脫之則上二句反收之爲覆入確爲引三家詩無疑

哲夫成城哲婦傾城懿厥哲婦爲梟爲鴟婦有長舌維厲之階亂匪降自天生自婦人匪教匪誨時維婦寺

〔注〕魯哲或作悊維作惟

〔疏〕傳哲知也寺近也箋哲謂多謀慮也城猶國也丈夫陽也陽動故多謀慮則成國婦人陰也陰靜故多謀慮乃亂國懿有所痛傷之聲也厥其也其幽王也梟鴟聲之鳥喻褒姒之言無善長舌喻多言語是王降大厲之階階所由上下也今王之有此亂政非從天而下但從婦人出耳又非有人教王爲亂語王爲惡者是惟近愛婦人用其言故也○懿抑聲近通借抑詩國語讀爲懿是也魯哲或作悊維作惟者釋言哲智也此魯說文義同毛列女夏桀末喜傳引詩懿厥悊婦爲梟爲鴟晉獻驪姬傳引婦有長舌惟厲之階魯桓文姜傳引亂匪降自天生自婦人齊靈聲姬傳引匪教匪誨時惟婦寺皆魯經文此哲作悊維作惟又漢書谷永傳永疏引懿厥悊婦爲梟爲鴟匪降自天生自婦人四語亦用魯詩哲作悊匪上奪亂字顏注有言此禍亂其明證也說文哲知也从口折聲悊或从心是哲悊仍一字梟鴟者陳奐云說文梟不孝鳥也雖雖也籀文作鴟凡

鴟類甚多說文舊雖舊字或作鵂此卽爾雅怪鴟也文選演連珠李注引淮南子主術篇云鴟夜撮蚤察分毫末晝出瞋目而不見丘山高誘曰鴟鵂謂之老菟史記賈誼傳鸞鳳伏竄兮鴟梟翱翔是也

鞫人忮忒譖始竟背豈曰不極伊胡爲慝（注）三家忮作伎韓慝作嫕云悅也

如賈三倍君子是識婦無公事休其蠶織（疏）傳忮害忒變也休息也婦人無與外政雖王后猶以蠶織爲事古者天子爲藉千畝冕而朱紘躬秉耒諸侯爲藉百畝冕而靑紘躬秉耒以事天地山川社稷先古敬之至也天子諸侯必有公桑蠶室近川而爲之築宮仞有三尺棘牆而外閉之及大昕之朝君皮弁素積卜三宮之夫人世婦之吉者使入蠶于蠶室奉種浴于川桑于公桑風戾以食之歲旣單矣世婦卒蠶奉繭以示于君遂獻繭于夫人夫人曰此所以爲君服與遂副褘而受之少牢以禮之及良日后夫人繅三盆手遂布于三宮夫人世婦之吉者使繅遂朱綠之玄黃之以爲黼黻文章服旣成矣君服之以祀先王先公敬之至也箋鞫窮也譖不信也竟猶終也胡何慝惡也婦人之長舌者多謀慮好窮屈人之語忮害轉化其言無常始於不信終於背違人豈謂其是不得中乎反云維我言何用爲惡不信也識知也賈物而有三倍之利者小人所宜知也君子反知之非其宜也今婦人休其蠶桑織紝之職而與朝廷之事其爲非宜亦猶是也

孔子曰君子喻於義小人喻於利○三家忮作伎者說文伎與也詩曰籍人伎忒籍卽鞫之重文伎忒謂窮人之言與爲變更文義異毛當本三家韓懕作嬺云悅也者文選宋玉神女賦澹清靜其愔嬺李注引韓詩曰嬺悅也陳壽祺云宋本嬺作嫕當是伊胡爲嬺之注陳喬樅云王襃洞簫賦清靜厭瘱瘱厭瘱與愔嬺同並當訓爲和悅漢書外戚傳婉瘱有節操張華女史箴婉嬺淑愼李注引漢書亦作婉嬺並引服虔注曰嬺音翳桑之翳又引列女傳曹大家注曰婉柔和也嬺深邃也是瘱字亦作嬺嬺與嬺形似或卽以爲嬺字耳繹韓詩之意以長舌之婦始則譖訴終則背違此其忮害豈曰不極至乎胡爲悅之惟婦言是用義較明順不似箋之費周折也愚案陳說是君子謂居上位之人卽指幽王言以商賈之事而君子親之刺其不問政事惟營財利也蠶織之務而哲婦罷之刺其罔知婦德干預朝政也列女魯季敬姜傳引詩曰婦無公事休其蠶織言婦人以蠶織爲公事者也休之非禮也此魯說

天何以刺何神不富舍爾介狄〔注〕三家狄作逖**維予胥忌不弔不祥威儀不類人之云亡邦國殄瘁**〔疏〕傳刺責富福狄遠忌怨介甲也王之爲政既無過惡天何以責王見變異乎神何以不福王而有災害也王不念此而改修德乃舍女被甲夷狄來侵犯中國者反與我相怨謂其疾怨羣臣叛違也弔至也王之爲政德不至於天矣不能致徵祥於神矣威儀又不善於朝廷矣

賢人皆言奔亡則天下邦國將盡困窮○天之降責乃有變異而日食星隕山崩川竭者何神之降福乃無災害而水旱蟲螟霜雹疫癘者何王遘此凶災不思修德反舍爾大者遠者不務而惟我國之賢者是忌乎三家狄作逖者說文逖遠也集韻引說文有詩曰舍爾介逖王氏詩攷因之明許正字毛借字王肅云舍爾大道遠慮反與我賢者怨乎義與此合也惟其不善更致不祥王傲惰不修威儀望之不似人君方以爲有恃無恐也不知賢人既亡邦國亦從茲殄瘁矣王何以爲國乎左文六年襄二十六年傳幷引詩云人之云亡邦國殄瘁無善人之謂是也韓詩外傳六易曰困於石章引詩說同明韓毛文同漢書王莽傳引邦國殄顇瘁作顇亦三家異字

天之降罔維其優矣人之云亡心之憂矣天之降罔維其幾矣人之云亡心之悲矣疏傳優渥也幾危也箋優寬也天下羅罔不指加罰於其身疾王爲惡之甚賢者奔亡則人心無不憂幾近也言災異譴告離人身近愚者不能覺○天之降罔甚優寬也尚未裁及王身而賢人云亡則國是無與挽回可憂孰甚天之降罔甚幾危也或冀王之改悔而賢人云亡則國勢將終不振我悲更深此及上章天字皆言天不斥主

觱沸檻泉，維其深矣。心之憂矣，寧自今矣。〔注〕魯「今」作「全」。不自我先，不自我後。藐藐昊天，無不克鞏。無忝皇祖，式救爾後。〔注〕魯「皇」作「爾」，「後」作「訛」。〔疏〕傳：「藐藐，大貌。鞏，固也。」箋：「檻泉正出，涌出也。觱沸其貌，涌泉之源，所由者深，喻己憂所從來久也。惡政不先己，不後己，怪何故正當之。藐藐，美也。王者有美德藐藐然，無不能自堅固於其位者，微箴之也。式，用也。後謂子孫也。」○彼觱沸然正出之檻泉，其來源固甚深矣。我此心之憂，一如泉源之深，固不始自今矣。「魯今作全」者，列女嚴延年母傳引詩云「心之憂矣，寧自全矣」。以本詩之義推之，言遘此惡政，不能不出於諷諫，甯肯專爲自全地乎？但惡政之興，何以不在我先，何以不在我後，適於我身遇之也。我王果有君人之德，藐藐然可以比美昊天，無不能鞏固爾位之理。今縱不爲一身計，亦當思無辱皇祖，用救爾後世子孫耳。「魯皇作爾，後作訛」者，列女晉范氏母傳引詩曰「無忝爾祖，式救爾訛」。訛、譌字通。釋詁注：「世以妖言爲訛。」當日檿弧箕服，實亡周國之訛言，偏於一國，褒姒事實，無不知之，故況其修德禳災，無辱爾祖，以挽救前此亡國之訛言也。韓詩外傳六孟子說齊宣王章引詩「不自我先，不自我後」，明韓、毛文同。

瞻卬七章，三章章十句，四章章八句。

召旻〔疏〕毛序凡伯刺幽王大壞也旻閔也閔天下無如召公之臣也箋旻病也○三家無異義

旻天疾威天篤降喪瘨我饑饉民卒流亡我居圉卒荒〔注〕韓圉作御〔疏〕傳圉垂也箋天斥王也疾猶急也瘨病也病乎幽王之爲政也急行暴虐之法厚下喪亂之教謂重賦稅也病國中以饑饉令民盡流移荒虛也國中至邊竟以此故盡空虛○瘨我饑饉與雲漢篇瘨我以旱句義同韓詩外傳六威有三術章引詩旻天疾威四句明韓毛文同韓圉作御者外傳八一穀不升謂之鎌二穀不升謂之饑三穀不升謂之饉四穀不升謂之荒五穀不升謂之大侵大侵之禮君食不兼味臺榭不飾道路不除百官補而不制鬼神禱而不祠此大侵之禮也詩曰我居御卒荒此之謂也言大荒之年所居所御盡爲之變與毛訓義全異

天降罪罟蟊賊內訌昏椓靡共潰潰回遹實靖夷我邦〔疏〕傳訌潰也椓天椓也靖謀夷平也箋訌爭訟相陷入之言也王施刑罪以羅罔天下衆爲殘酷之人雖外以害人又自內爭相讒惡昏椓皆奄人也昏其官名也椓椓毀陰者也王遠賢者而近任刑奄之人無肯共其職事者皆潰潰然惟邪是行皆謀夷滅王之國○陳奐云文選文賦注引韓詩薛君章句云靡好也疑卽此詩靡共之義或以爲烈文封靡義者非愚案如陳說韓義當釋爲

昬椓之人自謂好共職事而憒亂邪僻實謀夷滅我國也說文憒亂也潰與憒同說文䙡下引爾雅䙡䙡潰潰段注引潛夫論云僩僩潰潰葢用爾雅文是潰又通作䙡

臯臯訿訿（注）魯臯作浩**曾不知其玷兢兢業業孔塡不寧我位孔貶**（疏）傳臯臯頑不知道也訿訿窳不供事也貶隊也箋玷缺也王政已大壞小人在位曾不知大道之缺兢兢戒也業業危也天下之人戒懼危怖甚久矣其不安也我王之位又甚隊矣言見侵侮政教不行後犬戎伐之而國與諸侯無異○魯臯作浩者釋訓臯臯琄琄刺素食也又曰翕翕訿訿莫供職也爾雅釋文臯樊本作浩臯浩古通左定四年經盟于臯鼬公羊作浩油是其證樊本在先魯詩當本作浩浩皆無德食祿意也小旻訿訿傳以爲不思稱其上荀子修身篇亦作呰呰字異義同皆曠職不善意

如彼歲旱草不潰茂如彼棲苴（注）齊潰作彙三家苴作相**我相此邦無不潰止**（疏）傳潰遂也苴水中浮草也箋潰茂之潰當作彙彙茂皃王無恩惠於天下天下之人如旱歲之草皆枯槁無潤澤如樹上之棲苴潰亂也無不亂者言皆亂也春秋傳曰國亂曰潰邑亂曰叛○齊潰作彙者韓詩外傳

五如歲之旱章引詩曰如彼歲旱草不潰茂據外傳所引韓與毛同李黼平云說文僓一曰長皃長遂義近潰當讀爲僓陳喬樅云班固幽通賦枝葉彙而靈茂班述齊詩賦語卽本齊義箋用齊改毛故與班所據文同蕭該漢書音義引服虔曰彙音近卉玉篇彙胡貴反潰與彙葢以音近叚借三家苴作柤者傳以苴爲水中浮草箋云樹上棲苴孔疏云苴是草之枯槁逐水流者棲息於水上也箋以棲者居在木上之名謂水上爲棲理亦不愜故以爲如樹上之棲苴苴是草木之枯槁者故在樹未落及已落爲水漂皆稱苴也陳喬樅云衆經音義二十五引詩云如彼棲柤與毛字異葢據韓詩之文元應又引通俗文云刈餘曰柤知苴柤二字古通箋云如樹上棲苴亦據三家改毛也愚案通俗文又云柤卽查字亦與槎通用此另爲一義說者遂謂柤苴皆卽槎以槎於浮水意近欲借通傳說然刈餘曰柤刈卽刈艸仍是艸經刈割殘損之皃所謂不潰茂也楚詞九章艸苴比而不芳王注生曰艸枯曰苴疑卽本此詩魯訓枯與刈餘說異而義相類皆不作水中樹上說葢棲當說如餘糧棲畝之棲也以棲柤專爲韓義說亦不碻要當出三家詩

維昔之富不如時維今之疚不如茲彼疏斯粺胡不自替職兄斯引〔疏〕傳往者富仁賢今也富讒佞〔維今之疚〕今則病賢也彼宜食疏今反食精粺替廢兄茲也引長也箋富福也時

今時也茲此也此者此古昔明王疏麤也謂糲米也職主也彼賢者祿薄食麤而此昏椓之黨反食精粺女小人耳何不自廢退使賢者得進乃茲復主長此爲亂之事乎責之也米之率糲十粺九鑿八侍御七○詩言昔日之富家給人足不如今時之困窮今日之疚仁賢疏退不如此時之尤甚彼宜食疏糲之小人反在此食精粺何不早自廢退免致妨賢病國反主爲滋亂之事使其引

而日長乎

池之竭矣不云自頻（注）魯頻作濱**泉之竭矣不云自中溥斯害矣職兄斯弘不烖我躬**（疏）傳頻厓也泉水從中以益者也箋頻當作濱厓猶外也自由也池水之益由外灌焉今池竭人不言由外無益者與言由之也喻王猶池也政之亂由外無賢臣益之泉者中水生則益深水不生則竭喻王猶泉也政之亂又由內無賢妃益之溥猶徧也今時徧有此內外之害矣乃茲復主大此爲亂之事是不烖王之身乎責王也烖謂見誅伐○說文瀕人所賓附瀕蹙不前而止从頁从涉正字當作瀕箋云當作濱乃用魯改毛也列女漢趙姊娣續傳君子謂昭儀之凶嬖與褎姒同行成帝之惑亂與周幽王同風詩云池之竭矣不云自濱泉之竭矣不云自中成帝之時舅氏壇外趙氏守內其自竭極蓋亦池泉之勢也箋分外內言與列女傳同義蓋本魯說爲訓言此害徧矣猶主之使滋亂益大

不顧裁我躬乎其後犬戎內侵驪山蒙難斯言驗矣

昔先王受命有如召公日辟國百里今也日蹙國百里於乎哀哉維今之人不尚有舊【疏】傳辟開蹙促也箋先王受命謂文王武王時也召公召康公也言有如者時賢臣多非獨召公也今今幽王臣哀哉哀其不高尚賢者尊任有舊德之臣將以喪亡其國○毛傳說二南與三家異故言召公辟國事以爲非實今網羅舊籍推而跡之尚可攷見大略文王稱王後命召公爲召南牧伯辟漢世南郡南陽郡地讖辭故有日辟國百里之詩云昔先王受命者卽謂文王受命稱王事也蓋岐周開國肇建二南乃一時權立之制迨武王滅紂南國是疆已非二南舊時封域歷秦逮漢踰越千年在孔子時已有不爲二南其猶牆面之言剏祖龍滅學申公傳詩書缺有間聽覩茫昧衆家雜出莫相是非故雖以魯學正傳而蘭臺惟許其最近河間偏好而古文尤畏其名尊也日蹙國百里者蓋幽王時戎夷偪迫畿疆日削之故皆無人謀國所致故言今人不尚有舊德可求乎何王不一置念視若與己無涉也其可哀孰甚邪

召旻七章四章章五句三章章七句

蕩之什十一篇九十二章七百六十九句

詩三家義集疏卷二十三終

詩三家義集疏卷二十四

長沙王先謙益吾著

詩周頌〔疏〕史記平準書贊詩述殷周之際安寧則長又敘傳湯武之隆詩人歌之論衡須頌篇周頌三十一殷頌五魯頌四凡頌四十篇詩人所以嘉上也蔡邕獨斷宗廟所歌詩之別名三十一章皆天子之禮樂也以上魯說漢書禮樂志自夏以往其流不可聞已殷頌猶有存者周詩既備而其器用張陳周官具焉其威儀足以充目音聲足以動耳詩語足以感心故聞其音而德和省其詩而志正論其數而法立是以薦之郊廟則鬼神饗作之朝廷則羣臣和立之學官則萬民協聽者無不虛己竦神說而承流是以海內徧知上德被服其風光輝日新化上遷善而不知所以然至於萬物不夭天地順而嘉應降以上齊說

清廟第二十四

清廟〔注〕魯說曰周公詠文王之德而作清廟建爲頌首又曰清廟一章八句洛邑既成諸侯朝見宗祀文王之所歌也又曰清廟之詩言交神之禮無不清靜齊說曰頌言成也一章成篇宜

列德故登歌清廟一章也〈疏〉毛序祀文王也周公既成洛邑朝諸侯率以祀文王焉箋清廟者祭有清明之德者之宮也謂祭文王也天德清明文王象焉故祭之而歌此詩也廟之言貌也死者精神不可得而見但以生時之居立宮室象貌爲之耳成洛邑居攝五年時○周公至頌首漢書王褒傳四子講德論文此言作頌專詠文王也清廟至歌也蔡邕獨斷文陳喬樅云此卽魯詩周頌之序也後三十章同清廟至清静漢書韋元成傳疏文賈逵左傳注肅然清静謂之清廟杜預云清廟肅然清静之稱也皆本韋爲說頌言至章也續漢祭祀志劉注引東觀書東平王蒼議稱詩傳文陳喬樅云所引詩傳疑齊詩傳也故其說與鄭禮注合案禮仲尼燕居升歌清廟鄭注清廟頌文王之德卽所謂列德已

於穆清廟肅雝顯相〈疏〉傳於歎辭也穆美肅敬雝和相助也箋顯光也見也於乎美哉周公之祭清廟也其禮儀敬且和又諸侯有光明著見之德者來助祭○尚書大傳臯繇謨篇清廟升歌者歌先人之功烈德澤也故欲其清也其歌之呼也曰於穆清廟肅雝顯相於者歎之也穆者敬之也清者欲其在位者徧聞之也故周公升歌文王之功烈德澤苟在廟中嘗見文王者愀然如復見文王鄭注烈業也呼出聲也肅雝顯相四海敬和明德來助祭又洛誥篇廟者貌也以其貌言之也宮室中度衣服中制犧牲中辟殺者中死割者中理搢弁者爲文纍寵者有容椓杙者有數太廟之中繽乎其猶模

肄也天下諸侯之悉來進受命於周而退見文武之尸者千七百七十三諸侯皆莫不磬折玉音金聲玉色然後周公與升歌而弦文武諸侯在廟中者伋然淵其志和其情愀然若復見文武之身然後曰嗟子乎此蓋吾先君文武之風也夫及執俎抗鼎執刀執匕者負廧而歌憤於其情發於中而樂節文故周人追祖文王而宗武王也愚案清廟頌文王之德伏傳所言與詩合王褒講德論及禮仲尼燕居鄭注皆本此爲說洛邑既成禋于文王武王此爲諸侯朝見助祭之始故奏此詩以祭則祖文而宗武本是一事胡承珙謂漢初言清廟者不當有既成洛邑兼祭文武之説大誤蔡邕明堂論成王命魯公世世禘祀周公於太廟以天子之禮升歌清廟下管象武所以異魯於天下也取周清廟之歌歌於魯太廟明魯之太廟猶周之清廟也是此樂不獨兼祀武王並賜周公特言詩則專頌文王耳或以詩之不顯不承即書之丕顯丕承據爲兼頌武王微有未合士虞禮鄭注顯相助祭者也顯明也相助也詩云於穆清廟肅雝顯相愚案箋詩説顯相同肅雝二字鄭大傳注本即指美助祭諸侯箋詩忽改屬周公詩爲公作無自贊之理仍以大傳注説爲是陳喬樅云水經河水篇注據伏生墓碑言伏生撰尚書五經大傳是伏生兼通五經伏生齊人於詩當治齊學後漢儒林傳伏理治齊詩理即伏生八世孫師事匡衡別自名家要自伏生後所治詩無非齊學

濟濟多士秉文之德對越在天（疏）傳執文德之人也箋不自伏理始也

對配越於也濟濟之衆士皆執行文王之德文王精神已在天矣猶配順其素如生存○孔疏濟濟之衆士謂朝廷之臣也文王在天而云多士能配者正謂順其素先之行如其生存之時焉文王既有是德多士今猶行之是與之相配也漢書劉向傳向上封事曰周文開基西郊雜遝衆賢罔不肅和崇推讓之風以銷分爭之訟文王既歿周公思慕歌詠文王之德其詩曰於穆清廟肅雝顯相濟濟多士秉文之德當此之時武王周公繼政朝臣和於內萬國驩於外故盡得其歡心以事其先祖案向用魯義朝臣和於內謂多士萬國驩於外謂諸侯其先祖卽謂文王也

駿奔走在廟不顯不承無射於人斯注齊駿作逡射作斁疏傳駿長也顯於天矣見承於人矣不見厭於人矣箋駿大也諸侯與衆士於周公祭文王俱奔走而來在廟中是不光明文王之德與言其光明之也是不承順文王志意與言其承順之也此文王之德人無厭之○齊駿作逡者禮大傳執豆籩逡奔走鄭注逡疾也疾奔走言勸事也周頌曰逡奔走在廟據此齊作逡陳喬樅云逡駿古通釋詁駿速也速疾同義射作斁者大傳詩云不顯不承無斁於人斯據此齊作斁鄭注斁厭也言文王之德不顯乎不承成先人之業乎言其顯且承之人樂之無厭也與箋指助祭者言義異胡承珙云詩頌文王是美文王之德下篇卽云於乎不顯文王之德之純前以不顯不承爲美文王者於義爲優也

清廟一章八句

維天之命〔注〕魯說曰維天之命一章八句告太平於文王之所歌也〔疏〕毛序太平告文王也箋告太平者居攝五年之末也文王受命不卒而崩今天下太平故承其意而告之明六年制禮作樂○維天至歌也蔡邕獨斷文魯說也齊韓當同維魯作惟後人順毛改維下章同

維天之命〔注〕韓維作惟說曰惟念也於穆不已〔疏〕傳孟仲子曰大哉天命之無極而美周之禮也箋命猶道也天之道於乎美哉動而不已行而不止○惟念也者文選歐陽堅石詩李注引薛君韓詩章句文愚案釋文引韓詩云維念也此順毛詩之文而誤也韓全詩無作維者於乎不顯文王之德之純〔疏〕傳純大箋純亦不已也於乎不光明與文王之施德教之無倦已美其與天同功也○禮中庸詩曰維天之命於穆不已蓋曰天之所以爲天也於乎不顯文王之德之純蓋曰文王之所以爲文也純亦不已此齊說箋語正用齊義也楚詞招魂王逸注詩云不顯文王不顯顯也此魯說於乎歎辭斷句不顯文王爲一句之德之純爲一句讀異而義不異也假以溢我我其收之駿惠我文王〔注〕韓假作誐溢作謐〔疏〕傳假嘉溢慎收聚也

箋溢盈溢之言也以嘉美之道饒衍與我我其聚斂之以制法度以大順我文王之意謂爲周禮六官之職也書曰考朕昭子刑乃單文祖德○釋詁溢愼也孔疏引舍人曰溢行之愼某氏曰詩云假以溢我愼也此魯說字與毛同釋文不載韓異文明韓亦與毛同齊假作誐溢作謐者說文誐嘉善也詩云誐以謐我乃齊文也段注謐徐鉉本作溢此後人用毛改竄也廣韻引說文作謐誐謐皆本字假溢皆借字左襄二十七年傳引作何以恤我何者誐之聲誤恤與謐同部堯典惟刑之謐哉古文亦作恤馬瑞辰云恤當爲侐之叚借說文侐靜也正與溢訓愼謐訓靜者同義愼與靜古亦同義廣雅靜安也靜我卽安我猶詩言綏我眉壽綏亦安也誐以謐我謂善以綏我也陳喬樅云今文尙書與齊詩並傳自夏侯始昌同一師承今文尙書恤作謐尤足證說文所引誐以謐我爲齊詩之文無疑愚案善以安我卽是言天下大平我其收之言我更收聚善道以制法度孔疏周公自是聖人作法出於己意但以歸功文王故言收文王之德而爲之文王本意欲得制作但以時未可爲是意有所恨今既太平作之是大順我文王之本意也

曾孫篤之〔疏〕傳成王能厚行之也箋曾猶重也自孫之子而下事先祖猶皆稱曾孫是言曾孫欲使後王皆厚行之非維今也○馬瑞辰云曾孫從箋通指後王爲允篤者管之叚借說文管厚也从亯竹聲讀若篤孔廣森曰竹聲古蓋讀如呪故篤與收爲韻

維天之命一章八句

維清〔注〕魯說曰維清一章五句奏象武之所歌也齊說曰武王受命作象樂繼文以奉天〔疏〕毛序奏象舞也箋象舞象用兵時刺伐之舞武王制焉○維清至歌也蔡邕獨斷文魯說也白虎通禮樂篇武王曰象者象太平而作樂示已太平也周室中制象樂何殷紂爲惡日久其惡最甚斮涉刳胎殘賊天下武王起兵前歌後舞剋殷之後民人大喜故中作所以節喜盛此亦魯說漢書司馬相如傳韶濩武象之樂張揖注象周公樂也南人服象爲虐於夷成王命周公以兵退之至於海南乃爲三象樂也張說本呂覽古樂篇高誘亦云三象周公所作樂名愚案此又象樂別解張高所說無妨周有此樂然非象武象武卽武也孔疏引明堂位注象謂周頌武也謂武詩爲象明大武之樂亦爲象矣明與周公三象無涉箋云武王制焉亦與大武無涉也文王始征伐故以武功歸文王克紂後爲此樂故云迄用有成也武王至奉天繁露質文篇文此齊說與魯同韓無異義

維清緝熙文王之典〔疏〕傳典法也箋緝熙光明也天下之所以無敗亂之政而清明者乃文王有征伐之法故也文王受命七年五伐也○書大傳云文王一年質虞芮二年伐邘三年伐密須四年伐畎夷紂乃囚之羑里五年之

初散宜生等獻寶而釋文王文王出則克耆六年伐崇則稱王伏湛述齊詩說文王受命而征伐五國是其事也故武王克紂而推本文王言維今日之清靜而光明者皆用文王之法故也箋說即用齊義班固封燕然山銘維清緝熙明齊毛文同

肇禋〔疏〕傳肇始禋祀也箋文王受命始祭天而枝伐也周禮以禋祀祀昊天上帝○尚書中候我應曰枝伐弱勢注伐紂之枝黨以弱其勢若崇侯之屬我應又云伐崇謝告注謝百姓且告天主爲崇也緯學亦本齊詩陳啟源云維清篇鄭釋最明而後儒莫用者因枝伐祭天之說出緯書也文王之伐崇類祭見皇矣篇類祭之爲祭上帝見尚書禮記則以肇禋爲文王始祭天非無稽之談也愚案繁露郊祭篇文王受天命而王天下先郊乃敢行事而興師伐崇引棫樸薪槱爲當日郊辭此亦肇禋征伐之確據董習齊詩知齊義如此

迄用有成維周之禎〔注〕三家禎作祺〔疏〕傳迄至禎祥也箋文王造此征伐之法至今用之而有成功謂伐紂克勝也征伐之法乃周家得天下之吉祥○釋文祺音其爾雅釋文同徐云本又作禎與崔本同正義禎祥釋言文舍人曰祺福之祥某氏云詩云維周之祺定本集注祺字作禎臧鏞堂云爾雅祺祥也祺吉也釋文祺音其下同是爾雅無作禎者當從正義釋文本方與雅訓合唐石經作禎故今本多作禎蓋即唐之定本據崔靈恩集注也段玉裁云作禎者恐是改易取韻胡承珙云崔所據者毛詩徐邈所云作禎之本亦當是毛詩也爾雅某

氏注引詩如妃媲也引天立厥妃亶厚也引俾爾亶厚呬息也
引民之攸呬之類多出三家此詩葢三家作祺毛自作禎耳蔡
邕胡夫人神誥故能
迄用有成用魯經文

維清一章五句

烈文（注）魯說曰烈文一章十三句成王即政諸侯助祭之所歌
也韓說曰烈文成王初即洛邑諸侯助祭之樂歌也（疏）毛序成王即政
諸侯助祭也箋新王即政必以朝享之禮祭於祖考告嗣位也
○烈文至歌也蔡邕獨斷文魯說也烈文至樂歌也孔疏引服
虔左傳注文韓
說也齊義當同

烈文辟公錫茲祉福惠我無疆子孫保之（疏）傳烈光也文王錫
之箋惠愛也光文
百辟卿士及天下諸侯者天錫之以此祉福也又長愛之無有
期竟子孫得傳世安而居之謂文王武王以純德受命定天位
○白虎通瑞贄篇王者始立諸侯皆見何當受法稟正教也周
頌曰烈文辟公錫茲祉福言武王伐紂定天下諸侯來會聚於
京師受法度也遠近莫不至受命之君天之所興四方莫敢違
夷狄咸率服故也案詩爲成王即政所歌魯韓說與毛同白虎

通亦魯說推言武王受命者成王即位潮武王之舊典而作詩言我武王定殷之後汝等有光華文章之辟公來爲我周之藩屏此祉福乃武王錫之又惠愛我無有疆限令女子孫常保安之此武王之德也傳以錫屬文箋以錫屬天皆遠詩恉漢書宣帝紀錫茲祉福帝習齊詩明齊毛文同

無封靡于爾邦維王其崇之念茲戎功繼序其皇之疏傳封大也靡累也崇立也戎大皇美也箋崇厚也皇君也無大累於女國謂諸侯治國無罪惡也王其厚之增其爵土也念此大功勤事不廢謂卿大夫能守其職得繼世在位以其次序其君之者謂有大功王則出而封之○白虎通誅伐篇詩云毋封靡于爾邦惟王其崇之此言追誅大罪也或盜天子土地自立爲諸侯絕之而已以封靡爲大罪與毛訓大累同詩言但無大罪當誅絕者維王其益厚之毋當爲無蓋通借字孔疏引王肅云序繼也思繼續先人之大功而美之案詩言先人有大功者當念此益繼續而美之

無競維人四方其訓之不顯維德百辟其刑之於乎前王不忘疏傳競彊訓道也前王武王也箋無彊乎惟得賢人也得賢人則國家彊矣故天下諸侯順其所爲也不勤明其德乎勤明之也故卿大夫法其所爲也於乎先王文王武王其於此道人稱誦之不忘○訓順古通箋訓讀爲順言無彊惟在得賢得賢則四方皆順之矣禮中庸詩曰不顯維德百辟其刑之鄭注不顯言顯也

辟君也此頌也言不顯乎文王之德百君盡刑之諸侯法之也案此又曉諭諸侯以上法文王之德齊義如此列女傳一詩云不顯惟德百辟其刑之明魯毛文同禮大學詩云於乎前王不忘明齊毛文同詩於是又總之曰於乎既有武王之錫福宜保又有文王之顯德可刑爾諸侯惟有於前王念念不忘耳

烈文一章十三句

天作注魯說曰天作祀先王先公之所歌也疏毛序祀先王先公也箋先王謂大王已下先公諸盩至不窋○天作至歌也蔡邕獨斷文魯說也齊韓當同

天作高山大王荒之疏傳作生荒大也天生萬物於高山大王行道能大天之所作也箋高山謂岐山也書曰道岍及岐至于荊山天生此高山使興雲雨以利萬物大王自豳遷焉則能尊大之廣其德澤居之一年成邑二年成都三年五倍其初○陳喬樅云尚書大傳云大王去豳邑岐山周民奔而從之者三千乘止而成千戶之邑即此頌所言天作高山大王荒之是也箋蓋亦據齊詩之說晉語鄭叔詹曰在周頌曰天作高山大王荒之荒大之也大天所作可謂親有天矣即傳義所本

彼作矣文王康之彼徂矣岐有夷之行注韓下矣作者

韓說曰：徂，往也。夷，易也。行，道也。言百姓歸文王者，皆曰岐有易道可歸往矣。易道謂仁義之道而易行，故岐道險阻而人不難。

疏　傳「夷，易也。」箋「彼，彼萬民也。徂，往。行，道也。彼萬民居岐邦者，皆築作宮室，以爲常居，文王則能安之。後之往者，又以岐邦之君有佼易之道故也。易曰：『乾以易知，坤以簡能。易則易知，簡則易從。易知則有親，易從則有功。有親則可久，有功則可大。可久則賢人之德，可大則賢人之業。』以此訂大王、文王之道，卓爾與天地合其德。」○荀子王制篇：「天之所覆，地之所載，莫不盡其美，致其用，上以飾賢良，下以養百姓而安樂之，夫是之謂大神。詩曰：『天作高山，大王荒之。彼作矣，文王康之。』此之謂也。」天論篇引詩同。荀言天地所生而能盡美致用，使人盡安樂之，是爲大神。引詩天作四句以證明之，是魯詩說此四句之義亦必如此。箋謂大王、文王之道與天地合德，義亦同也。「韓矣作者」者，後漢西南夷傳朱輔疏曰：「詩云：『彼徂者岐，有夷之行。』傳曰：『岐道雖僻，而人不遠。』詩人誦詠，以爲符驗。」據此，徂矣作徂者。所引傳即韓傳也。「岐道雖僻而人不遠」，即「岐道險阻而人不難」，特字有改易耳。「徂往」至「不難」，西南夷傳李注引薛君注文。陳喬樅云：「王應麟詩攷據沈括筆談引後漢朱浮傳作『彼岨者岐』。盧氏文弨曰：此沈之誤也。朱子集傳遂以岐山爲險僻，其實韓詩自作徂字，訓爲往也。所云岐道阻險而人不難，自爲有夷之行發義。王氏謂集傳彼徂者岐從韓詩非也乃沿沈誤耳臧氏鏞堂曰朱浮乃朱輔之誤據外傳三明云岐有夷之行足證沈說之非宋氏緜初曰詩以彼徂者爲句岐有夷之行爲句箋云後之往者又以岐邦之君有佼易之道故也是箋亦與韓合非讀彼徂者岐爲句也楊雄河東賦易幽岐之夷平明魯經文**子孫保之**【注】魯一本孫下多其字【疏】蔡邕祖德頌詩言子孫保之邕用魯經文與諸家同一本孫下多其字者說苑君道篇詩云岐有夷之行子孫其保之蓋魯亦作本韓詩外傳三昔者舜甑盆無膻而下不以餘獲罪飯乎土簋啜乎土型而農不以力獲罪麗衣而盩趙懷玉云疑作盩音周盩有曲義又疑是盩與戾同晏子春秋諫下篇古嘗有紩衣攣領而王天下者戾盩與攣義同領而女不以巧獲罪法下易由事寡易爲功而民不以政獲罪故大道多容大德多下聖人寡爲故用物常壯也傳曰易簡而天下之理得矣忠易爲禮誠易爲辭賢人易爲民工巧易爲材詩曰岐有夷之行子孫保之

天作一章七句

昊天有成命【注】魯說曰昊天有成命一章七句郊祀天地之所歌也【疏】毛序郊祀天地也○昊天至歌也蔡邕獨斷文魯說也漢書郊祀志丞相衡奏言帝王之事莫大乎承天之序承天之序莫重於郊祀故聖王盡心極慮以建其制祭天於南郊就陽之義也瘞地於北郊即陰之象也天之於天子也因其

所都而各饗焉昔者周文武郊於豐鄗成王郊於雒邑由此觀之天隨王者所居而饗之可見也又博士師丹等議以爲郊處各在聖王所都之南北周公加牲告徙新邑定郊禮天地以王者爲主故聖王制祭天地之禮必於國郊宜於長安定南北郊爲萬世基愚案衡丹奏議並言成王郊祀天地於雒邑當即據齊詩此篇爲說韓義蓋同

昊天有成命二后受之成王不敢康夙夜基命宥密【注】齊基一作其魯密作謐【疏】傳二后文武也基始命信宥寬密寍也箋昊天天大號也有成命者言周自后稷之生而已有王命也文王武王受其業施行道德成此王功不敢自安逸早夜始信天命不敢解倦行寬仁安靜之政以定天下寬仁所以止苛刻也安靜所以息暴亂也○齊基一作其者禮孔子閒居夙夜其命宥密鄭注其讀爲基基謀也密靜也言君夙夜謀爲政教以安民則民樂之此齊一作本也鹽鐵論未通篇周公抱成王聽天下恩塞海內澤被四表矧惟南面含仁包德靡不得其所詩云夙夜基命宥密桓寬亦治齊詩仍作基命成王卽指其身不以爲成王功魯密作謐者新書禮容篇夫昊天有成命頌之盛德也其詩曰昊天有成命二后受之成王不敢康夙夜基命宥謐賈時惟有魯詩知魯密作謐又云謐者寍也億也命者制令也基者經也勢也夙早也康安也后王也二后文王武王也成王者武王之子文王之孫也文王有大德而功未就武王

有大功而治未成及成王承嗣仁以臨民故稱昊天焉不敢怠安早興夜寐以繼文王之業布文陳紀經制度設犧牲使四海之內懿然葆德各遵其道故曰有成承順武王之功奉揚文王之德九州之民四荒之國謌謠文武之烈纍九譯而請朝致貢職以供祀故曰二后受之方是時也天地調和神人順億鬼不厲禁民不謗怨故曰宥謐成王質仁聖哲能明其先能承其親不敢惰解以安天下以敬民人漢書匡衡傳引此詩亦言昔者成王思述文武之道休烈盛美皆歸之二后而不敢專其名是齊魯詩說皆如此馬瑞辰云晉語引此詩韋昭注謂文武修己自勤成其王功非謂周成王身也但考叔向說是詩曰是道成王之德也成王能明文昭能定武烈者也二后指文武則成王自指周成王無疑叔向曰夫道成命而稱昊天翼其上也二后受之讓於德也蓋謂成王不自謂能受天命而曰文武受之故以爲讓於德若不指周成王則二后受之何謂讓於德乎呂覽慎大篇云文王造之而未遂武王遂之而未成周公旦抱少主而成之故曰成王史記周公謂伯禽曰我文王之子武王之弟成王之叔父成王蓋時臣美其德生有此號酒誥釋文載馬融注引或曰以成王爲少成二聖之功生號曰成王沒因爲謚其說是也尚書大傳奄君蒲姑謂祿父曰武王已死矣成王尚幼矣成王惟生有此號故周頌作於成王在位時得稱成王耳傳義本晉語戴震毛鄭詩攷正取晉語釋之是也然尚有未盡合者叔向曰夙夜恭也基始也命信也宥寬也密寧也後總釋之

曰其中也恭儉信寬帥歸於富承上五字言不應獨去基字另增儉字知儉卽承基始言也蓋云恭始信寬則不詞故易爲儉儉者禮之本本卽基也故基爲始又爲儉耳命令古通用令从亼卪說文卪瑞信也賈子曰命者制令也與叔向訓命爲信同義玩叔向所釋基命與宥密各爲一德基命二字平列不連讀孔疏釋傳云始於信順天命戴震云早夜敬恭其命有始未竟之謂基命均失之

於緝熙單厥心肆其靖之疏傳緝明熙廣單厚肆固靖和也箋廣當爲光固當爲故字之誤也於美乎此成王之德也既光明矣又能厚其心矣爲之不解倦故於其功終能和安之謂夙夜自勤至於天下大平○馬瑞辰云釋詁亶厚也詩作單者雙聲叚借字叔向釋詩曰肆固也靖和也又曰廣厚其心以固和之故固古通用爾雅肆固也肆可訓爲語詞之故卽可訓爲堅固之固非誤字也

昊天有成命一章七句

我將注魯說曰我將一章十句祀文王於明堂之所歌也疏毛序祀文王於明堂也○我將至歌也蔡邕獨斷文魯說也漢書郊祀志周公相成王王道大洽制禮作樂天子曰明堂辟雍諸侯曰泮宮宗祀文王於明堂以配上帝四海之內各以其職來助祭陳喬樅云明堂月令論以明堂辟雍異名而同事其實一也

引禮記盛德篇明堂九室以茅蓋屋上圓下方其外有水名曰辟雍據班志語知齊詩與魯說同大戴禮注引韓詩說明堂在南方七里之郊卽釋此詩語

我將我享，維羊維牛，維天其右之。【疏】傳：將，大；享，獻也。箋：將猶奉皆充盛肥腯有天氣之力助言神饗其德而右助之○胡承珙云周禮羊人疏引詩維牛維羊隋書宇文愷傳亦作維牛維羊知唐以前本皆然開成石經始誤作維羊維牛但隋禮儀志載梁天監十年議曹朱异議明堂牲牢云我將詩有維羊維牛之說又與宇文所引不同疑經文或有二本無容執一爲信也

儀式刑文王之典，日靖四方。【注】齊韓典作德。**伊嘏文王，既右饗之。**【疏】傳：儀，善；刑，法；典，常；靖，謀也。箋：靖，治也。受福曰嘏。我儀王既右而饗之言受而福之○齊典作德者漢書刑法志詩曰儀式刑文王之德日靖四方師古曰言法象文王之德以爲儀則式象法行文王之常道以日施政於天下維受福於文王文式則四方日以安靖也韓作德者左昭六年傳引詩儀式刑文王之德日靖四方疏引服虔注儀善式用靖謀也言善用法文王之德日日謀安四方也服用韓詩是韓作德魯詩亦必作德也愚案言法文王之德日靖四方是四方皆受福於文王故文王右而饗之也

我其夙夜，畏天之威，于

時保之【疏】箋：于，於；時，是也。早夜敬天，於是得安文王之道。○趙威於是時故能安其太平之道也趙訓保爲安與箋合漢書孔光傳詩曰畏天之威于時保之謂不懼者凶懼之則吉也陳喬樅云光孔霸子霸安國從孫安國治魯詩光亦必傳其家學愚案據此光學亦魯義也韓詩外傳三載周文王時地動改行重善而免殷時穀生湯庭湯行善政而穀亡外傳八載梁山崩晉君召伯宗問絳人素服哭祠三事並引詩畏天之威于時保之皆以明畏天之實左文十五年傳引詩釋之云不畏于天將何能保孟子梁惠王篇樂天者保天下畏天者保其國亦引詩二句詩中專言文王是祀文王之詩後武王崩成王嗣政治雒兼祀文武亦歌此詩與清廟歌詩同也

我將一章十句

時邁【注】魯說曰時邁一章十五句巡狩告祭柴望之所歌也齊說曰時邁者太平巡狩祭山川之樂歌韓說曰美成王能奮舒文武之道而行之【疏】毛序巡守告祭柴望也箋巡守告祭者天子巡行邦國至于方岳之下而封禪也書曰歲二月東巡守至于岱宗柴望秩于山川偏于羣神○時邁至歌也蔡邕獨斷文魯說也時邁至樂歌儀禮大射儀鄭注文

齊說也美成至行之後漢李固傳注引薛君傳文胡承珙云孔疏引左宣十二年傳云昔武王克商作頌曰載戢干戈明此篇武王事也國語稱周文公之頌曰載戢干戈明此篇周公作也白虎通曰何以知太平乃巡守以武王不巡守至成王乃巡守其言違詩反傳所說非也據李固傳引薛傳是韓詩以時邁爲成王巡守白虎通蓋用韓說也然逸周書大匡解文政解俱有維十有三祀王在管之文又度邑解云我南望過於三塗北望過於有嶽丕顧瞻過於河宛瞻過於伊洛與詩言及河喬嶽亦相近史記周本紀武王既克殷命宗祝享祠于軍乃罷兵西歸行狩記政事作武成書序云武王伐殷往伐歸獸作武成所謂歸獸者即樂記云馬散之華山之陽牛散之桃林之野者其下文云車甲衅而藏之府庫而弗復用倒載干戈包之以虎皮正與此詩載戢干戈載櫜弓矢語合然則時邁雖作於周公要爲頌武王克殷後巡守諸侯之事甚明班固謂武王不巡守妄矣愚案三家大指無相違者此詩似不合而實非也武王克殷周公始作此歌以頌武王及成王巡狩乃歌此詩以美成王與清廟頌文王仍兼祀武王又祀周公相同狩獸古通用書序歸獸本即爲歸狩情事甚明韓以爲非巡狩正禮故主美成王爲說白虎通宗魯詩未嘗用韓說班固雖錄通義並未參用己說胡氏之論皆誤也獨斷與白虎通爲一家之言於武成巡狩告祭柴望不沒其事實仍不以爲正禮韓魯同齊說亦必同也

時邁其邦昊天其子之實右序有周薄言震之莫不震疊懷柔百神注韓詩上震作振韓說曰薄辭也振奮也莫無也震動也疊應也美成王能奮舒文武之道而行之則天下無不動而應其政教後引章句亦作振及河喬嶽注魯喬一作嶠允王維后

疏傳邁行震動疊懼懷來柔安喬高也高嶽岱宗也箋薄猶甫也甫始也允信也武王既定天下時出行其邦國謂巡守也天其子愛之右助次序其事謂多生賢知使爲之臣也其兵所征伐甫動之以威則莫不動懼而服者言其威武又見畏也王行巡守其至方岳之下來安羣神望于山川皆以尊卑祭之信哉武王之宜爲君美之也○馬瑞辰云爾雅時是也時是皆語詞序與敍同釋詁順敍也次序爲序順從亦爲序順之即助之也司書注敍猶比次也凡相比相次皆有助義實右序有周猶言實佑助有周也右序二字同義箋云次序其事非韓詩至政教者後漢李固傳固上疏引周頌曰薄言振之莫不震疊此動之於內而應於外者也李注引薛君傳曰薄辭也振奮也莫無也震動也疊應也美成王能奮舒文武之道而行之則天下無不動而應其政教又文選楊雄甘泉賦張協七命李注並引韓詩薛君章句云振奮也是韓上震作振齊魯詩當同荀子禮論

篇云天能生物不能辨物也地能載人不能治人也宇中萬物生人之屬待聖人然後分也詩曰懷柔百神及河喬嶽東觀書章帝詔亦引懷柔百神二句帝治魯詩者釋詁柔安也某氏注詩曰懷柔百神陳喬樅云孔疏詩定本作柔集注作濡段氏玉裁曰宋書樂志謝莊造歌詩曰昭事先聖懷濡上靈然則六朝本作懷濡百神也柔濡古音同故假濡爲柔臧氏鏞堂曰毛作懷濡三家作懷柔樊光注爾雅引用皆非毛詩也喬一作嶠者淮南泰族訓精誠感於內形氣動於天則景星見醴泉出河不滿溢海不容波故詩云懷柔百神及河嶠嶽此魯亦作本陳喬樅云說文新附嶠山銳而高也从山喬聲古通用喬漢書郊祀志天子祭天下名山大川懷柔百神咸秩無文五嶽視三公四瀆視諸侯此用齊詩義三禮義宗引韓詩曰天子奉玉升柴此亦柴望韓義也

明昭有周式序在位〔疏〕傳明矣知未然也昭然不疑也箋昭見也王巡守而明見天之子有周家也以其有俊乂用次第處位言此者著天其子愛之右序之效也○韓詩外傳八詩曰明昭有周式序在位言各稱職也外傳三又三引詩以明其義儀禮大射儀鄭注詩曰明昭有周式序在位明齊毛文同愚案明昭有周與臣工詩明昭上帝同義言大明著見之有周在位者咸得其序謂皆賢也

載戢干戈載櫜弓矢〔疏〕傳戢聚櫜韜也箋載之言則也王巡守而天下咸服兵不復用此又著震疊之效也○禮樂記鄭注兵甲之衣曰櫜詩曰載櫜弓矢漢書五行志亦

引詩曰載戢干戈載櫜弓矢明齊毛文同蔡邕釋誨武功定而干戈戢用魯經文**我求懿德肆于時夏**

允王保之疏傳夏大也箋懿美肆陳也我武王求有美德之士夏允信也信哉武王之德能長保此時夏之美○史記周本紀周文公之頌曰載戢干戈載櫜弓矢我求懿德肆于時夏允王保之此魯詩也明魯毛文同鹽鐵論論菑篇兵者凶器也甲堅兵利爲天下殃以母制子故能久長聖人法之厭而不揚詩云載戢干戈載櫜弓矢我求懿德肆于時夏是魯詩說此詩未聞以爲樂章荀悅漢紀序先王光演大業肆于時夏荀亦用齊說釋時夏猶言諸夏耳胡承珙云編樂名夏必在作詩之後豈有詩未終篇而即曰陳於此以爲夏者馬瑞辰云說文夏中國之人也大司樂鄭注大夏禹樂也禹治水傅土言其德能大中國也左襄二十九年傳爲之歌秦曰此之謂夏聲又曰能夏則大服虔注與諸夏同風故曰夏聲是樂之名夏本取中夏之義詩言肆于時夏承上我求懿德言宜從朱子集傳謂布德於中國而後人因有肆于時夏一語遂名其樂爲肆夏耳

時邁一章十五句

執競注魯說曰執競一章十四句祀武王之所歌也疏毛序祀武王也

○執競至歌也蔡邕獨斷文魯說也齊韓蓋同

執競武王【注】韓詩云執服也**無競維烈不顯成康上帝是皇**【疏】傳無競競也烈業也不顯乎其成大功而安之也顯光也皇美也箋競彊也能持彊道者維有武王耳不彊乎其克商之功業言其彊也不顯乎其成安祖考之道言其又顯也天以是故美之予之福祿○執服也者釋文引韓詩文北堂書鈔八十九引同馬瑞辰云說文執捕罪人也義與服近又執慹慴古通用史記項羽紀諸將皆慴服漢書作讋服陳咸傳作執服朱博傳作慹服韓詩訓執爲服者蓋以執競爲能執服彊禦猶朱博云執服豪彊也說文倞彊也廣雅倞彊也凡詩言執競無競又呂叔玉引詩作執倞皆倞字之叚借若競之本義則說文自訓彊語耳**自彼成康奄有四方斤斤其明**【疏】傳自彼成康用彼成安之道也奄同也斤斤明察也箋四方謂天下也武王用成安祖考之道故受命伐紂定天下爲周明察之君斤斤如也○孔疏奄同釋言文又云奄蓋也鄭於閟宮玄鳥箋皆以奄爲覆釋訓明明斤斤察也**鍾鼓喤喤**【注】三家喤皆作鍠**磬筦將將**【注】魯磬筦一作管磬齊將作鏘魯作瑲亦作鎗韓作蹡**降福穰穰降福簡簡威儀反反**【注】魯穰一

作穰反一作板既醉既飽福祿來反〔疏〕傳喤喤和也將將集也穰穰衆也簡簡大也反
反難也反復也箋反反順習之貌武王既定天下祭祖考之廟
奏樂而八音克諧神與之福又衆大謂如嘏辭也君臣醉飽禮
無違者以重得福祿也○三家喤作鍠魯磬筦亦作管磬齊將作
鏘魯作瑲亦作鎗韓作瑝者漢書禮樂志詩曰鍾鼓鍠鍠磬管
鏘鏘降福穰穰書云擊石拊石百獸率舞鳥獸且猶感應而況
於人乎況於鬼神乎荀悅漢紀五引詩云鍾鼓煌煌磬管鏘鏘
降福穰穰荀子富國篇引詩曰鍾鼓喤喤管磬瑲瑲降福穰穰
張衡東京賦鍾鼓喤喤又曰降福穰穰應劭風俗通義六詩云
鍾鼓鍠鍠磬管鎗鎗降福穰穰夫樂者聖人所以動天地感鬼
神安萬民成性類者也釋訓鍠鍠樂也穰穰福也臧鏞堂云漢
書風俗通皆同爾雅作鍠孔疏引舍人注順毛改爲喤今攷荀
子及東京賦並作喤疑亦後人所改如管磬瑲瑲之從毛改爲
磬管將將也元刻同毛宋本詩弢作管磬瑲瑲愚案三國魏志文帝紀注引曹
植魏文帝誄鍾鼓鍠鍠植習韓詩是韓作鍠合之漢書漢紀之
爲齊詩荀張應之爲魯詩皆當作鍠與毛異字今漢紀作煌亦
後人所改也魯磬管作管磬齊將作鏘魯作瑲亦作鎗皆一作
本之異將將說文作蹡蹡蓋亦韓異文魯穰一作禳反反一作
板板者爾雅釋文穰穰作禳禳云本今作穰潛夫論正列篇德
義無違神乃享鬼神受享福祚乃降故詩云降福穰穰王習魯
詩用一作本也正列篇又云降福簡簡威儀板板既醉既飽福

祿來反此言人德義茂美神歆享醉飽乃反報之以福也陳喬樅云賓之初筵詩威儀反反釋文引韓詩作昄昄音蒲板反善貌則此頌威儀反反亦義當與彼同據釋文載沈音符板反正昄字之音讀也傳云反反難也箋云反反順習之貌順習卽善貌也正列篇引詩作板板此魯詩之異文板板葢卽昄昄假借字愚案詩祭武王而箋謂鍾鼓以下乃言武王祭祖考似與詩意不合葢祭武王則武王降福耳數陳禮樂卽商頌那篇祀成湯之所祖

執競一章十四句

思文〈注〉魯說曰思文一章八句祀后稷配天之所歌也齊說曰周公相成王王道大洽制禮作樂郊祀后稷以配天〈疏〉毛序后稷配天也○思文王歌也蔡邕獨斷文魯說也周公至配天漢書郊祀志文齊說也韓說葢同

思文后稷克配彼天立我烝民〈注〉魯烝亦作蒸莫匪爾極〈疏〉傳極中也箋克能也立當作粒烝眾也周公思先祖有文德者后稷之功能配天昔堯遭洪水黎民阻飢后稷播殖百穀烝民乃粒萬邦作乂天下之人無不於女時得其中者言反其性○魯烝亦作蒸者史記周本紀頌曰思文后稷克配彼天立我蒸民莫

匪爾極所引烝作蒸列女姜嫄傳引詩云思文后稷克配彼天立我烝民仍作烝國語作烝與列女傳同則史記用亦作本也

貽我來牟注韓詩曰貽我嘉麰韓說曰麰大麥也魯作飴我釐麳齊作詒我來麳帝命率育無此疆爾界陳常于時夏注韓界作介曰介界也疏傳牟麥率用也箋貽遺率循育養也武王渡孟津白魚躍入于舟出涘以燎後五日火流爲烏五至以穀俱來此謂遺我來牟天命以是循存后稷養天下之功而廣大其子孫之國無此封竟於女今之經界乃大有天下也用是故陳其久常之功於是夏而歌之夏之屬有九書說烏以穀俱來云穀紀后稷之德○貽我至麥也文選班固典引李注引韓詩及薛君文王念孫云韓詩貽我嘉麰嘉當爲喜字之誤來麰喜古聲相近故毛詩作來劉向傳作釐韓詩作喜猶僖公之爲釐公祝禧之爲祝釐也陳喬樅云王說是也其致誤之由緣後人不明文字通假之義以生民詩有誕降嘉種語遂臆改韓詩喜麰爲嘉麰耳馬瑞辰云方言陳楚之間凡人嘼乳而雙產謂之釐孳廣雅釐孳孿也雙孿二也釐孳亦作嫠孖玉篇嫠孖雙生也來牟一麥二夆正與釐之爲雙產者聲近而義同又來與丕二字同部一麥二夆謂之來猶一秠二米謂之秠也魯作飴我釐麳者漢書劉向傳向上封事曰周頌曰飴我釐麳釐麳麥也始自天降此皆以和致和獲天助也趙岐孟子

章句十一來麰大麥也詩云貽我來麰陳喬樅云趙用魯詩當作飴我釐麰此後人妄改之齊作詒我來麰者說文來周所受瑞麥來麰也一麥二夆象其芒朿之形天所來也故爲行來之來詩曰詒我來麰陳喬樅云說文所引與魯韓異蓋齊詩之文正義引禮說曰武王赤烏穀芒應周尙赤用兵王命曰爲牟天意若曰須暇紂五年乃可誅之武王卽位此時已三年矣穀蓋牟麥也詩云貽我來牟是鄭所據之文也書說烏以穀俱來云云尙書旋璣鈐及合符後皆有此文喬樅謂書說禮說並與齊詩同一師傳鄭箋當卽本齊詩班固典引所言朱烏眞麰之事亦皆用齊說詩釋文云牟字或作麰麰蓋麰之或體韓界作介曰介界也者文選魏都賦李注引薛君韓詩章句文陳喬樅云唐石經初刻界後改介蓋從韓詩馬瑞辰云小雅四國無政不用其常常卽政也左昭二十年傳布常無藝杜注言布政無法度此詩陳常猶布常也陳常於時夏謂陳農政於中夏也時邁詩肆于時夏承上我求懿德言謂布德於是中夏也此詩陳常于時夏承上貽我來牟帝命率育無此疆爾界言謂徧布其農政所以布利於是中夏也國語芮良夫曰王人者將導利而布之上下者也末引詩立我烝民爲證其導利之言實據詩陳常于時夏爲訓箋說失之

思文一章八句

清廟十篇十章九十五句

詩三家義集疏卷二十四終

詩三家義集疏卷二十五

長沙王先謙益吾著

臣工第二十五　詩周頌

臣工〔注〕魯說曰：臣工一章十句，諸侯助祭遣之於廟之所歌也〔疏〕毛序：諸侯助祭遣於廟也○臣工至歌也，蔡邕獨斷文，魯說也。齊韓蓋同

嗟嗟臣工，敬爾在公。王釐爾成，來咨來茹。〔疏〕傳：嗟嗟，勑之也。工，官也。公，君也。箋：臣謂諸侯也。釐，理。咨，謀。茹，度也。諸侯來朝天子，有不純臣之義，於其將歸，故於廟中正君臣之禮，勑其諸官卿大夫云：敬女在君之事。王乃平理女之成功，女有事當來謀之，來度之於王之朝，無自專○馬瑞辰云：王、往古同聲通用。此爲遣諸侯於廟之詩，故言往，作王者借字耳。愚案：馬說是也。詩言嗟嗟爾之卿大夫，各當敬爾在公朝之政事，往釐理爾之成功，來謀來度，毋致懈惰。

嗟嗟保介，維莫之春，亦又何求？如何新畬？〔疏〕傳：田二歲曰新，三歲曰畬。箋：保介，車右也。月令孟春，天子親載耒耜，措之於參保介之御間。莫，晚也。周之季春，於夏於孟春，諸侯朝周之春，故晚春遣之，勑其

車右以時事女歸當何求於民將如新田畬田何急其敎農趨時也介甲也車右勇力之士被甲執兵也○呂覽孟春紀是月也天子乃以元日祈穀于上帝乃擇元辰天子親載耒耜措之參于保介之御閒率三公九卿諸侯大夫躬耕帝藉田天子三推三公五推卿諸侯九推高誘注措置也保介副也御致也擇善辰之日載耒耜之具於藉田致于保介之閒施用之也陳奐云高注以保介爲副當是相傳古訓副者天子之副即下文三公九卿諸侯大夫也天子躬耕則三公以下爲副諸侯躬耕則三卿以下爲副嗟嗟保介猶云嗟嗟臣工耳則臣工保介爲諸侯藉田時皆所率耕之人矣乃鄭於注禮箋詩言保介爲車右勇力之士被甲執兵者然月令言親耕秉耒耜無庸更有被甲之人守視耕器況詩言爲農祈年於被甲執兵之人尤無干涉又何庸嗟嗟敕之乎愚案據鄭禮注以保介爲車右蓋用齊詩說據高注以保介爲副可以推見魯詩保介義說韓詩外傳三載楚莊王寢疾一條末引詩嗟嗟保介乃推衍之義黃山云禮禮器天子無介諸侯七介七牢周官儀禮亦但有諸侯之介不聞天子有介禮器孔疏介副也牢太牢也謂諸侯朝天子天子以太牢禮賜之也則諸侯助祭於周固有介矣呂覽秦制謂天子有介仍侯國之沿習不合禮經故鄭注月令說保介爲車右介士注不引詩保介是否本齊詩說殆不可知其箋毛則直本月令前說取合古文而已至高注訓保介爲副則必本於魯詩蓋臣工斥諸侯保介即指諸侯之副王禮諸侯兼及其副敕

諸侯亦及其副宜也陳氏奐乃謂保介卽臣工并以月令保介爲卽天子之三公九卿諸侯大夫不獨於詩恉不符月令亦從無此解是魯說本確陳反亂之矣且韓外傳載楚莊敕其大夫之言末引詩嗟嗟保介雖屬推衍之義保介要卽指其大夫非如陳氏之說也陳奐云釋地田二歲曰新三歲曰畬易无妄馬融注菑田一歲畬田三歲詩正義引鄭易注同禮坊記注田一歲曰菑二歲曰畬三歲曰新田案易注是而禮注非也說文畬三歲治田也孫炎云菑始災殺其草木也新田新成柔田也畬和也田舒緩也郭璞云今江東呼初耕地反草爲菑說文菑不耕田也不耕爲菑猶休不耕者爲萊菑與萊聲相近也鄭箋讀俶載爲熾菑初耕未能柔孰必以利耜發田與田一歲菑合新謂耕二歲者畬謂耕三歲者易菫遇注悉耨曰畬葢至三歲悉可耕耨矣此詩新畬就耕田說若宋芑新畬就休耕之田說故有可采之芑立文自有不同

於皇來牟將受厥明明昭上帝迄用康年〔疏〕傳康樂也箋將大迄至也於美乎其光明謂爲珍瑞天下所休慶也此瑞乃明見於天至今用之有樂歲五穀豐熟○馬瑞辰云釋詁明成也古以年豐穀孰爲成周書糴匡解成年年穀足賓祭是也將受厥明謂大受厥成也

命我衆人庤乃錢鎛奄觀銍艾〔疏〕傳庤具錢銚鎛鎒銍穫也箋奄久觀多也敎我庶民具女田器終久必多銍艾勸之也○說文庤儲置屋下也釋詁

峙具也明魯庤作峙說文偫待也儲偫也考工記注引詩偫乃錢鎛是齊庤作偫孔疏說文錢銚古田器世本垂作銚宋仲子注銚刈也然則銚刈物之器也釋名鎛鋤類也說文銍穫禾短鎌也釋言奄同也詩言勉力農田用答天佑命我衆民具乃利器同觀銍艾之盛焉

臣工一章十五句

噫嘻〔注〕魯說曰噫嘻一章八句春夏祈穀于上帝之所歌也〔疏〕毛序春夏祈穀于上帝也箋祈猶禱也求也月令孟春祈穀于上帝夏則龍見而雩是與○噫嘻至歌也蔡邕獨斷文魯說也齊韓蓋同黃山云經傳有春祈無夏祈月令仲夏大雩帝以祈穀實雩爲祈雨之祭因祈雨而及穀耳箋引月令孟春祈穀而不用仲夏大雩之文別舉左傳龍見而雩者以祈穀之實在旣耕既種之後詩言駿發爾私亦服爾耕則非其時矣耕必資雨故意春不得雨或龍見祈得雨而後耕但祈雨究非祈穀故曰是與亦疑不能定也方觀承云祈穀在孟春祈雨在孟夏兩祈不同詩序謂春夏祈穀于上帝乃騎牆之見足徵其陋若以祈雨即爲穀祈實牽挽爲一益復支離矣山案蔡邕用魯詩獨斷同於毛序毛當卽本魯說不得輕詆蓋春夏祈穀實一祈而非兩祈其曰春夏祈穀於上帝者穀梁論郊所謂夏之始可以承

春也左傳孟獻子曰夫郊祀后稷以祈農事也是故啟蟄而郊郊而後耕亦卽此詩祈穀言耕之義啟蟄而郊者謂必啟蟄之後乃可郊非謂必郊於啟蟄之月猶龍見而雩謂必龍見而後可雩也白虎通社稷篇引援神契曰仲春祈穀夏正仲春卽周正孟夏魯詩祈穀春連夏言可知必不用月令孟春用孟春則不定爲啟蟄之後呂覽秦記本不足證詩箋專於古文求之宜不合也若詩爲兩祈祈於春既曰駿發祈於夏又曰駿發不可通矣

噫嘻成王既昭假爾率時農夫播厥百穀注韓詩曰帥時農夫播厥百穀韓說曰穀類非一故言百也疏傳意懿古字校勘記歎也嘻和也成王成是王事也箋噫嘻有所多大之聲也假至也播猶種也噫嘻乎能成周王之功其德已著至矣謂光被四表格于上下也又能率是主田之吏農夫使民耕田而種百穀也○戴震云噫嘻猶噫歆祝神之聲儀禮既夕篇祝聲三注三有聲存神也舊說以爲聲噫歆也士虞禮祝聲三注聲者噫歆也禮記曾子問注聲噫歆警神也詩爲祈穀所歌故噫歆於神以爲民祈禱馬瑞辰云釋詁祈告也釋言祈叫也郭注祈祭者叫呼而請事噫嘻卽噫歆之叚借噫嘻祀神正卽叫呼之義噫嘻成王蓋倒文謂成王噫歆爲聲以祈呼上帝也故下卽云既昭假爾謂既昭假于上帝也愚案戴馬說皆是成王是生號詳昊天有成命順文釋之亦合言成

王既能昭假於上帝也詩凡言昭假者義爲昭其誠敬以假神昭其明德以假天精誠表見曰昭貫通所至曰假帥時至百也文選東都賦李注引韓詩及薛君文帥率古字通用故毛作率韓作帥

駿發爾私（注）齊駿作浚**終三十里亦服爾耕十千維耦**（疏）傳私民田也言上欲富其民而讓於下欲民之大發其私田耳終三十里言各極其望也箋駿疾也發伐也亦大服事也使民疾耕發其私田竟三十里者一部一吏主之於是民大事耕其私田萬耦同時舉也周禮曰凡治野田夫間有遂遂上有徑十夫有溝溝上有畛百夫有洫洫上有塗千夫有澮澮上有道萬夫有川川上有路計此萬夫之地方三十三里少半里也耜廣五寸二耜爲耦一川之間萬夫故有萬耦耕言三十里者舉其成數○齊駿作浚者鹽鐵論取下篇君篤愛臣盡力上下交讓而天下平浚發爾私上讓下也遂及我私先公職也陳喬樅云詩釋文浚本又作駿是釋文本作浚與韓同箋訓駿爲疾釋詁駿速也說文趨行速趨趨也訓義並同浚即趨之叚借案周語土乃脈發韋注引農書曰春土冒橛陳根可拔耕者急發浚發即急發也

噫嘻一章八句

振鷺（注）魯說曰振鷺二王之後來助祭之所歌也（疏）毛序二王之後來助

祭也箋二王夏殷也其後杞也宋也○振鷺至歌也蔡邕獨斷
文魯說也漢書匡衡議曰王者存二王後所以尊其先王而存
三統也是齊詩亦
有此說韓義蓋同

振鷺于飛于彼西雝【注】韓說曰鷺絜白之鳥西雝文王之雍也
言文王之時辟雍學士皆絜白之人也我客戾止亦有斯容【疏】
傳興也振振羣飛貌鷺白鳥也雝澤也客二王之後箋白鳥集
于西雝之澤言所集得其處也興者喻杞宋之君有絜白之德
來助祭于周之廟得禮之宜也其至止亦有此容言威儀之善
如鷺然○鷺絜至人也後漢邊讓傳注引薛君章句文胡承珙
云辟雍本取四周有水形如璧環爲名故辟雍又謂之澤宮其
云鷺白鳥者卽謂靈臺之白鳥薛云西雍文王之雍案鄭君注
禮謂殷制小學在公宮南之左大學在西郊樂記疏引熊氏云
武王伐紂之後猶用殷制然則文王辟雍自當在西郊也愚案
詩以西雍爲學士所集其絜白本如鷺然下文我客亦如學士
亦字方有根據蓋其時西雍學士沐文王之教澤不獨德行純
美卽威儀無不盡善今我客之來亦與之同非謂客威儀如鷺
也蔡邕薦皇甫規表以廣振鷺西雍之美又與何進薦邊讓書
雖振鷺之集西廱濟濟之在周庭無以或加又釋誨振鷺充
庭皆用魯經文據韓魯詩說雝作雍其作廱者蓋亦作本也**在**

彼無惡，在此無斁。【注】韓「斁」作「射」，說曰：射，厭也。庶幾夙夜，以永終

譽。【注】韓、魯「終」作「眾」。【疏】箋：在彼，謂居其國無怨惡之者；在此，謂其來朝，人皆愛敬之，無厭之者。永，長也。譽，聲

美也。○「射，厭也」者，後漢曹昭傳李注引韓詩文，知韓作「射」也。禮

中庸：詩曰：「在彼無惡，在此無射。庶幾夙夜，以永終譽。」鄭注：射，厭

也。永，長也。是齊作「射」，知魯今文亦同也。「韓、魯終作眾」者，馬瑞辰

云：後漢崔駰傳云「豈可不庶幾夙夜，以永眾譽」，義本三家。「終」乃

「眾」之叚借，猶詩「眾穉且狂」即言「終穉且狂」也。中庸引此詩曰：「君

子未有不如此而蚤有譽於天下者也。」有譽於天下，即眾譽也。

詩承上在彼在此言之，亦爲眾譽。正義讀如終始之終，非也。愚

案：上文言「永」，下文「終」字當讀爲「眾」，方不犯複。齊詩作「終」，則作「眾」

者，魯、韓

文也。

振鷺一章八句

豐年【注】魯說曰：豐年一章七句，蒸嘗秋冬之所歌也。【疏】毛序：秋冬報也。

箋：報者，謂嘗也，烝也。○「豐年」至「歌也」，蔡邕獨斷文，魯說也，齊、韓

當同。陳喬樅云：此烝嘗非四時宗廟之祭也。禮月令：季秋之月，

大饗帝，嘗犧牲，告備於天子。鄭注：嘗者，謂嘗羣神，天子親嘗帝，

使有司祭於羣神，禮畢而告焉。又孟冬之月，大飲烝，天子乃祈

來年于天宗大割祠于公社及門閭臘先王五祀鄭注十月農功畢天子諸侯與其羣臣飲酒於大學以正齒位謂之大飲別之于他其禮亡又釋祈與大割及臘云此周禮所謂蜡祭也淮南時則訓高注云烝冬祭也正此詩所言蒸嘗秋冬之祭謂之嘗者取物成嘗新之義謂之烝者取品物備進之義月令言畢饗先祖詩言烝畀祖妣其事正同噫嘻爲春夏祈祭之所歌豐年爲秋冬報祭之所歌與宗廟時祀之烝嘗名同而實異也黃山云此詩獨斷云蒸嘗秋冬之所歌毛序云秋冬報箋謂報者嘗也烝也得箋說而知蔡言蒸嘗亦卽指報祭矣報社稷必於秋良耜之秋報社稷是也報先祖則或於秋或於冬亦必一報而非二報葢天時有早晏成熟有先後一物不備一人不得其所孝子不敢以誣其先秋祭曰嘗冬祭曰烝本皆宗廟之祭詩言爲酒爲醴烝畀祖妣又明爲享先祖先妣不必爲月令之大享帝及祈來年於天宗也古者祭不欲數天子祈報皆卽於時祭行之書雒誥之烝祭於新邑卽成王之告卽政而烈文之詩於此歌之是其證矣

豐年多黍多稌亦有高廩萬億及秭〖注〗韓說曰陳穀曰秭也〖疏〗

傳豐大稌稻也廩所以藏齍盛之穗也數萬至萬曰億數億至億曰秭箋豐年大有年也亦大也萬億及秭以言穀數多○陳穀曰秭者釋文引韓詩文陳喬樅云陳穀猶言積穀廣雅釋詁一秭積也正本韓訓魏伐檀傳云種之曰稼斂之曰穡方言嗇

積也穡從嗇取積之義頌言萬億及秭是形容豐年黍稌之多故云陳穀曰秭謂積穀人之數也愚案釋詁秭數也據此知魯訓同毛張衡東京賦觀豐年之多稌用魯經文**爲酒爲醴烝畀祖妣以洽百禮降福孔皆**注魯皆作偕疏傳皆徧也箋烝進畀予也○說文醴酒一宿孰也楚詞九歎王逸注醴醴酒也詩云爲酒爲醴魯皆作偕者說苑貴德篇聖王布德施惠非求報於百姓也郊望禘嘗非求報於鬼神也山致其高雲雨興焉水致其深蛟龍生焉君子致其道德而福祿歸焉周頌曰豐年多黍多稌亦有高廩萬億及秭爲酒爲醴烝畀祖妣以洽百禮降福孔偕聖人之於天下也譬猶一堂之上也有一人不得其所者則孝子不敢以其物薦進劉向全引魯詩止一偕字與毛不同左襄二年傳引詩亦作降福孔偕馬瑞辰云皆偕嘉一聲之轉廣雅釋言皆嘉也王氏疏證曰小雅魚麗曰維其嘉矣又曰維其偕矣賓之初筵曰飲酒孔嘉又曰飲酒孔偕偕亦嘉也今案此詩孔皆亦當從廣雅訓嘉嘉與佳同也百禮孔疏謂牲玉幣帛之屬合用以祭韓詩外傳五六百姓內不乏食外不患寒則可以教御以禮義矣詩曰烝畀祖妣以洽百禮禮郊特牲鄭注詩頌豐年曰爲酒爲醴烝畀祖妣以洽百禮明韓齊文與毛同

豐年一章七句

有瞽〔注〕魯說曰有瞽一章十三句始作樂合諸樂而奏之所歌也〔疏〕毛序始作樂而合乎祖也箋王者始定制禮功成作樂合者大合諸樂而奏之○有瞽至歌也蔡邕獨斷文魯說也齊韓蓋同

有瞽有瞽在周之庭設業設虡崇牙樹羽應田縣鼓鞉磬柷圉

〔疏〕傳瞽樂官也業大板也所以飾栒爲縣也捷業如鋸齒或曰畫之植者爲虡衡者爲栒崇牙上飾卷然可以縣也樹羽置羽也應小鞞也田大鼓也縣鼓周鼓也鞉鞉鼓也柷木椌也圉楬也箋瞽矇也以爲樂官者目無所見於音聲審也周禮上瞽四十人中瞽百人下瞽百六十人有視瞭者相之又設縣鼓田當作輔輔小鼓在大鼓旁應鞞之屬也聲轉字誤變而爲田○楚詞九章王注瞽盲者也詩云有瞽有瞽明魯毛文同韓詩外傳三云傳曰太平之時無瘖瘂跛眇尪蹇侏儒折短父不哭子兄不哭弟道無襁負之遺育然各以其序終者賢醫之用也故安止平正除疾之用無他焉用賢而已矣詩曰有瞽有瞽在周之庭紂之餘民也明韓毛文同禮明堂位鄭注簨虡所以縣鍾磬也橫曰簨飾之以鱗屬植曰虡飾之以蠃屬羽屬簨以大版爲之謂之業殷又於龍上刻畫之爲重牙以挂縣紘也周又畫繒爲翣戴以璧垂五采羽于其下樹於簨之角上飾彌多也周

頌曰設業設虡崇牙樹羽陳喬樅云說文業大版也所以飾懸鍾鼓捷業如鋸齒以白畫之象其鉏鋙相承也牙即業之上齒皇氏云崇重也謂刻畫大版重疊爲牙是也靈臺詩虡業維樅毛傳樅崇牙也正義謂以采色爲大牙其狀隆然謂之崇牙失之明堂位周縣鼓鄭注縣縣之以簨虡也周頌曰應朄縣鼓陳喬樅云周禮太師令奏鼓朄注引鄭司農云朄小鼓也先擊小鼓乃擊大鼓小鼓爲大鼓先引故曰朄朄讀爲導引之引玄謂鼓朄猶言擊朄詩云應朄縣鼓釋樂郭注引詩同是知齊魯今文皆作朄也陳氏禮書曰儀禮朔鼙即朄鼓也以其引鼓故曰朄以其始鼓故曰朔是以儀禮有朔無朄周禮有朄無朔馬瑞辰云陳氏說是也釋名鼙裨助鼓節也聲在前曰朔朔始也在後曰應應大鼓也朄以引鼓在前可知朄之即朔詩言應朄蓋前後皆備矣愚案釋樂云大鼓謂之鼖小者謂之應邢疏引李巡曰小者音聲相承故曰應應承也孫炎曰和應大鼓也郭璞注詩曰應朄縣鼓在大鼓側蓋以引大鼓言之故謂之朄以承大鼓言之故謂之應應朄是一非二詩與縣鼓對文**既備**

乃奏簫管備舉喤喤厥聲肅雝和鳴先祖是聽疏 箋既備者懸也朄也皆畢已也乃奏謂樂作也簫編小竹管如今賣餳者所吹也管如遂併而吹之○應劭風俗通義六詩云簫管備舉管漆竹長一尺六孔十二月之音也物貫地而牙故謂之管尚書大傳舜之時西母來獻其白玉琯知古以玉爲管後乃易之以竹耳夫以玉

作管故神人和鳳皇儀也又曰籥其形參差像鳳之翼十管長
一尺應習魯詩此魯說也釋言肅雝聲也郭注詩曰肅雝和鳴
史記樂書詩曰肅雍和鳴先祖是聽夫肅肅敬也雍雍和也夫
敬以和何事不行蔡邕禮樂意亦引詩云肅雍和鳴先祖是聽
皆魯家也禮樂記詩云肅雍和鳴先祖是聽鄭注言古樂和且
敬此齊家也明魯齊皆作雍不作雝韓詩當同爾雅作雝乃魯
亦作本**我客戾止永觀厥成**〔疏〕箋我客二王之後也長多其成功謂深感於和樂遂入善道終無愆過○班固辟雍詩永觀厥成用齊經文

有瞽一章十三句

潛〔注〕魯說曰潛一章六句季冬薦魚春獻鮪之所歌也〔疏〕毛序季冬薦魚春獻鮪也箋冬魚之性定春鮪新來薦獻之者謂於宗廟也○潛一至歌也蔡邕獨斷文魯說也齊韓蓋同潛當作涔見下

猗與漆沮潛有多魚〔注〕韓魯潛作涔韓說曰涔魚池也**有鱣有鮪鰷鱨鰋鯉**〔疏〕傳漆沮岐周之二水也潛槮也箋猗與歎美之言也鱣大鯉也鮪鮥也鰷白鰷也鰋鮎也○孔

疏漆沮自豳歷岐周以至豐鎬以其薦獻所取不宜遠於京邑故不言豳言岐周者鎬京去岐不遠故繫而言之其實此爲潛之處當近京邑愚案詩賦漆沮必非虛語蓋祭宗廟或以致遠爲貴也涔魚池也者文選長笛賦李注引薛君韓詩章句文釋文引同據此知韓潛作涔魯作涔者釋器槮謂之涔御覽八百三十四引舍人注以米投水中養魚爲涔孔疏引孫炎曰積柴養魚曰槮陳喬樅云孔疏涔潛古今字釋文潛爾雅作涔郭音潛韓詩云涔魚池小雅作槮據此則魯詩潛亦當作涔與韓同今獨斷作潛此後人順毛所改也淮南說林訓高注今沇州人積柴水中捕魚爲罧幽州人名之爲涔與孫炎說同舍人注以米投水中養魚米字蓋木之譌毛傳糝字亦從米旁詩正義引李巡爾雅注云以木投水中養魚曰涔槮字爾雅作木邊積柴之義也槮用木不用米當從木爲正胡承珙曰槮謂之涔爾雅列於釋器若以米養魚不得爲器況漆沮大水非可投米以養若如韓詩謂涔爲魚池則當入釋地爾雅既與罭罶罺羅並列則槮自是圍魚待捕之具水中列木所以聚魚亦可謂養非必以米畜養也愚案列木水中魚得藏隱有若池然故曰魚池邢疏引小爾雅云魚之所息謂之橬橬槮也積柴水中魚舍也是可稱魚舍亦可稱魚池若在漆沮水中而曰別有魚池謂之涔韓固不爲此訓也潛涔古今字禹貢沱潛既道史記作沱涔亦其證矣箋鰷白鰷也本或作白鯈也桂馥說文義證鰷下引何敬祖詩流目玩鯈魚字或作鰷爾雅翼鰷白鰷也其形纖長而

白今人謂之參鰲即鰷字之誤埤雅鰷江淮之間謂之鰷廣韻鰷魚與鮋同莊子秋水篇鰷魚出游釋文白魚也何晏景福殿賦瀨戲鰋鰷然則鰷卽今俗呼白魚重三四斤者質嫩而味美過大則不堪食釋魚鮂黑鰦郭注卽白鰷魚江東呼爲鮂廣韻以爲鮂鮋小魚亦失實也餘見衞風小雅易林比之觀鱣鮪鰋鯉衆多饒有一筍獲兩利得過倍益之晉同用齊經文**以享以祀以介景福**疏箋介助景大也

潛一章六句

雝注魯說曰雍一章十六句禘太祖之所歌也韓說曰禘取毀廟之主皆升合食於太祖疏毛序禘太祖也箋禘大祭也大於四時而小於祫太祖謂文王○雍一至歌也蔡邕獨斷文魯說也陳喬樅云白虎通云祭宗廟所以禘祫何尊人君貴功德廣孝道也位尊德盛所及彌遠謂之禘祫何禘之爲言諦也序昭穆諦父子也祫者合也毀廟之主皆合食於太祖也周以后稷文王特七廟周之所以七廟者以后稷始封文王武王受命而王后稷爲始祖文王爲太祖武王爲太宗韋元成云禮王者受命諸侯始封之君皆爲太祖並與箋說同則魯家之說以此禘太祖爲祀文王也鄭用魯義淮南主術訓奏雍而徹高注雍已食之樂也以上魯說禮仲尼燕居

容出以雍徹鄭注雍雍樂章也陳喬樅云樂師云及徹率學士而歌徹注徹者歌雍雍在周頌臣工之什論語雍徹注引馬融云天子祭於宗廟雍以徹祭是宗廟之祭及食畢樂並歌雍以徹也又小師徹歌大饗亦如之賈疏云大饗饗諸侯之來朝者徹器亦歌雍若諸侯自相饗徹器卽歌振鷺仲尼燕居云徹以振羽是其事也雍本禘太祖之所歌用之徹祭又用之大饗文選李注釋西都賦食畢雍徹引禮記客出以雍徹爲證是讀以雍徹絕句謂歌雍以徹也又言以振羽者謂兩君相見諸侯大饗之禮則歌振鷺以徹也禮記正義讀客出以雍爲句言客出之時歌雍以送之失其義矣以上齊說禘取至太祖三禮義宗引韓詩內傳文通典四十九禮書七十一引同王應麟詩攷引此條無所附著盧文弨以爲當在此篇而文不全

有來雝雝至止肅肅相維辟公天子穆穆於薦廣牡相予肆祀

疏　傳相助廣大也箋雝雝和也肅肅敬也有是來時雝雝然旣至止而肅肅然者乃助王禘祭百辟與諸侯也天子是時則穆穆然於進大牡之牲百辟與諸侯又助我陳祭祀之饌言得天下之歡心○包咸論語注辟謂諸侯公二王之後也穆穆天子之容咸習魯詩漢書劉向傳向上封事曰詩曰有來雍雍至止肅肅相維辟公天子穆穆言四方皆以和來也韋元成傳元成議臣聞祭非自外至者也繇中正生於心也故唯聖人爲能饗帝孝子爲能饗親立廟京師之居躬親承事四海之內各以

其職來助祭尊親之義五帝三王所共不易之道也詩云有來雍雍至止肅肅相維辟公天子穆穆馬瑞辰云肆祀卽周禮大祝之肆享周語禘郊之事則有全烝韋注全其牲體而升之大司徒奉牛牲羞其肆先鄭注肆陳骨體也小子羞羊肆先鄭注體薦全烝也與周語合

假哉皇考綏予孝子宣哲維人文武維后〔疏〕傳假嘉也箋宣徧也嘉哉皇考斥文王也文王之德乃安我孝子謂受命定其基業也又徧使天下之人有才知以文德武功爲之君故○馬瑞辰云宣哲平列朱子集傳訓宣爲通哲爲知是也宣之言顯顯明也宣哲猶言明哲也愚案詩言文王之德安我孝子既敎成明哲之士爲國人材又生文武兼備者以爲之君后謂武王也

燕及皇天克昌厥後綏我眉壽介以繁祉〔疏〕傳燕安也箋繁多也文王之德安及皇天謂降瑞應無變異也又能昌大其子孫安助之以考壽與多福祿○桓寬鹽鐵論申韓篇頌曰綏我眉壽介以繁祉此天爲福亦不小矣明齊毛文同

既右烈考亦右文母〔疏〕傳烈考武王也文母太姒也箋烈光也子孫所以得考壽與多福者乃以見右助於光明之考與文德之母歸美焉○楚詞離騷王逸注父死曰考詩曰既右烈考魯說也雒誥曰烈考武王此禘祭當在成王之世列女傳太姒號曰文母漢書杜鄴傳禮明三從之義雖有父母之德必繫於子蓋武王卽位時太姒尚存也故詩言文王在天之靈所以右

助烈考與文毋
者爲尤至焉

雝一章十六句

載見〔注〕魯說曰載見一章十四句諸侯始見于武王廟之所歌
也〔疏〕毛序諸侯始見乎武王廟也。載見至歌也蔡邕獨斷文魯說也齊韓當同

載見辟王曰求厥章龍旂陽陽和鈴央央〔注〕魯央作鉠鞗革有
鶬〔注〕韓魯作鶬齊作瑲毛原作鎗休有烈光〔疏〕傳載始也龍旂陽陽言有文章也和在軾前鈴在旂上鞗革有鶬言有法度也箋諸侯始見君王謂見成王也曰求其章者求車服禮儀之文章制度也交龍爲旂鞗革轡首也鶬金飾貌休者休然盛壯。載見者孔疏周公居攝七年而歸政成王成王即政諸侯來朝於是率之以祭武王之廟烈文成王即政諸侯助祭箋以爲朝享之祭於時始告嗣位不得祭前已受諸侯之朝此詩言既朝成王乃後助祭與烈文異時也魯央作鉠者張衡東京賦和鈴鉠鉠衡習魯詩是魯作鉠鉠也韓作鶬者大戴禮盧辯注十三引韓詩內傳曰鶬鶬胎生孔子渡江見而異之史記司馬相如傳正義及廣韻十三末引韓詩曰孔子渡江見之異當是見而異之之誤而衆莫能名孔子

字脫日嘗聞河上人歌曰鵠兮鶬鶬當是兮逆毛衰兮一身九尾長
兮鶬鵠也兩引當是韓此詩注而文皆不全是韓作鶬魯作鶬
者釋鳥鶬麋鴰郎釋此詩鶬字與韓皆謂鸞首飾爲鶬形是魯
作鶬齊作瑲者說文瑲玉聲也从玉倉聲詩曰肇革有瑲與韓
魯異是齊作瑲毛作鎗者希見之字與物傳箋例必詳釋今傳
但云言有法度也箋但云金飾貌皆爲鎗字下意其原作鎗不
作鶬可知正義本又是鎗字止釋文一鶬字不知其所由來雖
云本亦作鎗而經字遂爲所亂矣蔡邕陳太丘廟碑休有烈光
用魯經文**率見昭考以孝以享以介眉壽永言保之思皇多祜**〔疏〕傳昭
考武王享獻也箋言我皇君也諸侯既以朝禮見於成王至祭
時伯又率之見於武王廟使助祭也以致孝子之事以獻祭祀
之禮以助壽考之福長我安行此道思使成王之多福○馬瑞
辰云釋詁享孝也釋名引孝經說曰孝畜也畜養也廣雅享養
也謚法解云協時肇享曰孝是孝與享同義故享祀亦曰孝祀
楚茨詩苾芬孝祀是也致享亦曰致孝論語而致孝乎鬼神是
也此詩以孝以享猶潛詩以享以祀皆二字同義合言之則曰
孝享天保詩是用孝享猶閟宮詩享祀不忒也箋分孝享爲二
義失之又說文佋廟佋穆父爲佋南面子爲穆北面今經傳通作昭皆佋字之叚借**烈文辟公綏以多福**
俾緝熙于純嘏〔疏〕箋俾使純大也祭有十倫之義成王乃光文百辟與諸侯安之以多福使光明於大嘏之

意天子受福曰大嘏辭有福祚之言。十倫之義祭統文

載見一章十四句

有客〔注〕魯說曰有客一章十三句微子來見祖廟之所歌也〔疏〕毛序微子來見祖廟也箋成王既黜殷命殺武庚命微子代殷後既受命來朝而見也。有客至歌也蔡邕獨斷文魯說也齊韓當同

有客有客亦白其馬有萋有且敦琢其旅〔疏〕傳殷尚白也亦亦周也萋且敬慎貌箋有客有客重言之者異之也亦亦武庚也武庚爲二王後乘殷之馬乃叛而誅不肖之甚也今微子代之亦乘殷之馬獨賢而見尊異故言亦亦駮而美之其來威儀萋萋且且盡心力於其事又選擇衆臣卿大夫之賢者與之朝王言追琢者以賢美之故王言之。白虎通王者不臣篇王者不臣二王之後者尊先王通天下之三統也詩云有客有客亦白其馬謂微子朝周也又三正篇王者所以存二王之後何也所以尊先王通天下之三統也明天下非一家之有謹敬謙讓之至也故封之百里使得服其正色用其禮樂永祀先祖詩曰厥作祼將常服黼冔言微子服殷之冠助祭於周也周頌曰有客有客亦白其馬此微

子朝周也案馬瑞辰云亦字當訓爲語詞釋詞曰亦有不承上文而但爲語詞者若易井彖辭亦未繘井書亦行有九德詩草蟲亦既見止是也今案此詩亦白其馬及豐年詩亦有高廩亦皆爲語助爲上無所承之詞傳箋皆失之又云萋且雙聲字皆以狀從者之盛說文萋艸盛也韓詩章句萋萋盛也且與居同部義近且且猶言裾裾荀子楊倞注裾裾盛服貌草之盛曰萋萋服之盛曰裾裾人之盛曰萋且其義一也孔疏旅是從者之衆敦琢治玉之名釋器玉謂之雕又云玉謂之琢是雕琢皆治玉之名敦雕古今字黃山云萋且猶棲苴說具召旻篇敦琢猶追琢棫樸篇追琢其章箋謂追琢玉使成文章則敦琢其旅亦謂微子有文德能化其從臣使皆有威儀文章之美也周禮大行人上公九介其車九乘則其附從之美盛可知

有客宿宿，有客信信。〔注〕魯說曰：有客宿宿，言再宿也；有客信信，言四宿也。**言授之縶，以縶其馬。**〔疏〕傳一宿曰宿再宿曰信欲縶其馬而留之箋縶絆也周之君臣皆愛微子其所館宿可以去矣而言絆其馬意各殷勤○有客至宿也釋訓文因重文而倍言之魯說也公羊隱三年傳何休解詁云王者封二王後地方百里爵稱公客待之而不臣也詩云有客宿宿有客信信陳喬樅云公羊傳又云王者存二王使統其正朔服其服色行其禮樂所以尊先聖通三統師法之義恭讓之禮於是可得而觀之說亦與白虎通合疑皆本魯故 **薄**

言追之左右綏之既有淫威降福孔夷〔疏〕傳淫大威則夷易也箋追送也於微子去王始言餞送之左右之臣又欲從而安樂之厚之無已既有大則謂用殷正朔行其禮樂如天子也神與之福又甚易也言動作而有度○馬瑞辰云廣雅釋言威德也風俗通十反篇書曰天威棐諶言天德輔誠也是知古者威有德訓既有淫威猶云既有大德耳又云說文夷从大从弓古夷字必有大訓降福孔夷猶云降福孔大也

有客一章十二句

武〔注〕魯說曰武一章七句奏大武周武所定一代之樂之所歌也〔疏〕毛序奏大武也箋大武周公作樂所爲舞也○武一至歌也蔡邕獨斷文魯說也齊韓當同陳喬樅云呂覽古樂篇武王即位以六師伐殷六師未至以銳兵克之於牧野歸乃薦俘馘於京太室乃命周公爲作大武攷春秋繁露言文王受命作武樂制文禮以奉天武王受命作象樂繼文以奉天周公輔成王受命成文武之制作汋樂以奉天直以武爲文王樂者白虎通禮樂篇周樂曰大武象周公之樂曰酌合曰大武象者象太平而作樂示已太平也合曰大武者天下始樂周之征伐行武故詩人歌之王赫斯怒爰整其旅當此之時天下樂文王之怒以定天下故樂其武也據此是文王已作武樂及武王克殷

繼文而卒成武功又定大武之樂故魯詩序云周武所定一代
之樂不言周武所作者明文王已作武樂也大武爲武王所定
即傳爲武王樂猶咸池本黃帝所作樂堯增修而用之曰大咸
而咸池亦得爲堯樂也愚案大武者祀周武王所定一代之樂
歌周公作也大武之樂亦爲象象用兵時刺伐之舞見維清孔
疏禮仲尼燕居鄭注武象武王之大事也明堂位鄭注象謂周
頌武也以管播之是也維清者武王克殷後祀文王奏象武之
所歌武王作也繁露言文王受命作武樂是武王未克殷時已
祀文王而作武樂
但未制象舞耳

於皇武王無競維烈允文文王克開厥後嗣武受之勝殷遏劉
耆定爾功〈注〉魯爾作武〈疏〉傳烈業也武迹劉殺者致也箋皇君也於乎君哉武王也無彊乎其克商
之功業言其彊也信有文德哉文王也能開其子孫之基緒遏
止者老也嗣子武王受文王之業舉兵伐殷而勝之以止天下
之暴虐而殺人者年老乃定女之此功言不汲汲於誅紂須暇
五年○魯爾作武者風俗通一引詩云勝殷遏劉者定武功是
魯不作爾與毛異潛夫論五德志篇武王騈齒勝殷遏劉成周
道亦用魯經文據此知魯訓者爲老箋以魯義易毛也韓詩外
傳三亦引詩曰勝殷遏劉者定爾功明韓毛文同釋文耆毛音
指鄭巨移反韓詩音同鄭云惡也馬瑞辰云韓詩者惡也當爲

皇矣詩上帝耆之章句釋文誤入此章若云惡定其功則不詞矣

武一章七句

臣工十篇十章一百六句

詩三家義集疏卷二十五終

詩三家義集疏卷二十六

長沙王先謙益吾著

詩周頌

閔予小子弟二十六

閔予小子【注】魯說曰閔予小子一章十一句成王除武王之喪將始即政朝於廟之所歌也【疏】毛序嗣王朝於廟也箋嗣王者謂成王也除武王之喪將始即政朝於廟也○閔予至歌也蔡邕獨斷文魯說也齊韓當同黃山云將始即政未遂即政也成王即政在洛烈文篇韓說可證此朝於廟乃吉祭於武王之廟告除喪耳

閔予小子遭家不造嬛嬛在疚【注】齊嬛作煢韓作惸魯作煢疚作宊【疏】傳閔病造爲疚病也箋閔悼傷之言也造猶成也可悼傷乎我小子耳遭武王崩家道未成嬛嬛然孤特在憂病之中○蔡邕宗廟祝嘏詞予末小子遭家不造用魯經文漢書敘傳遭家不造明齊毛文同後漢桓帝紀梁太后詔曰曩者遭家不造用韓經文齊嬛作煢者漢書匡衡傳衡疏曰詩云煢煢在疚言成王喪畢思慕意氣未能平也是齊作煢韓嬛作惸

者文選寡婦賦注引韓詩曰惸惸余在疚凡人喪曰疚余字衍玉海無辭是韓作惸魯嬛作煢疚作宊者說文宊下引詩煢煢在宊煢宊皆與毛異當是魯文

於乎皇考永世克孝念茲皇祖陟降庭止（注）齊茲作我庭作廷（疏）傳庭直也箋陟降上下也於乎我君考武王長世能孝謂能以孝行爲子孫法度使長見行也念此君祖文王上以直道事天下以直道治民言無私枉○庭直釋詁文魯詩當與毛同齊茲作我庭作廷者漢書匡衡傳衡疏曰昔者成王之嗣位思述文武之道以養其心休烈盛美皆歸之二后而不敢專其名是以上天歆享鬼神佑焉其詩曰念我皇祖陟降廷止言成王常思祖考之業而鬼神祐助其治也顏注周頌閔予小子之詩言成王常念文王武王之德奉而行之故鬼神上下臨其朝廷衡用齊詩文與毛異顏氏當亦本齊詩相承舊說爲注或韓詩文義同齊顏因取之要其說廷爲朝廷謂鬼神上下臨之推見成王羹牆如見之誠義尤深切

維予小子夙夜敬止於乎皇王繼序思不忘（疏）傳序緒也箋夙早敬慎也我小子早夜慎行祖考之道言不敢解倦也於乎君王歎文王武王也我繼其緒思其所行不忘也○潛夫論慎微篇文王小心翼翼成王夙夜敬止思慎微眇早防未萌故能太平而傳子孫愚案王符習魯詩言成王夙夜敬慎思念祖考合之蔡邕除喪朝廟是魯詩與齊韓說同王肅以爲周公致政之後殊誤

閔予小子一章十一句

訪落【注】魯說曰訪落一章十二句成王謀政於廟之所歌也【疏】毛序嗣王謀於廟也箋謀者謀政事也○訪落至歌也蔡邕獨斷文魯說也齊韓當同黄山云謀政於廟卽謀之武王廟也葢斯時成王雖未卽政而周公在外家難未平故須訪羣臣而謀之

訪予落止率時昭考於乎悠哉朕未有艾將予就之繼猶判渙【疏】傳訪謀落始時是率循悠遠猶道判分渙散也箋昭明艾數猶圖也成王始卽政自以承聖父之業懼不能遵其道德故於廟中與羣臣謀我始卽政之事羣臣曰當循是明德之考所施行故荅之以謙曰於乎遠哉我於是未有數言遠不可及也女扶將我就其典法而行之繼續其業圖我所失分散者收斂之○釋詁落始也馬瑞辰云左昭七年傳楚子成章華之臺願與諸侯落之王引之曰謂與諸侯始其事也楚語伍舉對靈王曰願得諸侯與始升焉是其明證案檀弓晉獻文子成室晉大夫發焉發開也開亦始也孔廣森曰物終乃落而以爲始者大抵施於終始相嬗之際如宮室考成謂之落成言營治之終而居處之始也成王詩言訪予落止此先君之終而今君之始也離騷夕餐秋菊之落英宋人有引落始也訓之者葢秋者百卉

之終草木黃落而菊始有華故惟菊乃言落英今案終則有始
義本以相反而相成以落爲始猶之以徂爲存亂爲治來爲往
故爲今廢爲置義有反覆互訓耳又云釋詁艾歷也歷數也又
曰艾歷相也鄭特牲篇其車徒而歷其卒伍歷當讀爲閱歷之
歷說文閱具數於門中也是知艾歷與數皆同義箋釋未有艾
爲未有數猶云未有歷也未有歷則難及故箋又言遠不可及
孔疏謂未有等數失之又云就當訓因說文因就也小爾雅就
因也二字互訓成王志在述祖故以能因爲先又云釋詁圖猷
謀也猷猶古通用判渙當讀與卷阿詩伴奐爾游矣同伴奐皆
大也說文伴大皃奐字注一曰大也小毖詩以小毖名篇言當
愼其小也此詩繼猶判渙言當謀其大
也作判渙者叚借字箋訓爲分散失之

維予小子未堪家多難

箋多眾也我小子耳未任統理國家眾難成之事心有任賢
【疏】待年長大之志難成之事謂諸政有業未平者○馬瑞辰云
小毖詩亦云未堪家多難正義引王肅云言患難宜愼其小又
引王肅解經云非徒多難而已又多辛苦是肅述毛正讀難如
患難之難此章解多難宜與彼同箋以爲國家眾難成之事非
詩義黃山云三年之喪二十五月而畢成王卽吉甫逾二年也
尚書大傳曰周公攝政一年救亂二年克殷三年踐奄四年建
侯衞五年營成周六年制禮作樂七年致政成王東征三年踐
奄而後歸與豳詩說合三監之變公親致刑焉骨肉摧殘正成
王所謂家難也訪落之時公旣未歸難猶未已惟其不堪多難

故訪羣臣而謀之箋乃說多難爲事之難孔疏卽指爲制禮作樂營洛之等無論三者皆周公五年以後之事斯時成王保身是亟無暇遠圖且三事皆國之大經與家何涉其非詩義明矣**紹庭上下陟降厥家休矣皇考以保明其身**疏箋紹繼也厥家謂羣臣也繼文王陟降庭止之道上下羣臣之職以次序者美矣我君考武王能以此道尊安其身謂定天下居天子之位○閔予小子篇念茲皇祖陟降庭止鬼神臨其庭而業光臨其家而身安家既多難之家與桓篇克定厥家同詞箋指羣臣非書雒誥公明保予沖子多士大不克明保享于民保明猶明保也明者勉也皇考以此道保其身而勉其身予亦惟紹之而已黃山云朱集傳於閔予小子訪落敬之陟降句均推顏師古說以今文易古文其說紹庭上下四句謂繼其上下於庭陟降于家庶賴皇考之休以明保吾身是以家爲卽成王之家集傳已然矣惟詩意乃冀鬼神感召繼臨其庭者而又臨其其家以保其身紹當屬鬼神言集傳仍以屬成王故胡承珙有不可謂繼鬼神之疑耳愚按此本齊韓詩說毛訓庭爲直則本魯說也

訪落一章十二句

敬之注魯說曰敬之一章十二句羣臣進戒嗣王之所歌也疏

毛序羣臣進戒嗣王也○敬之至歌也蔡邕獨斷文魯說也齊韓當同

敬之敬之天維顯思命不易哉無曰高高在上陟降厥士日監在茲疏傳顯見士事也箋顯光監視也羣臣見王謀即政之事故因時戒之曰敬之哉敬之哉天乃光明去惡與善其命吉凶不變易也無謂天高又高在上遠人而不畏也天上下其事謂轉運日月施其所行日月瞻視近在此也○新書禮容篇引詩敬之敬之六句漢書孔光傳引詩敬之敬之三句魯文也漢書郊祀志匡衡奏議引詩毋曰高高在上陟降厥士日監在茲言天之日監王者之處也此齊文也無作毋餘魯齊全同胡承珙云左僖二十二年傳邾人以須句故出師公卑邾不設備而禦之臧文仲曰國無小不可易也引詩曰敬之敬之天維顯思命不易哉又成四年傳公如晉晉侯見公不敬季文子曰晉侯必不免詩曰敬之敬之云云夫晉侯之命在諸侯矣可不敬乎據此皆以詩不易爲難易之易箋說似非經旨馬瑞辰云大雅文王篇駿命不易釋文述毛云不易言甚難也此詩命不易哉義當與彼同天維顯思謂天道之顯赫

維予小子注魯維作惟**不聰敬止日就月將學有緝熙于光明佛時仔肩**注韓佛作弗**示我顯德行**注魯示作視疏傳小子嗣王也將行也光廣也佛大

也仔肩克也箋緝熙光明也佛輔也時是也仔肩任也羣臣戒成王以敬之敬之故承之以謙云我小子耳不聰達於敬之之意日就月行言當習之以積漸也且欲學於有光明之光明者謂賢中之賢也輔佛是任示道我以顯明之德行是時自知未能成文武之功周公始有居攝之志○魯維作惟示作視者新書禮容篇又引惟予小子不聰敬止日就月將學有緝熙于光明佛時仔肩視我顯德行故弗順弗敬天下不定忘敬而怠人必乘之嗚乎戒之哉據此魯維作惟與毛異示作視古字通餘全同佛字三家義無可攷李黼平云說文奔大也从大弗聲讀若予違汝弼毛詩讀佛爲奔曾釗云凡從弗之字即有弼違之意如矯弓之屈以使正爲弗矯人之非以合宜爲蕭其字皆從弗奔從大從弗言大矯之鄭訓佛爲輔與傳相成非違傳也淮南修務訓知人無務不若愚而好學自人君公卿至於庶人不自彊而功成者天下未之有也詩云日就月將學有緝熙于光明此之謂也高誘注詩頌敬之篇言日有所成就月有所奉行當學之是明此勉學之謂也又曰夫事有易成者名小難成者功大君子修美雖未有利福將在後至故詩曰日就月將學有緝熙于光明此之謂也中論治學篇大樂之成非取乎一音嘉膳之和非取乎一味聖人之德非取乎一道故曰學者所以總羣道也羣道統乎己心羣言一乎己口唯所用之故出則元亨處則利貞默則立象語則成文述千載之上若共一時論殊俗之類若與同室度幽明之故若見其情原治亂之漸若指已效

故詩曰學有緝熙于光明其此之謂也愚案以上皆魯說高注
尤可推見魯義易林升之節曰就月將昭明有功靈臺觀賞膠
鼓作仁陳喬樅云據此知齊詩說亦以靈臺辟雍同處膠鼓作
仁謂膠庠及鼓宗也繁露身之養重於義篇聖人事明義炤燿
其所闇故民不陷詩云示我顯德行先王顯德以示民民樂而
歌之以爲詩說而化之以爲俗故不令而自行不禁而自止從
上之意不待使之若自然矣陳喬樅云說郛載詩緯氾歷樞曰
聖人事明義以炤燿其所闇故民不陷詩云示我顯德行詩緯
與繁露皆齊詩說故文大同韓詩外傳三引日就月將三條外
傳八引一日就月將二條韓佛作弗者外傳三引弗時仔肩示我
顯德行一條佛作弗陳喬樅云韓詩作弗說文弗𢑚也𢑚亦輔
弼之義黃山云尚書大傳武王死周公身居位聽天下爲政淮
南繆稱訓武王既沒周公踐東宮履乘石攝天子之位史記魯
世家周公恐天下聞武王崩而畔乃踐阼代成王攝行政當國
是今文說皆謂攝政即在武王崩時箋謂成王作敬之篇周公
始有居攝之志則攝政在成王除喪後諒陰之內政誰屬乎已
不合矣攝政既政後故流言之作三監之畔亦皆在後成王前
此固無家難之可言遂不得不說多難爲衆難成之事並改詩
說也然難成之事既即爲制禮作樂營洛自必俟平三監淮夷
之亂乃暇議及酌篇箋言周公居攝六年制禮作樂與大傳同
而說小毖詩謂統理衆難爲使周公居攝時又集于蓼
爲遇三監淮夷之難矛盾倒置尤爲不合必不可從矣

敬之一章十二句

小毖【注】魯說曰小毖一章八句嗣王求忠臣助己之所歌也【疏】毛序嗣王求助也箋毖慎也天下之事當慎其小小時而不慎後爲禍大故成王求忠臣早輔助己爲政以救患難○小毖至歌也蔡邕獨斷文魯說也齊韓當同胡承珙云篇中桃蟲飛鳥之喻多難集蓼之言是方當武庚作亂國家不靖之時急求輔助故其詞危迫大誥曰殷小腆誕敢紀其敘卽桃蟲飛鳥之謂也曰予惟小子若涉淵水予惟往求朕攸濟卽求助之謂也小毖之作似正値周公東征詩曰予其懲者懲戒往日之誤信流言致疑周公史記所謂推己懲艾悲彼家難也曰毖後患者謂禍難未已當日愼一日大誥所云朕言艱日思也逸周書成王卽位因嘗麥而語羣臣求助作嘗麥解其曰求助與詩序相應其文曰維四年孟春又可證此及上三篇通爲免喪謀政時事也愚案胡說甚得詩恉箋謂詩作於周公歸政之後非也

予其懲而毖後患【注】韓說曰懲苦也莫予荓蜂【注】魯荓蜂作甹夆云掣曳也一作莫予併蠭自求辛螫【注】韓螫作赦曰赦事也【疏】傳毖愼也荓蜂摩曳也箋懲艾也始者管叔及其羣弟流言於國成王信之而疑周公至後三監叛而作亂周公以王命

舉兵誅之歷年乃已故今周公歸政成王受之而求賢臣以自輔助也曰我其創艾於往時矣畏愼後復有禍難羣臣小人無敢我摩曳謂爲譎詐誑欺不可信也女如是徒自求辛苦毒螫之害耳謂將有刑誅○懲苦也者列子釋文下引韓詩內傳文詩釋文引同陳喬樅云箋云懲艾也本史記推己懲艾悲彼家難語韓以懲爲苦義亦與艾相近愚案懲憂悔之詞小明詩云心之憂矣其毒太苦苦亦疾惡之詞淮南精神篇云苦洿之家掘洿而注之江注云苦猶疾也荓蜂作甹夆云摯曳也者釋訓文魯說也摯說文作瘈云引縱曰瘈甹夆蓋德夆之省說文德夆並云使也孔疏引孫炎曰謂相摯曳入於惡也與荓蜂聲近叚借一作莫與併螽者潛夫論愼微篇引詩作莫與併螽蠭誤之王習魯詩是用魯亦作本予作與古字通二叔流言成王疑周公流言何以卜聞成王何以致疑必有小人摯曳其間而使然故王深惡而嚴敕之易林履之泰蠆室蜂戶螫我手足不得進止爲吾害咎屯之明夷蠱之觀同據此齊文與毛同而釋用蜂字本義荓又本與拼同釋詁拼亦使也言勿在予側使口如蜂不能螫人而還以自螫也韓螫作赦云赦事也者馬瑞辰云赦卽螫字之省訓事者蓋以螫爲赦之同音叚借釋詁赦勞也事勤也勤勞同義故赦可訓勞卽可訓事辛螫猶辛勤辛苦言小人莫予摯曳徒自辛苦耳

肇允彼桃蟲拚飛維鳥（注）韓拚作翻說曰翻飛貌（疏）傳桃蟲鷦也鳥之始小終大者箋肇始允信也始者信以

彼管蔡之屬雖有流言之罪如鷦鳥之小不登誅之後反叛而作亂猶鷦之翻飛爲大鳥也鷦之所爲鳥題肩也或曰鴞皆惡聲之鳥○韓拚作翻曰翻飛貌者文選謝瞻詠張子房詩李注引薛君韓詩章句文據此知韓拚作翻箋云翻飛爲大鳥郎用韓義中毛孔疏云諸儒皆以鷦爲巧婦與題肩又不類箋以鷦與題肩及鴞三者爲一其義未詳且言鷦之爲鳥題肩事亦不知所出馬瑞辰云釋鳥桃蟲鷦鷯郭注鷦鷯桃雀也俗呼爲巧婦小鳥而生鵰鶚者也陸璣草木疏云今鷦鷯是也微小於黃雀其雛化而爲雕故俗語鷦鷯生雕易林亦曰桃蟲生雕御覽九百二十三引藝文類聚九十二引易林又云布穀生子鷦鷯養之今案古云鷦鷯生雕荅郎謂鷦鷯取布穀之子養之化爲雕鶚故方言說巧婦之名或謂之過贏猶桑蟲之化蜾蠃亦名果贏也鷦鷯一名鴟鴞豳詩鴟鴞鴟鴞既取我子喻武庚之誘管蔡猶鴟鴞取布穀之子使化雕鶚也此詩肇允彼桃蟲翻飛維鳥喻管蔡之從武庚猶布穀之子爲桃蟲所養而化雕鶚也列子天瑞篇鷂之爲鸇鸇之爲布穀布穀又復爲鷂呂覽仲春紀鳩化爲鷹高注鳩蓋布穀則布穀與鷹鸇互相變化由來久矣箋云或曰鴞皆惡聲之鳥據正義云定本集注皆云或曰鴟皆惡鳥也以桃蟲一名鴟鴞證之當作或曰鴟鴞皆惡鳥也定本集注遺鴞字遂誤作惡聲之鳥矣愚案禮月令注鷹或名題肩合列子呂覽注證之鄭箋非不可通也

未堪家多難予又集于蓼

疏 傳堪任予我也我又集于蓼言

辛苦也箋集會也未任統理我國家眾難成之事謂使周公居攝時也我又會於辛苦遇三監及淮夷之難也○楚詞東方朔七諫蓼蟲不知徙乎葵菜王注言蓼蟲處辛烈食苦惡不能知徙於葵菜食甘美洪興祖補注蓼辛菜也陳奐以爲桃蟲集蓼大誤成王言時逢多難境又處辛苦切望羣臣各抒忠謀以相助也黃山云此詩作於成王除喪朝廟之後當卽在征淮夷之時家多難指三監之啟商又集于蓼正指淮夷之繼叛不當如箋說也易林觀之益去辛就蓼毒愈酷甚用齊經文

小毖一章八句

載芟【注】魯說曰載芟一章三十一句春藉田祈社稷之所歌也

【疏】毛序春藉田而祈社稷也箋藉田甸師氏所掌王載耒耜所耕之田天子千畝諸侯百畝藉之言借也借民力治之故謂之藉田○載芟至歌也蔡邕獨斷文魯說也南齊書樂志漢章帝時元武司馬班固奏用周頌載芟以祈先農是齊說亦以此詩爲藉田祈社稷所用樂歌韓詩當同

載芟載柞其耕澤澤【注】魯澤作郝云耕也千耦其耘徂隰徂畛侯主侯伯侯亞侯旅侯彊侯以【疏】傳除草曰芟除木曰柞畛埸也主家長也伯長子也亞仲

叔也旅子弟也彊彊力也以用也箋載始也隰謂新發田也畛謂舊田有徑路者强强有餘力者周禮曰以强予任民以謂閒民今時傭賃也春秋之義能東西之曰以成王之時萬民樂治田業將耕先始芟柞其草木土氣烝達而和耕之則澤澤然解散於是耘除其根株輩作者千耦言趨時也或往之隰或往之畛父子餘夫俱行强有餘力者相助又取傭賃務疾畢已當種也○馬瑞辰云說文槎衺斫也槎與乍雙聲此詩載柞及周禮柞氏皆當爲槎之叚借柞又與斱聲近而義同說文斱斬也斬截也禮內則魚曰作之爾雅樊光本作斱亦柞斱相通之類又皇矣詩作之屏之作讀除木亦當讀與載柞之柞同釋澤古通故釋文澤澤音釋釋澤作郝云耕也者釋訓文爵說也郭云言土解孔疏引舍人注釋釋猶藿藿解散之意此蓋本作郝郝故云猶藿藿若作釋釋不得云猶藿藿也楚詞九歎王逸注耘耔也詩云千耦其耘又大招注畛田上道也詩云徂隰徂畛明魯毛文同馬瑞辰云遂師巡其稼穡而移用其民侯彊侯以皆在移用其民之列彊謂彊有力者既自治其田復有餘力治人之田以則傭賃專爲人用此其異也遂人以彊予任甿彊爲詩之侯彊予卽詩之侯以予以古通用予卽與也與猶以也彊予二字平列鄭注遂人云謂民有餘力復予之田不知予卽侯以之以故但引彊予以證侯彊耳**有嗿其饁思媚其婦有依其士**【疏】傳嗿衆貌士子弟也箋饁饋饟也依之言愛也婦子來饋饟其農人於田野乃逆而媚愛之言

勸其事勞不自苦。○馬瑞辰云：說文「嗿，聲也」。集傳「嗿，衆飲食聲」，葢兼取毛傳、說文之義。王引之云：依之言殷也。馬融易注「殷，盛也」。有殷，爲壯盛之皃。「有嗿」、「其饁」四語皆形容之詞。

有略其耜，【注】魯「略」作「挈」，云：「挈，利也。」**俶載南畝。播厥百穀，實函斯活。**【疏】傳：「略，利也。」箋：「俶載當作熾菑。播，猶種也。實，種子也。函，含也。活，生也。農夫既耘除草木根株，乃更以利耜熾菑之，而後種其種，皆成好含生氣。」○「挈，利也」者，釋詁文。據此，知魯作「挈」。說文「㓞」，籀文作「挈」，云「刀劒刃也」。詩釋文：「略，字書本作挈。」匡謬正俗引張揖古今字詁云：「略，古作挈。」楚詞九章王逸注：「播，種也。詩曰：『播厥百穀。』」明魯、毛文同。孔疏：「函者，容藏之義，故轉爲含，猶人口含之也。」

驛驛其達，【注】魯「驛」作「繹」，云：「生也。」**有厭其傑。厭厭其苗，緜緜其麃。**【注】韓「緜」作「民」，魯「麃」作「穮」。【疏】傳：「達，射也。有厭其傑，言傑苗厭然特美也。麃，耘也。」箋：「達，出地也。傑，先長者。厭厭其苗，衆齊等也。」○魯「驛」作「繹」云「生也」者，釋訓文。魯說也。孔疏引舍人曰：「穀皆生之貌。」又順毛改「繹繹」爲「驛驛」。文選甘泉賦李注引薛君章句曰：「繹繹，盛貌。」是韓與魯同。馬瑞辰云：厭當即𤸫之省。說文、廣雅並云：「𤸫，好也。」故𤸫然爲特美皃，以別於下之厭厭。厭厭也，又云：「廣雅：苗，衆也。」苗與傑對言，傑爲特出，則苗爲衆矣。集韻：「稖稖，苗齊等也。」作「稖稖」者，葢韓詩文。鄭箋及集韻「苗齊等」義亦當本於韓詩。厭厭即稖稖之叚借也。愚案：馬說是。行露詩厭浥韓作湆浥小戎詩厭厭良人湛露詩厭厭夜飲韓皆作愔愔湆愔皆音聲則此詩之厭厭韓亦必用音聲字㾖稽之爲韓詩異文確然無疑韓縣作民者釋文引韓詩云民民衆貌陳喬樅云傳麃芸也孔疏引王肅云芸者其衆緜緜然不絕也肅即用韓義述毛民緜雙聲通用小雅緜蠻黃鳥禮記引作緡蠻是其類也魯麃作穮者釋訓緜緜穮也是魯詩緜與毛同穮與毛異毛作麃借字魯作穮正字也孔疏順毛改爲麃引孫炎曰緜緜言詳密也郭璞曰芸不息也其引郭注與今異釋文引說文云穮耨鉏田也字林云穮耕禾間也今說文作穮耘禾間也是以字林語涵入

載穫濟濟有實其積萬億及秭爲酒爲醴烝畀祖妣以洽百禮有飶其香邦家之光有椒其馨胡考之寧【注】三家椒作馥【疏】傳濟濟難也飶芬香也椒猶飶也胡壽也考成也箋難者穗衆難進也有實實成也其積之乃萬億及秭言得多也烝進畀予洽合也進予祖妣謂祭先祖先妣也以洽百禮謂饗燕之屬芬香之酒醴饗燕賓客則多得其歡心於國家有榮譽寧安也以芬香之酒醴祭於祖妣則多得其福右○三家椒作馥者釋文椒沈作俶尺叔反云作椒者誤也阮氏元曰椒乃馥之誤隸釋八冀州從事張表碑引作有馥其馨隸續十一膠東令王君廟門斷碑亦作有馥其馨是漢之經文作馥明矣晉左貴嬪納楊后贊曰有馥其馨見藝文類聚十五傳咸荅潘尼詩

曰有馥其馨見藝文類聚三十一是晉猶作馥矣沈重作俶尺叔反馥字切音廣韻集韻皆以房爲雙聲尺字疑房之訛且以作椒爲誤此不知唐以前何時寫者損滅馥字又損房爲尺又誤叔爲俶又由叔形與椒近而誤爲椒陸氏釋文云無故改爲俶而不知俶乃馥切音字之誤冒也傳椒猶飶也當作馥猶飶也此蒙上有飶其香而言飶香與馥香同若是握椒椒樧之椒傳箋皆不容無解椒之詞而椒猶飶也爲不詞矣此經文明是馥字之本證然非漢晉四證則此字無由臆造永不知其誤而又誤矣程氏恩澤曰詩苾芬孝祀文選注眾經音義並引韓詩作馥芬孝祀馥字形聲不謬於六書可補說文之遺元又謂飶苾皆從必義同馥音亦同馥所以毛傳云馥猶飶也馥與飶同此亦詩義同字變之例也處義即伏羲與宓子賤皆房六切亦必复同音之證恩案阮說詳洽惟所據皆本三家詩說强毛就之則非陳喬樅云案華嚴經音義上引字林云馥香氣盛也正詩馥字之訓廣雅釋訓馥馥芬芬香也馥馥即苾苾小雅信南山曰苾苾芬芬三家詩作馥馥芬芬蔡邕司空臨晉侯楊公碑曰祀事孔明又曰馥馥芬芬是其明證何晏景福殿賦亦云馥馥芬芬皆用信南山詩語廣雅所釋即據三家詩訓義也上林賦芬香漚鬱酷烈淑郁淑郁正芬香之義據聘禮俶獻注古文俶作淑是俶又可通淑也三家今文作馥毛以淑爲馥之通假水旁與木旁形近遂誤作椒耳若毛同三家作馥則馥椒字形迥別無緣致誤沈重亦無因改字爲俶矣

匪且有且匪今斯今振

古如茲【疏】傳且此也振自也箋匪非也振亦古也饗燕祭祀心非云且而有且謂將有嘉慶禎祥先來見也心非云今而有此今謂嘉慶之事不聞而至也言修德行禮莫不獲報乃古古而如此所由來者久非適今時○釋詁振古也郭注詩曰振古如茲箋蓋據魯義易毛

載芟一章三十一句

良耜【注】魯說曰良耜一章二十三句秋報社稷之所歌也【疏】毛序秋報社稷也○良耜至歌也蔡邕獨斷文魯說也齊韓當同

畟畟良耜俶載南畝【注】魯說曰畟畟耜也播厥百穀實函斯活【疏】傳畟畟猶測測也箋良善也農人測測以利善之耜熾菑是南畝也種此百穀其種皆成好含生氣言得其時○說文畟下云治稼畟畟進也畟畟耜也者釋訓文魯說也孔疏引舍人注畟畟耜人地之貌爾雅釋文畟字或作稷太元經注引作稷稷是魯詩異文或來瞻女載筐及筥其饟伊黍【注】齊饟作餉其笠伊糾其鎛斯趙以薅荼蓼【注】三家趙作掴魯薅作茠荼作蒤【疏】傳笠所以

禦暑雨也趙刺也蓼水草也箋瞻視也有來視女謂婦子來饁者也筐筥所以盛黍也豐年之時雖賤者猶食黍饁者見戴糾然之笠以田器刺地薅去荼蓼之事言閔其勤苦○齊饟作餉者禮郊特牲鄭注詩曰其餉伊黍其笠伊糾言野人之服也是齊詩如此說文饟下云周人謂餉曰饟餉下云饟也是二字音近通用義並同陳喬樅云說文糾三合繩也郊特牲言草笠而至尊野服也是詩其笠伊糾謂以草爲笠其繩惟三合之耳三家趙作搊者馬瑞辰云考工記鄭注引詩其鎛斯搊集韻引同本三家詩集韻又曰搊或作趟是搊趙一字古文通借作趙搊趙雙聲通用猶朝借作輖也搊之言揪說文廣雅並云揪刺也以故搊亦爲刺耳魯薅作茠荼作荼蒤者釋草荼委葉郭注詩云以茠荼蓼是魯詩如此說文薅拔去田草也重文作茠引詩作既茠荼蓼釋文引說文仍作以茠與郭同今本既字或誤也蒤皆作荼與毛同與郭異爾雅釋文荼亦作蒤則本通作矣孔疏引王肅云荼陸穢蓼水草由田有原有隰故並舉水陸穢草**荼蓼朽止黍稷茂止穫之挃挃積之栗栗**〔注〕魯說曰挃挃穫也栗栗衆也齊韓作積之秩秩**其崇如墉其比如櫛以開百室**〔疏〕傳挃挃穫聲也栗栗衆多也墉城也箋百室一族也草穢既除而禾稼茂禾稼茂而穀成熟穀成熟而積聚多如墉也如櫛也以言積之高大且相比迫也其已治之則百家開戶納之千耦其耘

輩作尙衆也一族同時納穀親親也百室者出必共洫間而耕入必共族中而居又有祭酺合醵之歡○挃挃二句釋訓文魯說也孔疏引孫炎曰挃挃穫聲也李巡曰栗栗積聚之衆義皆與毛同釋名挃挃作銍銍云斷禾穗聲也挃銍聲義相近齊韓作積之秩秩者說文積積禾也引詩積之秩秩葢本三家魯文同毛則作積之秩秩者齊韓文也馬瑞辰云積積以雙聲爲義廣雅亦曰積積也栗秩古音同部通用公羊哀二年經戰于栗釋文栗一本作秩是其證矣說文秩積也又瑮下云玉英華羅列秩秩瑮猶秩也則秩秩與栗栗義亦同葢衆多則積積之必秩秩然有序其義正相成也

百室盈止婦子寧止殺時犉牡有捄其角以似以續續古之人（疏）傳黃牛黑脣曰犉社稷之牛角尺以似以續嗣前歲續往事也箋捄角貌五穀畢入婦子則安無行饁之事於是殺牲報祭社稷嗣前歲者後求有豐年也續往事者復以養人也續古之人求有良司穡也○北堂書鈔二十七引韓詩曰王者藏於天下諸侯藏於百姓此百室盈止之義也鹽鐵論力耕篇古者尙力務本而種樹繁躬耕趣時而衣食足雖累凶年而人不病也故衣食者民之本稼穡者民之務也二者修則國富而民安也詩曰百室盈止婦子寧止此齊詩義馬瑞辰云說文觓角皃捄卽觓之叚借詩兕觥其觓角弓其觓作觓者又捄之俗孫志祖云禮王制祭天地之牛角繭栗宗廟之牛角握賓客之牛角尺賓客卽社稷之譌王制以祭字貫

下三句若賓客則不得言祭禮器牲不及肥大彼疏謂郊牛繭栗宗廟角握社稷角尺愚案此數說固皆於毛合惟詩疏引禮緯稽命徵云宗廟社稷角握公羊僖三十一年傳何注亦云社稷宗廟角握則知今文說祭社稷之牛不作角尺矣陳奐云古之人田祖田畯皆是也籥章凡國祈年于田祖龡豳雅擊土鼓以樂田畯甫田傳田祖先嗇也鄭司農注田畯古之先教田者蓋亦古農官

良耜一章二十三句

絲衣注魯說曰絲衣一章九句繹賓尸之所歌也疏毛序繹賓尸也高子曰靈星之尸也箋繹又祭也天子諸侯曰繹以祭之明日卿大夫曰賓尸與祭同日周曰繹商謂之肜○絲衣至歌也蔡邕獨斷文魯說也齊韓當同陳喬樅云劉向五經通義亦以絲衣其紑爲言王者祭靈星公尸所服之衣與高子說合知魯毛義同胡承珙曰史記封禪書漢興八年或曰周興而邑部立后稷之祠至今血食天下於是高祖制召御史其令郡國縣立靈星祠常以歲時祠以牛張晏注龍星左角曰天田則農祥也晨見而祭之張守節正義引漢舊儀云五年修復周家舊祠祀后稷於東南爲民祈農報厥功夏則龍星見而始雩龍星左角爲天田右角爲大庭天田爲司馬教人種百穀爲稷靈者神也辰之神

為靈星故以壬辰日祠靈星於東南金勝為土相也其後漢書郊祀志續漢書祭祀志皆因之以漢法推周制考周語虢文公曰農祥農正伶州鳩曰昔武王伐殷月在天駟月之所在辰馬農祥也我太祖后稷之所經緯也晉語董因曰大火閼伯之星也是為大辰辰以成善后稷是相此三條皆足為周人祀靈星之證續漢書云言祠后稷而謂之靈星者以后稷又配食星也然則靈星之祀其來甚古淮南主術訓君人之道其猶零星之尸也（靈零同）是靈星之有尸亦久矣高子與孟子同時去古未遠故能確知此詩為祀靈星之作也古今注云元和三年初為郡國立稷及祠社靈星禮器後漢東夷傳高句驪好祠鬼神社稷零星可知古者靈星之祀與社稷為類絲衣詩之次於載芟良耜殆非無故矣喬樅謂据論衡明雩篇云水旱不時雖有靈星之祀猶復雩恐前不備形繹之義也是知古者祭天地社稷皆有繹祭賓尸之禮此絲衣詩為繹賓尸之所歌即承上載芟良耜二詩言之載芟良耜為一歲再祭之明文孝經援神契曰仲春祈穀仲秋穫禾報社祭稷社者五土之主稷者百穀之長祭社配以后土祭稷配以后稷五經通義曰王社在藉田中為千畝報功也載芟良耜所云祈報社稷者社即指王社言之稷亦即靈星之祠祀后稷也漢書郊祀志社者土也宗廟王者所居稷者所以奉宗廟供粢盛人所食以生活也王者莫不尊重親祭自為之主禮如宗廟故鄭箋釋絲衣之繹賓尸即据宗廟之禮申明其說載芟良耜二篇是正祭所歌絲衣一篇則繹祭之

樂章也蓋觀胡氏所論已足證明靈星之祭爲古所有益以陳氏之說繹尸亦復有據於義備矣黃山云靈星所祭者天田天田爲龍左角之星非卽龍也龍主雨天田主稷惟其主稷故爲祈報社稷繹尸之詩而又以雩掘之非也龍見於建巳之月於夏正亦爲四月而云二月亦非也求雨之祭至兩漢猶始立夏止立秋春雩秋雩古所謂非禮之雩豈可爲典要祈穀與祈雨有別月令之祈穀實因大雩而及之然亦在仲夏八月而祈穀實亦月令所無春社祈也秋社報也報尚何求尤不可通也惟周以后稷配天非時不敢祭故別立靈星以爲常祀旱潦蟲蝗蓋皆禱之豈專爲求雨設哉

絲衣其紑載弁俅俅【注】魯韓載作戴韓俅作頍**自堂徂基自羊徂牛**【注】韓徂牛作來牛**鼐鼎及鼒**【疏】傳絲衣祭服也紑絜鮮貌俅俅恭順貌基門塾之基自羊徂牛言先小後大也大鼎謂之鼐小鼎謂之鼒箋載猶戴也弁爵弁也爵弁而祭於王士服也繹禮輕使士升門堂視壺濯及籩豆之屬降往於基告濯具又視牲從羊之牛反告充已乃舉鼎冪告絜禮之次也鼎圜弇上謂之鼒○魯載作戴者釋言俅戴也郭注詩曰戴弁俅俅釋訓俅俅服也郭注謂戴弁服是魯作戴說文俅冠飾貌引詩戴弁俅俅所引當亦魯文釋名戴載也載之於頭也及箋載猶戴也是爲毛通驛騎耳通典四十四引劉向五經通義曰靈星爲立尸故云絲衣其紑會弁俅

俅言王者祭靈星公尸所服之衣也會當是誤字韓載作戴俅作頻者玉篇頁部詩云戴弁俅俅或作頻此韓異文禮禮器鄭注引詩頌曰自堂徂基明齊毛文同說苑尊賢篇引詩曰自堂徂基自羊徂牛言以內及外以小及大也明魯齊與毛同韓徂牛作來牛者外傳三載齊桓公設庭燎末引詩曰自堂徂基自羊來牛來之言至也韓文獨異釋器鼎絕大謂之鼐圜弇上謂之鼒此魯說也說文鼐鼎之絕大者又引魯詩說鼐小鼎疑字有誤**兕觥其觩旨酒思柔不吳不敖**【注】魯吳作虞敖作驁**胡考之休**【疏】傳吳譁也考成也箋柔安也繹之旅士用兕觥變於祭也飲美酒者皆思自安不讙譁不敖慢也此得壽考之休徵○釋文吳舊如字說文作吳吳大言也何承天云吳字誤當作吳从口下大故魚之大口者名吳胡化反此音恐驚人也音話孔疏人自娛樂必讙譁爲聲故以娛爲譁定本娛作吳據此作吳者乃定本釋文本孔疏據鄭箋本則作娛泮水篇不吳不揚孔謂鄭讀不吳爲不娛明鄭卽本此詩作不娛讀之也魯吳作虞敖作驁者史記孝武紀引詩作不虞不驁褚少孫用魯詩是魯文如此黃山云古吳娛虞三字音義並通泮水不吳不揚衡方碑亦作不虞不揚公羊定四年經帥師伐鮮虞釋文虞本或作吳音虞左僖五年傳虞仲漢書地理志吳越春秋作吳仲釋名釋州國吳虞也太伯讓位而不就歸封之於此虞其志也是作虞作吳義皆同娛鄭風聊可與娛釋文亦云娛本作虞孟子

驩虞如也莊子許由虞于潁濱又通以虞爲娛可知魯詩作不虞仍爲不娛之義孔疏本所據信而有徵釋文於此篇云吴舊如字而於泮水篇云吴鄭如字讙也亦即以讀娛者爲如字故以讙也申明之非謂如說文大言之吴字也傳箋訓吴爲譁陸又釋譁爲讙本皆就娛樂爲說近儒必據說文大言之注以說譁則非詩恉葢繹祭非正祭娛則嬉敖則嫚皆慮遠於敬若吴即是大言與敖何別觀不吴不揚箋謂揚爲大聲則吴不爲大言尤其明證敖釋文本又作傲然說文有敖無傲故魯文變爲驁呂覽下賢篇士驁爵祿亦魯家以驁爲敖之證也至釋文爲吳字引說文及何說有因後儒訂其誤字而轉窒者說文吴从夨口夨傾頭也本即从大象形陶潛文時矯首而游觀傾頭亦具有娛義誤形从大誤尚不遠如漢書郊祀志後漢書戴就傳引詩皆作不吳是也隋唐碑版文字則皆誤形爲吴不从大而从天矣或从从夨作吳爲今所承用亦誤字也釋文兼采兩讀當原作吴舊如字說文作吴吴大言也何承天云吴字誤當作吴从口下大耳是說文吴吴乃吴吴之誤何說吴吴又互誤也監本於經注之吴皆已訂爲吴獨於何說互誤之吴疑不敢訂故猶存一吴字近儒並訂此吴爲吴又於說文之吴亦挸作吴益紛而莫辨盧文弨援史記改不吴爲不虞固非矣馬瑞辰云吴古音同瓠故碩人娛娛韓詩作扈扈何胡化反正讀近瓠說文鱯魚也讀若瓠葢魚之大口者本名鱯與吴音近義同今案本草圖經鮧口腹並大者爲鱯鱯音亦正同胡化反馬以此通何

讀可云精審矣而援臧庸之說謂釋文不當多作也二字亦非也說文吳小徐引詩不吳不揚謂今寫詩者改吳作吳音胡化切爲謬甚馬亦謂何未檢說文則何所謂从口下大本不合六書明矣乃又以吳郎吳古文之變體是惑也吳之古文作吙推六書之義本爲从口夫聲以夫吳諧音也段玉裁强說爲从口大豈可據哉

絲衣一章九句

酌注魯說曰酌一章九句告成大武言能酌先祖之道以養天下之所敬也齊說曰周公作勺勺言能勺先祖之道也疏毛序告成大武也言能酌先祖之道以養天下也箋周公居攝六年制禮作樂歸政成王乃後祭於廟而奏之其始成告之而已○酌一至歌也蔡邕獨斷文魯說也白虎通禮樂篇周樂曰大武象周公之樂曰酌合曰大武周公曰酌者言周公輔成王能斟酌文武之道而成之也風俗通義六武王作武周公作勺勺言斟酌先祖之道也武言以功定天下也以上亦魯說周公至道也漢書禮樂志文齊說也又籥勺羣慝晉灼注勺周樂也言以樂征伐也又董仲舒傳五帝三王之道改制作樂而天下和洽百王同之虞氏之樂莫盛於韶周之樂莫盛於勺張晏注勺周頌篇名言能成先祖之功以養天下也陳喬樅云謂周樂莫盛於勺

者謂文王武王之武功至是大成故爲極盛耳繁露質文篇周公輔成王受命作宮邑於洛陽成文武之制作汋樂以奉天儀禮燕禮若舞則勺鄭注勺頌篇告成大武之樂歌也萬舞而奏之所以美王侯勸有功也以上皆齊說酌正字汋通用字荀子左傳並作汋彴譌字勺滔字也韓說蓋同

於鑠王師遵養時晦時純熙矣是用大介疏 傳鑠美遵率養取晦昧也箋純大熙興介助也於美乎文王之用師率殷之叛國以事紂養是闇昧之君以老其惡是周道大興而天下歸往矣愚案是下奪以字故有致死之士助之○馬瑞辰云遵養時晦言用王師以取是晦昧也晦昧既除則天下清明故下即接言時純熙矣養從傳訓取爲是左宣十二年傳晉隨武子曰兼弱攻昧武之善經也下引仲虺有言曰取亂侮亡兼弱也汋曰於鑠王師遵養時晦耆昧也正引詩遵養時晦爲武經攻昧之證是養晦即耆昧也耆昧即攻昧也攻昧謂攻取是昧與傳訓養爲取義合逸周書允文解曰遵養時晦晦明遂語于時允武孔晁注養時晦昧而誅之使昧者修明而遂告以言武也以遵養時晦爲誅晦亦與傳義合王肅曰率以取是紂定天下其說是也養字古有取義月令羣鳥養羞羞謂羣鳥所藏之食養謂取也呂覽長見篇申侯善持養吾意猶云善探取吾意將與養古同義桑柔箋將猶養也廣雅將養也孟子匍匐往將食之謂往取食之也箋謂養是闇昧

之君以老其惡非詩義也左傳杜注須暗昧者惡積而後取之又承箋說之誤又云純熙謂大光明也武王旣攻取昧晦於時遂大光明猶緜之詩曰會朝淸明也釋詁介善也大介卽大善大善猶大祥也故下卽繼以我龍受之正謂受此大善耳楊雄長楊賦酌允鑠用魯經文燕禮鄭注引勺詩曰於鑠王師遵養時晦明齊毛文同韓詩外傳三兩引詩曰於鑠王師遵養時晦外傳五引於鑠王師遵養時晦義與箋近葢別一解爲韓所主鄭卽用韓易毛左傳注亦本韓義也**我龍受之蹻蹻王之造載用有嗣**疏傳龍和也蹻蹻武貌造爲也箋龍寵也來助我者我寵而受用之蹻蹻之士皆爭來造王王則用之有嗣傳相致○愚案上文當如馬說以此大善我知爲天之寵而受之遂誅商奄滅國五十蹻蹻武臣爭來造王王之所用有相續不絕者言周得人之盛也**實維爾公允師**疏傳公事也箋允信也王之事所以舉兵克勝者實維女之事信得用師之道○詩言爾之舉事旣荷天寵又得人和信可爲後世師法矣時周公歸政成王天下太平告成大武詩不得專言文武用兵之事以爲義當如此也燕禮鄭注引勺詩曰實維爾公允師明齊毛文同

酌一章九句

桓注魯說曰桓一章九句師祭講武類禡之所歌也疏毛序講武類禡

也桓武志也箋類也禡也皆師祭也○桓一至歌也蔡邕獨斷文魯說也齊韓當同

綏萬邦婁豐年疏箋綏安也婁亟也誅無道安天下則亟有豐熟之年陰陽和也○左宣十二年傳引頌曰綏萬邦婁豐年而釋之云和衆豐財謂武七德之二事也班固靈臺詩屢惟豐年用齊經文屢俗字**天命匪解桓桓武王保有厥士于以四方克定厥家**疏傳士事也箋天命爲善不解倦者以爲天子我桓桓有威武之武王則能安有天下之事此言其當天意也於是用武事於四方能定其家先王之業遂有天下○漢書匡衡傳衡疏云陛下聖德純備莫不修正則天下無爲而治詩云于以四方克定厥家傳曰正家而天下定矣案文王刑于寡妻至兄弟以御家邦武王率循文王之道正家以定天下亂臣有十必兼婦人此克定厥家之明證也衡用齊義與傳箋異

於昭于天皇以間之疏傳間代也箋于曰也皇君也於明乎曰天也紂爲天下之君但由爲惡天以武王代之○釋詁間代也書益稷疏引孫炎曰間廁之代也知詩義同言武王之德顯著于天故命君天下以間代紂付以誅紂有罪之權也

桓一章九句

賚【注】魯說曰賚一章六句大封于廟賜有德之所歌也【疏】毛序大封于廟也賚予也言所以錫予善人也箋大封武王伐紂時封諸臣有功者○賚一至歌也蔡邕獨斷文魯說也左宣十二年傳云昔武王克商而作頌知是伐紂後大封也

文王既勤止我應受之敷時繹思我徂維求定【疏】傳勤勞應當繹陳也箋敷猶徧也文王既勞心於政事以有天下之業我當而受之敷是文王之勞心能陳繹而行之今我往以此求定謂安天下也○胡承珙云左傳引此詩作鋪時繹思敷布也鋪亦布也大雅陳錫哉周彼箋云能敷恩惠之施以受命造始周國彼疏引王肅云文王能布陳大利以賜予人竊意此詩亦當云文王既勞心於政事我當而受之將布陳文王之恩惠以錫予善人我自今以往惟求善人以定王業耳愚案我徂維求定者言我自此以往惟求與女諸臣共定天下耳如此方與大封之意合中論爵祿篇先王之將封建諸侯而錫爵祿也必於清廟之中陳金石之樂隆宴賜之禮宗人擯相內史作策也其頌曰文王既勤止我應受之敷時繹思由此觀之爵祿者先王之所貴也此魯說**時周之命於繹思**【疏】箋勞心者是周之所以受天命而王之所由也於女諸臣受封者陳繹而思行之以文王之功業敕勸之○說文繹𢭏絲也𢭏引也字與抽同言是

封爵雖我周之新命於乎女諸臣盡卽文王勤勞
天下之意更尋繹而引申之乎兩思字皆語詞

賚一章六句

般注魯說曰般一章七句巡狩祀四嶽河海之所歌也疏毛序巡守而祀四嶽河海也般樂也○般一至歌也蔡邕獨斷文魯說也史記封禪書周成王封泰山禪社首受命然後得封禪詩云紂在位文王受命政不及泰山武王克殷二年天下未寧而崩爰周德之洽維成王成王之封禪則近之矣陳喬樅云史記所引詩卽魯詩說據封禪書言上招賢良趙綰王臧等以文學爲公卿欲議立古明堂城南以朝諸侯草巡狩封禪改麻服色事綰臧並申公弟子益足證魯詩以般爲言封禪事矣史記又云孔子論述六藝傳略言易姓而王封泰山禪乎梁父者七十餘王疑傳卽指魯詩傳也白虎通封禪篇王者易姓而起必升封泰山何報告之義也始受命之日改制應天天下太平功成封禪以告太平也所以必於泰山何萬物之始交泰之處也詩云於皇明周陟其高山言周太平封泰山也又曰墮山喬嶽允猶翕河言望祭山川百神來歸也陳喬樅云元本白虎通作明周與詩攷引合惟小字本作時周以上亦魯說易林萃之比德施流行利之四鄉雨師灑道風伯逐殃巡狩封禪以告成功益之復旅之小過同此齊說尚書孔序疏引韓詩外傳曰古封泰山禪

梁甫者萬餘人仲尼觀焉不能盡識司馬貞補史記三皇本紀引略同陳喬樅云封禪之禮古者帝王巡守必皆行之封即堯典封十有二山之封鄭注書大傳云祭者必封封亦壇也禪與墠同東門之墠傳云墠除地町町者然則封土爲壇除地爲墠乃巡守祭祀之常事故經典皆未嘗特言之耳愚案秦漢以後狃於所無未免鄭重言之其實古帝王無不巡狩巡狩無不祭方嶽則封禪之事並非巡狩之外經傳別有盛典乾隆間東巡岱宗祀典隆重破除世俗拘墟陋見所以爲千古之極則與

於皇時周（注）魯時作明**陟其高山嶞山喬嶽**（注）魯嶞作墮**允猶翕河**（疏）傳高山四嶽也嶞山山之嶞嶞小者也翕合也箋皇君喬高猶圖也於乎美哉君是周邦而巡守其所至則登其高山而祭之望秩於山川小山及高嶽皆信案山川之圖而次序祭之河言合者河自大陸之北敷爲九祭者合爲一○魯時作明者白虎通作於皇明周見上餘俱引明周猶時邁詩之明昭有周也以高山爲四嶽嶞山喬嶽翕河爲望秩之山川魯說與傳同時邁詩作於武王時並非巡狩魯說已詳之此詩爲成王巡狩而作魯說不誤而說者猶以爲武王斯亦傎矣魯嶞作墮者釋山巒山墮郭注謂山形長狹者荊州謂之巒詩曰墮山喬嶽郝氏懿行以爲墮者嶞之叚借字林嶞山之施嶞者是呂忱以嶞爲延施即狹長也一河播爲九河九河同爲一河其分合非圖不信故曰允猶**敷天之下裒時之對**

時周之命（注）三家命下有於繹思句與賚篇同（疏）傳裒聚也箋裒衆對配也徧天之下衆山川之神皆如是配而祭之是周之所以受天命而王也○言總山川之大小因京畿之遠近聚而配之書所謂徧于羣神也是我周之新命所以獲神佑三家命下有於繹思句者釋文云於繹思毛詩無此句齊魯韓有之今毛詩有者衍文也崔集注本有是採三家之本崔因有故解之臧鏞堂云此句涉上賚篇而誤即在三家亦爲衍文阮元云釋文所說自得其實臧氏乃併三家此句亦以爲衍贅矣愚案獨斷言般一章七句亦不數此句陸云三家皆有或當詩有一本也禮王制五岳視三公四瀆視諸侯賚封功臣而望其繹思般祭山川之神亦望其繹思一也時邁之詩曰懷柔百神若神不能繹思無爲用懷柔矣臧氏謂在三家亦爲衍文殆不然乎

般一章七句三家多於繹思一句當爲八句

閔予小子十一篇十一章百三十七句三家當爲百三十八句

詩三家義集疏卷二十六終

詩三家義集疏卷二十七

長沙王先謙益吾著

駉第二十七　詩魯頌

【疏】漢書地理志魯地奎婁之分埜也東至東海南有泗水至淮得臨淮之下相睢陵僮取慮皆魯分也周興以少昊之虛曲阜封周公子伯禽爲魯侯以爲周公主其民有聖人之教化瀕洙泗之水其民涉度幼者扶老者而代其任俗既益薄長老不自安與幼少相讓故曰魯道衰洙泗之間齗齗如也魯都在今山東兖州府曲阜縣

駉【疏】毛序頌僖公也僖公能遵伯禽之法儉以足用寬以愛民務農重穀牧于坰野魯人尊之於是季孫行父請命于周而史克作是頌箋季孫行父季文子也史克魯史也○孔疏文公六年行父始見於經十八年史克名見於傳此詩之作當在文公之世天子巡守采諸國之詩觀其善惡以爲黜陟周尊魯若王者巡守述職不陳其詩雖魯人有作周室不采故王道既衰變風皆作魯獨無之至臣頌君功亦樂使周室聞之是以行父請焉愚案史克作頌惟見毛序他無可證三家詩說皆以魯頌爲奚斯作楊雄文云昔正考父嘗睎尹吉甫矣公子奚斯嘗睎正考父矣說魯頌者首雄但云奚斯睎考父不云史克睎考

父此魯說說班固兩都賦序昔皋陶歌虞奚斯頌魯皆見采於孔氏列於詩書其義一也此齊說曹植承露盤銘序奚斯魯頌此韓說而皆不及史克後漢曹褒傳昔奚斯頌魯考甫詠殷夫人臣依義顯君竭忠彰主行之美也此又漢人承用皆屬奚斯之證史克見左傳在文公十八年至宣公世尚存見國語奚斯見閔公二年故文公二年傳已引閟宮之詩不應季孫行父請命於周之前已有史克先奚斯作頌知毛序不足據矣今特標舉以顯三家之義

駉駉牡馬在坰之野【注】三家駉作駫坰作駉【疏】傳駉駉良馬腹幹肥張也坰遠野也邑外曰郊郊外曰野野外曰林林外曰坰箋必牧於坰野者辟民居與良田也周禮曰以官田牛田賞田牧田任遠郊之地○三家駉作駫者釋文駉古熒反說文又作駫同說文駫馬盛肥也引詩蓋作駫駫牡馬今本作四牡駫駫因下騯字注引詩四牡騯騯而誤作駫駫者蓋三家詩顏氏家訓云江南書皆牝牡之牡河北本悉爲放牧之牧唐石經初刻作牡改刻作牧孔疏云定本作牡馬則注疏本作牧馬無疑今作牡馬非其舊也胡承珙云禽獸之類皆牡大於牝詩意形容肥張自當舉其牡者言之馬瑞辰云牧牡一聲之轉故本或作牧或作牡楊雄太僕箴僖好牡馬牧于坰野釋文引草木疏云牡騭馬也以釋經文牡馬則當從釋文本作牡馬爲是古馬政惟牡馬在牧若牝馬惟季春合牧見月令故詩但言牡馬耳三家坰作駉者說

文駉牧馬苑也詩曰在駉之野亦三家文揚雄用魯經大僕箴當作駉今作坰疑後人誤改段注宜本作冋之野詩言牧馬在冋故許引之以證从馬冋會意馬在冋爲駉猶艸木麗于地爲蘼也黃山云段氏詩經小學引說文此條云許意在駉之野卽在野之駉倒句以就韻其義塙不可易矣而於許書駉下則又刪从馬冋聲聲字作从馬冋改引詩爲在冋之野以就其說葢段酷信古文因毛詩作坰與許書古文之冋同爲冂之重文而冂下許注邑外謂之郊郊外謂之野野外謂之林林外謂之冋與釋地文郊作牧者一異而適與此詩傳說同故强許就毛謂許亦作在冋與坰本爲一字駉則別爲牧馬苑不關此詩也實則毛作在坰引此說以釋詩許自爲冂作注與駉各爲一字於詩何涉乎段改許書又亂許例反成奇謬矣山意三家作駫駫牡馬在駉之野篇以駉名正指此駉下薄言駉者亦卽此駉謂苑中馬各色皆備也四章葢同若如毛詩駉駉旣爲疊字不應又變文單舉就駉者之不誤益知駉駉之爲誤文已薄言駉者有驈有皇〔注〕魯皇作騜有驪有黃以車彭彭〔疏〕傳牧之坰野則駉駉然驪馬白跨曰驈黃白曰皇純黑曰驪黃騂曰黃諸侯六閑馬四種有良馬有戎馬有田馬有駑馬彭彭有力有容也箋坰之牧地水草既美牧人又良飲食得其時則自肥健耳○魯皇作騜者說文驈驪馬白胯也詩曰有驈有騜釋畜黃白騜郭注詩曰騜駁其馬毛詩豳風作皇駁與此作有皇同郭據魯詩作騜駁則作有騜者亦魯文矣

段氏詩經小學云說文驕下引詩有驕有騜而無騜字蓋或闕遺於說文驕注又斥騜爲俗字非也馬瑞辰云上句有皇傳黃白曰皇見爾雅據三章有雒釋文雒本或作駱阮氏元謂爾雅舊有兩駱蓋同名而異物爲毛傳所本竊謂此傳黃騂曰黃亦當作黃騂曰皇與三章作兩駱者同亦同名而異物皆本爾雅爲說爾雅爲淺人誤爲重出刪去其一毛詩又爲後人疑二皇不應並用因準詩人義同字異之例叚黃爲皇以與皇韻猶三章改駱爲雒又或改作駁也黃白曰皇黃騂亦曰皇皆黃馬兼有別色之稱若單稱黃則止一色傳宜云純黃曰黃與純黑曰驪同訓何由知其必爲黃騂乎此固有以知黃爲皇之叚借也爾雅皇黃鳥蓋以皇黃同音叚皇爲黃與此詩叚黃爲皇可以互證黃山云黃皇互通如伏羲號皇雄氏亦作黃熊氏楚有苗賁皇亦作釁盆黃皆是但謂有黃爲避上文之皇所借則有駁之駁彼乘黃何以亦作黃蓋馬色本無正黃即以黃騂者名黃此易知也有雒釋文云雒音洛洛本或作駱觀淸廟毛序釋文雒音洛本亦作洛則此駱明卽洛字涉上文而誤阮不詳審反疑爾雅舊有兩雒臆度無稽馬奈何亦沿其誤爾雅既本作黃白騜騜固不能借黃無待辨也愚案以車彭彭者以用也用車以駕則彭彭然出車詩我出我車于彼牧矣與此詩在牧出車合楊雄太僕箴又云輦車就牧而詩人興魯可以推見魯詩義訓也

思無疆思馬斯臧〔疏〕箋臧善也僖公之思遵伯禽之法反覆思之無有竟已乃至於思馬斯善多其

所及廣博○案上思思慮下思語詞思無疆者言僖公思慮深微無有疆畔卽牧馬之法亦皆盡善致斯蕃庶與定之方中詩美衞文公匪直也人秉心塞淵騋牝三千同意

駉駉牡馬在坰之野薄言駉者有騅有駓有騂有騏以車伾伾

〔疏〕傳蒼白雜毛曰騅黃白雜毛曰駓赤黃曰騂蒼祺曰騏伾伾有力也○說文騅馬蒼黑雜毛段注以釋言菼騅也郭注菼艸色如騅證之知蒼黑爲蒼白之譌釋文祺字又作騏今相臺本作騏段云蒼騏卽蒼綦也小戎傳騏騏文也正義作綦文尸鳲傳騏騏文也釋文作綦文顧命馬鄭本作騏弁校本作綦弁是古通段綦爲騏此傳蒼祺亦當是蒼綦之誤黃山云說文騏馬青驪文如博棊也驪馬深黑色馬黑而近青卽爲蒼矣說文博棊之棊隸寫變棊故詩譌爲祺有棊卽馬文如博棊者傳言蒼棊爲騏謂蒼而棊文耳棊文之馬旣卽是騏故釋文棊又作騏小戎尸鳲二傳之騏文皆言文不言色亦卽棊文兩字互通也說文綦蒼艾色鄭風綦巾傳亦訓蒼艾色正與許同若如段作蒼綦是蒼蒼艾色矣於義爲窒自不可從餘詳小戎鳲鳩篇愚案釋馬蒼白雜毛騅黃白雜毛駓明魯毛同訓郭注駓今之桃花馬

思無期思馬斯才

〔疏〕傳才多材也○陳奐云材當爲才之誤叔于田序叔多才而好勇盧令箋才多才皆其證黃山云才材古音義均互通莊子徐无鬼天下

馬有成材釋文材本作才是其例就成材論則固以材爲本字也馬養成壯健斯爲成材詩意亦本如此故傳以材釋才耳愚案思無期者思慮遠長無有期限卽馬亦多成材也

駉駉牡馬在坰之野薄言駉者有驒有駱【注】韓說曰驒白馬黑髦也有駵有雒以車繹繹【疏】傳青驪驎曰驒白馬黑鬣曰駱赤身黑鬣曰駵黑身白鬣曰雒繹繹善走也○白馬黑髦也者釋文云驒說文馬文如鼉魚也韓詩及字林云白馬黑髦也陳喬樅云釋畜音義引同攷說文驒青驪白鱗文如鼉魚與爾雅青驪驎驒合驎鱗音義同孫炎云色有深淺似魚鱗是也而釋文引韓詩及字林說異攷爾雅白馬黑鬣駱釋文引舍人同眾家引此鬣並作髦又引說文云白色馬黑毛尾也則白馬黑髦乃駱之毛色郝氏懿行謂韓詩字林似因有驒有駱相涉而誤其說是也或曰爾雅釋文又引廣雅云白馬朱鬣曰駱疑韓詩以黑鬣者爲驒朱鬣者爲駱此非也廣雅駱字乃駁之譌段氏據說文引逸周書王會篇犬戎文馬赤鬣縞身目若黃金名吉黃之乘與山海經海內北經同文說文作駁陸氏所引乃廣雅譌本宜訂正之愚案三家異說者多韓旣以白馬黑髦爲驒於駱必別有說陸不並舉故近儒皆疑爲誤要亦未可定耳釋畜白馬黑鬣駱明魯毛同訓郭注禮記曰夏后氏駱馬黑鬣引明堂位文說文駱馬白色黑鬣尾也詩釋

文引樊孫爾雅並作白馬黑髦鬣尾說文驈駱皆兼尾言蓋許所見不與樊孫同詩釋文雒音洛本或作駱同說見上思

無斁思馬斯作〈疏〉傳作始也箋斁厭也思遵伯禽之法無厭倦也作謂牧之使可乘駕也○思無斁者思之詳審無有厭倦作謂騰起

駉駉牡馬在坰之野薄言駉者有駰有騢有驔有魚以車祛祛〈注〉韓說曰祛祛去也〈疏〉傳陰白雜毛曰駰彤白雜毛曰騢豪骭白曰驔二目白曰魚祛祛強健也○釋畜陰白雜毛駰形白雜毛騢明魯毛同訓孔疏引舍人曰駰今之泥驄孫炎曰陰淺黑也說文騢馬赤白雜毛謂色似騢魚也孔疏引舍人曰今赭白馬釋畜驪馬黃脊騽說文驔下云驪馬黃脊讀若簟騽下云馬豪骭白也合毛傳證之是驔騽通釋文今爾雅亦有作驔者玉篇廣韻騽字俱兼二義故說文段注疑驔騽本一字是也釋畜一目白曰瞷二目白曰魚說文作𩦻云馬一目白曰瞷二目白曰魚釋文魚本又作瞴字林作䮾皆或體傳作一目白蓋誤祛祛去也者文選殷仲文南州桓公九井詩李注引薛君韓詩章句文廣雅釋詁祛去也正本韓詩石經从衣作袪胡承珙曰祛本衣袂之名釋名袂掣也掣開也開張之以受臂屈伸也廣雅祛開也馬之開張者強健故毛以祛祛爲強健陳喬樅云祛祛薛君訓去當爲疾驅之貌傳訓祛祛爲強健正用開

張之義。凡字之從去者多有開義。眾經音義四引埤蒼云：「呿，張口頻伸也。」呂覽重言篇「君呿而不唫」，高注：「呿，闔也。」莊子「將爲胠篋」，釋文引司馬注曰：「從旁開爲胠。」史記老莊申韓傳正義亦云：「胠，開也。」漢書皃寬傳「合袪於天地神祇」，注引李奇曰：「袪，開散也。」馬之善馳者必骨幹開張，毛以彊健言之，是胅其善馳之貌，與韓詩義亦相成。

思無邪，思馬斯徂。〔疏〕箋：「徂猶行也。思遵伯禽之法，專心無復邪意也。牧馬使可走行。」○案：思無邪者，思之眞正，無有邪曲。徂，往也。往歸往於彼，卬頭以指遠也。斯徂卽言能致遠。韓詩外傳三載公儀休相魯而嗜魚，末引詩曰「思無邪」，明韓、毛文同。

駉四章，章八句。

有駜〔疏〕毛序：「頌僖公君臣之有道也。」箋：「有道者，以禮義相與之謂也。」○三家無異義。

有駜有駜，駜彼乘黃。〔疏〕傳：「駜，馬肥彊貌。馬肥彊則能升高進遠，臣彊力則能安國。」箋：「此喻僖公之用臣，必先致其祿食，祿食足而臣莫不盡其忠。」○說文：「駜，馬飽也。詩云：有駜有駜。」馬瑞辰以爲義本三家。愚案：馬飽則肥彊，義與毛相成。鄭箋祿食足之說，蓋卽本三家申傳也。鄭風「乘乘黃」，傳云：「四馬皆黃。」此當同。

夙夜在公，在公明明。〔疏〕箋：「夙，早也。言時臣憂念君事，早起夜寐，在於公之所；在於公之所，但明明德也。禮記曰：大學之道，在明明德。」○馬瑞辰云明勉一聲之轉明明卽勉勉之叚借謂其在公盡力也箋說失之振振鷺鷺于下鼓咽咽醉言舞于胥樂兮〔疏〕傳振振羣飛貌鷺白鳥也以興絜白之士咽咽鼓節也箋于於胥皆也僖公之時君臣無事則相與明明德而已絜白之士羣集於君之朝君以禮樂與之飲酒以鼓節之咽咽然至於無算爵則又舞燕樂以盡其歡君臣於是則皆喜樂也○釋文咽本又作𪔀同馬瑞辰云說文鼘下云鼘鼘鼓聲也引詩𪔀鼓鼘鼘今商頌作淵淵及此詩作咽咽皆鼘鼘之叚借鼘借作咽猶姻之重文作婣也釋文作𪔀又鼘字之變體說文淵或省水是淵鼘本一字

有駜有駜駜彼乘牡夙夜在公在公飲酒振振鷺鷺于飛鼓咽咽醉言歸于胥樂兮〔疏〕傳在公飲酒言臣有餘敬而君有餘惠箋飛喻羣臣飲酒醉欲退也

有駜有駜駜彼乘駽夙夜在公在公載燕自今以始歲其有〔注〕三家有下多年字君子有穀詒孫子〔注〕魯詒下有厥字于胥樂兮〔疏〕傳青驪曰駽歲其有豐年也箋載言則也穀善詒遺也君臣安樂則陰陽和而有豐年其善道則可以遺子孫也○釋畜青驪駽明魯毛同訓邢疏引孫炎云青毛黑毛相雜者名駽今之鐵驄也三家有下多年字者隸釋載西嶽華山廟碑云

歲其有年孔疏云定本集注皆作歲其有年此從三家本也釋文云本或作歲其有矣又作歲其有年年矣皆衍字也愚案歲謂每歲有下得年字語方足不容謂之衍魯詒下有厥字者列女魯季姜篇引詩曰君子有穀貽厥孫子是魯有厥字陳喬樅云釋文言本或作貽厥孫子詒于孫子皆是妄加今案陸說非是三家文與毛殊據列女傳是魯有厥字然則或有于字者乃齊韓文黃山曰駜本平聲燕三聲並讀皆與年韻鴟鴞既取我子子讀入聲與穀韻是三家文異而讀仍協也

有駜三章章九句

泮水〔疏〕毛序頌僖公能修泮宮也○三家無異義釋文頖宮音判本多作泮

思樂泮水薄采其芹〔疏〕傳泮水泮宮之水也天子辟廱諸侯泮宮言水則采取其芹宮則采取其化箋芹水菜也言己思樂僖公之修泮宮之水復伯禽之法而往觀之采其芹也辟廱者築土雝水之外圓如璧四方來觀者均也泮之言半也半水者蓋東西門以南通水北无也天子諸侯宮異制因形然○白虎通辟雍篇天子辟雍諸侯泮宮何以知有水也詩曰思樂泮水薄采其芹詩訓曰水圓如璧諸侯曰泮宮半於天子宮也明尊卑有差所化少也半者象璜也獨南面禮儀之方有水耳其餘壅之言垣(愚案垣疑作院)宮名之別尊卑也明不得化四方也不曰泮雍何嫌但半天子制度也詩云穆穆魯侯

克明其德既作泮宮淮夷攸服陳喬樅云此魯說毛作芹與旂
韻疑芹爲字誤也水經泗水注魯泮宮在高門直北道西宮中
有臺高八十尺臺南水東西一百步南北六十步臺西水南北
四百步東西六十步臺池咸結石爲之詩所謂思樂泮水也禮
王制鄭注頖之言班也所以班政教也又禮器鄭注頖郊之學
也詩所謂頖宮也陳喬樅云此齊說說文泮諸侯饗射之宮西
南爲水東北爲牆其說獨異攷許氏五經異義釋辟雍據韓詩
說鄭君駁異義據禮王制謂大學即辟雍又據詩頌泮水爲泮
宮復與辟雍同義之證然則鄭所云半水謂以南通水是用齊
詩之說許所云西南爲水是用韓詩之說也酈言西南通水與
許合其所傳詩亦當爲韓矣陳奐云思詞也禮禮器正義引詩
作斯樂泮水斯亦詞也箋以思爲思念之思失之又云王制天
子命之教然後爲學小學在公宮南之左大學在郊天子曰辟
雍諸侯曰泮宮鄭注此小學大學殷之制案殷制大學在郊靈
臺辟雍是也周制天子大學在國小學在郊文王有聲辟雍一是
也天子郊學國學各四諸侯用殷制小學在國大學在郊各
鄉射記君國中射則皮樹中於郊則閭中注國中城中也謂燕
射也於郊謂大射也大射於大學此諸侯大學在郊之義證矣
明堂位曰米廩有虞氏之庠也序夏后氏之序也瞽宗殷學也
頖宮周學也米廩虞學也序周之東序夏學也瞽宗
周亦曰瞽宗即殷之右學也頖宮周之東膠周人名大學爲東
膠也魯路寢明堂與周同制於路寢明堂四門外亦得立四代

之學惟天子四門之學總爲辟廱故聲宗亦稱西廱若魯惟周學稱頖宮則其餘三代之學不必皆依頖宮形也此魯國學之制也禮器魯人將有事於上帝必先有事於頖宮注頖郊之學也詩所謂頖宮也字或爲郊宮蓋周四郊之學亦總爲辟雍魯郊近於周郊不必於四郊設四學或亦從殷制諸侯大學在郊者止有一泮宮亦不四郊皆設泮宮也此魯郊學之制也魯頌泮宮與禮器頖宮同處而與明堂位頖宮爲異處泮宮在郊其遠近未聞也魯有國學有郊學國外郊內又有州黨之學若矍相之圃之類此州長黨正爲主人而魯侯所不至者也魯侯之所至者泮宮也

魯侯戾止言觀其旂其旂茷茷鸞聲噦噦〔注〕三家鸞作鑾齊韓噦作鉞亦作鐬**無小無大從公于邁**〔疏〕傳戾來止至也言觀其旂言法則其文章也茷茷言有法度也噦噦言其聲也箋于往邁行也我采水之芹見僖公來至于泮宮我則觀其旂茷茷然鸞和之聲噦噦然臣无尊卑皆從君行而來稱言此者僖公賢君人樂見之○釋文茷本又作伐馬瑞辰云羣經音辨三曰其旂伐伐伐伐旂貌也伐伐即茷茷之消茷茷又旆旆之叚借六月篇白旆央央釋文旆本作茷是茷旆古同聲通用之證其旂茷茷猶出車篇胡不旆旆也說文旆繼旐之旗旆然而垂也旆旆正旂之垂皃旆借作茷與伐猶發可借作旆也荀子韓詩外傳並引商頌武王載發毛詩作武王載旆鸞聲噦噦與庭燎文句同采菽作鸞聲嘒嘒釋文嘒呼

惠反噦呼會反徐又呼惠反覞篇其音同庭燎傳噦噦徐行有
節也采菽傳嘒嘒中節也其義亦同說備於前故此傳但云噦
噦言其聲也禮曲禮釋文彗徐音雖醉反聲讀同歲故彗歲二
聲之字得以同聲通用雲漢有嘒其星說文言部亦引作有譓
其星云譓聲也又口部嘒小聲也引詩嘒彼小星噦氣牾也義
與譓嘒異是毛詩之噦噦就鸞聲言本當作譓作嘒毛假噦爲
譓以通於嘒直以爲同字耳噦噦其冥乃气牾之義鳴蜩嘒嘒乃小聲之義則皆用本義也三
家鸞作鑾齊韓噦作鉞者張衡東京賦鑾聲噦噦此作噦噦同
毛鸞作鑾本魯詩文說文鑾鉞連文鑾人君乘車四馬鑣八鑾
鈴象鸞鳥聲和則敬也从金从鸞省鉞車鑾聲也从金戉聲詩
曰鑾聲鉞鉞鑾既从鸞省是鑾正字鸞借字許引詩亦作鑾明
三家皆作鑾噦作鉞與魯毛並異自當爲齊韓文亦作鐬鐬者
說文徐鉉注以鐬爲鉞之俗字然玉篇鐬呼會切鈴聲也廣韻
同又廣雅鐬鐬盛也正言聲之盛是張揖所見詩已有作鐬鐬
者不得謂爲俗也鉞字得聲於戉戉亦與歲聲字通用者歲从步
戌聲古讀戌爲舌上音猶蘖音之爲涉蠆音之爲治本於戌近戌音王伐切亦舌上音
故說文木部之眂郎讀若詩曰施罛濊濊大部之奯亦讀若詩
曰施罛泧泧眂音同濊濊又作泧是其例抑猶毛詩以嘒通噦
通以同聲不必拘以本聲也馬瑞辰乃謂歲從戌聲鉞讀本字
謬矣七月之何以卒歲與發烈協生民之以興嗣歲與軷烈協
長發之率履不越與達發烈截協同也而長發之有虔秉鉞下
協烈而上協旆旆與其旂茷茷之茷亦同聲通用字尤足爲今

文作鉞鉞之墒證古文借字作鸞噦嘒皆从口以鳥聲爲聲亦借也今文正字作鑾鉞鐬皆从金實指金鈴之聲亦正也然則東京賦或本作鑾聲鐬鐬後人據毛改从金爲从口耳

思樂泮水薄采其藻魯侯戾止其馬蹻蹻其馬蹻蹻其音昭昭載色載笑匪怒伊教【疏】傳其馬蹻蹻言彊盛也載色載笑色溫潤也箋其音昭昭僖公之德音僖公之至泮宮和顏色而笑語非有所怒於是有所教化也○韓詩外傳三載魯有父子訟者當舜之時有苗不服季孫子治魯共三條外傳八載曾子有過一條末俱引詩曰載色載笑匪怒伊教明韓毛文同

思樂泮水薄采其茆魯侯戾止在泮飲酒既飲旨酒永錫難老順彼長道屈此羣醜【注】韓說曰屈收也收斂得此眾聚【疏】傳茆鳧葵也屈收醜眾也箋在泮飲酒者徵先生君子與之行飲酒之禮而因以謀事也已飲美酒而長賜其難使老難使老者最壽考也長賜之者如王制所云八十月告存九十日有秩者與順從長遠屈治醜惡也是時淮夷叛逆既謀之於泮宮則從彼遠道往伐之治此羣爲惡之人○韓詩外傳三引詩曰思樂泮水薄采其茆魯侯戾止在泮飲酒樂水之謂也說苑雜言篇亦言智

者樂水引詩云思樂泮水薄采其茆魯侯戾止在泮飲酒此之謂也明韓魯與毛文同屈收也收斂得此衆聚者釋文引韓詩文明韓訓亦與毛同陳奐云釋詁屈收聚也屈訓聚亦訓收轉相爲訓文王世子曰凡語於郊者必取賢斂才焉或以德進或以事舉或以言揚曲藝皆誓之以待又語三而一有焉乃進其等以其序謂之郊人遠之於成均以及取爵於上尊也注天子飲酒於虞庠則郊人亦得酌於上尊以相旅鄉射記曰古者於旅也語然則云屈收者卽取賢斂才之義云醜衆者亦卽郊人相旅之義毛韓解詩正與禮記合陳喬樅云王肅云順彼仁義之長道以斂此羣衆卽用韓義以述毛也箋釋屈爲治蓋以屈爲淈之叚借釋詁淈治也某氏引此詩淈此羣醜魯蓋訓屈爲治此章未及伐淮夷之事箋謂在泮宮謀治淮夷羣爲惡之人與韓毛不合愚案魯訓屈爲治蓋謂順常道以治不率教之人不如箋說

穆穆魯侯敬明其德敬愼威儀維民之則允文允武昭假烈祖

〔疏〕傳假至也箋則法也信公之行民之所法傚也信公信文矣謂遵伯禽之法○案烈祖謂魯有功烈之祖斥伯禽如商頌衎我烈祖斥湯嗟嗟烈祖斥大戊此亦奚斯睎正考父之一端也

靡有不孝自求伊祜〔疏〕箋祜福也國人無不法傚之者皆庶幾力行自求福祿○王引之云孝本作享

説文孝效也从子爻聲效與倣同經文作孝而訓爲效故箋云無不法倣之者釋文正義所見本已誤爲孝是以張參五經文字失收孝字也靡有不孝謂僖公無事不法倣其祖非謂國人倣僖公也當承昭假烈祖爲義韓詩外傳八魏文侯問狐卷子曰父賢足恃乎對曰不足子賢足恃乎對曰不足兄賢足恃乎對曰不足弟賢足恃乎對曰不足臣賢足恃乎對曰不足文侯勃然作色而怒曰寡人問此五者於子子一以爲不足者何也對曰父賢不過堯而丹朱放子賢不過舜而瞽瞍頑兄賢不過舜而象傲弟賢不過周公而管叔誅臣賢不過湯武而桀紂伐望人者不至恃人者不久君欲治從身始人何可恃乎詩曰自求伊祜愚案據此韓毛文同狐卷子語警世特深故備錄之

明明魯侯克明其德既作泮宮淮夷攸服疏箋克能攸所也言僖公能明其德修泮宮而德化行於是伐淮夷所以能服也○白虎通辟雍篇引詩穆穆魯侯克明其德既作泮宮淮夷攸服引詳穆穆乃明明之誤明魯毛文同魯侯修文德以來遠人故修泮宮而廣德化乃淮夷所悅服非但武功也

矯矯虎臣在泮獻馘淑問如皋陶在泮獻囚疏傳囚拘也箋矯矯武貌馘所格者之左耳淑善也囚所虜獲者僖公既伐淮夷而反在泮宮使武臣獻馘又使善聽獄之吏如皋陶者獻囚言伐有功所任得其人○釋訓矯矯勇也釋文引

舍人注矯矯得勝之勇也詩云矯矯虎臣蔡邕明堂月令論詩魯頌云矯矯虎臣在泮獻馘諸侯泮宮獻馘卽王制所謂以訊馘告者也此魯說禮王制鄭注訊馘謂所生獲斷耳者詩曰在泮獻馘毛詩泮頖兩作據此知齊作頖也漢書匡衡傳衡疏曰淑問揚乎疆外是衡讀問爲聲聞之聞以淑問爲善名明齊義與箋說異

濟濟多士克廣德心桓桓于征狄彼東南注韓狄作鬄云除也疏傳桓桓威武貌箋多士謂虎臣及如臯陶之屬征征伐也狄當作剔剔治也東南斥淮夷○班固竇車騎北征頌克廣德心明齊毛文同狄作鬄云除也者釋文引韓詩文陳喬樅云士喪禮四鬄去蹄注今文鬄作剔是狄剔鬄古皆通用箋訓剔爲治治與除同義其說卽本之韓詩也

烝烝皇皇不吳不揚注魯吳作虞揚作陽不告于訩在泮獻功疏傳烝烝厚也皇皇美也揚傷也箋烝烝猶進進也皇皇當作暀暀暀暀猶往往也吳譁也訩訟也言多士之於伐淮夷皆勸之有進進往往之心不讙譁不大聲僖公還在泮宮又無以爭訟之事告於治訟之官者皆自獻其功○馬瑞辰云說文烝火氣上行也引申之爲厚又爲美大雅文王烝哉釋文引韓詩曰烝美也以傳訓皇皇爲美推之烝烝亦當爲美美與盛同義烝烝皇皇皆極狀多士之美盛耳魯吳作虞揚作陽者漢衞尉衡方碑作不虞不陽史記

武帝紀褚少孫補褚治魯詩引不吳不敖作不虞不騖澤陂詩傷如之何魯作陽如之何是作不虞不陽者魯文也釋文瘍余章反盧文弨謂經文揚字陸本原作瘍阮元挍釋文駁之謂瘍當指傳之傷字而挍毛詩又從之謂毛作瘍訓傷今案揚之訓傷雅訓所無瘍本通傷巧言傳釋文瘍本亦作傷左襄十七年傳釋文傷一本作瘍廣雅釋詁又直訓爲傷釋文出音又列吳之下詾之上則以瘍爲經字於說較長黃山云吳虞同娛說在絲衣篇此亦魯毛同義也娛而歡呼與忿爭爭喧有別讙與歡同字讙譁即歡呼大聲當如漢廷擊柱爭功醉而妄呼箋訓吳爲讙譁揚爲大聲讙譁係臚歡之聲大聲抗爭一二人之所獨義自有別魯詩揚作陽玉篇訓陽爲傷而爾雅釋詁訓陽爲予觀郭注引魯詩陽如之何則魯義當爲予予者以已尙人亦爭自標許之意玉篇所據或本韓詩疑韓字亦作陽說與毛同耳陳喬樅謂玉篇采毛則毛字不作陽魯義不同作傷未能合矣傷本爲憂傷之傷與娛反對謂不自傷無功也廣雅釋詁瘍殤之訓傷皆爲憂傷是其證若察夷傷當在畢戰之時不當在獻功之地若有功而負傷又非所當諱也王肅孔疏說爲傷損似尤未合陸於讙譁二字爲箋作音明見鄭本作揚矣乃於瘍字出音而無別作此其上必有脫文前詩揚字惟揚之水釋文云揚如字或作楊木之字非餘皆無音則瘍亦必非揚之誤而此條上文云吳鄭如字讙也王音誤作吳音話同上音誤王音也下音話吳字之本音郎絲衣所載何音也明明不同何以下贅一同字尋求其例全文當亦作

揚鄭如字王讀同瘍余章反同本與瘍連讀也曰同瘍則知本非爲瘍作音而上文之有脫從可見王所以讀同瘍者亦謂揚不得直訓爲傷毛訓傷實借揚爲瘍猶借吳爲誤然則非經原作瘍亦非傳之傷作瘍已陳奐云告者鞫之假借字文王世子告于甸人注告讀爲鞫與此告字同鞫亦作鞫說文鞫窮治罪人也不告于訩言不窮治凶惡惟在柔服之而已

角弓其觩束矢其搜戎車孔博徒御無斁既克淮夷孔淑不逆式固爾猶淮夷卒獲〈疏〉傳觩弛貌五十矢爲束搜眾意也箋角弓觩然言持弦急也束矢搜然言勁疾也博當作傳甚傳致者言安利也徒行者御車者皆敬其事又無厭倦也僖公以此兵眾伐淮夷而勝之其士卒甚順軍法而善無有爲逆者謂堙井刊木之類式用猶謀也用堅固女軍謀之故故淮夷盡可獲服也謀謂度已之德慮彼之罪以出兵也○陳奐云博猶眾也不逆言率從也

翩彼飛鴞集于泮林食我桑黮懷我好音憬彼淮夷〈注〉魯韓憬作獷韓詩曰獷彼淮夷韓說曰獷覺寤之貌來獻其琛元龜象齒大賂南金〈疏〉傳翩飛貌鴞惡聲之鳥也黮桑實也憬遠行貌琛寶也元龜尺二寸賂遺也南謂荊揚也箋懷

歸也言鴞恆惡鳴今來止於泮水之木上食其桑黮爲此之故故改其鳴歸就我以善音喻人感於恩則化也大猶廣也廣賂者賂君及卿大夫也荆揚之州貢金三品○魯憬作獷者楊雄揚州牧箴獷彼淮夷是魯作獷獷彼至之貌文選齊安陸昭王碑文李注引韓詩薛君文陳喬樅云釋文憬説文作𢡱音獷云闊也一曰廣大也今攷説文𢡱下無引詩語蓋文脱佚耳𢡱字訓闊與毛傳遠行義近是毛詩以憬爲𢡱之叚借又説文憬覺悟也詩云憬彼淮夷此文同毛而義則同韓是韓詩又以獷爲憬之叚借也説文又云矍讀若詩云穬彼淮夷之穬檢説文穬字無此訓穬彼之穬即獷字之譌孟康漢書音義訓獷爲彊孟用齊詩音義所釋即本齊故也是齊與魯同作獷説用彊獷本義韓釋獷爲覺悟疑字本作𢡱𢡱或爲懭形與獷相似因而致誤耳蔡邕和熹鄧后謚議來獻其琛明魯毛文同易林萃之中孚元龜象齒大賂爲寶稽疑當否衰微復起又比之噬嗑蒼梧鬱林道易利通元龜象齒寶貝南金爲吾歸功陳奐云傳意謂此淮夷既服而聲教所被雖荆揚之遠亦來大遺元龜象齒與金也大賂二字分屬上下與韋顧既伐昆吾夏桀文法相同愚案易林元龜象齒大賂爲寶亦以大賂包上元龜象齒據下寶字可爲明證龜象俱出荆楚交廣尤多雖易林之義不可究知而道易利通實由淮夷之不爲梗也

泮水八章章八句

閟宮【疏】毛序頌僖公能復周公之宇也箋宇居也○三家無異義

閟宮有侐實實枚枚【注】韓侐或作閾又云枚枚閒暇無人之貌也【疏】傳閟閉也先妣姜嫄之廟在周常閉而無事孟仲子曰是禖宮也侐淸淨也實實廣大也枚枚礱密也箋閟神也姜嫄神所依故廟曰神宮○韓侐或作閾者玉篇人部詩曰閟宮有侐侐淸淨也或作閾陳喬樅云韓義與毛同釋文不言毛詩或本作閾則作閾者乃韓詩異文此顧氏獨采韓文也宮與廟通釋宮宮謂之室室謂之宮又室有東西廂曰廟無東西廂有室曰寢閟與毖同釋詁毖神溢愼也郭注神未詳餘見詩書邢疏引書洛誥夙夜毖祀而不及詩就書義推之則閟宮者毖祀之宮也此魯說周禮守祧奄八人鄭注天子七廟賈疏通姜嫄廟爲八廟廟一人故八人也又大司樂以享先妣鄭注姜嫄履大人跡感神靈而生后稷是周之先母也周立廟自后稷爲始祖姜嫄無所妃是以特立廟而祭之謂之閟宮閟神之鄭注禮用齊詩箋詩卽以齊易毛釋詁神與毖同訓愼愼則必主淸靜亦與韓詩侐義合是三家說可互通大司樂以時享爲文姜嫄必四時皆祭而毛傳閟閉也常閉而無事可謂好爲異說矣春秋元命包姜嫄游於閟宮其地扶桑履大人跡而生稷謂姜嫄行桑郊外履跡生子周因就其地立廟主祀先妣因以祠禖猶后稷本爲周郊因以祈穀前漢武帝旣得戾太子而議祠禖及

行桑祓除至元后時尙沿故事皆依據今文家說非如生民傳以呂覽高禖傳會郊禖也姜嫄行桑於閟宮之地亦非先有閟宮故曰游於閟宮其地扶桑名從主人援後之閟宮以定其地也武帝禖祠置石則本無神周祀姜嫄廟在禖地故孟仲子有禖宮之說若謂以姜嫄爲禖神抑非享先妣之義矣惟此詩本以周之閟宮與魯之寢廟閟宮在姜嫄履跡之地自惟西周有之他所無也傳據爲周廟與守祧賈疏合鄭說享先妣亦本就周立廟言而於此詩新廟奕奕乃曰新者姜嫄廟實爲大謬魯之郊禘但始后稷不得祀帝嚳安得祀姜嫄后稷但祀於郊姜嫄安敢立廟縱有禖祀亦在郊野不應在寢廟之中而曰治正寢上新姜嫄之廟經外增飾自不可從故詳論之枚枚閒暇無人之貌也者釋文引韓詩文陳奐云傳釋實實爲廣大末章松桷有舄舄大貌義同韓釋枚枚云云者韓必連實實作訓以狀其常閉而與毛義異愚案實舄雙聲有舄卽舄舄亦猶實實同訓爲大貌也陸以其無異義故置不言而止引枚枚異訓耳陳說非

赫赫姜嫄其德不回上帝是依無災無害彌月不遲（疏）傳上帝是依依其子孫也箋依依其身也彌終也赫赫乎顯著姜嫄也其德貞正不回邪天用是馮依而降精氣其任之又無災害不坼不副終人道十月而生子不遲晚○列女姜嫄傳引詩云赫赫姜嫄其德不回上帝是依明魯毛文同

是生后稷降之百福黍稷重穋稙穉菽麥

注韓詩曰稙長稼也穉幼稼也奄有下國俾民稼穡有稷有黍

有稻有秬奄有下土纘禹之緒〔疏〕傳先種曰稙後種曰穉緒業也箋奄猶覆也姜嫄用是而生子后稷天神多與之福以五穀終覆蓋天下使民知稼穡之道言其不空生也后稷生而名弃長大堯登用之使居稷官民賴其功後雖作司馬天下猶以后稷稱焉秬黑黍也緒事也堯時洪水爲災民不粒食天神多予后稷以五穀禹平水土乃教民播種之於是天下大有故云纘禹之事也美之故申說以明之○呂覽任地篇高注晚種早熟爲稑早種晚熟爲重詩云黍稷重稑稙穉菽麥明魯毛文同稙長稼穉幼稼也者釋文引韓詩文陳喬樅云說文稙早穜也从禾直聲穉幼禾也从禾屖聲許於穉不言後種者穉從屖聲屖者遲也已具後種之義故但云幼禾引申之爲凡幼穉者之稱稙本有長義釋名釋親屬曰青徐人謂長婦曰稙長禾苗先生者曰稙義取諸此也陳奐云七月傳後熟曰重先熟曰穋凡黍稷菽麥皆有先後種熟之異經於黍稷言重穋菽麥言稙穉傳又於重穋言熟義具於七月而此稙穉言先種後種皆互詞以見者也

后稷之孫實維太王居岐之陽實始翦商〔疏〕傳翦齊也箋翦斷也大王自豳徙居岐陽四方之民咸歸往之於時而有王迹故云是始斷商○釋詁翦勤也惠棟云大王自邠遷岐始能光復祖宗修朝貢之職

勤勞王事也陳喬樅云晉書習鑿齒傳云昔周人詠祖宗之德追述翦商之功仲尼明大孝之道高稱配天之義語意亦主勤商言釋詁之訓卽魯義也**至于文武纘大王之緒致天之屆于牧之野無貳無虞上帝臨女敦商之旅克咸厥功**【疏】傳虞誤也箋屆極虞度也文王武王繼大王之事至受命致天所罰極紂於商郊牧野其時之民皆樂武王之如是故戒之云無有二心也無復計度也天視護女至則克勝敦治旅衆咸同也武王克殷而治商之臣民使得其所能同其功於先祖也后稷大王文王亦周公之祖考也伐紂周公又與焉故述之以美大魯○屆極虞度釋言文是箋說本魯訓郭注有所限極則爲商祚盡於此也敦通屯聚也猶裒荆之旅

王曰叔父建爾元子【注】魯說曰王者諸父兄不名韓說曰元長也齊曰作謂**俾侯于魯大啟爾宇爲周室輔**【疏】傳王成王也元首宇居也叔父謂周公也成王告周公曰叔父我立女首子使爲君於魯謂欲封伯禽也封魯公以爲周公後故云大開女居以爲我周家之輔謂封以方七百里欲其彊於衆國○王者諸父兄不名者白虎通王者臣有不名篇諸父諸兄不名諸父諸兄者親與己父兄有敵體之義也詩云王曰叔父此魯說何休公羊桓四年傳解詁云禮君於臣而不名者有五諸父兄不名詩曰王曰叔父

是也與白虎通合此何用魯詩之證又封公侯篇周公不之魯何爲周公繼武王之業也詩云王曰叔父建爾元子俾侯于魯周公身薨天爲之變成王以天子之禮葬之命魯郊以明至孝天所興也又攷黜篇公功成封百里詩曰王曰叔父建爾元子俾侯于魯孟子周公之封於魯爲方百里也地非不足也而儉於百里此言封百里與箋七百里異同爲魯說元長也者玉篇一引韓詩文此訓元子爲長子也漢書淮陽憲王傳王駿諭指曰禮爲諸侯制相朝聘之義蓋以考禮壹德尊事天子也且王不學詩乎詩云俾侯于魯爲周室輔駿傳吉學此諭帝指同爲韓說齊曰作謂者見下漢書律厤志成王元年正月已巳朔此命伯禽俾侯于魯之歲也班治齊詩同爲齊說**乃命魯公俾侯于東錫之山川土田附庸**〈疏〉箋東東藩魯國也旣告周公以封伯禽之意乃策命伯禽使爲君於東加賜之以山川土田及附庸令專統之王制曰名山大川不以封諸侯附庸則不得專臣也○禮明堂位鄭注上公之封地方五百里加魯以四等之附庸方百里者二十四幷五五二十五積四十九開方之得七百里詩魯頌曰王謂叔父建爾元子俾侯于魯大啟爾宇爲周室輔乃命魯公俾侯于東錫之山川土田附庸此齊說引詩王曰作王謂與毛異亦本齊經文**周公之孫莊公之子龍旂承祀六轡耳耳春秋匪解享祀不忒**〈疏〉傳周公之孫莊公之子謂僖公也耳耳然至盛

也箋交龍爲旂承祀謂視祭事也四馬故六轡春秋猶言四時也忒變也○馬瑞辰云孔疏謂龍旂承祀是宗廟之祭案司常王建大常諸侯建旂又曰交龍爲旂覲禮侯氏載龍旂弧韣是龍旂本諸侯所建朝覲且用之則祭天祭祖皆得建之古毛詩説專指郊祀固非孔疏亦泥郊特牲旂十有二旒龍章而設日月以象天也天垂象聖人則之郊所以明天道也是祭天之旂實兼有龍與日月李氏黼平謂明堂位言日月而不言龍此詩言龍而不言日月皆各舉其一其説是也孔疏據明堂位以駁龍旂祭天之説誤矣

皇皇后帝皇祖后稷享以騂犧是享是宜降福既多

疏 傳騂赤犧純也箋皇皇后帝謂天也成王以周公功大命魯郊祭天亦配之以君祖后稷其牲用赤牛純色與天子同也天亦饗之宜之多予之福○繁露郊祀對云周公傳成王成王遂及聖功莫大於此周公聖人也有祭於天道故成王令魯郊也魯郊用純騂剛周色上赤魯以天子命郊故以騂陳喬樅云董爲齊學此詩享以騂犧正魯郊用純騂之證曲禮天子以犧牛鄭注犧純毛也謂毛之純色者

周公皇祖亦其福女秋而載嘗夏而楅衡白牡騂剛犧尊將將毛炰胾羹籩豆大房萬舞洋洋孝孫有慶

疏 傳諸侯夏禘則不礿秋祫則不嘗唯天子兼之楅衡設牛角以楅之也白牡周公牲也騂剛魯公牲也犧尊有沙飾也毛炰豚

也胾肉也羹大羹鉶羹也大房半體之俎也洋洋衆多也箋此
皇祖謂伯禽也載始也秋將嘗祭於夏則養牲楅衡其牛角爲
其觸觝人也秋嘗而言始者秋物新成尚之也大房玉飾俎也
其制足間有橫下有柎似乎堂後有房然萬舞干舞也○馬瑞
辰云說文告下云牛觸人角箸橫木以告人也與傳箋言楅衡
設於牛角者相類至楅下云以木有所逼束也衡下云牛觸橫
大木其角韻會所據小徐本無其角二字段玉裁曰說文以設
於角者謂之告此云牛觸橫大木是闌閑之謂衡大木斷不可
施於角此易明者案段說是也封人凡祭祀飾其牛牲設其楅
衡鄭司農曰楅衡所以楅持牛也杜子春云楅衡所以持牛令
不得抵觸人皆不云設於角又牛人凡祭祀共其牛牲之互鄭
司農曰互謂楅衡之屬以說文訓梐枑爲行馬證之行馬卽今
鹿角木取其可以闌人也則鄭司農亦以楅衡爲闌閑之類矣
易大畜六五豶豕之牙吉鄭注讀牙爲互互以禁豕放逸與六
五童牛之牿牿以防牛抵觸正相類公羊文十三年傳周公白
牡魯公騂犅何休解詁云白牡殷牲周公死有王禮謙不敢與
文武同也騂犅赤脊言赤脊非純色可知若羣公不毛則又不
盡赤脊矣繁露郊祀對云武王崩成王幼而在襁褓之中周公
繼文武之業成二聖之功德漸天地功被四海故成王賢而貴
之詩云無德不報故成王使祭周公以白牡上不得與天子同
色下有異於諸侯以爲報德之禮案公羊繁露皆齊學可以推
見齊詩之義剛者犅之借字說文犅特也特牛父也騂犅猶言

騂牡犅字從岡取赤脊之義也陳奐云犧沙聲同沙讀爲娑假借字也傳云有沙飾疑沙下奪羽字孔疏云此傳言犧尊有沙羽飾是正義本有羽明堂位尊用犧象山罍注犧尊以沙羽爲畫飾鄭同毛說亦有羽皆可證司尊彝春祠夏禴其朝踐用兩獻尊鄭司農注云獻讀爲犧犧尊飾以翡翠翡翠即羽也鄭志張逸問曰犧讀如沙沙鳳皇也不解鳳皇何以爲沙荅曰刻畫鳳皇之象於尊其形娑娑然或有作獻字者齊人之聲誤耳禮器犧尊疏布鼏疏引鄭云畫尊作鳳羽娑娑然故謂娑尊也案此鄭注卽鄭志沙爲鳳皇其實沙爲羽之狀非必謂鳳皇也莊子天地篇百年之木破爲犧尊淮南俶眞篇百圍之木斬而爲犧尊則犧尊木質而畫以沙羽爲飾阮諶以爲牛飾王肅以爲牛形悉爲臆說禮明堂位云周以房俎鄭注房謂足下跗也上下兩間有似於堂房魯頌曰籩豆大房案鄭注與箋大同知齊大房義不異張衡東京賦云物牲辯省設其楅衡又云毛炰豚胉亦有和羹用魯經文

俾爾熾而昌俾爾壽而臧保彼東方魯邦是常不虧不崩不震不騰〔注〕韓說曰騰乘也**三壽作朋如岡如陵**〔疏〕傳震動也騰乘也壽考也箋此皆慶孝孫之辭也俾使藏善保安常守也虧崩皆謂毀壞也震騰皆謂僭踰相侵犯也三壽三卿也岡陵取堅固也○騰乘也者文選甘泉賦及顏延年侍遊蒜山詩李注引薛君韓詩章句文馬瑞辰云震當讀如三川震之震

騰當讀如百川沸騰之騰騰者滕之叚借說文滕水超湧也正與騰之訓乘同義孔疏云震騰以川喻是也馬瑞辰云三壽猶三老也晉姜鼎銘保其子孫三壽是利左昭三年傳三老凍餒杜注三老謂上壽中壽下壽皆八十以上文選李注引養生經黄帝曰上壽百二十中壽百年下壽八十皆三壽即三老之證箋說非陳喬樅云張衡東京賦云送迎拜乎三壽衡治魯詩益魯作朋之義如此漢書禮樂志注引李奇曰王者父事三老兄事五更詩云三壽作朋與衡賦三壽說合當亦魯訓

公車千乘朱英綠縢二矛重弓公徒三萬貝胄朱綅烝徒增增戎狄是膺荊舒是懲〔注〕魯膺作應舒作荼則莫我敢承俾爾昌而熾俾爾壽而富黃髮台背壽胥與試〔注〕魯台作鮐又曰壽胥與試美用老人之言以安國也俾爾昌而大俾爾耆而艾萬有千歲眉壽無有害〔疏〕傳大國之賦千乘朱英矛飾也縢繩也重弓重於鬯中也貝胄貝飾也朱綅以朱綅綴之增增衆也膺當承止也箋二矛重弓備折壞也兵車之法左人持弓右人持矛中人御萬二千五百人爲軍大國三軍合三萬七千五百人言三萬者舉成數也烝進也徒進行增增然懲艾也僖公與齊桓舉義兵北當戎與狄南艾荊及羣舒天下

無敢禦也俾爾至與試此慶僖公勇於用兵討有罪也黃髮台背皆壽徵也胥相也壽而相與試謂講氣力不衰倦俾爾至有害此又慶僖公勇於用兵討有罪也中時魯微弱爲鄰國所侵削今乃復其故故喜而重慶之俾爾猶使女也眉壽秀眉亦壽徵○禮明堂位革車千乘鄭注革車兵車也兵車千乘成國之賦也詩魯頌曰公車千乘朱英綠縢禮少儀鄭注詩云公徒三萬貝冑朱綅亦鍇飾也明齊毛文同魯膺作應舒作荼者史記建元以來侯者年表引詩戎狄是應荆荼是懲史遷治魯詩此魯作應作荼異文之證淮南衡山傳贊引詩仍與毛同疑後人所改孟子云周公方且膺之又曰無父無君是周公所膺也趙岐注膺擊也懲艾也周家時擊戎狄之不善者懲止荆舒之人使不敢侵陵也孟子釋文膺丁本作應呂覽察微篇處方篇高注並曰應擊也攷工記鄭目必荼又寬緩以荼先鄭皆讀荼爲舒左襄二十三年傳晉魏舒史記魏世家索隱注引世本作魏荼荀子大略篇諸侯御荼楊注荼古舒字亦魯家舒作荼之證漢書淮南衡山濟北王傳贊詩云戎狄是膺荆舒是懲信哉是言也嚴朱等傳贊匈奴傳贊並引詩二句明齊毛文同翟灝云首二章陳姜嫄后稷大王文武之功德三章言成王封魯四章則莫我敢承以上皆言周公俾爾昌而熾等句亦謂周公俾之也五章六章繼周公而頌伯禽所謂淮夷來同遂荒徐宅係伯禽事見於費誓者也七章八章方頌僖公復宇案孟子古說聖門傳授確指周公自不可易陳奐謂首從祀帝祀稷說起因而

亭祀大廟備陳魯以天子禮祀周公工祝致告於僖公作嘏下又極陳兵賦之大征伐之美工祝又致神意再作嘏此皆在廟中頌周公不美僖公也萬有千歲眉壽無有害皆嘏孝孫之詞少牢禮上祝嘏主人之詞眉壽萬年勿替引之亦此意也愚案淮夷來同已見泮水然序曰僖公修泮宮而詩曰既作泮宮淮夷攸服亦仍是推原始作之伯禽而言翟陳之說非不合也孟子引詩戎狄是膺荆舒是懲屬之周公猶封魯謂周公之封於魯也父在子不得自專故魯公之事皆就周公言之耳膺戎卽所以懲楚不必定爲伐楚故孟子之說亦重在膺新寢廟者自爲僖公而詩仍推原所本言之其指一也前疏已定姑附其說於此魯台至壽也釋詁文魯說也張衡南都賦鮐背之叟皤皤然被黄髮者卽用魯詩語毛詩作台古文之消借壽胥至國也新序雜事五引詩文試葢讀如明試以功之試中論夭壽篇詩云萬有千歲眉壽無有害人豈有萬千歲者皆令德之謂也明魯毛文同韋元成傳匡衡禱廟文眉壽無疆用齊經文

泰山巖巖魯邦所詹〔注〕魯一作魯侯是瞻奄有龜蒙遂荒大東〔注〕魯奄作弇荒作幠韓詩曰荒至也至于海邦淮夷來同莫不率從魯侯之功〔疏〕傳詹至也龜山也蒙山也荒有也箋奄覆荒奄也大東極東海邦近海之國也來同爲同

盟也率從相率從於中國也魯侯謂僖公○魯一作魯侯是瞻者應劭風俗通義十東方泰山詩云泰山巖巖魯邦所瞻尊曰岱宗岱者長也應治魯詩明魯毛文同說苑雜言篇詩曰泰山巖巖魯侯是瞻樂山之謂也此魯一作本韓詩外傳三引此詩以證仁者樂山之說文仍與毛同魯奄作弇者釋言弇同也郭注引詩曰奄有龜蒙奄當爲弇郭用魯詩舊注蓋後人誤改漢書諸侯王表序奄有龜蒙明齊毛文同荒作憮者釋詁憮有也郭注詩曰遂憮大東陳喬樅云荒憮一聲之轉禮投壺毋憮毋敖大戴禮作無荒無憮是通用之驗荒至也者釋文引韓詩文盧文弨云若韓作荒則與毛鄭字無異何須別出浦氏聲之云疑是作巟故訓爲至說文巟水廣也廣有大義至亦大也

保有鳧繹〔注〕魯繹作嶧**遂荒徐宅至于海邦淮夷蠻貊及彼南夷莫不率從莫敢不諾魯侯是若**〔疏〕傳鳧山也繹山也宅居也淮夷蠻貊而夷行也南夷荆楚也若順也箋諾應詞也是若者是僖公所謂順也○魯繹作嶧者釋山屬者嶧御覽四十二引舊注云言絡繹相連今魯國鄒縣有嶧山純石相積搆連屬而成山蓋謂此也郭注言駱驛相連屬義本此陳奐云徐讀爲郐說文魯東有郐城段注周禮雍氏注伯禽以王師征徐戎劉本徐作郐魯世家頃公十九年楚伐我取徐州徐廣曰徐州在魯東是楚所取之徐州郎郐

地徐宅郲戎之舊居南夷卽楚伐楚止帶說僖四年從齊桓伐楚兵事非魯專主也

天錫公純嘏眉壽保魯居常與許復周公之宇【疏】傳常許魯南鄙西鄙箋純大也受福曰嘏許許田也魯朝宿之邑也常或作嘗在薛之旁春秋魯莊公三十一年築臺于薛是與周公有嘗邑所由未聞也六國時齊有孟嘗君食邑於薛○馬瑞辰云齊語管子曰以魯爲主反其侵地棠潛管子作常潛則常邑曾見侵於齊莊公時復歸於魯去僖公時未遠故詩人尙舉以爲頌美之詞春秋桓元年鄭伯以璧假許田僖公時葢亦復之春秋未及載猶齊桓反魯常潛春秋亦未載也

魯侯燕喜令妻壽母宜大夫庶士邦國是有旣多受祉黃髮兒齒【注】魯兒作齯【疏】箋燕燕飲也令善也喜公燕飲於內寢則善其妻壽其母謂爲之祝慶也與羣臣燕則欲與之相宜亦祝慶也是有猶常有也兒齒亦壽徵○易林豫之否令妻壽母宜家無咎君子之歡得以長久此齊說魯兒作齯者釋詁黃髮齯齒壽也此魯說書正義引舍人曰黃髮老人髮白復黃也孫炎曰黃髮髮落更生者老人壽徵也說文齯老人齒也兒者齯之叚借說文依魯詩今文也釋名九十曰黃耇鬢髮變黃也或曰齯齒大齒落盡更生細者如小兒齒也當亦魯說陳喬樅云爾雅釋文兒本今皆作齯五兮反一音如字本今皆作齯者謂舍人及樊孫諸本

今皆作覦字惟陸氏所據郭本作兒故云然然則兒字後人順毛所改也

徂來之松新甫之柏是斷是度是尋是尺松桷有舄路寢孔碩新廟奕奕奚斯所作孔曼且碩萬民是若【注】魯齊新作寢奕作繹韓說曰曼長也【疏】傳徂徠山也新甫山也八尺曰尋桷榱也舄大貌路寢正寢也新廟閔公廟也有大夫公子奚斯者作是廟也曼長也箋孔甚碩大也奕奕姣美也修舊曰新新者姜嫄廟也僖公承衰亂之政修周公伯禽之教故治正寢上新姜嫄之廟姜嫄之廟廟之先也奚斯作者教護屬功課章程也至文公之時大室屋壞曼修也廣也且然也國人謂之順也○唐石經來作徠水經汶水注汶水西南流逕徂徠山西山多松柏詩所謂徂徠之松也漢地理志泰山郡有梁父縣後魏志魯郡汶陽縣有新甫山新甫即梁甫也父甫古通用白虎通曰梁甫者泰山旁山名又曰梁信也甫輔也信古讀如伸伸伸辛雙聲顏氏家訓音詞篇引字林伸音辛則知梁訓爲伸伸讀同辛故梁甫一作新甫白虎通用魯訓也魯新作寢奕作繹者甘泉賦云望通天之繹繹太常箴云寢廟奕奕蔡邕獨斷云宗廟之制古學以爲人君之居前曰朝後曰寢終則前制廟以象朝後制寢以象寢廟以藏主列昭穆寢有衣冠几杖象生之具總謂之宮月令先薦寢廟詩云公侯之宮頌曰寢廟言

相連也是皆其文也淮南時則訓高注前日廟後日寢詩云寢廟奕奕言相連也呂覽季春紀高注引詩同陳喬樅云甘泉賦正用詩語然則魯文作寢廟繹繹今楊雄太常箴蔡邕獨斷呂覽淮南高注引詩俱作寢廟奕奕後人據毛詩改之並宜訂正又蔡邕集胡太傅祠前銘新廟奕奕後人據獨斷所言寢廟連文此用詩語不得作新廟皆後人妄改也齊新作寢奕奕作繹者隸僕鄭注詩云寢廟繹繹相連貌也前曰廟後曰寢是齊作寢廟繹繹與魯同奚斯所作者言作詩非言作廟王延壽魯靈光殿賦云奚斯頌僖歌其露寢文選兩都賦序李注引韓詩魯頌曰新廟奕奕奚斯所作薛君曰奚斯魯公子也言其新廟奕奕然盛是詩公子奚斯所作也王賦注引同曼長也者文選四子講德論李注引薛君章句文孔廣森云三家謂詩爲奚斯所作者是也此與吉甫作頌其詩孔碩文義正同詩之章句未有長於此篇者故以曼言之毛謂奚斯作廟則孔碩且碩詞意宭複矣愚案薛於此特明詩爲奚斯作者慮後人溷作詩於作廟也餘見前文

閟宮八章二章章十七句一章十二句一章三十八句二章章八句二章章十句

駉四篇二十三章二百四十三句

詩三家義集疏卷二十七終

長沙王先謙益吾著

那弟二十八　詩商頌〔注〕魯說曰宋襄公之時修仁行義欲爲盟主其大夫正考父美之故追道湯契高宗所以興作商頌齊說曰商宋詩也韓說曰正考父孔子之先也作商頌十二篇〔疏〕宋襄至商頌史記宋世家文揚雄法言昔正考甫嘗睎尹吉甫矣大雅云吉甫作頌穆如清風考甫睎之即謂作商頌雄亦習魯詩者也商宋詩也者禮樂記鄭注文不曰宋而曰商者孔子編詩魯定公諱宋故也班固漢書地理志宋地房心之分埜也周封微子於宋今之睢陽是本陶唐氏火正閼伯之虛也班亦學齊詩者正考至二篇後漢曹襃傳李注引韓詩薛君章句文孔子編詩時又佚其七篇也史記集解亦云韓詩商頌章句亦美襄公餘詳下黃山云漢之睢陽即今河南歸德府地商邱縣爲府治志云閼伯之虛者本左傳昔陶唐氏之火正閼伯居于商邱也商之亳都即在宋境故路史云宋爲故亳商之舊都殷本紀湯始居亳帝仲丁遷于隞河亶甲居相祖乙遷于邢盤庚渡河南復居成湯之故居治亳中宗帝乙在仲丁未

遷殷之前高宗武丁在盤庚復故居之後是與湯皆居亳者也遺烈具在宋之烝嘗必及焉亳亦作薄管子輕重篇湯以七十里之薄荀子議兵篇昔者湯以薄大傳盍歸于薄新序趨歸薄兮皆即指亳左莊十二年傳公子御說奔亳杜注亳宋邑哀十四年傳桓魋請以鞌易薄公曰薄宗邑也杜注宗廟所在皆其證三亳之分自周始見周書立政後人援以說商之亳謂西亳在偃師南亳北亳在宋州爲故宋地北亳亦名景亳因景山得名景山在河南府偃師縣以山考地皆相距不遠也

那〔注〕韓說曰湯爲天子十三年年百歲而崩葬於徵今扶風徵陌是也〔疏〕毛序祀成湯也微子至于戴公其閒禮樂廢壞有正考甫者得商頌十二篇於周之大師以那爲首箋禮樂廢壞者君怠慢於爲政不修祭祀朝聘養賢待賓之事有司忘其禮之儀制樂師失其聲之曲折由是散亡也自正考甫至孔子之時又無七篇矣正考甫孔子之先也其祖弗甫何以有宋而授厲公○魏源云讀三頌之詩竊怪周頌皆止一章章六七句其詞噩噩商頌則長發七章殷武六章且皆數十句其詞灝灝何文家之質而質家之文也及考史記後漢書法言諸書始知商頌與魯頌一例宋襄與魯僖同科猶書之附柴誓秦誓也曰外此有徵乎曰樂記肆直而慈愛者宜歌商溫良而能斷者宜歌齊鄭注商頌詩也疏謂據下文商人識之故謂之商齊人識之故謂之齊知此商爲宋人所歌之詩宋是商後故也鄭注

所正錯簡二條尚有未盡當云商者三代之遺聲也商人識之齊者五帝之遺聲也齊人識之蓋商頌在宋韶樂在齊故也莊子云曾子曳屣而歌商頌聲滿天地殆師乙所謂宜歌商者也左傳哀二十四年釁夏曰周公及武公取于薛孝惠取于商自桓以下取于齊杜注商宋也國語吳夫差闕爲深溝于商魯之間韋注商宋也又左傳哀九年曰利以伐姜不利子商杜注子商宋也王引之云子宜作予通作與敵也言不利敵宋逸周書王會解堂下三左商公夏公立焉莊子韓非均有商太宰與孔子莊子同時皆謂宋爲商之證蓋魯定公名宋故魯人諱宋稱商夫子錄詩據魯太師之本猶衛之稱邶鄘晉之稱唐皆仍其舊證一國語正考父校商名頌十二篇於周太師以那爲首蓋考父生宋中葉禮樂散缺頌雖補作難協樂章故必從周太師審校音節使合頌聲乃敢施用至衛宏續序乃言正考父得商頌十二篇於周太師夫校者校其所本有得者得其所本無改校爲得傳會顯然證二或謂左氏稱正考父佐戴武宣而史記稱其爲襄公大夫宋世家戴襄相距百有十六年宣襄相距亦七十九年戴三十四年武十八年宣十九年穆九年殤十年莊十九年湣十一年桓三十一年子襄公立且考父生孔父嘉於殤公時死華督之難明爲嗣父執政則考父必先卒於穆公之世何由逮事八君不知世家諸國年數淆訛而穆公七年當魯隱元年始入春秋其前此戴武宣三世之年尤不可考假如三公之年共止十餘載而孔父嘉嗣位烏知非考甫中年引疾致仕而襄公世尚存乎孔父豔妻行路觀甫壯年考父何僂衢餬中年勇退安知懸車後不聞存數十年耶之商之老彭伊陟周之君奭老聃子夏漢之張蒼伏生竇公皆身歷數朝年逾百載耆則益壽銘鼎可徵

而那頌之溫恭朝夕執事有恪亦晬然三命滋益恭之情文證三薛氏鐘鼎款識載正考父鼎銘云惟四月初吉正考父作文王寶尊鼎其萬年無疆子孫永保用享案竹書紀年商武丁子曰文丁此器當成於作頌之時稱文丁爲文王猶稱武湯爲武王也考父大夫止得祀其家廟使非奉命作頌何由作祭器以享先王乎則知商頌十二篇中必有祀文丁之頌而亡之矣證四商頌果作於商如箋說那之祀成湯者爲太甲（箋云湯孫太甲也）烈祖之祀中宗者謂仲丁（中宗太戊子仲丁）元鳥之祀高宗者謂祖庚（箋云高宗崩三年喪畢禘于其廟而後合祭于契廟歌是詩）則皆以子祭父如成王之於文武何以遽稱之曰自古古曰在昔昔曰先民而且一則曰顧予烝嘗湯孫之將再則曰顧予烝嘗湯孫之將豈非易世之後人往風徵庶冀先祖之眷顧而祐我孫子乎證五（那序祀成湯而傳以烈祖爲湯有功烈之祖湯孫謂湯爲人之孫子則是湯祀其先祖非祀湯之詩矣豈不與序相戾且與殷武篇湯孫之緒相戾乎箋謂嘉客顧念我扶助之亦非頌體豈有清廟之中舍先王而專祊嘉客者乎宋時嘉客謂附庸小國左傳隱元年疏引世本宋之同姓有殷時來宋空同黎比髦目夷蕭又殷本紀賛曰其後有殷氏來氏宋氏空桐氏稚氏北殷氏目夷氏又地里志蕭故蕭叔國宋別封附庸皆當助祭于宋者也）元鳥詩武丁孫子武王靡不勝龍旂十乘大糦是承此正猶魯頌周公之孫莊公之子龍旂承祀明謂先代之後尚備車服禮樂器以祀其先王也豈如箋所云孫子即武丁龍旅謂助祭諸侯之迂說乎證六（上公交龍爲旂六月詩吉甫出征元戎十乘明爲上公之制司馬法每乘三十人十乘則虎賁三百人也是龍旂十乘明爲上公之制君行師從卿行旅從箋乃謂助祭之諸侯孔疏乃云諸侯當以服數來朝而得十乘並至者畢其有十耳未必同時至也如其說則諸侯來朝每國止一乘乎）長發疏云商人禘嚳而郊冥此詩若郊天當以冥配而不言冥者馬昭謂

宋爲殷後，郊祭天以契配，不郊冥者，異於先王，故其詩惟詠契德。宋無圜丘之禮，惟以郊爲大祭，且欲别之於夏禘，故云大禘也。馬昭學出鄭門，此實本樂記鄭注以商爲宋詩之説，孔疏反斥其虛妄，謂是商世之頌，非宋人之詩，豈知鄭之詩學不專用毛乎？證七。殷武詩三章箋云：時楚不修諸侯之職。四章箋云：時楚僭號王位。此亦鄭闇用韓詩，以三章、四章爲春秋僖四年公會齊侯、宋公伐楚之事，故箋以歲時來辟責包茅不貢之文，不借不濫責僭號稱王之義，與魯頌荊舒是懲，皆侈召陵攘楚之伐，同時同事同詞，故宋襄作頌以美其父。宋桓卅四年從戰召陵，逾六年卒，至襄公戰亂之歎，齊桓沒在此詩後矣。已楚入春秋，歷隱、桓、莊、閔，止稱荊，至僖二年始稱楚，安得高宗卽有伐楚之名？孔疏亦窮於詞，故云周有天下，始封熊繹爲楚子，於武丁之世，未審楚君何人。證八。易稱高宗伐鬼方，三年克之。干寶注：鬼方，北方國。漢書五行志：武丁外伐鬼方，以安諸夏。後漢西羌傳：武丁征西戎鬼方，三年乃克，故其詩曰：自彼氐羌，莫敢不來王。范謂易既濟高宗所伐鬼方，卽詩之氐羌。賈捐之傳：武丁地西不過氐羌。後漢西羌傳：武丁征西羌鬼方，三年乃克。李注引紀年：武乙三十五年，周季歷伐西落鬼戎。文選趙充國贊：鬼方賓服。注引世本注：鬼方卽漢之先零戎，在涼州。蓋鬼之爲言歸也，東方物所始生，西方物所成就，故以西方爲鬼方。是高宗所伐者西戎，非南蠻明矣。歷攷傳記，從無殷高宗伐荊楚之文，亦無以荊楚爲鬼方之説。或引大戴禮及楚世家陸終娶于鬼方氏，生子六人，曰季連，芊姓，爲荊楚，卽鬼方之證。不知陸終以南侯而娶于西戎，猶周取狄后、魯娶吳孟子，豈得謂周卽北狄魯鄭南夷戎紂時鬼侯史記作九侯而文王也于西方有九國焉君王其終撫諸正謂文王懷昆夷之事是鬼方者高宗所伐荊楚者宋桓襄父子所伐蓋商初難服者莫如西戎故詩以昔有成湯自彼氏羌為言而匡衡疏亦以成湯之服氏羌為懷鬼方以史證詩虛實立見證九大雅厲王詩內奰于中國覃及鬼方卽西羌傳厲王時征犬戎之事皆指西夷至唐書高宗紀夏曰熏鬻商曰鬼方周曰玁狁漢曰匈奴此本干寶鬼方北方國之說蓋西北二夷互相統屬要之非東南夷也文選東京賦注引韓詩曰宋襄公去奢即儉正指殷武末章乃箋謂高宗之前王有廢政教不修寢廟故高宗復成湯之道新其路寢考武丁距般庚僅再世小辛小乙般庚遷殷必立寢廟豈十餘年遽至廢壞蓋宋襄圖霸中興新其父廟並頌其父之武功與魯僖閟宮同時冊造故陟景山之松柏詠斲虔於旅楹與魯頌徂徠路寢若同一詞視周頌邈若皇墳曾殷人有此浮藻乎證十後漢祭祀志注載東平王蒼引詩傳曰大樂必易故周頌以一章成篇此所引蓋魯韓詩儀而騶疏亦云魯雖僭頌體實國風非告神之歌故有章句又關雎疏云風雅之篇無一章者頌以告神不必殷勤故不重章高宗一人而元鳥一章長發殷武重章者武丁之德下踰於魯僖上不及成湯明成功有大小斯篇詠有優劣乎是漢唐諸儒已疑三頌之高下皆軒周而輊商故法言云正考父常晞尹吉甫明其晞雅而不敢晞頌也公子奚斯晞正考父明其晞商頌而不敢晞周頌也證十一左氏季札觀周樂為之歌頌曰美哉盛德之所同也杜注頌有殷魯故云盛德之所同若非皆周世所作何以季札觀周樂統之周頌中乎證十二路史後紀注引鄭元六藝論云文

王創基至魯僖間商頌不在數矣孔子刪詩錄此五章豈無意哉商邑翼翼四方之極我有嘉客亦不夷懌豈能忘哉景山商墳墓之所在也云云此又鄭君初年用韓詩釋殷武爲宋詩之明文證十三然此猶未及其刪述之大義也孔子自衞反魯正禮樂修春秋據魯新周故殷句運之三代覩孰子是以列魯於頌示東周可爲之志焉次商於魯示黜杞存宋之微權焉合魯商於周見三統循環之義焉故曰我觀周道幽厲傷之吾舍魯何適矣又曰杞不足徵也吾學殷禮有宋存焉聖人之情見乎辭微董生太史公書其孰明之皮錫瑞云考父乃孔子之先孔子距考父止數傳漢初距孔子亦止數傳年代相接豈有譌誤孔安國西漢大儒史公嘗從之游何至於孔子先人之事僭然不識且孔子世家既載孟僖子正考父佐戴武宣之言而十二諸侯年表戴襄相距凡百有十六年則史公非不知考父之年必百三四十歲而後能相及也乃宋世家仍用考父頌殷之語其說必有所受斷非自相矛盾百齡以外之壽古所恆有父在子死亦事之常若謂孔父殉君其父不應尚在則春秋時明有其事且郎宋國之人左文十六年傳云初公子蕩卒公孫壽辭司城請使意諸爲之意諸死昭公之難歷文十七十八兩年宣十八年成八年凡二十八年宋公使公孫壽來納幣明見於經傳左傳本不足以證三家說以後人引左眭駁三家故亦引左氏以闡執其吲蕩意諸見殺其父公孫壽可來納幣何獨孔父見殺其父正考父不可作頌乎古人致仕亦稱大夫夫子曰以吾從大夫之後可證考父作頌年已

篤老非必尚在朝列，是皆不足以獻疑也。兩漢今古文各有師承，毛詩、左傳皆古文，同出河間博士，故其義說多相出入。三家詩則與公羊、穀梁合，與左氏不合。公羊盛稱宋襄，以爲文王不是過。史記宋世家贊明引公羊之說，云傷中國無禮義，襃之也。此魯詩與公羊爲一家之證。左氏則極詆宋襄。河間博士之治毛詩者，蓋習於左氏之說，以爲襄公不足頌，乃別樹異義。此其蹤迹之可尋者也。陋儒不學，乃據左傳殤公卽位君子引商頌以駁三家，無論古文說不足以難今文，卽如左氏之言，左氏作傳在春秋末，距春秋初已二百餘年，其所引君子曰，或亦事後追論，安見其人必爲殤公同時之人哉？魏氏列十三證，其言信而有徵，更爲推闡其義，以釋後學之疑，於十三證外又得七證，具列於後：那「湯孫奏假」，無言傳。箋云：「湯孫，太甲也。」於赫湯孫，傳盛矣湯爲人子孫也。箋云：「湯孫，呼太甲也。」烈祖「湯孫之將」，箋云：「中宗之享此祭，由湯之功，故本言之。」殷武「湯孫之緒」，箋云：「是乃湯孫太甲之等功業。」愚案：毛、鄭解湯孫似皆失之。祀湯而稱湯爲湯孫，稱謂殊屬不倫；以爲太甲，不應商人頌祖德專歸美於太甲；同一湯孫，而前後異訓，恐非塙詁。湯孫乃主祭君之號，卽當屬宋襄公。古者立二王之後，以其祖有功德，成王賜魯以天子禮樂，亦以周公功德比之二王後也。故魯頌稱僖公曰「周公之孫」，商頌稱襄公曰「湯孫」，稱謂相同，證一。「萬舞有奕」，箋云：「其干舞又閑習。」愚案：公羊宣七年傳：「曰萬者何？干舞也。」何休解詁曰：「干謂楯也，能爲人扞難而不使害人，故聖王貴之以爲舞樂。萬者其篇名武王以萬人服天下民樂之故名之云爾箋以萬舞爲干舞用公羊說據何義則萬舞之名始於周若商頌作於商時不得有萬舞證二約軝錯衡八鸞鶬鶬箋云諸侯來助祭者乘篆轂金飾錯衡之車駕四馬其鸞鶬鶬然聲和言車服之得其正也愚案此篇上下文皆不及助祭之義與載見辟王篇不同此二句卽當屬宋公之車采芑篇云約軝錯衡八鸞鶬鶬孔疏以爲方叔元老則方叔五官之長是上公也上公雖非同姓或亦得乘金路矣據孔疏義宋是上公而非同姓與方叔正同故亦得乘金路又干旄疏引王肅云古者一轅之車駕三馬則五轡其大夫皆一轅車夏后氏駕兩謂之麗殷益以一騑謂之驂周人又益一騑謂之駟王基駮云商頌云約軝錯衡八鸞鶬鶬是則殷駕四不駕三也王基以商頌爲商時人作故駮王肅之說若如肅說正可爲商頌作於周時之證證三維女荊楚居國南鄉箋云維女楚國近在荊州之域居中國之南方而背叛乎愚案此似敵國相稱之詞國卽當屬宋國楚在宋南故曰南鄉若以天子臨諸侯不當有居國南鄉之語證四自彼氐羌莫敢不來享莫敢不來王曰商是常愚案此詩與閟宮及彼南夷莫不率從莫敢不諾魯侯是若文法大同曰商是常與魯邦是常句法一律長發篇則莫我敢曷亦與閟宮則莫我敢承句同皆同時人作之證證五命于下國封建厥福傳云封大也箋云命之於國以爲天子大立其福謂命湯使由七十里王天下也時楚僭號王位此又所用告晧楚之義愚案訓封建爲大建義

頗迂回此當指周初封建微子於宋而言謂微子深知天命故得命于下國封建之以錫福也箋云時楚僭號王位亦參用三家義以此爲宋人詩若商時不聞楚僭王事證六商邑翼翼四方之極後漢樊準傳引詩作京師翼翼四方是則李注韓詩之文也荀悅漢紀匡衡疏曰京邑翼翼四方是則張衡東京賦京邑翼翼四方所視愚案三家詩或作京師或作京邑皆從周人之稱白虎通京師篇云夏曰夏邑商曰商邑周曰京師是周以前天子所居無京師之稱三家以此爲周人作故據周人所稱曰京師毛以爲商人作故據商人所稱曰商邑證七先謙案詩至唐時齊魯皆亡韓詩僅存學官專立毛鄭天下靡然不復考求古義故司馬貞作索隱疑正考父之年歲徑駁史記爲謬說如陸氏音義之稱引韓詩存什一於千百已屬難能可貴僧貫休君子有所思行我愛正考父思賢作商頌猶用三家義不可謂非特出也魏皮二十證精塙無倫郎令起古人於九原當無異議益歎陋儒墨守使古籍沈埋爲可惜也湯爲至是也御覽八十三引韓詩內傳文應是此詩傳亦言祀湯而文不全

猗與那與置我鞉鼓疏 傳猗歎辭那多也鞉鼓樂之所成也夏后氏足鼓殷人置鼓周人縣鼓箋置讀曰植植鞉鼓者爲楹貫而樹之美湯受命伐桀定天下而作濩樂故歎之多其改夏之制乃始植我殷家之樂鞉與鼓也鞉雖不植貫而搖之亦植之類○馬瑞辰云猗那二字疊韻皆美盛之貌通作猗儺見檜風阿難見小雅草木之美盛曰猗儺樂之美盛

曰猗那其義一也上林賦旖旎從風說文移禾相倚移也又於旗曰旖施於木曰檹施義並與那同傳訓猗爲歎辭失之愚案班固典引於穆猗那是訓猗那爲平列字義不以猗爲歎詞又固明堂詩猗與緝熙皆用齊詩經文禮明堂位殷楹鼓鄭注楹謂之柱貫中上出也殷頌曰植我鼗鼓愚案齊置作植故鄭引作植此箋改讀亦用齊文也馬瑞辰云說文植戶植也或从置作櫃是櫃本植之或體毛詩作置卽櫃之省借漢石經論語置其杖而耘與詩假置爲植同孔疏禮記鼓無當於五聲五聲不得不和是樂之所成在於鼓也鞉則鼓之小者故連言之陳奐云小師掌教鼓鼗眡瞭瞽矇掌播鼗魯用天子樂其官有播鼗武蓋重之也周鼓亦不皆懸惟鼖鼓乃懸之大射禮鼗倚于頌磬西紘紘猶懸也東西兩肆皆有磬鐘鑮建鼓自北而南陳之則西肆不得多設一器鼗鼓在西肆頌磬之西而特懸之所以象西方功成禮器廟堂之下懸鼓在西其義證也此皆周人以鼗鼓爲懸鼓之制爾雅大鼗謂之麻小者謂之料鼗有大小鄭所據其謂小者與後儒說鼗悉依鄭說矣大司樂宗廟之中路鼓路鼗路鼗鼗其大鼗也鼗鼗與鞉同

奏鼓簡簡，衎我烈祖。湯孫奏假，〔注〕魯假一作**嘏**。**綏我思成。**〔疏〕傳衎樂也烈祖湯有功烈之祖也假大也箋奏鼓奏堂下之樂也烈祖湯也湯孫太甲也假升綏安也以金奏堂下諸縣其聲和大簡簡然以樂我功烈之祖成湯湯孫太甲又奏升堂之樂弦歌之乃安我心所思而成之謂神明來格也禮記曰齊之日思其居處思其笑語思其志意思其所樂思其所嗜齊三日乃見其所爲齊者祭之日入室僾然必有見乎其位周旋出戶肅然必有聞乎其容聲出戶而聽愾然必有聞乎其歎息之聲此之謂思成○孔疏禮設樂懸之位皆鍾鼓在庭故知奏鼓堂下樂也白虎通禮樂篇詩云奏鼓簡簡衎我烈祖明魯毛文同魯假一作嘏者釋詁嘏大也郭注詩曰湯孫奏嘏此舊注魯詩文陳喬樅云王應麟詩攷如此今本注引詩仍作假後人順毛改之馬瑞辰云假爲嘏之叚借故傳訓大而以爲大樂也愚案晉語黃帝以姬水成炎帝以姜水成韋注成謂所生長以成功也宋國於商之舊纖乃湯及中宗生長成功之地故那之詩曰綏我思成烈祖之詩亦曰賚我思成湯孫就奏大樂者言自不指太甲

鞉鼓淵淵【注】

三家淵作鼘嘒嘒管聲既和且平依我磬聲【疏】傳嘒嘒然和也平正平也依倚也磬聲之清者也以象萬物之成周尚臭殷尚聲箋磬玉磬也堂下諸縣與諸管聲皆和平不相奪倫又與玉磬之聲相依亦謂和平也玉磬尊故異言之○三家淵作鼘者說文鼘鼓聲也詩曰鼘鼓鼘鼘陳喬樅云淵鼘古今字三家皆當作鼘廣雅釋訓鼘鼘聲也正用魯韓義管籥也陳奐云大射儀籥在建鼓之間又云乃管新宮三終鄭注管謂吹籥以播新宮之樂賈疏引禹貢注簜大竹也諸侯下管新宮天子下管象應劭風俗通義六引詩嘒嘒管聲應用魯詩明魯毛文同馬瑞辰云孟子金聲

而玉振之也近人通解謂金鏄鍾也聲以宣之於先玉特磬也振以收之於後樂之終乃舞之始擊磬以振動之而樂中之衆聲悉隨磬而止故曰終條理也漢書敘傳既和且平韓詩外傳八引詩曰既和且平依我磬聲明齊韓與毛文同

於赫湯孫穆穆厥聲庸鼓有斁〔注〕魯庸作鏞**萬舞有奕**〔疏〕傳於赫湯孫盛矣湯爲人子孫也大鍾曰庸斁斁然盛也奕奕然閑也箋穆穆美也於盛矣湯孫呼太甲也此樂之美其聲鍾鼓則斁斁然有次序其干舞又閑習○釋文庸依字作鏞明古文借字廣雅驛驛盛也文選甘泉賦注引韓詩章句曰繹繹盛貌此傳繹有斁爲斁斁然盛亦借字馬瑞辰云賓之初筵籥舞笙鼓傳秉籥而舞與笙鼓相應此詩庸鼓有斁萬舞有奕則萬舞與庸鼓相應故特盛之皮錫瑞云祭湯而稱湯孫稱謂不倫以爲太甲不應商人頌祖德專歸美於太甲湯孫乃主祭君之號自當屬宋襄公且萬舞之名至周始有也詳見上魯庸作鏞者張衡東京賦鏞鼓設備用魯詩明魯作鏞又云萬舞奕奕此用經文易字也

我有嘉客亦不夷懌自古在昔先民有作溫恭朝夕執事有恪

〔疏〕傳夷說也先王稱之曰自古古曰在昔昔曰先民有作有所作也恪敬也箋嘉客謂二王後及諸侯來助祭者我客之來助祭者亦不說懌乎言說懌也乃大古而有此助祭禮禮非專於今也其禮儀溫溫然恭敬執事薦饌則又敬也○魏源云宋

時嘉客謂附庸小國如左隱元年傳疏引世本及史記因本紀贊所載宋同姓皆當助祭於宋者詳見上陳奐云魯語其輯之亂曰自古在昔先民有作溫恭朝夕執事有恪先聖王之傳恭猶不敢專稱曰自古古曰在昔昔曰先民韋注言先聖人行此恭敬之道久矣不敢言創之於已乃云受之於先古也與箋義異荀子大略篇列女傳二引溫恭朝夕執事有恪二句明魯毛文同**顧予烝嘗湯孫之將**〔疏〕箋顧猶念也將猶扶助也嘉客念我殷家有時祭之事而來者乃太甲之扶助也序助者來之意也○陳奐云烝嘗時祭也將大也謂祀事大也愚案大不屬祀謂客顧烝嘗卜湯孫且昌大也

那一章二十二句

烈祖〔疏〕毛序祀中宗也箋中宗殷王太戊湯之玄孫也有桑穀之異懼而修德殷道復興故表顯之號爲中宗○陳喬樅云詩正義引五經異義云詩魯說丞相匡衡以爲殷中宗周成宣王皆以時毀又引古尙書說經稱中宗明其廟宗而不毀謹案春秋公羊御史貢禹說王者宗有德廟不毀宗而復毀非尊德之義鄭從而不駁明亦以爲不毀也今攷漢書韋元成傳元成等奏曰禮王者始受命諸侯始封之君皆爲太祖以下五廟而迭毀毀廟之主藏乎太祖五年而再殷祭言壹禘壹祫也祫祭者毀廟與未毀廟之主皆合食於太祖父爲昭子爲穆孫復爲昭古之正禮也周之所以七廟者以后稷始封文王武王

受命而王是以三廟不毀與親廟四而七非有后稷文武受命
之功者皆當親盡而毀成王成二聖之業制禮作樂功德茂盛
廟猶不世以行爲謚而已元成治魯詩者此魯說謂周成王廟
以時毀之說也又光祿勳彭宣詹事滿昌博士左咸等議皆以
爲繼祖宗以下五廟而迭毀後雖有賢君猶不得與祖宗並列
此亦殷中宗周成宣王皆以時毀之說也滿昌治齊詩者是齊
詩與魯說同惟王舜劉歆議以爲天子七廟諸侯五廟降殺以
兩之禮七者其正法數可常數者也宗不在此數中宗變也苟
有功德則宗之不可豫爲設數故於殷太甲曰太宗太戊曰中
宗武丁曰高宗周公爲無逸之戒舉殷三宗以勸成王繇是言
之宗無數也或說天子五廟無見文又說中宗高宗者宗其道
而毀其廟名與實異非尊德貴功之意也迭毀之禮自有常經
無殊功異德固以親疏相推及至祖宗之序多少之數經傳無
明文至尊至重難以疑文虛說定也歆等所言郎古尚書說經
稱中宗明其廟宗而不毀之義然與魯齊詩說不合許氏治古
文者故異義謹案語用古尚書說鄭君於許氏異義從而不駁
則詩箋之義亦當以殷中宗廟爲宗而不毀矣黃山云殷禮後
世無傳匡衡謂殷中宗以時毀異義據爲魯詩說滿昌齊說
復同皆必本之此篇明矣使三家此篇不云祀中宗衡昌之說
將無所昉既祀中宗矣又何從知其廟之與周成宣並毀蓋七
廟以時毀者三王之通制宋之祀中宗侯國之變禮周所特許
欲表彰殷先王之功德以懷輯殷之遺民也書多士自成湯至

於帝乙罔不明德恤祀美殷之恤祀固當恤殷祀矣若紂之七廟在朝歌者於中宗早已親盡而毀三家必嘗因說此篇而論及之惜其詳無聞耳魯齊既皆以商頌爲宋詩必不以王者廟制歸之宋衛昌論王者廟制亦本非詮詩孔疏徇毛誤依七廟說之宜不可通而古文尚書遷就之言尤不足道矣

嗟嗟烈祖有秩斯祜申錫無疆及爾斯所既載清酤賚我思成〔疏〕傳秩常申重酤酒賚賜也箋祜福也賚讀如往來之來嗟嗟乎我功烈之祖成湯既有此王天下之常福天又重賜之以無竟界之期其福乃及女之此所女女中宗也言承湯之業能興之也既載清酒於尊酌以祼獻而神靈來至我致齊之所思則用成重言嗟嗟美歎之深○馬瑞辰曰賈子禮篇祜大福也有秩即形容福之大皃秩秩呈雙聲說文戴大也秩即戴之叚借說文引詩秩秩大猷作戴戴大猷是秩戴通借之證愚案及爾斯所者斯所乃宋公就宋之國言以斯國土實即爾中宗受於成湯之舊畿惟成湯之錫福無疆授此土於爾爾又遺之於我易代受封不失舊都仍得祀爾於斯土俾我於酹酒降神之初即思爾生長斯所之成功也

亦有和羹既戒既平鬷假無言〔注〕齊鬷作奏時

靡有爭綏我眉壽黃耇無疆〔疏〕傳戒至鬷總假大也總大無言无爭也箋和羹者五味調腥熟

得節食之於人性安和喻諸侯有和順之德也我既祼獻神靈來至亦復由有和順之諸侯來助祭也其在廟中既恭肅敬戒矣既齊立平列矣至于設薦進俎又總升堂而齊一皆服其職勸其事寂然無言語者無爭訟者此由其心平性和神靈用享故安我以壽考之福歸美焉○陳奐云亦有與既載對文言既載清酤亦有和羹也和羹指祭祀言不爲取喻而設左昭二十年傳晏子曰和如羹焉水火醯醢鹽梅以亨魚肉燀之以薪宰夫和之齊之以味濟其不及以洩其過君子食之以平其心君臣亦然君所謂可而有否焉臣獻其否以成其可君所謂否而有可焉臣獻其可以去其否是以政平而不干民無爭心故詩曰亦有和羹既戒既平鬷嘏無言時靡有爭晏子借和羹之和以喻君臣之和而詩意本無關設喻政平無爭自釋詩無言無爭之義君子食之以平其心是解和羹不釋詩既戒既平也箋與孔疏杜注皆泥於晏子引詩之義失詩恉矣傳訓戒爲至言神靈來至平和平也既戒既平猶言神之聽之終和且平也禮中庸引詩奏假無言時靡有爭鄭注假大也此頌也言奏大樂於宗廟之中人皆肅敬金聲玉色無有言者以時太平和合無所爭也鄭注或本三家詩愚案陳說是齊鬷作奏者鬷奏雙聲字故通用左傳假作嘏假嘏亦通用字也張衡東京賦亦有和羹蔡邕集崔君夫人誄黃耇無疆明魯毛文同

約軝錯衡八鸞鶬鶬以假以享我受命溥將自天降康豐年穰穰來假

來享降福無疆疏傳八鸞鶬鶬言文德之有聲也假大也箋約軝轂飾也鸞在鑣四馬則八鸞假升也享獻也將猶助也諸侯來助祭者乘篆轂金飾錯衡之車駕四馬其鸞鶬鶬然聲和言車服之得其正也以此來朝升堂獻其國之所有於我受政教至祭祀又溥助我言得萬國之歡心也天於是下平安之福使年豐享謂獻酒使神享之也諸侯助祭者來升堂來獻酒神靈又下與我以久長之福也○約軝錯衡詳采芑篇鸞當作鑾鶬鶬猶瑲瑲也皮錫瑞云此當屬宋公之車上公雖非同姓亦得乘金輅周制駕四故八鸞詳見上楚詞王注將長也此詩將字王引之亦訓為長言宋君乘此上公之車而來於廟中以升以獻由我受周天子之命既大且長自天降安樂之福得獲豐年莫非我祖神靈之來至來享降福無疆也韋元成傳匡衡謝毀廟告受命溥將用齊經文

顧予烝嘗湯孫之將疏箋此祭中宗諸侯來助之所言湯孫之將者中宗之享此祭由湯之功故本言之○愚案此湯孫亦指主祭之宋公

烈祖一章二十二句

玄鳥疏毛序祀高宗也箋祀當為祫祫合也高宗殷王武丁中宗玄孫之孫也有雊雉之異又懼而修德殷道復興故亦表顯之號為高宗云崩而始合祭於契之廟歌是詩焉古者君喪三年既畢禘於其廟而後祫祭於太祖明年春禘于羣廟

自此之後五年而再殷祭一禘一祫春秋謂之大事○案序云祀高宗箋改祀爲祫以避下殷武序同也然人君免喪祫於太祖之廟是以太祖爲主不當云祫高宗況三家以商頌爲宋詩則此篇卽爲宋公祀中宗之樂歌明係烝嘗時祭之所用乃曰崩而始合祭於契之廟其說固不可用矣

天命玄鳥降而生商宅殷土芒芒【注】魯作殷社芒芒【疏】傳玄鳥鳦也春分玄鳥降湯之先祖有娀氏女簡狄配高辛氏帝帝率與之祈于高禖而生契故本其爲天所命以玄鳥至而生焉芒芒大貌箋降下也天使鳦下而生商者謂鳦遺卵娀氏之女簡狄吞之而生契爲堯司徒有功封商堯知其後將興又錫其姓焉自契至湯八遷始居亳之殷地而受命國日以廣大芒芒然湯之受命由契之功故本其天意○史記殷本紀殷契母曰簡狄有娀氏之女爲帝嚳次妃三人行浴見玄鳥墮其卵簡狄取吞之因孕生契契長而佐禹治水有功封於商賜姓子氏陳喬樅云案司馬遷贊云余以頌次契之事則此本紀所敘契事本之詩傳也魯作殷社芒芒者史記三代世表詩傳曰湯之先爲契無父而生契母與姊妹浴於元邱水有燕銜卵墮之契母得故含之誤吞之卽生契契生而賢堯立爲司徒姓之曰子氏子者茲茲益大也詩人美而頌之曰殷社芒芒天命玄鳥降而生商商者質殷號也愚案此褚先生所引詩傳與史遷微異褚少孫亦習

魯詩不應所引傳異索隱以爲出詩緯故曰詩傳愚意或作傳者欲神其事以爲無父而生爾殷社芒芒三語誤倒毛詩作土三家作社多偏旁緜自土沮漆齊作自杜亦其比也社土古同音通用故大社稱冢土公羊傳諸侯祭土何注土謂社也皆其證楚詞天問簡狄在臺嚳何宜玄鳥致貽女何喜王逸注簡狄帝嚳之妃玄鳥燕也簡狄侍帝嚳於臺上有飛燕墮遺其卵喜而吞之因生契淮南修務篇高誘注契母有娀氏之女簡翟也吞燕卵而生契愊背而生詩云天命玄鳥降而生商是也淮南墜形訓有娀在不周之北長女簡翟少女建疵高注有娀國名也不周山名也娀讀如嵩高之嵩簡翟建疵姊妹二人在瑤臺帝嚳之妃也天使玄鳥降卵簡翟吞之以生契是爲玄王殷之祖詩云天命玄鳥降而生商也呂覽音初篇有娀氏有二佚女爲之九成之臺飲食必以鼓帝令燕往視之鳴若謚隘二女愛而爭搏之覆以玉筐少選發而視之燕遺二卵北飛遂不反二女作歌一終曰燕燕往飛實始作爲北音高注天令燕降卵于有娀氏女吞之生契詩云天命玄鳥降而生商又曰有娀方將立子生商此之謂也白虎通姓名篇殷姓子氏祖以玄鳥子生也潛夫論五德志篇娀簡吞燕卵生子契爲堯司徒職親百姓順五品蔡邕月令章句簡狄以玄鳥至之日有事高禖而生契焉故詩云天命玄鳥降而生商以上魯說丹鉛總錄引詩含神霧曰契母有娀浴於元邱之水睇玄鳥銜卵過而墮之契母得而吞之遂生契易林晉之剝天命玄鳥下生大商造定四表享

國久長禮月令鄭注高辛氏之世玄鳥遺卵娀簡吞之而生契以上齊說左昭四年傳引虞人之箴曰芒芒禹跡杜注芒芒遠貌

古帝命武湯正域彼四方方命厥后奄有九有【注】韓詩曰方命厥后奄有九域韓說曰九域九州也【疏】傳正長域有也九有九州也箋古帝天也天地命有威武之德者成湯使之長有邦域爲政於天下方命其君謂偏告諸侯也湯有是德故覆有九州爲之王也○馬瑞辰云正義引尚書緯云曰若稽古帝堯古天也周書周祝解天篇古皆天稱古之證古帝猶言昊天上帝古帝命武湯猶帝謂文王皆託天以命之也正域二字平列卽正其封疆之謂方讀爲旁方命厥后猶晉語乃使旁告於諸侯也方命至州也文選潘勖冊魏公九錫文注引韓詩薛君文徐幹中論法象篇成湯不敢怠遑而奄有九域與韓詩字同知三家今文作域也域有一聲之轉

商之先后受命不殆在武丁孫子【疏】傳武丁高宗也箋后君也商之先君受天命而行之不解殆者在高宗之孫子言高宗興湯之功法度明也○孔疏引王肅云商之先君成湯受天命所以不危殆者在武丁之爲人孫子也王引之以爲武丁當作武王說詳下

武丁孫子武王靡不勝龍旂十乘大糦是承【注】韓糦作饎說曰大饎大祭也【疏】傳勝任也箋交龍爲旂糦黍稷也高

宗之孫子有武功有王德於天下者無所不勝服乃有諸侯建龍旂者十乘奉承黍稷而進之者亦言得諸侯之歡心十乘者高由二王後八州之大國與○馬瑞辰云此詩祀高宗何不美高宗而美高宗之孫子惟王氏引之曰經文兩言武丁疑皆武王之譌而武王靡不勝則武丁之譌葢商之先君受命不怠者在湯之孫子故曰在武王孫子武王孫子猶那與烈祖之言湯孫也湯之孫孫子有武丁者繩其祖武無所不勝故曰武王孫子武丁靡不勝傳寫者上下互譌耳大戴用兵篇引詩校德不塞嗣武于孫子與此形聲相近于卽王字脫下一畫耳在武王孫子下卽接言子武王孫子武丁靡不勝與文王篇侯文王孫子文王孫子本支百世文法正相似愚案上言高宗之能嗣祖德下卽接言今之承祀文義亦復相承黃山云在武丁孫子猶云在孫子武丁謂先后之子孫惟武丁克肖也武王靡不勝猶云靡不勝武王謂武丁於湯之業皆克負荷也二句倒文合韻專美高宗正以中興餘烈長在故易世之後猶得龍旂承祀也王引之乃以烈祖之言湯孫爲比欲改詩文馬瑞辰又從而附益之豈知據三家今文湯孫周不得說爲太甲乎魏源云上公交龍爲旂六月詩吉甫出征元戎十乘明爲上公之制龍旂十乘大糦是承猶魯頌周公之孫莊公之子龍旂承祀明謂先代之後尚備車服禮樂器以祀其先王也詳見上文　大糦祭也者王篇食部引韓詩文皮嘉祐云釋文引脫上二字故陳喬樅以韓爲作糦與毛同葢古文作糦今文作饎天保韓詩吉圭爲饎據

此是韓皆作饎也邦畿千里維民所止肇域彼四海【疏】傳畿疆也箋止猶居也肇當作

兆王畿千里之內其民居安乃後兆域正天下之經界言其爲政自內及外○禮大學引詩云邦畿千里惟民所止王制鄭注縣內夏時天子所居州界名也殷曰畿殷頌曰邦畿千里惟民所止周易曰畿文選西京賦注引詩作封畿千里西都賦亦云封畿之內厥上千里馬瑞辰以封畿爲本三家詩但邦封字同義通禮經注皆作邦漢人文或避高祖諱改字也馬瑞辰云字訓始者作肁說文肁戶始開也訓擊者作肇李舟切韻肇擊也經傳中通借肇爲肁又譌作肇故玉篇云肇俗肇字張參五經文字曰肇作肇譌是知毛詩今作肇者俗譌字也肇兆古同音通用見書堯典及大雅箋邦畿以下追述高宗中興之盛

四海來假來假祁祁景員維河殷受命咸宜百祿是何【疏】傳景大員均何任也箋假至也祁祁衆多也員古文作云河之言何也天下既蒙王之政令皆得其所而來朝覲貢獻其至也祁祁然衆多其所貢於殷大至所云維言何乎言殷王之受命皆其宜也百祿是何謂當擔負天之多福○孔疏釋傳謂殷王之政甚大均如河之潤物陳奐云高宗都景亳在冀州域內三面距河故詩人言四海之朝貢來至于河者乃大均也黃山云陳說善會詩恉然以三家之義推之猶未盡也宋之國土本即亳殷舊疆自盤庚五遷後還都亳高宗因而中興今日之山河皆先王之遺烈

所在焉景員維河者當謂景山縣亘四周於河凡此土疆昔爲受命所宜今仍百祿是何耳本當前之地追念中興其爲宋詩益明已集傳景山名商所都春秋傳商湯有景亳之命是也員與下篇幅隕義同蓋言周也景山四周皆大河

玄鳥一章二十二句

長發疏毛序大禘也箋大禘郊祭天也禮記曰王者禘其祖之所自出以其祖配之是謂也○陳奐云內司服賈疏引白虎通義周官祭天后夫人不與而詩首章先言有娀盤庚言大享功臣從祀鄭注大享謂烝嘗而郊天無功臣從祀之文或亦祀高宗之詩上篇爲大祫而此篇爲大禘與而詩何不一及高宗也禮無明文宜從蓋闕愚案此篇或亦祀成湯之詩黃山云箋以此篇爲郊祭天之詩謂殷後王所用之樂歌也此仍毛說不足以證三家陳氏兩疑猶之誤也諸經言禘多矣無大禘爲郊天之明文惟禮祭統周公既沒成王康王追念周公勳勞而欲尊魯故賜以重祭外祭則郊社是也內祭則大嘗禘是也宋之有禘本與魯同大禘即大嘗禘禘即盤庚之大享本爲內祭功臣固得從祀夫人亦當侍祠諸侯不得郊天在魯且然宋固無郊天之事蘇傳引盤庚茲予大享于先王爾祖其從與享之疑是禮起於殷亦本無可疑也殷本紀載武王封紂子以續殷祀令修行盤庚之政殷民大說宋國於亳殷舊都必循盤庚舊典可知矣朱子乃謂大禘不及羣廟之主此宜爲祫祭之詩然

宋之大禘本卽大享變享言禘重有禘也魯禘於周公之廟微子非其比則當禘於湯之廟詩本亦主祀湯而以伊尹從祀其歷述先世著湯業所由開非皆祀之否則宋爲諸侯禮不得禘帝嚳又安得及有娀乎陳氏乃並以詩不及高宗爲疑故曰猶之誤也

濬哲維商長發其祥洪水芒芒禹敷下土方外大國是疆幅隕既長（疏）傳濬深洪大也諸夏爲外幅廣也隕均也箋長猶久也隕當作圓圓謂周也深知乎維商家之德也久發見其禎祥矣乃用洪水禹敷下土正四方定諸夏廣大其竟界之時始有王天下之萌兆歷虞夏之世故爲久也○馬瑞辰云說文容深通川也或作濬古文作濬又曰叡深明也通也古文作睿此詩濬哲並言濬當卽睿之叚借廣雅叡哲並訓智是也濬哲猶言明哲傳箋訓深非外大國是疆者京師爲內諸夏爲外言禹外書九州境界也 **有娀方將帝立子生商**（疏）傳有娀契母也將大也契生商也箋帝黑帝也禹敷下土之時有娀氏之國亦始廣大有女簡狄吞鳦卵而生契堯封之於商後湯王因以爲天下號故云帝立子生商○陳奐云史記殷本紀桀敗于有娀之虛桀都河南有娀與桀都相去當不甚遠淮南墬形訓有娀在不周之北高注娀讀如嵩高之嵩案嵩高山在河南於聲求義高說自得諸師讀書堯典鄭注商

國在太華之陽括地志商州東八十里商洛縣本商邑古之商國契所封也司馬貞以爲商郎相土所居商丘誤契母呑鳦卵詳玄鳥篇又列女簡狄傳云契母簡狄者有娀氏之長女也當堯之時與其娣浴於元邱之水有玄鳥銜卵過而墜之五色甚好簡狄與其妹娣競往取之簡狄得而含之誤而呑之遂生契焉簡狄性好人事之治上知天文樂於施惠及契長而教之理順之序契之性聰明而仁能育其教卒致其名堯使爲司徒封於亳又堯崩舜郎位乃勑之曰契百姓不親五品不遜汝作司徒而敬敷五教在寬其後世世居亳至殷湯興爲天子君子謂簡狄仁而有禮詩曰有娀方將立子生商又曰天命玄鳥降而生商此之謂也頌曰契母簡狄敦仁厲翼呑卵產子遂自修飾教以事理推恩有德契爲帝輔蓋母有力呂覽音初篇高誘注詩曰有娀方將立子生商楚詞離騷王逸注有娀國名謂帝嚳之妃契母簡狄也配聖帝生賢子詩曰有娀方將帝立子生商以上皆魯說也高注引詩作立子生商與列女傳合疑魯詩本無帝字王逸注有帝字或後人順毛加之

玄王桓撥（注）韓撥作發曰發明也**受小國是達受大國是達率履不越**（注）三家履作禮**遂視既發**（疏）傳玄王契也桓大撥治履禮也箋承黑帝而立子故謂契爲玄王遂猶徧也發行也玄王廣大其政治始堯封之商爲小國舜之末年乃益其土地爲大國皆能達其教令使其民

循禮不得踰越乃徧省視之教令則盡行也○撥作發曰發明也者釋文引韓詩文葢以桓發二字平列訓桓爲武訓發爲明言玄王有英明之姿白虎通瑞贄篇玄王桓撥受小國是達受大國是達言湯王天下大小國諸侯皆來見湯能通達以禮義也是魯詩以玄王卽湯漢書禮樂志昔殷周之雅頌乃上本有娀姜嫄卨稷始生元王公劉古公太伯王季姜女太任太姒之德師古曰卨殷之始祖元王亦殷之先祖承黑帝之德故曰元王是齊說以卨玄王爲二人卨是始祖相土卨孫元王成黑帝之德而在相土前則爲卨子相土父卽昭明也均與毛義異韓詩外傳三載晉文公不賞陶叔狐事引詩率禮不越遂視旣發蔡邕集胡公碑引率禮不越漢書宣帝紀引率禮不越四句履皆作禮是三家文並與毛異

相土烈烈海外有截（疏）傳相土契孫也烈烈威也箋截整齊也相土居夏后之世承契之業入爲王官之伯出長諸侯其威武之盛烈烈然四海之外率服截爾整齊○漢書人表相土昭明子五行志相土商祖契之曾孫代閼伯後主火星宋其後也師古曰據魯典籍相土卽卨之孫今云曾孫未詳其意愚案人表不誤五行志衍曾字班固封燕然山銘剿凶虐兮截海外用齊經文

帝命不違至於湯齊湯降不遲聖敬日躋昭假遲遲上帝是祇

帝命式于九圍（注）齊詩曰帝命不違至於湯齊湯降不遲聖敬

日齊昭假遲遲上帝是祗帝命式于九圍齊說曰帝天帝也詩讀湯齊爲湯躋躋升也降下也齊莊也昭明也假至也祗敬也式用也九圍九州之界也此詩云殷之先君其爲政不違天之命至於湯升爲君又下天之政教甚疾其聖敬日莊嚴其明道至於民遲遲然安和天是用敬之命之用事於九州謂使王也韓說曰聖敬日躋言湯聖敬之道上聞于天疏傳至湯與天心齊不遲言疾也躋升也九圍九州也箋帝命不違者天之所以命契之事世世行之其德浸大至於湯而當天心降下假暇祗敬式用也湯之下士尊賢甚疾其聖敬之德日進然而以其德聰明寬暇天下之人遲遲然言急於己而緩於人天用是故愛敬之也天於是又命之使用事於天下言王之也○帝命至王也禮孔子閒居鄭注文引詩躋作齊與毛異乃據齊詩所述亦齊義也謂使王也與此箋言王之也同義聖敬至于天文選閒居賦注引韓詩文外傳三載孔子觀欹器周公誡伯禽子路盛服見孔子三事外傳八載湯作濩周公行謙德田子方贖老馬齊莊公避螳螂四事並引湯降不遲聖敬日躋而推演之說苑敬慎篇引湯降

不遲聖敬日躋雜言篇亦載子路盛服事引湯降二句而推演之明魯韓皆作躋與毛同

受小球大球爲下國綴旒何天之休〔疏〕傳球玉綴表旒章也箋綴猶結也旒旌旗之垂者也休美也湯既爲天所命則受小玉謂尺二寸圭也受大玉謂珽也長三尺執圭搢珽以與諸侯會同結定其心於旌旗之旒縿著焉擔負天之美譽爲衆所歸鄉○荀子臣道篇引詩受小球大球爲下國綴旒明魯毛文同禮郊特牲鄭注詩云爲下國畷郵正義此所引者三家詩也郵謂民之郵舍言成湯施布仁政爲下國諸侯在畷民之處所使不離散陳喬樅云鄭所引據齊詩之文其釋郵表畷謂田畯所以督約百姓於井間之處引此詩畷郵爲證攷說文畷兩百間道也廣六尺段注百者百夫洫上之涂也兩百夫之間有洫洫上有涂是謂兩百間道是之謂畷畷之言綴也衆涂所綴也於此爲田畯督約百姓之處若街彈室者然曰郵表畷又說文桓亭郵表也郵亭爲督約百姓之所故立表以示人又玉篇田部引詩云爲下國畷流畷表也玉篇據韓詩之文畷綴以音同通用郵旒流以聲假借也

不競不絿不剛不柔敷政優優〔注〕魯齊敷作布百祿是遒〔注〕魯優作憂道作揫〔疏〕傳絿急也優優和也遒聚也箋競逐也不逐不與人爭前後○馬瑞辰云廣雅絿求也蓋本三家詩竊謂絿對競言從廣雅訓求爲是爭競者多驕求人者多

詔競求二義相對成文與下句不剛不柔雄雜詩不忮不求左昭傳不懦不耆句義正同韓詩外傳三君子行不貴苟難章引詩不競不絿不剛不柔二句言當之爲貴伯夷叔齊目不視惡色章引同言中庸和通之謂也又外傳五聖人養一性而御六氣章朝廷之士爲祿章並引詩二句言得中也皆推演之詞齊敷作布者繁露循天之道篇德莫大于和而道莫正于中中和者天地之美德達理也聖人之所保守也詩云不剛不柔布政優優非中和之謂與董學齊詩明齊敷爲布外傳三王者之等賦正事章引詩曰敷政優優百祿是遒明韓毛文同魯敷作布優優作憂遒作揫者說文憂憂和之行也詩曰布政憂憂陳奐云古憂愁作惪優和作憂許據詩作憂憂本字作優優段借字廣雅憂憂行也葢本三家愚案齊韓並作優優明作布作憂者乃魯詩也說文揫束也引詩曰百祿是揫釋詁揫聚也與毛遒訓聚合是釋詁揫聚之訓正釋此詩明魯遒作揫束謂收束亦聚之義也

受小共大共〔注〕魯共作珙或作拱爲下國駿厖〔注〕魯駿厖作駿蒙齊作恂蒙何天之龍敷奏其勇〔注〕齊龍作寵敷作傅〔疏〕傳共法駿大厖厚龍和也箋共執也小共大共猶所執搢小球大球也駿之言俊也龍當作寵寵榮名之謂○魯共作珙或作拱者陳喬

樅云淮南本經訓高注蚤讀詩小珙之珙藏本字作拱从手不从玉未詳孰是愚案魯本作共䀹高引蓋亦作本說文無珙字當作拱拱謂拱執猶言拱璧也孔疏拱執釋詁文以此章文類於上玉必以手執故易傳爲大拱小拱也魯駿厖作駿蒙者荀子榮辱篇引詩受小共大共爲下國駿蒙是魯作駿蒙齊作恂蒙者大戴禮衛將軍文子篇詩云受小共大共爲下國恂蒙何天之寵傳奏其勇是齊作恂蒙馬瑞辰云駿與恂龐與蒙古並聲近通用大學恂慄鄭注讀恂爲駿詩狐裘蒙戎左傳作厖戎是其證此詩當以恂蒙爲正恂讀爲徇呂覽忠廉篇高注徇猶衛也是徇有庇衛之義蒙通作幪說文幪蓋衣也廣雅釋詁幪覆也幪即幪之俗爲下國恂蒙猶云爲下國覆庇耳荀子榮辱篇是失羣居和一之道也下引詩此句爲證則恂蒙有羣相庇蔭之象法言震風淩雨然後知夏屋之爲帡幪也恂蒙猶言帡幪耳上章言敷政故云爲下國之表章此章言奏勇故云爲下國之覆庇義固各有當也董氏讀詩記引齊詩作駿駹皆叚借字說齊詩者遂以爲釋之誤矣陳喬樅云大戴記師傳與齊詩同爲后蒼所授據大戴記所引則齊詩作恂蒙信而有徵董氏無稽妄言耳齊龍作寵敷作傅引見上傳云龍和也箋云龍當作寵即據齊詩改毛傳敷以聲同通用敷奏其勇孔疏釋爲湯之陳進其勇

不震不動不戁不竦百祿是總

（疏）傳戁恐竦懼也箋不震不動不可驚憚也○陳奐云不震不動言不震作動搖也潘眉云不震不動不戁

不竦二句當在敷奏其勇之上與上章一律奐案家語弟子行篇引詩不戁不竦敷奏其勇是王肅本不誤此亦一證

武王載旆有虔秉鉞如火烈烈則莫我敢曷注魯韓旆作發曷作遏疏傳武王湯也旆旗也虔固曷害也箋有之言又也上既美其剛柔得中勇毅不懼於是有武功有王德及建旆興師出伐又固持其鉞志在誅有罪也其威勢如猛火之炎熾誰敢禦害我○魯韓旆作發曷作遏者荀子議兵篇引詩云武王載發有虔秉鉞如火烈烈則莫我敢遏韓詩外傳三載孫卿與臨武君議兵同今本皆同毛發字從詩改訂正遏字從元槧本改是魯韓皆作發作遏也漢書刑法志作旆雖述孫卿語而所引詩仍據齊詩之文也五行志上亦引有虔秉鉞如火烈烈二句史記湯自把鉞以伐昆吾遂伐桀正此詩秉鉞之謂發即墢之消借陳喬樅云說文坺治也一曰臿土謂之坺詩曰武王載坺玉篇土部引詩同又重文墢與坺同坺今詩作伐案伐即茷字與今旆同六月篇白茷央央釋文本又作旆一曰旆與茷古今字殊又小戎篇蒙厥有苑玉篇重文作厥云與厥同本亦作伐伐發古字通用噫嘻篇駿發爾私箋云發伐也可證說文云臿土謂之坺正周禮所云一耦之伐廣尺深尺謂之甽也然則說文所載坺字即毛詩之古文玉篇所載墢字即韓詩之異文耳陳奐云繼旐曰旆傳義見於六月旗爲九旗之統稱不得以繼旐之旆獨擅旗名傳中旆旗也三字係後人誤竄箋云興師出伐是鄭所據詩作

載伐不得於上又加建旆二字亦明係誤衍今漢書刑法志新
序雜事三亦作旆皆後人依誤本毛詩改之耳馬瑞辰云王氏
引之言發正字旆拔皆借字發謂興師伐桀是也惟既引漢書
律歷志述武王伐紂曰癸巳武王始發與此發字同義又以載
爲則非也載與哉通哉始
也載發即始發謂始興師
苞有三蘖〔注〕韓說曰蘖絕齊苞作包
蘖作枿莫遂莫達九有有截〔注〕魯韓有作域〔疏〕傳苞本蘖餘也
箋苞豐也天豐
大先三正之後世謂居以大國行天子之禮樂然而無有能以
德自遂達於天者故天下歸鄉湯九州齊一截然〇蘖絕也者
釋文引韓詩文漢書貨殖傳山不茬蘖注蘖髡斬之也髡斬即
斷絕之義與韓說同齊苞作包蘖作枿者漢書敘傳三枿之起
本根既朽劉德注詩云包有三枿爾雅枿餘也謂木一斫髡而復
枿生也喻魏齊韓皆滅而後起若髡木更生也蘖枿一字廣韻
引詩枹有三枿包枹皆假借字魯韓有作域者晉書樂志四廂
樂歌九域有截以玄鳥九有作九域例之知爲魯韓詩也方言
達芒也遂與達皆草木生長之
彌莫遂莫達喻三國不能復興
韋顧既伐昆吾夏桀〔疏〕傳有韋
國者有
顧國者有昆吾國者箋韋豕韋彭姓也顧昆吾皆已姓也三國
黨於桀惡湯先伐韋顧克之昆吾夏桀則同時誅也〇文選李
注引蔡邕典引注韋豕韋顧已姓之國皆夏諸侯湯誅之詩云
韋顧既伐淮南俶眞訓高注昆吾夏伯桀世也又墜形訓注昆

吾楚之祖祝融之孫陸終之子爲夏伯詩云昆吾夏桀蔡高皆魯說漢書人表韋鼓昆吾係夏桀世師古曰豕韋國彭姓鼓郎顧國已姓昆吾妘姓國也三者皆湯所誅也愚案班作人表以鼓爲顧蓋齊詩作鼓而其作典引又云因討韋顧黎崇之不恪蓋齊亦作顧也陳喬樅云箋以顧昆吾皆已姓師古以昆吾爲妘姓與鄭不同蓋據舊注齊詩之說據周語彭姓豕韋已姓昆吾而人表又有劉姓豕韋則昆吾容或有妘姓也馬瑞辰云人表韋有三其一韋居下上在夏帝癸時其一大彭豕韋居上下在殷南庚陽甲時又其一劉姓豕韋居中上在武丁時案表於南庚陽甲之豕韋始言大彭豕韋則不以湯所伐之韋在帝癸時者爲彭姓矣蓋湯滅韋始以改封彭姓豕韋故鄭語但曰豕韋爲商伯不言在夏時爲侯伯也夏時之韋其姓已不可考故人表不著其姓箋謂湯所伐郎彭姓豕韋誤矣至世本云豕韋防姓防彭聲近以旁彭互通類之防姓郎彭姓亦未可當此詩之韋也顧鼓雙聲故通用徵子我不顧行遯釋文徐仙民音鼓是顧鼓同音之證陳奐云郡國志東郡白馬有韋鄉今河南衛輝府滑縣東南五十里有廢韋城左哀二十一年傳公及齊侯郲子盟于顧郎故顧國也今山東曹州府范縣東南有顧城昆吾國郎衛帝邱帝顓頊之虛也夏后相亦居此相爲澆滅而少康邑諸綸是衛本相都夏道既衰昆吾作伯當在相滅之後其居衛亦必在相滅之後左昭十二年傳曰楚之皇祖伯父昆吾舊許是宅史記楚世家服虔注云昆吾曾居於許是也昆吾居

衞在後居許在先韋昭注外傳以舊許連讀遂謂昆吾遷許在封衞後至湯伐時昆吾在許誤也今直隸大名府開州是其地書序曰伊尹相湯伐桀升自陑遂與桀戰于鳴條之野湯既勝夏欲遷其社不可夏師敗績湯遂從之遂伐三朡俘厥寶玉湯歸自夏至於大坰孔傳以爲桀都安邑後儒皆依孔說漢書地理志臣瓚注汲郡古文云大康居斟尋羿亦居之吳起對魏武侯曰昔夏桀之居左河濟右太華伊闕在其南羊腸在其北河南城爲值之周書度邑篇曰武王問太公曰吾將因有夏之居南望過于三塗北瞻望于有河有夏之居即河南是也近儒金鶚又據國語伊洛竭而夏亡攷水經伊水過伊闕中至洛陽縣南北入于洛洛水東過洛陽縣南又東北過鞏縣東又北入于河伊洛竭而夏亡則桀時事也以爲桀都在今河南洛陽縣之一證奐案夏桀之際昆吾最強顧在其東豕韋在其西俱在漢東郡界內運屬密邇湯伐韋顧其與黨而昆吾已成孤立之形斷非望西南而征許州也湯爲諸侯時居南亳即今河南歸德府府商邱縣地書疏載或說陳留平邱縣有鳴條亭即今開封府陳留縣地洛陽在商邱之西北必經陳留陳留當即古桀都西郊也湯自商邱舉師桀必自洛陽出兵相迎故當於陳留交戰書序戰於鳴條之野猶武王與紂戰於坶之野耳夏本紀以爲桀走鳴條非實錄也湯雖戰勝桀國未亡故序云遷社不可也桀因敗績西走定陶定陶故三朡國故序云湯從之伐三朡也開州在定陶西北擊柝相聞昆吾與桀同日滅也于是夏桀已亡

湯歸商邱卽天子位故序云湯歸自夏尚書大傳所謂湯放桀而歸于亳也因桀都洛陽之說想當日湯伐情形考之如此

昔在中葉有震且業允也天子降予卿士疏傳葉世也業危也箋中世謂相土也震猶威也相土始有征伐之威以爲子孫討惡之業湯遵而與之信也天命而子之下予之卿士謂生賢佐也春秋傳曰畏君之震師徒橈敗○陳奐云中世湯之前世也殷武正義云孟子湯以七十里契爲上公當爲大國過百里湯之前世有君衰弱土地減削故至于湯時止有七十里耳案此卽前世震危之義也

實維阿衡實左右商王疏傳阿衡伊尹也左右助也箋阿倚衡平也伊尹湯所依倚而取平故以爲官名商王湯也○說文伊殷聖人阿衡尹治天下者从人尹阿衡蓋師保之官特設此官名以寵異之及太甲時改曰保衡呂覽言伊尹生伊水之上史記殷本紀又言伊尹名阿衡伊尹名摯見孫子用間篇淮南修務訓高注伊尹處於有莘之野執鼎俎和五味以干湯欲調陰陽行其道詩曰實維阿衡左右商王是也呂覽當染篇高注湯契後十二世孫主癸之子爲天乙伊尹湯相詩云實維阿衡實左右商王兩引詩明魯毛文同

長發七章一章八句四章章七句一章九句一章六句

殷武疏毛序祀高宗也○魏源云春秋僖四年公會齊侯宋公伐楚此詩與魯頌荆舒是懲皆侈召陵攘楚之伐同時

同事同詞故宋襄作頌以美其父宋桓二十四年從齊伐楚召陵六年卒至襄公戰泓之敗此桓詩記後綴矣在詳見上愚案魏說爲此詩定論毛序之僞不足辨也

撻彼殷武〔注〕韓說云撻達也奮伐荊楚罙入其阻裒荊之旅〔疏〕傳撻疾意也殷武殷王武丁也荊楚荊州之楚國也罙深裒聚也箋有鍾鼓曰伐罙冒也殷道衰而楚人叛高宗撻然奮揚威武出兵伐之冒入其險阻謂踰方城之隘克其軍率而俘虜其士眾○馬瑞辰云撻蓋勇武之貌釋言疾壯也廣雅釋詁壯健也疾與壯健義近傳訓疾者亦壯武之義說文虘古文撻段玉裁曰从虍者言有威也則撻字亦爲武皃正義以爲伐楚之疾失傳指矣據鄭風挑達爲行疾之皃達亦疾也則韓毛字異義同愚案召陵之役因伐蔡而遂伐楚所謂出其不意攻其無備迅雷脫兔正以疾見其武壯孔疏未爲失也殷武者宋爲殷後原其本稱猶孔子之自稱殷人殷武猶言宋武也楚入春秋歷隱桓莊閔止稱荊至僖二年始稱楚言荊楚者著其實也陳奐云罙即突之隸變說文穴部突深也本毛网部罙下引詩罙入其阻本三家鄭箋於字同毛而義用三家若閟宮字從𥄎商訓從戠商之例馬瑞辰云裒即捊之別體說文捊引堅也引詩原隰捊矣今詩作裒易謙象傳君子以裒多益寡釋文鄭荀董蜀才裒作捊云取也是裒即捊之證裒爲聚又爲取廣雅捊取也與爾雅訓捊爲取同義故傳訓裒爲聚而箋以俘虜易之

有截其所湯孫之緒〔疏〕箋緒業也所猶處也

高宗所伐之處國邑皆服其罪更自敕整截然齊壹是乃湯孫太甲之等功業○諸侯伐楚兵所到之處無敢抗阻故云有截其所湯孫謂宋桓公

維女荊楚居國南鄉昔有成湯自彼氐羌莫敢不來享莫敢不來王曰商是常【疏】傳鄉所也箋氐羌夷狄國在西方者也享獻也世見曰王維女楚國近在荊州之域居中國之南方而背叛乎成湯之時乃氐羌遠夷之國來獻來見曰商王是吾常君也此所用責楚之義女乃遠夷之不如○皮錫瑞云國即宋國此似敵國相稱之詞楚在宋南故曰南鄉若以天子臨諸侯不當有居國南鄉之語氐羌即高宗所伐之鬼方魏源說詳見上楊雄揚州牧箴云自彼氐羌莫敢不來庭莫敢不來匡又并州牧箴莫敢不來貢莫敢不來王疑皆魯詩亦作本鹽鐵論論勇篇故自彼氐羌莫敢不來王非畏其威畏其德也荀悅漢紀二十詩云自彼氐羌莫敢不來王兩引詩同蓋齊詩本無莫敢不來享一句也黃山云此章上言自彼氐羌下言曰商是常則自彼之彼當屬湯言蓋氐羌自湯至高宗時始一蠢動仍爲高宗所創常服屬於商也是常與閟宮魯邦是常同若專就湯初言不得爲常矣

天命多辟設都于禹之績歲事來辟勿予禍適【注】韓說曰適數

也稼穡匪解【疏】傳辟君適過也箋多眾也來辟猶來王也天命乃令天下眾君諸侯立都於禹所治之功以歲時來朝覲於我殷王者勿罪過與之禍適徒敕以勸民稼穡非可解倦時楚不修諸侯之職此所用曉告楚之義也禹平水土彌成五服而諸侯之國定是以云然○馬瑞辰云說文迹步處也或作蹟古經傳因多段蹟為績漢書凡功績字通借作迹是也此詩又段績為迹九州皆經禹治因稱禹迹周書立政以陟禹之迹詩云設都于禹之績正謂設都于禹所治之地箋訓為功績失之文王有聲篇維禹之績績亦當讀為迹左哀元年傳復禹之績釋文績一本作迹此古段績為迹之證適數也者釋文引韓詩文王引之云予猶施也禍讀為過廣雅讁過責也勿予過責言不施過責也馬瑞辰云傳訓適為過者正讀適為讁韓云適數也據廣雅數讁並訓責是韓亦讀適為讁也王讀禍為過適為讁正與毛鄭相發明愚案天謂王也詩言周天子命眾諸侯建都於禹迹之地者但令其歲時來王不施過責惟告之以勸民稼穡而已非有所多求也蓋宋於周為客惟歲事往朝周頌有客微子助祭於周廟是其例荊楚既平國家無事重新寢廟以妥神靈亦告太平之意耳

天命降監下民有嚴不僭不濫不敢怠遑命于下國封建厥福【疏】傳嚴敬也不僭不濫賞不僭刑不濫也封大也箋降下遑暇也天命乃下視下民有嚴明之君能明德慎罰不敢怠惰自

暇於政事者則命之於小國以爲天子大立其福謂命湯使由七十里王天下也時楚僭號王位此又所用告曉楚之義也○馬瑞辰云說文僭儗也僭之本義爲以下儗上引伸之爲過差濫者嬾之叚借說文嬾過差也引論語小人窮斯嬾矣經典通作氾濫之濫禮器君子以爲濫鄭注濫亦盜竊也正義曰是爲僭濫也是僭濫二字同義此承上文下民有嚴言謂民知畏法故不敢僭濫非謂上之賞刑也左襄二十六年傳引詩以證賞不僭刑不濫特斷章取義耳傳遂引以釋詩誤矣陳奐云嚴讀爲儼儼爾雅儼敬也荀子儒效篇嚴嚴乎其能敬己也楊倞注嚴或爲儼愚案有嚴猶嚴嚴也下國宋公自斥其國也詩言周天子之命又下監觀四方在下之民惟當嚴嚴乎敬以奉上不敢有所僭濫於民事不敢有所怠遑天子乃命于下國以封建錫其福焉孟子所謂慶以地也兩言天命見宋與諸侯伐楚皆奉天子之威靈也趙岐孟子章句十三不僭不濫詩人所紀明魯毛文同

商邑翼翼四方之極〔注〕三家作京邑翼翼四方是則**赫赫厥聲濯濯厥靈壽考且寧以保我後生**〔疏〕傳商邑京師也箋極中也商邑之禮俗翼翼然可則傚乃四方之中正也赫赫乎其出政教也濯濯乎其見尊敬也王乃壽考且安以此全守我子孫此又用商德重曉告楚之義

○三家作京邑翼翼四方是則者後漢樊準傳準上疏曰夫建化致理由近及遠故詩曰京師翼翼四方是則李注韓詩之文也翼翼然盛也後魏書甄琛傳詩稱京邑翼翼四方是則後魏時齊魯詩已亡所引韓詩也白帖兩引詩同亦據韓詩後漢魯恭傳恭疏引四方是則張衡東京賦京邑翼翼四方所視魯張皆治魯詩張賦作所視者改文以合韻也王符傳潛夫論浮侈篇引商邑翼翼四方是極蓋後人據毛詩改之漢書匡衡傳衡疏曰道德之行由內及外自近者始然後民知所法遷善日進而不自知是以百姓安陰陽和神靈應而嘉祥見詩曰商邑翼翼四方之極壽考且寧以保我後生此成湯所以見至治保子孫化異俗而懷鬼方也荀悅漢紀載衡疏云詩云京邑翼翼四方是則此教化之原本風俗之樞機宜先正者也王引之云漢紀之文本於漢書匡衡傳而傳載衡疏作商邑翼翼四方之極與漢紀不同者後人以毛詩改之也案疏言道德之行由內及外自近者始然後民知所法故引詩四方是則以證之則亦法也若作四方之極則失其指矣顏注所見已是改竄之本當據漢紀以正之皮錫瑞云白虎通京師篇夏曰夏邑商曰商邑周曰京師是周以前天子所居無京師之稱三家以此爲周人作故據周人所稱曰京師京邑毛以爲商人作故據商人所稱曰商邑也釋訓赫赫躍躍迅也孫炎注赫赫顯著之迅釋文舍人本赫赫作奭奭陳喬樅云赫奭古通疑舍人本是魯詩之文釋文躍躍樊光本作濯濯是古本有作躍躍者與迅義合疑亦魯

詩也言奭奭然揚其名聲又躍躍然敬其神靈壽考二句言周王享世長久與我侯國共保太平也

陟彼景山松柏丸丸〔注〕韓詩曰松柏丸丸韓說曰取松與柏是**斷是遷方斲是虔**〔注〕魯虔作榩**松桷有梴旅楹有閑**〔注〕韓說曰閑大也謂閑然大也**寢成孔安**〔注〕韓說曰宋襄公去奢即儉〔疏〕傳丸丸易直也遷徙虔敬也梴長貌旅陳也寢路寢也箋椹謂之虔升景山掄材木取松柏易直者斷而遷之正斲於椹上以爲桷與衆楹路寢既成王居之甚安謂施政教得其所也高宗之前王有廢政教不修寢廟者高宗復成湯之道故新路寢焉○張衡冢賦陟彼景山明魯毛文同松柏至與柏文選長笛賦注引韓詩薛君文引經明韓毛文同馬瑞辰云詩大雅皇矣松柏斯兌傳兌易直也古音兌讀如脫脫丸一聲之轉故丸丸亦爲易直說文丸圜也傾側而轉者从反仄段玉裁曰易直謂滑易而條直又丸義之引申至長笛賦丸梴彫琢丸梴特節取詩詞薛注取松與柏乃總括下是斷是遷等句釋之與箋云取松柏易直者同義非訓丸丸爲取也李善注誤矣魯虔作榩者釋宮椹謂之榩陳喬樅云釋文榩本亦作虔詩曰方斲是虔毛詩作虔爾雅用魯詩當爲榩字作虔者或後人順毛改之釋詁旅陳也又衆也皆魯訓言陳列則必衆矣傳訓陳箋說爲衆正以

中傳非異義閑大也謂閑然大也者文選魏都賦旅楹閑列李注引薛君韓詩章句文韓詩旅義注引未及逸周書作雒旅楹孔鼂注旅列也當本韓訓故賦以閑列爲文亦本一家之說列即陳也孔疏箋不解閑義梴爲梴之長貌則閑爲楹之大貌王肅云梴楹以松柏爲之言無彫鏤也陳列其楹有閑大貌今以魏都賦證之則肅義實本韓詩宋襄至郎儉史記司馬貞索隱文選張衡東京賦李注引韓詩文王肅云無彫鏤正謂其儉也愚案考父頌商本無可疑議徒以年壽之故致衆信不堅今得皮氏引公孫壽爲證足以冰釋羣惑毛詩當漢世雖不立學官而好古博覽之士亦閒有取賁漢書杜欽傳之引小卞郎是暗用毛義至於此詩則賈捐之傳云武丁地南不過荆楚西不過氏羌後漢黄瓊傳詩詠成湯之不怠皇則不獨用毛兼采左傳曹植文云感殷人路寢之義嘉先民泮宮之事蓋高宗僖公嗣世之王諸侯之閟猶著德于三頌騰聲于千載植習韓詩而亦旁參毛義則鄭學大行之後時代爲之也並著於此以質學者

殷武六章三章章六句二章章七句一章五句

那五篇十六章百五十四句

詩三家義集疏卷二十八終

清長沙王氏本詩三家義集疏

第四册

清 王先謙撰

中國國家圖書館藏民國四年長沙王氏虚受堂刻本

山東人民出版社·濟南

詩三家義集疏卷十七

長沙王先謙益吾著

詩小雅

節之什弟十七【疏】案毛詩節下有南山二字今依三家文删

節【注】齊說曰周室之衰其卿大夫緩於誼而急於利亡推讓之風而有爭田之訟故詩人疾而刺之曰節彼南山惟石巖巖赫赫師尹民具爾瞻爾好誼則民鄉仁而俗善爾好利則民好邪而俗敗【疏】毛序節南山家父刺幽王也箋家父字周大夫也○周室至俗敗漢書董仲舒對策文下云由是觀之天子大夫者下民之所視效遠方之所四面而內望也近者視而放之遠者望而效之豈可以居賢人之位而爲庶人之行哉夫皇皇求財利常恐乏匱者庶人之意也皇皇求仁義常恐不能化民者大夫之意也居君子之位而爲庶人之行其患禍必至也案董以節爲刺周大夫爭田之詩此齊說師尹不善之事多端而以爭田興訟好利至此鄙孰甚焉故舉以爲言也三家皆止以節標目大戴禮引式夷式已二句盧辯注云此小雅節之四章盧蓋據三家文也左昭二年傳季武子賦節之卒章亦止

稱節惟毛連
南山爲文耳

節彼南山【注】韓說曰節視也維石巖巖【注】齊維作惟赫赫師尹民具爾瞻憂心如惔【注】韓惔作炎不敢戲談【疏】傳興也節高峻貌巖巖積石貌赫赫顯盛貌師大師周之三公也尹尹氏爲大師具俱瞻視惔燔也箋興者喻三公之位人所尊嚴此言尹氏女居三公之位天下之民俱視女之所爲皆憂心如火灼爛之矣又畏女之威不敢相戲而談語疾其貪暴脅下以刑辟也。節視也者釋文引韓詩文陳喬樅云韓訓節爲視者節有省義消節爲省省視亦爲省故節得訓視下云師尹具瞻故韓以節爲視與下文相應也齊維作惟者禮大學詩云節彼南山惟石巖巖赫赫師尹民具爾瞻鄭注巖巖喻師尹之高嚴也師尹天子之大臣爲政者在下之民俱視所行而則之可不慎其德乎繁露山川頌云且積土成山無損也成其高無害也成其大無虧也小其上泰其下久長安後世無有去就儼然獨處惟山之意詩云節彼南山惟石巖巖赫赫師尹民具爾瞻此之謂也據此及董策已引見齊作惟山川頌言成成其高大蓋亦以節爲高大之貌與毛傳同又禮緇衣漢書成紀詔伏理以齊詩授成帝見後漢伏湛傳漢書敘傳亦引赫赫師尹二句明齊毛文同後漢郎顗傳顗拜章曰三公上應台階下同元首節彼南山詠自周詩述齊義亦同惔作炎者釋文引韓詩文又云字書作焱說文作𤆏才廉反小爇也案說文惔下云憂也引詩憂心如惔段注謂說文引詩釋惔从炎之義當作憂心如炎炎雲漢詩如惔如焚亦如炎之誤說文炎下云火光上也美下云小爇也詩曰憂心如美段注節詩古本毛作如美故傳云美燔也今各本如美誤作𤆏鹽鐵論散不足篇引詩人傷而作詩云憂心如惔不敢戲談明齊毛文同

國既卒斬何用不監〔注〕韓說曰監領也〔疏〕傳卒盡斬斷監視也箋天下絕滅女何用爲職不監察之○監領也者釋文引韓詩文胡承珙云監者臨也華嚴經音義引國語賈注云臨治也領亦治也禮樂記仲尼燕居注並云領猶治韓訓監爲領猶訓監爲臨義取理治也陳奐云用以也言國祚已盡滅斷絕愚案陳說是言國祚已盡滅斷絕彼尹氏何以不起而臨治之潛夫論愛日篇詩云國既卒斬何用不監傷三公據人尊位食人重祿而曾不肯察民之盡瘁也又賢難篇夫寵小朋黨而固位讒妬群吠齧賢爲禍敗也豈希三代之以覆列國之以滅後人猶不能革此萬官所以屢失守而天命數靡常者也詩云國既卒斬何用不監嗚呼時君俗主不此察也此魯說言命之靡常民之盡瘁無言及天下諸侯意國既卒斬猶書祖伊所云天既訖我殷命也不必如箋說

節彼南山有實其猗赫赫師尹不平謂何天方薦瘥〔注〕三家瘥

作瘥喪亂弘多民言無嘉憯莫懲嗟[疏]傳實滿猗長也薦重瘥病弘大也憯曾也箋猗倚也言南山既能高峻又以草木平滿其旁倚之畎谷使之齊均也責三公之不平均不如山之爲也謂何猶云何也天氣方今又重以疫病長幼相亂而死喪甚大多也懲止也天下之民皆以災害相弔唁無一嘉慶之言曾無以恩德止之者嗟乎奈何○說文瘥瘉也無疫義三家瘥作嗟者說文嗟殘薉田也[illegible]據集韻類篇補薉字韻云天方薦嗟本三家文言天降凶荒人民流散田蕪不治故云天方薦嗟與董說爭田事無涉義較毛作瘥爲長憯曾釋言文陳奐云憯當作朁民勞憯不畏明說文引作朁云曾也曾者詞之舒也朁曾皆從曰會意釋詞云朁莫懲嗟朁莫懲也言天降喪亂如此而在位者曾莫知所懲也嗟末句語助耳訓爲歎詞反贅十月之交曰胡朁莫懲下無嗟字可證案民言無嘉憯莫懲嗟與沔水民之訛言寧莫之懲文義亦同

尹氏大師維周之氐[注]魯氐作底秉國之均[注]齊均作鈞四方是維天子是毗俾民不迷[注]魯毗作㡸俾作卑不弔昊天不宜空我師[疏]傳氐本均平毗厚也弔至空窮也箋氐當作桎鎋之桎毗輔也言尹氏作大師之官爲周之桎鎋持國政之平維制四方上輔天子下教化天下使民無迷惑之憂言任至重至猶善也不善乎昊天愬之也不宜使此人居尊官困窮

我之眾民也。○馬瑞辰云：說文「氐，至也，本也。从氏下著一。一，地也。」氐星一名天根，亦取根本之義。又云「榰，柱氐也。古用木，今以石」。案：柱氐卽今之石磉，磉在柱下而柱可立，木必有根而本始建，大臣之爲國根本，亦猶是也。魯「氐」作「底」者，潛夫論志氏姓篇：「尹吉甫相宣王，著大功績，詩云『尹氏大師，維周之底』也。」陳喬樅云：「魯詩以此尹氏爲尹吉甫，論其氏族，溯其祖考，是此詩陳古刺今，傷師尹之不善其職也。穀梁隱二年注『氐羌之別種』，釋文『氐本作底』，此氐、底通叚之證。」齊「均」作「鈞」者，漢書律歷志：「鈞者，均也。陽施其氣，陰化其物，皆得其成就平均也。詩云：『尹氏大師，秉國之鈞，四方是維，天子是毗，俾民不迷。』是齊均作鈞。」陳喬樅云：「史記周本紀引書『其罪惟均』作『惟鈞』，魏大饗碑『夏啟均臺之饗』，鈞作均，皆其證。」魯「毗」作「痺」，「俾」作「卑」者，荀子宥坐篇：「詩曰：『尹氏大師，維周之氐，據此，上文作底者，魯之別本。秉國之均，天子是痺，卑民不迷。』是以威厲而不試，刑錯而不用。」痺者，毗之叚借；卑者，俾之叚借。俾作卑，與詩釋文同也。說苑政理篇：「詩曰：『俾民不迷。』昔者君子導其百姓，不使迷，是以威厲而不試，刑措而不用也。」劉用魯說，與荀子合，俾民不作卑，乃魯亦作本也。韓詩外傳三引孔子曰：「詩曰：『俾民不迷。』是以威厲而刑措不用。」此荀、劉所本，與魯義大同。蔡邕東鼎銘：「毗於天子。」用魯經文。「不弔昊天」者，馬瑞辰云：「漢書五行志載左哀十六年傳『昊天不弔』，應劭注：『昊天不善于魯。』鄭眾周禮大祝注引左傳作『昊天不淑』，淑亦善也。書大誥『弗弔天降割于我家』，多士『弗弔昊天，大降喪于殷』，君奭『弗弔天降喪于殷遏周書祭公解不弔天降疾病王引之云弗弔天弗弔昊天皆當連讀猶此詩不弔昊天其說是也下章昊天不傭昊天不惠均與不弔昊天同義蔡邕焦君贊太守胡君碑崔君夫人誄皆云昊天不弔用魯經文

弗躬弗親庶民弗信弗問弗仕勿罔君子式夷式已無小人殆瑣瑣姻亞魯說曰瑣瑣小也則**無膴仕**疏傳庶民之言不可信勿罔上而行也式用夷平也用平則已無以小人之言至於危殆也瑣瑣小貌兩壻相謂曰亞膴厚也箋仕察也勿當作末此言王之政不躬而親之則恩澤不信於衆民矣不問而察之則下民末罔其上矣殆近也爲政當用平正之人用能紀理其事者無小人近壻之父曰姻瑣瑣昏姻妻黨之小人無厚任用之置之大位重其祿也○案以下刺王之詞言爲政必躬親之淮南繆稱訓君子見善則病其身焉身苟正懷遠易矣詩云弗躬弗親庶民弗信呂覽孟春紀高注亦引詩二句說苑反質篇齊桓公謂管仲曰羣臣衣服輿馬甚汰吾欲禁之可乎管仲曰詩云不躬不親庶民不信君欲禁之胡不自親乎弗作不蓋魯詩亦作本古本考文庶民弗信弗亦作不仕察釋詁文弗問弗察則下人末罔其上矣馬瑞辰云勿末古通用禮文王世子末有原鄭注末猶勿也故箋訓勿爲末然以末罔二字連讀義終未洽釋詞以勿爲語詞勿罔卽罔猶之不顯卽顯不承卽承其說是也又云兩式字與

下章式月斯生皆語詞傳箋訓爲用非也胡承珙云大戴禮衛將軍文子篇子貢曰學以深厲以斷送迎必敬上友下交銀手如斷是卜商之行也孔子曰詩云式夷式已無小人殆而商也其可謂不險也險卽危殆不險謂子夏交友必慎不因小人以致危殆也愚案夷者平情謂察吏必審已者剛斷謂不可必去故得不以小人致危殆瑣瑣小也者釋訓文魯說也孔疏引舍人曰計謀褊淺之貌旄丘瑣兮瑣訓小是單文亦然也陳奐云都人士箋尹氏姞氏周室昏姻之舊姓也彼疏引此尹氏以證雖彼箋所言非經義而尹氏爲周室昏姻要必有徵此詩刺幽王而經言尹氏爲政不平欲王躬親則所謂姻亞當卽指尹氏

昊天不傭注韓傭作庸云庸易也**降此鞠訩昊天不惠降此大戾君子如屆俾民心闋君子如夷惡怒是違**疏傳傭均鞠盈訩訟也屆極闋息夷易違去也箋盈猶多也戾乖也昊天乎師氏爲政不均乃下此多訟之俗又爲不和順之行乃下此乖爭之化病時民傚爲之怨之於天屆至也君子斥在位者如行至誠之道則民鞠訩之心息如行平易之政則民乖爭之情去言民之失由於上可反復也○傭均釋言文傭作庸云庸易也者釋文引韓詩文庸傭之消易者平易也晉書元帝紀引詩昊天不融蓋本齊魯詩融亦傭之同音借字直言昊天不平昊天不順不斥尹氏也鞠鞠古通作如屆者言王不至行政之處不視朝也上章弗躬弗

視卽其義君子如至而躬親其政則庶民弗信之心息矣如夷者君子如平其政則庶民惡怒之心去矣

不弔昊天亂靡有定式月斯生俾民不寧憂心如酲誰秉國成不自爲政【注】齊誰下有能字政作正卒勞百姓【疏】傳病酒曰酲成平也箋弔至也至猶善也定止式用也不善乎昊天天下之亂無肯止之者用月此生言月月益甚也使民不得安我今憂之如病酒之酲矣觀此君臣誰能持國之平乎言無有也卒終也昊天不自出政教則終窮苦百姓欲使昊天出圖書有所授命民乃得安○式語詞也言不善之昊天亂無有止而月且斯生使民不得安馬瑞辰云王篇酲一曰醉未覺也說文作一曰醉而覺而下脫未字正義據誤本解之晏子春秋內篇諫上云景公飲酒酲三日而後發晏子見曰君病酒乎又曰今一日飲酒而三日寢之三日出寢卽上文酲三日也則酲正醉而未覺之稱從王篇是曹植應詔詩憂心如酲用韓經文釋詁成平也成平互相訓上章秉國之均均亦平也與秉國成同義卽執國政也萃者瘁之借字國之大臣皆有爲政之責何以不自爲政坐視敗壞使百姓至於瘁勞乎此兼責朝臣齊誰下有能字政作正者禮緇衣引詩云誰能秉國成不自爲正卒勞百姓鄭注傷今無此人也成邦之八成也誰能秉行之不自以所爲者正盡勞來百姓憂念之者與疾時大臣專功爭美陳喬樅云周官八成有以版圖

聽人訟地者齊家以是詩爲刺大夫緩義急利爭田成訟故傷今之無人莫能秉國成而治之也潛夫論敍錄卒勞百姓用魯

經文

駕彼四牡四牡項領我瞻四方蹙蹙靡所騁注魯說曰蹙蹙逑鞫也韓說曰騁馳也疏傳項大也騁極也箋四牡者人君所乘駕今但養大其領不肯爲用喻大臣自恣王不能使也蹙蹙縮小之貌我視四方土地日見侵削於夷狄蹙蹙然雖欲馳騁無所之也○新序雜事五夫處勢不便豈可以量功校能哉詩不云乎駕彼四牡四牡項領夫久駕而長不得行項領不亦宜乎潛夫論三式篇人情莫不以己爲賢而效其能者周公之戒不使大臣怨乎不以詩云駕彼四牡四牡項領注繼培注此引詩以明大臣怨乎不以則以四牡項領而不得騁喻賢者有才而不得試中論爵祿篇君子不患道德之不建而患時世之不遇詩曰駕彼四牡四牡項領我瞻四方蹙蹙靡所所騁傷道之不遇也此魯說易林噬嗑之歸妹未濟之明夷履之剝否之屯並云名成德就項領不試此齊說又隸釋堂邑令費鳳碑棲遲歷稔項領滯畜抱朴子嘉遯篇空谷有項領之駿者孫陽之恥也勸學篇項領之駿騁迹於千里傳喻篇兩絆而項領則騏騄與蹇驢同矣皆用三家文明古義如此謂賢者之棲遲無所也馬瑞辰云說文隹鳥肥大隹隹然也傳訓以

項爲瑕之叚借故訓爲大然三家之說皆如此則不自毛始葢馬項負軛不行蹙縮瘲瘇有如重項失其駿也箋以爲喻大臣自恣失之蹙蹙迹鞫也者釋訓文釋言慄慼也王引之云慼當爲蹙蹙儀禮古文縮字皆作蹙栗與蹙皆局縮不申之義故此箋訓蹙蹙爲縮小詩小明召旻傳竝云蹙迫也釋訓速速蹙蹙惟逑鞫也逑者摭之叚借說文廣雅竝云摭迫也逑鞫義爲窮迫蹙蹙葢逼迫之皃故爾雅以逑鞫釋之騁馳也者文選登樓賦注引薛君韓詩章句文射雉賦注左思詠史詩注引同馳作施形近致誤

方茂爾惡相爾矛矣既夷既懌如相醻矣疏 傳茂勉也懌服也箋相視也方爭訟自勉於惡之時則視女矛矣言欲戰鬬相殺傷矣夷說也言大臣之乖爭本無大讎其已相和順而說懌則如賓主飲酒相醻酢也○茂盛也其相惡盛時幾欲持矛相刺及事平而怨釋則如賓主相酬酢總之爭利而已謂小人之情態無常此即指爭田與訟而言

昊天不平注 韓說曰萬人顒顒仰天告訴我王不寧不懲其心

覆怨其正疏 傳正長也箋昊天平師尹爲政不平使我王不得安甯女不懲止女之邪心而反怨憎其正也○萬

人至告愬文選任昉百辟勸進牋注暨沈約齊安陸昭王碑文注引薛君韓詩章句文荀子正名篇楊注顒顒體貌敬順也陳喬樅云箋釋不弔昊天不宜空我師云不善乎昊天愬之也此詩屢言昊天如昊天不傭昊天不惠又不弔昊天亂靡有定及此昊天不平皆呼天而愬之詞章句云蓋卽釋此詩也愚案詩言昊天不平使我王不得安王不懲止其邪心而反怨諫正者是末如何也

家父作誦注三家家作嘉以究王訩式訛爾心以畜萬邦疏傳家父大夫也箋究窮也大夫家父作此詩而爲王誦也以窮極王之政所以致多訟之本意訛化畜養也○三家家作嘉者蔡邕朱公叔謚議周有仲山甫伯陽父嘉父優老之稱也是魯詩作嘉父漢書人表嘉父與譚大夫寺人孟子並列中上士冠禮伯某甫鄭注周大夫有嘉甫甫或作父是齊詩作嘉父知韓同也說文誦諷也訩下云說也从言匈聲訩下云或省易林大過之坎坐爭立訟紛紛訩訩詩言王所言所行紛訩不定故作此詩以窮究王訩亂之說而終望王化其心以畜養萬邦也陸賈新語術事篇詩云式訛爾心以蓄萬邦言一心化天下而[illegible]二國治此之謂也陳喬樅云魯詩學出荀卿卿仕楚陸賈亦楚人其說詩當本荀卿畜魯詩畜或作蓄

節十章六章章八句四章章四句

正月【疏】毛序大夫刺幽王也○三家無異義

正月繁霜我心憂傷民之訛言亦孔之將【疏】傳正月夏之四月繁多也將大也箋夏之四月建巳之月純陽用事而霜多急恆寒若之異傷害萬物故心爲之憂傷訛僞也人以僞言相陷入使王行酷暴之刑致此災異故言亦甚大也○淮南泰族訓逆天暴物則日月薄蝕五星失行四時干乖晝冥宵光山崩水涸冬雷夏霜詩曰正月繁霜我心憂傷天之於人有以相通也漢書劉向傳向上封事曰霜降失節不以其時其詩曰正月繁霜我心憂傷民之訛言亦孔之將言民以是爲非甚衆大也此皆不和賢不肖易位之所致也白虎通災變篇天所以有災變何所以譴告人君覺悟其行欲令悔過修德深思慮也霜之爲言亡也陽以散亡王逸楚詞九章注孔甚也詩曰亦孔之將皆魯說也漢書五行志引五行傳曰聽之不聰是謂不謀厥咎急厥罰恆寒厥極貧馬瑞辰云訛言孔將是聽不聰也念國爲虐是急虐也民今無祿是極貧也而正月繁霜箋以爲恆寒之異信乎天人相感其理不爽陳喬樅云漢志夏侯始昌善推五行傳與齊詩同一師法劉向五行傳論即夏侯所推傳向集而論之翼奉傳言奉事后蒼治齊詩爲始昌再傳弟子其言齊詩五際皆推本五行以著

天人之應箋蓋用齊說也易林念我獨兮憂心京京哀我小心
晉之蹇正月繁霜用齊經文
癙憂以痒疏傳京京憂不去也癙痒皆病也箋念我獨兮者言
我獨憂此政也○釋訓京京憂也後漢質帝紀梁
太后詔曰憂心京京后習韓詩所用是韓經文釋詁癙痒病也
舍人曰皆心憂憊之病也孫炎曰癙者畏之病也陳喬樅云爾
雅釋文癙詩作鼠案鼠即癙之叚借毛古文作鼠三家今文作
癙今毛詩云癙憂以痒此改從三家今文非毛舊也雨無正篇
鼠思泣血尚
作鼠字可證

父母生我胡俾我瘉不自我先不自我後好言自口莠言自口
憂心愈愈注魯愈作瘐說曰瘐瘐病也**是以有侮**疏傳父母謂
我天下瘉病也莠醜也愈愈憂懼也箋自從也天使父母生我
何故不長遂我而使我遭此暴虐之政而病此何不出我之前
居我之後窮苦之情苟欲免身自口自從也此疾訛言之人善
言從女口出惡言亦從女口出女口一耳善也惡也同出其中
謂其可賤我心憂政如是是與訛言者殊塗故用是見侵侮也
○魯愈作瘐瘐瘐病也者釋訓文毛作愈愈用叚借字則作瘐
瘐者魯
詩也

憂心惸惸念我無祿民之無辜并其臣僕哀我人斯于何從祿瞻烏爰止于誰之屋【疏】傳惸惸憂意也古者有罪不入於刑則役之圜土以爲臣僕富人之屋烏所集也箋無祿者言不得天祿自傷值今生也辜罪也人之尊卑有十等僕第九臺第十言王既刑殺無罪并及其家之賤者不止於所罪而已書曰越茲麗刑并制斯此于於也哀乎今我民人見遇如此當於何從得天祿免於是難視烏集於富人之室以言今民亦當求明君而歸之○惸當作㷀釋詁㷀㷀憂也漢書郭太傳陳蕃竇武爲閹人所害林宗哭之既而歎曰人之云亡邦國殄瘁瞻烏爰止不知于誰之屋耳李注言不知王業當何所歸郭鄭同時郭之解詩與箋意合義本三家特箋參用傳意耳

瞻彼中林侯薪侯蒸民今方殆視天夢夢【注】魯說曰夢夢亂也韓說云惡貌也齊夢作芒既克有定靡人弗勝有皇上帝伊誰云憎【疏】傳中林林中也薪蒸言似而非王者爲亂夢夢然勝乘也皇君也箋侯維也林中大木之處而維有薪蒸爾喻朝廷宜有賢者而但聚小人方且也民今且危亡視王者所爲反夢夢然而亂無統理安人之意王既能有所定尚復事之小

者爾無人而不勝言凡人所定皆勝王也伊讀當爲緊緊猶是
也有君上帝者以情告天也使王暴虐如是憎惡誰乎欲天
指害其所憎而已○韓詩外傳七載晏子對齊景公末引詩曰
瞻彼中林侯薪侯蒸言朝廷皆小人也韓說乃箋所本夢夢亂
也者釋訓文魯說也孫炎曰夢夢昏昏之亂也說文夢不明也
不明卽昏義惡貌也者釋文引韓詩文昏亂不明卽惡貌也齊
夢作芒者文選陸機歎逝賦咨余今之方殆何視天之芒芒郎
用此詩李注芒芒猶夢夢也淮南俶眞訓其道芒芒昧昧然是
芒芒之義與夢夢同魯韓同毛則作芒芒者齊文也黃山云十
月之交傳騰乘也箋百川沸出相乘陵者由貴小人也此傳訓
勝爲乘郎此義故王述之中傳云王旣有所定皆乘陵人之事
言暴虐也傳又云皇君也乃王自謂君如帝天誰敢言憎怨乎
正傳所謂爲亂夢夢然也箋
乃云欲天指害其所憎失之

謂山蓋卑爲岡爲陵民之訛言寧莫之懲（疏）傳在位非君子乃小人也箋此喻爲
君子賢者之道人尙謂之卑況爲凡庸小人之行謂小人在位
曾無欲止衆民之爲僞言相陷害也○馬瑞辰云釋山山脊岡
釋地大陵曰阜釋名岡亢也在上之言也陵隆也體高隆也天
保詩如岡如陵明以岡陵喻高詩意謂訛言以山爲卑而其實
爲高岡高陵懲當讀無徵不信之徵謂訛言如此顯然乃莫之
徵驗以刺君聽不聽愚案馬說較晰但懲字不必改徵言訛言

顯然曾不懲止此訛言所以益肆也召彼故老訊之占夢具曰予聖誰知烏之雌雄疏傳故老元老訊問也君臣俱自謂聖也箋君臣在朝侮慢元老召之不問政事但問占夢不尚道德而信徵祥之甚時君臣賢愚適同如烏雌雄相似誰能別異之乎○漢書藝文志或者不稽諸躬而忌訞之見是以詩刺召彼故老訊之占夢傷其舍本而憂末不能勝凶咎也此齊說與箋意合

謂天蓋高不敢不局注韓魯局作跼謂地蓋厚不敢不蹐維號斯言有倫有脊哀今之人胡爲虺蜴注魯維作惟齊蹐作趚脊作迹蜴作蜥疏傳局曲也蹐累足也倫道脊理也蜴螈也箋局蹐者天高而有雷霆地厚而有陷淪也此民疾苦王政上下皆可畏怖之言也維民號呼而發此言皆有道理所以至然者非徒苟妄爲誣辭虺蜴之性見人則走哀哉今之人何爲如是傷時政也○韓局作跼者曹植卞太后誄跼天蹐地用韓經文魯局作跼者說苑敬慎篇孔子論詩至正月之六章懼然曰不逢時之君子豈不殆哉從上依世則廢道違上離俗則危身故賢者不遇時常恐不終焉詩曰謂天蓋高不敢不跼謂地蓋厚不敢不蹐此之謂也此魯說局作跼與釋文毛又作本同薛綜西京賦注跼偪僂也後漢李固傳居非命之世天

高而不敢跼地厚而不敢蹐（蹐下疑脫兩不字或不敢作敢不）意與說苑合張衡西京賦豈徒跼高天蹐厚地而已哉蔡邕釋誨天高地厚而跼蹐之皆用魯經文魯維作惟者列女楚野辨女傳引詩惟號斯言有倫有脊說文蹐下云小步也詩曰不敢不蹐趚下云側行也詩曰謂地蓋厚不敢不趚陳喬樅云蹐趚古通用故詩兩作說文肉部以膌爲古文膌字其明證也魯韓皆作蹐則作趚者當是齊詩齊蜴作蜥者荀悅漢紀王商論是以離世深藏以天之高而不敢舉首以地之厚而不敢投足詩云謂天蓋高不敢不跼謂地蓋厚不敢不蹐哀今之人胡爲虺蜴以六合之大匹夫之微而一身無所容焉豈不哀哉愚案荀悅云不敢投足即說文訓趚爲側行步之義悅用齊詩所引蹐當作趚今漢紀仍作蹐蓋後人順毛改之蜥作蜴亦後人誤改鹽鐵論周秦篇詩云謂天蓋高（易林坤之師亦用此句）不敢不局謂地蓋厚不敢不蹐哀今之人胡爲虺蜥桓用齊詩惟蜥字未改說文虺下引詩曰胡爲虺蜥亦據齊文耳齊脊作迹者繁露深察名號篇是非之正取之逆順逆順之正取之名號名號之正取之天地謞而效天地者爲號鳴而命者爲名名號異聲而同本皆號名而達天意者也事各順於名名各順於天天人之際合而爲一同而通理動而相益順而相受謂之德道詩曰惟號斯言有倫有迹此之謂也陳喬樅云董子以號爲名號與箋說異據此推知齊詩之義蓋局趚於訛言之相誣陷嫉時是非倒置邪說亂正故陳此義以爲刺也說文倫一曰道也玉篇迹理也故董云惟名號之

言有道有理不可不深察也胡爲虺蜴者後漢左雄傳雄上疏曰詩云哀今之人胡爲虺蜴言人畏吏如虺蜴也陳喬樅云爾雅以虺爲蝮虺蜴皆有毒能傷害人故畏之雄此說本齊詩之訓尋鹽鐵論周秦篇引詩語意亦同

瞻彼阪田有菀其特天之扤我如不我克彼求我則如不我得執我仇仇亦不我力〔疏〕傳言朝廷曾無傑臣扤動也仇仇猶謷謷也箋阪田崎嶇墝埆之處而有菀然茂特之苗喻賢者在閒辟隱居之時我我特苗也天以風雨動搖我如將不勝我謂其迅疾也彼彼王也王之始徵求我如恐不得我言其禮命之繁多王既得我執留我其禮待我謷謷然亦不問我在位之功力言其有貪賢之名無用賢之實○案釋訓仇仇敖敖傲也敖謷侗釋文引舍人本作仇仇謷謷毀也郭注以爲傲慢賢者禮緇衣詩云彼求我則如不我得執我仇仇亦不我力鄭注言君始求我如恐不得既得我持我仇仇然不堅固亦不力用我是不親信我也廣雅釋言扤扤緩也王念孫云集韻扤扤緩持也扤扤通作仇仇緇衣注言持我仇仇然不堅固即此緩持之意與廣雅同義蓋本於三家也陳喬樅云彼求我則如不我得言求我之急也執我仇仇亦不我力言用我之緩也三復詩詞緩於用賢之說爲切而傲賢之義爲疏矣則字句末語詞箋但云王之徵求我不釋則字集傳始以法則釋之非詩意

心之憂矣如或結之今兹之正胡然厲矣燎之方揚寧或滅之

赫赫宗周褒姒威之〔注〕齊揚作陽寧作能魯威作滅〔疏〕傳厲惡也滅之从缺奐補滅之以水也宗周鎬京也褒國也姒姓也威滅也有褒國之女幽王惑焉而以爲后詩人知其必滅周也箋兹此正長也心憂如有結之者憂今此之君臣何一然爲惡如是火田爲燎燎之方盛之時炎熾熛怒寧有能滅息之者言無有也以無有喻有之者爲甚也○齊揚作陽寧作能者漢書谷永傳永對曰三代所以隕社稷喪宗廟者皆由婦人詩云燎之方陽能或滅之赫赫宗周褒姒威之王應麟詩攷引如此今漢書仍作寧知後人所改也漢書敘傳炎炎燎火亦允不陽張晏曰天子盛威若燎火之陽今委政王氏不炎熾矣據二文知齊詩揚作陽同聲借字也五行志引褒姒威之亦出齊文魯威作滅者列女周褒姒傳褒姒者童妾之女周幽王之后也云云末引詩曰赫赫宗周褒姒滅之楚詞天問章句言褒姒事同葢本魯詩呂覽疑似篇高注亦引詩赫赫宗周褒姒滅之知魯威作滅與釋文毛或作本同威滅古今字之異也

終其永懷又窘陰雨其車既載乃棄爾輔載輸爾載將伯助予〔疏〕傳窘困也大車重載又棄其輔將請伯長也箋窘仍也終王之所行其長可憂傷矣又將仍憂於陰雨陰雨喻君有泥陷

之難以車之載物喻王之任國事也棄輔喻遠賢也輸墮也棄女車輔則墮女之載乃請長者見助以言國危而求賢者已晚矣○案終猶既也言王之行事既其長可憂傷又仍窘於陰雨猶言又重之以陰雨謂大亂作也班固漢書敘傳敢行稱亂窘世薦亡謂淮南父子兩世相仍再亡其國箋訓窘為仍蓋即用齊義易毛也釋詁郡仍並訓為乃邵晉涵正義云郡通作窘引箋為證楊雄法言孝至篇郡勞王師王引之謂郡仍勞王師是窘郡音訓互通魯詩當與齊同說本陳喬樅徵有改易陳奐云輔者撩輿之版大東傳箱大車之箱也方言箱謂之輫爾雅輫輔也輫與輫通箱取輔相之義則輔即箱矣大車撩版置諸兩旁可以任載今大車既重載矣而又棄其兩旁之版則所載必墮此其顯喻也左僖五年傳宮之奇設輔車相依脣亡齒寒兩喻呂覽權勳篇虞之與虢也若車之有輔也車依輔輔亦依車虞虢之勢是也先人有言曰脣亡而齒寒韓子十過篇淮南人閒篇並有此文然則車之有輔猶齒之有脣最相切近人之兩頰曰口輔亦曰牙車其命名即取車輔之義自來解者不識輔為何物正義謂輔是可解脫之物以今人縛杖於輻為比況之詞若是則棄輔未即墮載恐於經義無當也載輸爾載者易林泰之同人多載重負捐棄于野齊義是也伯長釋詁文

無棄爾輔員于爾輻屢顧爾僕不輸爾載終踰絕險曾是不意

〔疏〕傳員益也箋屢數也僕將車者也顧猶視也念也女不棄車〔箋〕之輔數顧女僕終用是踰度陷絕之險女曾不以是爲意乎以商事喻治國也○輻亦作輹易大壯九四壯于大輿之輹釋文本又作輻壯大也大其輻卽益其輻所謂員爾輻也然卽輔輻足恃而將車之僕又當屢顧念之則可以不輸爾載雖絕險終必踰之譬之世亂雖棘終克有濟也曾是不以爲意可乎黃山云毛鄭不爲輔作訓必當時所共知釋詁輔俌也說文俌輔也俌从人猶僕从人本以人爲輔大車載物以僕御車必以俌輔行而護持其車蓋古法自如此車行恃輪輻老子三十輻共一轂當其無有車之用所謂無之以爲用者也載重踰險下有折輻之患卽上有輸載之虞爲之輔者或挽或推所以助其車兵車有車右右助也輔俌也亦助也箋言棄女車輔乃請長者見助猶言棄女車右耳上章棄輔而呼將伯伯人也本章不棄而屢顧僕僕亦人也則輔同爲人可知孔疏謂車不聞有輔是車內埆無名輔之件矣故疑如今人縛杖於輻爲可解脫之物乃從釋木輔小木生義近儒或易爲伏兔或易爲車箱二者皆附車而成不能解脫者也且棄伏兔車先不可行棄車箱物先不能載其義覘孔又短矣

魚在于沼亦匪克樂潛雖伏矣亦孔之炤〔注〕齊炤作昭憂心慘慘念國之爲虐〔疏〕傳沼池也慘慘猶戚戚也箋池魚之所樂而非能樂其潛伏於淵又不足以逃甚炤炤易

見以喻時賢者在朝廷道不行無所樂退而窮處又無所止也
○案箋喻最晰郎節篇我瞻四方蹙蹙靡所騁意齊熠作昭者
禮中庸引詩云潛雖伏矣亦孔之昭言伏處而人見之甚明意
各有屬鹽鐵論誅秦篇詩云憂心慘慘念國之爲虐明齊毛文
同漢書武帝紀引
此二句亦三家文

彼有旨酒又有嘉殽洽比其鄰昏姻孔云念我獨兮憂心慇慇
疏傳言禮物備也洽合鄰近云旋也是言王者不能親親以及
遠慇慇然痛也箋彼彼尹氏大師也云猶友也言尹氏富與
兄弟相親友爲朋黨也此賢者孤特自傷也○案詩言小人朋
黨飲食宴樂合和鄰近周旋昏姻惟我孤特自傷憂心慇慇然
痛也易林咸之无妄睽之家人
並引婚姻孔云齊昏皆作婚

佌佌彼有屋注魯說曰佌佌小也齊韓佌作個蔌蔌方有穀注
魯作速速方轂民今之無祿天夭是椓注魯作夭天是加哿矣
富人哀此惸獨注魯惸作煢疏傳佌佌小也蔌蔌陋也君天之
在位椓之哿可獨單也箋穀祿
也此言小人富而窶陋將貴也民於今而無祿者天以薦瘥天
殺之是王者之政又復椓破之言遇害甚也此言王政如是富

人已可惸獨將困也○佌佌小也者釋訓文是魯與毛同齊韓作佌佌者說文佌小兒从人囟聲詩曰佌佌彼有屋與魯異當爲齊韓文也蔌蔌當爲遬說文速籀文作遬此詩遬遬三家作速速釋訓蹙蹙速速惟逑鞫也速鞫義爲窮迫釋文方穀本或作方有穀非也是經本無有字魯作速速方穀者後漢蔡邕傳釋誨云速速方穀夭夭是加王應麟詩攷云邕傳注載韓詩作速速方轂謂小人乘寵方轂而行方猶並也盧文弨云章懷先引毛詩速速方穀及傳箋云云然後云韓詩亦同謂與毛鄭之說同作穀也下云此作轂者葢謂小人乘寵方轂而行乃章懷釋邕之文故用此字葢字王氏乃以爲韓詩之說誤矣愚案速速方轂者言小人窮迫驟貴方轂而行邕用魯詩此魯作轂也郝懿行云蹙蹙縮小之貌與遬遬皆爲狹小之意故釋以逑鞫於義亦通天夭是加者疑魯詩本無椓字訴析加可爲二字加字上屬爲義下作可以富人故蔡文用詩作夭夭是加也馬瑞辰云說文誣加言也是加與詠譖義同言民今貧而無祿者雖夭夭盛美不免受譖於人也夭夭形近易譌毛詩本譌作天遂誤以君釋之耳魯惸作焭者孟子書引哿矣富人哀此焭獨趙岐章句云哿可也詩人言居今之世可矣富人但憐憫此焭獨羸弱者耳王逸楚詞離騷注焭孤也詩曰哀此焭獨趙王皆用魯詩是魯作焭楊雄元后誄哀此煢獨雄亦用魯詩以焭字不便施之元后故

便文易字

正月十三章八章章八句五章章六句

十月之交【疏】毛序大夫刺幽王也箋當爲刺厲王作詁訓傳時移其篇第因改之耳節刺師尹不平亂靡有定此篇譏皇父擅恣日月告凶正月惡褒姒滅周此篇疾豔妻煽方處又幽王時司徒乃鄭桓公友非此篇之所云番也是以知然○詩譜問曰小雅之臣何以獨無刺厲王曰有焉十月之交雨無正小旻小宛之詩是也此詩爲周幽王時十月辛卯朔日有食之鄭箋用緯說改爲周厲王時日食阮元云大衍術日蝕議曰小雅十月之交梁虞劇以術推之在幽王六年開元術定交分四萬三千四百二十九入食限授時術議曰幽王六年十月辛卯朔泛交十四日五千七百九分入食限葢自來推步家未有不與緯說異者本朝時憲書密合天行爲往古所無今遵以後編法推幽王六年十月朔正得入交言厲王時者斷難執以爭矣阮說詳揅經室集馬瑞辰云唐傅仁均及一行並推算幽王六年乙丑歲建酉之月辰時日食國語幽王二年西周三川皆震又曰是歲三川竭岐山崩與此詩百川沸騰山冢崒崩合仍從毛詩刺幽王爲是愚案漢書梅福傳數御十月之歌是十月之交三家亦有止作十月者毛詩正義本詩末作十月八章四字唐石經同今諸本皆增之交二字矣三家義當與毛同

十月之交朔月辛卯日有食之亦孔之醜彼月而微此日而微

今此下民，亦孔之哀。【疏】傳：之交，日月之交會。醜，惡也。月，臣道；日，君道。箋：周之十月，夏之八月也。八月朔日，日月交會而日食，陰侵陽，臣侵君之象。日辰之義，日爲君，辰爲臣。辛，金也；卯，木也。又以卯侵辛，故甚惡也。微謂不明也。彼月則有微，今此日反微，非其常，爲異尤大也。君臣失道，災害將起，故下民亦甚可哀。○案：漢書劉向傳向上封事曰：「當是之時，日月薄蝕而無光。其詩曰：『朔月辛卯，日有蝕之，亦孔之醜。彼月而微，此日而微，今此下民，亦孔之哀。』」漢書元帝紀永光四年詔引「今此下民」二句，後漢章帝紀建初五年詔引「亦孔之醜」句，皆明魯、毛文同。孔疏引詩推度災曰：「十月之交，氣之相交。周十月，夏之八月。及其食也，君弱臣强，故天垂象以見徵。辛者，正秋之王氣；卯者，正春之臣位。日爲君，辰爲臣。八月之日交卯食辛矣。辛之爲君，幼弱而不明；卯之爲臣，秉權而爲政。故辛之言新，陰氣盛而陽微，主其君幼弱而任卯臣也。」漢書翼奉傳奉上封事曰：「臣奉竊學齊詩，聞五際之要十月之交篇，知日蝕地震之效昭然可明。」後漢馬嚴傳嚴上封事曰：「日者，衆陽之長；食者，陰侵之徵。」嚴援兄子援習齊詩，嚴承家學，當亦齊詩。郎顗傳顗上封事曰：「日者，太陽，以象人君。政變於下，日變於天，清濁之占，隨政抑揚。天之見異，事無虛作。」丁鴻傳鴻上封事曰：「臣聞日者陽精，守實不虧，君之象也；月者陰精，盈虧有常，臣之表也。故日食者，臣乘君，陰陵陽；月滿不虧，下驕盈也。昔周室衰季，皇甫之屬專權於外，黨類强盛，侵奪主勢，則日月薄食。故詩曰：『十月之交，朔月辛卯，日有食之，亦孔

之醜變不虛生各以類應人道悖于下效驗見于天皆齊說

日月告凶【注】魯告作鞫不用其行四國無政不用其良【疏】箋告凶告天下以凶亡之徵也行道度也不用之者謂相干犯也四方之國無政治者由天子不用善人也○魯告作鞫者劉向封事又引詩曰日月鞫凶不用其行四國無政不用其良古告鞫通故魯作鞫後漢章帝紀元和三年詔今四國無政不用其良用魯經文左雄傳雄疏曰詩云四國無政不用其良明齊毛文同荀悅漢紀六引詩云日月告凶不用其行四國無政曷用其良荀用齊詩曷蓋誤字韓詩外傳五言君者民之源也云云末引詩曰四國無政不用其良不用其良臣而不亡者未之有也

彼月而食則維其常此日而食于何不臧【注】魯食作蝕齊維作惟齊說曰月食非常也比之日食猶常也日食則不臧矣韓說曰于何猶奈何也【疏】箋臧善也○魯食作蝕者史記天官書月蝕常也日蝕爲不臧也說苑政理篇詩所謂彼日而蝕于何不臧者史記集解劉向以爲日月蝕及星逆行非太平之常自周衰以來人事亂故天文應之遂變耳及上引日月薄蝕日有蝕之明魯作蝕食蝕今古文之異也月食至臧矣漢書天文志引詩傳文上引詩云彼月而食則惟其常此日而

食于何不臧維作惟陳喬樅云此所引齊詩傳也司馬彪續漢志注引馬續述天文志續馬嚴子馬援從子並引齊詩續嘗治齊詩傳其家學于何猶奈何也者玉篇于部引韓詩文皮嘉祐云于何猶如何于猶如也易介于石鄭介如石也如又通奈晉語奈吾君何奈何如何也韓詩乃詁訓通段之證

爗爗震電不寧不令〔疏〕傳爗爗震電貌震雷也箋雷電過常天下不安政教不善之徵○王逸楚詞遠遊注靈爗電貌詩曰爗爗震電此魯說初學記二十御覽六百三十五引詩含神霧曰爗爗震電不寧不令此應刑政之大暴故震雷驚人使天下不安漢書李尋傳尋對曰詩所謂爗爗震電不寧不令其咎在於皇甫卿士之屬此齊說

百川沸騰〔注〕韓騰作滕**山冢崒崩高岸爲谷深谷爲陵哀今之人胡憯莫懲**〔疏〕傳沸出騰乘也山頂曰冢高岸二句言易位也箋崒者崔嵬百川沸出相乘陵者由貴小人也山頂崔嵬者崩君道壞也易位者君子居下小人處上之謂也憯曾懲止也變異如此禍亂方至哀哉今在位之人何曾無以道德止之○荀子君子篇以族論罪以世舉賢雖欲無亂得乎哉詩曰百川沸騰漢書谷永傳亦引此詩山冢崒崩高岸爲谷深谷爲陵哀今之人胡憯莫懲此之謂也孔疏引詩推度災曰百川沸騰衆陰進山冢崒崩人無仰高岸爲谷賢者退深谷爲陵小臨大李尋傳尋對曰五行以水爲本其星元武婺女天地所紀終始所生水爲準平王道公正修明則百川理落脈通偏黨失綱則涌溢爲敗今川

水漂涌與雨水並爲民害此詩所謂百川沸騰者也其咎在于皇甫卿士之屬惟陛下留意詩人之言少抑外親大臣易林晉之困高岸爲谷陽失其室又明夷之比深谷爲陵衰者復興此齊說韓騰作滕者玉篇水部詩曰百川沸滕水上涌也玉篇所引據韓詩知韓作滕也

胡憯莫懲解見節篇

皇父卿士番維司徒注齊番作皮韓作繁家伯維宰仲允膳夫注齊仲允作中術聚子內史注齊聚作掫蹶維趣馬注齊蹶作橜楀維師氏注齊楀作萬魯作踽豔妻煽方處注魯豔作閻煽作扇齊豔作剡韓煽作偏處作熾疏傳豔妻褒姒美色曰豔煽熾也箋皇父家伯仲允皆字番聚蹶楀皆氏厲王淫於色七子皆用后嬖寵方熾之時並處位言妻黨盛女謁行之甚也敵夫曰妻司徒之職掌天下土地之圖人民之數冢宰掌建邦之六典皆卿也膳夫上士也掌王之飲食膳羞內史中大夫也掌爵祿廢置殺生予奪之法趣馬中士也掌王馬之政師氏亦中大夫也掌司朝得失之事六人之中雖官有尊卑權寵相連朋黨於朝是以疾焉皇父則爲之端首兼擅羣職故但目以卿士云○漢書五行志劉歆以爲於詩十月之交則著卿士司徒下至趣馬師氏咸非其才明小

人乘君子陰侵陽之象也潛夫論本政篇否泰消息陰陽不並觀其所聚而興衰之端可見也稷禹皋陶聚而致雍熙皇父蹶踽聚而致災異此魯說漢書人表以皇父卿士司徒皮太宰家伯膳夫中術內史掫子趣馬棸師氏萬並列下下在幽王褒姒之後此齊說皇父卿士箋言兼擅者孔疏云於六卿之外更爲之都官總統六官之事兼擅爲名故謂之卿士胡承珙云周禮六卿分職三公不過兼官都官之制非經所有經典言卿士者甚多大率六卿中執政者是也左傳鄭武公莊公爲平王卿士杜注王卿之執政者是也此章首言皇父卿士下二章又專稱皇父則此卿士當是六卿之長番維司徒者陳奐云鄭語幽王八年鄭桓公友爲司徒詩作於幽王六年爲司徒者番也齊作皮者地理志魯國蕃縣應劭曰蕃音皮是蕃有皮音故亦作皮儀禮既夕云設披注言今文皆爲藩鄉射禮皮樹中注言今文皮樹爲繁繁豎韓作繁者釋文文漢書百官表繁延壽注繁作婆是古皮繁同音故又作繁也家伯維宰者家氏姓春秋桓十五年天王使家父來聘是其證家伯或作家伯者譌也孔疏宰對司徒內史等六官是列職之事五者皆是一官之長宰不當獨爲太宰之佐以此知家伯維宰是家宰也易林萃之蒙家伯爲政病我下土又漸之井家伯妄施亂其在官此齊義言家伯爲政足見宰爲太宰非宰夫矣周官膳夫上士二人齊作中術者陳喬樅云術與述同古又通作允亦通作聿詩文王聿修厥德傳聿述也漢書東平王宇傳作述修厥德詩大雅聿懷多福箋

亦云聿述也繁露郊祭篇作允懷多福皆術允古通之證周官内史中大夫一人齊聚作掫者同音叚借字周官趣馬下士皁一人徒四人書立政篇有趣馬蹶蓋宣王時蹶父之後以字爲氏齊蹶作橛者漢書五行志注引詩作橛維趣馬人表作蹶乃字誤周官師氏中大夫一人集韻引詩作掫維師氏據唐石經初刻從手後改從木則掫乃棷之變字齊棷作萬者顏注萬讀曰掫漢書游俠傳有長安萬章急就篇有萬段鄉魯作踽者潛夫論本政篇作踽晛是魯作踽豔妻傳以爲卽褒姒方言豔美也魯豔作閻偏作扇者漢書谷永傳昔褒姒用國宗周以喪閻妻驕扇日以不臧又云抑褒閻之亂外戚班倢伃傳云哀褒閻之爲郵是褒姒閻妻確爲二人顏注閻嬖寵之族也魯詩小雅十月之交篇曰閻妻扇方處顏不見魯詩當是漢魏諸家舊注引述魯詩之說而顏襲用之也齊作剡者中侯擿雒戒云剡者配姬以放賢山崩水潰納小人家伯罔主異載震孔疏以皇父家伯仲允蓋與后同姓剡中侯又云昌受符厲倡孌期十之世權在相自光武信讖舉世風靡說者遂以剡爲厲王后故左雄傳雄上疏云幽厲昏亂不自爲政褒剡用權七子黨進以剡配褒則厲配幽矜今作褒豔者乃後人妄改自康成用讖注經中候更成鐵案而此詩分屬厲王矣案閻剡音隨字變齊魯不同學者各據所聞爲說其非褒姒甚明幽王之好內嬖必不止一褒姒詩人隨時紀實亦猶漢成初年許班之貴舉其寵盛者而已幽王十一年戎滅西周其得褒姒史記在三年此詩作於六年當時申后之眷已衰而褒

媦之嬖未甚三夫人之內必更有㓠姓擅寵者天子八十一御妻則在妃嬪之末皆得名妻不必如箋敵夫之說也至八年而鄭桓公友代爲司徒可知㓠氏已替媦氏益張遂有奪后之事說詩者先褒後㓠正以褒爲后耳韓媦作偁處作熾者說文偁熾盛也詩曰豔妻偁方熾與齊魯不同葢韓詩如此

抑此皇父〔注〕韓詩曰抑意也**豈曰不時胡爲我作不卽我謀徹我牆屋田卒汙萊**〔注〕韓詩曰汙穢也**曰予不戕禮則然矣**〔疏〕傳時是也下則汙高則萊箋抑之言噫噫是皇父疾而呼之女豈曰我所爲不是乎言其不自知惡也女何爲役作我不先就與我謀使我得遷徙乃反徹毀我牆屋令我不得趨農田卒爲汙萊乎此皇父所築邑人之怨詞戕殘也言皇父既不自知不是反云我不殘敗女田業禮下供上役其道當然言文過也○抑意也者釋文引韓詩文宋綿初云戴侗六書故論語抑與之與漢石經作意與之與大戴禮武王問師尚父曰黃帝顓頊之道存乎意亦忽不可得見與後漢書隗囂問班彪曰抑者縱橫之事復起於今乎抑意一聲之轉豈曰不時者馬瑞辰云時謂使民以時下言田卒汙萊是奪民時之證皇父不自以爲不時也民之力作爲作使民力作亦爲作箋云役作我正以役釋作廣雅役使也徵鄭古胡爲我役卽胡爲我使也孔疏云汝何爲使我

役作築邑之日於役作上增使我二字以釋之失箋恉矣韓詩外傳七載司城子罕相宋事末引詩曰胡爲我作不卽我謀明韓毛文同卒盡也田不治則下者汙而水穢高者萊而草穢汙穢也者玉篇水部引韓詩文皮嘉祐云左文六年傳疏洿者穢之別名衆經音義引字林汙穢也汙污洿字同

皇父孔聖作都于向擇三有事亶侯多藏不憖遺一老俾守我王注韓詩云憖閻也魯守作屏**擇有車馬以居徂向**疏傳皇父甚自謂聖向邑也擇三有事有司國之三卿信維貪淫多藏之人也箋專權足已自比聖人作都立三卿皆取聚斂之臣言不知厭也禮畿內諸侯二卿憖者心不欲自彊之詞也言盡將舊在位之人與之皆去無留衞王又擇民之富有車馬者以往居于向也○向者周東都畿內有二一爲左傳隱十一年桓王與鄭之邑寰宇記向城在孟州河陽縣二十五里杜注所云軹縣向上今河南懷慶府濟源縣西南有向城者也一爲襄十一年諸侯伐鄭師于向杜注向城在長社東北水經渠水注沙水首受洧水於長社縣東東北逕向城西卽鄭之向鄉也長明溝又東逕向城北城側有向岡左傳諸侯師於向者也方輿紀要云在開封府尉氏縣西南五十里愚案濟源之向周初爲蘇子邑桓王與鄭向繫之蘇忿生其前不得別封他人則皇父所邑當爲尉氏

之向三有事者陳啟源云傳云有同國之三卿司是誤文王制鄭注小國亦三卿白虎通封公侯篇引王度記曰子男三卿皇父作都郿是列國此箋作二卿三之誤文也憖闇也者釋文引韓詩文說文猌又讀若銀憖从猌聲故字與銀通左昭十一年經厥憖公羊經作屈銀是其證也銀闇同音故韓訓作闇說文闇和說而諍也玉篇闇和敬貌與說文訓憖爲謹敬義合言皇父不能謹敬事君商𠃑舊人以衞我王也魯守作屏者蔡邕陳太邱碑天不憖遺一老俾屏我王又焦君贊不遺一老屏此四國蔡用魯經文守皆作屏以居徂向者馬瑞辰云居者語詞以居徂向猶云以徂向也猶之爾居徒幾何即言爾徒幾何也我居圉卒荒即言我圉卒荒

也箋訓居徂爲往居失之

黽勉從事不敢告勞無罪無辜讒口囂囂〔注〕魯黽勉作密勿魯韓囂作嗸魯又作謷敖魯說曰謷謷毀也下民之孽匪降自天噂沓背憎〔注〕三家噂作僔職競由人〔疏〕傳噂猶噂噂沓猶沓沓職主也箋詩人賢者見時如是自勉以從王事雖勞不敢自謂勞畏刑罰也囂囂衆多貌時人非有辜罪其被讒口見椓譖囂囂然孽妖孽謂相爲災害也下民有此言非從天墮也噂噂沓沓相對談語背則相憎逐爲此者由主人也○魯黽勉作密勿囂作嗸者漢書劉向傳

向上封事曰君子獨處守正不撓眾枉勉彊以從王事則反見憎毒讒愬故其詩曰密勿從事不敢告勞無罪無辜讒口嗸嗸密黽雙聲字勿卽勉也說文勿州里所建旗象其柄有三游所以趣民故遽稱勿勿是勿有勉義故得通假向云勉强正以黽勉說密勿又作嗸敖嗸嗸毀也者釋訓敖敖傲也釋文引舍人本作嗸嗸毀也云眾口毀人之貌卽囂囂傳義潛夫論賢難篇詩云無罪無辜讒口敖敖彼人之心于何其臻由此觀之妬媚之攻擊也亦誠工矣聖人之居世也亦誠危矣此皆魯詩本也韓作嗸嗸者釋文引韓詩文噂者說文聚語也引詩傳沓背憎三家作傳者說文傳聚也引詩傳沓背憎此三家文與左僖十五年傳引同說文沓語多沓沓也是傳沓卽聚語也聚則笑語背則相憎小人之情狀其主競逐爲此態者由人爲之非天降之孽也易林解之節下民多孽君失其常又乾之臨疾愍無辜背憎爲仇蒙之革謙之復恒之艮同俱用齊經文

悠悠我里〔注〕魯悠作攸韓里作[illegible]**亦孔之痗四方有羨我獨居**

憂民莫不逸我獨不敢休天命不徹〔注〕魯說曰不徹不道也**我不敢傚我友自逸**〔疏〕傳悠悠憂也里病也痗病也羨餘也徹道也親屬之臣心不能已箋里居也悠悠乎我居今之世亦甚困病四方之人盡有饒餘我獨居此而憂逸逸豫也不道者言王不循天之政教○魯悠作攸者釋訓攸攸

訿訿羅禍毒也樊光曰詩云佌佌我里陳喬樅云佌字即悠之省今本爾雅作黨與樊本異毛意以里爲痗之段字鄭用魯義故與毛異是陳氏以雅訓佌佌爲憂與毛釋悠悠同里讀如字與鄭義同也以里爲所居之地與下我獨居憂句意不複韓里作痗者玉篇疒部痗病也詩云悠悠我痗玉篇所引是韓詩與毛訓義同不徹不道也者釋訓文魯說也陳奐云天命不道言天之令不循道而行遂有日食震電之變我不敢傚我友自逸親屬之臣心不能已故不敢傚友之逸豫所謂敬天之怒無敢戲豫也

十月之交八章章八句

雨無正〖疏〗毛序大夫刺幽王也雨自上下者也衆多如雨而非所以爲政也箋亦當爲刺厲王王之所下教令甚多而無正也○雨無正集傳載劉安世見韓詩作雨無極序作正大夫刺幽王也篇首多雨無其極傷我稼穡二句呂東萊讀詩記載董氏引韓詩則作雨無政序亦作正大夫刺幽王也並引章句曰無衆也案詩曰正大夫離居莫知我勩是兼刺正大夫之詞非正大夫刺幽王也劉董之說未足據信易林乾之臨云南山昊天刺政閔身蒙之革謙之復恒之艮同陳喬樅云據此說知齊家郎以昊天爲篇名取首句浩浩昊天之語焦氏以南山昊天二詩對舉南山郎指節彼南山之詩下句刺政閔身刺

政承南山言謂赫赫師尹不平謂何也閔身承昊天言謂若此無罪薰胥以鋪也愚案陳說甚新但節南山篇名三家作節毛作節南山無以南山名篇者焦氏以南山昊天相對究係文言以爲篇名竊所未安姑從蓋闕三家詩義當與箋同

浩浩昊天不駿其德降喪饑饉斬伐四國【疏】傳駿長也穀不熟曰饑蔬不熟曰饉箋此言王不能繼長昊天之德致使昊天下此死喪饑饉之災而天下諸侯於是更相侵伐○案詩每借天以刺王箋謂王不能繼長昊天之德非也呂覽下賢篇高注鵠讀浩浩昊天之浩據此魯毛文同新序雜事五云夫政之不平而吏苛乃甚於虎狼矣詩曰降喪饑饉斬伐四國夫政不平也乃斬伐四國而況一人乎言饑饉之災自天降之以喪我民也王又不平其政以斬伐我四國則饑饉之災亦王召而降之也魯詩訓義無諸侯侵伐意

昊天疾威弗慮弗圖【注】魯弗作不**舍彼有罪既伏其辜若此無罪淪胥以鋪**【注】韓淪作勳鋪作痡魯齊淪作薰【疏】傳舍除淪率也箋慮圖皆謀也王既不駿昊天之德今昊天又疾其政以刑罰威恐天下而不慮不圖胥相鋪徧也言王使此無罪者見牽率相引而徧得罪也○昊或作旻孔疏上有昊天明此亦昊天定本皆作昊天俗本作旻天誤也漢書敘傳顏注引此亦作昊天玩箋語兩昊天知古本作昊也魯弗作不者楊雄豫州牧箴不

慮不圖用魯詩文敘傳注引詩不慮不圖箋語亦同知三家作不也韓淪作勳鋪作痛魯齊淪作薰者後漢蔡邕傳下獲熏胥之辜李注引詩小雅曰若此無罪勳胥以痛勳帥也胥相也痛病也言此無罪之人而使有罪者相帥而病之是其大甚見韓詩漢書敘傳薰胥以刑顏注引晉灼曰齊魯韓詩作薰薰帥也胥相也從人得罪相坐之刑也今據李注韓別作勳晉云然者蓋亦作本熏薰勳古通用故蔡用魯詩字亦作熏易艮卦利薰心釋文引荀本作勳釋訓炎炎薰也釋文本作熏云亦作薰皆其證漢書楚元王傳注應劭引詩論胥以鋪應用魯詩當作薰胥疑後人順毛改字譌淪爲論鹽鐵論申韓篇詩云舍彼有罪既伏其辜若此無罪淪胥以鋪痛傷無罪而累也淪字亦後人所改

周宗既滅靡所止戾正大夫離居莫知我勩三事大夫莫肯夙夜邦君諸侯莫肯朝夕庶曰式臧覆出爲惡〔疏〕傳戾定也勩勞也覆反也箋周宗鎬京也是時諸侯不朝王民不堪命王流于彘無所安定也正長也長官之大夫於王流于彘而皆散處無復知我民之見罷勞也王流在外三公及諸侯隨王而行者皆無君臣之禮不肯晨夜朝暮省王也人見王之失所庶幾其自改悔而用善人反出教令復爲惡也○周宗當爲宗周傳寫誤倒左昭十六年傳引詩正作宗周既滅是詩本作宗周之證鄭箋詩時所見毛

詩尚作宗周故解作鎬京與赫赫宗周同今箋作周宗者後人因經誤作周宗而併改之也孔疏謂宗周周宗文雖異而義同誤矣國人作亂厲王出奔故云宗周既滅靡所止戾也馬瑞辰云大宰建其正鄭注謂冢宰司徒宗伯司馬司寇司空左襄二十五年傳自六正五吏杜注六正三軍之六卿晉僭立六卿爲六正則天子六鄉本名六正可知古以三公司天地人爲三事白虎通引別名記曰司徒典民司空主地司馬順天是三事爲三公之義周書立政任人準夫牧作三事某氏傳常任準人及牧治爲天地人之三事蓋官職雖多天地人三事足以統之周語夙夜敬也後漢章帝紀詔曰三事大夫莫肯夙夜小雅之所傷也帝學魯詩明魯毛文同左傳朝夕獻善敗于寡君又曰子革夕子我夕皆以朝夕見君爲朝夕莫肯承上文離居言且畏其暴也潛夫論救邊篇詩云庶曰式臧覆出爲惡明魯毛文同言王流彘之後靡有悛心也

如何昊天辟言不信如彼行邁則靡所臻凡百君子各敬爾身胡不相畏不畏于天〔疏〕傳辟法也箋如何乎昊天痛而愬之也爲陳法度之言不信之也我之言不見信如行而無所至也凡百君子謂衆在位者各敬慎女之身正君臣之禮何爲上下不相畏乎上下不相畏是不畏于天○蔡邕集蔡朗碑如何昊天明魯毛文同詩謂王法言不信而已不必專爲我言凡百君子承上文三事大夫等言之既隨王行因

亂離而廢君臣之禮不敬王卽不敬身也不畏王卽不畏天也

戎成不退飢成不遂曾我暬御憯憯日瘁（疏）傳戎兵遂安也暬御侍御也瘁病也箋兵成而不退謂王見流于彘無御止之者飢成而不安謂王在彘乏於飲食之蓄無輸粟歸餼者此二者曾但侍御左右小臣憯憯憂之大臣無念之者○國人仇王戎與於內故成而不退楚語韋注暬近也飢成不遂惟侍御左右之臣以爲憂病獨夫情狀可以概見後漢蔡邕傳釋誨云暬御之族天隆其祜主豐其祿亦用魯詩文

凡百君子莫肯用訊聽言則答譖言則退（注）魯訊作誶答作對（疏）傳以言進退人也箋訊告也衆在位者無肯用此相告語者言不憂王之事也答猶距也有可聽用之言則共以詞距而違之有譖毀之言則共爲排退之羣臣並爲不忠惡直醜正○釋文用訊徐音息悴反告也戴震云今本訊乃誶之譌訊問誶告義各不同陳風墓門歌以訊之釋文云本又作誶與此同當作誶爲是魯作誶者陳喬樅云陳風歌以誶止誶予不顧列女傳及楚詞章句所引魯詩皆作誶此詩箋正云誶告也則魯詩作誶無疑新序雜事五齊宣王謂閭丘卬曰子有善言何見寡人之晚也卬對曰讒人在側是以見晚也詩曰聽言則對譖言則退庸得進乎漢書賈山傳退誹謗之人殺直諫之士是以道諛媮合苟容天下已潰莫之告也詩曰聽

言則對，譖言則退，答皆作對，雙聲變轉，此魯詩文。傳釋此詩云
以言進退人也。蕩傳：「對，遂也。」禮月令「遂賢良」，注：「遂，進也。」易大壯
不能退，不能遂，虞注：「遂，進也。」爾雅：「對，遂也。」郭注引詩「對揚王休」。
對揚謂進揚。聽言者順從之言，謂王聞順從之言，則用而進之；
聞讒譖之言，則斥而退之。導
諛受譖，此所以莫肯用誶也。

哀哉不能言，匪舌是出，維躬是瘁。哿矣能言，巧言如流，俾躬處休。〔疏〕傳：「哀賢人不得言，不得出是舌也。哿，可也。可矣，世所謂能言也。巧言從俗，如水轉流。」箋：「瘁，病也。不能言，言之拙也。言非可出於舌，其身旋見困病。巧猶善也，謂以事類風切剴微之言，如水之流，忽然而過，故不悖逆，使身居安休休然。亂世之言，順說爲上。」○案：詩言哀哉此不能言之賢者，其趨事非恃舌之出話也，維以其身盡瘁於王事而已。若哿矣能言之小人，但聞其言之巧如流水然，滔滔不絕，常使其身處於安閒之地，於事無裨也。是以君子務實。潛夫論本政篇：「詩傷『巧言如流，俾躬處休』，蓋言衰世之士，佞彌巧者官彌尊也。」此魯說。

維曰于仕，孔棘且殆。云不可使，得罪于天子；亦云可使，怨及朋友。〔疏〕傳：「于，往也。」箋：「棘，急也。不可使者，不正不從也。可使者，雖不正從也。居今衰亂之世，云往仕乎？甚急迮且危。急迮且危

以此二者也○馬瑞辰云釋詁使從也故箋以從釋使二云字皆臣答君之詞云不可使謂若事之不正者鄭云不可從此左傳所云君所謂可而有否焉臣獻其否以成其可也亦云可使謂事雖不正因君從之亦云可使此左傳所云君之所可據亦曰可也正義不知箋以從訓使乃曰不從上命則天子云我不可使我若阿諛順旨亦既天子云此人可使謂可使與不可使皆君論臣之意殊失箋恉愚案馬說是可使不可使鄭今諺云此事使得使不得也

謂爾遷于王都曰予未有室家鼠思泣血無言不疾昔爾出居誰從作爾室〔疏〕傳賢者不肯遷于王都也無聲曰泣血無所言而不見疾也遭亂世義不得去思其友而不肯反者也箋王流于彘正大夫離居同姓之臣從王思其友而呼之謂曰女今可遷居王都謂彘也其友辭之云我未有室家於王都可居也鼠憂也既辭之以無室家爲其意恨又患不能距止之故云我憂思泣血欲遷王都見女今我無一言而不道疾者言已方困於病故未能也往始離居之時誰隨爲女作室女猶自作之爾今反以無室家距我恨之詞○案詩言我謂我友爾何不遷於王之新都則答以無室家可居且憂思泣血無言不以疾爲解曾不思昔爾出宗周而離居於他處之時誰相從爲爾作室乎其友葢正大夫之等

雨無正七章二章章十句二章章八句三章章六句

小旻【疏】毛序大夫刺幽王也箋所刺列於十月之交雨無正爲小故曰小旻亦當爲刺厲王○三家詩義未詳

旻天疾威敷于下土謀猶回遹【注】齊遹作穴韓作歛云僻也又作泬何日斯沮【注】韓說曰沮止也壞也謀臧不從不臧覆用我視謀猶亦孔之邛【疏】傳敷布也回邪遹辟沮壞也邛病也箋旻天之德疾王者以刑罰威恐萬民其政教乃布於下土言天下徧知猶道沮止也今王謀爲政之道回辟不循旻天之德已甚矣心猶不悛何日此惡將止藏善也謀之善者不從其不善者反用之我視王謀爲政之道亦甚病天下○列女傳詩云旻天疾威敷于下土言天道好生疾威虐之行于下土也旻乃旻之譌二字形近故雨無正旻天疾威亦譌作旻劉向用魯詩義與箋說合知鄭亦用魯義也齊遹作穴者文選幽通賦咩回穴其若茲兮曹大家注回邪也穴僻也古遹讀如穴回穴即回遹也是齊詩文如此韓遹作歛云僻也者釋文引韓詩文云義同詩歛彼晨風又作泬者文選西征賦事回泬而好還李注引韓詩曰謀歛回泬薛君章句曰回泬邪僻也（邪上脫泬字依文義補）此韓詩亦作本至幽通賦注亦引韓詩曰謀歛回穴或韓詩亦有作穴之本與齊同不得以爲李誤也沮

止也壞也者史記劉敬傳索隱引韓詩傳文案止義與箋合壞義與傳合漢書陳湯傳注亦云沮止也壞也或作止壞漢書食貨志注沮止壞之周勃傳沮止壞之意也

潝潝訿訿【注】韓潝作翕韓說曰翕翕訿訿不善之貌也魯作翕又作歙訿亦作呰亦孔之哀謀之其臧則具是違謀之不臧則具是依我視謀猶伊于胡底【疏】傳潝潝然患其上訿訿然思不甚可哀也于往底至也謀之善者俱背違之其不善者依就之我視今君臣之謀道往行之將何至乎言必至於亂○韓潝作翕曰翕翕訿訿不善之貌也者玉篇言部引韓詩文魯作翕者釋訓云翕翕訿訿莫供職也此訓作翕又作歙者漢書劉向上封事曰眾小在位而從邪議歙歙相是而背君子故其詩曰歙歙訿訿亦孔之哀謀之其臧則具是違謀之不臧則具是依劉以歙歙爲相是之義言其背正黨邪翕然同聲不顧是非也眾經音義云吸古文歙噏二形是歙噏字同訿一作呰者荀子修身篇小人致亂而惡人之非己也致不肖而欲人之賢己也諂諛者親諫諍者疏修正爲笑至忠爲賊雖欲無滅亡得乎哉詩云噏噏呰呰亦孔之哀謀之其臧則具是違謀之不臧則具是依此之謂也荀爲魯詩之祖此亦魯說呰呰字同召縉皋皋訿

訿傳訿窳不供事也說文呰窳也窳嬾也是呰與訿同史記貨殖傳注呰病也漢書地理志注呰弱也訿訿者呰窳病弱隨人書諾不以職事爲意也此輩在朝故謀臧具違不臧具依所謀之道將何所至乎言必亂也

我龜既厭不我告猶謀夫孔多是用不集〔注〕韓集作就**發言盈庭誰敢執其咎如匪行邁謀是用不得于道**〔疏〕傳猶道也集就也謀人之圖國危則死之古之道也箋猶圖也卜筮數而瀆龜龜靈厭之不復告其所圖之吉凶言雖得兆占繇不中謀事者衆而非賢者是非相奪莫適可從故所爲不成謀事者衆訩訩滿庭而無敢決當是非事若不成誰云己當其咎責者言小人爭知而讓過匪非也君臣之謀事如此與不行而坐圖遠近是於道路無進於跬步何以異乎○禮緇衣引詩云我龜既厭不我告猶明齊毛文同漢書藝文志龜厭不告詩以爲刺用齊經文潛夫論卜列篇詩曰我龜既厭不我告猶淮南覽冥訓高注引詩同明魯毛文同韓集作就者韓詩外傳六載船人盍胥對晉平公末引詩曰謀夫孔多是用不就集就雙聲字故韓集爲就王應麟詩攷引外傳作不就而今本作不集後人據毛詩妄改藝文類聚九十引外傳作盍胥文選李注四引外傳亦作盍胥左襄八年傳子駟引詩如匪行邁謀是用不得于道杜注匪彼也行邁謀謀於路人也不得於道衆無適從也諸家以杜解爲長

哀哉爲猶，匪先民是程，匪大猶是經。維邇言是聽，維邇言是爭。如彼築室于道謀，是用不潰于成。〔疏〕傳：「古曰在昔，昔曰先民。程，法。經，常。猶，道。邇，近也。爭爲近言。潰，遂也。」箋：「哀哉，今之君臣謀事，不用古人之法，不循大道之常，而徒聽順近言之同者，爭近言之異者。言見動軔，則泥陷不至於遠也。如當路築室，得人而與之謀，所爲路人之意不同，故不得遂成也。」○鹽鐵論復古篇云：「詩云：『哀哉爲猶，匪先民是程，匪大猶是經，維邇言是聽。』此詩人刺不通於王道，而善爲權利者。」桓用齊詩，引詩四句，明齊、毛文同。不法先民，循大猶，是不通王道；聽邇言，卽務權利也。爲政不明大體，遂淺近之權利，以爲經濟在是，不知其爲邇言也。所聽在是，所爭亦在是矣。班固幽通賦：「迺先民之所程。」用齊經文。呂覽不二篇高注：「詩曰：『如彼築室于道謀，是用不潰于成。』」明魯、毛文同。

國雖靡止，或聖或否。民雖靡膴，〔注〕韓「膴」作「腜」。韓說曰：「靡腜，猶無幾何。」或哲或謀，〔注〕齊詩「哲」作「悊」。或肅或艾。如彼泉流，無淪胥以敗。〔疏〕傳：「靡止，言小也。人有通聖者，有不能者，亦有明哲者，有聰謀者。艾，治也。有恭肅者，有治理者。」箋：「靡，無。止，禮。膴，法也。言天下諸侯今雖無禮，其心性猶有通聖者，有賢者。民雖無法，其心性猶有知者，有謀者，有肅者，有艾者，王何不擇焉，置之於位而任之爲治乎書曰睿作聖明作哲聰作謀恭作肅從作乂詩人之意欲王敬用五事以明天道故云然淪率也王之爲政者如原泉之流行則清無相牽率爲惡以自濁敗○案傳以靡止爲小則止宜訓大馬瑞辰云抑篇淑慎爾止傳止至也爾雅晊大也釋文晊本又作至易至哉坤元猶言大哉乾元也止至同義至爲大則止亦爲大國雖靡止言國雖不大也故傳云人有通聖者有不能通聖者箋云有通聖者有賢者此詩所言聖否與論語賢者識其大者不賢者識其小者文法相類彼對賢者言之故識小爲不賢者此對聖言之故或否猶爲賢者耳膴作膴靡膴猶無幾何者釋文引韓詩文上文靡止止訓大則靡膴之膴宜訓盛多胡承珙云緜詩周原膴膴文選魏都賦注引韓詩膴亦作腜左僖二十八年傳原田每每亦與腜同每之義爲草盛上出是膴腜每皆盛多之義愚案王肅讀膴爲幠云無大有人言少也讀與韓異而訓義同詩言尚有哲謀肅乂之人可以輔治也齊哲作悊悊者漢書敘傳或悊或謀哲作悊齊詩文無淪胥以敗言無令相率入於危亡而無益於國事也列女傳二詩云如彼泉流無淪胥以敗明魯毛文同

不敢暴虎不敢馮河【注】魯說曰暴虎徒搏也馮河徒涉也人知其一莫知其他戰戰兢兢如臨深淵如履薄冰【疏】傳馮陵也徒涉曰馮河徒

搏曰暴虎一非也他不敬小人之危殆也戰戰恐也兢兢戒也如臨深淵恐隊也如履薄冰恐陷也箋人皆知暴虎馮河立至之害而無知當畏慎小人能危亡也○案暴虎二句釋訓文魯說也馮者淜之叚音說文無舟渡河也荀子臣道篇仁者必敬人凡人非賢則是不肖也人賢而不敬則是禽獸也人不肖而不敬則是狎虎也禽獸則亂狎虎則危災及其身詩曰不敢暴虎不敢馮河人知其一莫知其他戰戰兢兢如臨深淵如履薄冰此之謂也呂覽安死篇高注無兵搏虎曰暴無舟渡河曰馮喻小人而爲政不可以不敬不敬之則危猶暴虎馮河之必死也人知其一莫知其他一非也人皆知小人之爲非不知不敬小人之危殆淮南本經訓高注人皆知暴虎馮河立至害也故曰知其一而不知當畏昚小人危亡也故曰莫知其佗皆魯說並言宜畏慎小人此最古義後漢郅惲傳暴虎馮河未至之戒用韓經文鹽鐵論詔聖篇引詩曰不敢暴虎不敢馮河爲其無益以比刑法峻則民不犯雖係齊家言然是斷章取義說苑引零句尤多不具錄

小旻六章三章章八句三章章七句

小宛【疏】毛序大夫刺幽王也箋亦當爲刺厲王○三家詩義未詳晉語秦伯宴公子重耳秦伯賦鳩飛韋注鳩飛小雅小宛之首章曰宛彼鳴鳩翰飛戾天我心憂傷念昔先人明發不寐有懷二人言己念晉先君及穆姬不寐以思安集晉之君

臣也左昭元年傳趙孟賦小宛之二章又稱小宛不稱鳩飛蓋當時篇有二名故也

宛彼鳴鳩翰飛戾天〔注〕韓戾作厲云厲附也我心憂傷念昔先人〔注〕齊昔作彼明發不寐有懷二人〔疏〕傳興也宛小貌鳴鳩鶻鵰翰高戾至也行小人之道責高明之功終不可得先人文武也明發發夕至明○馬瑞辰云釋鳥鶌鳩鶻鵃郭注似山鵲而小短尾淮南許注屈短也屈與屈通說文屈無尾也玉篇屈短尾也鶌鳩蓋以短屈得名宛屈義同說文宛屈草自覆也宛蓋鶌鳩短尾之貌短小義近故傳以宛爲小貌考工記函人眡其鑽空欲其惌也鄭司農注惌小孔貌惌宛義同陸疏鳴鳩班鳩也班鳩蓋非今俗所稱班鳩或鶌鳩一名班鳩耳呂覽季春紀鳴鳩拂其羽高注鳴鳩班鳩也是月拂擊其羽直刺上飛數十丈乃復者是也淮南時則訓高注亦云鳴鳩奮迅其羽直刺飛入雲中是鳴鳩實能高飛詩蓋以鳴鳩短尾似難高舉而翰飛可以戾天以興人主當勉於爲善傳謂以鳴鳩不可戾天爲興非詩義也愚案馬說精當由高注鳴鳩推之魯詩當云小鳥奮翼高飛亦能至天必無不可戾天之喻如毛所云云也楊雄逐貧賦翰飛戾天用魯經文韓戾作厲云厲附也者文選西都賦李注引韓詩曰翰飛厲天薛君章句曰厲附也厲正字戾借字厲附也者鳥飛極高自下視之如與天相附麗附傅字通菀柳篇有鳥高飛亦傅于天義

亦同也廣雅釋詁厲近也呂覽上農篇注厲摩也近天摩天皆與附天義合念昔先人者王不能勇於為善行文武之道故我心念先人文武而憂傷也齊昔作彼者繁露楚莊王篇詩云宛彼鳴鳩翰飛戾天我心憂傷念彼先人明發不寐有懷二人人皆有此心也董用齊詩是齊作彼禮祭義詩云明發不寐有懷二人鄭注明發不寐謂夜至旦也二人謂父母陳喬樅云祭義下云文王之詩也孔疏以為詩人陳文王之德以刺亦得為文王之詩案毛傳訓先人為文武則明發不寐二語即陳文王之德禮記云文王之詩猶云詩言謂文王也愚案詩言文即以該武以明發不寐二語為陳文王之德說亦可通文王為子止孝雞鳴問寢是不寐有懷之證王逸楚詞招魂注發旦也詩云明發不寐載驅篇齊子發夕發卽訓旦言旦夕皆在與此詩明發義同明發不寐者猶言達旦不寐也禮鄭注明發不寐謂夜至旦訓同傳衍一發字

人之齊聖飲酒溫克彼昏不知壹醉日富〔注〕魯壹作一**各敬爾儀天命不又**〔疏〕傳齊正克勝也醉而日富矣又復也箋中正通知之人飲酒雖醉猶能溫藉自持以勝童昏無知之人飲酒一醉自謂日益富夸淫自恣以財驕人今女君臣各敬慎威儀天命所去不復來也〇王引之云爾雅齊速俱訓為疾書大傳多聞而齊給鄭注齊疾也荀子修身篇齊明而不竭聖人也非十二子篇聰明聖知不以窮人齊給速通不以先

人然則速通謂之齊大通謂之聖禮內則柔色以溫之鄭注溫藉也正義言子事父母當和柔顏色承藉父母若藻承藉玉然禮器故禮有擯詔樂有相步溫之至也鄭注皆爲溫藉重禮也正義濕謂承藉凡玉以物緼裹承藉君子亦有威儀以自承藉釋文濕紆運反是溫藉卽蘊藉也詩言飲酒雖醉能以溫藉自勝故曰溫克也論語孔注富盛也昏蒙之人他無所知知壹醉而已日日益加盛安望其勉於爲善魯壹作一者列女傳入詩云彼昏不知一醉日富是魯作一箋云一醉正用魯詩之文各者並王君臣俱戒之新序雜事五詩曰各敬爾儀天命不又明魯毛文同

中原有菽，庶民采之。螟蛉有子，蜾蠃負之。〔注〕三家蜾作蠣**教誨爾子，式穀似之。**〔疏〕傳中原原中也菽藿也力采者則得之螟蛉桑蟲也蜾蠃蒲盧也負持也箋藿生原中非有主也以喻王位無常家也勤於德者則得之蒲盧取桑蟲之子負持而去煦嫗養之以成其子喻有萬民不能治則能治者將得之式用穀善也今有教誨女之萬民用善道者亦似蒲盧言將得而子也○中原者謂原田之中菽者眾豆之緫名後以小豆名荅遂專名菽爲大豆藿者豆之葉也采者不禁易林小畜之大過中原有菽用齊經文螟蛉有子蜾蠃負之者釋蟲螟蛉桑蟲御覽五百四十五引舍人曰螟蛉桑上小青蟲也似步屈郭注俗謂之桑蟃亦曰戎女又曰果蠃蒲盧郭注卽細腰蜂也俗呼爲螢蛉楊雄法言學行篇螟蛉之子殪而逢蜾蠃祝之曰似我似我久則肖之矣此魯說禮中庸鄭注蒲盧蜾蠃謂土蜂也詩曰螟蛉有子蜾蠃負之螟蛉桑蟲也蒲盧取桑蟲之子去而變化之以成爲己子此齊說凡物之渾沌無知而微有知者謂之冥靈然無定字莊子書名木爲冥靈詩名蟲曰螟蛉聲同字變也說文一作螟蠕蛉蠕同音通用齊侯鎛鐘鼎銘霝命難老郎令命也廣雅霝令也是霝令相通之證三家蜾作蝸者說文蝸下云蝸蠃蒲盧細腰土蠭也天地之性細腰純雄無雌詩曰螟蛉有子蝸蠃負之蜾下云蝸或从果據上文魯齊皆作蜾則作蝸者蓋韓詩文也土蠭所負不止桑蟲曾於春夏間目驗或窗櫺或筆管此蟲累土成圓孔長約半寸許取花樹上青蟲或灰白色蠅虎及長腳綠蜘蛛如高粱子大者皆寘其中對孔作聲煦嫗良久以土封其頂自累土負子封頂每來必作聲約近十日乃去不復來其後蟲出遂成細腰蠭矣似當讀如嗣續之嗣列女楚子發母傳教誨爾子式穀似之此用魯文明與毛同

題彼脊令〔注〕魯題作相脊令作鶺鴒**載飛載鳴我日斯邁而月斯征夙興夜寐毋忝爾所生**〔注〕三家毋作無〔疏〕傳題視也脊令不能自舍君子有取節爾忝辱也箋題之爲言視睇也載之言則也則飛則鳴翼也口也不有止息我我王也邁征皆行也王日此行謂日視

朝也而月此行謂月視朔也先王制此禮使君與羣臣議政事日有所決月有所行亦無時止息○魯題作相脊令作鶺鴒者釋鳥鶺鴒雝渠郭注飛則鳴行則搖漢書東方朔傳答客難曰王所以日夜孳孳敏行而不敢忘也譬若鶺鴒飛且鳴矣中論貴驗篇詩曰相彼脊令載飛載鳴我日斯邁而月斯征義蓋不僻之謂也陳喬樅云中論說詩與東方生語皆述魯義者合當作鶺鴒魯詩之文然也題魯作相相亦視也潛夫論讚學篇詩云題彼鶺鴒載飛載鳴我日斯邁而月斯征夙興夜寐無忝爾所生是以君子終日乾乾進德修業者非直爲博己而已也蓋乃思述祖考之令問而以顯父母也王亦用魯詩仍作題彼鶺鴒疑後人順毛所改耳三家毋作無者據上引魯詩作無大戴禮立孝篇詩云夙興夜寐無忝爾所生韓詩外傳八引詩我日斯邁四句皆作無又曹植魏德論謳用載飛載鳴明魯齊韓毋皆作無它文與毛同也

交交桑扈率場啄粟哀我填寡（注）韓填作瘨瘨苦也宜岸宜獄（注）韓岸作犴云鄉亭之繫曰犴朝廷曰獄握粟出卜自何能穀

（疏）傳交交小貌桑扈竊脂也言上爲亂政而求下之治終不可得也填盡岸訟也箋竊脂肉食今無肉而循場啄粟失其天性不能以自活仍得曰宜自從穀生也可哀哉我窮盡寡財之人仍有獄訟之事無可以自救但持粟行卜求其勝負從何能

得生○釋鳥桑扈竊脂郭注俗呼青雀觜曲食肉喜盜膏脂食
之因以名云淮南說林訓馬不食脂桑扈不啄粟非云廉也高
注桑扈青雀一名竊脂訓竊脂爲肉食是魯說如此而箋從之
以不啄粟之鳥而今循場啄粟乃無所得食而亂其常也易林
同人之未濟桑扈竊脂啄粟不宜亂政無常使我孔明齊詩說
與魯同塡作疹疹苦也者釋文引韓詩文胡承珙云古从眞从
㐱之字互相叚借毛訓塡爲盡蓋以塡爲殄之借字瞻卬詩邦
國殄瘁傳云殄盡也韓作疹者疹乃籀文胗字胗脣瘍也非其
義韓蓋以疹爲瘨之借字說文瘨病也雲漢召旻箋並云瘨病
也雲漢釋文瘨韓詩亦作疹陳喬樅云古以病苦互訓呂覽權
勳篇貴卒篇注並云苦病也廣雅釋詁病苦也苦窮也然則韓
詩疹苦之訓其義當爲窮苦猶毛詩塡盡之訓其義亦爲窮盡
故箋云可哀哉我窮盡寡財之人仍有獄訟之事無可以自救
也宜犴至曰獄釋文引韓詩文初學記二十引同說文豻胡地
野狗从豸干聲或从犬作犴詩曰宜犴宜獄豻犴字通作周官
射人注豻讀如宜豻宜獄之豻漢書刑法志豻獄不平顏注引
服虔云鄉亭之獄曰豻荀子宥坐篇獄犴不治楊倞注引詩宜
犴宜獄御覽六百四十三引應劭風俗通云宜犴宜獄犴司空
也周官凡萬民有罪離于法者役諸司空令平易道路也是犴
者訟繫之地有罪令服此役也獄則讞成而入故韓以鄉亭朝
廷分屬之握粟出卜自何能穀者鹽鐵論五刑篇法令衆人不
知所辟此斷獄所以滋衆而民犯禁也詩云宜犴宜獄握粟出

卜自何能穀刺刑政繁也故治民之道務篤其教而已淮南覽冥訓高注亦引詩握粟出卜二句明齊魯文與毛同管子云守龜不兆握粟而筮者屢中説文貞卜問也从卜貝以爲贄繫傳引詩握粟出卜謂古者求卜必用貝握粟其至微者也則粟所以酬卜莊子人間世鼓筴播精足以食十人史記日者傳夫卜而有不審不見奪糈皆酬卜之粟也黃山云詩言出卜自係貞卜於人言握粟自係爲贄甚薄所望者奢而所持少正由窮寡財不能盡善也管子握粟而筮郎用詩語惠棟引此以爲如求兆於豬肩羊膊雖得吉卜安能爲善可謂得詩指矣馬瑞辰乃以爲非詩義則詩胡不云以粟而必言握粟乎

溫溫恭人如集于木惴惴小心如臨于谷戰戰兢兢如履薄冰

〔疏〕傳溫溫和柔貌如集木恐隊也如臨谷恐隕也箋衰亂之世賢人君子雖無罪猶恐懼○韓詩外傳七載孫叔敖對狐丘丈人引溫溫恭人四句又載孔子言明王有三懼引溫溫恭人六句明韓毛文同惟錯入如臨深淵句當爲衍文文選幽通賦蓋惴惴之臨深兮乃二雅之所祗用齊經文

小宛六章章六句

小弁〔注〕魯説曰小弁小雅之篇伯奇之詩也伯奇仁人而父虐

之故作小弁之詩又曰履霜操者尹吉甫之子伯奇所作也吉甫娶後妻生子曰伯邦乃譖伯奇於吉甫放之於野伯奇清朝履霜自傷無罪見逐乃援琴而鼓之宣王出遊吉甫從之伯奇乃作歌以言感之於宣王王聞之曰此孝子之辭也吉甫乃求伯奇於野而感悟遂射殺後妻齊說曰讒邪交亂貞良被害自古而然故伯奇放流孟子宮刑申生雉經屈原赴湘小弁之詩作離騷之詞興又曰尹氏伯奇父子生離無罪被辜長舌所爲

疏毛序刺幽王也太子之傅作焉○小弁至之詩趙岐孟子章句文公孫丑問曰高子曰小弁小人之詩也孟子曰何以言之曰怨曰固哉高叟之爲詩也小弁之怨親親也親親仁也曰凱風何以不怨曰凱風親之過小者也小弁親之過大者也親之過大而不怨是愈疏也親之過小而怨是不可磯也愈疏不孝也不可磯亦不孝也履霜至後妻蔡邕琴操文文選舞賦李注引略同御覽五百八十八琴部引楊雄琴清英云尹吉甫子伯奇至孝後母譖之自投江中衣苔帶藻忽夢見水仙賜其美

蘗唯念養親揚聲悲歌船人聞而學之吉甫聞船人之聲疑思伯奇作子安之操愚案伯奇逐後于野投江蓋傳聞不一履霜操是求之之於野子安操則求之於江莫知所終也後漢黃瓊傳伯奇至賢終於放流李注引說苑曰王國子前母子伯奇後母子伯封欲立其子爲太子讒黈二上字當有說王曰伯奇好妾王不信其母曰令伯奇於後園妾過其旁王上臺視之即可知伯奇入園後母陰取蜂十數置單衣中過伯奇邊曰蜂螫我伯奇就衣中取蜂殺之王遙見之乃逐伯奇也漢書馮奉世傳贊注引說苑略同愚案尹吉甫爲周名臣不聞封國所在說苑稱王稱太子未知其審據琴操後母子爲伯邦說苑則欲立者爲伯封王風黍離篇三家以爲伯封求兄之作而又載別說亂之皆當闕疑此魯說讒邪至詞與漢書馮奉世傳贊文陳喬樅云小弁句承伯奇言離騷句承屈原言蓋舉首尾以包中二人否則文法偏枯矣據此班亦以小弁爲伯奇作班用齊詩也漢書武五子傳壺關三老茂上書曰孝己被謗伯奇放流骨肉至親父子相疑何也積毀之所生也尹氏至所爲易林訟之大有文中孚之井家人之謙同又豐之鼎云讒言亂國覆是爲非伯奇流離恭子憂哀巽之觀同亦齊說韓詩未聞

弁彼鸒斯歸飛提提魯說曰鸒卑居**民莫不穀我獨于罹何辜于天我罪伊何心之憂矣云如之何**【疏】傳興也弁樂也鸒卑居卑居雅烏也提提羣貌

幽王取申女生太子宜咎又說褒姒生子伯服立以爲后而放
宜咎將殺之舜之怨慕日號泣于旻天于父母箋樂乎彼雅烏
出食在野甚飽羣飛而歸提提然興者喻凡人之父子兄弟出
入宮庭相與飲食亦提提然樂傷今太子獨不穀養于曰罹憂
也天下之人無不父子相養者我太子獨不然曰以憂也○說
文弁喜樂也段注引此詩弁卽昪之叚借鸒卑居者釋鳥文魯
說也孔疏此鳥名鸒而云斯者語辭傳或有斯者衍字定本無
斯釋文前出鸒斯後一云斯語辭並當以後說爲正疏引爾雅
蓋亦無斯今本有斯者誤也傳又云卑居雅烏也者說文鸒卑
居也鸒鷽一字又云雅楚烏也一名鸒一名卑居秦謂之雅雅
卽鴉也爾雅郭注雅烏小而多羣腹下白江東亦呼爲卑烏可
悟居卽烏音之變轉水經㶟水注引犍爲舍人以爲壁居壁卽
卑音之變轉馬融說以爲賈烏賈又雅音之變轉非異名也小
爾雅云小而腹下白不反哺者謂之雅烏法言學行篇頻頻之
黨甚於鸒斯黨卽羣也提作頻與罹不協疑本作題彼脊令之
題而讀如提題題猶題彼耳左思魏都賦翄翄精衞李注翄翄
飛貌也說文翄翼也或作翄廣韻翄翄飛貌翄翄同字是提提
卽翄翄之借字矣伯奇言雅鳥得食羣飛而樂天下之民亦莫
不得生聚爲樂唯我一人失所而憂我有何辜于天横被寃枉
我罪果伊何乎心之憂矣如之何而後得順於親也趙岐孟子
章句云詩曰何辜于天親親
而悲怨之詞也明魯毛文同

踧踧周道，鞫爲茂草。我心憂傷，惄焉如擣。【注】韓擣作疛，云：「疛，心疾也。」假寐永歎，維憂用老。【注】韓假作寤，維作唯，魯作惟。心之憂矣，疢如疾首。【疏】傳：「踧踧，平易也。周道，周室之通道。鞫，窮也。惄，思也。擣，心疾也。」箋：「此喻幽王信褒姒之讒，亂其德政，使不通於四方。不脫冠衣而寐曰假寐。疢猶病也。」○鞫讀同鞫。詩言顧瞻周道，本平易也，今途窮而不通，乃爲茂草所鄣塞。楚詞東方朔七諫：「何周道之平易兮，然蕪穢而險戲。」喻意正同。蔡邕述行賦「周道鞫爲茂草兮，哀正路之日荒」，用魯經文。「惄，思」，釋詁文。擣作疛，云「疛，心疾也」者，釋文引韓詩文。盧文弨云：「呂覽盡數篇『氣鬱處腸則爲張爲疛』，高注：『疛，跳動也。』與擣義相近。」胡承珙云：「說文疛雖訓腹痛，然心腹義本可通。玉篇『疛，心腹疾也』，引呂覽云『身盡疛腫』，是疛不專訓腹疾。毛殆以擣爲疛借，故直訓心疾與？」陳喬樅云：「廣雅：『疛，病也。』玉篇：『疛，心腹疾也。𤻲，同上。』又病也。廣韻：『疛，心腹病也。𤻲，上同。』是疛與𤻲同字。」假寐者，王逸楚詞九懷注：「不脫冠帶而臥曰假寐。詩曰：『假寐永歎。』」王用魯詩，明魯、毛文同。王注即箋說所本。韓假作寤，維作唯，魯作惟者，後漢質帝紀梁太后詔曰：「寤寐永歎，重懷慘結。」李注：「寤，覺也。寐，臥也。詩曰：『寤寐永歎，唯憂用老。』」梁太后治韓詩，此詔即用韓語，李注所引亦韓文，故寤字、唯字與毛不同。論衡書虛篇：「伯奇放流，首髮早白。詩曰：『惟憂用老。』」此詩之爲伯奇作，信而有徵矣。王充用魯詩維作惟說文疢熱病也从疒从火詩蓋借爲煩熱之義後漢桓帝紀梁太后詔曰疢如疾首明韓毛文同漢書中山靖王勝傳對帝傷讒言末引詩云我心憂傷惄焉如擣假寐永歎唯憂用老心之憂矣疢如疾首靖王當景武閒此對蓋用魯詩顏注擣築也言我心中憂思如被擣築陳喬樅云擣築之訓蓋舊注據魯詩爲說而小顏襲用之

維桑與梓必恭敬止靡瞻匪父靡依匪母不屬于毛不離罹本誤據**于裏天之生我我辰安在**唐石經正

疏 傳父之所樹已尚不敢不恭敬毛在外陽以言父裏在內陰以言母辰時也箋此言人無不瞻仰其父取法則者無不依恃其母以長大者今我獨不得父皮膚之氣乎獨不處母之胞胎乎何曾無恩於我我生所值之辰安所在乎謂六物之吉凶○穀梁傳古者公田爲居范注損其廬舍家作一園以種五菜外種楸桑以備養生送死舊五代史王建立曰桑以養生梓以送死此桑梓必恭之義也其父祖所樹子孫見之則追念而加敬何況我之父母乃我所瞻仰而依附者焉有不恭敬乎張衡南都賦永世克孝懷桑梓焉眞人南巡覩舊里焉此用魯經文桑梓必在里居後遂稱桑梓爲故里耳詩又言豈不附屬於我父之毛乎不離麗於生母之裏乎何爲如此無恩之甚也我辰安在者馬瑞辰云左傳日月之會是謂辰大宗伯疏辰卽二十八星也蓋日月所會於二十八宿各有所值之辰故日月所會

爲辰二十八宿亦爲辰人生時月宿所值星吉則人亦吉星凶則人亦凶韓昌黎詩云我生之辰月宿南斗牛奮其角箕張其口義本此詩辰當指月宿所值之星而言非兼言六物也黃山云桑柔篇我生不辰逢天僤怒與此篇天之生我我辰安在義正相發箋於桑柔亦訓辰時也卽本此傳說而此又別爲六物吉凶之說言我吉安在可也豈可言我凶安在乎馬瑞辰駁之宜矣然日月之會是謂辰引申卽爲時會之義公羊大火爲大辰楚辭夕宿辰陽皆訓辰爲時毛說必與今文相合若必泥爲生人時月宿所值則桑柔之不辰將爲無所值矣此箋之所以仍訓辰爲時而馬氏遂窮不爲說也昌黎我生之辰亦言我之時耳非定指月宿所值之星也

菀彼柳斯鳴蜩嘒嘒〔注〕韓說曰嘒嘒小聲也**有漼者淵萑葦淠淠**〔注〕魯萑作莞韓作蓷魯說曰淠淠茂也**譬彼舟流不知所屆**〔注〕魯屆作艐**心之憂矣不遑假寐**〔疏〕傳蜩蟬也嘒嘒聲也漼深貌淠淠衆也箋柳木茂盛則多蜩淵深而旁生萑葦言大者之旁無所不容屆至也言今大子不爲王及后所容而見放逐狀如舟之流行無制之者不知終所至也遑暇也○嘒嘒小聲也者玉篇口部引詩文毛傳云聲也玉篇云小聲是韓訓說文亦云嘒小聲也皆卽用韓義

曹植蟬賦詩詠鳴蜩聲嘒嘒兮亦韓經文也魯萑作莞者說苑雜言篇詩云菀彼柳斯鳴蜩嘒嘒有漼者淵莞葦淠淠言大者之旁無所不容萑作莞通用字儀禮公食大夫禮記加萑席鄭注今文萑皆爲莞是也韓作藋者韓詩外傳七載楚莊王飲酒絕纓事末引詩曰有漼者淵藋葦淠淠言大者無不容也萑作藋字同箋說言大者之旁無不容即本魯韓舊義淠淠茂也者廣雅釋訓文與毛訓異即本魯故魯屆作艘者釋詁艘至也釋文引孫炎曰艘古屆字陳喬樅云艘字從舟即此詩譬彼舟流不知所艘之艘說文艘舟著沙不行也方言艘至也又曰艘宋語也古雅之別語也郭注雅謂風雅毛作屆魯作艘故孫炎謂艘古屆字愚案伯奇放逐無所適歸故云譬彼舟流不知所屆

鹿斯之奔維足伎伎雉之朝雊尚求其雌譬彼壞木〔注〕魯壞作**瘣疾用無枝心之憂矣寧莫之知**〔疏〕傳伎伎舒貌謂鹿之奔走其足伎伎然舒也壞瘣也謂傷病也箋雊雉鳴也尚猶也鹿之奔走其勢宜疾而足伎伎然舒留其羣也雉之鳴猶知求其雌今大子之放棄其妃匹不得與之去又鳥獸之不如太子放逐而不得生子由內傷病之木內有疾故無枝也寧猶曾也○釋文伎本亦作跂白帖引詩維足跂跂即毛亦作本也儼之維敍不作淮南原道訓高注跂跂行也是魯必作跂跂說文越一曰行皃玉篇越越鹿走也又曰行

貌顧用韓詩是韓必作越越徐璈云伎伎即奔兒馬瑞辰云徐說是也伎又通作歧字林歧歧飛行貌是伎伎乃速行爾雅鹿其迹速說文速疾也夏小正鹿人從大戴傳鹿之養也離羣而善之離麗通善之即善走也說文麗旅行也鹿之性見食急則必旅行皆鹿羣萃善行之證詩言維足伎伎蓋言鹿善從其羣見前有鹿則飛行以奔之與雉求其雌取興正同傳訓爲舒貌非淮南時則訓高注呂覽季冬紀高注兩引詩雉之朝雊尚求其雌明魯毛文同禮月令鄭注亦引詩二句明齊毛文同魯襄作瘣者釋木瘣木苻婁釋文引樊光曰詩云譬彼瘣木疾用無枝苻婁者尫傴內病磈磊無枝也此爾雅用魯詩經文之證說文瘣病也詩云瘣木一曰腫旁出也中論藝紀篇木無枝葉則不能豐其根幹故謂之瘣毛作壞瘣之叚借伯奇言鹿雉尚有羣侶已病自內發無人相助猶傷病之木無枝葉相扶故雖心憂而曾無知我者徒自傷耳

相彼投兔尚或先之行有死人尚或墐之【注】齊韓墐作殣**君子秉心維其忍之心之憂矣涕既隕之**【疏】傳墐路冢也隕隊也箋人將掩兔尚有先驅走之者道中有死人尚有覆掩之成其墐者言此所不知其心不忍君子斥幽王也秉執也言王之執心不如彼二人○列女魏乳母傳夫慈故能愛乳狗搏虎伏雞搏狸恩出於中心也詩曰行有死人尚或墐之趙岐孟子章句云

凱風言莫慰母心母心不悅知親之過小也小弁曰行有死人尚或墐之而曾不閔已知親之過大也是魯作墐與毛同齊韓墐作殣者說文殣道中死人人所覆也詩曰尚或殣之所引當是齊韓文左傳道殣相望正用殣字漢書馮奉世傳贊引詩曰心之憂矣涕既隕之用齊經文

君子信讒如或醻之君子不惠不舒究之伐木掎矣析薪杝矣舍彼有罪予之佗矣疏傳伐木者掎其巔析薪者隨其理佗加也箋醻旅醻也如醻之者謂受而行之惠愛究謀也王不愛大子故聞讒言則放之不舒謀也掎其巔者不欲妄踣之杝謂觀其理也必隨其理者不欲妄挫折之以言今王之遇大子不如伐木析薪也予我也舍褒姒讒言之罪而妄加我大子○言吉甫之信讒如有人以酒相醻得即飲之由不愛伯奇之故聞讒即逐不復舒緩察究之譬伐木者必以繩曳其顛析薪者必順其理今橫見枉害乃伐木析薪之不如乎然循此自明則彼將有罪故甯舍之而自佗道所以爲仁孝也申生曰君實不察其非我辭姬必有罪伯奇之用心正與之同舊說以爲刺父不治是視申生爲不若矣上篇舍彼有罪既伏其辜伏辜之罪罪已著者也此未著者也曰予之佗矣明舍者在己非爲刺之益事本易明而終不忍自明耳

莫高匪山，莫浚匪泉。君子無易由言，耳屬于垣。無逝我梁，無發我笱。我躬不閱，遑恤我後。疏傳：浚，深也。念父，孝也。下全引孟子「高子曰小弁小人之詩也」到「五十而慕」。箋：山高矣，人登其巔；泉深矣，人入其淵。以言人無所不至，雖逃避之，猶有默存者焉。由，用也。王無輕用讒人之言，人將有屬耳於壁而聽之者，知王有所受之，知王心不正也。逝，之也。之人梁，發人笱，此必有盜魚之罪。以言褒姒淫色來嬖於王，盜我大子母子之寵。念父，孝也。大子念王將受讒言不止，我死之後，懼復有被讒者，無如之何，故自決云：我身尚不能自容，何暇乃憂我死之後也。○胡承珙云：詩言無高而非山，無浚而非泉，山高泉深，莫能窮測也，以喻人心之險猶山川。君子苟輕易其言，耳屬者必將迎合風旨而交構其閒矣。馬瑞辰云：釋詁：「繇，於也。」繇、由古通。抑詩「無易由言」，箋：「由，於也。」此詩「無易由言」當與同義，戒君子無易於言也。韓詩外傳五：孔子侍坐於季孫，季孫之宰通曰：「君使人假馬，其與之乎？」孔子曰：「吾聞君取於臣謂之取，不曰假。」季孫悟，告宰通曰：「今以往，君有取謂之取，無曰假。」孔子正假馬之名，而君臣之義定矣。詩曰：「君子無易由言。」名正也。據外傳，知韓、毛文同。一言正名，知言不可不愼也。可證箋說訓由爲用之誤。無逝四句，義已具前谷風。特此詩伯奇念父之深，憂家之亂，我躬危苦，尚寘不言，較谷風用情更婉而篤矣。黃山曰：祖毛者皆謂此篇必爲刺幽王而後可當親之過大。然公孫丑舉凱風爲比，則小弁本事必應與凱風同類彼僅不悅其子此則徑逐其子故孟子以為親之過大論其過之大非謂其事之大也且幽王固廢申后而及太子其事固以廢后為主得寵忘舊不關信讒太子辭宮廟而出奔亦不當取喻桑梓趙岐章句定為伯奇自作無可疑矣

小弁八章章八句

巧言疏毛序刺幽王也大夫傷於讒故作是詩也○易林隨之夬云辯變白黑巧言亂國大人失福君子迷惑此齊說魯韓無聞

悠悠昊天曰父母且無罪無辜亂如此幠昊天已威予慎無罪昊天大幠予慎無辜疏傳幠大也威畏慎誠也箋悠悠思也幠敖也我憂思乎昊天愬王也始者言其且為民之父母今乃刑殺無罪無辜之人為亂如此甚敖慢無法度也已泰皆言甚也昊天乎王甚可畏王甚敖慢我誠無罪而罪我○且語餘聲與其樂只且匪我思且之且同箋訓為且況之且非釋文且徐七餘反覲箋意宜七也反亦疑其誤詩言思天卽刺王也曰王乃民之父母且民本無罪辜而刑政之亂如此其大矣列女王章妻傳詩曰昊天已威予慎無罪言王為威虐之政則無罪而遘咎也是此二句魯毛文同魯釋威作威虐與毛訓畏為愬王於天異幠大釋詁文大幠承上亂言釋文

大音泰本或作泰箋卽作泰新序節士篇引詩作太憮韓詩外傳四外傳七三引皆作太憮說文憮愛也是憮魯韓皆借字亦與毛異

亂之初生僭始既涵【注】三家僭作譖涵作減云少也**亂之又生君子信讒君子如怒亂庶遄沮君子如祉亂庶遄已**【疏】傳僭數涵容也遄疾沮止也祉福也箋僭不信也既盡涵同也王之初生亂萌羣臣之言不信與信盡同之不別也君子斥在位者也在位者信讒人之言是復亂之所生君子見讒人如怒責之則此亂庶幾可疾止也福者福賢者謂爵祿之也如此則亂亦庶幾可疾止也○三家僭作譖者衆經音義五引詩作譖始既涵毛作僭葢以爲譖之借字說文譖愬也言譖愬之始王盡涵容之涵作減云少也者釋文引韓詩文胡承珙云謂亂萌初起僭端尚少也陳喬樅云禮月令水泉涵竭呂覽仲冬紀作減竭漢書石奮傳九卿咸宣服虔音減損之減史記酷吏傳作減宣葢古音讀減如咸故與涵通用愚案涵咸固可通然與減少義不合葢王初聽言人未能必王之信不敢多言故始雖譖愬既亦減少及見王信讒則紛然並進而亂成矣當時情事葢如此廣雅釋詁三減少也卽本韓詩訓義下君子仍屬王說君子如當讒譖之始怒責言者則亂可以疾沮抑或降福於爲所言者之賢人則

亂亦可疾止乃始則聽終則信讒人得志矣潛夫論衰制篇詩云君子如怒亂庶遄沮君子如祉亂庶遄已是故君子之有喜怒也善以止亂也故有以誅止殺以刑禦殘此魯說訓祉爲喜左昭十七年傳范武子曰吾聞之喜怒以類者鮮易者實多詩曰君子如怒亂庶遄沮君子如祉亂庶遄已言君子之喜怒以已亂也與魯說正同魯語慶其喜而弔其憂韋注喜猶福也是福亦喜也莊子讓王篇時祀謹敬而不祈喜祈喜卽祈福也

君子屢盟亂是用長君子信盜〔注〕韓說曰盜讒也**亂是用暴盜言孔甘亂是用餤匪其止共維王之邛**〔疏〕傳凡國有疑會同則用盟而相要也盜逃也餤進也箋屢數也盟之所以數者由世衰亂多相背違時見曰會殷見曰同非此時而盟謂之數盜謂小人也春秋傳賤者窮諸盜邛病也小人好爲讒佞既不共其職事又爲王作病○傳引周官司盟屢當作婁潛夫論交際篇君子屢盟亂是用長大人之道周而不比微言相感掩若同符又焉用盟列女殷紂妲已楚考李后二傳引君子信盜六句明魯毛文同說苑政理篇詩云匪其止共惟王之邛此傷姦臣蔽主以爲亂者也此魯說盜讒也者王篇次部引韓詩文上云君子信讒今直云信盜易讒言盜恐讀詩者於此致疑故申言之曰盜讒也讒人變亂國是幷人主刑賞之柄而盜之故直謂之盜也禮表記小雅曰

盜言孔甘，亂是用餤。鄭注：盜，賊也。孔，甚也。餤，進也。禮緇衣小雅曰：匪其止共，惟王之邛。鄭注：匪，非也。邛，勞也。言臣不止於恭敬其職，惟使王之勞。此臣使君勞之詩也。愚案：詩釋文共本又作恭，此與毛又作本同。止讀如爲人臣止於敬之止，訓邛爲勞，此齊說。韓詩外傳四兩引詩曰：匪其止共，惟王之邛。釋云：言不恭其職事而病其主也。此箋說所本。三家維皆作惟。

奕奕寢廟，君子作之。秩秩大猷，聖人莫之。〔注〕三家秩秩作戴戴，魯莫作漠，齊作謨，猷作繇。**他人有心，予忖度之。躍躍毚兔，遇犬獲之。**〔注〕齊韓躍作趯。〔疏〕傳：奕奕，大貌。秩秩，進知也。莫，謀也。毚兔，狡兔也。箋：此四事者，言各有所能也。因己能忖度讒人之心，故列道之爾。猷，道也。大道，治國之禮法。遇犬，犬之馴者，謂田犬也。○戴震云：國家宗廟宮室，故在昔君子之爲也；典章法度具存，皆聖人所定也。彼讒人者有心破壞之，我安得不忖度其故？忖度之，則情狀得，譬如狡兔之躍，遇犬則獲矣。三家秩秩作戴戴者，說文：戴，大也。从大，戠聲，讀若詩戴戴大猷。此三家文也。秩蓋戴之叚借。魯莫作漠者，釋詁：漠，謀也。舍人注：漠，心之謀也。陳喬樅云：詩釋文莫又作漠，一本作謨，然則三家今文有作漠者。洪範五行傳：思心曰睿，睿作聖。詩言聖人漠之，故爾雅注以心之謀爲訓。愚案：釋文所引自是毛詩又作本，與三家文同，陳說欲以釋文所引溷爲三家文，未敢附和。齊猷作繇莫作謨者班固幽通賦謨先聖之大繇兮文選注曹大家曰謨謀也繇道也言人當謨先聖人之道漢書顏注詩小雅巧言之篇曰秩秩大繇聖人謨之陳喬樅云文選李注毛詩匪大猷是經或作繇字誤案顏注引巧言詩爲證正作大繇此據舊說所引齊詩之文班用巧言之篇非用小緡也李說非繇猷字與猶同猶繇古通禮檀弓咏斯猶注猶當爲搖秦人猶繇聲相近釋詁繇喜也注引禮記曰詠斯猶猶即繇也古今字耳釋詁漢謨同訓爲謀後漢文苑傳注引詩亦作聖人謨之繁露玉杯篇詩曰他人有心予忖度之此言物莫無鄰察視其外可以見其內也明齊毛文同韓詩外傳四載齊桓與管仲謀伐莒未引詩曰他人有心予忖度之明韓毛文同齊韓躍作趯者易林謙之益云狡兔趯趯良犬逐咋未濟之師同是齊作趯趯史記春申君傳集解引韓詩章句曰趯趯往來貌獲得也言趯趯之毚兔謂狡兔數往來逃匿其蹟有時遇犬得之是韓作趯趯戰國策白起與韓魏其伐楚楚使黃歇說秦昭王曰王妬楚之不毀也而忘毀楚之强韓魏也又曰楚國援也鄰國敵也詩曰他人有心予忖度之躍躍毚兔遇犬獲之高誘注他人有毀害之心已忖度之躍躍跳走也毚狡也喻狡兔騰躍以爲難得也或時遇犬獲之喻讒人如毀傷人遇明君則治汝罪也史記取國策文入春申傳引詩躍躍誤趯趯他人有心二句又誤倒在下新序善謀篇引詩又沿史記而誤倒惟作躍躍向不誤耳說文趯躍也字異義同史記新序俱用魯詩每與齊韓異然因引此章

四句誤倒遂疑魯詩句前後亦與齊韓毛異則非說三家經文者不可不知也

荏染柔木君子樹之往來行言心焉數之蛇蛇碩言注魯蛇蛇一作虵虵出自口矣巧言如簧顏之厚矣疏傳荏染柔意也柔木椅桐梓漆也蛇蛇淺意也箋此言君子樹善木如人心思數善言而出之善言者往亦可行來亦可行於彼亦可於已亦可是之謂行也碩大也大言者言不顧其行徒從口出非由心也顏之厚者出言虛僞而不知慙於人○胡承珙云說文集弱兒从木任聲毛詩借桂荏之荏爲之染卽冄字之借說文冄毛冄冄也徐鍇云冄冄弱也又通作姌說文姌弱兒廣雅釋訓集集姌姌弱也愚案據廣雅魯韓詩荏染當有作集姌者柔木非泛言柔弱之木故傳以椅桐梓漆實之而箋以柔木爲善木也說文尌立也廣雅樹立也樹卽尌之借字馬瑞辰云釋詁行言也郭注今江東通謂語爲行是行言二字平列而同義猶云語言耳箋以往來皆可行爲行言非愚案箋以立木喻立言樹木必由我心擇而取之行言亦必由我心審而出之非可苟也潛夫論交際篇詩傷蛇蛇碩言出自口矣巧言如簧顏之厚矣此魯毛同字之證一作虵虵者呂覽重已篇高注醜讀如詩虵虵碩言之虵魯詩又作本也說文从它之字隸寫多誤爲从也以篆文它也形近而捉前已辨之虵卽蛇之俗體蛇蛇又訑訑之借字說文訑下云沇

州謂欺曰詑玉篇訑詑言也訑亦即詑之俗體詑詑碩言正謂大言欺人毛訓淺意於義未埆易林師之乾一簧兩舌佞言諂語作姣之訣下詢謨詩用齊經文

彼何人斯居河之麋〔注〕魯麋作湄**無拳無勇職爲亂階既微且尰**〔注〕魯說曰既微且尰骭瘍爲微腫足爲尰齊韓尰作瘇**爾勇伊何爲猶將多爾居徒幾何**〔疏〕傳水草交謂之麋拳力也骭瘍爲微腫足爲尰箋何人者斥讒人也賤而惡之故曰何人言無力勇者謂易誅除也職主也此人主爲亂作階言亂由之來也此人居下溼之地故生微腫之疾人憎惡之故言女勇伊何何所能也猶謀將大也女作讒佞之謀大多女所與居之眾幾何人傸能然乎○班固漢書敘傳彼何人斯明齊毛文同魯麋作湄者釋水水草交爲湄郭注詩曰居河之湄所引據舊注魯詩文湄正字毛作麋借字齊語桓公問曰於子之鄉有拳勇股肱之力秀出於眾者韋注大勇爲拳古書或作捲擢字同漢書朱博傳龔勝議及潛夫論三式篇皆引職爲亂階明魯毛文同魯勝諂既微至爲尰釋訓文魯說也引經明魯毛文同淮南俶眞訓高注骭自郄以下脛以上也廣韻引三蒼云瘢足上創瘢俗字義與小雅合眾經音義引通俗文曰腫足曰瘇齊韓腫作瘇者說文瘇脛氣足腫引詩曰既微

且憧蓋齊韓文爲猶將多者廣雅猶欺也猶猷古通方言猷詐也將多猶孔多馬瑞辰云居語助讀與日居月諸以居徂向上帝居歆同箋訓居處之居非陳奐云徒猶直也定之方中傳以直訓徒此以徒爲直爾居徒幾何猶言爾直幾何也

巧言六章章八句

何人斯〔疏〕毛序蘇公刺暴公也暴公爲卿士而譖蘇公焉故蘇公作是詩而絕之箋暴也蘇也皆畿內國名○淮南精神訓延陵季子不受吳國而訟閒田者慙矣高注訟閒田者虞芮及暴桓公蘇信公是也陳喬樅云據高注知魯詩之說是以暴公與蘇公因爭閒田搆訟而蘇公作此詩以刺之也愚案暴蘇搆釁起於爭田至暴之譖蘇則必隙末之後因事陷之曲全在暴非因爭田搆訟而作此詩也二人皆王朝卿士其爭田興訟曲直固不可知然亦輕朝廷而羞當世之士矣大抵西周末造朝臣競利營私風氣日下以尹氏太師而有與人爭田之訟其他更無論矣是以移易風俗必自上始

彼何人斯其心孔艱胡逝我梁不入我門伊誰云從維暴之云

〔疏〕傳云言也箋孔甚艱難逝之也梁魚梁也在蘇國之門外彼何人乎謂與暴公俱見於王者也其持心甚難知言其性堅固似不妄也暴公譖己之時女與之乎今過我國何故近之我梁而不入見我乎疑其與之而未察斥其姓名爲太切故言何

人譖我者是言從誰生乎乃暴公之所言也由己情而本之以解何人意○人卽下章二人從行之一人明知其人而言彼何人者深惡之詩主刺暴詩中暴止一見專責此人據文其意可知也孔艱者謂其心深而甚難察胡爲至我國門外魚梁之上不入我之國門乎所從者誰惟從暴之言耳王夫之云春秋公子遂壬午及趙盾盟于衡雍乙酉及雒戎盟于暴相去三日就盟兩地暴與衡雍相近可知衡雍在今懷慶府蘇者蘇忿生之國今懷慶府溫縣蘇暴二國境土犬牙相入故嫌忌而相譖胡承珙云路史暴辛公采地鄭邑也一云隧隧上脫一暴字左成十七年傳云楚侵鄭及暴隧是暴一名暴隧春秋時鄭地也其地在今懷慶府原武縣境與溫接壤

二人從行誰爲此禍胡逝我梁不入唁我始者不如今云不我可〔疏〕箋二人者謂暴公與其侶也女相隨而行見王誰作我是禍乎時蘇公以得譴讓也女卽不爲何故近之我梁而不入弔唁我乎女始者於我甚厚不如今日也今日云我所行有何不可者乎何更於已薄也○此禍者蓋蘇被譖得罪卒致失國左傳所云桓王與鄭以蘇忿生之田者卽司寇蘇公之世業也詩言爲此禍者誰也爾若無愧胡以聞我受譴至我梁而不入弔唁我乎爾始於我厚不似今日之疏闊人云爾不以我爲可者何也

彼何人斯胡逝我陳〔注〕韓說曰堂塗左右曰陳我聞其聲不見

其身〔注〕魯身作人。不愧于人，不畏于天。〔疏〕傳陳堂塗也箋堂塗者公館之堂塗也女郎不爲何故近之我館庭使我得聞女之音聲不得覩女之身乎女今不入唁我何所愧畏乎皆疑之未察之辭○堂塗左右曰陳者玉篇阜部引韓詩文皮嘉祐云釋宮堂塗謂之陳孔疏引孫炎曰堂塗堂下至門之徑也今爾雅作堂途郝懿行曰鄉飲酒禮注三揖者將進揖當陳揖當碑揖陳在堂下因有下陳之名晏子諫上篇云辟拂三千謝于下陳益言屏退之謝於堂下而去也古者狗馬之屬以爲庭實故曰充下陳婢妾卑賤與庭實同故亦曰充下陳俱本爾雅也堂塗考工記匠人作堂涂鄭注引爾雅亦作堂涂涂借字途或體字陳奐曰匠人堂涂十有二分鄭注謂階前若今令甓裓也分其督旁之修以二分爲峻也賈疏漢時名堂涂爲令甓裓令甓今之塼也裓則塼道也名中央爲督假令兩旁上下尺二寸則取二寸於中央爲峻焦循曰裓即陔陔階次也蓋室南有堂堂下有階東西階及門之涂以甓甃之是謂之堂涂亦謂之陳陳者敶之借字說文敶列也謂敶列於東西也釋名陳堂塗也謂賓主相迎陳列之處也塗乃堂下本名謂之陳者塗之別名也韓云塗左右曰陳左右與東西無二義也箋云公館之堂塗者正義禮有公館私館公館者公家築爲別館以舍客也上云不入我門則不得入所居之宮以館者所以舍客故雖不見主得至其陳胡承珙云凡通問皆可謂之聲聞其聲不見其身者蓋通問而不請見也魯身作人者列女衛靈夫人傳引詩云我聞其聲不見其人詩又云爾行蹤如此詭秘不愧於人之指目乎不畏於天之監察乎所以深責之也禮表記小雅曰不愧于人不畏于天鄭注言人有所行當慙愧于天人也明齊毛文同

彼何人斯其爲飄風胡不自北胡不自南胡逝我梁祇攪我心

疏 傳飄風暴起之風攪亂也箋祇適也何人乎女行來而去疾如飄風不欲入見我何不乃從我國之南不則乃從我國之北何近之我梁適亂我之心使我疑女○胡承珙云匪風傳用爾雅迴風爲飄文此但云暴起之風者惟狀其去來之疾不取迴旋此詩前四章三言逝梁一言逝陳則正義所云數過其門而不入者是也

爾之安行亦不遑舍爾之亟行遑脂爾車壹者之來云何其盱

疏 箋遑暇亟疾盱病也女可安行乎則何不暇舍息乎女當疾行乎則又何暇脂女車乎極其情求其意終不得一者之來見我於女何病乎○馬瑞辰云脂音支即支字之叚借支與楮通爾雅楮柱也楚詞王逸注軔楮車木也玉篇軔礙車輪木節南山詩箋氐當爲桎鎋之桎釋文桎礙也軔所以支車使止脂爾車即楮爾車亦以軔支而止也詩蓋言爾之緩行且不遑舍息爾之急行豈暇楮爾車以止之遑正言不遑也舊訓脂車爲膏車失其義矣膏車所以行非所以止也黃山云左襄三十一

年傳巾車脂轄隸人牧圉各瞻其事是諸侯賓至主國當命主車之官爲脂其車非賓自脂也詩言爾之安行時亦不肯止舍以待我之牢禮爾之亟行時我即欲脂爾車轄以助爾行而尚何及故曰遑脂爾車正怪其盱也孔疏謂言汝安舒不見汝間暇舍息言汝急疾又見汝閒暇脂車夫脂車爲時幾何既不舍息何名間暇此依箋爲說非云何其盱之恉愚案上章三逝梁一逝陳此章又分安行亟行是何人過蘇國者非一次故詩云望其壹者之來亦何病於女乎

爾還而入我心易也〔注〕韓易作施云善也**還而不入否難知也壹者之來俾我祇也**〔疏〕傳易說也祇病也箋還行反也否不通也祇安也女行反入見我我則解說也反又不入見我我則我與女情不通女與於譖我與否復難知也一者之來見我我則知之是使我心安也○行去而不入猶曰事亟還則無可解矣易作施云善也者釋文引韓詩文馬瑞辰云易施古音不同部而義近皇矣詩施于孫子箋施猶易也易繫詞上辭有險易京房注易善也凡相善即相說韓毛義正相成書盤庚不惕予一人白虎通引作不施予一人亦易施通用之類愚案何人以從暴譖蘇內愧而不肯來見詩人旣知其從行又知其不入而仍望其來者意切而詞婉也箋以爲疑之未察蓋非刺何人即是刺暴而以爲不直斥暴譖者亦非也

伯氏吹壎，仲氏吹篪。及爾如貫，諒不我知。出此三物，以詛爾斯。

傳土曰壎，竹曰篪。三物，豕、犬、雞也。民不相信則盟詛之。君以〔疏〕豕，臣以犬，民以雞。箋伯仲喻兄弟也。我與女恩如兄弟，其相應和如壎篪，以言俱爲王臣，宜相親愛。及，與。諒，信也。我與女俱爲王臣，其相比次，如物之在繩索之貫也。今女心誠信，而我不知，且共出此三物以詛女之此事。爲其情之難知，已又不欲長怨，故設之以此言。○漢書律歷志：「土曰壎。」小師字作塤。釋樂云：「大塤謂之嘂。」孫炎曰：「音大如叫呼也。」郭注：「塤，燒土爲之，大如鵝子，銳上平底，形如稱錘，六孔。小者如雞子。」釋樂又云：「大篪謂之沂。」孫炎曰：「篪聲悲。沂，悲也。」郭注：「篪以竹爲之，長尺四寸，圍三寸，一孔上出一寸三分，名翹，爾疏引寸上無一字孔詩疏引一寸二字作徑一字二分下無名翹二字横吹之。小者尺二寸。」廣雅云「八孔」。小師注鄭司農云「七孔」，益不數其上出者。又周官疏引禮圖言「九孔」，風俗通義言「十孔」，傳聞異也。孔疏：「世本云：暴辛公作塤，蘇成公作篪。譙周古史考云：古有塤篪，周幽王時暴辛公善塤，蘇成公善篪，記者因以爲作，謬矣。世本之謬，信如周言。其云蘇公、暴公所善，亦未知所出。蘇、暴並公卿，不當自善於樂之小器以相親也。」愚案：詩言同爲王臣，班聯比次，如物在繩之相貫，親切極矣。我之信諒，爾猶不我知乎？故欲出三物以詛之。毛傳所言三物分三等，左隱十一年傳：「鄭伯使卒出豭，行出犬雞，以詛射潁考叔者。」此一時用三物。曲禮「涖牲曰盟」，賈疏載異義：「韓詩云：天子諸侯以牛豕，大夫以

犬庶人以雞此於三物外增牛合盟詛言之也

為鬼為蜮則不可得〔注〕韓說曰短狐水神也有靦面目〔注〕魯說曰靦姡也視人罔極作此好歌以極反側〔疏〕傳蜮短狐也靦姡也反側不正直也箋使女為鬼為蜮也則女誠不可得見也姑然有面目女乃人也人相視無有極時終必與女相見好猶善也反側輾轉也作八章之歌求女之情女之情反側極於是也○短狐水神也者御覽九百五十引韓詩內傳文內誤作外郎釋此詩為鬼為蜮之文又奪短上蜮字九百乜蟲部引韓詩外傳曰狐水神也亦內原書倂短字奪去韓書者遂誤載入蟲部狐乃弧字之段借也御覽引元中記曰水狐者視其形蟲也其氣乃鬼也長三四寸其色黑廣寸許背上有甲厚三分許其頭有物向前如角狀見人則氣射人去二三步即射人中十人六七人死說文蜮短狐也似鼈三足以氣射人段注狐當作弧春秋經作蜮穀梁莊十八年傳云蜮射人者也注一名短狐左釋文狐作弧一名射景詩義疏云人在岸上景見水中投人景則殺之故曰射景一名射工左穀梁釋文並云蜮本草謂之射工亦名水弩漢書五行志劉向以為蜮生南越亂氣所生故聖人名之曰蜮蜮猶惑也在水旁能射人射人有處其甚者至死南方謂之短狐近射妖死亡之象也劉歆以為蜮盛暑所生非自越來也顏注即射工也亦呼水弩五行志狐亦作弧此物以

其能射害人故受弧名以居水中故人又以爲水神也文選東京賦李注引漢舊儀曰魊鬼也魊蜮葢通作字又引漢舊儀曰昔顓頊氏有三子一居水中爲魑魅蜮鬼是蜮亦鬼類故與鬼並言也荀子儒效篇正名篇並引詩爲鬼爲蜮六句王逸楚詞大招注蜮短狐也詩云爲鬼爲蜮明魯毛文同靦姡也者釋言文魯說也釋文引孫炎曰靦人面姡然孔疏引說文靦面見人（今本人作也）姡面靦也（今本靦誤醜）越語范蠡曰余雖靦然而人面哉吾猶禽獸也韋注靦面目之貌足正後人據誤本說文以姡爲面醜面慙之非極窮也

何人斯八章章六句

巷伯〔疏〕毛序刺幽王也寺人傷於讒故作是詩也箋巷伯奄官寺人內小臣也奄官上士四人掌王后之命於宮中爲近故謂之巷伯與寺人之官相近讒人譖寺人寺人又傷其將及巷伯故以名篇○黃山云後漢孔融傳宼如巷伯李注引毛萇注巷伯內小臣也掌王后之命於宮中故謂之巷伯被讒將刑寺人孟子傷而作詩以刺幽王也與傳言孟子將踐刑而作詩異箋說又異三毛其釋篇名謂由寺人傷讒言將及巷伯既非事實尤涉不經班固習齊詩司馬遷傳贊言小雅巷伯之倫顏注亦云巷伯奄官也遇讒而作詩馮奉世傳贊又言孟子宮刑張晏注亦云孟子被讒見宮刑作巷伯之詩後漢宦者傳

李注前引毛序毛萇注後又云巷職卽寺人之職與毛注異不知所出然使巷伯卽寺人則說巷伯者可云卽寺人官名謂寺人孟子者可云卽巷伯而經師訖無此說則亦難定惟準之齊說知此篇古無正解不妨并存也

萋兮斐兮成是貝錦〔注〕韓萋作緀彼譖人者亦已大甚〔疏〕傳興也萋斐文章相錯也貝錦錦文也箋錦文者文如餘泉餘蚳之貝文也興者喻讒人集作已過以成於罪猶女工之集采色以成錦文大甚者謂使已得重罪也○說文萋草盛非錦文義說苑立節篇詩曰萋兮斐兮成是貝錦彼譖人者亦已大甚是魯作萋與毛同韓作緀者說文緀帛文貌詩曰緀兮斐兮成是貝錦末載何家經文玉篇糸部緀下引韓詩曰文貌也緀譌作萋今從說文引詩訂正後檢唐卷子本玉篇引韓詩實作緀知許用韓文也陳喬樅云文選陸機文賦李注引薛君韓詩章句曰靡好也王應麟詩考屬之烈文篇無封靡於爾邦其義未當據曹植魏德論以荆人風靡與交益影從對文是讀靡爲披靡之靡則義不得訓好曹習韓詩者也竊意靡靡好之訓卽釋巷伯詩緀斐之義韓詩內傳斐字當訓爲靡靡故薛君章句申釋之曰靡好也方言二云東齊言布帛之細者曰綾秦晉曰靡郭注靡細好也其義亦當本之韓詩貝錦者禹貢謂之織貝陸疏貝水介蟲古者貨貝是也餘蚳黃爲質白爲文餘泉白爲質黃爲文又有紫貝其白質如玉紫點爲文皆行列相當正義言非徒讒讓小辜乃至極刑重罪

是爲大甚

哆兮侈兮（注）傳哆作誃成是南箕彼譖人者誰適與謀（疏）傳哆大貌

南箕箕星也侈之言是必有因也斯人自謂辟嫌之不審也昔者顏叔子獨處于室鄰之釐婦又獨處于室夜暴風雨至而室壞婦人趨而至顏叔子納之而使執燭放乎旦而蒸盡縮屋而繼之自以爲辟嫌之不審矣若其審者宜若魯人然魯人有男子獨處于室鄰之釐婦又獨處于室夜暴風雨至而室壞婦人趨而託之男子閉戶而不納婦人自牖與之言曰子何爲而不納我乎男子曰吾聞之也男子不六十不閒居今子幼吾亦幼不可以納子婦人曰子何不若柳下惠然嫗不逮門之女國人不稱其亂男子曰柳下惠固可吾固不可吾將以吾不可學柳下惠之可孔子曰欲學柳下惠者未有似於是也箋箕星哆然踵狹而舌廣今讒人之因寺人之近嫌而成言其罪猶因箕星之哆而侈大之適往也誰往就女謀乎怪其言多且巧○說文哆張口也魯哆作誃者釋言誃離也郭注見詩陳喬樅云邢疏引此詩哆兮侈兮以誃哆音義同今據郭注明言見詩當是舊說據魯詩之文引誃兮侈兮爲證故郭云然說文誃離別也讀若論語跢足之跢今論語跢字作啟啟開也離亦有開義張口猶開口故誃哆訓義相通史記天官書索隱引詩汜歷樞曰箕爲天口主出氣陳喬樅云天官書箕爲敖客曰口舌索隱宋均

曰敖謂弄也箕以簸揚謂弄爲象故詩曰哆兮侈兮成是南箕孔疏箕四星二爲踵二爲舌踵之二星已哆然而大舌又益大踵狹對舌爲狹耳侈者因物而大之名禮於衣袂半而益一謂之侈袂星因物益大而名之爲侈也

緝緝翩翩謀欲譖人〔注〕韓翩作繽云緝緝繽繽往來皃也齊魯緝作咠**慎爾言也**〔注〕韓也作矣**謂爾不信**〔疏〕傳緝緝口舌聲翩翩往來貌箋慎誠也女誠心而後言王將謂女不信而不受欲其誠者惡其不誠也〇翩作至皃也玉篇糸部緝下云韓詩曰緝緝繽繽謀欲譖言緝緝往來貌也又糸部繽下云韓詩曰緝緝繽繽謀欲譖言繽繽往來皃也皮嘉祐云緝緝繽繽韓皆以爲往來貌者行聲篇授几有緝御箋緝猶續也往來相續故曰緝緝繽繽既訓往來緝緝自當同訓漢書楊雄傳繽紛往來是繽繽之訓往來尤爲有據韓詩兩訓較毛義爲優齊魯緝作咠者說文咠下云聶語也引詩作咠咠翩翩與韓毛異蓋齊魯文說文聶下云附耳私小語也與傳口舌聲之義合毛作緝緝乃咠咠之叚借韓也作矣者韓詩外傳三言受命之士正衣冠而立儼然人望而信之其次聞其言而信之其次見其行而信之既見行而衆皆不信斯下矣詩曰慎爾言矣謂爾不信是韓也作矣

捷捷幡幡〔注〕三家捷作唼亦作倢**謀欲譖言豈不爾受既其女**

遷〔疏〕傳捷捷猶緝緝也幡幡猶翩翩也遷去也箋遷之言訕也王倉卒豈得不受女言乎已則亦將復訕誹女○捷捷作唼唼者漢書揚雄傳反離騷云靈修既信椒蘭之唼佞兮蘇林注唼音詩唼唼幡幡之唼亦作倢倢者眾經音義十六引詩作倢倢幡幡皆三家文豈不爾受既其女遷者言倉卒間豈不受爾之譖言而憯惡他人既而知女言不誠亦將遷憯惡他人之心轉而憯惡女矣

驕人好好勞人草草〔注〕魯好作旭草作慅蒼天蒼天視彼驕人矜此勞人〔疏〕傳好好喜也草草勞心也箋好好者喜讒言之人也草草者憂將妄得罪也○驕憍同字魯好作旭者釋訓旭旭憍也郎好好之異文馬瑞辰云女曰雞鳴詩旭日始旦釋文引說文旭讀若好此旭好同音之證又好古通孜从丑聲與旭从九聲同二字並許九切故通用草作慅者釋訓慅慅勞也邢疏引詩勞人草草是慅郎草之異文又廣雅云慅慅憂也曹憲音草勞人郎憂人也呼天郎訴王也欲其視察彼驕人而矜憫此勞人

彼譖人者誰適與謀取彼譖人〔注〕齊韓譖作讒投畀豺虎豺虎不食投畀有北有北不受投畀有昊〔疏〕傳投棄也北方寒涼而不毛昊昊天也箋付與

昊天制其罪也○彼譖人者三家皆與上同作譖下取彼譖人無者字直呼爲譖人而已或作讒人其義同也齊韓作讒者禮緇衣鄭注巷伯六章曰取彼讒人投畀豺虎豺虎不食投畀有北有北不受投畀有昊此其惡惡欲其死亡之甚也荀悅漢紀亦引詩云取彼讒人投畀豺虎疾之深也此齊作讒之證後漢馬援傳朱勃上疏曰詩云取彼讒人投畀豺虎豺虎不食投畀有北有北不受投畀有昊此言欲令上天而平其惡李注引續漢書曰勃能說韓詩此韓作讒之證漢書武五子傳壺關三老茂上書曰詩云取彼譖人投畀豺虎又說苑建本篇詩云投畀豺虎豺虎不食投畀有北有北不受投畀有昊二書合之此章魯經文皆全獨作譖與毛同也

楊園之道猗于畝丘寺人孟子作爲此詩凡百君子敬而聽之

〔疏〕傳楊園園名猗加也畝丘丘名寺人而曰孟子者罪已定矣而將踐刑作此詩也箋欲之楊園之道當先歷畝丘以言此讒人欲譖大臣故從近小者始寺人王之正內五人作起也孟子起而爲此詩欲使眾在位者慎而知之既言寺人復自著孟子者自傷將去此官也○釋丘如畝畝丘郭注丘有壟界如田畝邢疏引李巡曰謂丘如田丘曰畝丘也孫炎曰方百步孔疏楊園亦園名於時王都之側蓋有此園丘也詩人見之而爲詞也漢書古今人表寺人孟子列中之上張晏注寺人孟子違於大

雜以保其身既被宫刑怨刺而作馮奉世傳贊孟子宫刑張晏注寺人孟子賢者被讒見宫刑作巷伯之詩也

巷伯七章四章章四句一章五句一章八句一章六句

節之什十篇七十九章五百五十二句

詩三家義集疏卷十七終

詩三家義集疏卷十八

長沙王先謙益吾著

谷風之什弟十八　詩小雅

谷風毛序：刺幽王也。天下俗薄，朋友道絶焉。○潛夫論交際篇：夫處卑下之位，懷北門之殷憂，内見謫於妻子，外蒙譏於士夫。嘉會不從，禮餞御不逮，衆貨財不足以合好，力勢不足以杖急，懽忻久交，情好曠而不接，則人無故自廢疏矣。漸疏則賤者愈自嫌，而日引貴人逾務黨而忘之矣。夫以逾疏之賤伏於下流，而望日忘之貴，此谷風所爲内摧傷也。據此可推知魯詩谷風篇說，齊韓無異義。

習習谷風，維風及雨。將恐將懼，〔注〕韓詩曰：將恐將懼。韓說曰：將，辭也。維予與女。將安將樂，女轉棄予。〔疏〕傳：興也。風雨相感，朋友相棄。箋：習習，和調之貌。東風謂之谷風。興者，風而有雨則潤澤行，喻朋友同志則恩愛成。將，且也。恐懼，喻遭厄難勤苦之事也。當此之時，獨我與女爾，謂同其憂務。朋友無大故則不相遺棄，今女以志達而安樂，棄恩忘舊，薄之甚。○東風謂之谷風，見邶鄘衛谷風詩將恐至辭也文選任昉策秀才文注引韓詩薛君章句文引經明韓毛文同楊雄甘泉賦注引同蔡邕集正交論云古之交者其義敦以正其誓信以固逮夫周德始衰頌聲既寢伐木有鳥鳴之刺谷風有棄予之怨其所由來政之缺也後漢書朱穆崇厚論云虛華盛而忠信微刻薄稠而純篤稀斯蓋谷風有棄予之嘆伐木有鳥鳴之悲皆用魯經文

習習谷風維風及頹將恐將懼寘予于懷將安將樂棄予如遺

〔注〕魯子作我〔疏〕傳頹風之焚輪者也風薄相扶而上喻朋友相須而成箋寘置也置我於懷言至親已也如遺者如人行道遺忘物忽然不省存也○釋天焚輪謂之頹孔疏引李巡曰焚輪暴風從上來降謂之頹頹下也孫炎曰迴風從上下曰頹趙坦云焚當讀爲鄭伯之車僨于濟之僨左襄二十四年傳象有齒以焚其身釋文引服虔云焚讀曰僨僨僵也風之大者足以翻車故曰焚輪焚一作棼皆叚借字胡承珙云焚輪疊韻文選海賦漘瀆淪而滀潔注瀆淪相糾貌又封禪文紛綸葳蕤注引張揖云紛綸亂貌皆疊韻形容字頹風曰焚輪者謂其回旋糾亂之狀猶瀆淪紛綸也陳喬樅云釋文焚本作棼棼亦亂也左傳猶治絲而棼之也義與紛同亦足爲棼輪訓作糾亂之證愚案傳言風薄相扶而上似與雅注釋頹風爲從上下者相反孔疏解爲二風并力相扶而上夫谷風東風乘陽上達理之正也惟以風薄爲頹風力薄則頹固是暴風迴風也其

力正厚安得言薄故自陳啟源以下辨論紛起皆謂薄當爲迫此亦定義也蓋谷風本和而柔能克剛頹風暴下迴旋而來迫於上升之風則仍迴旋而上此卽輕氣升物紙鳶騰空之理若頹風亦爲自下而上之風則無待相扶亦不得言迫矣焚輪與扶搖皆風之名詞焚喻其暴輪喻其迴合言之卽紛綸棼亂之狀稽古編謂焚取火炎上固泥卽趙氏以輪爲翻車亦可存而不論也魯予作我者新序雜事五引詩曰將安將樂棄我如遺陳喬樅云文選郭泰機答傅咸詩注引同又釋言疏引亦然蓋魯詩作我韓詩外傳七載宋玉見楚襄王末引詩將安將樂二句明韓毛文同魏志曹植疏谷風有棄予之歎用韓經文

習習谷風維山崔嵬〔注〕韓崔嵬作岑原**無草不死無木不萎**〔注〕魯維作惟無皆作何**忘我大德思我小怨**〔疏〕傳崔嵬山巔也雖盛夏萬物茂壯草木無有不死葉萎枝者箋此言東風生長之風也山巔之上草木猶及之然而盛夏養萬物之時草木枝葉猶有萎槁者以喻朋友雖以恩相養亦安能不時有小訟乎大德切瑳以道相成之謂也〇韓崔嵬作岑原者玉篇山部引韓詩曰岑原山巔也案方言十二岑高也大也廣雅釋詁訓同說文原作邍云高平之野人所登與皇矣傳高平曰原合大司徒五曰原隰其植物宜叢物爾雅釋地可食者曰原則岑原爲山巔可植草木處猶孟子岑樓趙注訓爲山之銳嶺者也毛作崔嵬而爾雅釋山訓

爲石山戴土卷耳傳誤爲土山戴石戴石之山不能毓草木故此傳易前說爲山巓與韓同知魯齊亦同矣說文崔大高也嵬高不平也崔義難同岑而嵬義乃適與原反魯詩嵬作巍說文高也楚辭初放高山崔巍兮王注高貌是特泛言山巓之高毛訓山巓亦讀嵬爲巍要以韓義爲備矣說文萎下云食牛也婑下云病也詩作萎婑之通借字中論修本篇習習谷風惟山崔巍何木不死何草不萎言盛陽布德之月草木猶有枯落而與時謬者況人事之報德乎草木字蓋轉寫誤倒此魯說與毛義合楊雄逐貧賦引忘我大德思我小怨明魯毛文同禮檀弓鄭注萎病也詩云無木不萎鄭正讀萎爲婑引詩明齊毛文同

谷風三章章六句

蓼莪〔疏〕毛序刺幽王也民人勞苦孝子不得終養爾箋不得終養者二親病亡之時在役所不得見也○釋訓哀哀悽悽懷報德也郭注悲苦征役思所生也爾雅正釋此詩之旨是魯說以蓼莪爲困于征役不得終養而作後漢陳寵傳寵子忠疏云父母於子同氣異息一體而分三年乃免於懷先聖緣人情而著其節制服二十五月是以春秋臣有大喪君三年不呼其門閔子雖要經服事以赴公難退而致位以究私恩故稱君使之非也臣行之禮也周室陵遲禮制不序蓼莪之人作詩自傷曰缾之罄矣惟罍之恥言己不得終竟子道者亦上之恥也陳喬樅云忠於春秋稱公羊說亦齊學也此據齊詩之說與

大戴禮用兵篇引詩義同硯是齊說與毛合韓詩當同

蓼蓼者莪匪莪伊蒿哀哀父母生我劬勞【疏】傳興也蓼蓼長大貌箋莪已蓼蓼長大我視之以爲非莪反謂之蒿興者喻憂思雖在役中心不精識其事哀哀者恨不得終養父母報其生長已之苦○蓼蕭傳蓼長大貌重言之則曰蓼蓼又菁菁者莪傳莪蘿蒿也釋草莪蘿舍人云莪一名蘿郭注今莪蒿也陸璣云莪蒿也一名蘿蒿三月中莖可生食又可蒸香美味頗似蔞蒿蓋蒿類衆多此莪秋老亦有蒿名始生香美可食謂之莪成蒿則不可食矣今見長大者以爲是莪不知非莪乃是蒿也故箋以爲憂思則心不精識

蓼蓼者莪匪莪伊蔚哀哀父母生我勞瘁【疏】傳蔚牡菣也箋瘁病也○釋草蔚牡菣舍人云蔚一名牡菣郭注無子者陸璣云三月始生七月華華似胡麻華而紫赤八月爲角角似小豆角而長一名馬新蒿孔疏引同郭云無子而陸云有角蓋空角無實故以牡名莪三月尚可食老則同蒿而莫辨矣蔚則七月華似胡麻雖不可食宜若成實可期及終無子則望全空詩人自傷不得養父母義更進而意更深也

缾之罄矣【注】三家缾作瓶罄作窒**維罍之恥鮮民之生不如死**

之久矣【注】齊生下有矣字無父何怙無母何恃【注】韓說曰怙賴也恃負也出則銜恤入則靡至【疏】傳缾小而罍大罄盡也鮮寡爲罍恥者刺王不使富分貧衆恤寡此言供養日寡矣而我尚不得終養恨之言也恤憂靡無也孝子之心怙恃父母依依然以爲不可斯須無也出門則思之而憂旋入門又不見如入無所至○說文缾下云罋也或作瓶罋下云汲缾也罄下云器中空也詩曰缾之罄矣窒下云空也詩曰缾之窒矣毛作罄作窒者三家文也釋器罍器也小罍謂之坎郭注罍形似壺大者受一斛一斛者十斗也隋禮記將日斛十三禮圖云罍大一斛其所容甚多瀉酒於缾以供斟酌此缾小罍大之證左昭二十四年傳鄭子太叔對范獻子曰今王室實蠢蠢焉吾小國懼矣然大國之憂也吾儕何知焉吾子其早圖之詩曰缾之罄矣惟罍之恥王室之不寧晉之恥也此引缾喻已小國罍喻晉大國雖是斷章亦取缾小罍大之義缾小而盡以喻已不得養父母罍大而恥以喻上之人征役不息使人民有不得終養者爲上之恥也陳忠疏引詩二句意同已見上箋謂不使富分貧衆恤寡則恥在富與衆不在上非詩恉齊生下有矣字者大戴禮用兵篇詩云鮮民之生矣不如死之久矣盧辯曰小雅蓼莪之三章也亦困于兵革之詩也明齊詩多一矣字胡承珙云以無怙恃故謂之鮮民言其薄德而寡怙也怙賴至負也釋文引韓詩文衆經音

義一引同馬瑞辰云釋言怙恃也說文怙恃也恃賴也是怙與恃散文通對文異唐風以陟岵興望父卽取可怙之義釋名岵怙也是矣恃負互訓說文負恃也漢書高帝紀嘗從王媼武負貰酒如注俗謂老大母爲負顏注劉向列女傳魏曲沃負者魏大夫如耳之母也此則古語謂老母爲負耳謂母爲負蓋取可恃之義

父兮生我母兮鞠我拊我畜我（注）三家拊作撫**長我育我顧我復我出入腹我欲報之德昊天罔極**（注）魯昊作皞（疏）傳鞠養腹厚也箋父兮生我者本其氣也畜起也育覆育也顧旋視也復反覆也腹懷抱也之猶是也言欲報父母是德昊天乎我心無極○三家拊作撫者後漢梁竦傳撫我畜我蓋三家文韓詩外傳七言爲人父之道末引父兮生我六句作拊我與毛同然則作撫者齊魯文也說文慉起也箋蓋讀畜爲慉腹厚釋詁文馬瑞辰云腹與複通說文複重衣貌重衣亦厚之義詩歷言拊畜長育顧復而終以出入腹我蓋言出入則已舉在內在外無所不該故以腹我括之見其無所不愛厚也黃山云初學記十七引詩出入復我腹作復疑三家異文禮月令水澤腹堅呂覽作水澤復高注復或作複是腹複復互通作復與上復我同文異解魯昊作皞者漢書鄭崇傳哀帝詔云欲報之德皞天罔極帝從韋元成韋賞受魯詩此詔所稱詩詞當是魯文顏注皞字與昊同曹植

責躬詩昊天罔極曹習韓詩明韓毛文同魏志植疏終懷蓼莪罔極之哀用韓經文

南山烈烈飄風發發民莫不穀我獨何害〔疏〕傳烈烈然至難也發發疾貌箋民人自苦見役視南山則烈烈然飄風發發然寒且疾也穀養也言民皆得養其父母我獨何故覩此寒苦之害○胡承珙云傳云至難者義當如行路難蜀道難之難以烈烈爲險阻之狀玉篇廣韻𡾊巍也集韻類篇𡾊力櫱切山高貌古有𡾊山氏禮祭法注厲山氏炎帝也起于厲山或曰烈山氏然則烈烈爲山之高峻故傳以爲至難三家無異文則烈烈當同訓也漢書王吉傳吉疏云是非古之風也發發者又曰冬則爲風寒之所匽薄顏注發發飄風貌匽與偃同言遇疾風則偃靡也吉用韓詩鄭云發發然寒且疾當即本韓說申毛

南山律律飄風弗弗民莫不穀我獨不卒〔疏〕傳律律猶烈烈也弗弗猶發發也箋卒終也我獨不得終養父母重自哀傷也○律律王安石以爲山之崒嵂說文無嵂字玉篇有硉字云硉矹危石文選七發上擊下律注云律當爲硉是律硉同字故傳云律律猶烈烈也楚辭怨思飄風蓬埃拂拂兮王注拂拂塵埃貌文選顏延年應詔讌曲水詩滯瑕難拂李注拂亦作弗古字通是弗弗即拂拂矣

蓼莪六章四章章四句二章章八句

大東〔疏〕毛序：刺亂也。東國困於役而傷於財，譚大夫作是詩以告病焉。箋：譚國在東，故其大夫尤苦征役之事也。魯莊公十年，齊師滅譚。○潛夫論班祿篇：賦斂重而譚告通。陳喬樅云：譚本皆誤作譚，莫知其爲指此詩矣。顧廣圻據毛詩序譚大夫作此以告病，證譚字卽譚之譌，其說是也。愚案：譚告通者，蓋魯詩原有此文，言譚大夫告東國之病苦，具詩上達於周廷也。後漢楊震傳震疏云：大東不興於今。震習魯詩，是魯篇名亦作大東。易林復之兌：賦斂重數，政爲民賊，杼軸空虛，去其家室。否之豐、晉之復同。焦用齊詩，經文與毛序義合。漢書古今人表譚大夫次厲王世，然則非幽王詩也。

有饛簋飧，有捄棘匕。周道如砥，其直如矢。君子所履，小人所視。睠言顧之，潸焉出涕。〔疏〕傳：興也。饛，滿簋貌。飧，熟食，謂黍稷也。捄，長貌。匕所以載鼎實。棘，赤心也。如砥，貢賦平均也。如矢，賞罰不偏也。睠，反顧也。潸，涕下貌。箋：飧者，客始至，主人所致之禮也。凡飧饔餼，以其爵等爲之牢禮之數陳。興者，喻古者天子施予之恩於天下厚。天子之恩厚，君子皆法傚而履行之，其如砥矢之平，小人又皆視之共之，無怨言我也。此二事者，在乎前世，過而去矣。我從今顧視之，爲之出涕，傷今不如古。○說文：饛，盛器滿貌。方言、廣雅並曰：朦，豐也。義亦與饛近。

馬瑞辰云詩葢以饔飧之滿與古者邦國之富不若今之杼柚其空也不必如箋以爲致飧之禮又云匕所以載牲體亦以取黍稷少牢饋食禮饔人所摡者牲體之匕廩人所摡者黍稷之匕棘匕承上簋飧言王氏念孫以爲黍稷之匕是也說文匕所以比取飯一名柶柶士冠禮鄭注柶狀如匕以角爲之是以角爲之名柶以木爲之名匕雜記匕用桑長三尺棘匕對桑匕言古者喪用桑匕吉用棘匕皆取聲近爲義桑言喪則棘爲吉非必如傳之赤心爲喻也說文厎柔石也重文作砥孟子引詩周道如厎四句趙注厎平矢直視比也周道平直君子履直道小人比而則之趙用魯詩也愚案詩言昔者邦國殷富王道平直君子率履小人遵守世教陵遲民多踰犯今顧念之惟傷懷出涕而已魯義如此鹽鐵論刑德篇詩云周道如砥其直如矢言其易也君子所履小人所視言其明也故德明而易從法約而易行法者緣人情而制非設罪以陷人也韓詩外傳三詩曰周道如砥其直如矢言其易也君子所履小人所視言其明也睠焉顧之潸焉出涕哀其不聞禮教而就刑誅也言賦斂困窮民不知急公奉上之義踰越禮教終陷刑罪故睠顧而出涕齊韓所說與魯義合荀子宥坐篇引詩睠言作眷焉潸焉作潸然亦魯異文

小東大東杼柚其空糾糾葛屨可以履霜佻佻公子【注】魯佻作

苕韓作嬥云往來貌行彼周行既往既來使我心疚〔疏〕傳空盡
獨行貌公子譚公子也箋小也大也謂賦斂之多少也小亦於
東大亦於東言其政偏失砥矢之道也譚無他貨惟絲麻耳今
盡杼柚不作也葛屨夏屨也周行周之列位也言時財貨盡雖
公子衣屨不能順時乃夏之葛屨今以屨霜送轉餫因見使行
周之列位者而發幣焉言雖困乏猶不得止既盡疚病也言譚
人自虛竭餫送而往周人則空盡受之曾無反幣復禮之惠是
使我心傷病也○惠周惕云小東大東言東國之遠近也魯頌
遂荒大東箋大東極東也大司徒以土圭之法正日景日東則
景夕多風鄭注謂大東近日也皆以大東爲極東遠言大則近
言小可知矣譚爲東國因其國而及其鄰封故言小東大東馬
瑞辰云釋文杼說文云盛緯器柚本又作軸案說文杼機持緯
者釋文引作盛緯器蓋誤玉篇棱織棱也亦作梭御覽引通俗
文所以行緯謂之棱說文無棱梭字杼即梭也說文縢機持經
者段注縢即軸也謂之軸者如車軸也縢通作勝淮南子曰後
世爲之機杼勝複以便其用又曰黼黻之美在于杼柚者
段借字也易林杼柚空虛引見陳忠疏杼柚將空並用齊經文
糾糾義具魏風魯作佻佻者釋訓佻佻契契愈遐急也是魯
與毛同愈遐急也者明爲大東作訓是佻佻本義狀其遠行急
切之意一作苕苕者王逸引詩作苕苕公子隤佻本音苕文選
魏都賦注引爾雅郭注云佻音葦苕蓋以音近通借乃魯亦作

本作嫽嫽往來貌者釋文引韓詩文廣韻二十九篠嫽下引同韓訓往來貌者葢以嫽嫽爲趯趯之借字廣雅嫽嫽好也說文嫽直好皃此嫽嫽本訓葢出齊詩字同而義異也楚詞九歎征夫勞於周行兮王逸注行道也詩云苕苕公子行彼周道陳喬樅云周行作周道道與疚亦韻臧鏞堂云逸訓行爲道而引詩以證之字當本作行其說亦通愚案此詩訓周行爲周道詞義俱順魯詩實勝箋說馬瑞辰云既往既來謂數數往來疲於道路並無厚往空來之義箋說非

有洌氿泉無浸穫薪契契寤歎哀我憚人薪是穫薪尚可載也哀我憚人亦可息也〔疏〕傳洌寒意也側出曰氿泉穫艾也契契憂苦也憚勞也載載乎意也箋穫落木名也既伐而析之以爲薪不欲使氿泉浸之浸之則將濕腐不中用也今譚大夫契契憂苦而寤歎哀其民人之勞苦者亦不欲使周之賦斂小東大東極盡之極盡之則將困病亦猶是也薪是穫薪者析是穫薪也尚庶幾也庶幾析是穫薪可載而歸蓄之以爲家用哀我勞人亦可休息養之以待國事○釋文穫鄭木名也字則宜作木旁釋木穫落某氏注可作桮圈皮韌繞物不解邢疏郎引此箋作穫爲證雅訓本魯詩文是箋乃據魯改毛陳喬樅云陸疏今椰榆也其葉如榆其皮堅韌剝之長數尺可爲絙索又可爲甑帶其材可爲杯器與某氏爾雅注合皆本魯訓也王逸楚詞九歎注契契憂貌也詩云契契寤歎陳喬

樅云楚詞契字舊校云一作挈案廣雅釋訓栔栔憂也曹憲音栔爲挈臧鏞堂云曹音挈字疑與正文互易栔本作契葢毛作契三家作挈廣雅據三家本作挈挈憂也與逸注合今楚詞及注契契字是後人所改有舊校可證也釋詁癉勞也郭注詩曰哀我癉人是魯作癉用本字毛作憚用借字毛釋文字亦作𢥍是毛又作本與魯同釋木采薪即薪陸釋文引樊光注詩云薪是樓薪荆州曰杍木采木時人不曉薪意言薪謂身即薪伐之也

東人之子職勞不來西人之子粲粲衣服舟人之子熊羆是裘私人之子百僚是試【疏】傳東人譚人也來勤也西人京師人也粲粲鮮盛貌舟人舟楫之人熊羆是裘言富也私人私家人也是試用於百官也箋職主也東人勞苦而不見謂勤京師人衣服鮮絜而逸豫言王政偏甚也自此章以下言周道衰其不言政偏則言衆官廢職如是而已舟當作周裘當作求聲相近故也周人之子謂周世臣之子孫退在賤官使搏熊羆在冥氏穴氏之職私人云云言周衰羣小得志○案東人非獨譚人大東小東皆有之據雅訓佻佻契契愈遐急也是譚國在遠東故作詩者以大東名篇

或以其酒不以其漿鞙鞙佩璲【注】魯鞙作琄齊韓作絹佩作珮

不以其長維天有漢監亦有光跂彼織女終日七襄〔注〕韓說曰
襄反也〔疏〕傳或醉於酒或不得漿鞙鞙玉貌璲瑞也漢天河也有光而無所明跂隅貌襄反也箋佩璲者以瑞玉爲
佩佩之鞙鞙然居其官職非其才之所長也徒美其佩而無其
德刺其素食監視也喻王闓置官司而無督察之實襄駕也駕
謂更其肆也從旦至莫七辰辰一移因謂之七襄○案韓詩外
傳七載陳饒對宋燕語末引詩曰或以其酒不以其漿與毛義
同鞙作琄者釋訓皋皋琄琄刺素食也孔疏引某氏曰琄琄無
德而佩空食祿也是魯作琄琄與毛或作本同集韻四十一迥
琄佩玉貌言琄琄而係璲之組自見故詩以長言之云不以其
長而無德而佩之刺意隱然言外箋說正本雅訓又御覽六百
九十一引詩絹絹珮璲鞙作絹佩作珮疑齊韓異文或云或以
其酒四句承上起下言東人貢賦入周或以酒往而視之不以
爲其漿佩璲琄琄然而不以爲其長承上文不來意言羣小驕
貴不解恤下惟王如天略無所察故下皆以天爲喻漢者天河
也亦曰雲漢監視也光謂如水光天河不辨有星故毛云有光
而無所明孔疏說文跂頃也字從匕孫毓云織女三星跂然如
隅然則三星鼎足而成三角望之跂然故云隅貌開元占經引
詩氾歷樞云織女內正紀綱此齊說春秋合誠圖云織女天女
也成衣立紀故齊制成文繡應天道韓說曰襄反也者文選顏
延之夏夜呈從兄詩李注引薛君文與毛傳同上引韓詩曰跂

彼織女終日七襄雖則七襄不成報章明韓毛文同孔疏謂終一日歷七辰至夜而回反胡承珙云經言日並不及夜況移七襄而至夜亦不得謂之回反蓋反即更也呂覽察微篇知度篇高注並以反爲更此言反者亦謂從旦至莫七更其次箋言更其肆者申傳非易傳也爾雅襄除也斯干傳除去也除去者變更之義故韓毛皆以襄爲反御覽八百二十五載王逸機賦云終日七襄明魯毛文同

雖則七襄不成報章睆彼牽牛不以服箱〔注〕三家不下有可字**東有啓明**〔注〕三家啓作启**西有長庚**〔注〕韓詩曰太白晨出東方爲启明昏見西方爲長庚**有捄天畢載施之行**〔疏〕傳不能反報成章也睆明星貌河鼓謂之牽牛服牝服也箱大車之箱也日旦出謂明星爲啓明日既入謂明星爲長庚庚續也捄畢貌畢所以掩兔也何嘗見其可用乎箋織女有織名爾駕則有西無東不如人織相反報成文章以用也牽牛不可用於牝服之箱啓明長庚皆有助日之名而無實光也祭器有畢者所以助載鼎實今天畢則施於行列而已○傳云反報猶反復也易林小過之比天女踞牀不成文章大畜之益踞作推焦用齊經文河鼓謂之牽牛者釋天文今爾雅河作何釋文音胡可切胡承珙云郭注今荆

州人呼牽牛星爲擔鼓擔者荷也鼓星在天漢之旁故名河鼓牽牛在鼓星之下故謂之何鼓天官書牽牛爲犧牲其北河鼓河鼓大星上將左右左右將明河鼓與牽牛異郝懿行云牽牛三星牛六星天官誤以牛星爲牽牛故以何鼓牽牛爲二星牟廷相云牛宿其狀如牛何鼓在牛頭上則是牽牛人也何鼓中星最明故詩曰睆彼牽牛三家不下多可字者文選思元賦李注引詩睆彼牽牛不可以服箱與下文不可以簸揚不可以挹酒漿句法一例毛詩無可字有者三家文馬瑞辰云考工記大車牝服二柯又三分柯之二先鄭注牝服謂車箱服讀爲負說文箱大車牝服也皆以牝服與箱爲一後鄭云牝服長八尺謂較也蓋以牝服爲左右較而以箱爲大車之輿其義當與毛傳同故此箋申毛云不可用於牝服之箱然以經文求之服當作虛字解不得以爲牝服服之言負也車箱以負器物謂之服牛以負車箱亦謂之服思元賦羈要裹以服箱李注服駕也箱車也蓋取驪服鹽車之義而服箱之字則本之於詩又古詩牽牛不負軛亦本此詩爲說自軛牛頭處言之則曰負軛自牛負車言之則曰服箱服與負一也淮南說山訓剝牛皮鞟以爲鼓正三軍之眾爲牛計者不若服於軛也服於軛郎負軛也則知服箱猶云負箱耳三家啟作启者說文啟教也启開也釋天明星謂之启明是魯作启韓亦作启現大戴禮四代篇詩云東有開明疑景帝諱改启爲開太白至長庚史記天官書索隱引韓詩文何氏古義云廣雅太白謂之長庚知長庚與啟明是一星特

從來解說東西不明似每日東西兩見夫東西非同時當晨見東方去夕見之期甚遠及夕見西方去晨見之期甚遠啟明長庚因東西見而異其名耳胡承珙云太白名長庚不止見廣雅鄒陽上梁孝王書曰衛先生爲秦畫長平之策太白食昴張衡週天大象曰衛生設策長庚入昴此太白爲長庚之證又在張揖前若何氏疑太白不能一日東西兩見則又不然新法表異云金星或合太陽而不伏水星或離太陽而不見所以然者金緯甚大凡逆行緯在北七度餘而合太陽於壽星大火二宮則雖與日合其光不伏一日晨夕兩見者皆坐此故水緯僅四度餘設令緯向是南合太陽於壽星嗣後雖離四度夕猶不見也合太陽於降婁後雖離四度晨猶不見也此二則用渾儀一測便見非舊法所能知也有捄天畢在施之行者孔疏云祭器掩兔之畢俱象畢星爲之必易傳者孫毓云祭器之畢狀如畢星名象所出也畢弋之畢又取象焉而因施網於其上雖可兩通箋義爲長胡承珙云此說非也史記天官書畢曰罕車爲邊兵主弋獵後漢蘇竟傳畢爲天網主網羅無道之君是天官家言皆謂畢爲田器證一說文畢田网也又卒下云捕鳥畢也是畢之制字亦止有田器一義證二盧令序襄公好田獵畢弋鴛鴦詩畢之羅之傳云畢掩而羅之是序及詩言畢者皆爲田具祭器之畢不見於詩證三漸漸之石篇月離于畢傳畢噣也此用爾雅濁謂之畢文史記律書濁者觸也言萬物皆觸死也索隱引孫炎云掩兔之畢或呼爲濁郭注本之是田器濁畢兩名皆

取星象若謂祭器取象在先則祭器之畢更無濁名證四易繫詞佃漁始于包犧茹毛飲血之時未必即有祭器自應以田獵之畢取象在先而助載鼎實者爲後證五且本經下句明言載施之行兔罝云施于中逵施于中林若非畢翳何得言施證六然則箋義雖可通究當以傳爲正也

維南有箕不可以簸揚維北有斗不可以挹酒漿維南有箕載翕其舌【注】韓翕作吸**維北有斗西柄之揭**【疏】傳挹㪺也翕合也箋翕猶引也引舌者謂上星相近○說文簸揚米去糠也韓詩外傳四引詩惟南有箕不可以簸揚惟北有斗不可以挹酒漿言有其位無其事也韓翕作吸者玉篇口部詩云惟南有箕載吸其舌吸引也顧用韓詩此韓文也陳奐云禮曲禮以箕自鄉而扱之注扱讀曰吸謂收糞時也少儀執箕膺擖注膺親也擖舌也持箕將去糞者以舌自鄉蓋三家詩作吸訓引引舌内鄉似箕形愚案箋說即上四句雖同言箕斗自分兩義上刺虛位下刺斂民也玉篇與用韓義改毛引舌内鄉象吸之形兼取箕斂之義也下四句斗部科有柄形如北斗星用以斟酌也詩云唯北有斗亦飲水器也陳喬樅云此篇唯北有斗四句毛傳均無訓釋玉篇所說科形云云引詩爲證蓋亦據韓說也馬瑞辰云說文科勺也勺所以挹取也詩作斗者皆科之借字正義箕斗並在南方之時

箕在南而斗在北故云南箕北斗集傳兼采南斗北斗二說案孔疏以爲南斗是也爾雅析木之津箕斗之間漢津也郭注箕龍尾斗南斗是凡箕斗連言者皆爲南斗王氏念孫云南斗之柄常向西而高於魁故經言西柄之揭若北斗之柄固不常西郎指西亦不得云揭其說是也

大東七章章八句

四月〔疏〕毛序大夫刺幽王也在位貪殘下國構禍怨亂並興焉〇此篇爲大夫行役過時不得歸祭怨思而作中論之說與左氏同詩故首章郎以先祖爲言與下篇北山勞於從事不得養父母首章郎言父母詩旨正爲一類毛序泛以爲在位貪殘下國構禍未得其要

四月維夏六月徂暑先祖匪人胡寧忍予〔疏〕傳徂往也六月火星中暑盛而往矣箋徂猶始也四月立夏矣至六月乃始盛暑興人爲惡亦有漸非一朝一夕匪非也寧猶曾也我先祖非人乎人則當知患難何爲曾使我當此亂世乎〇中論譴交篇古者行役過時不反猶作詩怨刺故四月之篇稱先祖匪人胡甯忍予徐用魯詩是魯詩以爲行役過時不反而作左文三年傳杜注四月之詩行役踰時思歸祭祀說與中論合是此詩古無異義蓋四月不反

已爲過時，又歷秋至冬，故作詩以刺。因言四月立夏，六月暑盛，又將往矣，不能歸而祭祀，故思先祖也。陳奐云：「匪，彼也。彼猶其也。胡寧，皆何也。先祖匪人，胡寧忍予，言先祖其人何忍予而降禍亂也。與雲漢『父母先祖，胡寧忍予』文義正同。」王夫之云：「匪人者，猶匪他人也。頍弁之詩曰『兄弟匪他』，義同此。自我而外不與己親者，或謂之他，或謂之人，皆疏遠不相及之詞。猶『父母生我，胡俾我瘉』也。」愚案：寧如陳說，匪人當如王說。祖先之於己身，默相佑助，有息息相通之理。已不能歸而祭祀，故思先祖，先祖居享祭之時，亦必念我，故言先祖匪猶他人，胡忍予之不歸也。文義大順，讀者泥於箋訓，故以爲悖慢之言。

秋日淒淒，百卉具腓。亂離瘼矣，〔注〕韓「具」作「俱」，「瘼矣」作「斯莫」。魯作「斯瘼」。**爰其適歸！**〔疏〕傳：「淒淒，涼風也。卉，草也。腓，病也。離，憂。瘼，病。適，之也。」箋：「具猶皆也。涼風用事而衆草皆病，興貪殘之政行而萬民困病。爰，曰也。今政亂，國將有憂病者矣，曰此禍其所之歸乎？言憂病之禍必自之歸爲亂。」○左宣十二年傳引詩「亂離瘼矣」，左傳、毛詩皆古文也。韓「具」作「俱」，「瘼矣」作「斯莫」者，文選謝靈運九日送孔令詩李注引韓詩曰：「秋日淒淒，百卉俱腓。」薛君曰：「腓，變也。」詩釋文止引韓詩云「變也」一句。言俱變而黃也。潘安仁關中詩李注引韓詩曰：「亂離斯莫，爰其適歸。」薛君曰：「莫，散也。」文選作「暵」。爲范尚書讓吏部表注引韓詩與毛同。馬瑞辰云：「莫讀如散漠之漠。說文：『漠，北方流沙也。』『沙，水散石也。』是沙漠義取漠散。」魯作「斯瘼」者，說苑政理篇詩不云乎亂離斯瘼爰其適歸此傷離散以爲亂者也仲長統昌言法誡篇曰亂離斯瘼怨氣并作趙壹刺世疾邪賦曰原斯瘼之攸興實執政之匪賢皆用魯詩然韓魯爰字並無作奚之本惟家語作奚其適歸僞書未敢據證常璩華陽國志引亂離瘼矣奚其適歸任昉表亂離斯瘼欲以安歸似亦用作奚之本但皆在晉以下僞書大行之時矣

冬日烈烈【注】魯烈烈作栗栗飄風發發民莫不穀我獨何害【疏】箋烈烈猶栗烈也發發疾貌言王爲酷虐慘毒之政如冬日之烈烈矣其亟急行於天下如飄風之疾也穀養也民莫不得養其父母者我獨何故覩此寒苦之害〇魯烈烈作栗栗者蔡邕九惟文用冬日栗栗句烈栗一聲之轉故烈魯作栗冬以紀時與夏秋同不必如箋說

山有嘉卉侯栗侯梅【注】三家侯作維廢爲殘賊【注】魯說曰廢大也莫知其尤【疏】傳廢忕也箋嘉善侯維也山有美善之草生於梅栗之下人取其實蹂踐而害之令不得蕃茂喻上多賦斂富人財盡而弱民與受困窮尤過也言在位者貪殘爲民之害無自知其行之過者言忕於惡〇三家侯作維者白帖九十九引詩曰山有嘉卉維栗維梅黃山云蕩之侯作侯祝正月之侯薪侯蒸皆卽爲作祝爲薪蒸則維栗維梅亦指嘉

卉爲栗梅文選思元賦李注卉草木凡名也是栗梅亦可以卉
名之不必如箋說嘉草生梅栗下矣栗薦豆籩梅和鼎實皆祭
先所資故詩及之廢大也者釋詁文魯說也郭注詩曰廢爲殘
賊爾雅廢大之詁專釋此詩列子楊朱篇廢虐之主張湛注廢
大也列女漢霍夫人傳詩云廢爲殘賊莫知其尤言其怢於惡
不知其爲過也怢於惡謂習慣爲惡與傳說同皆用魯義韓詩
外傳七言不知爲政者使情厭性云云末
引詩曰廢爲殘賊莫知其尤明韓毛文同

相彼泉水載清載濁我日構禍曷云能穀（注）韓詩曰曷云能穀
云辭也（疏）傳構成曷逮也箋相視也我視彼泉水之流一則清
一則濁刺諸侯並爲惡曾無一善構猶合集也曷之
言何也穀善也言諸侯日作禍亂之行何者可謂能善○泉水
本清受染則濁喻行役構禍不能自絜也馬瑞辰云爾雅說文
並曰遘遇也構者遘之叚借構禍猶云遇禍集傳訓爲遭禍得
之曷云全辭也玉篇云部引韓詩文引經明韓毛文同皮嘉祐
云文選傳咸詩注引周南
卷耳云何吁矣章句同

滔滔江漢南國之紀盡瘁以仕寧莫我有（疏）傳滔滔大水貌其
神足以綱紀一方
箋江也漢也南國之大水紀理衆川使不雝滯喻吳楚之君能
長理旁側小國使得其所瘁病仕事也今王盡病其封畿之內

以兵役之事使羣臣有土地曾無自保有者皆懼於危亡也吳楚舊名貪殘今周之政乃反不如○案詩人行役至江漢合流之地即水興懷言江漢爲南國之綱紀王朝反不能爲天下之綱紀也馬瑞辰云有讀如相親有之有盬莫我有猶王風葛藟篇亦莫我有也左昭二十年傳是不有寡君也杜注有相親有也詩人傷已之盡力勞病以事國而不見親有於上耳

匪鶉匪鳶翰飛戾天匪鱣匪鮪潛逃于淵〔疏〕傳鶉鵰也鵰鳶貪殘之鳥也大魚能逃處淵箋翰高戾至鱣鯉也言鵰鳶之高飛鯉鮪之處淵性自然也非鵰鳶能高飛非鯉鮪能處淵皆驚駭辟害爾喻民性安土重遷今而逃走亦畏亂政故○陳奐云匪彼也傳云鵰鳶貪殘之鳥也者以喻貪殘之人處於高位大魚上疑奪鱣鮪二字云鱣鮪大魚能逃處淵者以喻今民不能逃避禍害是大魚之不如矣黃山云簡書驅迫登高臨深故有戾天逃淵之感鳶飛戾天魚躍于淵是其恆性舉鶉以配鳶舉鱣鮪以概魚耳何草不黃篇曰匪兕匪虎率彼曠野孔子在厄以之自比正同此指其他詩如匪載匪來匪教匪誨匪皆不訓彼陳主申毛以抑鄭說其說未墒馬瑞辰云釋文鶉徒凡反字或作鷻鳶以專反鴟也說文鵰鷻也鷻鵰也正義引說文鷻鵰也從敦而爲聲字異於古或鶉也今案說文隹字注一曰鶉字隹即隼也鶉即鷻也是鷻引詩借作鶉之證至雒鶉之鶉說文自作雜耳又說文鷻字別引詩匪鷻匪鳶鳶當即今鴞字五各反與鳶異據正義引蒼頡解詁

云鳶鴟也又引說文鳶鷙鳥也則經文原作鳶字王氏引之云鳶字見於小雅大雅周官射鳥氏曲禮中庸爾雅釋鳥蒼頡篇不應說文不載蓋說文有此字而傳寫者脫之也其鷻字注引詩匪鷻匪鳶鷻當作匪鷻匪鳶蓋本作鳶字因下鳶字篆文相連寫者遂誤爲鳶鳶耳今案王說是也說文鳶字鳶字蓋同訓爲鷙鳥傳寫者誤刪其一段玉裁乃欲據說文誤本改經文之鳶爲鳶失之愚案說文鳶徐鉉疑从萑省故爲與專切此與下天淵爲韻若徑从弋則隹部之雃音義俱非鳶即鳶段未失也

山有蕨薇隰有杞桋君子作歌維以告哀〔注〕魯維作唯〔疏〕傳杞枸檵也桋赤楝也箋此言草木生各得其所人反不得其所傷之也告哀言勞病而愬之○蕨薇杞桋草木之微者嘉卉殘賊山隰所有僅此喻其窮也桋赤楝釋木文郭注好叢生山中益山隰皆有魯維作唯者蔡邕袁滿來墓碑唯以告哀是魯作唯易林大有之賁作此哀詩以告孔憂用齊經文

四月八章章四句

北山〔疏〕毛序大夫刺幽王也役使不均已勞於從事而不得養其父母焉○後漢楊賜傳賜疏云勞逸無別善惡同流北山之詩所爲作此魯說齊韓蓋同

陟彼北山，言采其杞。偕偕士子，朝夕從事。王事靡盬，憂我父母。〔疏〕傳：偕偕，强壯貌。士子，有王事者也。箋：言，我也。登山而采杞，非可食之物，喻己行役不得其事。朝夕從事，言不得休止。靡，無也。盬，不堅固也。王事無不堅固，故我當盡力勤勞於役，久不得歸，父母思己而憂。○易林夬之解：「登高望家，役事未休。王事靡盬，不得逍遥。」鼎之困同。此齊詩義。「登高望家」，説詩首二句也。采杞適然之事耳。偕偕，傳訓强壯貌，强當爲彊。説文：「彊，弓有力也。偕，彊也。」引詩「偕偕士子」。士讀爲事，士子，從事王朝之子也。王事靡盬，義當盡力，特久役不歸，使我父母憂思耳。

溥天之下，〔注〕三家溥作普。**莫非王土。率土之濱，莫非王臣。大夫不均，我從事獨賢。**〔疏〕傳：溥，大。率，循。濱，涯也。賢，勞也。箋：此言王之土地廣矣，王之臣又衆矣，何求而不得？何使而不行？王不均大夫之使，而專以我有賢才之故，獨使我從事於役，自苦之辭。○三家溥作普者，韓詩外傳一引詩「普天之下，莫非王土」。後漢桓帝紀梁太后詔「普天率土，遐邇洽同」。是韓作普。班固明堂詩「普天率土，各以其職」，是齊作普。荀子君子篇、新書匈奴篇、史記司馬相如難蜀父老文、白虎通封公侯篇、喪服篇，皆引詩「普天之下，莫非王土，率土之濱，莫非王臣」，是魯作普。惟白虎通及漢書王莽傳引詩濱作賓，蓋是魯詩亦作本。趙岐孟子章句九注云：「普，徧。率，循也。徧天下循土之濱，莫有非王者之臣今王不均大夫之使乃使從王事獨勞乎故孟子引詩云此莫非王事我獨賢勞也訓賢爲勞正傳所本鹽鐵論地廣篇詩云莫非王事而我獨勞刺不均也是齊義相同箋云專以我有賢才之故云云人無自命爲賢才者若王以爲獨賢則已受知大用矣而猶不已于行靡事不爲乎

四牡彭彭王事傍傍嘉我未老鮮我方將旅力方剛經營四方

傳彭彭然不得息傍傍然不得已將壯也旅衆也箋嘉鮮皆善也王善我年未老乎善我方壯乎何獨久使我也王謂此

疏 事衆之氣力方盛乎何乃勞苦使之經營四方○馬瑞辰云彭旁雙聲古通用說文騯馬盛也引詩四牡騯騯卽詩四牡彭彭之異文廣雅彭彭旁旁盛也說文傍字訓近此詩傍傍卽旁旁之借字又云方言䟫膂力也東齊曰䟫宋魯曰膂戴震疏證曰膂通作旅詩旅力方剛是也廣雅膂力也王念孫疏證曰大雅桑柔云靡有旅力秦誓曰旅力既愆周語云四軍之衆旅力方剛義並與膂同膂力一聲之轉今人猶呼力爲膂力古之遺語也今案方言又曰膂儋也甄吳之外鄙謂之膂郭注儋者用膂力因名云是力謂之膂擔者用力亦謂之膂古者行人奔走多以負擔爲喻左傳弛于負擔是也詩下言經營四方則旅力正當從方言儋也之訓傳訓爲衆失之

或燕燕居息或盡瘁事國注魯燕燕作宴宴瘁作顇**或息偃在牀或不已于行**疏傳燕燕安息貌盡力勞病以從國事箋不已猶不止也○魯燕燕作宴宴瘁作顇者漢書五行志劉歆說詩曰或宴宴居息或盡顇事國陳喬樅云歆述士文伯引詩語與今左傳異知其從魯詩之文也

或不知叫號或慘慘劬勞或棲遲偃仰或王事鞅掌疏傳叫呼號召也鞅掌失容也箋鞅猶何也掌謂捧之也負何捧持以趨走言促遽也○孔疏不知叫號者居家用逸不知上有徵發呼召潛夫論邊議篇詩痛或不知叫號或慘慘劬勞明魯毛文同後漢郎顗傳拜章曰棲遲偃仰寢疾自逸用齊經文刪一或字馬瑞辰云鞅掌二字疊韻即秧穰之類說文秧禾若秧穰也集韻禾下葉多也禾之葉多曰秧穰人之事多曰鞅掌其義一也傳言失容者亦狀事多之皃胡承珙云莊子庚桑楚篇擁腫之與居鞅掌之爲使釋文引崔云鞅掌不仁意案不仁猶言手足不仁不仁則手容不能恭足容不能重即是失容之意

或湛樂飲酒或慘慘畏咎或出入風議或靡事不爲疏箋咎猶罪過也風猶放也○馬瑞辰云說文酖樂酒也又媅樂也二字音義並同此詩湛樂及抑詩荒湛于酒皆酖字之叚借蝃蝀篇士之耽兮

女之耽兮及常棣詩和樂且湛賓之初筵詩子孫其湛釋詁妉樂也皆媅字之叚借風議卽放議放議猶放言也

北山六章三章章六句三章章四句

無將大車〔疏〕毛序大夫悔將小人也箋周大夫悔將小人幽王之時小人衆多賢者與之從事反見譖自悔與小人並○易林井之大有云大輿多塵小人傷賢皇父司徒使君失家陳喬樅云據易林皇父司徒云云則齊詩之說或以此爲刺厲王時也愚案十月之交篇皇父卿士仍當在幽王時箋以爲厲王非也陳沿箋說之誤魯韓未聞

無將大車祇自塵兮無思百憂祇自疧兮〔疏〕傳大車小人之所將也疧病也箋將猶扶進也祇適也鄙事者賤者之所爲也君子爲之不堪其勞以喻大夫而進舉小人適自作憂累故悔之百憂者衆小事之憂也進舉小人使得居位不任其職愆負及已故以衆小事爲憂憂適自病也○孔疏冬官車人爲車有大車鄭云大車平地任載之車其車駕牛故酒誥曰肇牽車牛遠服賈用是小人之所將也小人扶進大車而塵及已君子扶進小人而病及已故以爲喻疧當依唐石經作疷釋詁疷病也說文疷病也从疒氏聲後漢張衡傳載衡思元賦思百憂以自疢疹疢字同馬瑞辰云古音脂與眞互轉支眞亦互轉疧當讀如疹故與塵韻猶說文趁讀若塵也三家蓋有作疹者陳喬樅云張用魯詩疢字是據

魯文李注引詩祇自重兮爲證非也

無將大車，維塵冥冥。無思百憂，不出于熲。疏 傳熲光也。箋冥冥者蔽人目明，令無所見也。猶進舉小人，蔽傷己之功德也。思眾小事以爲憂，使人蔽闇不得出於光明之道。○荀子大略篇「君人者不可以不慎取臣，匹夫者不可以不慎取友。友善人不可不慎，是德之基也。詩曰：無將大車，維塵冥冥。言無與小人處也」。韓詩外傳七「魏文侯之時，子質仕而獲罪焉，去而北游，謂簡主曰：從今以後，吾不復樹德於人矣。簡主曰：何以也？質曰：吾所樹堂上之士半，吾所樹朝廷之大夫半，吾所樹邊境之人亦半。今堂上之士惡我於君，朝廷之大夫恐我以法，邊境之人劫我以兵，是以不復樹德於人也。簡主曰：噫！子之言過矣。夫春樹桃李，夏得陰其下，秋得食其實；春樹蒺藜，夏不可採其葉，秋得其刺焉。由此觀之，在所樹也。今子所樹非其人也。故君子先擇而後種焉。詩曰：無將大車，惟塵冥冥」。據此，魯韓詩義並與序合。熲光，釋詁文。

無將大車，維塵雝兮。無思百憂，祇自重兮。疏 箋雝猶蔽也。重猶累也。○釋文雝字又作壅。

無將大車三章，章四句

小明〔疏〕毛序大夫悔仕於亂世也箋名篇曰小明者言幽王日小其明損其政事以至於亂○三家無異義

明明上天照臨下土我征徂西至于艽野二月初吉載離寒暑心之憂矣其毒大苦念彼共人〔注〕齊共作恭涕零如雨豈不懷歸畏此罪罟〔疏〕傳艽野遠荒之地初吉朔日也罟網也箋明明上天喻王者當光明如日之中也照臨下土喻王者當察理天下之事據時幽王不能然故舉以刺之征行徂往也我行往之西方至於遠荒之地乃以二月朔日始行至今則更夏暑冬寒矣尚未得歸詩人牧伯之大夫使述其方之事遭亂世勞苦而悔仕憂之甚心中如有藥毒也共人靖共爾位以待賢者之君懷思也我誠思歸畏此刑罪羅網我故不敢歸爾○言王如天於下土之事當無不照察說文艽遠荒也从艸九聲引詩至于艽野其地不著故但以遠荒言之溯二月上旬吉日啟行之時至於今已離歷寒暑我心甚憂如毒藥之苦我念彼靖共職位之賢人可為師法惟以古道自勉經歷艱難不覺涕零如雨非不懷歸亦畏此罪罟不能歸也齊共作恭者鹽鐵論執務篇古者行役不踰時春行秋反秋往春來寒暑未變衣服不易固已還矣今則繇役極遠寒苦之地危難之處今茲往而來歲還故一人行而鄉曲悵一人死而萬人悲詩云念彼恭人涕零如雨豈不懷歸畏此罪罟此齊說共與恭同也

昔我往矣，日月方除。曷云其還，歲聿云莫。念我獨兮，我事孔庶。

心之憂矣，憚我不暇。念彼共人，睠睠懷顧。〔注〕魯、韓「睠睠懷顧」作「眷眷懷顧」。

豈不懷歸，畏此譴怒。〔疏〕傳：除，除陳生新也。憚，勞也。箋：四月爲除。昔我往至於艽野，以四月自謂其時將即歸，何言其還，乃至歲晚尚不得歸。孔，甚；庶，衆也。我事獨甚衆，勞我不暇，皆言王政不均，臣事不同也。睠睠，有往仕之志也。○方除，毛、鄭異義，說皆可通。魯作「眷眷」者，王逸楚詞九歎注：「眷眷，顧貌。詩曰『眷眷懷顧』。」韓作「眷眷」者，文選登樓賦注、思元賦注、陸雲荅張士然詩注、謝惠連西陵遇風詩注、王粲從軍詩注顧誤作歸引韓詩曰「眷眷懷顧」。說文有「眷」無「睠」。詩言我事孔庶，本欲不顧而歸，然念彼共人，又爲之眷眷而反顧焉，且懼歸而獲譴也。

昔我往矣，日月方奧。曷云其還，政事愈蹙。歲聿云莫，采蕭穫菽。

心之憂矣，自詒伊戚。念彼共人，興言出宿。豈不懷歸，畏此反覆。

〔疏〕傳：奧，煖也。蹙，促也。戚，憂也。箋：愈猶益也。何言其還，乃至於政事更益促急，歲晚乃至采蕭穫菽，尚不得歸。詒，遺也。我冒亂世而仕，自遺此憂，悔仕之辭。興，起也。夜臥起宿於外，憂不能宿於內也。反覆，謂不以正罪見罪。○詩借「奧」爲「燠」。陳奐云：伊，維也。

雄雉箋伊當作繄繄猶是也孔疏箋以宣二年左傳自詒繄慼小明云自詒伊戚爲義既同故此及蒹葭東山白駒各以伊爲繄小明不易者以伊慼之文與左傳正同爲繄可知案據此則孔所見左傳作繄與此詩作伊義同矣與言出宿者思慮展轉不能安寢也

嗟爾君子無恆安處靖共爾位〔注〕魯共一作恭齊共作恭韓靖共作靜恭**正直是與神之聽之式穀以女**〔疏〕傳靖謀也正直爲正能正人之曲曰直箋恆常也嗟女君子謂其友未仕者也人之居無常安之處謂當安安而能遷孔子曰鳥則擇木其具式用穀善也有明君謀具女之爵位其志在於與正直之人爲治神明若祐而聽之其用善人則必用女是使聽天任命不汲汲求仕之辭言女位者位無常主賢人則是○嗟爾君子斥王也不指在位之大夫亦非望未仕之君子言君子當勤於政毋苟自安處靖恭天位惟正直之人與之爲治神明祐聽之必用天祿與女矣特其詞意甚隱耳魯共一作恭者中論法象篇言君子謙讓莊敬四者備而福祿從之引詩靖共爾位正直是與神之聽之式穀以女是魯亦訓穀爲祿漢書淮陽王欽傳元帝璽書曰詩不云乎靖恭爾位正直是與齊靖共作靖恭者禮表記小雅曰靖恭爾位正直是與神之聽之式穀以女鄭注靖治也爾女也式用也穀

祿也言敬治女位之職正直之人乃與爲倫友神聽女之所爲用祿與女韓靖共作靜恭者韓詩外傳四船用千戚云云末引詩曰靜恭爾位正直是與僞好是正直神之聽之式穀以女

嗟爾君子無恆安息靖共爾位注齊無恆一作毋常靖共作靖恭一作靜共韓靖共作靜恭亦作靖恭**好是正直神之聽之介爾景福**疏傳息猶處也介景皆大也箋好猶與也介助也神明聽之則將助女以大福謂遭是明君道施行也○荀子勸學篇詩曰嗟爾君子無恆安息靖共爾位好是正直神之聽之介爾景福說苑貴德篇引詩靖共爾位四句與荀子同明魯毛文同齊無恆一作毋常靖共作靖恭一作靜共者大戴禮勸學篇詩曰嗟爾君子無恆安息靖共爾位好是正直神之聽之介爾景福禮緇衣詩云靖恭爾位好是正直繁露祭義篇詩曰嗟爾君子毋常安息靜共爾位好是正直神之聽之介爾景福無作毋靖作靜古通用恆作常者墨子非儒篇陳恆作陳常知常亦通恆陳喬樅以爲漢避諱改未塙韓靖共作靜恭一作靖恭者韓詩外傳四載齊桓公伐山戎末引詩曰靜恭爾位好是正直或作正直是與神之聽之介爾景福外傳七載衛獻公出走反國末引詩曰靖恭爾位好是正直

小明五章三章章十二句二章章六句

鼓鍾【疏】毛序刺幽王也○孔疏鄭於中候握河紀注云昭王時鼓鍾之詩所爲作者鄭時未見毛詩依三家爲說也馬瑞辰云鄭君先通韓詩以鼓鍾爲昭王詩蓋韓詩之說故王應麟詩攷以孔疏所引列入韓詩陳喬樅云中候多齊說如鷸雒戒言刻者配姬以放賢是其明證他若契握言元鳥翔水遺卵娀簡拾吞生契封商稷起言蒼耀稷生感迹昌皆與詩緯合鼓鍾之詩鄭據齊詩爲說也

鼓鍾將將淮水湯湯憂心且傷淑人君子懷允不忘【疏】傳幽王用樂不與德比會諸侯于淮上鼓其淫樂以示諸侯賢者爲之憂傷箋爲之憂傷者嘉樂不野合犧象不出門今乃於淮水之上作先王之樂失禮尤甚淑善懷至也古者善人君子其用禮樂各得其宜至信不可忘○說文鎗鍾聲也重言之曰鎗鎗將將同音借字風俗通義十淮出南陽平氏桐柏大復山東南入海詩云淮水湯湯明魯毛文同南陽漢郡今之南陽府昭王南巡蓋將由此入漢也王會諸侯於淮上而奏先王之樂失禮之甚聞者傷之漢書循吏傳贊用淑人君子明齊毛文同主引之釋詞云允語詞

鼓鍾喈喈淮水湝湝憂心且悲淑人君子其德不回【疏】傳喈喈猶將將湝湝猶湯湯悲猶傷也回邪也○太玄鍾鼓喈喈范望注喈喈和聲也說文喈鳥鳴聲龤樂和龤也此喈卽龤之叚借又湝水流湝湝也列女葢將之妻傳引詩曰淑人君子其德不回明魯毛文同

鼓鍾伐鼛淮有三洲憂心且妯【注】韓作憂心且陶陶暢也淑人君子其德不猶【疏】傳鼛大鼓也三洲淮上地妯動也猶若也箋妯之言悼也猶當作瘉瘉病也○淮南主術訓鼛鼓而食高注鼛鼓王者之食樂也詩曰鼓鍾伐鼛陳喬樅云荀子正論天子者代睪而食雍而徹乎五祀代睪當爲伐皋鼛皋古字通用雍而徹乎五祀者謂徹於竈也膳夫職王卒食以樂徹于造主術訓又云奏雍而徹已反而祭竈蓋徹饌而設之於竈若祭然造竈古字通用專言之則曰竈連類言之則曰五祀據此鼓鍾伐鼛王者之食樂魯詩之說卽本荀子淮有三洲者朱右曾云水經注淮水又東爲安豐津淮東有洲俗號關洲葢津關所在故斯洲納厥稱焉通校全淮惟此有洲在今霍邱縣北陳奐云縣東北十五里有大業陂周二十餘里人呼水門塘相傳古名鎮淮洲陷爲陂淮水自霍邱縣東流經正陽鎮合潁水淮洲陷爲陂當在潁水入淮之處左傳所稱潁尾也愚案大水中洲坍漲不常淮水三洲最古據朱陳二說二洲一已

爲陂另一洲更無可考古南江併於中江亦其比也憂心且陶陶暢也者眾經音義十二後漢書注八十一文選注三十四引韓詩文陳喬樅云廣雅釋言陶憂也正合韓訓說文云暢不生也玉篇同禮月令曰地氣且泄是謂發天地之房諸蟄則死民必疾疫又隨以喪命之曰暢月暢月云者當卽以不生爲義與訓作暢達相反則暢之本義與鬱近古人以鬱陶連文訓爲憂思陶猶鬱也知韓詩以陶訓暢暢亦有憂鬱義矣王氏念孫曰凡一字兩訓而反復旁通者如亂之爲治故之爲今擾之爲安臭之爲香不可悉數爾雅鬱陶繇喜也又云繇憂也繇字卽有憂喜二義鬱陶亦猶是也故喜氣未暢曰鬱陶檀弓疏引何氏云鬱陶懷喜未暢意是也憂思憤盈亦曰鬱陶楚詞九辨豈不鬱陶而思君兮王注憤念蓄積盈胷臆也孟子書象曰鬱陶思君爾史記五帝紀我思君正鬱陶是也暑氣蘊隆亦謂之鬱陶摯虞思游賦戚溽暑之鬱陶兮夏侯湛大暑賦乃鬱陶以興熱是也事雖不同而同爲鬱積之義故命名亦同閻若璩謂憂喜不同名廣雅誤訓陶爲憂其說非也說文引詩憂心且怞葢齊魯詩文愚案說文怞朗也朗暢同意皆憂之達於外者毛作妯訓動暢與動義亦相成是卽依韓訓作暢達說之非不可矣

鼓鐘欽欽鼓瑟鼓琴笙磬同音以雅以南以籥不僭【注】韓說曰王者舞六代之樂舞四夷之樂大德廣之所及又曰南夷之樂

曰南四夷之樂惟南可以和於雅者以其人聲音及籥不僭差也［疏］傳欽欽言使人樂進也笙磬東方之樂也同音四縣皆同也以雅以南爲雅爲南也舞四夷之樂大德廣所及也東夷之樂曰昧南夷之樂曰南西夷之樂曰朱離北夷之樂曰禁以爲籥舞若是爲和而不僭矣箋同音者謂堂上堂下八音克諧雅萬舞也萬也南也籥也三舞不僭言進退之旅也周樂尙武故謂萬舞爲雅雅正也籥舞文樂也○廣雅欽欽聲也此魯韓義鼓瑟鼓琴瑟琴在堂上也歌詩以弦之箋以上下釋同音者笙管在下鐘磬在上傳言四縣皆同即上與下同也以三舞釋雅南籥者傳明言爲雅爲南爲籥舞是爲三舞也王者至所及文選魏都賦李注引韓詩內傳文南夷至差也後漢陳禪傳李注引薛君文是韓說以雅統六代之樂以南表四夷之樂說文樂五聲八音之總名六代四夷雖言舞仍以聲音爲節奏故以南和於雅爲不僭籥者南籥不僭承上同音言則傳箋以舞說不僭孔疏謂四夷之樂專爲舞皆非矣春官大胥以六樂之會正舞位鄭注大同六樂之節奏正其位使相應也賈疏六樂即六代之樂鞮韈氏掌四夷之樂與其聲歌鄭注四夷之樂東方曰韎南方曰任西方曰株離北方曰禁詩云以雅以南是也言與其聲歌則云樂者主於舞賈疏四夷樂名出孝經鉤命訣所引助時生養殺藏之說與白虎通引樂元語東夷之樂持矛舞助時生南夷之樂持羽舞助時養西方之樂持戟舞助時煞

北夷之樂持干舞助時藏合白虎通又云受命而六樂樂先王之樂明有法也與四夷之樂明德廣及之也又云合歡之樂儛於堂四夷之樂陳於右又云一說東方持矛南方歌西方戚北方擊金鄭注禮時用齊詩其言六代四夷之樂與韓合則齊說同韓云樂主於舞者鄭以別於六樂之專言節奏也云南方曰任者白虎通南夷之樂曰南南之爲言任也任養萬物蓋就舞言曰任就歌言曰南方其舞則執籥秉翟及其歌則歛籥合聲南夷歌而東仍持矛西乃舞戚北則擊金以輔之故一說與前異而薛君惟南聲音及籥不偕差之說愈明矣鄭雖以任釋舞而仍以南爲其聲歌故引詩以南證之其文王世子注云南南夷之樂也詩曰以雅以南以籥不偕亦其證東都賦云四夷間奏德廣所及僸佅兜離罔不具集白虎通南夷之樂曰南舊本亦作曰兜兜南一聲之轉言間奏是明主聲樂矣陳禪傳又載陳忠劾奏禪曰古者合歡之樂舞於堂四夷之樂陳於門故詩云以雅以南韎任朱離南任幷舉亦歌舞幷言班賦德廣之詞忠奏合歡二語均見白虎通明齊說一貫也蔡邕獨斷云王者必作四夷之樂以合天下之歡心祭神明和而歌之以管籥爲之聲此即本鞮鞻氏祭祀則歛而歌之鄭注云吹之以管籥爲之聲蔡學魯詩則魯說亦同齊韓皆以聲歌合雅也齊家以堂上之樂合歡指六代蔡指四夷者概言之均以合歡也禮注引詩明齊毛文同風俗通義亦引詩以籥不偕云籥者樂器竹管三孔所以和眾聲也明魯毛文同

鼓鐘四章章五句

楚茨【疏】毛序刺幽王也政煩賦重田萊多荒饑饉降喪民卒流亡祭祀不饗故君子思古焉箋田萊多荒茨棘不除也饑饉倉庾不盈也降喪神不與福助也○王逸楚詞離騷注薋蒺藜也詩曰楚楚者薋是魯作楚薋禮玉藻鄭注采齊當爲楚薺之薺是齊作楚薺韓薋與毛同

楚楚者茨言抽其棘自昔何爲我蓺黍稷我黍與與我稷翼翼我倉既盈我庾維億以爲酒食以享以祀以妥以侑以介景福

【疏】傳楚楚茨棘貌抽除也露積曰庾萬萬曰億妥安坐也侑勸也箋茨蒺藜也伐除蒺藜與棘自古之人何乃勤苦爲此事乎我將樹黍稷焉言古者先王之政以農爲本茨言楚楚棘言抽互辭也黍與與稷翼翼蕃廡貌陰陽和風雨時則萬物成萬物成則倉庾充滿矣倉言盈庾言億亦互辭喻多也十萬曰億享獻介助景大也以黍稷爲酒食獻之以祀先祖既又迎尸使處神坐而食之爲其嫌不飽祝以主人之辭勸之所以助孝子受大福也○茨蒺藜釋草文郭注布地蔓生細葉子有三角刺說文茨下云以茅葦蓋屋薺下云蒺藜也玉篇薋蒺藜也說文訓草多貌是齊正字魯毛借字馬瑞辰云棘古作朿釋草朿刺

方言凡草木刺人北燕朝鮮之間謂之茦又曰自關而西謂之刺江湖之間謂之棘說文茦莿也莿茦也棘爲草名又爲凡草刺人之通稱楚楚者茨言抽其棘棘即茨上之棘猶之䵷䵷錯薪言刈其楚楚即薪中之楚也故傳云楚楚茨棘貌正以明茨棘爲一箋分茨棘爲二失之楊雄并州牧箴自昔何爲明𣅜毛文同說文旟旟衆也从㫃與聲是與與有衆義廣雅翼翼盛也張衡南都賦𦮼麥稷黍翼翼與與用魯經文說文倉穀藏也庾倉無屋者胡廣漢官解詁在邑曰倉在野曰庾是庾本在野積穀之稱菑若今之囷也馬瑞辰云億說文作𢡃云𢡃滿也一曰十萬曰𢡃是億之本義訓滿與盈同義王氏引之曰易林言倉盈庾億乾之師比之師坤之恆同億亦盈也語之轉耳此億字但取盈滿之義非紀其數與萬億及秭之億不同其說是也

濟濟蹌蹌絜爾牛羊以往烝嘗或剝或亨或肆或將祝祭于祊注魯祊作閍齊韓祊作鬃**祀事孔明先祖是皇神保是饗孝孫有慶報以介福萬壽無疆**疏傳濟濟蹌蹌言有容也亨飪之也肆陳將齊也或陳于互或齊其肉祊門內也皇大保安也箋有容言威儀敬慎也冬祭曰烝秋祭曰嘗祭祀之禮各有其事有解剝其肉者有煮熟之者有肆其骨體於俎者或奉持而進之者孔甚也明猶備也絜也孝子不知神之所在故使祝博求之平生門內之旁待賓客之處祀禮

於是甚明皇暀也先祖以孝子祀禮甚明之故精氣歸暀之其鬼神又安而饗其祭祀慶賜也疆竟界也○魯祊作閍者禮禮器正義引釋宫廟門謂之閍郊特牲正義引同皆與詩疏引爾雅文異又詩疏引李巡注閍故廟中門名也孫炎注詩云祝祭于祊謂廟門也與左襄二十四年傳疏引亦同陳喬樅云毛詩作祊詩左傳正義引爾雅李孫舊注亦作祊此順詩經改字也爾雅經文作閍是用魯文李孫注亦當同今本爾雅作閍謂之門郝氏懿行曰禮郊特牲廟門曰祊正義以爲釋宫文禮器正義亦引釋宫廟門謂之閍參以李孫二注並以廟門釋閍疑爾雅古本當作廟門謂之閍賴有注疏可證惟左傳正義引爾雅與今本同或出後人所改耳齊韓祊作𥛱者說文𥛱下云門內祭先祖所以徬皇詩曰祝祭于𥛱祊下云𥛱或體据春秋正義魯詩作閍則作𥛱者齊韓文也陳奐云凡祭宗廟之禮廟主藏於室中于其祭也祝以詔告之所謂直祭祝于主也廟門之內皆祖宗神靈所馮依焉孝子不知神之所在于其祭也祝以博求之所謂索祭祝于祊也是祊祭當在事尸前至繹祭主未納室故無詔室之祭亦必無索神之祭鄭注禮以祊爲繹宜於廟門外箋詩又以門內爲大門內非廟門內鄭箋常自用其禮注孔疏曲護解廟門外爲繹祭之祊廟門內爲正祭之祊則詩之祊與禮郊特牲禮器之祊爲二祭矣焦循宫室圖云繹祭之名見於諸經者絕不與祊混祊皆正祭索神之名所云爲祊於外而出於祊者皆對室中言非門外也焦說是已蔡邕司空臨晉

侯楊公碑祀事孔明明魯毛文同孝孫有慶三句祝爲尸致福於主人之詞

執爨踖踖爲俎孔碩或燔或炙君婦莫莫爲豆孔庶爲賓爲客獻酬交錯禮儀卒度【注】韓儀作義**笑語卒獲神保是格報以介福萬壽攸酢**【疏】傳爨饔爨廩爨也踖踖言爨竈有容也燔取膟膋炙炙肉也莫莫言清靜而敬至也豆謂內羞庶羞也繹而賓尸及賓客東西爲交邪行爲錯度法度也獲得時也格來酢報也箋燔燔肉也炙肝炙也皆從獻之俎也其爲之於爨必取肉也肝也肥碩美者君婦謂后也凡適妻稱君婦事舅姑之稱也庶胗也祭祀之禮后夫人主共籩豆必取肉物肥胗美者也始主人酌賓爲獻賓既酌主人主人又自飲酌賓曰醻至旅而爵交錯以徧卒盡也古者於旅也語○胡承珙云釋訓踖踖敏也說文踖長脛行也从足昔聲一曰踧踖爾雅本釋此詩之踖踖合之說文長脛者敏於行執爨踖踖以敏爲本義至一曰踧踖乃論語馬注所謂恭敬貌者與詩義別王逸楚詞九歎注爨炊竈也詩云執爨踖踖明魯毛文同馬瑞辰云釋訓慔慔勉也疑此詩莫莫之異文當本三家說文慔勉也亦敬謹之意與傳敬至義合又云交者迻之消借說文迻會也錯者遣之叚借說文遣交遣也特牲饋食禮衆賓及衆兄弟交錯以辯鄭注交錯猶言東西蓋渾言則交錯爲東西行析言則東西

正相値爲迻東西邪行爲遣旅酬行禮皆一迻一遣也呂覽慎行篇高注酬報也詩曰獻酬交錯明魯毛文同張衡南都賦獻酬既交用魯經文班固東都賦獻酬交錯明齊毛文同韓儀作義者韓詩外傳四三引詩禮儀卒度笑語卒獲今本皆與毛同係後人妄改王應麟詩攷引作義肆師治其禮儀注故書儀爲義鄭司農云義讀爲儀左傳郲儀父漢書鄒陽傳作義父說文云義者已之威儀也故經傳多以義爲儀荀子修身篇人無禮則不生事無禮則不成國家無禮則不寧詩曰禮儀卒度笑語卒獲此之謂也禮論引詩同禮坊記詩云禮儀卒度笑語卒獲鄭注卒盡也獲得也言在廟中者不失其禮儀皆歡喜得其節也明魯齊並與毛同陳奐云此章及明日繹祭祭畢而饗燕賓客由饗燕而推本於神報介福則祀事至此畢矣下三章又複敘祭祀始末以明思古之情

我孔熯矣式禮莫愆工祝致告徂賚孝孫苾芬孝祀【注】韓詩曰馥芬孝祀韓說曰馥香貌也**神嗜飲食卜爾百福如幾如式既齊既稷既匡既勑永錫爾極時萬時億**【疏】傳熯敬也善其事曰工賚予也幾期式法也稷疾勑固也箋我我孝孫也式法莫無愆過徂往也孝孫甚敬矣於禮法無過者祝以此故致神意告主人使受嘏既而以

嘏之物往予主人卜予也苾苾芬芬有馨香矣女之以孝敬享祀也神乃歆嗜女之飲食今予女之百福其來如有期矣多少如有法矣此皆嘏詞之意齊減取也稷之言即也亟長極中也嘏之禮祝徧取黍稷牢肉魚擩于醢以授尸孝孫前就尸受之天子使宰夫受之以筐祝則釋嘏詞以勑之又曰長賜女以中和之福是萬是億言多無數○馬瑞辰云少牢饋食禮皇尸命工祝鄭注工官也書皋陶謨百工郎百官工祝正對皇尸爲君尸言之猶書言官占傳言善其事曰工非潛夫論敘錄詩有工祝用魯經文馥芬至貌也文選蘇武古詩注引韓詩及薛君文眾經音義十四引韓詩同惟無薛君曰三字馬瑞辰云釋詁享孝也享訓爲孝故享祀亦謂之孝祀論語而致孝乎鬼神猶言致享乎鬼神也箋謂以孝敬享祀非

禮儀既備鐘鼓既戒孝孫徂位工祝致告神具醉止皇尸載起鼓鐘送尸神保聿歸諸宰君婦廢徹不遲諸父兄弟備言燕私

〔疏〕傳致告告利成也皇大也燕而盡其私恩箋鐘鼓既戒戒諸在廟中者以祭禮畢孝孫往位堂下西面位也祝於是致孝孫之意告尸以利成具皆也皇君也載之言則也尸節神者也神醉而尸謖送尸而神歸尸出入奏肆夏尸稱君尊之也神安歸者歸於天也廢去也尸出而可徹諸宰徹去諸饌君婦籩豆而已不遲以疾爲敬也祭祀畢歸賓客之俎同姓則留與之燕

所以尊賓客親骨肉也○白虎通祭祀篇祭所以有尸者何鬼神聽之無聲視之無形升自阼階仰視榱桷俯視几筵其器存其人亡虛無寂寞思慕哀傷無所寫泄故坐尸而食之毀損其饌欣然若親之飽尸醉若神之醉矣詩云神具醉止皇尸載起此魯說魏志文帝紀曹植誄神具醉止明韓毛文同

樂具入奏以綏後祿爾殽既將莫怨具慶既醉既飽小大稽首神嗜飲食使君壽考孔惠孔時維其盡之子子孫孫勿替引之

疏傳綏安也安然後受福祿也將行也替廢引長也箋燕而祭時之樂復皆入奏以安後日之福祿骨肉歡而君之福祿安女之殽羞已行同姓之臣無有怨者而皆慶君是其歡也小大猶長幼也同姓之臣燕已醉飽皆再拜稽首曰神乃歆嗜君之飲食使君壽且考此其慶詞惠順也甚順於禮甚得其時維君德能盡之願子孫勿廢而長行之○易林臨之蒙神嗜飲食使君壽考明齊毛文同釋訓子子孫孫引無極也舍人注子孫長行美道引無極也此魯說蔡邕九祝詞子子孫孫勿替引之明魯毛文同韓詩外傳三傳曰喪祭之禮廢則臣子之恩薄臣子之恩薄則背死忘生者衆小雅曰子子孫孫勿替引之言祭禮重也

楚茨六章章十二句

信南山【疏】毛序刺幽王也不能修成王之業疆理天下以奉禹功故君子思古焉○三家義未聞

信彼南山維禹甸之【注】韓甸作敶**畇畇原隰曾孫田之我疆我理南東其畝**【疏】傳甸治也畇畇墾辟貌曾孫成王也疆畫經界也理分地理也或南或東箋信乎彼南山之野禹治而上甸之今原隰墾辟則又成王之所佃言成王乃遠修禹之功今王反不修其業乎六十四井爲甸甸方八里居一成之中成方十里出兵車一乘以爲賦法○韓甸作敶者周官稍人邱乘注乘讀與維禹敶之之敶同賈疏云毛詩維禹甸之不言敶者鄭君先通韓詩此據韓詩而言胡承珙云毛訓甸爲治者甸讀爲田說文田敶也釋地李巡注田敶也謂敶列種穀之處夫敶列種穀固有治義矣韓字雖作敶亦當同毛訓治爾雅神治也邵晉涵謂神爲敶之轉又說文敶理也理卽爲治亦以聲近義同也小司徒鄭注甸之言乘也乘亦可訓治豳風亟其乘屋箋云乘治是也此箋必申以邱甸者以下文疆理南畝皆所以奉禹功故又本甸治之意推而言之賈疏謂鄭注韓詩爲說敶是軍陳故訓爲乘殆未必然畇畇原隰者馬瑞辰云均人注旬均也讀如營營原隰之營玉篇營均也營與畇音近而義同作營者蓋韓詩畇釋文云本亦作畇小爾雅廣雅並曰旬治

也畇郇旬也畇亦均也夏小正農率均田均田郇除田除郇治也釋訓畇畇田也正取曾孫田之爲訓說文有均無畇郝懿行謂畇郇均之或體疆者謂定其大界理者細分其地脈也南東其畝者左成二年傳晉郤克伐齊使齊之封內盡東其畝賓媚人曰先王疆理天下物土之宜而布其利今吾子疆理諸侯而曰盡東其畝而已唯吾子戎車是利無顧土宜杜注晉之伐齊循壟東行易蓋南東必因地勢齊在晉東故晉使東畝爲不顧土宜也又呂覽簡選篇晉文公東衞之畝高注使衞耕者皆東畝以遂晉兵也程瑤田云釋阡陌者皆言南北曰阡東西曰陌惟風俗通具二義曰南北曰阡東西曰陌河東以東西爲阡南北爲陌天下之川皆東流故川橫則澮縱洫又橫溝又縱遂又橫遂橫者其畛必縱而畝陳於東是故東畝者天下之大勢也遂上有徑當百畝之間故謂之陌其徑東西行故曰東西曰陌也遂上之徑東西行則溝上之畛必南北行畛當千畝之間故謂之阡而曰南北曰阡也此阡陌之通義出於東畝者天下之大勢也然亦有南畝者河東之川獨南流河爲川之最大者而或南流則其畝必南陳而爲南畝矣南畝則橫則遂縱徑亦縱而爲南北行豈不南北爲陌乎溝橫畛亦橫而爲東西行豈不東西爲阡乎由是洫又縱澮又橫而川則縱而南流矣河東之川天下之大川也而獨南流故特舉之以爲東西爲阡南北爲陌之例河至大伾又北流則畫畝與河東川之南流者同爲南畝而晉人欲使齊盡東其畝此賓媚人所以有無顧土宜

之斥也阡陌之名從遂人百畝千畝百夫千夫生義而匠人之阡陌則因乎遂人而名之義不係乎畝與夫之千百命名之事惟變所適亦自然之勢也陳奐云詩言畝有南東則阡陌亦必南東程說足以證三代定畝之至意天下之川東西流者畝必東南北流者畝必南其大較也河東之川南流豳岐豐鎬在大河之西其川與河東之川同是南流其畝必南陳故七月甫田大田載芟良耜等篇皆云南畝此篇言疆理天下故云南東畝也

上天同雲〔注〕韓說曰雪雲曰同雲雨雪雰雰〔注〕三家雰作紛益之以霢霂既優既渥既霑既足生我百穀〔疏〕傳雰雰雪貌豐年之冬必有積雪小雨曰霢霂箋成王之時陰陽和風雨時冬有積雪春而益之以小雨潤澤則饒洽○雪雲曰同雲者藝文類聚二御覽十二引韓詩外傳文又云凡草木花多五出雪花獨六出者陰極之數雪花曰霙又云自上而下曰雨雪初學記二歲華紀麗一之四陳喬樅云初學記同雲謂陰雲竟天同爲一色又埤雅引詩上天同雲而釋之曰冬爲上天㷀則雲暘而異寒則雲陰而同故韓詩以雪雲爲同雲也三家雰作紛者白帖二兩引詩雨雪紛紛與毛異說文雰卽氛字云祥也與雪無涉蔡邕九惟文上天同雲明魯毛文同釋天小雨謂之霢霂說文霢下訓義同徐鍇引詩潤之以霢霂益作潤蓋韓詩異字又㵹下云澤多也引詩既㵹既渥亦

據三家文毛作優同音通叚霑下云雨濡也渥下云霑也浞下云濡也足亦浞之借字

疆場翼翼黍稷彧彧曾孫之穡以爲酒食畀我尸賓壽考萬年【疏】傳場畔也翼翼讓畔也彧彧茂盛貌箋斂稅曰穡畀予也成王以黍稷之稅爲酒食至祭祀齊戒則以賜尸與賓尊尸與賓所以敬神也敬神則得壽考萬年

中田有廬疆場有瓜【注】韓疆作壃**是剝是菹獻之皇祖曾孫壽考受天之祜**【疏】傳剝瓜爲菹也箋中田田中也農人作廬焉以便其田事於畔上種瓜瓜成又入其稅天子剝削淹漬以爲菹貴四時之異物皇君祜福也獻瓜菹於先祖者順孝子之心也孝子則獲福○呂覽孟春紀高注詩曰中田有廬疆場有瓜無休廢也引經明魯毛文同疆作壃者韓詩外傳四古者八家而井田方里爲一井廣三百步長三百步爲一里其田九百畝廣一步長百步爲一畝廣百步長百步爲百畝八家爲鄰家得百畝餘夫各得二十五畝家爲公田十畝餘二十畝爲廬舍各得二畝半八家相保出入更守是以其民相親而相好詩曰中田有廬壃場有瓜疆作壃見詩考今本仍作疆乃誤改史記晉世家出壃乃免與疆同也又周禮載師賈疏眾經音義十三引皆作畺說文畺界也重文疆从土彊疆从土則壃

郎疆之消文陳喬樅云此與穀梁傳及漢書食貨志合穀梁魯
詩一同一師傳班固漢志皆用齊詩是三家義同穀梁傳曰古者
什一藉而不稅三百步爲里名曰井田井田者九百畝公田居
一私田稼不善則非吏公田稼不善則非民又曰古者公田爲
居井竈蔥韭盡取焉食貨志曰井方一里是爲九夫八家共之
各受私田百畝公田十畝是爲八百八十畝餘二十畝以爲廬
舍出入相友守望相助民是以和睦而教化齊同力役生產可
得而平也其家眾男爲餘夫亦以口受田如此民年二十受田
六十歸田種穀必雜五種以備災害田中不得有樹用妨五穀
還廬樹桑菜茹有畦瓜瓠果蓏殖於疆易在埜曰廬在邑曰里
於里有序而鄉有庠春令民畢出在埜冬則畢入於邑所以順
陰陽備寇賊習禮文也穀梁傳言古者公田爲居云云食貨志
言公田餘二十畝云云正此詩所謂中田有廬疆場有瓜也公
羊傳曰古者什一而藉什一者天下之中正也何休注聖人制
井田之法而口分之一夫一婦受田百畝以養父母妻子五口
爲一家公田十畝即所謂什一而稅也廬舍二畝半凡爲田一
頃十二畝半八家而九頃共爲一井故曰井田廬舍在內貴人
也公田次之重公也私田在外賤私也多於五口名曰餘夫以
率受田二十五畝在田曰廬在邑曰里五穀畢入民皆居宅男
女同巷相從夜績至於夜中女功一月得四十五日作從十月
盡正月止男女有所怨恨相從而歌饑者歌其食勞者歌其事
男年六十女年五十者官衣食之使之民間求詩鄉移於邑邑

移於國國以聞於天子故王者不出牖戶而知天下所苦不下堂而知四方說亦與食貨志同公羊爲齊學邵公用魯詩其所述多齊魯詩義范甯穀梁注卽用邵公語他如趙岐之注孟子宋均之注樂緯咸同此說其義甚古不可易也詩孔疏乃以諸儒爲失其說非是馬瑞辰曰說文廬寄也秋冬去春夏居古者井田之制私田在外公田在中廬又在公田之中故曰中田有廬詩正義拘孟子九一而助之說謂鄭以爲助則九而助一貢則十一而貢一通率而什中取一因謂古無公田二十畝爲廬舍之說案孟子所云皆什一者正謂十一分而取其一詩正義以什一使自賦謂什一而貢一是也而以九一爲九而助一則非九一而助舉其大數實則除去廬舍二十畝爲八百八十畝八家各得田一百二十畝只稅其十畝正爲什一而稅其一此孟子所謂其實皆什一也攷工記匠人賈疏以爲什外取一亦什一而取一之義先儒或以什一爲什而取一則與經文其實皆什一爲不合矣易林小過之漸中田有廬疆埸有瓜進獻皇祖曾孫壽考用齊經文

祭以清酒從以騂牡享于祖考執其鸞刀以啓其毛取其血膋

〔疏〕傳周尙赤也鸞刀刀有鸞者言割中節也箋清謂玄酒也酒鬱鬯五齊三酒也祭之禮先以鬱鬯降神然後迎牲享于祖考納亨時毛以告純也膋脂膏也血以告殺膋以升臭合之黍稷實之於蕭合馨香也○從獻也孔疏從是相亞之詞御覽五

百二十四引詩享以祖考于作以連上爲三以與下三其字應

益本三家文公羊宣十二年何注鸞刀宗廟割切之刀環有和

鋒有鸞也禮郊特牲云割刀之用而鸞刀之貴貴其義也聲和

而後斷也張衡東京賦執鸞刀以祖割用魯經文鸞考文本作

鑾說文鑾从金从鸞省訓爲鸞鈴象鸞鳥聲和與公羊說鸞刀

義正合膋說文引詩作膫云牛腸脂也膋即膫之重文毛作膋

知三家作膫郊特牲膟膋鄭訓腸間脂也祭義膟膋鄭又訓血

與腸間脂也初無定說而祭義釋文引字林膋是牛腸間脂也

與說文合是說文義爲塙矣

是烝是享苾苾芬芬注魯苾作馥祀事孔明先祖是皇報以介

福萬壽無疆疏傳烝進也箋既有牲物而進獻之苾苾芬芬然

香祀禮於是則甚明也皇之言暀也先祖之靈

歸暀是孝孫而報之以福○魯苾作馥者蔡邕司空臨晉侯楊

公碑馥馥芬芬是用魯詩何晏景福殿賦亦云馥馥芬芬廣雅

釋訓馥馥芬芬香也皆據魯文

邕碑祀事孔明明魯毛文同

信南山六章章六句

谷風之什十篇五十四章三百五十六句

詩三家義集疏卷十八終

詩三家義集疏卷十九

長沙王先謙益吾著

甫田之什弟十九　詩小雅

甫田【疏】毛序：刺幽王也。君子傷今而思古焉。箋：刺者，刺其倉廩空虛，政煩賦重，農人失職。○三家義未聞。

倬彼甫田，歲取十千。【注】韓「倬」作「菿」。我取其陳，食我農人。自古有年。今適南畝，或耘或耔，黍稷薿薿。【注】齊「耘」作「芸」，「耔」作「芓」，「薿」作「儗」。攸介攸止，烝我髦士。【疏】傳：倬，明貌。甫田，謂天下田也。十千，言多也。尊者食新，農夫食陳。耘，除草也。耔，雝本也。烝，進。髦，俊也。治田得穀，俊士以進。箋：甫之言丈夫也。明乎彼大古之時，以丈夫稅田也。歲取十千，於井田之法，則一成之數也。九夫爲井，井稅一夫，其田百畝。井十爲通，通稅十夫，其田千畝。通十爲成，成方十里，成稅百夫，其田萬畝。欲見其數從井通起，故言十千。上地穀畝一鍾，倉廩有餘，民得賒貰取食之，所以紓官之蓄滯，亦使民愛存新穀。自古者豐年之法如此。今者今成王之法也。使農人之南畝，治其禾稼，功至力盡，則薿薿然而茂盛。於古言稅法，今言治田，互辭。介，舍也。禮，使民鋤作耘耔，

問暇則於廬舍及所止息之處以道藝相講肄以進其爲俊士
之行○玉篇草部蒶都角切韓詩蒶彼圃田毛作倬又音到詩
釋文倬韓詩作箌云箌卓也釋詁箌大也邢疏韓詩云箌彼圃
田陳喬樅云此釋文誤蒶爲箌也盧文弨曰徐鯤謂說文無箌
字惟玉篇竹部有之云捕具也又作罩是箌卽罩之異文廣韻
三十七號箌大也又四覺蒶字注引說文云草大也今本說文
作草木倒木倒乃大也二字之譌據此則韓詩本作蒶字可知
釋詁郭注箌義未聞郭璞豈不見韓詩使韓果作箌何云未
聞耶然其誤自陸德明始而邢昺因之齊耘作芸耔作芓薿作
儗者漢書食貨志后稷始甽田以二耜爲耦廣尺深尺曰甽長
終畝一畝三甽一夫三百甽而播種于甽中苗生葉以上稍耨
隴草因隤其土以附苗根故其詩曰或芸或芓黍稷儗儗芸除
草也芓附根也言苗稍壯每耨輒附根比盛暑隴盡而根深能
風與旱故儗儗而盛也師古注耨芸芓也卽用齊詩說揚雄
逐貧賦或耘或耔明魯毛文同文選魏都賦李注引韓詩章句
介界也胡承珙云箋以介爲舍廬舍必於界上是鄭義本韓陳
奐云介大也止猶息也言長大其黍稷休息其民人也與二章
云以介我稷黍以穀我士女文義同黃山云甫田之詩託諷農
民農人其稱我者皆自我也與豳風食我農夫當同取其陳者
以自食待其新者備歲取之常供爾方薿薿而期其介止介當
如陳說止至也至於得穀也生民傳訓攸止爲福祿所止卽此
義田畯以農夫之俊者爲之釋言髦俊也又曰髦士官也田畯

農夫也則似專爲此詩立訓三章田畯之畯釋文本又作俊是傳之以俊訓髦即以髦士爲田畯之官農人獻新田畯致之故傳治田得穀髦士以進連言是爲一事矣箋以爲進其俊士之行非詩恉言治田得穀明就農人言非就王言也

以我齊明與我犧羊以社以方我田既臧農夫之慶琴瑟擊鼓以御田祖以祈甘雨以介我稷黍以穀我士女

疏 傳器實曰齊在器曰盛社后土也方迎四方氣於郊也田祖先嗇也穀善也箋以絜齊豐盛與我純色之羊秋祭社與四方爲五穀成熟報其功也臧善也我田事已善則慶賜農夫謂大蜡之時勞農以休息之也年不順成則八蜡不通御迎介助穀養也設樂以迎祭先嗇謂郊後始耕也以求甘雨佑助我禾稼我當以養士女也周禮曰凡國祈年于田祖吹豳雅擊土鼓以樂田畯○齊明猶明齊郎左傳絜齊也續漢禮儀志補注引蔡邕禮樂志社稷樂詩所謂琴瑟擊鼓以御田祖者也風俗通義八周禮說二十五家置一社但爲田祖報求詩曰乃立冢土又曰以御田祖以祈甘雨據蔡說魯御作迎風俗通作御蓋後人據毛改之漢書郊祀志引詩曰以御田祖以祈甘雨明齊毛文同黃山云詩言田臧未言稼同言祈未言報田臧者特無螟螣蟊賊之害爾箋輒以五穀成熟報功爲說非也首章或芸或芓黍稷儗儗齊說以爲苗稍壯則尚未秀實明矣三章禾易長畝終善且有祝其終有則尚未

收穫明矣如茨如梁詠在末章必無於次章言報功之理箋援古文之說謂秋祭社與四方既秋祭矣又以爲八蜡蜡則冬祭也尤無定說葢以社者蔡邕所謂春藉田祈社稷也以方者亦邕所謂春夏祈穀於上帝也御田祖者班固所謂享先農也祈甘雨者皇甫謐所謂時雩旱禱也皆春夏王者重農所有事詩歷言之不必如箋說

曾孫來止以其婦子饁彼南畝田畯至喜攘其左右嘗其旨否禾易長畝終善且有曾孫不怒農夫克敏〔疏〕傳易治也長畝竟畝也敏疾也箋曾孫謂成王也攘讀當爲饟饁饟饋也田畯司嗇今之嗇夫也喜讀爲饎饎酒食也成王來止謂出觀農事也親與后世子行使知稼穡之艱難也爲農人之在南畝者設饋以勸之司嗇至則又加之以酒食饟其左右從行者成王親爲嘗其饋之美否示親之也禾治而竟畝成王則無所責怒謂此農夫能自敏也〇胡承珙云曹氏云攘卻也謂田畯之官卻除其左右之從者親嘗其饁之旨否言其上下相親之甚也黃山云曾孫爲農人親暱其君之稱上章祉方御祈美王之勤農此章述王之愛農也言王來田間見婦子饋饟卻左右而試嘗其食之旨否亦示親暱爾故曰曾孫不怒謂不怒婦子之無知正喜農夫之克敏也然則攘義當如胡說嘗則不當屬之田畯田畯連上三句數見他篇亦不必相牽爲說也

曾孫之稼，如茨如梁。曾孫之庾，如坻如京。乃求千斯倉，乃求萬斯箱。黍稷稻粱，農夫之慶。報以介福，萬壽無疆。〔疏〕傳：「茨，積也。梁，車梁也。京，高丘也。」箋：「稼，禾也，謂有藁者也。茨，屋蓋也。上古之稅法，近者納總，遠者納粟米。庾，露積穀也。坻，水中之高地也。成王見禾穀之稅委積之多，於是求千倉以處之，萬車以載之，是言年收踰前也。慶，賜也。年豐則勞賜農夫益厚，既有黍稷，加以稻粱。報者，爲之求福助於八蜡之神。萬壽無疆，竟也。」○黃山云：「曾孫之稼四句，幸公田之獲多，乃求千斯倉四句，祈私田之大有，報者神報王之勤農愛農，而畀以福壽，二句皆頌王之詞爾。此篇箋說多不倫，王肅、孫毓重疑之。如此章以納總納粟遠近爲說，成王巡田所至，本有近無遠也。又以求倉箱屬成王，則總粟仍非自民納之，而訶稼廩倉之官爲虛設矣，何其無定說也。」

甫田四章，章十句。

大田〔疏〕毛序：「刺幽王也。言矜寡不能自存焉。」箋：「幽王之時，政煩賦重，而不務農事，蟲災害穀，風雨不時，萬民饑饉，矜寡無所取活，故時臣思古以刺之。」○三家義未聞。

大田多稼，既種既戒，既備乃事。以我覃耜，〔注〕魯「覃」作「剡」。俶載南畝播厥百穀既庭且碩曾孫是若〔疏〕傳覃利也庭直也箋大田謂地肥美可墾耕多爲稼可以授民者也將稼者必先相地之宜而擇其種季冬命民出五種計耦耕事修耒耜具田器此之謂戒是既備矣至孟春土長冒橛陳根可拔而事之俶讀爲熾載讀爲菑栗之菑時至民以其利耜熾菑發所受之地趨農急也田一歲曰菑碩大若順也民既熾菑則種其衆穀衆穀生盡條直茂大成王於是則止力役以順民事不奪其時○魯覃作剡者釋詁剡利也郭注詩曰以我剡耜陳喬樅云郭注是據舊注魯詩之文張衡東京賦介御間以剡耜衡習魯詩可互證也淮南氾論訓古者剡耜而耕字亦作剡皆從魯文毛作覃叚借字陳奐云箋讀載俶爲熾菑非也菑一歲休耕之田不得播穀王逸楚詞九章注播種也詩曰播厥百穀明魯毛文同箋訓播厥百穀爲種其衆穀亦於魯說合

既方既皁既堅既好不稂不莠去其螟螣及其蟊賊無害我田穉田祖有神秉畀炎火〔注〕韓秉作卜卜報也〔疏〕傳實未堅者曰皁根童粱也莠似苗也食心曰螟食葉曰螣食根曰蟊食節曰賊炎火盛陽也箋方房也謂孚甲始生而未合時也盡生房矣盡成實矣盡堅熟矣盡齊好矣而無稂莠擇種之善民力之專時氣之和所致之四蟲者恆害我田中之穉禾故明君以正己而去之螟螣之

屬盛陽氣嬴則生之今明君爲政田祖之神不受此害持之付與炎火使自消亡○馬瑞辰云說文螟蟲食穀心者吏冥冥犯法卽生螟二徐本心誤作葉藝文類聚開元占經引說文作食穀心段從之是也釋文蟊或作蛑說文作蟦蟦二徐本作蟦云蟲食苗葉者吏乞貸則生蟦蟦當從釋文引作蟦蟦本字螣借字蟦又借作蟘呂覽任地篇又無螟蟘注蟘作爲螣後漢明帝紀亦云去其螟蟘春秋莊十八年秋有蟘當讀爲螟蟘之蟘劉向服虔並以爲短弧非𧒒者蟊之借說文蟊食草根者从蟲𣐩象形吏抵冒取民財則生蟊或作蝥古文作蛑古務牟同聲或作蝥者猶務光一作牟光也其字亦省作牟漢書景帝詔侵牟萬民李奇曰牟食苗根蟲是也賊玉篇作蠈蓋後人增益之字古止作賊易林坤之革螟蟲爲賊害我五穀用齊經文說文有螟蟦蟊而無賊齊家蓋亦以三者皆爲賊非有四也秉作卜卜報也者釋文引韓詩文段玉裁云卜畀猶俗言付與也爾雅卜予也胡承珙云白虎通蓍龜云卜赴也小爾雅赴疾也禮少儀喪服小記注並云報讀爲赴疾之赴是訓卜爲報猶訓卜爲赴卜畀炎火者謂亟取而畀之炎火也

有渰萋萋興雨祁祁〔注〕齊渰作黤魯作晻韓作弇齊萋作淒三家興雨作興雲雨我公田遂及我私彼有不穫穉此有不斂穧

彼有遺秉，此有滯穗，伊寡婦之利。【疏】傳渰雲興貌萋萋雲行貌祁祁徐也秉把也箋古者陰陽和風雨時其來祁祁然而不暴疾其民之心先公後私令天主雨於公田因及私田爾此言民怙君德蒙其餘惠成王之時百穀既多種同齊孰收刈促遽力皆不足而有不穫不斂遺秉滯穗故聽矜寡取之以爲利○齊渰作黤者漢書食貨志先王制土處民富而教之故民皆勸功樂業先公而後私其詩曰有黤淒淒興雨祁祁雨我公田遂及我私詩釋文云有渰漢書作黤王應麟詩攷作渰與今本同已非善本矣盧文弨云顏氏家訓始謂興雲當作興雨陸釋文從之趙明誠金石錄載無極山碑有曰興雲祁祁雨我公田遂及我私乃知漢以前本皆作興雲顏氏但以班固靈臺詩祁祁甘雨爲證豈諸書皆可廢乎愚案盧說是也自顏氏誤改而桓寬鹽鐵論水旱篇所引之有渰萋萋二句後漢左雄傳所引之有渰淒淒四句用齊詩者皆改爲興雨矣魯作晻者呂覽務本篇詩云有晻淒淒興雲祁祁雨我公田遂及我私高注詩小雅大田之三章也晻陰雲也陰陽和時雨祁祁然不暴疾也古者井田十一而稅公田在中私田在外民有禮讓之心故願先公田而及私也案所引魯詩也韓詩外傳八引小雅曰有渰淒淒興雲祁祁以是知太平之無飄風暴雨明矣陳喬樅云詩攷引外傳作有弇今已爲後人改作渰御覽八百七十二引作黤三家萋作淒興雨作興雲者引已見上段玉裁云古人止言降雨下雨無言興雨者興雲祁祁雨我公田猶白華詩之英英白雲露彼菅茅語意相似漢書蕭望之傳議曰詩云雨我公田遂及我私下急上也此齊說也趙岐孟子章句云太平時民悅其上願欲天之先雨公田遂以次及我私田也此魯說也馬瑞辰云穉有二義閟宮詩傳先種曰稙後種曰穉說文穉幼禾也繫傳本下有晚種後熟者五字是禾之幼者曰穉禾之晚種者亦曰穉此詩無害我田穉謂幼禾也彼有不穫穉謂晚種後熟者也禮坊記詩云彼有遺秉此有不斂穧伊寡婦之利鄭注言穫者之遺餘捃拾所以爲利聘禮鄭注秉謂刈禾盈手之秉也筥穧名也繫露制度篇孔子曰君子不盡利以遺民詩云彼有遺秉此有不斂穧伊寡婦之利馬瑞辰云說文穧穫刈也一曰撮也撮卽聚把之稱是穫禾謂之穧聚禾成把亦謂之穧此詩不斂穧當從說文撮也之訓釋文以穧穫當之非聘禮記四秉曰筥鄭注筥穧名也今淶易之間刈稻聚把有名爲筥者是穧卽筥之别名愚案穉穗皆禾名秉穧皆禾秉名秉與穧相對成文則穗當與穉二句相屬葢齊與毛異

曾孫來止以其婦子饁彼南畝田畯至喜來方禋祀以其騂黑與其黍稷以享以祀以介景福〔疏〕傳騂牛也黑羊豕也箋喜讀事讀食耕者以勸之也司嗇至則又加之以酒食勞倦之爾成爲饎饎酒食也成王出觀農王之來則又禋祀四方之神祈報焉陽祀用騂牲陰祀用黝牲

○案禮曲禮鄭注祭四方謂祭五官之神于四郊也句芒在東祝融后土在南蓐收在西元冥在北詩云來方禋祀方祀者各祭其方之官而已黃山云此篇託諷與甫田同甫田爲天下民田則大田當爲藉田帝藉之收於神倉以供天地宗廟百神之祀故末章來方禋祀以享以祀並言之亦非如箋說之專爲祈報也此來字如聿追來孝之來當訓爲勤方者方祀禋者禋祀祀者祀神享者享鬼故牲有騂黑陰陽之別牧人鄭注陽祀南郊宗廟陰祀北郊上帝而方祀尙在其外足知所包者廣曲禮引詩來方禋祀特就詩中方祀一事爲證耳禋祀之昊天上帝非方祀所敢用祀者大事抑非可因觀農事來行之箋乃曰成王之來則又禋祀四方之神祈報焉悖矣鄭注禮多用齊說知五官四郊即齊家此詩方字之說也韓詩外傳三人事倫則順於鬼神順於鬼神則降福孔偕詩曰以享以祀以介景福是韓說亦非指祈報矣愚案以上引詩明齊韓毛文同

大田四章二章章八句二章章九句

瞻彼洛矣疏毛序刺幽王也思古明王能爵命諸侯賞善罰惡焉○三家義見下

瞻彼洛矣注魯說曰洛出獵山東南流入渭維水泱泱君子至止福祿如茨韎韐有奭注魯奭作赩以作六師疏傳興也洛宗周溉浸水也

泱泱深廣貌韎韐者茅蒐染韋也一入曰韎韐所以代韠也天子六軍箋瞻視也我視彼洛水灌溉以時其澤浸潤以成嘉穀興者喻古明王恩澤加於天下爵命賞賜以成賢者君子至止者謂來受爵命者也爵命爲福賞賜爲祿茨屋蓋也如屋蓋喻多也此諸侯世子也除三年之喪服士服而來未遇爵命之時時有征伐之事天子以其賢任爲軍將使代卿士將六軍而出韎者茅蒐染也茅蒐韎聲也韎韐祭服之韠合韋爲之其服爵弁服紂衣纁裳也○案洛出獵山東南流入渭者淮南墜形訓洛出獵山高注獵山在北地西北夷中洛東南流入渭詩瞻彼洛矣維水泱泱是也此高用魯說也漢地理志北地郡歸德洛水出北蠻夷中入河衍字左馮翊褱德禹貢洛水東南入渭漢歸德縣今甘肅慶陽府安化合水二縣地爲洛水出源處王引之云毛傳原文當作韎韎染韋也今本韎下有者茅蒐三字此涉鄭箋韎者茅蒐染而誤衍也蓋毛以染韋一入之色爲韎而不以茅蒐爲韎故曰韎染韋也一入曰韎鄭以韎爲茅蒐之合聲則以茅蒐爲韎而不以一入爲韎故曰韎者茅蒐染茅蒐韎聲也若毛以茅蒐爲韎則與一入曰韎之文自相違戾且毛既云韎者茅蒐染韋則鄭不須更云韎者茅蒐染矣孔陸所見已是誤本故不言鄭與毛異耳魯奭作靺者白虎通爵篇世子上受爵命衣士服何謙不敢自專也故詩曰韎韐有奭謂世子始行也陳喬樅云白虎通以此詩首章爲世子始行衣士服而上受爵命本於魯詩之說鄭箋三章俱就世子言與白虎通合亦據

魯詩爲解也又孔疏引鄭駁異義云韎草名齊魯之間言韎韐聲如茅蒐字當作韎陳留人謂之蒨是箋以茅蒐爲韎韐聲皆用魯訓愚案奭魯作赩赩奭並訓赤音義相通世子除喪士服來朝既見天子而受福祿已爵命之矣適有征伐而任軍將則服韎韐以奮起六師言其賢而材也

瞻彼洛矣維水泱泱君子至止鞞琫有珌君子萬年保其家室

〔疏〕傳鞞容刀鞞也琫上飾珌下飾也天子玉琫而珧珌諸侯璗琫而璆珌大夫鐐琫而鏐珌士珕琫而珕珌箋此人世子之賢者也既受爵命賞賜而加賜容刀有飾顯其能制斷德如是則能長安其家室親家室親安之尤難安則無篡殺之禍也○胡承珙云公劉傳下曰鞞上曰琫並不言飾可見鞞爲刀室琫珌所以飾鞞左傳藻率鞞鞛鞛卽鞸也鞢韇琫或作鞛此亦鞞琫連文而不及珌與公劉同杜注乃云鞞刀削上飾鞛佩刀下飾宜劉炫規其過也正義傳因琫珌歷道尊卑不知出何書說文琫佩刀上飾也天子以玉諸侯以金珌佩刀下飾天子以玉段注毛傳天子以珧說文珧蜃甲天子玉琫而珧珌此當作天子以珧諸侯以玉又說文珕蜃屬禮佩刀士珕琫而珧珌璗金之美者與玉同色禮佩刀諸侯璗琫而璆珌段云天子玉琫珧珌備物也諸侯璗琫璆珌讓於天子也璆美玉也天子玉上諸侯玉下故曰讓於天子也大夫鐐琫鏐珌銀上金下也士珕琫珧珌珧

有玉珧之稱貴於璲自諸侯至士皆下美於上惟天子上美於下案說文與傳互異天子藎琫珌異物若諸侯璗琫鏐珌黃金爲璗其美者爲鏐是諸侯琫珌同以金爲之所以別於天子也王莽傳瑒琫瑒珌瑒與璗同亦上下皆用金之證孟康云瑒玉名非是大夫皆以鐐爲之士皆以璲爲之說文諸侯璆珌士珧珌恐是傳寫之誤公羊莊四年何休解詁詩云君子萬年明魯毛文同

瞻彼洛矣維水泱泱君子至止福祿既同君子萬年保其家邦〔疏〕箋此人世子之能繼世位者也其爵命賞賜盡與其先君受命者同而已無所加也

瞻彼洛矣三章章六句

裳裳者華〔疏〕毛序刺幽王也古之仕者世祿小人在位則讒諂並進棄賢者之類絕功臣之世焉箋古者古昔明王時也小人斥今幽王也○三家無異義

裳裳者華〔注〕魯韓裳作常其葉湑兮我覯之子我心寫兮我心寫兮是以有譽處兮〔疏〕傳興也裳裳猶堂堂也湑盛貌箋興者華堂堂於上喻君也葉湑然於下喻臣也明王賢臣以德相承而治道興則讒諂遠矣覯見也之子是子也謂古之明王也言我得見古之明王則我心所憂寫而去

矣我心所憂既寫則是君臣相與聲譽常處也憂者憂讒諂並進○魯韓裳作常者廣雅釋訓常常盛也是此詩裳裳之異文說文常或作裳廣雅所引魯韓詩蓋作常常猶滑滑也言賢者功臣世澤之盛如此華葉之茂也之子指世祿者言我見之子則我心爲之輸寫也我心爲之輸寫兮是以眾口交推常安樂而處之兮譽處義與蓼蕭篇同不作聲譽解

裳裳者華芸其黃矣我覯之子維其有章矣維其有章矣是以有慶矣〔疏〕傳芸黃盛也箋華芸然而黃興明王德之盛也不言葉微見無賢臣也章禮文也言我得見古之明王雖無賢臣猶能使其政有禮文法度政有禮文法度是則我有慶賜之榮也○馬瑞辰云芸者賦之借字說文賦物數紛賦亂也今作紛紜賦謂多則盛也不言葉畧也言我覯世祿之子維其有章服之美矣維其有章服之美是則由明王篤念賢者功臣之後加之慶賜矣

裳裳者華或黃或白我覯之子乘其四駱乘其四駱六轡沃若〔疏〕傳言世祿也箋華或有黃者或有白者興明王之德時有駁而不純我得見明王德之駁者雖無慶譽猶能免於讒諂之害守我先人之祿位乘其四駱之馬六轡沃若然○或黃或白言雜色俱極其盛非有所貶抑也我覯世祿之子得乘四駱之

馬其六轡潤澤而沃然我則居此世爲可幸也蔡邕集胡廣黃瓊頌沃若六轡用魯經文

左之左之君子宜之右之右之君子有之維其有之是以似之

〔注〕魯維作唯〔疏〕傳左陽道朝祀之事右陰道喪戎之事似嗣也箋君子斥其先人也多才多藝有禮於朝有功於國維我先人有是二德故先王使之世祿子孫嗣之今遇讒諂並進而見棄絕也○說苑修文篇詩曰左之左之君子宜之右之右之君子有之傳曰君子無所不宜也是故韠冕厲戒立於廟堂之上有司執事無不敬者斬衰裳苴絰杖立於喪次賓客弔唁無不哀者被甲纓冑立於桴鼓之間士卒莫不勇者故仁足以懷百姓勇足以安危國信足以結諸侯強足以拒患難威足以率三軍故曰爲左亦宜爲右亦宜爲君子無不宜者此之謂也陳喬樅以說苑所引詩傳即魯詩傳之文與荀子不苟篇引詩言君子能以義屈伸變應韓詩外傳言周公事文武成三王三變以應時諸說合君子即謂世祿之子言明王能厚愛賢者功成之後其後人自能嗣美而克副上之任使矣魯維作唯者新序雜事一唯善故能舉其類詩曰唯其有之是以似之維作唯潛夫論邊議篇引詩維其有之是以似之案三家皆不作維此魯文當作唯或作惟後人妄改也

裳裳者華四章章六句

桑扈〔疏〕毛序刺幽王也君臣上下動無禮文焉箋動無禮文舉事而不用先王禮法威儀也○三家義未聞

交交桑扈有鶯其羽君子樂胥受天之祜〔注〕魯說曰胥者相也〔疏〕傳興也鶯然有文章胥皆也箋交交猶佼佼飛往來貌桑扈竊脂也興者竊脂飛而往來有文章人觀視而愛之喻君臣以禮法威儀升降於朝廷則天下亦觀視而仰樂之胥有才知之名也祜福也王者樂臣下有才知文章則賢人在位庶官不曠政和而民安天子之以福祿○此詩以桑扈之往來有文興君臣之威儀升降故不如小宛傳以交交爲小貌扈與扈通郎布穀也短言曰扈長言曰布穀有鶯猶鶯鶯也鶯鶯形容羽領文章之美文選射雉賦徐爰注鶯文章貌也詩云有鶯其羽與白帖九十五引同鶯作鸎白帖九十四引詩仍作鶯云鶯文彩也蓋鶯鸎通用說文無鸎字鳥部鶯鳥也引詩有鶯其羽段注今說文必淺人所改謂不當訓鳥也胥相也者新書禮篇詩曰君子樂胥受天之祜胥者相也祜大福也夫憂民之憂者民必憂其憂樂民之樂者民亦樂其樂與士民若此者受天之福矣此魯說司馬相如上林賦樂樂胥揚雄長揚賦肴樂胥又曰受神人之祜福皆用魯經文班固靈臺詩於皇樂胥用齊經文

交交桑扈有鶯其領君子樂胥萬邦之屏〔疏〕傳領頸也屏蔽也箋王者之德樂賢

知在位則能爲天下蔽捍四表患難矣蔽捍之者謂蠻夷率服不侵畔○玉篇頁部引詩傳云領頸也此當是韓傳與毛同文選射雉賦鶩綺翼而經撾灼繡頸而衮背鶩羽鶩綺翼也鶩領灼繡頸也卽運化此詩語衆經音義二十引倉頡云屏牆也

之屏之翰百辟爲憲不戢不難受福不那【疏】翰幹憲法也戢聚也不戢戢也不難難也那多也不多多也箋辟君也王者之德外能捍蔽四表之患難內能立功立事爲之楨幹則百辟卿士莫不修職而法象之王者位至尊天所子也然而不自斂以先王之法不自難以亡國之戒則其受福祿亦不多也○胡承珙云正義標傳文翰幹當引楨翰幹今本楨下脫翰字惟呂記引正義楨翰幹也不誤又正義引舍人注幹所以當牆兩邊幹當作榦左壯二十九宣十一戚仁傳正義引皆作翰又顏氏家訓書證篇引詩傳曰不戢戢也不儺儺也不多多也據此詩難字本作儺傳當讀如猗儺之儺隰有萇楚傳云猗儺柔順貌則此不戢者言民皆聚而歸之不儺者言民皆柔而順之民既歸順故受福多耳愚案說文䰠下云讀若詩受福不儺是三家作儺毛借以通訓也

兕觥其觩旨酒思柔彼交匪敖【注】齊彼交作匪儌萬福來求【疏】箋兕觥罰爵也古之王者與羣臣燕飲上下無失禮者其罰爵徒觩然陳設而已其飲美酒思得柔順中和與共其樂言不憮

敖自恣也彼彼賢者也賢者居處恭執事敬與人交必以禮則萬福之祿就而求之謂登用爵命加以慶賜○韓詩曰觥容五升所以爲罰爵也說詳卷耳篇觥爲罰爵後漢猶存其制見郅惲傳漢書五行志詩曰兕觥其觩旨酒思柔匪傲匪敖萬福來求張晏曰觥罰爵也飲酒和柔無失禮可罰罰爵徒觩然而已應劭曰言在位者不傲訏不倨傲也師古曰傲謂傲倖也萬福言其多也謂飲酒者不傲倖不傲慢則福祿就而求之也臧琳云交爲絞之省絞傲古通當從應說盧文弨云左成十四年傳引詩彼交匪傲襄二十七年傳作匪交匪敖匪亦有彼義襄八年傳引詩如匪行邁謀杜注匪彼也漢志據齊詩故文與毛異馬瑞辰云王氏引之曰求讀與逑同逑聚謂福祿來聚其說是也逑鳩古同義釋詁鳩聚也堯典方鳩僝功說文引作旁逑僝功云逑斂聚也逑音又同勼說文勼聚也萬福來求猶鳧鷖詩福祿來崇瞻彼洛矣詩福祿既同長發詩百祿是遒崇同遒皆聚也故趙孟曰匪交匪敖福將焉往箋云就而求之失其義矣愚案就而求之顏注同箋是齊義本如此

桑扈四章章四句

鴛鴦疏毛序刺幽王也思古明王交於萬物有道自奉養有節焉箋交於萬物有道謂順其性取之以時不暴夭也○三家義未聞

鴛鴦于飛畢之羅之君子萬年福祿宜之〔疏〕傳興也鴛鴦匹鳥太平之時交於萬物有道取之以時於其飛乃畢掩而羅之箋匹鳥言其止則相耦飛則爲雙性馴耦也此交萬物之實也而言興者廣其義也獺祭魚而後漁豺祭獸而後田此亦皆其將縱散時也君子謂明王也交於萬物其德如是則宜壽考受福祿也○呂覽季春紀高注畢掩網也詩曰鴛鴦于飛畢之羅之又淮南時則訓高注畢羅鳥罟也詩曰鴛鴦于飛畢之羅之兩引文異明所據魯詩有兩本其實一字也馬瑞辰云聖人弋不射宿說文宿止也不射宿謂不射止鳥非夜宿之謂古者射飛鳥不射止鳥說文雉繳射飛鳥也畢羅之掩鳥蓋亦於其飛不於其止故詩以此見古明王之交於萬物有道非謂能飛即畢羅之也孔疏謂於其能飛乃畢掩之而羅取之似非詩義易林隨之遯君子萬年用齊經文黃山云鴛鴦水鳥之微者既於人物無害又不足以供庖廚太平明王何用特殺蓋當鷹隼搏擊則水鳥驚飛鷙鳥隱形則棲梁自得用畢羅者亦視其飛止以爲張弛非即以畢羅取鴛鴦故毛專指詩爲興也是鴛鴦之于飛一如黃鳥倉庚之于飛耳鄭以豺獺比方疑爲事實非也孔疏之誤不足辨矣

鴛鴦在梁戢其左翼〔注〕韓說曰戢捷也捷其噣於左也君子萬年宜其遐福〔疏〕傳言休息也箋梁石絕水之梁戢斂也鴛鴦休息於梁明王之時人不驚駭斂其左翼以右翼

掩之自若無恐懼遐遠也遠猶久也○戢捷至左也釋文引韓詩文陳喬樅云王褒四子講德論云飛鳥翕翼會與斂義同王用魯詩與箋說合韓訓戢爲捷者廣雅釋詁云戢插也插捷古字通用士冠禮捷柶與釋文云捷本作插禮樂記注揷猶捷也釋文亦云捷本作插是其證也毛奇齡續詩傳曰凡禽鳥止息無論長頸短喙必捷其噣於左翼引攷工記廬人注矜所捷也捷卽插也爲證其說良允玉海載詩釋文引韓詩作揵其噣揵卽捷字之譌陳啟源從之誤矣

乘馬在廄摧之秣之君子萬年福祿艾之〔疏〕傳摧挫也秣粟也艾養也箋摧今莝字也古者明王所乘之馬繫於廄無事則委之以莝有事乃予之穀言愛國用也以興於其身亦猶然齊而後三舉設盛饌恆日則減焉此之謂有節也明王愛國用自奉養之節如此故宜久爲福祿所養也○釋文莝采臥反韓詩云委也委紆僞反猶食也王應麟詩攷謂韓摧作莝是也箋言委之以莝亦用韓義說文莝斬芻也委亦餧之渻借餧猶飼也

乘馬在廄秣之摧之君子萬年福祿綏之〔疏〕箋綏安也

鴛鴦四章章四句

頍弁〔疏〕毛序諸公刺幽王也暴戾無親不能燕樂同姓親睦九族孤危將亡故作是詩也箋戾虐也暴虐謂其政教如

雨雪也○三

家義未聞

有頍者弁實維伊何爾酒既旨爾殽既嘉豈伊異人兄弟匪他

蔦與女蘿施于松柏未見君子憂心奕奕既見君子庶幾說懌

【疏】傳興也頍弁貌弁皮弁也蔦寄生也女蘿菟絲松蘿也喻諸公非自有尊託王之尊奕奕然無所薄也箋實猶是也言幽王服是皮弁之冠是維何爲乎言其宜以宴而弗爲也禮天子諸侯朝服以宴天子之朝皮弁以日視朝旨嘉皆美也女酒已美矣女殽已美矣何以不用與族人宴也言其知具其禮而弗爲也此言王當所與宴者豈有異人疏遠者乎皆兄弟與王無他言至親又刺其弗爲也託王之尊者王明則榮王衰則微刺王不親九族孤特自恃不知已之將危亡也君子斥幽王也幽王久不與諸公宴諸公未得見幽王之時懼其將危亡已無所依怙故憂其心奕奕然故言我若已得見幽王諫正之則庶幾其變改意解懌也○儀禮士冠禮緇布冠缺項鄭注缺讀如有頍者弁之頍緇布冠無笄者著頍圍髮際結項中隅爲四綴以固冠也項中有緇亦由固頍爲之耳今未冠笄者著幘頍象之所生也滕薛名蔮爲頍陳喬樅云鄭說本之齊詩與毛異續漢志古者有冠無幘其戴也加首有頍所以安幘故詩曰有頍者弁此之謂也仍本鄭說陳奐云左昭九年傳王使詹桓伯辭於

晉曰我在伯父猶衣服之有冠冕穀梁僖八年傳曰弁冕雖舊必加於首周室雖衰必先諸侯然則王者之在上位猶皮弁之在人首故以爲喻實勝古說說文蔦寄生也釋草女蘿兔絲呂覽精通篇高注引淮南記曰下有茯苓上有兔絲一名女蘿詩曰蔦與女蘿施于松上明魯毛文同正義引陸疏云今菟絲蔓連草上非松蘿松蘿自蔓松上與菟絲殊異然詩明言女蘿施松上不能以今證昜也隸釋載費鳳別碑云樢與女蘿字从木作樢亦三家之異係說文或體釋木寓木宛童郎此樢矣釋訓奕奕憂也郎本魯詩義

有頍者弁實維何期爾酒既旨爾殽既時豈伊異人兄弟具來蔦與女蘿施于松上未見君子憂心怲怲既見君子庶幾有臧疏傳時善也怲怲憂盛滿也臧善也箋何期猶伊何也期辭也具猶皆也○釋訓怲怲憂也亦魯詩義

有頍者弁實維在首爾酒既旨爾殽既阜豈伊異人兄弟甥舅如彼雨雪先集維霰注魯霰作霓韓說曰先集維霰霰霙也死喪無日無幾相見樂酒今夕注魯夕作昔君子維宴疏傳霰暴雪也箋

皐猶多也謂吾舅者吾謂之甥將大雨雪始必微溫雪自上下遇溫氣而摶謂之霰久而寒勝則大雪矣喻幽王之不親九族亦有漸自微至甚如先霰後大雪王政既衰我無所依怙死亡無有日數能復幾何與王相見也且今夕喜樂此酒此乃王之宴禮也刺幽王將喪亡哀之也○陳奐云此言宴同姓而必及甥舅者禮文王世子篇云公若與族燕則異姓爲賓魯霰作霓者釋天雨霓爲霄雪郭注詩曰如彼雨雪先集維霓霓水雪雜下者謂之消雪郭所引據舊注魯詩之文也先集至霙也御覽十二宋書符瑞志文選謝惠連雪賦李注引韓詩薛君章句文先集維霰明韓毛文同馬瑞辰云薛以霰爲霙霙猶花也今俗以雪之先下而小者爲雪花郎韓詩所謂霙也或以雪花六出當之則誤以霰爲大雪矣韓詩外傳四言明王能愛其所愛闇王必危其所愛小雅曰死喪無日無幾相見危其所愛之謂也據此知韓毛文同魯夕作昔者王逸楚詞大招注昔夜也詩云樂酒今昔言可以終夜自娛樂也據此知魯詩夕作昔

頍弁三章章十二句

車舝【疏】毛序大夫刺幽王也褒姒嫉妒無道並進讒巧敗國德澤不加於民周人思得賢女以配君子故作是詩也○左昭二十五年傳叔孫昭子賦車轄舝亦作轄說文舝入舛部云軸耑鍵也兩穿相背从舛𥎦省聲𥎦古文偰字轄入車部云

車聲也。从車害聲。一曰轄鍵也。係通借字，以舝爲正。三家義未聞。

間關車之舝兮，思孌季女逝兮。匪飢匪渴，德音來括。【注】韓說曰：括，約束也。**雖無好友，式燕且喜。**【疏】傳：興也。間關，設舝也。孌，美貌。季女謂有齊季女也。括，會也。箋：逝，往也。大夫嫉褒姒之爲惡，故嚴車設其舝，思得孌然美好之少女有齊莊之德者，往迎之，以配幽王，代褒姒也。既幼而美，又齊莊，庶其當王意。時讒巧敗國，下民離散，故大夫汲汲欲迎季女，行道雖飢不飢，雖渴不渴，覬得之而來，使我王更修德教，合會離散之人。式，用也。我得德音而來，雖無同好之賢友，我猶用是燕飲相慶且喜。〇間關者，阮福云：後漢荀彧傳論「荀君乃越河冀，間關以從曹氏」，李注：「間關猶展轉也。」車之設舝，則流轉如意，亦猶人之周流四方，動而不息，故注謂間關猶展轉也。間關言貌而不言聲，宋儒以爲設舝聲，失之。括約束也者，文選劉琨荅盧諶詩注、陸機辨亡論注引薛君韓詩章句文。馬瑞辰云：韓釋括爲約束，言以德音來相約束，與下章令德來教同意。說文：括，絜也。栝，檃也。均與約束義同。愚案：雖無好友，謂意見不同

依彼平林，有集爲鷮。辰彼碩女，【注】魯辰作展。**令德來教。式燕且譽，好爾無射。**【疏】傳：依，茂木貌。平林，林木之在平地者也。鷮，雉也。辰，時也。箋：平林之木茂，則耿介之鳥往集焉。喻

王若有茂美之德則其時賢女來配之與相訓告改修德教爾女女王也射厭也我於碩女來教則用是燕飲酒且稱王之聲譽我愛好王無有厭也○陸疏云鷮微小於翟走而且鳴其尾長肉甚美魯辰作展者列女漢楊夫人傳引詩展彼碩女令德來教是據魯詩之文郝懿行妻王氏注展信也碩大也言信彼大賢之女以善德來教也愚案碩女謂大德之女譽安也詳蓼蕭篇詩人目覩褒姒亂政興此無聊之思然即使有之亦終歸於無益史記殷世家九侯有好女入之紂九侯女不憙淫紂怒殺之而醢九侯其已事也

雖無旨酒式飲庶幾雖無嘉殽式食庶幾雖無德與女式歌且舞［疏］箋諸大夫覬得賢女以配王於是酒雖不美猶用之燕飲殽雖不美猶食之人皆庶幾於王之變改得輔佐之雖無其德我與女用是歌舞相樂喜之至也○陳奐云周家歷世有賢聖之配今幽王立褒姒爲后大臣知其有滅周之禍故篇中語氣言不必若大姜大任大姒之賢聖第思得德音令德之女以配我君子已有歌舞喜樂之盛雖無旨酒嘉殽亦足以解渴飢此深惡王之黜申后而立褒姒也左昭二十六年傳晏子曰陳氏雖無大德而有施於民豆區釜鍾之數其取之公也薄其施之民也厚公厚斂焉陳氏厚施焉民歸之矣詩曰雖無德與女式歌且舞案此斷章取義詩人本以女與褒姒相比晏子引

之以爲公與陳氏相較而用意實同雖無德解作雖無大德則
詩意本然也後漢章帝紀元和二年詔詩不云乎雖無德與女
式歌且舞明
魯毛文同

陟彼高岡析其柞薪析其柞薪其葉湑兮鮮我覯爾我心寫兮

疏 箋陟登也登高岡者必析其木以爲薪析其木以爲薪者爲其葉茂盛蔽岡之高也此喻賢女得在王后之位則必辟除嫉妒之女亦爲其蔽君之明鮮善覯見也善乎我得見女如是則我心中之憂除去也

高山仰止景行行止四牡騑騑六轡如琴覯爾新昏以慰我心

注 韓慰作慍慍恚也 疏 傳景大也慰安也箋景明也諸大夫以爲賢女既進則王亦庶幾古人有高德者則慕仰之有明行者則而行之其御羣臣使之有禮如御四馬騑騑然持其教令使之調均亦如六轡緩急有和也我得見女之新昏如是則以慰除我心之憂也新昏謂季女也○此章興義廣博箋說是也史記孔子世家贊詩有之高山仰止景行行止雖不能至然心鄉往之史記三王世家詩曰高山仰止景行嚮之兩引文皆如此褚少孫習魯詩疑所引魯詩亦作本詩釋文仰止本或作仰之蓋兩止字皆有作之者禮表記小雅曰高山仰止景行行止鄭注仰高勤行者仁之次也景明也有明

行者謂古聖賢也禮釋文仰止本或作仰之行止作行之韓詩外傳七載南假子過程本子事引詩高山仰止景行行止明韓毛文同此四句推及賢女輔王進德能如是則我心慰安也馬瑞辰云王肅申毛云慰怨也此非毛傳之舊說文訦慰也玉篇訦慰也亦作婉訦郎婉之或體訦者順也訦可訓慰慰亦可訓訦毛傳葢本作慰訦也後人少識訦因譌而爲怨王肅遂以怨恨釋之耳慰作慍慍恚也者釋文引韓詩文今韓詩不可得見就釋文所引推之葢末章末二句已露正意如王肅所云新昏謂褎姒故言以慍我心耳

車舝五章章六句

青蠅【疏】毛序大夫刺幽王也○易林豫之困青蠅集藩君子信讒害賢傷忠患生婦人據此齊詩爲幽王信褎姒之讒而害忠賢也困學紀聞云袁孝政釋劉子曰魏武公信讒詩刺之曰營營青蠅止于藩此小雅也謂之魏詩可乎案魏當衞之誤三家詩以此合下篇皆衞武公所作何楷說同愚案衞武公王朝卿士詩又爲幽王信讒而刺之所以列於小雅若武公信讒而他人刺之其詩當入衞風矣郎此可證明其誤魯韓未聞

營營青蠅【注】三家營作謍止于樊【注】齊樊作藩魯作藩亦作蕃

韓作楙。豈弟君子，無信讒言。【疏】傳：「興也。營營，往來貌。樊，藩也。」箋：「興者，蠅之爲蟲，汙白使黑，汙黑使白，喻佞人變亂善惡也。言止于藩，欲外之，令遠物也。豈弟，樂易也。」○三家「營」作「營」者，說文引詩「營」作「營」，云：「小聲也。」此出三家。齊「樊」作「藩」者，易林：「青蠅集藩。」𡍮漢書武五子傳壺關三老茂引詩「止于藩」，而昌邑王傳龔遂引詩作「至于藩」，既與茂引不同，又此詩三章皆作「止」，不當此獨爲「至」，疑或誤文。雖占書，未敢據依。魯作「藩」，亦作「蕃」者，論衡商蟲篇：「詩云：『營營青蠅，止于藩。愷悌君子，無信讒言。』讒言傷善，青蠅汙白，同一禍敗，詩以爲興。」昌邑王夢西階下有積蠅矢，明旦召問郎中龔遂，遂對曰：「蠅者，讒人之象也。夫矢積於階下，王將用讒人之言也。」由此言之，蠅之爲蟲，應人君用讒。史記滑稽傳：「詩云：『營營青蠅，止于蕃。』」滑稽傳褚少孫所補，少孫用魯詩，字作「蕃」，蕃，魯亦作本。韓作「楙」者，說文引詩作「止於楙」，楙即樊之省，韓文也。君子斥幽王。

營營青蠅，止于棘。讒人罔極，【注】魯「人」作「言」。交亂四國。【疏】箋：「極，猶已也。」○魯「人」作「言」者，新語輔政篇、史記滑稽傳、論衡言毒篇引「讒人」並作「讒言」，明魯作「讒言罔極」。漢書敘傳：「充躬罔極，交亂宏大。」用齊

經文

營營青蠅，止于榛。讒人罔極，構我二人。【注】韓說曰：「構，亂也。」【疏】傳：「榛

所以爲藩也箋構合也合猶交亂也○構亂也者釋文引韓詩文孔疏構者構合兩端令二人彼此相嫌交更惑亂也後漢寇榮傳青蠅之人所共構會構與構字異義同構會猶構合也榮以行葦爲公劉詩與列女傳潛夫論合是亦習魯詩者知此詩魯訓與韓同也

青蠅三章章四句

賓之初筵〔疏〕毛序衛武公刺時也幽王荒廢媟近小人飲酒無度天下化之君臣上下沈湎淫液武公既入而作是詩也箋淫液者飲食時情態也武公入者入爲王卿士○後漢孔融傳李注引韓詩曰衛武公飲酒悔過也朱子集傳引作韓詩序易林大壯之家人舉觴飲酒未得至口側弁醉訩拔劍斫怒武公作悔齊義與韓說同案武公入相在平王世幽王已往抑詩已云追刺不應又作此篇齊韓以爲悔過當從之

賓之初筵左右秩秩〔注〕韓說曰言賓客初就筵之時賓主秩秩然俱謹敬也籩豆有楚殽核維旅〔注〕齊魯核作覈魯維作惟酒既和旨飲酒孔偕鍾鼓既設舉醻逸逸大侯既抗弓矢斯張射

夫既同獻爾發功〔注〕齊說曰：大射之禮也。發彼有的，以祈爾爵。傳秩秩然肅敬也。楚列貌。殽豆實也。核加籩也。旅陳也。逸逸

〔疏〕往求次序也。大侯君侯也。抗舉也。有燕射之禮。的質也。祈求也。籩筵席也。左右謂折旋揖讓也。秩秩知也。先王將祭必射以擇士。大射之禮，賓初入門登堂卽席，其趨翔威儀甚審知言不失禮也。射禮有三：有大射，有賓射，有燕射。豆實葅醢也。籩實有桃梅之屬。凡非穀而食之曰殽。和旨猶調美也。孔甚也。王之酒已調美，衆賓之飮酒又威儀齊一，言主人敬其事而衆賓肅愼。鍾鼓於是言既設者，將射故縣也。舉者舉鵠而棲之於侯也。周禮梓人張皮侯而棲鵠。天子諸侯之射皆張三侯，故君侯謂之大侯。大侯張而弓矢亦張節也。將祭而射謂之大射。下章言烝衎烈祖，其非祭與。射夫衆射者也。獻猶奏也。既比衆耦，乃誘射射者乃登射，各奏其發矢中的之功。發發矢也。射者與其耦拾發，發矢之時各心競云：我以此求爵女。爵射爵也。射之禮，勝者飮不勝，所以養病也。故論語曰：下而飮，其爭也君子。○陳奐云：燕禮司宮筵賓于戶西，東上，無加席也。射人告具，小臣設公席于阼階上，西鄉，設加席。是主席在東而賓筵在西，左右猶東西也。言賓至敬也。後漢孔融傳李注引韓詩文。齊魯核作覈，魯維作惟者，文選班固典引「肴覈仁義之林藪」，蔡邕注：肴覈，食也。肉曰肴，骨曰覈。詩曰：肴覈惟旅。班用齊詩，蔡邕魯詩，是齊魯核俱作覈，魯維作惟也。大射之禮也者，漢書吾邱壽王傳壽王曰：大

射之禮自天子降及庶人三代之道也詩云大侯既抗弓矢斯張射夫既同獻爾發功言貴中也陳喬樅云壽王從董仲舒受春秋則稱詩亦當爲齊學此詩毛傳云有燕射之禮鄭箋則云將祭而射謂之大射下章言烝衎烈祖其非祭與今據壽王說明以此詩爲大射之禮知鄭箋所云蓋從齊義說苑修文篇射者必心平體正持弓矢審固然後射者能以中詩云大侯既抗弓矢斯張射夫既同獻爾發功此之謂也據此魯毛文同禮射義詩云發彼有的以祈爾爵祈求也求中以辭爵也酒者所以養老也所以養病也求中以辭爵者辭養也以祈爲求中辭爵此義最古引詩合上壽王傳所引明齊毛文同鄭注發猶射也的謂所射之識也言射的必欲中之者以求不飲女爵也爾或爲有案禮文明言求中以辭爵是求射中注以爾爵不屬射更以求不飲女爵說之蓋本齊詩其以爵爲女爵則同箋毛乃云我以此求爵女並引下而飲爲證是謂以我爵飲汝酒卽爾或爲有之義矣知三家爾有作有者

籥舞笙鼓樂既和奏烝衎烈祖以洽百禮百禮既至有壬有林錫爾純嘏子孫其湛其湛曰樂各奏爾能賓載手仇室人入又酌彼康爵以奏爾時〔疏〕傳秉籥而舞與笙鼓相應壬大林君也嘏大也手取也室人主人也主人請射

於賓賓許諾自取其匹而射主人亦入于次又射以耦賓也酒所以安體也時中者也箋籥管也殷人先求諸陽故祭祀先奏樂滌蕩其聲也烝進衎樂烈美洽合也奏樂和必進樂其先祖於是又合見天下諸侯所獻之禮王任也謂卿大夫也諸侯所獻之禮既陳於庭有卿大夫又有國君言天下徧至得萬國之歡心純大也嘏謂尸與主人以福也湛樂也王受神之福於尸則王之子孫皆喜樂也子孫各奏爾能者謂既湛之後各酌獻尸尸酢而卒爵也士之祭禮上嗣舉奠因而酌尸天子則有子孫獻尸之禮文王世子曰其登餕獻受爵則以上嗣是也仇讀爲斛室人有室中之事者謂佐食也又復也賓手挹酒室人復酌爲加爵者康虛也時謂心所尊者也加爵之閒賓與兄弟交錯相醻爲卒爵者酌之以其所尊亦交錯而已又無次也○馬瑞辰云王林承上百禮言有王狀其禮之大有林狀其禮之多爾雅林蒸並訓爲君又訓爲衆其義一也君卽羣也賓載手仇室人入又者傳箋異義據下文以奏爾時時謂中者則從傳謂賓自入取匹以射其義爲允胡承珙云大射儀燕畢徹俎說屨安坐之後若命曰復射司射命射唯欲注云欲者則射不欲者則止可否之事從人心也蓋前此之射皆司射請射有司比耦此云命射唯欲則可自取其耦不必與正射同又天子諸侯燕禮射禮以賸夫宰夫爲主人前此正射君與賓爲耦此時或君不欲射主人賸宰之屬故可請射於賓亦入於次又射以耦賓也此說可補孔疏之疏略

賓之初筵溫溫其恭其未醉止威儀反反注韓反作昄云善貌曰既醉止威儀幡幡舍其坐遷屢舞僊僊其未醉止威儀抑抑曰既醉止威儀怭怭注三家怭作佖是曰既醉不知其秩疏傳反反言重慎也幡幡失威儀也遷徙屢數也僊僊然抑抑慎密也怭怭媟嫚也秩常也箋此復言初筵者既祭王與族人燕之筵也王與族人燕以異姓爲賓溫溫柔和也此言賓初即筵之時能自勑戒以禮至於旅酬而小人之態出言王既不得君子以爲賓又不得有恆之人所以敗亂天下率如此也○反作昄訓善貌者釋文引韓詩文陳喬樅云反反即昄昄之省借釋詁昄大也玉篇昄大也善也玉篇昄善之訓即本韓詩馬瑞辰云毛訓重慎亦善貌也執競詩威儀反反毛傳反反難也義與此傳重慎相成故詩疏亦以重難釋之又云古者飲酒之禮取觶奠觶皆坐又凡禮盛者坐卒爵其餘則皆立飲又有升降興拜復席復位諸禮皆可以遷統之舍其坐遷謂舍其當坐當遷之禮耳若如正義舍其本坐遷嚮他處則是讀舍其坐爲句遷字另爲句否則易經文爲舍坐而遷其義始明非詩義也威儀怭怭釋文引說文怭作佖媟嫚也今說文佖下引詩訓威儀也段注當作威儀媟嫚也黃山云楊雄羽獵賦駢衍佖路文選李注引晉灼曰佖滿也滿爲充滿是自以爲有威儀即矜張自滿之貌與抑抑正相反故下云不知其

秩猶言不知其職分耳毛訓嫳嫚則與上文幡幡訓失威儀複釋文緣毛傳而訛也或謂本引傳文爲嫳嫚二字出音非引說文訓也說文作佖本三家

賓既醉止載號載呶亂我籩豆屢舞僛僛韓說曰僛醉舞貌是**曰既醉不知其郵側弁之俄屢舞傞傞**【注】三家傞作㛂既醉而**出並受其福醉而不出是謂伐德飲酒孔嘉維其令儀**【疏】傳號呶號呼讙呶也僛僛舞不能自正也傞傞不止也箋郵過側傾也俄傾貌此更言賓既醉而異章者著爲無筭爵以後也出猶去也孔甚令善也賓醉則出與主人俱有美譽醉至若此是誅伐其德也飲酒而誠得嘉賓則於禮有善威儀武公見王之失禮故以此言箴之○後漢孔融傳李注引韓詩曰賓既醉止載號載呶不知其爲惡也楊雄光祿勳箴載號載呶明魯毛文同僛醉舞貌者玉篇人部僛醉舞貌詩云屢舞僛僛案此與毛訓異又出玉篇亦是韓詩之訓易林井之師側弁醉客用齊經文三家傞作㛂者說文㛂字注引詩婁舞㛂㛂此出三家段玉裁云古此聲差聲最近邶鄘衞風玼兮玼兮或作瑳兮瑳兮正與傞通作㛂相類說苑反質篇詩曰側弁之俄言失德也屢舞傞傞言失容也既醉以酒既飽以德既醉而出並受其福賓主之禮也

醉而不出是謂伐德賓主之罪也所引明魯毛文同馬瑞辰云說文廣雅並云伐敗也伐德猶言敗德箋訓爲誅伐失之又說文俄下引詩仄弁之俄側作仄古字通用釋水宂出仄出也釋文仄本作側史記平準書鑄錢官赤側漢書食貨志作鑄錢官赤仄皆其證漢書五行志及諸傳亦皆以仄代側是說文所引卽齊詩之或作本

凡此飲酒或醉或否既立之監或佐之史彼醉不臧不醉反恥式勿從謂無俾大怠匪言勿言匪由勿語由醉之言俾出童羖三爵不識矧敢多又

［疏］傳立酒之監佐酒之史羖羊不童也箋凡此者凡此時天下之人也飲酒於有醉者有不醉者則立監使視之又助以史使督酒欲令皆醉也彼醉則已不善人所非惡反復取未醉者恥罰之言此者疾之也式讀曰慝勿猶無也俾使由從也武公見時人多說醉者之狀或以取怨致讎故爲設禁醉者有過惡女無就而謂之也當防護之無使顯仆至於怠慢也其所陳說非所當說無爲人說之也亦無從而行之也亦無以語人也皆爲其聞之將恚怒也女從行醉者之言使女出無角之羖羊脅以無然之物使戒深也羖羊之性牝牡有角矧況又復也當言我於此醉者飲三爵之不知況能知其多復飲乎三爵者獻也酬也酢也○鄉射禮鄭注曰備樂畢將留賓以事爲有懈倦失禮立司正以監之察

儀法也詩云既立之監或佐之史陳喬樅云此引齊詩也記注之義於詩意爲合馬瑞辰云戰國策湻于髡說齊威王曰賜酒大王之前執法在旁御史在後御史卽詩所謂或佐之史也古者飲酒皆立之監以防失禮惟老者有乞言之典更佐以史少者則否故云或佐之史監以察儀史以記言下文云式勿從謂無俾大怠察儀之事也匪言勿言匪由勿語乞言於老者而勉以愼言之詞也又云式當讀式微式微之式彼箋云式發聲是也式勿從謂卽勿從謂也釋詁謂勤也勤爲勤勞之勤亦爲相勸勉之勸勿從謂者勿從而勸勤之使更飲也故卽繼之以無俾大怠耳又云俾出童羖者釋畜夏羊牡羭牝羖當爲牡羖牝羭之譌說文宋本小徐本並曰夏羊牡曰羖廣韻集韻及類篇韻會引說文同是知今大徐本作牝爲傳寫之譌證一說文夏羊牝曰羭列子天瑞篇老羭之爲猨張湛注亦以羭爲牝羊則知羖必牡羊矣證二三蒼羖夏羊羖攊也亦羯也說文羯羊羖犗也去勢曰犗必牡羊乃可稱犗證三戴侗六書故周伯琦六書正譌並曰羖牡羊也證四廣雅吳羊牡一歲曰䍧䍮玉篇廣韻並以䍧爲羖之俗案今俗稱牛之牡者爲牯與牡羊之稱羖羊取義正同證五說文羝牡羊也廣雅吳羊牡三歲曰羝易釋文引張璠注羝羊羖羊也以羖釋羝羝爲牡則羖亦牡可知證六以今證古吳羊卽今綿羊惟牡者有角牝者多無角夏羊卽今山羊牝牡皆有角牝間有角小者牡則未有無角者大雅抑之詩曰彼童而角是無角者而言其有角此詩俾出童羖又是

有角者而欲其無角已者相參足見詩人寓言之妙傳羖羊不童蓋以羖爲夏羊之牡者至箋以羖爲牝牡通稱蓋據漢末稱夏羊爲羖卽爾雅郭注所云今人便以牂羖名白黑羊也然與爾雅說文訓異矣又云禮飲獻酢酬之外又有旅酬不止三爵惟臣侍君小燕則以三爵爲度玉藻君子之飲酒也受一爵而色洒如也二爵而言言斯禮已三爵而油油以退孔疏言侍君小燕之禮引春秋傳曰臣侍君燕過三爵非禮也又易林曰湛露之歡三爵畢恩公羊何休注禮飲酒不過三爵皆指平時侍燕而言卽此詩所謂三爵也

賓之初筵五章章十四句

甫田之什十篇三十九章二百九十六句

詩三家義集疏卷十九終

詩三家義集疏卷二十

長沙王先謙益吾著

詩小雅

魚藻之什弟二十

魚藻【疏】刺幽王也言萬物失其性王居鎬京將不能以自樂故君子思古之武王焉箋萬物失其性者王政教衰陰陽不和羣生不得其所也將不能以自樂言必自是有危亡之禍○三家無異義

魚在在藻有頒其首【注】韓說云頒眾貌魯頒作賁王在在鎬豈樂飲酒【注】魯豈作愷【疏】傳頒大首貌魚以依蒲藻爲得其性箋藻水草也魚之依水草猶人之依明王也明王之時魚何所處乎處於藻既得其性則肥充其首頒然此時人物皆得其所正言魚者以潛逃之類信其著見豈亦樂也天下平安萬物得其性武王何所處乎處於鎬京樂八音之樂與羣臣飲酒而已今幽王惑於褒姒萬物失其性方有危亡之禍而亦豈樂飲酒於鎬京而無悛心故以此刺焉○頒眾貌者釋文引韓詩文馬瑞辰云說文寡字注云頒分也韓訓頒爲眾蓋讀頒如紛紜之紛以義推之二章有莘其尾韓莘當讀𦮙說文𦮙𦮙眾多貌又說文燊盛貌讀若詩莘莘征夫亦眾盛貌

文選高唐賦縰縰莘莘注引詩有莘其尾毛萇曰莘眾多也案毛傳云莘長貌胡承珙謂此李善之誤以韓爲毛其說是也王篇四頌下引詩云有頒其首頒大首貌一云衆也此兼采毛韓二義魯頌作賁者釋詁賁大也尚書疏引樊光注引詩云有賁其首說文頒大頭也引詩有頒其首義與毛同然則頒爲正體賁乃借字也班固東都賦發蘋藻以潛魚李注詩小雅曰魚在在藻班所用齊經文魯豈作愷者張衡南都賦接歡宴於日夜終愷樂之令儀張用魯詩作愷豈愷古今字之異

魚在在藻有莘其尾王在在鎬飲酒樂豈疏傳莘長貌

魚在在藻依于其蒲王在在鎬有那其居疏箋那安貌天下平安王無四方之虞故其居處那然安也○陳奐云桑扈那傳並云那多也多者盛大之詞

魚藻三章章四句

采菽疏毛序刺幽王也侮慢諸侯諸侯來朝不能錫命以禮數徵會之而無信義君子見微而思古焉箋幽王徵會諸侯爲合義兵征討有罪既往而無之是於義事不信也君子見其如此知其後必見攻伐將無救也○案魯家以爲王賜諸侯命服之詩䫉齊韓未聞菽釋文本亦作叔案左昭十七年傳晉語引詩皆作采叔假借字菽非古豆名作尗

采菽采菽筐之筥之君子來朝何錫予之雖無予之路車乘馬

又何予之【注】魯韓予作與玄袞及黼【疏】傳與也菽所以芼大牢而待君子也羊則苦豕則薇君子謂諸侯也玄袞卷龍也白與黑謂之黼箋菽大豆也采之者采其葉以爲芼三牲牛羊豕芼以藿王饗賓客有牛俎乃用鉶羹故使采之賜諸侯以車馬言雖無予之尚以爲薄及與也玄袞玄衣而畫以卷龍也黼黼黻謂絺衣也諸公之服自袞冕而下侯伯自鷩冕而下子男自毳冕而下王之賜維用有文章者○魯韓予作與者白虎通攷黜篇九錫皆隨其德可行而賜能安民者賜車馬能富民者賜衣服以其進退有節行步有度賜之車馬以代其步言成文章行成法則賜之衣服以表其德詩曰君子來朝何錫與之雖無與之路車乘馬又何與之玄袞及黼是魯詩作與後漢東平憲王傳明帝手詔曰瞻望永懷實勞我心誦及采菽以增歎息明帝習韓詩李注采菽詩小雅之章也其詩曰采菽采菽筐之筥之君子來朝何錫與之是李引韓詩作與惟儀禮覲禮鄭注路謂車也凡君所乘車曰路路下四謂乘馬也詩云君子來朝何錫予之雖無予之路車乘馬又何予之玄袞及黼明齊詩作予與毛同陳喬樅云韋昭晉語注以此詩爲王賜諸侯命服之樂與白虎通說合

觱沸檻泉【注】魯韓檻作濫韓觱亦作滭言采其芹君子來朝言

觀其旂，其旂淠淠。鸞聲嘒嘒，載驂載駟，君子所屆。【疏】傳：觱沸，泉出貌。檻泉，正出也。淠淠，動也。嘒嘒，中節也。箋：言，我也。芹，菜也，可以爲菹，亦所用待君子也。我使采其水中芹者，尙絜清也。周禮：芹菹鴈醢。屆，極也。諸侯來朝，王使人迎之，因觀其衣服車乘之威儀，所以爲敬，且省禍福也。諸侯將朝于王，則驂乘乘四馬而往，此之服飾，君子法制之極也。言其尊而王今不尊也。○觱義具七月篇。魯檻作濫者，釋水：濫泉正出。正出，涌出也。是魯當作濫。說文：濫，氾也。引詩觱沸濫泉，葢卽魯詩。韓觱作滭、檻作濫者，王篇角部：觱沸濫泉。又云：觱或作滭，泉水出皃。是韓作觱亦作滭，檻作濫。嘒嘒，庭燎、泮水篇均作噦噦。庭燎傳訓爲徐行中節，與此傳合，是毛詩嘒卽噦也。說文鉞下引詩作鉞鉞，葢本三家文，說詳後泮水篇。馬瑞辰云：君子謂諸侯，驂駟亦指諸侯之車，謂諸侯將朝於王，乘此驂駟以往也。釋文云：箋一讀諸侯將朝絕句，無于字，以王字下屬。孔疏亦謂驂駟明王所乘以往，殊失箋指。君子所屆，晏子春秋內篇諫上引詩作君子所誡，是知屆爲誡之叚借。誡之言戒，謂此驂駟皆君子之所夙戒，以見其車之有度也。箋謂法制之極，亦非。

赤芾在股，【注】魯芾作紼。邪幅在下。彼交匪紓，【注】魯彼作匪。天子所予。樂只君子，天子命之。樂只君子，福祿申之。【疏】傳：諸侯赤芾邪幅。幅，偪也。

偪所以自偪束也紓緩也申重也箋芾大古蔽膝之象也冕服謂之芾其他服謂之韠以韋爲之其制上廣一尺下廣二尺長三尺其頸五寸肩革帶博二寸脛本曰股邪幅如今行縢也偪束其脛自足至膝故曰在下彼與人交接自偪束如此則非有解怠紓緩之心天子以是故賜予之只之言是也古者天子賜諸侯也以禮樂樂之乃後命予之也天子賜之神則以福祿申重之所謂人謀鬼謀也刺今王不然○魯芾作紼者白虎通紼冕篇天子朱紼諸侯赤紼詩曰赤紼在股謂諸侯也說文幅布帛廣也布帛廣施諸纏足謂之邪幅邪幅謂之偪取偪束之義又謂之徽說文徽衺幅也魯彼作匪者荀子勸學篇引詩作匪交匪紓荀子云禮恭而後可與言道之方辭順而後可與言道之理色從而後可與言道之致故未可與言而言謂之傲可與言而不言謂之隱不觀氣色而言謂之瞽故君子不傲不隱不瞽謹慎其身詩曰匪交匪紓天子所予此之謂也案交古絞字交儆一義所云未可與言而言謂之儆也紓訓緩謂怠緩也所云可與言而不言謂之隱也不交儆不怠緩則禮恭辭順色從矣君子如此宜爲天子所賜予韓詩外傳四說與荀略同而末引詩曰彼交匪紓天子所與言必交吾志然後予也引詩仍作彼交交義亦同交接蓋即箋說所本矣詳此詩今古文皆有兩作故左襄二十七年傳引桑扈詩匪交匪敖彼作匪成十四年傳引仍作彼左傳本古文與魯韓彼匪二文相類

維柞之枝，其葉蓬蓬。樂只君子，殿天子之邦。樂只君子，萬福攸同。平平左右，亦是率從。【注】韓「平」作「便」，云：「閑雅之貌。」【疏】傳：「蓬蓬，盛貌。殿，鎮也。平平，辯治也。」箋：「此興也。柞之幹猶先祖也，枝猶子孫也，其葉蓬蓬喻賢才也。正以柞爲興者，柞之葉新將生，故乃落於地，以喻繼世以德相承者明也。率，循也。諸侯之有賢才之德，能辯治其連屬之國，使得其所，則連屬之國亦循順之。」○易林復之家人：「萬福攸同，可以安處。」大畜之大壯同。用齊經文。荀子儒效篇：「明主譎德而序位，所以爲不亂也；忠臣誠能然後敢受職，所以爲不窮也。分不亂於上，能不窮於下，治辯之極也。詩曰：『平平左右，亦是率從。』言上下之交不相亂也。」「平」作「便」，云「閑雅之貌」者，釋文引韓詩文。陳喬樅云：「左傳引作『便蕃左右』，平、便、辯皆以音近通轉。正義：堯典『平章百姓』，書傳作『辯章』，則平、辯義通，而古今之異耳。服虔云：『平平，辯治不絶之貌。』則平平是貌狀也。韓訓便便爲閑雅貌者，辯治有整暇之意，故爲閑雅貌也。」陳奐云：「爾雅：『便便，辯也。』書大傳『予辯下土，使民平平』，荀子書多用辯治。左傳引詩作『便蕃』，便與辯同，言辯別也；蕃與緐同，言緐亂也。辯別緐亂謂之便蕃，治辯謂之平平，文異而義同也。」韓云「便便，閑雅之貌」，蓋亦治辯之極之義。思文傳：「率，用也。」左傳作「帥從」，謂諸侯之順從也。亦，發聲。左傳引此詩而釋之云：「夫樂以安德，義以處之，禮以行之，信以守之，仁以厲之，而後可以殿邦國，同福祿，來遠人，所

謂樂也

汎汎楊舟，紼纚維之。【注】魯纚作縭。韓說曰：纚，筰也。一曰繫也。樂只君子，天子葵之。樂只君子，福祿膍之。【注】韓膍作肶，云厚也。優哉游哉，【注】韓游作柔。亦是戾矣。【疏】傳：紼，繂也。纚，緌也。明王能維持諸侯也。葵，揆也。膍，厚也。戾，至也。箋：楊木之舟浮於水上，汎汎然東西無所定，舟人以紼繫其緌以制行之，猶諸侯之治民，御之以禮法。戾，止也。諸侯有盛德者，亦優游自安止於是，言思不出其位。○王逸楚詞九歎注：楊，木名也。詩云：汎汎楊舟。明魯毛文同。魯纚作縭者，釋水：汎汎楊舟，紼縭維之。紼，繂也。縭，緌也。孔疏引李巡注：繂，竹爲索，所以維持舟者。孫炎注：繂，大索也。舟止繫之於樹木，戾竹爲大索。纚，筰也者，釋文引韓詩文。纚，繫也者，文選顏延之宋元皇后哀策文注引韓詩文。陳喬樅云：說文：筰，筊也。筊，竹索也。釋名：引舟者爲筰。筰，作也。作，起也。起舟使動行也。玉篇：筰，竹索也，引舟竹筊也。爾雅郭注：繂，索也。緌，繫也。雖雅韓所釋不同，要皆維舟之索。筰以繫舟使止，亦以引舟使行，今行舟者猶然，故韓訓兼二義也。葵，揆，釋言文。郭注引詩曰：天子葵之。此舊注魯詩文，明魯毛文同。膍，厚，釋詁文。膍作肶，云厚也者，釋文引韓詩文。陳喬樅云：說文：膍，或從比作肶。玉篇：肶，字同膍。膍本訓膍胵，又得訓厚者，此與腹字同意皆引申段借之義也說文腹厚也腹與複通月令水澤腹堅注腹厚也釋文腹本又作複腹與𦝫通𦝫厚也見節詩毛傳是其證韓游作柔者韓詩外傳四子爲親隱義不得正君誅不義仁不得愛雖違仁害義法在其中矣詩云優哉柔哉亦是戾矣陳喬樅云案此引詩優哉游哉游當作柔據卷八引定之蔡邕集汝南周巨勝碑銘用優哉游哉明魯毛文同

采菽五章章八句

角弓【疏】毛序父兄刺幽王也不親九族而好讒佞骨肉相怨故作是詩也○魯說以此詩爲幽厲之際晛下齊韓義未聞

騂騂角弓翩其反矣兄弟昏姻無胥遠矣【疏】傳興也騂騂調利也不善紲檠巧用則翩然而反箋興者喻王與九族不以恩禮御待之則使之多怨也胥相也骨肉之親當相親信無相疏遠相疏遠則以親親之望易以成怨○騂騂說文引作觲觲云用角低卬便也陳奐云凡角長二尺有五寸角之中當弓之淵其輔弓之檠短長與弓淵相埒考工記弓人言居角之過長者以終紲爲比也弛則伏諸檠張則去檠拂弓淵然後用之大射儀小射正授弓大射正以袂順左右隈上再下一此即調利用弓之法翩者偏之段借善蓋繕之省紲亦檠也巧猶調利也弛不納諸弓檠用又不

轂摩弓淵其必偏然而反說苑建本篇烏號之弓雖良不得排
檠不能自任即其義也胡承珙云此詩主言兄弟而連及昏姻
並宜無遠何楷以爲幽王寵任昏姻疏遠同姓十月之交言皇
父七子皆褒姒姻黨正月又言昏姻孔云漢書谷永上書云抑
褒閻之亂息白華之怨後宮親屬饒之以財勿與政事以遠皇
父之類損妻黨之權皆可與此相證無胥遠矣言王者之視兄
弟不必與昏姻大相懸絶
也以經證經較孔疏爲切

爾之遠矣民胥然矣爾之教矣民胥傚矣〔注〕魯胥作斯傚作效

〔疏〕箋爾女女幽王也胥皆也言王女不親骨肉則天下之人皆
如之見女之教令無善無惡所尚者天下之人皆學之言上
之化下不可不慎○魯胥作斯傚作效者潛夫論班祿篇詩云
爾之教矣民斯效矣白虎通三教篇教者效也上爲之下效之
民有朴質不教不成故詩云爾之教矣欲民斯效此便文改字
非有岐異蔡邕集陳仲弓碑民胥效矣獨作胥葢後人順毛改
之

此令兄弟綽綽有裕不令兄弟交相爲瘉〔疏〕傳綽綽寬也裕饒
瘉病也箋令善也
○禮坊記詩云此令兄弟綽綽有裕不令兄弟交相爲瘉
鄭注令善也綽綽寬裕貌交猶更也瘉病也明齊毛文同

民之無良相怨一方〔注〕韓說曰良善也言王者所爲無有善者各相與於一方而怨之受爵不讓至于已斯亡〔疏〕傳爵祿不以相讓故怨禍及之比周而黨愈少鄙爭而名愈辱求安而身愈危箋良善也民之意不獲當反責之於身思彼所以然者而怨之無善心之人則徒居一處怨恚之斯此也○毛傳比周數語本荀子儒效篇引詩漢書劉向上封事曰幽厲之際朝廷不和轉相非怨詩人刺之曰民之無良相怨一方說苑後漢書引詩民作人蓋避唐諱禮坊記詩云民之無良相怨一方受爵不讓至于已斯亡明魯齊毛文同易林升之需商子無良相怨一方引鬬交爭咎以自當陳喬樅云據易林言商子無良云云則詩所謂受爵不讓以至于亡者蓋指商子言也良善至怨之後漢章帝紀李注引韓詩文又韓詩外傳四載管仲對齊桓公曰詩曰民之無良相怨一方民皆居一方而怨其上不亡者未之有也與後漢紀注所引韓詩說同

老馬反爲駒不顧其後如食宜饇〔注〕韓宜作儀我也如酌孔取〔疏〕傳已老矣而孩童慢之饇飽也箋此喻幽王見老人反侮慢之遇之如幼稚不自顧念後至年老人之遇己亦將然王如食老者則宜令之飽如飲老者則當孔取孔取謂度其所勝多少凡器之孔其量大小不同老者氣力弱故取義焉上有族食

族燕之禮。○宗族有老人，王所宜敬者，今王不講敬老之禮，如老馬而反視爲駒，欲任之以勞，不顧其後之勝任與否，非所以優老也。易林家人之小過：老馬爲駒。用齊經文「宜」作「儀」，「我也」者，釋文引韓詩文。儀、宜古字通，訓儀爲我，言如食則我令飽，如酌則多其取，養老之正禮不可闕也。常棣「飲酒之飫」，韓作「饇」，此又以饇爲飫。說文「飫」下引詩「飲酒之饇」，而繫傳本即引詩「如食宜饇」，饇乃飫之本字，知此饇亦有作飫者，總謂其宜飽耳。老者雖不宜多飲，而勸酌必令甚取。馬瑞辰云：釋言：孔，甚也。酒正：凡饗耆老孤子，皆共其酒，無酌數。此詩言飲老者甚其所取，即無酌數之義。箋謂如器之孔，非。

毋教猱升木，如塗塗附。君子有徽猷，小人與屬。〔疏〕傳：猱，猨屬。塗，泥。附，著也。徽，美也。箋：毋，禁辭。猱之性善登木，若教使其爲之，必也。附，木桴也。塗之性善著，若以塗塗附，其著亦必也。以喻人之心皆有仁義，教之則進。猷，道也。君子有美道以得聲譽，則小人亦樂與之而自連屬焉。今無良之人相怨，王不教之。○教人進於仁義，不當以猱升、塗附爲比。詩言君子以身作則，教當得中。凡人氣質高伉者，不斂而抑之，則愈長其陵上之心，是猱升木而更教其升也；氣質卑陋者，不作而新之，無以去其汙染之習，如塗著物而更附以塗也。故二者必皆毋之。君子有美道以教人，小人自樂從而附屬之耳。

雨雪瀌瀌（注）魯韓瀌作麃見晛曰消（注）魯韓作曣晛聿消莫肯下遺（注）魯遺作隧韓作隤韓說曰隤猶遠也式居婁驕（疏）傳晛日氣也箋雨雪之盛瀌瀌然至日將出其氣始見人則皆稱曰雪今消釋矣喻小人雖多王若欲與善政則天下聞之莫不曰小人今誅滅矣其所以然者人心皆樂善王不啟致之莫無也遺讀曰隨式用也婁斂也今王不以善政啟小人之心則無肯謙虛以禮相卑下先人而後已用此自居處斂其驕慢之過者○瀌瀌荀子非相篇漢書劉向傳韓詩外傳四引詩並作麃麃陳奐云碩人鑣鑣盛皃載驅儦儦眾皃並以麃聲得義則此麃麃爲雨雪眾盛也見晛曰消荀子作宴然聿消釋文引韓詩作曣晛聿消劉向傳作晉晛聿消段玉裁云宴然即曣晛廣雅釋詁曣晛煗也玉篇廣韻皆云晛曣二形同今本劉向傳引詩見晛聿消顏注見無雲也晛日氣也言雨雪之盛麃麃然至於無雲日氣始出而雨雪皆消釋矣案見字不得訓爲無雲說文晉姓無雲也晛日見也劉說同許必原本作晉顏所見不誤後人妄改作見耳韓詩曣晛日出也與說文晛日出也合釋文引作曣見誤詩攷作曣晛是也陳喬樅云文選羽獵賦天清日宴李善引許慎淮南注云宴無雲之處也宴與晏同宴燕古文通用晛曣二形又同荀子宴然又曣曣之叚借劉向晉晛即曣曣之異文也愚案曰箋解爲稱曰失之下遺句子作下隧陳奐云古遺隧

音同說文㦬或作𧬈此其例北門傳遺加也此遺字亦當訓加婁數也莫肯下遺式居婁驕言小人之行不肯卑下加於人唯數數驕慢好自用也韓作隤說曰隤猶遠也者文選陸機歎逝賦注引薛君韓詩章句文莫肯下隤者謂莫肯卑下以自遠也

雨雪浮浮見晛曰流如蠻如髦我是用憂〔疏〕傳浮浮猶瀌瀌也流流而去也蠻南蠻也髦夷髦也箋今小人之行如夷狄而王不能變化之我用是爲大憂也髦西夷別名武王伐紂其等有八國從焉○韓詩外傳四三引如蠻如髦我是用憂二句明韓毛文同黄山云箋以蠻髦爲小人之行如夷狄屬民言胡承珙據蘇傳云王之視王族如蠻髦之不相及謂視骨肉如夷狄勝箋說則屬王言案論語夷狄之有君不如諸夏之亡也邢疏夷狄雖有君而無禮義與公羊襄七年傳何注引論語說同此詩所陳皆重在禮義教化是如蠻如髦斥當時國無禮義相維有如夷狄通上下言之也髦書坶誓作髳柏舟髡彼兩髦說文作紞彼兩䯻髳卽䯻之重文云漢令有髳長此相通之證義同後漢西羌傳豪酋之豪故段注卽以豪酋釋髳長髦又通旄與蠻皆無知之名

角弓八章章四句

菀柳〔疏〕毛序刺幽王也暴虐無親而刑罰不中諸侯皆不欲朝言王者之不可朝事也○三家無異義

有菀者柳不尚息焉上帝甚蹈無自暱焉注韓蹈作陶陶變也俾予靖之後予極焉疏傳興也菀木茂也蹈動暱近也靖治極至也箋尚庶幾也有菀然枝葉茂盛之柳行路之人豈有不庶幾欲就之止息乎興者喻王者盛德則天下皆庶幾願往朝焉憂今不然蹈讀曰悼上帝乎者愬之也今幽王暴虐不可以朝事甚使我心中悼病是以不從而近之釋己所以不朝之意靖謀俾使極誅也假使我朝王王留我使我謀政事王信讒不察功考績後反誅放我是言王刑罰不中不可朝事也○案王逸楚詞九歎注菀盛貌詩云有菀者柳明魯毛文同蹈作陶曰陶變也者玉篇阜部眾經音義五引韓詩文皮嘉祐云玉篇甚譌作具心今據毛詩訂正作甚陶即毛詩之甚蹈外傳作甚慆慆與蹈形近與陶聲近故三字通作眾經音義作上帝其陶阮元云當是上帝甚陶其字誤也駟介陶陶傳陶陶驅馳之貌釋文音徒報反廣雅釋訓蹈蹈行也陶蹈二字音義並近馬瑞辰曰變動同義蹈從舀聲舀古聲如由陶讀如臯繇之繇聲亦與由同故通用蹈通作陶猶鼓鍾詩憂心且妯韓詩作且陶江漢詩江漢滔滔風俗通山澤篇引作江漢陶陶楚詞九章滔滔孟夏史記屈原傳作陶陶孟夏也禮記人喜則斯陶淮南本經訓樂斯動動斯蹈蹈亦陶也廣雅陶化也淮南本經訓言陰陽之陶化萬物陶化猶變化也蹈又通慆韓詩外傳引詩下章作上帝甚慆其上引孫子賦云以盲爲明以聾

爲聰以是爲非以吉爲凶嗚呼上天曷維其同則慆亦變亂是非之意楚策又引詩上天甚神無自瘵也王念孫云神者慆字之壞蓋傳寫之誤不似陶蹈慆古同聲得通用其義與毛傳訓動同也動者言其喜怒變動無常下詩云俾予靖之後予極焉言王始用之以爲治後且極放誅責之正以王之喜怒無常證明上帝甚蹈之事檜詩中心是悼毛傳悼動也箋讀爲悼亦得訓動與蹈同義若訓爲悼病則失之矣陳奐曰傳蹈動蹈卽悼蚰之叚借蹈與蚰聲近鼓鍾憂心且蚰傳蚰動也蚰謂之動蹈亦謂之動蹈又與悼聲近檜中心是悼傳悼動悼謂之動蹈亦謂之動傳云動者猶亂也眾經音義引詩訓變動與變義甚近案此三說皆是也陳喬樅乃云韓蹈作慆明見外傳則作陶者必非韓詩眾經音義陶下但引詩云上帝甚陶陶變也不言爲韓詩當是齊魯詩之異文異義見於他書者而元應采之以證陶現之爲變現耳馬據鼓鍾詩蚰字韓作陶故以意定之然江漢詩滔滔風俗通引作陶陶應劭用魯詩者安知上帝甚陶非魯詩之異文邪嘉祐謂解三家詩者皆以上帝甚陶爲韓詩迄無異說陳氏援風俗通之單文遂謂應習魯詩此亦魯詩異文未免過拘且其魯詩遺說考已據荀卿遺春申君書引詩曰上天甚神定爲魯詩何得又作陶雖外傳所引郎楚策孫卿事然彼引詩作上天作瘵也此引自作上帝作瘵焉是入韓說郎舉韓詩家法必不自亂而慆亦爲韓明矣且慆陶可通陶神二字音義均不近郎屬異本何由得通古本亦無音義全不相通而

可通用者外傳雖作蹈他本何必盡同齊魯既有異文不得謂韓詩遂無異文此陳氏武斷之處唐卷子本玉篇晚出爲前人所未見作陶之異文惟衆經音義引之未能取信於人故或據爲韓詩或疑非韓詩今得此確證可以深信不疑因陳考非是而辨明之馬瑞辰云廣雅釋詁瘽病也訓瘽爲病與下章無自瘵焉傳訓病同義較毛傳爲善王念孫謂其義本三家詩是也又云釋言極誅也箋以極爲殛之假借與次章邁之爲行讀同左傳將行子南同義故又云後反誅放我

有菀者柳不尚愒焉上帝甚蹈無自瘵焉〔注〕魯帝作天蹈作神焉作也**俾予靖之後予邁焉**〔疏〕傳愒息也瘵病也箋瘵接也邁行也行亦放也春秋傳曰予將行之○魯帝作天蹈作神焉作也者楚策載孫子爲書謝春申君引詩文說已詳上

有鳥高飛亦傅于天彼人之心于何其臻曷予靖之居以凶矜〔疏〕傳曷害矜危也箋傳臻皆至也彼人斥幽王也鳥之高飛極至於天耳幽王之心於何所至乎言其轉側無常人不知其所屆王何爲使我謀之隨而罪我居我以凶危之地謂四裔也○馬瑞辰云方言厲今也戴震曰今當爲矜厲與矜同義厲爲危故矜亦爲危廣雅矜厲危也潛夫論賢難篇詩云彼人之心于何其臻明魯毛文同

菀柳三章章六句

都人士〔疏〕毛序周人刺衣服無常也古者長民衣服不貳從容

服謂冠弁衣裳也古者明王時也長民謂凡在民上倡率者也箋

變易無常謂之貳從容謂休燕也休燕猶有常則朝夕明矣壹

者專也同也○

說詳首章下

彼都人士狐裘黃黃其容不改出言有章行歸于周萬民所望

〔疏〕傳彼彼明王也周忠信也箋城郭之域曰都古明王時都人

之有士行者冬則衣狐裘黃黃然取溫裕而已其動作容貌

既有常吐口言語又有法度文章疾今奢淫不自責以過差于

於也都人之士所以要歸於忠信其餘萬民寡識者咸瞻望而

法傚之又疾今不然○此詩毛氏五章三家皆止四章孔疏云

左襄十四年傳引此詩行歸于周萬民所望二句服虔曰逸詩

也都人士首章有之禮緇衣鄭注云毛詩有之三家則亡今韓

詩實無此首章細味全詩二三四五章士女對文此章單言士

並不及女其詞不類且首章言出言有章言行歸于周萬民所

望後四章無一語照應其義亦不類是明明逸詩孤章毛以首

二句相類强裝篇首觀其取緇衣文作序亦無謂甚矣左傳如

翹翹車乘狐裘蒙茸本有引逸詩之例漢書儒林傳客歌驪駒

主人歌客毋庸歸王式謂聞之於師是魯家亦本有傳逸詩之例賈誼新書等齊篇引詩云彼都人士狐裘黃黃行歸于周萬民之望賈時毛詩未行所引字句亦小異是漢初卽傳此詩蔡邕述行賦詠都人以思歸是以爲思歸彼都之詩不解周爲忠信則亦非用毛詩也毛詩自有三家自無今述三家此章仍當棄而不取

彼都人士臺笠緇撮彼君子女綢直如髮我不見兮我心不說

〔疏〕傳臺所以禦暑笠所以禦雨也緇撮緇布冠也密直如髮也箋臺夫須也都人之士以臺皮爲笠緇布爲冠古明王之時儉且節也彼君子女者謂都人之家女也其情性密緻操行正直如髮之本末無隆殺也疾時皆奢淫我不復見今士女之然者心思之而憂也○臺笠者注龍云南山有臺疏及文選謝玄暉臥病詩注引此傳云臺所以御雨又無羊傳衰所以備雨笠所以御暑則傳本臺爲御雨笠爲御暑今本暑雨字乃後人轉寫誤倒笠本以御暑而亦可御雨故良耜傳曰笠所以禦暑雨陳奐云南山有臺傳臺夫須臺皮可以爲衰因之禦雨之物卽謂之臺此傳臺御雨無羊傳衰備雨則臺卽衰矣臺與笠明是二物箋云以臺皮爲笠與緇撮對語則合爲一物禮郊特牲大羅氏天子之掌鳥獸者也諸侯貢屬焉草笠而至尊野服也鄭注諸侯於蜡使使者戴草笠貢鳥獸也詩曰彼都人士臺笠緇撮鄭或本三家詩愚案當本齊義又云士冠禮緇布冠缺項青組纓屬

于缺繩纚廣終幅長六尺鄭注缺讀如有頍者弁之頍緇布冠無笄者著頍圍髮際結項中隅爲四綴以固冠也項中有繩亦由固頍爲之耳今未冠笄者著卷幘頍象之所生也滕薛名蔮爲頍屬猶著纚今之幘梁也終充也纚一幅長六尺足以韜髮而結之矣喪服注首絰象緇布冠之缺項案此缺項之制也缺在項故謂之缺項詩之撮卽儀禮之缺缺爲固冠之物撮亦固冠之義莊子寓言篇向也括撮而今也被髮道藏本陳景元音義有撮字各本奪撮卽詩之撮也人閒世篇會撮指天崔譔云會撮項椎也司馬彪云會撮髻也古者髻在項中脊曲頭低故髻指天也大宗師篇句贅指天李頤云句贅項椎也其形似贅言其上向也故會髮卽括髮其固緇布冠之物謂之缺亦謂之撮缺從夬聲撮從最聲古音正同撮者本字缺者借字儀禮缺項之缺當讀如緇撮之撮緇布冠爲三加之始冠諸侯有繢緌諸侯以下無繢緌以緇布冠爲常服其猶大古冠布之遺與馬瑞辰云說文鬒髮多也詩作綢爲叚借字以四章卷髮如蠆五章髮則有旟皆極言髮美則知綢直如髮亦謂髮美如髮猶云乃髮乃猶其也卽謂綢直其髮耳傳箋讀譬如之如失其義矣列女齊孝孟姬傳詩云彼君子女綢直如髮明魯毛文同班固西都賦都人士女殊異乎五方士女並提用齊經文

彼都人士充耳琇實彼君子女謂之尹吉我不見兮我心苑結

〔疏〕傳琇美石也尹正也箋言以美石爲瑱瑱塞耳吉讀爲姞尹氏姞氏周室昏姻之舊姓也人見都人之家女咸謂之尹氏姞氏之女言有禮法菀猶屈也積也○琇當作璓義具淇奧篇實充耳之貌謂之尹吉者馬瑞辰云箋說是也國語晉胥臣曰黃帝之子得姓者十四人爲十二姓姞其一也潛夫論志氏姓曰姞氏之別有闞尹蔡光魯雍斷密須氏是尹卽姞氏之別尹吉並稱猶申呂齊許並言也說文姞黃帝之後伯鯈姓也后稷妃家吉卽姞之省左傳石癸曰姞吉人也漢書人表云姞人棄妃直以姞人爲姓名唐宰相世系表云吉氏出自姞姓皆吉卽爲姞之證姞通郅路史國名紀郅黃帝之宗見詩引風俗通云郅殷時侯國一作吉

彼都人士垂帶而厲〔注〕齊而作如魯而作若彼君子女卷髮如蠆我不見兮言從之邁〔疏〕傳厲帶之垂者箋而亦如也而厲如鞶厲也鞶必垂厲以爲飾厲字當作裂蠆蠆螫蟲也尾末揵然似婦人髮末曲上卷然言亦我也邁行也我今不見士女此飾心思之欲從之行言已憂悶欲自殺求從古人○案齊而作如者禮內則鄭注云鞶小囊盛帨巾者男用韋女用繒有飾緣之則是鞶裂與詩云垂帶如厲說文裂繒餘也帶以繒爲之垂其餘以爲飾故詩言如裂耳魯而作若者淮南氾論訓高注博帶大帶詩云垂帶若厲言帶之垂爲大帶

也而與如若並聲近通用左桓二年傳鞶厲杜注厲大帶之垂者廣雅厲帶也葢對文則厲爲垂帶之名散文則厲亦帶也

匪伊垂之帶則有餘匪伊卷之髮則有旟我不見兮云何盱矣〔疏〕傳旟揚也箋伊辭也此言士非故垂此帶也帶於禮自當有餘也女非故卷此髮也髮於禮自當有旟也旟枝旟揚起也盱病也思之甚云何乎我今已病也○案匪伊垂之四句說者頗多然箋義自長

都人士五章章六句

采綠〔疏〕毛序刺怨曠也幽王之時多怨曠者也箋怨曠者君子從君子於外非禮也行役過時之所由也而刺之者譏其不但憂思而已欲也○三家義未聞

終朝采綠〔注〕魯綠作菉**不盈一匊予髮曲局薄言歸沐**〔疏〕傳興也自旦及食時爲終朝兩手曰匊局卷也婦人夫不在則不容飾箋綠王芻也易得之菜也終朝采之而不滿手怨曠之深憂思不專於事言我也禮婦人在夫家笄象笄今曲卷其髮憂思之甚也有云君子將歸者我則沐以待之○案魯綠作菉者王逸楚詞離騷注菉王芻也詩曰終朝采菉明魯作菉毛作綠借字

終朝采藍，不盈一襜。五日爲期，六日不詹。疏 傳：衣蔽前謂之襜。詹，至也。婦人五日一御。箋：藍，染草也。婦人過於時乃怨曠。五日、六日者，五月之日、六月之日也。期至五月而歸，今六月猶不至，是以憂思。○後漢劉瑜傳上書曰：「天地之性，陰陽正紀，隔絕其道，則水旱爲并。詩云：『五日爲期，六日不詹。』怨曠作歌，仲尼所錄。」陳喬樅云：「范書言瑜少通經學，尤善圖讖、天文、厤算之術，其所習詩當爲齊學。攷周官九嬪注云：『凡羣妃御見之法，月與后妃其象也。』孔子云：『日者天之明，月者地之理，陰契制，故月上屬爲天，使婦從夫放月紀。』鄭引孔子云云，出孝經援神契文。緯書多用齊詩，瑜所謂『天地之性，陰陽正紀』，卽援神契『天明地理』及『陰契制』之義，說本齊詩無疑也。內則鄭注云：『五日一御，諸侯制也。』諸侯娶九女，姪娣兩兩而御，則三日也；次兩媵，則四日也；次夫人專夜，則五日也。天子十五日乃一御。然據王度記云『天子諸侯一娶九女』，則五日之御亦可通乎天子。內則所言『妾未五十，必與五日之御』，承上文『夫婦之禮，唯及七十同藏無間』，此則據妾而言，並非專指諸侯之制，一疑又當通乎大夫以下也。故傳云『婦人五日一御』，王肅以爲大夫以下之制。」

之子于狩，言韔其弓。之子于釣，言綸之繩。疏 箋：之子，是子也，謂其君子也。于，往也。綸，釣繳也。君子往狩與，我當從之，爲之韔弓；其往釣與，我當從之，爲之繩繳。今怨曠自恨初行時不然。○陳奐云：「釋草『綸』，郭注

今有秋齊大所帶糾青絲綸是綸爲糾合之稱綸之繩與韔其弓對文

其釣維何維魴及鱮維魴及鱮薄言觀者〔注〕韓觀作覩〔疏〕箋觀多也此美其君子之有技藝也釣必得魴鱮魴鱮是云其多者耳其衆雜魚乃衆多矣○觀作覩者釋文引韓詩文陳喬樅云釋詁覩多也郭注引詩薄言覩者箋說正本雅訓覩義亦得訓多說文觀爲古文睹字覩從見者聲者從白米聲米古文旅旅有衆義故都从邑者聲義訓爲聚諸从言者聲義訓爲衆然則覩亦有衆義故與觀之訓多者同也

采綠四章章四句

黍苗〔注〕三家說曰召伯述職勞來諸侯也〔疏〕毛序刺幽王也不能膏潤天下卿士不能行召伯之職焉箋陳宣王之德召伯之功以刺幽王及其羣臣廢此恩澤事業也○國語韋注黍苗道召伯述職勞來諸侯也在傳襄十九年杜注黍苗美召伯勞來諸侯其義蓋本三家與毛序異

芃芃黍苗陰雨膏之悠悠南行召伯勞之〔疏〕傳興也芃芃長大貌悠悠行貌箋興者喻天下之民如黍苗然宣王能以恩澤育養之亦如天之有陰雨之潤宣王之時使召伯營謝邑以定申伯之國將徒役南

行眾多悠悠然召伯則能勞來勸說以先之○陳奐云申伯封謝則悠悠然南行能建國親侯卽膏潤天下意也勞勤也召伯勞之鄉士述職也箋以悠悠爲徒役眾多然將徒役而往營謝未免擾動兵眾不中時務嵩高詩但言因是謝人以作爾庸也

我任我輦我車我牛我行旣集葢云歸哉【疏】傳任者輦者車者牛者箋集猶成也葢猶皆也營謝轉餫之役有負任者有輓輦者有將車者有牽傍牛者其爲南行之事旣成召伯則皆告之云可歸哉刺今王使民行役曾無休止時○馬瑞辰云呂覽舉難篇甯戚將任車以至齊淮南道應篇甯越爲商旅將任車高注任載也引詩我任我輦是高以詩我任卽爲任車淮南又曰甯越飯牛車下則所云任車卽牛車耳案鄉師注輦一人輓行所以載任器則輦亦得曰任任下始言我車我牛車牛爲一則上言我任我輦卽謂以輦載任器亦爲一事而分言之不得如箋訓爲負任亦不得如高以爲任車也釋訓徒御不警輦者也徒御二字當連讀不謂徒步而御車者此詩我徒我御亦一事而分言之徒御卽上之輦正不必如傳箋之過爲區別耳鄉師注引司馬法曰夏后氏謂輦曰余車殷曰胡奴車周曰輜輦車一斧一斤一鑿一梩一鋤周輦加二板二築此謂輦載一人所需物也又曰夏后氏二十人而輦殷十八人而輦周十五人而輦此謂一輦載二十人若十八人十五人人所需也周每人加二板二築故一僅容十五人所需賈疏謂說輓人多少失之說文扶竝行也从二夫輦輓車也

从扶在車前引之易林曰二人輦車徙去其家是皆輦用二人
引車之證淮南說山篇引車者二六而後之據上云物固有眾人
而不若少者當讀引車者二句所謂少也六而後之句謂六人
自後推之所謂眾也即左傳所謂或輓之或推之也高注輓三
人兩輓六人故謂二六一說十二人皆非也歸者歸謝嵩高云
申伯還南謝于誠歸也爾雅曷盍也曷謂之盍盍又謂之曷盍
亦謂之曷荀子富國篇言仁人在上云云末引詩云我
任我輦我車我牛我行既集盍云歸哉明魯毛文同
我徒我御我師我旅我行既集蓋云歸處（疏）傳徒行者御車者師者旅者箋步行
曰徒召伯營謝邑以兵眾行其士卒有步行者有御兵車者五
百人爲旅五旅爲師春秋傳曰諸侯之制君行師從卿行旅從
○王引之云經傳言師旅者有二義一爲士卒之名小司徒五
卒爲旅五旅爲師是也一爲羣有司之名宰夫掌百官府之徵
令辨其八職一曰正掌官灋以治要二曰師掌官成以治凡三
曰司掌官灋以治目四曰旅掌官常以治數是也左襄十年傳
官之師旅不勝其富十四年今官之師旅無乃實有所闕以攜
諸侯晉語陽有夏商之嗣典有周室之師旅樊仲之官守焉皆
謂掌官成官常者官之師旅猶言羣有司也周室之師旅即官
守也蓋樊仲之官守所守者嗣典也其官則師旅也三句一貫
故下文但曰其非官守也其大小之差則旅卑於師師又卑於
正故八職師旅在正之下成十八年傳師不陵正旅不偪師言

小不加大也襄二十五年傳百官之正長師旅先正長而後師旅也楚語天子之貴也唯其以公侯爲官正而以伯子男爲師旅吉公侯之統伯子男猶官正之統師旅乃杜注師不陵正旅不偪師曰師二千五百人之帥也旅五百人之帥也注官之師旅曰師旅之長注百官之正長師旅曰師旅小將帥也韋注伯子男爲師旅曰帥師旅也皆不知師旅爲羣有司之名而誤以爲帥師旅者夫帥師旅者豈得遂謂之師旅乎至韋注周室之師旅曰周室之師衆則又誤以爲人衆之名矣陳奐云此箋解師旅之誤與杜韋同此是申伯入謝不必盛言兵衆嵩高傳以徒御爲虎賁又王命傳御遷其私人傳御治事之官也私人家臣也傅御私人亦即在徒御師旅之中則此師旅非兵衆可知鄭箋以徒御師旅皆謂召伯之士卒與毛傳不同義二千五百人爲師則傳不得稱之曰師者矣五百人爲旅則傳不得稱之曰旅者矣孔疏依箋申傳失之案陳說區別傳箋至爲明析其駁將徒役而往營謝尤中肯綮

肅肅謝功，召伯營之。烈烈征師，召伯成之。〔疏〕傳謝邑也箋肅肅嚴正之貌營治也烈烈威武貌征行也美召伯治謝邑則使之嚴嚴正將師旅行則有威武也○陳奐云小星傳肅肅疾貌烈烈讀如如火烈烈征行也師衆也愚案韓奕溥彼韓城燕師所完傳師衆也箋衆民之所築此章師義正同述職勞來諸侯非尚威武之事嵩高言

召伯是營亦不及師旅此箋實沿上章師旅之誤惟征當訓征召周禮卿大夫皆征之先鄭注征之者給公上事也

原隰既平泉流既清召伯有成王心則寧〔疏〕傳土治曰平水治曰清箋召伯營謝邑相其原隰之宜通其水泉之利此功既成宣王之心則安也又刺今王臣無成功而亦心安○此以喻治之有本不專爲營謝言也說苑建本篇夫本不正者末必倚始不盛者終必衰詩云原隰既平泉流既清本立而道生是故君子貴建本而重立始召伯有成者考績述職告其成功王心於是喜悅而安寧也

黍苗五章章四句

隰桑〔疏〕毛序刺幽王也小人在位君子在野思見君子盡心以事之○三家義未聞

隰桑有阿其葉有難既見君子其樂如何〔疏〕興也阿然美貌難然盛貌有以利人也箋隰中之桑枝條阿阿然長美其葉又茂盛可以庇蔭人興者者喻時賢人君子不用而野處有覆養之德也正以隰桑興者反求此義則原上之桑枝葉不能然以刺時小人在位無德於民思在野之君子而得見其在位喜樂無度○陳奐云阿之爲言猗也淇奧傳猗猗美盛也難儺古通難之爲言那也釋文難乃多反其讀同那桑扈那傳那多也萇楚曰猗儺那曰猗那音

義皆同也案有阿即阿阿也故箋讀爲阿阿阿阿字亦變爲猗猗見淇奧傳經中凡𣛮字多參用有字與𣛮字無異

隰桑有阿其葉有沃既見君子云何不樂〔疏〕傳沃柔也○案有沃與沃沃同亦與沃若同

隰桑有阿其葉有幽既見君子德音孔膠〔疏〕傳幽黑色也膠固也箋君子在位民附仰之其教令之行甚堅固也○馬瑞辰云幽葽一聲之轉幽詩四月秀葽夏小正作莠幽漢書郊祀志房中歌曰豐草葽孟康注葽盛貌此詩有幽與上章有難有沃同義正當讀葽訓盛膠讀爲僇之省借方言僇盛也陳宋之閒曰僇廣雅僇盛也孔膠猶言甚盛耳列女周宣姜后傳引詩曰隰桑有阿其葉有幽既見君子德音孔膠明魯毛文同韓詩外傳四引詩曰既見君子德音孔膠明韓毛文同

心乎愛矣遐不謂矣中心藏之何日忘之〔疏〕箋遐遠謂勤藏善也我心愛此君子君子雖遠在野豈能不勤思之乎宜思之也我心善此君子又誠不能忘也孔子曰愛之能勿勞乎忠焉能勿誨乎○禮表記引詩云心乎愛矣瑕不謂矣中心藏之何日忘之鄭注瑕之言胡也謂猶告也瑕不遐不皆可訓胡鄭注禮時即用齊詩義解

特箋詩又別爲解耳各本藏从艸皆後來所加古止作臧釋文本尚未改古文孝經引詩中心作忠心序所謂盡心以事之也新序雜事五詩曰中心藏之何日忘之明魯毛文同韓詩外傳四兩引詩曰中心藏之何日忘之明韓毛文同

隰桑四章章四句

白華〔疏〕毛序周人刺幽后也幽王取申女以爲后又得褒姒而黜申后故下國化之以妾爲妻以孼代宗而王弗能治周人爲之作是詩也箋申姜姓之國也褒姒褒人所入之女姒其字也是謂幽后孼支庶也宗適子也王不能治已不正故也○漢書班倢伃傳綠衣兮白華自古兮有之班氏家學齊詩所舉齊義明與毛同魯韓當無異義

白華菅兮白茅束兮之子之遠俾我獨兮〔疏〕傳白華野菅也已漚爲菅箋白華於野已漚名之爲菅菅柔忍中用矣而更取白茅收束之茅比於白華爲脆興者喻王取於申申后禮儀備任妃后之事而更納褒姒褒姒爲孼將至滅國之子斥幽王也俾使也王之遠外我不復荅耦我意欲使我獨也老而無子曰獨後褒姒譖申后之子宜咎奔申○白華野菅釋草文言白華已漚而爲菅更得白茅以相經束則端成潔白夫婦之道正矣至褒姒獻納後宮止備妾媵詩人不得以白茅之束比況之次章更以菅茅相提並論也

英英白雲〔注〕韓英作泱露彼菅茅天步艱難之子不猶〔注〕韓說曰天行艱難於我身不我可也〔疏〕傳英英白雲貌露亦有雲言天地之氣無微不著無不覆養步行猶可也箋白雲下露養彼可以爲菅之茅使與白華之菅相亂易猶天下妖氣生褒姒使申后見黜猶圖也天行此艱難之妖久矣王不圖其變之所由爾昔夏之衰有二龍之妖卜藏其漦周厲王發而觀之化爲玄黿童女遇之當宣王時而生女懼而棄之後褒人有獻而入之幽王幽王嬖之是謂褒姒〇英作泱者釋文引韓詩文陳喬樅云說文泱滃也滃雲氣起也文選潘安仁射雉賦天泱泱以垂雲即用韓詩徐爰注泱音英李善注引毛詩英英白雲毛萇曰英英白雲貌泱與央古字通六月篇白旆央央公羊宣十二年疏引孫氏說作帛旆英英是已馬瑞辰云露猶覆也連言之則曰覆露晉語是先王覆露子也淮南時則訓包裹覆露無不囊懷繁露基義篇天爲君而覆露之漢書鼂錯傳今陛下配天象地覆露萬民嚴助傳陛下垂德惠以覆露之皆覆露同義之證此詩露彼菅茅猶言覆彼菅茅與下章浸彼稻田同義歐陽本義黃氏日鈔皆以露爲覆露是也天行至可也正義引韓詩侯苞翼要文舉足謂之步故訓步爲行中谷有蓷傳艱亦難也猶可釋言文申女身爲王后又生太子自宜永享榮華而天行艱難之運於國家后身適當之遂至廢黜不啻行之於我身因而之子不以我爲可也王肅云

天行艱難使下國化之以倡爲不可故也雖本序爲說然與上章不類故孔取侯說蔡邕庾侯碑廓天步之艱難用魯經文

滮池北流〔注〕三家滮作淲池作沱浸彼稻田嘯歌傷懷念彼碩人〔疏〕傳滮流貌箋池水之澤浸潤稻田使之生殖喻王無恩意於申后滮池之不如也豐鎬之間水北流碩大也妖大之人謂褒姒也申后見黜褒姒之所爲故憂傷而念之○水經渭水注鎬水又北流西北注與滮池水合水出鄗池西而北流入於鎬毛詩曰滮流涙也而世傳以爲水名矣注涙蓋貌字傳寫之誤括地志滮池今按其池周十五步三家滮作淲池作沱者說文淲水流貌从水虍省聲詩曰淲沱北流與毛異字明出三家言池水尚有浸潤生殖之澤今后身黜退滮池之不如也張衡南都賦浸彼稻田用魯經文碩人當從王肅孫毓指申后與衞風碩人指莊姜同陳奐以爲篇中五我字皆指申后此碩人指申后則我心之我無屬不知實勞我心與俾我祇我不同勞心郎此章之傷懷所謂我者詩人自我也

樵彼桑薪卬烘于煁維彼碩人實勞我心〔疏〕傳卬我烘燎也煁烓竈也桑薪宜以養人者也箋人之樵取彼桑薪宜以炊饔饎之爨以養食人桑薪薪之善者也我反以燎於烓竈用炤事物而已喻王始以禮取申后申后禮儀備今反黜之使爲卑賤之事亦猶是○說文云烓行竈也詩人每以薪喻婚姻桑又女功最貴之木也以桑

而樵之爲薪乃徒供行竈烘燎之用其貴賤顛倒甚矣

鼓鍾于宮聲聞于外念子懆懆視我邁邁【注】韓邁作怖云意不**說好也**【疏】傳有諸宮中必形見於外邁邁不說也箋王失禮於外而下國聞知而化之王弗能治如鳴鼓鍾於宮中而欲外人不聞亦不可止此言申后之忠於王也念之懆懆然欲諫正之王反不說於其所言○段玉裁云箋云鳴鼓鍾謂鼓與鍾二物也靈臺於論鼓鍾鄭云鼓與鍾也此詩正同疏云鼓擊其鍾誤黃山云此箋文有誤孔不誤也釋樂徒鼓鍾謂之修鼓鍾篇鍾鼓三句韓詩皆作鼓鍾與鼓瑟鼓琴相應此鼓鍾爲擊鍾之例鍾必擊而後有聲否則鍾鼓雖在宮不能聞於外也孔疏有人鼓擊其鍾於宮內此自釋傳有諸宮中之文而下不言鄭異者必今箋鳴鼓鍾乃鳴擊鍾之訛孔正據之以擊釋毛耳靈臺於論鼓鍾論本即言其節奏已賅鳴擊義且上賁鼓維鏞不鼓鍾亦本並列此非言樂不必兼鼓鼓以鼓眾亦非箋欲外人不聞不可止之義段說葢非韓詩外傳四僞詐不可長虛空不可守朽木不可雕情亡不可久詩曰鼓鍾于宮聲聞于外言有中者必能見外也韓釋詩與毛鄭同說文懆愁不安也从心喿聲詩曰念子懆懆釋文云亦作慘慘邁邁作怖怖云意不說好也者釋文引韓詩文說文亦作怖怖云恨怒也恨怒宜從釋文引作很怒很怒即不說好意毛訓邁邁爲不說是以邁邁爲

怖怖之
叚借

有鶖在梁，有鶴在林。維彼碩人，實勞我心。【疏】傳：鶖，秃鶖也。箋：鶖也，鶴也，皆以魚爲美食者也。鶖之性貪惡，而今在梁；鶴絜白，而反在林。興王養褒姒而餒申后，近惡而遠善。○說文：「鳺，秃鳺也。或作鶖。」王逸楚詞大招注：「鶖鶬，秃鶬也。詩云：『有鶖在梁。』」明魯、毛文同。

鴛鴦在梁，戢其左翼。之子無良，二三其德。【疏】箋：戢，斂也。斂左翼者，謂右掩左也。鳥之雌雄不可別者，以翼右掩左雄，左掩右雌，陰陽相下之義也。夫婦之道，亦以禮義相下以成家道。良，善也。王無答耦己之善意，而變移其心志，令我怨曠。○馬瑞辰云：詩義蓋與鴛鴦篇同，以鴛鴦匹鳥，得其所止，能不貳其耦，以興幽王二三其德，爲匹鳥之不若也。不當如箋專指雄者言。韓詩外傳四所謂庸人者云云，末引詩曰：「之子無良，二三其德。」明韓、毛文同。

有扁斯石，履之卑兮。之子之遠，俾我疧兮。【疏】傳：扁扁，乘石貌。王乘車履石。疧，病也。箋：王后出入之禮與王同，其行登車亦履石。申后始時亦然，今見黜而卑賤。王之遠外我，欲使我困病。○隸僕：「王行則洗乘石。」鄭司農曰：「所登上車之石也。」淮南齊俗訓、文選李注引尸子並云：「周公踐東宮，履乘石。」淮南高注：「人君升車有乘石。」說皆與毛傳合蓋以乘石爲王所履與后之爲王所棄耳胡承珙曰履之卑兮卑字當屬石言何楷古義云履之卑兮是倒文言乘石卑下猶得蒙王踐履其說是也至於后亦履石經傳無徵箋特以義推而言之與傳義殊士昏禮婦人以几賈疏云王后則履石特本詩箋以意推之亦非有確證也正義合傳箋爲一失之

白華八章章四句

緜蠻〔疏〕毛序微臣刺亂也大臣不用仁心遺忘微賤不肯飲食敎載之故作是詩也箋微臣謂士也古者卿大夫出行士爲末介士之祿薄或困乏於資財則當賙贍之幽王之時國亂禮廢恩薄大不念小尊不恤賤故本其亂而刺之○潛夫論班祿篇行人定儗矘而緜蠻諷與毛序意同齊韓當無異義齊詩篇名作緡蠻說見下

緜蠻黃鳥〔注〕韓詩曰緜蠻黃鳥韓說曰緜蠻文貌止于丘阿道之云遠我勞如何飲之食之敎之誨之命彼後車謂之載之〔疏〕傳興也緜蠻小鳥貌丘阿曲阿也鳥止於阿人止於仁箋止謂飛行所止託也興者小鳥知止於丘之曲阿靜安之處而託息焉喩小臣擇卿大夫有仁厚之德者而依屬焉在國依屬於卿大夫之仁者至於爲末介從而行道路遠矣我罷勞則卿大夫

之恩宜如何乎渴則予之飲飢則予之食事未至則豫教之臨事則誨之車敗則命後車載之後車倅車也○韓詩一上文貌選何晏景福殿賦李注王融曲水詩序李注引韓詩薛君注文緜蠻黃鳥明韓毛文同馬瑞辰云緜蠻二字雙聲說文緜聯微也廣雅緜小也緜有小義故傳以爲小鳥貌韓以緜蠻爲文貌者案釋詁覭髳茀離也緜蠻即覭髳之轉葢文采縟密之貌故韓以爲文貌當從韓爲允黃鳥本小鳥詩喻微臣其義已顯不必更以緜蠻爲小貌耳張衡集怨篇我勞如何明魯毛文同繁露仁義法篇引詩云飲之食之教之誨之明齊毛文同

緜蠻黃鳥止于丘隅豈敢憚行畏不能趨飲之食之教之誨之命彼後車謂之載之〔疏〕箋丘隅丘角也憚難也我罷勞車又敗豈敢難徒行乎畏不能及時疾至也○禮大學引詩云緡蠻黃鳥止于丘隅子曰於止知其所止可以人而不如鳥乎緜緡通作字韓詩外傳四載客有見周公者云云未引詩云豈敢憚行畏不能趨明韓毛文同

緜蠻黃鳥止于丘側豈敢憚行畏不能極飲之食之教之誨之命彼後車謂之載之〔疏〕箋丘側丘旁也極至也

緜蠻三章章八句

瓠葉〔疏〕毛序大夫刺幽王也上棄禮而不能行雖有牲牢饔餼不肯用也故思古之人不以微薄廢禮焉箋牛羊豕爲牲繫養者曰牢熟曰饔腥曰餼生曰牽不肯用者自養厚而薄於賓客○三家義未聞

幡幡瓠葉采之亨之君子有酒酌言嘗之〔疏〕傳幡幡瓠葉貌庶人之菜也箋亨熟也熟瓠葉者以爲飲酒之葅也此君子謂庶人之有賢行者也其農功畢乃爲酒漿以合朋友習禮講道藝也酒既成先與父兄室人亨瓠葉而飲之所以急和親親也飲酒而曰嘗者以其爲之主於賓客賓客則加之以羞易兌象曰君子以朋友講習○詩人因時王惜物廢禮故言雖瓠葉兔首之微薄亦可以合羣習禮後漢劉昆傳王莽世教授弟子恆五百餘人每春秋饗射備列典儀以素木瓠葉爲俎豆桑弧蒿矢以射兔首陳觀樸誤素樸下有劉字李注云瓠葉爲俎實誤也此不過備列典儀之一事取瓠葉兔首以寓詩意耳嘗者主人未獻於賓先自嘗之也陳奐云行葦箋云有醇厚之酒醴以大斗酌而嘗之而美故以告黃耇之人是主人固有先嘗之禮矣

有兔斯首炮之燔之君子有酒酌言獻之〔疏〕傳毛曰炮加火曰燔獻奏也箋斯白

也今俗語斯白之字作鮮齊魯之間聲近斯有兔白首者兔之小者也炮之燔之者將以爲飲酒之羞也飲酒之禮既奏酒於賓乃薦羞每酌言言者禮不下庶人庶人依士禮立賓主爲酌名○胡承珙云左昭元年傳趙孟賦瓠葉穆叔知其欲一獻則此詩是一獻之禮禮有獻有酢有酬而後一獻之禮終與詩中所言正合古者士禮一獻士冠禮注雖云一獻之禮有薦有俎俎牲體也其牲未聞然既夕注云士腊用兔詩三章皆言兔首又焉知非士禮而必以爲庶人之禮乎

有兔斯首燔之炙之君子有酒酌言酢之疏傳炕火曰炙酢報也箋報者賓既卒爵洗而酌主人也凡治兔之宜鮮者毛炮之柔者炙之乾者燔之○說文醋客酌主人也从酉昔聲今經典皆以酢爲醋

有兔斯首燔之炮之君子有酒酌言醻之疏傳醻道飲也箋主人既卒酢爵又酌自飲卒爵復酌進賓猶今俗之勸酒○說文醻獻醻主人進客也或作酬

瓠葉四章章四句

漸漸之石疏毛序下國刺幽王也戎狄叛之荊舒不至乃命將率東征役久病於外故作是詩也箋荊謂楚也舒舒鳩舒鄝舒庸之屬役謂士卒也○三家義未聞

漸漸之石維其高矣山川悠遠維其勞矣武人東征不皇朝矣

疏　傳漸漸山石高峻箋山石漸漸然高峻不可登而上喻戎狄衆強而無禮義不可得而伐也山川者荆舒之國所處也其道里長遠邦域又勞勞廣闊言不可卒服武人謂將率也皇王也將卒受王命東行而征伐役人罷病必不能正荆舒使之朝於王○言石之字從水作漸自是叚借釋文作嶄嶄廣雅釋訓亦云嶄嶄高也嶄嶄字同是毛詩亦作本與魯韓詩皆有作嶄嶄者繫傳引詩嶄嶄之石不見於說文疑出後起今則通作巉巉矣箋云勞勞廣闊讀勞爲遼劉向九歎山修遠其遼遼兮王逸注遼遼遠貌卽用此詩劉王同本魯詩知鄭改讀亦用魯也孔疏義引王肅云皇暇也何草不黃篇哀我征夫朝夕不暇一日之計朝尤便於興事朝亦不皇則征行之苦可想

漸漸之石維其卒矣山川悠遠曷其沒矣武人東征不皇出矣

疏　傳卒竟沒盡也箋卒者崔嵬也謂山巔之末也曷何也廣闊之處何時其可盡服不能正之令出使聘問於王○馬瑞辰云卒卽崒之消借說文崒危高也十月之交篇山冢崒崩釋文崒本亦作卒是崒卒古通用之證胡承珙云山川長遠何時可盡入險而不暇出險軍行死地勞困可知

有豕白蹢烝涉波矣月離于畢俾滂沱矣【注】魯離作麗俾作比

武人東征不皇他矣【疏】傳豕豬也蹢蹄也將久雨則豕進涉水波畢噣也月離陰星則雨箋烝衆也豕之性能水又唐突難禁制四蹄皆白曰駭則白蹄其尤躁疾者今離其繒牧之處與衆豕涉入水之波漣矣喻荆舒之人勇悍捷敏其君猶白蹄之豕也乃率民去禮義之安而居亂亡之危賤之故比方於豕將有大雨徵氣先見於天以言荆舒之叛萌漸亦由王出也豕旣涉波今又雨使之滂沱疾王甚也不能正之令其守職不干王命○魯離作麗俾作比者論衡說日篇引詩月麗于畢俾滂沱矣離作麗而作俾與毛同高誘呂覽孟秋紀注引詩亦皆作麗論衡明雩篇引詩月離于畢比滂沱矣俾作比而作離又與毛同蓋魯詩麗離比俾通作陳喬樅云離麗古通周易離王公也釋文云鄭作麗戰國策高漸離論衡書虛篇亦作麗俾比聲近大雅克順克比禮樂記作克俾史記樂書同是其證陳奐云詩言東征借雨以況勞苦之情東山篇我徂東山慆慆不歸我來自東零雨其濛亦此意也離讀與麗同盧令箋畢噣也彼正義引釋天噣謂之畢李巡云噣陰氣獨起陽氣必止故曰畢畢止也史記律書北至于濁濁者觸也言萬物皆觸死也故曰濁索隱引爾雅濁謂之畢今郭本作濁李本作噣噣濁義皆與觸同也小星傳五噣爲柳星此當依史記作濁讀爲觸爲正字仲尼弟子列傳集解引毛傳畢濁也釋文本亦

作濁此古本傳作濁之證孫郭爾雅注並云掩兔之畢或呼爲濁因以名星其字亦皆作濁也傳云月離陰星則雨者正義云以月爲畢所離而雨是陰雨之星故謂之陰星是也畢西方宿實沈之次也書洪範月之從星則以風雨江聲集疏云漢書天文志云西方爲雨雨少陰之位也月失中道移而西入畢則多雨依鄭詛雨爲木氣畢西方金宿金克木木爲妃畢好其妃故多雨也志又云月失節度而妄行出陽道則旱風出陰道則陰雨是亦一說東北東南皆陽道西則陰道毛傳云月離陰星則雨與志言出陰道相似滂沱詩考引史記作滂池說文滂沛也初學記引說文池者陂也大雨沛然下垂積水成陂是爲滂池愚案說文陂阪也一曰沱也此郎初學記所本許書無从也之池郎沱潛之沱字本文初無陂也之訓此文滂沱自與陳風涕泗滂沱同義沱作池或又作淹皆隸寫之誤不必訓爲陂陳啟源曰顧氏英白云月入畢中則多雨舊以陰陽爲說非也天街在畢之陰七政中道也焉得謂離其陰則水乎畢宿在天街之陽月入之郎雨焉得謂由其陽得旱乎予驗之皆然家語以爲有若不知未敢信也又言月之離畢未有不在其陰者但必相傳著方雨遠之則否然則離陰離陽必非孔子之言史遷世掌天官列傳載有若事獨刪此語蓋知其誤胡承珙云論衡明雩篇房星四表三道日月之行出入三道日出北道離畢之陰希有不雨由此言之北道畢星之所在也此亦以離畢爲月出北道與毛傳合是自漢以來已有此說家語載孔子云昔者月離

其陰故雨昨莫月離其陽故不雨專指
畢之陰陽宜顧氏以爲後人妄託也

漸漸之石三章章六句

苕之華【疏】毛序大夫閔時也幽王之時西戎東夷交侵中國師
旅並起因之以饑饉君子閔周室之將亡傷己逢之
故作是詩也箋師旅並起者諸侯或出師或出旅以助王距戎
與夷也大夫將師出見戎夷之侵周而閔之今當其難自傷近
危亡○三
家義未聞

苕之華芸其黄矣心之憂矣維其傷矣【疏】傳興也苕陵苕也將
落則黄箋陵苕之華
紫赤而繁興者陵苕之榦喻如京師也其華猶諸夏也故或謂
諸夏爲諸華華衰則黄猶諸侯之師旅罷病將敗則京師孤弱
傷者謂國日見侵削○釋草苕陵苕又云黄華蔈白華茇舍人
注別華色之異名也史記趙世家顏若苕之華集解引綦毋邃
云陵苕之華其色紫蘇頌本草圖經云紫葳陵霄花也初作藤
蔓生依大木歲久延引至顛而有花其花黄赤夏中乃盛陶隱
居蘇恭引郭云陵霄案今爾雅注無陵霄之說郭說乃云陵時
本草云今紫葳無陵時之名而鼠尾草有之陸疏苕一名陵時
一名鼠尾似王芻生下溼水中七八月中華似今紫草陳奐目
驗藤本依古柏蔓生五六月花盛黄色郎陵霄花以爲郎爾雅

之黃華蕘而不見紫色則所云苕之華似仍以陸疏陵時似紫草生水中者爲合古書歧出證驗未周不經目覩不敢臆斷也

苕之華其葉青青知我如此不如無生【疏】傳華落葉青青然箋今陵苕之華衰而葉見青青然喻諸侯微弱而王之臣當出見也我我王也知王之爲政如此則已之生不如不生也自傷逢今世之難憂閔之甚○唐秋杜傳菁菁葉盛也段借字作青青潛夫論交際篇引詩云知我如此不如無生明魯毛文同

牂羊墳首【注】齊墳作羵**三星在罶人可以食鮮可以飽**【疏】傳牂羊也墳大也罶曲梁也寡婦之笱也牂羊墳首言無是道也三星在罶言不可久也治日少而亂日多箋無是道者喻周已衰求其復興不可得也不可久者喻周將亡如心星之光耀見於魚笱之中其去須臾也今者士卒人人於晏早皆可以食矣時饑饉軍興乏少無可以飽之者○孔疏云釋畜羊牡羒牝牂故知牂羊牝羊乃讀墳爲羒胡承珙云王夫之詩稗疏云吳羊牡牂夏羊牝羖吳羊緜羊夏羊山羊也吳羊頭小角短山羊頭大角長此說分別甚明是則吳羊之頭本小而禽獸之體牝更小於牡故傳以牂羊無大首之道不必改墳爲羒也齊墳作羵者易林中孚之訟云牂羊羵首君子不飽年饑孔荒士民危殆是齊詩作羵首史記李斯傳注亦作羵李富孫云羵乃顥之誤益羵乃土之怪說文顥訓大頭也君子謂戍役勞苦之將率士卒

可知

苕之華三章章四句

何草不黃【疏】毛序下國刺幽王也四夷交侵中國背叛用兵不息視民如禽獸君子憂之故作是詩也○三家無異義

何草不黃何日不行何人不將經營四方【疏】傳言萬民無不從役箋用兵不息軍旅自歲始草生而出至歲晚矣何草而不黃乎言草皆黃也於是之間將率何日不行乎言常行勞苦之甚

何草不玄何人不矜哀我征夫獨爲匪民【疏】箋玄赤黑色始春之時草牙孽者將生必玄於此時也兵猶復行無妻曰矜從役者皆過時不得歸故謂之矜征夫從役者也古者師出不踰時所以厚民之性也今則草玄至於黃黃至於玄此豈非民乎○胡承珙云釋天九月爲玄孫炎曰物衰而色玄也詩曰何草不玄與始春之言不同者爾雅所言月名皆不以草色李巡曰九月萬物畢盡陰氣侵寒其色皆黑是陰而氣寒之黑不由草玄色承珙案易林蒙之蒙云何草不黃至末盡玄室家分離悲愁于心則焦氏明以草玄爲物衰之候非春初始生之謂以經文先黃次玄是經歷

秋冬已足見踰時之久不必又及明年春生而
玄也愚案據焦説知齊訓如此孫蓋用魯説

匪兕匪虎率彼曠野哀我征夫朝夕不暇〔疏〕傳兕虎野獸也曠空也箋兕虎比戰士也○馬瑞辰云匪彼古通用匪兕匪虎猶言彼兕彼虎也兕虎野獸固宜其率彼曠野以興征夫之不宜疲於征役也傳箋不解匪字孔疏訓匪爲非失之史記孔子世家詩云匪兕匪虎率彼曠野明魯毛文同黃山云孔子世家引詩下云吾道非耶吾何爲至於此明謂非兕虎不當在野疏説不誤矣且率彼曠野明有彼字不當又以匪代彼馬説未塙

有芃者狐率彼幽草有棧之車行彼周道〔疏〕傳芃小獸貌棧車役車也箋狐草行草止故以比棧車輂者○周語野無奧草賈逵本作莫草説文冥幽也也馬瑞辰云淮南原道訓禽獸有芃注芃蓐也説文蓐一曰族也芃草盛皃芃本衆草叢族之貌狐毛之叢雜似之故曰有芃者狐又曰古者編木爲棚通謂之棧三倉棚棧閣也通俗文板閣曰棧是也編木爲棚板謂之棧説文簀牀棧也是也編木爲馬圈亦謂之棧莊子編之以皁棧是也棧車據説文棧棚也一曰竹木之車曰棧蓋棧本棚之通名編竹木爲車有似於棚因謂之棧車至此詩有棧之車與有芃者狐皆形容之詞據説文棧尤高也从山棧聲則棧當爲車高之貌孔疏謂有棧是車狀非士所乘之棧名是也

何草不黃四章章四句

魚藻之什十四篇六十二章三百二句

詩三家義集疏卷二十終

詩三家義集疏卷二十一

長沙王先謙益吾著

文王之什弟二十一　詩大雅

陸曰自此以下至卷阿十八篇是文王武王成王周公之正大雅據盛隆之時而推序天命上述祖考之美皆國之大事故爲正大雅焉文王至靈臺八篇是文王之大雅下武至文王有聲二篇是武王之大雅

文王疏毛序文王受命作周也箋受天命而王天下制立周邦○史記周本紀詩人道西伯蓋受命之年稱王司馬遷用魯詩知受命稱王魯說如此趙岐孟子章句五詩言周雖后稷以來舊爲諸侯其受天命維文王新復修治禮義以致之耳岐亦治魯詩者繁露郊祭篇文王受天命而王天下先郊乃敢行事而興師伐崇引詩說見棫樸是齊說如此韓說當同孔子言三分有二以服事殷後人因聖言率以受命稱王爲不然或又以受命爲受紂命不知詩人明言受天命未嘗言受紂命商之末造紂惡日甚民心歸周其勢已成雖文王聖德謙沖無所於讓未受命之前已建周南之國既受命之後又建召南之國召公位爲諸侯此事實之可考見者殷邦可滅不一加兵故孔子以爲服事耳

文王在上於昭于天周雖舊邦其命維新有周不顯帝命不時文王陟降在帝左右〔疏〕傳在上在民上也於歎辭昭見也其命維新乃新在文王也有周周也不顯顯也顯光也不時時也時是也言文王升接天下接人也箋文王初為西伯有功於民其德著見於天故天命之以為王使君天下也崩謚曰文大王聿來胥宇而國於周王迹起矣而未有天命至文王而受命言新者美之也周之德不光明乎光明矣天命之不是乎又是矣在察也文王能觀知天意順其所為從而行之○淮南繆稱訓引詩曰周雖舊邦其命維新明魯毛文同禮大學引詩曰周雖舊邦其命維新明齊毛文同

亹亹文王令聞不已陳錫哉周〔注〕魯韓哉作載韓說曰陳見也**侯文王孫子文王孫子本支百世凡周之士不顯亦世**〔疏〕傳亹亹勉也哉載侯維也本本宗也支支子也不世顯德乎士者世祿也箋令善哉始侯君也勉勉乎不倦文王之勤用明德也其善聲聞日見稱歌無止時也乃由能敷恩惠之施以受命造始周國故天下君之其子孫適為天子庶為諸侯皆百世凡周之士謂其臣有光明之德者亦得世世在位重其功也○亹亹文王者王逸楚詞九辯注亹亹進貌詩云亹亹文王文選吳都賦注引

韓詩云亹亹水流進貌是韓於此詩亹亹亦必訓進貌矣魯韓哉作載韓云陳見也者史記周本紀大雅曰陳錫載周唐固注言文王布錫施利以載成周道也玉篇阜部引韓詩曰陳錫載周陳見也案説文見視也禮王制命太師陳詩注采其詩而視之易見龍在田注見示也齊語相陳以功注陳亦示也是陳與視示通即與見通矣戴震云古字載與栽通栽猶殖也言文王能布大利於天下以豐殖周國國語説之曰故能載周以至於今是也馬瑞辰云陳説文从𨸏从木申聲古文作𨻰亦从申陳錫即申錫之叚借漢書韋元成傳載匡衡上書云子孫本支陳錫無疆義本齊詩而言陳錫無疆與商頌烈祖申錫無疆正同是知陳錫即申錫也申重也重錫言錫之多左傳引詩曰陳錫哉周能施也未解陳字箋及杜注訓陳爲敷布失之漢書王子侯表序文王孫子本支百世明齊毛文同顧炎武釋不爲丕汪中讀亦爲奕馬瑞辰云魏書禮志引詩作不顯奕世後漢袁術傳注引作不顯奕代蓋避唐諱改執金吾武榮碑亦世載德楊震碑亦世繼民綏民校尉熊君碑亦世載德李翕西狹頌亦世賴福中常侍樊安碑亦世載德樊毅修華嶽廟碑亦世克昌先生郭輔碑休矣亦世亦世即奕世也然則大雅之不顯亦世即丕顯奕世耳亦奕古通用釋詁奕大也噫嘻詩亦服爾耕豐年詩亦有高廩箋並云大也是亦即爲奕證之三家詩蓋有作奕世者爲魏書漢碑後漢書注所本

世之不顯厥猶翼翼思皇多士生此王國王國克生維周之楨

濟濟多士文王以寧〔疏〕傳翼翼恭敬思辭也皇天楨幹也濟濟多威儀也箋猶謀思願也周之臣既世世光明其爲君之謀事忠敬翼翼然又願天多生賢人於此邦此邦能生之則是我周邦幹事之臣○史記周本紀文王禮下賢者日中不暇食以待士士以此多歸之伯夷叔齊在孤竹聞西伯善養老盍往歸之大顛閎夭散宜生鬻子辛甲大夫之徒皆往歸之繁露郊祭篇傳曰周國子多賢蕃殖至于駢孕男者四四産而得八男皆君子俊雄也此周之所以興周國也列女梁夫人嫕傳引詩世之不顯厥猶翼翼思皇多士生此王國東方朔非有先生論引詩王國克生維周之楨濟濟多士文王以寧明魯毛文同其引濟濟多士二句者甚多並不引證漢書李尋傳引濟濟多士文王以寧明齊毛文同韓詩外傳八外傳十共五引濟濟多士文王以寧明韓毛文同

穆穆文王於緝熙敬止假哉天命有商孫子商之孫子其麗不億上帝既命侯于周服〔疏〕傳穆穆美也緝熙光明也假固也麗數也盛德不可爲衆也箋穆穆乎文王有天子之容於美乎又能敬其光明之德堅固哉天爲此命之使臣有殷之子孫于於也商之孫子其數不徒億多言之也至天已命文王之後乃爲君於周之九服之中言衆之不如德也○漢書劉向傳引孔子讀此詩而釋之曰大哉天命則假宜

從爾雅訓大啓說如此馬瑞辰云麗者𪑿之消借方言說文並曰𪑿數也不爲語詞不億卽億猶云子孫千億耳箋以爲不徒億億失之禮緇衣大學並引詩云穆穆文王於緝熙敬止明齊毛文同

侯服于周天命靡常殷士膚敏祼將于京厥作祼將常服黼冔王之藎臣無念爾祖〔疏〕傳則見天命之無常也殷士殷侯也膚大也黼白與黑也冔冠冕也夏后氏曰收周曰冕藎進也無念念也箋無常者善則就之惡則去之殷之臣壯美而敏來助周祭其助祭自服殷之服明文王以德不以彊今王之進用臣當念女祖爲之法王斥成王◎劉向傳又云孔子論詩至於殷士膚敏祼將于京喟然而歎蓋傷微子之事周而痛殷之亡也白虎通三正篇詩曰厥作祼將常服黼冔言微子服殷之冠助祭于周也趙岐孟子章句七殷之美士執祼鬯之禮將事于京師若微子者膚大也敏達也以殷士爲微子皆據魯詩之說蔡邕獨斷云冕冠殷曰冔以三十升漆布廣八寸長尺二寸加爵冕其上黑而微白前大後小有收以持笄詩曰常服黼冔

無念爾祖聿修厥德〔注〕魯無作毋聿作述**永言配命自求多福殷之未喪師克配上帝宜鑒于殷駿命不易**〔注〕齊宜作儀駿作

峻〔疏〕傳聿述永長言我也我長配天命而行爾庶國亦當自求多福殷之未喪師帝乙已上也駿大也箋長猶常也王既述修祖德常言當配天命而行則福祿自來師眾也殷自紂父之前未喪天下之時皆能配天而行故不亡也宜以殷王賢愚爲鏡天之大命不可改易○魯無作毋聿作述者漢書東平王宇傳元帝敕諭云詩不云乎毋念爾祖述修厥德永言配命自求多福陳喬樅云漢書儒林王式傳山陽張長安事式爲博士由是魯詩有張氏學張生兄子游卿爲諫大夫以詩授元帝是元帝習魯詩此引魯異文也潛夫論德化篇引宜鑒于殷明魯毛文同漢書匡衡傳衡疏引詩無念爾祖聿修厥德禮禮器鄭注引詩自求多福皆齊詩齊宜作儀駿作峻者禮大學引詩殷之未喪師克配上帝儀鑒于殷峻命不易與漢書翼奉傳所引字不同蓋齊詩亦作本

命之不易無遏爾躬〔注〕韓曰遏病也宣昭義問有虞殷自天上天之載無聲無臭儀刑文王〔注〕魯載作縡刑作形萬邦作孚〔注〕齊邦作國〔疏〕傳遏止義善虞度也載事刑法孚信也箋宣徧有又也天之大命已不可改易矣當使子孫長行之無終女身則止偏明以禮義問老成人又度殷所以順天之事而施行之天之道難知也耳不聞聲音鼻不聞香臭儀法文王

之事則天下咸信而順之○遏病也者釋文引韓詩文黃山云韓詩外傳一學而不能行之謂之病說文遏微止也从辵曷聲辵作行乍止也是遏之訓止卽身之不行故謂之病此韓本義魯載作緈刑作形者漢書楊雄傳甘泉賦上天之緈顏注緈讀與載同廣雅釋詁緈事也正釋魯詩緈字案此魯詩又作本潛夫論德化篇上天之載無聲無臭儀形文王萬邦作孚此姬氏所以崇美於前而致刑措於後載與毛同刑作形同音通叚禮緇衣儀刑文王萬國作孚明齊邦作國漢書刑法志仍作萬邦作孚乃後人順毛所改顏注云則萬國皆信順也知正文作國韓詩外傳五引詩上天之載無聲無臭明韓毛文同

文王七章章八句

大明〔疏〕毛序文王有明德故天復命武王也箋二聖相承其明德日以廣大故曰大明○馬瑞辰云大明蓋對小雅有小明篇而言逸周書世俘解籥人奏武王入進萬獻明明三終孔晁注明明詩篇名當卽此詩是此篇又以明明名篇卽取首句爲篇名耳詩氾歷樞曰午亥之際爲革命亥大明也又曰大明在亥水始也此齊說

明明在下赫赫在上天難忱斯〔注〕魯齊忱作諶韓作訦不易維王天位殷適使不挾四方〔疏〕傳明明察也文王之德明明於下故赫赫然著見於天忱信也紂居

天位而殷之正適也挾達也箋明明者文王武王施明德于天下其徵應炤晢見於天謂三辰效驗天之意難信矣不可改易者天子也今紂居天位而又殷之正適以其爲惡乃棄絕之使教令不行於四方四方共叛之是天命無常維德是予耳言此者厚美周也○魯齊忱作諶韓作訦者潛夫論卜列篇引詩天難諶斯繁露天地陰陽篇同是魯齊詩並作諶詩攷引韓詩外傳十作訦與毛詩之忱皆訓信韓詩外傳云紂之爲主勞民力冤酷之令加於百姓憯悽之惡施於大臣羣臣不信百姓疾怨故天下叛而願爲文王臣紂自取之也夫貴爲天子富有天下及周師至而令不行乎左右悲夫當是之時索爲匹夫不可得也詩曰天謂殷適使不俠四方挾俠字通謂蓋位之誤

摯仲氏任自彼殷商來嫁于周曰嬪于京〔注〕魯韓作曰乃及王**季維德之行**〔疏〕傳摯國任姓仲中女也嬪婦京大也王季太王之子文王之父也箋京周國之地小別名也及與也摯國中女曰太任從殷商之畿內嫁爲婦於周之京配王季而與之共行仁義之德同志意也○摯國名周語摯疇之國由太任韋注摯疇二國奚仲仲虺之後太任之家路史今蔡之平輿有摯亭案平輿故城在今河南汝寧府城東是摯實殷畿內國故云自彼殷商任姓者晉語司空季子曰黃帝之子得姓者十四人姬酉祁己滕箴任荀僖佶儇依是也廣韻黃帝二十

五子十二人各以德爲姓第一爲任氏是任出黃帝之證傳以
中女釋仲氏者燕燕仲氏任只傳仲戴嬀字然則仲爲大任字
矣稱摯仲任者女子後姓所以別於男子先氏卽春秋紀季姜
之比也釋親嬪婦也魯曰作聿者郭注引詩曰聿嬪于京葢據
舊注魯
詩之文

大任有身生此文王〔注〕三家身作娠**維此文王**〔注〕齊維作惟亦
作唯**小心翼翼昭事上帝聿懷多福**〔注〕齊聿作允**厥德不回以
受方國**〔疏〕傳大任仲任也身重也回違也箋重謂懷孕也小心
翼翼恭愼貌昭明聿述懷思也方國四方來附者此
言文王之有德亦由父母也○三家身作娠者眾經音義兩引
詩並作大任有娠是三家作娠御覽八十四引詩含神霧曰大
任夢長人感己生文王此齊說也馬瑞辰云廣雅釋詁方大也
晉語今晉國之方韋注方大也爾雅方邸胡邸方胡皆大也方
國猶言大國箋訓爲四方失之齊維作惟亦作唯聿作允者禮
表記引詩云惟此文王小心翼翼昭事上帝聿懷多福厥德不
回以受方國維作惟餘與毛文同繁露郊祭篇引詩唯此文王
小心翼翼昭事上帝允懷多福聿允一聲之轉故字不同此齊
又作
本

天監在下有命既集文王初載天作之合在洽之陽在渭之涘

傳集就載識合配也洽水也渭水也涘厓也箋天監視善惡於下其命將有所依就則豫福助之於文王生適有所識則爲之生配於氣勢之處使必有賢才謂生大姒○釋文馮翊有郃陽縣應劭云在郃水之陽馬瑞辰云說文引詩亦作郃括地志郃陽故城在同州河西縣南三里古莘國在縣南二十里元和志夏陽縣古有莘國漢郃陽縣之地乾元三年改爲夏陽縣縣南有莘城即古莘國文王妃大姒即此國之女是莘在郃陽之證漢郃陽縣蓋因詩在郃之陽而立名郃古省作合魏世家文侯時西攻秦築雒陰合陽字作合段氏玉裁云合者水名毛詩本作在合之陽秦漢間乃製郃字耳今詩作洽者後人意加水旁所引詩作郃後人所改案許引詩郃在郃下不得謂郃是後人所改三家皆今文則郃正今文字耳陳奐云水經河水注河水又逕郃陽城東城北有瀵水南距二水各數里其水東逕其城內東入于河又於城南側中有瀵水東南出城注于河城南又有瀵水東流注于河水即郃水也縣取名焉案善長以瀵水當合水魏仍漢縣此非詩之合陽蓋水以北爲陽合陽合水之北漢高帝爲劉仲築城于郃陽縣之東北爲郃陽侯漢初稱或不誤矣渭亦莘國之水名莘國東濱大河在合水北亦在渭水北故下文云親迎于渭也禮中庸鄭注栽讀如文王初載之載明齊毛文同張衡西京賦在渭之涘明魯毛文同初載應劭

初年
詳下

文王嘉止大邦有子大邦有子俔天之妹〔注〕韓俔作磬韓說曰磬譬也文定厥祥親迎于渭造舟爲梁不顯其光〔疏〕傳嘉美也俔磬也文定厥祥言大姒之有文德也祥善也言賢聖之配也言受命之宜王基乃始於是也天子造舟諸侯維舟大夫方舟士特舟造舟然後可以顯其光輝箋文王聞大姒之賢則美之曰大邦有子女可以爲妃乃求昏既使問名還則卜之又知大姒之賢尊之如天之有女弟問名之後卜而得吉則文王以禮定其吉祥謂使納幣也賢女配聖人得其宜故備禮也迎大姒而更爲梁者欲其昭著示後世敬昏禮也不明乎其禮之有光輝美之也天子造舟周制也殷時未有等制○俔作磬磬譬也者釋文引韓詩文陳喬樅云孔疏如今俗語譬諭物云磬作然也段玉裁曰說文俔諭也此以今語釋古語俔者古語磬者今語是以毛作俔韓作磬如十七篇之有古今文許不依傳云磬而云諭者磬非正字以六書言之乃俔之叚借耳磬罄古通爾雅罄盡也猶言竟是天之妹也又曰俔說文一曰聞見也聞當作閒釋言閒俔也正許所本上訓用毛韓說此訓用爾雅說爾雅亦釋詩也閒音諫若言不可多見而閒見也胡承珙曰傳以磬釋俔箋以如申毛孔疏解以磬作是唐時猶有此語其訓詁由來久矣

段注說文謂毛以磬釋俔是以今語釋古語此說是也其云磬猶言竟是又云俔是間見盧氏文弨又從間見爲義說皆非是後漢胡廣傳俔天必有異表若云竟是曰間見曰間見則必連之妹二字方成文義不得以俔天二字單言惟訓如則如天二字本可斷讀君子偕老傳尊之如天是也郝氏懿行曰爾雅釋詩當俔在間上今本誤倒耳說文云俔譬諭也一曰間見卽本韓詩爾雅爲訓間者釋詁云代也間見猶言不常見也凡譬況之詞必取非常所見故云罕譬而諭方言謂之代語說文謂之間見其義一也列女周室三母傳引詩大邦有子俔天之妹文定厥祥親迎于渭造舟爲梁不顯其光明魯毛文同

有命自天命此文王于周于京纘女維莘長子維行篤生武王保右命爾燮伐大商〔疏〕傳纘繼也莘大姒國也長子長女也維行大任之德焉篤厚右助燮和也箋天爲將命文王君天下于周京之地故亦爲作合使繼大任之女事于莘國莘國之長女大姒則配文王維德之行天降氣于大姒厚生聖子武王安而助之又遂命之爾使協和伐殷之事協和伐殷之事謂合位三五也○風俗通義一詩說有命自天命此文王白虎通號篇詩曰命此文王于周于京此改號爲周易邑爲京也皆魯毛文同纘女維莘長子維行者陳奐云先儒論文王娶大姒生武王年代莫攷大抵依大戴記稱文王九十七乃終武王九十三而終然以此數推之文王十五生武王當武

王即位已有八十二歲武王即位十有三年方始克殷管子小問篇云武王伐殷克之七年而崩漢書律歷志亦云克殷後七歲而崩唯逸周書明堂篇作六年則知武王九十三之說既不足信即文王十五而生之說亦無足據蓋大小戴記閒采襍說耳近儒舉尚書逸周書語爲說確有根據尚書無逸篇周公告成王曰文王受命唯中身厥享國五十年此文王享國之年數也又逸周書度邑篇武王克殷告叔旦曰唯天不享于殷發之未生至于今六十年此武王克殷之年數也武王克殷年近六十其在位已十有三年此外四十七年皆在文王享國數內武王之生應在文王即位之三四年中然則文王之取太姒在文王即位後書有明文或可據此數而推知也奐竊謂古者天子諸侯皆有不再娶之文然又有即位取元妃之禮文二年冬左傳云襄仲如齊納幣禮也凡君即位好舅甥修昏姻取元妃以奉粢盛孝也孝禮之始也是禮也周公之禮亦文王之禮也此篇言大姒之來歸周京已在天命文王之既集玩詩詞正與尙書受命中身語合韓奕篇美韓侯之入覲宣王也亦云韓侯迎止于蹶之里此亦行即位親迎之禮與春秋古左氏說合明鄒忠胤意大姒爲文王繼妃以解經纘女維莘句以文王即位後取大姒準諸事理似乎有據姑記於此愚案文王初載毛訓載爲識已滋疑竇若解纘女爲繼妃則與文王即位初年合可以釋載爲年一也長子維行毛訓長女但武王之先有伯邑考雖曰早死此亦文王大姒之長子不應竟置不論若即以長子指

伯邑考維行解如箋說維德之行然後接詠武王文義大順二也經義史年一一吻合事在不疑可質後世矣易林臨之旅篇生武王明齊毛文同

殷商之旅其會如林〔注〕齊韓會作旝**矢于牧野維予侯興上帝臨女無貳爾心**〔注〕齊無亦作毋貳亦作二〔疏〕傳旅衆也如林言衆而不爲用也矢陳興起也言天下之望周也上帝二句言無敢懷貳心也箋殷盛合其兵衆陳於商郊之牧野而天乃予諸侯有德者當起爲天子言天去紂周師勝也臨視也女女武王也天護視女伐紂必克無有疑心○齊韓會作旝者說文旝建大木置石其上發以機以追敵也詩曰其旝如林馬融廣成頌旝旝摎其如林本此據下魯作會此爲齊韓文風俗通義十詩云殷商之旅其會如林林樹木之所聚生也呂覽務本篇高注言天臨命武王伐紂必克之不敢有疑也此皆魯說繁露天道無貳篇一而不二者天之行也人孰無善善不一故不足以立身治孰無常常不一故不足以致功詩云上帝臨女無貳爾心知天道者之言也陳喬樅云貢禹傳引詩作上帝臨女無貳爾心毋與無貳與二古通用字案無之爲毋貳之爲二皆齊又作本

牧野洋洋檀車煌煌駟騵彭彭〔注〕齊駟亦作四**維師尚父時維鷹揚涼彼武王肆伐大商**〔注〕韓涼作亮韓說曰亮相也魯涼作

亮肆作襲會朝清明〔注〕韓作會朝瀞明瀞清也〔疏〕傳洋洋廣也煌煌明也騵馬白腹曰騵言上周下殷也師大師也尚父可尚可父鷹揚如鷹之飛揚也涼佐也肆疾也會甲也不崇朝而天下清明箋言其戰地寬廣明不用權詐也兵車鮮明馬又強則暇且整尚父呂望也尊稱焉鷹鷙鳥也佐武王者爲之上將肆故今也會合也以天期已至兵甲之強師率之武故今伐殷合兵以清明書牧誓曰時甲子昧爽武王朝至于商郊牧野乃誓○楊雄太僕箴紂作不令武王征殷檀車孔夏四騵孔昕陳喬樅云雄言檀車孔夏知魯詩文煌煌但作皇皇訓大故以孔夏言之淮南主術訓高注黃馬白腹曰騵詩曰駟騵彭彭是高引魯文與毛同此作四蒼驪之省文愚案此作四者乃魯之又作本詩孔疏引劉向別錄師之尚尚之父之故曰師尚父楚詞天問蒼鳥羣飛孰使萃之王逸章句蒼鳥鷹也萃集也言武王伐紂將帥勇猛如鷹羣飛孰使武王集聚之者乎詩曰惟師尚父時惟鷹揚也以上魯說涼作亮云相也者釋文引韓詩文陳喬樅云釋詁亮相並訓爲導相又訓勴亮又訓右勴右義皆爲助導引佐佑皆所以爲贊助也書維時亮天工史記五帝紀作惟時相天事是以亮爲相相即佐佑之義也亮與諒涼音同通用詩釋文涼本亦作諒魯涼作亮肆作襲者風俗通義一引詩云亮彼武王襲伐大商陳喬樅云據此魯作亮與韓同漢書王莽傳亦作亮彼武王是三家同毛肆伐大商傳肆疾也襲者公羊何注以爲輕行

疾至則亦與肆義同矣會朝瀞明瀞清也者玉篇水部引韓詩
文皮嘉祐云毛作清當爲瀞之省瀞又省作淨作靜說文瀞無
垢薉也從水靜聲淮南本經訓太清之始也注清淨也是清瀞
靜淨四字音義本通愚案韓詩外傳三載武王伐紂到邢邱末
引詩曰牧野洋洋至章仍作會朝
清明則作瀞者乃韓之又作本

大明八章四章章六句四章章八句

緜【疏】毛序文王之興本由太王也○初學記文部引詩含神霧
曰集微揆著上統元皇下序四始羅列五際宋均曰集微
揆著若緜緜瓜瓞人之初生揆其始是必將至著有天下也此
齊說蔡邕琴操岐山操者周太王之所作也太王居豳狄人攻
之仁思惻隱不忍流血選練珍寶犬馬皮幣束帛與之狄侵不
止問其所欲得土地也太王曰土地者所以養萬民也吾將委
國而去矣二三子亦何患無君遂杖策而出踰乎梁而邑乎岐
山自傷德劣不能化夷狄爲之所侵喟然歎息援琴而鼓之云
戎狄侵兮土地移遷邦邑兮適於岐蒸民不
憂兮誰者知嗟嗟奈何予命遭斯此魯說

緜緜瓜瓞【注】韓詩曰緜緜瓜瓞韓說曰瓞小瓜也魯說曰瓞瓝
其紹瓞民之初生自土沮漆【注】齊土作杜古公亶父陶復陶穴

〔注〕三家復作寢未有家室〔疏〕傳興也緜緜不絶貌瓜紹也瓞瓝也民周民也自用土居也沮水漆水也古公豳公也古言久也亶父字或殷以名言質也古公處豳狄人侵之事之以皮幣不得免焉事之以犬馬不得免焉事之以珠玉不得免焉乃屬其耆老而告之曰狄人之所欲吾土地吾聞之君子不以其所養人者害人二三子何患無君去之踰梁山邑乎岐山之下豳人曰仁人之君不可失也從之如歸市陶其土而復之陶其壤而穴之室內曰家未有寢廟亦未敢有家室箋瓜之本實繼先歲之瓜必小狀似瓝故謂之瓞緜緜然若將無長大時興者喻后稷乃帝嚳之胄封於邰其後公劉失職遷于豳居沮漆之地歷世亦緜緜然至太王而德益盛得其民心而生王業故本周之興云于沮漆也古公據文王本其祖也諸侯之臣稱君曰公復者復於土上鑿地曰穴皆如陶然本其在豳時也傳自古公處豳而下爲二章發〇緜緜至瓜也文選潘岳懷縣詩李注引薛君文引經明韓毛文同瓞瓝其紹瓞者釋草文魯說也孔疏引孫炎曰詩云緜緜瓜瓞瓞小瓜子名瓝其本子小紹先歲之瓜曰瓞說文瓞下云瓝也瓝下云小瓜也瓞或作𤬪𤬪即瓝也毛云緜緜不絶貌瓜紹也者焦循云以瓜之相紹明不絶不以紹釋瓜也東山傳蜎蜎蠋貌桑蟲也文法正同齊土作杜者漢書地理志右扶風杜陽班自注杜水南入渭詩曰自杜顏注大雅緜之詩曰人之初生自杜漆沮𤞞齊作自杜言公劉避狄而來居杜與沮漆之地公劉之緜緜太案土

杜古音同通用毛詩桑土韓詩作桑杜是也漢漆縣今邠州治杜陽縣今麟游縣西北漆杜並以水名縣酈漆水注云孔安國曰漆沮一水名矣亦曰洛水也書傳今作一水名又沮水注云濁水至白渠與澤泉合俗謂之漆水又謂之爲漆沮水又寰宇記載遂洛水云洛水又東沮水入焉故洛水亦名漆沮水據此是漆沮二水所在皆可以沮漆通稱其實此詩漆自入渭沮自入洛稱云自杜沮漆即沮漆二水通稱之先導矣三家復作𡨋者說文𡨋下引詩云陶𡨋陶穴玉篇引詩同案說文覆覂也一曰蓋也覂反覆也傳言陶其土而復之箋云復於土上皆即借復爲覆孔疏引說文云覆地室也段玉裁據正義作覆於地也覆字阮校已著爲誤本以於地二字不可得義所引乃說文𡨋下注是孔又借覆爲𡨋用三家也又引九章算術云穿地四爲壤五爲土三壤是息土之名覆者地上爲之取土於地復築而堅之故以土言穴者鑿地爲之土無所用直去其息土而已故以壤言雖主申毛正足明𡨋爲地室之義益地載萬物土生萬物土言地下地言地上說文穴土室也孔引佩土屋此自穴土爲室無論旁穿正穿皆穴也𡨋爲地室室自作於地上箋言復於土上未晰段玉裁謂直穿爲穴旁穿爲復亦非

古公亶父來朝走馬〔注〕韓走作趣**率西水滸至于岐下爰及姜女聿來胥宇**〔疏〕傳率循也滸水厓也姜女大姜也胥相宇居也箋來朝走馬言其辟惡早且疾也循西水厓沮

漆水側也爰於及與聿自也於是與其妃大姜自來相可居者
著大姜之賢知也○漢書人表上中太王亶父公祖子姜女太
王妃此齊說新序雜事三引詩曰古公亶父來朝走馬率西水
滸至于岐下爰及姜女聿來胥宇大王愛厥妃出入必與之偕
據引詩明魯毛文同韓走作趣者玉篇走部趣遽也詩曰來朝
趣馬言早且疾也知韓走作趣陳喬樅云鄭意以走馬爲趣之
叚借故不煩改
字直訓爲疾

周原膴膴【注】韓膴作腜**堇荼如飴爰始爰謀爰契我龜**【注】齊契作挈**曰止曰時築室于茲**【疏】傳周原沮漆之間也膴膴美也堇

原周之原地在岐山之南膴膴然肥美其所生菜雖有性苦者
皆甘如飴也此地將可居故於是始與豳人之從己者謀謀從
又於是契灼其龜而卜之卜之則又從矣時是茲此也卜從則
曰可止居於是可作室家於此定民心也○韓膴作腜者文選
魏都賦腜腜坰野張載注腜腜美也詩云周原腜腜堇荼如飴
李注引爲韓詩則張注腜腜美也即韓詩之義毛詩釋文云膴
膴美也韓詩同謂韓詩說同非謂字同也廣雅釋訓腜腜肥也
或本魯訓肥美一也堇荼如飴者特牲饋食禮鄭注苦苦荼也
苢堇屬詩云周原膴膴堇荼如飴明齊毛文同馬瑞辰云堇有
三爾雅齧苦堇一也又芨堇草二也廣雅堇藋也三也芨堇之

堇郭注以爲烏頭一名奚毒非可食之菜堇藋之堇本草以爲似藜一名拜一名蔏藋非苦荼之類惟爾苦堇郭注今堇葵也葉如柳子如米汋食之滑與傳言堇菜合說文堇草也根如薺葉似細柳蒸食之甘而爾雅言苦堇者古人語反猶甘草一名大苦也詩人蓋取苦堇之名與苦荼同類遂並稱之正義以爲烏頭釋文以爲藋並失之荼有四釋木檟苦荼一也釋草荼苦菜二也蒤委葉三也蕢苓荼四也出其東門詩有女如荼此荼之名蕢苓者卽茅秀也良耜詩以薅荼蓼此荼之名委葉者卽田草也谷風詩誰謂荼苦此詩堇荼如飴則爾雅所謂苦菜今北方所謂苣蕒菜一名苦苣者也至釋木檟苦荼乃茗也陶宏景疑苦菜卽茗誤矣齊契作挈者班固幽通賦旦算祀於挈龜顏注挈刻也詩大雅緜之篇曰爰挈我龜言刻開之灼而卜之陳喬樅云毛詩釋文契本又作挈顏注亦襲舊說用齊詩之訓廣雅釋言契刻也淮南齊俗篇越人契臂出血高注契刻臂出血是契又與栔通毛訓契爲開當亦謂刻開其龜正義引卜師開龜注云開謂出其占書也恐非張衡東京賦曰止曰時明魯毛文同

迺慰迺止迺左迺右迺疆迺理迺宣迺畝自西徂東周爰執事

疏　傳慰安爰於也箋時耕曰宣徂往也民心定乃安隱其居乃左右而處之乃疆理其經界乃時耕其田畝於是從西方而

往東之人皆於周執事競出力也豳與周原不能爲西東據至時從水滸言也○馬瑞辰云方言慰居也江淮青徐之閒曰慰廣雅亦曰慰凥也居即止也呂覽愼大篇胼胝不居高注居止也安與居義本相成爾雅安止也迺慰迺止猶言爰居爰處皆複語耳迺畝與迺宣對言不得合爲一梓材若稽田旣勤敷菑傳曰已勞力布發之即此詩迺宣也又曰爲厥疆畎傳曰爲其疆畔畎壟即此詩迺畝也上言疆理者定其大界此又別其畎壟箋以時耕其田畝兼釋詩迺畝失之

迺召司空迺召司徒俾立室家其繩則直縮版以載〔注〕齊版作板**作廟翼翼**〔注〕韓說曰鬼神所居曰廟〔疏〕傳言不失繩直也乘謂之縮君子將營宮室宗廟爲先廄庫爲次居室爲後箋俾使也司空司徒卿官也司空掌營國邑司徒掌徒役之事故召之始立室家之位處繩者營其廣輪方制之正也旣正則以索縮其築版上下相承而起廟成則嚴顯翼翼然乘聲之誤當爲繩也○案張衡東京賦其繩則直明魯毛文同齊版作板者禮檀弓鄭注板蓋廣二尺長六尺詩云縮板以載馬瑞辰云載當讀爲栽說文栽築牆長版也引春秋傳楚圍蔡里而栽左莊二十九年傳水昏正而栽杜注於是樹版而興作中庸栽者培之鄭注讀文王初載之載今人名草木之植曰栽築牆立版亦曰栽知載即栽也栽謂樹立其築牆長版也箋訓載爲承載之載失之鬼神所居曰廟者

衆經音義十四引韓詩

捄之陾陾度之薨薨(注)韓說曰度塡也築之登登削屢馮馮百堵皆興鼛鼓弗勝(疏)傳捄虆也陾陾衆也度居也言百姓之勸勉也登登用力也削牆鍛屢之聲馮馮然皆俱也鼛大鼓也長一丈二尺或鼛或鼓言勸事樂功也箋捄捊也度猶投也築牆者捊聚壤土盛之以虆而投諸版中五版爲堵興起也百堵同時起鼛鼓不能止之使休息也此語誤凡大鼓之側有小鼓謂之應鼙朔鼙周禮曰以鼛鼓鼓役事○馬瑞辰云說文捄盛土於梩中也虆梩同類孟子釋文虆土籠也梩土轝也陾陾說文玉篇引作陑陑字亦作隭今詩作陾者蓋隭字之譌而乃一聲之轉故陑陑又作仍仍廣雅仍仍衆也即陑陑之異文愚案說文捄下陾下引詩本皆作陾陾陾从自耎聲耎从大而聲是从耎可通从而矣段玉裁援玉篇改捄下引詩爲陑陑即馬所本然陾下引詩段仍未改也玉篇引作陑當爲韓詩異文許書有陾無陑儒亦無需六朝唐人凡从耎之字輒寫作需需蓋大之篆文爲而遂以致誤甚且孺儒从需之字亦作需需則隭自係陾之俗字惟陑陑早見書湯誓序升自陑固亦相承之古字本地名借作陾耳度塡也者釋文引韓詩文馬瑞辰云箋云度猶投也與韓詩訓塡義近取土而後塡之既塡而後築之正見詩言有序度與墣通廣雅墣塞也塞塡義近傳訓度爲居失之削屢馮

馮者馬瑞辰云古有婁無屢屢即婁之俗當讀同傴僂之僂古以曲爲傴問喪注傴背曲也是也以高出爲僂蓋背曲則脊骨必隆起因名傴僂通俗文曲脊謂之傴僂是也傴僂亦名句僂說文痀曲脊也莊子達生篇句僂丈人承蜩是也車蓋之中高旁下者謂之枸簍方言車枸簍是也龜背之中高而兩旁下者亦謂之僂句左傳臧氏寶龜僂句是也木之低傴瘻腫者謂之苻婁見爾雅頸腫曰瘻見說文邱壠之堆高者曰培塿見方言注又集韻引埤蒼寠山巔也孟子趙注岑樓山之銳嶺婁與樓皆從婁會意婁隆雙聲故婁之義爲隆高竊謂削婁即削去其牆土之隆高者使之平且堅也惟其隆高故宜削耳至傳云削牆鍛屢之聲焦循謂以鍛斂之使人則以削屢二字平列段玉裁訓屢爲空似並失之

迺立皋門皋門有伉〔注〕韓皋作高伉作閌云閌盛貌**迺立應門應門將將**〔注〕魯將將作鏘**迺立冢土戎醜攸行**〔疏〕傳王之郭門曰皋門伉高貌王之正門曰應門將將嚴正也美大王作郭門以致皋門作正門以致應門焉冢大戎大醜眾也冢土大社也起大事動大眾必先有事乎社而後出謂之宜美大王之社遂爲大社也箋諸侯之宮外門曰皋門朝門曰應門內有路門天子之宮加以庫雉大社者出大眾將所告而行也春秋傳曰蜃宜社之肉○皋作高者玉篇門部引詩云高門有閌此韓詩也伉作閌云盛貌者

釋文引韓詩文陳喬樅云韓釋爲盛貌者毛作皐門皐之言高也故以伉爲高貌韓作高門則高義已顯故以閌爲盛貌魯詩文與韓同見張衡西京賦云高門有閌注引毛詩曰皐門有伉云伉與閌同魏都賦注及藝文類聚六十三引高門有閌作毛詩誤也魯將將作鏘者張衡七辯云應門鏘鏘又東京賦立應門之鏘鏘是魯文將將作鏘鏘班固西都賦激神嶽之嶈嶈李注引毛詩曰應門嶈嶈案毛不作嶈班用齊詩蓋齊作嶈嶈耳釋天引詩乃立冢土戎醜攸行此魯文也漢書郊祀志乃立冢土此齊文也

肆不殄厥慍亦不隕厥問柞棫拔矣行道兌矣混夷駾矣維其喙矣〔注〕三家駾作突喙作呬〔疏〕傳肆故今也慍恚隕墜也兌成蹊也駾突喙困也箋小聘曰問柞櫟也棫白桵也文王見太王立冢土有用大眾之義故不絕去其恚惡惡人之心亦不廢其聘問鄰國之禮今以柞棫生柯葉之時使大夫將師旅出聘問其行道士眾兌然不有征伐之意混夷夷狄國也見文王之使者將士眾過己國則惶怖驚走奔突入此柞棫之中而逃甚困劇也是之謂一年伐混夷太王辟狄文王伐混夷成道興國其志一也○案肆故今也釋詁文上章言大王事此下敘文王故以肆字爲承接之詞猶言自昔至今也周家所慍者夷狄也自大王以來至今百餘年未能殄

滅之而夷狄亦不能得志於我以隕我國家之聲問柞棫拔矣與皇矣詩柞棫斯拔同義釋詁拔盡也蓋卽此詩之三家訓塞塗之樹既盡故行道皆兌然而成蹊三家駾作突者文選魯靈光殿賦張載注突唐突也詩曰昆夷突矣是三家有作突者故毛卽以突詁駾言混夷昔日之奔突也說文駾馬行疾來貌也引詩昆夷駾矣馬瑞辰云疾突爲奔騰之貌疾疾而進者爲疾突退而奔者亦爲疾突故箋以驚走奔突釋之愚謂疾突可言於進時不可言於退時故知指混夷昔日言喙者晉語余病喙矣韋注喙短氣貌廣雅喙極也極卽困也方言廣雅並曰喙息也廣韻瘃困極也引詩昆夷瘃矣是喙亦作瘃說文東夷謂息曰呬詩曰犬夷呬矣此約舉詩詞猶東方昌矣之類尚書大傳文王受命四年伐犬夷鄭注犬夷混夷也知三家有作犬夷者喙呬方音之轉方言餽喙呬息也自關而西秦晉之間或曰喙或曰餽東齊曰呬知說文東夷爲東齊之誤而呬字乃齊詩異文也周至文王時聲威甚盛混夷遁逃困劇不必卽指伐昆夷事

虞芮質厥成〔注〕齊說曰虞侯芮侯訟田質於文王者文王蹶厥生予曰有疏附〔注〕魯曰皆作聿齊疏作胥予曰有先後予曰有奔奏〔注〕齊奏作輳魯奏作走予曰有禦侮〔疏〕傳質成也成平也蹶動也虞芮之君

相與爭田久而不平乃相謂曰西伯仁人也盍往質焉乃相與朝周入其境則耕者讓畔行者讓路入其邑男女異路斑白不提挈入其朝士讓爲大夫大夫讓爲卿二國之君感而相謂曰我等小人不可以履君子之庭乃相讓以其所爭田爲閒田而退天下聞之而歸者四十餘國率下親上曰疏附相道前後曰先後喻德宣譽曰奔奏武臣折衝曰禦侮箋虞芮之質平而文王動其緜緜民初生之道謂廣其德而王業大予我也詩人自我也文王之德所以至然者我念之曰此亦由有疏附先後奔奏禦侮之臣力也疏附使疏者親也奔奏使人歸趨之○漢書人表中中虞侯芮侯系文王世顏注二國訟田質於文王者此齊說虞芮在河東周姬姓國商末虞芮無攷書大傳云文王受命一年斷虞芮之訟馬瑞辰云生性古通用蹶厥生謂文王有以感動其性也又說文生進也蹶僵也讀亦若橜橜一曰門梱也梱橜爲門中所豎短木所以止門是橜有止義蹶之言橜蹶厥生卽止厥訟者之進正傳所云二國之君感而相讓以其所爭田爲閒田而退者也較讀生爲性義尤直捷傳曰作聿奏作走者王逸楚詞章句一奔走先後四輔之職也詩曰予聿有奔走予聿有先後此魯說齊疏作胥奏作輳者大傳云周文王胥附奔輳先後禦侮謂之四鄰以免於羑里之害又云文王以閎夭太公望南宮括散宜生爲四友詩疏引書君奭鄭注詩傳有疏附奔走先後禦侮之人而曰文王有四臣以受命陳喬樅云鄭注尚書所稱詩傳當爲齊詩傳以尚書師說本皆齊學也詩

疏引鄭注同毛與大傳文異者此孔
順毛詩經文改之非鄭注之舊也

緜九章章六句

棫樸〔注〕齊說曰天子每將興師必先郊祭以告天乃敢征伐行
子之道也文王受天命而王天下先郊乃敢行事而興師伐崇
其詩曰芃芃棫樸薪之槱之濟濟辟王左右趨之濟濟辟王左
右奉璋奉璋峩峩髦士攸宜此郊辭也其下曰淠彼涇舟烝徒
檝之周王于邁六師及之此伐辭也其下曰文王受命有此武
功既伐于崇作邑于豐以此辭者見文王受命則郊郊乃伐崇
〔疏〕毛序文王能官人也○天子至伐崇春秋繁露郊祭篇文此
先祭天乃行王事文王郊祭伐崇之事四祭篇又云已受命而王必
奉璋峩峩髦士攸宜此文王之郊也其下之辭曰淠彼涇舟烝
徒檝之周王于邁六師及之此文王之伐崇也上言奉璋下
言伐崇以見文王之先郊而後伐也與郊祭篇語意全同

芃芃棫樸薪之槱之濟濟辟王左右趣之〔疏〕傳興也芃芃木盛貌棫白桵也樸枹木也槱積也山木茂盛萬民得而薪之賢人衆多國家得用蕃興趣趨也箋白桵相樸屬而生者枝條芃芃然豫斫以爲薪至祭皇天上帝及三辰則聚積以燎之辟君也君王謂文王也文王臨祭祀其容濟濟然敬左右之諸臣皆促疾於事謂相助積薪○案箋說即用齊義也馬瑞辰云古者燔柴以祭天神說文禷以事類祭天神周官小宗伯鄭注類者依其正禮而爲之則類祭上帝依乎郊祀是亦用燔柴也王制天子將出征類乎上帝則首章薪之槱之蓋將出征類乎上帝之事或以文王未嘗郊天而周官以槱燎祀司中司命風師雨師畢也星占畢主邊兵故出師必祀焉武王伐紂上祭於畢則此詩薪槱蓋文王上祭於畢之禮愚案文王受命自合祭天齊說可證武王祭畢馬融云畢文王墓地司馬貞誤爲畢星文王亦未祭畢後說非

濟濟辟王左右奉璋奉璋峩峩髦士攸宜〔疏〕傳半圭曰璋峩峩盛壯也髦俊也箋璋璋瓚也祭祀之禮王祼以圭瓚諸臣助之亞祼以璋瓚士卿士也奉璋之儀峩峩然故今俊士之所宜○馬瑞辰云九獻之禮夫人執璋瓚以亞祼惟祭統云大宗伯執璋瓚亞祼鄭注容夫人故有攝焉則代后奉璋瓚者非常禮也繁露言奉璋峩峩髦士攸宜此文王之郊也然周官小宰注云天地大神至尊不祼亦不得言郊祀之禮祼以璋瓚今案周官典瑞牙璋以起軍

旅以治兵守白虎通云璋以發兵何璋半圭位在南方陽極而陰始起兵亦陰也故以發兵也是璋古用以發兵此詩下章言六師及之則上言奉璋當是發兵之事故傳惟言半圭曰璋不以爲祭祀所用之璋瓚耳愚案奉璋郊祀董子已有明文不得執偏詞以疑古說公羊定八年傳何休解詁云璋者所以郊事天詩云奉璋峩峩髦士攸宜是也何用魯詩齊魯說同足爲明證釋訓峩峩祭也是魯義以峩峩爲祭孔疏引舍人注峩峩奉璋之貌

淠彼涇舟烝徒楫之周王于邁六師及之（疏）傳淠舟行貌楫櫂也天子六軍箋烝衆也淠淠然涇水中之舟順流而行者乃衆徒船人以楫櫂之故也興衆臣之賢者行君政令于往邁行及與也周王往行謂出兵征伐也二千五百人爲師今王興師行者殷末之制未有周禮周禮五師爲軍軍萬二千五百人○玉篇淠水聲也言軍舟淠涇而行衆徒鼓楫水聲淠淠然也白虎通三軍篇詩云周王于邁六師及之師二千五百人師爲一軍六師一萬五千人也陳喬樅云御覽二百九十八引白虎通作五師爲軍二千五百人爲師萬二千五百人爲軍三軍三萬七千五百人也與今本文異盧文弨校定以今本爲誤據御覽文訂正喬樅案白虎通下文引傳曰一人必死十人不能當百人必死千人不能當千人必死萬人不能當萬人必死橫行天下雖有萬人猶謙讓自以爲不足故復加五千人與上文六師一萬五千人其數正

合不得以今本爲誤也御覽所引當別爲一條今世傳白虎通本中多脫佚固非完書竊意五師爲軍云云是解此詩六師之義故不同耳公羊隱五年傳何休解詁云二千五百人爲師禮天子六師方伯二師諸侯一師天子六師之說亦與白虎通合及之者王行至速而六師之治行者或者自後及之極言文王志在伐罪弔民大仁大勇與左傳楚子伐宋屨及于經皇劍及于寢門之外車及于蒲胥之市三句及字同義上引齊詩三章與毛文同惟楫作檝衆經音十九楫檝同明非異字

倬彼雲漢爲章于天周王壽考遐不作人〔疏〕傳倬大也雲漢天河也遐遠也遠不作人也箋雲漢之在天其爲文章譬猶天子爲法度于天下周王文王也文王是時九十餘矣故云壽考遠不作人者其政變化紂之惡俗近如新作人也○案遐瑕同聲遐不猶瑕不即胡不也遐不作人與胡不萬年同意言周王在位日久年已壽考德教涵育作養人材衆多左右王業衆皆仰之如雲漢之在天也

追琢其章〔注〕魯追作雕**金玉其相勉勉我王**〔注〕魯韓勉作亹**綱紀四方**〔疏〕傳追彫也金曰彫玉曰琢相質也箋周禮追師掌追衡笄則追亦治玉也相視也猶觀視也追琢玉使成文章喻文王爲政先以心研精合於禮義然後施之萬民視而觀之其好而樂之如覩金玉然言其政可樂也我王謂文王也

以罔罟喻爲政張之爲綱理之爲紀○魯追作彫勉作亹者荀子富國篇詩曰彫琢其章金玉其相亹亹我王綱紀四方說苑修文篇引詩全同云言文質美也趙岐孟子章句二彫琢治飾玉也詩曰彫琢其章彫彫同字皆魯文也釋器玉謂之雕金謂之鏤玉謂之琢雕謂之琢鏤鋑也是刻金不爲雕而雕琢皆治玉之稱雕琢其章者皆魯訓言其文美也金玉其相者據魯訓言其質美也皆贊美文王之詞也玉篇辵部追治玉名也詩曰追琢其章此韓詩之文追琢亦主治玉然不得獨言治章此玉篇誤字韓勉作亹者韓詩外傳五夫五色雖明有時而渝豐交之木有時而落物有成衰不得自若故三王之道周則復始窮則反本非務變而已將以正惡扶微絀繆論非末引詩曰亹亹文王綱紀四方亦作亹亹義與勉勉同言世變無端賴有聖王匡正之故以文王之文質俱美而又亹亹不倦將盡四方而綱紀之不僅伐崇而已

棫樸五章章四句

旱麓〔疏〕毛序受祖也周之先祖世修后稷公劉之業大王王季申以百福干祿焉○三家無異義

瞻彼旱麓榛楛濟濟豈弟君子干祿豈弟〔疏〕傳旱山名也麓山足也濟濟衆多也干求也言陰陽和山藪殖故君子得以干祿樂易箋旱山之足林木茂盛者得山雲雨之潤澤也喻周邦之民獨豐樂者被其

君德敎君子謂大王王季以有樂易之德施於民故其求祿亦得樂易○案王應麟詩地理考引漢書地理志漢中郡南鄭縣旱山沱水所出東北入漢一統志旱山在漢中府城西南六十五里蓋卽詩之旱麓也胡承珙云郡國志劉昭注引華陽志云有池水從旱山來水經沔水注南鄭縣漢水右合池水水出旱山案池卽班之沱水也沔水東過魏興安陽縣南涔水出自旱山北注之涔水篇云涔水出漢中南鄭縣東南旱山北至安陽縣南入於沔是旱山所出有沱水涔水或疑旱山去豐鎬稍遠然岐山在今鳳翔府漢中之北卽鳳翔之南況此詩本詠文王其土宇已擴不得謂旱山非境內也風俗通義云麓林屬於山者也麓者山足也詩云瞻彼旱麓明魯毛文同周語韋注王者之德被及榛楛陰陽調草木盛故君子以求祿其心樂易矣

瑟彼玉瓚〔注〕三家瑟作卹**黃流在中豈弟君子福祿攸降**〔疏〕傳玉瓚圭瓚也黃金所以飾流鬯也九命然後錫以秬鬯圭瓚箋瑟絜鮮貌黃流秬鬯也圭瓚之狀以圭爲柄黃金爲勺青金爲外朱中央矣殷王帝乙之時王季爲西伯以功德受此賜攸所降下也○馬瑞辰云釋文瑟本又作璱說文璱玉英華相帶如瑟絃引詩璱彼玉瓚又璪字注引逸論語曰玉粲之璱兮其瑮猛也又璠字注引孔子曰美哉璠璵遠而望之奐若也近而視之瑟若也是璱本從玉瑟聲兼從玉會意作璱者正字作瑟者渻借字也三家瑟作卹者典瑞注引詩卹彼玉瓚又作邲羣經音

辨云卹玉采也葢三家有作卹者瑟卹古音同部故通用

鳶飛戾天魚躍于淵【注】韓詩曰鳶飛戾天魚躍于淵韓說云魚喜樂則踊躍于淵中豈弟君子遐不作人【注】魯遐作胡【疏】傳言上下察也箋鳶鴟之類鳥之貪惡者也飛而至天喻惡人遠去不爲民害也魚跳躍于淵中喻民喜得所遐遠也言大王王季之德近於變化使如新作人○案禮中庸引詩云鳶飛戾天魚躍于淵鄭注言聖人之德至于天則鳶飛戾天至于地則魚躍于淵是其明著于天地也此言道被飛潛萬物得所之象與箋詩義異魚喜至淵中文選王褒四子講德論李注引薛君文引經明韓毛文同魯遐作胡者潛夫論德化篇國有傷聰之政則民多病身有傷賢之政則賢多夭夫形體骨幹爲堅壚也然猶隨政變易況乎心氣精微可不養哉詩云鳶飛戾天魚躍于淵愷悌君子胡不作人君子修其樂易之德上及飛鳥下及淵魚罔不懽忻悅豫又況士庶而不仁者乎遐不作胡不足證傳箋隨文解釋之非

清酒既載【注】韓說曰載設也騂牡既備以享以祀以介景福【疏】傳言年豐畜碩也言祀所以得福也箋既載謂已在尊中也祭祀之事先爲清酒其次擇牲故舉二者介助景大也○白虎通

三正篇詩曰清酒既載騂牡既備言文王之牲用騂周尚赤也此引魯詩明魯毛文同載設也者文選西征賦李注引薛君韓詩章句文馬瑞辰云載與䐑音同說文䐑設也飪也从丮食才聲讀若載此詩載即䐑字之同音叚借故韓訓設商頌烈祖詩既載清酤義同廣雅云䐑設也石鼓文載皆作䐑士昏禮從設北面載載亦設也

瑟彼柞棫民所燎矣豈弟君子神所勞矣〔疏〕傳瑟衆貌箋柞棫之所以茂盛者乃人熂燎除其旁草養治之使無害也勞勞來猶言佑助○馬瑞辰云棫樸箋豫斫以爲薪至祭皇天上帝及三辰則聚積以燎之此詩釋文云燎說文作尞一云柴祭天也是知民所燎矣當謂取爲燔柴之用箋云除其旁草非也又案爾雅棫白桵郭注桵小木叢生有刺與柞爲櫟樹無刺者別通志引陸璣疏云三蒼說棫即柞非也楊雄長楊賦故眞神之所勞也用魯經文

莫莫葛藟施于條枚〔注〕韓施作延**豈弟君子**〔注〕齊豈作凱韓豈作愷弟作悌**求福不回**〔疏〕傳莫莫施貌箋葛也藟也延蔓於木之枝本而茂盛喻子孫依緣先人之功而起不回者不違先祖之道○呂覽知分篇高注莫莫葛藟之貌延蔓於條枚之上得其性也樂易之君子求福不以邪道順于天性以正直受大福說苑修文篇詩云莫莫葛藟施于條枚豈弟君子求福不回鬼神且不回而況于人乎此亦訓回爲

遽以上皆魯義禮表記詩云莫莫葛藟施于條枚凱弟君子求福不回鄭注凱樂也弟易也言樂易之君子其求福修德以俟之不爲回邪之行要之如葛藟之延蔓于條枚是其性也此齊義韓施作延者韓詩外傳二載晏子諸末引詩曰莫莫葛藟延于條枚愷悌君子求福不回呂覽知分篇後漢黃琬傳注引詩亦並作延齊豈作凱韓作愷韓弟作悌者引並見上

旱麓六章章四句

思齊〔疏〕毛序文王所以聖也箋言非但天性德有所由成○三家無異義

思齊大任文王之母思媚周姜京室之婦大姒嗣徽音則百斯男〔疏〕傳齊莊媚愛也周姜大姜也京室王室也大姒文王之妃也大姒十子衆妾則宜百子也箋京周地名也常思莊敬者大任也乃爲文王之母又常思愛大姜之配大王之禮故能爲京室之婦言其德行純備故生聖子也大姜言周大任言京見其謙恭自卑小也徽美也嗣大任之美音謂續行其善教令○陳奐云思齊大任猶言有齊季女思有皆語詞列女傳母儀篇大任之性端壹誠莊與傳訓齊莊同大任仲任也摯國之女王季之妃文王之母也說文娟說也說即悅字娓順也讀若媚二字義訓相通媚周姜猶言順周姜承事效法特爲大姜所愛悅故能爲京室之婦大王居周原故大姜稱周姜也大姒莘國

姒姓之女能繼大任之美音列女周室三母傳大姒教誨十子自少及長未嘗見邪僻之事及其長文王繼而教之卒成武王周公之德君子謂大姒仁明而有德詩曰大姒嗣徽音則百斯男此之謂也白虎通姓名篇文王十子詩傳曰伯邑考武王發周公旦管叔鮮蔡叔度曹叔振鐸成叔處霍叔武康叔封南季載所以或上其叔季何也管蔡曹霍成康南皆采也故置叔季上伯邑考何以獨無乎蓋以爲大夫者不是采地也餘詳螽斯篇此魯說易林頤之節文王四乳仁愛篤厚子畜十男無有天折此齊說皆云文王有十男其說則百斯男殆與毛同後漢順烈梁皇后紀螽斯則百福之所由興也用韓經文

惠于宗公神罔時怨神罔時恫刑于寡妻【注】韓說曰刑正也**至于兄弟以御于家邦**【疏】傳宗公宗神也恫痛也刑法也寡妻適妻也御迎也箋惠順也宗公大臣也文王爲政咨於大臣順而行之故能當於神明神明無是怨恚其所行者無是痛傷其所爲者其將無有凶禍寡妻寡有之妻言賢也御治也文王以禮法接待其妻至于宗族以此又能爲政治于家邦也書曰乃寡兄勖又曰越乃御事○馬瑞辰云宗尊雙聲宗公卽先公也言其久則曰古公言其尊則曰宗公時與所古同義通用詳王氏經義述聞神罔時怨猶言神罔所怨也神罔時恫猶言神罔所恫也愚案馬說是也文王之興實由大王故行政惟思順於古公之心則神無所怨恫也古公而稱宗公者

以太伯仲雍遠封在吳與王季皆以古公爲宗故以宗公稱之蔡邕胡夫人神誥神罔時怨又曰神罔時恫明魯毛文同刑正也者釋文引韓詩文陳喬樅云孟子引詩刑于寡妻趙岐注亦訓刑爲正趙用魯詩是韓魯義同毛訓刑爲法法正古相通假論語齊桓公正而不譎漢書鄒陽傳作法而不譎史記賈生傳法制度猶正制度也是正與法同義廣雅刑治也法與正皆所以爲治也刑寡妻至兄弟以御家邦卽身修家齊國治之道也

雝雝在宮肅肅在廟不顯亦臨無射亦保〔疏〕傳雝雝和也肅肅敬也以顯臨之保安無厭也箋宮謂辟廱宮也羣臣助文王養老則尚和助祭于廟則尚敬言得禮之宜臨視也保猶居也文王之在辟雝也有賢才之質而不明者亦得觀于禮于六藝無射才者亦得居于位言養善使之積小致高大○馬瑞辰云臨者臨視之義保者保守之義言文王無時不警惕也愚案不顯者隱微幽獨之處人皆樂於自便文王戒愼必恭亦如有臨之在上者焉釋詁射厭也文王之對臣民皆無有厭斁之者而文王亦維兢兢以自保守不敢泰然安居也

肆戎疾不殄烈假不瑕〔疏〕傳肆故今也戎大也故今大疾害人者不絶之而自絶也烈業假大也箋烈假皆病也瑕已也文王於辟廱德如此故大疾害人者不絶之而自絶爲癘瘕之行者不已之而自已言化之深也○馬瑞辰云詩兩不字皆句中助詞肆戎疾

不殄即言戎疾殄也烈假不瑕即言厲蠱之疾已也厲說文作癘云惡疾也公羊傳作痢何注痢者民疾疫也烈即癘之叚借假當爲蠱蠱假亦一聲之轉隸釋載漢唐公房碑作厲蠱不遐葢本三家詩是知箋訓厲假爲病亦本三家詩也愚案傳釋疾爲疾害與下句無別今案詩葢言文王德化入人至深凡大爲人所疾惡者已殄絕矣厲蠱喻惡疾害人漢碑作不遐瑕遐同音通用言凡如惡病害人者已遐遠矣釋地四極云九夷八狄七戎六蠻郭注九夷在東七戎在西李巡本作六戎在西數不同而在西者稱戎不異太王時混夷病周文王時稱串夷皇矣篇鄭注串夷西戎國名葢雖有夷稱其實戎也爲周患苦有若疾然故曰戎疾緜篇肆不殄厥愠即此詩之肆戎疾不殄也文王之大業不足爲其患害無能瑕疵文王者猶狼跋篇之德音不瑕也

不聞亦式不諫亦入【疏】傳言性與天合也箋式用也文王之祀於宗廟有仁義之行而不聞達者亦用之助祭有孝悌之行而不能諫爭者亦得入言其使人器之不求備也○王引之云兩不字兩亦字皆語詞式用也入納也言聞善言則用之進諫則納之左宣二年傳曰諫而不入則莫之繼也是納諫爲入也今案王說是

肆成人有德小子有造古之人無斁譽髦斯士【疏】傳造爲也古之人無厭於有名譽之俊士箋成人謂

大夫士也小子其子弟也文王在於宗廟德如此故大夫士皆有德子弟皆有所造成古之人謂聖王明君也口無擇言身無擇行以身化其臣下故令此士皆有名譽於天下成其俊乂之美也○言古之人教士無厭斁故能使斯士皆成爲譽髦也詩贊美文王而言先聖王皆如此所以天下向風稱古之人者周之學制剏自公劉見泂酌篇至文王時又拓其規模久道化成故能人才蔚起如此說苑建本篇成人有德小子有造大學之敎也陳喬樅云疑魯詩本經無肆字

思齊四章章六句故言五章二章章六句三章章四句

皇矣疏毛序美周也天監代殷莫若周周世世修德莫若文王箋監視也天視四方可以代殷王天下者維有周耳世世修行道德維有文王盛耳○三家無異義惟據魯齊之說皆直言此詩爲陳文王之德左昭二十八年傳引詩下均詳亦以近文德爲言不言美周是三家相承古說當與此序略別矣

皇矣上帝臨下有赫監觀四方求民之莫注魯齊莫作瘼維此二國其政不獲維彼四國注魯維作惟下全同爰究爰度上帝耆之注韓曰耆惡也憎其式廓乃眷西顧此維與宅注魯眷一

作睠與，一作予宅，一作度。【疏】傳：「皇，大；莫，定也。二國，殷夏也。彼，彼有道也。四國，四方也。究，謀；度，居也。耆，惡也。廓，大也。憎其用大位行大政。顧，顧西土也。宅，居也。」箋：「臨，視也。大矣天之視天下赫然甚明，以殷紂之暴亂，乃監察天下之衆國，求民之定，謂所歸就也。二國，謂今殷紂及崇侯也。正，長。獲，得也。四國，謂密也、阮也、徂也、共也。度，亦謀也。殷崇之君，其行暴亂，不得於天心；密、阮、徂、共之君，於是又助之謀。言同於惡也。耆，老也。天須假此二國，養之至老，猶不變改，憎其所用爲惡者浸大也。乃眷然運視西顧，見文王之德而與之居，言天意常在文王所。」○潛夫論班祿篇詩云「皇矣上帝，臨下以赫，鑒觀四方，求民之瘼。惟此二國，其政不獲，惟彼四國，爰究爰度。上帝指之，憎其式廓，乃睠西顧，此惟與宅」，此言也，言夏殷二國之政不得，乃用奢夸廓大，上帝憎之，更求民之瘼，聖人與天下四國究度而使居之也。王符述魯詩，所用魯文也。有赫作以赫，有赫赫，猶赫赫也。作以者，雙聲致誤，非異文。魯莫作瘼者，班祿篇作瘼。蔡邕和熹鄧后謚議「求人之瘼」，亦魯文。齊作瘼者，後漢班彪王命論引詩云「皇矣上帝，臨下有赫，鑒觀四方，求民之莫」。班家學齊詩，莫當爲瘼。文選齊安陸昭王碑文「慮深求瘼」，李注云「漢書引詩而爲此瘼，今本漢書作莫」，明後人依毛改之。魯維作惟，下至同者，班祿篇作惟，魯文惟皆如此。又耆之作指，之指字無義，疑亦誤文。韓詩曰「耆，惡也」者，釋文引。在周頌武篇「耆定爾功」下。馬瑞辰云：「此當爲皇矣詩上帝耆之章句。蓋韓、毛同義。釋文誤引入武篇亦猶蕭蓮也本韓詩澤陂篇之章句而釋文誤引入溱洧章也若以耆定爾功爲惡定其功則不詞矣魯耆一作睠者班祿篇作睠淮南氾論訓引詩仍作眷論衡初稟篇云詩曰乃眷西顧此惟予度天無頭面眷顧如何人有顧眄以人儆天事易見故曰眷顧魯與一作予宅一作度者班祿篇引此惟與宅宋本作與度攷漢書韋賢傳先后茲度臣瓚注古文宅度同論衡初稟篇作此惟予度晛又漢書郊祀志詩曰迺眷西顧此維予宅言天以文王之都爲居也此則眷睠與予宅度字以通用不定

作之屏之其菑其翳〔注〕魯說曰立死菑蔽者翳韓翳作殪說曰菑反草也殪因也因高塡下也修之平之其灌其栵啟之辟之其檉其椐攘之剔之其檿其柘帝遷明德串夷載路天立厥配〔注〕魯配作妃受命既固〔疏〕傳木立死曰菑自斃爲翳灌叢生也栵栭也檉河柳也椐樻也檿山桑也遷徙就文王之德也串習夷常路大也配媲也箋天既顧文王四方之民則大歸往之岐周之地險隘多樹木乃競刊除而自居處言樂就有德之甚串夷卽混夷西戎國名也路瘠也天意去殷之惡就周之德文王則侵伐混夷以應之天既顧文王又

爲之生賢妃謂大姒也其受命之道已堅固也○釋木木自斃柛立死菑蔽者翳郭注引詩其菑其翳菑亦作椔蔽亦作斃斃又作獘通借字爾雅先總釋自死之木下乃以菑翳之一立一踣者相對爲文翳者已踣而枝榦蔽地也作起也屏除也皆謂拔去之爾雅魯詩之學魯義當如此菑反草也殖因也因高塡下也者釋文引韓詩文陳喬樅云韓意四方之民歸往岐周闢草萊刊樹木而自居處草之蕪穢者必先芟夷之故首言其菑謂反草而菑殺之也木之顛仆者亦先除去之故次言其殪也爾雅木自斃柛說文柛字作槙云仆木也槙取顛仆之義人殪則仆木斃則顛故韓以殪爲因高塡下塡卽顛之叚借耳馬瑞辰云殪亦仆也後漢光武紀注殪仆也翳殪雙聲翳卽殪之借字故釋名曰殪翳也就隱翳也與爾雅蔽者翳同義似較訓殪爲因尤勝其灌其栵者陳喬樅云此亦分別而言木之叢生者爲灌則修而削之木之旣髡復生者爲栵則平而治之釋詁烈枿餘也方言陳鄭之間曰枿晉衞之間曰烈秦晉之間曰肄說文㰅伐木餘也字或作蘖栵與烈通是栵爲木之餘蘖矣以上四者皆開山通道之首事也下文云云乃闢地定居之事檉椐易生之木故其地則啟之闢之檿柘有用之材故其樹則攘而剔之如是者土地旣廣樹木亦茂故下章卽繼以柞棫斯拔松柏斯兌也愚案緜篇柞棫拔矣行道兌矣卽上數句之事昆夷駾矣維其喙矣卽串夷載路之事文王功德旣盛混夷畏威遠遁困於行路也魯配作妃者釋詁妃媲也詩疏引某氏注詩云

天立厥妃
知魯作妃

帝省其山柞棫斯拔松柏斯兌帝作邦作對自太伯王季維此王季因心則友則友其兄則篤其慶載錫之光受祿無喪奄有四方疏傳兌易直也對配也從大伯之見王季也因親也善兄弟曰友慶善光大也喪亡奄大也箋省善也天旣顧文王乃和其國之風雨使其山樹木茂盛言非徒養其民人而已作爲也天爲邦謂興周國也作配謂爲生明君也是乃自大伯王季時則然矣大伯讓於王季而文王起篤厚載始也王季之心親親而又善於宗族又尤善於兄大伯乃厚明其功美始使之顯著也大伯以讓爲功美王季乃能厚明之使傳世稱之亦其德也王季以有因心則友之德故世世受福祿至於覆有天下○馬瑞辰云省善義本釋詁然下文柞棫斯拔松柏斯兌乃人之拔去叢木以待松柏之易直實人事非天時也說文省視也又曰相省視也帝省其山當謂帝省視其山不得以爲善也韓詩外傳十太王亶甫有子曰太伯仲雍季歷歷有子曰昌太王賢昌而欲季爲後也太伯去之吳大王將死謂曰我死汝往讓兩兄彼卽不來汝有義而安太王薨季之吳告伯仲伯仲從季而歸羣臣欲伯之立季季又讓伯謂仲曰今羣臣欲我立季季又讓何以處之仲曰刑有所謂矣句有要於扶微者可以立

季遂立而養字缺有文王文王果受命而王孔子曰太王獨見王季獨知伯見父志季知父心故太王太伯王季可謂見始知終而能承志矣詩曰自太伯王季惟此王季因心則友則友其兄則篤其慶載錫之光受祿無喪奄有四方此之謂也太伯反吳吳以爲君詩言天之興周邦立明君自太伯王季之相讓始

維此王季【注】三家王季作文王**帝度其心貊其德音**【注】韓貊作莫云莫定也**其德克明克明克類克長克君王此大邦克順克比比于文王**【注】齊比作俾魯比亦作俾**其德靡悔既受帝祉施于孫子**【疏】傳心能制義曰度貊靜也德正應和曰貊照臨四方曰明類善也勤施无私曰類教誨不倦曰長賞慶刑威曰君慈和偏服曰順擇善而從曰比經緯天地曰文箋王君也王季稱王追王也靡無也王季之德比于文王無有所悔也必比于文王者德以聖人爲匹帝天也祉福也施猶易也延也○三家王季作文王者徐幹中論務本篇云詩陳文王之德曰惟此文王幹用魯詩是魯作文王禮樂記引詩莫其德音十句鄭注言文王之德皆能如此是齊作文王孔疏云今韓詩亦作文王是三家皆作文王之證左昭二十八年傳引詩作維此文王傳作王季王肅申毛改文王鄭箋仍作王季是毛本如此不

必爲掩護也貊作莫云莫定也者釋文引韓詩文孔疏云左傳樂記同釋詁貊莫定也郭注皆靜定也義俱爲定聲又相近讀非一師故字異也案今本爾雅作貉嘆定也據釋文貉本又作貊嘆本亦作莫是孔疏所引即釋文所云又作本也說文嘆啾嘆也玉篇嘆靜也莫蓋嘆之消借字陳喬樅云文選西征賦注引韓詩薛君章句曰寂無聲之貌也寞靜也寂寞與啾嘆同疑韓嬰內傳釋莫爲寂寞而薛君章句又申釋其義也爾雅爲魯詩之學疑魯文作嘆說文啾嘆之訓即本魯說魯韓雖文異而義同也克順克比言文王之德能使民順比也比于文王言民之親比于文王也齊比作俾者樂記作克順克俾爾雅俾從也言文王動合衆心不爲人所恨悔魯比亦作俾者史記樂書引詩作克順克俾與中論引作克比不同蓋魯亦作本

帝謂文王無然畔援注齊作畔換韓說曰畔援武強也一作伴換無然歆羨注韓說曰羨願也誕先登于岸密人不恭注魯恭作共敢距大邦侵阮徂共王赫斯怒爰整其旅以按徂旅以篤于周祜以對于天下疏傳無是畔道无是援取无是貪羨岸高位也國有密須氏侵阮遂往侵共旅師

按止也旅地名也對遂也箋畔援猶拔扈也誕大登成岸訟也天語文王曰女无如是拔扈者妄出兵也无如是貪羨者侵人

土地也欲廣大德美者當先平獄訟正曲直也阮也徂也共也三國犯周而文王伐之密須之人乃敢距其義兵違正道是不直也赫怒意斯盡也五百人爲旅對荅也文王赫然與其羣臣盡怒曰整其軍旅而出以卻止徂國之兵衆以厚周當王之福以荅天下鄉周之望○齊作畔換者漢書敘傳項氏畔換是用齊詩字作畔換孟康曰畔反也換易也陳喬樅云孟注蓋本齊訓畔援武强也者釋文引韓詩文玉篇人部詩曰無然伴換伴換猶跋扈也陳喬樅云箋釋畔援爲拔扈此從魯訓以改毛義玉篇所引與箋說合而文作伴換當亦據魯愚案玉篇所引皆云韓義以顧野王止見韓詩也而釋文又引韓詩作伴換蓋亦作本羨願也也者文選孫綽登天台山賦李注引薛君韓詩章句文陳喬樅云廣雅釋詁羨欲也韓訓羨爲願願卽欲意淮南說林訓臨河而羨魚高注亦云羨願也漢書敘傳事雖敌羨用齊經文漢書地理志安定郡陰密詩密人國是班亦據齊詩今甘肅涇州靈臺縣西五十里有陰密故城卽古密須國地魯恭作共者呂覽用民篇密須之民自縛其主而與文王高注引詩云密人不共敢距大邦是高用魯詩作共侵阮徂共者鄭注徂共皆國名孔疏引王肅云無阮徂共三國孔晁云周有阮徂共三國見於何書張融云晁豈能具數此時諸侯而責徂共非國也魯義以阮徂共皆爲國名是則出於舊說非鄭之刱造新序雜事三引詩曰王赫斯怒爰整其旅以按徂旅以篤周祜以對于天下篤下無于字與孟子引同陳喬樅云新序引孟子書文如

此今孟子梁惠王篇引詩作以遏徂莒文與新序殊知新序是從魯詩本文也趙注以遏止往伐莒者以莒爲國名與魯說異葢順孟子本文爲解疑從西京博士師說或據程曾孟子章句舊說也馬瑞辰云韓非子云文王伐孟克莒舉酆三舉事而紂惡之彼言文王伐莒與詩言文王遏往莒者異義或謂卽此詩遏莒之證非也

依其在京侵自阮疆陟我高岡無矢我陵我陵我阿【注】韓說曰**無矢我陵**韓說曰四平曰陵曲京曰阿**無飲我泉我泉我池度其鮮原居岐之陽在渭之將萬邦之方下民之王**【疏】傳京大阜也矢陳也小山別大山曰鮮將側也方則也箋京周地名陟登也矢猶當也大陵曰阿文王但發其依居京地之衆以往侵阮國之疆登其山脊而望阮之兵兵無敢當其陵及阿者又無敢飲食於其泉及池水者小出兵而令驚怖如此此以德攻不以衆也陵泉重言者美之也每言我者據後得而有之而言度謀鮮善也方猶鄉也文王見侵阮而兵不見敵知己德盛而威行可以遷居定天下之心乃始謀居善原廣平之地亦在岐山之南居渭水之側爲萬國之所鄉作下民之君後竟徙都於豐○王引之云依盛貌依其者形容之詞依之言殷殷盛也言文王之兵盛依然其在京地也侵自阮疆者戴震云疑侵當作寑兵之寑息兵

也字形相似又因上文侵阮致譌馬瑞辰云戴説是也古文多省借寖即可假借作侵非譌字依其在京是已還兵於周則寖自阮疆是追述其息兵於阮疆之始毛傳以侵阮者爲密須則周人伐密所以救阮不得言侵阮也無矢至曰陵文選長楊賦注引薛君韓詩章句文引經明韓毛文同陳喬樅云説文陵大阜也釋名大阜曰陵陵隆也體隆高也廣雅釋邱云四隤曰陵廣雅之訓與薛君章句同即用韓義陵之爲象中央隆高而四面隤陁以漸而平故陵遲亦曰陵夷言其勢漸頽替如邱陵之漸漸平也曲京曰阿者衆經音義一文選西都賦注引韓詩傳文釋邱絶高謂之京也度其鮮原者孔疏周書稱文王在程作程寤程典皇甫謐云文王徙宅於程蓋謂此也知此非豐者以此居岐之陽豐則岐之東南三百里耳陳奂云孟子離婁篇文王卒於畢郢郢即程字畢終南山之道名周人出師所必由鮮原疑即畢原矣是言程在畢原即孟子所言之畢郢疏故以程當鮮原也

帝謂文王予懷明德不大聲以色不長夏以革不識不知〔注〕魯不一作弗順帝之則帝謂文王詢爾仇方同爾兄弟〔注〕齊兄弟作弟兄以爾鉤援與爾臨衝〔注〕韓臨衝作隆衝以伐崇墉〔疏〕傳懷

歸也不大聲見於色革更也不以長大有所更仇匹也鉤鉤梯也所以鉤引上城者臨臨車也衝衝車也墉城也箋夏諸夏也天之言云我歸人君有光明之德而不虛廣言語以外作容貌不長諸夏以變更王法者其爲人不識古不知今順天之法而行之者此言天之道尚誠實貴性自然詢謀也怨耦曰仇仇方謂旁國諸侯爲暴亂大惡者女當謀征討之以和協女兄弟之國率與之往親親則多志齊心壹也當此之時崇侯虎倡紂爲无道罪尤大也○不大聲以色不長夏以革者馬瑞辰云以與古通用聲以色猶云聲與色也夏以革猶云夏與革也中庸引此詩而釋之曰聲色之於以化民末也以聲色對舉是其證矣汪氏德鉞曰不大聲以色者不道之以政也聲謂發號施令色謂象魏懸書之類不長夏以革者不齊之以刑也夏謂夏楚扑作教刑也革謂鞭革鞭作官刑也其說得之不識不知者馬瑞辰云呂覽本生篇若此人者不言而信不謀而當不慮而得高注引詩不識不知爲證淮南原道訓故聖人不以人滑天不以欲亂情不謀而當不言而信不慮而得不爲而成又修務訓性命可悅不待學問而合於道者堯舜文王也高注並引詩不識不知順帝之則是知詩言不識不知正謂生而知之無待於識古知今也愚案卽高此注可以推見魯義如此魯不一作弗者賈子君道篇淮南詮言訓作弗識弗知與荀子修身篇及淮南原道訓修務訓呂覽孟春紀三高注作不識不知者異明魯詩有二本繁露煖燠篇韓詩外傳五引詩不識不知順帝之則明

齊韓與毛同齊兄弟作弟兄者後漢伏湛傳作同爾弟兄湛疏云文王受命而征伐五國必先詢之同姓然後謀之羣臣其下卽引詩曰詢爾仇方同爾弟兄湛治齊詩解詢爾仇方爲謀之羣臣是齊義孔疏訓仇爲匹云當詢謀於女匹己之臣與齊說合臨衝作隆衝者釋文引韓詩文宋綿初云隆臨一聲之轉後漢殤帝諱隆改隆爲臨隆慮縣更名臨慮聲近通用段氏詩經小學云隆衝言陷陣之車隆然高大也毛以臨衝爲二非馬瑞辰云墨子備城篇言攻城十二法首列臨鉤衝梯是臨衝二者不同之證韓作隆衝亦作衝隆淮南兵略訓故攻不待衝隆雲梯而城拔是也當以傳訓二車爲確陳喬樅云鹽鐵論亦云衝隆不足爲强如以隆訓高不作車名則衝隆二字爲不詞矣班固敘傳衝棚閑閑此卽以棚當詩之臨後漢光武紀衝棚撞城李注引許慎曰棚樓車也今本說文樓車作兵車淮南云隆衝以攻高蓋樓車高足以臨敵城而攻之故亦名臨車孔疏謂臨者在上臨下之名衝者從旁衝突之稱兵書有作臨車衝車之法其說是也

臨衝閑閑崇墉言言執訊連連攸馘安安是類是禡是致是附四方以無侮臨衝茀茀崇墉仡仡〔注〕韓說曰仡仡搖也是伐是肆是絕是忽四方以無拂〔疏〕傳閑閑動搖也言言高大也連連徐也攸所也馘獲也不服者殺而

獻其左耳曰馘於內曰類於野曰禡致致其社稷羣神附附其先祖爲之立後尊其尊而親其親茀茀彊盛也仡仡猶言言也肆疾也忽滅也箋言言猶孽孽將壞貌訊言也執所生得者而言問之及獻所馘皆徐徐以禮爲之不尙促速也類也禡也師祭也無侮者文王伐崇而無復敢侮慢周者伐謂擊刺之肆犯突也春秋傳曰使勇而無剛者肆之拂猶佹也言無復佹戾文王者○廣雅釋訓閑閑盛也是此詩三家義與毛異左僖十九年傳文王聞崇德亂而伐之軍三旬而不降退修敎而復伐之因壘而降三旬不降必有拒者故不能無訊馘也釋天是類是禡師祭也淮南本經訓類其社高注祭社曰類以事類祭之也詩云是類是禡此類屬祭社言故與禡皆在所征之地魯說如此馬瑞辰云祭祀未有專名致者祔祭先祖卒哭之祭其子孫自爲之亦非師祭也致者致其人民土地說文致送詣也送而付之曰致已克而不取之謂也左襄二十五年傳鄭入陳祝祓社卽詩之是類也又曰司徒致民司馬致節司空致地卽詩之是致也附讀如拊循之拊亦通作撫左隱十年傳曰吾子其奉許叔以撫柔此民也卽詩之是附也說苑文王伐崇令毋殺人毋壞室毋塡井毋伐樹木毋動六畜何楷謂卽此詩是致是附其說是也仡仡搖也者釋文引韓詩文隆衝皆攻城之具故釋仡仡爲動搖貌又說文圪牆高也詩曰崇墉圪圪文選魯靈光殿賦張載注屹猶孽也高大貌詩曰崇墉屹屹圪圪屹屹乃齊魯詩之異文

皇矣八章章十二句

靈臺〔疏〕毛序：民始附也。文王受命而民樂其有靈德，以及鳥獸昆蟲焉。箋：民者，冥也。其見仁道遲，故於是乃附也。天子有靈臺者，所以觀祲象，察氣之妖祥也。文王受命而作邑于豐，立靈臺。春秋傳曰：公旣視朔，遂登觀臺以望，而書雲物，爲備故也。○陳奐云：正義引左氏說天子靈臺在太廟之中，諸侯有觀臺亦在廟中，皆所以望嘉祥也。禮記盧注、月令蔡論、春秋穎子嚴釋例及左傳賈服注皆同左氏說。書大傳王引舟入水觀臺惡，武王伐紂時稱觀臺也，此諸侯稱觀臺之證。管子桓公問篇武王有靈臺之復而賢者進，武王定天下後稱靈臺也，此天子稱靈臺之證。然凡此靈臺，非卽詩之靈臺。詩言文王作臺耳，以其有神靈之德，故謂之靈臺。是靈臺之號始於文王，後遂以爲天子望氣之臺。在文王時未有等差，且臺沼囿同處，則文王之靈臺實卽諸侯之囿臺，當在郊。諸儒每據天子靈臺在路寢明堂中者以說文王之靈臺，則掍而同之也。焦循學圖云：僖十五年左傳秦伯舍晉侯於靈臺，大夫請以入，杜注云在京兆鄠縣周之故臺，則此靈臺卽文王之靈臺也。三輔黃圖云：靈囿在長安西北四十二里，靈臺在長安西北四十里。長安志云：豐水出長安縣西南五十五里。是豐邑在長安之西也。黃圖以漢長安縣言，今長安故城在西安府之西北十三里。水經渭水會豐水後，越鎬水、泬水而東，逕長安城北，是長安在豐邑之東也。公羊

說云在國之東南二十五里辟郎長安西北四十里也地理志文王作豐顏注今長安西北界靈臺鄉豐水上靈臺在郊斷斷然矣三家無異義

經始靈臺，經之營之。庶民攻之，不日成之。經始勿亟，庶民子來。

【疏】傳：神之精明者稱靈，四方而高曰臺。經度之也。攻，作也。不日有成也。箋：文王應天命，度始靈臺之基趾，營表其位，衆民則築作，不設期日而成之。言說文王之德，勸其事，忘已勞也。觀臺而曰靈者，文王化行，似神之精明，故以名焉。亟，急也。度始靈臺之基趾，非有急成之意，衆民各以子成父事而來攻之。○新書君道篇：文王志之所在，意之所欲，百姓不愛其死，不憚其勞，從之如集。詩曰：經始靈臺，經之營之，庶民攻之，不日成之，經始勿亟，庶民子來。文王有志爲臺，今近境之民聞之者，裹糧而至，問業而作之，日日以衆，故弗趨而疾，弗期而成，命其臺曰靈臺，命其囿曰靈囿，謂其沼曰靈沼，愛敬之至也。說苑修文篇：積恩爲愛，積愛爲仁，積仁爲靈。靈臺之所以爲靈者，積仁也。神靈者，天地之本，而爲萬物之始也。是故文王始接民以仁，而天下莫不仁焉，文德之至也。德不至則不能文。白虎通靈臺篇：天子所以有靈臺者何？所以考天人之心，察陰陽之會，揆星辰之證驗，爲萬物獲福无方之元。詩云：經始靈臺。新序雜事五：周文王作靈臺，及爲池沼，掘得死人之骨，吏以問于文王，文王曰：更葬之。吏曰此無主矣文王曰有天下者天下之主有一國者一國之主也寡人固其主又安求主遂令吏以衣棺更葬之天下聞之皆曰文王賢矣澤及枯骨而況于人乎或得寶以危國文王得朽骨以喻其意而天下歸心焉趙岐孟子章句一詩云經始靈臺經之營之庶民攻之不日成之經始勿亟庶民子來詩大雅靈臺之篇言文王始初經營規度此臺衆民並來始作之而不與之相期日限自來成之文王不督促使之亟急衆民自來赴若子來爲父使之也以上皆魯說引詩明魯毛文同詩氾歷樞曰靈臺候天意也經營靈臺天下附也御覽五百引許氏五經異義公羊說天子三臺諸侯二天子有靈臺以觀天文有時臺以觀四時施化有囿臺以觀鳥獸魚鼈諸侯當有時臺囿臺諸侯卑不得觀天文無靈臺皆在國之東南二十五里東南少陽用事萬物著見二十五里者古行五十里朝行暮反也公羊莊三十一年傳何休解詁禮天子有靈臺以候天地諸侯有時臺以候四時徐彥疏文王受命後乃築靈臺也詩含神霧曰作邑于豐起靈臺易林夬之頤二至靈臺文所止遊雲物備具長樂無憂又升之節靈臺觀賞膠鼓作仁班固東都賦登靈臺考休徵又靈臺詩乃經靈臺靈臺既崇帝勤時登爰考休徵鹽鐵論未通篇夫牧民之道除其所疾適其所安安而不擾使而不勞故取而民不厭役而民不苦靈臺之詩非或使之民自爲之若斯則君何不足之有乎士喪禮鄭注營猶度也詩云經之營之以上皆齊說張衡東京賦經始勿亟成之不日用魯經文

王在靈囿，麀鹿攸伏。麀鹿濯濯，白鳥翯翯。注 三家說曰：濯濯，肥也。魯翯作皜，一作鶴。王在靈沼，於牣魚躍。注 韓說曰：文王聖德，上及飛鳥，下及魚鼈。疏 傳：囿所以域養禽獸也。天子百里，諸侯四十里。靈囿，言靈道行於囿也。麀，牝也。濯濯，娛遊也。翯翯，肥澤也。沼，池也。靈沼，言靈道行於沼也。牣，滿也。箋：攸，所也。文王親至靈囿，視牝鹿所遊伏之處，言愛物也。鳥獸肥盛喜樂，言得其所。靈沼之水，魚盈滿其中，皆跳躍，亦言得其所。○濯濯，肥也者，廣雅釋訓文。馬瑞辰云：蓋本三家詩。據說文：嬥，直好皃。廣雅釋訓亦云：嬥嬥，好也。濯濯當卽嬥嬥之叚借。翯作皜，一作鶴者，新書君道篇：詩曰：王在靈囿，麀鹿攸伏，麀鹿濯濯，白鳥皜皜。王在靈沼，於牣魚躍。文王之澤下被禽獸，及於魚鼈，故禽獸魚鼈攸若攸樂，而況士民乎？又禮篇引詩六句，說亦略同，翯皆作皜。趙岐章句：王在靈囿，麀鹿攸伏，麀鹿濯濯，白鳥鶴鶴。王在靈沼，於牣魚躍。言文王在囿中，麀鹿懷姙，安其所而伏，不驚動也。獸肥飽則濯濯，鳥肥飽則鶴鶴而澤好而已。文王在池沼，魚乃跳躍喜樂，言其德及鳥獸魚鼈也。翯一作鶴，是魯家兩作，皆與毛異。馬瑞辰云：說文：翯，鳥白肥澤皃。音義與皠近。說文：皠，鳥之白也。何晏景福殿賦：皠皠白鳥。趙作鶴鶴，順孟子本文。新書作皜皜，並同聲叚借字。愚案：趙云獸肥飽則濯濯，是魯詩訓濯濯爲肥。箋言鳥獸肥盛，亦本齊、韓，易毛，足爲廣雅訓出三家詩之證新書牣皆作仞孟子今本作牣而孫氏音義據丁公著本亦作仞知魯家本借仞爲牣今本乃宋人所易也呂覽重己篇高注畜禽獸所大曰苑小曰囿詩曰王在靈囿淮南本經訓高注有牆曰苑無牆曰囿所以畜禽獸也二注義互相備皆本魯訓王逸楚詞九歎章句沼池也詩云王在靈沼明魯毛訓同東京賦鳩諸靈囿楊雄上林苑令箴麀鹿攸伏皆用魯經文班固西都賦誼合乎靈囿又神池靈沼往往而在皆用齊經文文王至魚躍文選曲水詩李注引薛君韓詩章句文

虡業維樅賁鼓維鏞於論鼓鍾於樂辟廱〔疏〕傳植者曰虡橫者曰栒業大版也樅崇牙也賁大鼓也鏞大鐘也論思也水旋丘如璧曰辟廱以節觀者箋論之言倫也虡也栒也所以懸鍾鼓也設大版於上刻畫以爲飾文王立靈臺而知民之歸附作靈囿靈沼而知鳥獸之得其所以爲音聲之道與政通故合樂以詳之於得其倫理乎鼓與鍾也於喜樂乎諸在辟廱中者言感於中和之至○白虎通辟雍篇天子立辟雍何辟雍所以行禮樂宣德化也辟者璧也象璧圓以法天也雍者壅之以水象教化流行也辟之爲言積也積天下之道德雍之爲言壅也壅天下之儀則故謂之辟雍也陳喬樅云蔡邕明堂月令云取其四面周水圓如璧則曰辟雍水環四周言王者動作法天地德廣及四海方此水也與白虎通義同皆用魯說班固東都賦辟雍海流道德之富辟雍詩洒流辟雍辟雍湯湯此本齊詩正義引異義韓詩說曰辟

雍者天子之學圓如璧壅之以水示圓言辟取有德不言辟水言辟廱取其廱和也所以教天下春射秋饗尊事三老五更在南方七里之郊立明堂其中五經之文所藏處蓋以茅草取其絜清也戴震云辟廱於經無明文漢初說禮者始援大雅魯頌立說謂天子曰辟雍諸侯曰頖宮如誠學校重典不應周禮不一及之而但言成均瞽宗孟子陳三代之學亦不涉乎此他國且不聞有所謂泮宮者此詩靈臺靈囿靈沼與辟廱連稱抑亦文王之離宮乎閒燕則遊止肄業於此不必以爲大學於詩詞前後尤協矣胡承珙云案詩疏引鄭駁異義謂三靈辟雍同處在郊則辟雍亦爲游觀之所然文王有聲言鎬京辟雍即繼之以東西南北無思不服箋云武王於鎬京行辟廱之禮自四方來觀者皆感化其德心無不歸服者然則此詩言作樂傳言水旋丘如璧以節觀者是辟雍在文王時已爲合樂行禮之地但其時未嘗定爲天子之大學至武王有天下及周公制禮以後始別諸侯爲泮宮不得同於天子而辟雍行禮之事愈備如韓詩說教天下春射秋饗尊事三老五更鄭氏據王制天下出征執有罪反釋奠於學以訊馘告合之魯頌在泮獻囚知辟廱同義即如古器銘宰辟父敦王在辟宮冊周麗敦王在雝位格廟冊麗是辟雝又有冊命之事凡皆周公彌文之制如推其原始即歸之文王之善道亦無不可總之三靈自爲游觀之所辟廱自爲禮樂之地同處者第言其相近黃圖所載可據至辟廱即周頌之西廱彼傳云廱澤也澤即王立于澤之澤郊祭聽誓於

此則辟廱在郊可知謂之西廱則在西郊又可知文王時猶從殷制鄭注鄉射禮謂周之大學在國然則武王之鎬京辟雍殆立於國中與

於論鼓鍾於樂辟廱鼉鼓逢逢矇瞍奏公（注）魯逢作韸公作工亦作功（疏）傳鼉魚屬逢逢和也有眸子而無見曰矇無眸子曰瞍公事也箋凡聲使瞽矇爲之○魯逢作韸者呂覽季夏紀高注鼉皮可作鼓詩曰鼉鼓韸韸諭大篇高注引同知魯作韸淮南時則注引詩云鼉鼓洋洋洋蓋韸之譌盧文弨云詩釋文逢字作韼徐音豐字書無韼字集韻韸本作逢或作韼又音豐豈此字與臧鏞堂云眾經音義八引郭璞山海經注亦作鼉鼓韸韸益見洋爲韸譌字愚案盧臧說是惟阮刻本逢字作韸不作韼不知盧臧所見因何致誤蓋別本也魯公作工亦作功者楚詞九章王逸章句矇盲者也詩曰矇瞍奏工呂覽達鬱篇高注目不見曰矇詩曰矇瞍奏功是魯公作工亦作功陳喬樅云古工功同字肆師凡師不功注故書功爲工樊安碑以功德加位功作公陳球碑公子完適齊爲公正工作公皆通假字愚案此篇毛作五章章四句而新書兩引皆經始靈臺六句爲章王在靈囿六句爲章是魯作四章齊韓當同今從之

靈臺五章章四句魯說四章二章章六句二章章四句

下武〔疏〕毛序繼文也武王有聖德復受天命能昭先人之功焉箋繼文者繼文王之王業而成之昭明也○三家無異義

下武維周世有哲王三后在天王配于京〔疏〕傳武繼也三后大王王季文王也王武王也箋下猶後也哲知也後人能繼先祖者維有周家最大世世益有明知之王謂大王王季文王稍就盛也此三后既沒登遐精氣在天矣武王又能配行其道於京謂鎬京也○風俗通義二引詩云三后在天明魯毛文同

王配于京世德作求永言配命成王之孚〔疏〕箋作爲求終也武王配行三后之道於鎬京者以其世世積德庶爲終成其大功永長言我也命猶教令也孚信也此爲武王言也今長我之配行三后之教令者欲成我周家王道之信也王德之道成於信論語曰民無信不立○陳奐云求讀爲逑逑匹也匹亦配也永言配命言武王長配天命也

成王之孚下土之式永言孝思孝思維則〔注〕魯維作惟〔疏〕傳式法也則則其先人也箋王道尚信則天下以爲法勤行之長我孝心之所思所思者其維則三后之所行子孫以順祖考爲孝○禮

緇衣大雅成王之孚下土之式鄭注孚信也式法也此齊訓魯維作惟者趙岐孟子章句九詩曰永言孝思孝思惟則詩大雅下武之篇周武王所以長言孝思欲以爲天下法則此魯訓蔡邕陳留太守胡公碑孝思惟則明魯毛文同維作惟韓詩外傳五上不知順孝則民不知返本君不知敬長則民不知貴親禘祭不敬山川失時則民無畏矣不教而誅則民不識勸也故君子修身及孝則民不倍矣敬孝達乎下則民知慈愛矣好惡喻乎百姓則下應其上如影響矣是則兼制天下定海內臣萬姓之要法也明王聖主之所不能須臾而舍也詩曰成王之孚下土之式永言孝思孝思維則明韓毛文同

媚茲一人應侯順德注魯順作慎**永言孝思昭哉嗣服**疏傳一人天子也應當侯維也箋媚愛茲此也可愛乎武王能當此順德謂能成其祖考之功也易曰君子以順德積小以高大服事也明哉武王之嗣行祖考之事謂伐紂定天下○魯順作慎者荀子仲尼篇言臣下事君引詩曰媚茲一人應侯慎德永言孝思昭哉嗣服淮南繆稱訓云是故得一人所以得百人也其下引詩云媚茲一人應侯慎德慎德大矣一人小矣能善小斯能善大矣陳奐云此釋經一人爲得一賢人與古說殊當出三家詩義愚案荀謂臣下媚茲一人當各慎其德正見武王孝思之長言嗣服者克繩其祖也與傳箋義不同淮南說稍異然以爲臣下慎德一也此皆魯義大戴禮衛將軍文子篇詩云媚茲一人應

侯順德永言孝思孝思維則故國一逢有德之君世受顯命不
失厥名以御于天子以申之陳喬樅云引詩當本作昭哉嗣服
覲下文云世受顯命不失厥名正申明昭哉嗣服之詞然則作
孝思維則者乃後人傳寫之誤耳愚案此齊說順德亦屬臣下
說漢書敘傳媚茲一人日旰忘食指張
湯言亦齊義可知孔疏申傳箋之失

昭茲來許繩其祖武〈注〉三家茲作哉許作御繩作慎**於萬斯年**
受天之祜〈疏〉傳許進繩戒武迹也箋茲此來勤也武王能明此
勤行進於善道戒慎其祖考所踐履之迹美其終
成之祜福也天下樂仰武王之德欲其壽考之言也○三家茲
作哉許作御繩作慎者續漢書祭祀志引謝沈書作昭哉來御
慎其祖武馬瑞辰云許御聲義同故通用猶公羊文九年傳許
夷狄者不一而足左隱二年注引許作㘗也廣雅許御並訓進
又曰服進行也來許猶云後進昭哉來許猶上章昭哉嗣服也
愚案下章不遐有佐韓釋詩與毛同陳奐云韓以爲成王則上
文云昭哉嗣服昭茲來許亦必指成王之世葢詩自作於周公
故三家釋詩每及成王也據此則來許繩祖指成王無疑繩慎
聲轉
義通

受天之祜四方來賀於萬斯年不遐有佐〈疏〉傳遠夷來佐也箋
武王受此萬年之

三

壽不遠有佐言其輔佐之臣亦宜蒙其餘福也書曰公其以予萬億年亦君臣同福祿也○孔疏云書敘言武王既勝殷西旅獻獒巢伯來朝肅慎來賀是遠夷來佐之事韓詩外傳五成王三年越裳氏重九譯而至獻白雉於周公周公乃敬求其所以來詩曰於萬斯年不遐有佐明韓毛義同

下武六章章四句

文王有聲〔疏〕毛序繼伐也武王能廣文王之聲卒其伐功也箋繼伐者文王伐崇而武王伐紂○三家無異義

文王有聲遹駿有聲遹求厥寧遹觀厥成文王烝哉〔注〕三家遹作欥韓說曰烝美也〔疏〕傳烝君也箋遹述駿大求終觀多也文王有令聞之聲者乃述行有令聞之聲之道所致也所述者謂大王王季也又述行終其安民之道又述行多其成民之德言周德之世益盛君哉者言其誠得人君之之道○三家遹作欥者說文欥下云詮詞也詩欥求厥寧陳喬樅云廣雅釋詁欥詞也漢書班固幽通賦欥中龢爲庶幾兮顏注欥古聿字據此是欥爲正字省作曰同聲段借用聿與遹釋文遹下不言韓詩字異則文與毛同可知班用齊詩是說文所引即據齊詩詮詞者承上文所發端詮而釋之也淮南詮言訓高注詮就也亦謂就其言而解之也馬瑞辰云爾雅坎律銓也

坎當卽吹字形近之譌律卽聿也銓卽詮也皆叚借字耳烝美也者釋文引韓詩文陳喬樅云傳訓烝爲君君哉亦美之詞也訓義並通愚案詩言文王有令聞之聲非僅德被一方實乃大有聲而澤及天下也在文王之意祇求庶民之安至武王伐紂勝殷始觀厥成功維清篇所謂迄用有成也文王之德美矣君哉禮表記鄭注君哉武王美之也文義大同

文王受命有此武功既伐于崇作邑于豐文王烝哉疏箋武功謂伐四國及崇之功也作邑者徙都于豐以應天命○史記齊太公世家周西伯政平及斷虞芮之訟而詩人稱西伯受命曰文王伐崇密須犬夷大作豐邑白虎通聖人篇詩曰文王受命非聖不能受命以上魯說風俗通義一引詩說文王受命有此武功明魯毛文同繁露楚莊王篇制爲應天改之樂爲應人作之彼之所受命者必民之所同樂也是故作樂者必反天下之所始樂於己以爲本文王之時民樂其興師征伐也故武武者伐也詩云文王受命有此武功既伐於崇作邑于豐樂之風也周人德已洽天下反本以爲樂謂之大武言民所始樂者武也云爾故凡樂者作之於終而名之以始重本之義也又郊祭篇文王受天命而王天下先郊乃敢行事而興師伐崇其詩曰文王受命有此武功既伐于崇作邑于豐鹽鐵論復古篇文王受命伐崇作邑于豐武王繼之載尸以行破商擒紂遂成王業故志大者遺小用權者離俗以上齊說說文鄷文王所都在京兆杜陵西

南左昭四年傳康有酆宮之朝括地志云鄠縣東三十五里有文王酆宮案漢杜陵故城在今陝西西安府東南而酆乃在杜陵之西南其西漢鄠縣地今西安府鄠縣東五里有古酆城灃水又在酆城東酆宮在鄠縣東三十五里疑卽文王之辟雍也去鄠城三十里在近郊內愚案白虎通云文王受命非聖不能受命足證所受之命非受紂命爲西伯之謂矣

築城伊淢〔注〕魯韓淢作洫魯云城池韓云深池**作豐伊匹匪棘其欲遹追來孝**〔注〕齊棘作革欲作猶遹作聿**王后烝哉**〔疏〕傳淢成溝也匹配也后君也箋方十里曰成淢其溝也廣深各八尺棘急來勤也文王受命而猶不自足築豐邑之城大小適與成偶大於諸侯小於天子之制此非以急成從己之欲欲廣都邑乃述追王季勤孝之行進其業也變謚言王后者非其盛事不以義謚○魯韓淢作洫魯云城池者張衡西京賦綜城洫薛綜注洫城池也衡治魯詩明魯淢作洫洫云深池者釋文引韓詩文陳壽祺云門部閾重文𨷛云古文閾从洫韓詩淢作洫此其例也陳喬樅云馬瑞辰以毛傳成溝爲城溝之譌非也洫本成閒之溝名毛假淢爲洫故傳以成溝釋之明築城鑿池卽仿成溝之制馬執天子城方九里之數以鄭言文王城方十里爲誤近於固矣黃山云李富孫據論語而盡力乎溝洫夏本紀作致費於溝淢及河渠書洫一作淢爲淢與洫通之證說固有據釋文旣

言字又作洫似毛本亦有作洫者不專爲韓詩言也然說文洫
成閒溝也淢疾流也禮禮運城郭溝池以爲固溝卽是池自當
以洫爲正字淢爲借字段玉裁亦云從韓詩則字義聲韻皆合
足知今文實勝古文陸孔釋毛皆以淢爲正字誤矣陳壽祺乃
亦以韓詩作洫爲通叚之例其誤正同齊棘作革欲作猶遹作
聿者禮禮器詩云匪革其猶聿追來孝鄭注革急也猶道也聿
述也言文王之改作者非必欲行己之道乃追述先祖之業來
居此爲孝陳喬樅云革棘亟古通用猶古亦通欲小行人猶犯
令者爲一書大戴禮作欲是其證也遹
聿古今字後漢李固傳亦作聿追來孝

王公伊濯〔注〕韓說曰濯美也**維豐之垣四方攸同王后維翰王后烝哉**〔疏〕傳濯大翰幹也箋公事也文王述行大王王季之王業其事益大作邑于豐城之旣成又垣之立宮室乃爲天下所同心而歸之王后爲之幹者正其政敎定其法度○濯美也者釋文引韓詩文陳喬樅云韓以濯爲美者美字從大亦兼有大義也

豐水東注維禹之績四方攸同皇王維辟皇王烝哉〔疏〕傳績業皇大也箋績功辟君也昔堯時洪水而豐水亦汎濫爲害禹治之使入渭東注于河禹之功也文王武王今得作邑於其旁地爲天下

所同心而歸大王爲之君乃由禹之功故引美之豐邑在豐水之西鎬京在豐水之東變王后言大王者武王之事又益大○馬瑞辰云績當爲蹟之叚借九州皆經禹治因稱禹迹左襄四四年傳芒芒禹迹畫爲九州是也左哀元年復禹之績釋文績本一作迹此績迹通用之證此詩維禹之績及商頌設都于禹之績績皆當讀爲迹說文迹步處也或作蹟傳箋並失之

鎬京辟廱自西自東〔注〕韓西東作東西**自南自北無思不服皇王烝哉**〔疏〕傳武王作邑於鎬京箋自由也武王於鎬京行辟廱之禮自四方來觀者皆感化其德心無不歸服者○後漢郡國志京兆尹長安鎬在上林苑中孟康云長安西南有鎬池引古史考武王遷鎬長安豐亭鎬池也水經渭水注鎬水上承鎬池於昆明池北周武王之所都也自漢武帝穿昆明池於是地基構淪褫今無可究陳奐云周時渭南豐水猶大鎬京之水西承豐水則引豐水爲池是謂之鎬池又謂之鎬陂又別之爲鎬水皆豐水別流也證以說苑所引詩此鎬京辟廱即周立四郊之小學矣說苑修文篇聖王修禮文設庠序陳鍾鼓天子辟廱諸侯頖宮所以行德化也詩云鎬京辟廱自西自東自南自北無思不服此之謂也蔡邕明堂月令論孝經曰孝悌之至通于神明光于四海無所不通詩云自西自東自南自北無思不服言行孝者則曰明堂行悌者則曰大學故孝經合以爲一義而稱鎬京之詩以明之趙岐孟子章句三詩大雅文王有

聲之篇言從四方來者無思不服武王之德以上魯說大戴禮曾子大孝篇詩云自西自東自南自北無思不服禮祭義引詩文同鹽鐵論繇役篇文王底德而懷四夷詩云鎬京辟雍自西自東自南自北無思不服武王之伐殷也執黃鉞誓牧之野天下之士莫不願爲之用以上齊說韓西東作東西者韓詩外傳四詩曰自東自西自南自北無思不服如是則近者歌謳之遠者趉趨之幽閒辟陋之國莫不趨使而安樂之若赤子之歸慈母者何也仁刑義立教誠愛深禮樂交通故也首句東西互易卷五兩引詩亦然是韓詩西東作東西

考卜維王宅是鎬京維龜正之〔注〕齊維作惟宅作度**武王成之**

武王烝哉〔疏〕箋考猶稽也宅居也稽疑之法必契灼龜而卜之武王卜居是鎬京之地龜則正之謂得吉兆武王遂居之修三后之德以伐紂定天下成龜兆之占功莫大於此○齊維作惟宅作度者禮坊記詩云考卜惟王度是鎬京惟龜正之武王成之鄭注度謀也鎬京鎬宮也言武王卜而謀居此鎬邑龜則吉兆正之武王築成之愚案向書古文作宅者今文皆作度皇矣此惟與宅論衡初稟篇引作度亦今古文之別也

豐水有芑武王豈不仕詒厥孫謀以燕翼子〔注〕魯詒作貽齊仕

一作蓴燕一作宴武王烝哉〔疏〕傳芑草也仕事燕安翼敬也箋其潤澤生草武王豈不以其功業爲事乎以之爲事故傳其所以順天下之謀以安其敬事之子孫謂使行之也書曰厥考翼其肯曰我有後弗弃基上言皇王而變言武王者皇大也始大其業至武王伐紂成之故言武王也○魯詒作貽者列女陳嬰母傳引詩曰貽厥孫謀以燕翼子明魯毛文同惟詒作貽禮表記詩曰豐水有芑武王豈不仕詒厥孫謀以燕翼子武王烝哉鄭注芑枸檵也仕之言事也詒遺也燕安也烝君也言武王豈不念天下之事乎如豐水之有芑矣乃遺其後世之子孫以善謀而安翼其子也君哉武王美之也此齊毛文同仕一作事燕一作宴者晏子春秋內篇諫下引詩作武王豈不事詒厥孫謀以宴翼子仕者事之叚借燕宴古通用後漢班彪傳引亦作宴宴安也左文三年傳引詩以燕翼子杜注翼成也表記疏申鄭說云翼助也謂以王業保安翼助其子孫翼助卽翼成之義班彪傳彪上言曰昔成王之爲孺子出則周公召公太史佚入則太顛閎天南宮括散宜生前後禮無違者故成王一日卽位天下曠然太平詩云詒厥孫謀以宴翼子言武王之謀遺子孫也愚案據班彪傳所引知晏子引詩仕作事燕作宴確是齊詩一作本班固典引云亦以寵靈文武貽燕後昆彪傳云可爲孫讀如字之證卽典引之貽燕後昆亦以後昆代子孫也韓詩外傳四文王立國七十一姬姓獨居五十二周之子孫苟不狂惑

莫不爲天子顯諸侯夫是之謂能愛其所愛矣故惟明王能愛其所愛大雅曰貽厥孫謀以燕翼子此所推及尤遠

文王有聲八章章五句

文王之什十篇六十六章四百一十四句

詩三家義集疏卷二十一　終

清長沙王氏本詩三家義集疏

第三册

清 王先謙撰

中國國家圖書館藏民國四年長沙王氏虛受堂刻本

山東人民出版社·濟南

詩三家義集疏卷九

長沙王先謙益吾著

秦車鄰第九【疏】乙巳占引詩推度災曰秦天宿白虎氣主元武藝文類聚二御覽一十四引詩含神霧曰秦地處仲北堂書鈔引[illegible]秋之位男儒弱女高膫白色秀身律中商宮[illegible]其言舌舉而仰聲清以揚注膫明也落蕭切漢書地理志秦地東井輿鬼之分埜也於禹貢時跨雍梁二州詩風兼秦豳兩國天水隴西及安定北地上郡西河而迫近戎狄修習戰備高上氣力以射獵爲先故秦詩曰王于興師修我甲兵與子偕行及車轔四臷小戎之篇皆言車馬田狩之事以上皆齊說案非子始封地漢志云隴西秦亭秦谷今甘肅秦州清水縣

詩國風

車鄰【疏】毛序美秦仲也秦仲始大句有車馬禮樂侍御之好焉○左傳服虔注秦仲始有車馬禮樂之好侍御之臣戎車四牡田狩之事其孫襄公列爲侯伯故有蒹葭蒼蒼之歌終南之詩追錄先人車鄰駟驖小戎之歌與諸夏同風故曰夏聲陳喬樅云服虔以駟驖小戎爲秦仲之詩與毛序不同是據魯詩爲說易林大畜之離延陵適魯觀樂大史車鄰白顛知秦興起卒兼其國[illegible]一統爲主狀之劉旅之秦同是齊詩說漢書地理志顏注車轔美秦仲大有車馬其詩曰有車鄰鄰有馬白

顛陳喬樅云師古引車轔及四𢧐小戎諸詩皆襲舊注齊詩之說故字多與毛不同毛詩車鄰鄰蓋轔之借字齊詩今文用轔字愚案服習韓詩見小雅都人士疏據釋文鄰本又作轔及文選藉田曲水詩序注所引是毛亦有作轔之本非獨三家不能執爲同異之證也

有車鄰鄰有馬白顛注魯齊鄰作轔魯說曰轔轔車聲也疏傳鄰鄰衆車聲也白顛的顙也○轔轔車聲也者王逸楚詞九歌大司命注又引詩云有車轔轔此魯說也明魯作轔轔又九辯注軒車先導聲轔轔也亦用魯文齊鄰作轔者漢書地理志作轔引見前釋畜的顙白顛孔疏引舍人曰的白也顙額也額有白毛今之戴星馬也據此知魯義與毛同易說卦傳震爲的顙說文的明也引易作的顙未見君子寺人之令注韓令作伶云使伶疏傳寺人內小臣也箋欲見國君者必先令寺人使傳告之時秦仲又始有此臣○君子謂秦仲周禮序官內小臣閹人寺人內豎皆奄官是內小臣爲奄官之長與寺人別寺侍古字通釋文寺本亦作侍序云侍御之臣左襄二十九年傳服虔注秦仲始有侍御之臣是寺人即侍臣蓋近侍之通稱不必泥歷代寺人爲說令作伶云使伶者釋文引韓詩文考案經典凡命令教令號令法令等用令字者皆尊重之詞至使令亦間用之蓋出自假借當以伶爲

正故韓以伶易令也說文使下云伶也从人吏聲伶下云弄也
从人令聲此其本義可以推見漢書金日磾傳其子爲武帝弄
兒司馬遷傳固主上所戲弄倡優畜之言其給事主上左右卑
賤不足道之人也廣雅釋言令伶也玉篇伶使也與說文訓解
其源皆自韓詩發之古樂官稱伶樂人稱優不稱伶
唐後遂爲樂人專稱使伶之義無有能言之者矣

阪有漆隰有栗（疏）傳興也陂者曰阪下濕曰隰箋興者喻秦仲
文漆栗詳定之君臣所有各得其宜○傳阪阪隰義用釋地
之方中注 **既見君子並坐鼓瑟**（注）魯說曰並併也（疏）傳又見其禮樂
焉箋既見既見秦仲也並坐鼓瑟君臣以閒暇燕飲相安樂也
○列女齊孤逐女傳引詩云既見君子並坐鼓瑟明魯毛文同
並併也者釋言文郭注詩云並坐鼓瑟蓋本舊注魯詩之文而
郭據之此魯說也並之言併併之言皆君臣皆坐故曰併與曲
禮並坐不横肱之並義別陳奐云燕禮公以賓及卿大夫皆坐
乃安此並坐之說也並坐與鼓瑟不連讀燕禮鼓瑟在堂上有
上坐之文或據以解詩並坐爲樂工並坐然鼓簧在堂下詩
亦言並坐將作何解乎愚案明郭注爲魯說並字乃有確解 **今**
者不樂逝者其耋（疏）傳耋老也八十曰耋箋今者不於此君之
言將後寵祿也○樂樂禮樂也言今者不樂往者其老矣釋言
耋老也春秋注義引舍人注年六十稱也孔疏引孫炎注耋鐵

也老人面如生鐵色郭注八十曰耋陳喬樅云釋名八十曰耋耋鐵也皮黑如鐵與孫注同桓寬鹽鐵論王肅易注並以八十曰耋服虔左傳注馬融易注以七十爲耋舍人注及何休公羊注以六十爲耋說各不同馬瑞辰謂公羊宣十二年徐彥疏云七十曰老曲禮文也案今曲禮七十曰耋與此異也是徐所見曲禮有作七十曰耋者矣又曲禮八十九十曰耋釋文云本或作八十曰耋九十曰耄是陸所見曲禮有作八十曰耋者矣蓋由諸儒所據曲禮本不同故其說各異至六十曰耋未詳所出古六字从入入形近易譌周官校人注六皆疑爲八之誤是其證也疑舍人何休皆以八十爲耋傳寫者譌爲六十耳

阪有桑隰有楊既見君子並坐鼓簧今者不樂逝者其亡【疏】傳簧笙也亡喪棄也○陳奐云燕禮小臣坐授瑟乃降工歌鹿鳴四牡皇皇者華此升歌三終也笙入立于縣中奏南陔白華華黍此笙入三終也上章鼓瑟是升歌此章鼓簧是笙入易林咸之震並坐鼓簧明齊毛文同

車鄰三章一章四句二章章六句

駟驖【疏】毛序美襄公也始命有田狩之事園囿之樂焉箋始命命爲諸侯也秦始附庸也○三家無異義

駟驖孔阜六轡在手【注】三家駟作四鐵亦作驖韓說曰阜肥也

疏 傳鐵驪皁大也箋四馬六轡六轡在手言馬之良也○三家驷作四鐵亦作戴者漢志引詩作四載是齊作四載載乃戴之誤字班固東都賦覽驷鐵班用齊詩當作四載此作驷鐵者後人順毛改之也說文驖下云馬赤黑色詩曰四鐵孔阜葢魯韓如此阜肥也者玉篇阜部引韓詩文陳奐云驷當作四四馬曰驷若下一字爲馬名則上一字作四不作驷四鐵孔阜猶云四牡孔阜耳凡碩人小戎四牡采薇杕杜六月車攻吉日節南山北山車𨍭桑柔嵩高烝民韓奕皆曰四牡此詩曰四鐵載驅六月曰四驪四牡裳裳者華曰四駱采芑曰四騏車攻曰四黃大明曰四騵皆謂四馬也說文漢志引詩作四可證驷字之誤廋人以阜馬鄭注阜盛壯也此韓詩訓阜爲肥肥壯大一類之辭其義無異

公之媚子從公于狩

疏 傳能以道媚於上下者冬獵曰狩箋媚於上下謂使君臣和合也此人從公往狩言襄公親賢也○陳奐云卷阿七章維君子使媚於天子言媚於上者八章維君子命媚於庶人言媚於下者箋言使君臣和合非列女馮昭儀傳引詩曰公之媚子從公于狩以證昭儀當熊事明魯毛文同陳喬樅云疑魯詩之義以媚子爲嬪妾之稱故劉向引之

奉時辰牡辰牡孔碩

疏 傳時是辰時也冬獻狼夏獻麋春秋獻鹿豕羣獸箋奉是時牡者謂虞人也時牡甚肥大言禽獸得其所○孔疏冬獻狼以下皆獸人文獸人獻時節之獸以供膳故虞人驅時節之獸以待射諸家讀辰爲

愼或讀爲麐皆不如傳義之審。**公曰左之舍拔則獲**【疏】傳拔矢末也箋左之者從禽之左射之也拔括也舍拔則獲言公善射○胡承珙云公羊何注解第一殺第二三殺皆自左膘射之達於右腢以死之遲速爲言但考儀禮特牲少牢凡牲升鼎者皆用右胖載俎者亦皆右體鄉飲鄉射用右體與祭同是射必中左自以尙右之故至驅禽待射孔疏云公命御者從禽之左逐之此誤會箋語箋云從禽之左射之者謂當禽之左射之若逐禽而出其左轉不便於射矣韓奕正義亦云凡射獸皆逐後從左而射之亦誤但獸之來不定在車左設出於車右而旋車向左則相背故公曰左之者蓋獸自遠奔突而來公命御者旋當其左以便於射耳

遊於北園四馬既閑【疏】傳閑習也箋公所以田則克獲者乃遊于北園之時時則已習其四種之馬○陳奐云書無逸于觀于逸于遊于田渾言之遊亦田也古者田在園囿中北園當卽所田之地首章言狩此章言北園與車攻篇上言狩言苗而下言於敖文義正同四馬卽四驖也箋以序田狩園囿分屬二事遂謂公遊北園爲田獲以前並讀閑爲邦國六閑四馬爲四種之馬非

輶車鸞鑣在獫歇驕【注】魯齊歇作猲驕作獢【疏】傳輶輕也獫歇驕田犬也長喙曰獫短喙曰歇驕箋輕車驅逆之車也置鸞於鑣異於乘車也載始也始田犬者謂達其搏噬

始成之也此皆遊於北園時所爲也○輶輕釋言文鸞當作鑾鑣義詳衞碩人鸞和所在經無正文玉藻經解注引韓詩內傳曰鸞在衡和在軾禮保傅篇呂覽高注東京賦薛注與韓同漢書輿服志劉注載白虎通引魯訓曰和設軾者也鸞設衡者也亦同韓義蓼蕭傳在軾曰和在鑣曰鸞庭燎傳將將鸞鑣聲異義載禮戴詩毛二說謹案云經無明文且殷周或異故鄭亦不駁商頌烈祖箋云鸞在鑣以無明文且殷周或異故爲兩解說文人君乘車四馬鑣八鸞鈴象鸞鳥之聲和則敬也鸞鑣連文不必鸞定在鑣古書兩解今仍並存之魯作猲獢者釋畜狗屬長喙獫短喙猲獢孔疏引李巡注分別犬喙長短之名郭注詩曰載獫猲獢張衡西京賦屬車之簉載獫猲獢郭注張賦所據魯詩之文知魯作猲獢薛綜賦注簉副也以輶車爲屬車之副載是載於車與箋訓始異義陳奐以爲從公媚子之所乘車則是人犬並載非也齊作猲獢者漢志集注引詩輶車鸞鑣載獫猲獢陳喬樅云釋文歇本又作猲驕本又作獢作猲獢者三家今文也爾雅陸本作獥釋文云獥字林作猲說文引爾雅作猲今本爾雅獥仍爲猲從說文也

駟鐵三章章四句

小戎【疏】毛序美襄公也備其兵甲以討西戎西戎方彊而征伐不休國人則矜其車甲婦人能閔其君子焉箋矜夸大

也國人夸大其車甲之盛有樂之意也婦人閔其君子恩義之至也作者敘內外之志所以美君政教之功○三家無異義馬瑞辰云史記秦本紀武公十年伐邽冀戎初縣之襄公時猶爲戎地故水經渭水注以邽戎板屋卽詩西戎史記襄公十二年伐戎而至岐卒匈奴傳亦云案襄公伐戎至岐始列爲諸侯竹書紀年平王五年秦襄公帥師伐戎卒於師是史記所言襄公十二年伐戎至岐卒也紀年幽王四年秦人伐西戎幽王四年正襄公元年此詩葢因襄公伐西戎作愚案幽王十一年庚午因戎亂被弑當襄公七年其襄公元年甲子乃幽王五年當四年時襄公尚未卽位其時秦戎卽有戰鬬無與王事竹書僞造不足信也襄公十二年乙亥當平王五年此有史記明文可據以前戰事書缺有間不能確指其年矣

小戎俴收五楘梁輈 疏 傳小戎兵車也俴淺收軫也五五束也楘歷錄也梁輈輈上句衡也一輈五束束有歷錄箋此羣臣之兵車故曰小戎○孔疏兵車大小應同而謂之小戎者六月云元戎十乘以先啟行元大也先啟行之車謂之大戎從後行者謂之小戎馬瑞辰云齊語五十人爲小戎韋注小戎兵車也此有司之所乘與箋以小戎爲羣臣之兵車合小戎爲羣臣所乘葢對元戎爲將帥所乘言之天子不必無小戎諸侯不必無元戎也或謂天子曰元戎諸侯曰小戎非也首章言小戎二三章卽言四牡言俴駟是小戎駕四之證王肅以小戎爲駕兩馬非也五十人爲小戎自是齊制惠氏棟疑

周制以七十二人爲大戎五十人爲小戎亦非也釋言俴淺也郭注詩曰小戎俴收張衡東京賦乃御小戎據郭注明魯毛文同張賦亦用此經文也漢志集注引詩曰小戎俴收五楘梁輈明齊毛文同陳奐云考工記言軫最詳不及後軫車廣六尺六寸輿深四尺四寸其四面束輿之木謂之軫詩謂之收收聚也聚衆材而收束之也升車皆從車後故軫圍雖四面材兩旁爲輢前爲軓其三面上有揜輿之版納於輿下者不可得而見輿後一面無揜輿之版所可見者惟軫而已軒詳阮氏制攷鄭許云軫車後橫木皆指可見之軫而言後軫無掩版故謂之俴收也孔疏五楘是輈上之飾故以五爲五束言以皮革五處束之說文楘下云車歷錄束交也韻會引誤交作文孔疏因以爲文章歷錄然歷錄蓋文章之貌非也王夫之云傳言束有歷錄則歷錄白爲一物古未聞以歷錄狀文章者束交者束之互相交如畫卦交爻作乂也廣雅維車謂之麻鹿麻鹿卽歷錄也許愼說著絲於莩車爲維莩車者紡車也紡車相維之繩上下轉相縈是歷錄者紡車交縈之名借以言車之楘也輈之束有五蓋輈體不可枘鑿恐致脆折故皆用束其束之或金或革未詳其制於束之上更以絲交縈如紡車之左右交縈務爲纏固此之謂歷錄何文章之有乎胡承珙云王說是也說文轐下云曲轅轐縛讀若論語鑽燧改火之鑽字或作轐此卽所謂五楘鄭司農云駟車之轅率尺所一縛是也馬瑞辰云考工記國馬之輈深四尺有七寸以尺所一縛宜爲五縛正合詩之五楘然則梁輈以革縛之又纏束以爲固謂之歷錄故毛云束

有歷錄錄當本作彔說文彔刻木彔彔也小徐繫傳彔彔猶歷歷也許云車歷錄束交也說文鞏下云軸束也務下云車衡上衣與輈束謂之楘義一耳

游環脅驅陰靷鋈續疏傳游環靷環也游在背上所以禦出也脅驅慎駕具所以止入也陰揜軌也靷所以引也鋈白金也續續靷也箋游環在背上無常處貫驂之外轡以禁其出脅驅者著服馬之外脅以止驂之入揜軌在軾前垂輈上鋈續白金飾續靷之環○釋文靳環居覲反本又作靷沈云舊本皆作靳靳者言無常處游在驂馬背上驂當作服釋名云在服馬背上以驂馬外轡貫之以止驂之出左傳如驂之靳居釁反無取於靷也胡承珙云說文靳當膺也巾車鄭注纓謂當胷當胷即當膺也既夕注纓今馬鞅說文鞅頸靼也靳纓鞅一物蓋鞅壅服馬之頸所以負軛而上繫於衡其下則當服馬之胷故謂之頸靼又謂之當膺其上有環可以貫驂馬之外轡以禁其出驂馬之首齊服馬之胷胷上有靳故左定九年傳王猛曰吾從子如驂之靳其環又謂之游環者以其游動於服馬胷背之間而能制驂馬之外出故也正義云游環者以環貫靷游在背上然游環所以貫轡非以貫靷也轡以御馬靷以引車非可混爲一事脅驅慎駕具者駕具所該甚廣說文鞁車駕具也鞂車鞁具也鞈車鞁具也鞥車具也輟車具也字皆從革蓋以皮爲之孔疏云脅驅者以一條皮上繫於衡後繫於軫當服馬之脅愛慎乘駕之具也陰靷鋈續者胡承珙云軓在輿下陰在軾前陰高於軓是名揜軓箋云揜軓在軾前垂輈上所言止一面孔疏

謂以板木橫側車前所以陰映此軓則似車左右亦有陰板恐非至陰靷者謂陰下之靷正義謂靷繫於陰板之上亦非也蓋靷從輿下而出於軓前以繫於衡其革不能如此之長必須爲環以接續之故曰鋈續其後則繫於車軸故說文以靷爲引軸廣雅陰靷伏兔也此語雖誤然伏兔本在軸上正以靷繫於軸故張揖致有此誤若靷繫於陰板之上陰板非挽輿得力之處何以引車詩以陰靷連言殆以其自下而出於揜軓之前故曰陰靷耳王夫之云廣雅白銅謂之鋈鋈乃白銅之名無沃灌之義以鋈飾續環蓋即今之嵌銅事件作者必鏨鐵作竅而以練成銅片嵌入之若以銅液傾沃則生熟不相沾洽其上之漫出者施以錯鑢必動搖而不固矣釋名云鋈沃也冶白金以沃灌靷環也集傳改治爲銷尤誤世豈有已成之鐵可用他金沃灌而得相黏合者哉胡承珙云傳意鋈爲白金續者即以白金爲續靷之環鋈以觼軜者以白金爲繫軜之觼鋈錞者以白金爲矛下之錞孔疏泥於爾雅白金無鋈名遂誤以爲沃灌後乃以爲嵌銅鋈銀之說古人質樸未必作此工巧但靷環等似非白金之柔者所宜則孔疏云金銀銅鐵總名爲金此或是白銅白鐵未必皆白銀是也

文茵暢轂駕我騏馵

注韓詩文茵暢轂韓說曰文茵虎蓐**疏**傳文茵虎皮也暢轂長轂也騏騏文也左足白曰馵箋此上六句者國人所矜○文茵虎蓐玉篇艸部茵下引韓文引經明韓毛文同說文騏馬青驪文如博棊也釋畜馬後

右足白驥左足白馵黃山云傳騏騏文也下騏阮校据孔疏謂當改綦案說文綥帛蒼艾色綦綥或从其騏馬青驪文如博綦也驪馬深黑色孔疏謂色之青黑者名爲綦綦馬名騏知其色作綦文此說蓋誤釋馬者文與色各別說文騏馬青驪言馬色也文如博綦言馬文也博綦非有色可言乃言驪馬青花文圖如綦子耳然則傳之騏文乃棋之譌孔所見本之綦文亦正棊之譌說文曰文如博棊此棊不能改綦必不譌也今孔疏捉色與文而一之固已不可從矣綦爲蒼艾色鄭風綦巾傳說本同箋亦曰綦文孔疏於此更援鄭君顧命注易爲青黑色者艾之色荀子正論篇注曰蒼白後漢馮魴傳注曰綦綠孔知蒼白既異驪馬之深黑世又斷無綠色之馬故以鄭訓青黑爲便意謂可與說文騏馬青驪之色合矣其如博棊之文仍歸無著且馬色以白掩黑爲青非如布帛青謂之蔥黑謂之黝傳果以綦色說騏必不自忘綦巾蒼白之訓孔乃以鄭君禮注說毛傳似尤不可從

言念君子溫其如玉【疏】箋言我也念君子之性溫然如玉玉有五德○孔疏引聘義君子比德如玉爲證馬瑞辰云聘義言玉之德有十與箋言五德不同管子水地言玉有九德荀子言玉有七德說苑又云玉有六美皆非箋義所本惟說文云玉石之美有五德潤澤以溫仁之方也䚡理自外可以知中義之方也其聲舒揚專以遠聞智之方也不橈而折勇之方也銳廉而不技絜之方也與箋云五德合愚案禮聘義引詩云言念君子溫其如玉荀子法行篇亦引二句明

齊魯與毛同韓詩外傳二亦引溫其如玉明韓毛文同**在其板屋亂我心曲**【注】齊說曰民**以板爲室屋**【疏】傳西戎板屋箋心曲心之委曲也憂則心亂也此上四句者婦人所用閔其君子○民以板爲室屋者漢書地理志云天水隴西山多林木民以板爲室屋故秦詩曰在其板屋明齊毛文同顏注言襄公出征則婦人居板屋之中而念其君子水經渭水注秦武公十年伐邽漢武帝改爲天水郡其鄉居悉以板蓋屋詩所謂西戎板屋也孔疏謂西戎板屋念想君子伐得而居之尋文究理正義較顏注爲長其字指西戎馬瑞辰云說文曲象器受物之形心之受事如曲之受物故稱心曲猶水涯之受水處亦曰水曲也韓詩外傳二引詩在其板屋亂我心曲明韓毛文同

四牡孔阜六轡在手騏駵是中騧驪是驂【疏】傳黃馬黑喙曰騧箋赤身黑鬣曰駵中中服也驂兩騑也○馬瑞辰云秦紀言襄公用駵駒祀上帝是秦以駵爲上說文騮赤馬黑髦尾也騮俗作駵**龍盾之合鋈以觼軜**【疏】傳龍盾畫龍其盾也合合而載之軜驂內轡也箋鋈以觼軜軜之觼以白金爲飾也軜繫於軾前○馬瑞辰云龍尨蒙三字古聲近通用牧人凡外祭毀事用尨可也注故書尨作龍杜子春曰尨當爲龍考工記玉人上公用龍鄭司農云龍當作尨詩旄邱狐裘蒙戎左傳作尨茸是其證也此詩龍盾蓋卽下章之蒙伐箋以爲尨伐也作龍者

段借字耳鋈以觼軜者孔疏四馬八轡而經傳皆言六轡明有二轡當繫之馬之有轡者所以制馬之左右令之隨逐人意驂馬欲入則偪於脅驅不須牽挽故知納者納驂內轡繫於軾前其繫之處以白金爲觼也說文觼環之有舌者或作鐍徐鍇云言環形象玦通作觖觖亦缺也

言念君子溫其在邑方何爲期胡然我念之【疏】傳在敵邑也箋方今以何時爲還期乎何以然了不來言望之也○馬瑞辰云方之言將也方何爲期猶云將何爲期也方將音近而義同箋釋爲方今失之

俴駟孔羣厹矛鋈錞蒙伐有苑【注】韓詩曰駟馬不著甲曰俴駟伐作瞂宛作苑【疏】傳俴駟四介馬也孔甚也厹三隅矛也錞鐏也蒙討羽也伐中干也苑文貌箋俴淺也謂以薄金爲介之札介甲也甚羣者言和調也蒙厖也討雜也畫雜羽之文於伐故曰厖伐○駟馬至俴駟釋文引韓詩文胡承珙云韓說與管子參患篇甲不堅密與俴者同實將徒人與俴者同實二俴字相近然淸人明言駟介左成二年傳鞍之戰齊侯不介馬而馳本非兵家之常此詩方言兵車之備豈反以不介爲詞韓義似不如毛馬瑞辰云韓說是也管子參患篇注俴謂無甲單衣者又云俴單也人雖衆無兵甲與單人同也今案人無甲謂之俴馬無甲亦謂之俴左成二年傳不介馬而馳之

正詩俴駟之謂竊疑毛傳本作俴駟不介馬也後人譌爲四介馬也箋遂以俴淺釋之耳陳喬樅云馬申韓義是矣然以毛傳四介馬爲不介馬之譌則說近牽强此詩俴收傳訓俴爲淺故箋於俴駟即用俴淺爲義謂以薄金爲甲之札古之戰馬皆著甲以金爲札金厚則重故云俴謂以薄爲善也韓則訓俴爲單謂馬不著甲以示其驍勇猶詩美大叔于田言其祖裼暴虎也馬瑞辰云厹公通作仇釋名仇矛頭有三叉言其可以討仇敵之矛也厹公酋聲相近考工記酋矛常有四尺蓋卽詩之厹矛厹借作酋猶遒借作勼與逑也曲禮鄭注銳底曰鐏取其鐏地平底曰鐓取其鐓地是鐏鐓異物而說文云鐓矛戟柲下銅鐏也鐏柲下銅也蓋鐏與鐓對文則異散則通故毛傳亦云錞鐏也孔疏謂取類相明非訓爲鐏失之伐作瞂宛作苑者玉篇盾部瞂盾也引詩曰蒙瞂有苑是據韓詩之文釋文伐本又作瞂說文瞂盾也是伐乃瞂之叚借商頌長發武王載旆說文引詩作載拔小雅六月白旆央央釋文本作白茷此詩蒙伐韓作瞂皆古今字異也胡承珙云蒙伐之蒙與燾同訓覆說文燾從火壽聲翿翳也從羽𣪠聲𣪠從攴𠷎聲周書以爲討此數字聲皆相近然則傳訓蒙討猶訓蒙爲燾討羽猶言燾羽也蒙亦有雜義易雜卦蒙雜而著儀禮鄉射記旌各以其物無物則以白羽與朱羽糅注此翿旌也糅者雜也據此知翿爲雜羽之名討與翿聲相近故箋申討爲雜釋討羽爲雜羽也黃山云析羽謂之旌凡羽葆之屬皆析分鳥羽以爲飾討羽蓋由上揜下順羽之序而

治之著於干以辟雨必不析也趙岐孟子注討者上討下也討伐義近故傳取爲訓說文討治也誅討也治茅覆屋謂之誅茅義蓋相昉箋訓蒙爲厖討爲雜亦本無畫義忽以畫羽爲說自未堉

虎韔鏤膺交韔二弓竹閉緄縢【注】齊閉作柲魯作䩛【疏】傳虎虎皮也韔弓室也膺馬帶也交韔交二弓於韔中也閉紲緄繩縢約也箋鏤膺有刻金飾也○韔廣雅作韔云弓藏也釋文本亦作鬯虎韔謂以虎皮包之而藏於弓室嚴粲云鏤膺鏤飾弓室之膺弓以後爲背則以前爲膺故弓室之前亦爲膺詩上言虎韔下言交韔二弓不應中及馬帶傳說非也韔爲藏弓之室因名弓之藏亦爲韔交韔謂交互安置之竹閉以竹爲閉也齊閉作柲者士喪禮鄭注弓檠曰柲縢緣也詩云竹柲緄縢又既夕記注柲弓檠弛則縛於弓裏備損傷以竹爲之詩云竹柲緄縢鄭注儀禮多用齊詩爾引此詩皆作柲字蓋據齊詩文魯作䩛者考工記弓人譬如終紲引如終紲注紲弓䩛也弓有䩛者爲發弦時備頓傷詩云竹䩛緄縢鄭注周禮引詩作䩛蓋從魯詩也陳奐云說文檠榜也榜所以輔弓弩也紲繫也案繫檠曰紲因之呼檠曰紲傳讀詩之閉爲既夕記有柲之柲而卽以考工記終紲之紲釋之實一物也詩既言交弓於韔中又用竹檠約之以繩所以虞其翩反也角弓傳不善紲檠巧用則翩然而反是其義矣傳文緄繩縢約疑互譌宋策束組三百緄此緄有約義少儀甲不組縢周書有金縢此縢有繩義閟宮綠縢傳亦訓縢爲

緄緄縢謂約之必以緄也然
賈公彥疏己作緄緄縢約矣**言念君子載寢載興厭厭良人秩**

秩德音【注】韓載作再魯厭作愔【疏】傳厭厭安靜也秩秩有知也
箋此既閔其君子寢起之勞
又思其性與德○韓載作再者曹植應詔詩騑驂倦路再寢再
興陳喬樅云文選李注騑驂句引韓詩曰兩驂雁行於再寢句
引毛詩曰言念君子再寢再興攷毛詩載寢載興不作再字子
建用韓詩故文與毛異李引毛亦作再乃順子建本詩之文耳
魯厭作愔者列女於陵子妻傳引詩曰愔愔良人秩秩德音毛
作厭借字正字當作懕說文懕安也段玉裁以爲愔是懕之或
體三倉愔愔性和也毛作厭者魯韓詩皆作
愔湛露厭厭夜飲韓詩作愔愔是其明證矣

小戎三章章十句

蒹葭【疏】毛序刺襄公也未能用周禮將無以固其國焉箋秦處
周之舊土其人被周之德教日久矣今襄公新爲諸侯
未習周之禮法故國人未服焉○魏源云襄公初有岐西之地
以戎俗變周民也豳邰皆公劉太王遺民久習禮教一旦爲秦
所有不以周道變戎俗反以戎俗變周民如蒼蒼之葭遇霜而
黃肅殺之政行忠厚之風盡蓋謂非此無以自強於戎狄不知
自強之道在於求賢其時故都遺老隱居藪澤文武之道未墜
在人特時君尚詐力則賢人不至故求治逆而難尚德懷則賢

人來輔故求治順而易溯洄不如溯游也襄公急霸西戎不遑禮教流至春秋諸侯終以夷狄擯秦故詩人興霜露焉愚案魏說於事理詩義皆合三家義或然

蒹葭蒼蒼白露爲霜疏傳興也蒹薕葭蘆也蒼蒼盛也白露凝戾爲霜然後歲事成國家待禮然後興箋蒹葭在衆草之中蒼蒼然彊盛至白露凝戾爲霜則成而黃興者喻衆民之不從襄公政令者得周禮以教之則服○蒹薕葭蘆釋草文郭注蒹似萑而細高數尺蘆葦也陸疏云蒹水草也堅實牛食之令牛肥彊靑徐州人謂之薕御覽十二事類賦天部引詩含神霧曰陽氣終白露凝爲霜宋均曰白露行露也陽終陰用事故白露凝爲霜也此齊義愚案魏源云毛傳謂露凝爲霜然後歲事成國家待禮然後興然則下章白露未晞白露未已又何以取興乎故知詩以霜興肅殺非興禮教正與宋說合蔡邕釋誨蒹葭蒼蒼而白露凝明用魯詩文

所謂伊人在水一方疏傳伊維也一方難至矣箋伊當作緊緊猶是也所謂是知周禮之賢人乃在大水之一邊假喻以言遠○說郭引詩汜麻樞曰蒹葭秋水其思涼猶秦西氣之變乎蓋齊說如此陳奐云伊維一聲之轉伊其卽維其伊何卽維何伊人卽維人維是也猶言是人也

遡洄從之道阻且長注韓詩曰阻憂也又曰道阻阻且險也疏傳逆流而上曰遡洄

逆禮則莫能以至也箋此言不以敬順往求之則不能得見○阻憂也又曰道阻阻且險也者玉篇阜部引韓詩文皮嘉祐云釋文說文俱云阻險也釋名釋邱水出其後曰阻邱背水以爲險也是阻本有險義韓又訓阻爲憂憂者書舜典黎民阻飢釋文引王注阻難也釋詁及詩傳皆云阻難也道難則心有憂危之意故韓以憂險並釋之

遡游從之宛在水中央【注】魯說曰逆流而上曰㴑洄順流而下曰㴑游【疏】傳順流而涉曰遡游順禮求濟道來迎之箋宛坐見貌以敬順求之則近耳易得見也○逆流二句釋水文魯說也孔疏引孫炎曰逆渡者逆流也順渡者順流也陳奐云而下亦當作上以逆順分洄游渡水皆是鄉上也傳就濟渡言故云順流而涉其實逆流而上亦是涉也不作下字愚案陳說是說文㴑逆流而上曰㴑洄㴑向也水欲下逆而之上也從水㡿聲或從辵朔㴑正字遡或體泝又㴑之俗字

蒹葭淒淒白露未晞所謂伊人在水之湄遡洄從之道阻且躋遡游從之宛在水中坻【疏】傳淒淒猶蒼蒼也晞乾也湄水隒也躋升也坻小堵也箋未晞未爲霜升者言其難至如升阪○陳奐云宋本作淒淒故傳讀爲萋萋與上章蒼蒼同訓爲盛若本作萋萋訓茂盛已見於葛覃傳不當

云猶蒼蒼矣胡承珙云說文釋名湄義皆同爾雅傳獨云水隒者說文隒崖也崖高邊也下文道阻且躋躋爲升義故此以水隒見其高意甫田箋坻水中之高地也

蒹葭采采白露未已所謂伊人在水之涘遡洄從之道阻且右遡游從之宛在水中沚注韓沚作持說曰大渚曰持疏傳采采猶萋萋也未已猶未止也涘厓也右出其右也小渚曰沚箋右者言其迂迴也○蜉蝣傳采采衆多也馬瑞辰云周人尚左故以右爲迂回韓沚作持說曰大渚曰持者文選潘岳河陽縣詩李注引韓詩曰宛在水中持薛君曰大渚曰持持同沚大是小之誤說文亦云小渚曰沚爾雅釋文沚本或作持穆天子傳飲於板持之中郭注持小渚也皆無異義

蒹葭三章章八句

終南疏毛序戒襄公也能取周地始爲諸侯受顯服大夫美之故作是詩以戒勸之○案周地岐以西之地鄭語云平王之末秦取周土蓋已至秦文公末年矣三家無異義

終南何有有條有梅疏傳興也終南周之名山中南也條槄梅枏也宜以戒不宜也箋問何有者意以

爲名山高大宜有茂木也興者喻人君有盛德乃宜有顯服猶山之木有大小也此之謂戒勸○陳奐云漢書地理志右扶風武功大一山古文以爲終南垂山古文以爲敦物皆在縣東案禹貢終南惇物皆在雍州渭南惇物爲武功縣南山而終南爲漢京兆長安縣之南山今陝西西安府南五十里終南山也豐在長安西鎬在長安東則終南爲周豐鎬之南山以大一當終南未是也漢書匈奴傳秦襄公伐戎至郊始列爲諸侯據此知襄公僅有岐西尙無岐東至豐鎬之南山必非秦履也胡承珙云岐之東西皆有終南不必定至岐東之地朱子謂襄公雖未能遽有周地然既有天子之命矣穀梁子曰王者無外命之則成矣史記載平王曰戎無道奪我岐豐之地秦能攻逐戎卽有其地故秦襄公冢中鼎銘曰天王遷洛岐豐錫公見遷鑑前編其言正與詩序相應此大夫美其君能取周地始爲諸侯首舉周之名山舍終南將何所舉不必泥於襄地之未至終南且箋云至止者受命服於天子而來是則襄公救周之後受服西歸道經終南大夫因以起興未爲不可也釋木稻山榎孔疏引孫炎注引詩有條有梅云條稻也郭注今之山楸攸聲舀聲古同部通用柚條爲南方之木非終南所有故不得以條爲柚也釋木梅柟說文梅下云柟也某下云酸果也莕酸果之梅以某爲正字作梅者借字耳說文梅字注又云可食或作楳段注以爲淺人改竄是也

君子至止錦衣狐裘【疏】傳錦衣采色也狐裘朝廷之服箋至止者受命服於天子而來也諸

侯狐裘錦衣以裼之○馬瑞辰云古者裼衣與裘色相稱此詩
狐裘以玉藻證之知爲白裘則錦衣亦當從玉藻鄭注訓爲以素
錦玉藻君衣狐白裘錦衣以裼之鄭注君衣狐白毛之裘則以
素錦爲衣覆之使可裼也又曰凡裼衣象裘色也疏云凡裼衣
象裘色者狐白裘用錦衣爲裼狐青裘用元衣爲裼羔裘用緇
衣爲裼是皆與裘色相稱之證又案玉藻君子狐青裘豹褎元
綃衣以裼之麛裘青豻褎絞衣以裼之羔裘豹褎緇衣以裼之
狐裘黃衣以裼之元既爲綃衣則下言絞衣緇衣黃衣皆承上
用綃可知是知諸侯惟狐裘用錦以別於天子用綃說文綃生
絲也錦襄邑織文也綃與錦異其質不異其色玉藻云童子之
節也緇布衣錦緣錦紳并紐錦束髮皆朱錦也案有朱錦則有
素錦矣鄭云以素錦爲衣覆之正與狐白裘色相稱毛傳以錦
衣爲采色正義作采衣失之

顏如渥丹其君也哉注韓丹作沰曰沰赭也亦作赭疏箋渥厚漬也顏色如厚漬之丹言赤而澤也其君也哉儀貌尊嚴也○丹作沰曰沰赭也者釋文引韓詩文亦
作赭者韓詩外傳二引詩顏如渥赭其君也哉亦作赭俱與毛
異黃山云說文丹巴越赤石赭赤土色並赤故義可通簡兮鄭
箋即以傳丹訓赭可證也封氏聞見記赭或謂之柘木染本草
柘木染黃赤色謂之柘黃天子服柘黃即赭黃也柘讀如蔗與
赭爲同音字沰與柘皆石聲
亦可通赭是沰又即赭也

終南何有有紀有堂【注】三家紀作杞堂作棠【疏】傳紀基也堂畢道平如堂也箋畢也堂也亦高大之山所宜有也畢終南山之道名邊如堂之牆然○孔疏案集注本作屺定本作紀以下文有堂故以爲基謂山基也釋丘云畢堂牆李巡曰堂牆名崖似堂牆曰畢郭注今終南山道名畢其邊若堂之牆以終南之山見有此堂知是畢道之側其崖如堂也三家紀作杞堂作棠者白帖五引詩作有杞有棠葢本三家詩文馬瑞辰云紀當讀爲杞梓之杞堂當讀爲甘棠之棠紀堂皆叚借字左氏春秋桓二年杞侯來朝公穀並作紀侯三年公會杞侯于郕公羊作紀侯吳夫槩奔楚爲棠谿氏定五年左傳作堂谿此皆杞紀棠堂古得通借之證王引之說略同謂白帖所引葢韓詩唐時齊魯皆亡惟韓詩尚存也

君子至止黻衣繡裳【注】魯詩曰君子至止黻衣繡裳魯說曰黻衣繡裳君子之所服也愛其德故美其服也韓詩曰君子至止紼衣繡裳異色繼袖曰紼【疏】傳黑與青謂之黻五色備謂之繡○傳義本考工記文以黻與繡對言釋言黼黻彰也又曰袞黻也論語而致美乎黻冕黻冕猶言袞冕此詩黻衣繡裳猶九罭詩袞衣繡裳乃通言章服耳君子德足稱服故美之也引君子至止二句明魯毛文同黻衣至服也中論藝紀篇文君子至曰紼玉篇絲部引韓詩文袖當

爲繡字之誤青黑二文曰黻是異色也加以五色備曰繡是繼繡也黻通紱紱亦通紼莊子逍遙游釋文紱或作紼堯廟碑印紼相承紱作紼是三字以音近相通韓作紼者亦叚紼爲紱耳九章黼黻皆統於繡考工繡與黼黻對言不能合而爲一也

佩玉將將壽考不亡【注】魯將作鏘魯齊亡作忘【疏】魯將作鏘亡作忘者中論藝紀篇引詩佩玉鏘鏘壽考不忘徐幹用魯詩也齊亡作忘者漢書禮樂志安世房中歌作壽考不忘班用齊詩也毛作將及亡皆古文渻借字

終南二章章六句

黃鳥【疏】毛序哀三良也國人刺穆公以人從死而作是詩也箋三良三善臣也謂奄息仲行鍼虎也從死自殺以從死○史記秦本紀秦繆公卒葬雍從死者百七十七人秦之良臣子輿氏三人奄息仲行鍼虎亦在從死之中秦人哀之爲作黃鳥之詩史記敘傳穆公思義悼豪之旅以人爲殉詩歌黃鳥應劭漢書注秦繆公與羣臣飲酣公曰生共此樂死共此哀於是奄息仲行鍼虎許諾及公薨皆從死黃鳥所爲作也以上魯說漢書匡衡傳疏云秦穆貴信士多從死易林困之大壯子輿失勞黃鳥哀作又革之小畜子車鍼虎善人危殆黃鳥悲鳴傷國元輔以上齊說曹植三良詩功名不可爲忠義我所安秦穆先

下世三臣皆自殘生時等榮樂既沒同憂患誰言捐軀易殺身誠獨難黃鳥爲悲鳴哀哉傷肺肝以上韓說三家皆謂秦穆要人從死穆公既死三臣自殺以從也西國書記非洲諸國以人從死動至無數英法禁之然後衰息蓋夷俗如此

交交黃鳥止于棘〔疏〕傳興也交交小貌黃鳥以時往來得其所人以壽命終亦得其所箋黃鳥止于棘以求安已也此棘若不安則移興者喻臣之事君亦然今穆公使臣從死刺其不得黃鳥止于棘之本意○馬瑞辰云文選嵇叔夜贈秀才入軍詩咬咬黃鳥顧儔弄音李注引詩交交黃鳥又引古歌黃鳥鳴相追咬咬弄好音玉篇廣韻並曰咬鳥聲作交交者渻借字耳又云詩以黃鳥之止棘止桑止楚爲不得其所興三良之從死爲不得其死也棘楚皆小木桑亦非黃鳥所宜止小雅黃鳥詩無集于桑是其證也詩刺三良從死而以止棘止桑止楚爲喻者棘之言急素冠傳棘急也桑之言喪也楚之言痛楚也六書故楚亦名荆捶人所痛因名痛楚古人用物多取名於音近如松之言容柏之言迫栗言戰栗公羊文二年何注桐之言痛竹之言蹙白虎通竹者蹙也桐者痛也蓍之言耆白虎通蓍之爲言耆也久長意也皆此類也愚案馬說精當蔡邕陳太邱碑文交交黃鳥爰止于棘命不可贖哀何有極邕習魯詩明魯毛文同

誰從穆公子車奄息維此奄息百夫之特臨其穴惴惴其慄彼蒼者天殲我良人如可贖兮人百其身〔注〕魯慄作栗

兮作也【疏】傳子車氏奄息名乃特百夫之德惴惴懼也殲盡良善也箋言誰從穆公者傷之特百夫之中最雄俊也穴謂冢壙中也秦人哀傷此奄息之死臨視其壙皆爲之悼慄言彼蒼者天愬之如此奄息之死可以他人贖之者人皆百其身謂一身百死猶爲之惜善人之甚○馬瑞辰云柏舟實維我特傳特匹也此亦訓特爲匹匹之言敵也當也猶云乃當百夫之德耳人百其身謂願以百人之身代之言人百其身者倒文也箋謂一身百死似非經義愚案左傳作子車氏史記作子輿氏車輿字異義同故易林作子車又作子輿也魯慄作栗者趙岐孟子公孫丑章句惴懼也詩云惴惴其栗淮南說山訓注倕讀詩惴惴其栗之惴是魯詩慄作栗不與毛同今孟子注閣本監本毛本俱作慄此後人順毛所改曹植卞太后誄痛莫酷斯彼蒼者天引彼蒼句明韓毛文同魯兮作也者蔡邕陳留太守胡公碑作如可贖也隸續平輿令薛君碑如可贖也人百其身與邕引魯詩合明魯作也與毛異

交交黃鳥止于桑誰從穆公子車仲行維此仲行百夫之防【疏】傳防比也箋仲行字也防猶當也言此一人當百夫○陳奐云子車三子不當兩稱名一稱字蓋若鄭祭仲足祭氏仲字足名矣

臨其穴惴惴其慄彼蒼者天殲我良人如可贖兮人百其身

交交黃鳥，止于楚。誰從穆公？子車鍼虎。維此鍼虎，百夫之禦。臨其穴，惴惴其慄。彼蒼者天，殲我良人！如可贖兮，人百其身。【疏】傳：禦，當也。

黃鳥三章，章十二句。

晨風【疏】毛序：刺康公也。忘穆公之業，始棄其賢臣焉。○三家無異義。

鴥彼晨風，鬱彼北林。【注】韓鴥作鴪，齊鬱作溫。魯說曰：晨風，鸇。晨亦作鷐，鬱作宛。【疏】傳：鴥，疾飛貌。晨風，鸇也。鬱，積也。北林，林名也。先君招賢人，賢人往之，駛疾如晨風之飛入北林。箋：先君謂穆公。○韓鴥作鴪者，外傳八趙蒼唐對魏文侯引此詩六句作鴪彼晨風。宋綿初云：鴪，字書作聿，疾飛貌。木華海賦鴪如驚鳧之失侶，與鴥字異而音義同。齊鬱作溫者，易林小畜之革：晨風之翰，大舉就溫。又豫之革：晨風文翰，隨時就溫，雄雌相和，不憂危殆。陳喬樅云：溫與蘊通，當爲鬱之段借。雲漢詩溫隆蟲蟲，正義定本作蘊，釋文韓詩作鬱，可證也。齊詩異文蓋作溫彼北林，魏曹丕詩願爲晨風鳥，雙飛翔北林，即用此詩語意，與易林雄雌相合之說合，其義皆本之齊詩。愚案：舉就如論語「色斯舉矣」之舉，疾飛，故云「大舉」。就者，集也，就、集一聲之轉。就，溫猶晉語云「集菀」耳。「晨風，鸇」者，釋鳥文，魯說也，與毛同。郭注：「鸇，鷂屬。」郝懿行云：「詩獨鴥彼飛隼與鴥彼晨風，言鴥，可知鸇即隼矣。」魯晨亦作鷐，鬱作宛者，說文：「鸇，鷐風也。」「鷐，鷐風也。从鳥，晨聲。」「鴆，鸇飛貌。从鳥，穴聲。詩曰：鴆彼鷐風。」鴆與鴥字同，但有左右轉易之別。齊、韓、毛皆作晨，則作鷐者，魯詩亦作本也。周官函人鄭注引詩「宛彼北林」，宛與菀同，亦鬱之借字。史記倉公傳：「寒濕氣宛。」即氣鬱也。韓、毛作鬱，齊作溫，則作宛者，亦魯詩也。陸疏：「鸇似鷂，青黃色，燕頷句喙，向風搖翅，乃因風飛，急疾擊鳩、鴿、燕雀，食之。」**未見君子，憂心欽欽。**疏 傳：「思望之，心中欽欽然。」箋：「言穆公始未見賢者之時，思望而憂之。」**如何如何，忘我實多。**疏 傳：「今則忘之矣。」箋：「此以穆公之意責康公，如何如何乎？忘我之事實多。」○案：外傳趙倉唐對文侯言：「中山君擊好晨風，誦『忘我實多』，以感文侯，文侯大悅。」是以忘我爲君忘其臣，箋說非也。張衡思元賦引「忘我實多」，衡用魯詩，明魯、毛文同。

山有苞櫟，隰有六駮。注 魯苞作枹。疏 傳：「櫟，木也。駮，如馬，倨牙，食虎豹。」箋：「山之櫟，隰之駮，皆其所宜有也，以言賢者亦國家所宜有之。」○陸疏云：「駮馬，梓榆也。其樹皮青白駮犖，遙視似駮馬，故謂之駮馬。下章云『山有苞棣，隰有樹檖』，皆山隰之木相配，不宜云獸。」駮與駁古通用。崔豹古今注：「六駁，山中有木，葉似豫章，皮多癬駁，名六駁木。」郎此魯

苞作枹者釋木樸枹者郭注樸屬叢生者爲枹詩所謂棫樸枹櫟案毛作苞櫟則作枹櫟者魯詩也　**未見君子憂心靡樂如何如何忘我實多**

山有苞棣隰有樹檖〔疏〕傳棣唐棣也檖赤羅也○馬瑞辰云爾雅唐棣移常棣棣據小雅常棣傳一本作常棣棣移也合以此傳棣唐棣也知傳與今本爾雅互易蓋作常棣棣移唐棣棣疑毛所見爾雅原作唐棣棣常棣移說文移常棣也棣白棣也爾雅疏引陸疏云常棣許慎云白棣樹也如李而小如櫻桃正白又有赤棣亦似白棣子正赤亦如郁李而小今案常棣既爲白棣則唐棣爲赤可知郭注乃以唐棣爲今白移似白楊誤矣又云正義引陸疏云檖一名山梨今人謂之楊檖實如梨但小耳一名鹿梨一名鼠梨是檖卽山梨之小者而爾雅說文以爲羅傳言赤羅者羅梨一聲之轉赤羅猶言紅梨耳方言樹植立也樹檖蓋植立者故對苞爲叢生言之　**未見君子憂心如醉如何如何忘我實多**

晨風三章章六句

無衣〔疏〕毛序刺用兵也秦人刺其君好攻戰亟用兵而不與民同欲焉○案毛謂詩之篇第以世爲次此在穆公後宜

爲刺康公詩其實世次之說出毛武斷而審度此詩詞氣又非刺詩斷從齊說現

豈曰無衣與子同袍疏傳興也袍襺也上與百姓同欲則百姓樂致其死箋此責康公之言也君豈嘗曰女無衣我與女同袍乎言不與民同欲○子者秦民相謂之詞豈曰無衣與唐風豈曰無衣六兮句法一例言豈曰我無衣乎但以我與子友朋親愛之情子有袍願與同著之釋名袍大夫著下至跗者也袍苞也苞內衣也吳越春秋二引無衣之詩曰豈曰無衣與子同袍長君用韓詩明韓毛文同

王于興師脩我戈矛與子同仇注韓仇作讎疏傳戈長六尺六寸矛長二丈天下有道則禮樂征伐自天子出仇匹也箋于於也怨耦曰仇君不與我同欲而於王興師則云脩我戈矛與子同仇往伐之刺其好攻戰○于往也秦自襄公以來受平王之命以伐戎所興之師皆爲王往也故曰王于興師孔疏考工記廬人戈長六尺六寸記又云酋矛常有四尺注八尺曰尋倍尋曰常常有四尺是矛長二丈也韓仇作讎者吳越春秋二引詩曰王于興師與子同讎西戎弑幽王是於周室諸侯爲不共戴天之讎秦民敵王所愾故曰同讎也

豈曰無衣與子同澤注齊澤作襗疏傳澤潤澤也箋澤褻衣近污垢○釋文澤如字說文

作襗云袴也孔疏箋以上袍下裳則此亦衣名故易傳爲襗襗是袍類故論語注云褻衣袍襗也陳喬樅云班固北征頌寒不施襗班世習齊詩此頌正用齊詩襗字鄭易澤爲襗亦據齊文也廣雅釋器襗長襦也釋名襦禐也言温煖也襗是褻服故以近汙垢言之說文訓襗爲袴別爲一說陸孔並引以證鄭未合

王于興師脩我矛戟與子偕作

疏 傳作起也箋戟車戟常也○孔疏考工記廬人常長丈六

豈曰無衣與子同裳王于興師脩我甲兵與子偕行

注 齊偕作皆 疏 傳行往也○齊偕作皆者漢書趙充國辛慶忌傳贊山西馬騎射故秦詩曰王于興師脩我甲兵與子皆行其風聲氣俗自古而然今之歌謠慷慨風流猶存耳偕皆古通作陳喬樅云據班說知齊詩不以無衣爲刺皆地理志引作偕蓋後人順毛改之

無衣三章章五句

渭陽 疏 毛序康公念母也康公之母晉獻公之女也文公遭麗姬之難未反而秦姬卒穆公納文公康公時爲太子贈送文公于渭之陽念母之不見也我見舅氏如母存焉及其卽位思而作是詩也○列女秦穆姬傳秦穆姬者晉獻公之女賢

而有義穆姬死穆姬之弟重耳入秦秦送之晉是爲晉文公太子罃思母之恩而送其舅氏也作詩曰我送舅氏至於渭陽何以贈之路車乘黃君子曰慈母生孝子後漢書馬援傳注引韓詩曰秦康公送舅氏晉文公於渭之陽念母之不見也曰我見舅氏如母存焉是魯傳韓序並與毛合齊詩亦必同也惟毛以爲康公即位後方作詩案贈送文公乃康公爲太子時事似不必即位後方作詩魯韓不言不從可也

我送舅氏曰至渭陽注魯曰至作至於疏傳母之昆弟曰舅箋渭水名也秦是時都雍至渭陽者蓋東行送舅氏於咸陽之地○魯曰至作至於者列女秦穆姬傳引詩文蜆咸陽在今陝西西安府長安縣雍在今鳳翔府鳳翔縣西北詩言至渭陽未及渭水孔疏云雍在渭南晉在秦東行必渡渭者非也水北曰陽**何以贈之路車乘黃**疏傳贈送也乘黃四馬也○陳奐云時穆公尚在坊記父母在饋獻不及車馬此贈車馬何也逸周書太子晉篇師曠請歸王子贈之乘車四馬孔注禮爲人子三賜不及車馬此賜則白王然後行可知也然則康公亦白穆公而行與

我送舅氏悠悠我思何以贈之瓊瑰玉佩傳瓊瑰石而次玉○悠悠我思魯傳韓毛

序念父母不見之意皆從此生出因念舅氏而念母思慕至深言不盡意焉瑞辰云瓊瑰蓋璿瑰之譌說文瓊赤玉也段注補亦璿美玉也二義不同篆文瓊作璚璿作璿形近易譌說文璿字注引春秋傳璿弁玉纓今左傳譌作瓊弁證一古璿或作琁璿譌爲瓊瓊今本說文因誤以琁篆廁瓊下據文選陶徵士誄璿玉致美字注引說文云琁亦璿字是知說文琁字本廁璿下今誤廁瓊下證二琁又通璇大荒西經西王母之山有璇瑰瑤碧郭注璇瑰亦玉名而文選江賦洛神賦李注玉篇廣韻引山海經並作瓊瑰大荒北經亦言璿瑰瑤碧是知璇瑰皆璿瑰之異文非瓊瑰也證三穆天子傳枝斯璿瑰郭注璿瑰玉名引左傳贈我以璿瑰即成十七年左傳聲伯夢或與己瓊瑰也是知左傳瓊瑰亦璿瑰之譌證四經傳瓊弁瓊瑰字皆當爲璿故知此詩瓊瑰亦璿瑰之譌字林瑰石珠也穆天子傳春山之瑤有璿珠璿珠亦璿瑰之屬璿爲美玉不嫌與玉佩並言猶書璿璣玉衡左傳璿弁玉纓不嫌璿玉對舉也傳云石而次玉者蓋以對玉佩言宜爲美石耳據莊子外篇積石爲樹名曰瓊枝是瓊爲玉石通稱毛作傳時或已譌璿爲瓊故以爲石而次玉若璿爲美玉古未有以爲石者也

渭陽二章章四句

權輿

【疏】毛序刺康公也忘先君之舊臣與賢者有始而無終也○三家無異義

於我乎夏屋渠渠【注】魯說曰夏大屋也引詩又曰渠渠盛也亦作蘧蘧韓詩曰殷商屋而夏門也傳曰周夏屋而商門今也每食無餘【疏】傳夏大也箋屋具也渠渠猶勤勤也言君始於我厚設禮食大具以食我其意勤勤然今遇我薄其食我纔足耳○夏大屋也者王逸楚詞招魂章句文引詩此句九章注夏大殿也引詩同淮南本經訓高注夏屋大屋也王高皆習魯詩知魯訓與毛同渠渠盛也者廣雅釋詁文張說皆本魯詩亦作蘧蘧者王延壽魯靈光殿賦云揭蘧蘧而騰湊李注引崔駰七依曰夏屋蘧蘧高也音渠案渠蘧字通左氏春秋定十五年齊侯次于渠蒢公羊作蘧蒢西京賦蘧藕薛綜注以蘧爲芙渠是其明證延壽逸子當習魯詩蓋魯詩有異文亦作蘧蘧也殷商至門也通典五十五引韓詩文下引傳曰云云盧文弨云通典於殷商屋句引韓詩則所引傳曰周夏屋而商門亦韓詩傳也陳喬樅云御覽百八十一居處部引崔凱曰禮人君宮室之制爲殷屋四夏也卿大夫爲夏屋隔半以北爲正室中半以南爲堂殷商古並通用殷屋卽商屋也是商屋夏屋爲殷周宮室之異制後人因以爲人君及卿大夫尊卑之等差竊思殷屋之名取義於中中正也商從冏章省聲章亦正也釋山曰上正章是其義已考工記殷人重屋堂修七尋堂崇三尺四阿重屋注云重屋王宮正室若大寢也御覽引桓譚新論曰商人謂路

寢爲重屋商於虞夏稍文加以重檐四阿故取名四阿若今四柱屋重屋複笮也然則殿屋卽重屋四夏卽四阿夏者廈字之叚借以其正中爲室四面有霤重承壁材也惟夏屋以近北爲正室中半以南爲堂其制與商屋殊商門之制亦爲重屋古人宮室中爲大門左右爲塾塾皆有堂室考工記門堂三之二室三之一是也門堂當南北之正中其室亦當左右塾前後正中之處故曰商門周人夏屋皆爲重檐亦四面有霤損益殿制而廣大之規模益備故曰夏屋夏之爲言大也後人定宮室之制人君宮殿始有重屋四阿卿大夫以下但爲南北檐皆以近北爲正室中半以南爲堂如周人夏屋之制故亦稱夏屋耳夏門者大門也大門之爲夏門猶高門之爲皋門正門之爲應門也漢有夏門蓋沿古人之稱李尤夏門銘曰夏門値孟位月在亥其稱名之意亦取義於大也

于嗟乎不承權輿【注】**魯乎作胡**【疏】傳承繼也權輿始也○魯乎作胡者釋詁權輿始也郭注詩曰胡不承權輿案毛讀于嗟乎句不承權輿句此引詩乎作胡以胡不承權輿爲句蓋本舊注所引魯詩故文異而句讀亦異也馬瑞辰曰乎通作胡猶論語不使大臣怨乎不以三國志杜恕傳引作怨何不以也不承權輿上多一胡字詞義更婉又云權輿卽虇蕍之叚借釋草葭華蒹薕菼薍其萌虇蕍芛葟華榮郭注讀其萌虇爲句而以蕍芛連讀據說文夢下云灌渝讀若萌則以灌渝二字連讀夢卽萌也灌渝卽虇蕍也亦卽權輿虇蕍本兼葭始生之稱因而凡

草之始生通曰權輿大戴禮孟春百草權輿是也因而人之始事亦曰權輿此詩胡不承權輿是也又逸周書周月解云是謂日月權輿則日月之始通名權輿皆以權輿二字連文或謂造衡始權造車始輿未免望文生義矣又案說文芛下云草之皇榮也讀亦與郭璞均當以許讀爲正黃山云儀禮燕食皆因堂階行禮無餘謂屋無餘地故曰不承權輿箋訓屋爲具反泥

於我乎每食四簋疏傳四簋黍稷稻粱○馬瑞辰云古者簋盛黍稷簠盛稻粱傳知四簋爲黍稷稻粱者玉藻朔月四簋亦謂黍稷稻粱故知詩四簋非專言黍稷耳玉藻云少牢五俎四簋是四簋爲公食大夫之禮易言二簋可用亨者蓋士禮也簋與簠對文異散文通詩云每食四簋又曰陳饋八簋蓋皆言簋以該簠孔疏謂是平常燕食器物不具故稻粱在簋失其義矣**今也每食不飽于嗟乎不承權輿**

權輿二章章五句

秦國十篇二十七章百八十一句

詩三家義集疏卷九終

詩三家義集疏卷十

長沙王先謙益吾著

陳宛丘弟十【疏】乙巳占引詩推度災曰陳天宿大角御覽十八引詩含神霧曰陳地處季春之位土地平夷無有山谷律中姑洗音中宮徵文選秋胡詩李注引詩緯曰陳王者所起也笙賦引樂動聲儀曰樂者移風易俗所謂聲俗者若□楚聲高齊聲下也所謂事俗者若齊俗奢陳俗利巫也漢書地理志陳本太昊之虛周武王封舜後嬀滿於陳是爲胡公妻以元女大姬婦人尊貴好祭祀用史巫故其俗巫鬼陳詩曰坎其擊鼓宛丘之下無冬無夏值其鷺羽又曰東門之枌宛丘之栩子仲之子婆娑其下此其風也漢書匡衡傳疏曰陳夫人好巫而民淫祀漢書人表太姬武王女張晏曰太姬巫怪好祭鬼神陳人化之國多淫祀以上皆齊說漢志又云淮陽國陳故國今河南陳州府治附郭淮甯縣陳故都也詩國風

宛丘【疏】毛序刺幽公也淫荒昏亂游蕩無度焉○齊詩義微異現魯韓未聞

子之湯兮宛丘之上兮【注】魯湯作蕩魯說曰宛中宛丘又曰丘上有丘爲宛丘又曰陳有宛丘【疏】傳子大夫也湯蕩也四方高中央下曰宛丘箋子者斥幽

公也游蕩無所不爲○魯湯作蕩者楚詞離騷王注蕩猶蕩蕩無思慮貌也詩曰子之蕩兮陳喬樅云三家今文每以訓詁代正經如芄蘭詩能不我甲毛傳甲狎也釋文引韓詩作能不我狎大明詩俔天之妹毛傳俔磬也正義引韓詩作磬天之妹是其顯證宛中至宛丘釋丘文魯說也孔疏引李巡孫炎皆云四方高中央下曰宛丘詩舊注與毛義同郭注宛丘謂中央隆峻狀如負一丘別出一解非也爾雅釋文宛郭音蘊韓詩外傳陳之富人觴於蘊丘之上蘊蘊音同蓋卽此宛丘水經渠水注宛丘在陳城南道東王隱云漸欲平今不知所在矣

洵有情兮而無望兮疏傳洵信也箋此君信有淫荒之情其威儀無可觀望而則傚

坎其擊鼓宛丘之下無冬無夏值其鷺羽疏傳坎坎擊鼓聲值持也鷺鳥之羽可以爲翳箋翳舞者所持以指麾○匡衡傳注引張晏曰胡公夫人武王之女大姬無子好祭祀鬼神鼓舞而祀故其詩曰坎其擊鼓宛丘之下無冬無夏值其鷺羽晏生漢魏之際齊詩具存晏注用齊詩明齊毛文同晏推本胡公夫人仍以爲嗣君好祭祀其序刺公淫荒昏亂傳斥大夫箋斥幽公游蕩無所不爲之語皆未之及知齊詩無此說也地理志注鷺鳥之羽以爲翿立之而舞以事神也無冬無夏言其恒也陳喬樅云序言幽公游蕩無度不云鼓舞以事神也師古以值翿爲事神之舞必舊注

所據齊詩之說，而師古襲用其義耳。孔疏引陸璣云：「鷺，水鳥也。好而潔白，故謂之白鳥。齊魯之間謂之春鉏，遼東、樂浪、吳揚人皆謂之白鷺。青腳，高尺七八寸，尾如鷹尾，喙長三寸，頭上有毛十數枚，長尺餘，毿毿然與衆毛異，好欲取魚時則弭之。」說文舊譌爲待，然轉刻之失耳。愚案：毛訓值爲持，係手執之。依說文措作值，措也。段注：措者，置也。非其義。依韻會所據正作持。韻會雖置義，係供張之，皆就舞者言。惟顏師古說值爲立，則自詩人目中見此羽翿，冬夏建設，於刺嗣君之指爲合。

坎其擊缶，宛丘之道。【注】魯說曰：缶者，瓦器，所以盛漿，鼓之以節歌。【疏】傳：盎謂之缶。○「缶者」至「節歌」，應劭風俗通義文。此魯說，引此詩二句，與毛文同。**無冬無夏，值其鷺翿。**【疏】傳：翿，翳也。○說文翌下云：「樂舞以羽翿自翳其首，以祀星辰也。」翿之爲翳，蓋即此義。黃山云：說文羽部無翿，翌下注乃有之，卽翳翳之消文，而翿之本字（翿从羽聲，翳从羽殹聲，隸變爲翌翿之聲）與周禮地官之纛同爲一字。釋言：「翿，纛也。纛，翳也。」郭注：「舞者所以自蔽翳。」正與翌下「以羽翿自翳其首」合。君子陽陽「左執翿」，傳：「翿，纛也。」翳，翳也。胡承珙據說文翳翳引詩「左執翿」，傳亦訓翳，謂纛俗字，翿卽傳之或作，傳與釋言皆譌，當作翳。翿也，翳也。「值其鷺翿」，卽值其鷺，傳故傳直訓翳也，則鷺翿之翿不成爲可執之羽物矣，亦譌，說詳王風。

宛丘三章章四句

東門之枌【疏】毛序：疾亂也。幽公淫荒，風化之所行，男女棄其舊業，亟會於道路，歌舞於市井爾。○三家無異義。

東門之枌，宛丘之栩。【疏】傳：枌，白楡也。栩，杼也。國之交會，男女之所聚。○釋木：「楡，白枌。」郭注：「枌楡先生葉，卻著莢，其皮色白。」漢有枌楡社，枌楡即白楡。「栩，杼」，釋木文，詳唐風鴇羽篇。宛丘蓋地近東門，陳國之城門也。

子仲之子，婆娑其下。【注】魯說曰：婆娑，舞也。【疏】傳：子仲，陳大夫氏。婆娑，舞也。箋：之子，男子也。○子仲爲大夫氏，猶秦大夫子車氏也。「婆娑，舞也」者，釋訓文，魯說也，與毛同。孔疏引李巡曰：「婆娑，盤辟舞也。」孫炎曰：「舞者之容婆娑然。」王逸楚詞九懷注引詩「婆娑其下」，與市也。婆娑即是一人，下章言「不績其麻」，則子仲之子亦其下，明魯毛文同。黃山云：詩婆娑猶齊侯之子、鬷父之子，明是女子子。箋因毛序云「男女棄其舊業」，遂以之子爲男子，非也。漢書地理志載大姬婦人尊貴，好祭祀，用史巫。匡衡疏：「陳夫人好巫。」張晏言大姬巫怪。楚語：「男曰覡，女曰巫。」說文：「覡，能齋肅事神明也。巫，祝也，女能事無形，以舞降神者也。」是于嗟而祝，婆娑而舞，皆唯女巫降神爲然，男子齋肅而已。巫怪之事，以大姬尊貴而好之，故國中尊貴女子亦化之。此詩既無男棄舊業之辭，三家亦無兼刺男子之說，不容以齋肅兩字傅會成之也。

穀旦于差南方之原【注】韓差作嗟【疏】傳穀善也原大夫氏箋旦明于曰差擇也朝日善明
曰相擇矣以南方原氏之女可以爲上處○穀旦猶言良辰也
孔疏以爲朝日善明無陰雲風雨是也于差者歌呼以事神之
事也差作嗟者釋文引韓詩文釋文又云王肅本差音嗟馬瑞
辰云嗟說文作𧬈云𧬈嗞也又云于於也象气之舒于又訏字
注一曰訏譽嗟又通作𨃂爾雅嗟咨𨃂也玉篇𨃂憂歎也古吁
與訏多省作于嗟與譽多省作差易大耋之嗟荀本作差是也
此詩于差卽吁嗟與雲漢詩先祖于摧箋讀爲吁嗟正同周官
女巫旱暵則舞雩月令大雩帝鄭注雩吁嗟求雨之祭也又鄭
志答林碩難曰董仲舒曰雩求雨之術呼嗟之歌呼嗟猶吁嗟
也古者巫之事神必吁嗟以請春秋莊二十七年季友如陳葬
原仲是陳有大夫姓原氏上處者舞 不績其麻市也婆娑【疏】箋績
位之前頭簡兮篇在前上處是也
麻者婦人之事也疾其今不爲○呂覽愛類篇高注引詩二句
明魯毛文同潛夫論浮侈篇詩刺不績其麻市也婆娑又婦人
不修中饋休其蠶織而起學巫祝鼓舞事神熒惑百姓此魯詩
說與齊同潛夫論市作女字之誤後漢王符傳作市陳喬樅云
說文娑舞也从女沙聲詩曰市也媻娑段注詩音義婆步波反
引說文作媻爾雅音義但云娑素何反不爲婆字作音葢陸所
見爾雅作婆娑魯頌傳曰犧尊有娑娑飾也鄭志張逸曰犧讀爲
沙沙鳳皇也不解鳳皇何以爲沙答曰刻畫鳳皇之象於尊其

形娑娑然案今經傳娑娑字皆改作婆娑詩爾雅郎以婆娑連文恐尚非古也喬樅案張衡思元賦修初服之娑娑兮漢人文筆尚多用娑娑字

穀旦于逝越以鬷邁〔注〕韓鬷作稯〔疏〕傳逝往鬷數邁行也箋越於鬷總也朝旦善明曰往矣謂之所會處也於是以總行欲男女合行○馬瑞辰云于逝猶吁嗟也逝噬古通用杕杜詩噬肯適我韓作逝噬音近舒史記蘇噬鄭戰國策之田蔡釋名鳴舒也說文鳴字注孔子曰鳴盱呼也于逝猶盱呼亦巫歌呼以事神耳陳奐云越讀同粵爾雅粵于也采蘩采蘋擊鼓云于以此云越以皆合二字爲發語之詞鬷訓數有急聚之義鬷邁猶言頻往會合耳韓鬷作稯者玉篇彳部稯數也詩曰越以稯邁此韓詩也與毛字異義同

視爾如荍〔注〕魯說曰**荍芘芣貽我握椒**〔疏〕傳荍芘芣也椒芬香也箋男女交會而相說曰我視女之顏色美如芘芣之華然女乃遺我一握之椒交情好也此本淫亂之所由○荍芘芣者釋草文魯說也與毛同孔疏引舍人曰荍一名蚍衃謝氏曰小草多華少葉葉又翹起陸疏云芘芣一名荊葵似蕪菁華紫綠色可食微苦馬瑞辰云椒亦巫用以事神者離騷巫咸將夕降兮懷椒糈而要之王逸注椒香物所以降神是也詩言遺我者蓋事神畢因相贈貽耳

東門之枌三章章四句

衡門【疏】毛序：誘僖公也。愿而無立志，故作是詩以誘掖其君也。○列女老萊子妻傳老萊子仰楚王之聘，引此詩「衡門之下」四句，以明志。「樂飢」作「療飢」。古文苑蔡邕述行賦曰：「甘衡門以寧神兮，詠都人以思歸。」此魯說。又焦君贊：「衡門之下，棲遲偃息，泌之洋洋，樂以忘飢。」又郭有道碑：「棲遲泌丘。」又汝南周巨勝碑：「洋洋泌丘，于以逍遥。」韓詩外傳二：子夏讀書已畢，夫子問曰：「爾亦可言於書矣。」子夏對曰：「書之於事，昭昭乎若日月之光明，燎燎乎如星夜之錯行，上有堯舜之道，三王之義，弟子所受於夫子者，志之於心，不敢忘。雖居蓬戶之中，彈琴以詠先生之風，有人亦樂之，無人亦樂之，亦可發憤忘食矣。詩曰：『衡門之下，可以棲遲。泌之洋洋，可以療飢。』」夫子造然變容曰：「嘻！吾子可以言詩已矣。」此韓說也。漢書韋元成傳：「宜優養元成，勿枉其志，使得自安衡門之下。」漢處士嚴發殘碑：「君有曾閔之行，西遲衡門。」山陽太守祝睦後碑：「色斯舉矣，殁身衡門。」武梁碑：「安衡門之陋，樂朝聞之義。」皆言賢者樂道忘飢，無誘進人君之意。卽爲君者感此詩以求賢，要是旁文，並非正義也。

衡門之下，可以棲遲。【疏】傳：衡門，橫木爲門，言淺陋也。棲遲，游息也。箋：賢者不以衡門之淺陋，則不游息於其下，以喻人君不可以國小則不興治致政化。○孔疏：考工記玉人注：「衡，古文橫，叚借字也。」門之深者有阿塾堂宇，此惟橫木爲之言其淺也釋詁棲遲息也舍人曰棲遲行步之息也藝文類聚引劉禎毛詩義問曰橫一木而上無屋謂之衡門馬瑞辰云棲遲疊韻字說文屖屖遲也玉篇屖今作栖說文遲籀文作遲是屖遲卽棲遲也說文以棲爲西之或體故嚴發碑作西遲衡門焦君贊作栖遲偃息說文遲或从尼尼卽古夷字故婁壽碑作徲徲衡門孔彪碑亦曰餘暇徲徲遲又作遅李翊碑棲遅不就棲遅亦棲遲也隸釋繁陽令楊君碑徲伲樂志遲又作伲愚案班固敘傳棲遲於一丘則天下不易其樂班用齊詩是齊亦作栖遲此賢人栖遲泌丘之上居室不蔽風雨橫木爲門若漢申屠蟠之因樹爲屋簞食瓢飲不改其樂自道如此易林咸之需八年多梅耕石不富衡門屢空使士失意與此詩無涉

泌之洋洋可以樂飢注魯韓樂作療疏傳泌泉水洋洋廣大也樂飢可以樂道忘飢箋飢者不足於食也泌水之流洋洋然飢者見之可飲以療飢以喻人君慤愿任用賢臣則政教成亦猶是也○說文泌俠流也文選魏都賦李注引作水駃流也邶風毖彼泉水傳泉水始出毖然流也韓詩作祕或作毖祕泌莊觀水篇泉當以泌爲正蓋泉水直流之貌義當從水作泌廣雅丘上有木爲祕丘木是水之誤祕是泌之誤丘上有木乃其常不當別作丘名此泌水誤作木後人妄改祕丘耳蔡邕郭林宗碑棲遲泌丘周巨勝碑洋洋泌丘俱引見上其云洋洋泌丘自是釋洋洋爲水出泌丘之上否則一丘之土不得云洋洋也張蔡皆用魯詩知泌丘出魯說魯韓樂作療者列女傳韓詩外傳引作可

以療飢覞上說文𤻲下云治也或作療此詩魯韓作療用或體釋文言鄭本作𤻲用正文毛本作樂用消借也

豈其食魚必河之魴豈其取妻必齊之姜 疏 箋此言何必河之魴然後可食取其美口而已何必大國之女然後可妻亦取貞順而已以喻君任臣何必聖人亦取忠孝而已齊姜姓

豈其食魚必河之鯉豈其取妻必宋之子 疏 箋宋子姓○易林復之咸云齊姜宋子婚姻孔嘉革之訟云臨河求鯉燕婉笑弭雖取義各別亦爲齊毛文同之證

衡門三章章四句

東門之池 疏 毛序刺時也疾其君之淫昬而思賢女以配君子也○三家無異義

東門之池可以漚麻 疏 傳興也池城池也漚柔也箋於池中柔麻使可緝績作衣服興者喻賢女能柔順君子成其德教○胡承珙云水經潁水注陳之東門內有池池水東西七十步南北八十許步水至清潔而不耗竭不生魚草水中有故臺處詩所謂東門之池也元和志陳州東門池在州城東門內道南詩陳風東門之池可以漚麻卽此也此後代遷徙已非故迹若云城池當在城外也馬瑞辰云說文漬漚也漚久漬也考工記鄭注漚漸也此傳訓柔當讀同生民詩或簸

或蹂之蹂箋蹂之言潤也籔之又潤濕之廣雅潤漸漚並訓爲漬是知柔亦漬也箋云於池中柔麻以柔麻卽漚麻孔疏乃云漚柔謂漸漬使之柔韌非其恉矣

彼美叔姬可與晤歌〔疏〕傳晤遇也箋晤猶對也言叔姬賢女君子宜與對歌相切化也○釋文叔音淑是陸所據本作叔今各本作淑陳奐云全詩淑字箋並訓淑爲善唯此本無注則經本作叔宜據以訂正今從之叔字姬姓彼美叔姬猶言彼美孟姜耳馬瑞辰云說文寤下云寐覺而有言曰寤晤與寤通列女傳引詩可與寤言是其證也寤借作晤猶邶風寤辟有摽說文引詩亦引作晤耳說文寤覺也此詩晤歌晤語晤言卽考槃詩寤歌寤言彼係獨處此言與人若如此詩傳箋訓遇訓對則考槃上言獨寐下不得言寤歌寤言矣

東門之池可以漚紵彼美叔姬可與晤語〔疏〕孔疏陸云紵亦麻也科生數十莖宿根在地中至春自生不歲種也荊揚之間一歲三收今官園種之歲再刈刈便生剝之以鐵若竹挾之表厚皮自脫但得其裏韌如筋者謂之徽紵南越紵布皆用此麻楚詞九懷假寐兮愍斯誰可與兮寤語以上引馬說推之寤語卽晤語也此用可與寤語必三家文

東門之池可以漚菅彼美叔姬可與晤言〔疏〕傳言道也○孔疏釋草白華野菅郭

注茅屬白華箋云人刈白華於野已漚之名之爲菅然則菅者已漚之名未漚則但名爲茅也陸疏云菅似茅而滑澤無毛根下五寸中有白粉者柔韌宜爲索漚乃尤善矣韓詩外傳九載楚莊王使聘北郭先生先生謀諸婦而去之引詩彼美叔姬可與晤言列女魯黔婁妻傳亦引詩彼美叔姬（姬誤作子美）可與寤言明韓魯文與毛同

東門之池三章章四句

東門之楊【疏】毛序刺時也昏姻失時男女多違親迎女猶有不至者也○三家無異義

東門之楊其葉牂牂【注】齊牂作將【疏】傳興也牂牂然盛貌言男女失時不逮秋冬箋楊葉牂牂三月中也興者喻時晚也失中春之月○齊牂作將者易林革之大有南山之楊其葉將將旅之兌同禮內則取豚若將注將當爲牂此牂將通借之證釋詁將大也牂借字將正字

昏以爲期明星煌煌【疏】傳期而不至也箋親迎之禮以昏時女留他色不肯時行乃至大星煌煌然○孔疏序言親迎而女猶有不至者則是終竟不至非夜深乃至也易林大畜之小畜配合相迎利之四鄉昏以爲期明星煌煌益之謙同據易林引詩二句明齊毛文同

東門之楊其葉肺肺昏以爲期明星晳晳【疏】傳肺肺猶牂牂也晳晳猶煌煌也○

馬瑞辰云說文朩草木盛朩朩然讀若輩此詩其葉肺肺大雅茷茷旆旆小雅萑葦淠淠廣雅芾芾茂也淠淠茂也並當爲朩朩之叚借又云明星謂啟明星非泛言大星也小雅東有啟明西有長庚傳云日旦出謂明星爲啟明日既入謂明星爲長庚庚續也史記天官書太白出東方庳近日曰明星高遠日曰大囂是啟明一名明星之證明星煌煌謂天旦明而不至也廣雅晣晣明也哲晣同字

東門之楊二章章四句

墓門疏毛序刺陳佗也陳佗無良師傅以至於不義惡加於萬民焉箋不義者謂弒君而自立○列女陳辯女傳辯女者陳國採桑之女也晉大夫解居甫使於宋道過陳遇採桑之女止而戲之曰女爲我歌我將舍女採桑女乃爲之歌曰墓門有棘斧以斯之夫也不良國人知之知而不已誰昔然矣大夫又曰爲我歌其二女曰墓門有楳當作棘辯見下有鴞萃止夫也不良歌以訊止訊予不顧顛倒思予大夫曰其楳則有其鴞安在女曰陳小國也攝乎大國之閒因之以飢饉加之以師旅其人且亡而況鴞乎大夫乃服而釋之君子謂辯女貞正而有詞柔順而有守詩曰既見君子樂且有儀此之謂也楚詞天問何繁鳥萃棘而負子肆情王逸注晉大夫解居父聘吳過陳之墓門見婦人負其子欲與之淫泆肆其情欲婦人則引詩刺之曰墓門

有棘有鴞萃止故曰繁鳥萃棘也言墓門有棘雖無人棘上猶有鴞女獨不媿也此皆魯說雖有使宋使吳採桑負子之殊記載小歧情事相合齊韓未聞

墓門有棘斧以斯之疏傳興也墓門墓道之門斯析也幽間希行用生此棘薪維斧可以開析之箋興者喻陳佗由不覩賢師良傳之訓道至陷於誅絕之罪○墓門蓋陳國野曠之地故有棘生之左襄二十五年傳鄭師入陳陳侯扶其大子偃師奔墓賈獲與其妻扶其母奔墓當卽其地傳以爲幽間希行情事宜然或謂是陳之城門則城門非可行淫泆之所也棘刺晉大夫斧以斯之有斷決之義列女傳所謂貞正有守也**夫也不良國人知之**疏傳夫傅相也箋良善也陳佗之師傅不善羣臣皆知之言其罪惡著也○孔疏郊特牲云夫也者以知帥人者也注夫之言丈夫也此亦當同言汝以奉使之人肆情於所過之國行此不善之事則國之人皆知之矣**知而不已誰昔然矣**注魯說曰誰昔昔也疏傳昔久也箋已猶去也誰昔昔也國人皆知其有罪惡而不誅退終致禍難自古昔之時常然○誰昔昔也者釋訓文魯說也郭注誰發語詞釋詁云疇誰也故誰昔猶言疇昔是也疇誰一聲之轉已止也國人知之而汝不知止則是發乎情不能止乎禮義自昔習爲不善之人皆然鮮不後悔前車可鑒也

墓門有梅，有鴞萃止。【注】魯梅作棘。【疏】傳梅柟也鴞惡聲之鳥也萃集也箋梅之樹善惡自有徒以鴞集其上而鳴人則惡之性因惡矣以喻陳佗之性本未必惡師傅惡而陳佗從之而惡○魯梅作棘者楚詞繫烏萃棘王注引墓門有棘有鴞萃止是魯不作梅毛字誤也列女傳作楳亦後人順毛改之馬瑞辰云棘梅二本美惡大小不類非詩取興之恉梅古作某玉篇古文某作槑槑棘形似棘蓋譌作槑因之毛詩作梅又作楳耳又云正義鴞惡聲之鳥一名鵩與梟異梟一名鴟（元本脫梟異二字依校勘記補）瞻卬云爲梟爲鴟是也俗說以爲鴞即土梟非也案鴞非即鴟梟正義已辨之至以鴞爲服其說見史記及巴蜀異物志荆州記但考漢書賈誼傳云服似鴞則不以鴞即爲服周官哲蔟氏掌覆天鳥之巢注天鳥惡鳴之鳥若鴞鵩賈疏鴞之與鵩二鳥俱是夜爲惡鳴者也是亦分鴞服爲二鴞蓋似服而非即服也天問繁鳥萃棘王注引詩爲證廣雅作鷩云鷩鳥鴞也則鴞即繁而非服矣繁通作蕃北山經涿光之山其鳥多蕃郭注或曰即鴞是也鴞之言呼號也繁之言繁囂也蓋皆狀其惡聲因以命名至其形說者不一有謂似鳩者正義引陸疏鴞大如班鳩綠色西山經白於之山其鳥多鴞郭注鴞似鳩而青色司馬彪莊子鴞炙注小鳩可炙是也有謂似雞者索隱引鄧展云似鵲而大又引荆州巫縣有鳥如雌雞其名爲鴞是也西山經黃山有鳥其狀如鴞名曰鸚鵡以鸚鵡爲似鴞則與鴞似雌雞說亦相類蓋鴞之類大小不同要其爲惡聲則同也夫也不良歌以訊之訊予不顧顛倒思予【注】魯韓訊亦作誶之作止【疏】傳訊告也箋歌謂作此詩也既作又使工歌之是謂之告予我也歌以告之汝不顧念我言至於破滅顛倒之急乃思我之言言其晚也○釋文訊又作誶音信徐息悴反告也韓詩訊諫也諫是諫之誤校勘記云說文誶數諫也从言从朿七賜反諫促也从言从約束之束音速毛居正以爲从束非是小字本所附作諫誤多一畫愚案列女傳離騷王注作訊而玉篇言部引韓詩曰歌以誶之誶諫也廣韻六至云誶告也引詩歌以誶止洪興祖楚詞補注亦作歌以誶止王氏廣雅疏證云訊字古讀若誶故經傳二字通用或以訊爲誶之譌非也胡承珙後箋辨之尤悉魯韓之作止者列女傳作歌以訊止是據魯詩廣韻楚詞補注同作誶止當是韓詩文此章以二止字相應爲語詞猶上章以二之字相應爲語詞也毛作之字誤訊予猶言予訊我告汝而猶不顧及顛倒而思予言亦無及矣宜解大夫服而釋之也

墓門二章章六句

防有鵲巢【疏】毛序憂讒賊也宣公多信讒君子憂懼焉○三家義未聞

防有鵲巢邛有旨苕【疏】傳興也防邑也邛丘也苕草也箋防之有鵲巢邛之有美苕處勢自然興者喻

宣公信多言之人故致此讒人○馬瑞辰云防與邛對言猶下章中唐與邛對言邛爲丘名則防宜讀如隄防之防不得爲邑名鵲巢宜於林木今言防有非其所應有也不應有而以爲有所以爲讒言也詩之取興與采苓同義至說文邛地名在濟陰後漢郡國志引博物記云邛地在陳國陳縣北防亭在焉此後人因詩傳會不足取證又云釋草苕陵苕詩苕之華正義引陸疏云苕一名鼠尾生下溼水中七八月中華紫似今紫草華可染阜煮以沐髮卽黑是苕生於下溼今言邛有者亦喻讒言之不可信又古葦芀多假作苕豳風傳荼葦苕也若以苕爲芀之叚借尤非邛所應有二章邛有旨鷊亦當爲下溼所生之草但經傳無考耳

誰侜予美心焉忉忉（注）韓美作娓音尾云美也（疏）傳侜張誑也箋誰誰讒人也女衆讒人誰侜張誑欺我所美之人乎使我心忉忉然所美謂宣公也○釋文侜說文云有廱蔽也忉憂也孔疏臣之事君欲君美好故謂君爲所美之人美作至美也釋文引韓詩文馬瑞辰云說文美甘也媄女美也是美好之字正作媄今經典通用美周官作嬍蓋古文嬍從微省微尾古通用故媄又借作娓猶微生一作尾生也陳喬樅云娓順也順亦與美義近

中唐有甓邛有旨鷊（注）韓鷊作虉魯齊作鷏（疏）傳中中庭也唐堂塗也甓瓴甋

也鷊綬草也○馬瑞辰云爾雅廟中路謂之唐堂塗謂之陳據逸周書作雒解隄唐山廧孔晁注唐中庭道也文選注引如湻曰唐庭也是唐爲廟中路又爲中庭道名與堂塗名陳者異傳既以中爲中庭又以唐爲堂塗是誤合唐陳爲一也考工記匠人堂涂十有二分鄭注謂階前若今令甓祴也分其督旁之修以一分爲峻也賈疏云名中央爲督假令兩旁上下尺二寸則取一寸於中中央爲峻邵晉涵云蓋甃以甎甎中央稍高起也今案釋文祴音階祴與陔通說文陔階次也鄭注言階前而引令甓祴爲證是知祴卽陔謂陔前之道也古惟內朝有堂有堂斯有階有階斯有甓其外朝治朝皆平地爲廷無堂斯無階無階斯無甓詩言中唐有甓正設爲似有實無之詞以見讒言之不可信也令適卽甓之合聲爾雅瓴甋謂之甓鄭注瓴甋也今江東呼瓴甓說文甓令甓也又曰墼令適也甓適墼三字同韻故通用廣雅瓴甋甓甗甎也通俗文狹長者謂之甗甎據吳語韋昭注員曰囷方曰鹿則甗甎蓋甎之長方者耳甓又通作壁尚書大傳周傳牧誓篇云不愛人者及其骨餘鄭注骨餘里落之壁胥爲胥之譌說苑作餘胥趙坦云或引尚書大傳作儲胥長安志圖漢瓦有曰儲胥未央古人謂瓦爲儲胥鄭注以爲壁者壁卽甓也甓爲磚亦得爲瓦稱韓鷊作虉魯齊作鷊者玉篇艸部虉小草有雜色似綬詩曰邛有旨虉與毛異明韓詩作虉說文鷊下云綬艸也引詩邛有旨鷊蓋魯齊作鷊正字鷊虉皆叚借字也

誰侜予美心焉惕惕注魯

說曰惕惕愛也韓說以爲說人也【疏】傳惕惕猶怛怛也○衆經音義十三惕惕疾也懼也引詩心焉惕惕此用毛說也楚詞九章悼來者之愁愁說文惕愁同字惕惕愛也者釋訓文此魯說以爲說人也者郭注引韓詩文陳喬樅云郭不見魯詩故引韓說說人之說以證明雅訓愚案愛說同義說宣公之可與爲善惟恐爲讒人所壅蔽陷於不明是說人卽愛君魯韓非有異義

防有鵲巢二章章四句

月出【疏】毛序刺好色也在位不好德而說美色焉○三家無異義

月出皎兮【疏】傳皎月光也箋興者喻婦人有美色之白皙○說文皎月之白也从白交聲詩曰月出皎兮文選宋玉神女賦其少進也皎若明月舒其光卽用詩義謝莊月賦注引詩月出皦兮王大車篇有如皦日韓詩作皎日是二文通借

佼人僚兮舒窈糾兮【疏】傳僚好貌舒遲也窈糾舒之姿也○釋文佼又作姣古卯反方言自關而東河濟之間凡好謂之姣僚本亦作嫽同音了案唐石經佼作姣史記司馬相如傳索隱衆經音義九皆引詩姣人嫽兮胡承珙云荀子非相篇古者桀紂長巨姣美字作姣成相篇君子由之佼以好又作佼是二字本多通借說文僚好也从人尞聲此

本義嫽女字也與僚異義方言好青徐海岱之閒曰釗或謂之
嫽蓋假嫽爲僚耳馬瑞辰云窈糾猶窈窕皆疊韻與下懮受天
紹同爲形容美好之詞非舒遲之義舒者噬之叚音噬通作逝
又作舍杕杜詩噬肯適我韓詩作逝此噬逝通用之證春秋陳
乞弒其君荼公羊作舍史記作箠此荼箠舍通用之證玉藻荼
前詘後直注讀如舒遲之舒史記年表荆荼是徵卽詩荆舒則
又舒荼同音之證舒爲發聲字猶逝爲語詞也舒窈糾兮言窈
糾也舒懮受兮言懮受也舒天紹兮言天紹也猶之日月詩逝
不古處言不古處也碩鼠詩逝將去女言將去女也杕杜詩噬
肯適我言肯適我也桑柔詩逝不以濯言不以濯也逝皆發聲
不爲義也以舒舍同音推之因知孟子舍皆取諸其宮中而用
之舍亦發聲言許子何不爲陶冶皆取諸其宮中而用之也趙
舍爲止或謂作陶治之處並失其義舍猶舒也說文又曰余語之舒也余从八舍
省聲亦舍舒同類之證傳訓舒爲舒遲因以窈糾懮受天紹爲
舒之姿蓋失之矣胡承珙云史記司馬相如傳青虯蚴蟉於東
箱正義蚴蟉行動之貌也又驂赤螭青虯之蚴蟉蜿蜒蚴蟉蚴
蟉皆與窈糾同卽洛神
賦所謂嬌若游龍者也**勞心悄兮**疏傳悄憂也箋思而不見則憂○馬瑞辰云淮南精神
篇高注勞憂也凡詩言勞心皆憂心勞心
悄兮猶言憂心悄悄也思案說文悄憂也

月出皓兮佼人懰兮舒懮受兮勞心慅兮疏說文皓日出皃釋詁皓光也此言皓

兮借曰以形月之光盛釋文懰好貌玉篇作嬼云姣嬼也懮受舒遲之皃皆用詩義廣韻集韻類篇並引詩舒懮受兮懮受者狀其心體之寬安也巷伯詩勞人草草爾雅作慅慅單言之曰慅是慅亦憂也

月出照兮佼人燎兮舒夭紹兮勞心慘兮【疏】燎者言其光明與上照同意胡承珙云文選西京賦要紹修態麗服颺菁注要紹謂嬋娟作姿容也南都賦致飾程蠱要紹便娟要紹皆與夭紹同馬瑞辰云陳第顧炎武戴震並云慘當作懆吳棫云入分枭多寫作參因此致誤又或謂魏晉間避曹氏諱故枭多作參孔廣森謂宵豪爲侵覃之陰聲故慘轉爲懆孔說是也檀弓鄭注縿讀如綃說文訬讀若毚皆宵豪及侵覃音轉之證說文懆愁不安也爾雅廣雅並曰慘憂也廣雅又曰慘懆也是字之从枭从參者聲近而義亦同釋詩者當曰慘讀若懆轉其音不必易其字也釋文於北山詩或慘慘劬勞云字亦作懆於白華詩念子懆懆云亦作慘慘至此詩及正月詩憂心慘慘抑詩我心慘慘釋文不曰本作懆則古本皆作慘字初無異本可知張參五經文字云懆千到反見詩不著何篇蓋仍指白華詩念子懆懆耳或謂此詩慘字張參作懆非

月出三章章四句

株林【疏】毛序刺靈公也淫乎夏姬驅馳而往朝夕不休息焉箋夏姬陳大夫妻夏徵舒之母鄭女也徵舒字子南夫字御叔○易林睽之萃繼體守藩縱欲廢賢君臣淫佚夏氏失身又巽之蠱平國不均夏氏作亂烏號竊發靈公殞命臨之晉同此齊說綜此事始末依左傳爲言廢賢謂殺洩治魯韓蓋無異義

胡爲乎株林從夏南兮【疏】傳株林夏氏邑也夏南夏徵舒也箋陳人責靈公君何爲之株林從夏氏子南之母爲淫泆之行○株者其地不詳後漢郡國志陳有株邑蓋朱襄之地路史朱襄氏都于朱注朱或作株是株爲邑名故下章單稱株也元和志宋州柘城縣本陳之株邑詩株林是也故柘城在甯陵縣南七十里在陳之東北至寰宇記夏亭城在陳州西華縣西南三十里城北五里有株林即夏氏邑一名華亭後人攷西華縣在陳州西八十里夏亭在縣西南三十里記又以柘城縣爲陳之株野下邑縣云或以爲陳之株林寰宇記後出之書前無所承陳州顯證疑出附會柘城諸地林野分歧尤乖考實林者說文邑外曰郊郊外曰野野外曰林魯頌傳同此詩林野顯然分列傳以株林爲邑名非也夏南者夏氏南字徵舒名左昭二十三年疏引世本云宣公生子夏子夏生御叔御叔生徵舒是夏氏陳公族也胡何也詩設爲問答之詞言何所爲而遊觀株林乎曰從夏南遊耳詩但云夏南未言夏南母語自含蓄且留得下文一轉此正風人立言之善而箋乃釋

從夏南爲從夏氏子南之母亦非也唐石經因箋遂作從夏南姬大謬正義本兩南下有兮字定本無兮字各本從定本删兩兮字非是今依陳奂本增

匪適株林從夏南兮【疏】箋匪非也言我非之株林之行自之他耳觝拒之詞○案如箋說則首章三句非四句與次章語意亦不相承接後來釋此詩者皆覺未安今案言適株林則株林必有遊覽之樂從夏南則夏南當爲就見之臣而株林無可觀夏南非有見也故國人又言曰我知君非適株林亦非從夏南也諷刺意在言外

駕我乘馬說于株野乘我乘駒朝食于株【疏】傳大夫乘駒箋我國人我君也君親乘胡承珙云此乘字當依經作駕君乘馬乘君乘駒變易車乘以至株林或說舍焉或朝食焉又責之也馬六尺以下曰駒○臧鏞堂云釋文乘驕音駒沈云或作駒字是後人改之皇皇者華篇內同據此知此詩及皇皇者華並作驕其作駒者後人所改陸氏於此詩從沈作驕於皇皇者華維駒作駒本亦作驕以驕爲亦作正義並作駒誤也說文馬六尺爲驕引詩我馬維驕則沈說確矣鄭箋與說文合尤可爲本作驕之證公羊隱元年傳注天子馬曰龍高七尺以上諸侯曰馬高六尺以上卿大夫士曰駒高五尺以上與說文及毛傳畧同當出古傳記駒必驕之譌徐疏引詩皎皎白駒則唐詩本已誤矣又說文云馬二歲曰駒則知二詩作駒非也鄭云馬六尺以下曰驕卽南有喬木之五尺以上曰駒也然則喬木亦當作驕矣

胡承珙云株乃夏氏邑在株野之外駕我乘馬者謂靈公本以諸侯車騎出至株野託言他適乃舍之而乘大夫所乘之驕以至于株禁夕永朝淫蕩忘返國語云南冠已如夏氏是靈公當日實有易服微行之事故箋云變易乘車也愚案靈公初往夏氏必託言遊株林自株林至株野乃稅其駕然後微服入株邑朝食於夏氏此詩乃實賦其事也

株林二章章四句

澤陂疏毛序刺時也言靈公君臣淫於其國男女相說憂思感傷焉箋君臣淫於國謂與孔甯儀行父也感傷謂涕泗滂沱○三家無異義

彼澤之陂有蒲與荷注魯荷作茄疏傳興也陂澤障也荷芙蕖莖日荷生而佼大興者蒲以喻所說男之性荷以喻所說女之容體也正以陂中二物興者喻淫風由同姓生○孔疏澤障謂澤畔障水之岸以陂內有此二物故舉陂畔言之魯荷作茄者孔引爾雅樊光注文陳喬樅云應劭風俗通義云詩云彼澤之陂有蒲與荷傳曰水草交厝名之爲澤澤者言其潤澤萬物以阜民用也應習魯詩故引魯詩傳單稱傳猶白虎通義用魯說辟雍篇引水圜如璧云云單稱詩訓姓名篇引文王十子云云單稱詩傳也觀風俗通義此條下文引韓詩內傳明著韓詩字

則上文引詩及傳之確爲魯詩無疑矣魯荷作茄與毛異此荷字疑後人據毛改之釋草荷芙蕖其莖茄樊光注詩曰有蒲與茄淮南說山訓高注荷水草夫渠其莖曰茄與釋草合益魯詩之訓如此此詩鄭箋云芙蕖之莖曰荷正義如爾雅則芙蕖之莖曰茄此言荷者意欲取莖爲喻亦以荷爲大名故言荷耳樊光注引詩作蒲與茄然則詩本有作茄字者喬樅案鄭從三家詩文自當作茄不宜仍用荷字荷當爲茄之誤正義殊失鄭恉又陸孔俱見韓詩而俱不言字異則韓與毛同

有美一人傷如之何〔注〕魯韓傷作陽韓如作若〔疏〕傳傷無禮也箋傷思之何而得見之○孔疏毛於傷如之何下傳曰傷無禮是君子傷此有美一人之無禮也箋易傳以爲思美人不得見之而憂傷陳奐云有美一人謂有禮者也言有美一人見陳君臣淫說無禮之甚而爲之感傷也三說並通魯傷作陽者釋詁陽予也郭注魯詩云陽如之何今巴濮之人自呼爲阿陽馬瑞辰云易說卦兌爲妾爲羊鄭本羊作陽注此陽讀爲養無家女行賃炊爨今時有之賤於妾也是爲陽讀同厮養之養自稱陽者謙詞也愚案魯詩釋陽爲予與毛義合言此有美一人我奈之何也防有鵲巢篇稱其君曰予美此詩言我所美之一人其意同也睢聽讒無禮而我猶美之親君之誼也韓傷作陽如作若者玉篇阜部引韓詩曰有美一人陽若之何陽傷也訓陽爲傷與箋及傳疏義合思賢人不得見無禮之甚皆可傷之事也

寤

寐無爲涕泗滂沱疏傳自目曰涕自鼻曰泗箋寤覺也○案寤作平居憂念耿耿不寐事權不屬更無可爲惟有涕泗滂沱而已馬瑞辰云泗涕古音同部涕泗卽涕洟也易鄭注自目曰涕自鼻曰洟說文洟鼻液也泗卽洟之借字胡承珙云爾雅呬息也說文東夷謂息爲呬又曰息喘也从心从自自亦聲又自鼻也據此泗爲鼻液與呬爲鼻息音同義近滂沱者易離卦出涕沱若是也

彼澤之陂有蒲與蕳注魯蕳作蓮疏傳蕳蘭也箋蕳當作蓮蓮芙蕖實也蓮以喻女之言信○釋文蕳鄭改作蓮釋草荷芙蕖其實蓮邢疏詩陳風云有蒲與蓮陳喬樅云御覽九百七十五引詩有蒲與蓮與邢疏同溱洧篇方秉蕳兮釋文引韓詩曰蕳蓮也焦氏循據御覽引韓詩以秉蕳爲執蘭與毛不異謂釋文所引當是有蒲與蕳之注陸元朗誤載於鄭風然則韓詩於此章亦止訓蕳爲蓮蕳訓爲蓮者蕳卽蘭也蘭从闌聲蓮从連聲闌連古同聲通用假借韓詩河水清且漣猗爾雅作瀾說文瀾或从連作漣是其明證蕳本訓蘭又以聲近叚借爲蓮字蕳蘭蓮皆澤中之香草也字不作蓮也鄭箋茄字既據魯詩改毛則蓮字亦據魯詩可知矣邢引詩語蓋據爾雅舊注之文御覽所採亦魯詩之佚句散見於百家者也

有美一人碩大且卷疏傳卷好貌○釋文卷本又作婘馬瑞辰云卷卽婘之消借婘說文作嬽云嬽好也說文又云𥃝讀若書卷之卷故知嬽卽婘婘字廣雅婘好也玉篇婘好皃陳奐云齊

風釋文云韓詩婘好皃好謂有好德也愚案以齊風推之韓詩此章卷字必用正字作婘依傳義乃謂君德自來美好依箋義則謂思賢人之美好也

寤寐無爲中心悁悁【疏】傳悁悁猶悒悒也○悁悁蓋悲哀不舒之意陳喬樅云文選李注引毛詩曰勞心悁悁中字疑勞之誤愚案楚詞九歎勞心悁悁涕滂沱兮張衡思元賦悲離居之勞心兮情悁悁而思歸衡用魯詩疑魯作勞心毛自作中心而李注以毛爲誤字也

彼澤之陂有蒲菡萏【疏】傳菡萏荷華也箋華以喻女之顏色○釋草荷芙蕖其華菡萏說文菡蔄夫容華未發爲菡蔄已發爲夫容菡萏乃蔄之消

有美一人碩大且儼【注】韓儼作婩說曰婩重頤也【疏】傳儼矜莊貌○儼作婩說曰婩重頤也御覽三百六十八引韓詩薛君文說文婩下引詩同廣雅釋詁婩美也正釋韓詩婩字案儼訓矜莊非狀婦人之美重頤豐下斯爲男子之貌今俗云雙頰巴或以淮南靨酺在頰當之非是高注明釋靨輔爲頰上窪宋蘇軾詩所謂雙頰生微渦也

寤寐無爲輾轉伏枕【注】魯韓輾作展【疏】魯韓輾作展者文選卷二十九張茂先雜詩李注引韓詩二句文淮南說山訓高注引詩曰輾轉伏枕寤寐咏嘆蓋引此詩寤寐無爲展轉伏枕而後人轉寫顛倒錯誤也

澤陂三章章六句

陳國十篇二十六章百二十四句

詩三家義集疏卷十終

長沙王先謙益吾著

檜羔裘弟十一

疏 乙巳占引詩推度災曰檜天宿招搖漢書地理志濟洛河潁之間子男之國號會爲大恃勢與險崇侈貪冒以上齊說陳喬樅云說文鄶祝融之後妘姓所封潧洧之間鄭滅之从邑會聲又云會合也方言注會兩水合處也水經注潧水出鄶城西北雞絡塢下洧水東南逕城南鄶地居溱洧之間二水合流故以會名國作檜者叚借字耳陳奐云大戴禮帝繫篇陸終弟四子曰萊言是爲云鄶人云鄶人者鄭氏也水經注引世本作求言案云古妘字妘鄶人檜國之上祖鄶人者鄭氏鄶鄭同地故也其實鄶鄭同地而不同城鄭譜正義云左僖三十三年傳稱文夫人葬公子瑕于鄶城之下服注鄶城故鄶國之墟杜注鄶國在滎陽密縣東北新鄭在滎陽宛陵縣西南是別有鄶城也今河南開封府密縣東北有鄶城是其地朱右曾云左傳言先君桓公與商人皆出自周庸次比耦以艾殺此地斬之蓬蒿藜藋而共處之此與外傳所云寄孥虢鄶之事正合商人與桓公之孥俱出自周故推本桓公言之非桓公時已滅虢鄶也桓公寄孥則武公當桓公之世已居鄶矣寄孥在幽王九年越二年而幽王滅公羊傳云先鄭伯有通於鄶夫人者外傳言鄶由叔妘此鄭伯正指武公通乎鄶夫

人蓋在此二年中幽王既滅武公乃與晉文侯共立平王卒滅虢鄶世家言桓公之時虢鄶獻十邑十邑者通虢鄶言之爲十邑非虢鄶之國有是十邑也愚案水經洧水篇稱竹書紀年晉文侯二年王子多父伐鄶克之乃居鄭父之丘是曰桓公然竝文侯二年爲周幽王三年時桓公未爲司徒未謀於史伯豈遽已滅鄶而居之紀年之不可信此又其一端也

羔裘疏毛序大夫以道去其君也國小而迫君不用道好絜其衣服逍遙遊燕而不能自强於政治故作是詩也箋以道去其君者三諫不從待放於郊得玦乃去○王符潛夫論志姓氏篇會在河伊之間其君驕貪嗇儉滅爵損祿羣臣卑讓上下不缺詩人憂之故作羔裘閔其痛悼也符用魯詩此魯說也齊韓無異義

羔裘逍遙狐裘以朝疏傳羔裘以遊燕狐裘以適朝箋諸侯之朝服緇衣羔裘大蜡而息民則有黃衣狐裘今以朝服燕祭服朝是其好絜衣服也先言燕後言朝見君之志不能自强於政治○馬瑞辰云論語狐貉之厚以居是燕居亦得服狐裘如傳說正見二者之相反與箋意異愚案楚詞九章王注逍遙遊戲也詩曰狐裘逍遙羔作狐字誤可證魯毛文同

豈不爾思勞心忉忉疏傳國無政令使我心勞箋爾女也三諫不從待放而去思君如是心忉忉然

羔裘翱翔，狐裘在堂。【疏】傳：「堂，公堂也。」箋：「翱翔，猶逍遙也。」○陳奐云：經言朝，傳云適朝，覲朝在路門外治朝之宁，聽朝則在路門內燕朝之堂。碩人傳云「君聽朝於路寢」是也。首章適朝，二章在堂，其實一也。天子諸侯皆三朝，解者誤以爲皆三朝，今試明之。周禮宰夫掌治朝，小司寇、朝士掌外朝，其言朝位同，此外朝即治朝也。司士正朝儀之位，太僕前王入內朝皆退，大僕王眡燕朝則正位，此內朝即燕朝也。槁人云掌共外內朝宂食者之食，然則天子朝唯有外內二而已。諸侯與天子同。禮文王世子：「其朝於公，內朝則東面北上，臣有貴者以齒；其在外朝，則以官，司士爲之。公族朝於內朝，內親也，雖有貴者以齒，明父子也；外朝以官，體異姓也。」魯語：「天子及諸侯合民事於外朝，合神事於內朝。」文王世子之外朝，司士所掌，與周官司士正朝儀位爲治朝者同；魯語之外朝合民事，與周官宰夫掌諸臣萬民復逆爲治朝者同。又宣六年公羊傳：「靈公爲無道，使諸大夫皆內朝，趙盾已朝而出，與諸大夫立於朝。」何注：「從內朝出，立於外朝。」蓋外朝有諸大夫位焉，從內朝出立外朝，即從燕朝而出侯治朝也。然則諸侯朝亦惟外內二而已。鄭司農朝士注云：「王有五門，外曰皋門，二曰雉門，三曰庫門，四曰應門，五曰路門。路門一曰畢門。外朝在路門外，內朝在路門內。」奐案：仲師說門朝之制，確不可易。緜傳：「王之郭門曰皋門，王之正門曰應門。」天子五門，其一曰皋門，爲郭門，亦爲外城門；二曰雉門，爲內城門。皋、雉二門出入不禁，其無朝可知。庫、應、路三門皆宮門庫門爲大門應門爲中門路門爲內門庫門以內亦出入不禁其無朝又可知應門宮之正門在庫路之中故亦爲中門外朝君入應門則應門以內始有朝朝有外有內以在路門之外內而名之也天子外朝在應門內路門外內朝在路門內諸侯庫雉路三門亦皆宮門庫門爲大門雉門爲中門路門爲內門諸侯外朝在雉門內路門外其內朝亦在路門內仲師言天子三朝而諸侯之三朝可據理推也後鄭宰夫注云治朝在路門之外文王世子注云外朝路寢門之外庭亦旣以治外爲一朝矣乃小司寇注外朝朝在雉門之外朝士注外朝在庫門之外皋門之內蓋易先鄭五門皋雉庫應路爲皋庫雉應路故一說外朝在雉門外一說外朝在庫門外鄭氏本無定解朝士注亦云周天子諸侯皆有三朝外朝一內朝二內朝之在路門內者或謂之燕朝然內朝卽燕朝古無二內朝之名玉藻朝服以日視朝於內朝疑內乃外之誤或因下文聽政路寢言之要不得據一朝端以該羣經謂此內朝卽治朝而遂以爲有二內朝之說也書大傳諸侯之宮三門三朝其外曰皋門次曰應門又次曰路門其皋門內曰外朝應門內曰內朝路門內曰路寢之朝大傳言諸侯門制與禮記不合而與緜箋同言三朝與先鄭不合而與朝士注玉藻注同此鄭氏所據與大傳張生歐陽生多所增益門制詳緜篇又云堂在路門內燕朝路寢庭也堂路寢堂也公堂者以公所聽政之堂而名之也逸周書大臣篇朝于大庭孔晁注大庭公堂之庭與此傳公堂同凡朝君臣咸立於庭說文

廷朝中也今通作庭皆有門而不屋路門左右塾謂之門側之堂不當中門其當中門者自庫門以至路門幷路寢乃有堂耳曾子問諸侯旅見天子雨霑服失容則廢此路門外外朝無堂可證也春官樂師車亦如之注王如有車出之事登車於大寢西階之前反降於阼階之前大僕注大寢路寢也登車於路寢階前此路門內內朝無堂可證也玉藻朝辨色始入君日出而視之退適路寢聽政使人視大夫大夫退然後適小寢釋服注小寢燕寢也考工記外有九室九卿朝焉注外路門之表也九室如今朝堂諸曹治事處攷諸侯外朝亦有官府治事處大夫治事當在外朝之室君聽政則在內朝之堂視大夫朝罷而後從路寢反燕寢也論語鄉黨記孔子入公門過位攝齊升堂出降一等沒階復其位曲禮下卿位注卿位卿之朝位也孔疏云卿位路門之外門東北面位引鄭注鄉黨過位謂入門右北面君揖之位案此位卽外朝之位爲大夫治事之處堂爲君聽政之處諸臣復逆必由外朝入內朝升堂君與圖事而臣復退俟於外朝之位也升堂在過位之後此惟路寢有堂又可證也

豈不爾思我心憂傷

羔裘如膏日出有曜豈不爾思中心是悼（疏）傳日出照曜然後見其如膏悼動也箋悼猶哀傷也○周禮大祝九攑四曰振動杜子春云動讀爲哀慟之慟

羔裘三章章四句

素冠〔疏〕毛序刺不能三年也箋喪禮子爲父父卒爲母皆三年時人恩薄禮廢不能行也○三家無異義或引魏書李彪傳周室淩遲喪禮稍亡是以要絰郎戎素冠作刺並舉列女杞梁妻傳引詩我心傷悲聊與子同歸二句以爲魯詩異義不知要絰素冠二事並引文不相屬非可以此溷入戎事又列女傳引詩與子同歸以妻殉夫死斷章取義此篇專刺短喪大恉明白執禮匡時所繫綦重尤不當傳會曲說淆亂正經也

庶見素冠兮棘人欒欒兮〔注〕魯欒作臠說曰棘羸瘠也詩曰棘人臠臠兮〔疏〕傳庶幸也素冠練冠也棘急也欒欒瘠貌箋喪禮既祥祭而縞冠素紕時人皆解緩無三年之恩於其父母而廢其喪禮故覬幸一見素冠急於哀慼之人形貌欒欒然膄瘠也○庶幸釋言文素冠三年之喪初喪喪冠小祥練冠大祥縞冠中月而禫緌冠踰月吉祭乃玄冠復平常傳練冠就小祥說箋縞冠就大祥說要皆謂三年素冠欒作臠兮淮南任地篇高注文今本人下有之字無兮字轉寫錯誤與毛訓異魯說也臠臠者說文臠下云臞也詩曰棘人臠臠所引亦魯詩作臠正字毛作欒借字也釋詁臠病也舍人注臠心憂憊之病也心憂而憊故病羸瘠亦魯說說文有臠無臠臠俗字

勞心慱慱

兮疏傳慱慱憂勞也箋勞心者憂不得見○釋訓慱慱憂也勞心卽憂心與月出篇同說文無慱字文選思玄賦李注引作慱慱

庶見素衣兮疏傳素冠故素衣也箋除成喪者其祭也朝服縞冠朝服緇衣素裳然則此言素衣者謂素裳也○陳奐云左昭三十一年傳季孫練冠麻衣檀弓主人深衣練冠待于廟雜記筮史練冠長衣是練冠所配之衣或麻衣或深衣或長衣麻衣卽深衣喪服記公子爲其母練冠麻衣縓緣注云此麻衣者如小功布深衣爲不制衰裳變也縓淺絳也一染謂之縓練冠而麻衣縓緣三年練之受飾也引檀弓曰練衣黃裏縓緣間傳期而小祥練冠縓緣又期而大祥素縞麻衣注云喪服小記曰除成喪者其祭也朝服縞冠此素縞者玉藻所云縞冠素紕既祥之冠麻衣十五升布亦深衣也謂之麻者純用布無采飾也然則小祥大祥皆用麻衣大祥之麻衣配縞冠小祥之麻衣配練冠傳意以此章素衣與上章素冠同時之服素冠爲練冠則素衣卽檀弓之練衣練衣卽麻衣衣冠皆爲三年練之衣服也箋就既祥祭而言素衣謂朝服緇衣素裳但朝服麻衣色緇三年麻衣色白素者白也不得以緇爲素素明矣又朝服無裳鄭以素衣爲素裳亦非是我心傷悲兮

聊與子同歸兮疏傳願見有禮之人與之同歸箋聊猶且也且與子同歸欲之其家觀其居處○案孔疏因

箋釋同歸爲同歸其家遂以傳爲欲與其歸已家解似過泥陳奐云同歸於禮是已孟子云旣盟之後言歸於好亦句例也列女杞梁妻傳哭夫殉死引詩云我心傷悲聊與子同歸此之謂也斷章取義非詩恉無二兮字乃省文古書多此例如棘人欒欒兮說文引亦無兮字

庶見素韠兮我心蘊結兮聊與子如一兮【疏】傳子夏三年之喪畢見於夫子援琴而弦衎衎而樂作而曰先王制禮不敢不及夫子曰君子也閔子騫三年之喪畢見於夫子援琴而弦切切而哀作而曰先王制禮不敢過也夫子曰君子也子路曰敢問何謂也夫子曰子夏哀已盡能引而致之於禮故曰君子也閔子騫哀未盡能自割以禮故曰君子也夫三年之喪賢者之所輕不肖者之所勉箋祥祭朝服素韠者韠從裳色聊與子如一且欲與之居處觀其行也○孔疏喪服始終無韠禮大祥祭朝服素韠毛意亦以卒章思大祥之人也陳奐云韠象裳色天子山火龍諸侯火龍卿大夫山此畫繪之韠以配衮鷩毳希之裳也玄冕之服天子朱韠配朱裳諸侯卿大夫赤韠配赤裳士爵弁韎韐配纁裳也玄端不與裳相應故士玄端爵韠裳則有玄黃襍之異朝服如深衣有韠而無裳蘊校勘記唐石經初刻薀後改說文薀積也从艸溫聲孔疏釋文作藴卽薀之俗字聊與子如一者願與有禮之人用心如一箋以爲欲與之居處亦非

素冠三章章三句

隰有萇楚〔疏〕毛序疾恣也國人疾其君之淫恣而思無情慾者也箋恣謂狡狶淫戲不以禮也○三家無異義

隰有萇楚〔注〕魯說曰萇楚銚弋猗儺其枝〔疏〕傳興也萇楚銚弋也猗儺柔順也箋銚弋之性始生正直及其長大則其枝猗儺而柔順不妄尋蔓草木興者喻人少而端慤其長大無情慾○萇楚銚弋者釋草文魯說也郭注今羊桃陸疏葉長而狹華紫赤色枝莖弱過一尺引蔓於草上猗儺枝柔之狀詳見次章天之沃沃樂子之無知〔注〕魯說曰知匹也〔疏〕傳夭少也沃沃壯佼也箋知匹也疾君之恣故於人年少沃沃之時樂其無妃匹之意○桃夭篇夭亦作枖傳桃有華之盛者夭夭其少壯也說文枖木少盛貌此夭亦謂少而壯盛以下云沃沃故訓沃沃爲壯佼單訓夭爲少也沃沃與氓篇沃若義同謂佼好而有光華也衆經音義十引蒼頡篇云樂喜也知匹也者釋詁文郭注引詩本爾雅魯詩說箋說與同馬瑞辰云墨子經上篇知接也莊子庚桑楚篇注知者接也荀子正名篇云知有所合謂之智凡相接相合皆訓匹廣雅接合也知訓接訓合卽得訓匹又古者謂相交接爲相知楚詞樂莫樂兮新相知言新相交也交與合義亦相近芄蘭詩能不我知知正當訓合不我知爲不我合猶不我甲爲不我狎也曲禮男女非有行

媒不相知名釋文作不相知以名爲衍字今案不相知即不相匹也皆知可訓匹之證陳啟源云爾雅知匹之詁殆專爲此詩立訓故箋用之愚案鄭用三家例不明出何詩魯詩與爾雅同顯詩在雅前故雅訓多本魯義以此及陽予也等文推之可知

隰有萇楚猗儺其華夭之沃沃樂子之無家〔注〕魯猗儺作旖旎詩曰旖旎其華〔疏〕箋無家謂無夫婦室家之道○旖旎至其華楚詞九辯王注文劉向九歎惜賢篇結桂樹之旖旎兮章句引詩文同王引之云萇楚之枝柔弱蔓生傳箋並以猗儺爲柔順但華實不得云柔順而亦云猗儺則猗儺乃美盛之貌矣小雅隰桑有阿其葉有難傳曰阿然美貌難然盛貌阿難與猗儺同字又作旖旎王訓盛貌與傳異蓋本三家胡承珙云猗儺固可以美盛言而亦有柔順之義高唐賦東西施翼猗狔豐沛此固近於美盛若上林賦之紛溶萷蔘猗狔從風張揖曰旖旎猶阿那也考工記先鄭注兩引皆作倚移從風說文移禾相倚移也此倚移亦與柔順義近南都賦阿那茀茸風靡雲披漢人詞賦多本詩騷此皆狀草木之柔靡不得以猗儺爲專指美盛又司馬相如大人賦又旖旎以招搖張揖曰旖旎下垂貌楊雄甘泉賦夫何旟旐郅偈之旖旎也王褒洞簫賦形旖旎以順吹兮又奏歡娛莫不憚漫衍凱阿那腲腇者已注云阿那腲腇舒遲貌此則並非草木更不得泥於美盛之訓蓋隰桑之阿難爲美盛萇楚之猗儺爲柔順言各有當也至華實皆附於枝枝既柔順則華實亦必從風而靡雖概稱猗儺不妨

隰有萇楚猗儺其實天之沃沃樂子之無室

隰有萇楚三章章四句

匪風〔疏〕毛序思周道也國小政亂憂及禍難而思周道焉○三家無異義

匪風發兮匪車偈兮顧瞻周道中心怛兮〔注〕齊韓偈作揭韓怛作𢘅〔疏〕傳發發飄風非有道之風偈偈疾驅非有道之車怛傷也下國之亂周道滅也箋周道周之政令也迴首曰顧○齊偈作揭者易林渙之乾猋風忽起車馳揭揭棄古追思失其和節憂心惙惙睽之大過需之小過同飈猋猋飈飄五字通作猋當爲猋之誤字楚詞雲中君注猋去疾貌釋文李注扶搖暴風從下升上故曰猋猋上也猋風忽起故曰發發揭揭謂疾驅二事皆失其和節故因時之不古而追思之韓偈作揭怛作𢘅者漢書王吉傳吉治韓詩上昌邑王疏曰古者師行三十里吉行五十里詩云匪風發兮匪車揭兮顧瞻周道中心𢘅兮說曰是非古之風也發發者是非古之車也揭揭者蓋傷之也所引詩說即韓詩內傳之說也陳喬樅云偈當爲朅之借字白帖十一引此詩正作匪車朅兮說文朅去也去與疾驅義近故韓於伯兮詩傳訓偈爲疾驅貌又漢書注云揭高舉也𢘅古怛字說文無𢘅字怛下云憯也重文𢘅下云怛或从心在旦下憯亦

傷也，與毛傳訓傷合。馬瑞辰云：方言怛痛也，廣雅同。玉篇怛傷也，制驚也，並丁割切。是制乃怛之同音借字。愚案：韓詩外傳二云：國無道則飄風厲疾，暴雨折木，陰陽錯氛，夏寒冬溫，春熱秋榮，日月無光，星辰錯行，民多疾病，國多不祥，羣生不壽，而五穀不登。當成周之時，陰陽調，寒暑平，羣生遂，萬物宵。故曰其風治，其樂逹，其驅馬也舒，其民依依，其行遲遲，其意好好。詩曰：匪風發兮，匪車揭兮，顧瞻周道，中心怛兮。外傳引詩仍作怛，不作制，知韓詩亦作本與毛不異。其因無道思成周之時，釋詩顧瞻句，與毛同義。齊韓古說如此，後人釋匪爲彼，道爲路者，皆未可從。

匪風飄兮，匪車嘌兮。顧瞻周道，中心弔兮。疏 傳：迴風爲飄。嘌嘌無節度也。弔，傷也。○王逸楚詞九歌注：飄，風貌。詩曰：匪風飄兮。明魯毛文同。離騷注：飄風，無常之風。說文：嘌，疾也。从口，票聲。詩曰：匪車嘌兮。

誰能亨魚，溉之釜鬵。疏 傳：溉，滌也。鬵，釜屬。亨魚煩則碎，治民煩則散，知亨魚則知治民矣。箋：誰能者，言人偶能割亨者。○釋文：溉本又作摡。說文：溉，滌也。引詩摡之釜鬵，卽毛又作本。王逸楚詞九歎注：鬵，釜也。詩曰：溉之釜鬵。說苑善說篇亦引二句，明魯毛文同。儀禮特牲饋食禮鄭注：亨，煑也。詩曰：誰能亨魚，溉之釜鬵。明齊毛文同。釋器：䰝謂之鬵。鬵，鉹也。說文：䰝，鬵屬。鬵，六釜也。韻會引說文作土釜。又說文䰝下云：秦名土鬴曰䰝，讀若過。卽今所謂鍋矣。孔疏引孫炎爾雅注以䰝

爲瓶字誤疏又云人偶者謂以人意尊偶之也論語注人偶同
位人偶之詞禮注云人偶相與爲禮儀皆同也亨魚小伎誰或
不能而云誰能者人偶此能割亨者尊貴之若言人皆未能故
云誰能也馬瑞辰云漢時以相敬相親皆爲人偶大射儀揖以
耦注言以者耦之事成於此意相人偶也聘禮每曲揖注每門
輒揖者以相人偶爲敬公食大夫禮賓入三揖注相人偶此相
敬謂之人偶也中庸仁者人也鄭注人也讀如相人偶之人以
人意相存偶之言賈子匈奴篇胡嬰兒得近侍側胡貴人更進
得佐酒前上時人偶之此相親謂之人偶也說文仁親也从人
二會意人二即相偶也說文又云偶桐人也桐人即相人形近
之譌校勘記云尊偶偶存偶與中庸正義之相親偶
表記正義之相愛偶碩人正義之荅偶皆一也**誰將西歸懷**
之好音［注］魯誰作孰［疏］傳周道在乎西懷歸也箋誰將者亦言
人偶能輔周道治民者也檜在周之東
故言西歸有能西仕於周者我則懷之以好音謂周之舊政令
○孔疏於時檜在滎陽周都豐鎬周在於西故言西也西歸者
欲令人之輔周治民也若能仕周則當自知政令詩人欲歸之
以好音者愛其人欲贈之耳非謂彼不知也魯誰作孰者說苑
善說篇言楚子晳因衛蘧伯玉之力以重於楚引詩二句誰作
孰義同文異桑柔篇誰能執熱墨子尚賢篇引作孰能執熱蓋
古書誰孰通用魯
詩此篇自作孰也

匪風三章章四句

檜國四篇十二章四十五句

詩三家義集疏卷十一終

詩三家義集疏卷十二

長沙王先謙益吾著

曹蜉蝣第十二

【疏】乙巳占引詩推度災曰：曹天宿弧張。藝文類聚三、御覽二十一引詩含神霧曰：曹地處季夏之位，土地勁急，音中徵，其聲清以急。（詩經類攷引夏誤冬，勁急作勁險。經義攷引以急作以誤。）漢書地理志：濟陰定陶，詩風曹國也。周武王弟叔振鐸所封。昔堯所游成陽，舜漁靁澤，湯止于亳，故其民猶有先王遺風，重厚多君子，好稼穡，惡衣食，以致畜藏。以上皆齊說。風俗通山澤篇引韓詩內傳云：舜漁雷澤，雷澤在濟陰成陽縣。此似考證曹國地理之文，蓋韓詩序也。水經濟水注：濟水逕定陶縣故城南，縣故三鬷國也，湯追桀伐三鬷即此，是周之曹夏之三鬷也。今山東曹州府定陶縣東有三鬷亭。

詩國風

蜉蝣

【疏】毛序：刺奢也。昭公國小而迫，無法以自守，好奢而任小人，將無所依焉。〇漢書人表曹昭公班鞶公子作詩此

齊說魯韓當同

蜉蝣之羽【注】魯說曰：蜉蝣，渠略。**衣裳楚楚**【注】三家楚作䶰。【疏】傳：興也。蜉蝣，渠略也。朝生夕死，猶有羽翼以自修飾。楚楚，鮮明貌。箋：興者，喻昭公之朝，其羣臣皆小人也。徒整飾其衣裳，不知國之

將迫脅君臣死亡無日如渠略然○蜉蝣渠略者釋蟲文魯說也說文蜏巨蜏一曰浮游夏小正浮游有殷明蜉蝣施虫乃後起字不僅釋文所云渠略作蟝螺爲俗也淮南說林篇浮游不飲不食三日而終又詮言篇浮游不過三日則朝生莫死甚言之耳馬瑞辰云爾雅郭注言蜉蝣似蛣蜣方言郭注又云蜉蝣似天牛而小有黑角說文蜖渠蜖一曰天社廣雅天社蛣蜣也天牛蓋天社之別名云似天牛而小則浮游蓋小於蛣蜣今以目驗蛣蜣大僅六七分知孔疏引陸疏云大如指長三四寸寸當爲分字之譌衣裳楚楚指羣臣言首句言蜉蝣之羽次句若以衣裳爲比嫌於重複至麻衣更不得以蜉蝣當之郭注云黃黑色不能謂之如雪也三家楚作䊪者說文䊪下云會五采鮮色也詩曰衣裳䊪䊪段注䊪正字楚借字

心之憂矣於我歸處【疏】箋歸依歸君當於何依歸乎言有危亡之難將無所就往○說文処下云止也得几而止从几从夂處下云処或从虍聲歸處猶依止也言在朝之臣其心不知憂國不思國亡而身無所託也我不敢自謂憂國此心之憂在於我依止之地不勝其顧慮耳彼羣臣獨何心乎

蜉蝣之翼采采衣服心之憂矣於我歸息【注】韓詩曰采采衣服韓說曰采采盛貌也【疏】傳采采眾多也息止也○采采至貌也文選鸚鵡賦李注引韓詩薛君注文引

經明韓毛文同盛貌與衆多意同言其羣臣競侈衣服故韓曰盛貌毛曰衆多也

蜉蝣掘閱，麻衣如雪。【注】三家「掘」作「堀」。【疏】傳：「掘閱，容閱也。如雪，言鮮絜。」箋：「掘閱，掘地解閱，謂其始生時也。以解閱喻君臣朝夕變易衣服也。麻衣，深衣。諸侯之朝，朝服；朝夕則深衣也。」○案：閱、穴字同。宋玉風賦「空穴來風」，莊子云「空閱來風」，是閱即穴也。郭注：「蜉蝣，蕖生糞土中。」陸疏：「夏日陰雨時，地中出。」傳云「掘閱，容閱」者，言其物容身於閱，故掘閱而出也。箋云「掘地解閱」者，讀閱爲脫，其掘地出時，解脫而生，故以喻變衣服也。三家「掘」作「堀」者，說文「堀」下云：「突也。詩曰：『蜉蝣堀閱。』」此三家詩有作「堀」者，故許引文異。堀閱，亦是讀閱爲脫，言自土堀中解脫而出也。陳奐云：「麻衣，朝服也。凡布幅廣二尺二寸，八十縷爲升。朝服用十五升，緦則去朝服之半，二者精麤不同，用麻則一，故朝服與緦服皆得謂之麻衣。緦麻其色白，朝麻其色染緇，鄭風緇衣，卽麻衣矣。禮記間傳：『又期而大祥，素縞麻衣。』喪服小記：『除成喪者，其祭也朝服縞冠。』素縞卽縞冠，則麻衣卽朝服，此一證。逸周書大匡篇：『及期日質明，王麻衣以朝，日視朝之服，天子皮弁，諸侯朝服，王服朝服爲降等，則麻衣爲朝服，此又一證。論語子罕篇：『子曰：麻冕，禮也。』麻亦麻衣也。古冕弁得通稱麻冕，麻衣而冕，與祭服玄冕玄衣而冕同。祭服用絲，朝服用麻。朝服如深衣，衣裳不殊。諸侯朔視朝，用皮弁服，亦謂之朝服，皆以麻爲之。凡衣皆連下裳言。朝服無裳，而有素韠。素韠，白韋爲

之故以雪比白較孔疏義斷首次章言羣臣三章兼君臣言之其憂心更爲切至儀禮喪服傳鄭注詩麻衣如雪明齊毛文同

心之憂矣於我歸說【疏】箋說猶舍息也○釋文說音稅協韻如字禮表記國風曰心之憂矣於我歸說明齊毛文同鄭注欲歸其所說忠信之人也用齊義如字讀與箋異

蜉蝣三章章四句

候人【疏】毛序刺近小人也共公遠君子而好近小人焉○三家無異義

彼候人兮何戈與祋【注】齊何作荷祋作綴【疏】傳候人道路送迎賓客者何揭祋殳也言賢者之官不過候人箋是謂遠君子也○序官候人上士六人下士十二人左宣十二年傳隨季對楚使曰豈敢辱候人是侯國亦有候人也何揭者孔疏戈祋須人擔揭故以荷爲揭也盧人戈六尺有六寸殳長尋有四寸戈殳俱是短兵相類故也且祋字从殳故知祋爲殳也齊何作荷祋作綴者禮樂記行列綴兆鄭注綴表也所以表行列詩云荷戈與綴何荷經典通用禮釋文本又作何說文祋荷殳也从殳示聲或說城郭市里高縣羊皮有不當入而欲入者暫下以驚牛馬曰祋故从示殳高縣羊皮卽綴表之義故祋亦爲綴文與毛異禮正義謂鄭所見齊魯韓詩本不同也韓詩唐時尚存陸氏釋文於毛詩祋下

不言韓詩異字則作綴者非韓詩也樂記注是據齊詩之文崔集注本亦作綴言賢者官卑

彼其之子三百赤芾【注】韓其作己芾作韍【疏】傳彼彼曹朝也芾韠也一命縕芾黝珩再命赤芾黝珩三命赤芾蔥珩大夫以上赤芾乘軒箋之子是子也佩赤芾者三百人○說文市下云韠也巿郎古芾字篆文作韍一命至蔥珩禮玉藻文玉藻作韍縕芾赤黃之間色所謂韎也黝珩玉藻作幽珩周禮公侯伯之卿三命其大夫再命其士一命曹伯爵一命爲士再命爲大夫三命爲卿故士服縕芾卿與大夫服赤芾又得乘軒也左僖二十八年傳晉文公入曹數之以其不用僖負羈而乘軒者三百人也且曰獻狀杜注言其無德居位者多故責其功狀此正共公時事與此三百文同引傳以證詩也韓其作己芾作韍者後漢東平憲王傳李注赤韍大夫之服詩曹風曰彼己之子三百赤韍刺其無德居位者多也所引蓋據韓詩

維鵜在梁魯說曰鵜鴮鸅不濡其翼彼其之子不稱其服【疏】傳鵜洿澤鳥也梁水中之梁鵜在梁可謂不濡其翼乎箋鵜在梁當濡其翼而不濡者非其常也以喻小人在朝亦非其常不稱者言德薄而服尊○鵜鴮鸅者釋鳥文魯說也郭注今之鵜鶘也好羣飛沈水食魚故名洿澤俗呼之爲淘河陸疏鵜水鳥形如鶚而極大喙長尺餘直而廣口中正赤頷下胡大如數升囊若小澤中有魚便羣共抒水滿其胡而棄之令水竭盡魚在陸地

乃其食之故曰淘河說文鵜一作鶇鶘乃貪惡之鳥故以喻小人鵜鳥在梁上以不濡翼爲能小人在高位以尊服爲美然鵜決非不濡翼之鳥之子亦非稱其服之人也禮表記引詩維鵜在梁不濡其翼彼記之子不稱其服鄭注鵜胡汙澤也汙澤善居水泥之中在魚梁以不濡汙其翼爲才如君子以稱其服爲有德愚案鄭注禮在箋詩前此蓋據齊詩爲說但語意似未完齊詩作彼記又後漢明帝紀永平二年詔詩刺彼已陳喬樅云據永平二年詔有應門失守關雎刺世之語知明帝所習亦韓詩文選曹植求自試表將挂風人彼已之譏漢帝曹王皆用韓詩故皆作已也左僖二十四年傳鄭子臧以鷸冠見殺君子歎其服之不衷亦引此詩作彼已

維鵜在梁不濡其咮彼其之子不遂其媾

注 韓咮作噣

疏 傳咮喙也媾厚也箋遂猶久也不久其厚言終將薄於君也○韓咮作噣者玉篇口部噣喙也詩曰不濡其噣又曰噣亦作咮今毛作咮則噣乃韓之異文言鵜之爲物當在汙澤今在梁上則不能得魚所處雖高終爲濡其咮之鳥矣彼其之子宜居卑賤今在高位可謂厚矣然無德以居之終不能久遂其媾厚也胡承珙云媾厚疊韻爲訓衆經音義二十二引白虎通義云媾厚也重婚曰媾也故孔疏以重昏媾者情必深厚釋之遂猶久者比方爲訓遂訓成亦訓申皆有久意故曰猶久國語晉公子如楚成王以周禮饗之九獻庭實旅百旣饗令尹子玉請殺晉公子王不許又請止狐偃王曰不可曹詩曰彼其之子不遂其媾郵之也

夫郵而效之郵又甚焉效郵非義也韓注媾厚於寵也郵過也其詳楚子引
詩之意蓋謂九獻庭實是厚也而又殺之是不終其厚曹詩所
云不遂其媾者其過同矣故其下云楚子
厚幣以送公子於秦是則所謂終其厚矣

薈兮蔚兮南山朝隮【注】韓說曰薈草盛貌魯薈作嬒【疏】傳薈蔚雲興貌

南山曹南山也隮升雲也箋薈蔚之小雲朝升於南山不能爲
大雨以喻小人雖見任於君終不能成其德教○案薈兮蔚兮
者言山雲如草莽也易林履之恒潼滃薈蔚膚寸來會津液下
降流潦滂沛坤之恒略同明齊詩亦釋薈蔚爲雲興言其必有
大雨也鄭以薈蔚爲小雲如易林言則焦以爲大雲既經所不
言故兩說並通但津液不降則流潦無期耳薈草盛貌者玉篇
艸部引詩文此韓說也說文薈艸多貌亦引此詩即本韓義文
選西都賦注引蒼頡篇云蔚草木盛貌也此薈蔚本義詩借以
狀雲興之盛魯薈作嬒者說文嬒下云女黑色也从女會聲詩
曰嬒兮蔚兮齊韓毛作薈此作嬒者乃魯詩文文選魯靈光殿賦
蔥翠紫蔚李注蔚文貌雲興欲雨黑紫不定任舉一色以狀之
故或爲嬒或爲蔚也南山者一統志曹南山在曹州濟陰縣東
二十里詩南山朝隮是也御覽地部七引十道志云曹南山有
氾水出焉隮當爲躋說文無隮字荀爽易需卦注雲上升極則
降而爲雨故詩曰朝躋于西崇朝其雨爽習齊詩者也鄭用齊
義箋毛又因此詩是言小人故有不能爲大雨之喻陳奐謂南

山喻在尊位者雲有盛多之義南山之朝升雲薈蔚然
謂居尊位者之盛多承上三百赤芾爲言於義亦通**婉兮孌**
兮季女斯飢【疏】傳婉少貌孌好貌季人之少子也女民之弱者
箋天無大雨則歲不熟而幼弱者飢猶國之無
政令則下民困病矣○孔疏以季女爲少女幼子故以婉爲少
貌孌爲好貌采蘋云有齊季女謂大夫之妻車舝季女逝兮欲
取以配王皆不得有男在其間故以季女爲少女此言斯飢當
謂幼者並飢非獨少女而已故以季女爲人之少子女子皆本
經爲訓故不同也伯仲叔季則季處其少女比於男則男強女
弱不堪久飢故詩言少女耳陳奐云案正義本傳文當作季人
之少子女子七字定本云季人之少子女民之弱者見定本以
季女爲少弱之稱義無分別則傳亦不必分釋其義且經言女
不言民也古毛傳當從正義本今正義本從定本而誤愚案傳
析季女爲二誠所不安箋泛言幼弱者飢下民困病亦與經季
女未合詳味詩義季女卽候人之女也蓋詩人稔知此賢者沈
抑下僚身丁困阨家有幼女不免恒飢故深歎之而其時羣枉
盈庭國家昏亂篇中皆刺其君之近小人致君子未由自
伸作詩本意止於首尾一見不著迹象斯爲立言之妙

候人四章章四句

鳲鳩【疏】毛序刺不壹也在位無君子用心之不壹也○三家無
異義陳喬樅云魯詩說尸鳩之義詞無譏刺與毛異解

愚謂刺詩不在顯言關雎鹿鳴皆其例也

鳲鳩在桑，其子七兮。【注】齊說曰：鳲鳩七子，均而不殆。韓說曰：七子均養者，鳲鳩之仁也。**淑人君子，其儀一兮。其儀一兮，心如結兮。**【疏】傳：興也。鳲鳩，秸鞠也。鳲鳩之養其子，朝從上下，莫從下上，平均如一。言執義一則用心固。箋：興者，喻人君之德當均一於下也。以刺今在位之人不如鳲鳩。淑，善。儀，義也。善人君子，其執義當如一也。○釋文：鳲，本亦作尸。愚案：方言以鳲鳩爲戴勝，高誘、郭璞又並以爲吾楚俗所謂布穀，說詳鵲巢篇。鳲鳩至不殆，易林夬之家人文。殆者，危而不安也。七子雖多，用心均平，則有安而無殆。七子至仁也，魏志曹植傳上疏文，植用韓詩，言慈鳥之養子以均見仁也。故在上位之善人君子，亦當執其公義，齊一盡心，養民有如物之結而不解。漢書鮑宣傳上書曰：陛下上爲皇天子，下爲黎庶父母，爲天牧養元元，視之當如一，合鳲鳩之詩。正用風人平均養長之義。荀子勸學篇：行衢道者不至，事兩君者不容。目不兩視而明，耳不兩聽而聰。螣蛇無足而蜚，梧鼠五技而窮。詩曰：尸鳩在桑，其子七兮。淑人君子，其儀一兮。其儀一兮，心如結兮。故君子結於一也。又成相篇：治復一，修之吉，君子執之心如結。此魯詩之說也。列女魏芒慈母傳：慈母有三子，前妻之子有五人，五子親附慈母，雍雍若一。慈母以禮義之漸率導八子咸爲魏大夫卿士各成於禮義君子謂慈母一心詩云尸鳩在桑其子七兮淑人君子其儀一兮其儀一兮心如結兮言心之均一也尸鳩以一心養七子君子以一儀養萬物一心可以事百君百心不可以事一君案此二語魯詩傳文見下引此之謂也說苑反質篇尸鳩在桑其子七兮淑人君子其儀一兮傳曰尸鳩之所以養七子者一心也君子所以理萬物者一儀也所稱傳即魯詩傳潛夫論交際篇亦引淑人君子四句以上魯家說淮南詮言訓貫多端則貧工多技則窮心不一也有百技而無一道雖得之弗能守故詩曰淑人君子其儀一也其儀一也心如結也君子其結於一乎引兮作也蓋別一本與荀子大旨略同亦用魯義大戴禮勸學篇詩云鳲鳩在桑其子七兮淑人君子其儀一兮其儀一兮心如結兮君子其結於一也又緇衣篇引淑人君子二句兮作也與淮南同可爲諸家有別本作也之證易林乾之蒙鵠鵨鳲鳩專一無尤君子是則長受嘉福又隨之小過慈烏鳲鳩執一無尤寢門內治君子悅喜以上齊一說韓詩外傳二云凡治氣養心之術莫徑由禮莫優得師莫愼一好好一則摶摶則精精則神神則化是以君子務結心乎一也詩曰淑人君子其儀一兮其儀一兮心如結兮此韓家說皆言君子當用心堅固不變則事可成不僅養民爲然

鳲鳩在桑其子在梅[疏]傳飛在梅也○孔疏首章言生子之數此在梅及下在棘在榛言其所在之樹

見鳲鳩均一養之得長大而處他木也淮南時則訓高注戴鵀
戴勝鳥也詩曰鳲鳩在桑其子在梅是也今本鳩誤爲鳲據此魯說以鵀
尸鳩爲戴鵀餘已見前馬瑞辰云梅當爲梅杏之
梅以下在棘在榛例之知皆小樹不得爲梅柟也**淑人君子其**
帶伊絲其帶伊絲其弁伊騏［疏］傳騏騏文也弁皮弁也箋其帶伊絲絲謂大帶也大帶用素絲有
雜色飾焉騏當作璂以玉爲之言此帶弁者刺不稱其服○孔
疏玉藻說大帶之制云天子素帶朱裏終辟諸侯素帶終辟大
夫素帶辟垂士練帶率下辟是大夫以上大帶用素故知其帶
伊絲謂大帶用素絲故言絲也玉藻又云雜帶君朱綠大夫玄
華士緇辟是其有雜色飾焉玉藻注辟讀如裨冕之裨裨謂以
緇采飾其側皮弁配素帶天子諸侯大夫同通冕弁服皆用之
士用緇帶傳騏文釋文本作綦陳奐云小戎傳騏綦文謂白馬
而有蒼色文此傳騏綦文謂白鹿皮而有蒼色組以飾弁也顧
命四人騏弁鄭注青黑曰騏正謂青黑爲弁飾之色騏乃綦之
借字弁師云王之皮弁會五采玉璂注會縫中也璂讀爲薄借
綦綦結也皮弁之縫中每貫結五采十二以爲飾謂之綦引此
詩云其弁伊綦是詩本作綦毛以青黑文言故借騏爲綦鄭以
會玉言故破綦爲璂也黃山云古大帶即鞶帶亦即紳帶本以
革爲之而拖以紳故能佩物鄭說内則男鞶革女鞶絲獨以鞶
爲囊致與施鞶袠之袠囊複而於周易左傳白虎通說文之言
鞶帶皆不合然鄭注玉藻素帶亦但云合素爲之不云素絲以

其不能通於大夫素韠也茲乃謂伊絲爲大帶用絲則何解於伊騏之弁仍爲皮弁乎蓋絲爲未成布帛之名僅可用以飾帶如玉藻帶辟之屬猶騏文亦係言皮弁之飾也小戎我馬維騏傳云騏騏文也證以說文騏馬文如博棊知爲棊文之誤以小戎本言馬也此傳騏文則借馬文以喻弁飾又即淇奧所謂會弁如星有似博棊之文而釋文之綦文則仍棊文之誤耳鄭箋讀騏爲璂說異而義實相成必仍本於三家孔疏以綦色青黑說小戎之騏文正援顧命騏弁鄭注此詩明爲騏弁而鄭箋乃不作綦遂亦不敢改字仍以馬文釋之陳猶沿孔前疏之失又遷其說於綦結殆不可從愚按黃說亦通孔疏皮弁是諸侯視朝之常服又朝天子亦服之作者美其德能養民舉其常服知是皮弁陳奐云諸侯視朝玄冠朔視朝皮弁在朝君臣同服則朔視朝大夫亦服皮弁序云在位君子統君臣言也

鳲鳩在桑其子在棘淑人君子其儀不忒其儀不忒正是四國

疏　傳忒疑也正長也箋執義不疑則可爲四國之長言任爲侯伯○釋詁曰貳疑也王引之云貳乃貣之誤古忒貣通用也禮緇衣篇子曰爲上可望而知也爲下可述而志也則君不疑於其臣而臣不惑於其君矣尹吉曰惟尹躬及湯咸有壹德詩云淑人君子其儀不忒鄭注君臣皆有壹德不貳則無疑惑也以不忒爲不疑與傳箋義合大學引詩云其儀不忒正是四國其

爲父子兄弟足法而后民法之也又經解引詩云淑人君子四句皆齊家說荀子君子篇尙賢使能等貴賤分親疏序長幼五者依楊倞注删二字此先王之道也故仁者仁此者也義者分此者也節者死生此者也忠者惇慎此者也兼此而能之備矣備而不矜一自善也謂之聖未引詩曰淑人君子其儀不忒其儀不忒正是四國此之謂也又富國篇人皆亂我獨治人皆危我獨安人皆失喪之我按起而治之故仁人之用國非特將持其有而已也又將兼人下引詩亦同又議兵篇堯伐驩兜舜伐有苗禹伐共工湯伐有夏文王伐崇武王伐紂此四帝兩王皆以仁義之兵行於天下也故近者親其善遠方慕其德兵不血刃遠邇來服德盛如此施及四極詩曰淑人君子其儀不忒此之謂也何休公羊昭十八年傳解詁引詩云其儀不忒正是四國四國天下象也風俗通義四引詩云淑人君子其儀不忒其儀不忒正是四國傳曰一心可以事百君百心不可以事一君應習魯詩所引傳卽魯傳又列女衞姑定姜傳引詩其儀不忒二句楚昭定姜傳引詩淑人君子二句皆魯家說除緇衣外餘多淮演之詞

鳲鳩在桑其子在榛淑人君子正是國人正是國人胡不萬年

疏 箋正長也能長人則人欲其壽考○馬瑞辰云說文榛木也一曰菆也眾經音義引說文榛叢木也字林木叢生也集韻

叢或作菆是菆即叢字之或體此詩上言在棘則在榛宜訓叢木不得讀爲亲栗之亲韓詩外傳三玉不作不成器人不學不成行家有千金之玉不知治猶之貧也良工宰之則富及子孫君子學之則爲國用故動則安百姓議則延民命詩曰淑人君子正是國人正是國人胡不萬年又外傳九夫鳳凰之初起也翱翔十步藩籬之雀喔咿而笑之及其升於高一詘一信展而雲間藩籬之雀超然自知不及遠矣士褐衣縕著未嘗完也糲藿之食未嘗飽也世俗之士即以爲羞耳及其出則安百姓議則延民命世俗之士超然自知不及遠矣傳曰正是國人胡不萬年此韓家說亦推演之詞

鳲鳩四章章六句

下泉

下泉【注】齊說曰下泉苞根十年無王荀伯遇時憂念周京【疏】毛序思治也曹人疾共公侵刻下民不得其所憂而思明王賢伯也○下泉至周京易林蠱之歸妹文賁之姤同此齊說何楷世本古義以爲曹人美晉荀躒納敬王於成周而作此詩左昭二十二年傳天王使告於晉天降禍於周俾我兄弟並有亂心以爲伯父憂我一二親昵甥舅不遑啟處于今十年勤戍五年余一人無日忘之自春秋昭二十二年王子朝作亂至三十二年城成周爲十年與易林十年無王合荀伯即荀躒也美荀躒而詩列曹風者昭二十五年晉人爲黃父之會謀王室具戍人二十

七年會扈令成周三十二年城成周曹人蓋皆與焉故曹人歌
其事愚案何氏闡明齊說深於詩義有裨今從之自文公定霸
之後曹之事晉甚恭議戍必皆從役而成周之城則曹人明書
於經故曹人在周者爲此詩呂祖謙讀詩記曰匪風下泉思周
道之詩獨作於檜曹何也政出天子則強不陵弱各得其所政
出諸侯則徵發之煩供億之困侵伐之暴惟小國偏受其害所
以睠懷宗周爲獨切也愚案呂記
於此詩齊義尤爲切合魯韓未聞

冽彼下泉浸彼苞稂【疏】傳興也冽寒也下泉泉下流也苞本也稂童粱非溉草得水而病也箋興者喻
其公之施政教徒困病其民稂當作涼涼草蕭蓍之屬○案洌
當作冽說文冽下云寒貌故字從冰洌下云水清也引易井洌
寒泉食而不引詩蓋以詩皆作冽無作洌者今本作洌非也爾
雅沃泉縣出縣出下出也李巡曰水泉從上溜下出孔疏下泉
謂泉下流是爾雅之沃泉也何楷云昭二十三年天王居於狄
泉即此詩下泉愚案杜注狄泉洛陽城內大倉西南池水也時
在城外城成周乃繞之城內亦曰翟泉水經注穀水東流入洛
陽縣之南池池即古翟泉也在廣莫門道東建春門路後爲東宮
池洛陽伽藍記太倉南有翟泉周回三里水猶澄清洞底明淨
泉西有華林園以泉在園東因名蒼龍海稂童粱釋草文郭注
莠類也陸璣疏禾秀爲穗而不成崱嶷然謂之童粱今人謂之
宿田翁或謂之守田也秔𥟂[illegible][illegible]說文稂蓈之重文蓈下云禾

粟之采穉生而不成者謂之董蓈采下云禾成秀也知陸疏實根据於此蓈粱雙聲董蓈即童粱也箋讀稂爲涼云涼草蕭蓍之屬孔疏釋草不見草名涼者未知鄭何所據然鄭改毛或亦本三家遺說也黃山云段玉裁沿大田釋文誤字謂說文蓈下之采陸疏禾秀之秀皆莠字稂即莠之未成者非也孟子惡莠恐其亂苗也是在穀之始生曰苗時已名莠不應爲穗時尚名稂況魯語馬餼不過稂莠韋注稂童稂也莠似稷而無實既本無實則不爲穗明矣稂从禾本禾屬正文从艸又即與莠同爲艸屬說文莠禾粟下生圓宜與禾粟不成者爲類故爾雅郭注云莠類非謂郎莠此自禾粟失水變生者故得水反病若莠得水則更驕驕桀桀未閒病水也箋讀稂爲涼李黼平疑爲皇馬瑞辰疑爲莨陳喬樅疑爲蕍皆根据雅訓取合鄭箋音義然陸疏守田即稂陳啟源胡承珙據釋文稂又音莨莨亦即稂蕍蘡又似未可單名蕍且雅注皇生廢田蕍蘡生下田子虛賦卑溼則生藏莨生田者不屬蕭蓍非鄭改毛之恉生卑下者亦不當病水尤非經恉近世皆呼編蓆之草爲涼草其席曰涼草席草質粗勁非釋草之鼠莞其長過禾黍而無臺亦非釋草之苻蘺子虛賦其高燥則生葴菥苞荔顏注苞藨也即今所用作席者由禮苞屨訓爲藨蒯之菲與今涼草合藨蒯名苞則爲有苞之草可知孟康謂菥生涼州而賦四者連舉或皆涼州之草故有涼草之名耳此雖未必即箋之涼草在鄭當有所本故特破字爲訓若果爾雅所有則言稂當作涼足矣不待更申之曰涼

草蕭蓍之屬也愾我寤嘆念彼周京注魯愾作慨魯說曰慨歎貌也韓作嘅韓說曰嘅滿也疏傳愾嘆息之意寤覺也念周京者思其先王之明者○說文愾大息也从心氣聲詩曰愾我寤嘆魯愾作慨者王逸楚詞九嘆注慨歎貌也詩曰慨我寤歎逸習魯詩用魯說也文選李注二十三二十六兩引毛詩作慨是毛亦有別本作慨韓作嘅者王篇口部詩曰嘅我寤嘆是韓詩作嘅廣雅嘅滿也即韓說也周京乃周室所居之京師也云念彼者馬瑞辰云春秋昭二十二年王子猛入于王城公羊傳王城者何西周也二十六年冬十月天子入于成周公羊傳成周者何東周也孔氏廣森以爲稱成周不稱京師者敬王新居東周非故京師矣此詩云念彼蓋王新遷成周追念故京師王室之詞自是以後諸侯不復勤王故列國風詩亦終於此

洌彼下泉浸彼苞蕭愾我寤嘆念彼京周疏傳蕭蒿也○爾雅蕭萩邢疏引陸璣義疏云今人所謂萩蒿也或云牛尾蒿

洌彼下泉浸彼苞蓍愾我寤嘆念彼京師疏傳蓍草也○說文蓍蒿屬公羊桓九年傳京師者何天子之居也京者何大也師者何眾也天子之居必以大眾言之是說天子之都名爲京師也

芃芃黍苗陰雨膏之四國有王郇伯勞之疏傳芃芃美貌郇伯郇侯也諸侯有事二伯述職箋有王謂朝聘於天子也郇侯文王之子爲州伯有治諸侯之功○孔疏僖二十四年左傳畢原酆郇文之昭也知郇伯是文王之子爲州伯有治諸侯之功謂爲牧下二伯治其當州諸侯易傳者以經傳考之武王成王之時東西大伯唯有周公召公太公畢公爲之無郇侯者知爲牧下二伯也愚案易林云荀伯遇時憂念周京者左傳昭二十二年十二月荀躒與籍談帥師納王于王城二十六年七月知躒與趙鞅帥師納王荀氏在晉爲名卿納王之事身著勤勞詩美其遇王室危亂之時能以周京爲憂念故言黍之苗芃芃然盛者以陰雨能膏澤之今四國尚知有王事者以郇伯能勞來之也左桓九年傳荀侯伐曲沃漢志臣瓚注汲郡古文晉武公滅荀以賜大夫原氏黯今河東有荀城古荀國水經注汾水又西逕荀城古荀國也又云涑水又西逕郇城詩云郇伯勞之蓋其故國也是郇侯郇荀侯封國在冀州之境若爲州伯止治其當州諸侯未必遠及兗州之曹曹人何由思之然則傳箋二說皆在疑似之間玨書韓韓魏騶倫疑說不若齊義之信而有徵也經云郇伯而齊作荀伯者或齊詩本作荀或易林讀郇作荀皆不可知要之郇荀一也說文郇下云周武王子所封國在晉地从邑旬聲新附荀下云草也从艸旬聲左傳晉荀息潛夫論氏姓篇作郇息此詩郇伯周書王會篇作荀伯與易林同荀蓋本以國爲氏荀躒藏見

詩稱荀伯者，晉荀氏舊以伯稱。左成十六年傳「荀伯不復從」，謂荀林父也。後諸荀別爲知、中行二氏。昭五年傳「中行伯、魏舒帥之」，謂荀吳與魏舒也。十五年傳以文伯宴，三十一年傳「季孫從知伯如乾侯」，皆卽謂荀躒也。曹詩稱伯，而仍繫以荀，如春秋之仍書曰荀吳、荀躒。詩亡然後春秋作，其例宜同。考昭三十二年，敬王之十年，已在曹聲公之五年，距共公且六世矣。

下泉四章，章四句。

曹國四篇，十五章，六十八句。

詩三家義集疏卷十二終

長沙王先謙益吾著

豳七月弟十三

疏漢書地理志右扶風栒邑有豳鄉詩豳國公劉所都史記劉敬傳周之先自后稷堯封之邰積德累善十有餘世公劉避桀居豳又匈奴傳夏道衰而公劉失其稷官變於西戎邑於豳班世治齊詩史公用魯詩知齊魯詩說同也戴震云鄭譜豳者后稷之曾孫曰公劉者自邰而出所徙戎狄之地名據宋天聖本國語及史記載祭公謀父諫穆王皆曰昔我先王世后稷今本國語奪王字謂先王世為后稷之官非謂棄也韋注以國語父子相繼曰世正以世后稷連讀史記周本紀后稷之興在陶唐虞夏之際皆有令德后稷卒子不窋立云皆有令德者以不窋以前繼棄為后稷者不一人故以皆有令德統之也不曰棄卒而曰后稷卒謂最後為后稷之官者卒也鄭誤以不窋為棄之子故以公劉為棄之曾孫耳曾孫亦元孫以下之通稱知鄭謂后稷之曾孫以后稷為棄者據鄭云公劉以夏后太康時失其官案后稷棄當夏禹時至太康甫七十餘年中間不窋及鞠二代故知箋言后稷必謂棄耳國語言不窋失官竄於戎狄之間今慶陽府安化縣有不窋城城東三里有不窋冢毛氏奇齡謂公劉遷豳應自不窋城遷不應自邰遷也馬瑞辰云毛說非也據匈奴傳云云推之不窋失官以後復至子鞠時必嘗復其稷官復居於邰至公劉又遭夏桀之亂復失其官乃自邰遷豳耳竹書紀年少康三年復田稷此後人附會推誤以不窋為棄子

失官在太康時遂女云少康時復官以公劉時涉渭爲亂考之水經注渭水又東逕斄縣故城南舊邰城也是邰在渭旁非自邰遷無由涉渭取材也又公劉詩傳曰公劉居於邰而遭夏人亂迫逐公劉公劉乃避中國之難遂平西戎而遷其民邑於豳焉案邰今武功縣豳今邠州豳在邰北百餘里不窋城又在豳北二百餘里使公劉自不窋城遷是自外而遷於內非所以避中國之難也戴氏謂邰之封自公劉始復與史記言公劉失官毛傳言公劉避難皆不合邰之復蓋在公劉以前耳自后稷棄至公劉中有十餘世則知公劉失官不在太康時矣史記匈奴傳公劉失其稷官其後三百有餘歲戎狄攻太王亶父案亶父當殷武乙時去夏桀正三百餘歲是公劉與桀同時之證國語韋注謂不窋失官在太康時亦非太康至桀二百六十餘年公劉爲不窋孫不能相距如此其遠戴氏據史記言孔甲淫亂夏后德衰諸侯畔之謂不窋失官當在孔甲時益近之矣

詩國風

七月【疏】毛序陳王業也周公遭變故陳后稷先公風化之所由致王業之艱難也箋周公遭變者管蔡流言辟居東都○後漢王符傳潛夫論浮侈篇曰明王之養民也憂之勞之教之誨之慎微妨萌以斷其邪七月之詩大小教之終而復始由此觀之民固不可恣也李注七月詩豳風也大謂耕桑之法小謂索綯之類自春及冬終而復始也符習魯詩其論魯義也漢地理志曰昔后稷封斄公劉處豳太王徙岐文王作酆武王治鎬其民有先王遺風好稼穡務本業故豳詩言農桑衣食之本

甚備

七月流火，九月授衣。〔注〕齊說曰：爲寒益至也。〔疏〕傳：火，大火也。流，下也。九月霜始降，婦功成，可以授冬衣矣。箋：大火者，寒暑之候也。火星中而寒暑退，故將言寒，先著火所在。○東方心星亦曰大火。流火，火下也。火向西下，暑退將寒之候也。陳奐云：四月篇「六月徂暑」，傳云：六月火星中，暑盛而往矣。本月令及昭三年左傳文爲說。攷堯典「日永星火，以正仲夏」，夏小正「五月初昏大火中」，與詩、月令、左傳皆不合。蓋火在唐、虞、夏以五月昏中，六月西流；周以六月昏中，七月西流。其候逐歲漸差，詩雖作於周初，然公劉在夏末，或已七月西流。春秋哀十二年「冬十二月，螽」，左傳：火伏而後蟄者畢。今火猶西流，司麻過也。杜注：火伏在今十月，猶西流，言未盡沒，知是九月。麻官失一閏。案：火伏在九月，春秋之季火伏在十月，九月猶西流，其候又差矣。此郎後世歲差之法。「授衣」者，馬瑞辰云：周官典婦功「掌婦式之法，以授嬪婦及內人女功之事齎」，凡典絲頒絲於外內功，皆以物授之；典枲「以待時頒功而授齎」。婦言授者，皆授使爲之也。此詩授衣，亦授冬衣使爲之。蓋九月婦功成，絲麻之事已畢，始可爲衣，非謂九月冬衣已成，授衣之人也。「爲寒益至也」者，禮月令鄭注文，引此詩二句，齊說也。又漢書律麻志引詩首句，明齊、毛文同。易雜卦傳：益，盛之始也。

一之日觱發，二之日栗烈。無衣無

褐何以卒歲〔注〕韓觱作畢韓說曰一之日畢發夏之十一月也二之日栗烈夏之十二月也齊魯觱發作滭冹〔疏〕傳一之日十日周正月也觱發風寒也二之日殷正月也栗烈寒氣也箋褐毛布也卒終也此二正之月人之貴者無衣賤者無褐將何以終歲乎是故八月則當績也○孔疏一之日者數從一起而終于十更有餘月還以一二紀之俞樾云一之日二之日三之日四之日以周正紀數也四月五月六月七月八月九月十月以夏正紀數也公劉從豳當有夏中葉此閒舊誤則其俗必循用夏正周公作詩陳后稷先公風化之所由故卽本豳人之俗以立言篇名七月其曰七月流火九月授衣皆夏正也至夏正之十一月在周爲正月周公在周言周故變其文曰一之日以周正紀數而又不與豳俗之用夏正者混而無別正古人立言之善也既曰一之日二之日則夏正之正月二月不得謂之一月二月故從周正數之曰三之日四之日自是爲蠶月蠶月者夏之三月月以周正數之則五之日也不言五之日者以篇中有五月也不言三月者以篇中有三之日也皮嘉祐云此詩言月者皆夏正言一二三四之日者皆周正改其名不改其實逸周書周月篇云亦越我周致伐于商改正異械以垂三統至於敬授民時巡守祭享猶自夏焉是爲此篇之確證愚案觱卽觱之俗字說文觱下云羌人所吹角屠觱桂馥云當作篳篥以驚馬也从角𤼼聲𤼼

古文詩字毛用借字也一之至月也玉燭寶典仲冬季冬引韓詩章句文韓作畢發亦借字齊魯作滭汥者說文汥下云一之日滭汥一上豳詩日二字滭下云滭汥風寒也从發从犮之字多通用碩人篇鱣鮪發發釋文作鱍鱍說文作鮁鮁是也寒盛曰滭汥泉盛曰畢沸滭省作畢與韓詩同火盛曰熚炥同聲變字皆自盛皃形容之韓作畢發則作滭汥者齊魯文也據釋文引說文栗烈作颲颲案說文並未引詩仌部有凓冽二字當是正文孟子滕文公篇趙注褐以毳織之若今馬衣也或曰褐枲衣也一曰粗布衣也此褐當從粗布衣之訓蔡邕九惟文用無衣無褐句明魯毛文同

三之日于耜四之日舉趾同我婦子饁彼南畝田畯至喜〔注〕韓詩曰三之日于耜四之日舉趾韓說曰三月之時可豫取耒耜修繕之至於四月始可以舉足而耕也齊趾作止〔疏〕傳三之日夏正月也豳土晚寒于耜始修耒耜也四之日周四月也民無不舉足而耕矣饁饋也田畯田大夫也箋同猶俱也喜讀爲饎饎酒食也耕者之婦子俱以饟來至於南畝之中其見田大夫又爲設酒食焉言勸其事又愛其吏也此章陳人以衣食爲急餘章廣而成之○三之至耕也者御覽八百二十二八百二十三引韓嬰引經明韓毛文同于訓修與傳同讀于爲爲也與夏小正農緯厥耒同意齊趾作止者漢書食貨志春令民畢出在壄詩

曰四之日舉止同我婦子饁彼南畝是齊詩作止趾止今古文之異禮月令孟春命田舍東郊鄭注田謂田畯主農之官也呂覽高注以田爲農大夫高用魯詩推知魯詩田畯之訓與傳同釋訓饎酒食也釋文引舍人本作喜釋云古作饎據此知魯詩本亦作喜而讀爲饎故箋從魯義改毛也

七月流火九月授衣〔疏〕箋將言女功之始故又本於此**春日載陽有鳴倉庚女執懿筐遵彼微行爰求柔桑**〔疏〕傳倉庚離黃也懿筐深筐也微行牆下徑也五畝之宅樹之以桑箋載之言則也陽溫也溫而倉庚又鳴可蠶之候也柔桑稺桑也蠶始生宜稺桑○馬瑞辰云爾雅春爲青陽故詩言春日載陽博物志蠶陽物喜燥惡溼詩言日之陽溫正可以生蠶時也養蠶在三月生蠶在二月夏小正二月有鳴倉庚與此詩有鳴倉庚合二月采蘩亦與此詩采蘩祁祁合又二月綏多士女與此詩殆及公子同歸箋訓歸爲嫁合則詩兩言春日皆指二月無疑正義以春日指蠶月謂倉庚蠶月始鳴誤矣張衡東京賦春日載陽薛綜注陽暖也陳喬樅云薛訓陽爲暖當據魯故鄭箋訓溫卽本魯詩爲解易林同人之大過亦引春日載陽明齊毛文同倉庚詳葛覃篇說文云鳴則蠶生小爾雅及楚詞王逸注並云懿深也懿筐蓋深而難滿采薇傳柔始生也求柔桑以飼初出之蠶**春日遲遲采蘩祁祁女**

心傷悲殆及公子同歸〔注〕魯說曰遲遲徐也〔疏〕傳遲遲舒緩也蘩白蒿也所以生蠶祁祁衆多也傷悲感事苦也春女悲秋士悲感其物化也殆始及與也豳公子躬率其民同時出同時歸也箋春女感陽氣而思男秋士感陰氣而思女是其物化所以悲也悲則始有與公子同歸之志欲嫁焉女感事苦而生此志是謂豳風○遲遲徐也者釋訓文葢專爲此詩立訓此魯義與毛異春日旣舒則采蘩者亦遲久而積多故皆釋爲徐也何楷古義引徐光啓云蠶之未出者鬻蘩沃之則易出故傳云所以生蠶春女多悲有觸斯感此天機之自然又仲春昬期皆有失時之懼荀子彊國篇楊注殆庶幾也諸侯之女亦稱公子見公羊莊元年傳公子嫁不愆期故冀幸庶幾與女公子同時得嫁也傳言豳公之子身率其民同出同歸男女不謀情事未合不若箋義爲長也

七月流火八月萑葦〔疏〕傳薍爲萑葭爲葦豫畜萑葦可以爲曲也箋將言女功自始至成故亦又本於此○孔疏二草初生者爲菼長大爲薍成則名爲萑初生爲葭長大爲蘆成則名爲葦月令具曲植筥筐注云曲薄也植槌也薄用萑葦爲之案苗消作曲豫蓄之以供來春養蠶

蠶月條桑取彼斧斨以伐遠揚猗彼女桑〔注〕韓條作挑魯說曰女桑桋桑〔疏〕傳斨方銎也遠枝遠也揚條揚也角而束之曰

猗女桑荑桑也箋條桑枝落采其葉也女桑少枝長條不枝落者束而采之○韓條作挑者玉篇手部挑撥也詩曰蠶月挑桑枝落之采其葉陳喬樅云此韓詩異文也條桑無傳鄭云枝落之采其葉卽用韓義申毛釋文引說文云斨斧空也空卽孔字破斧傳隋銎曰斧方銎曰斨條小枝也遠揚長枝去人遠揚起者則取隋銎之斧方銎之斨以伐之女桑桋桑者釋木文魯說也釋文桋或作荑湝字傳作荑借字荑草之初生者曰荑木之初生者曰桋毛釋女桑爲荑桑知魯必用正字作桋故釋木取魯說也節南山傳猗長也說文掎偏引也諸家葢讀猗爲掎惟呂氏讀詩記引董逌曰齊詩掎彼女桑出僞撰今不取傳角而束之角卽捔字廣雅釋言捔掎也疑亦此詩韓魯家說故張揖取入雅訓

七月鳴鵙八月載績載玄載黃我朱孔陽爲公子裳〔疏〕傳鵙伯勞也載績絲事畢而麻事起矣玄黑而有赤也朱深纁也陽明也祭服玄衣纁裳箋伯勞鳴將寒之候也五月則鳴豳地晚寒鳥物之候從其氣焉凡染者春暴練夏纁玄秋染夏爲公子裳厚於其所貴者說也○鳴鵙夏小正作伯鷯方言謂爲鶪曰爾雅郭注云似鶷鶡而大初學記引通俗文云白頭鳥謂之鵲鶪禽經注謂形似鴝鵒鴝鵒喙黃伯勞喙黑御覽九百二十三引曹植惡鳥論曰詩云七月鳴鵙七月夏五月鵙則伯勞也伯勞以五月鳴應陰氣之動陽爲仁養陰爲殘賊伯勞蓋賊害鳥也其聲鵙鵙故以其音名云曹用韓詩引七月句明韓毛文同

以七月當夏五月謀也釋鳥鶪伯勞也孔疏引樊光注春秋傳少皞氏以鳥名官伯趙氏司至伯趙鶪也以夏至來冬至去蔡邕月令章句云鶪伯勞伯勞伯趙應時而鳴爲陰候也趙岐孟子章句鴃博勞也詩云七月鳴鴃應陰氣而殺物者也鶪作鴃蓋魯詩亦作本呂覽仲夏紀注鶪伯勞也是月陰作於下陽發於上伯勞夏至後應陰而殺蛇磔之於棘而鳴其上文選張衡思玄賦鶗鴂鳴而不芳李注引服虔曰鶗鴂一名鵙伯勞順陰而生賊害之鳥也是魯家皆云伯勞以五月鳴而詩文作七月與韓同故箋以爲豳地晚寒候從其氣孔疏以爲載纘武功校一月此校兩月月令季秋草木黃落此云十月隕蘀月令季秋令民寒氣總至其皆入室此云曰爲改歲入此室處月令季秋天子嘗稻此云十月獲稻月令仲秋天子嘗麻此云九月叔苴月令季冬命取冰此云三之日納于凌陰皆晚寒所致胡承珙云諸書言五月鶪鳴者記其始鳴詩則但言其鳴爲降寒之候以起下文載績故以七月八月連言之不必定指始鳴蓋伯勞以夏至鳴冬至去五月以後皆其鳴時其去化爲鼠說文鼢地行鼠伯勞所化是也馬瑞辰云詩以鵙鳴誌將寒之候或據其盛鳴之時言之一說最爲當理績者緝麻之名孔疏玄黑而有赤謂色有赤黑雜者考工記鍾氏說染法云三入爲纁五入爲緅七入爲緇鄭注緅今禮記作爵言如爵頭色也凡玄色者在緅緇之間其六入者與謂三入赤三入黑也士冠禮注凡染絳一入謂之縓再入謂之頳三入謂之纁朱則四入矣故云朱深

纁也。易下繫云：黃帝堯舜垂衣裳，蓋取諸乾坤。注云：乾爲天，坤爲地，天色玄，地色黃，故玄以爲衣，黃以爲裳。士託位於南方，南方故云用纁。是祭服用玄衣纁裳之義。染色多矣，而特舉玄黃，故傳解其意，由祭服尊故也。染夏者，染五色謂之夏，其色以夏翟爲飾，夏翟毛羽五色皆備成章，染者擬以爲深淺之度，是以放而取名。陳奐云：玄衣纁裳，就士而言，以見豳人亦自作服。經言我朱孔陽爲公子裳，又以見豳公子朱裳亦是祭服也。

四月秀葽，注魯說曰：此味苦，苦葽也。韓說曰：葽草如出穗。五月鳴蜩，八月其穫，十月隕蘀。疏傳：不榮而實曰秀。葽，葽草也。蜩，螗也。穫，禾可穫也。隕，墜。蘀，落也。箋：夏小正四月王負秀，葽其是乎？秀葽也，鳴蜩也，穫禾也，隕蘀也，四者皆物成而將寒之候，物成自秀葽始。○魯說此味苦苦葽也者，說文：葽，草也。从艸，要聲。詩曰：四月秀葽。劉向說云云。此乃引劉釋魯詩之文也。段注：苦葽當是漢人有此語，漢時目驗，今則不識其味苦，應夏令也。陳啟源云：宋曹粹中詩說據爾雅葽繞、棘蒬，郭注今遠志也，又參以劉向苦葽之說，以爲即今藥中小草。案苦葽之訓甚古，今藥中小草味極苦濇，醫家以甘草煮之方可用，又有葽繞之稱，曹說信爲有本。愚案：廣雅蕀苑，遠志也，與郭注合。葽一名葽繞者，語音長短之異，短言之曰葽，長言之爲葽繞也。葽草如出穗者，王燭寶典孟夏引韓詩章句文。皮嘉祐云戴氏震謂葽者幽莠之幼也似禾夏小正四月秀幽幽葽一聲之轉穆天子傳珠澤之藪爰有萑葦茅蒲茅萯蒹葽郭注葽莠屬引詩四月秀葽則莠屬本有葽名御覽引韋曜毛詩荅問云甫田維莠今之狗尾也說文繫傳引字書葽狗尾草也程氏瑤田云禾一本一穗莠一本或數莖多至五六穗穗多芒類狗尾俗呼狗尾草據此是莠多穗其穗之出亦如禾故韓家謂葽草如出穗雖未明指爲莠而以莠之穗觀之則訓葽爲莠甚明愚案皮說亦通惟莠似稷而無實見韋昭國語注陳啟源嘗目驗而信之程瑤田雖不信韋說然亦極辨葽之非莠狗尾草所在皆有盡識之是誠有實矣程繪爲圖以之當莠則莫不知其誤韓詩謂葽如出穗自仍指苦葽之形非眞出穗小徐以狗尾草當之亦誤也釋蟲蜩蜋蜩螗蜩舍人注皆蟬也方語不同三輔以西爲蜩梁宋以東謂蜩爲蝘楚地謂之蟪蛄孔疏引孫炎曰蜋五色具蜩宮中小青蟬也方言蟬楚謂之蜩陳鄭之間謂之蜋蜩宋衞之間謂之螗蜩與爾雅合唐蜩卽螗蜩音同字變也夏小正之良卽蜋蜩今俗謂之伏良者是也如蟬而微小鳴聲甚大而亮不易捕捉因譌爲伏**一之日于**

亮說文凡草木皮葉落陊地爲蘀引詩十月隕蘀

貉取彼狐貍爲公子裘【疏】傳于貉謂取狐狸皮也狐貉之厚以居孟冬天子始裘箋于貉往搏貉以自爲裘也狐貍以共尊者言此者時寒宜助女功○說文貉北方豸種从豸各聲貈似狐善睡獸从豸舟聲論語曰狐貈之厚

七三五

以居今字通假作貉貈與裘韻作貉則詩失韻矣說文貍伏獸似貙埤雅貍似貙而小文采班然脊間有黑理一道二之

日其同載纘武功言私其豵獻豜于公〔疏〕傳纘繼功事也豕一歲曰豵三歲曰豜大獸公之小獸私之箋其同者君臣及民因習兵俱出田也不用仲冬亦豳地晚寒也豕生三曰豵○馬瑞辰云同之言會合也廣雅集合同也謂冬田大合眾也周官惟田與追胥竭作故曰其同爾雅蒐聚也冬田之言同猶春田之言蒐也下章我稼既同傳亦訓聚豕一歲曰豵騶虞傳同箋以一歲不中殺故易傳豜與肩同鄭司農注大司馬職引豳詩作肩鄭傳毛詩是豳風亦有作肩之本韓詩章句三歲曰肩知此亦當作肩也孔疏大獸公之小獸私之大司馬職文彼云小禽私之禽獸得通因經言獸也易林晉之歸妹獻豜及豵以樂成功用詩言私其豵二句明齊毛文同

五月斯螽動股六月莎雞振羽七月在野八月在宇九月在戶十月蟋蟀入我牀下〔注〕韓說曰宇屋霤也〔疏〕傳斯螽蚣蝑也莎雞羽成而振訊之釋文訊本又作迅同箋自七月在野至十月入我牀下皆謂蟋蟀也言此三物之如此著將寒有漸非卒來也○斯螽者即螽斯詳具周南動股以兩股相切作聲莎雞者釋蟲翰天雞樊光注謂小蟲黑身赤頭一名莎雞李巡注一名酸雞毛詩正義孫炎注同樊說見文選注十二莎酸

樹文守聲名醫別錄云樗雞生沙內川谷樗樹上陶注云形似寒螿而小蘇頌圖經云莎雞生樗木上六月便出飛而振羽索索作聲人或畜之樊中但頭方腹大翅羽外青內紅而身不黑頭亦不赤此殊不類蓋別一種而同名也今在樗木上者人呼紅娘子頭翅皆赤乃如郭說然不名樗雞疑即是此蓋古今之稱不同耳以生樗樹上名樗雞又有生莎草間者故名莎雞也愚案此釋莎雞最確若崔豹古今注羅願爾雅翼混莎雞絡緯蟋蟀爲一物誤甚易林旣濟之臨莎雞振羽明齊毛文同宇屋霤也者釋文引韓詩文陳喬樅云說文宇屋邊也又曰㮇屋邊聯也梠楣也楣秦名屋邊聯也齊謂之檐楚謂之梠又曰霤屋水流也士喪禮鄭注宇梠也釋名梠或謂之㮇霤流也水從屋上流下也霤亦爲溜左傳三進及溜霤及屋梠之溜水處然則宇也霤也梠也檐也異名而同實蟋蟀詳具唐風昔人以爲即促織不知促織者絡緯也絡緯鳴如絡絲吾楚俗呼紡紗婆聞其聲似促人織也攷淮南時則訓高注蟋蟀蜻蛚促織也詩曰七月在野蓋自漢世已誤今特正之漢書食貨志引詩曰十月蟋蟀入我牀下明齊毛文同楚詞九辯哀蟋蟀之宵征王逸注謂七月在野八月在宇九月在戶十月蟋蟀入我牀下是其宵征也據此明魯毛文同

穹窒熏鼠塞向墐戶〔注〕韓云向北向窗也〔疏〕傳穹窮室塞也向北出牖也墐塗也庶人蓽戶箋爲此四者以備寒○胡承珙云穹窒謂窮極室中之穴隙而塞之以禦寒氣所謂風雨攸除

也其穴有鼠者更熏而去之所謂鳥鼠攸去也北向窗也者釋文引韓詩文與傳義合說文亦云向北出牖也从宀从口詩曰塞向墐戶从口者象中有戶牖之形向下从囧象屋形中有戶牖是以爲象形也陳喬樅云士虞禮啟牖鄉注鄉牖一名明堂位達鄉注鄉牖屬鄉卽向之叚借說文牖穿壁以木爲交窗也窗古文作囪說文囪下云在牆曰牖在屋曰囪重文窗或从穴俗又加心作窻耳孔疏儒行注篳戶以荊竹織門以其荊竹通風故泥之呂覽季秋紀高注引詩此二句明魯毛文同**嗟我婦子曰爲改歲入此室處**〔注〕齊曰作聿〔疏〕箋曰爲改歲者歲終而一之日觱發二之日栗烈當避寒氣而入所穹窒墐戶之室而居之至此而女功止○曰爲改歲者言歲之將改乃先時教戒之詞非謂改歲然後入室也齊曰作聿者食貨志春令民畢出於壄冬則畢入於邑詩曰句引見前嗟我婦子聿爲改歲入此室處所以順陰陽備寇賊習禮文也是齊詩作聿與毛異陳喬樅云聿曰皆詞古多通用毛詩角弓見晛曰消魯韓作聿抑曰喪厥國韓詩作聿大明曰嬪于京爾雅注作聿是三家文多以聿爲曰也

六月食鬱及薁〔注〕魯韓薁作藿**七月亨葵及菽八月剝棗十月穫稻爲此春酒以介眉壽**〔注〕魯說曰古者穫稻而漬米麴至春

而爲酒〔疏〕傳鬱棣屬薁蘡薁也剝擊也春酒凍醪也眉壽豪眉以助其養老之具是謂豳雅○孔疏鬱棣屬者是唐棣之類屬也劉楨毛詩義問云其樹高五六尺實大如李正赤食之甜本草云鬱一名雀李一名車下李一名棣生高山川谷或平田中五月時實一名棣則與棣相類故云棣屬蘡薁者亦是鬱類而小別晉宮閣銘云華林園中有車下李三百一十四株薁李一株車下李卽鬱薁李卽薁二者相類而同時熟愚案史記司馬相如傳隱夫鬱棣漢書作隱夫薁棣是鬱及薁同類微別又同時熟故相連言之而史漢作鬱者又可作薁也毛傳以薁爲蘡薁陸疏承之以爲車鞅藤實遂紛紜莫定矣參證胡承珙說蓋卽唐棣常棣二種詳具何彼襛矣篇魯韓薁作藿者釋草藿山韭邢昺疏韭生山中者名藿韓詩云六月食鬱及藿說文藿草也从艸隺聲詩曰食鬱及藿所引蓋魯詩文許於薁下與毛異也宋掌禹錫等本草嘉祐蘇頌本草圖經皆引韓詩食鬱及藿訓以爾雅藿山韭胡承珙以說文藿下引詩不及山韭爲疑陳喬樅云邢疏多襲舊注以詩之藿卽山韭自是舍人樊光等舊義爾雅說多據魯詩疑魯詩亦作食藿與韓詩同胡說未免過泥惟山韭一物尚待詳攷亨葵及菽者陳奐云士虞記鉶芼夏用葵豆實葵菹亨葵以供鉶羹之滑鄭注云夏秋用生葵是也小宛傳菽藿也藿爲菽之少者七月菽時尚少蓋亨其

少者耳剝者朴之雙聲借字棗須擊取杜甫詩堂前撲棗任西鄰是也古者至爲酒體月令鄭注文齊說也引詩十月三句明齊毛文同馬瑞辰云漢制以正月旦作酒八月成名酎酒周制蓋以冬釀經春始成因名春酒愚案鄭注云至春而爲酒但先漬米麴爾馬說非也初學記二十七御覽八百二十九引蔡邕明堂月令章句云十月穫稻人君嘗其先熟故在季秋九月熟者謂之半夏稻呂覽孟夏紀高注酎春醞也詩云爲此春酒以介眉壽明魯毛文同蔡高皆魯家所用魯義也介大也酒所以養老也

七月食瓜八月斷壺九月叔苴采荼薪樗食我農夫【疏】傳壺瓠也叔拾也苴麻子也樗惡木也箋瓜瓠之畜麻實之糝乾荼之菜惡木之薪亦所以助男養農夫之具○左莊八年傳瓜時而往曰及瓜而代服注瓜時七月壺瓠也楚南人謂之瓠瓜古食瓠葉亦斷瓠爲菹說文叔拾也汝南名收芋爲叔苴麻實可食荼月令之苦菜也樗卽臭椿但可爲薪皆以給食農夫也

九月築場圃十月納禾稼黍稷重穋禾麻菽麥【注】三家重穋作種稑【疏】傳春夏爲圃秋冬爲場箋場圃同地自物生之時耕治之以種菜茹至物盡成熟築堅以爲場納內也治於場而內之囷倉也○禾稼統詞重者穜之渻借三家重穋作種稑說文種下云先種後熟也从禾重聲稑下

下云疾孰也从禾坴聲詩曰黍稷種稑稑下云稑或从翏毛作
重穋則作種稑者三家文也其種埶之字自作穜从禾童聲之種
種二字久爲後人所亂周官内宰職云上春詔王后帥六宮之
人生種稑之種而獻之於王先鄭注先種後孰謂之種後種先
孰謂之稑舍人職云以歲時縣種稑之種以共王后之春獻種
司稼職云掌巡邦野之稼而辨種稑之種周知其名與其所宜
地以爲法而縣于邑閭程瑶田云北方農人皆知辨穜之稙穉
者分別藏之以待時雨而播其種之所宜說文稙早種也穉幼禾也雨應時
則播稙者雨後時則播穉者稙者早種穉者遲種也穉之成也
卑小稙之成也高大至種稑之名無知之者然其義未嘗不寓
於分別稙穉及因時播種之中余居武邑其俗播種時嘗聞其
略稷稙者清明前下種其穫以秋分穉者無正時大率立夏後
夏至前皆其下種時也其穫在立秋白露之間粱與稷相繼下
種稷先粱後其稙者以清明爲正時遲之或至穀雨穫亦以秋
分或稍後於稷焉穉者播穫與稷略同又有一種俗呼二耬子
耬盛穀播種之器形如斗底中有孔爲三股迆立於前股空之其
中上通於底孔股端有鐵銳其末如斗兩旁施轅設輈牛駕之
行行則股端鐵畫地鐵上皆有小孔向後一人在後扶其斗而
搖之穀則種從底孔入三孔復自小孔中漏出恰入畫中所謂構
也構北方播種之名也構必以耬故呼稙者爲頭耬稍遲旬日
種者爲二耬二耬非穉也因別其名曰二耬余曰此種之稑者
也荅稙穉容有同時穫者二耬之穫必在稙者之先此後種先

孰者也殆一物而有種稑之別與馬瑞辰云禾有爲諸穀通稱者聘禮及周官掌客皆言禾若干車通謂粟之有稾者及此詩十月納禾稼是也有專指一穀言者呂氏春秋云禾黍稻麻菽麥六者之實又曰今茲美禾來茲美麥淮南子雒水宜禾又曰中央宜禾及此詩禾麻菽麥是也據說文禾嘉穀也粟嘉穀實也米粟實也粱米名也四者相承而言是粱者粟之米也粟者禾之實也此詩以禾與麻菽麥並言者禾卽粱也戴侗六書故云北方多陸土其穀多粱粟故粱粟專以禾稱孔疏謂更言禾字以總諸禾非也又案粱爲今之小米稷乃今之高粱秦漢以來多誤以稷爲小米辨詳程九穀考**嗟我農夫我稼既同上入執宮功**疏傳入爲上出爲下箋既同言已聚也可以上入都邑之宅治宮中之事矣於是時男之野功畢○案宮室元可通訓入此室處究不得爲上也箋云都邑之事農夫之室非都邑也宋儒范氏董氏以爲官府之役是亦事所當有於經義傳箋皆合下文于茅索綯乃又計及野廬之事所謂公事畢然後敢治私事今從之**晝爾于茅宵爾索綯亟其乘屋其始播百穀**注魯說曰言教民晝取茅草夜索以爲綯綯絞也及爾閒暇亟而乘蓋爾野外之屋春事起爾將始播百穀矣韓說曰穀類非一故言百也疏傳宵夜綯絞也

乘开也箋爾女也女當晝日往取茅歸夜作綯索以待時用亟急乘治也十月定星將中急當治野廬之屋其始播百穀謂祈來年百穀于公社○言教至穀矣趙岐孟子引詩晝爾于茅四句章句文王引之云索者糾繩之名綯即繩也索綯猶言糾繩與于茅文正相對趙云索以爲綯也箋云夜作綯索則是以索爲繩索之索爾雅訓綯爲絞而郭注云糾絞繩索則是以絞爲糾絞之絞胥失之矣穀類至百也文選東都賦李注引韓詩章句文陳奐曰始歲始也周十一月歲始故於十月中豫籌之韓詩外傳八子貢曰賜欲休於耕田孔子曰詩云晝爾于茅宵爾索綯亟其乘屋其始播百穀爲之若此其不易也若之何其休也鹽鐵論散不足篇古者庶人春夏耕耘秋冬收藏昏晨力行夜以繼日詩云晝爾于茅宵爾索綯亟其乘屋其始播百穀以上韓齊詩說明與毛文皆同

二之日鑿冰沖沖三之日納于淩陰四之日其蚤獻羔祭韭【注】韓說曰冰者窮谷陰氣所聚不洩則結而爲伏陰齊魯蚤作早魯說曰開冰室取冰治鑑以祭廟春薦韭卵【疏】傳冰盛水腹則命取冰於山林沖沖鑿冰之意淩陰冰室也箋古者日在北陸而藏冰西陸朝覿而出之祭司寒而藏之獻羔而啟之其出之也朝之祿位賓

食喪祭於是乎用之月令仲春天子乃獻羔開冰先薦寢廟周
禮凌人之職夏頒冰掌事秋刷上章備寒故此章備暑后稷先
公禮教備也○二之日日體在北方之虛宿是建丑之日也冰
者至伏陰初學記引韓詩說文陳喬樅云冰者寒氣所聚鑿冰
亦所以散固陰沍寒深山窮谷之氣故能調四氣之和使冬無
愆陽夏無伏陰人不夭札否則凝聚不洩結而爲伏陰矣故先
王重祭寒之禮著斬冰之令非獨藏以備暑已也韓說於義尤
精禮王制鄭注呂覽季冬紀下仲春紀高注並引二之日鑿冰
沖沖三之日納于凌陰是魯齊毛三家作凌說文勝仌出也勝
室[illegible]之引詩曰納于勝陰知韓詩作勝也齊魯蚤作早者禮王制
鄭注引四之日其早獻羔祭韭呂覽仲春紀高注同說文早晨
也从日在甲上早正字蚤借字獻羔祭韭者言出冰之事開冰
至韭卯亦呂覽高注文左昭四年傳云獻羔而啟之月令仲春
天子乃鮮羔開冰先薦寢廟注鮮當爲獻陳奐云左傳月令皆
不及祭韭者文略也周禮禮記左傳取冰藏冰皆在十二月詩
十二月取冰正月藏冰二月開冰正義引鄭志荅孫皓云豳土
晚寒故可夏正月納冰夏二月仲春大簇用事陽氣出地始溫
故禮應開冰先薦寢廟又引服注左傳西陸朝覿而出之謂二
月日在婁四度春分之中奎始晨見東方蟄蟲出矣故以是時
出之給賓客喪祭之用鄭意本爾雅西陸爲昴故依周禮孟夏
頒冰爲說　**九月肅霜十月滌場朋酒斯饗曰殺羔羊躋彼公堂稱彼**

兕觥萬壽無疆【注】齊萬壽作受福【疏】傳肅縮也霜降而收縮萬物滌場功畢入也兩樽曰朋饗者鄉人以狗大夫加以羔羊公堂學校也觥所以誓衆也疆竟也箋十月民事男女俱畢無飢寒之憂國君閒於政事而饗羣臣於饗而正齒位故因時而誓焉飲酒既樂欲大壽無竟是謂豳頌○霜降之後萬物收斂天地之氣爲之清肅也在場者皆已入倉洗滌淨矣馬瑞辰云士冠禮士昏禮醴尊皆側尊無元酒注側猶特也其鄉射大射燕鄉飲酒特牲饋食少牢饋食諸禮設尊竝兩壺者有玄酒此詩朋酒兩樽葢兼玄酒言之又云案鄉飲酒有鄉大夫無加用羔羊之禮此當從箋謂大飲之禮曰殺羔羊與上曰爲改歲韓詩作聿爲皆語詞也孔疏以爲見大夫而發此言故稱曰失之愚謂斯饗統詞黨正職云國索鬼神而祭祀以禮屬民而飲酒於序以正齒位注云正齒位者爲民三時務農將闕於禮至此農隙而教之尊長養老見孝弟之道大飲則國君饗臣下而皆必於學饗之據經文用羊知此公堂謂大學也古之民且耕且學八歲入小學十五則升其俊異者入於大學豳公國君知序學之上亦設國學也齊萬壽作受福者月令孟冬大飲烝鄭注云十月農功畢天子諸侯與其羣臣飲酒於大學以正齒位謂之大飲詩云十月滌場朋酒斯饗曰殺羔羊躋彼公堂稱彼兕觥受福無疆是頌大飲之詩觵同毛亦作本受福與毛異文用齊詩也稱彼兕觥者稱乃偁之借字爾雅偁舉也孔疏舉彼兕觥之爵正訓稱如偁說文稱

揚也揚亦舉也稱彼兕觥猶禮言揚觶說文觵下云兕牛角可以飲者其狀觵觵故謂之觵觥下云俗觵从光孔疏兕觥罰爵此無過可罰而云稱彼故知舉之以誓戒衆人使羣臣知長幼之序令不犯禮也箋訓萬壽爲大壽者廣雅萬大也簡兮篇方將萬舞韓詩萬舞大舞也是萬自訓大孔疏云使得萬年之壽非也又古器物銘用蘄萬年用蘄眉壽萬年無疆之類皆自祝之詞知所謂萬壽無疆者亦頌禱常語不爲異耳鄭注禮時習齊詩知大飲獻頌不謂受福無疆鄭於卑輕爲非祝君之詞後箋毛詩亦不以萬壽無疆特加崇重仍釋之爲大壽無竟古人立言有體不尙虛浮也其以大飲易毛傳惟求於義有當而已至所謂豳雅豳頌者周禮春官籥章中春晝擊土鼓歈豳詩以逆暑中秋夜迎寒亦如之凡國祈年于田祖則歈豳雅擊土鼓以樂田畯國祭蜡則歈豳頌擊土鼓以息老物鄭注以七月之詩當之箋詩卽用其說而後人非之胡承珙云詩疏謂周禮注以七月首章流火爵發之類爲豳風于耜舉趾之類爲豳雅其後章穫稻釀酒躋堂稱觥之事爲豳頌與詩箋小異詩箋則謂殆及公子同歸以上爲豳風以介眉壽以上爲豳雅萬壽無疆以上爲豳頌信如所言則割裂竄鑿誠爲無理今反復禮注詩箋知所謂三分七月者皆疏家之誤而鄭未嘗有是也鄭於周禮具有師承必非無本籥章首言掌土鼓豳籥可見此一官專掌以籥歈豳別無他詩亦別無他器鄭注籥章引明堂位曰土鼓蕢桴葦籥伊耆氏之樂秋官伊耆氏注云伊耆古王者號始爲蜡以息老物蓋八蜡皆爲農事故歈豳亦多爲農事故爲伊耆氏之樂耳其所

謂豳詩豳雅豳頌含七月一詩更將誰屬鄭注籥豳詩云豳風七月也歈之者以籥爲之聲七月言寒暑之事迎氣歌其類也此風也而言詩詩總名也又曰豳雅亦七月也七月又有于耜舉趾饁彼南畝之事是亦歌其類謂之雅者以其言男女之正又云豳頌亦七月也七月又有穫稻作酒躋彼公堂稱彼兕觥萬壽無疆之事是亦歌其類也謂之頌以其言歲終人功之成細繹注意蓋籥章於每祭皆歈七月全詩而其取義各異取迎寒暑則曰豳詩取言耕作則曰豳雅故注云謂之者言因此義而謂之雅因彼義而謂之頌耳又曰歌其類者即左傳歌詩必類之義鄭撮舉詩詞正指類以曉人則凡篇中言鑿冰肅霜類乎寒暑之氣者皆謂之風言婦子入室類乎男女之正者皆謂之雅其餘所不言者以類推之而已至箋詩於殆及公子同歸以下繫云是謂豳風以介眉壽以下繫云是謂豳雅萬壽無疆以下繫云是謂豳頌是謂者猶禮注云謂之雅謂之頌也蓋以七月全篇備風雅頌之義籥章歈之以一時而供三用如二南爲房中之樂而用之鄉人而爲鄉樂用之邦國則爲燕樂皆比類以取義並非截然分首二章爲風六章以上爲雅八章以上爲頌也孔疏不善讀箋注妄爲分别致後人以三分七月之説歸咎鄭君夫籥章所掌豳籥明是總括之詞在當日如何采詩入樂以成節奏後人已不能知又安能判某章爲風某章爲雅某章爲頌邪惟明乎鄭氏歌其類之義則知籥章止言歈豳必不當求諸七月之外籥章言豳詩者正謂豳風以其詩固風體

也其曰豳雅豳頌者則又以詩入樂各歌其類合乎雅頌故也此可見詩與樂各有取義亦非於一時之中隨事而變其音節且風詩義兼雅頌猶雅詩亦兼風與頌大雅崧高云其風肆好又云吉甫作頌大戴禮投壺篇凡雅二十六篇其八篇可歌歌鹿鳴貍首鵲巢采蘩采蘋伐檀白駒騶虞按惟鹿鳴白駒在小雅貍首已亡餘皆國風而謂之雅又漢杜夔傳云舊雅四曲一鹿鳴二騶虞三伐檀四文王而伐檀騶虞皆風詩也則不可謂別有豳雅豳頌而亡之矣

七月八章章十一句

鴟鴞【注】魯說曰武王崩周公當國管蔡武庚等率淮夷而反周公乃奉成王命興師東伐遂誅管叔殺武庚放蔡叔甯淮夷東土二年而畢定周公歸報成王乃爲詩貽王命之曰鴟鴞齊說曰鴟鴞破斧沖人危殆賴旦忠德轉禍爲福傾危復立又曰鵵鴟鴞治成遇災綏德安家周公勤勞【疏】毛序周公救亂也成王未知周公之志公乃爲詩以遺王名之曰鴟鴞焉箋未知周公之志者未知其欲攝政之意○武王至鴟鴞史記魯世家文明爲詩貽王在誅管蔡之後鴟鴞至復立易林坤之遯文否之蠱隨之井革之歸妹同坤之遯蹇之井作邦人家作沖人義長鵵鴟鴞至勤勞大畜之蹇文蠱之漸暌史記

用魯說易林用齊說是魯齊詩無異義韓詩當同黃山云周公大義滅親又專行黜陟非常之舉朝廷所疑故事定獻詩藉明己意以鴟鴞小鳥自比引咎於己之謀王室者本有未善致貽朝廷憂而心實無他也武王崩周公即已攝政責無旁貸若如箋說獻詩始欲攝政不獨三家所無亦非毛指矣

鴟鴞鴟鴞既取我子無毀我室〔注〕魯說曰鴟鴞鸋鴂韓說曰夫爲人父者必懷慈仁之養以畜養其子也又曰鴟鴞鴟鴞既取我子無毀我室鴟鴞鸋鴂鳥名也鴟鴞所以愛養其子者適以病之愛養其子者謂堅固其窠巢病之者謂不知托於大樹茂枝反敷之葦蔄風至蔄折巢覆有子則死有卵則破是其病也

〔疏〕傳興也鴟鴞鸋鴂也無能毀我室者攻堅之故也甯亡二子不可以毀我周室箋重言鴟鴞者將述其意之所欲言丁盬之也室猶巢也鴟鴞言已取我子者幸無毀我巢我巢積日累功作之甚苦故愛惜之也時周公竟武王之喪欲攝政成周道致太平之功管叔蔡叔等流言云公將不利於孺子成王不知其意而多罪其屬黨興者喻此諸臣乃世臣之子孫其父祖以

勤勞有此官位土地今若誅殺之無絶其位奪其土地王意欲誚公此之由然○鴟鴞鸋鴂者釋鳥文魯説也孔疏引舍人曰鴟鴞一名鸋鴂郭注鴟類誤夫爲至子也文選洞簫賦李注文與下語蓋連類之文鴟鴞至病也文選陳琳檄吳將校部曲李注引韓詩文引經明韓毛文同陳檄鸋鴂巢于葦苕苕折子破下愚之惑也注云苕與蕳同引荀子云南方鳥名蒙鳩爲巢編之以髮繫之葦苕苕折卵破巢非不牢所繫之弱也是李以鴟鴞爲即蒙鳩陳喬樅云方言桑飛謂之工爵自關而東謂之鸋鴂自關而西謂之桑飛或謂之襪爵荀子楊注亦云蒙鳩鷦鷯也蒙當爲蔑蔑引方言桑飛或謂之蔑雀爲證蔑蒙一聲之轉幭蔑字異音義並同藝文類聚九十二引詩義疏云鴟鴞似黃雀而小喙刺如錐取茅爲窠以麻紩之懸著樹枝幽州謂之鸋鴂或曰巧婦或曰女匠關西謂之蔑雀詩曰肇允彼桃蟲今鷦鷯是也是鴟鴞與桃蟲爲一鳥矣又引説苑曰鴟鴞巢於葦之苕大風至苕折卵破者其所託者使然也風俗通義四由鴟鴞之愛其子適所以害之者是魯家説鴟鴞與韓同恩案以上魯韓遺説皆謂流言反間已得行於沖人懼將傾覆王室故閔之而力征衞國比於小鳥之堅固其巢也在周公行周之政用周之人豈有私屬黨哉箋説於它書無徵不敢據信

恩斯勤斯鬻子之閔斯【注】魯恩作殷【疏】傳恩愛鬻稚閔病也稚子成王也箋鴟鴞之意殷勤於此稚子當哀閔之此取鴟鴞子者言稚子也以喻諸臣之先臣亦殷勤

於此成王亦宜哀閔之○魯恩作殷者蔡邕胡公夫人哀讚云殷斯勤斯蔡用魯詩是魯作殷箋云殷勤於此稚子亦本魯詩孔疏恩之言殷也馬瑞辰云釋言鞠稚也鞠一作毓毓即育字說文引書教育子亦即書之孺子也二叔流言言公將不利於孺子故公自言恩勤於王室者惟稚子是閔恤也

迨天之未陰雨徹彼桑土綢繆牖戶今女下民或敢侮予【注】韓土作杜魯說曰迨及也徹取也桑土桑根也言此鴟鴞小鳥尚知及天之未陰雨而取桑根之皮以纏綿牖戶人君能治國家誰敢侮之刺邠君曾不如此鳥【疏】傳迨及徹剝也桑土桑根也箋綢繆猶纏綿也此鴟鴞自說作巢至苦如是以喻諸臣之先臣亦及文武未定天下積日累功以固定此官位與土地我至苦矣今女我巢下之民寧有敢侮慢欲毀之者乎意欲恚怒之以喻諸臣之先臣固定此官位土地亦不欲見其絕奪○土作杜者釋文引韓詩文土杜通用字緜篇自土齊詩作自杜方言東齊謂根曰杜是桑杜即桑根迨及至此鳥趙岐孟子章句文趙習魯詩也箋釋綢繆為纏綿與趙合蓋亦用魯訓陳喬樅云趙以鴟鴞為刺邠君以小弁為伯奇作效論衡亦以小弁為伯奇詩論衡言關雎用魯說則

小弁亦魯說趙說小弁用魯詩則說鴟鴞亦魯詩也周公詩貽成王而以爲刺邠君也不敢斥言王故託邠君以爲諷猶唐人詩之託言漢家也愚案據此當日公詩貽王疑有託名邠君之事故趙用爲故實否則此詩諷王古今共曉無趙獨不知之理有備無患民孰敢侮詩猶言或以疑之者見公周愼之深心也時公雖誅武庚竄淮夷而殷餘未靖奄國猶存公憂懼未嘗稍釋惟望王益加儆戒勿予下民以可乘之隙庶免再召外侮耳

予手拮据【注】韓說云口足爲事曰拮据**予所捋荼予所蓄租**【注】韓說云租積也**予口卒瘏**【疏】傳拮据撠挶也荼萑苕也租爲瘏病也手病口病故能免乎大鳥之難箋此言作之至苦故能攻堅人不得取其子○說文据下云戟挶也挶下云戟持也戟卽撠之消据戟雙聲挶据疊韻此皆從聲見義極狀其勞口足爲事曰拮据者釋文引韓詩文說文据下云手口並有所作也卽本韓爲說韓意予指鳥自名故易手爲足以明之荼莒傳捋取也荼者傳以爲萑苕出其東門箋以爲茅秀釋草之蘱芀荼猋藨芀葦醜芀萑之荼也廣雅之蒣茅穗茅之荼也其物相類皆得荼名蓄租者與捋荼義正相承租讀如蒩說文藉祭藉也蒩茅藉也引禮曰封諸侯土蒩以白茅又通作苴說文苴履中草謂以草藉履鳥之爲巢必以萑苕茅秀爲藉與藉履之以苴者正同故以爲苴而蓄之謂予所捋

之荼，子所蓄之租也。傳「租，爲也」，「爲」乃「薦」形近之譌。「薦」猶「藉」也。荐、薦通，說文「薦，荐也」。荐，釋文本亦誤「薦」作「爲」。「租，積也」者，釋文引韓詩文。租、積雙聲字。積累所以爲薦藉，義亦相近。租之訓積，猶荐之訓聚也。韓說云「荐，聚也」。卒瘏者，馬瑞辰云：「與拮据相對成文。卒當讀爲顇，爾雅『顇，病也』，字通作悴。劉向九歎『躬劬勞而瘏悴』，卒瘏猶瘏悴也。卒、瘏皆爲病，猶拮据並爲勞也。」傳又云「手病口病故能免乎大鳥之難」，乃通釋「予手拮据，予口卒瘏」二句。孔疏謂傳以手病口病解詩卒瘏爲盡病，誤矣。**曰予未有室家**。疏 傳謂我未有室家，箋「我作之至苦如是者，曰我未有室家之故」。○言予所以手口俱病者，以前此未有室家之故，以喻兵戈不息，未及營洛定鼎之事也。

予羽譙譙，予尾翛翛。疏 傳「譙譙，殺也。翛翛，敝也」，箋「手口既病，羽尾又殺敝，言已勞苦甚」。○譙譙，釋文「字或作燋燋，同」。案「譙」當爲「燋」，說文「燋，所以然持火也」，此本義。淮南氾論注「燋，悴也」，此引伸義。燋燋，正形容苦悴之狀。眾經音義六引三蒼「燋悴」作「顦顇」，是燋與顦通。玉篇引楚詞又作「顦」，色醮顇，說文「醮，面焦枯小也」，又云「爨，火所傷也」，焦或省「焦」，本火傷之名，而燋、醮、顦等字因之。古文作譙，譙者借字也。唐石經、宋集韻、光堯石經「翛」皆作「翛」。說文「翛，脯也」，釋名「脯，又曰翛。翛，縮也，乾燥而縮也」。詩言尾之能縮，相同，故曰翛翛。校勘記云「此經相傳有作翛作翛二本」。愚謂說文無「翛」，爾雅亦不爲「翛」作訓，莊子「翛然」本作

翛然則此詩作翛之本當即與脩形近而譌

予室翹翹風雨所漂搖予維音嘵嘵注三家搖作颻音下有之字嘵懼也疏傳翹翹危也嘵嘵懼也箋巢之翹翹而危以其所託枝條弱也以喻今我子孫不肖故使我家道危也風雨喻成王也音嘵嘵然恐懼告愬之意○廣雅釋詁翹舉也文選雜詩注翹懸也草茗輕舉巢懸茗上擬其狀曰翹翹代爲危懼故釋其義云危也張衡東京賦常翹翹以危懼衡用魯詩知魯訓與毛同釋訓翹翹危也郎本詩訓說文漂浮搖動也文選長楊賦漂崑崙注漂搖蕩之也是漂搖二字意義相因故蘀兮詩云風其漂女也三家搖作颻者尚書大傳鄭注引詩風雨所漂颻出三家文釋天扶搖謂之猋釋文引字林作飄飄颻同字音下有之字嘵懼也者說文云从口堯聲詩曰唯予音之嘵嘵玉篇口部廣韻三蕭引詩予維音之嘵嘵並有之字出三家文予唯作唯子說文之誤玉篇廣韻郎本說文當依二書乙正維作唯陳喬樅以爲魯詩釋訓嘵嘵懼也亦引詩魯毛同文之證

鴟鴞四章章五句

東山注齊說曰東山拯亂處婦思夫勞我君子役無休止又曰東山辭家處婦思夫伊威盈室長股羸戶歎我君子役日未已

疏　毛序周公東征也周公東征三年而歸勞歸士大夫美之故作是詩也一章言其完也二章言其思也三章言其室家之望女也四章樂男女之得及時也君子之於人序其情而閔其勞所以說之說以使民民忘其死其唯東山乎○東山至休止易林屯之升文東山至未已家人之頤文皆齊說魯韓無異義案尚書大傳周公攝政一年救亂二年克殷三年踐奄大誥云肆朕誕以爾東征一年救亂事也史記魯世家管蔡武庚等果率淮夷而反周公乃奉成王命興師東伐作大誥遂誅管叔殺武庚放蔡叔放殷餘民甯淮夷東土二年而畢定即釋書居東二年罪人斯得二句也逸周書作雒解二年又作師旅臨衞攻殷殷大震潰王子祿父北奔史記云殺武庚此云祿父北奔蓋追奔而殺之所記異管叔經而卒乃因蔡叔于郭淩凡所征熊盈族十有七國此二年克殷事也墨子耕柱篇周公旦非關叔辭三公東處于商蓋管關字通非即罪之湑借商蓋即商奄奄通作弇爾雅弇蓋也故奄亦作蓋東處即居東也金縢秋大熟以下乃亳姑逸文東漢諸儒併金縢亳姑爲一談遂有成王感雷雨而迎周公返國之說不知經雖闕佚史公從安國問故參酌古文班志云史記引金縢多古文說著爲世家者不可誣也謂史記不可信豈伏生親見先秦完書所述大傳亦不可信乎既雷雨啟金縢史記大傳皆爲遷葬周公之事則知無因雷雨迎周公之事既周公非因雷雨迎歸則知周公居東之非爲避居矣東山詩于今三年即踐奄而歸也胡承珙云大傳奄君蒲姑謂祿父曰武王既死矣今王尚幼矣周公見疑矣此百世

之時也請舉事然後祿父及三監叛也左昭九年傳蒲姑商奄吾東土也又定四年傳因商奄之民說文鄣周公所誅鄣國在魯皇覽奄里在魯括地志兗州曲阜縣奄里即奄國之地後漢郡國志以魯爲古奄國是魯即奄也趙岐孟子注云奄東方國據此可知孟子登東山而小魯即詩之東山宏明集引宗炳明佛論云孟子登蒙山而小魯閻氏四書釋地云或曰費縣西北蒙山居魯四境之東一名東山然則東征踐奄已入魯境東山當是師行所至之地故曰我徂東山詩爲周公勞歸士作毛云大夫美之殆非以序代歸士述室家想望之情大夫不能如此立言也

我徂東山慆慆不歸我來自東零雨其濛【注】三家慆作滔亦作悠魯零作霝齊韓作霝魯濛作蒙【疏】傳慆慆言久也濛雨貌箋我往之東山既久勞矣歸又道遇雨濛濛然是尤苦也○東山者魯之東山其先爲奄之東山孟子書孔子登東山而小魯閻若璩四書釋地云費縣西北蒙山在魯四境之東一曰東山是東山即蒙山亦即此詩之東山也慆作滔者御覽三十二引詩作滔滔不歸說文慆下云說也滔下云水漫漫大貌詩江漢箋順流而下滔滔然水久流不返以喻人之久出不歸作慆借字滔正字楚詞七諫年滔滔而日遠兮義亦爲久也亦作悠者魏武帝詩悲彼東山詩悠悠使我哀魏文帝詩豈如東山詩悠悠

多憂傷，是三家滔作慆之證。滔慆古同聲通用。論語「滔滔者天下皆是也」，史記孔子世家及鄭本論語亦作「悠悠」。悠悠，亦久也。魯零作蘦，齊韓作霝者，說文：「霝，雨零也。从雨，吅象零形。詩曰：『霝雨其濛。』」釋詁：「蘦，落也。」郭注：「蘦見詩。」據此，蘦借字，霝正字。陳喬樅云：「許所偁詩，葢毛氏也。今毛作零雨，非舊文。」愚案：說文引詩，三家爲多，偁引古文，特崇時尚，陳說非也。爾雅蘦是魯文，說文之霝，葢齊韓所載矣。魯濛作蒙者，王逸楚詞七諫注：「蒙蒙，盛貌。詩曰：『零雨其蒙。』」此魯借蒙爲濛。爾雅釋天引詩同，葢據舊注之文。蘦作零，亦魯又作本。

我東曰歸，我心西悲。制彼裳衣，勿士行枚。〔疏〕傳：「公族有辟，公親素服，不舉樂，爲之變，如其倫之喪。士，事。枚，微也。」箋：「我在東山常曰歸也，我心則念西而悲。勿，猶無也。女制彼裳衣而來，謂兵服也。亦初無行陳銜枚之事，言前定也。春秋傳曰：『善用兵者不陳。』」○馬瑞辰云：「制彼裳衣者，制，古製字，制其歸塗所服之衣也。勿士行枚者，喜今之不事戰陣。」謂橫銜於口用枚也，箋正以行陳銜枚釋經行枚。胡承珙云：「傳：『枚，微也。』葢訓枚爲微。微徽古字通用。周官銜枚氏鄭注：『銜枚，止言語囂讙也。』釋詁：『徽，止也。』枚以止言，故亦可訓徽。孔疏訓微爲微細，非。」黃山云：「說文：『微，隱行也。』隱行亦即微行。毛讀士爲事，謂勿事行微，猶言勿事微行，葢古文家皆以周公居東爲微行辟地，至此乃不然，幸之也。鄭訓枚爲銜枚，而讀行爲行陳，亦必據三家改毛。以三家謂居東卽東征，振旅而歸，故以勿銜枚爲幸也。」

蜎蜎者蠋，烝在桑野。【注】三家蠋作蜀。敦彼獨宿，亦在車下。【疏】傳：蜎蜎，蠋貌。蠋，桑蟲也。烝，窴也。箋：蠋蜎蜎然特行，久處桑野，有似勞苦者。古者聲窴、塡、塵同也。敦敦然獨宿於車下，此誠有勞苦之心。○釋蟲：蚅，烏蠋。孔疏引樊光曰：詩云：蜎蜎者蠋。郭注：大蟲如指，似蠶。三家蠋作蜀者，爾雅釋文引說文虫部：蜀，桑中蠶也。今本作葵中蠶也，葵葢桑之誤字。詩曰：蜎蜎者蜀。三家當用正字。段注：今毛詩及爾雅左旁又加虫，非也。此桑中虫而言似蠶者，淮南子：蠶與蜀相類，而愛憎異也。釋言：烝，塵也。孔疏引孫炎曰：烝物久之塵。陳喬樅云：傳訓烝爲窴，箋云古聲窴、塡、塵同，此鄭依魯訓以通毛義也。

我徂東山，慆慆不歸。我來自東，零雨其濛。果臝之實，亦施于宇。伊威在室，蠨蛸在戶。町畽鹿場，熠燿宵行。【注】韓說曰：宵行，熠燿，以爲鬼火，或謂之燐。【疏】傳：果臝，括樓也。伊威，委黍也。蠨蛸，長踦也。町畽，鹿迹也。熠燿，燐也。燐，熒火也。箋：此五物者，家無人則然，令人感思。○釋草：果臝之實，括樓。今藥中括樓仁也。孔疏引孫炎曰：齊人謂之天瓜。今以其根切作片曰天花粉，亦即天瓜之譌也。說文：𦺇蔞，果蓏也。蓏變爲臝，猶𦺇蔞變爲搭樓耳。葛覃傳：施，移也。宇，霤也。詳七月。釋蟲：伊威，委黍。

又曰蟠鼠負也說文蛜威委黍委黍鼠婦也又曰蟠鼠婦也兩鼠婦相混後人併爲一物孔疏引陸疏云伊威在壁根下甕底土中生似白魚者是也馬瑞辰云目驗之色與白魚相似長僅一二分郝懿行云長半寸許形扁似鼈多足凡溼處皆有之圖經本草所謂溼生蟲也至本草之地鼈名醫別錄云一名土鼈蘇恭注狀似鼠婦大者寸餘此與鼠婦相似而大小不同郝云色黑又名蟅蟲蓋即爾雅說文之蟠非伊威也伊威本草一作蛜蝛別錄一名蜲蟓除伊字外皆後起之字宋蘇軾詩臥聞風幔落蛜蝛此蟲未聞緣高善飛疑誤釋蟲蠨蛸長踦郭注小鼅鼄長腳者俗呼爲喜子說文蠨蛸長股者陸疏云此蟲來著人衣當有親客至有喜荆州河內人謂之喜母幽州人謂之親客亦如蜘蛛爲羅網居之郝懿行云此蟲作網但有縱理而無橫文如絡絲之狀陶注本草蜘蛛赤斑名絡新婦疑此是也但所見皆黃色無赤斑者其腹幹甚瘦小埤雅引小爾雅云鹿之所息謂之場與後漢郡國志廣陵郡劉注麋暖同町疃鹿迹所在也楚詞九思鹿蹊兮躖躖其義正同謂鹿所步處也說文町下云田踐處曰町疃下云禽獸所踐處也詩曰町疃鹿場疃作畽與釋文亦作本合熠燿至之燐陳思王螢火論引韓詩章句文熠燿宵行明韓毛文同傳熒火舊作螢火孔疏引曹植此語其下又云未爲得也天陰沈數雨在於秋日螢火夜飛之時也故云宵行然腐草木得溼而光亦有明驗衆說竝爲螢火近得實矣然則毛以螢火爲燐非也段玉裁云熒火當謂鬼火之熒熒然者也淺人誤

以釋蟲之熒火郎熠當之又改其字從虫其誤蓋始於陳思王也思案崔豹古今注螢火一名燐廣雅景天螢火燐也蓋鬼火有光熒熒然謂之燐螢火有光熒熒然亦可謂之燐二者不嫌同名陳思誤疑耳**不可畏也伊可懷也**

疏 箋伊當作緊緊猶是也懷思也室中久無人故有此五物是不足可畏乃可爲憂思○上箋及此皆言五物實四物也謂果臝伊威蠨蛸熠燿也又宇室戶皆言家中鹿場則在野外非室中熠燿宵行亦非室久無人之故也

我徂東山慆慆不歸我來自東零雨其濛鸛鳴于垤婦歎于室

注 韓詩曰鸛鳴于垤婦歎于室韓說曰鸛水鳥巢居知風穴居知雨天將雨而蟻出壅土鸛鳥見之長鳴而喜洒埽穹窒我征聿至

疏 傳垤蟻冢也將陰雨則穴處先知之矣鸛好水長鳴而喜也箋鸛水鳥也將陰雨則鳴行者於陰雨尤苦婦念之則歎於室也穹窮窒塞洒灑埽拚也穹室鼠穴也而我君子行役述其日月今且至矣言婦望也○陸疏鸛鸛雀也似鴻而大長頸赤喙白身赤尾翅樹上作巢大如車輪卵如三升杯泥其巢一傍爲池含水滿之取魚置池中稍稍以食其雛說文雚下云小爵也小是水之誤从雈吅聲詩曰雚鳴于垤與釋文又作本合鸛鳴至而喜文選張茂先情詩李注引韓詩薛君章句文鸛

鳴二句明韓毛文同孔疏將欲陰雨水泉上潤穴處者先知之故蠙避溼而上冢鸛是好水之鳥知天將雨故長鳴而喜也婦念征夫行役之苦則歎于室易林大過之損處子歎室用此經文明齊毛文同洒埽室中又窮塞室中之孔穴以待我征夫之至

有敦瓜苦烝在栗薪〔注〕韓栗作蓼云眾薪也〔疏〕傳敦猶專專也烝眾也言我心苦事又苦也箋此又言婦人思其君子之居處專專如瓜之繫綴焉瓜之辦有苦者以喻其心苦也烝塵栗析也言君子又久見使析薪於事尤苦也古者聲栗裂同也○栗作蓼云眾薪也者釋文引韓詩文王應麟詩攷引作聚薪也其義亦同言思我君子專專然如瓜之苦塵久在眾薪之中以瓜自喻薪喻眾人玉篇艸部蓼與蓼同蓼辛苦之菜也若讀如本字則謂以苦瓜而久在眾蓼薪之中於義亦通箋讀栗爲析是爲已析之薪乃云見使析薪似未爲得公勞歸士代其室家序想望君子之情軍士職事尊卑各異不必人人見使析薪自以上下二句皆是喻意爲合烝訓久與下三年意貫較傳義長

自我不見于今三年

我徂東山慆慆不歸我來自東零雨其濛倉庚于飛熠燿其羽

〔疏〕箋首四句凡先著此四句者皆爲序歸士之情倉庚仲春而鳴嫁取之候也熠燿其羽羽鮮明也歸士始行之時新合昏

禮今還故極序其情以樂之○案東山一篇所記時物皆非春
日故以爲推言始昏之時物孔疏申毛以爲興嫁子衣服鮮明
毛無此意也

之子于歸皇駁其馬注魯皇作騜疏傳黃白曰皇騮白曰駁箋之子于歸
謂始嫁時也皇駁其馬車服盛也○魯皇作騜者釋畜騮白駁
黃白騜舍人曰騮赤色名曰駁黃白色名曰騜孔疏引孫炎曰
詩云騜駁其馬郭注引詩同郎用舊注
之文毛用借字作皇則作騜者魯詩也

親結其縭九十其儀注韓說曰縭帶也疏傳縭婦人之褘也母戒女施衿結帨九十其儀言多儀也箋女嫁父母既戒之庶母又申
之九十其儀喻丁寧之多○縭帶也者文選思元賦注引韓詩
薛君章句文馬瑞辰云說文褘蔽厀也是褘爲蔽厀之名爾雅
衣蔽前謂之襜郭注今之蔽厀下郎繼以婦人之褘謂之縭二語相承
蓋謂男子之蔽厀名襜婦人之蔽厀名縭也釋名韠蔽也所以
蔽厀前也婦人蔽厀亦如之是婦人有蔽厀之證方言蔽厀齊
魯之郊謂之袡郎爾雅之襜爾雅釋文襜本或作袡方言作袡此袡郎襜之證蓋襜
與縭對文則異散文則通雜記襺衣裳與稅衣纁袡爲一稱鄭
注袡婦人蔽厀是知士昏禮女次純衣纁袡亦郎蔽厀鄭注訓袡爲衣
緣誤此昏禮女服蔽厀之證也上古蔽前蔽厀象之示不忘古其
制於衣帶前以韋爲一幅巾說文市从巾象連帶之形市或作
袚方言蔽厀或謂之袚又作帗說文帗一幅巾也據方言蔽厀有大巾之
名釋名亦有巨巾之稱蓋對佩巾爲巾之小者言也佩巾名帨

蔽鄰稱大巾巨巾故得同名爲帨詩無感我帨兮當指縭言之以其爲嫁時夫所親結也此詩結縭謂其結蔽鄰之帶故韓說云縭帶也帶所以繫故爾雅又曰縭緌也緌亦繫也士昏禮施衿結帨衿紟古通用說文紟衣系也漢書楊雄傳注引應劭曰衿音衿系之衿衿帶也衣帶謂之衿帨帶亦謂之衿是知施衿卽施帶以結其帨也爾雅郭注以縭爲今之香纓士昏禮鄭注以帨爲佩巾孔疏以施衿爲內則之衿纓皆失之陳喬樅云士昏禮施衿結帨後漢馬融傳云施衿結縭張華女史箴云施衿結離注離與縭古字通則縭之爲帨審矣褘之爲物所以蔽前以其象巾之形故謂之帨以其象帶之緌故謂之縭耳爾雅釋文縭本或作褵玉篇衣部云褵衣帶也愚案釋器婦人之褘謂之縭縭緌也孫炎注褘帨巾也郭璞誤爲香纓得馬陳二說以暢雅訓韓毛注義並通矣孔疏數從一而至於十則數之小成舉九與十言其多威儀也韓詩外傳二云嫁女之家三夜不息燭思相離也取婦之家三日不舉樂思嗣親也故昏禮不賀人之序也三月而廟見稱來婦也厥明見舅姑降於西階婦降自阼階授之室也憂思三日三月不殺孝子之情也故禮者因人情爲文詩曰親結其縭九十其儀言多儀也

其新孔嘉其舊如之何疏傳言久長之道也箋嘉善也其新來時甚善至今則久矣不知其如何也又極序其情樂而戲之○

愚案前此新昏既甚嘉矣其久長之道又如之何欲其同保家室以樂太平易序卦傳夫婦之道不可以不久也故受之以恆

序云四章樂男女之得及時也謂及男女壯盛天下漸定之時

東山四章章十二句

破斧【疏】毛序美周公也周大夫以惡四國焉箋惡四國者惡其流言毀周公也○周公東征後遂兼行黜陟之典非僅如毛說管蔡商奄也從三家爲正說

既破我斧又缺我斨【疏】傳隋銎曰斧斧斨民之用也禮義國家之用也箋四國流言既破毀我周公又損傷我成王以此二者爲大罪○釋文隋徒禾反又湯果反孔形狹而長也說文斨方銎斧也詩曰又缺我斨斧言破斨言缺互詞以喻四國破壞禮義亂我周邦箋以斧斨分指周公成王胡承珙云喻周公者不變何以喻成王者屢變與箋不如傳明矣周公東征四國是皇【注】魯說曰皇正也又曰言東征黜陟周公黜陟而天下皆正也齊說曰東行述職征討不服【疏】傳四國管蔡商奄也箋周公既反攝政東征伐此四國誅其君罪正其民人而已○皇正也者釋言文郭注引詩四國是皇釋皇爲正明用魯義言東至正也白虎通巡狩篇文謂三歲一閏天道小備五歲再閏天道大備故五年一巡狩三年二伯述職黜陟一年物有始

終歲有所成方伯行國時有所生諸侯行邑傳曰周公入爲三公出爲二伯中分天下出黜陟詩曰周公東征四國是皇言周公東征云云何休公羊傳解詁此道黜陟之時也引詩周公二句與白虎通合明魯毛文同法言先知篇昔在周公征於東方四國是正以上皆魯說東行至不服易林井之小畜文公羊僖四年傳古者周公東征則西國怨西征則東國怨公羊齊學此說必齊詩義後漢書班固奏記東平王蒼曰古者周公一舉則三方怨曰奚爲而後己李注引孫卿子曰周公東征而西國怨曰何獨不來也南征而北國怨曰何獨後我也以上皆齊說愚案言天下皆正則非獨管蔡商奄詩稱四國猶鴟鴞篇正是四國之比非有實指東行述職齊魯說同二舉三怨卽道黜陟足見此詩並無別解韓可知矣孟子言滅國者五十逸周書作雒解周公立相天子三叔及殷東徐奄及熊盈以畧凡所征熊盈族十有七國俘維九邑俘殷獻民遷于九畢是四國不專指管蔡商奄之明證

哀我人斯亦孔之將【注】**魯說曰孔甚也**【疏】傳將大也箋此言周公之哀我民人其德亦甚大也○馬瑞辰云哀憐也愛也呂覽人主何可以不務哀士高注哀愛也中庸仁者人也鄭注人也讀如相人偶之人以人意相存問之言表記仁者人也注云人也謂施以人恩也古者相親愛謂之相人偶方言凡言相憐哀九疑湘潭之間謂之人兮人斯猶人兮也哀我人斯謂憐我而人偶之也故詩言亦孔之將與下章嘉休同義廣雅將美也傳訓將

爲大古大與美美亦同義孔甚也者王逸楚詞九章注文引詩亦孔之將明魯毛文同

既破我斧又缺我錡【注】韓說曰錡木屬【疏】傳鑿屬曰錡○陳奐云說文鑿穿木也錡鉏鋤也穿木之器其耑鉏御然鉏御猶齟齬也錡木屬者釋文引韓詩文胡承珙云器之以木爲者多矣不得遂名木屬疑木爲茉之譌說文茉兩刃臿也方言臿宋魏之間謂之鏵茉鏵古今字說文又云梁茉臿也从木入象形眀聲茉从木丫象形宋魏曰茉也或从金亏作釫魯商瞿字子木亦當爲茉之誤或省借作木耳陳喬樅云詩召南傳釜有足曰錡郭璞方言注錡三脚釜也釜之有足者名錡鏵之有齒者亦名錡然則錡之爲物蓋如臿而有三齒與茉之有兩刃者相似故韓詩以爲茉屬而說文以鉏鋤爲訓也今世所用鋤猶有三齒五齒者蓋卽是物或以爲今之鋸非是

周公東征四國是吪【注】魯吪作訛【疏】傳吪化也○魯吪爲訛者釋言訛化也郭注引詩四國是訛明雅用魯詩節南山箋訛化也

哀我人斯亦孔之嘉【疏】箋嘉善也○大明傳嘉美也

既破我斧又缺我銶【注】韓說曰銶鑿屬也【疏】傳木屬曰銶○說文無銶字林下云一曰鑿首也段注許所據詩或字从木無銶鑿首之訓卽用韓詩說鑿首謂鑿柄也馬瑞辰云廣雅銶梂也梂與弭同弭亦柄

也管子書一車必有一斤一鋸一釭一鑽一鑿一銶一軻以銶鑿並言銜櫑爲鉏柄而鹽鐵論鉏耰棘櫑亦以櫑鉏並言也釋文引一解云郎今之獨頭斧未詳何據陳喬樅云說文訓梂爲鑿首葢指鑿柄之耑而言曲禮進戈者前其鐏後其刃進矛戟者前其鐓注云後刃敬也三兵鐏鐓雖在下猶爲首也鋭底曰鐏取其鐏地平底曰鐓取其鐓地也說文鐓秘下銅鐏也鐏秘下銅也段注鐏地者可入地鐓地者著地而已然則梂爲鑿首以金爲之故字亦從金也至毛傳以爲木屬者胡承珙云銶亦臿類葢起土之物釋名臿插也掘地取土也大雅捄之陾陾箋云捄捊也說文捊引取土也捄與銶皆从求得聲所以取土者謂之銶因而取土亦謂之捄周官鄉師注引司馬法云輂一斧一斤一鑿一梩一鉏賈疏梩或解爲臿或解爲鍬臿鍬不殊司馬法之一梩或卽管子之一銶皆鍬臿之類與

周公東征四國是遒〔疏〕傳遒固也箋遒斂也○孔疏遒訓爲聚亦堅固之意陳奐云廣雅揫固也古遒揫聲通若長發百祿是遒三家詩作揫之例揫亦斂聚意也

哀我人斯亦孔之休〔疏〕美傳休美也

破斧三章章六句

伐柯〔疏〕毛序美周公也周大夫刺朝廷之不知也箋成王既得雷雨大風之變欲迎周公而朝廷羣臣猶惑於管蔡之

言不知周公之聖德疑於王迎之禮是以刺之○案王欲迎周公則朝廷無異說矣而箋云羣臣有疑惑者是今古文說所無三家說不可見今以蘇氏說明之硯

伐柯如何匪斧不克取妻如何匪媒不得疏傳柯斧柄也禮義者亦治國之柄媒所以用禮也治國不能用禮則不安箋克能也伐柯之道唯斧乃能之此以類求其類也以喻成王欲迎周公當使賢者先往媒者能通二姓之言定人室家之道以喻王欲迎周公當先使曉王與周公之意者又先往○案周公能以禮義爲國今成王欲治天下當迎周公歸也宋蘇軾詩傳曰伐柯而不用斧取妻而不用媒豈可得哉今成王欲治國棄周公而不召亦不可得也最合經意今從之

伐柯伐柯其則不遠疏傳以其所願乎上交乎下以其所願乎下事乎上不遠求也箋則法也伐柯者必用柯其大小長短近取法於柯所謂不遠求也王欲迎周公使還其道亦不遠人心足以知之○周公用禮義之道故東土得以速定其法不遠所謂前事者後事之師也故得公歸朝而天下治矣蔡邕太尉楊公碑閑於伐柯又薦邊讓書成伐柯不遠之則皆用魯經文王符潛夫論明忠篇引伐柯二句明魯毛文同禮中庸引詩云伐柯伐柯其則不遠執柯以伐柯睨而視

之猶以爲遠故君子以人治人改而止此齊說韓詩外傳二云原天命治心理好惡適情性而治道畢矣四者不求於外不假於人反諸己而存矣詩曰伐柯伐柯其則不遠此韓說明齊韓亦同皆就治道申成詩義**我覯之子籩豆有踐**【疏】傳踐行列貌箋覯見也之子是子也斥周公也王欲迎周公當以饗燕之饌行至則歡樂以說之○我覯之子與下篇句例同而義則各別下篇言見公已拜上公之服未得公歸之命此章言公之不可不歸預想見王之見公必行饗燕之禮也玉篇引詩籩豆有踐云踐行也行讀如杭與傳行列義合

伐柯二章章四句

九罭【疏】毛序美周公也周大夫刺朝廷之不知也○三家無異義

九罭之魚鱒魴【注】魯說曰緵罟謂之九罭九罭魚罔也韓詩曰九罭之魚鱒魴九罭取鰕芘也【疏】傳興也九罭緵罟小魚之網罟乃後得鱒魴之魚言取物各有器也興者喻王欲迎周公之來當有其禮○緵罟至罔也釋器文魯說也孔疏引孫炎曰九罭謂魚之所入有九囊也緵數一聲之轉即孟子所謂數罟趙岐注數罟密網也釋魚鯤鱒魴樊光曰詩云九罭之魚鱒魴說

文鱒赤目魚今目驗赤眼魚與鱒魚相似故毛以鱒與魴同爲大魚也張衡西京賦布九罭摷鯤鮞鯤鮞小魚明以鱒與魴爲大魚衡用魯詩知魯義與毛同九罭至芘也御覽八百三十四引韓詩文明韓毛文同取鰕芘也者言以鰕之微細亦不脫漏極形其网密玉篇艸部芘蓄也與魚网義不合芘當爲比言細相比也說文笓下云取蟣比也取蟣比與取鰕比意合漢書匈奴傳比疏一史索隱引蒼頡篇靡者爲比麤者爲梳比卽俗之枇也故以狀取魚密網孔疏鱒魴是大魚處九罭之小網非其宜以興周公是聖人處東方之小邑亦非其宜**我覯之子衮衣繡裳**（注）韓衮作綄云綄衣**繡衣也**（疏）傳所以見周公也衮衣卷龍也箋王迎周公當以上公之服往見之○覯見也之子斥周公時公拜王命已得服上公之服馬瑞辰云爾雅衮黻也蓋釋此詩衮衣繡裳猶終南詩黻衣繡裳也訓衮爲黻乃通言言黼黻文章之事故爾雅又曰黼黻彰也黻衣猶云章服非訓衮爲十二章之黻也古者龍畫於衣黻繡於裳郭注爾雅謂衮有黻衣失之又案傳衮衣卷龍也曲禮衮衣衣字皆叚借作卷蓋衮从㕣聲與卷同音故傳借作卷荀子又借作裷今說文作从公聲形近傳寫之誤淮南說林訓高注詩曰衮衣繡裳明魯毛文同衮作綄云綄衣繡衣也者玉篇系部引韓詩文皮嘉祐云陳奐曰士冠禮爵弁服纁裳純衣純讀爲黗說文黗黑也純衣猶玄衣也類篇綄冠衮也一曰纁色衣士纁裳非天子諸侯之服且古有纁裳無纁

衣士昏禮女次純衣纁袡是女子之衣非男子之衣禮曰不襲婦服則男子不服纁袡可知且纁袡鄭注謂以纁緣其衣亦不得爲纁衣之證韓詩所謂纁衣疑亦卽純衣熏與屯聲近得通禹貢杶幹栝柏釋文杶本作櫄此熏屯通用之證韓詩作綩衣者周禮染人注故書纁作䵚綩與䵚皆从宛聲韓詩之綩當卽周禮故書之䵚䵚與纁同故韓以綩衣爲纁衣實卽禮服之純衣也

鴻飛遵渚【疏】傳鴻不宜循渚也箋鴻大鳥也不宜與鳧鷖之屬所也○段玉裁云說文鴻下云鴻鵠也鴻鵠卽黃鵠黃鵠一舉知山川之紆曲再舉知天地之圓方（惜誓賈誼詞）最爲大鳥箋止云鴻大鳥不言何鳥學者多云雁之大者夫鴻雁遵渚遵陸乃其常耳何以傳云鴻不宜循渚陸非鴻所宜止則鴻非大雁也正謂一舉千里之大鳥常集高山茂林之上不當循小洲之渚高平之陸也經傳鴻字有謂大雁者曲禮前有車騎則載飛鴻易鴻漸于磐是也有謂黃鵠者此詩是也單呼鵠絫呼黃鵠鴻鵠黃言其色（鴻之言雁言其大也）小雅傳云大曰鴻小曰雁此因下言雁決上言大雁字當作雁假鴻爲之而今人遂失鴻本義

公歸無所於女信處【疏】傳周公未得禮也再宿曰信箋信誠也時東都之人欲周公留不去故曉之云公西歸而無所居則可就女誠處是東都也（豳譜孔疏於時實未爲都而云都據後營洛言之耳）今

公當歸復其位，不得留也。○胡承珙云：鴻不宜遵渚，謂公不宜居東也。不宜居，則公應歸矣，而未有所也，故猶於東信處耳。公歸二字略逗，無所猶孟子云無處於女，猶言於東不必定與東人相爾汝也。黃山云：傳言未得禮，特振旅之禮命尙未逮耳，非箋所謂迎周公當有其禮。

鴻飛遵陸，【注】韓說曰：高平無水曰陸。【疏】傳：陸非鴻所宜止。○高平无水曰陸者，王篇阜部引韓詩文。釋名：高平曰陸，陸，漉也，水流漉而去也。流漉而去則无水，與韓合。公歸不復，於女信宿。【疏】傳：宿猶處也。○胡承珙云：孔疏引王肅訓復爲反，蓋用小雅言歸斯復，傳云：復，反也。但訓反，則公歸二字亦須讀斷，謂公本應歸而不得所以反之道，乃與上無所一例。否則旣曰歸又曰不反，不可通矣。易林損之蹇：鴻飛在陸，公出不復，伯氏客宿。漸之否、剝之升、中孚之同人、同師之震，伯氏上多仲氏任只一句，皆不可曉。

是以有袞衣兮，無以我公歸兮。【疏】傳：無與公歸之道也。箋：是，是東都也。東都之人欲周公之留爲君，故云是以有袞衣，謂成王所齎來袞衣，願其封周公於此，以袞衣命留之，無以公西歸。○胡承珙云：周公以道事君，使無所以迎之道而徒以其服，是以有此袞衣而終無與公歸之道，能無使我心悲乎？愚案：周公旣受上公之服，則王禮已加，召公歸則振旅而歸耳使必待王迎然後歸不迎則不歸以此爲與公歸之道豈所以爲周公乎胡說非是無以讀作無與以與古字通用言袞衣不言繡裳者消文以成句也**無使我心悲兮**疏箋周公西歸而東都之人心悲思恩德之愛至深也○時鴟鴞已貽之後舉國皆知周公忠誠而王未命歸東人獨於公極其依戀故詩人代爲周公悲而望王之悔悟無使我心傷悲也

九罭四章章三句

狼跋疏毛序美周公也周公攝政遠則四國流言近則王不知周大夫美其不失其聖也箋不失其聖者聞流言不惑王不知不怨終立其志成周之王功致大平復成王之位又爲之大師終始無愆聖德著焉○三家無異義

狼跋其胡載疐其尾注齊疐作躓韓作躓疏傳興也跋躐疐跲也老狼有胡進則躐其胡退則跲其尾進退有難然而不失其猛箋興者喻周公進則躐其胡猶始欲攝政四國流言辟之而居東都也退則跲其尾謂後復成王之位而老成王又留之其如是聖德無玷缺○說文跋下云蹎跋也蹎下云步行獵跋也說文無躐字集韻引作躐王篇蹎躐跋也說文疐礙不行也从叀引而止之也釋言跋躐也疐跲也李巡曰跋前行曰躐跲卻頓曰疐也郭引此

詩雅訓釋詩可以推知魯毛二家並無異義異字齊䠠作躓者
鹽鐵論鍼石篇狼跋其胡載躓其尾君子之路行止之道固狹
耳桓寬用齊詩據此齊作躓韓作躓者說文躓下云跲也詩曰
載躓其尾魯作䠠齊作躓則作躓者韓詩文也易林震之恆老
狼白獹長尾大胡前顛後躓无有利得岐人悅喜岐人卽豳人
也詩列豳風漢世說詩者每假豳以立言如鴟鴞之詩以貽成
王而以爲刺邠君此詩公孫碩膚解公孫爲豳公之孫也豳風
因周公陳七月之篇周史删立此名鴟鴞東山緣公作而附著
之凡美周公者亦入焉公在東土周大夫美之與豳岐何涉而
稱成王爲豳公之孫有以知其必不然矣睽之需蹇之剝末句
作進退遁崇語句費解疑有誤字

公孫碩膚赤舄几几【注】三家几几作掔掔亦作

己己【疏】傳公孫成王也豳公之孫也碩大膚美也赤舄人君之
盛屨也几几絇貌箋公周公也孫讀當如公孫于齊之
孫孫之言孫遁也周公攝政七年致太平復成王之位孫遁辟
此成公之大美欲老成王又留之以爲大師履赤舄几几然○說釋
上箋云與者喻周公始欲攝政四國流言辟之而居東都也
觀胡承珙云此詩當指周公攝政四國流言時事蓋其時疑謗
忽起王室傾危二叔不咸沖人未悟周公欲進不能欲退不得
正跋前疐後之狀愍案胡說是也周公惟攝政故致流言必不
如箋作鴟鴞詩時始欲攝政也當流言之起成王疑公蓋有二
公所不能匡救者公此時既已攝政進而負扆無以解於嚻子

退而弗治無以告我先王請命東行內則遠嫌外仍扞難實處危疑恐懼之地及四國果叛連兵二年罪人斯得然後心迹大顯衮衣既錫旋亦召歸豳人於公之歸追紀德音故以是詩美之耳赤舄以金爲飾謂之金舄車攻箋金舄黃朱色也韓奕以赤舄賜韓侯此詩以赤舄美周公是赤舄爲諸侯盛飾矣几几絇貌者士冠禮注絇之言拘以爲行戒狀如刀衣鼻在屨頭漢書王莽傳莽再拜受衮冕句履孟康注今齊祀履句頭飾也出履三寸廣雅几几盛也詩蓋以狀盛服之貌一作擥擥者說文擥固也讀若詩赤舄擥擥蓋取金絇若屨擥固之貌亦作己己者己部又云讀若詩赤舄己己儿己同聲陳奐云己象萬物辟藏詘形絇在屨頭如刀衣鼻自有詘形故曰己己皆三家文也

狼疐其尾載跋其胡公孫碩膚德音不瑕【疏】傳瑕過也箋不瑕言不可疵瑕也

狼跋二章章四句

豳國七篇二十七章二百三句

詩三家義集疏卷十三終

詩三家義集疏卷十四

長沙王先謙益吾著

鹿鳴之什弟十四【疏】陸德明曰：什音十。什者，若五等之君有詩教，統有四海，歌詠之作，非止一人。篇數既多，故以十篇編爲一卷，名之爲什。

詩小雅【疏】史記司馬相如傳贊：大雅言王公大人而德逮黎庶，小雅譏小己之得失，其流及上。所以言雖外殊，其合德一也。張揖曰：謂文王、公劉在位大人之德，下及衆民者也。己，詩人自謂也。己小有得失，不得其所，作詩流言以諷其上也。又上林賦「揜羣雅」，張揖曰：小雅之材七十四人，大雅之材三十一人，故曰羣雅也。閻若璩云：小雅除笙詩七十四篇，大雅三十一篇，以篇數計也。以上魯說小雅並言大荀子大略篇：小雅不以於汙上，自引而居下，疾今之政以思往者，其言有文焉，其聲有哀焉。淮南王離騷傳：小雅怨誹而不亂。服虔左傳注：自鹿鳴至菁菁者莪，道文武修小政定大亂致太平，是爲正小雅。陳喬樅云：魯說以鹿鳴爲刺詩，而服虔又謂鹿鳴至菁菁莪爲正小雅者，案琴操言大臣昭然獨見，故歌以感之，又言乃援琴以刺之，所謂刺之者，謂陳古以刺今，云欲以感之者，即微言諷諫之義也。以上魯說。禮樂記：恭儉而好禮者宜歌小雅。初學記二十一引詩推度災曰：建四始五際而八節通。詩孔疏引詩汜歷樞曰：大明在亥，水始也；四牡在寅，木始也；嘉魚在巳，火始也；鴻雁在申，金始也。又曰：卯酉之際爲革政，午亥之際爲革命，神在天門出入候聽卯天保也酉祈父也午采芑也亥大明也孔疏云亥爲革命一際也亥又爲天門出入候聽二際也卯爲陰陽交際三際也午爲陽謝陰興四際也酉爲陰盛陽微五際也（革舊誤政改正）神（神訛辰依郎顗傳正）又後漢書郎顗傳李注引氾歷樞曰凡推其數皆從亥之仲起此天地所定位陰陽氣周而復始萬物死而復蘇大統之始故王命一節爲之十歲也漢書翼奉上封事曰易有陰陽詩有五際春秋有災異皆列終始推得失考天心以言王道之安危孟康注曰詩內傳曰五際卯酉午戌亥也陰陽終始際會之歲於此則有變改之政也（臧鏞堂云孟引是齊詩內傳）又郎顗傳條便宜七事曰漢興以來三百三十九歲於詩三基高祖起亥仲二年今在戌仲十年詩氾歷樞曰卯酉爲革政午亥爲革命神在天門出入候聽言神在戌亥司候帝王興衰得失厥善則昌厥惡則亡臣以爲戌仲已竟來年入季仲終季始歷運變改故可改元所以順天道也李注曰基當作期謂以三期之法推之也又引宋均注云神陽氣君象也天門戌亥之閒乾所據者（程易疇云河圖括地象西北爲天門楊炯少姨廟碑崑崙西北之地天門也可與乾據天門之說相發明又孟康引詩傳於卯酉午亥外加戌爲五際又天之門戌亥之說合陳喬樅云詩正義引氾歷樞辰在天門而釋之曰亥子爲天門不可曉當作戌亥之閒又爲天門文義始足詩三基之法詳見齊詩翼氏學疏證）易林革之賁亥午相錯敗亂緒業民不得作又困之革中酉敗時陰隱萌作又姤之歸妹將戌擊亥陽藏不起君子散亂大上危殆又巽之比天門九重深內難通明登到暮不見神公（此詩緯及郎顗說合）又噬嗑之坤甲戌己庚隨時運行不失常節咸逢出生各樂其類達性任情（此與翼奉五性六情義同）後

漢張純傳引樂動聲儀曰以雅治人風成於頌相如傳贊索隱引詩緯曰小雅譏己得失及之於上也鹽鐵論詔聖篇王道衰而詩刺彰漢書禮樂志周道始缺怨刺之詩起陳喬樅云怨刺之詩起人表以爲在懿王時以上齊說

鹿鳴【注】魯說曰仁義陵遲鹿鳴刺焉又曰鹿鳴者周大臣之所作也王道衰君志傾留心聲色內顧妃后設酒食嘉肴不能厚養賢者盡禮極歡形見於色大臣昭然獨見必知賢士幽隱小人在位周道陵遲自以是始故彈琴以風諫文選長笛賦李注引蔡邕琴操云鹿鳴者周大臣之所作也王道衰大臣知賢者幽隱故彈琴風諫乃節引之也歌以感之庶幾可復歌曰呦呦鹿鳴食野之苹我有嘉賓鼓瑟吹笙吹笙鼓簧承筐是將人之好我示我周行此言禽獸得美甘之食尚知相呼傷時在位之人不能乃援琴以刺之故曰鹿鳴也【疏】毛序燕羣臣嘉賓也旣飲食之又實幣帛筐篚以將其厚意然後忠臣嘉賓得盡其心矣箋飲之而有幣酬幣也食之而有幣侑幣也○禮學記宵雅肄三官

其始也注云宵之言小也習小雅之三謂鹿鳴四牡皇皇者華也此皆君臣宴樂相勞苦之詩爲始學者習之所以勸之以官取其上下相和厚儀禮鄉飲酒注云鹿鳴君與臣下及四方之賓燕講道修政之樂歌也鄭注禮時用齊詩與毛義同仁義至刺焉史記十二諸侯年表文鹿鳴至鳴也御覽五百七十八引蔡邕琴操文魯説最先以爲刺詩乃相傳古訓卽思初之義也淮南詮言訓樂之失刺高注鄉飲酒之樂歌鹿鳴鹿鳴之作君有酒肴不召其臣臣怨而刺上者非也是雖用魯説而意以怨刺爲不然潛夫論班祿篇忽養賢而鹿鳴思與馬蔡説同琴操用魯詩明魯毛文同後漢明帝紀永平九年召校官弟子作雅樂奏鹿鳴帝自御塤箎和之以娛嘉賓魏志曹植疏遠慕鹿鳴君臣之宴明帝陳思皆習韓詩知韓與齊毛義合

呦呦鹿鳴食野之苹注魯説曰苹藾蕭疏傳興也苹萍也鹿得萍呦呦然鳴而相呼懇誠發乎中以興嘉樂賓客當有懇誠相招呼以成禮也箋苹藾蕭○苹藾蕭釋草文魯説也郭注今藾蒿也初生亦可食陳喬樅云鄭訓苹爲藾藾蕭是用魯訓改毛孔疏箋易傳者萍是水中之草非鹿所食故不從之又引陸疏云藾蒿葉靑白色莖似箸而輕脆始生香可生食其義蓋本之三家愚案管子地員篇其草宜苹蓨説文謂之艾蒿以其色靑白似艾也陸賈新語道基篇鹿鳴以仁求其羣淮南泰族訓鹿鳴興於獸而君子大之取其見食而相呼也劉向楚詞七諫鹿鳴求其友王逸曰鹿得

美草口甘其味則求其友而號其侶也以言在位之臣不思賢念舊曾且不若鳥獸也以上魯說鄭氏五經異義曰此詩之意言君有酒食欲與羣臣嘉賓燕樂之如鹿得苹草以爲美食呦呦然鳴相呼以款誠之意盡於此耳此齊說孔疏云或以爲兩鹿相呼喻兩臣相招謂羣臣相呼以成君禮斯不然矣此詩主美君懇誠於臣非美臣相於懇誠也若君有酒食臣自相呼財非已貲何懇誠之有據鄭解此詩之意是君召臣明矣許君五經異義蓋據魯說鄭用齊說駁之但既是君宴羣臣賢人旅進榮君之賜招呼咸禮理原一貫如毛序云君宴羣臣傳亦云賓客相招齊詩言君與羣臣燕樂垷易林用齊詩其升之乾云白鹿呦鳴呼其老少喜彼茂草樂我君子師之比益之恒同乾云自人之蹇明夷皆云鹿得美草鳴呼其友則亦兩義相成也

我有嘉賓鼓瑟吹笙吹笙鼓簧承筐是將〔注〕魯說曰笙長四寸十三簧像鳳之身也正月之音物生故謂之笙詩云我有嘉賓鼓瑟吹笙又曰簧笙中簧也詩曰吹笙鼓簧承筐是將韓說曰承受也〔疏〕傳簧笙也吹笙而鼓簧矣筐篚屬所以行幣帛也箋承猶奉也書曰厥篚玄黃○笙長至是將應劭風俗通義六聲音篇文笙長四寸十三簧者釋樂大者謂之巢小者謂之和郭注列管瓠中施簧管端大者十九簧小者十三簧宋書樂志宮

管在中央三十六簧曰竽宮管在左旁十九簧曰笙北堂書鈔一百十引三禮圖笙有雅簧十三上六下七也象鳳之身也者說文笙下注同初學記十六引作象鳳之聲說簫下注云參差管樂象鳳之翼五經析疑云黃鐘爲始象法鳳皇潘岳笙賦基黃鐘以舉韻望儀鳳以擺形寫簧翼以插羽摹鸞音以厲聲正月之音物生故謂之笙者樂緯六律黃鐘十一月大簇正月姑洗三月蕤賓五月夷則七月無射九月六呂大呂十二月夾鐘二月仲呂四月林鐘六月南呂八月應鐘十月陽爲律陰爲呂總謂之十二月律白虎通禮樂篇笙者太簇之氣象萬物之生故曰笙陳暘樂書笙律中太簇立春之音也書皋陶謨鄭注東方之樂謂之笙笙生也東方生長之方故名樂爲笙也釋名笙生也象物貫地而生也簧笙中簧也者說文簧下注同王逸楚詞九嘆注笙中有舌曰簧詩云吹笙鼓簧張衡東京賦我有嘉賓又南都賦嘉賓是將應王張君魯詩所用皆魯文也鹽鐵論散不足篇用鼓瑟吹笙句明齊毛文同承受也者文選盧諶贈劉琨詩注引薛君章句文陳喬樅云毛傳承訓奉奉受義亦相成說文承奉也受也此兼采毛韓之訓左成十六年傳使行人執榼承飲注承奉也襄二十五年傳承飲而進獻注承飲奉飲此皆與毛訓同禮玉藻士於大夫不承賀注承猶受也齊策而晚承魏之弊注承受也此皆與韓訓同又易歸妹女承筐無實虞翻注自下受上曰承則詩之承筐從韓訓受於義爲長

人之好我，示我周行。

疏　傳周至行道也箋示

當作寘，寘，置也。周行，周之列位也。好，猶善也。人有以德善我者，我則置之於周之列位。言己維賢是用。○禮緇衣：詩云「人之好我，示我周行」。鄭注：行，道也。言示我以忠信之道。或以爲禮注據齊說，詩箋用魯訓，愚案皆非也。班固世習齊詩，其東都賦辟雍詩云「於赫太上，示我漢行」，正襲用「示我周行」句義，是釋周爲國，釋行爲道，齊說如此。此鄭釋周爲忠信，與齊說異。又箋讀示爲寘，釋周行爲周之列位，乃參用荀子解蔽篇卷耳詩「寘彼周行」句義。彼訓周爲徧，此釋周爲國，亦不全同，皆下己意也。今就齊說推之，葢言賢臣嘉賓之來，愛好我者，皆示我以周邦應行之善道也，然則嘉賓之有益於人國大矣。

呦呦鹿鳴，食野之蒿。我有嘉賓，德音孔昭。視民不恌，君子是則是傚。我有旨酒，嘉賓式燕以敖。注 三家視作示，魯恌作偷，韓作佻，魯傚作效，齊作傚，又作誠，亦作效。疏 傳：蒿，菣也。恌，偷也。是則是傚，言可法傚也。敖，遊也。箋：德音，先王道德之敎也。孔，甚。昭，明也。視，古示字也。飲酒之禮，於旅也語。嘉賓之語先王德教，甚明，可以示天下之民，使之不偷於禮義，是乃君子所法傚，言其賢也。○孔疏引定本偷作偸。釋文：菣，去刃反。釋草：蒿，菣。孔疏引孫炎曰：荆楚之間謂蒿爲菣。郭注：今人呼爲青蒿，香中炙啖者爲菣。陸疏：蒿，青蒿也。荆豫之間、汝南汝陰皆曰菣也。三家視作示者，儀禮鄉飲酒云「德音孔昭示民不恌君子是則是傚我有旨酒嘉賓式燕以敖鄭注言己有旨酒以召嘉賓既來示我以善道又樂嘉賓有孔昭之明德可則傚也陳喬樅云燕禮及大射儀注與此同毛用古文示作視箋云視古示字知三家今文皆作示民不恌孔疏昭十年左傳引此詩服虔云示民不愉薄也是服用三家今文作示之證恌作佻者說文玉篇引詩並作示民不佻亦作偷者張衡東京賦作示民不偷張用魯作偷則說文玉篇所引作佻者韓文也魯傚作效者蔡邕郭有道碑銘引是則是效明魯作效齊作傚又作嶅亦作效者鄉飲酒經文及鄭注皆作傚儀禮注引作嶅漢書敘傳是則是效蓋亦作本也張衡司空陳公誄引德音孔昭亦見蔡邕周巨勝碑銘明魯毛文同

呦呦鹿鳴食野之芩（注）韓說曰芩黃芩也詩曰食野之芩（疏）傳芩草也○芩黃至之芩玉篇草部文所引詩義蓋韓說黃山云芩不見於釋草說文莶黃莶也芩草也詩曰食野之芩芩下引詩與毛合玉篇引詩訓黃芩則爲說文之莶雖急就篇廣雅均即作黃芩而在許書固有別也神農本草黃芩一名腐腸陶注云圓者名子芩破者名宿芩其腹中皆爛故名腐腸名醫別錄作虛腸吳普本草一名內虛二月生赤黃葉兩兩四四相值莖空中或方圓高三四尺四月華紫紅赤五月實黑根黃孔疏引陸幾云莖如釵股葉如竹蔓生澤中下地鹹處爲草貞實牛馬亦

喜食之段玉裁云如陸說則非黃芩藥也集韻類篇皆曰芩蒧芩三字同音菜名似蒜生水中字林齊民要術皆曰芩似蒜生水中此則別是一草山案芩生水中既有葉如蒜必非蒷藻之屬依水而生蓋即陸說生澤中下地者正毛所謂芩非別一物也且詳陸所言芩即藥之石蔛一名金釵股亦可食本草蔛草一名蔛榮一名蔛榮可證也本草綱目金釵股李時珍曰石蔛狀似金釵故名今藥肆多生種者人皆識之莖如釵股葉似蒜差短亦如竹葉灌以水則榮鹿食之芩在野則生下澤者不類自以黃芩爲合釋文芩其今反說文蒚也又其炎反其炎反讀如黔本草黃芩注又云芩黔也黔乃黑黃之色也此同音爲訓正今藥之黃芩釋文亦兩說俱存矣蒚即毛之芩因毛訓草太寬故引說文訓蒚以申之知說文注原本作蒚後人順毛改之耳段注疑本作蒚屬殆不然說文蘵下蓬下皆訓蒚也即蒚屬也

我有嘉賓鼓瑟鼓琴鼓瑟鼓琴和樂且湛疏傳湛樂之久○風俗通義六詩云我有嘉賓鼓瑟鼓琴雅琴者樂之統也與八音並行然君子所常御者琴最親密不離於身以爲琴之大小得中而聲音和大聲不譁人而流漫小聲不湮滅而不聞適足以和人意感人善心故琴之爲言禁也雅之爲言正也言君子守正以自禁也今琴長四尺五寸法四時五行也七絃者法七星也

我有旨酒以燕樂嘉賓之心疏傳燕安也夫不能致其樂則不能得其志不能得其志則嘉賓不能竭其

力○鹽鐵論刺復篇無鹿鳴之樂賢又曰殆非鹿鳴之所以樂賢也樂賢即指燕樂嘉賓而言後漢鍾離意傳鹿鳴之詩必言宴樂者以人神之心洽然後天氣和也說鹿鳴無刺詞蓋用齊韓二家義

鹿鳴三章章八句

四牡【疏】毛序勞使臣之來也有功而見知則說矣箋文王爲西伯之時三分天下有其二以服事殷使臣以王事往來於其職於其來也陳其功苦以歌樂之○詩氾歷樞曰四牡在寅木始也儀禮鄉飲酒鄭注四牡君勞使臣之來樂歌也勤苦王事念及父母懷歸傷悲忠孝之至以勞賓也燕禮注同以上齊說魯韓未聞

四牡騑騑周道倭遲【注】齊倭遲作郁夷韓詩曰周道威夷韓說曰威夷險也【疏】傳騑騑行不止之貌周道岐周之道也倭遲歷遠之貌文王率諸侯撫叛國而朝聘乎紂故周公作樂以歌文王之道爲後世法○齊倭遲作郁夷者漢書地理志右扶風郁夷班固引詩周道郁夷顏注小雅四牡之詩曰四牡騑騑周道倭遲韓詩作郁夷言使臣乘馬行於此道陳喬樅云注韓是齊之誤韓作威夷不作郁夷班引詩以證郁夷此據齊詩文如引齊詩子之營兮及自杜沮漆可證非用韓詩也顏注蓋轉寫之誤愚案匡謬正俗云遲音夷亦云遲陵遲或

言陵夷遲郿夷也縣名郁夷若因道險之故後漢省地道記存
夷省併郿一統志故城今隴州西五十里易林旅之漸逶迆四
牡思歸念母王事靡盬不得去處溪之復同焦用齊詩而作逶
迆者郁逶雙聲逶夷疊韻說文逶下云逶迆衺去之皃衺曲者
必險阻也周道至險也者文選西征賦注金谷集詩注秋胡詩
注陸倕石闕銘注引韓詩薛君章句文文選孫綽天台山賦亦
引韓詩曰道威夷者也顏延年北使洛詩注引誤作倭遲嵇康
琴賦注引誤作倭夷詩釋文亦誤云韓詩作倭夷廣雅威夷險
也即采薛說逶迆威夷並同聲字齊韓詩義不異**豈不懷歸王**
耳禮少儀鄭注匪讀如四牡騑騑明齊毛文同

事靡盬我心傷悲【疏】傳盬不堅固也思歸者私恩也靡盬者公
義也傷悲者情思也無私恩非孝子也無
公義非忠臣也君子不以私害公不以家事辭王事○案王謂
殷王紂也左襄四年傳文王帥殷之叛國以事紂使命頻煩趨
公奉職周室之事亦皆王事也以公義爲重故雖思歸而不歸
鄭鄉飲酒燕禮注皆云采其勤苦王事念將父母懷歸傷悲忠
孝之至齊
義如此

四牡騑騑嘽嘽駱馬【注】三家嘽作痑【疏】傳嘽嘽喘息之皃馬勞
則喘息白馬黑鬣曰駱
○三家嘽作痑者說文嘽喘息也从口單聲詩曰嘽嘽駱馬痑
馬病也从疒多聲詩曰痑痑駱馬毛作嘽嘽則作痑痑者三家

文也廣雅瘏瘏疲也正釋此詩之義玉篇瘏吐安切力極也引詩瘏瘏駱馬亦爲嘽嘽通作瘏與和桓音通爲一類猶漢書地理志沛郡鄲孟康音多周緤傳鄲侯蘇林音多也說文𢷎字注讀若行遲驒驒漢書敘傳顏注引詩驒驒駱馬亦三家詩之異文

豈不懷歸王事靡盬不遑啟處【注】**魯遑作偟說曰偟暇也**【疏】傳遑暇啟跪處居也臣受命舍幣于禰乃行○胡承珙云采薇出車皆作不遑啟居采薇又有不遑啟處是處居義略同啟跪釋言文左傳疏引李巡啟小跪也釋名跪危也兩厀隱地體危陧也啟起也啟一舉體也此析言之其實啟即是跪居本當作凥說文凥處也从尸得几而止大約古人有危坐如今之跪詩所謂啟也有安坐乃說文之凥詩所謂處也若居則今人之蹲說文居蹲也蹲踞也𨂻臨段注古人有坐有跪有蹲有箕踞跪與坐皆厀著於席而跪聳其體坐下其脾詩所謂啟處若蹲則足底著地而下其脾聳其厀若箕踞則脾著席而伸其腳於前爲大不敬三代所無此解分別甚晰廣雅釋訓啟踞也恐非其義魯遑作偟偟暇也者釋言偟暇也郭注詩曰不偟啟處陳喬樅云爾雅釋文偟音皇不遑音皇或作偟通作皇是陸所見爾雅注引詩有依毛詩作遑者然郭注所引詩本舊注之文釋言正文既作偟字則注所引當以或本作偟爲是偟者魯詩之文作遑者乃後人順毛改字耳韓詩外傳八魏文侯問李克人有惡乎末引不遑啟處此推演之詞明韓毛文同

翩翩者鵻載飛載下集于苞栩疏傳鵻夫不也箋夫不鳥之慤謹者人皆愛之可以不勞猶則飛則下止於栩木喻人雖無事其可獲安乎感厲之○廣雅翩翩飛也釋鳥鵻其夫不（其字衍今爾雅作隹其鳺鴀釋文隹如字旁或加鳥非與詩釋文毛又作本合亦與繫傳引詩合又與左昭十八年孔疏引詩及爾雅合是此疏作隹後人順毛改之今爾雅鵻作隹據孔疏引正）陸疏云鵻其今小鳩也一名鳻鳩又云斑鳩項有繡文斑然鶻鳩一名斑鳩似鳻鳩而大鳻（今本作鵓誤）鳩灰色無繡項陰則屏逐其匹晴則呼之語曰天將雨鳩逐婦是也胡承珙云此疏以鳻鳩為鵻是鳩之小者即此詩之夫不以斑鳩為鶻鳩是鳩之大者即小宛之鳴鳩愚案方言云大者謂之鳻鳩小者謂之鳻鳩或謂鶻鳩梁宋之間謂之鵻鵻即鵻也郭注鳻音班方言與陸徵異班鳩即鳻鳩據陸說與鳻鳩以有無繡項為別但逐婦之鳻鳩吾楚通呼班鳩不分大小也說文鶌鳩鶻鳩也鵻祝鳩也不言大小方言謂鳻鳩或謂鶻鳩是鳻鳩又與鶻鳩無別矣夫鳻同音俗呼勃姑夫勃音轉楚俗呼鳩如拘雛拘又雙聲字也陳奐云左昭十七年傳祝鳩氏司徒也杜注祝鳩鵻鳩鵻鳩孝故為司徒主教民樊光亦云孝故為司徒案詩言鵻集栩杞與養父母故樊杜以鵻鳩為孝或本三家說栩杼詳鴇羽篇

王事靡盬不遑將父疏傳將養也○王符潛夫論愛日篇詩云王事靡盬不遑將父言在古閒暇而得孝養今迫促不得養也陳喬樅云據符說魯詩之義亦以四牡為刺詩遑本當作偟此後人轉寫改為遑字也愚案閒暇得孝養迫

促不得養順文解釋義本如此似不能即據此爲刺詩韓詩外傳七載齊宣王問田過君與父孰重末引此詩二句乃推演之詞明韓毛文同

翩翩者鵻載飛載止集于苞杞疏傳杞枸檵也○案杞枸檵釋木文郭注今枸杞也廣雅枸乳苦杞也地筋枸杞也枸與枸同**王事靡盬不遑將母**

駕彼四駱載驟駸駸豈不懷歸是用作歌將母來諗疏傳駸駸驟貌諗念也父兼尊親之道母至親而尊不至箋諗告也君勞使臣述序其情女曰我豈不思歸乎誠思歸也故作此詩之歌以養父母之志來告於君也人之思恒思親者再言將母亦其情也○案說文驟下云馬疾步也駸下云馬行疾也詩曰載驟駸駸此訓蓋出三家詩釋言諗念也讀與念同王引之云來詞之是也將母來諗言我惟養母是念箋訓爲往來之來非

四牡五章章五句

皇皇者華疏毛序君遣使臣也送之以禮樂言遠而有光華也箋言臣出使能揚君之美延其譽於四方則爲不辱命也○鄉飲酒禮鄭注皇皇者華君遣使臣之樂歌也更是勞苦自以爲不及欲諮謀於賢知而以自光明也燕禮注同此

齊說魯韓未聞

皇皇者華，于彼原隰。注魯皇作葟。疏傳：皇皇猶煌煌也。高平曰原，下溼曰隰。忠臣奉使，能光君命，無遠無近，如華不以高下易其色。箋：無遠無近，維所之則然。○魯皇作葟者，釋言「皇，華也」，邢疏：樊光曰：詩曰「皇皇者華」。孫炎曰：皇皇猶煌煌也。陳喬樅云：皇字當作葟。據釋草「葟，華榮」，作葟可見。釋草音義云：葟音皇，本亦作皇。是後人改葟爲皇。樊光引詩當作葟葟者華，魯詩之文如此。孫炎云葟葟猶煌煌，此申明其義也。說文舜部𩐶下云：華榮也，从舜生聲，讀若皇。爾雅曰：𩐶，華也。葟下云：𩐶或从艸皇。許引釋言文，尤爲明證。毛作皇，乃古文叚借。又邵氏晉涵、臧氏鏞堂並據郭注釋草引此作華皇也，釋文亦先華後皇，謂今本誤倒作皇華。郝氏懿行又以說文所引爾雅𩐶華乃釋草之文。喬樅謂數說皆非也。說文𩐶下云華榮，此據釋草爲訓，又引爾雅曰「𩐶，華也」，此稱釋言文，判然甚明。如以此句爲引釋草，是與上文詞複，又奪去榮字，羼入也字，許之引經必不然矣。且詳樊光引詩之意，證葟非以證華，故孫炎復申葟葟之意。郭本倒作華皇，自係舛誤。陸據郭本爲音義，先華後皇，皆非，宜據說文正之。

駪駪征夫，每懷靡及。注魯駪作侁，韓作莘。疏傳：駪駪，衆多之貌。征夫，行人也。每，雖。懷，和也。箋：春秋外傳曰：懷和爲每懷也。和當爲私。衆行夫既受君命，當速行，每人懷其私相稽留則於事將無所及○魯駪作侁者列女晉文齊姜傳云周詩曰莘莘征夫每懷靡及夙夜征行猶恐無及況欲懷安將何及矣陳喬樅云列女傳引駪駪作莘莘說苑奉使篇同據是王逸楚詞招魂注侁侁往來行聲也詩曰侁侁征夫逸用魯詩魯詩文爲侁侁也莘莘乃韓詩之文見王應麟詩攷引韓詩外傳說文引詩莘莘亦本韓詩三家韓最後亡後人不曉侁侁爲魯詩惟習見韓詩字作莘莘又以國語所引與韓詩同遂援以改列女傳說苑之侁侁楚詞及注侁侁字舊校云侁亦作莘是後人改侁爲莘之左驗幸所改未盡者尚得據之以證列女傳說苑之譌玉篇人部侁下云往來侁侁行聲詩曰侁侁征夫也義與楚詞注合皆本魯詩之訓廣韻十九臻侁字引詩同又本玉篇今本楚詞章句作侁侁往來聲也一作侁侁行聲也據玉篇則往來下當有行字爲是韓作莘者詩攷引韓詩外傳七趙王使人於楚鼓瑟而遣之曰愼勿失吾言使者借瑟爲喻末引詩曰莘莘征夫每懷靡及蓋傷自上而御下也此推演之詞陳喬樅云說文及晉語並引作莘莘與詩考引韓詩同今本外傳引詩作征夫捷捷每懷靡及則在大雅蒸民矣今本誤也從詩攷訂正

我馬維駒六轡如濡載馳載驅周爰咨諏（疏）傳忠信爲周訪問於善爲咨咨事爲諏箋如濡言鮮澤也爰於也大夫出使馳驅而行見忠信之賢人則於之訪問求善道也○釋文駒本亦作驕說文馬高六尺

爲驕从馬喬聲詩曰我馬維驕株林詩乘我乘駒釋文作乘驕引沈重云或作駒字後人改之皇皇者華篇內同是沈所據此篇作驕也

我馬維騏六轡如絲載馳載驅周爰咨謀【注】魯謀作謨【疏】傳如絲言調忍也咨事之難易爲謀○陳奐云易字衍左傳咨難爲謀說文慮難曰謀皆無易字魯謀作謨者淮南修務訓詩云我馬唯騏六轡如絲載馳載驅周爰咨謨以言人之有所務也高注詩小雅皇皇者華之篇六轡四馬如絲言調勻也諮難也詩言當馳驅以忠信往謨難事不自專己者之至乃聖人之務也陳喬樅云毛詩周爰咨謀釋文咨本亦作諮謀引作謨者謀謨一聲之轉釋詁謨謀也書謨明弼諧史夏紀作謀明輔和說苑貴德篇詩曰載馳載驅周爰咨謀據淮南書所引魯詩當作諮謨此作咨謀者後人順毛改之

我馬維駱六轡沃若載馳載驅周爰咨度【疏】傳咨禮義所宜爲度○案若猶然也氓傳云沃若猶沃沃然

我馬維駰六轡既均載馳載驅周爰咨詢【疏】傳陰白雜毛曰駰均調也親戚之謀

爲諏兼此五者雖有中和當自謂無所及成於六德也箋中和謂忠信也五者咨也諏也謀也度也詢也雖得此於忠信之賢人猶當云己將無所及於事則成六德言愼其事○案傳箋據左傳魯語爲說

皇皇者華五章章四句

常棣（注）韓序曰夫栘燕兄弟也閔管蔡之失道也（疏）毛序燕兄弟也閔管蔡之失道故作常棣焉箋周公弔二叔之不咸而使兄弟之恩疏召公爲作此詩而歌之以親之○孔疏此解所以作常棣之意咸和也言周公閔傷管蔡二叔之不和睦而流言作亂用兵誅之致令兄弟之恩疏恐天下見其如此亦疏兄弟故作此詩以燕兄弟取其相親也至厲王之時棄其宗族又使兄弟之恩疏召穆公爲是之故又重述此詩而歌以親之外傳云周文公之詩曰兄弟鬩於牆外禦其侮則此詩自是成王之時周公所作以親兄弟也召穆公重歌此詩故鄭荅趙商云凡賦詩者或造篇或誦古所云誦古指此左傳王怒將以狄伐鄭富辰諫曰不可臣聞太上以德輔民其次親親以相及也昔周公弔二叔之不咸故封建親戚以藩屏周召穆公思周德之不類故糾合宗族於成周而作詩曰常棣之華鄂不韡韡凡今之人莫如兄弟周之有懿德如是猶曰莫如兄弟故封建之其懷柔天下也猶懼有外侮捍禦侮莫如親親故以親屏周召穆公亦云周公

弔二叔之不咸明本常棣是周公之辭故杜預云周公作詩召
公歌之也夫移至道也呂祖謙讀詩記十七引韓詩序文夫移燕
卽常棣也韓序與毛序義同藝文類聚八十九引詩曰夫移
兄弟也閔管蔡失道夫移之華萼不煒煒凡今之人莫如兄弟
陳喬樅云類聚引詩直作夫移必韓詩也讀詩記所引當卽據
類聚本而今本類聚不云韓詩序葢文脫耳漢書杜鄴傳鄴聞
人情恩深者其養謹愛至者其求詳夫戚而不見殊孰能無怨
此常棣角弓之詩所爲作也以常棣與角弓並言葢周公之作
此詩與召公之歌此詩皆言兄弟宗族之
不宜疏遠與角弓意同故鄴並引之也

常棣之華鄂不韡韡【注】魯常作棠鄂作萼韓常棣作夫移鄂作
萼韡作煒【疏】傳興也常棣棣也鄂猶鄂鄂然言外發也韡韡光
華之光明則韡韡然盛興者喻弟以敬事兄兄以榮覆弟恩義
之顯亦韡韡然古聲不拊同○魯常作棠者蔡邕姜伯淮碑有
棠棣之華萼韡之度邕習魯詩知魯作棠可以推知杜鄴傳之
棠棣亦魯詩也見釋木作棠棣移常乃棠之叚借字鄂作萼
者姜伯淮碑作萼見又邕彈棊賦萼不韡韡說文韡韡盛也
詩曰萼不韡韡知說文所引爲魯詩韓常棣作夫移者讀詩記
藝文類聚引韓詩文見釋文云毛傳常棣棣也本或作常棣
移案釋文以爲常棣移者是也韓以夫移代常棣則常棣之爲

移無疑秦風山有苞棣傳云棣唐棣也以唐棣釋棣則必以常棣爲移說文移棠棣也棣白棣也玉篇亦云移棠棣也皆可證移之爲常棣惟爾雅云唐棣移常棣棣蓋轉寫之譌且文選甘泉賦注引爾雅正作棠棣移則今本作唐棣移或以聲同而誤論語唐棣之華何晏集解云唐棣移也然據春秋繁露竹林篇引論語作棠棣之華文選廣絕交論李注引同則知論語本亦作棠棣故何訓爲移也孔安國論語解云唐棣棣也是知孔作唐棣與何異故以爲棣又何彼襛矣篇唐棣之華毛傳唐棣移也經傳唐棣皆當爲常棣之譌釋文轉據當時爾雅誤本而以毛傳訓移爲誤失之段玉裁謂常與唐同字亦非馬瑞辰云爾雅邢疏於移下引陸疏云奧李也一名雀梅一名車下李藝文類聚引禮記義疏云夫移一名薁李今案薁李實似櫻桃有赤白二種說文以棣爲白棣則夫移爲赤棣可知皆即今郁李之類郭注爾雅直以夫移爲白棣謂似今之白楊柳失之又案論語唐棣即常棣而言偏其反而者謂其華初開反背終乃合并也詩取以喻管蔡失道亦取其始華反背爲興鄂作萼者引見上鄭訓鄂爲萼即本韓詩韡韡作煒煒煒者亦引見上說文煒盛赤也眾經音義十八引煒盛明貌也韡韡作煒煒韓蓋用叚借字　**凡今之人莫如兄弟**　疏　傳聞常棣之言爲今也箋聞常棣之言始聞常棣華鄂之說也如此則人之恩親無如兄弟之最厚○案周公以二叔不咸是既往之事天下既定宜篤親親之誼故及今燕樂兄弟之時序述常棣之言使宗族共知此意也

死喪之威，兄弟孔懷。〔注〕魯兄亦作昆。〔疏〕傳：威，畏；懷，思也。箋：死喪可畏怖之事，惟兄弟之親甚相思念。○案言死喪之可畏，於他人皆然，惟兄弟不以爲畏，且甚思念之。列女聶政姊傳：君子謂聶政姊仁而有勇，不怯死以滅名。詩云：死喪之威，兄弟孔懷。言死可畏之事，惟兄弟甚相懷也。明魯毛文同，事亦與經意合。魯兄亦作昆者，蔡邕童幼胡根碑用昆弟孔懷，兄作昆，蓋魯詩亦作本。

原隰裒矣，〔注〕魯裒作捊，云：捊，聚也。兄弟求矣。〔疏〕傳：裒，聚也。求矣，言求兄弟也。箋：原也，隰也，以與相聚居之故，故能定高下之名；猶兄弟相求，故能立榮顯之名。○魯裒作捊，云捊聚也者，釋詁文。郭注：詩曰原隰捊矣。明魯作捊。說文槃傳本手部捊下云：引堅也。㩷地从手孚聲。詩曰：原隰捊矣。玉篇引詩同。藝文類聚引詩作裒。爾雅釋文：裒，古字作裒，本或作捊。易謙卦釋文：裒，鄭、荀、董、蜀才作捊，毛作裒，通段字。愚案原隰句承上死喪言。凡人之於兄弟，同氣相愛，不間幽明，生則求其人，死則求其穴，雖高原下隰，捊聚一邱，猶灑涕墓門，含悲永隔，即或瘞其野死行邁，呼天如尹伯封之於伯奇，爲賦黍離之詩，列於王風，此正兄弟死喪相求之事也。

脊令在原，兄弟急難。〔疏〕傳：脊令，雝渠也。飛則鳴，行則搖，不能自舍耳。急難，言兄弟之相救於急難。箋：雝渠，水鳥，而今在原，失其常處，則飛則鳴，求其類，天性也。猶兄弟之於急難。○說文鵻下云：石鳥，一名雝渠，一名精列。精列，脊令

一聲之轉上林賦煩鶩庸渠箴疵鵁盧羣浮乎
其上雝渠又作庸渠賦語足爲箋說水鳥之證**每有良朋況也**

永歎注**魯說曰每有雖也**疏傳況茲永長也箋每雖也良善也當急難之時雖有善同門來茲對
之長歎而已○每有雖也者釋訓文魯說也郭注詩曰每有良
朋辭之雖也玉篇詞兩設也其單文亦爲雖故皇皇者華傳每
雖也釋文況作兄非也段玉裁云出車況瘁箋云茲益憔瘁戴
氏云茲今通用滋說文茲草木多益也滋益也詩之詞意言不
能如兄弟相救空滋之長歎而已國語韋注況益也玉裁案此
與桑柔召閔傳及今文尚書毋兄曰則兄曰正同作兄是作況
非胡承珙云古書中凡言而況爲更進之詞又貺賜之貺古字
止作況皆茲益義之引申也此蓋本無其字依聲託義字或作
況又作兄又作皇不
得定以何者爲是也

兄弟鬩于牆外禦其務疏傳鬩很也禦禁務侮也兄弟雖內鬩而外禦侮也○馬瑞辰云釋言鬩恨
也郭注相怨恨據左昭二十四年傳正義引爾雅鬩很也孫炎
曰相很戾也李巡本作恨爾雅釋文鬩恨也孫炎作很是知孫
李本不同郭注從李今案曲禮很無求勝鄭注很鬩也是狠鬩
二字互訓當作鬩很爲是唐書高麗傳今男生兄弟鬩很義本
此詩說文鬩恒訟也訟爭也方言宋衛之間凡怒而噎噫謂之
脅鬩俱與很義近字以作很爲正李巡本作恨叚借字也郭注

釋爲怨恨則非又云釋言務侮也左僖二十四年傳及周語引詩皆作外禦其侮務卽侮之叚借務从孜聲與霿从務聲正同以霿讀近蒙說之則務亦得讀若蒙爾雅天氣下地不應曰霿說文漢五行志作霿洪範作蒙鄭王本作霚鄭注霚音近霚今案霚卽霿字之譌霿从孜聲讀蒙則務从孜聲亦讀近蒙正與戎音協同在東冬部蓋古字亦有數讀務本在尤幽部轉讀得與戎韻也**每有良朋烝也無戎**疏傳烝塡戎相也箋當急難之時雖有善同門來久也猶無相助已者古聲塡寘塵同○馬瑞辰云傳訓烝爲塡箋訓烝爲久謂古聲塡寘塵同者據釋詁塵久也釋言烝塵也爲說謂傳塡卽塵也塡塵同聲猶古田陳同聲孫炎曰烝物久之塵據史記集解引韋昭曰陳久也知塵卽陳之同聲叚借非塵埃之塵郭注爾雅謂人衆所以生塵埃失其義矣愚案戎相釋言文相助也以上三章皆就天性至情兄弟宜相親厚之理開喻宗族使皆知敦崇睦誼也

喪亂既平既安且寧雖有兄弟不如友生疏傳兄弟尚恩怡怡然朋友以義切切然箋平猶正也安寧之時以禮義相琢磨則友生急○陳奐云此言喪亂既平之後兄弟不如朋友者愈以見兄弟之當親既安且寧卽行燕兄弟內相親之禮以下三章皆是也第五章爲承上起下之詞應劭風俗通義七引詩云雖有兄弟不如友生應劭習魯詩明魯毛文同

儐爾籩豆飲酒之飫【注】韓儐作賓飫作醧韓說曰夫飲之禮不脫屨而卽席者謂之禮跣而升堂者謂之宴能者飲不能者已謂之醧【疏】傳儐陳飫私也不脫屨升堂謂之飫箋私者圖非常之事若議大疑於堂則有飫禮焉聽朝爲公○儐作賓飫作醧者文選魏都賦張載注引韓詩曰賓爾籩豆飲酒之醧儐作賓者儐賓經典字義互通不可枚舉廣雅釋詁賓列也賓之訓列猶儐之訓陳矣飫作醧者馬瑞辰云角弓篇如食宜饇傳饇飽也據廣韻飫飽也厭也彼饇乃飫之借此詩又借飫爲醧以古音讀之醧與豆具孺韻正協作飫則聲入蕭宵部毛蓋讀飫爲醧也韓作醧正字毛作飫借字夫飲至之醧初學記十二引韓詩內傳文夫飲之禮文選班固東都賦注引薛君韓詩章句亦作飲酒之禮本內傳及薛君章句也不脫屨而卽席者謂之禮者卽毛傳不脫屨升堂謂之飫也周語王公立飫則有房蒸親戚宴享則有肴蒸又曰飫以顯物燕則合好此是立飫之禮較燕爲大立飫以立爲禮故不脫屨而卽席也毛旣訓飫爲私又云不脫屨升堂者謂之飫溷二飫爲一故段氏以爲不脫之不衍文馬氏以爲毛廣異義不云一曰乃淆文鄭箋誤合爲一故以私爲圖非常之事也跣而升堂謂之宴者東都賦注亦作下跣而上坐者謂之宴卽周語云宴享則有肴蒸燕則合好是也燕則坐坐則必跣而升堂所謂燕私以飫飽爲度煮

也燕私見楚茨湛露脫屨升堂惟燕私爲然能者飲不能者已謂之醧者魏都賦注引同說文饃下云燕食也引詩飲酒之饃用毛詩借字又醧下云宴私飲也宴私倒段注正依用韓詩正字醧又通作醓廣韻醓能者飲不能者止也胡承珙云宴醧是一事言宴而醧在其中鄭箋牽於國語之文而以圖非常議大疑爲飫是謂飫別於燕孔疏因之遂謂此詩飫燕雜際非也

兄弟既具和樂且孺【疏】傳九族會曰和孺屬也王與親戚燕則尚毛箋九族從己上至高祖下及玄孫之親也屬者以昭穆相次序○釋言孺屬也李巡曰孺骨肉相親屬也黃山云皇佩論語和爲貴疏和卽樂也趙岐孟子地利不如人和注人和得民心之所和樂也詩言和樂亦卽兄弟怡怡和順而和樂之義論語馬注怡怡和順之貌毛謂九族會曰和蓋承上文既具爲說然具之訓俱猶翕之訓合皆概言兄弟借來與上下文兄弟一也鄭以上至高祖下及元孫釋九族此古文之說若今文家異姓有親屬者爲九族與閔管蔡不合可信其必無此說矣

妻子好合如鼓瑟琴兄弟既翕和樂且湛【注】齊說曰琴瑟聲相應和也翕和也耽亦樂也韓云耽樂之甚也魯湛作沈【疏】傳翕和也箋好合志意合也合者如鼓瑟琴之聲相應和也王與族人燕則宗婦內宗之屬亦從后於房中○琴瑟至樂也禮中庸鄭注

文中庸引詩四句明齊毛文同惟湛作耽鹽鐵論取下篇引妻子好合四句亦齊詩也琴瑟聲相應和也者姜宸英云禮明堂位有大琴大瑟中琴小瑟凡用大琴必用大瑟配之用中琴必用小瑟配之然後大者不陵細者不抑而五聲和益取其相配以爲和也又有雅琴頌琴則雅瑟頌瑟實爲之配亦取琴瑟相合之義翕合也者與毛傳同耽亦樂也者亦上和樂之文毛詩釋文湛又作耽是毛亦有作耽之本也樂之甚也者釋文引韓詩文陳喬樅云耽湛皆媅字之叚借說文媅樂也媅又作妉釋詁妉樂也華嚴經音義云聲類媅作妉一切經音義四媅古文妉同是也耽字本義說文訓耳大垂湛字本義說文訓沒皆以音同叚借爲媅樂字據韓詩云樂之甚也則从甚作媅者爲正妉字乃其或體耳韓詩外傳八子貢曰賜欲休於事兄弟孔子曰詩云妻子好合如鼓瑟琴兄弟既翕和樂且耽爲之若此其不易也如之何其休也引詩四句明韓毛文同魯湛作沈者王逸楚詞招魂注詩曰和樂且沈王用魯詩故文與毛異陳喬樅云宋玉招魂娭酒不廢沈日夜些王注引詩和樂且沈所以證明沈字今本楚詞注依毛詩改沈爲湛失逸引詩之音矣

宜爾室家樂爾妻帑注齊說曰古者謂子孫曰帑此詩言和室家之道自近者始魯帑作孥疏傳帑子也箋族人和則得保樂其家中之大小○古者至者始

禮中庸鄭注文此總上文爲說也古謂子孫爲帑者言子而孫在其中左傳秦伯歸其帑書曰予則帑戮汝皆是也禮記釋文云帑本又作孥知齊詩亦作孥也言和室家之道自近始者思齊篇所云刑于寡妻至于兄弟也此箋言族人和則保樂其家又由和兄弟而推及兄弟之室家妻子無不宜且樂則合族之恩至矣魯帑作孥者趙岐孟子章句云孥妻子也詩曰樂爾妻孥趙用魯詩也毛詩釋文帑依字吐蕩反經典通爲妻孥字今讀音奴子也與魯字異義同 **是究是圖亶其然乎**【疏】傳究深圖謀亶信也箋女深謀之信其如是○周公以爲萬民法故作是詩欲人於此窮究之於此圖謀之信理道之必然其親睦其宗族所以召穆富辰於數百年後猶誦述此詩爲後世法戒也列女齊傷槐女傳引詩曰是究是圖亶其然乎明魯毛文同

常棣八章章四句

伐木【注】韓序曰伐木廢朋友之道缺勞者歌其事詩人伐木自苦其事故以爲文魯說曰周德始衰伐木有鳥鳴之刺【疏】毛序燕朋友故舊也自天子至於庶人未有不須友以成者親親以睦友賢不棄不遺故舊則民德歸厚矣○伐木至爲文文選謝混遊

西池詩注引韓詩序文此文殘缺不相通貫言伐木廢朋友之道缺者此謂德衰道缺之後故云伐木廢若是舊序不得竟空郎云伐木廢也勞者至爲文葢是後來賢人幽隱涸迹伐木故歌此詩如穆公之誦棠棣後人郎以爲其人之文也棠棣周公所作頗有左傳富辰之言可以尋攷否則專據鄭箋必謂召公所作矣勞者歌其事文選閒居賦李注亦引作韓詩序其上尚有機者歌食句初學記十五御覽五百七十三並引韓詩曰饑者歌食勞者歌事以是知此文殘缺也周德至之刺蔡邕正交論文古之交者其義敦以正其誓信以固逮夫周德始衰頌聲既寢伐木有鳥鳴之刺谷風有棄予之怨其所由來政之失也葢言君息於政不復求賢自輔故有伐木鳥鳴之刺風俗通義窮通篇同是魯韓說合易林夬之震君明臣賢鳴求其友顯德之政可以履事此齊說直云明君求友之事故可數政顯德也鄭箋云昔未居位在農之時與友生於山巖伐木爲勤苦之事孔疏此遠本文王幼少之時結友之事言文王昔日未居位之時與友生伐木山阪是鄭雖不能溯其由來然必有所承也孔乂引史記太王曰我後世當有興者其在昌乎則文王在太王之時年已長大是諸侯世子之子太王初遷於岐民稀國小地又險險而多樹木或當親自伐木所以勸率下民不可以禮論也愚案文王未履位之時親自伐木容有其事其志在求賢不憚艱險登山伐木特其借端迨後身爲國君懷周行而陟崔嵬求干城而舉罝罔皆出自少年物色之人昔日之朋友已爲今

日之故舊此所爲宴飲作歌或即此詩之本義與

伐木丁丁，鳥鳴嚶嚶。【注】魯說曰：丁丁嚶嚶，相切直也。【疏】傳：興也。丁丁，伐木聲也。嚶嚶，驚懼也。箋：丁丁嚶嚶，相切直也。言昔日未居位，在農之時，與友生於山巖伐木，爲勤苦之事，猶以道德相切正也。嚶嚶，兩鳥聲也。其鳴之志，似於有友道然，故連言之。○丁丁嚶嚶相切直也者，釋訓文，魯說也。郭注：丁丁，斫木聲；嚶嚶，兩鳥鳴。以喻朋友切磋相正。蓋舊注述魯詩之說，郭承用之，鄭箋即用以改毛。

出自幽谷，遷于喬木。【疏】傳：幽，深。喬，高也。箋：遷，徙也。謂鄉時之鳥，出從深谷，今移處高木。○徐幹中論貴驗篇：小人尚明鑒，君子尚至言。至言也，非賢友則無取之，故君子必求賢友也。詩曰：伐木丁丁，鳥鳴嚶嚶，出自幽谷，遷于喬木。言朋友之義，務在直切以升於善道也。徐用魯詩，以遷于喬木喻聞朋友直切之言則升於善道，比例甚精。據此，明魯毛文同。易林坤之比：出自幽谷，飛上喬木。同人之坎同。明用齊詩文。

嚶其鳴矣，求其友聲。【注】魯嚶作鸎。【疏】傳：君子雖遷於高位，不可以忘其朋友。箋：嚶其鳴矣，遷處高木者；求其友聲，求其尚在深谷者。其相得則復鳴嚶嚶然。○劉向楚詞七諫篇：飛鳥號其羣兮。王注：言飛鳥登高木，志意喜樂，則和鳴求其羣而呼其耦。詩曰：嚶其鳴矣，求其友聲。明魯毛文同。一作鸎者，張衡東京賦：雎鳩麗黃，關關嚶嚶。又歸田賦：「王雎鼓翼，倉庚哀鳴。交頸頡頏，關關嚶嚶。」麗黃、倉庚皆鸎也，是魯詩以嚶嚶屬鸎鳴，而嚶其鳴矣之嚶一作鸎，乃魯別本。文選張茂先詩「屬耳聽鸎鳴」，李注引詩作「鸎其鳴矣」。梁元帝言志賦曰「聞鸎鳴而求友」，梁昭明太子錦帶書「姑洗二月啟，啼鸎出谷，爭傳求友之聲」，皆承用魯家一作本耳。**相彼鳥矣，猶求友聲。**【注】韓說曰：鳥微物也。**矧伊人矣，不求友生。**【疏】傳：「矧，況也。」箋：「相，視也。鳥尚知居高木呼其友，況是人乎？可不求之？」○「鳥微物也」者，文選顏延年曲水詩李注、鶡鵾賦注引薛君韓詩章句文。王符潛夫論德化篇引「相彼鳥矣，猶求友聲」，符用魯詩，明魯毛文同。魏志曹植疏「下愚伐木友生之義」，曹用韓詩文也。**神之聽之，終和且平。**【疏】箋：「以可否相增減曰和。平，齊等也。此言心誠求之，神若聽之，使得如志，則友終相與和而齊功也。」○淮南泰族訓、韓詩外傳九並引「神之聽之，終和且平」，班固荅賓戲文引「神之聽之」句，明魯韓齊與毛文同。馬瑞辰云：「以經文求之，並無求通神明之意。且神之與聽之相對成文，不得言神若聽之也。釋詁：『神，慎也。慎，誠也。』神之，即慎之也。荀子非相篇『寶之珍之，貴之神之』，楊注：『神之，謂不敢慢也。』又曰『辨之明之，持之固之』，句法與此詩同。廣雅：『聽，從也。』聽之謂能聽從其言也。小明詩亦無求神之義，而言神之聽之，義同此。蜀志郤正作釋譏云：『葢易著行止之戒，詩有靖恭之歎，乃神之聽之而道使之然也。』其所云神之聽之，亦當訓爲慎之從之，不以

神馬神明

終猶旣也

伐木許許釃酒有藇【注】三家許作所亦作滸藇亦作醑【疏】傳許許柹貌以筐曰釃以藪曰湑藇美貌箋此言前者伐木許許之人今則有酒而釃之本其故也○孔疏言鄉時與文王伐木許許之人文王有酒而飲之本其昔日之事也柹貌者柹即桃之隸變廣韻桃斫木札也說文桃削木朴也木皮也木皮曰朴削木皮曰朴亦曰桃讀如肝肺之肺說文釃下酒也凡作酒者以筐漉酒曰釃下即漉也可以去麤取細三家許許作所所者說文所下云伐木聲詩曰伐木所所玉篇同許所字古通凡何所言何許幾所言幾許也亦作滸滸者後漢朱穆傳顏氏家訓書證篇初學記器物部引詩作滸滸許滸皆借字以所爲正玉篇草部云藇酒之美也詩云釃酒有藇亦作醑酉部云醑美貌亦作藇廣韻八語云醑酒之美也亦作藇即本玉篇是據三家之異文有藇猶藇藇也故曰美貌經文凡疊句雙字者或變文作有如此有藇及庶士有朅之類甚多或以美貌當作美也者非又毛傳或去有字作訓與有洸有潰之例不符而後人從之亦未合也

旣有肥羜以速諸父【疏】傳羜未成羊也天子謂同姓諸侯諸侯謂同姓大夫皆曰父異姓則稱舅國君友其賢臣大夫士友其宗族之仁者箋速召也有酒有羜今以召族人飲酒○釋畜未成羊羜郭注今俗呼五月羔爲羜傳以

經稱諸父舅序云燕朋友故舊則此父舅是文王之朋友也禮天子謂同姓諸侯諸侯謂同姓大夫皆曰父異姓則稱舅故曰諸父諸舅也愚案詩是周公所作故依文王尊爲天子後稱之曰父舅文王微時朋友皆是後來內外大臣故有父舅之名而伐木求友之事非周公亦無由知而述之也**寧適不來微我弗顧**疏傳微無也箋寧召之適自不來無使言我不顧念也○陳奐云寧猶胡也胡何也適之也何之不來言必來也式微傳微無也式微之微訓無無與有對文微我之微訓無無與勿同義二傳訓同意則無我勿顧者勿弗顧我也無我有咎者勿有咎我也皆幸其來之詞我王自謂也通章七我字同**於粲洒埽陳饋八簋**疏傳粲鮮明貌圓曰簋天子八簋箋粲然已灑糞矣陳其黍稷矣謂爲食禮○釋文糞本又作拚甫問反孔疏公食大夫禮上大夫八簋此天子云八簋者據待族人設食之禮上肥羜釃酒爲燕禮此是食禮互陳之也知是食禮者燕禮主於飲酒無飯既食此簋陳黍稷是食禮可知燕言諸父食言諸舅互文相通

有肥牡以速諸舅寧適不來微我有咎疏傳咎過也○易林訟之井大壯肥牡惠我諸舅內外和睦不憂飢渴此用齊詩文

伐木于阪釃酒有衍疏傳衍美貌箋此言伐木于阪亦本之也○案衍之爲言盈溢也酒旨且多故云

美貌**籩豆有踐，兄弟無遠。**疏箋：踐，陳列貌。兄弟，父之黨、母之黨。○陳氏奐以箋爲非，謂兄弟爲九族之親，不爲異姓。孔疏云「此燕朋友故舊，非燕族人」，據族人爲朋友者互說耳。愚案：當日偕文王伐木者，有同族兄弟在內，語其名位，不及父舅之尊；論其恩誼，亦在故舊之列。既有酒食燕享，亦當無遠也。**民之失德，乾餱以愆。**疏傳：餱，食也。箋：失德，謂見謗訕也。民尚以乾餱之食獲愆過於人，況天子之餱，反可以恨兄弟乎？故不當遠之。○釋言：「餱，食也。」說文：「餱，乾食也。」依乾餱言，故云乾食爲餱也。詩意極言人當謹於細微，隨事可以見人情，防失德。漢高祖以其嫂戛羹之故，封兄子爲羹頡侯，斯亦乾餱之比矣。漢書宣帝紀詔曰：「酒食之會，所以行禮樂也。今或禁民不得具酒食相賀召，由是廢鄉黨之禮，令民無所樂，非所以導民也。詩不云乎：『民之失德，乾餱以愆。』」顏注：「言人無恩德，不相飲食，則鬭乾餱之事爲過惡也。」又薛宣上疏曰：「是故鄉黨闕於嘉賓之懽，九族忘其親親之恩，飲食周急之厚彌衰，送往勞來之禮不行。夫人道不通，則陰陽否隔，和氣不興，未必不由此也。詩云：『民之失德，乾餱以愆。』」陳喬樅云：「薛宣之詞與孝宣詔書合。宣，東海郯人，與后倉同邑，所習當是齊詩。孝宣受詩東海澓中翁，亦當爲齊學，故述此詩大旨相同。顏注與毛詩傳箋不同，蓋襲舊注之文。」據此，齊、毛文同。

有酒湑我，無酒酤我。疏傳：湑，莤之也。酤，一宿酒也。箋：酤，買也。此族人陳王之恩也。王有酒則泲莤之，王無酒酤買之，要欲厚於族人○湑莤之也者上章傳云以藪曰湑藪是藪之誤字說文段注筐盛飯之器藪是漉淅之器今人謂藪爲漉箕漉酒較筐爲巃莤讀爲縮束茅立之祭前沃酒其上酒滲下若神飲之故謂之縮句師注縮酒泲酒也鳧鷖箋湑酒之泲者也陳奐云說文酤一宿酒也醴酒一宿孰也此詩以酤湑對文猶行葦篇以酒醴對文韓詩以醴爲有汁滓者醨與醴一酒也然則有汁滓者謂之酤滲去其汁滓者謂之湑一宿言易孰耳有酒湑我無酒酤我此倒句也我有酒則湑之我無酒則酤之言有酒則用滲去汁滓之酒無酒則用有汁滓者也汁滓之酒禮非常設故下文但云飲此湑矣不更及酤也酤買也者漢書食貨志載王莽時羲和魯匡言酒者天之美祿帝王所以頤養天下享祀祈福扶衰養疾百禮之會非酒不行故詩曰無酒酤我而論語曰酤酒不食二者非相反也夫詩據承平之世酒酤在官和旨使人可以相御也論語孔子當周衰亂酒酤在民薄惡不誠是以疑而弗食愚案文王時必無榷酤之政匡言豈足爲據酤買之說則三家詩義所有也故箋用以改毛

坎坎鼓我蹲蹲舞我【注】**魯蹲作墫說曰坎坎墫墫喜也齊韓坎作竷**【疏】傳蹲蹲舞貌箋爲我擊鼓坎坎然爲我興舞蹲蹲然謂以樂樂己○釋文蹲本或作墫同說文士舞也从士尊釋訓坎坎墫墫喜也此魯說鄭注皆鼓舞歡喜蔡邕禮樂意漢樂四品三曰黄門鼓吹天子所以宴樂羣臣詩所謂坎坎鼓我蹲蹲舞我者也

據此魯毛文同毛詩既有或作本蔡意亦引作蹲則不得以墫墫爲魯詩也風俗通義六漢樂人侯調依琴作坎坎坎之樂言其坎坎應節奏也詩云坎坎鼓我是其文也蓋坎坎者擊鼓之聲與鼓之節奏相應故釋文引說文一云舞曲也坎古音讀若空故坎侯亦曰疾侯齊韓坎作竷者說文竷下云繇舞也繇下衍也字依段注跒从文从章樂有章也夅聲詩曰竷竷鼓我依段注從韻會訂舊本舞字之誤魯毛作坎則作竷者齊韓文也云其鼓我舞我者亦是倒句言我爲之擊鼓則坎坎然我爲之興舞則蹲蹲然**迨我暇矣飲此湑矣**疏箋迨及也此又述王意也王曰及我今之閒暇共飲此湑酒欲其無不醉之意○案詩言當日邦業未定朋友故舊共任艱難無暇燕樂今幸及我國家閒暇之時得共飲此湑酒我文王之厚意不遺故舊如此諸臣孰不盡心以扶王室乎

伐木三章章十二句疏陳啟源云此毛詩分爲六章章六句呂記朱傳從劉氏說分爲三章章十二句劉氏以三伐木爲章首故分爲三章其說良然然此不自劉氏始也案凡傳箋下疏語統釋一章者例置每章之末此詩若從毛當六句一疏分爲十六條今乃總十二句爲一疏作三次申述又序下疏指伐木許許爲二章上二句伐木于阪爲卒章上二句又指諸父諸舅爲二章兄弟無遠爲卒章是此詩三章章十二句孔疏已然不始於劉氏也但孔疏釋

詩專遵毛鄭何此詩分章忽有異同又不明言其故劉欲改毛公章句當援孔疏爲說而竟以己意斷之朱呂亦止云從劉俱若未見孔疏者此皆不可解阮校勘記云案序下標起止云伐木六章章六句正義又云燕故舊即二章卒章上二句是也燕朋友即二章諸父諸舅卒章兄弟無遠是也與標起止不合當是正義本自作三章章十二句經注本作六章章六句者其誤始於唐石經也合併經注正義時又誤改標起止耳

天保【疏】毛序下報上也君能下下以成其政臣能歸美以報其上焉箋下下謂鹿鳴至伐木皆君所以下臣也臣亦宜歸美於王以崇君之尊而福祿之以答其歌○三家無異義詩汜歷樞曰卯酉之際爲革政卯天保也此齊說

天保定爾亦孔之固【注】**韓說曰言天之所以仁義禮智保定人之甚固也魯說曰言天保佐王者定其性命甚堅固也**【疏】傳固堅也箋保安爾女也女王也天之安定女亦甚堅固○言天至之甚固也韓詩外傳六文子曰不知命無以爲君子言天之所生皆有仁義禮智順善之心不知天之所以命生則無仁義禮智順善之心無仁義禮智順善之心謂之小人故曰不知命無以爲君子小雅曰天保定爾亦孔之固言天之所以仁義禮智保定人之甚固也言天至甚堅固也潛夫論慎微篇文詩曰天保定

爾亦孔之固俾爾亶厚胡福不除俾爾多益以莫不庶此言也
言天保佐王者定其性命甚堅固也使女性厚何不治此句字有脫誤
而多益之甚衆庶焉此下疑脫閒字不遵履五常順養性命以保南山
之壽松柏之茂也此交脫誤不可讀今依陳喬樅略訂正之

俾爾單厚何福不除〔注〕魯單作亶何作胡〔疏〕傳曰單厚也除開也或曰單盡也

箋單盡也天使女盡厚天下之民何福而不開皆開出以予之

○馬瑞辰云除余古通用爾雅四月爲余四月箋作四月爲除
是其證余予古今字鄭注覲禮曲禮余通爲予我之予即可通爲賜予
之予說文與賜予也與與同何福不除猶言何福不予予與也
授也凡史記言除吏漢書言除官皆謂授官也左傳言天方授
楚猶說苑善說篇言天方開楚也開與閉對文左傳秦饑晉閉
之糴古以不與爲閉則知以開爲與是言開即有予義故箋言
開出以予之以申明傳義魯單作亶者桑柔篇引釋詁亶厚也
某氏注詩曰俾爾亶厚潛夫論引同見上風俗通義七亦引俾
爾亶厚皆據魯文何作胡者潛夫論引作胡是魯全詩例同

俾爾多益以莫不庶〔疏〕傳庶衆也箋莫無也使女每物益多以是故無不衆也○孔疏又使汝天下每
物皆多有所益以是
之故無不衆多也

天保定爾俾爾戩穀罄無不宜受天百祿〔疏〕傳戩福穀祿罄盡也箋天使女所福

祿之人謂羣臣也其舉事盡得其宜受天之多祿○釋詁戩福也釋言穀祿也皆魯說言俾爾之福祿盡得其宜卽推之爾受於天之多祿天降於爾之遠福尙維日不足也頌祝之詞不以重複爲嫌經似未言及羣臣**降爾遐福維日不足**疏箋遐遠也天又下予女以廣遠之福使天下溥蒙之汲汲如日且不足也○案此章承上何福不除言

天保定爾以莫不興疏箋興盛也無不盛者使萬物皆盛草木暢茂禽獸碩大○案此章承上以莫不庶言**如山如阜如岡如陵**疏傳言廣厚也高平曰陸大陸曰阜大阜曰陵箋此言其福祿委積高大也○案高平三句皆釋地文山岡爲一類阜陵爲一類風俗通義十詩云如山如阜者茂也言平地隆踊不屬於山陵也又曰詩云如岡如陵陵有天性自然者應劭所引當爲此詩魯說北堂書鈔地部一引韓詩云積土高大曰阜文選長楊賦注引韓詩云四平曰陵當是此詩韓說案廣雅四隤曰陵隤平隤也四隤卽四平皆所謂大阜矣**如川之方至以莫不增**疏箋川之方至謂其水縱長之時也萬物之收皆增多也

吉蠲爲饎是用孝享注魯蠲作圭爲作惟魯說曰饎酒食也齊蠲作圭疏傳吉善蠲絜也饎酒食也享獻也箋謂將祭祀也○魯蠲作圭爲作惟者釋文蠲舊音圭蜡氏注蠲讀如

詩吉圭惟饎之圭圭潔也惠棟云呂覽臨飲食必蠲絜高注蠲讀爲圭葢三家詩作吉圭惟饎故高讀從之陳喬樅云淮南時則訓湛熺必潔高注湛熺必令圭潔孟子書卿以下必有圭田趙岐注圭潔也圭潔之意卽本此篇魯訓高趙皆用魯詩者也宮人注引詩與毛同葢後人轉寫改之饎酒食也者釋訓文魯說也齊作圭者儀禮士虞注引詩吉圭爲饎陳喬樅云鄭禮注所引多據齊魯詩此爲不作惟葢齊詩之文也享獻釋詁文祭先人故曰孝享

禴祠烝嘗于公先王【注】**魯說曰春祭曰祠夏祭曰禴秋祭曰嘗冬祭曰蒸**【疏】傳春曰祠夏曰禴秋曰嘗冬曰烝公事也箋公先公謂后稷至諸盩○釋文諸盩周太王父名禴本又作礿禮王制鄭注詩小雅曰礿祠烝嘗于公先王此周四時祭宗廟之名明齊毛文同春祭至曰蒸釋天文魯說也與毛同孔疏引孫炎曰祠之言食礿新菜可汋嘗嘗新穀蒸進品物也陳喬樅云釋詁旣釋禴祠蒸嘗礿爲祭名而此復見者彼釋四者爲凡祭之通名此釋四者爲四時之祭名專爲此詩作解詩言于公先王知四者皆爲宗廟之祭也四時之祭夏殷時禮春礿夏禘秋嘗冬烝周則四時祭之外更有禘又有祫與夏殷不同見禮王制據大宗伯文則此四時祭名周公所定也郭注與孫炎文同其襄用舊注尤爲顯證愚案春秋繁露云祠者以正月始食韭也礿者以四月食麥也嘗者以七月嘗黍稷也蒸者以十月進初稻也又云始生故曰祠善其司也夏

約故曰礿貴所礿約也先成故曰嘗嘗言甘也畢熟故曰蒸蒸
言衆也張衡南都賦礿宗綏族禴祠蒸嘗又東京賦躬追養於
廟祧奉蒸嘗與禴祠明魯毛義異文同烝作蒸說文烝火气上
行也蒸折麻中榦也折麻中榦有衆義是蒸正字烝借字五經
文字艸部云蒸爾雅以爲祭名其經典祭烝多去艸以此爲薪
蒸今觀漢人引詩多作蒸則去艸非也又易萃卦虞翻注引詩
禴祭蒸嘗祀作祭陳喬樅謂是齊韓之
異字說文祭祀也是又文異而義同

君曰卜爾【注】韓說曰卜**報也**

萬壽無疆【疏】傳君先君也尸所以象神卜予也箋君曰卜
爾者尸嘏主人傳神辭也○馬瑞辰云倬彼
甫田詩秉畀炎火韓詩秉作卜云
卜報也則此詩卜爾猶云報爾

神之弔矣詒爾多福民之質矣日用飲食【疏】傳弔至詒遺也質
成也箋神至者宗
廟致敬鬼神著矣此之謂也成平也民事平以禮飲食相燕樂
而已○質成釋詁文陳奐云成當讀爲成民而後致力於神之
成用以也日以飲食此民成之實也飲食者民之大欲所存焉
瑞辰云廣雅常質也此詩質即爲常謂民安其常惟日用飲食
猶言耕田而食
鑿井而飲也

羣黎百姓徧爲爾德【疏】傳百姓百官族姓也箋
黎衆也羣衆百姓徧爲
女之德言則而象之○馬瑞辰云爲當讀如式訛爾心之訛訛
化也徧爲爾德猶言徧化爾德也爲與化古皆讀若譌故爲訛

化古並通用堯典平秩南訛史記五帝紀作南爲梓材厥亂爲民論衡效力篇引作厥率化民是其證矣

如月之恒如日之升〔疏〕傳恒弦升出也言俱進也箋月上弦而就盈日始出而就明○釋文恒本亦作緪同馬瑞辰云說文緪大索也一曰急也又曰緪引急也王逸注九歌云緪急張弦廣韻緪急張亦作緪是緪爲急張弦之貌亦以狀月之上弦也愚案張衡家賦如日之升明魯毛文同

如南山之壽不騫不崩如松柏之茂無不爾或承〔注〕韓說曰承受也〔疏〕傳騫虧也箋或之言有也如松柏之枝常茂盛青青相承無衰落也○承受也者文選盧諶詩注引韓詩章句文陳喬樅云假樂詩言受福無疆桑扈詩言受福不那此詩承上章貽爾多福言之以四者美頌多福故言無不爾或承猶第三章以莫不增亦總如山如阜如岡如陵二句言之儀禮少牢饋食禮曰承致多福無疆于女孝孫意亦猶是也

天保六章章六句

采薇〔注〕魯說曰懿王之時王室遂衰詩人作刺又曰古者師出不踰時者爲怨思也天道一時生一時養人者天之貴物也踰

時則內有怨女外有曠夫詩曰昔我往矣楊柳依依今我來思雨雪霏霏又曰家有采薇之思齊說曰周懿王時王室遂衰戎狄交侵暴虐中國中國被其苦詩人始作疾而歌之曰靡室靡家玁允之故豈不曰戒玁允孔棘又曰采薇出車魚麗思初上下促急君子懷憂疏毛序遣戍役也文王之時西有昆夷之患北有玁狁之難以天子之命命將率遣戍役以守衛中國故歌采薇以遣之出車以勞還杕杜以勤歸也箋文爲西伯服事殷之時也昆夷西戎也天子殷王也戍守也西伯以殷王之命命其屬爲將率將戍役禦西戎及北狄之難歌采薇以遣之杕杜勤歸者以其勤勞之故於其歸歌杕杜以休息之○懿王至作刺史記周本紀文宋衷注時王室衰始作詩也愚案謂始作怨刺之詩古者至霏霏白虎通征伐篇文家有至之思蔡邕和熹鄧后謚議文以此與人懷殿卬之聲對舉言之是亦以采薇爲怨思之詩皆魯說也周懿至孔棘漢書匈奴傳文古今人表懿王穆王子詩作顏注政道既衰怨刺之詩始作也采薇至懷憂易林睽之小過文其咸之渙云上下促急君子免憂免字葢懷之誤此齊說也韓詩大旨當同案采薇乃君子憂時之作魯齊詩有明文毛序立異與下章出車杕杜稱

爲遣戍勞還勸歸意仿周公東山之篇次於文王之世可謂謬矣

采薇采薇薇亦作止【疏】傳薇菜作生也箋西伯將遣戍役先與之期以采薇之時今薇生矣先輩可以行也重言采薇者丁寧行期也○孔疏不待孟秋而仲春遣兵者以患難既偪不暇待秋故也曰歸曰歸歲亦莫止靡室靡家玁狁之故不遑啟居玁狁之故【疏】傳玁狁北狄也箋莫晚也曰女何時歸乎亦歲晚之時乃得歸也又丁寧歸期定其心也北狄今匈奴也靡無遑暇啟跪也古者師出不踰時今薇生而行歲晚乃得歸使女無室家夫婦之道不暇跪居者有玁狁之難故曉之也○釋文本或作獫允說文無玁狁字史記匈奴傳唐虞以上有山戎玁狁葷粥居于北蠻晉灼注堯時曰葷粥周曰獫狁秦曰匈奴漢書匈奴傳引靡室靡家二句毘明齊毛文同

采薇采薇薇亦柔止曰歸曰歸心亦憂止憂心烈烈載飢載渴我戍未定靡使歸聘【疏】傳柔始生也聘問也箋柔謂脃脕之時釋文音問脕憂止者憂其歸期將晚烈烈憂貌則飢則渴言其苦也定止也我方守於北狄未得止息無所使歸問言所以憂○孔疏言未得止定無人使歸問家安否

采薇采薇薇亦剛止疏傳少而剛也箋剛謂少堅忍時曰歸曰歸歲亦陽止王事靡盬不遑啟處憂心孔疚我行不來注魯來作倈說曰不倈不來也疏傳陽歷陽月也疚病來至也箋十月爲陽時坤用事嫌於無陽故以名此月爲陽盬不堅固也處猶居也我成役自我也來猶反也據家曰來○來作倈曰不倈不來也者釋訓文魯說也釋文不倈宜从來今本作倈字陳壽祺云說文來部倈稱詩曰不倈不來即爾雅之文重文倈云倈或从彳今說作倈爾雅此訓即釋詩我行不倈句毛作來用本字魯作倈用借字爾雅以不來釋不倈聲近爲訓陳喬樅云說文詩曰是爾雅曰之誤後人轉寫因上來字引詩並此亦誤書作詩耳黃山云說文倈下云詩曰不倈不來从來矣聲來下云周所受瑞麥來麰天所來也故爲行來之來矣下云語已詞也是來爲行來而倈爲已來不倈猶不歸說文歸从止止亦已也因未歸來知未行來故曰不倈不來葢魯詩說僅此四字雅訓增也以合其書例耳許書引經本多截句爲訓又並所引經注而被以經名亦西漢經師家法如此如達下引詩曰挑兮達兮三字詁下引詩曰詁訓亦止二字皆截句也閏下引周禮曰閏月王居門中終月也牼下引春秋傳曰宋司馬牼字牛皆以注爲經也此引詩曰不倈不來明即引魯詩傳文陳喬樅謂詩是爾雅之誤則兩字不應誤成一字且不應又脫一也字殆不然矣

彼爾維何維常之華【注】三家爾作薾【疏】傳爾華盛貌常常棣也箋此言彼爾者乃常棣
之華以興將率車馬服飾之盛○三家爾作薾者說文薾下云
華盛貌詩曰彼薾維何是三家作薾與毛異馬瑞辰云說文爾
下注麗爾猶靡麗也三蒼解詁云爾華繁也爾古讀如彌與靡
音同又讀近旖旎之旎皆盛貌後人借爲爾汝之稱而爾之本
義晦矣彼路斯何君子之車【疏】箋斯此也君子謂將率○陳奐云汾沮洳傳路車也路謂乘車下文
乃言兵車耳或者軍帥自乘乘車餘師旅乘戎車胡承珙云爾
爲華盛之貌非卽華名則路當爲車大之貌非卽車名可知釋
詁路大也書疏引舍人注路車之大也此言詩路車之大則可
若賓以爲車名與彼爾之文不相稱矣馬瑞辰云斯爲語詞斯
何猶爲何也戎車既駕四牡業業【疏】傳業業然壯也○案烝民四牡業業傳業業言高大也壯卽高
大之意豈敢定居一月三捷【疏】傳捷勝也箋定止也將率之志往至所征之地不敢止而居處自安
也往則庶乎一月之中三有勝功謂侵也伐也戰也○馬瑞辰
云古者言數之多每曰三與九蓋九者數之究三者數之成不
必數之果皆三九也是故百囊罟而曰九罭楚詞九歌九辨皆
十一章而並曰九此以九爲紀也易王三錫命書曰三接終朝
三褫之論語令尹子文三仕三已柳下惠三黜季文子三思秦
伯三以天下讓此以三爲紀也此詩一月三捷特冀其屢有戰

功亦三錫三接之類釋文三息暫反
是也箋以侵伐戰三者當之鑿矣

駕彼四牡，四牡騤騤。君子所依，小人所腓。注魯腓作芘，齊作萉。

疏傳：「騤騤，彊也。腓，辟也。」箋：「腓當作芘。此言戎車者，將率之所依乘，戍役之所芘倚。」○魯腓作芘者，陳喬樅云：「釋言：『庇，蔭也。』舍人曰：『庇，蔽也。』左成十七年傳正義孫炎曰：『庇，覆之蔭也。』眾經音義九芘、庇字通。詩桑柔箋『人庇陰其下者』，釋文云：『本亦作芘蔭。』雲漢箋『我無所庇陰處』，釋文云：『本亦作芘蔭。』是字通之驗。釋言『庇，蔭』之訓，正釋此詩。芘字魯文作芘，箋蓋據以改毛。」齊作萉者，陳喬樅云：「稽古編云：『腓亦作萉。』班固幽通賦『安慆慆而不萉』，文選注引曹大家訓萉作避，漢書注云鄧展亦訓避，義與毛合。」喬樅謂：「班家學是治齊詩者，萉字當是齊詩異文。」案：張衡南都賦『驷飛龍兮騤騤』，衡蓋用魯詩文。

四牡翼翼，象弭魚服。疏傳：「翼翼，閑也。象弭，弓反末也，所以解紒也。魚服，魚皮也。」陳奐云釋下也字魚下服當衍箋：「弭，弓反末彆者，以象骨爲之，以助御者解轡紒，宜滑也。服，矢服也。」○馬瑞辰云：「古者弓末通名弭，弓之無緣者亦名爲弭。釋名：『弓，其末曰簫，言簫捎也。又謂之弭，以骨爲之，滑弭弭也。』禮稱『獻弓者執弭』，此弓末通名弭也。爾雅：『弓有緣者謂之弓，無緣者謂之弭。』左傳：『左執鞭弭。』此以弭爲弓名也。李巡、孫炎說各不同。左傳疏引李巡曰：『骨飾兩頭曰弓，不以骨飾兩頭曰弭。』儀禮疏引孫炎曰：『緣謂繳束而漆之，弭謂不以繳束，骨飾兩頭者也當從孫說既夕禮有弭飾焉鄭注弓無緣者謂之弭弭以象角爲飾孫說蓋本於鄭爾雅郭注緣者繳纏之卽今宛轉也今案象弭特以象牙爲飾弓之有緣者繳束而漆之其弭不露故謂之弓無緣者其弭外見故謂之弭說文弭弓無緣可以解轡紛者今傳作解紛釋文紛本或作紛以說文證之作紛者是說文彆弓戾也

豈不曰戒玁狁孔棘注齊曰作日疏箋戒警敕軍事也孔甚棘急也言君子小人豈豫遮其苦以勸之○齊曰作日者漢書匈奴傳文見上引陳喬樅云詩釋文曰戒音越又人栗反校勘記云唐石經初刻作曰後改曰作日非也箋云豈不日相警戒乎誠曰相警戒也鄭意是曰喬樅謂毛本或作日三家實作日漢書顏注云豈不日日相警戒乎以日日釋日字是其顯證也

昔我往矣楊柳依依今我來思雨雪霏霏行道遲遲載渴載飢我心傷悲莫知我哀注韓說曰昔始也依依盛貌齊飢作饑知作之疏傳楊柳蒲柳也霏霏甚也遲遲長遠也君子能盡人之情故人忘其死箋我來戍止而謂始反時也上三章言戍役次二章言將率之行故此章重序其往反之時極言其苦以說之行反在於道路猶飢渴言至苦也○楊柳蒲柳也者楊

柳一名楊爾雅楊蒲柳是也王風孔疏引義疏云蒲柳有兩種皮正青者曰小楊其一種皮紅者曰大楊其葉皆廣長似柳葉可以爲箭幹故左傳云董澤之蒲也思詞也昔始也者釋文引韓詩文廣雅釋詁昔始也郎本韓義依依盛貌者文選潘安仁金谷集作詩注謝元暉休沐重還道中詩注引韓詩曰昔我往矣楊柳依依及薛君章句文車舝篇依彼平林傳依木茂貌重言之曰依依韓訓盛貌茂盛義同王逸楚詞章句云據時所見自哀傷也猶詩云昔我往矣楊柳依依也廣雅霏霏雪也始見楊柳而往及雨雪而來此遣戍北狄之詞也白虎通征伐篇引昔我四句引見明魯韓與毛文同齊飢作饑知作之者鹽鐵論備胡篇云古者天子封畿千里繇役五百里音聲相聞疾病相恤無過時之師無踰時之役今戍邊郡者殊絕遼遠身在胡越老母垂泣室婦悲恨推其饑渴念其寒苦詩云昔我往矣楊柳依依今我來思雨雪霏霏行道遲遲載渴載饑我心傷悲莫之我哀說文飢下云餓也穀不孰爲饑此當作飢作饑者齊詩通叚字知作之於義亦通

采薇六章章八句

出車注魯說曰周宣王命南仲吉甫攘玁狁威蠻荊又曰玁狁攘而吉甫宴齊說曰懿王曾孫宣王與師命將以征伐之詩人

美大其功曰薄伐獫允至于太原出車彭彭城彼朔方是時四夷賓服稱爲中興疏毛序出車勞還率也箋遣將率及戍役同歌同時欲其同心也反而勞之異歌異日尊殊卑也禮記曰賜君子小人不同日此其義也○懿王至中興漢書匈奴傳文古今人表以懿刺詩爲懿王時又以南仲與召虎方叔張中列第三等次周宣王世皆齊說周宣至蠻荊蔡邕諫伐鮮卑議文玁狁至甫宴蔡邕釋誨文又史記衞將軍傳載益封衞青詔書亦並舉六月出車二詩皆以爲宣王時事與漢書合是魯說與齊同易林睽之小過咸之渙皆有采薇出車之文謂以采薇之時出戎車非指出車詩篇也韓詩大指當同齊魯

我出我車于彼牧矣自天子所謂我來矣注魯車作輿疏傳出車就馬於牧地箋上我我殷王也下我將率自謂也西伯以天子之命出我戎車於所牧之地將使我出征伐自從也有人從王所來謂我來矣謂以王命召己將使爲將率也先出戎車乃召將率將率尊也○魯車作輿者荀子大略篇天子召諸侯諸侯輦輿就馬禮也詩曰我出我輿于彼牧矣自天子所謂我來矣史記匈奴傳車亦作輿晛車輿古通作字荅魯作出輿也亦詳秦黃鳥篇

召彼僕夫謂之載矣王事多難維其棘矣疏傳僕夫御夫也箋棘急也

王命召己己即召御夫使裝載物而往王之事
多難其召我必急欲疾趨之此序其忠敬也

我出我車于彼郊矣設此旐矣建彼旄矣彼旟旐斯胡不旆旆

憂心悄悄僕夫況瘁【疏】傳龜蛇曰旐旄干旄鳥隼曰旟旆旆旒垂貌箋設旐者屬之於干旄而建之戎車將率既受命行乃乘焉牧地在遠郊況茲也將率既受命行而憂臨事而懼也御夫則茲益憔悴憂其馬之政○易林大過之損云過時歷月役夫憔悴蓊齊作悴與箋合釋文瘁本亦作萃依注作悴音同

王命南仲往城于方出車彭彭旂旐央央【注】齊仲作中魯車作**輿**【疏】傳王殷王也南仲文王之屬方朔方近玁狁之國也彭彭四馬貌交龍爲旂央央鮮明也箋王使南仲爲將率築城于朔方爲軍壘以禦北狄之難○齊仲作中者人表作南中列上之下次周宣王世魯說亦有南仲宣王時爲將詳見常武文王時並無其人此毛妄說也六月篇云玁狁匪茹整居焦穫侵鎬及方至于涇陽蓋玁狁居涇東之焦穫偪近周京縱兵四出蹂躪方鎬涇陽之地合此詩及六月采芑二篇觀之當日周廷命將以方叔統重兵阨駐涇西屏蔽京邑相機進擊吉甫自涇陽進兵鎬地南仲築城于方玁狁見首尾受敵遂大奔竄於是吉甫追至大原南仲移兵西戎克獲而歸兵事可考見者如此

魯車作輿者陳喬樅云史記匈奴傳周襄王時戎狄居于陸渾東至于衞侵盜暴虐中國疾之故詩人歌之曰戎狄是膺薄伐獫狁至于太原出輿彭彭城彼朔方王應麟詩攷遂以出輿爲襄王之詩非也漢書匈奴傳自李陵降匈奴以前皆錄史記之文惟狐鹿姑單于以下張晏以爲劉向褚先生所錄班彪又撰而次之漢書既采錄史記不應彼此互異又史記所引戎狄是膺乃魯頌閟宫之詩何得與雅詩之出輿六月合爲一事此其舛錯顯然者則史記此節益編簡爛脫僅存引詩數語後人掇拾遺文次於戎狄是膺之下遂致牴牾宜援據漢書爲之補正愚案魯詩作輿故史記與荀子文同而衞將軍傳仍作出車彭彭益出後人妄改阮元云易舍車而徒鄭注作輿大有大車以載蜀才本作輿此以輿爲車之證論語夫執輿者爲誰漢石經作車孟子十二月輿梁成甫田詩疏作車以其乘輿御覽作車剝君子得輿董遇作車此以車爲輿之證**天子命我**

城彼朔方赫赫南仲玁狁于襄注齊魯襄作攘疏傳朔方北方也赫赫盛貌襄除也箋此我我戍役也戍役築壘而美其將率自此出征也○楊雄趙充國頌天子命我明魯毛文同鹽鐵論繇役篇戎狄猾夏中國不寧周宣王尹吉甫式遏寇虐詩云薄伐獫允至于太原出車彭彭城彼朔方自古明王不能無征伐而服不義不能無城壘而禦強暴也漢書衞青傳詩不云乎薄伐玁狁至于太原出車彭彭城彼朔方顏注詩人美出車而征因築城以攘

玁允也此魯齊家連引二詩申明築城之義齊魯襄作攘者漢書敘傳於惟帝典戎夷猾夏周宣攘之亦列風雅潛夫論救邊篇是故鬼方之伐非好武也玁允于攘非貪土也以振民育德安邊守也後漢馬融傳疏云玁狁侵周周宣王立中興之功是以赫赫南仲載在周詩馬治毛詩亦從三家義也

昔我往矣黍稷方華今我來思雨雪載塗王事多難不遑啟居豈不懷歸畏此簡書［疏］傳塗凍釋也簡書戒命也鄰國有急以簡書相告則奔命救之箋黍稷方華朔方之地六月時也以此時始出壘征伐玁狁因伐西戎至春凍始釋而來反其間非有休息○案黍稷方華始城方也雨雪載塗始伐戎也易林復之蠱雨雪載塗則齊毛文同說文簡牒也凡鄰國有急難之事則書之於簡謂之簡書管仲以狄伐邢請齊侯救之曰詩云豈不懷歸畏此簡書簡書同惡相恤之謂也請救邢以從簡書見左閔元年傳

喓喓草蟲趯趯阜螽未見君子憂心忡忡既見君子我心則降赫赫南仲薄伐西戎［疏］箋草蟲鳴阜螽躍而從之天性也喻近西戎之諸侯聞南仲既征玁狁將伐西戎之命則跳躍而鄉望之如阜螽之聞草蟲鳴焉草蟲鳴晚秋之時也此以其時所見而興之君子斥南仲也降下也○案六

月詩至于涇陽涇陽北方玁狁西卽西戎所謂一舉而平二患也鹽鐵論論誹篇引未見君子四句列女傳齊威虞姬傳韓詩外傳七各引旣見君子二句後漢東平王蒼傳明帝報書引未見君子四句明齊魯韓文與毛同潛夫論邊議篇云詩美薄伐齊家用此經文

春日遲遲卉木萋萋倉庚喈喈采蘩祁祁執訊獲醜薄言還歸

赫赫南仲玁狁于夷疏傳卉草也訊辭也夷平也箋訊言醜衆也伐西戎以凍釋時反朔方之壘息戎役至此時而歸京師稱美時物以及其事喜而詳之也執其可言問所獲之衆以歸者當獻之也平者平之於王也此時亦伐西戎獨言平玁狁者玁狁大故以爲始以爲終○說文卉艸之總名也禮王制鄭注訊馘所生獲斷耳者詩曰執訊獲醜漢書衞青傳執訊獲醜明齊毛文同馬瑞辰云隸釋有執訊獲首之語葢本三家詩以醜爲首之叚借愚案此或魯韓文也

出車六章章八句

杕杜疏毛序勞還役也箋役戍役也○鹽鐵論繇役篇古者無過年之繇無踰時之役今近者數千里遠者過萬里歷二期不還父母愁憂妻子詠歎憤懣之恨發動于心慕積之思痛于骨髓此杕杜采薇之詩所爲作也據鹽鐵論是齊詩之說

以杕杜及采薇同爲刺詩與毛序異魯韓當與齊同

有杕之杜有睆其實王事靡盬繼嗣我日日月陽止女心傷止征夫遑止【疏】傳興也睆實貌杕杜猶得其時蕃滋役夫勞苦不得盡其天性箋嗣續也王事無不堅固我行役續嗣其日言常勞苦無休息十月爲陽遑暇也婦人思望其君子陽月之時已憂傷矣征夫如今已閒暇且歸也而尙不得歸故序其男女之情以說之陽月而思望之者以初時云歲亦莫止此月純陰嫌于無陽故謂之陽月詩人○西京雜記載董仲舒雨雹對云十月陰雖用事而陰不孤立所謂日月陽止者董習齊詩此齊說也

有杕之杜其葉萋萋王事靡盬我心傷悲卉木萋止女心悲止征夫歸止【疏】傳室家踰時則思箋傷悲者念其君子於今勞苦

陟彼北山言采其杞王事靡盬憂我父母檀車幝幝四牡痯痯征夫不遠【注】韓幝作繟【疏】傳檀車役車也幝幝敝貌痯痯罷貌箋杞非常菜也而升北山采之託有事以望君子不遠者言其來喻路近○案我征婦自我言征夫之父母常爲憂念幝作繟者釋文引韓詩文云繟尺善反繟音

同說文幝下云車敝皃緂下云偏緩也廣雅緂緂緩也郎韓義段玉裁云說文古本當是幝巾敝皃故從巾詩以爲車敝其引申之義也釋文蓋引說文巾敝也从巾單今本巾譌車殊失陸意馬瑞辰云說文訓緂爲偏緩義本韓詩又云繟帶緩也幝繟緂古音義同物敝則緩義正相通爾雅綰綰病也黄山云說文㡀敗衣也从巾象衣敗之象衣敗卽巾敗說文如常裳帬䘿幝褌帙表从巾之字皆通作从衣是巾敝說卽从巾之㡀段注改幝爲巾敝皃非也左襄三十一年傳巾車脂轄吳都賦吳王乃巾王路陶淵明文或巾柴車周禮春官巾車掌公車之政令鄭注巾猶衣也賈疏謂以衣飾其車說文巾佩巾也玉篇巾本以拭物後人著之於頭明巾可拭亦可著飾車兼二義故掌車者以巾名此巾可說車之證幝从巾單聲單大也亦盡也巾㡀盡則車敝之皃呈幝幝敝之甚也敝能同音字罷則緩故敝亦爲緩馬更以帶緩之繟通幝緂之閒可謂精能矣

匪載匪來，憂心孔疚。期逝不至，而多爲恤。（注）魯期作胡，逝作誓。

（疏）傳：逝，往；恤，憂也。遠行不必如期，室家之情以期望之。箋：此非疚病也君子至期不裝載意不爲來我念之憂心甚病○魯期作胡者呂覽初學篇高注文引詩曰胡逝不至而多爲恤知魯作胡也言胡以久往不來而使我多爲憂也齊逝作誓者易林益之鼎云期誓不至室人銜恤言家書之到約期設誓以爲必至而竟不至使我多爲憂也

卜筮偕止，會言

近止征夫邇止疏傳卜之筮之會人占之邇近也箋偕俱會合夫如今近耳○孔廣森云會合之字皆从亼說文亼三合也禮旅占必三人會有三義故云會人占之若但以爲卜與筮會於文似便於訓未精

杕杜四章章七句

魚麗注齊說曰采薇出車魚麗思初上下促急君子懷憂疏毛序美萬物盛多能備禮也文武以天保以上治內采薇以下治外始於憂勤終於逸樂故美萬物盛多可以告於神明矣箋內謂諸夏也外謂夷狄也告於神明者於祭祀而歌之○魚麗至懷憂易林睽之小過文當采薇出車之時上下促急故君子憂時而作是詩思初猶言思古也此齊說儀禮鄉飲酒鄭注魚麗言太平年豐物多也物多酒旨所以優賢也亦齊說魯韓當同

魚麗于罶鱨鯊疏傳麗歷也罶曲梁也寡婦之笱也鱨楊也鯊鮀也太平而後微物衆多取之有時用之有道則物莫不多矣古者不風不暴不行火草木不折不芟斧斤入山林豺祭獸然後殺獺祭魚然後漁鷹隼擊然後罻羅設是以天子不合圍諸侯不掩羣大夫不麛不卵士不隱塞庶人不數罟罟必四寸然後入澤梁故山不童澤不竭鳥獸魚鼈皆得

其所然○大司寇注麗附也釋器寡婦之笱謂之罶孫炎曰罶曲梁其功易故謂之寡婦之笱言當水曲處爲梁以曲竹爲笱承梁之孔使魚入而不得出若附於罶然說文鱨揚也段注揚各本從木者誤小徐繫傳本作揚林朝儀蟲異賦注鱨今黃鱨魚也性浮而喜飛躍故一名揚陸疏鱨一名揚今黃頰魚似燕頭魚身形厚而長大頰骨正黃魚之大而有力解飛者徐州人謂之揚黃頰通語也今江東呼黃鱨魚亦名黃揚魚魚尾微黃大者長尺七八寸許陳啟源云孟詵食療本草有黃顙魚亦名黃鱨魚又名黃頰魚無鱗而色黃羣游作聲軋軋故又名鉠軋又名黃鮠其名黃揚以其色黃而性揚也孔疏引舍人云鯊石鮀也說文鯊魚名出樂浪番國寰宇記漳州出鯊魚皮未知即一魚否

君子有酒旨且多疏箋酒美而此魚又多也○馬瑞辰云旨且多多且旨旨且有自專指酒言之下章物其多矣又承上章而推及衆物序所云美萬物盛多也箋以此屬魚非

魚麗于罶魴鱧疏傳鱧鯇也○釋魚鱧鯇舍人曰鱧名鮦郭注鱧鮦馬瑞辰云鯇鱓古今字即今俗稱鱓子魚郭云鮦今烏魚也說文鱧下云鱯也鱯下云魚名玉篇鱯似鮎而大

君子有酒多且旨疏箋酒多而此魚又美也

魚麗于罶鰋鯉【疏】傳鰋鮎也○說文鮀下云鮎也鮎下云鰋也鰋下云鮀也鰋下云鰋或从匽竊疑上章鯊當別一魚

君子有酒旨且有【疏】箋酒美而此魚又有

物其多矣維其嘉矣【疏】箋魚既多又善○案物即萬物盛多之物

物其旨矣維其偕矣【注】魯旨作指維作唯下同【疏】箋魚既美又齊等○魯旨作指維作唯者荀子大略篇物其指矣唯其偕矣不時宜不敬交不驩欣雖指非禮也楊倞注指與旨同據此則上三旨字魯皆作指賓筵篇飲酒孔嘉又言飲酒孔偕是偕嘉同義皆謂善也

物其有矣維其時矣【疏】箋魚既有又得其時○說苑辨物篇詩曰物其有矣唯其時矣物之所以有而不絕者以其動之時也荀子不苟篇引二句同說苑解有爲常有時爲用之以時於經恉最合

魚麗六章三章章四句三章章二句

南陔孝子相戒以養也白華孝子之絜白也華黍時和歲豐宜黍稷也有其義而亡其辭愚案此三篇已見卷首三家不入

鹿鳴之什十篇五十五章三百一十五句

詩三家義集疏卷十四終

詩三家義集疏卷十五

長沙王先謙益吾著

詩小雅

南有嘉魚之什弟十五

南有嘉魚【疏】毛序：樂與賢也。太平之君子至誠，樂與賢者共之也。箋：樂得賢者與共立於朝，相燕樂也。○儀禮鄉飲酒鄭注：南有嘉魚，言太平君子有酒，樂與賢者共之也。能以禮下賢者，賢者纍蔓而歸之，與之燕樂也。此齊說，義與毛同。詩汜麻樞曰：嘉魚在已火始也。亦齊說。魯韓無聞。

南有嘉魚，烝然罩罩。【注】韓罩作淖。【疏】傳：江漢之間，魚所產也。罩罩，篧也。箋：烝，塵也。塵然猶言久如也。言南方水中有善魚，人將久如而俱罩之，遲之也。喻天下有賢者，在位之人將久如而並求致之於朝，亦遲之也。遲之者，謂至誠也。○釋器：篧謂之罩。李巡曰：篧，編細竹以為罩，捕魚也。孫炎曰：今楚罩也。陳喬樅云：淮南說林訓：釣者靜之，罧者扣舟，罩者抑之，罣者舉之，為之異，得魚一也。郝氏懿行云：今魚罩以竹為之，漁人以手抑按于水中以取魚，故淮南云罩者抑之，抑即按也。愚案：烝，眾也。罩非一，故云罩罩。說文：籗，罩魚者。省作籗，今作篧者非。韓罩作淖者，廣雅：淖淖，眾也。王釋此詩之義魯作罩，與毛同，則廣雅淖淖之異文，當出韓詩。說文鯙下云「烝然鯙鯙」，从魚卓聲，或亦三家異字也。易林困之晉「南有嘉魚，駕黃取鰌，魴鯉灑灑，利來無憂」。離之中孚「鰌作遊，鯉作鰋，灑灑作翶翶」。睽之黍同。駕黃二字疑有誤。利來無憂者，謂利賢者之來，與之宴樂，故無憂也。君子有酒，嘉賓式燕以樂。【注】魯燕作讌。【疏】箋：「賢者燕飲而樂也。」○魯燕作讌者，列女魯季敬姜傳引詩曰「我有旨酒，嘉賓式讌以樂」，言尊賢也。陳喬樅云：「此所引我有旨酒，乃君子有酒之誤。鹿鳴詩我有旨酒，嘉賓式燕以敖，句法相同，因而致誤耳。」毛言與賢，劉言尊賢，魯義與毛同，惟燕作讌異。鄭注言與之燕樂，字作燕，知齊、毛文同。

南有嘉魚，烝然汕汕。君子有酒，嘉賓式燕以衎。【注】魯說曰：「樔謂之汕。」齊、韓汕作澾。韓燕作宴。【疏】傳：「汕汕，樔也。衎，樂也。」箋：「樔者，今之撩罟。」案：孫說同鄭。樔謂之汕者，釋器文，魯說也。李巡曰：「汕，以薄汕魚也。」御覽八百三十四引舍人曰：「以薄罺魚曰罺。」邵晉涵云：「壅草澤畔，蓄魚其中，名爲罺也。」說文：「汕，魚游水皃。詩曰：烝然汕汕。」廣雅：「澾澾，衆也。」廣韻汕、澾二字並所簡切，澾澾又汕汕之異文，葢本齊、韓。說文：「衎，行喜貌。」韓燕作宴者，玉篇：「衎，樂也。詩曰：嘉賓式宴以衎。」玉篇所引葢出韓詩，燕作宴，與毛異。

南有樛木，甘瓠纍之。君子有酒，嘉賓式燕綏之。【疏】傳：「興也。纍，蔓也。」箋：「君子下其臣故賢者歸往也綏安也與嘉賓燕飲而安之燕禮曰賓以我安○據鄉飲酒鄭注賢者纍蔓而歸之是齊詩以甘瓠纍蔓樛木與賢者纍蔓君子說與毛同

翩翩者鵻烝然來思君子有酒嘉賓式燕又思〔疏〕傳鵻壹宿之鳥箋壹宿者壹意於其所宿之木也喻賢者有專壹之意於我我將久如而來遲之也又復也以其壹意欲復與燕加厚之○馬瑞辰云又卽今之右字古右與侑宥通用大祝以享右祭祀注右讀爲侑彤弓毛傳右勸也勸卽侑也大司樂王三宥注宥猶勸也宥亦侑之借也此詩又當卽侑之借猶侑可通作右與宥耳

南有嘉魚四章章四句

南山有臺〔疏〕毛序樂得賢也得賢則能爲邦家立大平之基矣箋人君得賢則其德廣大堅固如南山之有基趾○儀禮鄉飲酒鄭注南山有臺言太平之治以賢者爲本愛友賢者爲邦家之基民之父母既欲其身之壽考又欲其民德之長也齊義與毛大同魯韓未聞

南山有臺北山有萊〔疏〕傳興也臺夫須也萊草也箋興者山之有草木以自覆蓋成其高大喻人君有

賢臣以自尊顯○陸疏云：舊說夫須莎草也，可爲蓑笠。都人士傳「臺所以禦雨」是也。胡承珙云：無羊傳「蓑所以備雨，笠所以禦暑」，則臺止可爲蓑，不可爲笠，止以禦雨，非以禦暑，可知。陳啟源以郭氏雅注、陸氏詩疏皆承鄭箋臺皮爲笠之誤，是也。其又引爾雅薃侯莎與夫須爲一草，則因本草別錄謂莎一名夫須，御覽引廣志云莎可以爲雨衣而誤，不知薃侯莎卽夏小正之緹縞，羅願以爲其根卽香附子者爲是，與臺不相涉。臺不妨亦有莎名，究不得以夫須爲薃侯也。陸疏：萊，草名，其葉可食，今兗州人蒸以爲茹，謂之萊蒸。馬瑞辰云：萊、釐、藜三字古同聲通用。爾雅「釐，蔓華」，說文「萊，蔓華」，萊卽釐，猶來牟一作釐牟。齊民要術引詩義疏曰「萊，藜也」，玉篇、廣韻並云「萊，藜草也」，是萊卽藜也。萊草多生荒地，後遂言萊以概諸草，故周禮言萊田，詩亦言汙萊。孔疏乃云非有別草名萊，由不知萊卽釐與藜耳。**樂只君子，邦家之基。樂只君子，萬壽無期。**【疏】傳：基，本也。箋：只之言是也。人君既得賢者，置之於位，又尊敬以禮樂樂之，則能爲國家之本，得壽考之福。○左襄二十四年傳子產曰：夫令名，德之輿也；德，國家之基也。有基無壞，毋亦是務乎！有德則樂，樂則能久。詩云「樂旨君子，邦家之基」，有令德也夫。又昭十三年傳：同盟于平丘，子產爭承，自日中以爭，至于昏，晉人許之。仲尼謂子產於是行也，足以爲國基矣。詩曰「樂旨君子，邦家之基」，子產，君子之求樂者也。案：兩引詩皆作旨，旨與只皆語詞。求樂，謂以固其邦家爲樂。無期，猶言無竟。易林復

之貢使君壽考南山多福言使君子多
壽與鄭注欲其身之壽考同義齊說也

南山有桑北山有楊樂只君子邦家之光樂只君子萬壽無疆

疏 箋光明也政教明有榮曜○唐開成石經只皆作旨丁晏云
衡方碑樂旨君子口口無疆亦用此篇之文旨只聲同段借

南山有杞北山有李樂只君子民之父母 注 魯樂只作凱悌樂
只君子德音不已 疏 箋已止也不止者言長見稱頌也○釋文
杞音起草木疏其樹如樗一名狗骨禮大
學引詩云樂只君子民之父母民之所好好之民之所惡惡之
此之謂民之父母齊詩訓義極精魯樂只作凱悌者白虎通號
篇凱悌君子民之父母說苑政理篇同皆魯說也愷凱豈經傳
通作凱悌樂易也德心寬厚能順民情故可以為民之父母鄭
禮注云又欲其民德之長
謂此章德音不已是也

南山有栲北山有杻樂只君子遐不眉壽樂只君子德音是茂

疏 傳栲山樗杻檍也眉壽秀眉也箋遐遠也遠不眉壽者言其
近眉壽也茂盛也○栲杻已見山有樞篇釋詞云遐何也遐
不何不不也愚案旱麓詩遐不作人潛夫論德化篇引作胡不作
人隰桑詩遐不謂矣禮表記引作瑕不謂矣鄭注瑕之言胡也

是三家訓遐爲胡鄭非不知及箋毛詩遂不恤曲爲遷就近儒糾正鶩爲新得不知實古義也陳奐云七月傳眉壽豪壽也義與此同方言眉老也東齊曰眉或三家詩有謂眉爲老者愚案箋訓茂爲盛謂名德較前更進

南山有枸北山有楰樂只君子遐不黃耇樂只君子保艾爾後

【疏】傳枸枳枸楰鼠梓黃黃髮也耇老艾養保安也○陸疏云枸山木其狀如櫨一名枸榾高大如白楊所在山中皆有理白可爲函板枝柯不直子著枝端大如指長數寸噉之甘美如飴八九月熟江南特美今官園種之謂之木蜜明堂位注作枳椇釋木楰鼠梓郭注楸屬也今江東有虎梓鼠虎音轉陸疏云其樹葉木理如楸山楸之異者今人謂之苦楸郝氏懿行云今一種楸大葉如桐葉而黑山中人謂之槓楸即虎梓也艾乂古通用保乂猶康誥云用保乂民也依傳似經文當作艾保

南山有臺五章章六句

由庚萬物得由其道也崇丘萬物得極其高大也由儀萬物之生各得其宜也有其義而亡其辭 愚案此三篇亦見卷首三家不入

蓼蕭【疏】毛序澤及四海也箋九夷八狄七戎六蠻謂之四海國在九州之外雖有大者爵不過子虞書曰州十有二師

外薄四海咸建五長○三家無異義

蓼彼蕭斯零露湑兮疏傳興也蓼長大貌蕭蒿也湑湑然蕭上露貌箋興者蕭香物之微者喻四海之諸侯亦國君之賤者露者天所以潤萬物喻王者恩澤不爲遠國則不及也○蓼莪傳蓼蓼長大貌此蓼義同蕭合馨香以供祭祀之用諸侯有與助祭祀之禮故詩以蓼蕭起興零者霝之借字湑盛貌露在物之狀**既見君子我心寫兮**疏傳輸寫其心也箋既見君子者遠國之君朝見於天子也我心寫者舒其精意無留恨也○我諸侯自我謂既見天子我則盡輸其歸嚮之誠也列女趙佛肸母傳引詩云既見君子我心寫兮明魯毛文同**燕笑語兮是以有譽處兮**疏箋天子與之燕而笑語則遠國之君各得其所是以稱揚德美使聲譽常處天子○陳奐云朱集傳引蘇氏曰譽豫通凡詩之譽皆樂也蘇氏之說是也爾雅豫樂也豫安也則譽處安處也呂覽孝行篇注譽樂也南有嘉魚篇嘉賓式燕以樂車舝篇式燕且譽六月篇吉甫燕喜韓奕曰韓姞燕譽射義引詩則燕則譽而釋之曰則安則譽是譽皆安樂之意也愚案詩言天子與之燕而笑語則遠國諸侯是以咸有喜樂而居處兮燕當從箋訓陳氏奐釋爲安與下句意複左昭十二年傳宋華定來聘公賦蓼蕭叔孫昭子以爲宴語之不懷卽指此章燕笑語兮也釋燕爲宴飲古義本如此

蓼彼蕭斯零露瀼瀼既見君子爲龍爲光其德不爽壽考不忘

〔疏〕傳瀼瀼露蕃貌龍寵也爽差也箋爲寵爲光言天子恩澤光耀被及己也○案蕃亦盛也龍古寵字左傳寵光之不宣謂受魯君之寵光以魯君比詩之君子也易林恒之蹇云蓼蕭露瀼君子龍光鳴鸞噰噰福祿來同晉之大有同正用齊詩文曾之蠱云壽考不忘明齊毛文同

蓼彼蕭斯零露泥泥既見君子孔燕豈弟宜兄宜弟令德壽豈

〔疏〕傳泥泥霑濡也豈樂弟易也爲兄亦宜爲弟亦宜箋孔甚燕安也○言既朝見君子我心皆甚安而樂易君子之爲人於同姓兄弟諸侯無不咸宜故令德遠聞而有壽樂之福也洒水傳兄弟同姓臣也四海遠國未必有同姓兄弟往封此言君子接待同姓無不相宜故遠人慕德而稱願之昭子謂華定令德之不知指此杜注言賓有令德可以壽樂蓋誤

蓼彼蕭斯零露濃濃既見君子鞗革沖沖和鸞雝雝〔注〕魯說曰和設軾者也鸞設衡者也韓說曰鸞在衡和在軾前升車則馬動馬動則鸞鳴鸞鳴則和應萬福攸同〔疏〕傳濃濃厚貌鞗轡也革轡首也沖沖垂飾

貌在軾曰和在鑣曰鸞箋此説天子之車飾者諸侯燕見天子
天子必乘車迎于門是以云然攸所也○釋器轡首謂之革郭
注轡靶勒見詩謂此段玉裁云説文無鞗字有鋚字鋚鐵也一
曰轡首銅也从金攸聲石鼓詩田車既安之下有鋚勒字焦山
周鼎有攸勒字博古圖周宰辟父敦銘三皆有攸勒字疑詩經
文鞗革皆鋚勒之譌鋚勒古鐘鼎鋚省作攸
後人不知爲鋚字之省輒製攸下从革之字革者勒字之省轡
首謂之勒勒馬頭絡銜所以繫轡故曰轡首陳喬樅云載見詩
鞗革有鶬鄭箋以鶬爲金飾貌與説文云鋚轡首銅也訓合革
爲轡首以皮爲之鋚爲轡首飾以金爲之孔疏謂鞗以皮爲之
誤和鸞均言鈴賈子新書容經云古者聖王居有法則動有文
章登車則馬行馬行則鸞鳴鸞鳴而和應聲曰和和則敬故詩
曰和鸞噰噰萬福攸同言動以紀度則萬福之所聚也續漢輿
服志劉昭注引白虎通車旂篇云本書此篇佚惟見藝文類聚七十一御覽七百七十二車所以有和鸞者何以正威儀節行舒疾也鸞者在衡和者在
軾馬動則鸞鳴鸞鳴則和應其聲鳴曰和敬舒則不鳴疾則失
音明得其和也故詩云和鸞雝雝萬福攸同魯訓曰和設軾者
也鸞設衡者也又續漢五行志劉注引謝承書陳宣曰宣字蕭人傳學興沛州魯詩王者承天統地動有法度車則和鸞出則佩玉動靜
應天張衡東京賦云珮以制容鑾以節塗行不變玉鸞不亂步
薛綜注珮爲行容鑾爲車節行合容則玉聲應馬步齊則和鑾
響並謂君子之禮法皆魯家説也鸞在至和應禮經解注引韓

詩內傳文又呂氏讀詩記十八引韓詩曰在軾曰和在軏曰鸞軏在衡下衡木縛軏在軏卽在衡也陳喬樅云周禮大馭注鸞和皆以金爲鈴大戴禮保傅篇在衡爲鸞在軾爲和馬動而鸞鳴鸞鳴而和應毛詩傳曰在軾曰和在鑣曰鸞許氏異義載此二說謹案云經無明文且殷周或異白虎通引魯訓禮注引韓傳鄭注大馭及玉藻皆同此說秦風駟鐵輶車鸞鑣箋云置鸞於鑣異於乘車周禮疏謂鄭以田車鸞在鑣乘車在衡然蓼蕭之和鸞雝雝亦乘車也毛傳云在鑣曰鸞箋不易之者正義謂駟鐵已明之從可知也商頌之八鸞鶬鶬亦乘車也箋又云鸞在鑣四馬則八鸞正義謂以經無正文且殷周或異也今攷車制一軾者車前橫木也漢書李廣傳注引服虔高三尺三寸圍七寸三分寸之一攷工記注衡者轅前橫木縛軛者也莊子馬蹄釋文衡下有兩軛以叉馬頸左襄十四年傳正義引服虔左桓二年傳正義曰案攷工記輪崇車廣衡長參如一則衡之所容惟兩服馬耳見攷工記輿人注賈云以驂馬別有[illegible][illegible]衡雖容服也詩鬴每言八鸞當謂馬有二鸞鸞若在衡衡惟兩馬安得置八鸞以此知鸞必在鑣說文金部鑾下云人君乘車四馬鑣八鸞鈴象鸞鳥之聲和則敬也許氏異義亦引詩云八鸞鎗鎗則一馬兩鑣也又云轄車鑾鑣知非衡也續漢輿服志注許慎曰云云不出異義今文義定之以然尚存兩疑於說文則定爲鸞在鑣矣若和之所設諸家皆云在軾惟韓詩云在軾前軾前則近衡矣服虔杜預解左傳錫鸞和鈴以爲鸞在鑣則和在衡服說見史記禮書集解正義謂鸞旣在鑣則和當在衡此兼用韓毛之說也愚案同一金鈴而

有曰和曰鑾爲之異明以在衡在軾別爲二名古訓相承原有目驗魯韓既合齊說必同徒以毛傳鸞鑣之訓曲成鑣義是許鄭所不能定者後人以臆斷之得毋甚武乎去古已遥姑從蓋闕餘詳駟鐵篇天子以此車服原尊禮接諸侯遠人戴德宜爲萬福之所同歸昭子謂華定同福之不受言其不荅此詩也易林鳴鸞噰噰福祿來同用齊詩文雖噰雍字同已見何彼襛矣篇白虎通作雍雍是魯齊詩與毛異文新書作噰噰蓋魯家亦作本也

蓼蕭四章章六句

湛露疏毛序天子燕諸侯也箋燕謂與之燕飲酒也諸侯朝覲會同天子與之燕所以示慈惠○易林屯之鼎云湛露之歡三爵畢恩訟之恒同人之離同又訟之既濟云白雉羣雊慕德貢朝湛露之恩使我得歡是天子燕諸侯之說三家與毛同也左文四年傳諸侯朝正于王王宴樂之於是乎賦湛露尤爲天子燕諸侯之塙證

湛湛露斯匪陽不晞疏傳興也湛湛露茂盛貌陽日也晞乾也露雖湛湛然見陽則乾箋興者露之在物湛湛然使物柯葉低垂喻諸侯受燕爵其儀有似醉之貌諸侯旅酬之則猶然唯天子賜爵則貌變肅敬承命有似露見日而晞也○王逸楚詞九章注湛湛厚也詩曰湛湛露斯厚與茂盛義近又九歌注晞乾也詩曰匪陽不晞明魯毛文義並同

厭厭夜飲，不醉無歸。注魯厭作懕，韓作愔。疏傳：厭厭，安也。夜飲，燕私也。宗子將有事，則族人皆侍。不醉而出，是不親也；醉而不出，是渫宗也。箋：天子燕諸侯之禮亡，此假宗子與族人燕爲説爾。族人猶羣臣也，其醉不出，不醉出，猶諸侯之儀也。飲酒至夜，猶云不醉無歸，此天子於諸侯之義。燕飲之禮，宵則兩階及庭門皆設大燭焉。○魯厭作懕者，釋訓：懕懕，安也。説文：懕，安也。从心，厭聲。詩曰：懕懕夜飲。是魯本字，毛借字。張衡南都賦：客賦醉言歸，主稱露未晞。衡魯家詩，用魯文也。韓作愔愔者，文選魏都賦李注引韓詩曰：愔愔夜飲。薛君曰：愔愔，和悦之貌也。文選琴賦注引同。釋文引韓作愔愔，與選注合。三倉云：愔愔，性和也。聲類云：愔，和靜貌。魏都賦愔愔醧燕，即本韓詩。凡毛詩作厭者，魯韓字多从音，如厭浥行露作湆浥行露，厭厭其苗作稖稖其苗，厭厭良人作愔愔良人，及此皆是。

湛湛露斯，在彼豐草。厭厭夜飲，在宗在考。疏傳：豐，茂也。夜飲必於宗室。箋：豐草喻同姓諸侯也。載之言則也。考，成也。夜飲之禮，在宗室同姓諸侯則成之，於庶姓其讓之則止。昔者陳敬仲飲桓公酒而樂，桓公命以火繼之。敬仲曰：臣卜其晝，未卜其夜。於是乃止。此之謂不成也。○胡承珙云：經言宗者，如左傳肸之宗十一族及宗不余辟之類。釋言：茂，豐也。故豐亦訓茂。在者，於也。在宗，猶言於同姓也，於其人，非於其地也。言必於同姓乃有夜飲之禮，正以明異姓

則皆
可

湛湛露斯在彼杞棘顯允君子莫不令德疏箋杞也棘也異類喻庶姓諸侯也令善也無不善其德言飲酒不至於醉○胡承珙云凡木叢生被露獨厚杞棘並有苞稱故以並言案四牡苞杞傳卽枸檵也

其桐其椅其實離離注韓詩曰其桐其椅其實離離韓說曰離離長貌**豈弟君子莫不令儀**疏傳離離垂也箋桐也椅也同類而異名喻二王之後也其實離離喻其薦俎禮物多於諸侯也飲酒不至於醉徒善其威儀而已謂陔節也○其桐至長貌初學記二十八引韓詩章句文引經明韓毛文同陳喬樅云離離毛訓垂與長義相成實長則垂故其貌離離然也箋說離離爲俎實非張衡西京賦朱實離離用魯詩文又南都賦接歡宴於日夜終愷樂之令儀用魯詩莫不令儀文

湛露四章章四句

彤弓疏毛序天子錫有功諸侯也箋諸侯敵王所愾而獻其功王饗禮之於是賜彤弓一彤矢百玈弓矢千凡諸侯賜弓矢然後專征伐

○三家無異義

彤弓弨兮，受言藏之。【疏】傳：「彤弓，朱弓也，以講德習射。弨，弛貌。言，我也。」箋：「言者，謂王策命也。王賜朱弓，必策其功以命之。受出藏之，乃反入也。」○荀子大略篇：「天子雕弓，諸侯彤弓，大夫黑弓，禮也。」陳喬樅云：「公羊定四年傳何休注：『天子雕弓，諸侯彤弓，大夫嬰弓，士盧弓。』所言與荀子略同。釋文：『嬰弓見司馬法。』案北山經：『燕山多嬰石。』注：『石似玉，有符采嬰帶，所謂燕石也。』嬰弓之嬰，蓋同。天子諸侯皆彤弓矢，天子弓有雕飾，故曰雕弓；大夫士皆盧弓矢，大夫弓亦有文飾，故曰嬰弓也。荀爲魯詩之祖，何亦用魯詩，皆魯說也。」孔疏：「歌敘王意，故箋易傳。」案言我王，自我也。受策出入，反敘諸侯意矣，非是。我有嘉賓，中心貺之。鐘鼓既設，【注】韓詩曰：「鐘鼓既設。設，陳也。」一朝饗之。【疏】傳：「貺，賜也。」箋：「貺者，欲加恩惠也。王意殷勤於賓，故歌序之。大飲賓曰饗。一朝，猶早朝。」○馬瑞辰云：「說文無貺字。況，寒水也。釋詁：『況，賜也。』魯語：『況使臣以大禮。』況即貺也。是況、貺通作。廣韻：『況，善也。』中心貺之，正謂中心善之，猶覲禮云『予一人嘉之』。嘉亦善也。貺之與下好之、善之同義。箋云貺者欲加恩惠，蓋亦訓貺爲善耳。」鐘鼓既設，設，陳也者，玉篇言部引韓詩文，明韓毛文同。皮嘉祐曰：「禮月令『整設于門外』，注：『設，陳也。』廣雅釋詁同。說文：『設，施陳也。』是設本訓陳，韓用古訓解之。」何楷云：「饗禮見大行人。其牲則體薦，體薦則房烝，亦有飯食。舂人云：『凡饗食，共其食米。』是饗禮兼燕與食矣。但燕或於寢，而饗則於朝，立成不坐，設几不倚爵盈不飲獻如其命數而止不必時久故一朝可以成禮雖亡然亦見王者勤於待賓賞不踰時如此胡承珙云天子饗禮雖亡然大饗用鐘鼓見大司樂樂師大師小師眡瞭鐘師鼓師鎛師典庸器者皆有其文魯語金奏肆夏繁遏渠天子所以享元侯也詩但言樂盛即知禮隆孔疏燕或至夜饗則禮成而罷故以一朝言

彤弓弨兮受言載之我有嘉賓中心喜之鐘鼓既設一朝右之

疏傳載之載以歸也喜樂也右勸也箋載之出載之車也右之者主人獻之賓受爵奠于薦右既祭俎乃席末坐卒爵之謂也○胡承珙云上言鐘鼓既設則右醻明是饗時之事楚茨傳侑勸也與此正同是右爲侑之叚借右之醻之當主侑幣酬幣爲義詳見下章

彤弓弨兮受言櫜之我有嘉賓中心好之鐘鼓既設一朝醻之

疏傳櫜韜也好説也醻報也箋飲酒之禮主人獻賓賓酢主人主人又飲而酌賓謂之醻醻猶厚也勸也○何楷云禮於饗有侑賓勸飽之幣上章言右是也於飲有酬賓送酒之幣此章言醻是也饗爲飲禮兼言右醻者以饗亦兼食故也公食大夫禮賓三飯之後公授宰夫束帛以侑注謂君以爲食賓殷勤之意未至復發幣以勸之欲其深安賓也又聘禮云若不親食使

大夫致之以侑幣注謂君有疾病及他故必致之者不廢其禮又曰致饗以酬幣致之明親饗有酬幣矣侑幣公食大夫禮用束帛其酬幣則無文聘禮注又引禮器曰琥璜爵蓋天子酬諸侯也必疑琥璜爲天子酬諸侯之幣以琥璜非爵名而云爵明以送酒也食禮無爵可送則琥璜饗酬所用也謂饗禮酬賓以琥璜將幣耳小行人合六幣琥以繡璜以黼則天子酬諸侯以繡黼而琥璜將之胡承珙云何說甚是然尚牽合於食禮之侑左莊十八年傳虢公晉侯朝王王饗醴命之宥注王之覲群后始則行饗禮先置醴酒示不忘古飲燕則命以幣物宥助也所以助歡敬之意言備設皆賜玉五瑴馬三匹僖二十五年晉侯朝王王饗醴命之宥注既行饗禮而設醴酒加之以幣帛以助歡也又僖二十八年晉侯獻楚俘于王王饗醴命晉侯宥注既饗又命晉侯助以束帛以將厚意是則饗禮本有侑幣王禮或更有玉與馬不必以兼食禮之故至酬幣既見於儀禮春秋時秦后子享晉侯歸取酬幣終事八反晉侯享范獻子展莊叔執幣皆饗有酬幣之證郊特牲大饗君三重席而酢三獻之介君專席而酢有酢必有酬此所以用酬幣也儀禮覲禮饗禮乃歸注云禮謂食燕也王或不親以其禮幣致之略言饗禮互文也疏云以此文爲互則饗食燕皆有酬幣侑幣是以掌客職三饗三食三燕云云鄭云若弗酌則以幣致之此節注疏最爲明晰饗禮既有侑酬則此詩右之醻之卽饗時之侑幣酬幣不必牽及於食燕矣

彤弓三章章六句

菁菁者莪【疏】毛序：樂育材也。君子長育人材，則天下喜樂之矣。箋：樂育材者，歌樂人君教學國人秀士、選士、俊士、造士、進士，養之以漸，至於官之。○徐幹中論藝紀篇：先王之欲人之爲君子也，故立保氏掌教六藝：一曰五禮，二曰六樂，三曰五射，四曰五御，五曰六書，六曰九數。教六儀：一曰祭祀之容，二曰賓客之容，三曰朝廷之容，四曰喪紀之容，五曰軍旅之容，六曰車馬之容。大胥掌學士之版，春入學舍菜合萬舞，秋班學合聲，諷誦講習，不解於時。故詩曰：菁菁者莪，在彼中阿，旣見君子，樂且有儀。美育人材，其猶人之於藝乎。旣修其質，且加其文，文質著然後體全，體全然後可登乎淸廟，而可羞乎王公。故君子非仁不立，非義不行，非藝不治，非容不莊，四者無愆，而聖賢之器就矣。徐用魯詩，所說詩義乃魯訓也。古者育材之法備於此矣。齊韓無異義。

菁菁者莪，在彼中阿。【注】韓詩曰：蓁蓁者莪。韓說曰：蓁蓁，盛貌也。【疏】傳：莪，蘿蒿也。中阿，阿中也。大陵曰阿。君子能長育人材，如阿之長莪菁菁然。箋：長育之者，既教學之，又不征役也。○蓁蓁至盛貌，文選東都賦李注引韓詩薛君文。馬瑞辰云：集韻一先：蓁，草貌。蓁蓁者莪，李舟說。案：說文：菁，韭華也。蓁草盛貌葦草貌則訓盛貌當以蓁爲正字毛詩作菁菁集韻引作葏葏皆借字陳喬樅云桃夭詩其葉蓁蓁傳云至盛貌義與韓合王逸楚詞招魂注蓁蓁積聚之貌積聚亦與盛義同釋草莪蘿孔疏引舍人曰莪一名蘿郭注今莪蒿也陸疏莪蒿也一名蘿蒿也生澤田漸洳之處葉似邪蒿而細科生三月中莖可生食又可蒸香美味頗似蔞蒿大陵謂之阿亦釋地文據經文莪非獨澤田有矣

既見君子樂且有儀【疏】箋既見君子者官爵之而得見也見則心既喜樂又以禮儀見接○案君子謂在上者左文三年傳公如晉晉侯饗公賦菁菁者莪莊叔以公降拜曰小國受命於大國敢不慎儀君貺之以大禮何樂如之抑小國之樂大國之惠也陳奐云莊叔釋詩樂卽經之樂慎儀卽經之有儀貺之以大禮所謂錫我百朋也愚案學士見君子所樂非在得官爵孔疏云此樂者得官而樂也君子於人無不以禮儀相接亦非所以詠嘆也據莊叔言慎儀又言何樂如之樂儀皆屬己言徐幹論育材之道敎以六藝六儀又云既修其質且加其文且加其文者且有儀也則可樂之事當在修質敎以六藝卽修質之事眾材入學春秋講誦習說羣樂皆見君子後事也序言天下喜樂與此無涉列女齊宿瘤女傳引詩曰菁菁者莪在彼中阿既見君子樂且有儀又陳國辯女傳引詩曰既見君子二句合之中論所引明魯毛文同

菁菁者莪在彼中沚既見君子我心則喜【疏】傳中沚沚中也喜樂也○列女齊鍾

離春傳引詩云既見君子我心則喜明魯毛文同

菁菁者莪，在彼中陵。既見君子，錫我百朋。疏 傳中陵陵中也箋古者貨貝五貝爲朋賜我百朋得祿多言得意也○陳奐云淮南道應篇散宜生得大貝百朋以獻紂高注五貝爲一朋百朋五百貝說文貝海介蟲也古者貨貝而寶龜周而有泉至秦廢貝行錢是古用貝爲貨周兼用泉布而貝不廢漢書食貨志大貝四寸八分以上壯貝三寸六分以上幺貝二寸四分以上小貝寸二分以上二枚爲一朋不盈寸二分漏度不得爲朋是爲貝貨五品貝不盈六分不得爲貨此新莽制

汎汎楊舟，載沈載浮。既見君子，我心則休。疏 傳楊木爲舟載沈亦沈陳奐云正義訂作亦浮是載浮亦浮箋舟者沈物亦載浮物亦載喻人君用士文亦用武亦用於人之材無所廢休者休休然○釋文休美也淮南說林訓舟能沈能浮愚者不加足高注舟船能載浮物愚者不敢加足畏其沈詩曰汎汎楊舟載沈載浮是也愚案據高注明魯毛文同孔疏云載飛載止及載震載育之類傳箋皆以載爲則然則此載亦爲則言則載沈物則載浮物也案載爲則又於則下加載字古訓皆不如此

菁菁者莪四章章四句

六月（注）齊說曰宣王興師命將征伐玁允詩人美大其功魯說日周室既衰四夷竝侵玁允最彊至宣王而伐之詩人美而頌之曰薄伐玁狁至于太原又曰嘽嘽推推如霆如雷顯允方叔征伐玁狁荆蠻來威故稱中興又曰周宣王命南仲吉甫攘玁狁威蠻荆（疏）毛序宣王北伐也箋六月言周室微而復興美宣王之北伐也○宣王至其功漢書匈奴傳文周室至中興漢書韋元成傳引劉歆議文周室至蠻荆蔡邕諫伐鮮卑議文據此齊魯與毛同韓蓋無異義

六月棲棲戎車既飭四牡騤騤載是常服（疏）傳棲棲簡閱貌飭正也日月爲常服戎服也箋記六月者盛夏出兵明其急也戎車革輅之等也其等有五戎車之常服韋弁服也○馬瑞辰云棲栖古同字義與論語栖栖同謂行不止也廣雅徲徲往來也徲徲卽棲棲謂往來不止之皃徲徲通作棲棲猶狐犀通作瓠棲皆音近借字耳采薇傳騤騤彊也易林益之井六月騤騤各欲有望專征未壯候待旦明蹇之小過同惟專征作後來焦用齊詩文陳喬樅云

未壯皆束裝之謠出車詩召彼僕夫謂之載矣箋言召御夫使裝載物而往是謂載爲裝也太玄玄錯云裝候時與易林束裝候時詩意正同馬瑞辰云常服箋說是左閔二年傳梁餘子養曰帥師者有常服矣杜注韋弁服軍之常也兵事以韋弁服爲常服猶毁士以黼詩助祭亦曰常服也若傳以日月爲常則於文王詩常服黼冔不可通矣

玁狁孔熾我是用急王于出征以匡王國【注】齊急作戒【疏】傳熾盛也箋此序吉甫之意也北狄來侵甚熾故王以是急遣我于曰匡正也王曰今女出征玁狁以正王國之封畿○齊急作戒者鹽鐵論繇役篇詩云玁允孔熾我是用戒故守禦征伐所由來久矣是齊文與毛異盧文弨云戒當作悈釋言悈急也郝懿行云悈者心之急也戒卽悈字之省謝靈運述征賦云宣王用棘於玁狁是六朝本有作我是用棘者棘卽急也亦本三家詩王于出征以匡王國者王引之云爾雅于曰也曰古讀聿字本作欥或作曰或作聿王于興師王聿興師也王于出征王聿出征也聿曰古字通故爾雅訓于爲曰箋每以爾雅之于曰爲論語子曰之曰失其指矣馬瑞辰云于訓爲曰曰詞也箋讀爲發聲之曰失之據詩云以匡王國以佐天子則知王不親征王于出征猶秦詩王于興師不得謂王自興師也王肅述毛以前四章爲宣王親征謬也匡助也以匡王國猶云以佐天子匡又爲救左成十八年傳匡乏困救災患杜注匡亦救也救助義亦相通廣雅救助也是其證

比物四驪，閑之維則。疏傳：「物，毛物也。則，法也。言先教戰然後用師。」○孔疏：「夏官校人云：『凡大祭祀、朝覲、會同，毛馬而頒之；凡軍事，物馬而頒之。』注：『毛馬，齊其色；物馬，齊其力。』比物者，比同力之物。戎車齊力尚强，不取同色，而四驪者，雖以齊力爲主，亦不厭其同色，無同色者乃取異毛耳。閑之，是先閑習，故知先教戰而後用師也。」

維此六月，既成我服。我服既成，于三十里。王于出征，以佐天子。疏傳：「師行三十里。」「出征，以佐其爲天子也。」箋：「王既成我戎服，將遣之，戒之曰：日行三十里，可以舍息。又曰：令女出征伐，以佐我天子之事，禦北狄也。」○孔疏：「諸軍法皆以三十里爲限。漢書律麻志計武王之行，亦準此也。」

四牡修廣，其大有顒。薄伐玁狁，以奏膚功。有嚴有翼，共武之服。共武之服，以定王國。疏傳：「修，長。廣，大也。顒，大貌。奏，爲。膚，大。公，功也。嚴，威嚴也。翼，敬也。」箋：「服，事也。言今師之羣帥，有威嚴者，有恭敬者，而共典是兵事。言文武之人備。定，安也。」○說文：「顒，大頭也。」陳奐云：「其大有顒，猶言有顒其大，與有蕡其實、有睆其實句法同，特倒詞以合韻。」馬瑞辰云：「釋文：共，王、徐音恭。軍事以敬爲主，左傳所謂『不共是懼』也。共武之服，卽言敬武之事，正承上有嚴有翼言之。嚴翼皆恭也。」

玁狁匪茹，整居焦穫。【注】魯「穫」作「護」。**侵鎬及方，至于涇陽。**【疏】傳：焦穫，周地，接于玁狁者。箋：匪，非；茹，度也。鎬也、方也，皆北方地名。言玁狁之來侵，非其所當度爲也，乃自整齊而處周之焦穫，來侵至涇水之北，言其大恣也。○易林未濟之睽云：「玁狁匪度，治兵焦穫，伐鎬及方，與周爭疆。元戎其駕，以安我王。」「匪度」，毛作「匪茹」。箋云：度也，卽用齊義。中毛言其不自量度，敢與上國爭彊也。整卽治也，故焦氏以爲治兵。魯「穫」作「護」者，釋地「周有焦護」，是釋此詩。毛作「穫」，則作「護」者魯詩也。郭注：「今扶風池陽縣瓠中是也。」水經濾水注：「濾水東注鄭渠，渠首上承涇水於中山西邸瓠口，所謂瓠中也。」漢池陽縣屬馮翊，晉屬扶風郡，今陝西西安府涇陽縣西北有焦穫澤，卽此焦穫，在渭北涇東。漢書西域傳：「自周衰，戎狄錯居涇渭之北。」史記匈奴傳：「犬戎殺幽王，遂取周之焦穫而居于涇陽之間，侵暴中國。」蓋宣王時玁狁之整居焦穫，乃暫時逼處，一經驅逐，仍卽遠竄。至幽王以後，犬戎遂據焦穫而有之矣。侵鎬，王肅以爲鎬京，王基駮之云：下章「來歸自鎬，我行永久」，故劉向曰「千里之鎬，猶以爲遠」，王駮是也。其地未聞。方者，出車篇「王命南仲，往城于方」是也。蓋玁狁駐兵於涇東，游騎蔓延徧于涇北，特未敢踰涇水而南耳。涇陽者，涇水之北。秦有涇陽君，漢立涇陽縣，今甘肅平涼府平涼縣西四十里故城卽其地也。據史記「取焦穫而居涇渭間」，是焦穫非遠方，爲南仲所城。鎬則劉向以爲千里，是鎬方非近。孔疏云：鎬方雖在焦穫之下，不必先焦穫乃侵鎬方其說是也**織文鳥章白茷央央**(注)**魯作帛旆英英**(疏)傳鳥章錯革鳥爲章也白旆繼旐者也央央鮮明貌箋織徽織也鳥章鳥隼之文章將帥以下衣皆著焉○織文者段玉裁云毛無傳蓋讀與禹貢厥篚織文同鳥章帛旆皆織帛爲之箋易爲徽識則其字作識周禮注左傳注說文皆作徽識胡承珙云徽識者爲旗則大在衣則小鄭特推廣言之非以織文二句專指在衣之徽識也鳥章者釋天錯革鳥曰旟孫炎曰錯置也革急也畫急疾之鳥於縿郭注以革爲之置於旐端白茷央央者今本茷作旆釋文云白茷本又作旆繼旐曰茷左傳蒨茷是也一曰旆與茷古今字孔疏本同是陸孔皆作白茷魯作帛旆英英者公羊宣十二年疏引釋天云旐旆縿廣充幅長尋曰旐繼旐曰旆孫氏云縿黑縿也帛續旐末亦長尋詩曰帛旆英英是也所引卽孫炎爾雅注文毛作白茷央央則作帛旆英英者魯文也陳喬樅云公羊注繼旐如燕尾曰旆釋名雜帛爲旆以雜色綴其邊爲燕尾將帥所建象物雜也據孫說旆用黑縿爲之其繼旐之旆則以絳帛續之爲燕尾縿絳相雜故云雜帛爲旆絳得專帛名者周之正色時王所尚也此詩正義云言白旆者謂絳帛猶通帛曰旃亦是絳也說與前儒合惟出其東門正義及周禮司常疏引此詩皆以白旆爲白色此賈孔誤解疑六月正義乃襲劉光伯述義語故得不誤耳央釋文音英或於良反知舊讀以央爲英之假借故音從英或讀失之矣

元戎十乘以

先啟行【注】韓詩曰元戎十乘以先啟行韓說曰元戎大戎謂兵車也車有大戎十乘謂車縵輪馬被甲衡軛之上盡有劍戟名曰陷陣之車所以冒突先啟敵家之行伍也【疏】傳元大也夏后氏曰鉤車先正也殷曰寅車先疾也周曰元戎先良也箋鉤鉤般行曲直有正也寅進也二者及元戎皆可以先前啟突敵陳之前行其制之同異未聞○陳奐釋傳云鉤車以下御覽六十五引古司馬兵法同古司馬法兵車一乘甲士十人然則甲士二五爲一乘十乘百人郎甲士百人諸侯有大功賜以虎賁百人得專征伐者謂此也吉甫帥師元戎十乘左昭十三年傳劉獻公曰天子之老請帥王賦元戎十乘以先啟行正本此詩詩曰至伍也史記三王世家集解引詩曰元戎十乘以先啟行及韓嬰章句文元戎二句本韓詩明韓毛文同所謂韓嬰章句卽薛君章句也馬瑞辰云韓言車制較詳言所以冒突先啟敵家之行伍者左宣十二年傳孫叔曰進之甯我薄人無人薄我詩云元戎十乘以先啟行先人也軍志曰先人有奪人之心薄之也是以先啟行卽是薄人故鄭訓爲啟突敵陣之前行不爲自開其行列左傳正義服虔引司馬法謀帥篇云大前驅啟乘車大晨倅車屬焉所云大前驅卽元戎也啟乘車與大晨倅車皆爲所屬則是元戎居啟行之先與韓鄭以啟行爲突啟敵陣者義異或本魯齊

詩說班固燕然山銘元戎輕武用齊詩文

戎車既安如輊如軒四牡既佶既佶且閑【疏】傳輊摯佶正也箋戎車之安從後視之如摯從前視之如軒然後適調也佶壯健之貌○惠棟云摯當作蟄淮南子高注蟄音至从車不从手段玉裁云軒輊即軒輖也既夕禮鄭注輖蟄也說文輖重也謂車重也士喪禮軒輖中鄭輖蟄也摯蟄輊同字輖雙聲許書有輖摯而已摯者依聲託事字也軒言車輕輖言車重引申爲凡物之輕重據此淮南从車誤也胡承珙云淮南人閒訓道者置之前而不蟄錯之後而不軒後漢馬援傳居前不能令人輊居後不能令人軒皆謂平均調適無所輕重低昂之意凡車輊前者必軒後軒起也前重則後輕蔽後有軒埶若後重則前輕其前仰起亦可曰軒集說分前輕曰輊後輕曰軒非是然後從後視之不見有輊狀則前必過於輕從前視之不見有軒狀則後必過於重故曰如輊如軒非眞有輊軒而不啻其輊軒則一低一昂自然調適箋語善於形容又云說文佶正也引詩既佶且閑詩上二句言車之善下二句言馬之善車以平均調適爲善馬以整齊馴習爲善佶者整齊閑者馴習不必如箋說壯健也張衡東京賦既佶且閑明魯毛文同

薄伐玁狁至于大原【疏】傳言逐出之而已○案漢書匈奴傳周宣王時獫狁內侵至于涇陽命將征之盡境而還其視戎狄之侵譬猶蟁蝱之螫敺之而已故天下稱明與傳義合漢書敘傳薄伐獫狁鹽

鐵論繇役篇周宣王尹吉甫式遏寇虐詩云薄伐獫狁至于太
原明齊毛文同漢書韋元成傳載劉歆引詩曰薄伐獫狁至于
太原明魯毛文同顧炎武云朱子集傳以爲今太原陽曲縣即
詩之太原案古之言太原者多矣若此詩則當先求涇陽所在
而後太原可得而明也漢書地理志安定郡有涇陽縣幵頭山
在西禹貢涇水所出後漢書靈帝紀段熲破先零羌於涇陽注涇
陽屬安定在原州郡縣志原州平涼縣本漢涇陽縣地今縣西
四十里涇陽故城是也然則太原當即今之平涼而後魏立爲
原州亦是取古太原之名爾計周人之禦玁狁必在涇原之閒
若晉陽之太原在大河之東距周京千五百里豈有寇從西來
兵從東出者乎故曰天子命我城彼朔方而國語宣王料民于
太原亦以其近邊爲禦戎之備必不料之於晉國也胡渭云漢
安定郡治高平縣後廢元魏改置曰平高唐爲原州治後徙治
平涼縣西去故州一百六十里故州即元開城縣今固原州也
小爾雅高平謂之太大原則大原當在州界非平涼縣乃古涇
陽在固原之東玁狁侵及涇陽而薄伐之以至於大原蓋自平
涼逐之出塞至固原而止不窮逐也陳奐云方輿紀要陝西平
涼府鎮原縣在府北百三十里縣西二里有高平故城固原州
在府西北百十里鎮原爲唐之原州治固原屬原州界西之中
疑古大原當在鎮原平涼即涇陽地從涇陽直北追至鎮原不
更向西北矣史記匈奴傳武王伐紂放逐戎夷涇洛之北當亦
不甚相遠也案當時吉甫直出涇陽遂破玁狁楊雄幷州牧箴

所云宣王命將攘之涇北也玁狁類清鎬地而至大原追逐千數百里終宣王之世邊境無事功亦偉矣**文武吉甫**傳吉甫尹吉甫也有文有武憲法也箋吉甫此時**萬邦爲憲**疏大將也○案崧高作誦是其文也薄伐獫狁是其武也漢書人表尹吉甫列上下第三等次周宣王世憲法釋詁文

吉甫燕喜既多受祉來歸自鎬我行永久飲御諸友炰鼈膾鯉傳祉福也御進也箋吉甫既伐玁狁而歸天子以燕禮樂之則歡喜矣又多受賞賜也御侍也王以吉甫遠從鎬地來又疏日月長久今飲之酒使其諸友恩舊者侍之又加其珍美之饌所以極勸之也○漢書陳湯傳劉向曰吉甫之歸周厚賜之其詩曰吉甫燕喜既多受祉來歸自鎬我行永久千里之鎬猶以爲遠況萬里之外其勤至矣向引魯詩明魯毛文同易林豫之萃云飲御諸友所求大得小畜之大過同賁之頤云炰鼈膾鯉明齊毛文同胡承珙云大射儀羞庶羞注有炰鼈膾鯉者天子諸侯之射先行燕禮此詩所言其即燕禮之庶羞與思案詩上明言燕喜胡以爲庶羞之禮是也王夫之云禮與卿燕則大夫爲賓與大夫燕亦大夫爲賓鄭注不以所與燕者爲賓燕主序歡心賓主敬也公父文伯飲南宮敬叔露堵父爲客此之謂也君燕卿大夫膳夫爲主而別命賓則君與所燕者皆尊安矣天子之大夫稱字張仲大夫也燕吉甫而命仲爲賓此與卿燕大

夫爲賓之禮也侯誰在矣張仲孝友【注】魯說曰張仲孝友善父母爲孝善兄弟爲友【疏】傳侯維也張仲賢臣也善父母爲孝善兄弟爲友使文武之臣征伐與孝友之臣處內箋張仲吉甫之友其性孝友○張仲至爲友釋訓文魯說也漢書人表張仲列上下第三等次周宣王世仲作中蓋齊詩亦作本易林離之坎云六月采芑征伐無道張仲方叔克勝飲酒又小過之未濟云六月采芑征伐無道張仲季叔孝友飲酒馬瑞辰云歐陽集古錄薛氏鐘鼎款識並載有張仲簠銘五十一字其文曰用饗大正歆王賓饌具召飤張仲受無疆福諸友飱飤具飽張仲畀壽簠銘言諸友與詩飲御諸友合簠蓋因此時得與燕飲作也易林云張仲季叔孝友飲酒蓋以詩言諸友當時叔季皆在詩特言張仲以該叔季也此皆齊說蔡邕爲陳留縣上孝子狀張仲孝友侯在左右周宣之興實始于此又張玄祠堂碑其先張仲者實以孝友爲名臣左右王室潛夫論志姓氏篇詩頌宣王張仲孝友後漢書楊賜對書曰內親張仲外任山甫此言張仲佐宣王處內皆魯說

六月六章章八句

采芑【疏】毛序宣王南征也○三家無異義詩氾麻樞曰午采芑也此齊說

薄言采芑，于彼新田，于此菑畝。【注】魯說曰：田一歲曰菑，二歲曰新田。【疏】傳：興也。芑，菜也。田一歲曰菑，二歲曰新田，三歲曰畬。宜王能新美天下之士，然後用之。箋：興者，新美之喻，和治其家，養育其身也。士，軍士也。○孔疏引陸疏：芑似苦菜，莖青白色，摘其葉，白汁出，肥可生食，亦可烝爲茹。青州人謂之芑。西河雁門芑尤美，胡人戀之，不出塞是也。馬瑞辰云：據齊民要術引詩義疏云：藘似苦菜，青州謂之芑。說文：藘，菜也。是知孔疏引兩芑字皆藘之譌。藘、芑聲之轉，故藘謂之芑也。芑即苦菜，而陸云似苦菜者，宋嘉祐本草謂苦苣野生者名褊苣，今人家常食爲白苣，是苦菜有二種，陸蓋以芑爲家中種者，以苦菜爲野苦苣，今北人呼藘蕒菜，故云藘似苦菜也。據詩下文，則芑種於田，不爲野苣明矣。田一至新田，釋地文，魯說也。孔疏引孫炎曰：菑音災，始災殺其草木也。新田，新成柔田也。郭注：今江東呼初耕地反草爲菑。是魯、毛不異。禮坊記鄭注：二歲曰畬，三歲曰新田。禮注多據齊詩說，蓋齊、魯師說所傳異詞，故不同耳。

方叔涖止，其車三千，師干之試。【疏】傳：方叔，卿士也，受命而爲將也。涖，臨。師，眾。干，扞。試，用也。箋：方叔臨視此戎車三千乘，其士卒皆有佐師扞敵之用爾。司馬法：兵車一乘，甲士三人，步卒七十二人。宣王承亂，羨卒盡起。○漢書人表：方叔列上下第三等，次周宣王世。此齊說。揚雄趙充國頌：昔周之宣，有方有虎，詩人歌功，乃列于雅。此魯說。說文：隸，臨也。涖，隸聲近俗作莅陳奐云箋據司馬法一乘七十五人正義因謂天子六軍千乘三千乘十八軍金氏鶚云天子六軍七萬五千人耳今用十八軍二十二萬五千人自古未有如此之多司馬法本有二說鄭詩箋及論語注引司馬法兵車一乘甲士三人步卒七十二人而小司徒注又引司馬法革車一乘士十人徒二十人鄭不詳其所以異賈疏及春秋孔疏皆以七十五人爲畿內采地法不知王者軍制自畿內達之天下安得有異且士卒出於鄉遂非出於采地也江氏永謂七十五人者邱甸之本法三十人者調發之通制此說得之然其解周官亦謂戰車七十五人則亦誤也車乘士卒經典有明文周官五伍爲兩兩者車一乘也是明言二十五人爲一乘矣蓋兵車一乘甲士十人步卒十五人甲士二伍步卒三伍士卒不相襍凡用兵選其強壯有勇者爲甲士又選其尤者使居車上左人持弓矢主射右人持矛主擊刺中人主御是謂甲首左傳言獲其甲首三百甲首者甲士之首也三百人則車百乘也餘甲士七人蓋在車之左右步卒十五人蓋在車之後也調發之制一乘三十人而戰止用二十五人蓋用步卒五人將重車也杜牧孫子注云炊家子十人固守衣裝五人廄養五人樵汲五人此將重車二十五人也每一乘兵車所出之卒除五人將重車是兵車五乘重車一乘也五乘凡一百五十人馬二十匹其糗糧芻茭宜以大車載之矣重車在兵車之後將重車者大抵老弱之人皆步卒而非甲士故不用以戰行則將重車止則爲炊爨樵汲等事也江氏

謂四兩爲卒以一兩之人將重車抑又誤矣伍兩卒旅皆戰士將重車者非戰士也以一兩之人爲一乘重車則無以成卒又何以成旅師與軍乎惟以二十五人爲一乘按之諸書皆合方叔南征車三千乘每乘二十五人三千乘得七萬五千人是王六軍之制也案金說確不可易又歷引左傳師車三十乘甲士三千人孟子革車三百兩虎賁三千人與管子一乘四馬白徒三十人奉車兩並與司馬法一乘三十人合可謂信而有徵矣師衆釋詁文干扞試用釋言文師干之試言軍士之衆足爲扞禦之用也

方叔率止乘其四騏四騏翼翼路車有奭簟茀魚服鉤膺鞗革

疏 傳奭赤貌鉤膺樊纓也箋率者率此戎車士卒而行也翼翼壯健貌茀之言蔽也車之蔽飾象席文也魚服矢服也鞗革轡首垂也○馬瑞辰云說文衛下云將衛也將下云帥也帥亦當作衛毛作率者衛之消借韓詩多借作帥說文䢦下云先道也音義與衛同後假率爲之又借作帥若率之本義自爲捕鳥畢帥之本義自爲佩巾耳采薇傳云翼翼閑也奭讀爲赫有奭即有赫猶言赫赫也孔疏瞻彼洛矣云韎韐有奭彼茅蒐染爲奭故知赤貌也陳奐云載驅簟茀朱鞹傳鞹革也諸侯之路車有朱革之質而羽飾是路車有赤飾也載驅傳又云簟方文席也車之蔽曰茀𦃇人凡乘車充其籠箙說文籠笭也笭車笭也車笭即茀矢箙繫於笭故曰籠箙是即詩之魚服敷鉤膺者陳奐云樊者緐之借字說文緐馬髦飾也漢之羽葆幢以犛

牛尾爲之如斗在乘輿左騑馬頭上馬纓飾狀相似是謂緐纓亦與旌竿析羽注旄首相似故左哀二十三年傳言薦夫人馬稱旌緐蔡邕獨斷云緐纓在馬膺前如索帬方言帬陳魏之間謂之帔自關而東或謂之襬蔡以漢索帬比況緐纓皆謂下垂緐多之狀晉語亡人之所懷挾纓纕韋注纓馬纓也蓋以當時夷吾出亡未立爲君故馬皆有纓而無緐左成二年傳衛仲叔于奚請緐纓以朝新書審微篇緐纓者君之駕飾也是緐纓爲尊者之馬飾馬有緐纓猶人有緌纓緌與纓異材賤者止有冠纓尊者以緌爲飾人之纓結頷下馬之纓結胷前纓卽馬帶以革爲之緐下垂其上有鉤金以爲飾先鄭賈馬蔡許說樊纓大略相同惟鄭康成讀樊如鞶帶之鞶謂今馬大帶也纓今馬鞅與古說異肇革詳蓼蕭篇

薄言采芑于彼新田于此中鄉方叔涖止其車三千旂旐央央

疏 傳鄉所也箋中鄉美地名交龍爲旂龜蛇爲旐此言軍衆將帥之車皆備○馬瑞辰云鄉與黨對文則異散文則通玉藻鄭注鄉黨之細者淮南道應訓北息乎沈墨之鄉西窮冥冥之黨是鄉猶黨也左傳服注公羊何注國語韋注釋名並曰黨所也黨爲所則鄉亦爲所矣孟子出入無時莫知其鄉卽莫知其所也廣雅所郮凥也古者公田爲居廬舍在內還廬舍種桑麻雜菜疆畔則種瓜果小雅所云中田有廬疆場有瓜也中鄉當指中田有廬言之傳訓鄉爲所亦以所爲凥也 **方叔率**

止約軝錯衡八鸞瑲瑲疏傳軝長轂之軝也朱而約之錯衡文衡也瑲瑲聲也○約軝者戎車長轂小戎謂之暢轂朱而約之朱其飾也考工記輪人言置轂之制五分其轂之長去一以爲賢去三以爲軹容轂必直陳篆必正施膠必厚施筋必數幬必負榦既摩革色青白謂之轂之善鄭注篆轂約也說文軝下云長轂之軝也引詩或作軝段注大車轂長尺五寸田車兵車乘車轂長三尺二寸五分三尺二寸之長一爲賢得六寸四分三爲軹得尺九寸二分虛其一者留以置輻也考工記之軹卽詩之軝軹同音假借字取此尺九寸二分者以革約之而朱其革詩所謂約軝也容如製甲必先爲容之容先爲容轂之范盛轂於中以治之飾之陳篆者刻畫其文而以革縷若絲嵌約之而後施膠施筋而後幬之以渾革而九桼之而摩之革色青白而後朱畫之容轂以下渾轂所同也幬而朱之軝所獨也本是幬而朱之毛云朱而約之許云以朱約之者既朱則似先朱其革其意一也陳奐云錯衡謂衡上束文也說文鑾車衡三束也曲轅鑾縛直轅暈縛从革爨聲讀如論語鑽燧之鑽或作礸案曲轅卽曲輈曲轅車衡其約束之革是曰鑾錯鑾聲相近三束者衡之文也或謂以金飾衡者誤以錯衡爲金厄耳釋文瑲本作鎗瑲瑲鑾聲

服其命服朱芾斯皇有瑲葱珩注魯芾作紼韓齊魯珩作衡疏傳朱芾黃朱芾也皇猶煌煌也瑲珩聲也葱蒼也三命葱珩言周室之彊卓服之美

也言其强美斯劣矣箋命服者命爲將受王命之服也天子之服韋弁服朱衣裳也○命服者上公之服朱芾葱珩皆是張衡綬笥銘服其命服明魯毛文同斯干箋天子純朱諸侯黄朱嫌於偏尊故知此朱是黄朱也煌煌言其明也有瑲循瑲瑲三命赤韍葱珩禮玉藻文魯芾作紼者白虎通紼冕篇紼者蔽也行以蔽前者爾有事因以列尊卑彰有德也天子朱紼諸侯赤紼詩云朱紼斯皇室家君王又云赤紼金舄會同有繹又云赤紼在股皆謂諸侯也書曰黼黻衣黄朱紼亦謂諸侯也並見衣服之制故遠別之謂黄朱亦赤矣大夫葱衡別於君矣天子大夫朱紼葱衡士韎韐朱赤者盛色也是以聖人法之用爲紼服百王不易也陳喬樅云易乾鑿度天子三公九卿朱紱諸侯赤紱朱紱者賜大夫之服也鄭注朱赤雖同而有深淺之別說與此合然則諸侯惟得用赤紼入爲王臣始加賜朱紼天子三公九卿皆服朱紼葱衡方叔爲宣王卿士故詩言朱紼斯皇有瑲葱衡也韓齊魯珩作衡者玉府注引詩傳曰佩玉上有葱衡下有雙璜衡牙蠙珠以納其間賈疏謂是韓詩唐時韓詩尚存其言可信又晉語注引詩傳曰上有葱珩下有雙璜丁晏云明本舊本引國語注珩作衍譌今改正所引不知何詩傳也大戴禮保傳篇下車以佩玉爲度上有葱衡下有雙璜衡牙玭珠以納其間琚瑀以雜之蔡邕月令章句云佩上有葱衡下有雙璜琚瑀以雜之衡牙蠙珠以納其間是齊魯家皆以衡璜衡牙爲佩玉之大名中又有琚瑀雜貫之賈疏云衡横也謂葱玉爲横梁下以組懸於衡之兩頭兩

組之末皆有半璧曰璜故曰雙璜又以一組懸於衡之中央於末著衡牙使前後觸牙故曰衡牙案琚瑀所置當於懸衡牙組之中央又以二組穿琚瑀之內角衺係衡之兩頭組末係於璜納其間者組繩有五皆穿於其間也

鴥彼飛隼其飛戾天亦集爰止方叔涖止其車三千師干之試方叔率止鉦人伐鼓陳師鞠旅疏傳戾至也伐擊也鉦以靜之鼓以動之鞠告也箋隼急疾之鳥也飛乃至天喻士卒勁勇能深攻入敵也爰於也亦集於其所止喻士卒須命乃行也其車三千三稱此者重師也鉦也鼓也各有人焉言鉦人伐鼓互言爾二千五百人爲師五百人爲旅此言將戰之日陳列其師旅誓告之也陳師告旅亦互言之○案說文鞠下云蹋鞠也鞫下云窮理辠人也鞫鞠經典通作陳喬樅云張衡東京賦陳師鞠旅衡習魯詩是魯亦作鞠御覽三百三十八引詩陳師鞫旅字作鞫蓋齊韓異文

顯允方叔伐鼓淵淵振旅闐闐注魯說曰振旅闐闐出爲治兵尚威武也入爲振旅反尊卑也韓闐作嗔齊作軥疏傳淵淵鼓聲也入曰振旅復長幼也箋伐鼓淵淵謂戰時進士眾也至戰止將歸又振旅伐鼓闐闐然振猶止也旅眾也春秋傳曰出曰治兵入曰振旅其禮一也○顯允方叔猶言明信之方叔謂其號令明而賞罰信也

淵淵猶蕭蕭振旅至卑也釋天文魯說也陳奐云爾雅釋詩兼及治兵則振旅爲習戰周制春秋二時教民三年數軍實皆有治兵振旅習戰之事春秋莊八年春王正月師次于郎以俟陳人蔡人甲午治兵公羊傳出曰祠兵入曰振旅其禮一也皆習戰也祠者治之借字穀梁傳出曰治兵習戰也入曰振旅習戰也晉語治兵振旅鳴鐘鼓以至于宋此行師習戰皆有治兵振旅並與詩言振旅同箋謂戰止將歸失經恉矣爾雅郭注闐闐羣行聲陳喬樅以爲襲舊注魯詩說說文闐盛貌盛與羣行義近韓作嗔嗔者說文嗔下云盛气也从口眞聲詩曰振旅嗔嗔玉篇口部盛聲也引詩同此韓說也齊作輷者左思魏都賦振旅輷輷必是齊詩之異文文選李注引倉頡篇曰軥軥眾車聲也呼萌切今爲輷字音田

蠢爾蠻荊大邦爲讐方叔元老克壯其猶〔注〕魯說曰蠢不遜也韓說曰元長也韓猶作猷魯猶亦作猷〔疏〕傳蠢動也蠻荊案當原作荊蠻荊州之蠻也元大也五官之長出於諸侯曰天子之老壯大猶道也箋大邦列國之大也猶謀也謀兵謀也○案此章兩蠻荊皆荊蠻誤倒三家可證傳釋爲荊州之蠻孔疏亦有荊蠻內侵之語知毛詩原亦作荊蠻揚雄揚州箴蠢蠢荊蠻本魯經文漢書賈捐之傳詩云蠢爾蠻荊大邦爲讐言聖人起則後服中國衰則先畔動爲國家難自古而患之矣捐之爲賈誼曾孫誼孫嘉尚承家學捐之

所習當亦魯詩觀顏注釋爲南荊之蠻知原引必作荊蠻通典兵四及御覽兵部五十八引漢書皆作蠢爾荊蠻則今傳作蠻荊乃襲毛本之誤蠢蠢不遜也者釋訓文郭注蠢動爲惡不謙遜也郎魯家此詩之訓王逸九歎注蠢蠢無禮義貌詩曰蠢爾蠻荊無禮義則不遜與雅訓合荊蠻亦誤倒後魏肅宗詔文選吳都賦李注引詩皆作蠢爾荊蠻蓋本韓詩元長也者玉篇一部引韓詩文易乾卦文言元者善之長也故韓說以元爲長後漢章帝紀爲國元老李注元長也詩曰方叔元老郎據韓詩爲解玉篇士部壯大也詩曰克壯其猷是據韓詩之文魯猶亦作猷者鹽鐵論未通篇五十以上血脈益剛曰艾壯詩曰方叔元老克壯其猶故商師若荼周師若烏明齊詩作猶與毛同蔡邕胡公碑方叔克壯其猷是魯詩亦作猷也

方叔率止執訊獲醜戎車嘽嘽嘽嘽焞焞如霆如雷顯允方叔征伐玁狁蠻荊來威

注 魯焞作推 疏 傳嘽嘽眾也焞焞盛也箋方叔率其士眾執將可言問所獲敵人之眾以還歸也言戎車既眾盛其威又如雷霆言雖久在外無罷勞也方叔先與吉甫征伐玁狁今將往伐蠻荊皆使來服於宣王之威美其功之多也○案王逸楚詞九歌注訊問也詩云執訊獲醜明魯毛文同漢書韋元成傳載劉歆議引詩嘽嘽推推如霆如雷顯允方叔征伐獫狁荊蠻來威亦魯文又陳湯傳載劉向亦引此詩五句而推推作焞焞荊蠻亦倒作蠻荊與今毛本全

同向歆遝傳魯詩不應有異覩湯傳顏注令荆土之蠻畏威而
來與元成傳注南荆之蠻亦畏威而來服皆原作𦍑蠻釋之湯
傳之誤可見陳喬樅曰段玉裁以漢書推字爲𨌭字之誤玉篇
𨌭車盛貌廣韻𨌭𨌭車盛貌推推即𨌭𨌭也魯字與毛異向必
作推推其作焞焞亦俗人順毛所改愚案楚爲荆蠻見晉語南
有荆蠻見鄭語近儒引證尙多但毛誤已久故誤者皆襲之耳

采芑四章章十二句

車攻（疏）毛序宣王復古也宣王能內修政事外攘夷狄復文武之境土修車馬備器械復會諸侯於東都因田獵而選車徒焉箋東都王城也○易林履之夬云吉日車攻田弋獲禽宣王飲酒以告嘉功鼎之隨同惟宣王句作反行飲至班固東都賦嘉車攻用此經文皆齊詩說魯韓無異義

我車既攻我馬既同四牡龐龐駕言徂東（疏）傳攻堅同齊也宗廟齊豪尙純也戎事齊力尙强也田獵齊足尙疾也龐龐充實也東雒邑也○案宗廟齊豪戎事齊力田獵齊足釋畜文尙純尙强尙疾傳增解之孔疏引舍人曰田獵取牲於苑囿之中追飛逐走取其疾而已玉篇馬部驪驪充實貌顧書所載多韓詩此云充實貌與傳云充實義合知必韓詩異文同訓也雒在鎬東成王作邑於雒謂之王城大會諸侯宣王中興復往會焉故云徂東也

田車既好，四牡孔阜。東有甫草，注三家甫作圃。**駕言行狩。**疏傳：甫，大也。田者，大芟草以爲防，或舍其中，褐纏旃以爲門，表纏質以爲槸，間容握，驅而入，轚則不得入。左者之左，右者之右，然後焚而射焉。天子發然後諸侯發，諸侯發然後大夫士發。天子發抗大綏，諸侯發抗小綏，獻禽於其下。故戰不出頃，田不出防，不逐奔走，古之道也。箋：甫草者，甫田之草也。鄭有甫田。○魯甫作圃者，御覽一百九十六引白虎通云：圃，天子百里，大國四十里，次國三十里，小國二十里。苑圃在東方，所以然者何？苑圃養萬物者也，東方物所以生也。詩曰：東有圃草。周禮閽人疏、廣韻同。王逸楚詞九歎注：圃，野也。詩曰：東有圃草。皆魯詩也。齊作圃者，班固東都賦：豐圃草以毓獸。班用齊詩，是齊作圃。後漢馬融傳注引韓詩曰：東有圃草，駕言行狩。薛君曰：圃，博也，有博大茂草也。文選東都賦李注引薛說同，是韓作圃也。水經渠水注云：渠水歷中牟縣之圃田澤，澤多麻黃草，故述征記曰：踐縣境，便覩斯卉，窮則知踰界。詩所謂東有圃草也。元和志：圃田一名原圃，東西五十里，南北二十六里，西限長城，東極官渡，上承鄭州管城縣曹家陂。宣王時無鄭國，此尚在王畿之內也。御覽八百三十一資產部引韓內傳云：春曰畋，夏曰獀，秋曰獮，冬曰狩。天子抗大綏，諸侯抗小綏，羣小獻禽於其下，天子親射之旂門。夫田獵因以講道習武簡兵也。案：天子抗大綏以下，皆言冬狩之事。旂門，旃門也，亦見爾雅注、周禮大司馬、穀梁昭八年傳、易林解之

否鳴鸞四牡駕出
行狩用齊經文

之子于苗，選徒囂囂。建旐設旄，搏獸于敖。[注]魯獸作狩。[疏]傳：之子有司也。夏獵曰苗。囂囂，聲也。維數車徒者爲有聲也。敖，地名。箋：于曰也。獸，田獵搏獸也。敖，鄭地，今近滎陽。○釋大：夏獵爲苗。周禮、左傳、穀梁傳並云夏苗，惟公羊傳以爲無夏田，說異。選徒者，選讀爲算，說詳邶柏舟篇。說文：算，數也。大司徒撰車徒，鄭注：撰讀曰算，算車徒謂數擇之也。囂囂者，馬瑞辰云：釋言：鄂，閑也。郭注：鄂然閑暇貌。此鄂鄂亦閑暇貌也。搏獸于敖，搏乃薄之誤，薄，詞也。臧王林、段玉裁皆云獸當作狩，箋上獸字亦當作狩。胡承珙云：此經疑本作薄獸于敖，猶幽風言一之日于貉也。彼箋云：于貉，往搏貉以自爲裘也。往訓于，搏貉訓貉，故此箋以搏獸訓獸。然則經當作薄獸，箋當作獸田獵搏獸也。若經作狩，而箋云狩田獵搏獸也，則上文已有駕言行狩，何不於次章箋之？釋文：搏獸音搏，此爲鄭箋作音，非是經文作搏。正義釋經云往搏取禽獸於敖地，則經文已誤薄爲搏矣。鄭所見毛詩自作獸，不作狩也。馬瑞辰云：毛詩作薄獸，即薄狩之叚借，箋云田獵搏獸者，亦以經言薄獸非禽獸之獸，故以田獵搏獸釋之耳。魯獸作狩者，張衡東京賦薄狩于敖，薛綜曰：敖，鄭地，今之河南滎陽也，謂周王狩也。詩曰：建旐設旄，薄獸于敖。衡所習者魯詩，故作狩；薛所注者毛詩，故作獸也。水經濟水注、後漢安帝紀注、班固傳注引詩作薄狩于敖所引蓋皆三家詩于敖者續漢郡國志河南滎陽縣有敖亭劉昭補注周宣王狩于敖左宣十二年傳晉師在敖鄗之閒即此胡承珙云敖鄗圃田地本相近周語杜伯射王于鄗韋注引周春秋宣王會諸侯田於圃杜伯自道左云云圃當作圃墨子明鬼篇略同而云宣王合諸侯田於圃蓋圃田鄗即敖鄗韋以鄗爲鄗京誤矣

駕彼四牡四牡奕奕赤芾金舄會同有繹【注】韓說曰奕奕盛貌齊作驕驕魯芾作紱【疏】傳言諸侯來會也諸侯赤芾金舄舄達屨也騑字時見曰會殷見曰同繹陳也箋金舄黃朱色也○奕奕盛貌者文選謝惠連秋懷詩注引薛君章句文蔡邕胡廣黃瓊頌奕奕四牡用魯經文陳喬樅云奕奕毛詩傳箋皆無訓釋正義以爲四牡之馬奕奕然閑習也韓以諸侯皆來會故以盛言之說文驕驕馬行疾而徐也引詩四牡驕驕行疾而徐亦閑習之貌馬瑞辰云驕與奕古聲近蓋即此詩奕奕之異文案韓魯毛作奕奕則作驕驕者齊文也天子朱芾諸侯赤芾魯芾作紱者白虎通紱冕篇引詩赤紱金舄會同有繹詳見采芑篇采芑傳解芾云黃朱芾也蓋以賜上公服之此金舄亦黃朱色而以金爲飾則達於天子故曰達屨晏子春秋上篇景公爲履黃金之綦乂晏子對曰古者人君大帶重半鈞舄履倍重不欲輕也孟子豈謂一鉤金趙注謂一帶鉤之金周禮鄭注今東萊稱或以大半兩爲鈞此大帶重半鈞者當

是一帶鉤之金重三分兩之一舃履倍重者當是兩舃之金重一鈞爲大半兩此古人金舃之制也時見曰會殷見曰同大宗伯文其禮各别此連言之有繹猶繹繹也文選甘泉賦注引韓詩章句云繹繹盛貌

決拾既佽弓矢既調【注】魯佽作次【疏】傳決鉤弦也拾遂也佽利調謂弓彊弱與矢輕重相得○魯佽作次者張衡東京賦決拾既次薛綜曰決以象骨著右手巨指所以鉤弦也拾韝捍著左臂也周官繕人鄭司農注抉者所以縱弦也拾者所以引弦也詩云抉拾既次詩家説或謂抉謂引弦彄也拾謂韝扞也先鄭兼傳毛詩而解詁所引詩決作抉與毛或作本同佽作次乃用魯詩是注周官時尚用三家也又儀禮鄉射鄭注決猶闓也以象骨爲之著右大擘指以鉤弦闓體也遂射韝也以韋爲之所以遂弦者也其非射時則謂之拾拾斂也所以蔽膚斂衣也士喪禮鄭注決猶闓也挾弓以横執弦詩云決拾既佽此齊説玉篇手部詩曰決拾既佽拾所以引弦也此韓説**射夫既同助我舉柴**【注】魯柴作胔齊韓柴作㧘【疏】傳柴積也箋既同已雖不中必助中者舉積禽也○孔疏此文承諸侯之下射夫即諸侯也夫男子之總名魯柴作胔者張衡西京賦收禽舉胔即用魯詩薛綜注胔死禽獸將腐之名也説文㧘積也詩曰助我舉㧘玉篇同蓋出齊韓詩馬瑞辰云石鼓詩有射夫寫矢具奪

舉掌與此詩義同說文無胔有骴云鳥獸殘骨曰骴引明堂月令曰掩骼埋骴蔡邕月令章句作埋胔是知胔卽骴之或體

四黃既駕兩驂不猗不失其馳舍矢如破疏傳四黃二句言御者之良也不失二句言習於射御法也箋御者之良得舒疾之中射者之工矢發則中如椎破物也○不猗者陳奐云猗當作倚釋文猗倚二字音義迥別具詳各篇此詩釋文猗於寄反則釋文本作倚字可證不倚無偏倚也孟子滕文公篇引不失其馳二句趙岐章句云言御者不失其馳驅之法則射者必中之順毛而入順毛而出一發貫臧應矢而死者如破矣此君子之射也趙習魯詩此用魯說

蕭蕭馬鳴悠悠旆旌徒御不警注魯說曰徒御不驚輦者也**大庖不盈**疏傳蕭蕭二句言不讙譁也徒輦也御御馬也不警警也不盈盈也一曰乾豆二曰賓客三曰充君之庖故自左膘而射之達於右腢爲上殺射右耳本次之射左髀達於右䯚爲下殺面傷不獻踐毛不獻不成禽不獻禽雖多擇取三十焉其餘以與大夫士以習射於澤宮田雖得禽射不中不得取禽田雖不得禽射中則得取禽古者以辭讓取不以勇力取箋不警警也不盈盈也反其言美之也射右耳本射當爲達三十者每禽三十也○不警各本作不驚依孔疏訂正徒御至輦

者也釋訓文魯說也郭注步挽輦車陳喬樅云此以輦者釋詩徒御御猶駕也漢書注駕人以行曰輦以其徒步而挽車故曰徒御魯義蓋如此毛訓徒爲輦御爲御馬與雅訓異張衡西京賦徒御悅用魯經文

之子于征有聞無聲疏傳有善聞而無諠譁之聲箋晉人伐鄭陳成子救之舍於柳舒之上去穀七里穀人不知可謂有聞無聲○之子卽于苗之有司聿從王行**允**歸也號令嚴肅有嘉聞而無讙聲可想君臣平日講習之善**矣君子展也大成**疏箋允信展誠也大成謂致太平也○案此君子美宣王則上之子非宣王明矣後漢桓帝紀梁太后詔曰展也大成則所望矣后通韓詩望帝能致太平與箋說合禮緇衣引允矣君子展也大成二句明齊毛文同

車攻八章章四句

吉日疏毛序美宣王田也能慎微接下無不自盡以奉其上焉○左昭三年傳鄭伯如楚子產相楚子享之賦吉日既享子產乃具田備此吉日爲出田之證車攻由會諸侯而田獵吉日則專美田事也一在東都一在西周三家無異義

吉日維戊既伯既禱注魯說曰既伯既禱馬祭也疏傳維戊順類乘牡也

伯馬祖也重物愼微將用馬力必先爲之禱其祖禱禱獲也箋
戊剛日也故乘牡爲順類也○班固東都賦采吉日用齊經文
既伯既禱馬祭也者釋天文魯說也郭注伯祭馬祖也將用馬
力必將祭其先甸師禂牲禂馬杜子春云禂禱也爲馬禱無疾
爲田禱多獲禽牲詩云既伯既禱說文禱下云告事求福也从
示壽聲禂下云禱牲馬祭也从示周聲詩曰既禡既禂重文騳
下云或从馬壽省聲毛詩之禱葢卽騳之借字故杜直引既禱
以說甸師之禂也段注說文據小徐本騳作騳引詩四字亦爲
小徐繫傳語謂大徐解字本誤入正文並以詩無此語爲疑陳
喬樅云小徐所引自是三家異文如通論中引詩亦孔之悉優
作悉鶴鳴九皋無干字布政優優敷作布繫傳中引詩求民之
瘼莫作瘼澤沸濫泉觱作滭檻作濫皆與毛異南唐書稱鍇讀
書博記所校讐尤審諦江南藏書之多爲天下冠鍇力居多故
三家詩遺文佚句鍇多能稱述之也伯得與禡通者大司馬有
司表貉先鄭讀貉爲禡甸祝掌表貉之祝號杜子春讀貉爲百
書亦或爲禡肆師祭表貉則爲位鄭注貉讀爲百古禡字借貉
爲之音讀如百可爲伯禡音近通借之證愚案陳通伯禡之讀
甚精塙其中小徐雖足爲段氏解惑惟騳既从馬壽省聲則从
馬𢎘者爲誤𢎘乃疇字非壽省也王應麟之博雅必非不見繫
傳者其詩考仍據既禡既禂爲許君所引詩文則小徐本之見
於注文亦正如段氏之疑詩無此語而移改之耳是其誤在小
徐若大徐奉敕修書當不至併小徐之說亦誤爲許君正文也

田車既好，四牡孔阜。升彼大阜，從其羣醜。（疏）箋：醜衆也。田而升大阜，從禽獸之羣
衆也。○還
傳：從，逐也。

吉日庚午，既差我馬。（疏）傳：外事以剛日。差，擇也。○漢書翼奉傳：奉上封事曰：知下之術，在於六情十二
律而已。北方之情，好也；好行貪狼，申子主之。東方之情，怒也；怒
行陰賊，亥卯主之。貪狼必待陰賊而後動，陰賊必待貪狼而後
用，二陰並行，是以王者忌子卯也。禮經避之，春秋諱焉。南方之
情，惡也；惡行廉貞，寅午主之。西方之情，喜也；喜行寬大，巳酉主
之。二陽並行，是以王者吉午酉也。詩曰：吉日庚午。上方之情，樂
也；樂行姦邪，辰未主之。下方之情，哀也；哀行公正，戌丑主之。辰
未屬陰，戌丑屬陽，萬物各以其類應。又曰：師法用辰不用日。馬
瑞辰云：日謂十干，辰謂十二支。十干五剛五柔，甲丙戊庚壬五
奇爲剛日，乙丁巳辛癸五偶爲柔日也。十二支六陰六陽，申子
亥卯辰未爲六陰，寅午巳酉戌丑爲六陽也。毛言外事用剛日，
則以庚爲吉；翼言王者吉午酉，又言用辰不用日，則以午爲吉。
奉治齊詩，此齊、毛師說之不同也。檀弓杜蕢曰：子卯不樂。左昭
九年傳：辰在子卯，謂之疾日。疾日與吉日正相反，以子卯陰類
爲疾日，則以午酉陽類爲吉日。翼奉云二陽二陰並行，是必子
卯互刑，午酉相合之日，方爲疾日吉日，非凡遇子卯皆疾，遇午
酉皆吉也。蓋五行有刑德，行在東方子刑卯，行在北方卯刑子

子卯互刑是以爲忌以是推之午酉並行方爲吉日火盛於午金盛於酉庚爲金與酉同氣則卽酉之類也故龔引詩吉日庚午以爲午酉二陽並行之證則奉雖用辰不用日未始不兼取日與辰相配耳陳喬樅云應劭風俗通義六引詩吉日庚午謂漢家盛於午故以午祖也是亦用辰不用日應劭用魯詩然則魯說亦與齊同矣

獸之所同麀鹿麌麌

疏　傳鹿牝曰麀麌麌衆多也箋同猶聚也麕牡曰麌麌復麌言多也○張衡東京賦獸之所同西京賦麀鹿麌麌明魯毛文同薛綜曰同聚也言禽獸皆已合聚又曰鹿牝曰麀麌麌形貌也孔疏引釋獸麕牡麌牝麜郭注詩曰麀鹿麌麌釋文引說文麌作麞云麜鹿羣口相聚也與毛傳同鄭箋改毛以麌爲麕牡與爾雅合是據魯詩之訓故郭用舊注同之釋獸鹿牡麚牝麀麕牡麌牝麜麌魯義以爲獸之所同其類非一既有牝鹿又多牡麕也

漆沮之從天子之所

疏　傳漆沮之水麀鹿所生也從漆沮驅禽而致天子之所○案漆水有二詳見緜詩詩言麀鹿麌之生皆在漆沮水旁從逐也言自漆沮水旁驅逐此獸而致之天子之所也此田在岐周與東都無涉

瞻彼中原其祁孔有

疏　傳祁大也箋祁當作麎麎麜牝也中原之野甚有之○瞻彼中原者卽天子之所上文所云大阜也孔疏引釋獸麎牡麔牝麎某氏曰詩云瞻彼中原其麎孔有鄭箋改讀與某氏引詩合是據魯詩易傳之

諺言此獸中原多有不勞遠致也

儦儦俟俟，或羣或友。【注】韓詩曰：駓駓俟俟，或羣或友。韓說曰：趨曰騶，行曰騃。【疏】傳：趨則儦儦，行則俟俟。獸三曰羣，二曰友。○駓駓至或友，後漢馬融傳李注引韓詩文。趨曰騶，行曰騃，文選西京賦李注引薛君韓詩章句文。據此，則後漢注作俟俟者，轉寫之誤也。玉篇馬部云：騶騃字同。駓駓，走貌。楚詞招魂：逐人駓駓些。王逸注：駓駓，走貌也。言其走捷疾。張衡西京賦：羣獸駓騃。薛綜曰：皆鳥獸之形貌也。衡用魯詩。據此，魯詩文與韓同。廣韻：駓騃，獸形貌。卽本此文。說文：俟，大也。从人，矣聲。詩曰：伾伾俟俟。與魯韓及毛文皆異，葢本齊詩。

悉率左右，以燕天子。【疏】傳：驅禽之左右，以安待天子。箋：率，循也。悉驅禽順其左右之宜，以安待王之射也。○張衡東京賦：悉率百禽。用魯經文。薛綜曰：悉，盡也。率，歛也。愚案：驅而歛之，以之左之右。薛訓率爲歛，較箋訓循爲長。

既張我弓，既挾我矢。發彼小豝，殪此大兕。以御賓客，且以酌醴。【注】韓說曰：醴，甜而不泲也。【疏】傳：殪，壹發而死，言能中微而制大也。饗醴，天子之飲酒也。箋：豕牡曰豝。御賓客者，給賓客之御也。賓客謂諸侯也。酌醴，酌而飲羣臣，以爲俎實也。○發殪互詞。豝詳騶虞篇。六月傳：御，進也。醴甜而不泲也者文選南都賦注引薛君文陳喬樅云酒正二曰醴齊注醴猶體也成而汁滓相將如今恬酒矣呂覽重己篇高注醴者以蘖與黍相體不以麴也濁而甜耳釋名醴禮也釀之一宿而成禮有酒味而已也漢書楚元王傳常爲穆生設醴注醴甘酒也葢醴謂酒之不泲者酒正五齊自醴以上尤濁其用之祭祀必以茅泲之然後可酌故司尊彝曰醴齊縮酌包泛齊而言也自盎以下差清但以清酒泲之而不用茅故司尊彝曰盎齊涚酌該緹齊沈齊而言也醴又入於六飲者以其甜於餘齊且不泲之故與漿酏爲類耳張衡西京賦酒車酌醴用魯經文

吉日四章章六句

南有嘉魚之什十篇四十六章二百七十二句

詩三家義集疏卷十五終

長沙王先謙益吾著

鴻鴈之什弟十六　詩小雅

鴻鴈【疏】毛序美宣王也萬民離散不安其居而能勞來還定安集之至于矜寡無不得其所焉箋宣王承厲王衰亂之敝而起興復先王之道以安集衆民爲始也書曰天將有立父母民之有政有居宣王之爲是務○三家無異義詩氾麻樞曰鴻鴈在申金始也此齊說

鴻鴈于飛肅肅其羽之子于征劬勞于野【注】魯說曰劬亦勞也韓詩曰劬數也【疏】傳興也大曰鴻小曰鴈肅肅羽聲也之子侯伯卿士也劬勞病苦也箋鴻鴈知辟陰陽寒暑興者喻民知去無道就有道侯伯卿士謂諸侯之伯與天子卿士也是時民既離散邦國有壞滅者侯伯久不述職王使廢於存省諸侯於是始復之故美焉○鴻鴈于飛者陳奐云說文鳥部鴻鴻鵠也鴈鵝也詩九罭之鴻謂鴻鵠匏有苦葉之鴈謂鵝其正字作鴻作鴈隹部雁鳥也堆鳥肥大堆堆也或作鳿此鴻鴈乃野鳥其正字當作鳿雁說文所云雁鳥卽今之野鵝鳿

其大者也案陳說明晳劬亦勞也者王逸楚詞九歎注文引詩云劬勞于野明魯毛文同劬數也者釋文引韓詩文衆經音義二十三引同陳喬樅云劬得爲數者勞與勤同義釋詁劬勞病也勤勞也數亦勤之意數勞則病苦故韓詩以劬爲數毛傳以劬勞爲病苦也廣雅釋詁劬數也卽本韓義

爰及矜人哀此鰥寡注魯說曰矜苦也齊說曰爰及矜人哀此鰥寡上惠下也疏傳矜憐也老無妻曰鰥偏喪曰寡箋爰曰也王之意不徒使此爲諸侯之事與安集萬民而已王曰當及此可憐之人謂貧窮者欲令賙餼之鰥寡則哀之其孤獨者收斂之使有所依附○矜苦也者釋言文魯說也正爲此詩矜人方訓矜人卽呂覽貴因篇所云苦民總謂鰥寡孤獨可哀憐之人不言孤獨者文不備也爰及至下也漢書蕭望之傳望之議曰古者藏於民不足則取有餘則予詩曰爰及矜人哀此鰥寡上惠下也又曰雨我公田遂及我私下急上也蕭習齊詩明齊毛文同爰及者言惠必及於此四者之窮民宣王能行文王之政以成中興之美也

鴻鴈于飛集于中澤之子于垣百堵皆作注韓說曰八尺爲板五板爲堵五堵爲雉板廣二尺積高五板爲一丈五堵爲雉雉

長四丈疏傳中澤澤中也一丈爲板五板爲堵箋鴻鴈之性安居澤中今飛又集于澤中猶民去其居而離散今見還定安集侯伯卿士又於壞滅之國徵民起屋舍築牆壁百堵同時而起言趨事也春秋傳曰五板爲堵五堵爲雉雉長三丈則板六尺○八尺至四丈左隱元年傳孔疏引許愼五經異義韓詩說文視此疏所引爲備也毛傳一丈爲板五板爲堵鄭據春秋傳以板六尺易之異義言戴禮同韓又言古周禮及左氏說一丈爲板板廣二尺五板爲堵一堵之牆長丈高丈三堵爲雉一雉之牆長三丈高一丈其言一丈爲板於毛合則毛固據古春秋左氏說矣今左隱元年傳都城過百雉杜注方丈曰堵三堵曰雉一雉之牆長三丈高一丈雖未言板數以五板爲堵推之亦以丈爲板仍卽古說又公羊定十二年傳五板而堵五堵而雉百雉而城則板與堵之數經皆未著無可推定而何注以八尺爲板反於韓合與毛鄭皆異孔謂鄭春秋傳爲指公羊非也據鄭駁異義言古之雉制書傳各不得其詳今以左氏說鄭伯之城方五里積千五百步也大都三國之一則五百步也五百步爲百雉則知雉五步五步爲度長三丈則雉長三丈也雉之度量於是定可知矣可知者謂一雉三丈五堵案高一丈仍長六尺則可知板六尺是鄭亦本春秋左傳爲說也毛鄭皆古文學左傳正春秋古文而其說有二故傳箋各主其一公羊乃今文學故何注獨與韓同耳綜諸說觀之板廣皆二尺雉高皆一丈堵皆五板城皆百雉而韓詩及何休公羊說詳公羊解詁則

皆五堵爲雉雉長四丈板長八尺古周禮左氏說則三堵爲雉
雉長三丈板長一丈毛不言雉準以一丈爲板知亦同之鄭異
堵爲雉與前說同雉長三丈與後說同板六尺則與二說皆異
陳啟源云鄭引公羊傳以破毛傳又據左傳都城百雉爲說於
義較優胡承珙云古人誤以板爲橫數堵爲直數何注公羊云八
尺曰板堵凡四十尺此誤以板爲長數孔謂其取韓詩傳其實
所據韓詩惟八尺曰板之文所云堵四十尺乃自用春秋緯說
與韓絕異知不足信也孔引王愆期公羊五堵注云諸儒皆以
爲雉長三丈堵長一丈疑五誤當爲三此正與古周禮左氏合
勝何注多矣毛雖不明雉數亦必以三丈爲雉可知然則韓詩
雉長四丈之說亦不足信也古尺一丈祇當今六尺有奇鄭駁
異義不用古周禮左氏說其注考工亦云雉長三丈高一丈是
皆謂一丈爲板並無板長六尺之說陳喬樅云何休解詁八尺
曰板堵凡四十尺雉二百尺百雉二萬尺凡周十一里三十三
步二尺公侯之制禮天子千雉蓋受百雉之城十伯七十雉子
男五十雉徐疏古者六尺爲步三百步爲里計一里有千八百
尺十里卽有萬八千尺更以一里三十三步二尺爲里二千尺通
前後爲二萬尺故云二萬尺凡周十一里三十三步二尺也據
此公羊說雉制與韓詩合何氏據春秋緯公侯百雉二萬雉爲
三千三百三十三步二尺推之鄭駁異義五百步爲百雉不同
愚案稽古以鄭義爲優特沿孔疏之說胡承珙謂何韓皆不足
信鄭箋說亦非意在申毛然板廣二尺以直言曰一丈曰八尺

曰六尺以横言，卽是以長數言也。牆當先横接乃可直紥，百堵皆作，非堵自爲堵，卽非板自爲板，此不足以破何也。毛與古周禮、左氏説板長一丈，堵五板，仍長一丈，以三乘一，則一三如三，故一雉爲三堵，而長三丈。鄭箋板長六尺，堵五板，仍長六尺，以五乘六，則五六得三，故一雉爲五堵，亦長三丈。韓詩、何解詁板長八尺，堵五板，仍長八尺，以五乘八，則五八得四，故一雉爲五堵，而長四丈。皆積數之自然，不妨並存。鄭注考工仍言一雉長三丈高一丈，並不與箋歧。王徵期疑五堵之五爲三，乃以古文説今文，實欲並廢八尺爲板之説，謬也。胡乃謂其勝何，此不足以儆鄭，尤不足以破韓也。陳喬樅推公羊之制，謂如徐疏之説，可合韓詩，如推何所據春秋緯之説，則與鄭駁異義所言者不同，是誠然矣。然徐疏所言步里自本公羊舊説，不必更以緯説爲疑。陳立謂如鄭説，則百雉之城不及二里，未免過隘。毛板説雖與鄭殊，亦雉長三丈，則其隘同矣。雉長三丈者爲過隘，則韓詩之雉長四丈者固宜勝之。魯、齊不著，當同韓也。**雖則劬勞，其究安宅。**疏 傳：「究，窮也。」箋：「此勸萬民之辭。女今雖病勞，終有安居。」○陳奐云：宣承厲王之變，萬民離散，遷徙無常，十月之交所謂「徹我牆屋，田卒汙萊」也。侯伯卿士爲之坏垣牆，補城郭，正勞來安集之事。箋謂壞滅之國，徵民起屋舍，築牆壁，則是勞民役，非安民居矣。胡承珙云：此章劬勞屬流民言，與首尾異，非是。

鴻鴈于飛哀鳴嗸嗸維此哲人謂我劬勞疏傳未得所安集則嗸嗸然箋此之子所未至者此哲人謂知王之意及之子之事者我之子自我也維彼愚人謂我宣驕傳宣示也箋謂我役作衆民爲驕奢○王引之云宣驕與劬勞相對爲文劬亦勞也宣亦驕也左昭二十九年傳廣而不宣宣與廣義相因易林需之萃曰大口宣舌大有之蠱曰大口宣脣又小畜之噬嗑方喙廣口井之恒作方喙宣口是宣爲侈大之意宣驕猶言驕侈非謂宣示其驕也箋義爲長

鴻鴈三章章六句

庭燎疏毛序美宣王也因以箴之箋諸侯將朝宣王以夜未央之時問夜早晚美者美其能自勤以政事因以箴者王有雞人之官凡國事爲期則告之以時王不正其官而問夜早晚○易林頤之損庭燎夜明追古傷今追剌闢之吠光精作陽弱不制陰雄坐戾此齊說陳喬樅云列女傳宣王嘗夜臥晏起后夫人不出房姜后脫簪珥待罪于永巷使其傅母通言于王曰妾之不才至使君王失禮而晏朝以見君王樂色而忘德也敢請婢子之罪宣王曰寡人不德實自生過非夫人之罪遂復姜后而勤于政事早朝晏退卒成中興之名宣王中年怠政而庭燎詩作脫簪之諫當在此際宣王感悟能復勵精圖治所以爲中興

賢主也愚案陳氏引列女傳姜后事以證易林之說是魯齊說合所謂陰雄坐戾者殆卽不出房之后夫人宣王能納諫改過所以爲賢而庭燎之詩亦不爲徒作矣韓說未聞

夜如何其夜未央庭燎之光君子至止鸞聲將將疏傳央旦也阮校勘記旦當作且跙庭燎大燭君子謂諸侯也將將鸞鑣聲也箋此宣王以諸侯將朝夜起曰夜如何其問早晚之詞夜未央猶言夜未渠央也而於庭設大燭使諸侯早來朝聞鸞聲將將然○胡承珙云鄭風士曰既且釋文且音徂往也詳此傳訓央爲且亦當音徂凡歲月日時過去者皆謂之往夜未央者言夜未往也陳喬樅云楚詞離騷云時亦猶其未央王注央盡也九歌云爛昭昭兮未央王注央已也廣雅釋訓央盡也央已也訓與王同皆本魯詩之義毛傳旦字卽且形近之譌陸音子徐反則讀與渠近且渠古通史記孔子世家雍渠孟子書作癰疽韓非子作雍鉏渠又通作遽魏都賦其夜未遽庭燎晰晰王楙曰夜未渠央渠當呼遽謂夜未遽盡也其說得之馬瑞辰云燕禮甸人執大燭於庭閽人爲大燭於門外注庭大燭爲位廣也閽人句唐石經無大字無者是也庭位廣故特用大燭足見其餘皆不用今燭以葦爲心灌以脂膏古燭止用樵薪或以麻稭爲之說文蒸析麻中榦也司烜共墳燭庭燎故書墳爲蕡當从鄭司農說以蕡燭爲麻燭君子謂諸侯者胡承珙云閽人大祭祀喪紀之事設門燎

賓客亦如之則庭燎惟諸侯來朝乃設之而常朝不用也今案
諸書言賓至設燎尚未必定是諸侯末章言觀其旂與覲禮侯
氏載龍旂弧韣者合
故知君子是諸侯也

夜如何其夜未艾庭燎晣晣君子至止鸞聲噦噦【注】魯晣作哲
鸞作鑾齊韓噦作鉞【疏】傳艾久也晣晣明也噦噦徐行有節也
箋芟末曰艾以言夜先雞鳴時○馬瑞
辰云未艾猶未央也傳訓艾爲久正與說文訓央爲久同義箋
芟末曰艾亦取艾割將盡之義左傳元年傳國未艾也哀二年
傳憂未艾也杜注並訓爲絕小爾雅艾止也艾之訓絕又訓止
猶央之爲盡又爲已耳晣作哲鸞作鑾者張衡東京賦庭燎哲
哲又云鑾聲噦噦衡習魯詩是魯文如此釋文毛晣本又作哲
與魯合而鸞無異作本采菽泮水皆作鸞聲是作鑾爲今文專
字矣齊韓噦作鉞者說文鉞車鑾聲也詩曰鑾聲鉞鉞
魯作噦與毛同則作鉞者當爲齊韓餘詳魯頌泮水篇

夜如何其夜鄉晨庭燎有煇君子至止言觀其旂【疏】傳煇光也
箋晨明也
上二章聞鸞聲爾今夜鄉明我見其旂是朝之時
也朝禮別色始入○陳奐云言語詞箋訓我失之

庭燎三章章五句

沔水疏毛序規宣王也箋規者正圓之器也規主仁恩也以恩親正君曰規春秋傳曰近臣盡規○愚案通篇意指非對王之詞三家未聞

沔彼流水朝宗于海疏傳興也沔水流滿也水猶有所朝宗箋興者水流而入海小就大也喻諸侯朝天子亦猶是也諸侯春見天子曰朝夏見曰宗○馬瑞辰云沔衍聲相近說文衍水朝宗于海皃也廣韻引字統曰沔水朝宗于海故从水行沔蓋衍之叚借二章傳其流湯湯言放縱無所入也孔疏引定本作放衍無所入正沔衍同義之證說文淖水朝宗于海也淖卽潮字是古說朝宗于海謂海潮上迎來受尊禮鄭注尚書江漢朝宗于海則言納水趨海若周禮春朝夏宗與此箋同義皆可通鴥彼飛隼載飛載止疏箋載之言則也言隼欲飛則飛欲止則止喻諸侯之自驕恣欲朝不朝自由無所在心也○陳奐云海之朝宗隼之飛止兩喻皆與諸侯朝天子首章言朝次章言不朝愚案如陳說是言隼已飛而仍止飛者遭厲王之亂止者因宣王之興也嗟我兄弟邦人諸友莫肯念亂誰無父母疏傳邦人諸友謂諸侯也兄弟同姓臣也京師者諸侯之父母也箋我我王也莫無也我同姓異姓之諸侯女自恣不朝無肯念此於禮法爲亂者女誰無父母乎言皆生於父母也臣之道資於事父以事君○潛夫論釋難篇且夫一

國盡亂無有安身詩云莫肯念亂誰無父母言皆將爲害然有
親者憂將深也言亂之既生有父母者其憂更深誰無父母坐
視亂兆而不肯一留念乎言人盡放恣大亂必成王符用魯詩
是魯義如此其愛日篇亦引此二句患公卿苟先私計而後公
義謂其不肯憂國
則又與毛義合

沔彼流水其流湯湯【疏】傳言放縱無所入也箋湯湯波流盛貌
喻諸侯奢僭既不朝天子復不事侯伯
○揚雄荊州牧箴其流湯湯明魯毛文同**鴥彼飛隼載飛載揚**【疏】傳言無所定止也
箋則飛則揚喻諸
侯出兵妄相侵伐○淮南精神篇高注飛
揚不從軌度也正與此詩載飛載揚義合**念彼不蹟載起載行**

心之憂矣不可弭忘【疏】傳不蹟不循道也弭止也箋彼彼諸侯
也諸侯不循法度妄興師出兵我念之
憂不能忘也○蹟者迹之或字釋訓不蹟跳衍不道也知魯詩
同訓載起載行與載飛載揚相對爲文正指諸侯跋扈之實周
語賈逵注弭忘也
是忘與弭同義

鴥彼飛隼率彼中陵民之訛言寧莫之懲【注】韓說曰譌言謠言
也【疏】傳懲止也箋率循也隼之性待鳥雀而食飛循陵阜者是
其常也喻諸侯之守職順法度者亦是其常也訛僞也言

時不令小人好詐僞爲交易之言使見怨咎安然無禁止○孔疏詐僞交易之言者謂以善言爲惡以惡言爲善交而換易其詞闕亂二家使相怨咎也說文無訛字引詩作譌言䜀猶胡也言民之譌言胡不禁止之也譌言讀言也者玉篇言部引韓詩文皮嘉祐云箋云譌僞也韓訓譌爲讀讀亦有僞義說文讀詐也廣雅釋詁讀欺也欺詐皆僞也廣雅釋言譌諱也左成十六年傳注讀諱也是譌讀二字轉訓並通

我友敬矣讒言其興注韓說曰讒言緣間而起疏傳疾王不能察讒也箋我我天子也友謂諸侯也言諸侯有敬其職順法度者讒人猶興其言以毁惡之王與侯伯不當察之○馬瑞辰云上四句言王不能察讒下二句勉諸侯以戒愼敬者戒也士昏禮戒女曰必敬必戒敬亦戒也說文警言之戒也又曰儆戒也釋名敬警也言苟不知戒則讒言之興無已箋謂能敬其職讒人猶興其言失其義矣讒言緣間而起者文選范蔚宗宦者傳論李注引韓詩王應麟詩考以爲此詩內傳文今本汲古閣文選韓誤作地又韓詩外傳七傳曰鳥之美羽句喙者鳥畏之魚之侈口垂腴者魚畏之人之利口贍詞者人畏之是以君子避三端避文士之筆端避武士之鋒端避辯士之舌端詩曰我友敬矣讒言其興此推衍之詞

沔水三章二章章八句一章六句

鶴鳴【疏】毛序「誨宣王也」，箋：「誨，教也。教宣王求賢人之未仕者。」○後漢楊震傳「野無鶴鳴之士」，楊賜傳「速徵鶴鳴之士」，皆指隱士言。二楊皆魯說。易林師之艮「鶴鳴九皋，避世隱居，抱道守貞，竟不隨時」，无妄之解「鶴鳴九皋，處子失時」，處子即處士，詩言賢者隱居，此齊說，韓詩蓋同。

鶴鳴于九皋，聲聞于野。【注】韓說云：「九皋，九折之澤。」魯說曰：「澤曲曰皋。」【疏】傳：「興也。皋，澤也。言身隱而名著也。」箋：「皋，澤中水溢出所爲坎，自外數至九，喻深遠也。鶴在中鳴焉，而野聞其鳴聲。興者，喻賢者雖隱居，人咸知之。」○陸疏：「鶴鳴聞八九里。」「九皋，九折之澤」者，釋文引韓詩文。廣韻二引同。「澤曲曰皋」者，王逸楚詞離騷注文引詩云「鶴鳴于九皋」，明魯毛文同。論衡藝增篇亦云「鶴鳴九折之澤」。二王皆治魯詩。釋皋爲澤曲，以九皋爲九折，亦曲也。曲至於九，以言其深遠也，與韓同義。楊雄太玄經首次五「鳴鶴升自深澤」，蔡邕焦君贊「鶴鳴九皋」，楊、蔡並用魯詩。古書引詩「九」上或無「于」字，徐鍇說文繫傳通論中亦然，蓋有二本。

魚潛在淵，或在于渚。【疏】傳：「良魚在淵，小魚在渚。」箋：「此言魚之性，寒則逃於淵，溫則見於渚，喻賢者世亂則隱，治平則出，在時君也。」○孔疏：「此文止有一魚，復云或在，是魚在二處，以魚之出沒，喻賢者之進退，於理爲密，且教王求賢，止須言賢之來否，不當橫陳小人，故易傳也。」愚案：疏說精當。

樂彼之園，爰有樹檀，其下維蘀。【疏】傳「何樂於彼園之觀乎？蘀落也。尚有樹檀而下其蘀」，箋之「往，爰曰也。言所以之彼園而觀者，人曰有樹檀，檀下有蘀，此猶朝廷之尚賢者而下小人，是以往也。」○案：檀宜樹者，蘀宜下者。彼園猶國也，朝廷清明如此，故可樂。

它山之石，可以爲錯。【注】魯「錯」作「厝」。【疏】傳「錯石也，可以琢玉。舉賢用滯，則可以治國。」箋「它山喻異國。」○魯「錯」作「厝」者，淮南說林訓高注「礛諸，治玉之石。詩云『他山之石，可以爲厝』是也。」修務訓注引詩同。說文厝下云「厲石也。詩曰『他山之石，可以爲厝』。」陳喬樅云：「釋文云『錯，說文作厝』。今據淮南注引詩作厝，知說文所引是魯文，非傳毛也。眾經音義九引詩亦作厝。漢書地理志『五方雜厝』，顏注引晉灼曰『厝，古錯字』。易小過注『无所錯足』，釋文『錯，本又作厝』。皆以音同通叚。」愚案：他山與彼園相應，箋謂喻異國，是也。

鶴鳴于九皋，聲聞于天。【疏】箋「天，高遠也。」○論衡藝增篇「詩云『鶴鳴九皋，聲聞于天』，言鶴鳴九折之澤，聲猶聞于天，以喻君子修德窮僻，名猶達于朝廷也。」荀子儒效篇「君子隱而顯，微而明，辭讓而勝。詩云『鶴鳴于九皋，聲聞于天』，此之謂也。」史記滑稽傳東方朔荅客難云「詩曰『鶴鳴九皋，聲聞于天』，苟能修身，何患不榮？」荀、王、東方皆謂君子德修于身，名聞于遠，申明魯義，其意相同。史記東方朔傳爲褚少孫所補，少孫亦治魯詩。張衡思元賦「遇九皋之介鳥兮，怨素意之不逞。遊塵外以瞥天兮，據冥翳以哀鳴應劭風俗通義六詩曰鶴鳴九皋聲聞于天王逸楚詞九章注鶴鳴九皋聞于天也蔡邕集蔡朗碑鶴鳴聞天此皆魯經文也韓詩外傳七孔子困於蔡陳之間荅子路以須時末引詩曰鶴鳴于九皋聲聞于天此推衍之詞明韓毛文同**魚在于渚或潛在淵**疏箋時寒則魚去渚逃於淵○愚案見邦無道則隱**樂彼之園爰有樹檀其下維穀它山之石可以攻玉**疏傳穀惡木也攻錯也○易林明夷卦他山之錯與璆爲仇歸妹之頤同此齊詩以石攻玉說也愚案詩全篇比喻與匏有苦葉同體

鶴鳴二章章九句

祈父疏毛序刺宣王也箋刺其用祈父不得其人也官非其人則職廢祈父之職掌六軍之事有九伐之法祈圻畿同○詩汜厤樞囗西祈父也易林謙之歸妹爪牙之士怨毒祈父轉憂與已傷不及母以養不及母爲可傷也並齊說爪牙之士謂爪牙之屬也祈父掌祿士故其屬士怨之與下爪士解異魯韓見下

祈父注魯一作頎甫疏傳祈父司馬也職掌封圻之兵甲箋此司馬也時人以其職號之故曰祈父書曰若疇圻父謂司馬司馬掌祿士故司士屬焉又有司右主勇力之士○魯作頎甫者王符潛夫論班祿篇班祿頗而頎甫刺

陳喬樅云：今本作班祿頒而傾甫賴顧氏廣圻以傾甫爲頎父之誤，卽詩祈父也。今案隸釋載高陽令楊著碑頎甫班爵，宋洪适云詩以圻父作祈父，此云頎甫，葢又借用。案碑語正用此詩，知三家今文作頎甫，顧說甚塙。頎傾形近致誤，賴字亦當作刺爲是，今訂正之。愚案：據易林垷、玉篇䫖作祈父，是齊、韓並作祈父，王用魯詩，知惟魯作頎甫，用段借字也。予王之爪牙。注韓予作維。胡轉予于恤，靡所止居。疏傳：恤，憂也。宣王之末，司馬職廢，姜戎爲敗。箋：予，我。轉，移也。此勇力之士責司馬之詞也。我乃王之爪牙，爪牙之士當爲王閑守之衞，女何移我於憂，使我無所止居乎？謂見使從軍與姜戎戰於千畝而敗之時也。六軍之士出自六鄉，法不取於王之爪牙之士。○韓予作維者，玉篇牙部：牙，壯齒也。詩曰：祈父，維王之爪牙。予作維，此據韓詩異文也。陳奐云：維爲也，與毛字異義同。我王王之爪牙，斥祈父也。愚案：漢書陳湯傳：戰克之將，國之爪牙，不可不重。辛慶忌傳：右將軍慶忌宜在爪牙官，以備不虞。馮奉世傳：奉世居爪牙官前後十年，爲折衝宿將。敘傳：爪牙信布，謂韓信、英布也。是惟尊官大將方稱爪牙之職，武士卑官不得以之自命。箋讀非韓義，是也。左襄十六年傳：穆叔見中行獻子，賦圻父。獻子曰：偃知罪矣，敢不從執事以同恤社稷，而使魯及此。杜注：詩人責祈父爲王爪牙，不修其職。此注尤晰。穆叔賦詩卽以祈父斥獻子，皆謂大臣。箋用齊義也。

祈父予王之爪士胡轉予于恤靡所底止疏傳士事也底至也○陳奐云爪事謂祈父職掌我王爪牙之事也說文厎柔石也从厂氐聲或作砥至乃引申義底與厎音義均別此篇之厎與小旻之伊于胡厎同作厎者誤爾雅厎止也郭注厎義見詩傳

祈父亶不聰胡轉予于恤有母之尸饔注韓饔作雍疏傳亶誠也尸陳也孰食曰饔箋已從軍而母爲父陳饌飲食之具自傷不得供養也○亶誠釋詁文責祈父聽之不聰也饔與飧同說文饔孰食也隸變作饔孔疏許氏異義引此詩曰有母之尸饔謂陳饔以祭志養不及親謂士志於養不及親存或欲改志爲恐者非韓饔作雍者外傳七曾子曰往而不可還者親也至而不可加者年也是故孝子欲養而親不待也木欲直而時不待也是故椎牛而祭墓不如雞豚之逮親存下即引詩曰有母之尸雍雍古饔字韓許說合與齊詩傷不及母義同古訓如此黃山云詩三言胡轉予于恤即蓼莪出則銜恤之恤蓋方居母憂而迫使服戎故作詩以寫怨也禮曾子問篇子夏問三年之喪卒哭金革之事無辟也者禮與孔子曰記曰君子不奪人之親亦不可奪喪也又問金革之事無辟也者非與孔子曰吾聞諸老聃昔者魯公伯禽有爲爲之也鄭注伯禽封於魯徐戎作難卒哭而征之疏據史記時周公猶在此云卒哭者爲母喪也子夏見周代行金革無辟之事故

問是母喪禦戎周代沿習雖已卒哭致事不能辟役而惟怨祈父之不聰妨其饗祭尸主也言已爲主祭之長子也於義亦通

祈父三章章四句

白駒【注】魯說曰白駒者失朋友之所作也其友賢居任也衰亂之世君無道不可匡輔依違成風諫不見受國士咏而思之援琴而長歌韓說曰彼朋友之離别猶求思乎白駒【疏】毛序大夫刺宣王也箋刺其不能留賢也○白駒至長歌蔡邕琴操文魯說也賢友居任而去蓋有甚不得已者范甯穀梁傳注序云君子之路塞則白駒之詩賦說與琴操合彼朋至白駒藝文類聚二十一引曹植釋思賦文韓說也陳喬樅云文選王粲贈士孫文始詩云白駒遠志古人所箴允矣君子不遐厥心旣往旣來無密爾音曹攄思友人詩云思賢咏白駒皆用韓義毛之說詩每以詩先後限斷時代其說多不可從宣末失政尚非衰亂毛特以詩寘於此斷爲一王之詩耳其爲賢人遠引朋友離思固無可疑而必謂刺王不能留則詩外之意也齊說未聞

皎皎白駒食我場苗縶之維之以永今朝【疏】傳宣王之末不能用賢賢者有乘白

駒而去者縶絆維繫也箋永久也願此去者乘其白駒而來食我場中之苗我則絆之繫之以永今朝愛之欲留之○楚詞九歌王注縶絆也詩曰縶之維之據此魯義與毛同

所謂伊人於焉逍遙 疏 箋伊當作緊緊猶是也所謂是乘白駒而去之賢人今於何遊息乎思之甚也○於焉者王篇焉是也言於是逍遙也蔡邕汝南周巨勝碑于以逍遙或魯詩有作以之本

皎皎白駒食我場藿縶之維之以永今夕所謂伊人於焉嘉客 疏 傳藿猶苗也夕猶朝也○陳奐云藿猶苗承上章言也禾初生曰苗因之穀蔬初生皆曰苗場圃同地場即圃也場圃毓草木場有苗非禾也未之少者曰藿因之凡草木之幼少者皆曰藿傳不謂藿爲未猶不謂苗爲禾也夕猶朝亦承上章言也愚案在朝則皆王人去則客之

皎皎白駒賁然來思 疏 傳賁飾也箋願其來而得見之易卦曰山下有火賁賁黃白色也○馬瑞辰云京房易傳五色不成謂之賁文采雜也上言白駒下不得言雜色正義蓋謂其衣服之飾非詩義也釋文賁徐音奔賁奔古通用詩鶉之奔奔表記呂覽引詩俱作賁賁是也弓人鄭注奔猶疾也賁然蓋狀馬來疾行之皃 **爾公爾侯逸豫**

無期愼爾優遊勉爾遁思【疏】傳爾公爾侯邪何爲逸樂無期以反也愼誠也箋誠女優遊使待時也勉女遁思度已終不得見自訣之詞○案言爾是公侯則任大貴重與國同體慮逸豫之無期耳今官位不高誠爾優遊待時猶之可也若爾有速遁之思則願勉抑之

皎皎白駒在彼空谷【注】韓齊空作穹韓說曰穹谷深谷也【疏】傳空大也○王符潛夫論本政篇云詩傷皎皎白駒在彼空谷巧言如流俾躬處休蓋言衰世之士志彌潔者身彌賤佞彌巧者官彌尊也明魯詩作空谷與毛同韓空作穹曰穹谷深谷也者文選班固西都賦李注陸機苦寒行詩注引韓詩薛君章句文惠棟云輈人爲皋陶穹者三之一鄭司農曰穹讀爲志無空邪之空是古穹與空同陳喬樅云毛傳空大也雖訓與韓異而皆以空爲穹之叚借釋詁穹大也可證節南山詩不宜空我師傳訓空爲窮案說文穹窮也是空窮之訓亦以空爲穹之借字齊作穹者西都賦幽林穹谷李注引韓詩爲證然班用齊詩此語當本齊文故知齊作穹谷也

生芻一束其人如玉【疏】箋此戒之也女行所舍主人之餼雖薄要就賢人其德如玉然○生芻一束言欲以秣其駒其人如玉敬其德如玉也易林坤之巽白駒生芻猗猗盛姝用齊經文後漢郭林宗傳載林宗有母憂徐稺來弔置生芻一束於廬前而去林宗引此

詩二句言吾無德以堪之可以推見詩義**毋金玉爾音而有遐心**疏箋毋愛女聲音而有遠我之心以恩責之也○金玉者珍重愛惜之意恐其別去之後不通音問王粲所謂無密爾音密猶秘也遐心卽遁思

白駒四章章六句

黃鳥注**齊說曰黃鳥來集既嫁不答念我父母思復邦國**疏毛序刺宣王也箋刺其以陰禮教親而不至聯兄弟之不固○黃鳥至邦國易林乾之坎文陳喬樅云據焦氏所言詩義蓋女適異國而不見答故欲復其邦族與毛異但在下者夫婦相棄亦上之人禮教不至有以致之竹竿詩不答於夫出遊寫憂而已望其機之轉也此則直云不我肯穀不可與處乃不答之甚者曰復我邦族是自異國來嫁蓋畿內小國也

黃鳥黃鳥無集于穀無啄我粟此邦之人不我肯穀疏傳興也黃鳥宜集木啄粟者穀善也箋興者喻天下室家不以其道而相去是失其性不肯以善道與我○馬瑞辰云廣雅穀養也小弁詩民莫不穀甫田詩以穀我士女箋並云穀養也此詩穀亦當訓養猶我行其野篇亦不我畜畜亦養也**言旋言歸復我邦族**疏傳宣王之末天下室家離散妃匹相去有不以禮者箋言我復反也○蔡邕述行賦言旋言復又曰復邦

族以自綴皆用魯經文

黃鳥黃鳥無集于桑無啄我粱此邦之人不可與明言旋言歸復我諸兄（疏）傳不可與明夫婦之道婦人有歸宗之義箋明當爲盟盟信也宗謂宗子也○陳奐云儀禮喪服不杖期節女子子適人者爲昆弟之爲父後者傳爲昆弟之爲父後者何以亦期也婦人雖在外必有歸宗曰小宗故服期也注云歸宗者父雖卒猶自歸宗其爲父後服重者不自絕於其族類也曰小宗者言是乃小宗也小宗明非一也小宗有四案此謂婦人雖外成他家有歸小宗之義故爲昆弟之爲父後者服期也又齊衰節婦人爲宗子宗子之母妻傳何以服齊衰三月也尊祖也尊祖故敬宗敬宗者尊祖之義也注云婦人女子在室及嫁歸宗者也宗子繼別之後百世不遷所謂大宗也案此謂婦人適人有出必歸宗不自絕於宗子故爲大宗之子服齊衰也釋親宗族節男子謂女子先生爲姊後生爲妹父之姊妹爲姑王父之姊妹爲王姑曾祖王父之姊妹爲曾祖王姑高祖王父之姊妹爲高祖王姑父之從父姊妹爲從祖姑父之從祖姊妹爲族祖姑案此謂女子適人而姑姊妹不絕九族之親明有歸宗也其姊妹與宗同父同父宗者也與宗同王父同祖宗者也與宗同曾祖王父同曾祖宗者也與宗同高祖王父同高祖宗者也婦人歸宗父母在則歸婦室父母既歿則歸於諸

父昆弟謂之小宗小宗既絕則或歸於諸大宗之
家猶之將嫁之女祖廟既毀則必教於大宗之室

黃鳥黃鳥無集于栩無啄我黍此邦之人不可與處言旋言歸

復我諸父【疏】傳處居也諸父猶諸兄也○陳奐云小宗四大宗
一五宗之昆諸兄也五宗之父諸父也故傳云諸
父猶諸兄也鄭駁五經異義云婦人歸宗女
子雖適人字猶繫姓明不與父兄爲異族

黃鳥三章章七句

我行其野【注】齊說曰黃鳥採蓄既嫁不荅念吾父兄思復邦國

【疏】毛序刺宣王也箋刺其不正嫁娶之數而有荒政多淫昏之
俗○黃鳥至邦國易林巽之豫文陳喬樅云毛詩言採其遂
釋文遂本亦作蓄據焦氏言黃鳥採蓄是齊文作蓄似我行其
野與黃鳥爲一時事故並舉之如六月采芑吉日車攻之例毛
序義異詩述一人之事毛
鄭則總一國而爲詞也

我行其野蔽芾其樗昏姻之故言就爾居爾不我畜復我邦家

【疏】傳樗惡木也畜養也箋樗之蔽芾始生謂仲春之時嫁取之
月婦之父壻之父相謂昏姻言我也我乃以此二父之命故

我就爾居我豈其無禮來乎責之也宣王之末男女失道以求外昏棄其舊姻而相怨○孔疏引王肅以爲惡木喻惡夫胡承珙云方就其居何得遽謂之惡至爾不我畜乃可爲惡耳不應首二句即以惡木斥惡人愚案箋謂仲春樗生是也但此女行野之所見非嘉木所采亦非嘉卉言外意自含蓄不盡

我行其野言采其蓫注齊韓蓫作蓄**昏姻之故言就爾宿爾不我畜言歸斯復**疏傳蓫惡菜也復反也箋蓫牛蘈也亦仲春時生可采也○齊韓蓫作蓄者齊詩見上曹植七啟云霜蓄露葵曹用韓詩也陸疏蓫今人謂之羊蹄名醫別錄云羊蹄一名蓄陶隱居注今人呼爲禿菜即是蓄音之誤引詩云言采其蓄陸疏羊蹄定本作牛蘈釋草蕢牛蘈郭注高尺許方莖葉長而銳有穗穗間有華華紫縹色可淋以爲飲則毛云惡菜亦非

我行其野言采其葍不思舊姻求爾新特注魯思作惟姻作因疏傳葍惡菜也新特外昏也箋葍葍也亦仲春時生可采也壻之父曰姻我采葍之時以禮來嫁女女不思女老父之命而棄我而求女新外昏特來之女責之也不以禮嫁必無肯媵之○釋草葍葍郭注大葉白華根如指正白可啖又云葍藑茅郭

注葍華有赤者爲藑藑葍一種耳亦猶蔆苕華黃白異名齊民要術云一種莖赤有臭氣郎爾雅之葍藑芽毛傳所云惡菜也一種莖葉細而香郎爾雅之葍藑郭注所云根白可啖也魯思作惟姻作因者白虎通嫁娶篇婚者昏時行禮故曰婚姻者婦人因夫而成故曰姻詩曰不惟舊因謂夫也陳喬樅云魯毛文異而義同釋詁惟思也論語因不失其親南史王元規云姻不失親是其證也愚案婦因夫而成故曰姻禮經所云合二姓之好也不思此義之重而別求外昏故曰不惟舊因

成不以富亦祇以異（疏）傳祇適也箋女不以禮爲室家成事不足以得富也女亦適以此自異於人道言可惡也○陳奐云成郎誠之借字論語引此以證愛惡之惑與詩義略同說文衣部無祇疑唐以前無從衣之祇字易坎釋文云祇詞也富猶賄也郎氓詩之以我賄遷也異猶貳也郎氓詩之士貳其行也言誠不以外昏之有財賄亦祇以舊姻之有貳行爲可惡也愚案周室中葉郎有棄舊姻求新特之事降及漢世婚禮大壞見於詩篇者甚多女子重前夫男兒愛後婦其殆亦祇以異之嗣音與

我行其野三章章六句

斯干（注）魯說曰周德既衰而奢侈宣王賢而中興更爲儉宮室

小寢廟詩人美之斯干之詩是也上章道宮室之如制下章言子孫之衆多也又曰昔周王德衰而斯干作應運變通自古有之【疏】毛序宣王考室也箋考成也德行國富人民殷衆而皆佼好骨肉和親宣王於是築宮廟羣寢既成而釁之歌斯干之詩以落之此之謂成室宗廟成則又祭先祖○周德至多也漢書劉向傳向疏文楊雄將作大匠箴詩咏宣王由儉改奢張衡東京賦改奢即儉則合美乎斯干薛綜注斯干謂宣王儉宮室之詩也以上美宣儉也昔周至有之蔡邕宗廟祝嘏詞文皆魯說也陳喬樅云蔡文上言遷都舊京而即引斯干之詩以證之是魯說謂宣王中興有遷都之事也姚鼐云周之都嘗數遷文王居豐武王居鎬穆王居鄭懿王居廢丘宣王遭厲王之禍宜更擇都邑建宮室以斯干詩及王餞于郿度之蓋宣王都南山之北渭水之南雍郿間也太史公云雍旁有吳陽武畤雍東有好畤晚周嘗郊焉事不誣也故宣王鼓出於陳倉方周未東遷之時而周人士之詩已作王在在鎬魚藻詩人以傷今而思古焉則未知其在鄭與在犬丘與抑宣王之世與又漢書翼奉傳云奉以宮室苑囿奢泰難供乃上疏言宜東徙成周遷都正本亡復繕治宮館不急之費歲可餘一年之蓄必有五年之蓄然後大行考室之禮注引斯斯干之詩爲證奉齊詩學也言遷都儉宮室與劉楊張蔡說合然則此詩魯齊同義矣韓說當同

秩秩斯干【注】魯說曰秩秩清也幽幽南山如竹苞矣如松茂矣兄及弟矣式相好矣無相猶矣【疏】傳興也秩秩流行也干澗也幽幽深遠也苞本也猶道也箋興者喻宣王之德如澗水之源秩秩流出無極已也國以饒富民取足焉如於深山言時民殷眾如竹之本生矣其佼好又如松柏之暢茂矣猶當作瘉瘉病也言時人骨肉用是相愛好無相詬病也○秩秩清也者釋訓文蓋專爲此詩立訓狀澗水之清也毛作傳所未及釆干即澗之借字考槃在澗韓詩澗作干馬瑞辰云猶猷古通用方言猷詐也廣雅猶欺也詩蓋謂兄弟相愛以誠無相欺詐即左傳爾無我虞我無爾詐也

似續妣祖築室百堵西南其戶爰居爰處爰笑爰語【疏】傳似嗣也西鄉戶南鄉戶也箋似讀如巳午之巳巳續妣祖者謂巳成其宮廟也妣先妣姜嫄也祖先祖也此築室者謂築燕寢也百堵百堵一時起也天子之寢有左右房西其戶者異於一房者之室戶也又云南其戶者宗廟及路寢制如明堂每室四戶是室一南戶爾爰於也於是居於是處於是笑於是語言諸寢之中皆可安樂○張衡東京賦西南其戶明魯毛文同

約之閣閣椓之橐橐【注】魯閣作格橐作櫜【疏】傳約束也閣閣猶歷歷也橐橐用力也箋約謂縮板

也椓謂搯土也○案約縮皆謂以繩纏束之魯閣作格者考工記匠人注引詩曰約之格格格釋訓格格舉也正釋此詩魯說也舉板而束之然後堅故訓格格爲舉也說文輅生革可以爲縷束也或據此以爲當作輅輅其說亦通但格格自訓舉無勞改字也椓謂搯土者孔疏取壤土投之板中搯使平均然後椓之也搯者以手平物之名故字從手玉篇椓擊也詩曰椓之橐橐顧用韓詩是韓作橐橐與毛同廣雅欜欜聲也作欜是用魯詩橐卽欜之消借椓之欜欜猶椓之丁丁皆謂其聲耳

風雨攸除鳥鼠攸去君子攸芋【注】魯芋作宇【疏】傳芋大也箋芋當作幠幠覆也寢廟旣成其牆屋弘殺則風雨之所除也其堅致則鳥鼠之所去也其堂室相稱則君子之所覆蓋○魯芋作宇者案陳喬樅云揚雄將作大匠箴牆以禦風宇以蔽日寒暑攸除鳥鼠攸去芋作宇蓋魯詩大司徒美宮室注謂約椓攻堅風雨攸除各有攸宇芋作宇當亦用魯說宇之言覆也魯作宇正字毛作芋借字

如跂斯翼【注】韓跂作企【疏】傳如人之跂竦翼爾○孔疏如人跂足竦此臂翼然韓跂作企者玉篇人部企舉踵也詩云如企斯翼毛詩釋文云跂音企此引作企者韓詩之異字跂企音義竝同

如矢斯棘如鳥斯革【注】韓棘作朸云朸隅也革作翶云翶翅也【疏】傳棘棱廉也革翼也箋棘戟也如人挾弓矢戟其肘如鳥夏暑希革張其翼時○韓棘作朸云

朸隅也者，釋文文。玉篇木部韓詩云如矢斯朸朸木理也說文朸下云木之理也从木力聲段注詩如矢斯棘韓作朸毛曰棘棱廉也韓曰朸隅也學者多不解及觀抑詩惟德之隅傳隅廉也箋申之日如宮室之制內有繩直則外有廉隅然後知斯干詩謂如矢之正直而外有廉隅也陳喬樅云韓朸正字毛棘借字如矢之直則得其理而廉隅整飭矣毛韓詞異而意一也馬瑞辰云棘之通朸猶馬勒通作韉水經注棘門謂之力門也韓革作靭云靭翅也者亦釋文文陳喬樅云詩考引作靭今本或作勒乃靭字之譌耳說文靭下云翅也正用韓詩廣雅釋器云靭翼也卽本韓詩之文而訓從毛傳毛詩作革乃以革爲靭之消借故訓爲翼翼卽翅也韓毛小異而訓義同釋文云革如字非也

如翬斯飛君子攸躋〔疏〕傳躋升也箋伊洛而南素質五色皆備成章曰翬此章四如者皆謂廉隅之正形貌之顯也翬者鳥之奇異者也故以成之焉此章主於宗廟君子所升祭祀之時○馬瑞辰云爾雅又云鷹隼醜其飛也翬說文翬大飛也此詩應取翬爲大飛之義以狀簷阿之勢猶今之飛檐也陳喬樅云詩上言如跂如矢如鳥此言如翬四如字皆以物象取譬當以翬雉之義爲長朱子集傳以爲華采而軒翔其說得之

殖殖其庭有覺其楹噲噲其正噦噦其冥君子攸寧〔疏〕傳殖殖言平正

也有覺言高大也正長也冥幼也箋覺直也噲噲猶快快也正晝也噦噦猶煟煟也冥夜也言居之晝日則快快然夜則煟煟然皆寬明之貌此章主於寢君子所安燕息之時○案釋言冥窈也本或作幼郎窈之消借後遂誤爲長幼之幼致生曲說陳奐云噲噲噦噦義未聞箋葢用三家義劉向說上章下章上章謂前五章下章謂後四章此亦三家說

下莞上簟乃安斯寢乃寢乃興乃占我夢吉夢維何維熊維羆維虺維蛇【疏】傳言善之應人也箋莞小蒲之席也竹葦曰簟寢旣成乃鋪席與羣臣安燕爲歡以落之與夙興也有善夢則占之熊羆之獸虺蛇之蟲此四者夢之吉祥也○玉篇草部莞似藺而圓可爲席詩曰下莞上簟此韓說與箋訓異漢書藝文志衆占非一而夢爲大故周有其官詩載熊羆虺蛇衆魚旐旟之夢明著大人之占以考吉凶此齊說也潛夫論敘錄詩稱吉夢用魯經文

大人占之維熊維羆男子之祥維虺維蛇女子之祥【注】魯維作惟【疏】箋大人占之謂以聖人占夢之法占之也熊羆在山陽之祥也故爲生男虺蛇穴處陰之祥也故爲生女○魯維作惟者潛夫論夢列篇凡夢有象詩云惟熊惟羆男子之祥惟虺惟蛇女子之祥此謂象之夢也後漢楊賜傳賜上封事引詩惟

虺惟蛇二語作惟漢書五行志下引詩曰維虺維蛇女子之祥
志述劉向云云則此所引乃魯詩之文亦當作惟維字誤也
乃生男子注韓說曰男子生以桑弧蓬矢六射天地四方明當
有事天地四方也載寢之牀載衣之裳載弄之璋疏傳半珪曰璋裳下之
飾也璋臣之職也箋男子生而臥於牀尊之也裳晝日衣也衣
以裳者明當主於外事也玩以璋者欲其比德焉玉以璋者明
成之有漸○男子至方也文選二十九棗據雜詩注引韓詩內
傳文此詩頌言之擬議之詞也璋臣之職也者孔疏引王肅云
羣臣之從王行禮者奉璋又棫樸曰奉璋峩峩髦士攸宜是也其泣喤喤朱芾斯皇注魯芾作
紼室家君王疏箋皇猶煌煌也芾者天子純朱諸侯黃朱室家一家之內宣王將生之子或且爲諸侯或且爲
天子皆將佩朱芾煌煌然○魯芾作紼者白虎通紼冕篇天子
朱紼諸侯赤紼詩云朱紼斯皇室家君王詳具采芑詩朱芾斯
皇下愚案諸侯赤芾而箋云諸侯黃朱者諸侯入爲天子
三公九卿亦得賜朱芾惟是黃朱與天子純朱有別故也
乃生女子載寢之地載衣之裼注韓裼作禘韓說曰禘示之方
也載弄之瓦疏傳裼褓也瓦紡塼也箋臥於地卑之也褓夜衣
也明當主於內事紡塼習其一所有事也○班

昭女誡曰古者生女三日臥之牀下弄之瓦磚而齊告焉臥之牀下明其卑弱主下人也弄之瓦磚明其習勞主執勤也齊告先君明當主繼祭祀也此齊說也韓褐作禘者釋文禘示之方也者孔疏引侯包韓詩曩要文陳喬樅云禘說文作禘引詩曰載衣之禘許引即韓詩也禘者禘之省文耳正義引侯包云示之方也明祿制方令女子方正事人之義釋文云齊人名小兒被爲禘王篇禘祿也祿小兒衣也又云褓祿負兒衣也織縷爲之廣八寸長二尺以負小兒於背上也則禘之製蓋方而長也

無非無儀唯酒食是議無父母詒罹

疏 傳婦人質無威儀也罹憂也箋儀善也婦人無所專於家事有非非婦人也有善亦非婦人也婦人之事惟議酒食爾無遺父母之憂○列女傳孟母曰夫婦人之禮精五飯冪酒漿養舅姑縫衣裳而已矣故有閨門之修而無境外之志詩曰無非無儀惟酒食是議以言婦人無擅制之義有三從之道也馬瑞辰云說文非違也从飛下翅取其相背廣雅釋言亦曰非違也無非即無違此士昏禮記所云父送女命之曰夙夜無違命母曰夙夜無違宮事也箋以非對善言訓爲惡失之說文儀度也儀通作義左襄三十年傳君子謂宋共姬女而不婦女待人婦義事也王氏引之曰義讀爲儀儀度也言婦當度事而行不必待人也儀又通作議左昭六年傳昔先王議事以制議讀爲儀儀度也制斷也謂度事之輕重以爲斷制也今案婦人從人者也不自度事以專制故曰無儀即易家人爻詞

所謂無攸遂也。公羊傳「遂者，主事也」，婦人無義事，猶公羊言「大夫無遂事」也。左傳言婦義事者，處變之權。詩言無儀者，處常之道。孟母引詩此句而釋之曰：「言婦人無擅制之義，而有三從之道也。」三從釋詩「無非」，無擅制正釋詩「無儀」，三家詩必有訓「非」爲違、「儀」爲度者。爲列女傳所本。婦有婦容，毛傳謂「無威儀」，固非。婦人以孝敬爲先，「郎，善也」，箋以「無儀」爲「無善」，亦非。

斯干九章，四章章七句，五章章五句。

無羊【疏】毛序：「宣王考牧也。」箋：「厲王之時，牧人之職廢，宣王始興而復之，至此而成，謂復先王牛羊之數。」○三家無異義。

誰謂爾無羊？三百維羣。誰謂爾無牛？九十其犉。【疏】傳：「黃牛黑脣曰犉。」箋：「爾，女也。女，宣王也。宣王復古之牧法，汲汲於其數，故歌此詩以解之也。誰謂女無羊？今乃三百頭爲一羣。誰謂女無牛？今乃犉者九十頭，言其多矣，足如古也。」○釋畜「牛七尺爲犉」，郭注：「詩曰『九十其犉』。」案：郭用舊注之文，此魯義也。陳喬樅云：「釋畜牛屬又曰『黑脣犉』，某氏注『黃牛黑脣曰犉』，蓋犉名兼二義，毛傳與某氏說同。但詩下章明言三十惟物，毛云『異毛色者三十也』，若以九十其犉爲專指黑脣而言，則與三十惟物句不合，當主牛七尺曰犉於義爲長。」愚案：邢疏引尸子說六畜云「大牛爲犉，七尺」，此義最古。禮用羊者多，羊以多貴，故曰「三百維羣」。天子無故不殺牛，牛以肥貴，曰「一元大武」，曰「博碩肥腯」，則九十其犉，已見物力之豐是故雅訓用魯說專主七尺言以下兼有三十惟物句也毛訓通謂黃牛黑脣與此經不合故舍人用之而邢疏不采說文主毛乃獨取之然不能以之釋此經也**爾羊來思其角濈濈爾牛來思其耳濕濕**【疏】傳聚其角而息濈濈然呞而動其耳濕濕然箋言此者美畜產得其所○馬瑞辰云濈釋文亦作戢爾雅戢聚也周南傳戢戢會聚也故傳以爲聚角貌

或降于阿或飲于池或寢或訛【注】韓訛作譌云譌覺也【疏】傳訛動也箋言此者美其無所驚畏也○玉篇口部引詩或寢或吪吪動也是正字當作吪韓作譌云譌覺也者釋文引韓詩文譌古訛字陳喬樅云眾經音義十二云訛古文譌吪三形同蓋皆以聲近通用書堯典平秩南訛史記五帝紀作便程南譌釋詁訛動也釋文云訛字又作吪亦作譌是其證也**爾牧來思何蓑何笠或負其餱三十維物爾牲則具**【疏】傳何揭也蓑所以備雨笠所以禦暑異毛色者三十也箋言此者美牧人寒暑飲食有備牛羊之色異者三十則女之祭祀索則有之○說文衰下云艸雨衣秦謂之萆萆下云雨衣一曰衰衣衰从艸後人加之也孔疏經言三十維物則別色之物皆有三十謂黑赤黃白黑毛色別異者各三十也祭祀之物當用五方之色犬人鄭司農注物色也

爾牧來思，以薪以蒸，以雌以雄。【疏】箋：此言牧人有餘力，則取薪蒸、搏禽獸以來歸也。麤曰薪，細曰蒸。○淮南主術訓高注：「大者曰薪，小者曰蒸。」明魯義與箋説同。爾羊來思，矜矜兢兢，不騫不崩。麾之以肱，畢來既升。【疏】傳：矜矜兢兢，以言堅彊也。騫，虧也。崩，羣疾也。肱，臂也。升，升入牢也。箋：此言擾馴從人意也。○「不騫不崩」者，馬瑞辰云：「説文：『騫，馬腹墊也。』史記仲尼弟子列傳『閔損字子騫』，蓋騫本馬腹墊陷之稱，引伸通爲虧損之稱，故此詩及魯頌皆言『不虧不崩』。説文：『虧，气損也。』損曰虧，亦可曰騫，故漢書鼂錯傳『外無騫汚之名』。」胡承珙云：「騫謂羊不肥，崩謂羊有疾。齊民要術：『羊有疥者，間別之，不別相染汚，或能合羣致死。』」「麾之以肱，畢來既升」者，馬瑞辰云：「列子言『百羊而羣，使五尺童子荷箠而隨之，欲東而東，欲西而西』，即此詩二句之謂。升對上章『或降于阿，或飲于池』，蓋謂升於高處，非入牢之謂也。」

牧人乃夢，衆維魚矣，旐維旟矣。大人占之：衆維魚矣，實維豐年；旐維旟矣，室家溱溱。【注】魯「維」作「惟」，「溱」作「蓁」。【疏】傳：陰陽和則魚衆多矣。溱溱，衆也。旐旟所以聚衆也。箋：牧人乃夢見人衆相與捕魚，又夢見旐與旟，占夢之官得而獻之於宣王，將以占國事也。魚者，庶人之所以養也今人眾相與捕魚則是歲熟相供養之祥也易中孚卦曰豚魚吉溱溱子孫眾多也○牧人者周官牧人之職詳具孔疏魯維作惟溱作蓁者潛夫論夢列篇詩云眾惟魚矣實惟豐年旐惟旟矣室家蓁蓁此謂象之夢也此魯說溱溱蓁蓁皆借以形容其眾多也漢書敘傳注引應劭音義云周宣王牧人夢眾魚魚與旟旐之祥而中興應亦用魯詩也漢書藝文志詩載眾魚旐旟之夢明著大人之占以考吉凶此齊說馬瑞辰云眾即螺也乃螽或體字春秋有螽公羊皆作螺文二年雨螺于宋何休解詁曰螺猶眾也此詩眾又爲螺之省借螺蝗也蝗多爲魚子所化魚子旱荒則爲蝗豐年水大則爲魚郎蝗亦化爲魚埤雅云陂澤中魚子落處逢旱日暴率變飛蝗若雨水充濡悉化爲魚是其證也此詩牧人夢螺蝗化爲魚故爲豐年之兆眾惟魚矣與旐惟旟矣二句相對成文爾雅維侯也侯乃也此詩二維字皆當訓乃螺乃魚矣謂螺化魚旐乃旟矣亦謂旐易以旟蓋旟本以繼旐者也說文旟錯革鳥於上所以進士眾旟有眾義故爲室家溱溱之兆丁氏希曾亦云眾乃螺字之省引見盧文弨鍾山札記

無羊四章章八句

鴻鴈之什十篇三十二章二百三十句

詩三家義集疏卷十八終

清長沙王氏本詩三家義集疏

第二册

清 王先謙撰

中國國家圖書館藏民國四年長沙王氏虚受堂刻本

山東人民出版社·濟南

詩三家義集疏卷三中

長沙王先謙益吾著

邶鄘衛柏舟弟四

柏舟疏 毛序共姜自誓也衛世子共伯蚤死其妻守義父母欲奪而嫁之誓而弗許故作是詩以絕之箋共伯僖侯之世子○史記衛世家釐侯卒太子共伯餘立爲君共伯弟和襲攻共伯於墓上共伯入釐侯羨自殺衛人因葬之釐侯旁謚曰共伯而立和爲衛侯是爲武公司馬貞索隱據序早死之文疑史公別采雜說孔疏遷就其詞謂序言早死者謂早死不得爲君不必年幼曲爲序解愚案共伯事當以史爲正毛序不合無庸強爲牽附三家詩義與史同列女傳漢孝平王后傳云君子謂平后體自然貞淑之行不爲存亡改意可謂節行不虧汙者矣詩曰髧彼兩髦實爲我儀之死矢靡他此之謂也引詩義以證漢事此魯說共伯被弒共姜不嫁孝平被弒王后不嫁其事正同故取爲喻漢書地理志鄘曰在彼中河與邶曰河水洋洋衛曰河水洋洋並引此河爲衛地之河不容任指一水當之是女已嫁在衛班用齊詩知齊說不以詩爲共伯早死共姜守義之事魏志陳思王植傳植疏云有不蒙施之物必有慘毒之懷故柏舟有天只之怨谷風有棄予之歎曰不蒙施曰慘毒

且以與谷風棄予並稱明詩爲禍亂慘變中道分離之作植用韓詩者也魯齊韓詩義皆無異說文選潘岳寡婦賦云蹈共姜兮明誓詠柏舟兮清歌以此詩爲寡婦之詞亦用三家義之明證矣詩曰中河河側明見所嫁之地曰髧彼兩髦明見所嫁之人曰母曰天明歸見其家之父母而自誓蓋共伯弒死武公繼立姜勢難久處衞邦既不如柏舟之寡卒守死君祇得爲燕燕之婦往歸故國不料父母欲奪而嫁之故爲此詩以自誓也

汎彼柏舟在彼中河【疏】傳興也中河河中箋舟在河中猶婦人之在夫家是其常處○首句義具上柏舟白帖六引汎作泛中河河中言此汎然彼柏木所爲之舟曾在彼衞國之河中箋舟在河中猶婦人之在夫家是其常處案此是興意亦兼賦也**髧彼兩髦實維我儀**【注】**齊韓髧作紞髦作髮亦作髳**【疏】傳髧兩髦之貌髦者髮至眉子事父母之飾儀匹也箋兩髦之人謂共伯也實是我之匹故我不嫁也禮世子昧爽而朝亦櫛纚笄總拂髦冠緌纓○釋文髧本又作优髦說文作髳案足利本作优與又作本合齊韓髧作紞髦作髮亦作髳者說文髮下云髮至眉也从髟敄聲詩曰紞彼兩髮髳下云或省作髳文與釋文合案列女傳作髧髦是魯與毛同作紞髮髳者齊韓文也說文無髧字紞下云冕冠塞耳者左桓二年傳衡紞紘綖杜注紞冠之垂者正義紞者懸瑱之繩垂於冠兩旁故云冠之垂

者魯語王后親織玄紞韋注紞所以懸瑱當耳者瑱以塞耳故許云冕冠塞耳者塞上疑脫垂字義互見君子偕老紞爲垂冠之兩旁因謂兩髦垂貌爲紞紞髦黑而紞元故取爲喻以紞爲雜采如紃者失之㤝是紞之譌字衆經音義二云髦古文髳同髳亦髮之消小雅如蠻如髦箋髦西夷別名正義牧誓作髳髦髳音義同傳髦者髮至眉釋名髦冒也冒覆頭頸也內則兒生三月翦髮爲鬌男角女羈否則男左女右注鬌所遺髮也夾囟曰角午達曰羈吳廷華云夾囟曰角兩角也午達曰羈在中也左右則一角而已愚案夾囟兩角者此詩所謂兩髦新唐書禮樂志嘉禮之皇子雙童髻猶存遺式午達在中者了分爲五其一在中交午四達今俗所謂了羈也內則又云子事父母總拂髦既夕禮鄭注長大猶爲飾存之所以順父母幼小之心也此詩箋世子昧爽而朝亦總拂髦鄭以此兩髦之制通於命士以上共伯又是世子故言之也喪大記小斂主人說髦鄭注士既殯說髦此云小斂蓋諸侯禮也士之既殯諸侯之小斂於死者俱三日也喪大記孔疏若父死說左髦母死說右髦二親並死則並說之此詩疏云父母有先死者於死三日說之服闋又著之若二親並沒則去之玉藻云親沒不髦是也二疏不同若如詩疏共伯甫葬父而被弑去髦未久如禮疏或共伯父死母存兩髦說一後須復著故姜追稱彼兩髦之人實我之匹不斥言也釋詁儀匹也案儀法也則也夫爲妻法大雅云刑于寡妻刑亦法也夫修於家妻則而象之謂之儀故儀訓匹也

之死矢

靡它母也天只不諒人只注魯它作他疏傳矢誓靡無之至也諒信也母也天也尚不信我天謂父也○釋言矢誓也靡無也至己之死信無它心婦人從一而已無它猶無二也文選寡婦賦注引作靡佗魯宅作他者列女傳作他𧺝魯詩文也此如君子于役雞棲于桀爾雅作榤之類宅本字佗借字他俗字天者傳謂父也喪服傳父者子之天也左桓十五年傳杜注婦人在室則天父出則天夫此共姜旣嫁以父爲天者陳奐云喪服傳子嫁反在父之室爲父三年故從天父之義評父爲天是也先母後父便文合均也只語詞諒與亮同釋文諒本亦作亮御覽四百三十九引作涼涼諒古通韓諒作亮者大明釋文涼本作諒韓詩作亮是此詩諒韓亦當爲亮矣父母不信誓以明之

汎彼柏舟在彼河側髧彼兩髦實維我特注韓特作直云相當値也疏傳特匹也○說文側旁也傳特猶匹也韓作直云相當値也者見釋文陳喬樅云呂覽忠廉篇高注特猶直也荀子勸學篇楊注特猶言直也小胥士特縣新書作大夫直縣特與犆通禮少儀不特弔釋文特本作犆釋水士特舟釋文同直亦與犆同禮郊特牲首也者直也注直或爲犆是也韓訓直爲相當値也者漢書刑法志不可以直秦之銳士注直亦當也當有敵義相當猶言相匹耳史記封禪書遂因其直北集解引孟康曰直値也又匈奴傳直上谷索隱引姚氏曰古者例以直

爲僪是已之死矢靡慝母也天只不諒人只疏傳慝邪也○列女傳云邶柏舟之詩君子美其貞壹貞正也壹然後貞有它則爲邪矣之死靡它故靡慝也

柏舟二章章七句

牆有茨注齊說曰牆茨之言三世不安疏毛序衛人刺其上也公子頑通乎君母國人疾之而不可道也箋宣公卒惠公幼其庶兄頑烝於惠公之母生子五人齊子戴公文公宋桓夫人許穆夫人○牆茨至不安易林小過之小畜云大椎破轂長舌亂國牆茨之言三世不安三世謂宣惠懿與列女傳所稱衞宣姜亂及三世至戴公而後寗合則觀 日史記衞世家太子伋同母弟二人一曰黔牟嘗代惠公爲君八年復去二曰昭伯昭伯黔牟皆前死故立昭伯子申爲戴公戴公卒復立其弟燬爲文公至左傳所云昭伯通宣姜生戴公諸人並史記列女傳所不及遷向用魯詩知此詩魯義必不以爲公子頑通君母事媒氏凡男女之陰訟聽之於勝國之社鄭注陰訟爭中冓之事以觸法者亡國之社奄其上而棧其下使無所通就之以聽陰訟之情明不當宣露詩云牆有茨不可埽也中冓之言不可道也所可道也言之醜也賈疏詩者刺衞宣公之詩引之者證經所聽者是中冓之言也唐惟韓詩尚存賈疏蓋引韓說是三家皆以爲刺宣公毛思立異說

故此及鶉之奔奔皆附會左傳爲詞

牆有茨，不可埽也。【注】齊韓茨作薺。【疏】傳：興也。牆所以防非常。茨，蒺蔾也。欲埽去之，反傷牆也。箋：國君以禮防制一國，今其宮內有淫昏之行者，猶牆之生蒺蔾。〇說文：茨，以茅蓋屋也。釋草：茨，蒺蔾。郭注：布地蔓生，細葉，子有三角，刺人。見詩。據此，今所謂刺蒺蔾，郭引詩蓋據舊注魯詩文，與毛同。齊韓茨作薺者，說文：薺，蒺蔾也。从草，齊聲。詩曰：牆有薺。蓋齊韓本如此。茨薺古通，故禮玉藻鄭注引詩楚楚者茨作楚薺。毛傳郭注不以茨爲蓋屋之茅，而訓爲蒺蔾，與說文薺注合，明薺正字，茨借字。不可埽，謂不可埽去之。牆之有茨，以固其家，猶人之有禮以固其國。今若埽去其茨，則不能防禦非常，喻宣姜爲淫亂，要娶子妻，瀆禮制之大防，將無以爲國也。

中冓之言，不可道也。所可道也，言之醜也。【注】韓說曰：中冓，中夜，謂淫僻之言也。魯說曰：道，說也。

【疏】傳：中冓，內冓也。言之醜，於君醜也。箋：內冓之言，謂宮中所冓成頑與夫人淫昏之語。〇中冓至言也，釋文引韓詩文。漢書文三王傳谷永疏云：帝王之意，不窺人閨門之私，聽聞中冓之言。晉灼曰：魯詩以爲夜也。據此，魯韓義同。冓當爲𡩖之借字。廣雅釋詁：𡩖、昔、闇、暮，夜也。玉篇宀部：𡩖，夜也。詩曰：中冓之言。中夜之言也。又云：𡩖本亦作冓。谷永學魯詩，所引中冓當作中𡩖。今傳作冓蓋後人順毛改之廣雅訓冓爲夜以冓與闇同義是中冓之言猶言中夜闇昧之言故韓說於中夜下申成之曰淫僻之言也中冓二字相連爲訓桑柔征以中垢傳中垢言闇冥也與中冓義合蓋垢冓古字通也傳中冓內冓也箋謂宮中所冓成淫昏之語疏云冓合淫昏之事皆讀冓爲媾析中冓爲二義與釋文本又作中遘者合不同三家而與韓說淫僻之言意不相遠文三王傳注應劭曰中冓材構在堂之中也師古曰冓謂舍之交積材木也望文爲說失之愈遠矣道說也者廣雅釋詁文不可說即媒氏注所云不當宣露說文醜可惡也釋名醜臭也如物臭穢也

牆有茨不可襄也【疏】傳襄除也○釋言襄除也郭注詩曰不可襄也魯毛同訓說文襄下云漢令解衣耕謂之襄耕必芸治其草故凡除草皆謂之襄漢令本古義**中冓之言不可詳也所可詳也言之長也**【注】韓詳作揚云揚猶道也【疏】傳詳審也長惡長也○詳作至道也釋文引韓詩文詳揚聲同義通故得相假揚者講明宣播之意較道義進釋詁揚續也郭注未詳當即此詩義郭偶有不照耳連屬稱舉即是宣明之義故揚亦訓續也廣雅釋詁揚說也足證魯韓文同

牆有茨不可束也【疏】傳束而去之○束是總聚之義總聚而去之言其淨盡也較埽襄義又進**中冓**

之言不可讀也所可讀也言之辱也注魯韓說曰讀說也疏傳讀
抽也辱辱君也箋抽猶出也○說文讀誦書也引申其義凡有
事而誦言之亦曰讀讀說也者廣雅釋詁文不可讀正訓爲不
可說亦魯韓義也辱者爲國
辱也君則然矣當爲國諱惡

牆有茨三章章六句

君子偕老疏毛序刺衛夫人也夫人淫亂失事君子之道故陳
人君之德服飾之盛宜與君子偕老也箋夫人宣
公夫人惠公之母也人君小君也或者小字誤作人耳○
內司服賈疏云刺宣姜淫亂不稱其服之事三家無異義

君子偕老副笄六珈疏傳能與君子俱老乃宜居尊位服盛服
也副者后夫人之首飾編髮爲之笄衡
笄也珈笄飾之最盛者所以別尊卑箋珈之言加也副既笄而
加飾如今步搖上飾古之制所有未聞○君子謂宣公詩言夫
人者乃當與君偕至於老之人娶必以正今公要奪姜氏以爲
夫人雖服此小君之盛服而德不足以稱之則如之何刺姜以
惡公也首二句明爲夫人則有此盛服也追師掌王后之首服
爲副編次追衡笄鄭注凡諸侯夫人於其國衣服與王后同又
云鄭司農云副者婦人之首服元謂副之言覆所以覆首爲之
飾其遺象若今步繇矣禮明堂位鄭注副首飾也今之步搖是

也詩云副笄六珈釋與此同釋名王后首飾曰副副覆也以覆
首也亦言副貳也兼用衆物成其飾也步搖上有垂珠步則搖
也鄭又云笄卷髮者公羊僖九年傳注笄者簪也所以繫持髮
釋名笄係也所以係冠使不墜也又云冠貫也所以貫韜髮也
纚以韜髮者也以纚爲之因以爲名也總以束髮者也總而束
之也簪兟也以兟連冠於髮也案係冠與繫髮義同總束其髮
以纚韜之加冠於上用笄簪連冠髮繫持之鄭云卷髮者明髮
得笄則卷而不墜也鄭又云編編列髮爲之其遺象若今假紒
矣次次第髮長短爲之所謂髲髢案卽采蘩之被也先鄭云追
冠爲衡維持冠者蓋婦人首飾以髮爲先得笄繫持然後可從
而施飾燕居惟纚笄總舉笄可以包纚總也追是冠衡以維持
冠明言笄而追衡在內加服次以見君加服編以告桑至副爲
極盛之服以從君祭祀六珈又副上之飾耳箋云珈之言加也
副既笄而加飾如今步搖上飾古之制所有未聞案副既笄而
加飾者以珈爲副飾也鄭謂副若步搖故云六珈如步搖上飾
持珈飾有六非所知也追師賈疏亦云詩有副笄六珈謂以六
物加於副上未知用何物故鄭云然釋名以爲兼用衆物成飾
衆物其六珈之謂與續漢輿服志步搖以黃金爲山題貫白珠
爲桂枝相繆一爵九華熊虎赤羆天鹿辟邪南山豐大特六獸
詩所謂副笄六珈者陳喬樅云劉昭注補敘言車服之本郎立
董蔡所立後漢蔡邕傳注言邕作漢記十意車服意第六續志
所錄多本其文邕用魯詩此當爲魯說愚案傳云副者后夫人

之首飾編髮爲之說與周禮乖戾辨見采蘩又云珈笄飾之最盛者謂以珈飾笄之誤鄭注周禮時以副爲若今步搖與編次爲三物並於禮記注引副笄六珈以明之是用三家義之明證特六珈三家無說故云未聞續漢志雖有六獸之文非必即古六珈鄭所不悉不應蔡獨明之

委委佗佗如山如河象服是宜注韓說曰委委佗佗德之美皃魯作褘褘它它說曰美也疏傳委委者行可委曲蹤迹也佗佗者德平易也山無不容河無不潤象服尊者所以爲飾箋象服者謂揄翟闕翟也人君之象服則舜所云予欲觀古人之象日月星辰之屬○韓云德之美皃者釋文委委行可委曲蹤迹也佗佗德平易也韓詩云德之美皃案陸引毛訓故分析注之而綴韓總義於末韓爲委委佗佗四字作訓非僅以佗佗爲德美衆經音義三十九引韓詩曰逶佗德之美皃也是其證矣委委佗佗猶羔羊委蛇委蛇也御覽六百九十事類賦十三引詩佗佗即作蛇蛇蓋詩字本作它加虫旁則爲蛇加人旁則爲佗佗變文又爲他呂氏讀詩記引釋文作委委他他餘詳羔羊委委佗佗四字不宜分釋羔羊委蛇韓作逶迤云公正皃彼詩韓作逶與衆經音義引此詩韓作逶同惟迤佗有別蓋或作異文彼云公正皃與此德美義合詩殊男女故語意微別毛彼傳云委蛇行可從迹也此傳乃分釋委委爲行可委曲蹤迹佗佗爲德平易失其義矣魯作褘褘它它說曰美也者釋訓文是魯文與毛

異禕禕今本作委委釋文云委委諸儒本並作禕舍人曰禕禕者心之美詩云禕禕佗佗又佗佗本或作它它顧舍人引詩釋云禕禕它它如山如河委作禕佗作它並魯詩文舍人心美之訓與韓德美義同孔邢疏引李巡曰皆容之美也孫炎曰委委行之美佗佗長之美並以容皃言葢德不可見於容見之內有美德斯外有美容行步有儀舉止自得故曰委委佗佗非謂美麗四字德容兼釋不宜偏舉韓訓德美皃於義最優矣如山凝然而重如河淵然而深皆以狀德容之美言夫人必有委委佗佗如山如河之德容乃於象服是宜也反言以明宣姜之不宜與末句相應象服是宜者箋引尚書予欲觀古人之象以明人君有象服則夫人象服亦當是服之以畫繪爲飾者葢禕衣也內司服王后之六服有禕衣鄭司農注禕衣畫衣說文禕下云周禮王后之服禕衣謂畫袍是禕衣即象服矣禕是王后之服而諸侯夫人得服之者葢嫁攝盛之禮明此詩爲宣姜初至時作矣說文褖飾也飾褖飾也急就篇褖飾刻畫無等雙顏注褖飾盛服飾也刻畫裁製奇巧也象褖古字通作證以內司服鄭注三翟之刻繪采畫則禕衣爲褖服甚明明堂位祭統祭義並言夫人副禕是夫人有副即有禕上言副以該禕此舉禕以包副義互相備宜者稱也

子之不淑云如之何【疏】傳有子若是何謂不善乎箋子乃服飾如是而爲不善之行於禮當如之何深疾之○子子宣姜釋詁淑善也言今子與公爲淫亂而有不善之行雖有此小君之盛服則奈之何

哉顯刺之也郭茂倩樂府引琴操曰思歸引者衞女作也衞有賢女昭王聞而聘之未至而薨太子曰吾聞齊桓公得衞姬而霸今衞女賢欲留之大夫曰不可若賢必不我聽若聽必不賢不可取也太子遂留之果不聽拘於深宮思歸不得援琴作歌曲終而死姜與伋雖未成昏名分已定與衞女之於昭王相等新臺見要宜以死拒乃與公俱陷大惡故詩人深疾之

玼兮玼兮其之翟也傳玼鮮盛貌褕翟闕翟羽飾衣也箋侯伯夫人之服自褕翟而下如王后焉○疏玼兮玼兮者釋文玼音此引沈云毛及呂忱並作玼解王肅云顏色衣服鮮明貌本或作瑳此是後文瑳兮王肅注好美衣服絜白之貌若與此同不容重出今檢王肅本後不釋不如沈所言也然舊本皆與前作玼後作瑳字段玉裁云陸意不以沈爲然但舊本皆爾故不定爲一字愚案內司服鄭注引詩此章作玼下章作瑳引見釋文云玼音此劉倉我反本亦作瑳與下瑳字同倉我反阮校勘記云說文瑳玉色鮮白玼玉色鮮也義亦同然一書之中不當瑳玼錯出毛詩瑳兮下傳箋王肅皆無說明與前章同作玼也此注玼亦作瑳劉音倉我反蓋毛詩前後皆作玼禮注據魯韓詩前後皆作瑳今本合併爲一以前後區別之非也愚案據阮說三家詩二三章俱作瑳但禮注是據齊詩非魯韓也之之爲言變也宋洪邁容齋隨筆云之字之義訓變左傳周史以周易見陳侯者陳侯使筮之遇觀之否謂觀六四變爲否也漢高祖諱邦荀悅云之字曰國惠帝諱盈之字曰滿

之義亦訓變惠棟云之適也適則變矣易繫辭曰惟變所適今案之翟之之亦當訓變下之展同之翟之展猶言變服變服戰國親即更衣也更衣親漢書儀皇后東方朔傳禮曾子問男不入改服於外次女入改服於內次士冠禮乃易服改易與變同義翟者總揄翟闕翟言之內司服掌王后之六服褘衣揄狄闕狄鞠衣展衣緣衣緣當褖素沙注鄭司農云揄狄闕狄畫羽飾喪大記曰夫人以屈狄屈音與闕相似元謂狄當爲翟翟雉名伊雒而南素質五色皆備成章曰翬江淮而南青質五色皆備成章曰搖王后之服刻繒爲之形而采畫之綴於衣以爲文章褘衣畫翬者揄翟畫搖者闕翟刻而不畫此三者皆祭服從王祭先王則服褘衣祭先公則服揄翟祭羣小祀則服闕翟今世有圭衣者蓋三翟之遺俗詩國風曰玼兮玼兮其之翟也下云胡然而天也胡然而帝也言其德當神明又曰瑳兮瑳兮其之展也下云展如之人兮邦之媛也言其行配君子二者之義於禮合矣案禮玉藻夫人揄狄注揄讀如搖說文褕翟羽飾衣是揄又作褕釋名王后之六服有褘衣畫翬雉之文於衣也伊雒而南雉青質五色皆備成章曰翬鷂翟畫鷂雉之文於衣江淮而南雉青質五采皆備成章曰鷂闕翟剪闕繒爲翟雉形以綴衣也搖又作鷂闕翟取剪闕之義此一說也賈疏云言翟而加闕字明示刻繒爲雉形但闕而不畫五色而已此又一說也傳褕翟闕翟羽飾衣也刻畫皆爲飾非有異義

鬒髮如雲不屑髢也【注】三家髢作鬄【疏】傳鬒黑髮也如雲言美長

也屑絜也箋髢髮也不絜者不用髲爲善○鬒髮者說文㐱下云稠髮也从彡从人詩曰㐱髮如雲鬒下云㐱或从髟眞聲郭忠恕汗簡云古毛詩作㐱釋文鬒黑髮也服虔注左傳云髮美爲鬒案左昭二十八年傳注並作黰髮稠則長黑而美故字又從黑作黰也追師賈疏如雲言美長也屑用也傳屑絜也不屑髢者已髮美則以他人髮爲不潔而不用說文鬄下云髲也髢下云鬄或作髢釋文髲被也髮少者得以被助其髮也三家髢作鬄者追師鄭注引詩髢作鬄用三家文徐鍇繫傳引同

玉之瑱也注三家瑱作顛也作兮**象之揥也**疏傳瑱塞耳也揥所以摘髮也○三家瑱作顛也作兮者說文瑱下云以玉充耳也从玉眞聲詩曰玉之瑱瑱兮顛下云瑱或从耳案玉篇耳部詩云玉之顛也顛充耳也顧用韓詩葢韓本如此說文引也作兮亦三家異文也著正義引孫毓引詩作兮與說文同釋名瑱鎭也懸當耳旁不欲使人妄聽自鎭重也或曰充耳充塞其耳亦所以止聽也追師注王后之衡笄皆以玉爲之唯祭服有衡垂於副之兩旁當耳其下以紞縣瑱詩云玼兮玼兮其之翟也鬒髮如雲不屑鬄也玉之瑱也是之謂也賈疏笄既橫施則橫垂可知若然衡訓爲橫既垂而又得爲橫者此橫在副旁當耳據人身豎爲從此衡則爲衡其衡下乃以紞懸瑱也引詩者證服翟衣首有玉瑱之義揥者孔疏以象骨搔首因以爲飾名之揥葛屨云佩其象揥是也說文有擿字無揥字擿下云搔也桂馥謂揥即擿字愚案象

揥卽幷師之象邸邸揥聲轉義詳淇奧說文髕下云骨擿之可會髮者骨擿卽象揥又云搔括也括絜也鬠絜髮也括鬠聲義互通訓絜束之絜不訓潔淨之潔士喪禮注古文鬠皆爲括鬠會義同是會髮卽括髮蓋以揥自旁約括其髮故云會也搔訓爲括則搔首卽會髮矣釋名揥摘也所以摘髮也摘者擿之異文

揚且之晳也疏傳揚眉上廣晳白晳○額廣則容貌開朗而發越故知揚是眉上廣也釋文且七也反徐子餘反下同陸主前讀也孔疏其眉上揚廣且其面之色又白晳是以且音七也反與陸讀義同馬瑞辰云揚且之晳也與玉之瑱也象之揥也句法相類且句中助詞之其也揚且之顏也亦謂揚其顏也是以且音子餘反與徐讀義同馬說是也揚晳分二義本章可通下章不可通從徐讀爲是猶言揚然而廣者其晳白之貌也說文晳人色白也从白析聲蘇輿云晳與下顏並列借狀女貌此虛字實用例也左襄十九年傳澤門之晳實興我役彼之晳目子罕與此之晳目宣姜同

胡然而天也胡然而帝也疏傳尊之如天審諦如帝箋胡何也帝五帝也何由然女見尊如天帝乎非由衣服之盛顏色之莊與反爲淫昏之行○箋讀而爲如與毛同義如而古通足利本兩而字皆作如是古有作如者箋從毛讀疑古毛本作如也古毛本不同引見前內司服鄭注言禕揄闕翟皆是祭服引詩其之翟也下云胡然云云而申之曰言其德當神明且謂詩義與禮合騐[illegible]蓋當之爲言對也當神明卽對越之義鄭謂服此

翟衣則可以事神明用三家詩與毛異義賈疏云言服翟衣尊之如天帝比之神明又云此翟與彼翟俱事神之衣服依違於詩箋禮注之間失鄭指矣德當神明者言服翟衣事神明必其德足當之非謂姜有其德也然如同訓何如而可以事天何如而可以事帝此刺姜令自思禮哀公問篇孔子云合二姓之好以繼先聖之後以爲天地宗廟社稷之主內司服疏引白虎通云周官祭天后夫人不與哀公問云夫人爲天地社稷主者見夫婦一體而言也案唯是一體故可言爲天地社稷主此夫人可言事天之證也月令天子薦鞠衣於先帝后夫人亦服鞠衣以告桑此夫人可言事帝之證也

瑳兮瑳兮其之展也蒙彼縐絺是紲袢也注三家紲作褻疏傳有展衣者以丹縠爲衣蒙覆也絺之靡者爲縐是當暑袢延之服也箋后妃六服之次展衣宜白縐絺絺之蹙蹙者展衣夏則裏衣縐絺此以禮見於君及賓客之盛服也展衣字誤禮記作襢衣○內司服注鄭司農云展衣白衣也喪大記曰世婦以襢衣禮音聲與展相似後鄭云展衣以禮見王及賓客之服字當爲襢襢之言亶亶誠也下引此詩瑳兮瑳兮其之展也文賈疏禮記作襢詩及正文作展皆是正文鄭必讀從襢者襢字衣旁爲之有衣義爾雅展亶雖同訓爲誠展者言之誠亶者行之誠貴行賤言襢字以亶爲聲有行誠之義故從亶也愚案后妃六服展衣白鞠衣黃褖衣黑闕翟赤揄翟青褘衣元此以天地四

方之色差次六服之文展衣宜白先後鄭說同知後鄭引三家詩義亦同鄭箋毛詩時知傳異義誤故不從也明字當作襢不作展者說文展下云轉也从尸襄省聲襄下云丹穀衣从衣㠭聲經典借展爲襄故傳釋展爲丹穀衣但六服之色褘衣象天鞠衣象地揄翟象東闕翟象南褖衣象北襢衣白色象西二鄭以衣宜白色則非丹穀衣字作襢不作展非拘拘貴行賤言之義也六服之等三翟祭服鞠衣告桑襢衣以禮見王及賓客褖衣御於王亦以燕居差次如此故二鄭知周禮字不爲丹穀衣之展詩首二章言祭服三章言見君及賓客之服次第如此故鄭箋知詩不爲丹穀衣之展也釋名襢衣襢坦也坦然正白無文采也馬瑞辰云亶與單旦聲義相近玉藻櫛用樿櫛孔疏樿白理木也說文黜白而有黑也廣雅白馬黑脊驙古字從單旦亶聲者多有白義襢之色白故字從亶其說是也亶有誠義鄭又取爲訓意謂服此衣者宜顧名思義與蒙字承上文言之以展衣蒙於縐絺之上彼字連下句讀謂縐絺是紲袢不謂展衣淮南主術篇注蒙冒也本字當爲冡說文冡覆也蒙是草名一絺以葛爲之精者曰絺說文縐絺之細者也詩曰蒙彼縐絺一曰蹴也蹴蹙字同前說與傳合後說與箋合後說爲長縐謂文之縮蹙也類篇縐聚文也史記司馬相如傳雜織羅垂霧穀襞積褰縐襞縐綌谷言縐中文理之狀與鄭蹙蹙義相發蓋若今縐紗矣展衣不必皆蒙縐絺孔疏舉時事言之是也三家紲作褻者說文褻下云私服从衣執聲詩曰是褻袢也袢下云無色

也从衣半聲一曰詩曰是紲袢也作紲者用毛詩則褻是三家文褻正字紲借字褻謂親身之衣也玉篇袢衣無色與說文合衣受汗垢故無色也傳袢延蓺當時語當暑袢延之服猶言當暑褻近之服孔疏以袢延爲熱氣疑非**之子清揚揚且之顏也**疏傳清視清明也揚廣揚而顏角豐滿○揚亦以廣雅釋親顏頟也方言顏額也東齊謂之額汝潁淮泗之間謂之顏傳廣揚而顏角豐滿讀且爲且又之且分揚顏爲二事又因顏不成義加角豐滿三字以足之案顏訓頟額自眉間以上謂之顏頟兩旁謂之角揚訓眉上廣顏卽眉上河分二義知傳誤也馬說釋爲揚其顏也義明而詞順矣**展如之人兮邦之媛也**注魯說曰美女爲媛韓媛作援云取也齊也亦作兮疏傳展誠也美女爲媛箋媛者邦人所依倚以爲媛助也疾宣姜有此盛服而以淫昏亂國故云然○說文展轉也轉有虛實二義轉側爲展語轉亦爲展展如之人兮與日月乃如之人兮同意展是語之轉也說文丂曳詞之難也象气之出難廣雅釋詁展難也方言展難也山之東西凡難皃曰展荆吳之人相難謂之展是乃與展同有難義日月斥姜言乃此詩美姜言展皆難詞也之人是人美女爲媛釋訓文魯說也郭注所以結好媛蘇輿云列女傳仁智篇載許穆夫人之言曰古者諸侯之有女子也所以苞苴玩弄繫援於大國也繫援與郭注結好

媛之指正同彼言衛女適齊可爲繫援此言衛娶齊女藉結好媛意實相類郭用舊義作注與列女傳胳合愚案孔疏引孫炎曰君子之援援助然亦謂結好大國是君子之援助蔡邕胡夫人神誥曰家邦之援列女傳衛姬篇載齊桓欲伐衛而衛姬請罪桓公因止不伐引此詩展如之人兮邦之媛也亦取結昏援助義讀媛爲援援皆魯義也齊姜大國與爲昏姻是衛邦之援助姜無母儀之德今取其一端或亦衛國之福於無可稱美之中强爲設詞箋媛者邦人所依倚以爲援助者也正用魯說韓媛作援云取也者釋文引韓詩文皇矣無然畔援正義援是引取是援有取義言此人爲衛邦所引取或謂取是助誤非也齊也亦作兮者說文媛美女也人所援也从女从爰爰引也詩曰邦之媛兮許引詩義亦謂此人爲我邦援引取之意與韓同而與魯詩援助訓異所引詩與魯韓毛及內司服注引俱別是齊詩異文此詩蓋宣公要娶歸國後姜以副褘翟襢之服承祭見賓國人所刺而篇末仍祝其配君子爲邦援不失忠厚之恉它日之乘舟日月又非所及料矣

君子偕老三章一章七句一章九句一章八句

桑中【疏】毛序刺奔也衛之公室淫亂男女相奔至于世族在位相竊妻妾期於幽遠政散民流而不可止箋衛之公室淫亂謂宣惠之世男女相奔不待媒氏以禮會之也世族在位取姜氏弋氏庸氏者也竊盜也幽遠謂桑中之野○左成三年

傳楚屈巫聘於齊告師期盡室以行申叔跪適郢遇之曰異哉夫子有三軍之懼而又有桑中之喜其將竊妻以逃者也以桑中爲竊妻之詩此最古義易林師之噬嗑采唐沬鄉要我桑中失信不會憂思約帶臨之大過无妄之恆巽之乾同又蠱之謙采唐沬鄉期於桑中失期不會憂思忡忡又艮之解三十无室寄宿桑中上宮長女不得來同使我失期此齊詩以爲淫奔義與毛合漢書地理志引鄘詩曰送我淇上又云衛地有桑間濮上之阻男女亦亟聚會聲色生焉故俗稱鄭衛之音顏注阻者言其隱阨得肆淫僻之情也與序箋遠幽義合男女聚會正指此詩言明桑間卽桑中矣班用齊詩此亦齊義也禮樂記鄭衛之音亂世之音也比於慢矣桑間濮上之音亡國之音也其正散其民流誣上行私而不可止也數語毛序所本亦證桑間卽桑中特記舉鄭衛與桑濮並論不得謂桑中之詩卽桑間之音至政散民流而不可止記意明指桑濮無關鄭衛而毛用其文濫桑間之音於衛詩斯爲謬耳班志男女聚會用詩義下文但云俗稱鄭衛之音知齊詩未嘗以桑間之音爲衛詩也鄭注濮水之上地有桑間者亡國之音於此之水出也昔殷紂使師延作靡靡之樂已而自沈於濮水云云桑間在濮陽南鄭注禮時用三家詩而以桑濮爲紂樂知魯韓詩亦不誤桑間之音爲衛詩矣

爰采唐矣沬之鄉矣疏傳爰於也唐蒙菜名沬衛邑箋如何采唐必沬之鄉猶言欲爲淫亂者必之衛

之都惡衛爲淫亂之主○爰詞也釋草唐蒙女蘿女蘿兔絲郭注別四名詩云爰采唐矣又云蒙王女郭注蒙卽唐也女蘿一別名案唐蒙爲二故云四名孔疏引蒙王女下孫炎曰蒙唐也一名女名菟絲一名王女與郭合又引唐蒙女蘿下舍人曰唐蒙名女蘿女蘿又名菟絲孫炎曰別三名孫不應自相違戾三疑四之誤舍人少分析耳說文蒙王女也徐鍇曰卽女蘿也是唐也蒙也女蘿也兔絲也四名一物古無異說傳以唐蒙爲一名誤同舍人菜或草之誤兔絲固不可食也或遷就毛傳謂今本爾雅唐蒙下衍女蘿二字然則舍人孫郭注本皆非邪釋文沬音妹衞邑也說文沬下云洒面也从水未聲荒內切湏下云古文沬从頁妹下云女弟也从女未聲莫佩切沬妹音同故尚書沬爲妹沬鄉卽酒誥沬邦也洒面之沬字又作頮卽湏之變文禮內則及檀弓注釋文作靧俗字說文所無王篇頮火內切洒面也沬同上又莫貝切水名沬亡活莫葢二切水名廣韻沬無沸切水名沬莫撥切水名在蜀又武泰切案亡活莫撥二切之沬水卽說文沬水出蜀西徼外東南入江从水末聲漢書溝洫志顏注沬音本末之末者也洒面之沬漢書律厤志禮樂志淮南厲王傳外戚傳顏注所云沬卽頮字從午未之未者也沬頮並訓洒面沬鄉之沬非水名故許書沬下不取其義詩借沬爲地名又轉借沬之古文湏字泉水思沬與漕沬作湏是其證後人以湏爲須轉寫誤也王篇分洒面之沬爲火內切水名之沬爲莫貝切不知實卽一字廣韻以沬爲水名又失載洒面之義皆誤

之甚者水經注淇水篇略云泉源水有二源一水出朝歌城西北其水南流東屈逕朝歌城南晉書地道記曰本沬邑也詩云爰采唐矣沬之鄉矣殷王武丁始遷居之爲殷都也此沬邑卽朝歌之證酈元以爲邑名不謂水名者朝歌城外止有淇泉二水別無名沬之水也沬邑之沬卽妹邦之妹皆轉音借字其本字當爲牧卽牧野也酒誥馬融注妹邦卽牧養之地是謂妹邦卽牧野也釋地邑外謂之郊郊外謂之牧牧外謂之野牧野名義當取諸此鄭注妹邦紂之都所處也牧是紂都之郊故以紂都統之說文坶朝歌南七十里地周書武王與紂戰於坶野从土母聲水經注淸水篇自朝歌以南暨淸水土地平衍據皋跨澤悉坶野矣郡國志曰朝歌縣南有牧野牧坶雙聲故牧又爲坶據此知朝歌牧野妹邦沬邑並無異地沬未同聲未妹雙聲白虎通綱紀篇妹者末也故牧音轉爲妹又爲沬也呂覽求人篇注鄉亦國也邦國同訓明沬鄉與妹邦義同

云誰之思美孟姜矣

疏 傳姜姓也言世族在位有是惡行箋淫亂之人誰思乎乃思美孟姜孟姜列國之長女而思與淫亂疾世族在位有是惡行也○孔疏列國姜姓齊許申呂之屬不斥其國未知誰國之女也案衞無姜姓故序以爲世族所取妻妾

期我乎桑中要我乎上宮送我乎淇之上矣

疏 傳桑中上宮所也箋此思美孟姜之愛厚己也與我期於桑中而要見我於上宮其送我則於淇水之上○後漢郡國志東郡濮陽下劉昭注

引博物記曰桑中在其中案一統志濮陽在今大名府開州西南二十里說文期會也淮南原道訓注要約也上宮未聞旣會而後約則桑中上宮非一地上宮葢孟姜所居故易林云上宮長女也送我淇上與氓涉淇意同

爰采麥矣沬之北矣云誰之思美孟弋矣期我乎桑中要我乎上宮送我乎淇之上矣疏傳弋姓也○說文鄁故商邑自河北卽朝歌以北詩所謂鄁也郡國志河內郡朝歌下云紂所都居南有牧野北有鄁國孟弋者春秋定姒穀梁作定弋孟弋卽孟姒也胡承珙云似本作以白虎通云夏祖昌意以薏以生賜姓似氏說文無似字葢本作以弋與以一聲之轉

爰采葑矣沬之東矣云誰之思美孟庸矣期我乎桑中要我乎上宮送我乎淇之上矣疏傳庸姓也箋葑蔓菁○地理志鄘作庸孟庸卽孟鄘庸在沬東居此之人取舊邑之稱以爲族若晉韓趙魏氏之比故曰孟庸據此知舊說庸在紂城南西皆非也漢有庸光膠東庸生是其後

桑中三章章七句

鶉之奔奔疏毛序刺衞宣姜也衞人以爲宣姜鶉鵲之不若也箋刺宣姜者刺其與公子頑爲淫亂行不如禽鳥

○愚案刺宣公也左襄二十七年傳鄭七卿享趙孟伯有賦鶉之賁賁趙孟曰牀第之言不踰閾況在野乎非使人之所得聞也杜注衛人刺其君淫亂鶉鵲之不若義取人之無良我以爲兄我以爲君也又傳云文子告叔向曰伯有將爲戮矣詩以言志志誣其上而公怨之以爲賓榮其能久乎杜注言誣則鄭伯未有其實正義伯有賦此詩有嫌君之意是伯有之賦趙孟之言皆不以詩之君爲小君此最古義司馬遷劉向用魯詩而史記列女傳無公子頑通宣姜事是魯義必與毛異不以兄爲頑也禮表記子曰唯天子受命于天士受命于君故君命順則臣有順命君命逆則臣有逆命詩云鵲之姜姜鶉之賁賁人之無良我以爲君鄭注姜姜賁賁爭鬬惡貌也良善也言我以惡人爲君亦使我惡如大鳥姜姜於上小鳥賁賁於下記義與鄭注皆不以君爲小君知齊義必與毛異不以君爲宣姜也然則詩刺宣公甚明

鶉之奔奔鵲之彊彊〔注〕**魯齊奔奔作賁賁彊彊作姜姜韓說曰奔奔彊彊乘匹之貌**〔疏〕傳鶉則奔奔鵲則彊彊然箋奔奔彊彊言其居有常匹飛則相隨之貌刺宣姜與頑非匹偶○說文雜下云雒屬雒下云雜屬鷂下云籀文雒从鳥案鶉即雒字當从隹鷂又作鶴夏小正八月鴽爲鼠傳鴽鶴也今俗評鶴鶉以爲一物桂馥謂蝦蟇化者爲鶉田鼠化者爲鴽案田鼠化鶉見淮南萬畢術及本草素問云鴽雜也列子

天瑞篇亦言田鼠爲鶉是二物化生亦非全別釋鳥鷯鶉其雄鶛牝庳又云鴽鴾母䳺較鵪郭云鵪也又云鶉子鳼鴽子鸋郭注別鶉鴽之名公食大夫禮以鶉鴽內則鶉羹鴽釀並列蓋對文異散文通也郝懿行云鶉黃黑雜文大如秋雞無尾鶴較長大黃色無文又長頭長觜鶉竄伏草間無常居而有常匹兩雄相値則鬭而不釋愚案今人多畜令博鬭燕地尤多鶉値他鳥爭巢列隊相拒亦善鬭之鳥故鄭以姜姜賁賁爲爭鬭貌也魯齊奔奔作賁賁者毛作奔奔韓同則注作賁賁者爲魯齊文與左傳合馮登府云賁與奔通禮記賁軍之將後漢作奔軍之將周禮虎賁氏宋書百官志虎賁舊作虎奔孟子音義引丁音虎賁先儒言如猛虎之奔漢書百官表虎賁郎注云賁讀與奔同愚案賁有憤義禮樂記注賁讀爲憤憤怒氣充實也重言之曰賁賁故訓爭鬭惡貌此齊說也呂覽壹行篇高注賁色不純也詩曰鶉之賁賁案說文賁飾也易賁釋文引王肅注賁有文飾黃白色高用賁本義作訓故以賁賁爲色不純與鶉鳥黃黑雜文合此魯說也韓齊經字同訓義別魯齊彊彊作姜姜者說文彊弓有力也引申爲凡有力之稱楚語注彊彊力也重言之曰彊彊表記姜姜同聲借字齊詩文也廣雅釋詁姜强也彊强古通正與記引詩作姜合張用魯詩是齊魯文同矣推高注之意鶉色不純鵲强有力喻宣公無純一之行而有强奪之事此魯義也推鄭注之意以鵲爲大鳥鶉爲小鳥鵲非必大以鶉較之鵲爲大也小大既別取興宜殊故知大鳥喻公小鳥喻臣民

公奪子妻淫亂成風下必有甚小鳥之賁賁一如大鳥之姜姜皆爭鬭爲惡此齊義也奔奔彊彊乘匹之貌者釋文引韓詩文乘匹猶匹耦也列女傳夫關雎之鳥猶未嘗見其乘居而匹處也韓用其文鶉鵲雖乘居匹處然尚不亂其偶刺公奪子妻乃鶉鵲之不若箋奔奔彊彊言其居有常匹飛則相隨之貌用韓義中毛也說文奔走也雌雄同走是居有常匹衆經音義引蒼頡篇曰彊健也齊飛而羽翮健勁是飛則相隨

人之無良我以爲兄【注】韓之作而【疏】傳良善也兄謂君之兄箋人之行無一善者我君反以爲兄君謂宣公○韓之作而者外傳九引人之無良二句推演之詩攷引外傳作人而無良今本作之後人據毛詩妄改表記注良善也無良謂無善行以爲兄謂左公子洩右公子職等魏源云洩職皆宣公庶弟公所屬伋壽者故曰人之無良我以爲兄也

鶉之彊彊鵲之奔奔人之無良我以爲君【疏】傳君國小君箋小君謂宣姜○此章用外傳推之人之無良之字韓詩亦當作而以爲君者臣下統同之詞

鶉之奔奔二章章四句

定之方中【疏】毛序美衛文公也衛爲狄所滅東徙渡河野處漕邑齊桓公攘戎狄而封之文公徙居楚丘始建城

市而營宮室得其時制百姓說之國家殷富焉箋春秋閔公二年冬狄人入衛衛懿公及狄人戰于熒澤而敗宋桓公迎衛之遺民渡河立戴公以廬於漕戴公立一年而卒魯僖公二年齊桓公城楚丘而封衛於是文公立而建國焉○左閔二年傳衛文公大布之衣大帛之冠務材訓農通商惠工敬教勸學授方任能元年革車三十乘季年乃三百乘杜注季年在僖二十五年此從居楚丘始建城市營宮室國人說而作詩作于楚宮毛傳引仲梁子曰初立楚宮也鄭志仲梁子先師魯人當六國時案禮檀弓有仲梁子鄭注魯人疑即其人又見韓非子稱仲梁氏足證詩古義相承如此晉書劉曜載記和苞云衛文公承亂亡之後宗廟社稷漂流無所而猶仰準乾象俯順民時以搆楚宮故興康叔武公之迹以延九百之慶也三家無異義

定之方中作于楚宮注魯說曰營室謂之定娵觜之口營室東壁也三家于作爲疏傳定營室也方中昏正四方楚宮楚丘之廟也定星昏中而正於是可以營制宮室故謂之營室定昏中而正謂小雪時其體與東壁連正四方○營室至壁也釋天文郭注定正也作宮室皆以營室中爲正詩春秋正義引孫炎同蔡邕月令問荅詩曰定之方中作于楚宮營室也九月十月之交西南方中皆魯說史記天官書索隱引春秋元命包曰營室十星埏陶精類始立紀綱包物爲室蓋齊說陳喬樅云據開元

占經六十一引郗萌云營室二星爲西壁與東壁二星合而爲
四其形開方似口故名娵觜之口營室二星春秋緯言十星者
中二星爲室繞室三向兩兩而居曰離宮離宮之下二星曰東
壁統而言之皆得謂之營室故曰十星也史記律書云營室者
主營胎一作儥。陽氣而產之蔡邕謂九月十月之交營室在西
南鞘人賈疏云十月在南方娵觜毛傳亦云南視定緣二宿皆
值北方水位故又謂之水左莊二十九年傳水昏正而栽是也
左襄三十年傳歲在娵觜之口娵一作諏禮月令注日月會于
諏訾釋文本又作娵是娵諏可通作惟訾借觜字也分野略例
云自危十六度至奎四度於辰在亥爲諏訾諏訾歎息也十月
之時陰氣始盛陽氣伏藏萬物失養育之氣故哀愁而歎悲嫌
於無陽故曰諏訾詩云中者昏正於午之謂禮月令孟春之月
日在營室仲冬之月昏東壁中周語日月底於天廟韋注天廟
營室也孟春之月日月皆在營室又云營室之中土功其始韋
注建亥小雪之中定星昏正於午土功可以始也與月令合邵
晉涵云月令孟冬言昏危中仲冬言昏東壁中不言昏營室中
者營室在危東壁之間孔穎達謂營室十六度日行一度是十
月半而室中十一月初而壁中也馬瑞辰云僖二年正月城楚
丘則作室亦正月周正月爲夏正十一月是作室不在十月小
雪之中漢書天文志危十七度營室十六度十月危星昏中日
行一度營室繼危之後其中在十月望後至十一月初猶爲昏
中故楚宮作於十一月猶得言定中也愚案鞘人鄭注營室元

武宿與東壁連體而四星詩言方中明兼營室東壁故室壁之中可以定中統之春秋書城楚丘或舉成事言而經營宮廟之始當在十月不得泥春秋以疑詩也又新唐書厤志傳曰凡土功龍見而畢務戒事火見而致用水昏正而裁日至而畢十六年城向十有一月衞侯朔出奔齊冬城向書時也以歲差推之周初霜降日在心五度角亢晨見立冬火見營室中後七日水昏正可以興板榦故祖沖之以爲定之方中直營室八度是歲九月六日霜降二十一日立冬十月之前水星昏正故傳以爲得時杜氏據晉厤小雪後定星乃中季秋城向以爲太早因曰功役之事皆總指天象不與言厤數同引詩云定之方中乃未正中之詞非是三家于作爲者文選魏都賦魯靈光殿賦謝朓和伏武昌登孫權故城詩江淹雜體詩王簡栖頭陀寺碑文注引此及下兩于字皆作爲白帖三十八御覽百七十三引同蔡邕月令作于上引見是魯與毛同作爲者蓋齊韓文士冠禮鄭注于猶爲也爲于古通

揆之以日作于楚室[疏]傳揆度也度日出日入以知東西南視定北準極以正南北室猶宮也箋楚室居室也君子將營宮室宗廟爲先廄庫爲次居室爲後○孔疏度日謂度其影公劉傳云考於日影是也考工記匠人建國水地以縣置槷以縣眂以景爲規識日出之景與日入之景晝參諸日中之景夜考之極星以正朝夕鄭注於四角立植而縣以水望其高下高下既定乃爲位而平地槷古文臬假借字於所平之地中央樹八尺之臬以縣正之視之

以其景將以正四方也日出日入之景其端則東西正也又爲規以識之者爲其難審也自日出而畫其景端以至日入既則爲規測景兩端之內規之規之交乃審也度兩交之間中屈之以指臬則南北正也日中之景最短者也極星謂北辰案天文志夏日至立八尺之表臬卽表也於平地之中央立表訖乃於日出入之時畫記景端以繩測景之兩端則東西正屈之以指表於東西景端相當則南北亦正此揆日之術也記言建立國城之事據詩之宮室同古文苑張衡冢賦正之以日衡用魯詩疑魯詩揆或作正箋楚室居室也君子將營宮室宗廟爲先廐庫爲次居室爲後詩先宮後室與禮合矣疏宮室俱於定星中爲之同度日景正之各於其文互舉一事耳

樹之榛栗椅桐梓漆爰伐琴瑟〔疏〕傳椅梓屬箋爰曰也樹此六木於宮者曰其長大可伐以爲琴瑟言豫備也○說文樹生植之總名从木尌聲木爲樹植木亦爲樹呂覽任地篇淮南本經篇高注並云樹種也說文榛木也从木秦聲亲果實如小栗从木辛聲春秋傳曰女摯不過亲栗詩與栗並舉知文當爲亲亲栗者說文作㮚云木也从木其實下乑故從鹵二木不中琴瑟連文言之椅桐者說文椅下云梓也檹下云賈侍中說卽椅木可作琴孔疏引陸璣云梓實桐皮曰椅續漢志注引王隆小學漢官篇樹栗查桐梓胡廣注椅今梧桐也說文梧下云梧桐木一名櫬釋木櫬是椅梧櫬一物也說文桐榮也榮桐也釋木榮桐木急就篇顏注桐卽今之白桐木也一名

榮賈思勰云桐華而不實者曰白桐實而皮青者曰梧桐據此椅桐之分華實之異也說文梓楸也梓楸也以楸梓爲一物急就篇顏注梓楸類也廣韻梓木名楸屬陸璣云楸之疏理白色而生子者爲梓齊民要術楸梓二木相類白色有角生子者爲梓或名子楸或名角楸黃色無子者爲柳楸亦呼荆黃楸也此楸梓爲二物徐鍇繫傳云今人名賦理曰梓質白曰楸與上二說相反葢傳寫互譌也玉篇椅楸也釋木椅梓與說文合郭注即楸釋文椅與楸惟子爲異今參攷諸說椅色青梓色白皆有子楸色黃無子釋文說未析葢同類之木名稱久溷不復致詳耳說文桼下云木汁可以髤物象形桼如水滴而下桼下云水名借字箋云樹此六木於宮爰詞也椅桐梓可備他日伐爲琴瑟之材漆則所以髤也藝文類聚引蔡邕琴賦觀彼椅桐又曰考之詩人琴瑟是宜用魯經文

升彼虛矣以望楚矣望楚與堂景山與京【疏】傳虛漕虛也楚丘有堂邑者景山大山京高丘也箋自河以東夾於濟水文公將徙登漕之虛以望楚丘觀其旁邑及其丘山審其高下所依倚乃後建國焉愼之至也○釋文虛或本作墟水經注濟水篇引詩作墟與或作本合傳虛漕虛也疏此追本欲遷之由言文公將徙先升彼漕邑之墟矣以望楚丘之地矣葢地有故墟高可登之以望陳奐云管子大匡篇狄人伐衛衛君出致于虛小匡篇衛人出旅于曹

是虛與曹同也愚案陳說較疏義爲長盩州吁城漕之後郭邑稍完可藉爲固故暫託棲止也楚楚丘也孔疏引鄭志張逸問楚宮今何地荅曰楚丘在濟河閒疑在今東郡界中衞本河北至懿公滅乃東徙渡河野處漕邑則在河南矣又此二章升漕墟望楚丘楚丘與漕不甚相遠亦河南明矣故疑在東郡界中愚案鄭志獻疑明三家楚丘無文春秋隱七年經戎伐凡伯於楚丘以歸穀梁傳戎者衞也戎衞者爲其伐天子之使貶而戎之也楚丘衞之邑也疏引糜信云不言夷狄獨言戎者因衞有戎邑故也公羊傳其地何大之也何休注使若楚丘爲國者不地以衞者天子大夫銜王命至尊顧在所諸侯有出入所在赴其難當與國君等也左傳杜預注楚丘衞地在濟陰成武縣西南又僖二年經城楚丘穀梁傳楚丘者何衞邑也左傳杜注衞邑又左哀十七年傳戎州人攻衞莊公公入于戎州己氏杜注戎州戎邑己氏戎人姓是穀梁傳注及左公羊注說並同漢書地理志齊桓公帥諸侯伐狄而更封衞于河南曹楚丘山陽郡成武下云有楚丘亭齊桓公所城遷衞文公於此山陽郡卽濟陰也又梁國下有己氏縣通典云今宋州楚丘縣古之戎州己氏之邑漢曰己氏縣也水經注濟水篇荷水分濟於定陶東北東南右合黃溝支流俗謂之界溝也北逕己氏縣故城西又北逕景山東衞詩所謂景山與京者也毛公曰景山大山也又北逕楚丘城西郡國志曰成武縣有楚丘亭杜預云楚丘在成武縣西南衞懿公爲狄所滅衞文公東徙渡河野處漕邑齊桓公

城楚丘以遷之故春秋稱邢遷如歸衛國忘亡即詩所謂升彼墟矣以望楚矣望楚與堂景山與京故鄭元言觀其旁邑及山川也又東逕城武城西據此楚丘正在成武己氏之間所引郡國志係地理志之誤又瓠子水篇瓠河故瀆又東右會濮水枝津水上承濮渠東逕沮丘城南京相璠曰今濮陽城西南十五里有沮丘城六國時沮楚同音以爲楚丘非也以上諸説皆以戎伐凡伯之楚丘即衛文徙都之楚丘班何杜酈諸儒皆本穀梁古訓也自鄭志獻疑京相璠遂有以沮丘當楚丘之説後漢郡國志濟陰郡成武下云故屬山陽劉昭注左傳隱七年戎執凡伯於楚丘杜預曰在縣西南劉不言是衛文所徙蓋不以班志爲然水經注河水篇鹿鳴津又曰白馬濟津之東南有白馬城衛文公東徙渡河都之故濟取名焉酈既從班氏以城武楚丘爲齊桓所城而於此白馬復以爲衛文東徙渡河所都之漕邑則漕與楚丘相距遠是酈亦不能自堅其説蓋自魯僖三十一年成公避狄徙濮陽中間居楚丘僅三十年紀載有闕故地遂不可考漢東郡白馬縣在今滑縣東成武今曹州府城武縣春秋二地皆在大河東南惟成武楚丘距衛故都朝歌較遠故鄭疑楚丘在東郡界中若已東至城武尚被狄圍無反西北遷至濮陽之理但如京氏以沮丘當楚丘則濮陽相距僅十五里又疑太近其以白馬爲衛漕邑始自戴延之西征記亦後起之説也自隋開皇十六年同時置兩楚丘縣一在漢已氏縣即杜注所云城武縣西南一在漢白馬濮陽之間正用京説旋改衛

南於是言與地者本之遂一成而不可易或乃以楚丘之誤妄訾班氏亦可謂不揣其本矣堂地名未聞陳蔚林云據士昏禮注今文景作憬知景憬古通此詩景當讀爲憬泮水傳憬遠行貌與上升望下降觀相屬爲義毛訓大於文不順愚案陳說是也京者說文人所爲絕高丘也釋丘絕高爲之京非人爲之丘春秋正義引李巡曰丘之高大者爲京孫炎曰爲之人力所作也

降觀于桑卜云其吉終焉允臧注魯焉作然疏傳地勢宜蠶可以居民龜曰卜允信臧善也建國必卜之故建邦能命龜田能施命作器能銘使能造命升高能賦師旅能誓山川能說喪紀能誄祭祀能語君子能此九者可謂有德音可以爲大夫○釋言降下也孔疏言又下漕墟而往觀於其處之桑既形勢得宜蠶桑又美可居民矣卜者大卜國大遷大師則貞龜是建國必卜之釋詁允信也臧善也卜言其吉終然信善非直當今也三十年後遷帝丘卜曰三百年蓋成公相時度地正其繼述之善不必拘中興之故迹愈以顯吉卜之先徵矣魯焉作然者焉是然之誤唐石經作然蔡邕崔夫人誄終然允臧邕用魯詩證魯不誤宋本釋詁疏晉書樂志文選魏都賦劉注東京賦謝朓和伏武昌詩李注御覽七百二十五引並作然

靈雨既零注魯韓說曰靈善也**命彼倌人星言夙駕說于桑田**

注韓說曰星精也疏傳零落也倌人主駕者箋靈善也星雨止星見夙早也文公於雨下命主駕者雨止
爲我晨早駕欲往爲辭說于桑田教民稼穡務農急也○靈善
也者廣雅釋詁文是此詩魯韓義箋釋靈爲善本之善雨猶唐
人言好雨矣說文靈下云靈巫以玉事神靈下云靈或作巫引
中之爲神靈義風俗通典祀篇靈者神也靈雨者以其應時故
神之也神之卽善之不分雨義說文零餘雨也霝雨零也或謂
詩零當爲霝非也大雨降後間有點滴故零訓餘雨既零猶言
既霝既足傳零落也零落當爲零䨲說文䨲雨零也是其義張
揖上廣雅表墳典散䨲落䨲並各聲故互借矣釋詁蘦落也郭
注見詩是東山霝雨其濛之借字與此詩無涉說文倌小臣也
詩曰命彼倌人周禮小臣爲大僕之佐掌王之小命詔相王之
小法儀王之燕出入則前驅注燕出入若今游於諸觀苑星精之
也者釋文引韓詩文精與晴同姚鼐云古晴字本作暒暒亦作
星若星辰字自作曐詩星精也精晴明之謂也世久以星字當
曐辰之曐此詩偶存古字耳甫晴而駕足以爲勤矣若見星而
行乃罪人與奔喪者之事胡承珙云箋云星雨止星見說文姓
雨而夜除曐見也與箋說同日部又云啟雨而晝姓也啟字从
日故屬之晝姓字从夕故云夜除曐見鄭意亦以詩之星卽姓
字雨止星見之星字當作曐四字總言夜晴以明豫戒倌人令
其早駕耳史記天精而見景星精謂精明與韓詩釋星爲精義
同漢書直作姓亦作暒晛索隱眾經音義云古文姓暒二一形同或據宋本釋文引

韓詩作星晴也若經文之星爲姓則與晴字同不當以晴釋星不知漢初已多用晴少用星故韓以今字明古字謂星卽晴字非訓星爲晴韓非子說林下曰荆伐陳吳救之軍閒三十里雨十日夜星此亦古晴字之僅存者愚案玉篇暒雨止也精明也無雲也三蒼解詁暒雨止無雲也說文姓从夕生聲曐从晶生聲星曐或省後人以姓星易溷遂於星旁加日以別之實說文所無詩借星爲姓故韓云星精也精暒同義故史記天官書天精漢書天文志作天暒孟康注暒晴明也韓非說林夜星說苑指武篇載其事作夜晴蓋書字轉寫失眞而古義猶晦矣言詞也箋夙早也說者釋文毛始銳反舍也御覽九百五十五藝文類聚八十八引此詩二句說作稅與毛合箋云文公於雨下命主駕者雨止爲我晨早駕欲往爲辭說于桑田教民稼穡務農急也陳奐云鄭讀說如字或本三家義

匪直也人秉心塞淵騋牝三千

疏 傳非徒庸君秉操也馬七尺以上曰騋騋馬與牝馬也箋塞充實也淵深也國馬之制天子十有二閑馬六種三千四百五十六匹邦國六閑馬四種千二百九十六匹衛之先君兼邶鄘而有之而馬數過禮制今文公滅而復興徙而能富馬有三千雖非禮制國人美之○匪非直特也與孟子非直爲觀美也義同也詞也人謂民承上文而言文公夙駕勸農於民事可謂盡美矣抑非特於人然也傳訓爲非徒庸君於文不順秉執也者溱洧韓詩文此詩秉字韓亦當訓執與小弁君子秉心箋義同塞淵義具燕燕言

文公執心誠實深遠政行化速兼能致物産蕃庶左傳記衛文初政富强有基是其實心遠謀成效丕著非虛美也說文騋馬七尺爲騋八尺爲龍从馬來聲詩曰騋牝驪牝蓋誤文釋畜騋牝驪牝元駒褭驂郭注詩云騋牝三千馬七尺以上爲騋見周禮元駒小馬別名褭驂耳禮檀弓鄭注引爾雅云騋牝驪牝元以元字上屬庾人賈疏騋中所有牝則驪色牡則元色兼有駒褭驂讀與郭異據釋文爾雅之驪牡亦作驪牝庾人注引之騋牝亦作騋牡轉寫互異二說並通本詩則以騋牝爲義不與爾雅相蒙騋是馬種之良牝則用以蕃育舉良馬以概其餘言牝而牡可弗計也三千者箋國馬之制天子十有二閑馬六種三千四百五十六匹邦國六閑馬四種千二百九十六匹衛之先君兼邶鄘而有之而馬數過禮制今文公滅而復興徙而能富馬有三千雖非禮制國人美之疏國馬謂君之家馬其兵賦則左傳曰元年革車三十乘季年乃三百乘是也愚案詩爲初徙楚丘而作則三千非實有其事齊語齊桓公城楚丘以封之其畜散而無有與之繫馬三百衛文畜牧雖勤孶生烏能如是之速古人立國馬乘爲重三千是國人十倍之數期望頌美之詞耳詩三千之數專以牝言即是國馬不應有牝無牡鄭據此譏其過禮制或未然

定之方中三章章七句

蝃蝀【注】韓序曰刺奔女也【疏】毛序止奔也衛文公能以道化其民淫奔之恥國人不齒也箋不齒者不與相長稚○韓云刺奔女也者後漢楊賜傳有虹蜺晝降於嘉德殿前賜書對曰今殿前之氣應爲虹蜺皆妖邪所生不正之象詩人所謂蝃蝀者也於中孚經曰蜺之比無德以色親方今內多嬖倖外任小臣是以災異屢見今復投蜺可謂孰矣昔虹貫牛山管仲諫桓公無近妃宮今妾媵嬖人閹尹之徒共專國朝欺罔日月惟陛下愼經典之戒圖變復之道李注引韓詩序曰蝃蝀刺奔女也蝃蝀在東莫之敢指詩人言蝃蝀在東者邪色乘陽人君淫佚之徵臣子爲君父隱藏故言莫之敢指賜用魯詩以爲妖邪所生不正之象足證魯韓同義易林蠱之復蝃蝀充側佞人傾惑女謁橫行正道壅塞无妄之臨震之井同此齊詩說春秋演孔圖云虹蜺者斗之亂精也失度投蜺見態主惑於毀譽感精符云九女並譎則九虹並見文耀鉤云白虹貫牛山管仲諫曰無近妃宮君恐失權齊侯大懼退去色黨更立賢輔宋均注山君象也虹蜺陰氣也陰氣貫之君惑於妻黨之象也緯書並用齊說是三家皆與毛序止奔義異所云奔女傾惑人君淫佚必衛君當時有如密康魯莊之事惜書缺有間不能求其人以實之矣

蝃蝀在東【注】魯蝃作䗖曰䗖蝀虹也莫之敢指【疏】傳蝃蝀虹也夫婦過禮則

虹氣盛君子見戒而懼諱之莫之敢指箋虹天氣之戒尚無敢指者況淫奔之女誰敢視之○蝃蝀虹也者釋天文魯說也又云螮蝀謂之雩蜺爲挈貳郭注俗名爲美人虹江東呼爲雩蜺雖虹也邢疏引郭音義云虹雙出色鮮盛者爲雄闇者爲雌按蜺是寒蜩本字當爲霓呂覽季春紀高注虹螮蝀也兖州謂之虹詩曰螮蝀在東莫之敢指是也淮南時則訓注引詩同藝文類聚二引蔡邕月令章句云虹螮蝀也陰陽交接之氣著於形色者也常依陰雲而晝見於日衝無雲不見大陰亦不見率以日西見於東方故詩云螮蝀在東高蔡用魯詩以上並魯說與齊詩皆作螮蜺杫正字韓作蝃蜆與毛同說文無蝃字㑥賜用魯詩本傳蝃蝀之文疑後人順毛改之釋名虹攻也純陽攻陰氣也又曰蝃蝀其見每於日在西而見於東啜飲東方之水氣也釋在東與蔡同兼爲蝃字作詁近於鑿矣白虎通五行篇東方者陽氣始動萬物始生蝃蝀陰邪之氣故章懷釋詩以爲邪色乘陽釋名云陽攻陰氣失之惎是純陰攻陽氣傳寫致誤也說文指手指也廣雅釋詁語也又釋言斥也漢書河間獻王德傳注云指謂義之所趨若人以手指物然此詩指有二義自本義言則爲手指之指自喻意言則爲指斥之指莫之敢指所謂臣子爲君父隱藏

女子有行遠父母兄弟疏 箋行道也婦人生而有適人之道何憂於不嫁而爲淫奔之過乎惡之甚○女子謂奔者行嫁也奔而曰有行者先奔而後嫁遠父母兄弟亦奔女意耳非義之遠與泉水詞同而

恉異列女傳齊宿瘤女篇言齊王命後車載之女曰賴大王之力父母在内使妾不受父母之教而隨大王是奔女也大王又安用之此奔女所謂不受教而隨君者與宿瘤女正相反男女交悅而專刺奔女即韓詩爲君父隱之誼也

朝隮于西崇朝其雨女子有行遠兄弟父母（注）齊隮作躋云雲上升極則降而爲雨（疏）傳隮升崇終也從旦至食時爲終朝箋朝有升氣於西方終其朝則雨氣應自然以言婦人生而有適人之道亦性自然○說文無隮字躋下云升也是躋即隮眂祲掌十煇之法九曰隮先鄭注隮升氣也後鄭注隮虹也詩云朝隮于西蓋因詩朝隮承上文蝃蝀言之故即以隮爲虹也則此箋所云升氣意以升氣即虹也釋名又云虹見於西方曰升朝日始升而出見也與箋義合齊隮作躋云雲上升極則降而爲雨者李氏易傳二引需卦荀爽注云雲上升極則降而爲雨故詩云朝隮于西崇朝其雨爽述齊詩引隮作躋且釋爲雲上升是齊與諸家異義王厤通政經云虹霓曰見於西則爲雨暮見於東則雨止孟子若大旱之望雲霓也趙岐注雨則虹見故大旱而思見之與詩其雨義合淮南氾論篇不崇朝而雨天下高注崇終也崇終同聲通用字書君奭其終出于不祥釋文終本作崇是其證傳從旦至食時爲終朝箋終其朝則雨謂終朝然後雨也故楚詞哀時命云虹蜺分其朝覆兮夕淫淫而霖雨

乃如之人也【注】魯韓也作兮懷昏姻也大無信也不知命也【疏】傳乃如是淫奔之人也不待命也箋懷思也乃如是之人思昏姻之事乎言其淫奔之過惡之大淫奔之女大無貞絜之信又不知昏姻當待父母之命惡之也○上二章刺女此章刺男不敢斥言故云之人日月乃如之人兮刺公及夫人君子偕老展如之人兮刺夫人並不敢指斥之詞知此之人謂衞君不謂女子也魯韓也作兮者列女傳陳女夏姬篇詩云乃如之人兮懷昏姻也大無信也不知命也言嬖色殞命也韓詩外傳一略云不肖者精化始具觸情縱欲是以年壽極天而性不長詩曰乃如之人兮懷昏姻也大無信也不知命也說苑辨物篇引詩語並同據此魯韓作兮懷昏姻者蘇輿云昏姻兼男女言箋訓懷爲思於指似闇懷蓋壞之借字懷壞並從褱聲故字得相通左襄十四年傳王室之不壞釋文壞本作懷荀子禮論篇諸侯不敢壞史記禮書作懷是其證說文壞敗也懷昏姻言敗壞昏姻之正道也月令章句釋虹云夫陰陽不和昏姻失序卽生此氣釋名虹下亦云陰陽不和昏姻錯亂淫風流行男美於女女美於男互相奔隨之時則此氣盛曰昏姻錯亂曰昏姻失序所謂壞昏姻也而蝃蝀由此而生故詩人以之託興較箋意尤深至大無信者白虎通情性篇信者誠也專一不移也禮禮器疏信者外不欺於物也君淫奔女是無不移不欺之信也不知命者傳不待命也箋申之云又不知昏姻當待父母之命據列女傳

外傳皆以命爲壽命之命是魯韓義並與傳異書無逸云惟耽樂之從亦罔或克壽其斯之謂與

蝃蝀三章章四句

相鼠注魯說曰妻諫夫也疏毛序刺無禮也衞文公能正其羣臣而刺在位承先君之化無禮儀也○妻諫夫也者白虎通諫諍篇妻得諫夫者夫婦一體榮恥共之詩曰相鼠有體人而無禮人而無禮胡不遄死此妻諫夫之詩也困學紀聞引與今本同御覽四百五十七引白虎通作夫妻一體榮辱共之詩云相鼠有皮人而無儀人而無儀不死胡爲云云是魯詩以此爲妻諫夫與毛序義異所稱夫婦當時必實有其人古義相承如是特久而名不可攷耳左襄二十七年傳齊慶封來聘叔孫與慶封食不敬爲賦相鼠此則但取其義與此詩大恉無涉後來皆以爲刺無禮之詩固人人能言之矣

相鼠有皮人而無儀人而無儀不死何爲注魯無一作亾何一作胡疏傳相視也無禮儀者雖居尊位猶爲闇昧之行箋儀威儀也視鼠有皮雖處高顯之處偷食苟得不知廉恥亦與人無威儀者同人以有威儀爲貴今反無之傷化敗俗不如其死無所害也○說文相省視也从木从目地可觀者莫可觀

於木詩曰相鼠有皮以相爲省視與禮記鄭注同此舊義釋詁亦云相視也後人以相州之鼠能拱立謂之禮鼠釋詩相爲相州鑿矣箋儀威儀也詩言人之所以異於鼠者以有威儀視鼠則僅有皮耳豈人而竟無儀乎甚言其不可也魯無一作亾何一作胡者漢書五行志劉向引詩曰人而亾儀不死何爲無亾古通下二章當同御覽引白虎通何爲作胡爲是皆魯異文居上位之人非禮不能行法已亂無儀則不足以有爲而必至於死故曰不死更何爲乎憂深而詞切也列女傳陶荅子妻篇略云荅子治陶三年名譽不興家富三倍妻數諫不聽抱兒而泣姑怒以爲不祥妻謂荅子貪富務大不顧後害犬彘不擇食以肥其身坐而須死耳君不敬民不戴敗亾之徵見矣後荅子果誅魏風碩鼠毛序云刺重斂也蠶食於民不修其政貪而畏人若大鼠也此詩傳云雖居尊位猶爲闇昧之行箋云偷食苟得不知廉耻是其人在位苟得與陶荅子事類其妻以鼠爲喻則與魏風義同以榮辱一體之情值屢諫不悛之後語雖激切意可矜原後人謂其不當以死死斥夫遂疑白虎通爲臆說斯爲謬矣魏源云此以必死自誓非以速死斥夫意亦可通但古訓不如是也列女傳衞二亂女篇引此章四句韓詩外傳一兩引末二句外傳五說苑雜言篇文子子符言篇一引並推演之詞

相鼠有齒人而無止人而無止不死何俟〔注〕韓說曰止節無禮

節也。傳何作胡。疏傳：「止，所止息也。俟，待也。」箋：「止，容止。孝經曰：容止可觀。無止則雖居尊，無禮節也。」○鼠齒義見行露。「止，節，無禮節也」者，釋文引韓詩文。說文：「止，下基也。象草木出有址，故以止爲足。」引申之，凡有所自處、自禁，皆謂之止。禮大學「在止於至善」，注：「止，猶自處也。」淮南時則訓「止獄訟」，注：「止，猶禁也。」是其證。故止訓節，而無止爲無禮節也。止訓節，節亦訓止。易雜卦傳「亦不知節也」，虞注、呂覽大樂篇「必節嗜欲」高注並云：「節，止也。」禮樂記疏：「節奏，謂或作或止，作則奏之，止則節之。」明止節義通。惟禮有節，有節然後有止，故禮文王世子「與秋節」注：「節猶禮也。」喪服四制注：「節者，禮也。」廣雅釋言、小旻箋並云：「止，禮也。」韓訓無止爲無禮節，兼内外言。箋止容止，義偏而不舉，不如韓訓爲憂。魯何作胡者，列女傳趙悼倡后篇引詩曰：「人而無禮，不死胡俟。」「禮」是「止」之譌。何作胡，魯異文。俟當爲竢，待也。左傳晉伯宗妻謂伯宗必及於難，夫之賢否雖異，妻之憂危則同。

相鼠有體，人而無禮。人而無禮，胡不遄死。注三家胡作何。疏傳：「體，支體也。遄，速也。」○廣雅釋詁：「體，身也。」首二章皮齒，指一端，此舉全體言之。威儀以臨民，正節以容民，亦禮之見端，此章復總舉禮以明之，正喻取相當也。釋詁：「遄，速也。」禮禮運云：「夫禮，先王以承天之道，以治人之情，故失之者死，得之者存。詩云：相鼠有體，人而無禮，人而無禮，胡不遄死。」鄭注：「相，視也。遄，疾也。言鼠之有身體，如人而無禮者矣。人之無禮，可憎賤如鼠，不如疾死之愈。」

蘇輿云言鼠尚有身體之質豈人而無禮敬之誠禮者體也故借以相形下乃反復申言諷戒兼至鄭注言鼠二語似失詩意詩中凡連言者約有二例如此詩及江有汜不我以中谷有蓷條其歗矣葛藟謂他人父丘中彼留子嗟東方之日在我室兮汾沮洳美無度此反復以致其歎望也鳲鳩其帶伊絲鹿鳴鼓瑟鼓琴既醉釐爾女士泮水其馬蹻蹻此申重以極其贊美也愚案毛傳體支體鄭以體爲身體謂全體也蓋本三家與毛訓異記曰失之者死是其引詩意謂無禮之人胡有不遄死者言其必死正憂其速死也詩古義蓋如此鄭云不如疾死之愈後儒設詞已非其本恉矣左定十年傳晉人討衛之叛故遂殺涉佗君子曰此之謂弃禮弃禮必不鈞詩曰人而無禮胡不遄死涉佗亦遄矣哉即引此詩爲說三家胡作何者史記商君傳引此章四句胡作何蓋三家異文韓詩外傳一兩引末二句外傳三外傳九新序刺奢篇晏子春秋內諫篇一引並推演之詞

相鼠三章章四句

干旄〔注〕**齊說曰干旄旌旗執幟在郊雖有寶珠無路致之**〔疏〕毛序美好善也衛文公臣子多好善賢者樂告以善道也箋賢者時處士也○左定九年傳竿旄何以告之忠也是此詩古義杜注取其中心願告以善道也家語好生篇亦云竿旄之忠告至矣哉諸說並合韓詩外傳二載楚莊圍宋事末引詩云彼姝者子

何以告之君子善其以誠相告也雖係推演之詞其言以誠相告與忠告義合知韓說本詩與毛同義列女傳鄒孟母篇略言孟母斷織孟子勤學不息遂成名儒君子謂孟母知爲人母之道矣詩曰彼姝者子何以告之此之謂也亦推演之詞其意取孟母能告子以善道亦與賢者樂告善道合知魯說亦同案序云衞臣好善賢者樂告箋云賢者說此卿大夫有忠順之德似賢者已與衞臣相見而厚愛之干旄至致之易林師之隨文豫之中孚履之解解之未濟同此齊說寶珠以喻善道言可珍貴也致之猶詩言畀之予之告之也以無路釋何以之義明是良輔求材賢人抱道未適邂逅之願但懷忠告之誠者與序箋義異夫好善則人樂告其理相因若如序箋所云既見而猶曰何以則挾持無具烏得爲賢知齊說優矣箋又云時有建此旄來至浚邦卿大夫好善也馬瑞辰云左傳引逸詩翹翹車乘招我以弓又曰旃以招大夫弓以招士皮冠以招虞人孟子庶人以旃士以旂大夫以旌是古者聘賢招士多以弓旌車乘此詩干旄干旟干旌皆歷舉招賢者之所建箋謂卿大夫建此旄旄失之愚案傳言大夫之旃又云臣有大功世其官邑明謂旌旄是大夫所建不得以此爲箋失且序言衞臣好善卽使招聘出於君意干旄本以求賢而將命往招亦是臣子之職無妨是大夫建此旌旄備此車馬也蓋衞文草刱於喪敗之餘授方任能勵精爲國其臣如甯莊子輩皆能宣揚德化畱意人才故巖穴之儒聞風興起思以善道告之中興氣象固不侔矣

孑孑干旄，在浚之郊。【注】三家干作竿。【疏】傳：孑孑，干旄之貌。注旄於干首，大夫之旃也。浚，衞邑。古者臣有大功，世其官邑。郊外曰野。箋：周禮孤卿建旃，大夫建物，首皆注旄焉。時有建此旄來至浚之郊，卿大夫好善也。○釋名：孑，小稱也。漢書高惠高后文功臣表顏注：孑然，獨立貌。孑孑猶孑孑然。旄之爲物至小，而表立下首，望之孑然，故云孑孑也。三家干作竿者，釋天注旄首曰旌，郭注：載旄於竿頭，如今之幢，亦有旒。釋天素錦綢杠，郭注：以白地錦韜旗之竿。是郭以竿即杠，載旄竿頭，與毛注旄干首義同而字異，則知郭用魯詩舊注文矣。又左傳引詩本作竿旄，疏見郭說，因竿旄竿旟推見竿旄，知古文有與三家今文合者。陳喬樅云：毛詩作干，古文之省借，然則竿正字，干借字也。釋天邢疏云：李巡曰：旄牛尾著竿首。孫炎曰：析五采羽注旄上。如是則竿之首有毛有羽也。旌有羽，則無羽者旄矣。明堂位夏后氏之綏，鄭注：綏當爲緌，謂注牛尾於杠首，所謂大麾。書云：武王右秉白旄以麾。周禮：建大麾以田也。釋名：緌，注旄竿首，其形燊燊然。與鄭注合。而竿之即杠，又與郭注合。廣雅釋天：天子杠高九仞，諸侯七仞，大夫五仞。張用魯韓詩，此干旄爲大夫之干，是五仞，魯韓說宜然。牛尾謂之氂，注於干者乃謂之旄，後人溷氂旄爲一，非也。說文旄下云：幢也，从㫃从毛，毛亦聲。氂下云：犛牛尾也。犛下云：西南夷長髦牛也。釋畜犣牛，郭注：旄牛也，髀膝尾皆有長毛。徐松云：今蘭州青海多此牛，大與常牛等，色多青，染其毛爲雨纓。案犛犣雙聲，犣牛即犛牛旄人注旄旄牛尾舞者所持以指麾又不獨爲旌飾矣傳云注旄於干首大夫之旃也箋云周禮孤卿建旃大夫建物首皆注旄焉鄭引司常文也司常又云通帛爲旃雜帛爲物注云凡九旗之帛皆用絳則通帛大赤也雜帛以白爲飾絳之側也說文旃旗曲柄也所以旃表士衆从㫃丹聲或作旜勿州里所建旗象其柄有三游雜帛幅半異所以趣民或作旃隸變作物箋云旃物皆注旄以明建旄而來浚郊者非特建旃之卿與傳異義葢用三家攷之漢書地理志鄘曰在浚之郊引此詩文衛文東徙渡河建都之地若如京相璠說以沮丘當楚丘證以水經注瓠子水篇所述地理浚城距楚丘止二十里國郊之外冠葢往來啟宇求材諏多賢輔迺傳云古者臣有大功世其官邑意以此好善之卿大夫必衛臣食邑於浚者殆不然與

素絲紕之【注】韓詩曰紕織組器也良馬四之【疏】傳紕所以組織也總紕於此成文於彼願以素絲紕組之法御四馬也箋素絲者以爲縷以縫紕旌旗之旒縿或以維持之浚郊之賢者既識卿大夫建旄而來又識其乘善馬四之者見之數也○毛取簡兮執轡如組義以釋詩素絲二句說近江曲故鄭不從之葢用三家攷傳也紕織組器也者玉篇系部引韓詩文顧震福云傳云所以組織亦似以紕爲織組之器葢紕本織組之器名其後織組亦謂之紕耳蘇輿云方言紕繹督理也秦晉之間曰紕凡物曰督絲曰繹之據此詩知衞亦有紕稱說文繹抽絲也組織器正所以理絲紕與繹同故韓訓云

然愚案韓以紕爲織組器今究無可攷實説文紕氏人㒼也㒼西胡毳布也㒼同罽織毛爲之此紕之本義詩紕之亦謂以絲縷織引申義也釋言紕飾也郭注謂緣飾見詩卽謂此篇廣雅釋詁紕緣也集韻紕或作維廣雅釋言維並也王篇引埤蒼曰維縷并也葢比并素絲之縷以爲緣飾故其字聲義从比釋天纁帛縿練旒九飾以組維以縷郭注纁帛絳也縿衆旒所著練絳練也用綦組飾旒之邊用朱縷連維持之不欲令曳地周禮曰六人維王之太常是也郭謂縿旒皆赤與鄭異義案説文縿旌旗之游也游旌旗之旒也孔疏引孫炎曰爲旒於縿是旒乃縿末之下垂者統言一物析言二事纁帛縿明堂位注引作纁白縿言以絳色及白繒爲縿是縿亦用素也説文練湅繒也染人注𣊫練練其素而𣊫之淮南説林訓墨子見練絲而泣之爲其可以黄可以黑練皆純素無用絳者是旒用素也爾雅釋文郭注綦本作纂説文纂似組而赤綦帛蒼艾色據此詩及箋郭但言綦纂組及朱縷亦非也葢雅訓所釋旌旂或謂殷制亦兼諸侯以下所用言之其等遞殺不得概以時王尚赤之禮此詩大夫所建旣用維帛之物非通帛之旃故得以素爲飾毛云干旄大夫之旃則通帛因章無以通素絲紕組之説遂曲附簡兮執轡之義故鄭易之也鄭謂以縫紕旒縿或以維持之者用釋天飾以組維以縷文下章組之是飾以組則此紕之是維以縷也縫紕之者孔疏謂以縷縫之使相連或以維持之者疏謂太常注云維之以縷王旌十二旒兩兩以縷綴連之傍三人持之

諸侯以下旒數少而且短維之與否未可知也經直言紕之不言其所用故言或爲疑詞是也說文縷綫也以縷綫相綴連亦維持之義飾組爲飾維縷亦是飾故釋言訓紕爲飾廣雅訓紕爲緣緣飾不分二義皆比幷絲縷意也周官公羊左傳正義引禮含文嘉云天子之旗九仞十二旒曳地諸侯七仞九旒齊軫大夫五仞七旒齊較士三仞五旒齊首廣雅釋天天子十二斿至地諸侯九斿至軫卿大夫七斿至軹士三斿至肩與禮緯異王念孫謂自諸侯以下降殺以兩三斿是五斿之誤愚案周禮王建太常十有二斿上公建旗九斿侯伯七斿子男五斿孤卿建旜大夫士建物其斿各視其命之數是卿大夫士斿無定數當以周禮爲定據說文物是三斿而大夫士建之亦足以知旜物之異在帛之通維不係斿之多少矣參證各說旗三斿爲至少故州里皆建之服官者視命數遞加士始於三而限於五卿大夫始於五而限於九與諸侯之限於九斿者同禮緯廣雅說士斿各舉一端非有誤文或疑物三斿則旜五斿非也其軹較肩首之說不同辨見王念孫廣雅疏證四馬大夫以備賻遺者下文或五或六隨所見言之不專是自乘左昭十六年傳鄭六卿餞韓宣子於郊宣子皆獻馬焉是以馬賻遺古有是禮也

彼姝者子何以畀之［疏］傳姝順貌畀予也箋時賢者旣說此卿大夫有忠順之德又欲以善道與之心誠愛厚之至○彼彼大夫說文姝好也好與美同義彼姝者子猶簡兮彼美人兮說文畀相付與之約在閣上也引申之爲凡

孑孑干旟，在浚之都。【疏】傳「鳥隼曰旟，下邑曰都」，箋「周禮州里建旟，謂州長之屬」。○「干旟」，三家亦當作「竿旟」。釋天「錯革鳥曰旟」，郭注「此謂合剝鳥皮毛置之竿頭，卽禮記所載鴻及鳴鳶」。其曰置之竿旟，卽竿旟之竿也。六月孔疏引孫炎曰「錯，置也；革，疾也；畫急疾之鳥於縿也」。公羊宣十二年疏引李巡曰「以革爲之，置於旐端」。三說不同，郭注非也。隋書禮儀志引爾雅舊說曰「刻爲革鳥，置竿首」，也與李說同。鄭志荅張逸云「畫急疾之鳥隼」，與孫說同。是自來雅訓有此二義，故說文云「旟，錯革畫鳥其上」，亦二說並采。案司常「鳥隼爲旟」，六月「織文鳥章」，孫鄭義優矣。箋云「州里建旟，謂州長之屬」。案司常云「師都建旗，州里建旟，縣鄙建旐」，注云「師都，六鄉六遂大夫也，謂之師都，都民所聚也（師誤當作帥）。州里、縣鄙，鄉遂之官，互約言之」。賈疏「主鄉遂民眾所聚，故謂之師都。六鄉大夫皆卿，六遂大夫皆大夫也。卿合建旃，大夫合建之物，以領眾在軍爲將，故同建旗。遂之里是下士，得與鄉之州中大夫同建旟，則知鄉之閭亦得與遂之縣同建旐，遂之鄙得與縣同建旐，鄉之黨亦得與州同建旟，可知是互也。言約者，鄉之族上從黨同建旟，比上從閭同建旐；遂之鄰上從鄙同建旐，鄰上從里同建旟，是約也」。愚案：鄉之下州、黨、族、閭、比，遂之下縣、鄙、酇、里、鄰。據孔疏，州、里外，黨、酇、鄰建旟，縣、鄙外，族、閭、比建旐，與賈微異。諸侯降於天子，鄉遂亦大夫，州長、黨正、縣正、鄙師皆士，族師、閭師、比長、酇長、里宰、鄰長非士。析言之，則州是鄉官，里、縣、鄙是遂官；總言之，則鄉遂大夫下州長爲先，故禮注云鄉遂之官此云州長之屬皆舉大以眩小也司常又云凡祭祀各建其旗會同賓客亦如之賈疏散文通孤鄉則旜大夫則物故言各建其旗以此推之則州里建旟亦不獨出軍大閱爲然疏以爲平常建旃出軍則建旟非也旟之用下達於鄰長而上極於天子輈人鳥旟七斿與熊旗六斿龜蛇四斿賈疏皆以爲天子所建鳥旟之斿以七爲數雖天子所用亦然禮言七斿所以象鶉火非鳥旟皆七斿也故鄭注云鳥集爲旟州里之所建熊虎爲旗師都之所建龜蛇爲旐縣鄙之所建賈釋云州長中大夫四命里宰下士一命皆不得建七斿之旟言州里建旟者亦取彼成文以釋旟非謂州里得建七斿也又云師都鄉遂大夫鄉大夫六命得建六斿遂大夫是中大夫四命不得建縣正下大夫四命得建四斿鄙師上士三命不得建足證旗旟旐之等差惟視命爲斿數大司馬言百官載旟統卿大夫言之據禮緯廣雅卿大夫旗七斿明七斿之旟卿大夫七命者亦得用之或以爲合侯伯七斿之制非也廣雅釋詁都聚也故聚居之處曰都彼都人士箋城郭之邑曰都不必如左傳邑有先君之主周禮距國五百里之義矣

素絲組之良馬五之

疏　傳總以素絲而成組也驂馬五轡箋以素絲纓縷組於旌旗以爲之飾五之者亦爲五見之也○組之釋天所謂飾以組箋云以素絲纓縷組於旌旗以爲之飾是也說文組綬屬綬韍維也所以承受印韍者此組之本義後漢班固傳綺組繽紛蕊纖文如組因以稱之文選長門賦所謂垂楚組

之連。綱也郭注用組飾旒之邊而鄭云縫組於旌旗者尋釋天此飾文義上言縿旒下言維縷明組以飾旒非縫於旗上箋渾言之耳五之傳縿馬五轡孔廣森云四之五之六之不當以轡爲解乃謂聘賢者用馬爲禮轉益其庶且多也左傳王賜虢公晉侯馬五匹楚棄疾遺鄭子皮馬六匹皆不必成乘故或五或六也

彼姝者子何以予之【注】魯子亦作與魯說曰譬猶練絲染之藍則青染之丹則赤【疏】魯子作與者論衡率性篇引召公戒成王曰今王初服厥命於戲若生子罔不在厥初生生子謂十五子初生意於善終以善意於惡終以惡詩曰彼姝者子何以與之傳言譬猶練絲染之藍則青染之丹則赤十五之子其猶絲也其有所漸化爲善惡猶藍丹之染練絲使之爲青赤也本性篇說同惟彼姝者子作彼姝之子王充用魯詩所引詩傳蓋魯詩傳爾引予作與是魯異文它處魯說皆作彼姝者子明此引作之誤傳意謂彼姝者子如未染之練絲視所予之善道爲變化說文藍染青草也荀子勸學篇青出之於藍而青於藍說文又云丹巴越之赤石也雘善丹也彤丹飾也書梓材惟其塗丹雘左哀元年傳器不彤鏤皆謂赤色譙子素之白也染之以朱則赤染之以藍則青與傳義合列女傳鄒孟母篇略言孟子還居及孟子長學六藝卒成大儒君子謂孟母善以漸化詩曰彼姝者子何以予之此之謂也亦因以善道予人之義而推衍之

孑孑干旟，在浚之城。【疏】傳：析羽爲旌。城，都城也。○干旟，三家作竿旟，說具干旄章。司常「全羽爲旞，析羽爲旌」，注：「全羽、析羽皆五采，繫之於旞旌之上。」詩言干旟。孫炎所謂析五采羽注旄上也。引見左襄十四年疏。言全羽、析羽者，葢有全取其翅，或析取其翮，故有全、析二名也。周書王會篇「青陰羽鳧旌」，注：「鶴鳧羽爲旌旄也。」司常賈疏：「周禮鍾氏染鳥羽，是周制染鳥羽爲五色。」說文旌下云「游車載旌，析羽注旄首，所以精進士卒」。孔疏：「既設旒縿，有旃旞之稱；未設旒縿，空有析羽，謂之旌。鄉建旌者，設旒縿而載之；遊車則空載析羽，無旒縿也。」今案：杠上有旄，羽下無旒縿，不成旗物之制，孔疏似誤。遊車者，賈疏所謂小小田獵及巡行縣鄙則建旌爲異耳。且有旌先有旄，亦非僅載析羽也。釋天「注旄首曰旌」，孫謂析羽注旄上，無析羽者但謂之干旄，故詩先旄後旌，次第言之。言旌則先有旄，故雅訓直云「注旄首曰旌」，不云析羽注旄首者，以言注便知是鳥羽，不別白也。旌是注羽於旄首，非注旄於干首，鄭注司常、郭注釋天皆爲失詞。御覽州郡部引郡國志云：「沭有浚城，詩曰在浚之城」矣。

素絲祝之，良馬六之。彼姝者子，何以告之？【疏】傳：祝，織也。四馬六轡。箋：祝當作屬。屬，著也。六之者，亦謂六見之也。○祝之無義，故毛取雙聲字，鄭取疊均字釋之。巾車注「正幅爲縿，旒則屬焉」，與此屬義同。釋天郭注「縿，衆旒所著」，邵晉涵云「言相繫屬也」，郎引此箋爲說。徐幹中論虛道篇：「君子常虛其心志，恭其容貌，不以逸群之才加

平衆人之上視彼猶賢自視猶不足也故人願告之而不倦詩曰彼姝者子何以告之幹用魯詩其說亦與本義相發

干旄三章章六句

載馳〔注〕魯說曰許穆夫人者衛懿公之女許穆公之夫人也初許求之齊亦求之懿公將與許女因其傅母而言曰古者諸侯之有女子也所以苞苴玩弄繫援於大國也今者許小而遠齊大而近若今之世强者爲雄如使邊境有寇戎之事惟是四方之故赴告大國妾在不猶愈乎今舍近而就遠離大而附小一旦有車馳之難孰可與慮社稷衛侯不聽而嫁之於許其後翟人攻衛大破之而許不能救衛侯遂奔走涉河而南至楚丘齊桓往而存之遂城楚丘以居衛侯於是悔不用其言當敗之時許夫人馳驅而弔唁衛侯因疾之而作詩云載馳載驅歸唁衛

侯驅馬悠悠言至于漕大夫跋涉我心則憂既不我嘉不能旋反視爾不臧我思不遠君子善其慈惠而遠識也韓說曰高子問於孟子曰夫嫁娶者非己所自親也衛女何以得編於詩也孟子曰有衛女之志則可無衛女之志則怠疑殆誤若伊尹於太甲有伊尹之志則可無伊尹之志則篡夫道二常謂之經變謂之權懷其常道而挾其變權乃得爲賢夫衛女行中孝慮中聖權如之何詩曰既不我嘉不能旋反視我不臧我思不遠齊說曰懿公淺愚不受深諫無援失國爲狄所滅疏毛序許穆夫人作也閔其宗國顛覆自傷不能救也衛懿公爲狄人所滅國人分散露於漕邑許穆夫人閔衛之亡傷許之小力不能救思歸唁其兄又義不得故賦是詩也箋滅者懿公死也君死於位曰滅露於漕邑者謂戴公也懿公死國人分散宋桓公迎衛之遺民渡河處之於漕邑而立戴公焉戴公與許穆夫人俱公子頑烝於宣姜所生也男子先生曰兄○許穆至識也列女傳仁智篇文衛侯不聽

謂懿公衛侯奔走及弔唁衛侯則戴文之世也左閔二年傳衛立戴公以廬于曹許穆夫人賦載馳齊侯使公子無虧帥車三百乘甲士三千人以戍曹與列女傳合惟此以許夫人爲懿公女爲異耳高子至不遠韓詩外傳二文所云嫁娶自親即謂因傅母請嫁齊事懷道挾權謂馳驅歸唁事是魯韓說同懿公至所滅易林比之家人文睽之師革之益同又噬嗑之訟大蛇巨魚戰於國郊上下隔塞衛侯廬漕歸妹之坎作君臣隔塞戴公出廬所云患不受諫無援失國即謂懿公不聽女嫁齊事是齊說亦同詩正義引樂稽耀嘉曰狄人與衛戰桓公不救於其敗也然後救之宋均注救謂使公子無虧戍之緯書益用齊說亦與左傳合蓋齊桓不救者懷失婦之私嫌敗然後救者存霸主之公義向使女果適齊侯衛可不至破滅則許夫人之事關繫至重而經傳不載幸軼說猶見於三家耳

載馳載驅歸唁衛侯驅馬悠悠言至于漕【注】韓說曰弔生曰唁弔失國亦曰唁也【疏】傳載辭也弔失國曰唁悠悠遠貌漕衛東邑箋載之言則也衛侯戴公也夫人願御者驅馬悠悠乎我欲至于漕○說文馳大驅也驅馬馳也桂馥謂馬馳當爲馳馬是也弔生至唁也眾經音義十三引韓詩文弔生曰唁者何人斯云不入唁我左傳齊人獲臧堅齊侯使夙沙衛唁之孔疏引服虔云弔生曰唁是也弔失國亦曰唁者春

秋二十五年齊侯唁公于野井穀梁傳曰弔失國曰唁及此詩歸唁衛侯是也泉水箋國君夫人父母在則歸寧沒則使大夫寧於兄弟又禮雜記云婦人非三年之喪不踰封如三年之喪則君夫人歸繁露玉英篇婦人無出竟之事經禮也奔喪父母變禮也是國君夫人父母既沒惟奔喪得歸後遂不復歸也懿公死於兵亂觀呂覽宏演納肝事知戴公倉卒廬漕亦未能成葬禮夫人之歸不能以奔喪爲詞則疑於歸寧兄弟此許人所爲執禮相責也故夫人作詩曰我之馳驅而歸乃弔衛侯之失國非寧兄弟比宗國破滅此不恆有之變既不能救義當往唁當時未有此禮而夫人毅然行之雖不合於常經亦天理人情之正故孟子以爲權而賢者悠悠道長漕義具擊鼓

大夫跋涉我心則憂（注）韓說曰不由蹊遂而涉曰跋涉齊跋作軷齊說曰軷道祭也（疏）傳草行曰跋水行曰涉箋跋涉者衛大夫來告難於許時○首章承衛侯言此大夫是衛大夫未章承許人尤之言而云無我有尤則大夫是許大夫文義顯然不得以先後異解爲疑傳草行曰跋水行曰涉不由蹊遂而涉曰跋涉者釋文引韓詩文莊子馬蹄篇山無蹊隧釋文引李注蹊徑也遂與隧同荀子大略篇溺者不問遂楊注遂謂徑隧水中可涉之徑也是蹊遂猶徑隧不由蹊遂而涉謂事急時不問水之淺深直前濟渡視水行如陸行跋涉二字連貫讀之用之此詩韓義優矣淮南修務訓跋涉山川高注不從蹊遂

曰跋涉又云申包胥跋涉谷行跋涉與谷行對文尤與韓義合高注亦云不蹊遂曰跋涉高用魯詩知魯說此詩跋涉與韓同也齊跋作軷云軷道祭也者聘禮鄭注詩傳曰軷道祭也謂祭山川之神春秋傳曰軷涉山川然則軷山行之名也道路以險阻爲難是以委土爲山伏牲其上使者爲軷祭酒脯祈告也卿大夫處者於是餞之飲酒於其側禮畢乘車轢之而行遂舍於近郊矣其牲犬羊可也案鄭所引詩傳是齊詩內傳知爲此詩軷涉文義別一說衛許昏姻當狄亂時必有使臣來告我心則憂者聞其軷涉而來即知必有國難不待問也蓋衛宣惠懿以來亂機已兆故左傳言文公爲衛之多患先適齊而夫人亦豫憂寇戎欲以身繫援大國志不獲濟聞跋涉而即憂慈惠遠識非人可及韓詩外傳一載魯監門女嬰事末引此二句推演之

既不我嘉不能旋反視爾不臧我思不遠既不我嘉不能旋濟視爾不臧我思不閟【注】韓爾作我【疏】傳不能旋反我思也不能遠衛也濟止也閟閉也箋既盡嘉善也言許人盡不善我欲歸唁兄爾女女許人也臧善也視女不施善道救衛○釋詁嘉美也爾爾衛國臧善也夫人既言跋涉心憂追念前請於衛君事云我所以請嫁於齊者爲欲繫援大國我之謀至嘉美也既不我嘉衛果遁逃而不能旋反其舊都當日已視爾衛國不臧善也我之思慮豈不深遠乎列女傳引上章及此四句以證夫人之遠識思遠即識遠也濟

渡也閟與祕同密也文選魯靈光殿賦張注引閟宮作祕宮並引字書云祕密也是其證夫人又言既不我嘉果奔走渡河而不能旋濟當日視爾不臧我之思慮豈不周密乎韓爾作我者外傳引前視爾不臧爾作我既次視爾亦當作視我視我不臧卽不我嘉意詩言雖視我不臧我之思慮豈不遠且閟乎語意正同

陟彼阿丘言采其蝱〔注〕魯蝱作莔〔疏〕傳偏高曰阿丘蝱貝母也升至偏高之丘采其蝱者將以療疾箋升丘采貝母猶婦人之適異國欲得力助安宗國也○釋丘偏高阿丘詩云陟彼阿丘孔疏引李巡曰謂丘邊高葢舊注魯詩義釋名偏高曰阿丘阿何也如人擔何物一邊偏高也魯蝱作莔者淮南氾論訓高注䖟讀如詩云言采其莔之莔也高述魯詩據此知魯作莔說文蝱下云齧人飛蟲从䖵亡聲莔下云貝母也从艸明省聲徐鍇繫傳云本草貝母一名莔根形如聚貝子安五藏治目眩項直不得返顧故許穆公夫人思歸衞不得而作詩曰言采其莔也蝱作莔與高引同明魯正字毛借字釋草莔貝母與魯詩合郭注根如小貝員而白華葉似韭孔疏引陸璣云蝱今藥草貝母也其葉如栝樓而細小其子在根下如芋子正白四方連累有分解是也廣雅謂之貝父爾雅釋文引本草云貝母一名空草一名藥室一名苦華一名苦菜一名莔草（莔或作商誤）一名勤母蘇頌圖經二月生苗莖細青色葉亦青似蕎麥葉隨苗出七月開花碧綠色八月采根此有

數種郭言白華葉似韭此種罕復見之案郭謂根員而白蘇似誤會易林解之大畜操䖟山頭終安不傾蝱省作䖟與淮南子同御覽九百九十二引毛詩作䖟是毛異文有作䖟者明齊毛同字偏旁似傾而終安不傾猶衛國似滅而終安不滅此易林取詩義意也箋云升丘采貝母猶婦人之適異國欲得力助安宗國也鄭意采蝱所以療疾喻求人力以助安衛亂與易林終安不傾義近箋或用齊說與

女子善懷亦各有行許人尤之眾穉且狂注韓說曰尤非也疏傳行道也尤過也是乃眾幼穉且狂進取一槩之義箋善猶多也懷思也女子之多思者有道猶升丘采其蝱也許人許大夫也過之者過夫人之欲歸唁其兄○女子多思念其父母之國如泉水竹竿皆然夫人自明我之思歸與它女子異亦各有道耳而許人側以恆情責以常禮是穉且狂矣漢書地理志潁川郡許縣下云故國姜姓四岳後太岳作文春秋傳孔嶽杜注並云文叔叔所封二十四世為楚所滅案說文鄦下云炎帝太岳之胄甫侯所封在潁川从邑無聲俗作許說文自敘云呂叔作藩俾侯于許甫侯呂姓故呂刑一云甫刑然則文叔卽呂叔之字矣一統志故城今許州西南尤非也者文選盧諶贈劉琨詩注引薛君韓詩章句文陳喬樅云陸士衡文賦練世情之常尤注亦云尤非也論語憲問篇不尤人鄭注尤非也皆用韓訓愚案釋文尤亦本作訧尤卽訧之渻借許人是眾詞故復以眾言之眾穉且狂者說文穉幼禾也引申為凡幼小義

狂猘犬也引申爲愚妄義不能見事理之大是稱也韓非子解老篇心不能審得失之地則謂之狂

我行其野芃芃其麥【疏】傳願行衞之野麥芃芃然方盛長箋麥芃芃者言未收刈民將困也○其野者衞之野也說文芃草盛也重言之曰芃芃言我行衞野則已芃芃其麥矣意謂喪亂已久援救無人也胡承珙云狄滅衞在閔二年冬非麥蘊之候不宜取非時之物而漫爲託興衞侯似指文公爲近愚案胡說是也春秋閔二年冬十二月狄入衞左傳立戴公以廬于曹杜注其年卒而立文公是戴公立後旋卒爲日甚淺縱許夫人聞變卽行已不及閔二年戴公在位之日箋以詩衞侯爲戴公蓋偶有不照且上蘊野麥皆春深時物也夫人行野賦詩其夏正之二三月而魯僖元年四五月閒事與左傳言齊侯使無虧戍曹亦必在僖元年其與許穆夫人賦載馳同載於閔二年者以終經狄入衞後事也當夫人歸唁時齊國尚未遣戍傳敘戍曹於賦詩後是其明證故下言控于大邦云云若齊已遣戍夫人不爲是言矣

控于大邦誰因誰極【注】韓說曰控于大邦控赴也【疏】傳控引極至也箋今衞侯之欲求援引之力助於大國之諸侯亦誰因乎由誰至乎閔之故欲歸問之○說文控引也詩曰控于大邦傳訓與說文合控赴也者眾經音義九引韓詩文陳奐云爾雅引陳也陳告與赴告同義胡承珙云赴謂赴告左襄八年傳無所控告是也莊子消搖游篇時則不至

而控於地釋文引司馬注控投也控告猶言投告也投與赴義近韓訓赴較引義勝愚案既夕禮鄭注赴走告也與韓訓控爲赴義最合列女傳載夫人言邊境有寇戎之事赴告大國正與此控于大邦同意因釋如孟子時子因陳子以告孟子之因釋詁極至也求救它國必有所因以致其情夫人始云妾在猶愈即此意也今於諸大國無所繫援果誰因乎又誰至乎閔宗國之無援亦追咎己言之不用也王先慎云皇矣毛傳因親也廣雅釋詁同詩言赴告大邦誰親而誰至乎於義亦通

大夫君子無我有尤百爾所思不如我所之疏傳不如我所思之篤厚也箋君子國中賢者無我有尤無過我也爾女女衆大夫君子也○大夫君子承上許人言箋云君子國中賢者是君子乃許國不在位之人尤亦承上尤之言爾爾大夫及君子之往也言爾無以禮非責我今日之事義在必歸雖百爾之所思不如我所往之爲是也故服虔注左傳云言我遂往無我有尤也是夫人竟往衞矣或疑夫人以義不果往而作詩今案驅馬悠悠我行其野非設想之詞服說是也如夫人未往涉念即止烏有舉國非尤之事若既已前往則必告之許君而決計成行亦無忽畏謗議中道輒反之理惟其違禮而歸許人皆不謂然故夫人作詩自明其行權而合道且其憂傷宗國感念前言信外傳所謂行中孝慮中聖者矣列女傳二陶荅子妻篇三魯公乘姒篇韓詩外傳二載楚樊姬事並引末二句推演之

載馳五章一章六句一章八句一章六句二章章四句疏古分章與今毛詩本有異毛載馳五章一章六句二章章四句一章六句一章八句案左襄十九年傳穆叔見叔向賦載馳之四章杜注四章曰控于大邦誰因誰極控引也取其欲引大國以自救助若如毛詩分章則控于大邦爲五章據傳注則我行其野爲四章大夫君子爲五章蓋三家本如此文十三年傳子家賦載馳之四章杜注四章以下義取小國有急欲引大國以救助杜蓋見毛詩分章控于大邦在卒章故渾言四章以下此兩本分章不同之明證孔疏引服虔注蓋語有譌誤其說云載馳五章屬鄘風許夫人閔衞滅戴公失國欲馳驅而唁之故作以自痛國小力不能救服用毛詩此謂首章也又云在禮婦人父母既沒不得甯兄弟於是許人不嘉故賦二章以喻思不遠也此似倂我思不閟爲二章渻約言之又云許人尤之遂賦三章以卒章非許人不聽遂賦四章言我遂往無我有尤也疏謂服置首章於外以下別數爲四章理固未安陳奐謂我遂往即是我行其野之義爲四章非許人不聽即是不如我思之義爲五章服意實不如此它無可證不敢妄說惟據服言載馳五章與今本合是此詩實有五章據穆叔子家賦詩取義及襄十九年傳注是控于大邦塙爲四章大夫君子當分爲五章三家詩應依古本爲正或謂此詩本四章我行其野以下通爲一章則左傳引詩當稱

卒章不稱四章矣此於經例不合不可從

邶鄘衛國中十篇三十章百七十六句

詩三家義集疏卷三中 終

詩三家義集疏卷三下

長沙王先謙益吾著

淇奧【疏】毛序美武公之德也有文章又能聽其規諫以禮自防故能入相于周美而作是詩也○左昭二年傳北宮文子賦淇奧杜注淇澳詩衞風美武公也據詩終不可諼兮及猗重較兮是公入爲卿士時國人思慕而作徐幹中論修本篇衞武公年過九十猶夙夜不怠思聞訓道衞人誦其德爲賦淇澳徐用魯詩明魯與毛同齊韓無異義

瞻彼淇奧【注】齊奧亦作澳又作隩魯作隩綠竹猗猗【注】魯綠作菉韓竹作藩【疏】傳興也奧隈也綠王芻也竹萹竹也猗猗美盛皃武公質美德盛有康叔之餘烈○釋文引草木疏云奧亦水名齊奧亦作澳又作隩者漢書地理志衞詩曰瞻彼淇奧班述齊詩明齊作奧與毛同禮大學引此章奧作澳鄭注澳隈崖也釋文澳又作隩是澳隩皆齊異文文選魏都賦劉注引詩作澳用齊文也魯作隩者釋丘隩隈也孔疏引孫炎曰隈水曲中也又云厓內爲隩李巡曰厓內近水爲隩蓋皆魯義中論引淇澳亦魯文也奧借字隩澳正字說文隩下云隈崖也隈下云水曲隩也澳下云隈厓也其內曰澳其外曰隈與雅訓合然則隩澳皆謂崖岸深曲之處耳水經注淇水篇肥泉博物

志謂之澳水詩云瞻彼淇澳菉竹猗猗毛云菉王芻也竹編竹也漢武帝塞決河斬淇園之竹木以爲用寇恂爲河內伐竹淇川治矢百餘萬以輸軍資今通望淇川無復此物惟王芻編草不異毛興又言澳隈也鄭亦不以爲津源而張司空專以爲水流入於淇非所究也案後漢郡國志劉昭注亦引博物志作奧水與陸疏奧水名合蓋魏晉以來別解馬瑞辰云水之內爲奧與水相入爲汭同義古人或名泉水入淇處爲淇奧因有奧水之稱猶夏汭涇汭亦稱汭水也其說允已綠當爲菉魯作菉者釋草菉王芻郭注菉蓐也今呼鴟腳莎孔疏引舍人曰菉一名王芻某氏曰菉鹿蓐也爾雅魯詩之學明魯正字毛借字說文菉下云王芻也从艸彔聲詩曰菉竹猗猗又云藎草也許引作菉亦魯詩文據本草藎草即王芻葉似竹而細薄莖亦圓小郝懿行以爲今之淡竹葉竹者釋草又云竹萹蓄釋文竹本或作茿郭注似小藜赤莖節好生道旁可食又殺蟲邢疏引李巡曰一物二名也孫炎曰某氏引詩衛風云綠竹猗猗此亦魯說綠當爲菉後人順毛改之邢又云陶隱居本草注云處處有布地而生節間白葉華細綠人謂之萹竹煮汁與小兒飲療疣蟲是也案邢說與毛傳合水經注引毛作編竹垷蓋所據本異韓竹作薵者釋文韓詩竹作薵音徒沃反云薵萹茿也石經同案臧琳謂石經爲魯詩陳喬樅云洪适隸釋載石經魯詩殘碑文言其間有齊韓字蓋取三家異同之說猶公羊傳所云顔氏論語碑所云盍毛包周之比也陸云石經同者謂石經所載韓異文

薄字與世所行韓詩字同非謂魯詩同韓作薄也臧說失之李匡乂資暇錄云薄音篤萹竹攷說文薄水萹茿从竹从水毒聲讀若督萹竹乃萹茿之假借耳愚案臧又云說文茿萹茿薄水萹茿毛借竹作茿以爲岸萹茿韓作薄以爲水萹茿經言淇奧韓較毛爲勝愚謂爾雅釋文竹或作茿一名萹蓄韓詩竹作薄一名萹茿皆語音變轉據酈元一名編草亦即離騷之萹薄也今藥中有扁蓄即是物矣菉竹二物孔疏引陸璣以爲一草名非也又任昉述異記云衛有淇園出竹在淇水之上戴凱之竹譜云籦竹根深耐寒茂被淇苑淇園衛地殷紂竹箭園也案任戴二說與酈注合藝文類聚二十八引班彪游居賦瞻淇奧之園林美綠竹之猗猗是以詩綠竹爲竹漢世已有此說陳喬樅云班固竹扇賦青青之竹形兆直卽用詩綠竹青青語班習齊詩此葢齊義案據陳說齊當作綠與毛同大學

有匪君子注魯作菉是齊又借菉爲綠耳鄭注猗猗喻美盛

齊匪作斐韓作邲云美貌也如切如磋如琢如磨注魯齊說曰如切如磋道學也如琢如磨自修也魯切亦作𠜾三家磋作瑳韓琢作錯齊磨亦作摩疏傳匪文章貌治骨曰切象曰磋玉曰琢石曰磨道其學而成也聽其規諫以自修如玉石之見琢磨也○釋文匪本又作斐魯齊作斐者列女傳八大學引並作斐下同眾經音義九引同禮鄭注斐有

文章貌也韓作𨚗云美貌也者釋文引韓詩文下亦當同陳喬樅云廣韻𨚗好貌好亦即美義也此謂君子有美而文釋訓美士爲彥說文彥美士有文人所言也三家字異義同釋器骨謂之切象謂之磋玉謂之琢石謂之磨如切至修也者釋訓文大學引同是魯齊說合道言也魯切亦作𪘏者爾雅釋文切本或作𪘏同千結反說文切刌也骨非可切之物切借字作𪘏是說文𪘏齒差也从齒屑聲讀若切段注齒差謂齒相磨切也差即今磋磨字引申之磨物亦曰𪘏也臧琳云𪘏是齒之參差治骨者因其參差而治之俾齊一故切磋字以𪘏爲正黄山云𪘏即禮内則屑桂與薑之屑本義謂碎之說文碎礦也屑動作切切也葢古屑物以鋸動作切切而碎末出因名屑出者爲屑猶名礦碎者爲碎說文訓鋸爲槍唐不言其形而業下云捷業如鋸齒以白畫之象其鉏鋙相承鋸屑以齒故屑亦从齒齒差即齒鉏鋙治骨者先鋸之而後磋之今猶然是段謂齒相磨切臧謂齒之參差一著其用一狀其形均通而謂差即磋則段捉切磋爲一謂因其參差而治之差乃屬骨不屬齒說文肰骨差也則臧又捉𪘏肰爲一均誤三家磋作瑳者說苑建本篇一引作瑳是魯亦作瑳大學及韓詩外傳二兩引作瑳明齊韓文同外傳九作磋字誤荀子大略篇引亦作瑳衆經音義十同說文無磋字瑳下云玉色鮮白治象齒令鮮白如玉故謂之瑳明三家正字後漢馬援傳載援與楊廣書語朋友邪慮有切磋本傳與東觀漢記稱援受齊詩引詩當爲切瑳今作磋者後人改之也說

文琢治玉也學記玉不琢不成器韓琢作錯者御覽七百六十四引韓詩如磨如錯宋綿初云磨錯當上下互易以諧韻韓本作如錯如磨外傳今本引並作琢後人順毛所改束晳補亾白華篇粲粲門子如磨如錯郎用韓詩愚案宋說是錯琢字異義同鶴鳴他山之石可以爲錯傳錯石也可以琢玉孔疏寶玉得石錯琢以成器是琢必用錯故琢又爲錯矣齊磨亦作摩者大學亦作摩與大略篇及毛又作本合說文無磨字䃺下云石磑也研下云䃺也摩下云研也礱下云摩也論語磨而不磷州輔碑引作摩而不磷樂記陰陽相摩釋文摩本又作磨磨摩字同義通故易繫辭釋文引京注摩相磑切也學記注摩相切磋也石堅難治當以礪石摩切之釋訓郭注骨象須切磋而爲器人須學問以成德玉石之被琢磨猶人自修飾此依雅訓分釋喻意大略篇云人之於文學也猶玉之於琢磨也詩曰如切如瑳如琢如摩謂學問也毛傳道其學而成也聽其規諫以自修如玉石之見琢磨也論衡量知篇骨曰切象曰瑳玉曰琢石曰磨切瑳琢磨乃成寶器人之學問知能成就猶骨象玉石切瑳琢磨也荀毛王用雅記語而綜說之以自修郎學中事耳韓說當同諸家外傳並推演之詞

瑟兮僩兮赫兮咺兮【注】韓說曰僩美皃魯咺作烜齊作喧韓作宣云顯也亦作愃

【疏】傳瑟矜莊貌僩寬大也赫有明德赫赫然咺威儀容止宣著也○釋訓瑟兮僩兮恂慄也赫兮烜兮威儀也大學引同是

魯齊說又合禮鄭注恂字或作峻讀如嚴峻之峻言其容貌嚴栗也瑟栗疊韻字白虎通禮樂篇瑟者嗇也閑也所以懲忿窒欲正人之德也是瑟有嚴正義說文璱下云玉英華相帶如瑟弦詩曰璱彼玉瓚今詩作瑟瑟璱字同又璠下云近而視之瑟若也瑟卽璱也璪下云玉英華羅列秩秩逸論語曰玉粲之璱兮其璪猛也合此數義證之是瑟兮謂德容之縝密莊嚴秩然不亂璪與栗同栗則有威不猛而猛矣說文僩武貌从人閒聲詩曰瑟兮僩兮爾雅釋文僩或作撊方言撊猛也廣雅釋訓同武猛義合皆嚴栗意也僩美皃者釋文引韓詩文馬瑞辰云荀子云陋者俄且僩也以僩與陋對是以僩爲美與韓義合段玉裁訓陋爲陋陋謂與寬大反對爲毛傳所本非也陳喬樅云韓蓋以僩爲嫺之假借新書傅職篇云明僩雅以道之文又道術篇云容志審道謂之僩反僩爲野僩與野對則義當爲嫺雅故韓仍錯皃愚案毛韓皆別義與魯齊正訓異漢書韋賢傳注赫明皃舊咺作烜者釋訓作烜釋文烜者光明宣著廣雅釋詁烜明也張用魯詩此魯詩文同之證齊作喧者大學作喧易林坤之巽赫喧君子樂以忘憂亦作喧此齊詩文同之證韓作宣亦作愃者釋文咺韓詩作宣宣顯也說文愃寬閒心腹皃从心宣聲詩曰赫兮愃兮蓋作宣者愃之消字許引亦韓異文心體寬廣發見於儀容故宣訓爲顯許韓義不異也咺烜烜皆借字

有匪君子終不可諼兮【注】齊諼作諠【疏】傳諼忘也○釋訓有匪君子終不可諼兮道盛

德至善民之不能忘也大學引同亦證魯齊說合齊詩作諠者大學作諠鄭注諠忘也民不能忘以其意誠而德著也說文無諠字諼下云詐也無忘義伯兮焉得諼草以草能令人忘憂釋訓萲諼忘也諼之爲忘義由假借

瞻彼淇奧綠竹青青有匪君子充耳琇瑩（注）三家琇作璓（疏）傳青茂盛貌充耳謂之瑱琇瑩美石也天子玉瑱諸侯以石○釋文青本或作菁青郎菁之湑杕杜其葉菁菁傳菁菁葉盛也釋文菁本又作青是其證充耳瑱也義具君子偕老三家琇作璓者說文無琇字璓下云石之次玉者詩曰充耳璓瑩三家文也瑩下云玉色从玉熒省聲一曰石之次玉者逸論語曰如玉之瑩愚案璓謂石瑩謂玉言充耳有石有玉也知者考工記玉人之事天子用全上公用龍侯用瓚伯用將先鄭云全純色也龍當爲尨尨雜色後鄭云全純玉也瓚讀爲饗餍之餍龍瓚將皆雜名也卑者下尊以輕重爲差玉多則重石多則輕公侯四玉一石伯子男三玉二石白虎通瑞贄篇天子之純玉尺有二寸公侯九尺四寸一石也伯子男俱三玉二石也說文瓚三玉二石也从玉贊聲禮天子用全純玉也上公用駹四玉一石侯用瓚伯用埒玉石半相埒也案此言圭玉之制記與說文合惟將埒岐出先鄭全尨以色言許全駹以玉石雜言後鄭白虎通說五等不同據賈疏出於禮緯而言玉石雜則同推之國君玉瑱亦當是玉石雜也弁師諸侯之繅斿九就瑉玉三采其餘如王

之事繼府皆就玉瑱玉笄鄭注僉當爲公此公玉瑱之證參以本詩琇瑩之義又非全玉其爲玉石雜甚明武公入相於周據世家王命爲公準之禮制殆亦如圭玉用駹與傳云用石非會所安矣廣韻十二庚瑩玉色詩曰充耳秀瑩琇作秀亦異文

弁如星瑟兮僩兮赫兮咺兮有匪君子終不可諼兮注魯會作**冠韓作膾**疏傳弁皮弁所以會髮箋會謂弁之縫中飾之以玉皪皪而處狀似星也天子之朝服皮弁以日視朝

○傳所上脫會字毛讀會爲膾也箋會如字讀說與傳異說文膾骨擿之可會髮者从骨會聲詩曰膾弁如星玉篇骨部膾五采束髮載說文引詩同顧與許微異參用周禮先鄭說弁師王之皮弁會五采玉璂象邸玉笄鄭注故書會作膾鄭司農云讀如馬會之會謂以五采束髮也士喪禮曰檜用組乃笄檜讀與膾同書之異耳說曰以組束髮乃著笄謂之檜沛國人謂反紒爲膾膾璂讀如綦車轂之綦元謂會讀如大會之會會縫中也璂讀如薄借綦之綦綦結也皮弁之縫中每貫結五采玉十二以爲飾謂之綦詩云會弁如星又曰其弁伊綦是也邸下柢也以象骨爲之賈疏邸下柢也者謂如弁內頂上以象骨爲柢愚案此邸象揥揥柢一聲之轉許所云會髮之骨擿也許所據詩从骨作膾知是骨擿故不訓爲五采束髮禮既言象邸則上會字亦不當從故書作膾義各有當也五采束髮括以象邸從而加弁以玉笄貫之其弁飾是玉璂所謂如星者也禮先弁後象邸

詩先髗後弁義可互證箋又云天子之朝服皮弁以日視朝此言武公入爲卿士在天子之朝君臣同服也釋名弁如兩手相合抃時也以爵韋爲之謂之爵弁以鹿皮爲之謂之皮弁以韎韋爲之謂之韋弁也司服眂朝則皮弁服玉藻亦有皮弁視朝之文故知弁是皮弁矣如星言玉之羅列而光明說文璂下云弁飾往往冒玉也璂下云璂或從基與弁師文合往往言非一處冒者加飾之也鄭注又云皮弁則侯伯璂飾七子男璂飾五玉亦三采據上文諸公之繅斿九就上公以九爲節武公璂當飾九也魯會作冠韓作髗者呂覽上農篇高注弁鹿皮冠詩云冠弁如星高用魯詩明魯作冠鄭注禮時未見毛詩所引詩作會是齊與毛同其注禮箋詩義合葢用齊說然則許引作髗者韓詩顧用韓詩故亦與許同也隋書禮儀志弁之制案五經通義高五寸前後玉飾詩曰璯弁如星左傳二十八年傳會弁釋文云本又作璯此隋志異文所本五經文字云春秋傳注引詩以爲繪弁弁無繪義字之誤也

瞻彼淇奧綠竹如簀（注）韓說曰簀積也綠薵盛如積也（疏）傳簀積也○說文簀牀棧也史記范雎傳索隱謂葦荻之薄也不合詩義簀積也者文選張衡西京賦李注引韓詩曰綠薵如簀簀積也薛君曰簀綠薵盛如積也陳奐云玉篇薵同[illegible]陳喬樅云毛韓並訓簀爲積是以簀爲積之假借西京賦芳草如積正用斯語

衛用魯詩然則魯作菉竹如積與有匪君子如金如錫如圭如璧寬兮綽兮猗

重較兮注韓綽亦作婥云柔貌也三家猗作倚較作較疏傳金錫練

而精圭璧性有質寬能容眾綽緩也重較卿士之車箋圭璧亦
琢磨四者亦道其學而成也綽兮謂仁於施舍○如金如錫者
說文金下云五色金也黃為之長久薶不生衣百鍊不輕從革
不違錫下云銀鉛之間也孔疏武公器德已百鍊成精如金錫
如圭如璧者說文圭下云瑞玉也上圜下方璧下云瑞玉圜也
孔疏道業既就琢磨如圭璧說文寬下云屋寬大也引申之為
凡寬裕義辭下云緩也綽下云綽或省孔疏又性寬容兮而情
綽緩兮案此連下猗重較兮為文則寬綽止是寬緩自得之貌
不屬性情言韓綽亦作婥云柔貌也者玉篇系部引韓詩作綽
慧琳音義七十九引韓詩作婥並云柔貌也顧震福云文選神
女賦柔情綽態綽與柔對文則綽柔義本相近莊子在宥篇淖
約柔乎剛強又逍遙遊淖約若處子釋文引李云淖約柔弱貌
荀子宥坐篇淖約微達似察楊注淖約柔弱也綽淖字通亦通
作婥說文婥女病也女病則柔弱慧琳音義七十九引考聲云
婥約婦人耎弱皃史記司馬相如傳上林賦便嬛婥約郎用婥
為綽也愚案韓訓綽為柔寬綽猶禮中庸云寬柔矣韓訓貌不
訓性情得之釋文猗於綺反依也讀猗為倚孔疏入相為卿士
倚此重較之車其下又云猗重較兮字作猗而義為倚與陸讀

同三家猗作倚者荀子非相篇楊注文選西京賦李注曲禮孔疏論語鄉黨皇疏說文車部繫傳並引作倚蓋皆用三家文三家正字毛借字也重較者皇疏云古人乘路車皆於車中倚立倚立難久故於車箱上安一橫木以手隱憑之謂之爲較詩云倚重較兮是也三家較作較者說文較車輢上曲鉤也〔各本輢誤騎鉤誤銅段注據西京賦七啟注訂正〕从車爻聲徐鍇繫傳按古今注車較車耳也在車轚上重起如牛角也〔車較之車當作重轚當作蕃據文選西京賦注訂正〕詩曰倚重較兮據玉篇較與較同說文有較無較徐引亦三家文說文輢車旁也考工記輿人以其廣之半爲之式崇以其隧之半爲之較崇鄭注較兩輢上出式者阮元云言車制者皆以爲直輢由不解車之有耳也說文較車輢上曲鉤也輒車兩輢也从車耴聲耴耳下垂也𨊻車耳反出也合此四者可知車耳之制蓋車輢板通五尺五寸其下三尺三寸直立軫上軫上之輪崇三尺三寸與直輢前式同高若過此三尺三寸之上象耳之耴故謂之輒以其反出又謂之𨊻至其直立軫上上曲如兩角之木則謂之較重出式上故名重較重耳即垂輒之義秦公子名耴衞公子名輒晉公子名重耳鄭公孫輒字子耳皆此義也詩重較即重耳之義黃山云阮說甚明惟云重出式上名重較重耳即垂輒之義則非蓋既以輢上反出者爲耳取合說文輒輢之訓則耳屬輢不屬較若又以較之上曲者同爲耳則耳與輢重非與式重孔疏雖云周禮無單較重較之文然大東疏說大車之箱謂在兩較之間是平地任載之車亦有兩較即阮所論凡車

之較非詩重較也釋名較在箱上爲辜較也重較其較重卿所乘也文選西京賦倚金較李注引古今注曰車耳重較文官青武官赤或曰車蕃上重起如牛角也漢官儀引里語云仕宦不止車生耳漢鏡銘作吏高遷車生耳隋書禮儀志令三公開府尙書令給鹿幡軺施耳皆是爲卿士之車另有重較之證爾雅較直也又云較謂之幹胡承珙云凡物在兩旁者皆曰幹故兩脅謂之幹築牆兩邊障土亦謂之幹皆與較謂之幹義相發考工記又云三分其隧一在前二在後以揉其式就車深四尺四寸計之是前三之一爲式人坐車中所憑也後三之二爲輢輢必倚幹以立其幹木上出爲曲鉤形居輢之內箱之外而見於箱上故後漢輿服志李注引徐廣說亦云較在箱上此幹木兩旁直出通謂之較亦卽阮所謂直立於軨上者惟此較上單曲鉤卽傅於輢人不能憑是謂單較之制重較則另有重起如牛角者卽或塗以金或飾以靑赤惟人所施乃人立車中所憑也說文輒字訓車輢此自車輢形如耳垂與較無涉若輒訓車耳反出與較字連文自卽指重較之耳傅於輢者既爲正出此則爲反出矣皇疏謂較爲車中倚立所憑最合三家猶作倚之義惟以較爲箱上橫木與式爲車前橫木相掍非立所可倚既違雅訓直幹之訓且與諸家車耳之說皆不能合車耳亦謂之⿸麻辛說文⿸麻辛乘輿金耳也字通作彌荀子及史記禮書並云彌龍所以養威也徐廣注乘輿車以金薄繆龍爲輿倚較三國志吳童謠黃金車斑蘭耳闓閶門見天子（謂孫皓降晉之兆）葢惟天子金較龍飾其

色斑蘭故云金耳斑蘭耳至百官之車較當如崔豹所云文青武赤武公入相於周其重較亮爲青飾矣**善戲謔兮**

不爲虐兮〔疏〕傳寬緩弘大雖則戲謔不爲虐矣箋君子之德有張有弛故不常矜莊而時戲謔○說文謔戲也从言虐聲是謔爲戲言虐殘也从虍虎足反爪人也此虐本義虐承戲謔言則言不傷人亦是不爲虐此引申義左襄四年傳臧紇如齊唁衛侯衛侯與之言虐與此虐義正同故紇云其言糞土也不爲虐則謔而不浪與終風所刺異矣

淇奧三章章九句

考槃〔疏〕毛序刺莊公也不能繼先公之業使賢者退而窮處箋窮猶終也○案君不用賢是詩外意孔叢子曰於考槃見士之遁世而不悶也三家無異義

考槃在澗〔注〕三家槃作盤韓澗作干云墝埆之處也一云考盤在干地下而黃曰干**碩人之寬**〔疏〕傳考成槃樂也山夾水曰澗箋碩大也有窮處成樂在於此澗者形貌大人而寬然有虛乏之色○釋詁考成也般樂也毛傳本之訓槃爲樂案文選東都賦鷦鷯賦李注引爾雅並云盤樂也無作槃者三家槃作盤者郭注爾雅云見詩是郭所見此詩及爾雅本必作盤與李注同爾雅魯詩之學知魯作盤也

釋訓諼忘也郭注義見考槃釋文槃本又作盤案此郭注當爲盤其作槃者傳寫之誤漢書敘傳竇后違意考盤於代顏注詩衞風考盤在澗考成也盤樂也言竇姬初欲適趙而向代違其本意卒以成樂也班用齊詩亦作考盤而訓爲成樂據下文引文選注韓詩亦作盤毛字異義同或因毛作盤而掤爲別解非也御覽六十九引作盤用三家文文選四十六李注兩引毛詩二三章皆作盤疑毛亦有作盤者而釋文未之及說文昪喜樂兒省作弁小弁傳弁樂也詩本字當爲昪般盤槃皆同音假借釋山山夾水澗韓澗作干云墝埆之處也者釋文引韓詩文胡承珙云小雅秩秩斯干傳干澗也二字通易鴻漸于干釋文引荀王注並云干山間澗水也虞注小水從山流下稱干翟注云山厓也此皆謂干卽澗也陳喬樅云韓云墝埆之處者干爲山澗厓岸之地故以墝埆言之謂土地瘠薄者也上中有麻傳謂上中爲墝埆之處與此同義一云考盤在干地下而黃曰干者文選吳都賦劉注引韓詩文讀詩記六引同胡承珙云黃疑潢字之誤潢汙者停水之處小雅正義引鄭注漸卦云干者大水之傍故停水處卽其義也韓干有兩訓或由韓故韓說與薛君章句之不同碩人謂賢者雖處隘陋心自寬綽也

獨寐寤言永矢弗諼疏箋寤覺永長矢誓諼忘也在澗獨寐覺而獨言長自誓以不忘君之惡志在窮處故云然

○案惡疑意之誤誤若作惡鄭說必不如此王肅謂先王之道長自誓不敢忘思謂承考槃言則謂不忘其樂近得之隸續平輿

令薛君碑永矢不愃弗不義同疑三家有作不者凡从叕从宣之字多相通假淇奧諼大學作諠伯兮諼釋文又作萱此諼爲愃亦其例

考槃在阿【注】韓說曰曲京曰阿**碩人之薖獨寐寤歌永矢弗過**【注】韓薖作過云美貌【疏】傳曲陵曰阿薖寬大貌箋薖飢意弗過者不復入君之朝也○曲京曰阿者一切經音義一引韓詩文案謂山曲隈處也說文阿下云曲阜也皐下云大陸山無石者韓云曲京者釋丘絶高謂之京釋地高平曰陸大陸曰阜大阜曰陵是陵阜與京相似故傳亦云曲陵曰阿阜矣傳又云京大阜也文選西都賦注引韓詩曰曲景曰阿景乃京之誤韓作過云過美貌者釋文引韓詩文與傳寬大義近廣韻過美也鄭用韓義弗過者箋云不復入君之朝也王肅云歌所以詠志長以道自誓不敢過差愚謂不入君朝固不待言而不敢過差又非此時詩意所屬弗過謂不與人相過也

考槃在陸【注】韓說曰陸高平無水**碩人之軸獨寐寤宿永矢弗告**【注】韓軸作逐云逐病也【疏】傳軸進也無所告語也箋軸病也不復告君以善道○陸高平無水者玉篇阜部引韓詩文顧震福云說文陸高平地釋名高平曰陸陸漉也水流漉而去也易漸卦鴻漸于陸虞注高平稱陸馬

注山上高平曰陸陸从坴說文坴下云土塊坴坴也有土塊故無水孔疏訓軸爲進大德之人進於道義也釋詁逐病也孔疏逐與軸蓋古今字異陳喬樅云據此知魯作逐而訓爲病愚案箋訓寬爲虛乏薖爲飢意此復取爾雅逐病義與傳迥殊蓋皆本於魯詩弗告者傳無所告語也箋不復告君以善道傳義爲優

考槃三章章四句

碩人〔注〕魯說曰傅母者齊女之傅母也女爲衛莊公夫人號曰莊姜姜交好交姣同字始往操行衰惰有冶容之行淫佚之心傅母見其婦道不正諭之曰子之家世世尊榮當爲民法則子之質聰達於事當爲人表式儀貌壯麗不可不自修整衣錦絅裳飾在輿馬是不貴德也乃作詩曰碩人其頎衣錦絅衣齊侯之子衛侯之妻東宮之妹邢侯之姨譚公維私砥厲女之心以高節以爲人君之子弟爲國君之夫人尤不可有邪僻之行焉女遂

感而自修君子善傳母之防未然也【疏】毛序閔莊姜也莊公惑於嬖妾使驕上僭莊姜賢而不荅終以無子國人閔而憂之○傳母至然也列女傳齊女傳母篇文此魯義也齊韓未聞案左隱三年傳衛莊公娶於齊東宮得臣之妹曰莊姜美而無子衛人所爲賦碩人也此序義所本但衛人云云謂當日曾爲莊姜賦詩非謂詠其無子此自左氏行文之法如是與高克奔陳鄭人爲之賦清人句例略同不得執此爲閔憂無子之證毛似誤會左意易林豫之家人夫婦相背和氣弗處陰陽俱否莊姜無子用左傳文無一字及詩義或據此謂齊與毛同亦非詩但言莊姜族戚之貴容儀之美車服之備媵從之盛其爲初嫁時甚明何楷云詩作於莊姜始至之時當以列女傳爲正

碩人其頎衣錦褧衣【注】魯齊褧作絅韓作檾【疏】傳頎長貌錦文衣也夫人德盛而尊嫁則錦衣加褧襜箋碩大也言莊姜儀表長麗俊好頎頎然褧襌也國君夫人翟衣而嫁今衣錦者在塗之所服也尚之以襌衣爲其文之大著○碩人謂莊姜碩大也孟子盡心篇充實之謂美充實而有光輝之謂大大人猶美人簡兮詠賢者稱碩人又稱美人鄭箋以爲卽一人是其證也古人碩美二字爲贊美男女之統詞故男亦稱美女亦稱碩若泥長大大德爲言則失之矣小徐本說文頎頭佳也从頁斤聲鍇曰詩曰碩人其頎傳頎長貌玉篇頁部頎下云詩云碩人頎頎傳頎長貌又頎

頎然佳也毛詩說並引案當以頭佳爲本義顧引詩作頎頎三章碩人敖敖箋云敖敖猶頎頎也或謂所據本與毛不同阮校勘記云經文一字傳箋疊字者多玉篇依箋疊字非六朝時經作碩人頎頎之本其說是也列女傳作其頎蔡邕青衣賦碩人其頎正用此文邕習魯詩與列女傳合是魯作其頎與毛同說文錦裏色織文小字本色作邑陳留風俗傳襄邑縣南有渙水北有睢水所謂睢渙之間出文章也說文褧下云褧也詩曰衣錦褧衣示古反从衣耿聲魯齊作絅韓作檾者列女傳作絅禮中庸詩曰衣錦尚絅惡其文之著也斷文引詩字亦作絅是魯齊文同說文檾下云枲屬从林熒省詩曰衣錦檾衣蓋韓作檾也玉篇檾亦作苘云與檾同廣韻集韻又作蘔並云與苘同類篇蘔麻屬本草苘實味苦唐本注一作蘔字人取皮爲索者也圖經云北人種以績布及打繩索苗高四五尺或六七尺葉似苧而薄花黃實帶殼如蜀葵中子黑色與說文檾枲屬合蓋若左傳之紵衣而實較粗掌葛注蘔紵之屬可緝績者明與紵爲二物韓作檾舉衣材之名也傳嫁則錦衣加褧襜箋褧襌也國君夫人衣翟而嫁今衣錦者在塗之所服也尚之以襌衣爲其文之太著案襌衣不重以檾爲之仍微見在內之衣故謂之褧褧从耿聲亦兼會意說文耿下云杜林說耿光也从火聖省廣雅釋詁耿明也士昏禮姆加景注景之制蓋如明衣加之以爲行道禦風塵令衣鮮明景亦明也是褧與景同所以行道禦塵從明取義故字从耿毛作褧明制衣之義也說文絅急引也廣

雅釋詁綱急也無衣義魯齊借字玉藻禪爲絅注有衣裳而無裏是絅卽褧也中庸釋文絅本又作顈雜記如三年之喪則旣顈其練祥皆行注顈草名無葛之鄉去麻則用顈是顈卽檾也王應麟困學紀聞五衣錦尚絅尚書大傳作尚蘔注云蘔讀爲絅字書無蘔字又蘔之增文以成者蘔去艸加糸爲顈猶絅去糸加艸爲苘要皆後起借用之字以褧檾二文爲正鹽鐵論散不足篇古者男女之際尚矣嫁娶之服未之以記及虞夏之後葢表布內絲骨笄象珥封君夫人加錦尚褧而已桓述齊詩此葢齊說褧宜作絅後人據毛改之

齊侯之子衛侯之妻東宮之妹〔注〕**魯說曰東宮世子也韓說曰女弟曰妹邢侯之姨譚公維私**〔注〕魯說曰妻之姊妹同出爲**姨女子謂姊妹之夫爲私魯譚亦作覃齊韓私亦作厶**〔疏〕傳東宮齊太子也女子後生曰妹妻之姊妹曰姨姊妹之夫曰私箋陳此者言莊姜容貌旣美兄弟皆正大○齊侯葢莊公購衛莊元年甲申當魯惠公十二年齊莊公三十八年也齊莊六十四年卒子釐公祿甫立東宮得臣當是釐公之兄未立而先卒以年世推之可知姜是齊莊女也喪服傳注凡言子者可以兼男女東宮世子也者呂覽應審篇高注文引詩爲證此魯說與傳云齊太子同案齊女傳母傳莊姜者東宮得臣之妹也與左傳合得臣未卽位終言東宮未成爲君之詞女弟曰妹者慧琳音義三引韓詩文釋親男子

謂女子後生爲妹毛傳同說文妹女弟也段玉裁云釋名妹昧也文从未白虎通妹者末也又似从未顧震福云說文娟楚人謂女弟曰娟玉篇娟楚人呼妹纂文河南人云娟妹也廣雅釋親公羊桓二年傳何注並云娟妹也以娟妹聲近義同考之仍以从未作妹爲正妻之至爲私釋親文齊說也左僖二十四年傳凡蔣邢茅胙祭周公之胤也說文邢周公子所封地近河内懷漢書地理志趙國襄國下云故邢國案今順德府邢臺縣南百泉村有襄國故城此邢始封地說文據後徙也漢志懷平皋俱屬河内左襄六年傳赤狄伐晉圍懷及邢丘杜注邢丘今河内平皋縣漢志平皋下應劭曰邢侯自襄國徙此當齊桓公時衞人伐邢邢遷於夷儀其地屬晉號曰邢丘以其在河之皋處埶平夷故曰平皋臣瓚曰春秋傳狄人伐邢邢遷於夷儀不至此也今襄國西有夷儀城去襄國百餘里邢是丘名非國也師古曰應說非也左氏傳曰晉侯送女于邢丘蓋謂此耳愚案平皋故城在今懷慶府溫縣東二十里夷儀邢地注春秋者皆未詳所在說文言近存疑之詞後漢郡國志平睪下云有邢丘故邢國周公子所封與許應說合薛顏異義未知孰是詩稱邢侯則襄國之邢也白虎通宗族篇族或言九者據有交接之恩也若邢侯之姨覃公維私也釋親妻之姊妹同出爲姨郭注同出謂俱已嫁詩曰邢侯之姨妻之女弟爲姨者呂覽長攻篇蔡侯曰息夫人吾妻之姨也高注云云並魯說而高義尤晰說文妻之女弟同出爲姨釋名妻之姊妹曰姨姨弟也言與己妻相長弟也是姨專屬妻妹亦與高

注合或遂以爲同事一夫誤也釋親女子謂姊妹之夫爲私郭注詩曰譚公維私孔疏引孫炎曰私無正親之言釋名姊妹互相謂夫曰私言於其夫兄弟之中此人與己姊妹有恩私也雜記吾子之外私某是凡有恩私皆得稱之故孫以爲無正親之言蓋謂吾姨者吾謂之私邢侯譚公皆莊姜姊妹之夫互言之耳譚說文作鄿云國也齊桓公之所滅案齊滅譚見春秋莊十年經郡國志濟南東平陵下云有譚城一統志在今濟南府歷城縣東南魯譚亦作覃者白虎通號篇何以知諸侯得稱公詩曰覃公維私覃子也宗族篇引同垷譚作覃是魯異文朱子儀禮經傳通解引郭璞爾雅注亦作覃據白虎通公是諸侯之通稱三家私亦作厶者說文繫傳厶下云詩曰譚公維厶私作厶蓋亦三家異文陳喬樅云說文厶部下引韓非曰倉頡造字自營爲厶八部公下云八猶背也韓非曰自營爲厶背厶爲公禾部私下云禾也北道名禾主人曰私主人是私字不兼公厶義今經傳公厶字皆作私乃古人假借用之愚案此章傳毋言姜族戚之貴列女傳所謂爲人君之子弟國君之夫人不可有邪僻之行也

手如柔荑【注】魯說曰手如柔荑者茅始熟中穰也既白且滑【疏】傳如荑之新生○說文荑草也傳如荑之新生義無專屬蓋以爲草孔疏荑所以柔新生故也若久則不柔故知新生也是手

之如荑從柔取義不從荑取義手如至且滑御覽九百九十六引風俗通引詩文應用魯詩此魯說也靜女傳荑茅之始生也是茅亦可言荑以喻手柔尤爲切至**膚如凝脂**疏傳如脂之凝○說文冰下云堅也凝下云俗冰從疑內則疏凝者爲脂釋者爲膏釋器冰脂也亦謂冰者爲脂爾雅魯詩之學蓋魯凝作冰孔疏引孫炎曰膏凝曰脂凝亦當爲冰傳寫妄改耳**領如蝤蠐**注魯蝤作蠐疏傳領頸也蝤蠐蝎蟲也○說文領項也項頭後也玉篇項頸後也廣韻頸在前項在後是頭之下頸之後爲領蝤蠐者釋文蝤似修反徐音曹齏本又作蠐又作齊同音齊是陸所據毛本作齏說文蝤蝤齏也蝎蝤齏也齏齏蠹也蠹齏蠹也蠐作齏與陸作齏同釋蟲蟦蠐螬郭注在糞土中又云蝤蠐蝎注在木中今雖通名爲蝎所在異其以蝎螬爲二物與許同惟許書無蟦字蟦疑糞之音轉字孔疏引孫炎曰蠐螬謂之蟦蠐關東謂之蝤蠐梁益之閒謂之蝎方言蟦螬謂之蟦自關而東謂之蝤蟦或謂之蚕蠾或謂之蝖螜梁益之閒謂之蛒或謂之蝎或謂之蛭蛒秦之晉之閒謂之蠹或謂之天螻蟦蠐一聲之轉孫楊以爲一物本草蟦蠐一名蜰齊一名敦齊生河內平澤及人家積糞草中反行者良陶隱居云大者如足大指以背行乃駛於腳從夏入秋化爲蟬論衡無形篇蠐螬化爲復育復育化而爲蟬是也陳藏器本草拾遺蝤蠐木蠹一如蠐螬節長足短生腐木中穿木如錐刀至春羽化爲天牛一名蝎據此二物迥別其誤爲一物者

蝤蠐雙聲釋文蝤徐音曹足證徐據音同以爲一物魯蝤作蠐者乃徑改蝤蠐之蝤爲蠐蔡邕青衣賦領如蠐蠐是魯詩以蠐爲蝤之明證淮南氾論訓高注槽讀領如蠐蠐之蠐則蠐蠐誤倒猶莊子至樂篇鳥足之根爲蠐螬釋文司馬本作螬蠐也蝤蠐蠐螬音轉互混以爾雅說文爲正孔疏白而長故以比頸

齒如瓠犀【注】魯犀作棲【疏】傳瓠犀瓠瓣○魯犀作棲者釋草瓠棲瓣郭注詩云齒如瓠棲釋文舍人本瓠棲云瓠瓠也孔疏引孫炎曰棲瓠中瓣也是魯犀作棲與毛異呂覽本生篇高注皓齒詩所謂齒如瓠犀者也淮南修務訓注同高用魯詩字當作棲疑後人據毛改之說文瓣下云瓜中實也囪下云鳥在巢上象形棲下云囪或從木妻此棲本義引申之凡物止著其處皆謂之棲賓之初筵傳舉鵠而棲之於侯釋文棲著也瓠實著於瓢中故云瓠棲齒白而齊似之犀西徼外牛名同音借字

螓首蛾眉【注】三家螓作頸蛾作娥【疏】傳螓首顙廣而方箋螓謂蜻蜻也○三家螓作頸者說文頸好貌从頁爭聲詩所謂頸首段注作傳但云顙廣而方不言螓爲何物箋乃云螓蜻蜻知毛作頸鄭作螓鄭據三家改毛是三家作螓首也愚案釋文螓首下云音秦與正義合陸孔所見毛詩本並作螓王肅述毛釋文引其說云如蟬而小是肅所見毛詩亦作螓則作頸者三家文也釋蟲蚻蜻蜻郭注如蟬而小孔疏引舍人曰小蟬也青青者某氏曰鳴蚻蚻者孫炎曰方言云有文者謂之螓孔又云此蟲額廣而

且方釋文郭徐子盈反沈又慈性反方頭有文並與傳義合益證毛作螓首無疑三家螓作蛾者段注蛾眉毛鄭皆無說王逸注離騷云蛾眉好貌師古注漢書始有形若蠶蛾之說離騷及招魂注並云娥亦作蛾今俗本倒易之娥作蛾字之假借如漢書外戚傳蛾而大幸借蛾爲俄宋玉賦眉聯娟以蛾揚揚雄賦何必颺纍之蛾眉處妃曾不得施其蛾眉皆娥之假借字娥者美好輕揚之貌方言娥好也秦晉之間好而輕者謂之娥大招娥眉曼只枚乘七發皓齒娥眉張衡思元賦嫮眼娥眉陸士衡詩美目揚玉澤娥眉象翠翰儀從今本作蛾則一句用蛾又用翠羽稍知文義者不肯也愚案蛾娥二義並通蛾眉者眉以長爲美蠶蛾眉角最長故以爲喻顏說是也傳箋因其易曉故不爲說且與螓對文知必從蟲作蛾釋文出蛾眉字云我波反孔疏亦云螓首蛾眉指其體之所似謂舉物之一體以象之是毛詩本作蛾而作娥者爲三家文矣藝文類聚十八引詩曰螓首娥眉正作娥蛾娥二文詩家並采不專一說段氏未爲全得也

巧笑倩兮【疏】傳倩好口輔○說文倩人美字也引申之爲凡美好義故傳云倩好口輔楚詞大招靨輔奇牙宜笑嘕只王注嘕笑貌輔一作酺陳奐謂嘕倩一聲之轉案淮南修務篇奇牙出矑輔搖亦言笑也並與傳好口輔義合論語八佾篇引詩巧笑倩兮馬注倩笑貌皇疏笑巧而貌倩倩然意與傳同修務篇又云治由笑高注治由笑巧笑詩曰巧笑倩兮是也高用魯詩明魯與毛同釋文倩本亦作蒨韓詩云蒼白色案據

陸所見毛亦有作蒨之本非韓詩也韓如作蒨不當以蒼白色爲訓蒨是茜之俗字說文茜下云茅蒐也蒐下云茅蒐茹藘人血所生可以染絳廣雅地血茹藘蒨也禮雜記注蒨染赤色者也蒨染赤何得訓蒼白色且與巧笑意不屬斷爲誤文

美目盼兮【注】**韓說曰盼黑色也魯此下有素以爲絢兮句**【疏】傳盼白黑分箋此章說莊姜容貌之美所宜親幸○說文詩曰美目盼兮从目分聲有闕文眾經音義八引說文盼目黑白分也與傳合修務篇云目流眺高注流眺睛盼也詩曰美目盼兮是也此用魯說八佾篇引詩美目盼兮馬注盼動目貌皇疏目美而貌盼盼然也並與魯說合盼黑色也者釋文引韓詩文陳喬樅云白黑分則矑之黑色益顯故韓以黑色言之魯有素以爲絢兮句者列女傳云儀貌壯麗不可不自修整正指此章言論語子夏引巧笑倩兮美目盼兮素以爲絢兮說文素白緻繒也聘禮注采成文曰絢以列女傳證之魯詩本有此一句手如柔荑六句歷述儀貌之壯麗素以爲絢喻當加修整意所以儆姜之衰惰取義深至而毛詩無之故昔以爲逸詩耳

碩人敖敖說于農郊【注】**魯說作稅**【疏】傳敖敖長貌農郊近郊箋禮春秋之禭讀皆宜同衣服曰禭今俗語然此言莊姜始來更正衣服于衛近郊○敖無長義毛鄭訓長貌者說文贅下云贅

顙高也顙下云高長頭是敖卽顙之消文故云然廣雅釋詁亦云顙顲高也釋文說本或作稅舍也箋說當作襚衣服曰襚此言莊姜始來更正衣服於衞近郊鄭承上文在塗之服言兩義俱通魯說作稅者文選上林賦張揖注詩曰稅于農郊邑外謂之郊郊田也張述魯詩是魯作稅與釋文或作本合呂覽孟春紀高注東郊農郊也高用魯說以東郊爲農郊知魯詩農郊必訓爲東郊矣古者迎春耕耤布農命田皆在東郊故東郊謂之農郊齊在衞東夫人入竟稅於此以待郊迎

四牡有驕朱幩鑣鑣〔注〕韓鑣鑣作儦儦**翟茀以朝**〔注〕三家茀作蔽云諸侯夫人始來乘翟蔽之車以朝見於君盛之也〔疏〕傳驕壯貌幩飾也人君以朱纏鑣扇汗且以爲飾鑣鑣盛貌翟翟車也夫人以翟羽飾車茀蔽也箋此又言莊姜自近郊既正衣服乘是車馬以入君之朝皆用嫡夫人之正禮今而不荅○說文馬高六尺爲驕公羊隱元年傳何休解詁天子馬曰龍高七尺以上諸侯馬高六尺以上國君夫人馬高六尺故云有驕猶言馬皆壯大耳說文幩下云馬纏鑣扇汗也从巾賁聲詩曰朱幩鑣鑣鑣下云馬銜也从金麃聲釋文鑣馬銜外鐵也一名扇汗又名排沫案陸誤以續漢輿服志乘輿象鑣赤扇汗王公列侯朱鑣絳扇汗明鑣與扇汗爲二物朱幩卽絳扇汗公侯所用制沿自古矣據許幩以纏於鑣上行則飄揚若爲馬扇汗然故又名扇汗徐鍇繫傳謂

以帛纏馬口旁鐵扇汗使不汗也它書無謂鑣名扇汗者排沫者銜在馬口沫向外分流若排去之然文選舞賦云揚鑣飛沫急就篇顏注鑣者銜兩旁之鐵今之排沫是也是銜與旁鐵統謂之鑣矣重言鑣鑣者四牡皆有鑣連翩齊驟故傳云盛貌此實字虛詁之例會意爲訓也廣雅釋訓鑣鑣盛也是魯與毛同韓鑣鑣作儦儦者玉篇人部詩云朱幩儦儦盛貌也顧用韓詩知韓作儦儦說文儦行貌廣雅釋詁儦行也翟者夫人以翟羽飾車三家茀作蔽者案巾車王后之五路重翟錫面朱總厭翟勒面繢總安車彫面鷖總皆有容蓋翟車貝面組總有握連車組輓有翣羽蓋鄭注重翟重翟雉之羽也厭翟次其羽使相迫也重翟厭翟謂蔽也重翟后從王祭祀所乘厭翟后從王賓饗諸侯所乘安車無蔽后朝見於王所乘謂去飾也詩國風碩人曰翟蔽以朝謂諸侯夫人始來乘翟蔽之車以朝見於君盛之也此翟蔽蓋厭翟也然則王后始來乘重翟乎翟車不重不厭以翟飾車之側爾后所乘以出桑連車不言飾后居宮中從容所乘但漆之而已案鄭引詩茀作蔽是三家文何彼襛矣正義引同謂諸侯至盛之也引三家詩說如此盛之也者言嫁攝盛之禮其爲重翟厭翟詩說無明文重厭皆爲翟蔽故鄭疑翟蔽是厭翟唯王后乘重翟也曰蓋曰乎存疑之詞賈疏彼是衞侯之夫人當乘厭翟則上公夫人亦厭翟以其王姬下嫁於諸侯車服不繫於其夫下王后一等不得乘重翟則上公與侯伯夫人皆乘厭翟可知若子男夫人可以乘翟車愚案諸侯之禮不得以王朝

爲比后履至尊制有所極不須攝盛后乘重翟王姬下嫁乘厭
翟此等殺之必然者車服不繫於其夫本其自有之貴正所以
尊王也公侯夫人下王姬一等則厭翟固其所乘賈謂上公侯
伯夫人皆厭翟是也嫁攝盛則乘重翟猶褘衣是王后服據君
子偕老有象服則諸侯夫人得服褘詩爲宣姜初至時作亦嫁
攝盛之禮車服一也若仍乘厭翟何謂盛之乎必知夫人嫁乘
重翟者上言朱幩則此是重翟巾車重翟朱總鄭司農注以繒
爲之總著馬勒直兩耳與兩鑣詳其制與幩合是朱幩卽朱總
惟重翟用之若厭翟非朱幩矣安車常朝所乘非嫁時所用前
後章皆言初嫁時事明非常朝傳云夫人聽內事於正寢及以
翟爲翟車皆不如三家義長或泥傳云人君以朱纏鑣扇汗謂
四牡二句就君說翟茀句就夫人說則上下文義尤不屬茀者
蔽也巾車賈疏凡言翟者皆謂翟鳥之羽以爲兩旁之蔽言重
翟者皆二重爲之厭翟者謂相次以厭其本下有翟車者又不
厭其本也案釋器輿革前謂之鞎後謂之第竹前謂之禦後謂
之蔽第與茀同茀蔽義一是車後障蔽之名加用翟羽取其文
采美觀葢通兩旁與後並飾之謂之翟茀翟蔽賈但言兩旁失
蔽之本義重二重爲之是也厭今俗作壓比次其羽令相迫壓
每羽但重其半次於重翟一等翟車惟飾兩旁不重不厭故直
謂之翟車疏說俱誤以朝者謂君親迎而夫人朝見穀梁傳迎
者行見諸舍見諸是夫人初見有朝見國君之禮也**大夫夙退無使君勞**注韓說曰退罷

也魯說曰君謂女君也【疏】傳大夫未退君聽朝於路寢夫人聽內事於正寢大夫退然後罷箋莊姜始來時衛諸大夫朝夕者皆早退無使君之勞倦者以君夫人新爲妃耦宜親親之故也○大夫者公羊莊二十四年傳禮夫人至大夫皆郊迎此大夫爲衛大夫姜稅於郊大夫隨君出迎正與禮合夙早也退罷也者釋文引韓詩文謂既見夫人早退罷也君謂女君也者列女傳楚莊樊姬篇詩曰大夫夙退無使君勞其君者謂女君也無使君勞極形夫人之尊貴魯說如此較毛義優矣列女傳衣錦絅裳飾在輿馬是不貴德也飾在輿馬就四牡三句言此魯詩皆指夫人不兼國君之明證衣錦云云又通上章總言其車服傳母言夫人所貴在德若但有車服之盛飾是不以德爲貴非謂車服不當盛美也

河水洋洋北流活活【注】魯說曰衛地濱於淇水在北流河之西魯洋洋亦作油油施罛濊濊【注】魯罛亦作罟濊濊一作泧泧韓說云流貌齊作濊濊鱣鮪發發【注】魯發發一作潑潑韓作鱍鱍齊作鮁鮁葭菼揭揭庶姜孽孽【注】韓孽作钀云長貌庶士有朅【注】韓朅作桀云健也【疏】傳洋洋盛大也活活流也罛魚罟濊施之水中鱣鯉也鮪鮥也發發盛貌葭蘆

菼亂也揭揭長也孽孽盛飾庶士齊大夫送女者朅武壯貌箋
庶姜謂姪娣此章言齊地廣饒士女佼好禮儀之備而君何爲
不荅夫人○衛地至之西者趙岐孟子章句十二衛詩竹竿之
篇曰泉源在左淇水在右碩人之篇曰河水洋洋北流活活衛
地濱於淇水在北流河之西陳喬樅云漢志河內郡共北山淇
水所出東至黎陽入河魏郡鄴故大河在東北入海焦循曰鄴
東大河故道由黎陽北行故衛風曰河水洋洋北流活活趙氏
當東漢時鄴河久竭河徙東行衛地不在河西而淇水不濱於
河故兩引詩以明古河與淇之所在也胡渭禹貢錐指云河至
大伾山西北折而北逕朝歌之東故謂之北流是也愚案趙用
魯詩據其引詩語明以北流河屬衛蓋魯說如此箋疏據詩末
二語以此爲言齊地之河失之衛故都在河西北齊在衛東姜
初嫁時傅母從行渡河觀物產之饒美國土之富庶姜二句方
及媵從之盛總以見姜之尊榮婦道不可不正也釋詁洋多也
傳洋洋盛大也應劭風俗通義十引詩曰河水洋洋應用魯詩
與趙同漢書地理志衛詩曰河水洋洋班用齊詩明魯齊同作
洋洋魯亦作油油者劉向九歎王注引詩河水油油洋油一聲
之轉王引益魯異文廣雅釋訓油油流也活活者說文活下云
水流聲从水昏聲繫傳云案詩曰北流涽涽玉篇活下云詩曰
北流活活重文涽下云說文活實則說文凡从舌之字如适活
栝聒之類皆本从昏非異文也史記田齊世家正義施張設也
說文罛下云魚罟也从网瓜聲詩曰施罟濊濊罟下云网也从

罛古聲濊下云礙流也从水薉聲詩曰施罛濊濊𢧵下云空一大
也从大歲聲讀若詩施罛濊濊小徐本作泧泧案詩有二文一
作罛一作罟說文罛下注引詩當作罛不作罟後人據濊𢧵注
誤改之魯罛亦作罟者淮南原道訓因江海以爲之罟高注罟
魚网也詩曰施罟濊濊說山訓注罛大网也詩曰施罛濊濊鱣
鮪潑潑是也呂覽上農篇注罛魚罟也詩云施罛濊濊高用魯
詩明魯作罛又作罟罛罟雖分大小散文則通或據說山上農
作罛欲併原道正文及注罟字改之非也說文濊濊者濊水多
皃魯一作泧泧者廣雅釋訓泧泧流也與小徐本合明泧是魯
異文讀與濊同說文眓下云視高皃从目戉聲讀若詩曰施罛
濊濊是其證詩書無濊字𢧵注之濊濊乃濊濊之誤文也濊濊
流皃者釋文引韓詩文薉言罛下與水俱流參之高注魯韓並
作濊與毛同則作濊濊者爲齊文矣說文薉蕪也濊注礙流之
訓自蕪薉義引申而出罛罟多若礙流然濊是形聲兼會意字
葢齊義如此廣韻十三末濊水聲濊同上義雖微異文則互通
故淮南齊俗篇云河水欲清沙石濊之又以濊爲濊也釋魚鯉
鱣郭注鯉今赤鯉魚鱣今江東呼爲黃魚釋文鱣與鯉全異皆
據目驗言潛有鱣有鮪鰷鱨鰋鯉明鱣鯉二魚毛傳鱣鯉也此
誤以爾雅爲兼名訓釋而說文從之鮪者釋魚鮥鮛鮪郭注鮪
鱣屬也大者名王鮪小者名鮛鮪說文鮪鮥也鮥叔鮪也淮南
氾論訓注鱣大魚長丈餘細鱗黃首白身短頭口在腹下鮪大
魚亦長丈餘仲春二月從西河上得過龍門便爲龍魯發發一

作潑潑者呂覽諭大篇高注鱣鮪皆大魚長丈餘詩曰鱣鮪發發季春紀注云鮪魚似鱣而小時則訓註作大鮪此誤詩曰鱣鮪潑潑據此發潑兩作唐石經元刻作潑潑後改發發是毛與魯同傳發發盛貌潑潑者魚在水中潑潑然也韓作鱍鱍者釋文引韓詩文齊作鮁鮁者說文鮁下云鱣鮪鮁鮁葢齊文也集韻十三末鱍下云魚游貌或省作發亦作鮁又鮁下云或作發亦從魚是鱍鮁字同以鮁爲正從友從發之字古多通用玉篇撥與拔同亦其證釋文引馬融云魚著网尾發發然讀發爲鱍也葭義具騶虞說文𦵹下云萑之初生一曰薍一曰騅从艸剡聲菼下云𦵹或从炎薍下云𦵹也从艸亂聲八月薍爲葦也萑下云薍也从艸隹聲揭高舉也重言之曰揭揭傳揭揭長也秦風蒹葭蒼蒼白露爲霜此蒹葭長時有霜之證說文又云蒹萑之未秀者葭葦之未秀者蒼艸色也揭揭然高舉則色蒼蒼然矣皆以葭菼未秀時言詩爲莊姜初至時作與古禮霜降逆女合庶姜姪娣韓孼作钀云長貌者釋文引韓詩文牛過反案說文孼下云庶子也从子辥聲無盛飾義钀下云載高貌从車钀省聲釋訓孼孼戴也郭注頭戴物故傳以爲盛飾但上文頎頎敖敖皆以高長美碩人則此亦以高長美庶姜非謂盛飾也頭戴物則高與钀之載高正同故字從钀爲正引申之爲人高長義呂覽過理篇宋王築爲孼臺高注孼當作钀孼與巘音同詩曰庶姜钀钀高長貌也張衡西京賦飛檐钀钀廣雅釋訓钀钀高也高張皆用魯詩是魯作钀與韓同孼一爲钀猶說文引書盤庚蘖一

爲巘文選魯靈光殿賦飛陛揭孽正用此詩揭揭孽孽之文李注揭孽高貌明漢人讀孽爲巘也庶士傳齊大夫送女者孔疏桓三年左傳曰凡公女嫁於敵國公子則下卿送之齊衞敵國莊姜齊侯之子則送者下卿也大夫卿之總名士者男子之大稱故齊大夫統稱庶士也朅作桀云健也者釋文引韓詩文陳喬樅云伯兮邦之桀兮傳桀特立也特立卽健義亦武壯貌說文朅去也毛詩朅葢偈之假借偈桀音義相近廣雅釋詁偈健也衆經音義六引字林偈健也伯兮朅兮傳朅武也玉篇人部朅武貌詩曰伯兮偈兮文選高唐賦序注引韓詩云偈桀健也是朅偈桀三字義近通假之證愚案有朅卽朅朅詩偶變其文谷風有洸有潰毛傳釋爲洸洸潰潰女曰鷄鳴明星有爛鄭箋明星尙爛爛然皆其例也

碩人四章章七句

氓（注）**齊說曰氓伯以婚抱布自媒棄禮急情卒罹悔憂**（疏）毛序刺時也宣公之時禮義消亡淫風大行男女無別遂相奔誘華落色衰復相棄背或乃困而自悔喪其妃耦故序其事以風焉美反正刺淫泆也○棄婦自悔恨之詞後漢崔駰傳載駰祖篆慰志賦所謂懿氓蚩之悟悔也毛以詩爲他人代述說亦可通左成八年傳引詩女也不爽四句杜注詩衞風婦人怨丈夫不一其行氓伯至悔憂易林蒙之困文夬之兒同首句作以緡易絲此

齊說魯韓無異義

氓之蚩蚩〔注〕韓說曰氓美貌蚩亦作嗤云志意和悅也抱布貿絲〔注〕齊說曰以緡易絲〔疏〕傳氓民也蚩蚩者敦厚之貌布幣也箋幣者所以貿買物也季春始蠶孟夏賣絲○說文氓民也氓美貌者釋文引韓詩文馬瑞辰云氓藐一聲之轉益韓以氓爲藐之叚借爾雅藐藐美也說文貌美也藐卽貌之叚音愚案美民爲氓猶美士爲彥美女爲媛也據此及易林韓齊作氓與毛同易林云氓伯者伯兮箋以伯爲呼其君子之字詩義當同疑齊說相傳有此文也陳喬樅云小爾雅廣言蚩戲也眾經音義二十三引倉頡篇云蚩笑也文選阮籍詠懷詩注古詩十九首注兩引說文嗤笑也李善云嗤與蚩同說文無嗤字欠部下云欪欪戲笑貌蚩當卽欪之或體蚩蚩爲戲笑貌此婦人追本男子誘己之時與己戲笑已悅之而以爲美也韓蚩亦作嗤者慧琳音義十五引韓詩作嗤音義七引作嗤並云志意和悅貌也顧震福云龍龕手鑑蚩和悅也廣韻欪喜笑喜笑卽和悅也釋名蚩癡也卽毛所云敦厚貌蚩蚩者乃笑之癡也毛韓義異而可以互相發明抱說文作裒云褱也秦策韋注抱持也以緡易絲者易林夬之兌文具見緡卽錢也史記平準書如注詩云抱布貿絲故謂之緡也正用易林齊義漢書武紀初算緡錢李斐注緡絲也以貫錢也食貨志賈人之緡錢

注緡謂錢貫也釋言貿市也郭注詩云抱布貿絲葢卽舊注魯詩文不詳布爲何物案載師凡宅不毛者有里布先鄭注里布者布參印書廣二寸長二尺以爲幣貿易物詩云抱布貿絲抱此布也或曰布泉也春秋傳曰貿之百兩一布又廛人職掌斂市之次布儳布質布罰布廛布後鄭注不知言布參印書者何見舊時說也元謂宅不毛者罰以一里二十五家之泉賈疏云里布至抱此布此說非故先鄭自破之也云或曰布泉以下至廛布此說合義也愚案先鄭前說後鄭時已不曉其義或以爲古毛詩說先鄭又曰布泉也其注禮亦兼釋詩明詩有布泉義也所引廛人云云彼諸布皆是泉故以爲證後鄭駁先鄭前說則其釋詩亦不主布參印書之義而以布爲泉可知鄭注禮時書三家詩知三家必訓布爲泉此箋依傳訓布爲幣者說文布枲織也幣帛也此二字本義食貨志貨寶於金利於刀流於泉布於布束於帛此泉刀與金布帛各爲物也又引周景王將更鑄大錢單穆公言量資幣權輕重以救民民患輕則爲之作重幣秦兼天下幣爲二等黃金以溢爲名上幣銅錢質於周錢文曰半兩重如其文金錢皆爲幣是錢可稱布又可稱幣傳箋訓布爲幣正以布爲錢因世所共曉不須分析言之若枲織之布與幣帛之幣顯然二物周秦漢以來從無以布當幣者莊子山木篇郭注釋布爲匹帛此晉人語由於誤解毛傳孔疏乃云布幣謂絲麻布帛之布未免溷淆矣以布爲錢抱字訓褱訓持義俱可通疏云泉則不宜抱之亦非說文絲蠶所吐也从二糸糸

細絲也。鹽鐵論借幣篇古者市朝而無刀幣各以其所有易無抱布貿絲而已此言若遇無刀幣之時則以物相易非謂周世無刀幣也直云以布易絲亦非訓布爲幣桓習齊詩此蓋齊家異義又易林解之乾云抱布貿絲並明齊毛文同

匪來貿絲來即我謀送子涉淇至于頓丘疏傳曰一成爲頓丘箋匪非即就也此民非來買絲但來就我欲與我謀爲室家也子者男子之通稱言民誘己己乃送之涉淇水至此頓丘定室家之謀且爲會期○易林萃之歸妹來即我謀知齊毛文同傳曰一成爲頓丘釋丘曰一成爲敦丘郭注成猶重也今江東呼地高堆爲敦孔疏引孫炎曰形如覆敦敦器似盂又如覆敦者敦丘郭注敦盂也疏引孫炎曰丘一成之形象也是頓丘即敦丘毛作頓同音借字魯詩今文當作敦風俗通義十引詩云至于頓丘應用魯詩頓當作敦後人據毛改之今頓行而敦廢矣漢書地理志云東郡頓丘顏注以丘名縣也丘一成爲頓丘謂一頓而成也或曰重也一重之丘顏兼用爾雅及釋名文所云以丘名縣即詩頓丘矣水經淇水注略云淇水自衞郡黎陽右合宿胥故瀆瀆受河於頓丘縣遮害亭東黎山西北會淇水處立石堰過水今瀆東北注蘇代曰決宿胥之口魏無虛頓丘即指是瀆也淇水又逕雍榆城南又東北逕帝嚳冢西世謂之頓丘臺非也皇覽曰帝嚳冢在東郡濮陽頓丘城南臺陰野中者也又北逕廣陽里逕顓頊冢西帝王世紀曰顓頊冢東郡頓丘城南廣陽里大冢者也淇水又

北屈而西轉逕頓丘北故闞駰云頓丘在淇水南爾雅曰山一成謂之頓丘釋名謂一頓而成丘無高下大小之殺也詩所謂送子涉淇至于頓丘者也魏徙九原西河土軍諸胡置土軍於丘側故其名亦曰土軍也又屈逕頓丘縣故城西古文尚書以爲觀地矣葢太康弟五君之號曰五觀者也竹書紀年晉定公三十一年城頓丘葢因丘而爲名故曰頓丘矣細繹酈注淇水於頓丘上城南逕帝嚳顓頊二冢又逕頓丘北方至頓丘故城西注中止一言頓丘餘並廣及縣治與丘無涉或謂衞有三頓丘及黎陽東郡有二頓丘者皆誤一統志頓丘故城在今大名府清豐縣西南二十五里此婦居淇水北涉淇而南乃至頓丘至丘築城始自晉定公時毛序以爲衞宣公時作自衞宣元年至晉定三十一年歷二百三十八甲子作詩時頓丘尚無城也

匪我愆期子無良媒將子無怒秋以爲期【注】韓說曰將辭也【疏】傳愆過也將願也箋良善也非我欲過子之期子無善媒來告期時將請也民欲爲近期故語之曰請子無怒秋以與子爲期○釋文愆字又作僁說文愆過也从心衍聲僁籒文釋言愆過也案此氓欲爲近期故婦言非我故欲過會合之期因子尚無善媒耳將子無怒秋以爲期可乎初念尚知待媒雖有成約猶欲以禮自處也婦欲待媒而氓怒毛訓將爲願於文不順故箋改之將辭也者文選甘泉賦李注引薛君韓詩章句文僞家語本命解王肅注季秋霜降嫁娶者始于此詩曰將子無怒秋以

爲期也案箋云孟夏賣絲孔疏月令孟夏云蠶事既畢分繭稱絲是孟夏有絲賣之也欲明此婦見誘之時節故云賣絲之早晩以男子既欲爲近期女子請之至秋明近期不過夏末則賣絲是孟夏也愚案男約近期女請至秋未必拘季秋逆女之節王肅據淫奔之詩以明禮斯爲謬矣張衡定情賦秋爲期兮時已征用此經文

乘彼垝垣以望復關疏傳垝毀也復關君子所近也箋前既與民以秋爲期期至故登毀垣鄉其所近而望之猶有廉恥之心故因復關以託號民云此時始秋也○說文乘覆也从入桀案凡物相覆謂之乘易屯卦鄭注馬牝牡曰乘是也人在垣上若覆之者故亦曰乘說文垝垝毀垣也从土危聲詩乘彼垝垣垣牆也釋詁垝毀也郭注詩曰乘彼垝垣蓋魯舊注義與毛同傳復關君子所近也陳奐據左襄十四年二十六年傳衞有近關謂衞之關有遠有近詩之關卽近關傳本左傳爲說愚案復無近義且近關非以君子所近蒙稱此毛誤解左氏也廣雅釋詁復重也管子牧民篇注同復關猶易言重門近郊之地設關以譏出入禦非常法制嚴密故有重關若司關疏所稱面置三關者婦人所期之男子居在復關故望之崔篆賦所謂揚蛾眉於復關也

不見復關泣涕漣漣既見復關載笑載言注魯泣作波魯說曰漣漣流貌也韓說曰漣漣淚下貌疏傳言其有一心乎君

子故有自悔箋用心專者怨必深則笑則言喜之甚○傳箋漣漣二字均無訓義流貌也者劉向楚詞九歎涕流交集兮泣下漣漣王逸注漣漣流貌也詩曰泣涕漣漣王逸魯説魯泣作波者宋本詩攷引泣作波丁晏以爲今本後人依毛改之故詩云涕下如流泉波涕説新而確淚下貌者玉篇水部詩曰泣涕漣漣淚下貌顧述韓詩説與魯合易林坤之井三女求夫伺候山隅不見復關泣涕漣洏洏疑如之誤乾之家人解之家人末同作長思憂歎此齊義三女求夫云云蓋舊説有之今不可攷矣

爾卜爾筮體無咎言注齊韓體作履韓説云履幸也**以爾車來以我賄遷**疏傳龜曰卜蓍曰筮體兆卦之體賄財遷徙也箋爾女也復關也既見此婦人告之曰我卜女筮女宜爲室家矣兆卦之繇無凶咎之辭言其皆吉又誘定之女女復關也信其卜筮皆吉故荅之曰徑以女車來迎我我以所有財遷徙就女也○以二語爲男告女之詞承上文載言實之齊體作履者禮坊記子云善則稱人過則稱己則民不爭善則稱人過則稱己則怨益忘詩云爾卜爾筮履無咎言鄭注爾女也履禮也言女鄉卜筮然後與我爲禮則無咎惡之言矣言惡在己彼過淺説與箋詩異案記稱子説引詩以明過則稱己之意此最古義昏姻正禮先以卜筮左傳所載懿氏卜妻敬仲晉獻公筮嫁穆姬是也履禮古通用此婦人棄逐之後追述往事言己見復關問知爾己卜矣爾己筮矣我仍惟禮是履匪媒不嫁則不

王有後來咎惡之言不應卽以爾車來以我賄遷耳所謂過則稱己惡在己彼過淺也子不引下二句見聖人非禮不道嚴重如此禮家舊說多用齊詩蓋齊義如此履幸也者釋文引韓詩文郝懿行云爾雅履福也幸者趨吉而免凶亦福之意陳喬樅云漢書伍被傳注幸非望之福履義訓福故引申旁通其義亦得訓幸愚案韓意亦謂問知爾已卜筮幸無惡咎之言特我不當以賄遷往耳合下二句釋之方得夫子過則稱己引詩以說之意此婦自恨卒爲情誘違其待媒訂期之初念直道其事如此齊詩所謂棄禮急情也

桑之未落其葉沃若于嗟鳩兮無食桑葚于嗟女兮無與士耽

〔注〕韓于作吁〔疏〕傳桑女功之所起沃若猶沃沃然鳩鶻鳩也食桑葚過則醉而傷其性耽樂也女與士耽則傷禮義箋桑之未落謂其時仲秋也於是時國之賢者刺此婦人見誘故于嗟而戒之鳩以非時食葚猶女子嫁不以禮耽非禮之樂○此以桑落未落與己色盛衰沃說文作𣳚云灌溉也从水芺聲草木得溉灌則肥盛而美眾經音義引廣雅云沃淫也美也魯語注沃肥美也淮南墬形訓注沃盛也溉灌本義肥盛美引申義沃若與沃沃沃有沃同詞隰桑其葉有沃猶沃沃也毛於有一桑傳云沃柔也於隰有萇楚傳云沃沃壯佼也故爲岐詞實卽一義古人狀物必疊二文以盡形容之妙若然同義沃若

即沃然亦即沃沃矣此以鳩喻女又以桑喻士隨文見義也傳鳩鶻鳩也食桑葚過則醉而傷其性說文葚桑實也釋文作椹泮水傳作黮字同疏鶻鳩班鳩也鳩類非一知此是鶻鳩者以鶻鳩冬始去今秋見之以爲喻故知非餘鳩也韓于作吁者外傳二引詩曰吁嗟女兮無與士耽皆防邪禁佚調和心志明韓于皆作吁荀子非相篇處女莫不願得以爲士楊注士未娶妻之稱耽說詳下

士之耽兮猶可說也女之耽兮不可說也疏箋說解也士有百行可以功過相除至於婦人無外事維以貞信爲節○士之耽兮四句列女魯宣繆姜傳引明魯毛文同說文耽耳大垂也从耳冘聲詩曰士之耽兮謂耳垂過大也此本義詩訓爲樂之過又自過大義旁推之言男子過行猶有解說之詞婦人從一而終失節則無可言矣毛但訓樂義未盡

桑之落矣其黃而隕注齊說曰桑之將落隕其黃葉失勢傾側而無所立

自我徂爾三歲食貧淇水湯湯漸車帷裳疏傳隕惰也湯湯水盛貌帷裳婦人之車也箋桑之落矣謂其時季秋也復關以此時車來迎已徂往也我自是往之女家女家乏穀食已三歲貧矣言此者明已之悔不以女今貧故也帷裳童容也我乃渡深水至漸車童容猶冒此難而往又明已專心於女○說文凡

草曰零，木曰落，隕，下，云自高下也。詩言桑落，特繪其落之情狀，謂將落時其葉必先黃而後隕，喻婦人色必先衰而後被棄逐也。桑之至所立，易林履之噬嗑、文泰之无妄、剝之震、小過之復同，亦以將落爲言，無所立、無自立之所也，喻婦人被逐自立無所。此齊義。後漢孔融傳擬劉表於桑落，以爲其勢可見，李注引此詩，融亦言表有桑落之勢，似此婦人也。馬瑞辰云：「詩下言三歲爲婦，推之三歲食貧，應指既嫁之後，食貧猶居貧。箋訓食爲穀食，非。」愚案：馬說是。追言徂爾食貧，至於三歲，我無悔意也。釋文：漸，子廉反，溼也。孔疏云：「童容，以帷障車之旁，如裳以爲容飾，故或謂之帷裳，或謂之童容。其上有蓋，四傍垂而下，謂之襜。」愚案：車即復關之車，上文所云爾車也。此婦更追溯來迎之時，秋水尚盛，已渡淇徑往，帷裳皆溼，可謂冒險，而我不以此自阻也。以上四句皆不爽之證。

女也不爽，士貳其行。士也罔極，二三其德。

疏　傳：「爽，差也。極，中也。」箋：「我心於女，故無差貳，而復關之行有二意。」○「女也不爽」，列女魯季敬姜傳引，明魯、毛文同。王引之云：「貳當爲貣之譌。貣音他得反，即忒之借字。洪範衍忒，史記宋微子世家作衍貣。管子正篇如四時之不貣，即易之四時不忒也。爾雅：爽，差也；爽，忒也。豫卦彖傳鄭注：忒，差也。是爽與忒同訓爲差。爾雅說此詩曰：晏晏旦旦，悔爽忒也。正謂恨士之爽忒其行。據爾雅所釋，詩之作貣明矣。」陳喬樅云：「據爾雅悔爽忒之語，足證魯詩是作士忒其行，毛譌作貳，三家皆當作忒也。」愚案：王、陳說是。詩言我無

爽忒汝之行乃有差忒所以然者汝之心失其中不專一其德而有二三耳故初至於暴而其後見棄逐也

三歲爲婦靡室勞矣（注）韓說曰靡共也（疏）箋靡無也無居室之勞言不以婦事見困苦有舅姑曰婦○三歲爲婦與上文三歲食貧相應毛傳言婦年老見棄愚案婦總角與氓相識即私奔年長當不過二十內外加三歲亦未遽老特因色衰愛移婦由奔誘而來不以夫婦之禮相待與谷風諸詩有別非年老也箋釋兩三歲爲二義益欲以實年老之說非是黃山云箋有舅姑曰婦案公羊僖二十五年宣元年傳皆云其稱婦何有姑之辭也穀梁文三年傳云曰婦有姑之辭也鄭連舅言必非今文說推公穀之義亦他人稱婦婦非婦自名詩爲婦以室勞言係對夫自述義於舅姑無涉禮曲禮夫人自稱於天子曰老婦國策趙太后對大臣亦自稱老婦又漢以下婦人未有子者皆自稱新婦史記陳嬰母謂嬰曰自我爲汝家婦則自稱爲婦乃婦之常說文婦服也从女持帚灑埽也釋名婦服也服家事也服家事即同室服勞正爲婦之本職三歲爲婦猶李白長干行十四爲君婦之意不必如鄭說靡共也者易中孚釋文引韓詩列子說符篇注引外傳文言三歲之中食貧同居共室家勞瘁之事如箋訓是復闕之待此婦甚優非氓家食貧者所能爲與下文語意不貫明韓說優矣

夙興夜寐靡有朝矣（疏）箋無有朝者常早起夜臥非一朝然言已亦不解惰○夙夜義具陟岵說詳彼

注猶朝暮也興起寐臥也漢書昭帝紀始元五年詔引夙興夜寐句昭帝從韋賢受魯詩又從蔡義受韓詩明魯韓與毛文同靡有朝言不可以朝計也猶易言非一朝之故

言既遂矣至于暴矣兄弟不知咥其笑矣靜言思之躬自悼矣疏傳咥咥然笑悼傷也箋言我也遂猶久也我既久矣謂三歲之後見遇浸薄乃至見酷暴兄弟在家不知我之見酷暴若其知之則咥咥然笑我靜安躬身也我安思君子之遇已無終則身自哀傷○雨無正傳遂安也說文咥大笑也此婦人云我既安然爲汝婦矣不料見遇浸薄乃至酷暴不堪始則相陵後乃偪逐不能不歸從前奔從復關之時不告於兄弟後至夫家始末情事兄弟亦茫然不知今見我歸但一言之皆咥然大笑無相憐者我靜思之惟身自傷悼爲匪人所誘耳

及爾偕老老使我怨疏箋及與也我欲與女俱至於老老乎女反薄我使我怨也○嚴粲云詩言總角之宴則此婦人始笄便爲此氓之婦三歲不應便老蓋言始也將與汝偕老今未老而已見棄若從爾至老其被暴戾必有甚者愈使我怨也愚案及爾偕老即復關從前信誓之詞此婦追述其前誓而云今已見棄尚何所言徒使我老增哀怨耳箋泥老字以爲老乃見棄固非嚴解亦未當也

淇則有岸隰則有泮疏傳泮陂也箋泮讀爲畔畔涯也言淇

與隰皆有厓岸以自拱持今君子放恣心意曾無所拘制○釋文引呂忱云陂阪也所以爲隰之限域也詩即目爲喻言淇水之盛尚有岸以爲障原隰之遠尚有畔以爲域今復爾之心略無拘忌盍淇隰之不足喻矣

總角之宴言笑晏晏信誓旦旦不思其反反是不思亦已焉哉注魯說曰晏晏怛怛悔爽忒也疏傳總角結髮也晏晏和柔也信誓旦旦然箋我爲童女未笄結髮宴然之時女與我言笑晏晏然而和柔我其以信相誓旦旦耳言其懇惻款誠反復也今老而使我怨曾不念復其前言已焉哉謂此不可奈何死生自決之辭○釋文宴如字本或作丱者非正義同馬瑞辰云作丱者是也丱即丱字之渻爲總角貌丱與晏古音正合箋宴然亦當爲丱然之譌作宴者因下晏晏而誤也釋文正義轉以作丱爲非失之愚案馬說是總角者童女直結其髮聚之爲兩角自爲童女時即見此氓是貿絲非一次至長成後乃與相期約耳始則言笑和柔繼則信誓誠懇所以誘之備至今於爽忒後述之如此釋訓晏晏旦旦悔爽忒也釋文旦本或作怛說文怛憯也从心旦聲或從心在旦下詩曰信誓怛怛詩所引者魯詩作怛怛之本也陳喬樅云怛怛爲憯之意故鄭箋又云言其懇惻款誠亦本魯說爲訓也胡承珙云說文憯痛也方言怛痛也或疑於此信誓義不協不知傷痛者至誠迫切之意故可通爲形容誠懇之貌也禮表記國風曰信誓旦旦言笑晏晏不思其反

反是不思亦已焉哉鄭注此皆與爲婚禮而不終也言始合會言笑和悅要誓甚信今不思其本恩之反覆反覆之不思亦已焉哉無如此人何怨深也愚案據表記引言笑五句知齊毛文同釋文云信誓本亦作矢誓蓋齊家有異文作矢不思反覆其前言鄭釋爲不思其本恩之反覆此齊說異義

氓六章章十句

竹竿疏毛序衞女思歸也適異國而不見答思而能以禮者也○愚案古之小國數十百里雖云異國不離淇水流域前三章衞之淇水末章則異國之淇水也三家無異義

籊籊竹竿以釣于淇豈不爾思遠莫致之疏傳興也籊籊長而殺也釣以得魚如婦人待禮以成爲室家箋我豈不思與君子爲室家乎君子疏遠己己無由致此道○說文竿竹梃也說文無籊字馬瑞辰云釋木梢梢擢郭注謂木無枝梢擢長而殺也王氏念孫云梢之言削也讀如輪人擧爾而纖之擧鄭注擧纖殺小貌也擢與籊籊聲近而義同爾雅又云無枝爲檄郭注檄擢直上亦與籊籊爲長而殺義近卓文君白頭吟竹竿何嫋嫋魚尾何簁簁義取此詩愚案淇水衞地此女身在異國思昔日釣游之樂而遠莫能致此賦意傳言釣以得魚如婦人待禮以成爲室家此興意

也

泉源在左淇水在右女子有行遠兄弟父母【疏】傳泉源小水之源淇水大水也箋小水有流入大水之道猶婦人有嫁於君子之禮今水相與爲左右而已亦以喻己不見答行道也女子有道當嫁耳不以不荅而違婦禮○趙岐孟子章句十二引衞詩竹竿之篇曰泉源在左淇水在右趙習魯詩明魯毛文同胡承珙云衞都朝歌淇自其城北屈而西轉亦在衞之西北其下流乃在西南詩不曰泉水曰泉源水經淇水注泉有二源一曰馬溝二曰美溝皆出朝歌西北詩自其源而言之故曰在左淇水詩不曰源則是目其下流已至衞之西南故曰在右一字分別不苟如此俗本父母在兄弟上阮校勘記云小字本閩本明監本皆作遠兄弟父母釋文以遠兄二字作音可證胡承珙云王風葛藟魯頌閟宮皆母與有均小雅沔水母與友均與此母右爲均同藝文類聚二十三引荀爽女誡云詩曰泉源在左淇水在右女子有行遠父母兄弟訢栃謂明當許嫁配適君子竭節從理正身節行稱爲順婦以崇螽斯百葉之祉爽習齊詩明齊毛文同當許嫁配適君子與箋有行義合以此推之古訓相承如此

淇水在右泉源在左巧笑之瑳佩玉之儺【疏】傳瑳巧笑皃儺行有節度箋已雖不

言

見荅猶不惡君子美其容貌與禮儀也○馬瑞辰云瑳當爲齜之假借說文齜字注一曰開口見齒之貌讀若柴笑而見齒故以齜狀之齜借作瑳猶玼或作瑳也說文儺行有節也詩曰佩玉之儺段玉裁云此儺字本義愚案由上文遠推之見遠其家遂至夫家得見其夫體貌之美禮節之嫺故詠之箋言已雖不見荅猶不惡君子愚謂但不見荅耳未至棄絕何敢言惡東漢時如梁鴻之於孟光袁隗之於馬融女初不見禮旋歸於好此事古多有之也

淇水滺滺檜楫松舟駕言出遊以寫我憂【注】魯滺作油【疏】傳滺滺流貌檜柏葉松身楫所以櫂舟也舟楫相配得水而行男女相配得禮而備出遊思鄉衞之道箋此傷已今不得夫婦之禮適異國而不見荅其除此憂維有歸耳○釋文浟本亦作滺音由馬瑞辰云滺古止作攸說文攸行水也从攴从人水省戴侗曰唐本作水行攸攸也說文又曰攸秦刻石嶧山攸字如此是攸从水者卽省水作丨不應於攸字又加水旁滺乃俗字張參五經文字滺書無此字見詩風亦作攸是詩古本作攸攸之證魯作油油者王逸楚詞九歎惜賢篇注油油流貌詩曰河水油油河是淇之誤廣雅釋訓油油流也油油卽浟浟之異文王者魯詩明魯作油油傳檜柏葉松身楫所以櫂舟也吳志張紘傳裴松之注引吳紀孫皓問紘子尚云詩曰汎彼柏舟惟柏中舟乎對曰詩言檜楫松舟則松亦中舟也陳喬樅云紘

從濮陽閻受韓詩見吳書知尚亦習韓詩也愚案據此韓毛文同詩言淇水依然舟楫具備惟命駕而往出遊以寫我憂思耳

竹竿四章章四句

芄蘭【疏】毛序刺惠公也驕而無禮大夫刺之箋惠公以幼童卽位自謂有才能而驕慢於大臣但習威儀不知爲政以禮○三家無異義

芄蘭之支【注】魯支作枝【疏】傳興也芄蘭草也君子之德當柔潤温良箋芄蘭柔弱恆蔓延於地有所依緣則起興者喻幼稚之君任用大臣乃能成其政○釋草雚芄蘭說文作莞云芄蘭莞也陸疏云一名蘿藦幽州人謂之雀瓢焦循云卽今田野間所名麻雀官者其結莢形與解結錐相似故以起興胡承珙云莢綴於支上亦可云支也魯支作枝者說苑修文篇云能治煩決亂者佩觿能射御者佩韘能正三軍者搢笏衣必荷規而成矩負繩而準下故君子衣服中而容貌得接其服而象其德故望玉貌而行能有所定矣詩云芄蘭之枝童子佩觿說行能者也阮元云詩本支百世左傳作枝漢書楊雄傳支葉扶疏卽枝葉皆以支爲枝陳喬樅云支枝今古文之異唐石經亦作枝愚案說文芄下引詩亦作枝童子佩觿雖則佩觿能不我知【疏】傳觿所以解結成人之佩也人君治成人之事雖童子猶佩觿早成其德

不自謂無知以驕慢人也箋此幼穉之君雖佩觿與其才能實不如我衆臣之所知爲也惠公自謂有才能而驕慢所以見刺○觿者說文佩角銳耑可以解結詩曰童子佩觿禮內則小觿注小觿解小結也觿如錐以象骨爲之賦䄷注作鑴賈疏云鑴是錐類內則釋文觿本或作鑴則亦有以金爲之者人君治成人之事雖童子猶佩觿早成其德能不我知者王引之云詩凡言甯不我顧既不我嘉子不我思皆謂不顧我不嘉我不思我也此不我知亦當謂不知我下文不我甲亦當謂不狎我非謂不如我所知不如我所狎也能乃語詞之轉當讀爲而言子今雖則佩觿佩韘而實不與我相知相狎葢刺其驕而無禮疏遠大臣也古字多借能爲而不當如箋說訓爲才能

容兮遂兮垂帶悸兮【注】韓悸作萃云垂貌

【疏】傳容儀可觀佩玉遂遂然垂其紳帶悸悸然有節度箋容刀也遂瑞也言惠公佩容刀與瑞及垂紳帶三尺則悸悸然行止有節度然其德不稱服○容兮遂兮者孔疏孝經曰容止可觀大東詩云鞙鞙佩璲璲本所佩之物因爲其貌故言佩玉遂遂然悸作萃云垂貌者釋文引韓詩文陳喬樅云傳垂其紳帶悸悸然有節度是亦以悸爲垂貌悸葢萃之借字說文萃草聚貌文選藉田賦注引倉頡篇云蕊聚也是萃蕊義通說文又云縈垂也从惢糸聲廣雅釋詁縈聚也集韻縈或从木作縈左哀十三年傳佩玉縈兮謂佩玉垂貌也說文垂草木花葉垂象形草木花葉皆以聚故而下垂故萃縈又並爲垂貌

芄蘭之葉，童子佩韘。【疏】傳：「韘，玦也。能射御則佩韘。」箋：「葉猶支也。」蘭疏證云：葉油綠色，厚而不平，正本圓末狹，玦形如環而缺，此葉圓端象其環，狹末象其缺。傳「能射御者佩韘」，與說苑合。說文：「韘，射決也，所以拘弦，以象骨韋系著右巨指。詩曰：童子佩韘。」馬瑞辰云：士喪禮「設決麗于掔」，鄭注「決以韋爲之藉」，與說文言韋系合。繫傳：「韘所以助鉤弦，若今皮韘是矣。」說文：「屧，履中薦也。」薦猶藉也。履中藉謂之屧，決內藉謂之韘，其義一也。至箋云「韘之言沓，所以彄沓手指」，據士喪禮注「決以韋爲之藉，有彄，彄內端爲紐，外端有橫帶，設之以紐擐大擘本，因沓其彄，以橫帶貫紐結於擘之表也」，是古者決以韋爲藉，又必有彄以彄沓手指。箋本中傳訓決爲韘之義，手指謂右巨指。正義乃以大射朱極三釋之，以手指爲食指、將指、無名指，誤矣。彄之言韝也，沓之言鞱也。說文：「揩，縫指揩也，一曰韜也。」玉篇：「揩，韋韜也。」韘、指沓也。是決也、韘也、沓也，異名而同實。以其用以闓弦謂之決，以其用韋爲藉謂之韘，以其用以韜指謂之彄沓。正義第知決用象骨，而韋系及指沓之制未詳。胡承珙以爲韘即今之扳指，而制微不同，今之扳指如環無端，古之玦則如環而缺，其缺處當聯以韋系所以著弦。瑞辰謂今之射者著扳指，內必以皮薦之以免其滑，即古韘用韋系之遺制也。**雖則佩韘，能不我甲。**【注】魯說曰：「甲，狎也。」韓「甲」作「狎」。【疏】傳：「甲，狎也。」箋：「此君雖佩韘與，其才能實不如我衆臣之所狎習○甲狎也者釋言文是魯毛義同甲作狎者釋文引韓詩文徐仙民云狎戶甲反惠棟云匡謬正俗曰甲雖訓狎自有本音不當便讀爲狎其說非也漢儒訓詁音義相兼尚書多方甲於內亂鄭王皆以甲爲狎古文以甲爲狎遂有狎音非叚借也經傳中徐氏釋音獨得古人之義小顏輒斥爲非何也

容兮遂兮垂帶悸兮

芄蘭二章章六句

河廣疏毛序宋襄公母歸于衛思而不止故作是詩也箋宋桓公夫人衛文公之妹生襄公而出襄公即位夫人思宋義不可往故作詩以自止○嚴粲云正義因箋說以爲是詩當衛文公時非也衛都朝歌在河北宋都睢陽在河南自衛適宋必涉河自魯閔二年狄入衛之後戴公始渡河而南河廣之詩作於衛未遷之前時宋桓猶在襄公方爲世子衛戴文俱未立也舊說誤矣許氏詩深曰說苑宋襄公爲太子請于桓公曰請使目夷立公曰何故對曰臣之舅在衛愛臣若終立則不可往左傳僖八年冬宋公疾太子茲父固請曰目夷長且仁君其立之公命子魚辭曰能以國讓仁孰大焉臣不及也夫不言母之愛子而託於舅固猶不忍傷父之意然夫人之思子不止形諸哀吟故襄公於前請未獲命至父疾而又固請之自鄭箋以詞害志遂謂襄公即位夫人思宋而義不可往竊謂桓公在時必無出婦思返之理若襄公既已即位不惟衛徙楚丘無河可渡

而母出與廟絕尤不宜復萌此想也使此時思及往宋是前乎此者未嘗思今見先君已沒其子卽位思以國母就養而義有不可遂不勝其拳拳而作此詩則亦愚婦之鄙情安見其發於愛子之至性而有循禮度義之志乎范家相云詩雖以望宋爲言然於桓公無相思之理詩傳引宋仁宗廢后郭氏不肯與仁宗私見一事明夫人之不思桓公是也蓋望宋但以思子耳愚案稽之史表庚午周襄王元年宋桓公三十一年衛文公九年也文公十年爲宋襄公元年是衛渡河而南久矣說苑立節篇襄公茲父以太子讓目夷目夷逃之衛茲父從之三年以襄公臣舅愛臣立則不可以往之言觀之是夫人被出之後母子當得相見矣襄公卽位不能往宋見母故夫人思之設言河廣以起興此詩庶幾可通耳

誰謂河廣一葦杭之【注】魯杭作斻【疏】傳杭渡也箋誰謂河水廣與一葦加之則可以渡之喻狹也今我之不渡直自不往耳非爲其廣○夫人以衛女嫁宋往返南北河廣本所習見因以起興傳杭渡也魯杭作斻者王逸楚詞九章注斻渡也詩曰一葦斻之王習魯詩知魯作斻說文斻方舟也方併船也始皇臨浙江水波惡乃西百二十里從狹中渡其地因有餘杭縣杭是斻之誤字後漢杜篤論都賦北杭涇流李注斻舟渡也流俗不解遂與杭字相亂正義一葦一束也可以浮之水上而渡若桴栰然非一根葦也詩言誰謂河廣乎積葦爲泭則亦可徑渡矣但言河之易渡以興宋之易

至非眞欲渡河也鹽鐵論執務篇孔子曰吾於河廣知德之至也又云有求如關雎好德如河廣何不得不濟之有此推衍之義

誰謂宋遠跂予望之（注）魯齊跂作企（疏）箋予我也誰謂宋國遠與我跂足則可以望見之亦喻近也今我之不往直以義不往耳非爲其遠○魯齊跂作企者王逸楚詞九歎注企立貌引詩曰企予望之知魯作企易林觀之明夷企立望宋知齊亦作企說文企下云舉踵也跂下云足多指也魯齊正字毛同音叚借字

誰謂河廣曾不容刀（疏）箋不容刀亦喻狹小船曰刀○釋文刀如字字書作舠說文作𦨴並音刀馬瑞辰云𦨴借作刀猶說文鯛讀如刀也愚案釋名三百斛曰𦨴𦨴貂也貂短也江南所謂短而廣安不傾危者也刀貂古通用管子豎刀即左傳之寺人貂也說文無𦨴本俗字仍當作刀或唐人所見異本

誰謂宋遠曾不崇朝（疏）箋崇終也行不終朝亦喻近○崇朝者蝃蝀傳從旦至食時爲終朝

河廣二章章四句

伯兮（疏）毛序刺時也言君子行役爲王前驅過時而不反焉箋衛宣公之時蔡人衛人陳人從王伐鄭伯也爲王前驅久故家人思之○案伯以衛國大夫入爲王朝之中士妻從夫在王國故因行役之久而思之詳見下文三家無異義

伯兮朅兮，邦之桀兮。【注】韓朅作偈，云：桀，侹也。疾驅貌。亦作傑。【疏】傳：伯，州伯也。朅，武貌。桀，特立也。箋：伯，君子字也。桀，英桀，言賢也。○此葢衛國之州長，中大夫也。見下注。韓作偈者，文選宋玉高唐賦注引韓詩文。玉篇人部：偈，武貌。引詩曰：伯兮偈兮。陳喬樅云：朅字卽偈之通叚。玉篇所引雖不言何詩，然偈字與選注引韓詩文同，其爲韓詩無疑。叚玉裁云：據說文仡，勇壯也。引周書仡仡勇夫，謂朅爲仡之叚借，不知從韓詩偈字尤爲邪塙。愚案：廣雅云：偈，健也。碩人庶士有朅，釋文引韓詩作桀，云：健也。明韓詩亦以彼詩之朅爲偈，而訓爲健也。與此桀侹之訓合。說文：侹，長貌。檜風匪車偈兮，傳云：偈偈，疾驅。韓於此詩以桀侹之義未足，又增訓曰疾驅貌，與匪風義同，是朅爲偈之借字。桀作傑者，玉篇人部云：桀，英傑。詩曰：邦之傑兮。傑，特立也。衆經音義五引詩同，皆據韓詩之文。

伯也執殳，爲王前驅。【疏】傳：殳長丈二而無刃。箋：兵車六等，軫也，戈也，人也，殳也，車戟也，酋矛也，皆以四尺爲差。○孔疏：考工記兵車六等之數，車軫四尺，謂之一等。戈柲六尺有六寸，既建而迤，崇於軫四尺，謂之二等。人長八尺，崇於戈四尺，謂之三等。殳長尋有四尺，崇於人四尺，謂之四等。車戟長，崇於殳四尺，謂之五等。酋矛常有四尺，崇於戟四尺，謂之六等。是也。彼注云：戈殳戟矛皆插車輢。此云執之者，在車當插輢，則此執之（此武本在之下，據文義改正）據用以言也。胡承珙云：戈戟皆可言執，何以獨云執殳？說文：殳以杸殊人也。禮殳以積竹八觚長丈二尺建于兵車旅賁以先驅司戈盾祭祀授旅賁殳故士戈盾注云故士王族故士也與旅賁當事則衛王也疏云旅賁氏掌執戈盾而趨此執殳以其與故士同衛王時以爲儀衛故不執戈盾旅賁氏云掌執戈盾夾王車而趨左八人右八人注云夾王車者其下士也下士十有六人中士爲之帥焉據此則執戈盾夾車者爲下士其執殳前驅者當爲中士與司戈盾所謂授旅賁殳者蓋以授中士故說文獨於殳下言旅賁以先驅雖引禮文而實合於詩義傳以伯爲州伯正義以內則州伯釋之鄭彼注云州長中大夫一人而此執殳之旅賁則爲士曲禮列國之大夫入天子之國曰某士注云三命以下於天子爲士衛之君子爲王前驅者自是諸侯大夫於王朝則爲士耳文選西京賦李注引韓詩此二句明韓毛文同易林大過之訟秉鉞執殳挑戰先驅不役元帥敗破爲憂又解之蹇四姦爲殘齊魯道難前驅執殳戒守无患皆與此詩無涉不知何指

自伯之東首如飛蓬豈無膏沐誰適爲容【疏】傳婦人夫不在無容飾適主也○之往也集傳以衛在鄭西疑不得云之東孔疏云蔡衛陳三國從王伐鄭兵至京師乃東行伐鄭愚案必待三國之衆同聚京師方始東行展轉勞費非軍行所宜出毛奇齡謂伯之妻從其夫仕於王朝者情事爲合今從之蓬義具騶虞史記老子傳正義

蓬生沙漠中風吹則根斷隨風轉移也首如飛蓬言髮亂也易
林節之謙伯去我東首髮如蓬長夜不寐展轉空牀內懷惆悵
憂摧肝腸妬之遜比之復詞意相同比之復伯作季益字譌明
齊毛文同澤面日膏濯髮曰沐言非無膏沐之具夫不在家無
意於容飾也馬瑞辰云衆經音義六引三蒼適悅也女
爲悅己者容夫不在故曰誰適爲容言誰悅爲容也

其雨其雨杲杲出日願言思伯甘心首疾傳杲杲然日復出 疏 矣甘厭也箋人言

其雨其雨而杲杲然日復出猶我言伯且來伯且來則復不來
願念也我念思伯心不能已如人心嗜欲所貪口味不能絕也
我憂思以生首疾○左襄二十三年傳其然注云猶必爾此云
其雨於義當同馬瑞辰云杲對杳言說文杳下云冥也从日在
木下東下云動也从木日官溥說从日在木中杲下云明也从
日在木上說文叒云榑桑神木日所出也日出神木之上故日
出謂之杲杲王逸楚詞九辯注引詩云杲杲出日明魯毛文同
二子乘舟傳願每也此傳云我每有所言則思於伯甘厭也馬
瑞辰云甘與苦以相反爲義故甘草爾雅名爲大苦方言苦快
也郭注苦而爲快者猶以臭爲香治爲亂徂爲存以此推之則
甘心亦得訓爲苦心猶言憂心勞心痛心也左成十三年傳諸
侯備聞此言斯是用痛心疾首杜注疾猶痛也甘心首疾與痛
心疾首文正相類皆爲對舉之詞詩不言疾首而言首疾者倒
文以爲均也厭爲猒足之猒引申爲猒倦猒苦漢書韓信傳注

苦厭也李廣傳注苦厭苦之也竊疑傳訓甘爲厭者正讀甘爲苦故卽以訓苦者釋之正義有未達耳箋訓爲甘嗜之甘其義近迂集傳又謂甯甘心於首疾亦非詩義

焉得諼草言樹之背願言思伯使我心痗【注】魯說曰萲諼忘也韓諼亦作諠韓說曰諠草忘憂也【疏】傳諼草令人忘憂背北堂

將危身欲忘之○萲諼忘也者釋訓文魯說也郭注義具伯兮考槃詩是魯作萲而訓爲忘孔疏云諼訓爲忘非草名也韓諼亦作諠者文選謝惠連西陵遇風詩李注引韓詩焉得諠草諠草忘憂也者注又引薛君章句文馬瑞辰云說文藼下云令人忘憂草也詩曰安得藼草蕿下云或从煖萱下云或从宣萲諼皆以釋詩萲又蕿之省據詩釋文云善忘亡向反又爾雅釋文亦引毛傳萲草令人善忘是毛傳本作諼草令人善忘今正義本作令人忘憂者誤也阮校勘記云傳不言憂故箋言憂以申之今案文選李注忘憂之說實本韓詩鄭先通韓詩故以忘憂爲說以此推知說文令人忘憂之草亦本韓詩也傳箋皆作設想之詞不謂實有此草而任昉述異記曰萱草一名紫萱吳中書生謂之療愁張華博物志引神農經上藥養性謂合歡蠲忿萱草忘憂則以萱草爲卽今之萱花以萱諼同音取義猶之栗爲戰栗棗爲早起棘爲吉桑爲喪桐杖爲取同於父又因韓詩

憂忘之說而引申之也陳喬樅云文選陸士衡贈從兄車騎詩注又引韓詩焉得諼草二句文與毛同諼諠字通謝惠連詩云積憤成疢痗無萱將如何注引韓詩又作萱草此順謝詩所作字耳其引薛君章句字仍作諠云萱與諠通馬瑞辰云說文北菲也从二人相背是北本從背會意漢書高紀項羽追北韋昭注北古背字背去而走也背北古通用故傳知背卽北堂

伯兮四章章四句

有狐【疏】毛序刺時也衞之男女失時喪其妃耦焉古者國有凶荒則殺禮而多昏會男女之無夫家者所以育人民也箋育生長也○案會男女之無夫家者夫家當作室家字誤韓詩外傳三昔者不出戶而知天下不窺牖而見天道非目能視乎千里之前非耳能聞乎千里之外以己之情量之也已惡飢寒焉則知天下之欲衣食也已惡勞苦焉則知天下之欲安佚也已惡衰乏焉則知天下之欲富足也知此三者聖王之所以不降席而匡天下故君子之道忠恕而已矣夫處飢渴苦血氣困寒暑動肌膚此四者民之大害也害不除未可教御也四體不掩則鮮仁人五藏空虛則無立士故先王之法天子親耕后妃親蠶先天下憂衣與食也詩曰父母何嘗心之憂矣之子無裳愚案此錯引鴇羽有狐二詩言時當貧困故昏禮不舉男女失時欲君人者不忘國本急於養民也外傳義與毛序合魯齊無異義

有狐綏綏在彼淇梁注齊綏綏作夊夊疏傳興也綏綏匹行貌石絕水曰梁○馬瑞辰云齊風雄狐綏綏吳越春秋塗山歌綏綏白狐者指一狐言不得謂綏綏爲匹行貌齊作夊夊者王應麟詩攷引齊綏綏作夊夊王篇夊今作綏行遲貌引詩雄狐夊夊此文當同廣雅綏舒也說文夊下云行遲曳夊夊象人兩脛有所躧也是夊夊爲舒遲貌詩蓋以狐之舒遲自得興無室家者之失所耳心之憂矣之子無裳疏傳之子無室家者在下曰裳所以配衣也箋之子是子也時婦人喪其妃耦寡而憂是子無裳無爲作裳者欲與爲室家○馬瑞辰云序云男女失時喪其妃耦是詩本兼男女言左傳言男有室女有家知傳言之子無室家者實合下章言之亦兼男女言古者上衣而下裳以喻先陽而後陰無裳喻男之無妻也愚案馬說是箋專說首章置二三章不言致後來說詩者有寡婦欲嫁鰥夫之解得此可息羣疑韓詩外傳三引末二句見明韓毛文同

有狐綏綏在彼淇厲注韓說曰在彼淇厲水絕石曰厲心之憂矣之子無帶疏傳厲深可厲之者帶所以申束衣○在彼至曰厲王篇厂部引韓詩文胡承珙云傳明知此厲非深則厲之厲但厲必深水其旁水淺處亦可名厲實則此厲當爲瀨之借字史記南越傳爲戈船下厲將軍漢書作下瀨說

文瀨水流沙上也楚詞石瀨兮淺淺是瀨爲水流沙石間當在由深而淺之處上章石絕水曰梁爲水深之所次章言厲爲水淺之所三章言側則在岸矣立言次序如此說文砅履石渡水也或从厲作濿厲賴同聲故履石渡水之砅與水流沙上之瀨義足相成聲亦同類又與涉水之厲轉相引申故深則厲說文作砅此水旁之厲又以深厲之字爲之若但訓水旁與側無别矣皮嘉祐曰胡說於韓義亦合瀨是水中有涉石之處故水絕石亦由水渡石之謂馬瑞辰云東山詩親結其褵釋言褵帶也婦人繫屬於人無帶是無所繫屬葢以喻婦女無夫

有狐綏綏在彼淇側心之憂矣之子無服疏傳言無無室家若人無衣服○馬瑞辰云三章無服統男女言之

有狐三章章四句

木瓜注賈子新書禮篇引由余云苞苴時有筐篚時至則羣臣附詩曰投我以木瓜報之以瓊琚匪報也永以爲好也上少投之則下以軀償矣弗敢謂報願長以爲好古之蓄其下者其報

施如此 疏 毛序美齊桓公也衞國有狄人之敗出處于漕齊桓公救而封之遺之車馬器服焉衞人思之欲厚報之而作是詩也○案序美桓公朱子不以爲然謂於經文無據其說見呂記者但以爲尋常施報之言至作集傳乃以爲男女贈答之詞又不如從序之爲愈矣賈子本經學大師與荀卿淵源相接其言可信當其時惟有魯詩若舊序以爲美桓賈子不能指爲臣下報上之義是其原本古訓更無可疑傳於末章引孔子曰吾於木瓜見苞苴之禮行足見尼山當日以爲詩文明白古禮可徵卽微物亦將君上之意悠然有會於聖心其對哀公問政以體羣臣則士之報禮重爲九經之一卽此意也韓齊無異義

投我以木瓜報之以瓊琚 疏 傳木瓜楙木也可食之木瓊玉之美者琚佩玉名○埤雅謂實如小瓜食之津潤不木者爲木瓜圓而小如木瓜食之酢澀而木者爲木桃大於木桃似木瓜而無鼻者爲木李姚寬遂以木桃爲樝子木李爲榠樝胡承珙云樝子榠樝在本草別錄圖經並無木桃木李之名後人因詩而被以此名耳傳以木瓜爲楙用爾雅文而木桃木李無訓爾雅以瓜不木生故獨釋楙爲木瓜若桃李皆木自不必復稱爲木詩言木桃木李因上章木字以成文耳毛傳無訓葢卽以爲桃李若樝子及榠樝皆與木瓜同類不應目爲桃李任昉述異記云桃之大者爲木桃足知木桃卽

桃烏得爲木瓜之類乎馬瑞辰云瓊爲玉之美者因而凡玉石之美者通謂之瓊釋文引說文瓊赤玉也段氏玉裁謂赤乃亦之譌說文時有言亦者如李賢所引診亦視也鸞亦神靈之精也之類案段說是也說文以玖爲石之次玉黑色者若以瓊爲赤玉詩不得言瓊玖矣段又云琚乃佩玉之一物不得言佩玉名傳當作佩玉石今譌爲名

匪報也永以爲好也疏箋匪非也我非敢以瓊琚爲報木瓜之惠欲令齊長以爲玩好結己國之恩也○永義具漢廣好統君臣言之孟子禹惡旨酒而好善言此君好臣也又畜君者好君也注言臣說君謂之好君此臣好君也

投我以木桃報之以瓊瑤匪報也永以爲好也疏傳瓊瑤美玉○馬瑞辰曰玉葢石之譌上章正義引傳正作美石即其證瑤次於玉當爲美石大雅公劉詩言維玉及瑤亦瑤異於玉之證說文瑤玉之美者據此詩釋文引說文瑤美石知說文玉亦石之譌然陸引說文云美石以存異義則所見毛傳已作美玉矣王逸楚詞離騷注引詩曰報之以瓊瑤又九歌章句引同明魯毛文同

投我以木李報之以瓊玖匪報也永以爲好也疏傳瓊玖玉名孔子曰吾於木瓜見苞苴之禮行箋以果實相遺者必苞苴之尚書曰厥苞橘柚○段玉裁云王風傳玖石次玉者說文玖石之次玉黑色

者傳作玉名乃玉石之誤胡承珙云首章正義云此言琚佩玉名下傳云瓊瑶美石瓊玖美玉名三者互也此瓊玖玉名名當作石蓋謂傳訓瓊玖爲玉石與琚爲佩玉名瑶爲美石三者不同故爲互文見義若作瓊玖玉名則與琚佩玉名同不得云三者互矣正義又云琚言佩玉名瑶玖亦佩玉名瑶言美石玖言玉名明此三者皆玉石雜也此玖言玉名亦當作玉石今正義二名皆石字之誤

木瓜三章章四句

邶鄘衛國下十篇三十四章二百三句

詩三家義集疏卷下　終

詩三家義集疏卷四

長沙王先謙益吾著

王黍離弟四 乙巳占引詩推度災曰王天宿箕斗此齊說漢書地理志昔周公營雒邑以爲在于土中諸侯屏蕃四方故立京師至幽王淫褒姒以滅宗周子平王東居雒邑雒邑與宗周通封畿東西長而南北短短長相覆爲千里又曰河南郡河南故郟鄏地武王遷九鼎周公致太平營以爲都是爲王城至平王居之易林井之升營城洛邑周公所作世運三十年歷七百福佑豐實堅固不落兌之蹇謹作建七作八豊實作盤紀班焦皆齊詩家其說王城如此魯韓無異義鄭譜云平王以亂故徙居東都王城於是王室之尊與諸侯無異其詩不能復雅故貶之謂之王國之變風陸堂詩學云春秋魯國之史於元年春必書王正月猶可目爲尊王黍離十章采自王畿不稱王而奚稱或曰周可稱也余謂王亦以地而言自平王歷景王都王城者十二世敬王避子朝亂乃徙都成周義不得舍王而稱周且稱周則與周南混矣故謂以風貶周者非也謂以王尊周者亦非也顧氏炎武云邶鄘衞王列國之名其始於成康之世乎太師陳詩以觀民風采於商之故都者則繫之邶鄘衞采於東都者則繫之王采於列國者則各繫之其國驪山之禍先王之詩率已闕軼而孔子所錄者皆平王以後之詩此變風之所由名也詩雖變

而太師之本名則不敢變此十二國之所以存其舊也先儒謂王之名不當儕於列國而爲之說曰列黍離於國風齊王德於邦君誤矣虞東學詩云孟子曰王者之迹熄而詩亡詩亡然後春秋作蓋王者之政莫大於巡狩述職巡狩則天子采風述職則諸侯貢俗太師陳之以攷其得失而慶讓行焉所謂迹也夷厲以來雖經板蕩而甫田東狩鳥芾來同撻伐震於徐方疆理及乎南海中興之迹爛然著明二雅之篇可考焉洎乎東遷而天子不省方諸侯不入覲慶讓不行而陳詩之典廢所謂迹熄而詩亡孔子傷之不得已而託春秋以彰衮鉞也

詩國風

黍離（注）韓說曰昔尹吉甫信後妻之讒而殺孝子伯奇其弟伯封求而不得作黍離之詩（疏）毛序閔宗周也周大夫行役至于宗周過故宗廟宮室盡爲禾黍閔周室之顛覆彷徨不忍去而作是詩也箋宗周鎬京也謂之西周周王城也謂之東周幽王之亂而宗周滅平王東遷政遂微弱下列於諸侯其詩不能復雅而同於國風焉○昔尹至之詩御覽九百九十三羽族部引陳思王植令禽惡鳥論文七月疏引此論羅泌路史發揮亦引曹子建惡鳥論植韓詩家也後漢書郅惲傳惲說太子曰昔高宗明君吉甫賢臣及有纖芥放逐孝子傳稱惲理韓詩以授皇太子侍講殿中卽以此詩說太子也胡承珙云尹吉甫在宣王時尚是西周不應其詩列於東都

愬案吉甫放逐伯奇出亡自是西周之事年歲無考存歿不知益有傳其亡在王城者及平王東遷伯封過之求兄不得揣其已歿憂而作詩情事分明此不足以難韓說也

彼黍離離彼稷之苗【注】韓說曰黍離伯封作也曰彼黍離離彼稷之苗薛君注離離黍貌也詩人求亡兄不得憂懣不識於物視彼黍離離然憂甚之時反以爲稷之苗乃自知憂之甚也【疏】傳彼彼宗廟宮室箋宗廟宮室毀壞而其地盡爲禾黍我以黍離離時至稷則尚苗○黍離至甚也御覽四百六十九人事部八百四十二百穀部引韓詩文馬瑞辰云程瑤田九穀考云黍今之黃米稷今之高粱其說是也說文黍禾屬而黏者也又曰穈穄也穄穈也倉頡篇穄大黍也程云黍有黏不黏二種對文則黏者爲黍不黏者爲穈亦爲穄散文則通謂之黍今北方通呼黃米爲黍子穈子穄子是黍卽今黃米之證黃米最黏與說文黍禾屬而黏者正合唐蘇恭以稷爲穄誤矣說文稷齋也齋稷也秫稷之黏者是稷亦有黏不黏二種對文則黏者秫不黏者稷散文則通謂之稷亦謂之秫今北方呼高粱爲秫呼秫之稭爲秫稭與稷一名秫者正合是稷卽高粱之證月令首種不入鄭注首種謂稷淮南子作首稼高注百穀惟稷先種故曰首

稼今北方種高粱最早與稷爲首稼正合郭璞以稷爲小米誤矣稷以春種黍以夏種而詩言黍離離稷尚苗者稷種在黍先秀在黍後故也黍秀舒散離離者狀其有行列也自穗至實皆離離然故稷言苗穗實而黍但言離離耳釋文云離說文作穲今說文脫穲字惟郭忠恕佩觿作穲穲離離又作穲穲廣韻穲穲黍稷行列也又作纚纚楚詞離騷索胡繩之纚纚纚纚𦈏纚羅列之貌王逸訓爲好貌失之又作𧒒𧒒劉向九歎覽芷圖之𧒒𧒒王逸注𧒒𧒒猶歷歷並與離離聲近而義同**行邁**

靡靡中心搖搖注三家搖作愮疏傳邁行也靡靡猶遲遲也搖搖憂無所愬箋行道也道行猶行道也○馬瑞辰云說文邁行遠也邁亦爲行對行言則爲遠行行邁連言猶古詩云行行重行行也愚案釋訓灌灌愮愮憂無告也說文灌下引爾雅作愮字同玉篇心部愮憂也詩曰憂心愮愮眾經音義二引詩同葢三家作愮愮**知我者**

謂我心憂不知我者謂我何求疏箋知我者知我之情謂我何求怪我久畱不去○求者謂求亡兄也生則求其人死則求其屍列女傳魯漆室女傳引知我者四句明魯毛文同**悠悠蒼天此何人哉**

注韓蒼作倉疏傳悠悠遠意蒼天以體言之尊而君之則稱皇天元氣廣大則稱昊天仁覆閔下則稱旻天自上降鑒則稱上天據遠視之蒼蒼然則稱蒼天箋遠乎蒼天仰愬欲其察己言也此亡國之君何等人哉疾之甚○呼天而訴

之爲此事者果何人哉不敢顯斥其母蒼作倉者外傳八引詩悠悠倉天阮元云倉是蒼之本字禮月令駕倉龍服倉玉衣倉衣漢書蕭望之傳倉頭廬兒並以倉爲蒼

彼黍離離彼稷之穗疏傳穗秀也詩人自黍離離見稷之穗故歷道其所更見○胡承珙云說文采禾成秀人所以收从爪禾穗俗从禾惠聲凡穀之華皆吐於穗非華而後穗也故毛詩說文皆以采爲秀月令注黍散舒秀郎謂黍穗或疑吐華曰秀與此成穗之秀別不知穀類惟菽作華餘皆不華而秀吐穗即秀既秀即實出車黍稷方華此華即秀散文通耳非於華之外別有秀也**行邁靡靡中心如醉知我者謂我心憂不知我者謂我何求悠悠蒼天此何人哉**疏傳醉於憂也○後漢劉寬傳對曰任重責大憂心如醉寬傳李注引謝承書曰寬尤明韓詩外傳足證此對即用韓詩曹植釋愁文憂心如醉植亦用韓詩也

彼黍離離彼稷之實行邁靡靡中心如噎知我者謂我心憂不知我者謂我何求悠悠蒼天此何人哉疏傳自黍離離見稷之實噎憂不能息也○新序節士篇衞宣公子壽閔其兄伋之且見害作憂思之詩黍離之詩是也其詩曰行邁靡靡中心搖搖知我者謂我心憂不

知我者謂我何求悠悠蒼天此何人哉胡承珙云據左傳衛壽竊旌先往是死在假先安得有閔兄見害之事且使黍離果爲壽作當列之衛風何爲冠於王風之首其不足據明矣又說苑奉使篇魏文侯封太子擊於中山三年使不往來趙倉唐爲太子奉使於文侯文侯曰子之君何業倉唐曰業詩文侯曰於詩何好倉唐曰好晨風與黍離文侯讀黍離曰彼黍離離云云文侯曰子之君怨乎倉唐曰不敢時思耳韓詩外傳亦引此以父子之間其事相類故也愚案擊先封中山而後入爲太子說苑乃云封太子擊於中山又倉唐述詩而以爲文侯自讀據外傳所引餘文尚多皆從刪削疑它人竄入不出中壘手也此詩當以韓說爲正

黍離三章章十句

君子于役　疏　毛序刺平王也君子行役無期度大夫思其危難以風焉○案據詩文雞棲日夕牛羊下來乃室家相思之情無僚友託諷之誼所稱君子妻謂其夫序說誤也

君子于役不知其期曷至哉　疏　箋曷何也君子于往行役我不知其反期何時當來至哉思之甚○案言君子行役未有定期此時何能至家哉箋以爲未有反期似與下曷至相複二章不日不月卽不知行役之期也曷

其有佸郎曷至也文以互證而益明**雞棲于塒**【注】魯說曰鑿垣而棲爲塒**日之夕矣羊牛下來**【疏】傳鑿牆而棲曰塒箋雞之將棲日則夕矣羊牛從下牧地而來言畜產出入尚有期節至於行役者乃反不也○鑿垣而棲爲塒者釋宮文魯說也孔疏引與毛同李巡曰别雞作棲之名郭注寒鄉鑿牆爲雞所棲曰塒蓋舊注魯詩之文廣韻塒穿垣棲雞案今人家累土四周亦呼雞塒音從寺不從時字隨讀變也班彪北征賦日晻晻其將暮兮覩牛羊之下來寤怨曠之傷情兮哀詩人之歎時班氏世習齊詩賦云怨曠傷情知齊義以此詩君子爲室家之詞郭引詩氾歷樞云牛羊來暮亦用齊文是齊作牛羊也**君子于役如之何勿思**【疏】箋行役多危難我誠思之

君子于役不日不月曷其有佸【注】韓說曰佸至也【疏】傳佸會也箋行役反無日月何時而有來會期○不日不月者不能以日月計佸至也者釋文引韓詩文陳喬樅云韓訓佸爲至蓋以爲括之通段毛於下文羊牛下括訓括爲至於小雅車舝德音來括訓括爲會釋文括本亦作佸此括佸通用之驗廣雅釋詁括會至也是會亦有至義王氏疏證云詩曷其有佸韓云佸至也毛云會也會亦至也首章言曷至次章言曷其有佸其義一也佸括會古聲義並同**雞棲于桀**【注】魯說曰雞棲於弋爲橛【疏】傳雞棲于杙爲桀括至也○雞棲於

弋爲榤者亦釋宮說也就地樹橜桀然特立故謂之榤但榤非可棲者葢鄉里貧家編竹木爲雞棲之具四無根據繫之於橜以防攘竊故云棲于榤耳作桀爲是榤俗字

日之夕矣羊牛下括君子于役苟無飢渴疏箋苟且也且得無飢渴憂其飢渴也

君子于役二章章八句

君子陽陽疏毛序閔周也君子遭亂相招爲祿仕全身遠害而已箋祿仕者可得祿而已不求道行○三家無異義

君子陽陽注韓說曰陽陽君子之貌也**左執簧右招我由房**疏傳陽陽無所用其心也簧笙也由用也國君有房中之樂箋由從也君子祿仕在樂官左手持笙右手招我欲使我從之於房中俱在樂官也我者君子之友自謂也時在位有官職也○陽陽君子之貌也者玉篇阜部引韓詩文孔疏云史記稱晏子御擁大蓋策四馬意氣陽陽甚自得則陽陽是得志之貌今史記列傳作揚揚晏子雜上篇亦作揚揚荀子儒效篇則揚揚如也楊倞注得意之貌是陽卽揚之叚借玉藻注揚讀爲陽此揚陽聲通之例韓訓爲君子之貌雖未明言其得意而情狀如繪凡

無所用心之人未有不自得者是與傳亦相成爲義馬瑞辰云簧亦樂器之一世本女媧作笙隨作簧宋均注隨女媧之臣笙簧二器説文隨作笙女媧作簧姑㛂𠈌勸日與世本互易亦以笙簧爲二器説文又曰篁簧屬其不以簧爲笙中之簧明矣爾雅大笙謂之巢文選笙賦李注引巢作簧疑李所見爾雅本自作簧月令調竽笙箎簧以笙簧並列詩吹笙鼓簧與鼓瑟吹笙爲一類皆以簧別爲一器此詩左執簧車鄰詩並坐鼓簧亦別器也傳簧笙也不曰笙中簧葢知簧爲笙之大者通言則簧亦笙也正義以簧爲笙管中之簧失之胡承珙云由房者房中對廟朝言之人君燕息時所作之樂非廟朝之樂故曰房中

其樂只且（注）韓只作旨云旨亦樂也（疏）箋君子遭亂道不行其且樂此而已○旨亦樂也者玉篇旨部引韓詩文韓作旨訓樂葢以旨本訓美樂旨猶言樂之至美者意謂樂甚故曰旨亦樂也南山有臺篇樂只君子衡方碑作樂旨君子是只旨本通叚之字張衡西京賦其樂只且衡用魯詩明魯毛文同

君子陶陶（注）韓説曰陶暢也**君子陶陶君子之貌左執翿右招我由敖其樂只且**（疏）傳陶陶和樂貌翿纛也翳也箋陶陶猶陽陽也翳舞者所持謂羽舞也君子左手持羽右手招我欲使我從之於燕舞之位亦俱在樂官也○陶暢也者文選枚乘七發李注後漢書杜篤傳李注引薛君韓詩章

句文君子之貌也者玉篇阜部引韓詩文皮嘉祐云傳陶陶和樂貌韓云君子之貌則亦訓爲和樂可知玉篇所引亦薛君章句文當在陶暢也下孔疏釋言翿纛也纛翳也李巡曰翿舞者所持纛也孫炎曰纛舞者所持羽也段玉裁云翳也之上當有纛字此熠燿粦也粦熒火也之例胡承珙云說文羽部翳翳也所以舞也从羽殹聲詩曰左執翳此據集韻今說文引詩作翿後人據俗本毛詩改之據此知詩本作翳說文無翿字翿乃儔之別體人部儔翳也从人壽聲蓋儔正字或作翿經典遂通用翿若纛字六書所無不但作纛爲俗即作翿亦非釋言當本作翳翿也翿翳也黃山云釋言翢纛也郭注今之羽葆幢纛翳也郭注舞者所以自蔽翳翿又誤翢故說者益疑此文多誤今據阮校勘記則段說原與爾雅唐石經本毛詩考文本合郎胡謂說文無翿詩本作翳亦定論也惟翿既从羽明即翳之別體凡經史翿字皆即說文之翳歷無異說乃必改翿爲儔之或作斥纛爲翿之誤文則好奇之失矣儔雖訓翳是人相蔽翳耳非舞者持以自蔽翳之羽葆幢也纛見地官執纛鄭注即以雜記執翿說之其字从縣與翳殹聲之殹說文訓縣物殹擊合邢疏並引獨斷黃屋左纛以證之蓋即翳之古文故同有翳義說文偶遺之纛行而翳廢言翳或有不知言纛則無不知故爾雅互訓以通之猶煽熾也熾盛也之例說文翳本訓華蓋文選上林賦注華葆也是翳本義亦即羽葆之物翳訓翳而曰所以舞仍用翳本義特引申之亦爲蔽翳也若作翳儔也儔翳也既悖雅訓且失詩義矣愚案黃說

是釋文敖游也胡承珙以爲由敖不應無傳蓋是傳文各本皆脫賴釋文存之游謂燕游由敖卽謂用燕游之舞相招箋不更爲敖敖字作訓但云欲使我從之於燕舞之位豈非以毛旣訓游不煩更釋乎嚴粲引錢氏云敖游也因謂游處爲敖游周禮之囿游也此說得之其樂只且韓亦當作旨且

君子陽陽二章章四句

揚之水疏毛序刺平王也不撫其民而遠屯戍于母家周人怨思焉箋怨平王恩澤不行於民而久令屯戍不得歸思其鄉里之處者言周人者時諸侯亦有使人戍焉平王母家申國在陳鄭之南迫近彊楚王室微弱而數見侵伐王是以戍之胡承珙云以畿甸之民而爲諸侯戍守固西周以前未有之事也○三家無異義

揚之水不流束薪注魯揚作楊疏傳興也揚激揚也箋激揚之水至湍迅而不能流移束薪興者喻平王政敎煩急而恩澤之令不行于下民○魯揚作楊者釋文揚之水或作楊木之字非陳喬樅云據漢石經魯詩唐風揚之水字作楊則此楊字亦當從木楊地名也見漢書楊雄傳愚案古書楊揚通作說詳漢書地理志此文作揚正字作楊通叚陳引漢書非是淮南本經篇抑減怒瀨以揚激波波本激而又揚之則水愈湍怒雖束縛薪木下之水中亦皆漂流而去

不者反言之也**彼其之子不與我戍申**注韓說曰戍舍也疏傳戍守也申姜姓之國平王之舅箋之子是子也彼其是子獨處鄉里不與我來守申是思之言也其或作記或作己讀聲相似○陳奐云毛詩作其薿記已本三家詩案韓詩外傳引詩作彼已之子其者語助思其鄉里習狎之人不與我同戍稍解離思或以是子爲斥平王悖於理矣戍舍也者釋文引韓詩文左莊三年傳凡師一宿爲舍再宿爲信過信爲次此戍守時久亦爲舍者以其留止於此言之散文通也潛夫論炎帝苗胄四岳伯夷或封於申城括地志申在鄧州南陽縣北三十里一統志申在南陽府南陽縣附郭申姜姓幽王太子宜咎之舅也王黜申后太子奔申王伐申申召戎伐周殺幽王見鄭語韋注太子立爲平王申與平王毋黨實不共戴天之仇其後鄭國侵伐而又成之**懷哉懷哉曷月予還歸哉**疏箋懷安也思鄉里處者故曰今亦安不哉安不哉何月我得歸還見之哉思之甚

揚之水不流束楚彼其之子不與我戍甫懷哉懷哉曷月予還歸哉疏傳楚木也甫諸姜也○甫卽呂國詩孝經禮記皆作甫尚書左傳國語皆作呂甫呂古同聲周語富辰云齊許申甫由大姜左傳楚子重請取於申呂以爲賞田知後爲楚滅鄭語史伯云申呂方强其隩愛太子亦必可知先彊而後見侵

蓋與申皆偪於楚故同時遣戍孔疏云借甫許以言申實不戍甫許其失甚矣括地志故呂城在鄧州南陽縣西四十里一統志呂城在南陽府西三十里今名董呂村

揚之水不流束蒲彼其之子不與我戍許疏傳蒲草也許諸姜也箋蒲蒲柳○說文鄦炎帝大嶽之胤甫侯所封在潁川讀若許一統志今在河南許州其地距楚較申甫爲遠而後亦爲楚滅蓋同被楚侵也左昭二十六年傳疏劉炫引汲冢紀年平王奔申申侯魯侯許文公立平王於申陳奐據此以爲許有立平王之功故兼戍之紀年皇甫謐僞撰之書不足據信其撰造故實卽影射此詩**懷哉懷哉曷月予還歸哉**

揚之水三章章六句

中谷有蓷疏毛序閔周也夫婦日以衰薄凶年饑饉室家相棄爾○三家無異義

中谷有蓷暵其乾矣注韓說曰蓷益母也又曰茺蔚也三家暵作灘疏傳興也蓷鵻也暵菸貌陸草生谷中傷於水箋興者喻人居平安之世猶鵻之生於陸自然也遇衰亂凶年猶鵻之生谷中得水則病將死○中谷谷中蓷益母也者陸璣詩疏引韓詩文蓷茺蔚也者釋文引韓詩文益母卽茺蔚别名廣

雅釋草云萑蓷茺蔚也詩曰中谷有蓷與釋文引韓說合陸璣又引劉歆云蓷臭穢即茺蔚也傳云蓷鵻也釋草萑蓷是蓷名鵻又名萑今俗通謂之益母草傳暵菸貌陸草生於谷中傷於水說文菸鬱也詳詩義此不當作菸鬱意說文暵乾也耕暴田曰暵亦與此文不合三家作灘者說文灘水濡而乾也从水鷬聲詩曰灘其乾矣文與毛異蓋出三家較作暵義合王氏詩總聞云益母草在野甚多最能任酷烈日愈烈色愈鮮則性不宜水可知愚案蓷本惡溼今生谷中水頻浸之首章雖濡旋乾次章且濡且乾三章雖乾終溼則傷於水而將萎死矣次第如此

有女仳離嘅其嘆矣嘅其嘆矣遇人之艱難矣疏傳仳別也艱亦難也箋有女遇凶年而見棄與其君子別離嘅然而嘆傷己見棄其恩薄所以嘅然而嘆者自傷遇君子之窮厄○釋文嘆本亦作歎說文歎吟也廣雅釋詁嘆傷也言有女見棄於夫時當別離嘅然長歎所以嘅然長嘆者遭遇此艱困之時不欲專咎君子也箋自傷遇君子之窮厄正指凶年言之正義申箋云艱難謂無恩情而困苦之則意與鄭違矣

中谷有蓷暵其脩矣有女仳離條其歗矣條其歗矣遇人之不淑矣疏傳脩且乾也條條然歗也箋淑善也君子於己不善也○陳奐云說文脩脯也脯乾肉也乾肉謂之脯亦謂之

脩因之凡乾皆曰脩矣椒聊傳條長也歗義具江有汜條然而長嘯也遇人不淑歸咎君子言雖遇饑饉如其夫相待不薄未必不可共謀保聚其如遇人不善何

中谷有蓷暵其濕矣有女仳離啜其泣矣啜其泣矣【注】韓啜作**惙何嗟及矣**【疏】傳離遇水則濕啜泣貌箋雖之傷於水始則溼中而脩久而乾有似君子於己之恩徒用凶年深淺爲薄厚及與也泣者傷其君子棄己嗟乎將復何與爲室家乎此其有餘厚於君子也○啜猶歠也無泣義韓啜作惙者韓詩外傳二引此詩作惙其泣矣衆經音義四引聲類惙短氣貌又十九引字林惙憂也人心憂則氣短而下泣明此詩當作惙胡承珙云何嗟及矣經文當作嗟何及矣傳寫者誤倒之外傳及說苑建本篇列女魯莊哀姜傳引此文皆作何嗟及矣然外傳引孔子曰不慎其前而悔其後嗟乎雖悔無及矣是正以何及二字相連爲義而所引詩仍作何嗟亦皆傳寫誤倒其說是也箋訓及爲與云將復何與爲室家乎凡言雖悔無及者所包甚廣卽此詩臨去之時心事萬端而以爲慮君子無室家似不必過泥外傳說苑列女傳皆推演之詞

中谷有蓷三章章六句

兔爰【疏】毛序：閔周也。桓王失信，諸侯背叛，構怨連禍，王師傷敗，君子不樂其生焉。箋：不樂其生者，寐不欲覺之謂也。○三家無異義。

有兔爰爰，雉離于羅。【注】魯說曰：爰爰，緩也。鳥罟謂之羅。韓說曰：爰爰，發蹤之貌也。【疏】傳：興也。爰爰，緩意。鳥網爲羅。言爲政有緩有急，用心之不均。箋：有緩者，有所聽縱也；有急者，有所躁蹙也。○爰爰緩也者，釋訓文，謂物情舒緩自如。鳥罟謂之羅，釋器文，皆魯說也。釋器又云：兔罟謂之罝，是羅專以網鳥，非以捕兔，詩意止言縱兔不捕耳。爰爰發蹤之貌也者，華嚴經音義、眾經音義二十三引韓詩傳文。蹤爲縱之誤。漢書蕭何傳顏注：發縱，謂解紲而放也。聽縱與發縱義同。馬瑞辰云：狡兔以喻小人，雉耿介之鳥以喻君子。有兔爰爰，以喻小人之放縱；雉離于羅，以喻君子之獲罪。離義具新臺。**我生之初，尚無爲；我生之後，逢此百罹，尚寐無吪。**【疏】傳：尚無成人爲也。罹，憂。吪，動也。箋：尚，庶幾也。言我幼稚之時，庶幾於無所爲，謂軍役之事也。我長大之後，乃遇此軍役之多憂，今但庶幾於寐，不欲見動，無所樂生之甚。○釋詁：罹，憂也。吪，動也。陳喬樅云：詩釋文：罹本作離，吪本亦作訛。今考文選盧子諒詩李注引詩「逢此百離」，毛萇曰：離，憂也。一作罹。又爾雅釋文「訛言」下云：訛字又作吪，亦作譌。據說文言部譌譌言也从言爲聲引詩曰民之譌言口部吪動也从口化聲引詩曰尙寐無吪是訓言之譌譌爲正字訓動之吪吪爲正字釋文於訛言下異文載譌訛二字故訛動下不復見離者羅之叚借訛者吪之叚借毛氏古文當作逢此百離尙寐無訛羅字訛字乃從今文所改爾雅今文之學所釋皆據魯詩字當作羅與吪也

有兔爰爰雉離于罦注魯說曰罬謂之罦罦覆車也疏傳罦覆車也○罬謂之罦罦覆車也者釋器文孔疏引孫炎曰覆車是兩轅網可以掩兔者也郭注今之翻車也有兩轅中施罥以捕鳥說文𦊆覆車網也或作罦馬瑞辰云罦孫謂以掩兔郭謂以捕鳥攷說文罘兔罟也字又作罘莊子釋文罘本又作罦是罦罘亦可通用據齊語田獵罼弋韋注罼弋掩雉兔之網也是古者掩雉兔之網可以同用詩葢言縱兔取雉以喻王政之不均也御覽八百三十一引韓詩此二句明韓毛文同**我生之初尙無造我生之後逢此百憂尙寐無覺**疏傳造爲也○釋言作造爲也關雎傳寤覺也覺寤互訓

有兔爰爰雉離于罿注魯說曰罬謂之罿罿罬也韓說曰張羅車上曰罿也疏傳罿罬也○罬謂之罿罿罬也者釋器文是罿罬一物御覽八百三十二引韓詩曰有兔爰爰

雉離于罦明韓毛文同張羅車上曰罿也者引薛君章句釋文引同張作施　**我生之初尚無庸我生之後逢此百凶尚寐無聰**疏傳庸用也聰聞也箋庸勞也百凶者王構怨連禍之凶○釋詁庸勞也陳喬樅云據爾雅知魯詁與毛異鄭箋卽用魯義改毛黃氏日鈔云人寤則憂寐則不知故欲無吪無覺無聰付理亂於不知耳近人以爲欲死者過也

兔爰三章章七句

葛藟注**齊說曰葛藟蒙棘華不得實讒言亂政使恩壅塞**疏毛序王族刺平王也周室道衰棄其九族焉箋九族者據己上高祖下及玄孫之親○葛藟至壅塞易林泰之蒙文師之中孚蠱之明夷節之蹇同葛藟蒙棘喻王族遭讒華不得實喻恩施不終讒言亂政使恩壅塞者益因其時公家窮乏賜給無資計臣無可如何出此下策此讒言亂政之刺所由來也左文七年傳宋昭公欲去羣公子樂豫曰公族公室之枝葉也若去之則本根無所庇廕矣葛藟猶能庇其本根故君子以爲比卽謂此詩也詩言人君不可不推恩公族其取喻同齊說甚明魯韓無異義

緜緜葛藟在河之滸疏傳緜緜長不絕之貌水厓曰滸箋葛也藟也生於河之厓得其潤澤以長

大而不絕興者喻王之同姓得王之恩施以生長其子孫○馬瑞辰云滸說文作汻云水厓也厓山邊也汻水厓對厓山邊言之釋水滸水厓釋邱又曰岸上滸據爾雅望厓洒而高岸又曰重厓岸說文屵岸高也屵上者蓋謂其厓上高峭如重厓然與漘言夷上謂其上陵夷者正同郭注爾雅以滸爲岸上地非

終遠兄弟謂他人父謂他人父亦莫我顧

疏 傳兄弟之道已相遠矣箋兄弟猶言族親也王寡於恩施今已遠棄族親矣是我謂他人爲己父族人尚親親之辭謂他人爲己父無恩於我亦無顧眷我之意○愚案終猶既也傳意謂兄弟之道已相遠是言族親本與兄弟相遠也箋訓遠棄義與傳異似與下文意複傳又言兄弟之道既已相遠而族親於王仰戴爲父母親兄以受其庇廕之恩也今雖謂爲父母親兄亦莫我眷顧則亦他人之而已矣

緜緜葛藟在河之涘終遠兄弟謂他人母謂他人母亦莫我有

疏 傳涘厓也箋王又無母恩有識有也○說文涘水厓也廣雅疏證云古者謂相親曰有亦莫我有謂莫相親有也左昭二十五年傳是不有寡君也杜注有相親有也釋名云友有也相保有也亦卽此意

緜緜葛藟在河之漘終遠兄弟謂他人昆謂他人昆亦莫我聞

【疏】傳：「漘，水溓也。昆，兄也。」箋：「不與我相聞命也。」○說文：「漘，厓也。」釋邱：「夷上洒下不漘。」李巡曰：「夷上平上洒下陗，故名漘。」孫炎曰：「平上陗下，故名曰漘。」不，蓋衍字。詩義正。郭注：「厓上平坦而下水深者為漘。不，發生也。」馬瑞辰云：「昆，睘之段音。說文：『周人謂兄曰睘。』从弟眔。詩惟王風有昆字，此正周人謂兄為睘之證。聞，古通問。文王詩『令聞不已』，墨子明鬼篇引作『令問』。聞讀如恤問之問。莫我聞，猶莫我顧、莫我有也。」

葛藟三章，章六句

采葛【疏】毛序：「懼讒也。」箋：「桓王之時，政事不明，臣無大小使出者，則為讒人所毀，故懼之。」○三家無異義。

彼采葛兮，一日不見，如三月兮。【疏】傳：「興也。葛所以為絺綌也。事雖小，一日不見於君，憂懼於讒矣。」箋：「興者，以采葛喻臣以小事使出。」○馬瑞辰云：「傳、箋並以采葛、采蕭、采艾為懼讒者託所采以自況。今案楚詞九歌『采三秀於山間，石磊磊兮葛蔓蔓』，五臣注：『芝草，仙藥，采不可得，但見葛石耳。亦猶賢哲難逢，諂諛者衆也。』劉向九歎：『葛藟虆於桂樹兮，鴟鴞集於木蘭。』王逸注：『葛藟，惡草，乃緣桂樹，以言小人進在顯位。』是葛為惡草，古人以喻讒佞。」愚案：劉向用魯詩說，而以葛為惡草喻讒佞，是於此詩懼讒喻意，可通魯說之恉。

彼采蕭兮一日不見如三秋兮【疏】傳蕭所以供祭祀箋彼采蕭者喻臣以大事使出○馬瑞辰云楚詞離騷何昔日之芳草兮今直爲此蕭艾也張衡思元賦珍蕭艾於重笥兮謂蕙芷之不香蕭艾並舉皆爲讒佞進仕者託喻愚案衡亦習魯詩者可以推見魯說之恉

彼采艾兮一日不見如三歲兮【疏】傳艾所以療疾箋彼采艾者喻臣以急事使出○馬瑞辰云離騷戶服艾以盈要兮謂幽蘭其不可佩東方朔七諫蓬艾親御於牀第兮馬蘭踸踔而日加此詩采葛采蕭采艾皆喻人主之信讒下二句乃懼讒之意愚案以惡草喻讒人古義㬪見比興之恉深切著明說詩者必兼此恉

采葛三章章三句

大車【注】魯說曰夫人者息君之夫人也楚伐息破之虜其君使守門將妻其夫人而納之於宮楚王出遊夫人遂出見息君謂之曰人生要一死而已何至自苦妾無須臾而忘君也終不以身更貳醮生離於地上何如死歸於地下乎乃作詩曰穀則異室死則

同穴謂予不信有如曒日息君止之夫人不聽遂自殺息君亦自殺同日俱死楚王賢其夫人守節有義乃以諸侯之禮合而葬之君子謂夫人說於行善故序之於詩夫義動君子利動小人息君夫人不爲利動矣詩云德音莫違及爾同死此之謂也頌曰楚虜息君納其適妃夫人持固彌久不衰作詩同穴思故忘親遂死不顧列於賢貞【疏】毛序刺周大夫也禮義陵遲男女淫奔故陳古以刺今大夫不能聽男女之訟焉○夫人至賢貞劉向列女傳貞順篇文案左傳載息楚納息嬀事與此相反魏源辨之云史記楚蔡世家敘楚滅息蔡無一言及於納嬀況隱十一年左傳君子知息之將亡正義云莊十四年楚滅息莊十四年經書秋七月荊入蔡傳謂楚文因息嬀生二子不言而伐蔡既同是一年即使息滅於春初亦僅相去數月豈能即生二子事蹟無一合者詩曰爾曰予曰子明屬息君楚子夫人三人之稱班婕妤賦曰窈窕姝妙之年幽閑專貞之性符皎日之心甘首疾之病其爲夫人詞明矣蓋申息皆畿甸之國且楚之北門而東周之屏蔽也申息亡而楚遂憑陵中夏故錄戍申哀息二詩於王風明東周不振之由猶黎

許無風而附於衛見衛爲狄滅也

大車檻檻，毳衣如菼。【疏】傳：大車，大夫之車。檻檻，車行聲也。毳衣，大夫之服。菼，鵻也，蘆之初生者也。天子大夫四命，其出封五命，如子男之服，乘其大車檻檻然，服毳冕以決訟。箋：菼，薍也。古者天子大夫服毳冕以巡行邦國而決男女之訟，則是子男入爲大夫者。毳衣之屬，衣繢而裳繡，皆有五色焉，其青者如鵻。○王逸楚詞九歎怨思篇注：檻檻，車聲也。詩云大車檻檻。王述魯詩，明魯、毛文同。白帖十一作轞轞。服虔通俗文云：車聲曰轞。張參五經文字：轞，大車聲。是言車聲當作轞，轞、檻字乃通借耳。魏源云：大車，楚君所乘。或曰管仲檻車至齊，息爲楚滅，其君與夫人皆被虜載以檻車，渾言之曰大車耳。說亦可通，但以下文例之，皆屬楚君爲合。釋言：菼，騅也。菼，薍也。孔疏引樊光曰：菼初生葸，騂色，海濱曰薍。郭注：詩曰毳衣如菼。菼草色如騅，在青白之閒。說文蒳下云：萑之初生，一曰薍，一曰騅。从草，剡聲。菼下云：或从炎。緂下云：帛騅色也。从糸，剡聲。詩曰毳衣如緂。段注：帛色如蒳，故謂之騅色。从糸剡聲，當作从糸、蒳省。引詩毳衣如緂，當作剡。若如今本，則色固緂矣，何云如緂乎？案段說是，詩異文當作如蒳。傳天子大夫四命及箋古者天子大夫服毳冕云云，魏源云：毳衣，楚君所服。大車毳衣，明爲子男諸侯之服。春官司服職：子男之服自毳冕以下，卿大夫之服自玄冕以下。巾車職：大夫但乘墨車。鄭君知其不合，乃爲子男入爲

大夫之說則毳冕朝祭之服豈有服以聽訟者乎

豈不爾思畏子不敢【疏】傳畏子大夫之政終不敢。箋此二句者古之欲淫奔者之辭我豈不思與女以爲無禮與畏子大夫來聽訟將罪我故不敢也子者稱所尊敬之辭○爾者爾息君夫人言至楚後豈不思君乎特畏楚子知之不敢出相見耳子者楚國君爵楚雖僭王時人稱之仍曰子也

大車哼哼毳衣如璊【注】**韓作大車轞轞云轞轞盛貌也璊作黂云異色之衣也魯齊作璊**

豈不爾思畏子不奔【疏】傳哼哼重遲之貌璊赬也

○大車轞轞轞轞盛貌也者玉篇車部引韓詩文皮嘉祐云玉篇轞車盛貌野王即用韓義說文璊下云玉赬色也禾之赤苗謂之璊玉色如之从玉㒼聲又璊下云以毳爲罽色如虋故謂之璊虋禾之赤苗也从毛㒼聲詩曰毳衣如璊韓作黂云異色之衣也者列子釋文下引韓詩內傳文傳二字誤作外陳奐云三家詩作璊本字毛作璊借字案據韓作黂則作璊者爲魯齊文矣陳喬樅云首章如菼菼草色次章如黂黂麻色璊黂亦一聲之轉故韓釋黂爲異色之衣也禾之赤苗者爲璊麻之異色者爲黂黂字从賁賁色不純也見呂覽壹行篇高注奔者文選舞鶴賦注獨赴也言奔赴息君而見之

穀則異室死則同穴謂予不信有如皦日【疏】傳穀生皦白也生在於室則外內異

死則神合同爲一也箋穴謂冢壙中也此章言古之大夫聽訟之政非但不敢淫奔乃使夫婦之禮有別今之大夫不能然反謂我言不信我言之信如白日也刺其闇於古禮○穀生釋言文皀息君守門夫人將納於楚宮此異室也同穴者約死之誓言漢書哀紀詔云朕聞夫婦一體詩云穀則異室死則同穴祔葬之禮自周興焉陳喬樅云哀帝從韋元成韋賞受魯詩見陸璣草木疏則詔中引詩云云據魯詩文也外戚傳引詩同白虎通崩薨篇合葬者所以同夫婦之道也亦引二語白虎通用魯詩明魯毛文同予者夫人自謂指日爲誓尚著明也釋文皦本又作皎列女梁寡行傳引詩及文選潘岳寡婦賦注引韓詩皆作皎陳喬樅云說文皎月之白也曉日之白也皦玉石之白也是皎皦皆皢之叚借今湖北桃花夫人廟祀息夫人古蹟尚存唐人畱詠知魯詩之言信而有徵矣若如左傳所載烏得有遺構至今乎

大車三章章四句

丘中有麻疏毛序思賢也莊王不明賢人放逐國人思之而作是詩也箋思之者思其來已得見之○三家無異義

丘中有麻彼畱子嗟疏傳畱大夫氏子嗟字也丘中墝埆之處盡有麻麥草木乃彼子嗟之所治箋子

嗟放逐於朝，去治卑賤之職而有功，所在則治理，所以爲賢○留者鄭世家周衰鄭徙都于留公羊傳鄭取鄶遷鄭而野留後爲陳有漢陳留郡陳留縣今陳留縣也公羊傳祭仲省留而爲宋所執左傳楚子辛侵宋留漢楚國留縣今沛縣境也皆不足當此留漢志河南郡緱氏縣劉聚周大夫劉子邑水經雒水注劉水出半石東山西北流逕劉聚三面臨澗在緱氏西南周畿內劉子國故謂之劉澗今偃師縣南二十里故縣村馬瑞辰云劉留古通薛尚功鐘鼎款識有劉公簠積古齋鐘鼎款識作留公簠是其證今從之孔疏申毛云子嗟在朝有功今放逐在外國人覩其業而思之愚案覩業思功與詩義合箋說失之緱氏縣地勢險峻丘中墝埆爲多而樹蓺勤勞**彼留子嗟將其來施**由於彼子嗟之董督宜其動人懷思矣

施（疏）氏傳施施難進之意箋施施舒行伺間獨來見己之貌○顏氏家訓書證篇云將其來施施韓詩亦重爲施施河北毛詩皆云施施江南舊本悉單爲施愚案二義皆通單言施者學記注施猶敎也晉語注施施德也左僖二十四年傳注施功勞也簡兮箋將且也言此麻麥草木皆留子嗟之德敎功勞今雖放逐且將復來以惠施我乎重爲施施者傳難進之貌將語詞言賢者被黜恐遂長逝不顧或且施施然徐行而來乎

丘中有麥彼留子國彼留子國將其來食（疏）傳子國子嗟父子國復來我乃得食

箋言子國使丘中有麥著其世賢言其將來食庶其親已得厚待之○孔疏子國是子嗟之父俱是賢人不應同時見逐當先思子國不應先思其子今首章先言子嗟二章乃言子國然則賢人放逐止謂子嗟耳但作者既思子嗟又美其奕世有德遂言及子國耳愚案詩言子嗟之賢教民盡力種植蕃茂多得可食之物以食我今雖放逐以去或且更食我乎思之甚也

丘中有李彼畱之子彼畱之子貽我佩玖 疏 傳玖石次玉者言能遺我美寶箋丘中而有李又畱氏之子所治畱氏之子於思者則朋友之子庶其敬己而遺己也○馬瑞辰云詩以子國爲子嗟父則此言彼畱之子宜爲子嗟之子箋上云丘中而有李又畱氏之子所治又字正承子國子嗟言之貽當從釋文作詒說文玖石之次玉黑色者从玉久聲詩曰詒我佩玖

丘中有麻三章章四句

詩三家義集疏卷四終

詩三家義集疏卷五

長沙王先謙益吾著

鄭緇衣第五疏

鄭國名漢書地理志京兆尹鄭縣周宣王弟鄭桓公邑應劭注宣王母弟友所封史記索隱引世本云鄭桓公居棫林徙拾宋忠注棫林與拾皆舊地名自封桓公乃名爲鄭愚案秦紀晉悼公追秦軍渡涇至棫林今與拾皆無考一統志陝西華州北故鄭城也其鄭縣之開鄉漢湖縣古爲胡國韓非子鄭武公戮關其思而滅胡即其地崟漢武帝嫌胡名始加水旁此故鄭事也漢志臣瓚注桓公爲周司徒王室將亂故謀於史伯而寄帑與賄於虢會之間幽王既敗二年而滅會四年而滅虢居於鄭父之丘是以爲鄭桓公地理志河南郡新鄭縣詩鄭國鄭桓公之子武公所國一統志河南新鄭縣西故鄭城也乙巳占引詩推度災曰鄭天宿斗衡地理志武公與平王東遷卒定虢會之地右雒左泲食溱洧焉土陿而險山居谷汲男女亟聚會故其俗淫鄭詩曰出其東門有女如雲又曰溱與洧方灌灌兮士與女方秉菅兮恂盱且樂惟士與女伊其相謔此其風也皆齊說魯韓蓋同

詩國風

緇衣疏毛序美武公也父子並爲周司徒善於其職國人宜之故美其德以明有國善善之功焉箋父謂武公父桓公

也司徒之職掌十二教善善者治之有功也鄭國之人皆謂桓公武公居司徒之官正得其宜○禮緇衣云好賢如緇衣鄭注緇衣詩篇名也其首章曰緇衣之宜兮敝予又改爲兮適子之館兮還予授子之粲兮言此衣緇衣者賢者也宜長爲國君其衣敝我願改制授之以新衣是其好賢欲其貴之甚也鄭注禮時治三家詩知三家皆以此詩爲美武公無異說

緇衣之宜兮敝予又改爲兮疏傳緇黑色卿士聽朝之正服也改更也有德君子宜世居卿士之位焉箋緇衣者居私朝之服也天子之朝服皮弁服也○齊詩緇衣首章文與毛同引見馬瑞辰云周官典命凡甸冠弁服後鄭注冠弁委貌其服緇布衣諸侯以爲視朝之服引詩緇衣爲證論語緇衣羔裘邢疏謂朝服也是緇衣本諸侯視朝之服鄭志荅趙商云諸侯入爲卿大夫與在朝仕者異各依本國如其命數以此推之諸侯內臣于王其居私朝仍服其諸侯之朝服故詩以緇衣美武公傳云卿士聽朝之正服係專指外諸侯入爲卿士者言非泛指王朝卿士也私朝對公朝言箋云緇衣居私朝之服又云卿士所之之館在天子之宮今之諸廬也蓋謂館爲九卿治事之公朝並未言館卽私朝也館爲公朝故下文又云還乃還於私朝也正義合而一之因謂天子之朝皮弁服退適諸曹服緇衣誤矣古者諸侯之卿大夫有二朝魯語公父文伯之母謂季康子曰自卿以下合官職於外朝合家事於內朝韋注外朝君之公朝內朝家朝是也天子之卿大夫制亦

當有二朝玉藻揖私朝輝如也注私朝自大夫家之朝是卿大夫有私朝之證至考工記外有九室九卿朝焉正韋注所云君之公朝不可謂卽治家事之私朝也玉藻朝辨色始入君日出而視之退適路寢聽政謂君退於路寢以待朝者各就其官府治事有當告者乃入也以此推之知天子之卿大夫在外朝有事尚當入告似不得先釋朝服而易緇衣也且玉藻又云使人視大夫大夫退然後適小寢釋服退謂大夫退於家釋服謂釋朝服也以此推之知天子於卿大夫未退尚不釋朝服則卿大夫當天子未釋服以前不得先服緇衣明矣又案羔裘與緇衣相配召南羔裘詩上言羔羊之皮下言自公退食知諸侯之大夫退朝時尚服朝服之緇衣則知天子之卿士未退時不得釋朝服之皮弁矣緇衣指在私朝言適館指在公朝言還則還於私朝首言緇衣蓋指未朝君之前先與家臣朝於私朝而言次言適子之館蓋指朝君後退適公朝而言至望其還而飲食之所以明好之深望其退而休息也正義誤以館爲私朝因謂適諸曹改服緇衣失之愚案馬說精審詩意禮經一一吻合說文緇下云帛黑色宜下云所安也官命有德服以章之賢則曰宜否則曰不稱唯其人也敝願改爲欲其久服予者探君上之意而詠歌之合觀下文解衣推食皆出君恩他人親愛不能如此立言也

適子之館兮還予授子之粲兮【疏】傳適之館舍粲餐也諸侯入爲天子卿士受采祿饔卿士所之之館在天子宮如今之諸廬也自館還在采地

之都我則設餐以授之愛之欲飲食之○馬瑞辰云公羊定四年傳何注諸侯入爲天子大夫更受采地於京師使大夫爲治其國是諸侯入仕王朝更授采地說與傳合公羊襄五年傳何注所謂采者不得有其土地人民采取其租稅耳故傳謂之采祿箋謂自館還在采地之都乃釋詩還字非謂授粲卽授以采祿也正義謂授卽授以采祿誤矣說文館舍也餐吞也授粲猶授食卽論語君賜食之類諸侯仕王朝者居當與王宮相近不必定居采邑箋以爲還在采邑之都亦誤

緇衣之好兮敝予又改造兮適子之館兮還予授子之粲兮（疏）傳好猶宜也

箋造爲也

緇衣之蓆兮（注）魯說曰蓆大也韓說曰蓆儲也**敝予又改作兮適子之館兮還予授子之粲兮**（疏）傳蓆大也箋作爲也○蓆大也者釋詁文魯說也郭注詩曰緇衣之蓆兮蓆儲也者釋文引韓詩文陳喬樅云說文蓆廣多也廣多之訓與儲義近

緇衣三章章四句

將仲子（疏）毛序刺莊公也不勝其母以害其弟弟叔失道而公弗制祭仲諫而公弗聽小不忍以致大亂焉箋莊公

之母謂武姜生莊公及弟叔段段好勇而無禮公不早爲之所而使驕慢○三家無異義左桓五年傳鄭伯使祭足勞王杜注祭足卽祭仲之字蓋名仲字仲足也愚案詩人感於君國之事託爲男女之詞稱曰仲子無直呼其名之理當是祭封人名足仲爲其字也春秋桓十一年宋人執鄭祭仲公羊傳云祭仲者何鄭相也何以不名賢也則杜說顯然矣後漢郡國志陳留長垣縣東北有祭城一統志今長垣縣東四十里

將仲子兮無踰我里無折我樹杞疏傳將請也仲子祭仲也踰越里居也二十五家爲里杞木名也折言傷害也箋祭仲驟諫莊公不能用其言故言請固距之無踰我里喻言無干我親戚也無折我樹杞喻言無傷害我兄弟也仲初諫曰君將與之臣請事之君若不與臣請除之○此詩託爲莊公距仲之言請無踰我里而折我親樹之杞喻封段於京猶種杞也據左傳封段時仲固諫箋引公子呂語殆由誤記胡承珙云詩言杞者七自四牡以後言杞者六皆當爲枸檵惟將仲子傳云杞木名據陸疏云杞柳屬蓋卽孟子之杞柳後世謂之欅柳本草衍義云欅木本最大者高五六十尺合二三抱此杞本所由別於枸檵也馬瑞辰云杞卽社所樹木周禮二十五家爲社各樹其土所宜木正與傳里訓合蓋以杞本大而難伐喻段之大而難制與

豈敢愛之畏我父母仲可懷也父母之言亦

可畏也【疏】箋段將爲害我豈敢愛之而不誅與以父母之故故不爲也懷私曰懷言仲子之言可私懷也我迫於父母有言不得從也○說文懷思念也言豈敢愛而不折特畏我父母而不爲仲非不可念思然父母之言可畏故不女從耳當時武公已歿迫於母命言父母者統詞耳

將仲子兮無踰我牆無折我樹桑【疏】傳牆垣也桑木之衆也○此桑及下檀皆以喻段傳桑木之衆也蓋以比段之得衆所謂厚將得衆也孟子樹牆下以桑是古者桑樹依牆豈敢愛之畏我諸兄【疏】傳諸兄公族仲可懷也諸兄之言亦可畏也

將仲子兮無踰我園無折我樹檀【疏】傳園所以樹木也檀彊韌之木○蓋以比段之恃强所謂多行不義也鶴鳴詩樂彼之園爰有樹檀是古者檀樹於園豈敢愛之畏人之多言仲可懷也人之多言亦可畏也

將仲子三章章八句

叔于田【疏】毛序刺莊公也叔處于京繕甲治兵以出于田國人說而歸之箋繕之言善也甲鎧也○三家無異義

叔于田，巷無居人。【疏】傳：「叔，大叔段也。田，取禽也。巷，里塗也。」箋：「叔往田，國人注心于叔，似如無人處。」○叔者，段字。武姜溺愛，莊公縱惡，寵異其號，謂之京城大叔。從叔於京者類皆諛佞之徒，惟導以敗遊飲酒之事，而國人亦同聲貢媚，詩之所爲作也。古者居必同里，里門之內、家門之外則巷道也。巷與衖同，巷頭門謂之閎。周禮二十五家爲里，故說文「里門曰閭」，二十五家相羣侶也，亦謂之巷。祭義「而弟達乎州巷矣」，注：「巷猶閭也。」其里中有別道亦曰巷，蓋因地勢爲之。衆經音義引三蒼：「衖，里中別道也。」說文：「閻，里中門也。」里中而有門，卽別道之門，故廣雅釋室又云「閻謂之衖」也。其當道直啟之家，蓋由於賜第。張衡西京賦「北闕甲第，當道直啟」，漢書夏侯嬰傳「賜北第第一」。後來轉相倣傚，里制漸廢，巷亦成衖。此言叔既往田，巷道爲空，居此之人闃其如無也。左隱三年傳杜注：「開封府滎陽縣東南二十里有京縣故城。」漢志河南郡京縣。一統志：「今滎陽縣東南二十一里。」**豈無居人？不如叔也，洵美且仁。**【疏】箋：「洵，信也。言叔信美好而又仁。」○案：叔之爲人未必知行仁道，蓋其初至京城，或多小惠，故國人以仁稱之。新書修政篇所謂「樂之者見謂仁」也。黃山云：論語「里仁爲美」，仁止是敦讓意，亦通。

叔于狩，巷無飲酒。【疏】傳：「冬獵曰狩。」箋：「飲酒謂燕飲也。」○馬瑞辰云：狩爲田獵之通稱，于狩猶于田也。**豈無飲酒？不如叔也，洵美且好。**【疏】劉詩益曰：飲酒者宜好會。

叔適野巷無服馬豈無服馬不如叔也洵美且武〔疏〕箋適之也郊外曰野服馬猶乘馬也武有武節○陳奐曰公羊傳注禮諸侯田狩不過郊蕊諸侯苑囿當在近郊叔適野以都城之外爲野也武者謂有武容

叔于田三章章五句

大叔于田〔疏〕毛序刺莊公也叔多才而好勇不義而得衆也○孔疏叔負才恃衆必爲亂階而公不之禁故刺之案加大字以别於上章三家無異義

叔于田乘乘馬〔疏〕傳叔之從公田也○釋文叔于田本或作大叔于田者誤嵩高傳乘馬四馬**執轡如組兩驂如舞**〔疏〕傳驂之與服和諧中節箋如組者如織組之爲也在旁曰驂○執轡如組義具碩人兩驂如舞者小戎箋驂兩騑也保氏注舞交衢疏云御車在交道車旋應於舞節蕊謂驂馬安行如舞者之有行列從容中節也新序雜事五韓詩外傳二引詩二句歸美善御明魯韓義同中論賞罰篇言善御之可以爲國外傳二言堯能使能者爲己用又言法得則馬和而歡道得則民安而集引二句皆推衍之詞**叔在藪**〔注〕**韓說曰禽獸居之曰**

藪火烈具舉注魯烈作列疏傳藪澤禽之府也烈列具俱也箋列人持火俱舉言眾同心○禽獸居之曰藪者釋文引韓詩文蓋內傳也釋慧苑華嚴經音義二引韓詩傳同禽上多澤中可三字魯烈作列者張衡東京賦引詩作列衛述魯詩也陳喬樅云毛作烈訓爲列古文借字三家今文本字澤虞疏文選李注三引詩並作列陳奐云列古迾字周禮作厲鄭司農注山虞典祀並訓厲爲遮列卽遮迾也詩假作烈孟子益烈山澤而焚之言遮迾山澤而以火焚之也禮襢裼暴虎注魯說曰襢裼肉袒也暴虎徒搏也齊韓禮作膻獻于公所注齊說曰鄭伯好勇而國人暴虎疏傳襢裼肉袒也暴虎空手以搏之箋獻于公所進於君也○襢裼肉袒也暴虎徒搏也者釋訓文魯說也孔疏引李巡曰襢裼脫衣見體曰肉袒孫炎曰袒去裼衣舍人曰徒搏無兵空手搏之詩釋文襢本又作袒齊韓禮作膻者說文膻肉膻也詩曰膻裼暴虎據爾雅作襢則作膻裼者齊韓本也馬瑞辰云袒裼與膻裼有別說文但裼也裼但也又曰嬴者但也袒者但也是去裼衣之袒當作但肉袒之袒當作膻今作襢袒皆借字說文袒衣縫解也段注卽綻之本字公者莊公段從公獵故搏虎而獻之以示武勇鄭伯至暴虎漢書匡衡傳上疏文顏注言以莊公好勇之故大叔空手搏虎取而獻之衡習齊詩此齊說也將叔無狃戒其傷女注

魯說曰狃復也【疏】傳狃習也箋狃復也請叔無復者愛也○狃復也者釋言文孔疏引孫炎曰狃忕前事復爲也陳喬樅云傳狃習也箋訓狃爲復蓋據魯訓戒其傷女者衆愛而戒之孔疏謂公恐其更然似非詩意

叔于田乘乘黃兩服上襄兩驂鴈行【注】韓詩曰兩驂鴈行韓說曰兩驂左右騑驂【疏】傳乘黃四馬皆黃箋兩服中央夾轅者襄駕也上駕者言爲衆馬之最良也鴈行者言與中服相次序○釋言襄駕也呂覽愛士篇高注四馬車兩馬在中爲服詩曰兩服上襄王引之云上者前也上襄猶言並駕於前卽下章之兩服齊首也鴈行謂在旁而差後卽下章之兩驂如手也胡承珙云說文駕馬在軛中也呂覽高注上猶前也下武箋下猶後也是上爲前下爲後古有此稱上駕者言兩服在前駕軛與兩驂在後鴈行者文義相對陳喬樅云襄蓋驤之借禮正義三史記司馬相如傳索隱引詩並作兩服上驤兩驂至騑驂文選曹植應詔詩注引薛君文引經明韓毛文同兩驂在車左右承上兩服言之則騑驂與之相並而稍退後如飛鴈之有行列也

叔在藪火烈具揚叔善射忌又良御忌抑磬控忌抑縱送忌【疏】傳揚揚光也忌辭也騁馬曰磬止馬曰控發矢曰縱從禽曰送箋良亦善也忌讀如彼已之子之已○胡承珙云磬卽磬折之謂禮凡言磬折者皆謂屈身如磬之折殺凡騁

馬時人之立於車中者身必稍曲向前故謂之磬孔疏今止馬猶謂之控縱謂放縱故知發矢送謂逐後故知從禽

叔于田乘乘鴇【疏】傳驪白雜毛曰鴇○釋文鴇音保依字作鳵胡承珙云釋畜本作鳵詩疏引爾雅作鴇者後人據詩文改之唐石經及五經文字爾雅皆作鳵說文鳵黑馬驪白雜毛今說文無此字陸氏尚及見之故詩音義亦云依字作鳵毛特借鴇爲鳵耳

兩服齊首兩驂如手【疏】傳馬首齊也進止如御者之手箋如人左右手之相佐助也○馬瑞辰云齊者等也等者同也同即如也此與下句兩驂如手皆以人身爲喻言兩服前出如人之首兩驂稍次如人之手變如言齊者錯文以見義也傳以爲馬首齊失之

叔在藪火烈具阜叔馬慢忌叔發罕忌抑釋掤忌抑鬯弓忌【疏】傳阜盛也慢遲罕希也掤所以覆矢鬯弓弢弓箋田事且畢則其馬行遲發矢希射者蓋矢弢弓言田事畢○胡承珙云此詩自是宵田用燎初獵之時其火作舉正獵之際其火方揚末章獵畢將歸持炬照路火當更盛故曰阜也慢釋文作嫚陳奐云古嫚作嫚嬻慢作慢其義皆不訓遲遲字當作趨說文趨行遲也因之凡遲皆可以謂之趨罕希釋詁文說文掤所以覆矢也左傳作冰昭十二年傳杜注冰箭筩其蓋可以取飲今釋之以覆其矢也鬯讀爲韔此假借也小戎傳韔弓室也弓室謂之韔亦謂之弢又謂之韇左傳右屬櫜韇又謂之韣禮記帶以弓韣皆是

物也蓋韔弢本藏弓之器因之受藏於韔曰韔猶受藏於弢曰弢也

大叔于田三章章十句

清人【注】齊說曰清人高子久屯外野逍遙不歸思我慈母又曰慈母望子遙思不已久客外野我心悲苦【疏】毛序刺文公也高克好利而不顧其君文公惡而欲遠之不能使高克將兵而禦狄于竟陳其師旅翱翔河上久而不召眾散而歸高克奔陳公子素惡高克進之不以禮文公退之不以道危國亡師之本故作是詩也箋好利不顧其君注心於利也禦狄于竟時狄侵衛○春秋閔公二年經書鄭弃其師左傳鄭人惡高克使帥師次于河上久而弗召師潰而歸高克奔陳鄭人爲之賦清人即其事也漢書古今人表鄭高克與公孫素同列第七等或以傳公子爲公孫之譌焦循云公子素即僖二年帥師入滑之公子士素士一聲之轉說皆可通清人至慈母易林師之睽文觀之升遯之鼎同慈母至悲苦豐之頤文咸之旅同皆爲高克事作齊說也詩蓋從克之軍人所作據易林清人高子知克亦清邑之人故率其同邑之眾屯於衞邑彭地越境屯兵故云外野與魯韓無異義

清人在彭駟介旁旁【注】三家旁作騯【疏】傳清邑也彭衞之河上鄭之郊也介甲也箋清

者高克所帥衆之邑也駟四馬也○水經濟水注渠水又東清池水注之清池水出清陽亭西南平地東北流逕清陽亭南東流郎清人城也詩所謂清人在彭故杜預春秋釋地中牟縣西有清陽亭是也彭者河上地名左哀二十五年傳衛人翦夏丁氏以其帑封彌子彌子瑕食采于彭爲彭封人益衛邑而與鄭連境故克帥衆在此防狄渡河駟介四馬被甲也廣雅旁旁盛也三家旁旁作騯騯者說文騯馬盛也引詩四牡騯騯段注謂駟介旖爲四牡盛也當作盛貌旁旁作騯騯三家異文二

矛重英河上乎翺翔疏傳重英矛有英飾也箋二矛酋矛夷矛也各有畫飾○馬瑞辰云考工記言車六等之數有酋矛無夷矛說文矛酋矛也兵車所建長二丈是知兵車所建惟酋矛耳魯頌二矛重弓箋云備折壞直是酋矛有二則此詩二矛亦謂酋矛有二非兼言夷矛矛有英飾袁之飾爲英矛之飾亦爲英其義一也魯頌謂之朱英傳朱英矛飾也蓋刻矛柄而以朱畫之此疏以朱英絲纏彼疏謂以朱染爲英飾皆非也胡承珙云周禮掌節以英蕩輔之杜子春云英蕩畫函干寶注亦云英刻畫也箋正以畫飾申傳英飾今案胡說引周禮英蕩以證英飾郎畫飾可補孔疏之略重者經之段借說文緟增益也又曰矛象形段注直者象其柲左右益象其英是重英宜謂矛有重飾二章箋云喬矛矜近上及室題所以懸毛羽謂矛柄近上及矛頭受刀處皆懸毛羽以爲飾亦謂凡矛各有重飾是知此箋各有畫飾之語特釋英字非釋重英孔疏

乃謂二矛各自有飾並建而重累失之胡云詩言重英重喬則必二矛有長短所建高下不一故見爲重亦誤以重爲二矛之飾相重累矣載驅傳云翱翔猶彷徉也

清人在消駟介麃麃二矛重喬注韓喬作鷮疏傳消河上地也麃麃武貌重喬累荷也箋喬矛矜近上及室題所以縣毛羽○重喬者傳累荷也荷舊音何謂刻矛頭爲荷葉相重累也沈胡可反謂兩矛之飾相負荷也喬作鷮者釋文引韓詩文馬瑞辰云說文雉十四種其二喬雉鷮走鳴長尾雉也釋木句如羽喬知木之如羽者得名爲喬喬是知喬本爲羽飾之名矣箋訓懸毛羽者正本韓詩讀喬爲鷮以鷮羽爲飾因名喬耳范家相云重鷮者重施雉羽於矛之室題也

河上乎逍遙注韓逍遙作消搖云逍遙也齊說曰清人逍遙未歸空閒又曰逍遙不歸思我慈母疏逍遙也者文選南都賦注引韓詩內傳文元作傳誤外知韓詩文作逍搖者說文無逍遙字字林有之見張參五經文字序文選上林賦注引司馬彪云消搖逍遙也郎本韓詩訓義清人至空閒易林无妄之旅文逍遙至慈母引見上蔡邕青衣賦河上逍遙邕用魯詩知魯齊文與毛同

清人在軸駟介陶陶疏傳軸河上地也陶陶驅馳之貌○案君子陽陽傳陶陶和樂貌此因在師中易

其文猶暢樂意也。左旋右抽，中軍作好。〔注〕三家抽作搯。〔疏〕傳：「左旋，講兵。右抽，抽矢以射。居軍中爲容好。」箋：「左，左人，謂御者。右，車右也。中軍，謂將也。高克之爲將，久不得歸，日使其御者習旋車，車右抽刃，自居中央，爲軍之容好而已。兵車之法，將居鼓下，故御者在左。」○三家抽作搯者，說文搯下云「拔兵刃以習擊刺也。詩曰：左旋右搯」，三家文也。孔疏：左成二年傳「御克傷矢，言未絕鼓音」，是御克爲將在鼓下也。「張侯傷手，而血染左輪」，是御者在左也。此謂將之所乘車耳，若士卒兵車，則閟宮箋明云「兵車之法，左人持弓，右人持矛，車人御」。車不在左也。王夫之云：御必居中，所以齊六轡而制馬也。使其居左，則攬轡偏而縱送礙，且視不及右驂之外綱，而舒斂無度矣。故雖以天子之尊，而在車亦無居中之理。大馭「掌馭王路，犯軷，王自左馭，馭下祝」，其曰「王自左馭」者，自左而嚮中也。馭犯軷，暫攝馭居中，王位固在左矣。戎僕「掌馭戎車，犯軷如玉路之儀」，則天子卽戎，且不居中，而況將乎？齊之戰，齊侯親將，逢丑父爲右，公羊傳曰「逢丑父者，頃公之車右也」，代頃公當左，此將居左之明證。然則左旋右抽，非以車左車右言之，蓋言戎車回旋演戰之法，有左旋以先弓矢者，有右旋而先矛者。左旋先弓，而迎敵於左，則車右持矛以刺；右旋先矛以要敵，則將抽矢以射，勢以稍遠而便也。胡承珙云：左僖三十三年傳「秦師過周北門，左右免胄而下」，蓋惟御者居中，故左右下。左宣十二年傳「楚許伯御樂伯，攝叔爲右。樂伯曰：致師者，左射以菆」，皆足爲御在車中之證故詩疏惟據鞌之戰以爲郤克在鼓下而居中解張有左輪朱殷之言而居左然將執旗鼓豈必鼓定在中解張之左輪朱殷安知非射傷左手而流血於左耶且是戰也韓厥因夢避左右而代御居中杜注因有自非元帥御皆在中之說近於因文牽就非有明證總之此詩左右中本不可以一車言之傳云居軍中爲容好則以中軍爲軍中猶中谷卽谷中之比並未嘗以中軍爲將故左右亦必非車左車右之謂王氏謂左旋右抽爲戎車同旋演戰之法申毛甚確此卽居軍中爲容好也馬瑞辰云王胡二說甚確然以左旋爲戎車之左旋猶誤以箋說爲傳說也玫牧誓王左杖黃鉞右秉白旄以麾史記齊世家師尚父左杖黃鉞右把白旄以誓大司馬若師有功則左執律右秉鉞以先愷樂獻于社左僖三十三年傳重耳曰其左執鞭弭右屬櫜鞬以與君周旋所謂左右皆指君及將之左右手是知詩云左旋右抽亦謂將之左右手也旋車曰旋旗之指摩亦曰旋說文旋周旋旌旗之指摩也从㫃从疋疋足也古者將執旗鼓公羊宣十三年傳莊王親自手旌麾軍旌卽旗也則左旋者謂將左手執旗指麾以相周旋教其坐作進退之節故傳以左旋爲講兵與說苑尊賢篇云今將軍方吞一國之權提鼓擁旗披堅執銳同旋十萬之師語正相合非謂御者旋車也若右抽如三家詩作搯言拔兵刃則所該者廣不得如傳云抽矢已也左旋右抽皆卽將在軍中作容好之事耳

清人三章章四句

羔裘【疏】毛序：刺朝也。言古之君子以風其朝焉。箋：言，猶道也。鄭自莊公而賢者陵遲，朝無忠正之臣，故刺之。○左昭十六年傳：鄭六卿餞韓宣子於郊，子產賦鄭之羔裘，宣子曰：起不堪也。此詩言古君子立朝之義，故起辭不堪。三家無異義。

羔裘如濡，洵直且侯。【注】韓詩洵作恂。韓說曰：侯，美也。【疏】傳：如濡，潤澤也。洵，均。侯，君也。箋：緇衣羔裘，諸侯之朝服也。言古朝廷之臣皆忠直且君也。君者，言正其衣冠，尊其瞻視，儼然人望而畏之。○如箋說，則古衣此羔裘之君子，即諸侯入爲王朝之卿士者，意謂如鄭先君之等。韓洵作恂者，外傳二引崔杼弒齊莊公，劫諸大夫盟，晏子不從，引此四句，作「恂直且侯」。陳喬樅云：洵者，恂之叚借。說文：恂，信心也。釋詁：洵，信也。亦叚洵爲恂。溱與洧「洵訏且樂」，釋文引韓詩作恂，皆用正字。侯美也者，釋文引韓詩文。馬瑞辰云：左傳「楚公子美矣君哉」，古字訓君者多有美義，侯爲君又爲美，猶皇與烝爲君又爲美。釋詁：烝、皇，君也。廣雅釋詁：皇、烝，美也。愚案：洵直且侯，與下二章相應，司直應此洵直，美士應此侯，美從韓義爲允。

彼其之子，【注】魯、韓其作己。【疏】魯其作己者，新序義勇篇、節士篇、列女梁節姑姊傳、楚成鄭瞀傳引「彼其之子」二句，皆作己。韓作己者，外傳作「彼己之子」。胡承珙云：左襄二十七年傳引「彼己之子，邦之司直」，正作己，知韓詩亦本古文揚之水箋云其或作記或作己讀聲相似葢古人於此等以聲爲主聲同則字不嫌異推之大叔于田之忌箋云忌讀如彼己之子之己嵩高之迟箋云聲如彼記之子之記皆然然各有師承不相錯亂如毛必作其揚之水汾沮洳椒聊候人及此詩是也韓必作己汾沮洳彼其之子美如英韓外傳亦引作己是也若文選陸機吳趨行漢高祖功臣頌注兩引毛詩曰彼己之子邦之彥兮又謝元暉答呂法曹詩注引毛詩曰彼己之子美無度此毛詩恐皆韓詩之誤黃山云毛固古文其或作本亦多與今文合如葛覃之刈卷耳之觥可證也此詩彼己葢亦毛或作所有與韓同文是以吳趨行功臣頌注引爲毛詩釋文於揚之水彼其下明言其音記詩內皆放此或作己亦同故此詩及候人篇彼其不再著其異而左信二十四年傳引候人亦作彼己也胡謂此詩爲韓本古文則非

舍命不渝〔注〕韓渝作偷〔疏〕傳渝變也箋舍猶處也之子是子也是子處命不變謂守死善道見危授命之等○舍命不渝者傳渝變也箋舍猶處也王肅云舍受也胡承珙云舍猶釋也管子小問篇語曰澤命不渝信也史記徐廣注古釋字作澤周頌其耕澤澤爾雅作釋釋周禮鄭注舍卽釋也士冠禮注古文釋作舍是澤命卽舍命也葢古有是語詩引之以美君子之信戴震詩攷正云考工記水有時以凝有時以澤澤李軌音釋澤與舍義並爲釋言自受命於君以至復命而後釋始終如一也案釋文舍音赦此因箋訓舍爲處故爲作音又云沈書者反是沈重意以舍爲舍釋之舍矣然鄭雖

訓舍爲處而云是子處命不變謂守死善道見危授命之等是以命爲軀命之命外傳言崔杼劫盟晏子不從引此詩以美之新序義勇篇同蓋以舍命爲授命與鄭義合戴震用王肅之訓以爲受君命非也渝作偷者外傳二作舍命不偷馬瑞辰云渝古音如偷偷即渝之假借猶山有樞篇他人是偷箋讀爲渝皆謂雖至死而捨命亦不變耳

羔裘豹飾孔武有力疏傳豹飾緣以豹皮也孔甚也○姚氏識名解云正義以君裘用純此詩褎飾異皮爲臣之服引唐風緣以豹皮爲袪褎也陸佃言國君體柔而文之以剛其義上達引玉藻豹褎豹飾異文明飾非褎傳所謂緣蓋言領人君之服也案飾義通用凡緣領緣褎緣履皆謂之飾豹自指褎袪而言裘惟有緣褎之制未聞有緣領者玉藻以豹飾爲君子之服亦指士大夫言未嘗專指人君之服也胡承珙云姚說是玉藻首云君衣狐白裘錦衣以裼之下乃言君子狐青裘豹褎羔裘豹飾之等其下又云錦衣狐裘諸侯之服也分析甚明故鄭注以君子爲大夫士正義以狐青羔裘君皆用純大夫士雜以豹褎豹飾爲異埤雅引管子（揆度篇）上（今本作卿）大夫豹飾列大夫豹幨正可證豹飾爲人臣之服而以爲非古過矣孔甚釋言文愚案箋意首章指諸侯故云諸侯朝服二章指上大夫故云豹飾三章指列大夫所云刺朝者統王朝諸侯朝言之

彼其之子邦之司直疏傳司主也○馬瑞辰云呂覽自知篇湯有司直之士高注司主也直正也正其

過闕也漢書東方朔傳以史魚爲司直是古有司直之官愚案上章洵直是君子之直己此章司直言君子能直人也新序節士篇及外傳二舉楚石奢齊顏涿聚魏解狐三事引詩邦之司直並推衍之詞明魯韓毛文同

羔裘晏兮三英粲兮疏傳晏鮮盛貌三英三德也箋三德剛克柔克正直也粲眾意○孔疏英俊秀之名言有三種之英故傳以爲三德愚案此章指列大夫故云三英疏說是也上二章次句皆指人言則以三英指裘飾者非是三德眾說紛紜莫衷一是亦斷從孔疏

彼其之子邦之彥兮注魯彥作喭說曰美士爲喭疏傳彥士之美稱○舍人曰國有美士爲人所言道郭注人所喭咏也美士爲喭釋訓文孔疏引釋文喭音彥今本作彥說文彣部彥美士有彣人所言也从彣厂聲是作喭者魯說也今本作彥後人從毛改之外傳二言蘧伯玉之行外傳九言楚有善相人者能相人之友並引彼己之子二句明韓毛文同惟己異

羔裘三章章四句

遵大路疏毛序思君子也莊公失道君子去之國人思望焉○三家無異義

遵大路兮摻執子之袪兮疏傳遵循路道摻擥袪袂也箋思望君子於道中見之則欲擥持其袂

而畱之○馬瑞辰云說文操把持也擥撮持也二字義同摻疑爲操字之譌故傳訓爲擥據文選宋玉登徒子好色賦曰遵大路兮攬子袪則三家詩有作攬者攬卽擥字之俗故傳以摻爲擥魏晉間避武帝諱凡從喿之字多改从參八分喿字多寫从叅形近易誤北山詩或慘慘畏咎釋文慘本作懆抑詩我心慘慘張參五經文字作懆餘如勞心慘兮憂心慘慘並當爲懆是其類也廣雅釋言摻操也葢其時操多假作摻故遂以操爲摻耳此詩正義云以摻字从手又與執共文故爲擥也又引說文摻參聲斂也操喿聲奉也二者義皆小異據廣雅釋詁奉持也是正義引說文操奉也之訓亦以與執共文作操爲近但未能確定摻爲操字之借耳說文玉篇皆無摻字葢因魏晉間摻操不分淺者誤刪其一詩正義引說文操奉也與二徐本訓爲把持詞亦微異正義引喪服云袂屬幅袪尺二寸則袂是袪之本名袪是袂之末愚案說文袪衣袂也褎袂也袂褎也此渾言之釋名袂掣也掣開也開張之以受臂屈伸也袪虛也袖由也手所由出入也亦言受也以受手也說文袪下又云一曰袪褱也褱者褎也褎下云褱也褱下云俠也俠挾字通國語韋注在掖曰挾證以子生三年然後免於父母之懷是袪正在肘上掖下切近胸前可褱褱人物之處與袪虛也之訓相合是袪通掖下至袂末言之袂以屬幅於衣反屈至肘盡於袖口言袖以手所由出入言毛詩散文通稱不爲定詁

無我惡兮不寁故也

疏 傳寁速也箋子無惡我擥持子之袂我乃

以莊公不速於先君之道使我然○陳奐云寁速釋詁文說文寁意之速也寁疾也寁寁同聲疾速同義速訓疾又訓召行露傳速訓召此傳速𢿱訓爲召不寁故𢿱舊也謂吾君不召故舊之人也不寁好好愛好也謂吾君不召而愛好之也唐羔裘維子之故維子之好故爲故舊好爲愛好其義當同此所以刺莊公失道不能用君子君子去之而不可留也

遵大路兮摻執子之手兮無我魗兮不寁好也疏傳魗棄也箋言執手者思望之甚魗亦惡也好猶善也子無惡我我乃以莊公不速於善道使我然○王引之云二章路字當作道與手魗好爲韻凡詩次章全變首章之韻則第一句先變韻齊詩還次章以道與茂牡好爲韻正與此詩同孔疏魗與醜古今字醜惡可棄之物故傳以爲棄言子無得棄遺我箋準上章故云魗亦惡意小異耳釋文魗本亦作𣪠又作𣪠市由反說文攴部云𣪠棄也引詩作無我𣪠兮與毛義合

遵大路二章章四句

女曰雞鳴疏毛序刺不說德也陳古義以刺今不說德而好色也箋德謂士大夫賓客有德者○易林豐之艮雞鳴同興思配无家執佩持梟莫使致之漸之鼎同此无家而思配用意不同而引經義合知齊詩說與毛不殊魯韓無異義

女曰雞鳴士曰昧旦【疏】箋此夫婦相警覺以夙興言不留色也○馬瑞辰云昧旦猶昧爽說文昧爽旦明也段旦一作旦非从日見一一地也日始出地猶未大明故許以旦釋昧爽昒昧雙聲通用漢郊祀志昒爽卽三倉解詁云曶明也說文昒尙冥也昧字注一曰闇也昧旦爲未大明貌故爲將旦之稱列子湯問篇將旦昧爽之交是其證矣古者雞鳴而起昧爽而朝內則成人皆雞初鳴適父母舅姑之所未冠笄者昧爽而朝皆昧旦後於雞鳴之證女曰雞鳴者警其起也士曰昧旦言已爲將明之時有不止於雞鳴者與齊詩雞旣鳴矣朝旣盈矣同義孔疏謂雞鳴女起之常節昧旦士起之常節失之

子興視夜明星有爛【疏】傳言小星已不見也箋明星尙爛爛然早於別色時○馬瑞辰云釋天明星謂之啟明此詩明星及東門之楊明星煌煌皆謂啟明之星啟明爲大星故傳言小星已不見耳子謂君子自此以下皆女謂士之詞

將翺將翔弋鳧與鴈【疏】傳閒於政事則翺翔習射箋弋繳射也言無事則往弋射鳧鴈以待賓客爲燕具○釋名翺敖也言敖游也翔佯也言仿佯也君子夙興則治政事政事之暇閒游習射弋鳧鴈爲燕賓之具蓋古人無時不學射卽游藝之方說德樂賓罔非勤政之助呂覽功名篇高注弋繳射之也引詩弋鳧與雁季春紀注淮南時則訓注說山訓注引詩同明魯毛文同說文繳以生絲爲繩也

弋言加之與子宜之宜言飲酒與子偕老【疏】傳宜肴也箋言我也子謂賓客也所弋之鳧雁我以爲加豆之實與君子共肴也宜乎我燕樂賓客而飲酒與之俱至老親愛之言也○詩弋字宜字承遞而下言者語詞方言弋不得卽言加豆蘇氏詩傳引史記微弓弱繳加諸鳧雁之上以釋此詩加字是也傳宜肴也孔疏宜肴釋言文李巡曰宜飲酒之肴也是魯詩舊注之文較毛傳更爲明塙琴瑟在御莫不靜好【注】魯說曰大夫士曰琴瑟【疏】傳君子無故不徹琴瑟賓主和樂無不安好○大夫士曰琴瑟者公羊隱五年傳解詁云卿大夫御琴瑟未嘗離於前下引魯詩傳與天子食日舉樂諸侯不釋縣連文白虎通禮樂篇引詩傳曰大夫士琴瑟御與魯傳文合足證琴瑟乃與賓客燕飲之樂器禮曲禮篇君子無故不徹琴瑟毛傳卽引之以釋詩文鄭彼注云故謂災患喪病則此詩言莫不靜好者卽謂此飲酒之賓主無災患喪病之故而莫不安好也邶柏舟傳靜安也

知子之來之雜佩以贈之知子之順之雜佩以問之知子之好之雜佩以報之【注】三家說曰佩玉有蔥衡下有雙璜衝牙蠙珠以納其閒琚瑀以雜之【疏】傳雜佩者珩璜琚瑀衝牙之類問遺也箋贈送也我若知子之必來我則

豫儲雜佩去則以送子也與異國賓客燕時雖無此物猶言之
以致其厚意其若有之固將行之士大夫以君命出使主國之
臣必以燕禮樂之助君之歡順謂與己和順好謂與己同好○
王引之云來讀爲勞來之來釋言勞來勤也大東詩職勞不來
傳來勤也正義以不被勞來爲不見勤故采薇序云杕杜以勤
歸郎是勞來是古者相謂恩勤爲來此言來之下言順之好之
義相因也佩玉至其閒玉府鄭注引詩傳文賈疏以爲韓詩傳
案大戴禮保傅篇蔥作雙蠙作玭其閒下有琚瑀以雜之五字
盧辯注衡平也半璧曰璜衡在中牙在旁納于衡璜衡牙之閒
總曰玭珠而赤者曰琚白者曰瑀或曰瑀美玉琚石次玉所言
佩玉之制與鄭引詩傳同而說較詳其琚瑀以雜之之語與詩
言雜佩尤合是齊說所本也鄭於詩兼通三家唐時齊魯詩亡
故賈氏止據所見韓詩傳爲證耳續漢志注引蔡邕月令章句
與玉府注同而多琚瑀以雜之五字蔡習魯詩知魯說不異是
衡璜衡牙爲佩玉之大名其中雜貫以琚瑀乃爲雜佩與毛傳
渾指珩璜琚瑀衡牙之類異馬瑞辰云玉藻佩玉有衡牙鄭注
衡牙居中央以前後觸也三禮舊圖云衡長五寸博一寸璜徑
二寸衡牙長三寸皆以衡牙爲一玉盧辯云衡在中牙在旁皇
侃說衡居中央牙是外畔兩邊之璜謂衡牙爲二玉又誤以璜
爲牙失之順者發言中理我必順從好者情意相保罔不同好
孔疏曲禮凡以苞苴簞笥問人者哀二十六年
左傳衛侯使以弓問子貢皆遺人物謂之問

女曰雞鳴三章章六句

有女同車【疏】毛序刺忽也鄭人刺忽之不昏于齊太子忽嘗有功于齊齊侯請妻之齊女賢而不取卒以無大國之助至於見逐故國人刺之箋忽鄭莊公世子祭仲逐之而立突○案昭公辭昏見逐備見左傳隱八年如陳逆婦嬀詩所爲作三家無異義

有女同車顏如舜華【注】魯舜作蕣【疏】傳親迎同車也舜木槿也箋鄭人刺忽不取齊女親迎與之同車故稱同車之禮齊女之美○錢澄之云上四句言忽所娶陳女徒有顏色之美服飾之盛下二句盛言齊女之美且賢以刺忽之不昏于齊箋說非馬瑞辰云有女同車實陳親迎之禮謂忽娶陳女也下言彼美孟姜乃慕齊女德美之詞故言彼美以別之下章倣此愚案錢馬說是同車者鵲巢篇一章之子于歸百兩御之御迎也二章之子于歸百兩將之將送也太子攝盛親迎陳女當是諸侯親迎之禮女從者之車與壻從者之車其送迎百兩儀從亦皆相同陳奐云正義引壻御婦車授綏爲與婦同車直指同一車者說不知壻御婦車不過御輪三周壻即先驅士婦乘壻家之從車若大夫以上婦自乘其母家之車不同一車也或據下句言女之顏謂壻同車同行時所見云然尤違詩恉內則云女子出門必擁蔽其面儀禮婦車有

裧不令人見也舜華者蕣消借字魯作蕣者呂覽仲夏紀高注木堇樹高五六尺其葉與安石榴相似華可用作蒸雜家謂之朝生一名蕣詩曰顏如蕣華是也淮南時則訓注趙岐孟子章句十三說文草部引詩同明魯用正字

將翱將翔佩玉瓊琚【疏】傳佩有琚瑀所以納閒○孔疏言其玉聲和諧行步中節王逸楚詞章句序引此詩二句明魯毛文同

彼美孟姜洵美且都【疏】傳孟姜齊之長女都閑也箋洵信也言孟姜信美好且閑習婦禮○孔疏上林賦妖冶閑都亦以都為閑也彼美孟姜指齊女言齊侯耳次請昏詩人但泛指之不必泥視即鄭女是文姜亦視其夫家檢制如何耳賢否豈有定乎左昭十六年傳鄭六卿餞韓起子旗賦有女同車杜注取洵美且都愛樂宣子也

有女同行顏如舜英將翱將翔佩玉將將彼美孟姜德音不忘

【注】魯將作鏘【疏】傳行行道也英猶華也將將鳴玉而後行箋女始乘車壻御輪三周御者代壻不忘者後世傳其道德也○魯將作鏘者王逸楚詞九歌注鏘佩聲也詩曰佩玉鏘鏘白虎通衣裳篇婦人佩其鍼縷亦佩玉也引詩四句誤作將將當據楚詞章句改正列女楚白貞姬傳張湯母傳引詩彼美孟姜二句明魯毛文同德音不忘者宋呂祖謙讀詩記引長樂劉氏云德音謂齊侯請妻之德音鄭人懷之不能忘也蓋忠於昭公者憫其失大國之援懼將來之不安其位而益追想

齊侯之德意
爲不可忘耳

有女同車二章章六句

山有扶蘇（疏）毛序刺忽也所美非美然箋言忽所美之人實非美人○三家無異義

山有扶蘇隰有荷華（疏）傳興也扶蘇扶胥小木也荷華扶渠也其華菡萏言高下大小各得其宜也箋興者扶胥之木生于山喻忽置不正之人于上位也荷華生于隰喻忽置有美德者于下位此言其用臣顛倒失其所也○段玉裁云說文枎枎疏四布也从木夫聲扶之言扶也古書多作扶疏同音叚借也漢書司馬相如傳垂條扶疏楊雄傳支葉扶疏注扶疏分布也劉向傳梓樹上枝葉扶疏上出屋呂覽樹肥無使扶疏是則扶疏謂大木枝柯四布疏通作胥亦作蘇鄭風山有扶蘇毛意山有大木隰有荷華是爲高下大小各得其宜後人以鄭箋掍合而改之胡承珙云佩觿引山有扶蘇與扶持別是經字本亦作枎埤雅引毛傳扶蘇扶胥木也是所見本尚無小字管子地員篇五沃之土宜彼羣木桐柞枎櫄及彼白梓是枎自爲木名緩言之曰扶蘇急言之曰枎扶蘇卽枎木耳愚案管子之枎說文枎下不錄亦不見於爾雅深所不解而此木之由扶疏四布受名其義可推而得之今亦不能定爲何木但知是大木耳卽謂扶蘇是枎木亦未爲非也黃山云扶與榑通

淮南道應篇扶桑受謝墜形篇作暘谷榑桑說文扶扶榑皆防無切同音相叚榑下云榑桑神木日所出也扶疏即榑桑二字之變文明爲大木齊表東海地近暘谷故管子言木及之說亦近是荷華本陂澤所生與山生大木正高下合宜之喻箋謂以興用臣顚倒誤矣

不見子都乃見狂且（注）齊說曰視暗不明雲蔽日光

不見子都鄭人心傷魯說曰言所謂好者非好醜者非醜（疏）傳子都世之美好者也狂狂人也且辭也箋人之好美色不往覩子都乃反往覩狂醜之人以與忽好善不任用賢者反任用小人其意同○視暗至心傷易林蠱之比文言鄭君視暗不明在朝非無子都特不見耳中論審大臣篇時俗之所不譽者未必爲非也其所譽者未必爲是也詩曰山有扶蘇隰有荷華不見子都乃見狂且言所謂好者非好醜者非醜是有所見而以爲子都不知其非見子都乃見狂且也則所謂狂且者安知非子都乎趙岐孟子章句十一云子都古之姣好者也亦引此詩二句明齊魯毛文義並同子都狂且以好醜爲君子小人之喻不指好色言

山有橋松隰有游龍不見子充乃見狡童（注）魯說曰游龍鴻也齊說曰思我狡童不見子充（疏）傳松木也龍紅草也子充良人也狡童昭公也箋游龍猶放縱

也橋松在山上喻忽無恩澤於大臣也紅草放縱枝葉於隰中喻忽聽恣小臣此又言養臣顛倒失其所也人之好忠良之人不往覩子充乃反往覩狡童狡童有貌而無實○橋喬古通作言高松也山隰亦高下合宜之比游龍鴻也者淮南墜形訓高注文引詩曰隰有游龍陳喬樅云釋草紅蘢古其大者蘬舍人注紅名蘢古其大者名蘬蘢卽蘢之叚借故毛傳亦云龍紅草也陸璣疏云一名馬蓼葉大而赤白色生水澤中高丈餘廣雅鴻龍頡馬蓼也鴻紅同音龍頡亦卽龍古之聲轉子充者子男子之美稱孔疏充實也言其性行充實故曰子充孟子云充實之謂美子都謂容貌之美子充謂性行之美也狡童者傳昭公也思我至子充易林隨之大過文云思我狡童是齊說亦指昭公不以爲刺小人下狡童詩序云刺忽傳謂昭公有壯狡之志則以狡童指昭公乃古義相承如此齊說釋詩葢言不見善人相輔惟見狡童孤立於上而已

山有扶蘇二章章四句

蘀兮【疏】毛序刺忽也君弱臣强不倡而和也箋不倡而和君臣各失其禮不相倡和○三家無異義

蘀兮蘀兮風其吹女【疏】傳興也蘀槁也人臣待君倡而後和箋槁謂木葉也木葉槁待風乃落興者風喻號令也喻君有政教臣乃行之言此者刺今不然○說文蘀下云草木凡皮葉落陊地爲蘀梟下云木葉陊也讀若薄玉篇

槃與蘀同

叔兮伯兮，倡予和女。疏傳：叔伯，言君臣長幼也。君倡臣和也。箋：叔伯，羣臣相謂也。羣臣無其君而行，自以强弱相服。女倡矣，我則將和之。言此者，刺其自專也。叔伯，兄弟之稱。○孔疏：士冠禮爲冠者作字云「伯某甫仲叔季，唯其所當」，則叔伯是長幼之異字，故云「叔伯言羣臣長幼也」。陳奐云：箋謂倡和俱屬叔伯，指羣臣言，與上下文義不通。愚案：鄭欲顯刺意，然詩但言君臣倡和，刺在言外也。書大傳言虞廷賡歌之事，言百工相和，帝乃倡之。百工非不可相和，而倡必由帝。呂刑王曰「伯兄仲叔季弟」，枚傳：「伯仲叔季，順少長也。舉同姓包異姓，言不殊也。」此諸侯叔伯義同。左傳魯隱公謂公子彄爲叔父，晉景公謂荀林父爲伯氏，亦其例也。曰「倡予」，君自謂；曰「和女」，謂羣臣。詞義森然。列女魯公乘姒傳言「婦人之事，倡而後和」，引此詩四句，明魯、毛文同。妻道、臣道一也，唱而後和，亦無異義。

蘀兮蘀兮，風其漂女。叔兮伯兮，倡予要女。疏傳：漂猶吹也。要，成也。○案：文選長楊賦注：「漂，搖蕩之也。」釋文：「漂，本亦作飄。」呂覽簡選篇注：「要，成也。」

蘀兮二章，章四句。

狡童疏毛序：刺忽也。不能與賢人圖事，權臣擅命也。箋：權臣擅命，祭仲專也。○三家無異義。

彼狡童兮不與我言兮疏傳昭公有壯狡之志箋不與我言者賢者欲與忽圖國之政事而忽不能受之故云然○錢大昕云古本狡當爲佼山有扶蘇箋云狡童有貌而無實孫毓申之以爲佼好之佼非如後世解爲狡獪也傳云昭公有壯狡之志疏亦云佼好之幼童則佼童止是小年通稱非甚不美之名衞武公刺厲王云於乎小子古人質樸不以爲嫌胡承珙云姣狡佼三字古通月令養壯佼呂覽作壯姣詩碩人箋長麗佼好還箋猗嗟箋昌佼好貌月出佼人僚兮釋文並云佼本作狡荀子非相篇古者桀紂長巨姣美天下之傑也據此則箕子以狡童目紂者亦止爲形貌佼好之稱明甚且此傳云壯狡之志則又非徒形貌高注呂覽云壯狡多力之士是壯狡與雄武意略同昭公志在自奮而所與圖者非其人故惟有壯佼之志而闇於事機終將及禍愈使人思其故而憂之至不能食息焉然則謂傳以狡童目昭公爲悖理者皆不達古人文義者也維子之故使我不能餐兮疏傳憂懼不遑餐也

彼狡童兮不與我食兮疏傳不與賢人共食祿維子之故使我不能息兮疏傳憂不能息也○說文息喘也不能息謂氣息不利也昭公少立威望意似有爲然祭仲善爲謀而不能用覘其擅權而不能制知高渠彌之惡而不能去厲公偪居櫟而不能討任用非人忠賢扼腕蓋知其危亡在卽而末如之何矣

狡童二章章四句

褰裳【疏】毛序思見正也狂童恣行國人思大國之正己也箋狂童恣行謂突與忽爭國更出更入而無大國正之○胡承珙云春秋桓十五年鄭伯突出奔蔡公羊傳突何以名奪正也鄭世子忽復歸于鄭公羊傳其稱世子何復正也夫突爲奪正忽爲復正與序云思見正者合然則所謂狂童指突而言耳

子惠思我褰裳涉溱【疏】傳惠愛也溱水名也箋子者斥大國之正卿子若愛而思我我國有突篡國之事而可征而正之我則揭衣渡溱水往告難也○白虎通衣裳篇所以名爲裳何衣者隱也裳者鄣也所以隱形自鄣蔽也何以知上爲衣下爲裳以其先言衣也詩曰褰裳涉溱所以合爲下也弟子職言摳衣而降名爲衣何上兼下也據此魯毛文同釋文褰本或作攐說文褰下云絝也攐下云摳衣也从手褰聲則褰攐皆攐之借字說文溱下云水出桂陽臨武入涯从水秦聲滑下云水出鄭國从水曾聲水經注同明今經字誤紀要云溱水出密縣境一名鄶水東北流至新鄭縣界與洧水合溱有水淺處可涉故子產以乘輿濟人正義以爲設言示以告難之疾意非也子不我思豈無他人狂童之狂也且【疏】傳狂行童昏所化也箋言他人者先鄉齊晉宋衞後之荆楚狂童之人日爲狂行故使我言此也○

不我思不思我也與能不我知既不我嘉同一句例豈無他人言尚有他國可求也其時諸國謀納鄭突故左傳桓十五年公會宋公衞侯陳侯于袲伐鄭十六年公會宋公衞侯陳侯蔡侯伐鄭黨突攻忽詩甚言狂童之狂恣行爲亂冀動大國之聽速其興仁義之師耳楊雄逐貧賦引豈無他人吕覽求人篇高注引子不我思二句明魯毛文同

子惠思我褰裳涉洧疏傳洧水名也○漢書地理志潁川郡陽城縣陽城山洧水所出東南至長平入潁水經洧水出河南密縣西南馬領山注云陽城山馬領之總目紀要洧水出河南登封縣北陽城山逕禹州密縣又東流至新鄭縣合溱水爲雙洎河**子不我思豈無他士狂童之狂也且**疏傳士事也箋他士猶他人也大國之卿當天子之上士○孔疏引曲禮列國之大夫入天子之國曰某士左襄二十六年傳晉韓宣子聘于周自稱晉士起是本義當稱士郎託爲士女之詞稱士亦合不必如傳讀士爲事故箋易之也吕覽求人篇晉人欲攻鄭使叔嚮聘焉視其有人與無人子產爲之詩曰子惠思我褰裳涉洧子不我思豈無他士叔嚮歸曰鄭有人子產在不可攻也秦荆近其詩有異心不可攻也爲之詩者爲之歌詩也左昭十六年傳鄭六卿餞韓宣子大叔賦褰裳宣子曰起在此敢勤子至於他人乎子大叔拜宣子曰善哉子之言是不有是事其能終乎宣子大國執政故聞而知儆善其能賦子產事當在前是兩次歌詩皆

有益於國而爲此詩者深憂君國弁
走呌號無裨時事以世無霸主故也

褰裳二章章五句

丰【疏】毛序刺亂也昏姻之道缺陽倡而陰不和男行而
女不隨箋昏姻之道謂嫁取之禮○三家無異義

子之丰兮俟我乎巷兮【疏】傳丰豐滿也巷門外也箋子謂親迎
者我我將嫁者有親迎我者而貌丰
丰然豐滿善人也出門而待我於巷中○陳奐云豐滿也也當
作貌愚案釋文丰方言作妦孜郭璞方言注妦言妦容也說文
丰下云草盛丰丰也从生上下達也玉篇妦容好貌是丰乃古
文借字雄習魯詩今文作方言用妦字此詩從魯必作妦時無
文以證耳巷即門外
之里涂詳叔于田注悔予不送兮【疏】傳時有違而不至者箋悔
乎我不送是子而去也時
不送則爲異人之色後不得耦而思之○坊記子云昏禮壻親
迎見於舅姑舅姑承子以授壻恐事之違也以此坊民婦猶有
不至者不送即不至壻親迎婦隨至有似於送故不至以爲不
送也戴震云時俗衰薄婚姻而卒有變志非男女之情乃其父
母之惑也故託爲女子自怨之詞以刺之悔不送以明己之不
得自主而意終欲隨之也凡後世婚姻變志皆出於父母不出
於女子詩言迎者之美固所願也必無自主不嫁者此託爲
女子之詞正以見惑由父母耳胡承珙云荀子富國篇男女之

合夫婦之分婚姻娉內送逆無禮注內讀曰納納幣也送致女逆親迎也春秋言致女者卽以女授壻之謂此女悔其不行故託言於其家之不致非自謂其不送男子也愚案胡曲爲送字斡旋說亦可通

子之昌兮俟我乎堂兮悔予不將兮【疏】傳昌盛壯貌將行也箋堂當爲棖棖門梱上木近邊者將亦送也○胡承珙云詩先言巷後言堂孫毓以爲門側之堂是也學記古之教者家有塾正義周禮二十五家爲閭同共一巷巷首有門門邊有塾故云有塾釋宮衖門謂之閎門側之堂謂之塾二句連文郭注以閎爲衖頭門以塾爲夾門堂是也一里之巷巷外有門門側有堂親迎者既出寢廟之門姑俟乎里中之巷繼俟乎巷首之堂次第分明不必從鄭改堂爲棖亦不得同王謂堂在寢也

衣錦褧衣裳錦褧裳【注】齊魯褧作絅【疏】傳衣錦褧裳嫁者之服箋褧襌也蓋以襌縠爲之中衣裳用錦而上加襌縠焉爲其文之大著也庶人之妻嫁服也士妻紂衣纁袡○齊魯褧作絅者禮玉藻鄭注詩云衣錦絅衣裳錦絅裳然則錦衣復有上衣明矣陳喬樅云此所引詩作絅與毛異與劉向引碩人詩作絅衣合者蓋齊魯今文同爲絅字也愚案陳說是詳見碩人詩

叔兮伯兮駕予與行【疏】傳叔伯迎己者箋言此者以前之悔今則

叔也伯也來迎己者從之志又易也○陳奐云謂壻之從者也迎己者不止一人故或呼叔或呼伯旄丘叔伯爲大夫蘀兮叔伯爲羣臣則此叔伯義與之同

裳錦褧裳衣錦褧衣叔兮伯兮駕予與歸【疏】歸謂于歸其家上言與行此言與歸願從終親迎之禮

丰四章二章章三句二章章四句

東門之墠【注】齊說曰東門之壇**茹藘在阪禮義不行與我心反**【疏】毛序刺亂也男女有不待禮而相奔者也○案詩無奔意蓋以世風淫亂己獨持正故序云刺耳東門至心反易林貢之鼎文此齊說言亂世禮義不行與我心相違反也魯韓無異義

東門之墠茹藘在阪【注】韓說曰**墠猶坦也**【疏】傳東門城東門也墠除地町町者茹藘茅蒐也男女之際近而易則如東門之墠遠而難則茹藘在阪箋城東門之外有墠墠邊有阪茅蒐生焉茅蒐之爲難淺矣易越而出此女欲奔男之辭○孔疏本墠作壇釋文同封土曰壇除地曰墠此壇字讀音曰墠今毛詩定本作墠依齊韓詩改

也墠猶坦也者華嚴經音義上引韓詩傳文陳喬樅云毛傳除地町町言除地使之平坦論衡語增篇町町若荆軻之閭謂夷其里若平地也墠王霸記曰置之空墠之地空墠猶言空坦也愚案說文墠下云野土也坦下云安也言其地平安無險阻也阪下云坡者曰阪釋草茹藘茅蒐孔疏引李巡云茅蒐一名茜可以染絳陸璣疏云齊人謂之茜徐州人謂之牛蔓郭璞謂卽今之蒨草是也

其室則邇其人甚遠〔疏〕傳邇近也得禮則近不得禮則遠箋其室則近謂所欲奔男之家望其來迎己而不來則爲遠○邇近釋詁文其室謂善人居室卽在東門非不邇也其人謂善人以禮自持甚覺其遠淮南說山訓行合趨同千里相從行不合趨不同對門不通高注詩所謂室邇人遠知曾毛說合晉酒泉太守馬岌求見宋纖不得銘曰丹厓百尺靑壁千尋室邇人遠實勞我心借此語以表求賢之誠言其可望而不可卽與詩女求男之意相同或遂執以爲此詩別義非也

東門之栗有踐家室〔注〕韓踐作靖云栗木名靖善也言東門之外栗樹之下有善人可與成爲家室也〔疏〕傳栗行上栗也踐淺也箋栗而在淺家室之內言易竊取栗人所啗食而甘者故女以自喻也○釋文行道左襄九年傳晉伐鄭斬行栗傳卽依左立訓踐淺也者卽側

陋之意賢士之室不以貧敝爲嫌有淺猶淺淺也句例與有洸有揭同陳喬樅云曲禮曰而行事則必踐之鄭注踐讀曰善正義踐善也言卜得而行事必善也然則踐義可依韓訓善踐作靖也者御覽九百八十四藝文類聚八十七白帖九十九事類賦二十七引韓詩文類聚引靖或作靜御覽引善或誤樂慕善心切願得爲其室家足見此女之賢欲嫁不由淫色有靖家室猶今諺云好好人家也**豈不爾思子不我即**〔疏〕傳即就也箋我豈不思望女乎女不就迎我而俱去耳○爾子皆指賢人言我豈不思爲爾室家但子不來就我以禮相迎則我無由得往耳此女以禮自守

東門之墠二章章四句

風雨〔疏〕毛序思君子也亂世則思君子不改其度焉○三家無異義

風雨淒淒雞鳴喈喈〔注〕三家淒作湝〔疏〕傳興也風且雨淒淒然雞猶守時而鳴喈喈然箋興者喻君子雖居亂世不變改其節度○孔疏淒淒寒涼之意淒作湝者說文湝寒也詩曰風雨湝湝蓋三家異文玉篇湝下亦引詩風雨湝湝廣韻十四皆湝戶皆切風雨不止即釋此詩風雨湝湝之文篇韻所引蓋出韓詩說時齊魯皆亡也**既見君子云胡不夷**〔注〕魯說云夷喜也〔疏〕傳胡何夷說也箋思而見之云何而心不說○

夷喜也者王逸楚詞九懷注詩云既見君子我心則夷夷喜也明魯說訓夷爲喜與末章義同我心則夷乃云胡不夷之誤文左昭十六年傳鄭六卿餞韓宣子子游賦風雨杜注取其既見君子胡云不夷

風雨瀟瀟雞鳴膠膠注三家膠作嘐疏傳瀟瀟暴疾也膠膠猶喈喈也○段玉裁云說文無瀟字有潚字云水清深也廣韻屋蕭韻皆有潚無瀟字毛詩風雨潚潚是淒清之意入聲音肅平聲音修在弟三部轉入弟二部音宵俗誤爲瀟見明時詩經舊本作潚潚爲是羽獵賦飛廉雲師吸鼻潚率西京賦飛罕潚箾流鏑擂爆思玄賦迅猋潚其勝我舊注潚疾貌與毛傳瀟瀟暴疾也意正相合陳奐云瀟瀟猶肅肅也小星傳肅肅疾也暴亦疾也終風傳暴疾也玉篇潚先篤切渢渢雨聲古風聲肅聲相通渢渢即潚潚也膠作嘐者廣韻引詩曰雞鳴嘐嘐玉篇嘐古包切雞鳴也嘐下引說文云啁嘐也是三家作嘐嘐正字毛詩作膠膠借字

既見君子云胡不瘳疏傳瘳愈也○陳奐云愈古瘉字

風雨如晦雞鳴不已疏傳晦昏也箋已止也雞不爲如晦而止不鳴○陳奐云如猶而也公羊傳信十五年晦冥也爾雅所謂霿也愚案辨命論云詩云風雨如晦雞鳴不已故善人爲善焉有息哉廣宏明集云梁簡文於幽縶中

自序云梁正士蘭陵蕭綱立身行己終始如一風雨如晦雞鳴不已非欺暗室豈況三光數至如此命也如何南史袁粲傳粲峻於儀範廢帝倮之迫使走粲雅步如常顧而言曰風雨如晦雞鳴不已呂光遺楊軌書曰陵霜不彫者松柏也臨難不移者君子也何圖松柏彫於微霜而雞鳴已於風雨文選陸機演連珠云貞乎期者時累不能淫是以迅風陵雨不謬晨禽之察皆與此詩正意合

既見君子云胡不喜

風雨三章章四句

子衿（疏）毛序刺學校廢也亂世則學校不修焉箋鄭國謂學爲校言可以校正道藝○魏武短歌行青青子衿悠悠我心但爲君故沈吟至今雖未明指學校並無別解北魏獻文詔高允曰道肆陵遲學業遂廢子衿之歎復見于今北史大甯中徵虞喜爲博士詔曰喪亂以來儒執陵夷每攬子衿之詩未嘗不慨然宋朱子白鹿洞賦廣青衿之疑問宏菁莪之樂育皆用序說三家無異義

青青子衿悠悠我心（疏）傳青衿青領也學子之所服箋學子而俱在學校之中已留彼去故隨而思之耳禮父母在衣純以青○案釋文衿本亦作襟釋名襟禁也交於前所以禁御風寒也㝡與衿義合而說文無襟字衮下云大

被與衿畧同而義迥殊紟下云衣系也釋名紟亦禁也禁使不得解散也此爲衣系義所專袷下云交衽也衽下云衣袷也玉藻衽當旁是謂裳際之衽玉篇衽裳際也衣袷也又爲裳際義所奪袷紟雖亦通衿不能竟指爲衿也釋器衣眥謂之襟郭注交領李巡曰交眥衣領之襟襟文出爾雅古書見釋文亦作本墑爲此詩正字說文遺之耳領以壅領也亦言總領衣體爲端首也顏氏家訓云古有斜領下連於襟故謂領爲衿也孔疏衿是領之别名故傳云青衿青領也衿領二物色雖一青而重言青青者古人之復言也子謂學子

悠悠我心者不得見而思之長也**縱我不往子寧不嗣音**【注】韓魯嗣作詒魯說曰詒遺也詒我德音也【疏】傳嗣習也古者教以詩樂誦之歌之絃之舞之箋嗣續也女曾不傳聲問我以恩責其忘己○嗣作詒者釋文引韓詩文又釋之云詒寄也曾不寄問也箋用韓說馬瑞辰云詒遺古通用虞書舜讓于德弗嗣史記集解引今文尚書作不怡是其證詒遺也詒我德音也者王逸楚詞九章惜誦篇注文遺也下有詩曰二字而無其文陳喬樅云必是引魯詩子寧不詒音而釋之曰詒我德音也今本或傳寫脫落詩句案陳說甚塙

今補正

青青子佩悠悠我思縱我不往子寧不來【疏】傳佩佩玉也士佩瓀珉而青組綬不

來者言不一來也○孔疏禮不佩青玉而云青青子佩者佩玉以組綬帶之士佩瓀珉而青組綬故云青青謂組綬也玉藻士佩瓀珉而縕組綬此云青組綬者葢毛讀禮記作青字其本與鄭異也學子非士而傳以士言之以學子得依士禮故也馬瑞辰云往來卽禮聞來學不聞往教之謂

挑兮達兮疏傳挑達往來相見貌○孔疏城闕雖非居止之處此則正義本傳文無相見二字釋文挑達見貌見字當亦後人所添挑與佻同小徐說文本引作佻兮初學記十八引詩亦作佻大東佻佻公子釋文引韓詩作嬥嬥往來貌毛彼傳作佻佻獨行貌並謂其避人游蕩獨往獨來二義相足也挑達又作达達說文达滑也達行不相遇也並引說文滑與行不相遇兩義皆孔疏獨往獨來之義

在城闕兮疏傳乘城而見闕箋國亂人廢學業但好登高見於城闕以候望爲樂○孔疏引釋宮觀謂之闕云闕是人君宮門非城之所有且宮門觀闕不宜乘之候望此言在城闕兮謂城之上別有高闕非宮闕也馬瑞辰云闕者𩫖之叚借說文𩫖缺也古者城闕其南方謂之𩫖从𩫏𩫏象城𩫏之重兩亭相對也今案𩫖爲重城象兩亭相對兩亭卽內外城臺也葢古諸侯之城三面皆重設城臺惟南方之城無臺其城缺然故謂之𩫖借作闕公羊定十二年何注天子周城諸侯軒城軒城者闕南面以受過也與說文城缺

南方義合周官小胥王宮縣諸侯軒縣春秋傳謂之曲縣軒城猶軒縣曲縣也其形闕然而曲城闕卽南城缺處耳孔疏旣謂闕非城之所有又謂城之上別有高闕非也公羊疏疑爲城墉不完則更誤矣**一日不見如三月兮**疏傳言禮樂不可一日而廢箋君子之學以文會友以友輔仁獨學而無友則孤陋而寡聞故思之甚○陳奐云不見禮樂也不見禮樂一日如三月之久是禮樂不可一日廢此卽上二章厚望學子來習之意

子衿三章章四句

揚之水疏毛序閔無臣也君子閔忽之無忠臣良士終以死亡而作是詩也○三家無異義

揚之水不流束楚終鮮兄弟維予與女疏傳揚激揚也激揚之水可謂不能流漂束楚乎箋激揚之水喻忽政教亂促不流束楚言其政不行於臣下鮮寡也忽兄弟爭國親戚相疑後竟寡於兄弟之恩獨我與女有耳作此詩者同姓臣也○嚴粲引曹氏曰忽突爭國子儀子亹更立至莊十四年忽等已死而原繁謂厲公曰莊公之子猶有八人不得爲鮮蓋昭公兄弟雖衆無與同心者要其終必不相助雖多猶少也**無信人之言人實迋女**疏傳迋誑也○說文誑欺也迋往也春秋傳曰子無我迋迋誑迋音近故迋又爲誑之叚借

揚之水不流束薪終鮮兄弟維予二人【疏】傳二人同心也箋二人者我身與女忽

無信人之言人實不信

揚之水二章章六句

出其東門【注】齊說曰鄭男女亟聚會聲色生焉故其俗淫鄭詩曰出其東門有女如雲又曰溱與洧方灌灌兮士與女方秉菅兮恂盱且樂惟士與女伊其相謔此其風也【疏】毛序閔亂也公子五爭兵革不息男女相棄民人思保其室家焉箋公子五爭者謂突再也忽子亹子儀各一也○男女至風也漢書地理志文此齊說詩乃賢士道所見以刺時而自明其志也魯韓當同

出其東門有女如雲【疏】傳如雲衆多也箋有女謂諸見棄者也如雲者如其從風東西南北心無有定○鄭城西南門爲溱洧二水所經故以東門爲游人所集雖則如雲匪我思存【疏】傳思不存乎相救急箋匪非也此如雲者皆非我思所存也縞衣綦巾【疏】傳縞衣白色男服也綦巾蒼艾色女服也願室家得相樂

也箋縞衣綦巾己所爲作者之妻服也○說文糸部綥帛蒼艾色也詩曰縞衣綥巾未嫁女所服或以爲三家詩字馬瑞辰云左傳楚人惎之說文引作畀杜林以畀爲騏字也箋以綦爲綦文與秦風傳騏綦文合葢讀騏如綦愚案說文綥下重文綦云綥或从其是綥卽綦字非三家異解說文巾佩巾也一云首飾釋名二十成人士冠庶人巾傳以衣巾分男女過泥說文又以綥巾爲未嫁女所服無論喪服之時莫爲分別卽游人所萃如雲如荼孰辨其已嫁未嫁今斷從箋說以爲作者之妻服則此詩文從字順矣韓毛文同覞

聊樂我員（注）韓詩曰縞衣綦巾聊樂我魂韓說曰魂神也（疏）箋時亦棄之迫兵革之難不能相畜心不忍絕故言且畱樂我員此思保其室家窮困不得有其妻而以衣巾言之恩不忍斥之綦綦文也○釋文員本亦作云正義員云古今字助句辭縞衣至神也者釋文及文選曹大家東征賦注鮑照東武吟注鮑照舞鶴賦注引韓詩文臧鏞堂云此魂乃云之變體春秋疏引孝經說云魂云也韓但讀作神魂之魂耳陳喬樅云毛韓師傳各異訓義不必強同孝經援神契云情者魂之使此自言其妻子得用情之正故云聊樂我魂下章云聊可與娛娛亦樂也人悲則神傷樂則神安故韓以魂爲神其說未嘗不是也

出其闉闍（注）韓說曰城內重門也**有女如荼**（疏）傳闉曲城也闍城臺也荼英荼

也言皆喪服也箋闍讀當如彼都人士之都謂國外曲城之中市里也荼茅秀物之輕者飛行無常○城內重門也者玉篇門部闍下文引詩曰出其闉闍陳喬樅云玉篇所引韓詩說也馬瑞辰云如荼與如雲皆取衆多義荼或作𦯻廣雅𦯻葤茅穗也說文葤茅秀也豳風傳荼萑苕也夏小正七月灌荼灌聚也荼萑葦之秀是茅秀爲荼葦秀亦爲荼爾雅蔈莠荼猋藨芀又曰葦醜芀葍對文則茅秀爲荼葦秀爲芀散言則茅葦之秀通可稱荼皆取色白爲義灌荼則有叢聚之象故以喻衆多也傳以爲皆喪服似非詩恉

雖則如荼匪我思且縞衣茹藘聊可與娛疏傳茹藘茅蒐之染女服也娛樂也箋匪我思且猶非我思存也茅蒐染巾也聊可與娛且可留與我爲樂心欲留之言也○馬瑞辰云釋器三染謂之纁郭注纁絳也廣雅纁謂之絳是茹藘染絳卽纁也士昏禮女次純衣纁袡是茹藘所染當卽纁袡方言蔽厀齊魯之郊謂之袡魏宋南楚之閒謂之大巾纁袡卽婦人蔽厀箋但言茅蒐染巾不言大巾說亦未確愚案詩言茹藘不言巾者渻文以成句故鄭言之卽佩巾也馬以爲婦人蔽厀殊乖事理

出其東門二章章六句

野有蔓草疏毛序思遇時也君之澤不下流民窮於兵革男女失時思不期而會焉箋不期而會謂不相與期而

自俱會○左襄二十七年傳鄭伯享趙孟于垂隴子太叔賦野有蔓草趙孟曰吾子之惠也杜注大叔喜於相遇故趙孟受其惠昭十六年傳鄭六卿餞宣子於郊子齹賦野有蔓草宣子曰善哉吾有望矣杜注君子相願己所望也以鄭國之人賦本國之詩享餞大禮豈敢賦不正之詩以取戾於大國執政育女同車諸詩宋人以爲淫奔者賴毛序正之獨此詩爲序說所累久蒙不美然郎賦推詩其非男女之詞決矣且序爲衞敬仲輩所塗附早失眞面詳此詩思遇時也尙是元文餘則他人增竄遇時之思蓋因兵革不息民人流離冀覯名賢以匡其主如齊桓之得管仲秦伯之得百里奚耳說苑尊賢篇孔子之郯遭程子於塗傾蓋而語終日有間顧子路曰取束帛一以贈先生子路不對有間又顧曰取束帛一以贈先生子路屑然對曰由聞之也士不中而見女無媒而嫁君子不行也孔子曰由詩不云乎野有蔓草零露漙兮有美一人淸揚婉兮邂逅相遇適我願兮今程子天下之賢士也於是不贈終身不見云終身聽不得再見大德不踰閑小德出入可也韓祆下善士以得見爲可以常禮搆覿爲據此魯韓詩說皆以爲思遇賢人齊詩蓋同自漢世爲毛詩者以爲男女之詞而詩之眞失猶幸左傳說苑韓詩外傳存大義於幾希尙可推求而得之爾

野有蔓草零露漙兮【疏】傳興也野四郊之外蔓延也漙漙然盛多也箋零落也蔓草而有露謂仲春之

時草始生霜爲露也周禮仲春之月令會男女之無夫家者○馬瑞辰云說文蔓葛屬蔓引也爾雅引延長也是蔓爲草名滋蔓字古止作曼傳訓延猶說文訓引也今經傳通借蔓爲曼釋詁霝落也郭注見詩陳喬樅云毛詩作零露箋零落也正義釋箋云靈作零字故爲落也據此毛作零露與衛風靈雨同鄭從今文作零訓爲落也爾雅作蘦蓋本魯詩喬樅案說文霝雨零从雨吅象零形零餘雨也从雨令聲雨露曰霝零草木曰蘦落霝作蘦通用字說文引詩霝雨其濛今毛詩作零釋文漙本亦作團胡承珙云說文無漙字玉篇始有此漙兮古止作團匡謬正俗所云古本詩有作水旁專後人輒改爲團者即謂此藝文類聚卷八十一引正作團謝靈運永初三年之郡詩火閔團朝露謝朓京路夜發詩猶霑餘露團謝惠連七月七日夜詩團團滿繁露李注並引詩零露團兮此必六朝古本作團顏謂後人改之非也**有美一人淸揚婉兮邂逅相遇適我願兮**【注】韓詩靑揚宛兮韓說云靑靜也【疏】傳淸揚眉目之間婉然美也邂逅不期而會適其時願○靑陽宛兮者詩攷引韓詩外傳二文初學記七引作淸揚婉兮本外傳二同與詩攷不合今靑靜也者文選射雉賦注引薛君韓詩章句文靑陽宛即淸揚婉三字之叚借也猗嗟詩美目淸兮美目揚兮淸揚猶淸明也靜也者言其目之澄然而靜也說文婉順也方言美目謂之順眉目之間位置天然視之但覺其婉順而美也玉篇面部𩈹眉目之間美皃韓詩云淸

揚碗兮集韻二十阮引詩同案韓詩若作碗字不應王氏不見必出後人增竄今不取邂逅者陳奐云傳復經句轉寫者刪相遇適我願兮六字彼人誤以傳不期而會四字專釋邂逅沿譌至今直以邂逅爲塗遇之通稱學者失其義久矣綢繆傳邂逅解說也解說猶說懌卽是適我願之意穀梁傳遇者志相得也志相得卽詩所謂適我願也愚案陳說是解說乃相悅以解之意思見其人求而忽得則志意開豁歡然相迎卽所謂邂逅矣

野有蔓草零露瀼瀼有美一人婉如清揚邂逅相遇與子偕臧

疏 傳瀼瀼盛貌臧善也○案藝文類聚四十一引魏文帝善哉行云有美一人婉如青陽以上章青陽宛兮證之魏帝亦用韓詩也宛作婉葢誤文傳婉然美也宛如卽宛然也偕臧謂偕之於善有互相勖勉意

野有蔓草二章章六句

溱洧 注 韓說曰溱與洧說人也鄭國之俗三月上巳之日於兩水上招魂續魄拂除不祥故詩人願與所說者俱往觀也御覽三十日作辰兩上有此字水下有之字拂一作祓也作之宋書十五初學記三十六魄下有秉執蘭草四字爾雅翼四不祥作氛穢

魯說曰鄭國淫辟男女私會於溱洧之上有詢訏之樂勺藥之和齊說見出其東門序疏毛序刺亂也兵革不息男女相棄淫風大行莫之能救焉箋救猶止也亂者士與女合會溱洧之上○溱與至觀也御覽八百八十六引韓詩內傳文後漢書袁紹傳注引鄭國之俗至但往觀也又見續漢志注及藝文類聚四鄭國至之和呂覽本生篇高注文魯說也漢書地理志引此詩見上出其東門序齊說也

溱與洧方渙渙兮注韓渙作洹云盛貌也謂三月桃花水下之時至盛也齊作灌魯作汍疏傳溱洧鄭兩水名渙渙春水盛也箋仲春之時冰以釋水則渙渙然○渙作至盛也者釋文袁紹傳注鄭世家正義御覽九百八十三引韓詩文齊作灌者漢書地理志文顏注灌灌水流盛也魯作汍者說文㵋水出鄭國詩曰溱與洧方汍汍兮與韓齊毛異必魯詩也玉篇溱㵋皆側銀切毛古文叚用溱字耳釋文說文作汎汎音父弓反段玉裁云此音義俱非古書段借必字異而音同汎汎蓋汍汍之誤汍从水丸聲讀與洹同見玉篇灌灌亦當讀汍汍皆水盛沄旋之貌

士與女方秉蕑兮注韓云秉執也蕑蘭也當此盛流之時眾士與眾女執蘭而祓除邪惡齊蕑作菅疏傳蕑蘭也箋男

女相棄各無匹偶感春氣並出託采芬香之草而爲淫泆之行○秉執至邪惡者御覽三十引韓詩文蕳蘭也說與毛同陸璣疏云其莖葉似藥草澤蘭廣而長節節中赤高四五尺可著粉中藏衣著書辟白魚齊蕳作菅者漢書地理志文眾經音義二蕑字書與蕳同蕑蘭也中山經郭注蕑亦菅字荆州記都梁香蘭也都梁縣名有小山下有水清淺其中生蕳草名爲都梁或借菅字寰宇記菅涔山在靜樂縣菅音姦土人云山多菅草故以爲名據此蕳菅字異音同故通用

女曰觀乎士曰既且且往觀乎注願與所說者俱往觀也**洧之外洵訏且樂**注魯洵作詢云有詢訏之樂韓訏作盱曰恂盱樂貌也疏傳訏大也箋女曰觀乎欲與士觀於寬閒之處既已也士曰已觀矣未從之也洵信也女情急故勸男使往觀於洧之外言其土地信寬大又樂也於是男則往也○願與至觀也韓傳文引見上洧之外者溱入洧同流溱小洧大舉洧以該溱也釋詁恂信也洵作詢云有詢訏之樂者呂覽高注文垷洵本恂之借獨此借詢爲恂言其地信廣大可樂也洵作至貌也者釋文引韓詩文與前羔裘之洵直且侯韓詩作恂同舉目曠野喜形於色故曰恂盱樂貌也漢志亦作恂盱垷

維士與女伊其相謔贈之以勺藥注韓說曰勺藥離草也言將離別贈此草也魯

說曰勺藥之和【疏】傳勺藥香草箋伊因也士與女往觀因相戲謔行夫婦之事其別則送女以勺藥結恩情也者釋文引韓詩文崔豹古今注勺藥一名可離故將別贈以勺藥猶相招則贈以文無文無一名當歸也與韓合箋義即本韓詩勺藥之和者呂覽高注文攷司馬相如子虛賦勺藥之和具而後御之伏儼曰勺藥以蘭桂調食也文穎曰勺藥五味之和也揚雄蜀都賦甘甜之和勺藥之美張衡南都賦歸雁鳴鵽黃稻鮮魚以爲勺藥論衡譴告篇猶人勺藥失其和陳喬樅云王充張衡高誘諸人並用魯詩皆以勺藥爲調和之名是魯詩不以勺藥爲草名也又枚乘七發云勺藥之醬張載七命云和兼勺藥韋昭云勺藥和齊酸鹹美味也亦皆本魯詩以勺藥爲調和名葢魯說以贈之以勺藥即承上文秉蘭而言謂蘭爲調和之用義取於和也御覽引禮斗威儀曰君乘金而王其政平則蘭常生宋均注蘭生主給調和也文選魯靈光賦注引鄭氏說同合之伏儼以蘭調食之注是調食古有用蘭者矣

溱與洧瀏其清矣【注】韓詩瀏作漻曰清貌也【疏】傳瀏深貌○瀏作漻曰清貌也者文選南都賦注引韓詩內傳文梁處素云瀏漻通葢此章傳據此韓瀏作漻陳喬樅云莊子天地篇漻乎其清也釋文李良由反清貌是讀漻聲爲瀏文選甘泉賦注引孟康曰瀏清也文賦注引字林曰漻清流也廣雅釋詁漻清也說文瀏清貌引此

詩又曰漻清深也則漻瀏音義並同士與女殷其盈矣女曰觀乎士曰既且且往觀乎洧之外洵訏且樂維士與女伊其將謔【疏】傳殷眾也箋將大也○馬瑞辰云將謔猶相謔也尚書大傳義伯之樂舞將陽將陽卽相羊之叚借贈之以勺藥

溱洧二章章十二句

鄭國二十一篇五十三章二百八十三句

詩三家義集疏卷五終

詩三家義集疏卷六

長沙王先謙益吾著

齊雞鳴第六 疏 詩含神霧曰齊地處孟春之位海岱之間土地汙泥流之所歸利之所聚律中太簇音中宮角漢書地理志齊地虛危之分埜也少昊之世有爽鳩氏虞夏時有季萴湯時有逢伯陵殷末有薄姑氏皆爲諸侯國此地至周成王時薄姑氏與四國作亂成王滅之以封師尚父是爲太公詩風齊國是也易林頤之漸姬姜望爲武守邦藩屏燕齊周室以强子孫億昌禮樂記師乙曰溫良而能斷者宜歌齊又曰齊者三代之遺聲也齊人識之故謂之齊此皆齊說之可徵者魯韓無聞陳奐云左傳管仲曰賜我先君履東至于海西至于河南至于穆陵北至于無棣齊語通齊國之魚鹽于東萊齊有東海爲有海邦諸夷之國晏子對齊景公曰姑尤以西姑尤在今登萊二府之地地理志東有甾川東萊琅邪高密膠東此就春秋以後言之矣至大河故瀆春秋初未改禹迹晏子曰聊攝以東杜注聊攝齊西界也平原聊城縣東北有攝城今聊城去大河故瀆幾四百里齊語桓公築五鹿中牟蓋與牡丘以衞諸夏之地故四邑皆在大河左右築之以禦戎狄非齊西境有此四邑蓋穆陵南接魯無棣北接燕齊與魯燕爲周三公其封國皆連壤故管仲於南北以齊境言之其東有東夷西有戎狄但

舉海河言之非建國之初卽至東海西河也又齊語桓公既反侵地正封疆地南至于𩿪陰西至于濟北至於河東至于紀酅案杜注春秋莊三十年濟水歷齊魯界此云西至濟則在濟西所謂大朝諸侯於陽穀是其西境云北至河者無棣之上下皆大河故瀆所經也然則齊封域在周禮職方幽州之域而西南及於兖焉

詩國風

雞鳴注韓說曰雞鳴讒人也齊說曰雞鳴失時君騷相憂疏毛序思賢妃也哀公荒淫怠慢故陳賢妃貞女夙夜警戒相成之道焉○讒人也者御覽九百四十四引韓詩文讒上疑奪憂字一本作纔人字誤玉海三十八引作說人也亦誤韓以此詩爲憂讒之作雞鳴至相憂易林夬之屯文雞鳴失時者蓋齊君內嬖工讒有如晉獻之驪姬致其君有失時晏起之事其相憂之而賦此詩文選王元長策秀才文云歌雞鳴於闕下稱仁漢牘李注引列女傳云緹縈歌雞鳴晨風之詩今本列女齊太倉女傳無此事蓋奪文也注又引班固歌詩云上書詣北闕闕下歌雞鳴憂心摧折裂晨風激揚聲緹縈之歌此詩傷父無罪被讒冀見憐察孟堅歌詩足爲左證子政列之於傳知魯家之說此詩與齊韓無異也

雞既鳴矣朝既盈矣疏傳雞鳴而夫人作朝盈而君作箋雞鳴朝盈夫人也君也可以起之常禮○書

大傳雞鳴大師奏雞鳴于階下夫人鳴佩玉於房中告去也然後應門擊柝告辟也然後少師奏質明于階下辟應門謂啟朝門則朝者入也此言常朝之節如此刺今日晏起之失時

匪雞則鳴蒼蠅之聲（注）韓詩曰匪雞則鳴蒼蠅之聲韓說曰雞遠鳴蠅聲相似也（疏）傳蒼蠅之聲有似遠雞之聲鳴箋夫人以蠅聲為雞鳴則起早於常禮敬也○匪雞至似也御覽九百四十四引韓詩薛君文匪雞二句明韓毛文同雞遠二句與傳意大同蒼青也蒼蠅卽青蠅喻讒人也言朝者皆知為雞鳴矣自君聽之匪雞則鳴也蒼蠅之聲耳君聽不聰躭於逸欲而讒人近在枕席如驪姬夜半而泣可畏孰甚

東方明矣朝既昌矣匪東方則明月出之光（疏）傳東方明則夫人纚笄而朝朝既昌已昌盛則君聽朝見月出之光以為東方明箋東方明朝既昌亦夫人也君也可以朝之常禮君日出而視朝夫人以月光為東方明則朝亦敬也○匪東二句雖明尚疑未明以致失時就喻意言臣下盼朝日之升不料東方未明月出皎兮陰光有耀陽不能升也

蟲飛薨薨甘與子同夢會且歸矣無庶予子憎（疏）傳古之夫人配其君子亦

不忘其敬會於朝也卿大夫朝會於君朝聽政夕歸治其家事無庶予子憎無見惡於夫人箋蟲飛薨薨東方且明之時我猶樂與子臥而同夢言親愛之無已庶衆也蟲飛薨薨所以當起者卿大夫朝者且罷歸故也無使衆臣以我故憎惡於子戒之也○此代君謂其夫人之詞薨薨衆多也言天之將明飛蟲皆出予猶甘願與子臥而同夢但會於朝者且將歸治其家事矣庶無因予之故而使臣下憎惡於子耳馬瑞辰云爾雅庶幸也大雅抑詩庶無大悔無庶卽庶無之倒文猶遐不作不瑕尚不作不尚也臣下惡其夫人則歸怨其君者不言可知所以致儆者深矣

雞鳴三章章四句

還疏毛序刺荒也哀公好田獵從禽獸而無厭國人化之遂成風俗習於田獵謂之賢閑於馳逐謂之好焉箋荒謂政事廢亂○馬瑞辰云賢卽首章儇字音近之譌猶下句閑於馳逐謂之好卽釋二章好字也三家無異義

子之還兮遭我乎猺之閒兮注齊還作營猺作嶩韓還作琁云嫙好貌遭遇也疏傳還便捷之貌猺山名箋子也我也皆士大夫也俱出田獵而相遭也○還作營者漢書地理志臨淄名營邱故齊詩曰子之營兮遭我虖嶩之閒兮顏注齊國風營詩之詞也毛作還齊作營之往也嶩山名也言往

適營邱而相逢於嶩山也嶩字或作峱亦作巙陳喬樅云毛詩釋文載崔靈恩集注本峱作嶩水經淄水注營邱山名也詩所謂子之營兮道元不及見齊詩淄水篇引詩作營亦采前儒遺說耳錢大昕云古人讀營如環韓非子云倉頡之作書也自環者謂之厶說文引作自營爲厶是也釋邱水出其左營邱郭注謂淄水過其南及東是營邱本取回環之義士喪禮布巾環幅注古文環作還左傳還鄭而南及道還公宮釋文並云還本作環營亦與還聲近故古字叚借用之峱作嶩者字異而地同御覽獸部二十一作猱說文峱山在齊地紀要峱山在臨淄縣南十五里陳奐云齊世家周亨哀公立其弟靜是爲胡公胡公徙都薄姑是胡公都薄姑而營邱舊都遂爲田獵之地依顏說則詩當作在胡公後矣與毛序言哀公異韓詩還作嫙云嫙好貌者馬瑞辰云釋文傳便捷本亦作便旋說文趯疾也傳蓋以還爲趯之叚借說文又云儇急也義亦與趯近韓以嫙爲好貌據下章茂昌皆爲好則從韓訓好是也遭遇也者華嚴經音義二引韓詩傳文

並驅從兩肩兮揖我謂我儇兮【注】韓詩齊風曰並驅從兩肩兮韓說曰獸三歲曰肩魯肩作豜韓儇作嫙云嫙好貌【疏】傳從逐也獸三歲曰肩儇利也禽獸子則揖耦我謂我儇譽之也譽之者以報前言還也○齊風至曰肩後漢馬融傳注引韓詩文引經明韓毛文同獸三歲

曰肩與毛訓合廣雅嘼一歲爲豵二歲爲豝三歲爲肩四歲爲特大司馬先鄭注肩特互易又云五歲爲慎釋文肩本亦作豣說文豣三歲豕肩相及詩曰並驅從兩豣兮與亦作本合豣本大豕之名小爾雅云豕之大者謂之豣釋獸麢絕有力豣是凡獸之大者亦通稱豣也魯肩作豣者陳喬樅云呂覽知化篇高注獸三歲曰豣當本魯詩故訓愚案玉篇豣字同研疑後出字揖我者敬而譽之儇作嬛云嬛好貌者釋文引韓詩文廣雅嬛好也即本韓爲說王念孫云詩二章言好三章言臧則首章從韓作嬛訓好義相同馬瑞辰云玉篇嬛好貌或作嬽又通作卷澤陂詩碩大且卷毛傳卷好貌釋文卷本又作婘

子之茂兮遭我乎峱之道兮並驅從兩牡兮揖我謂我好兮疏

傳茂美也箋譽之言好者以報前言茂也○呂氏讀詩記引崔靈恩集注云茂昌俱齊地葢齊詩以營爲地名則茂昌自應訓爲齊地茂無考

子之昌兮遭我乎峱之陽兮並驅從兩狼兮揖我謂我臧兮疏

傳昌盛也狼獸名臧善也箋昌佼好貌○漢琅邪郡有昌縣今諸城縣東南齊郡有昌國縣戰國齊昌城今淄川縣東未知孰是釋獸狼牡貛牝狼其子獥絕有力迅說文狼似犬銳頭白頰高前廣後孔疏引義疏云其鳴能大能小善爲小兒嘷聲以誘

人去數十步止其猛捷者人不能制雖善用兵者不能及也

還三章章四句

著【疏】毛序：刺時也。時不親迎也。箋：時不親迎，故陳親迎之禮以刺之。○三家無異義。陳奐云：古者天子親迎以下達士皆行之。大明「親迎于渭」，天子親迎也。韓奕「韓侯迎止，于蹶之里」，諸侯親迎也。周自文王及宣王時，其禮不廢。春秋隱二年九月，紀履緰來逆女，譏不親迎。厥後桓八年祭公逆王后于紀，襄十五年劉夏逆王后于齊，天子不親迎。桓三年公子翬如齊逆女，文四年逆婦姜于齊，宣元年公子遂如齊逆女，成十四年叔孫僑如如齊逆女，諸侯不親迎矣。春秋正夫婦之始，天子諸侯皆在所譏。孔疏以著三詩皆刺哀公，則春秋之前，哀公之世，親迎之禮已廢矣。詩人陳古義以刺今時，亦春秋之譏也。

俟我於著乎而【疏】傳：俟，待也。門屏之間曰著。箋：我，嫁者自謂也。待我於著，謂從君子而出至於著，君子揖之時也。○漢書地理志：詩云「俟我於著乎而」，此亦其舒緩之體也。顏注：著，地名，卽濟南著縣也。范家相云：此蓋三家說。胡承珙云：顏於上文「子之營兮」明言齊詩作營，此則不言所據，必非出於三家。且濟南之著，韋昭音弛之反，乃著竈之著字，魏收地形志亦作著。顏音竹庶反，以韋爲失，並謂卽齊風之著，皆非也。正義：傳以首章言士親迎，二章言卿大夫親迎，卒章言人君親迎。箋以爲三章共述人臣親迎之禮馬瑞辰云公羊隱二年傳譏不親迎也何注禮所以必親迎者所以示男先女也於廟者告本也夏后氏逆於庭殷人逆於堂周人逆於戶武億據以釋此詩其說是也詩刺時不親迎因錯陳三代親迎之禮首章俟著於門戶爲近郎周人逆於戶二章俟庭三章俟堂正與夏殷禮合較傳箋說爲允陳奐云春秋繁露質文篇昏禮逆于庭逆于堂逆于戶與公羊注合此或齊魯韓詩義以三代親迎禮分屬三章愚案戶庭堂之逆夏殷周有明文一代之中不能人自爲禮惟充耳之制無可推求耳今從武說於當作于著與宁通宁有二釋宮門屏之間爲宁乃門內屏外人君視朝所宁立處此傳所本李巡云正門內兩塾間曰宁郎此詩之著士家於寢門之內設屏屏門可以宁立故亦謂之宁寢門亦曰閨門說文閨特立之戶是戶郎宁也說苑修文篇說親迎之禮吉大人戒女女拜乃親引其手授夫於戶此周人所謂逆於戶也故壻俟之於此

充耳以素乎而尚之以瓊華乎而【疏】傳素象瑱瓊華美石士之服也箋我視君子則

以素爲充耳謂所以縣瑱者或名爲紞織之人君五色臣則三色而已此言素者目所先見而云尚猶飾也飾之以瓊華者謂縣紞之末所謂瑱也人君以玉爲之瓊華石色似瓊也〇二章青紞之青三章黃紞之黃馬瑞辰云大戴禮⿱艹黈紞塞耳所以弇聰也說文纊絮也或从光作絖莊子黈作⿱艹黈西京賦注黈纊言以黃縣大如丸縣冠兩邊當耳不欲妄聞不急之言也古者充

耳之制當耳處用纊此詩充耳以黃卽䌷纊以素以青卽素纊
青纊也纊下更綴玉爲瑱故詩言瓊華瓊瑩瓊英皆曰尚之卽
加之也若如傳以詩素青黃爲象玉則下不得復言瓊華瓊瑩
瓊英箋以素青黃爲紞紞乃縣纊之縧不得謂之充耳段玉裁
謂古無以纊塞耳者大戴之紞乃紞字形近之譌
說亦未確瓊華美石者謂石色如瓊玉之光華

俟我於庭乎而〔注〕韓說曰俟我於庭乎而參分堂塗一曰庭〔疏〕箋待我於庭謂揖我於庭時○俟我至曰庭玉篇广部引韓詩文引經明韓毛文同參分堂塗一曰庭者皮嘉祐云左昭五年傳大庫之庭注堂前地名周書大匡朝于公庭注公堂之庭據此是庭在堂之間參分堂塗者度堂前之道而居其中也黃山云釋宮堂塗謂之陳郭注堂下至門徑也著在門屏之間則參分堂塗之一正在堂著之間皮云在堂之間未憭

充耳以青乎而尚之以瓊瑩乎而〔疏〕傳青青玉瓊瑩石似玉卿大夫之服箋待我於庭謂揖我於庭時青紞之青石色似瓊似瑩也○說文瑩玉色也从玉熒省聲逸論語曰如玉之瑩瓊瑩瓊英猶瓊華也

俟我於堂乎而充耳以黃乎而尚之以瓊英乎而〔疏〕傳黃黃玉瓊英美石似玉者人君之服也箋黃紞之黃瓊英猶瓊華也○此雜陳夏殷逆庭逆堂之禮以刺今之不然充耳之制二代無聞

著三章章三句

東方之日〔疏〕毛序刺衰也君臣失道男女淫奔不能以禮化也○三家無異義

東方之日兮彼姝者子在我室兮〔注〕韓詩曰東方之日兮彼姝者子在我室兮韓說曰詩人言所說者顏色盛美如東方之日〔疏〕傳興也日出東方人君明盛無不照察也姝者初昏之貌箋言東方之日者愬之乎耳有姝姝美好之子來在我室欲與我爲室家我無如之何也日在東方其明未融興者喻君不明○東方至之日文選顏延年秋胡詩注宋玉神女賦注曹植美女篇注陸機日出東南隅行注引韓詩薛君章句文引經明韓毛文同神女賦注日下無兮字脫文盛美作美盛如作若美女篇注美作顏色盛也言美如東方之日出也神女賦云其始出也耀乎若白日初出照屋梁即本此詩意說文姝美也子女子我壻自謂在室謂女入門後

在我室兮履我即兮〔疏〕傳履禮也箋即就也在我室者以禮來我則就之與之去也言今者之子不以禮來也○履禮古通用昏姻之道非禮不行詩意陳古刺今重在上以禮化或即以此詩爲淫奔不作禮解謬矣東門之墠詩子不我即傳即就也此言所以在我室者因我以禮往而後彼來即我非如後世苟且之行也

東方之月兮彼姝者子在我闥兮【注】韓說曰門屏之間曰闥【疏】傳月盛於東方君明於上若日也臣察於下若月也闥門內也箋月以興臣月在東方亦言不明○月生於西而云東方之月者取其明盛也馬瑞辰云古者喻人顏色之美多取譬於日月詩月出皎兮傳婦人有美白皙也神女賦云其少進也皎若明月舒其光皆其義門屏之間曰闥者釋文引韓詩文士家二門大門內爲寢門小牆當門中特立一門所謂寢門也亦曰閨門門內設屏門屏之間謂之宁亦謂之著郎闥也以次序言當先言闥而後言室韓順詩釋義而云然者意總謂門闥以內仍不欲沒闥之名耳胡承珙云後漢書宦者傳注引爾雅曰小閨謂之闥所據葢古本切言之則闥爲小門渾言之則門以內皆爲闥故毛傳但云闥門內也在我闥兮履我發兮【疏】傳發行也箋以禮來則我行而與之去○言禮自我而行也時雖失道我自守禮望世之意切矣

東方之日二章章五句

東方未明【疏】毛序刺無節也朝廷興居無節號令不時挈壺氏不能掌其職焉箋號令猶召呼也挈壺氏掌漏刻者○陳奐云周禮挈壺氏下士六人於諸侯未聞三家無異義

東方未明顛倒衣裳顛之倒之自公召之【疏】傳上曰衣下曰裳箋挈壺氏失漏刻之節東方未明而以爲明故羣臣促遽顛倒衣裳羣臣之朝別色始入自從也羣臣顛倒衣裳而朝人又從君所來而召之漏刻失節君又早興○禮玉藻朝辨色始入君日出而視之若急事特召偶或不同此因其號令不時故刺之人臣承召入朝雖當急遽時亦必整肅衣裳無任其上下顛倒之理詩特極意形容之語耳說苑奉使篇魏文侯遣張倉唐賜太子衣一襲敕以雞鳴時至太子發篋視衣盡顛倒太子曰詩云東方未明顛倒衣裳顛之倒之自公召之遂西至謁文侯文侯大喜荀子大略篇諸侯召其臣臣不俟駕顛倒衣裳而走禮也詩曰顛之倒之自公召之趙岐孟子章句君以其官召之豈得不顛倒詩云顛之倒之自公召之據說苑諸書明魯毛文同易林同人之中孚衣裳顛倒爲王來呼雖有別解亦爲齊詩文義相同之證

東方未晞顛倒裳衣倒之顛之自公令之【疏】傳晞明之始升令告也○馬瑞辰云晞者昕之叚借說文昕旦明暇訨儀眃日將出也讀若希昕與晞一聲之轉故通用廣雅昕明也傳知晞即昕故以爲明之始升孔疏引晞乾爲證失之

折柳樊圃狂夫瞿瞿【疏】傳柳柔脃之木樊藩也圃菜園也折柳以爲樊園無益於禁矣瞿瞿無守之貌

古者有挈壺氏以水火分日夜以告時於朝箋柳木之不可以爲藩猶是狂夫不任挈壺氏之事○樊當爲楙說文楙下云鷙不行也楙下云藩也傳柳柔脆之木圃菜園也段玉裁云楊之細莖小葉者曰柳狂夫中心無守之人瞿瞿者䀠䀠之借字說文䀠下云左右視也瞿下云鷹隼之視也瞿行而䀠廢故以瞿爲䀠言折柔脆之木以藩其圃雖中心無守之狂夫亦爲之瞿瞿然驚顧慮藩之不固以柳之非其材也今以不能司夜之人而令居挈壺氏之官以致不能舉其職其失時必矣**不能辰夜不夙則莫**疏傳辰時夙早莫晚也箋此言不在其事者恒失節數也○爾雅不辰不時也莊子齊物論見卯而求時夜釋文引崔注云時夜司夜此詩義亦當爲司夜司之爲言伺也論語孔子時其亡也亦謂伺其亡也采繁傳夙早也抑傳莫晚也司夜之官不能舉職以致君之視朝不早則晚蓋齊侯興居無節有未明之時即有晏起之時舉動任情非必辰夜之咎詩人不欲顯君之過故諉諸具官之不能冀君之聞而能改耳陳喬樅云北堂書鈔二十一引詩含神霧曰起居無常疑亦說東方未明之文此齊家說

東方未明三章章四句

南山疏毛序刺襄公也鳥獸之行淫乎其妹大夫遇是惡作詩而去之箋襄公之妹魯桓公夫人文姜也襄公素與淫

通及嫁公謫之公與夫人如齊夫人愬之襄公襄公使公子彭生乘公而搚殺之夫人久留於齊莊公卽位後乃來猶復會齊侯于禚于祝丘又如齊師齊大夫見襄公行惡如是作詩以刺之又非魯桓公不能禁制夫人而去之○三家無異義

南山崔崔雄狐綏綏〔注〕韓綏綏作夊夊云行遲貌齊說曰雄狐綏綏登山崔嵬〔疏〕傳興也南山齊南山也崔崔高大也國君尊嚴如南山崔崔然雄狐相隨綏綏然無別失陰陽之匹箋雄狐行求匹耦於南山之上形貌綏綏然興者喻襄公居人君之尊而爲淫泆之行其威儀可恥惡如狐○陳奐云南山卽孟子之牛山晏子諫上篇楚巫至於牛山而不敢登曰五帝之位在於國南請齊而後登之又景公遊於牛山北臨其國城皆其義證綏綏作夊夊云行遲貌者玉篇云夊行遲貌思佳切引詩雄狐夊夊廣韻六脂同玉篇所載夊字行遲之義它處不見蓋據韓說雄狐至崔嵬者易林咸之賁文損之无妄同齊說喻以邪孽在高位也

魯道有蕩齊子由歸既曰歸止曷又懷止〔疏〕傳蕩平易也齊子文姜也懷思也箋婦人謂嫁曰歸言文姜既以禮從此道嫁于魯侯也懷來也言文姜既曰嫁于魯侯矣何復來爲乎非其來也○有蕩猶蕩蕩也卽有洸猶洸洸有潰猶潰潰之例齊子如碩人傳齊侯之子謂文姜歸嫁也水經汶水注汶水又南逕鉅平縣故城東而西南流城東有魯道詩所謂魯道

有蕩齊子由歸也今汶上夾水有文姜臺汶爲齊魯界葢鉅平縣城東爲初入魯境之道以此受名在今泰安府泰安縣西南傳懷思也箋懷來也箋訓更深切

葛屨五兩冠緌雙止疏傳葛屨服之賤者冠緌服之尊者箋葛緌喻襄公也五人爲奇而襄公往從而雙之冠屨不宜同處猶襄公文姜不宜爲夫婦之道○兩者緉之省借說文緉履兩枚也說苑修文篇親迎之禮諸侯以屨二兩加琮曰某國寡小君使寡人奉不珍之琮不珍之屨禮夫人貞女夫人受琮取一兩屨以履女大夫庶人以屨二兩加束脩二此詩葛屨五兩徐璈謂卽加琮之屨是也傳言五兩疑說苑二兩爲五兩之譌若二兩則諸侯與大夫庶人無異矣禮純帛無過五兩故屨以五兩爲最多禮內則注緌者纓之飾也正義結纓頷下以固冠結之餘者散而下垂謂之緌古者冠系皆以二組系於冠卷結頷下謂之纓纓用二組則緌亦雙垂也此卽婚姻禮物取義兩雙不容雜廁者顯以示人自含深意箋取喻繁瑣轉令詩恉迂曲難通

魯道有蕩齊子庸止既曰庸止曷又從止疏傳庸用也箋此言文姜既用此道嫁於魯侯襄公何復送而從之爲淫泆之行○行卽用也孟子所謂介然用之而成路也從者言又從魯侯而如齊

蓺麻如之何衡從其畝〔注〕齊衡從作橫從韓衡從作橫由曰東西耕曰橫南北耕曰由〔疏〕傳蓺樹也衡獵之從獵之種之然後得麻箋樹麻者必先耕治其田然後樹之以言人君取妻必先議於父母○獵者踐治其田往來捷獵非謂田獵也齊衡從作橫從者禮坊記引詩橫從其畝四句衡作橫鄭注云蓺猶樹也橫從橫從游行治其田也依釋文如此注疏本作橫行治其田係脫誤賈思勰齊民要術云凡種麻耕不厭熟縱橫七徧以上則麻葉盛也諸書引作則麻無葉也大誤凡樹蓺木有不欲其葉盛者衡從作橫由曰東西耕曰橫南北耕曰由者釋文引韓詩文眾經音義三引韓詩傳曰南北曰從東西曰橫卷六引同卷二十四又引韓詩說曰南北曰從東西曰廣蓋傳韓詩者不一家故本亦各異衡古文橫眾經音義二釋從廣引小爾雅曰從長廣橫也卷三引周禮九州之地域廣輪之數鄭君曰輪從也廣橫也則從廣即從橫廣輪猶橫從也馬瑞辰云古由從義同說文繇隨從也由或繇字故通用

取妻如之何必告父母〔注〕韓詩作娶妻如之何說曰娶取婦也〔疏〕傳必告父母廟箋取妻之禮議於生者卜於死者此之謂告○娶取婦也者眾經音義二十四云娶七句切取也引詩娶妻如之何傳曰娶取婦也段玉裁云元應所據詩與陸異蓋是韓詩趙岐孟子章句云詩齊國風南山之篇言娶妻之禮必告父母呂覽當務篇高注詩云娶妻如之何必告

父母白虎通嫁娶篇男不自專娶女不自專嫁必由父母須媒妁何遠恥防淫佚也詩曰娶妻如之何必告父母又曰娶妻如之何匪媒不得是魯詩取亦作娶齊詩作取同毛現鄭注云取妻之道必告父母如樹麻當先易治其田**既曰告止曷又鞠止**疏傳鞠窮也箋鞠盈也魯侯女既告父母而取何復盈從令至于齊乎又非魯桓○陳奐云言夫道窮也

析薪如之何匪斧不克取妻如之何匪媒不得既曰得止曷又極止注齊析薪作伐柯疏傳克能也極至也箋此言析薪必待斧乃能也取妻必待媒乃得也女既以媒得之矣何不禁制而恣極其邪意令至齊乎又非魯桓○齊析薪作伐柯者禮坊記引子云男女無媒不交無幣不相見恐男女之無別也引詩云伐柯如之何四句自析薪外餘文齊毛皆同鄭注伐柯伐木以爲柯也言取妻之法必有媒如伐柯之必須斧也又儀禮士昏禮鄭注詩云取妻如之何匪媒不得昏必由媒交接設介紹皆所以養廉恥易林小過之益執斧破薪使媒求婦和合二姓親御飲酒既濟之中孚同皆齊說極猶鞠也昏姻之事不可道說至於此極也

南山四章章六句

甫田【疏】毛序：「大夫刺襄公也。無禮義而求大功，不脩德而求諸侯，志大心勞，所以求者非其道也。」○三家無異義。

無田甫田，維莠驕驕。【注】魯「驕」作「喬」。【疏】傳：「興也。甫，大也。大田過度，而無人功，終不能獲。」箋：「興者，喻人君欲立功致治，必勤身修德，積小以成高大。」○《釋文》：「無田之田，音佃。造字之始，田異讀耳。畋佃皆後起。甫，大，《釋詁》文。大田多稼，人所樂也。然必度其力能治此田，否則終於無穫，無田者戒之甚。《說文》：『莠，禾粟下揚生莠也。』莠能亂苗，不去莠則苗不殖。驕驕者，揚生挺起之狀。魯作『喬』者，揚雄《法言·修身篇》：『田甫田者莠喬喬，思遠人者心忉忉。』據此知魯作『喬』。諸經『喬』、『驕』多通作。《釋詁》：『喬，高也。』《鹽鐵論·地廣篇》：『夫治國之道，由中及外，自近者始。近者親附，然後來遠；百姓內足，然後恤外。今中國弊落不憂，務在邊境。』意者地廣而不耕，多種而不耨，費力而無功。《詩》云：『無田甫田，維莠驕驕。』其斯之謂與？」桓寬用齊詩，論治道與序意合。所言地廣而不耕，多種而不耨，費力而無功三語，尤與無田二句義相發明，知其為此詩齊說也。**無思遠人，勞心忉忉。**【疏】傳：「忉忉，憂勞也。」箋：「言無德而求諸侯，徒勞其心忉忉耳。」○思遠人，序所謂不修德而求諸侯也。陳奐云：「襄公於魯桓十五年即位，會艾，定許，始有主盟之志。於後殺鄭子亹，納衛惠公，遷紀，圍郕，見於《春秋經傳》者，皆其求諸侯之事。然不務修德，諸侯不懷，志大心勞，終歸無益。」《釋訓》：「忉忉，憂也。」憂所不當憂，則憂將至矣。《說苑·復恩篇》：「晉文公求舟之僑，不得，終身誦甫

田之詩此魯詩說就思
遠勞心之義而推演之

無田甫田維莠桀桀無思遠人勞心怛怛【疏】傳桀桀猶驕驕也怛怛猶忉忉也○桀桀田中特立之貌匪風傳怛傷也重之曰怛怛易林蒙之損忉忉怛怛如將不活

婉兮孌兮總角丱兮未幾見兮突而弁兮【注】三家孌作嫙【疏】傳婉孌少好貌總角聚兩髦也丱幼稺也弁冠也箋人君內善其身外修其德居無幾何可以立功猶是婉孌之童子少自脩飾丱然而稚見之無幾何突耳加冠爲成人也○三家孌作嫙者說文婉順也詩婉兮嫙兮孌嫙籀文嫙毛作孌用籀文也馬瑞辰云說文別有孌字云慕也葢小篆以爲孌慕字故與籀文之嫙順字不嫌復見猶小篆以㬵爲取古文則以㬵爲得或因於嫙下删孌字失之五經文字云卝工瓦切羊角也象形俗呼古患反作丱無中丨又卝古患反見詩風是張所見毛詩作卝唐石經定本俱作丱丱與張參說合周禮丱人疏亦曰經所云丱是總角之丱知今毛詩作丱丱者俗也此丱兮象兩角之貌傳訓幼稺若訓總角是爲善方言凡卒相見謂之突廣雅突猝也猝卒通用突而與突如同箋作突爾正義作突若猶突然也方見總角突然加冠言襄公以童稺無知之人忽有求諸侯之大志也

甫田三章章四句

盧令【疏】毛序刺荒也襄公好田獵畢弋而不脩民事百姓苦之故陳古以風焉箋畢噣也弋繳射也○陳奐云齊語及管子小匡篇並云襄公田獵畢弋不聽國政魯莊八年齊襄之十二年也左傳稱田貝丘而亂作爲襄公因荒亡身之實據皆與序合三家無異義

盧令令其人美且仁【注】三家令作鏻一作獜又作泠【疏】傳盧田犬令令纓環聲言人君能有美德盡其仁愛百姓欣而奉之愛而樂之順時游田與百姓共其樂同其獲故百姓聞而說之其聲令令然○孔疏引戰國策稱韓國盧天下之駿犬也詩盧是齊國田犬之名蓋韓國沿而稱之三家作獜亦作鏻者說文犬部獜健也詩曰盧獜獜玉篇金部鏻健也犬部獜聲也亦作鏻俱引詩陳喬樅云鏻與鈴同玉篇鏻健也獜聲也之注當係互誤玉篇於詩采三家必於鏻下注云鏻聲也引詩盧鏻鏻亦作獜健也於獜下注云健也引詩盧獜獜亦作鏻聲也今本轉寫者譌脫非顧氏之舊矣其孰齊孰魯未詳一作泠者呂氏讀詩記引董逌曰韓詩作盧泠泠王應麟詩攷同泠又令之借字也其人謂古賢君有德而又能行仁政

盧重環其人美且鬈疏傳重環子母環也鬈好貌箋鬈當讀爲權權勇壯也○孔疏重環謂環相重子母環謂大環貫一小環也說文鬈髮好貌詩曰其人美且鬈言其人既有美德又有美容也箋鬈當讀爲權權勇壯也陳奐以爲三家義

盧重鋂其人美且偲疏傳鋂一環貫二也偲才也箋才多才也○孔疏重鋂與重環別一環貫二謂一大環貫二小環也說文偲彊也才彊義近

盧令三章章二句

敝笱疏毛序刺文姜也齊人惡魯桓公微弱不能防閑文姜使至淫亂爲二國患焉○三家無異義

敝笱在梁其魚魴鰥注三家鰥作鯤齊說曰敝笱在梁魴逸不禁疏傳興也鰥大魚箋鰥魚子也魴也鰥也魚之易制者然而敝敗之笱不能制興者喻魯桓微弱不能防閑文姜終其初時之婉順○魴旟注制鰥大魚鄭谷風傳笱所以捕魚也笱而敝則無用興魯桓之微弱鰥者王引之云卽爾雅之鯇一作鯤潘岳西征賦弛靑鯤於鉅網此大魚也箋鰥魚子釋魚鯤魚子李巡曰凡魚之子總名鯤也是鯤有二義孔疏鰥鯤字異蓋

古字通用或鄭本作鯤也三家鰥作鯇者陳喬樅云魯語夏禁鯤鮞亦以鯤爲魚子鄭箋之義卽用魯詩改毛御覽九百四十引作魴鯤蓋三家今文同敝笱至不禁易林遯之大過文齊說也據此專以魴比文姜故云魴遯不禁而以鯤之衆比從者也

齊子歸止其從如雲〔疏〕傳如雲言盛也箋其從姪娣之屬言雲然雲之行順風耳後知魯桓微弱文姜遂淫恣從者亦隨之爲惡○陳奐云桓三年春秋書齊侯送姜氏于讙齊侯僖公也桓以弑兄簒國求昏于齊文姜又爲僖公寵女親送之讙嫁從之盛驕伉難制魯爲齊弱由來者漸至桓十八年文姜如齊與襄公通桓卽斃於彭生之手序云不能防閑使至淫亂則詩作於十八年之後而追刺其嫁時之盛以爲淫亂之由實始於微弱陳啟源云笱之敝也不敝於彭生乘公之日而敝於子翬逆女之年詩人推見禍本故不於如齊刺之而於歸魯刺之愚案笱敝魴遯明指當前歸從如雲推本旣往原有兩意張衡西京賦其從如雲知魯毛文同

敝笱在梁其魚魴鱮齊子歸止其從如雨〔疏〕傳魴鱮大魚如雨言多也箋鱮似魴而弱鱗如雨言無常天下之則下天不下則止以言姪娣之善惡亦文姜所使止○孔疏引義疏云鱮似魴厚而頭大魚之不美者故里語曰網魚得鱮不如啗茹其頭尤大而肥者徐州人謂之鰱或謂之鱅愚案魚之最佳者爲魴杜甫詩所云魴魚肥

美知第一也故以興文姜鰥不美以興其從

敝笱在梁其魚唯唯齊子歸止其從如水【注】韓唯作遺說曰遺遺言不能制也【疏】傳唯唯出入不制水喻衆也箋唯唯行相隨順之貌水之性可停可行亦言姪娣之善惡在文姜也○遺遺言不能制也者釋文引韓詩文義與毛同亦與齊詩魴逸不禁之意合玉篇遺遺魚行相隨廣韻五旨遺魚盛貌皆本此詩韓詩遺遺即遺遺之消唯唯又遺遺之假借也魚行相隨而去即不能禁制之意

敝笱三章章四句

載驅【注】齊說曰襄嫁季女至于蕩道齊子旦夕留連久處【疏】毛序齊人刺襄公也無禮義故盛其車服疾驅於通道大都與文姜淫播其惡於萬民焉箋故猶端也○襄嫁至久處易林屯之大過文蹇之比困之訟中孚之離同齊說也春秋經莊二十二年冬公如齊納幣二十四年夏公如齊逆女秋公至自齊八月丁丑夫人姜氏入公羊傳其言入何難也其書日何難也其難奈何夫人不僂不可使入與公有所約然後入何注僂疾也齊人語約約遠媵妾也夫人稽留不肯疾順公不可使疾入公至與公約定八月丁丑乃入故爲難詞也左傳杜注姜氏哀姜也公羊

傳以爲姜氏要公不與公俱入，葢以孟任故，丁丑入而明日乃朝廟。又注：姜氏，齊襄公女。愚案：周惠王七年辛亥，魯莊之二十四年，齊桓公十六年也。齊襄立十二年而死，又十六年而女嫁，葢是卽位後所生，二十內外而嫁，其爲襄季女無疑。云襄嫁季女者，繫女於襄，猶言齊嫁季女耳。留連久處，與何、杜兩注夫人稽留不與公俱入情事合，與詩文發夕、豈弟、翺翔、遊敖合。毛序以爲刺襄公，非也。魯、韓當與齊同。

載驅薄薄，簟茀朱鞹。【疏】傳：薄薄，疾驅聲也。簟，方文席也。車之蔽曰茀。諸侯之路車有朱革之質而羽飾。箋：此車，襄公乃乘焉而來與文姜會。○案：諸侯之路車，舊說以爲齊侯之車，不知乃魯侯也。莊公二十四年夏，公如齊逆女，行親迎之禮，乘己之車而往。及秋，公先歸魯，八月夫人乃入。何注云：公至與公約定。是公已逆之後，歸魯之前，蕩道之中，彼此傳言，申約諄諄，以遠媵妾爲言。約定，公行，夫人尙稽留後入，情事如此。薄之言迫也，重言薄薄，謂驅馳之聲甚疾急也。詩人言此薄薄疾驅而往者，簟茀而朱鞹，乃魯侯之車也。孔疏：簟字从竹，用竹爲席，故是方文。茀詳碩人詩。說文：鞹，去毛皮也。與鞟同。以朱染之。傳云羽飾，卽翟羽也。

魯道有蕩，齊子發夕。【注】韓說曰：發，旦也。【疏】傳：發夕，自夕發至旦。箋：襄公既無禮義，乃疾驅其乘車以入魯境。魯之道路平易，文姜發夕由之往會焉，曾無慙恥之色。○魯道有蕩，義具南山詩齊說以爲蕩道亦謂卽平易之魯道非險阻難行也齊子謂哀姜發夕傳云自夕發至旦胡承珙以爲衍發字愚案無論發之有無傳意以爲終夕在道則是齊子促迫非留連矣發旦也者釋文引韓詩文小宛詩明發薛君王逸皆訓發爲旦亦本韓義齊子旦夕猶言朝見暮見卽久處之義

四驪濟濟垂轡濔濔魯道有蕩齊子豈弟 疏 傳四驪言物色盛也濟濟美貌垂轡轡之垂者濔濔衆也言文姜於是樂易然箋此又刺襄公乘是四驪而來徒爲淫亂之行此豈弟猶言發夕也豈讀當爲闓弟古文尚書以弟爲圛圛明也○說文驪馬深黑色後漢李忠傳注馬色黑而青曰驪蓼蕭詩鞗革沖沖傳鞗革轡首垂也沖沖垂飾貌與此垂轡義合陳奐云玉篇𩋾乃米切轡垂貌蓋出三家詩則濔卽𩋾之借齊子豈弟者釋言愷悌發也孔疏引舍人曰闓明發行也郭注詩云齊子愷悌陳喬樅云據箋釋豈弟及孔疏云釋言愷悌發也舍人李巡郭璞皆云闓明發行郭璞又引此詩云齊子愷悌是釋言文本不作愷悌故注皆以闓明訓之今爾雅本作愷悌發也注發發行也詩曰齊子愷悌此乃後人所改非景純舊本又徑奪闓明之訓僅存發行之義遂與沖遠所引迥殊且注之引詩乃證明釋言之文更不宜用愷悌字疑魯詩文當爲齊子闓圛故鄭據以改毛又引古文尚書弟爲圛者以證毛詩豈弟卽魯詩之闓圛釋言文當爲闓圛發也故

注引魯詩以證之愚案陳說是此爾雅所釋豈弟專爲齊風齊子豈弟而作郭璞引詩卽用舊注魯詩文毫無疑義至舍人李巡概訓闓明爲發行二字者爲此詩魯義相承謂齊子留連久處之後至開明乃發行耳否則齊子開明文義不完也

汶水湯湯行人彭彭魯道有蕩齊子翱翔疏傳湯湯大貌彭彭多貌翱翔猶彷徉也箋汶水之上蓋有都焉襄公與文姜時所會○漢志泰安郡萊蕪縣原山下云禹貢汶水出西南入泲說文同書詩春秋所載皆卽此水其出琅邪郡朱虛下之汶水經傳不言禹貢汶水自萊蕪今淄川縣嬴淄川博今泰安縣鉅平泰安魯國汶陽今寧陽縣泰山蛇丘今肥城縣剛寧陽東平國章今東平州泰山桃鄉今汶上縣東平國無鹽東平州分四汶二汶由東郡須昌東平入泲二汶由東郡壽良東平入泲今大清河也詩言汶水盛大行人極多魯道蕩平齊子獨同翱翔不進也

汶水滔滔行人儦儦魯道有蕩齊子遊敖疏傳滔滔流貌儦儦眾貌○齊子以于歸之女反在魯道任意敖遊不思入國乖恒情而失大禮也

載驅四章章四句

猗嗟疏毛序刺魯莊公也齊人傷魯莊公有威儀技藝然而不能以禮防閑其母失子之道人以爲齊侯之子焉○三

家無異義

猗嗟昌兮頎而長兮疏傳猗嗟歎辭昌盛也頎長貌箋昌佼好貌○馬瑞辰云猗者美之之辭嗟語詞說文昌美言也从日从曰昌之本義爲美言引申爲凡美盛之稱頎而長兮者孔疏若猶然也引史記頎然而長爲證又云今定本云頎而長兮而與若義並通是孔疏原作頎若長兮與下文抑若揚兮句法相類今從定本作而非孔本之舊

抑若揚兮注韓作卬若陽兮曰眉上曰陽疏傳抑美色揚廣揚○案抑懿古通抑詩外傳作懿國語韋注懿讀曰抑是也抑若與上句孔疏舊本頎若一例廣揚謂廣闊揚起額額之際也抑作卬揚作陽曰眉上曰陽者玉篇卓部引韓詩文皮嘉祐云毛釋此篇數揚字義各異旣曰廣揚又曰揚眉又以眉目釋清揚其說游移無定令讀者莫知所從不如韓訓眉上之確陽者陽明之處也今俗呼額角之側亦謂太陽正同此義然則自眉以及額角皆得爲陽也黃山云素問頭者諸陽之會故頭可謂陽士相見禮左頭奉之注頭陽也亦此義眉以下爲面以上則爲頭卬若猶卬卬喻頭容之直詩同文異解如采蘩之公谷風之有此例甚多君子偕老三揚兩說卽此詩之證惟無同韻異說者則此揚自以從韓作陽爲塙揚且之晳毛訓眉上廣卽係借揚爲陽此亦當同目揚淸揚皆言眉下皮欲通之非韓義

美目揚兮疏傳好

目揚眉○禮記揚其目而視之瞻視清明其美自見傳以巧趨揚眉連言非其義也陳奐云王篇㜸美目疑出三家詩

蹌兮射則臧兮疏傳蹌巧趨貌箋臧善也○說文蹌動也於舉足見疾行之巧揚目巧趨正其射時之儀狀

春秋莊公四年冬及齊人狩于禚左傳以爲微者公穀以爲齊侯故齊人賦之

猗嗟名兮美目清兮注魯說曰猗嗟名兮目上爲名韓名作顯

疏傳目上爲名目下爲清○猗嗟名兮目上爲名者釋訓文孔疏引孫炎曰目上平博郭注眉眼之間名作顯者玉篇頁部詩云猗嗟顯兮顯眉目間也玉篇所引係據韓詩集韻引同文選西京賦薛綜注昭眉睫之間增目作昭禮檀弓子夏喪其子而喪其明冀州郭君碑云卜商號咷喪子失名蓋以名爲明之借字

儀既成兮疏箋成猶備也○以射法治射儀淮南俶眞訓善射者有儀表之度泰族訓射者數發不中人敎之以儀則喜矣莊公善射惟其射儀既備所以終日不出正也不當泛作威儀釋之

終日射侯不出正兮疏傳二尺曰正箋正所以射於侯中者天子五正諸侯三正大夫二正士一正外皆居其侯中參分之一焉○射人王以六耦射三侯五正諸侯以四耦射二侯三正孤卿大夫以三耦射一侯二正士以三耦射豻侯二正若王大射則以貍步張三侯鄭司農注三侯虎熊豹也正所射也詩曰終日射

侯不出正兮司裘王大射則共虎侯熊侯豹侯設其鵠諸侯則共熊侯豹侯卿大夫則共麋侯皆設其鵠鄭司農注鵠鵠毛也方十尺曰侯四尺曰鵠二尺曰正四寸曰質案司農以射人之三侯謂卽司裘虎熊豹設鵠之侯凡侯皆有鵠也考工記梓人爲侯廣與崇方參分其廣而鵠居一焉張皮侯而棲鵠則春以功張五采之侯則遠國屬皮侯虎熊豹三皮之侯也五采之侯五正之侯也大射張皮侯棲鵠不設正禮射采侯棲鵠設正故司農以爲一侯之身設四尺之鵠二尺之正四寸之質是正鵠皆在一侯也賓之初筵正義引馬融注周禮及王肅引小爾雅並與司農同後鄭據司裘言鵠射人言正遂以皮侯謂有鵠而無正五采之侯謂有正而無鵠其射人注云畫五正之侯中朱次白次蒼次黃玄居外三正損玄黃二正去白蒼而畫以朱綠其外之廣皆居侯中參分之一中二尺梓人注云正之方外如鵠內二尺五采者內朱白次之蒼次之黃次之黑次之其侯之飾又以五采畫雲氣焉後鄭謂正外如鵠正內二尺則正方不止二尺與毛傳二尺曰正之說不同今細覈之司弓矢射椹質注質正也樹椹以爲射正弓人利射革與質注質木椹也正方二尺二尺之邊當有木榦其中設布畫以五采三采二采不等車攻傳云裘纏質以爲槸槸門橜也在門中央田車之輪六尺有三寸軹崇三尺一寸有半其任正之輿槸相去一尺一寸有半其廣亦然門槸高二尺又有裘以纏之其高僅二尺餘田車之輪乃可過也若謂正大如鵠侯中丈八尺者鵠方六尺侯中

丈四尺者鵠方四尺六寸大半寸侯中一丈者鵠方三尺三寸少半寸則高於田車之軹礙於任正豈能通行據彼傳云以質爲槷正爲二尺是其古制儒家皆不能詳言之矣又賈逵注周禮云四尺曰正正五重鵠居其內而方二尺以爲鵠賈謂正鵠俱在一侯與鄭司農同而云四尺曰正正大於鵠與古說乖戾射人注今儒家云四尺曰正二尺曰鵠此說失之是也鄭賈並治毛詩而其說不同若此以上皆陳奐說**展我甥兮**〔疏〕傳外孫曰甥箋展誠也姊妹我齊之甥言誠者拒時人言齊侯之子○孔疏傳言外孫曰甥者王肅云據外祖以言也案序云人以爲齊侯之子詩人特述齊人公言以爲據信所以釋時俗刺譏之疑

猗嗟變兮清揚婉兮〔疏〕傳變壯好貌婉好眉目也○案泉水傳人傳變好貌莊公身爲國君年已踰冠威儀既美技藝又精故傳於好上加壯字以足其義清揚婉兮與野有蔓草同皆壯其容儀之美非必以清揚總承上文也

舞則選兮〔注〕韓選作纂言其舞則應雅樂也**射則貫兮**〔疏〕傳選齊貫中也箋選者謂於倫等最上貫習也○韓選作纂者文選日出東南隅行注傅毅舞賦注引韓詩曰舞則纂兮言其舞則應雅樂也者引薛君章句文舞賦注陳喬樅云選之與纂以聲近通段柏舟詩不可選也後漢朱穆傳注引絕交論作纂字亦以聲

近通段選之或爲纂猶饌之或爲簒譔之或爲篹也馬瑞辰云詩三章俱言射事則舞亦射時之舞論語馬注射有五善五曰興武武與舞同又大射儀王射令奏騶虞詔諸侯以弓矢舞樂師燕射帥射夫以弓矢舞皆射時有舞之證皇侃論語疏釋興武云射容與舞趣興相會進退同也則此詩舞則選兮卽興舞耳薛君言其舞應雅樂卽記所云其節比於樂也 **四矢反兮以禦亂兮**注韓反作變云變易也疏傳四矢乘矢箋反復也禮射三而止每射四矢皆得其故處此之謂復射必四矢者象其能禦四方之亂也○案如箋所云是保氏五射所謂參連者也賈疏釋參連云前放一矢後三矢連續而去列子仲尼篇云善射者能令後鏃中前括發發相及矢矢相屬謂四矢皆能復其故處也韓訓變爲易者言每射四矢皆易其處此保氏五射所謂井儀者賈疏釋井儀云四矢貫侯如井之容儀是也淮南子云越人學遠射參矢而發適在五步之內不易儀世已變矣而守其故譬猶越人之射也然則井儀之法每射四矢各易其儀不守其故處與參連之四矢皆復其故處者正相反要皆五射之事也禦大射注及鄉射疏引詩作御御止也言莊公善射可以止亂

猗嗟三章章六句

齊國十一篇二十四章百四十三句

詩三家義集疏卷十六終

長沙王先謙益吾著

魏葛屨第七疏乙巳占引詩推度災曰魏大宿牽牛御覽二十六時序部引詩含神霧曰魏地處季冬之位土地平夷漢書地理志河東郡河北詩魏國又曰魏國亦姬姓也在晉之南河曲故其詩曰彼汾一曲寘諸河之側陳奐云魏在商爲芮國地與虞爭田質成於文王至武王克商封姬姓之國改號曰魏春秋魯閔公二年周惠王之十七年也晉獻公滅魏今山西解州芮城縣是其地　詩國風

葛屨疏毛序刺褊也魏地陿隘其民機巧趨利其君儉嗇褊急而無德以將之箋儉嗇而無德是其所以見侵削○三家無異義

糾糾葛屨可以履霜疏傳糾糾猶繚繚也夏葛屨冬皮屨葛屨冬猶謂葛屨可以履霜利其賤也○說文丩下云相糾繚也繚下云纏也糾下云繩三合也重言之曰糾糾士冠禮屨夏用葛冬皮屨可也今以葛屨履霜則是儉不中禮故刺其褊南山詩葛屨五兩據說苑修文篇葛屨親迎禮所用　摻摻女

手可以縫裳注韓詩曰纖纖女手可以縫裳韓說曰纖纖女手**之貌**　**一作攕攕**疏傳摻摻猶纖纖也婦人三月廟見然後執婦功箋言女手者未三月未成爲婦裳男子之下服賤又未可使縫魏俗使未三月婦縫裳者利其事也○纖纖至之貌者文選古詩注引韓詩文古詩纖纖擢素手本韓詩語纖義訓細言肌理細膩碩人詩手如柔荑卽纖纖之貌也易林困之中孚絲苧布帛人所衣服摻摻女手紡績善織南國饒足取之有息易林齊說取義雖別然文作摻摻明齊與毛合一作攕攕者說文攕好手貌引詩攕攕女手文雖不同義與韓合陳喬樅云呂記引董氏云石經作攕則說文所引據魯詩之文也摻纖皆攕之叚借摻纖同音故得通用爾雅纚帛縿釋文縿本或作纖是其證女者未成婦之稱不當令執婦功說文上曰衣下曰裳衣有尙向之者故爲裳今以女手縫之是褊之至無禮者也**要之襋之好人服之**疏傳要褸也襋領也好人好女手之人箋服整也褸也領也在上好人尙可使整治之謂屬著之○說文襋衣領也與要皆屬衣言箋云在上是也孔疏以爲裳要非說文服用也縫裳賤者之事而使未成婦之好人爲之彼要之襋之非皆好人服用之乎乃卽令縫裳失宜甚矣

好人提提注**魯提作媞**疏傳提提安諦也○魯提作媞者釋訓媞媞安也郭注好人安詳之容東方

𡟷七諫西施媞媞而不得見兮王逸注媞媞好貌也詩曰好人媞媞是魯詩作媞媞而訓爲安也傳訓提提爲安諦亦以提爲媞之借字禮檀弓吉事欲其折折爾鄭注折折安舒貌詩曰好人提提山井鼎考文云折折古本作提提鄭注禮時未見毛傳而訓提提爲安舒與傳義合知齊毛文同陳喬樅云白帖十二及說文繫傳引詩作禔禔此韓詩之異文漢書敘傳㜣㜣公主乃女烏孫孟康曰㜣音題㜣㜣惕惕愛也師古曰孟說非也㜣㜣好貌魏詩葛屨之篇好人提提音義同耳今案釋訓伭伭惕惕愛也郭注詩心焉惕惕韓詩以爲悅人故言愛也伭伭未詳釋文引李巡曰伭伭和適之愛也攷說文伭愛也㜣美女也或从氏作㛰㜣㛰字同㛰伭音同得相叚借惟美女故悅而愛之師古以孟說爲非過矣氏是古多通用覲禮太史是右注云古文是爲氏曲禮是職方注云是或爲氏故字之从是从氏者如提媞㛰低皆得通叚安舒之訓郎所謂好貌疑齊詩之說讀提如㜣班氏敘傳語亦本齊詩故傳也

宛然左辟【注】**三家作宛如左僻佩其象揥**【疏】

傳宛辟貌婦至門夫揖而入不敢當尊宛然而左辟象揥所以爲飾箋婦新至慎於威儀如是使之非禮○宛如左僻者說文僻辟也引此詩葢出三家宛如郎宛然也僻郎辟也馬瑞辰云辟讀如便辟之辟詩板無爲夸毗正義夸毗者便辟其足前卻爲恭論語師也辟辟亦謂便辟好習容儀也便與旋疊韻而同義故左傳以便爲旋便辟與旋辟般辟義同釋言般旋也說文般

辟也象舟之旋投壺主人般旋曰辟賓般旋曰辟大射儀賓辟注辟逡遁不敢當盛並與此詩左辟同義般辟爲容則易偏於一邊故曰左辟象揥義具君子偕老佩猶飾也象揥本夫人所佩詩蓋以刺其君**維是褊心是以爲刺**

注魯維作惟**疏**箋魏俗所以然者是君心褊急無德教使之耳我是以刺之○說文急下云褊也褊下云衣小也廣韻褊衣急賈誼書反裕爲褊褊小褊陋皆自衣旁推之魯維作惟者石經魯詩殘碑列女魯秋潔婦傳引此詩二句維並作惟惟與韓同全詩有維字者皆然

葛屨二章一章六句一章五句

汾沮洳疏毛序刺儉也其君儉以能勤刺不得禮也○韓詩外傳二君子有主善之心而無勝人之色德足以君天下而無驕肆之容行足以及後世而不以一言非人之不善故曰君子盛德而卑虛己以受人旁行不流應物而不窮雖在下位民願戴之雖欲無尊得乎哉詩曰彼己之子美如英美如英殊異乎公行又曰君子易和而難狎也易懼而不可劫也畏患而不避義死好利而不爲所非交親而不比言辯而不亂盪盪乎其易不可失也嗛乎其廉不可劌也溫乎其仁厚之寬大也超乎其有以殊於世也詩曰美如玉美如玉殊異乎公族魏源云據外傳之言蓋歎沮澤之間有賢者隱居在下采蔬自給然

其才德實出乎在位公行公路之上故曰雖在下位而自尊超乎其有以殊於世蓋春秋時晉官皆貴游子弟無材世祿賢者不得用用者不必賢也毛詩因攻葛屨之下並以爲刺儉乃以所美爲刺所刺爲美試思采莫采藚豈公卿之行如玉如英非褊嗇之度旣極道其美又何言不似貴人氣象乎愚案魏說是也外傳雖多推衍之詞然皆依文順恉從無與本詩相反者汾沮洳果爲刺詩韓在當時不容不知何必取而曲暢其說此智者所不爲豈經師而昧此理邪魯齊當同韓義

彼汾沮洳言采其莫（疏）傳汾水也沮洳其漸洳者莫菜也箋言爲菜是儉以能勤○漢書地理志太原郡汾陽縣下云北山汾水所出西南至汾陰入河汾陽今山西忻州靜樂縣汾陰今蒲州府榮河縣朱右曾云蒲坂爲魏地北接汾陰譜言魏境北涉汾水正義言其境踰汾攷水經注汾水西逕耿鄉城北古耿城在河津縣東南十二里自河津縣西南至榮河縣九十里河津爲耿地則魏境不得踰汾矣班固引詩但稱汾曲之句所謂一曲者汾水入河之處稍折而西南自南望之爲汾曲也陳奐云汾晉水也魏北汾西河汾逕西南以入河則汾曲即河曲矣魏都蒲坂巳爲魏之北境蒲州至榮河縣百二十里汾水尙在縣北水經河水南出龍門口汾水從東來注之自龍門至華陰皆汾水入河所會流詩舉晉水爲言其實魏無汾也沮洳卽漸洳沮漸雙聲字廣雅釋詁漸洳溼也猶言汾旁之溼地矣孔疏引

陸璣疏云：莫莖大如箸，赤節，節一葉，似柳葉，厚而長，有毛刺。今人繅以取繭緒。其味酢而滑，始生可以爲羹，又可生食。五方通謂之酸迷，冀州人謂之乾絳，河汾之間謂之莫。馬瑞辰云：本草羊蹄，陶隱居注：又一種極相似而味酸，呼爲酸摸，卽酸迷之聲轉。省言之曰莫。莫又轉蕪。釋草：須，薞蕪。郭注：似羊蹄，葉細，味酢，可食。薞蕪卽酸摸音轉。正此詩莫菜也。或疑爾雅不載莫菜，誤矣。

彼其之子，美無度。美無度，殊異乎公路。

疏　傳：路，車也。箋：之子美無有度，言不可尺寸。是子之德，美信無度矣。雖然，其采莫之事，則非公路之禮也。公路，主君之軞車，庶子爲之，晉趙盾爲軞車之族是也。○之子指采菜之賢者，言其下位沈淪，食貧自給，才德內蘊，容儀有輝。今在上之人富貴滿溢，不以君國爲心，彼美無度之賢者，其所爲殊不似我公路之大夫也。傳訓路爲路車，乃賓祀所用之車，箋誤以軞車之公行混之，孔疏遂亦云公路與公行一也，以其主君路車謂之公路，主君之行列謂之公行，正是一官也。馬瑞辰云：巾車掌王車之五路，車僕掌戎車之倅，分路車、戎車爲二。此詩亦分公路、公行爲二，公路掌路車，主居守；公行掌戎車，主從行，不必爲一官。左宣二年傳服虔注：軞車，戎車之倅。杜預注：公行之官也。箋以軞車釋公路，不若服、杜爲確。左傳宦卿之適以爲公族，又宦其餘子亦爲餘子，其庶子爲公行，有餘子而無公路；此詩有公路而無餘子，公行以庶子爲之，公路較公行爲尊，當卽以餘子爲之。餘子主公路，而不以

公路名猶公行兼主庶子而不以庶子名凡一官兼數事者隨舉一事以名之耳正義謂餘子不掌公車不得謂之公路非也

彼汾一方言采其桑彼其之子美如英美如英殊異乎公行〔疏〕傳萬人爲英公行從公之行也箋采桑親蠶事也從公之行者主君兵車之行列○馬瑞辰云美無度度讀如尺度之度與美如玉皆以器物爲喻不得謂英獨指人言英當讀如瓊英之英如英猶云如玉變文以協韻耳韓詩美如英四句引見上明韓毛文同惟韓其皆作己詳見鄭羔裘傳

彼汾一曲言采其藚彼其之子美如玉美如玉殊異乎公族〔疏〕傳藚水舃也公族公屬箋公族主君同姓昭穆也○孔疏釋草藚牛脣郭注引毛詩傳云水蕮也如續斷寸寸有節拔之可復陸璣疏云今澤蕮也其葉如車前草大味亦相似郭於藚牛脣不云卽澤蕮而於藚蕮下注云今澤蕮葢以陸疏爲非然神農本經云澤瀉一名水舃說文藚水舃亦用傳文蘇頌云澤瀉春生苗多在淺水中葉似牛舌爾雅牛脣之名以形似耳爾雅一物數名者多不得因旣有藚蕮遂疑藚非澤瀉也漢志引詩彼汾一曲明齊毛文同韓詩美如玉三句引見上明韓毛文同

汾沮洳三章章六句

園有桃【疏】毛序刺時也大夫憂其君國小而迫而儉以嗇不能用其民而無德教日以侵削故作是詩也○三家無異義

園有桃其實之殽【疏】傳興也園有桃其實之食國有民得其力而已不施德教民無以戰其侵削之由由是也○釋文殽本作肴說文肴啖也又賓之初筵箋凡非穀而食之曰殽亦通呂覽重己篇高注樹果曰園詩曰園有樹桃或疑三家詩多樹字陳喬樅云樹字衍文也據石經魯詩殘碑下章園有棘無樹字是其明證初學記園圃部引毛詩亦作園有樹桃知樹字皆衍案園有桃則食其實以興國有民則得其力至君不能用其民則國與無民等矣

心之憂矣我歌且謠【注】韓說曰有章曲曰歌無章曲曰謠【疏】傳曲合樂曰歌徒歌曰謠箋我心憂君之行如此故歌謠以寫我憂矣○言有章曲則可以合樂也有章至曰謠初學記十五引韓詩章句文王篇言部同義與毛傳合列女魯寡陶嬰傳引詩二句明魯毛文同釋樂徒歌謂之謠孔疏引孫炎曰聲消搖也郭注引詩我歌且謠以實之知用舊注魯詩文陳喬樅云謠古字作䍃說文䍃徒歌从言肉聲䍃又通作繇廣韻繇喜也詩曰我歌且繇作繇者齊詩異文漢書李尋傳人民繇俗繇俗卽謠俗尋用齊詩此其證也

不我知者謂

我士也驕彼人是哉子曰何其心之憂矣其誰知之其誰知之
蓋亦勿思【疏】傳子曰何其夫人謂我欲何爲乎箋士事也不知
我所爲歌謠之意者反謂我於君事驕逸故彼人
謂君也曰於也不知我所爲憂者旣非責我又曰君儉而嗇所
行是其道哉子於此憂之何乎如是則衆臣無知我憂所爲也
無知我憂所爲者則宜無復思念之以自止也衆不信我或時
謂我謗君使我得罪也○不我知者唐石經本小字本同岳本
作不知我者阮校已正其誤今集傳本亦誤也胡承珙云古者
卿大夫皆可稱士儀禮喪服公士大夫之衆臣爲其君注云士
卿士也是公士猶言公卿書秦誓疏云士者男子之大號臣通
稱之言不知我心懷憂者聞我居位而歌謠反謂我爲驕慢今
彼人之謀國果是哉子之謂我驕者意何居乎我徒憂而無人
知旣無人知何不勿思强自解說之詞也蓋與盍同禮檀弓子
盍言子之志於公乎與盍嘗問焉鄭注皆訓何不釋言曷盍也
郭注盍何不邢疏引論語盍各言爾志皆其義王引之曰凡言
盍亦者以亦爲語助左僖二十四年傳盍亦求之盍求之也吳
語王其盍亦鑑於人盍鑑於人也孟子盍亦反其本矣盍反其
本也韓詩外傳九引詩曰心之憂矣其誰知之明韓毛文同其
言天下有道則諸侯畏之天下無道則庶人易之及范蠡行遊
天地同憂云云則困
心之憂矣推衍之

園有棘其實之食心之憂矣聊以行國不我知者謂我士也罔極彼人是哉子曰何其心之憂矣其誰知之其誰知之蓋亦勿思疏傳棘棗也極中也箋聊且略之辭也聊出行於國中觀民事以寫憂見我聊出行於國中謂我於君事无中正。說文棘小棗叢生者方言凡草木刺人江湘之間謂之棘蓋古人專以棘爲棗本赤心而外有刺其刺人之草木爲棘又旁推後起之義也聊願也行國去國罔極失其中正之心石經魯詩殘碑園有棘其實之闕明魯毛文同

園有桃二章章十二句

陟岵疏毛序孝子之行役思念父母也國迫而數侵削役乎大國父母兄弟離散而作是詩也箋役乎大國者爲大國所徵發。三家無異義

陟彼岵兮瞻望父兮注魯說曰山多草木岵山無草木峐韓說曰有木無草曰岵有草無木曰屺疏傳山无草木曰岵箋孝子行役思其父之戒乃登彼岵山以遥瞻望其父所在之處。山多至木峐釋山文郭注云見詩此魯說與毛異爾雅釋文引三蒼字林聲類並云峐猶屺

字陳喬樅云郭云見詩疑魯詩屺字作岐郭據爾雅舊注而言
也說文岵山有草木也从山古聲詩曰陟彼岵兮屺山無草木
也从山己聲詩曰陟彼屺兮釋名山有草木曰岵岵怙也人所
怙取以爲事用也山無草木曰屺屺王篇山部引韓詩文別爲一
義未詳
所出
父曰嗟予子行役夙夜無已上愼旃哉猶來無止【注】魯
父下有兮字無已作毋已上作尚【疏】傳旃之猶可也父尚義箋予我夙早夜莫也无已無
解倦上者謂在軍事作部列時○此稱父戒己之意魯父下有
兮字者宋洪适隸釋載石經魯詩殘碑於第二父字下注云闕
一字與毛異陳喬樅云石經父下所闕亦必兮字蓋上文父兮
而言也毛詩父曰嗟予子五字句魯詩父兮曰嗟予子六字句
下行役夙夜無已亦六字句也下章母兄下有兮字當同無作
毋者毋已禁戒之詞勉其毋懈倦也下毋寐當同上作尚者毛
詩作上古文魯詩作尚今文儀禮鄉射禮上握焉注今文上作
尚覲禮尚左注古文尚作上是其證下二章上並當作尚向庶
幾也傳旃之猶可也言庶幾愼之哉可以歸來無致爲敵所止
也馬瑞辰云左隱七年傳公之爲公子也與鄭人戰於狐壤止焉
桓七年傳驂絓而止止
皆退敗不能前進之稱
陟彼屺兮瞻望母兮【疏】傳山有草木曰屺箋此又思母之戒而登屺山而望之也○列女魯臧孫母傳

引陟彼屺兮二句明魯毛文同愚案據爾雅魯當作岵此引作屺後人順毛改之或別本如此易林泰之否陟岵望母役事不已王政靡盬不得相保此齊詩合上章詩文用之非有異也

母曰嗟予季行役夙夜無寐上愼旃哉猶來無棄注魯猶作猷疏傳季少子也無寐无耆寐也母尚恩也○陳奐云夙早也天未明而早起故無孰寐言行役不能偃息在牀也早夜連文成義此言行役太早欲寐不得寐箋謂早無寐夜無寐誤矣魯猶作猷者釋言猷可也郭注猷來無棄是魯詩上下章猶皆作猷馬瑞辰云無棄與無死同義說文㱦棄也俗語謂死曰大㱦大㱦猶云大棄也

陟彼岡兮瞻望兄兮兄曰嗟予弟行役夙夜必偕上愼旃哉猶來無死疏傳偕俱也兄尚親也○必偕與秦無衣之與子偕行與子偕作同義

陟岵三章章六句

十畝之間疏毛序刺時也言其國削小民無所居焉○魏源云自續序造爲國削小民無所居之說而箋疏水經注各傳會之箋云一夫止授十畝疏謂田亦樹桑地隘民稠水經經注故魏國城南西二面並去大河可二十餘里北去首山可

十餘里處河山之間土地迫隘故魏風著十畝之詩不知俗之儉嗇由磽瘠多山地之褊小由强鄰侵偪且魏風適彼樂郊民方離散並無畏寇內入之事苟有如季札所稱以德輔此則明主者踰山越河大啟疆宇又孰得而限之乎愚案魏說是也今從馬說現

十畝之間兮桑者閑閑兮行與子還兮【疏】傳閑閑男女無別往來之貌或行來者或來還者箋古者一夫百畝今十畝之間往來者閑閑然削小之甚○馬瑞辰云井田之法一夫百畝魏雖削小未必僅止十畝古者田野不得樹桑此詩十畝蓋指公田也孟子云五畝之宅樹牆下以桑穀梁傳公田爲居公羊宣十五年何注還廬舍種桑荻雜菜民各受公田十畝又廬舍各二畝半環廬舍種桑麻雜菜凡爲田十二畝半詩言十畝者舉成數耳桑者謂采桑者閑閑據釋文乃亦作本原作閒閒猶言寬閒也文選宋玉登徒子好色賦注引毛詩亦作閒閒知出後人妄改閑閑詩人言他國田蠶之樂而羨其得所相約偕行王引之云漢書楊雄傳顏注行且也文選李注行猶且也此詩行與子還行與子逝猶言還且與子歸且與子往也子謂同去之人說文復也廣雅釋詁還歸也親見樂國故言復歸

十畝之外兮桑者泄泄兮【注】三家泄作詍一作呭**行與子逝兮**

疏傳泄泄多人之貌箋逝逮也○三家泄作詍一作呭者說文詍下云多言也引詩又呭下同詍呭皆三家文今毛傳大雅作無然泄泄泄泄多言由於多人故此又釋爲多人貌說文逝往也

十畝之間二章章三句

伐檀注魯說曰伐檀者魏國之女所作也傷賢者隱避素餐在位閔傷怨曠失其嘉會夫聖王之制能治人者食於人治於人者食於田今賢者隱退伐木小人在位食祿懸珍奇積百穀幷包有土德不加百姓傷痛上之不知王道之不施仰天長歎援琴而鼓之又曰其詩刺賢者不遇明主也齊說曰功德不施於天下而勤勞於百姓百姓貧陋困窮而家私累萬金此君子所恥而伐檀所刺也疏毛序刺貪也在位貪鄙無功而受祿君子不得進仕爾○伐檀至鼓之御覽五百七十八引蔡邕琴操文此作詩之緣起其詩至主也司馬相如上林賦云刺伐檀史記索隱文選李注引張揖注文邕和熹鄧后

謚議云何有伐檀茅茹不拔亦用此文邕揖皆魯詩家也功德至刺也鹽鐵論國疾篇文桓寬齊詩家也漢書王吉傳吉疏云今使俗吏得任子弟率多驕驁不通古今至於積功治人亡益於民此伐檀所爲作也吉習韓詩任子非前古所有而刺在位尸祿同諸說皆刺在位尸祿賢不進用與毛不異

坎坎伐檀兮【注】魯坎作欿齊作竷韓說曰斫木聲【疏】傳坎坎伐檀聲○坎作欿者魯詩石經殘碑文玉篇云坎或作竷重文埳亦借欿詳見下所謂賢者退隱伐木也說文引坎坎鼓我作竷竷此詩亦當作竷竷伐檀疑齊家異文玉篇土部詩云坎坎伐檀斫木聲也與毛義同文異蓋韓訓

寘之河之干兮【注】齊之作諸【疏】傳寘置也干厓也○齊之作諸者禮中庸鄭注示讀如寘諸河干之寘寘置也陳喬樅云齊詩三章並作諸漢書地理志引第二章寘諸河之側可證也班据齊詩鄭記注引與班同是其用齊詩之明證愚案伐木寘河閒以喻有材無用

河水清且漣猗【注】魯漣作瀾猗作兮【疏】傳風行水成文曰漣伐檀以俟世用若俟河水清且漣箋是謂君子之人不得進仕也○魯漣作瀾者釋水河水清且瀾猗大波爲瀾小波爲淪直波爲徑孔疏引李巡曰分別水大小曲直之名郭注瀾言渙瀾也猗作兮者隸釋載石經魯詩殘碑猗作兮猗兮古通用書秦誓斷斷猗大學

引作兮爾雅猗字後人順毛所改从
闌从連之字古本通作詳見陳澤陂**不稼不穡胡取禾三百廛**

兮不狩不獵胡瞻爾庭有縣貆兮【注】魯穡作嗇韓說曰廛篿也

【疏】傳種之曰稼斂之曰穡一夫之居曰廛貆獸名箋是謂在位
貪鄙無功而受祿也冬獵曰狩宵田曰獵胡何也貉子曰貆

〇魯穡作嗇者石經殘碑作嗇馮登府云穡古省作嗇本作嗇禮郊特牲主先嗇而祭司嗇也鄭注嗇同穡湯誓舍我穡事史記作嗇般庚服田力嗇漢成帝詔作嗇無逸知稼穡之艱難漢石經作嗇漢陳球碑稼三繁阜張壽碑稼嗇滋殖古皆省穡爲嗇三百廛者馬瑞辰云易訟九二其邑人三百戶鄭注下大夫采地方一成其稅嗇百家故三百戶雜記大夫之喪其升正柩也執引者三百人鄭注諸侯之大夫邑有三百戶之制疏引訟卦注爲證云一成所以三百家者一成九百夫宮室塗巷山澤三分去一餘有六百夫畝又有不易一易再易通率一家而受二夫之地是定稅三百家也又論語奪伯氏駢邑三百孔注伯氏食邑三百家鄭注三百家齊下大夫之制此詩三百廛正義引遂人夫一廛田百畝卽爲三百家亦指下大夫采地之制言之二章三百億三章三百囷變文以協韻吳語寡人其達王於甬句東夫婦三百亦是三百家有夫有婦然後爲家毛傳只言一夫者言夫以該婦也廛篿也者玉篇广部引韓詩文皮嘉祐云說文篿圜竹器也玉篇楚人謂折竹卜曰篿離騷王逸注楚

人名結草折竹曰篿别一義也案廛爲民居民居多是結草折竹成之篿亦結草折竹故廛可通篿箋冬獵曰狩宵田曰獵析言也渾言狩獵不别爾謂素餐之人釋獸貆子貆箋貉子曰貆釋文依字作貆是也易林乾之震懸貆素餐居非其安失輿剝廬休坐徒居頤之益同又謙之坎懸貆素餐食非其任失望遠民實勞我心皆斥在位貪鄙而引此詩 **彼君子兮不素餐兮**【注】**韓説曰素者質也人但有質朴而無治民之材名曰素餐魯説曰素者空也空虚無德餐人之禄故曰素餐**【疏】傳素空也箋彼君子者斥伐檀之人仕有功乃肯受禄○素者質至素餐文選潘岳關中詩注傳咸贈何劭王濟詩注曹植七啟注求自試表注引薛君韓詩章句文外傳二商容固辭三公晉文侯使李離爲大理過聽殺人自請死兩引詩文皆推衍之詞素者空至素餐論衡量知篇文楚詞九辯王注謂居位食禄無有功德名曰素餐孟子章句十三無功而食禄謂之素餐説苑修文篇天地四方者男女之所有事也必先意其所有事然後敢食穀也詩曰不素餐兮此之謂也潛夫論三式篇封疆立國不爲諸侯張官置吏不爲大夫必有功於民乃得保位故有考績黜陟九錫三削之義詩云彼君子兮不素餐兮由此觀之未有以無功而得禄者也三國志曹植上疏曰夫論德而授官者成功之君也量能而受爵者畢命之臣也故君無虚授臣無虚受

虛授謂之謬舉虛受謂之尸位詩之素餐所由作也魏志注引魚豢曰爲上者不虛授處下者不虛受然後外無伐檀之歎內無尸素之刺陳喬樅云華歆傳注引世語曰隗禧字子京兆人魚豢嘗從問詩禧說齊魯韓毛四家義不復執文有如誦今觀豢說伐檀詩云云與曹植語合是豢亦習韓詩也王充王逸趙岐劉向王符皆魯詩家也曹植魚豢皆韓詩家也

坎坎伐輻兮寘之河之側兮【注】齊之作諸**河水清且直猗**【疏】傳輻檀輻也側猶厓也直直波也○蒙上章伐檀以爲輻也考工記輪人三十輻共一轂鄭注[illegible]世輻以檀齊之作諸者漢書地理志詩曰寘諸河之側詳上釋水直波爲徑釋名水直波曰涇涇徑也[illegible]如道徑也**不稼不穡胡取禾三百億兮不狩不獵胡瞻爾庭有縣特兮**【疏】傳萬萬曰億獸三歲曰特箋十萬曰億三百億禾秉之數○楚茨傳露積曰庾禾三百億者露積之數也方言物無耦曰特呂覽務本篇高注引詩云不稼不穡苟取禾三百億兮不狩不獵胡瞻爾庭有縣特兮故曰非盜則無所取**彼君子兮不素食兮**【疏】春秋繁露仁義法篇詩曰坎坎伐輻彼君子兮不素食[illegible]餐兮先其事後其食謂治身也明齊毛文同石經魯詩殘碑有此二句明魯毛文同

坎坎伐輪兮，寘之河之漘兮。河水清且淪猗。【注】魯坎作欿。魯說曰：欿欿，聲也。韓說曰：順流而風曰淪。淪，文貌。【疏】傳檀可以爲輪漘厓也小風水成文轉如輪也○坎作欿者石經魯詩殘碑作欿欿與首章同據此知二章無異字欿欿聲也者廣雅釋訓文知此詩魯說也陳喬樅云聲謂伐檀之聲廣雅兼采三家此魯訓也說文坎陷也玉篇坎同埳作欿者叚借字易釋文坎本作埳劉本作欿說文漘水厓也詩曰寘河之漘順流而風曰淪淪文貌也者釋文引韓詩文文選雪賦李注引薛君韓詩章句作從流而風曰淪從流卽順流也釋水小波爲淪順流而有微風故其波小也釋名淪倫也水文相次有倫理也說與韓雅相成傳小風水成文轉如輪也案言水轉如輪則非小風矣

不稼不穡，胡取禾三百囷兮？不狩不獵，胡瞻爾庭有縣鶉兮？【疏】傳圓者爲囷鶉鳥也○說文囷下云廩之圜者从禾在口中圜謂之囷方謂之京笓下云篅也篅下云判竹圜以盛穀也三百囷謂三百笓也今俗作囤鶉字當作雗詳具鶉之奔奔

彼君子兮，不素飱兮。【注】韓說曰：不素飱兮，无功而食祿，謂之素飱。人但有質朴，無治民之材，居位食祿，多得君之加賜，名曰素飱。素者，質也。

飧者君之加賜小人蒙君加賜溫飽故言飧之也魯齊飧作湌疏傳熟食曰飧箋飧讀如魚飧之飧○不素至之也玉篇食部引韓詩文魯飧作湌者列女齊田稷母傳引詩彼君子兮不素飧兮無功而食祿不爲也此魯說也齊飧作湌者鹽鐵論散不足篇古者君子夙夜孳孳思其德小人晨昏孜孜思其力故君子不素飧小人不空食此亦申不素湌之義齊說也說文飧下云餔也从夕食餔下云申時食也湌下云餐或从水桂馥謂餐當爲飧之誤湌本飧之或字是也玉篇飧水和飯也集韻水沃飯曰飧釋名飧散也投水於中解散也禮玉藻疏謂用飲澆飯於器中也葢夕食澆水取其易於下咽今人尚爾卽魚飧亦是置魚飯中似水澆飯故受飧名也

伐檀三章章九句

碩鼠注魯說曰履畝稅而碩鼠作齊說曰周之末塗德惠塞而者欲衆君奢侈而上求多民困於下怠於公事是以有履畝之稅碩鼠之詩是也疏毛序刺重斂也國人刺其君重斂蠶食於民不修其政貪而畏人若大鼠也○履畝至鼠作潛夫論班祿篇文魯說也周之至是也鹽鐵論取下篇文齊說也毛序以爲刺重斂不若三家義尤明塙韓詩當同

碩鼠碩鼠【注】齊說曰：碩鼠四足，飛不上屋。【疏】箋：碩，大也。大鼠大鼠者，斥其君也。○碩鼠至上屋，易林萃之乾文，困之需同。釋獸鼠屬有鼫鼠，舍人、樊光同引此詩，以碩鼠爲被五技之鼠也。說文：鼫鼠五技，能飛不能上屋，能游不能渡谷，能緣不能窮木，能走不能先人，能穴不能覆身，此之謂五技。今據易林語，是齊詩說亦以碩鼠爲五技之鼠，與魯詩同義。陳喬樅云：藝文類聚九十五引樊光云：詩碩鼠即爾雅鼫鼠也。是碩與鼫古字通。易釋文云：晉如鼫鼠，子夏傳作碩鼠。李鼎祚周易集解引九家易注：鼫鼠喻貪，謂四也。體離故欲升，體坎欲降。游不度瀆，不出坎也；飛不上屋，不至上也；緣不及木，不出離也；穴不掩身，五坤薄也；走不先人，外震在下也。五技皆劣，四爻當之，故云晉如鼫鼠也。鼫鼠喻貪之義，足與此詩相證明。無食我黍【注】魯無作毋。【疏】箋：女無復食我黍，疾其稅斂之多也。○魯無作毋者，石經殘碑如此。陳喬樅云：呂覽舉難篇引仍作無，後人依毛改之也。推之二三章作毋當同。三歲貫女，莫我肯顧【注】魯貫作宦。【疏】傳：貫，事也。箋：我事女三歲矣，曾無教令恩德來顧眷我，疾其不修政也。古者三年大比，民或於是徙。○魯貫作宦者，石經殘碑如此。說文：宦，仕也。越語：與范蠡入宦於吳。注：宦爲臣隸也。推之二三章作宦當同。韓女當作汝，以下文女字例推之。逝將去女，適彼樂土。樂土樂土，爰得我所【注】韓女

作汝適彼樂土重句不作樂土樂土【疏】箋逝往也往矣將去女與之訣別之辭樂土有
德之國爰曰也○白虎通諫爭篇引逝將去女二句明魯與毛
同韓女作汝適彼樂土重句者外傳二接輿辭楚相伊尹去桀
就湯二事兩引逝將去女四句女作汝適彼樂土重一句與毛
異盧文弨云外傳一仍作樂土樂土與毛同非後適彼樂土亦
重上句蓋重上句者是
古本後人以毛詩改之

碩鼠碩鼠無食我麥三歲貫女莫我肯德逝將去女適彼樂國
樂國樂國爰得我直【注】韓女作汝適彼樂國重句【疏】傳直得其直道箋莫
我肯德不肯施德於我直猶正也○韓女作汝適彼樂國重句
者外傳二田饒適燕引詩四句女作汝適彼樂國重一句與毛
異推之三
章當同

碩鼠碩鼠無食我苗三歲貫女莫我肯勞【疏】傳苗嘉穀也箋不肯勞來我逝
將去女適彼樂郊樂郊樂郊誰之永號【疏】傳號呼也箋郭外曰郊之往也永歌也樂
郊之地誰獨當往而歌號者言皆喜說無憂苦○案石經魯詩
殘碑樂郊下仍接樂郊知魯毛文同與韓重句者異呂覽舉難

篇甯戚干齊桓公歌碩鼠高注全引詩首章三章與毛同是但毋仍作無宦仍作貫後人妄改勞誤作逃說苑雜事五田饒去魯之燕節士篇介之推去晉入山引詩與韓同大誤

碩鼠三章章八句

魏國七篇十八章百二十八句

詩三家集義疏卷七終

　長沙王先謙益吾著

唐蟋蟀弟八【疏】乙巳占引詩推度災曰唐天宿奎婁御覽二十六引詩含神霧曰唐地處孟冬之位得常山太岳之風音中羽其地磽确而收故其民儉而好畜寰宇記作善而畜積外急而內仁五字從寰宇記河東道四引增此唐堯之所處漢書地理志太原郡晉陽故詩唐國周成王滅唐封弟叔虞又曰河東土地平易有鹽鐵之饒本唐堯所居詩風唐魏之國也其民有先王遺教君子深思小人儉陋故唐詩蟋蟀山樞葛生篇皆思奢儉之中念死生之慮詩國風

蟋蟀【注】齊說曰君子節奢刺儉儉則固孔子曰大儉極下此蟋蟀所爲作也魯說曰獨儉嗇以齷齪忘蟋蟀之謂何【疏】毛序刺晉信公也儉不中禮故作是詩以閔之欲其及時以禮自虞樂也此晉也而謂之唐本其風俗憂深思遠儉而用禮乃有堯之遺風焉箋憂深思遠謂宛其死矣百歲之後之類也。君子至作也鹽鐵論通有篇文齊說也獨儉至謂何張衡西京賦文魯說也薛綜注儉嗇節愛也蟋蟀唐詩刺儉也言獨爲節愛不念唐詩所刺耶

蟋蟀在堂歲聿其莫【注】齊說曰蟋蟀在堂流火西也韓詩曰蟋蟀在堂歲聿其莫韓說曰聿辭也莫晚也言君之年歲已晚也

【疏】傳蟋蟀蛬也九月在堂聿遂也。孔疏引李巡曰蛬一名蟋蟀蟋蟀蜻蛚也郭注今趨織也陸璣疏云蟋蟀似蝗而小正黑有光澤如漆有角翅一名蛬一名蜻蛚楚人謂之王孫幽州人謂之趨織案趨織卽促織以蟋蟀爲促織誤自北人文俗雕然不可復正其實促織乃絡緯也鳴聲如織故云促織鳴嬾婦驚若蟋蟀之鳴略無似織處嬾婦何驚之有孔疏又云禮運醴餞在戶粢醍在堂對文言之則堂與戶別散則近戶之地亦名堂故禮言升堂者皆謂從階至戶也此言在堂謂在室戶之外與戶相近九月可知言歲聿其莫過此月後歲遂將莫采薇云歲亦暮止下章云歲亦陽止十月爲陽明暮止亦十月也蟋蟀至西也說郛引詩氾歷樞文七月流火流火旣西故蟋蟀在堂也蟋蟀至其莫文選張景陽詠史詩注引韓詩文明韓毛文同聿辭也者文選江賦注引薛君章句文莫晚至晚也張景陽詠史詩注沈休文鍾山詩注學省愁臥詩注陸士衡長歌行注江文通雜體詩注任昉王文憲集序注袁宏三國名臣序贊注引薛君章句文以歲聿其莫莫爲君之年歲已晚義與毛異魏源云蟋蟀山樞之詩並刺國君諷以大康馳驅之節則季札所美必此數篇而非晉昭曲沃之事明矣毛詩以爲刺僖公昭公不過因史記謂唐叔至靖侯五世無年可紀而年表起靖僖以來故唐風卽始於僖侯歟雖觀韓詩章句以歲聿其莫喻君年歲已晚而僖侯止十八年非必卽韓詩所指也**今我不樂日月其除無已大康職思其居**疏傳除去已甚康樂職主也箋我我僖公也蛬在堂歲時之候是時農功畢君可以自樂矣今不自樂日月且過去不復暇爲之謂十二月當復命農計耦耕事又云君雖當自樂亦無甚大樂欲其用禮爲節也又當主思於所居之事謂國中政令**好樂無荒良士瞿瞿**注魯說曰瞿瞿休休儉也疏傳荒大也瞿瞿然顧禮義也箋荒廢亂也良善也君之好樂不當至於廢亂政事當如善士瞿瞿然顧禮義也○瞿瞿至儉也釋訓文魯說也孔疏引李巡曰皆良士顧禮節之儉也說文朋左右視也讀若拘又若良士瞿瞿是許讀瞿瞿卽朋朋也以瞿瞿爲儉者心存乎儉左右顧視惟恐其行事之有一未合於禮節是以爲良士之儉也**蟋蟀在堂歲聿其逝今我不樂日月其邁**疏傳邁行也○石經魯詩殘碑有此四句缺邁字明魯毛文同漢地理志引蟋蟀之篇有今我不樂二句明齊毛文同**無已大康職思其外好樂無荒良士蹶蹶**注魯說曰蹶蹶敏也疏傳外禮樂之外蹶蹶動而敏於事箋外謂

國外至四境○釋詁蹶動也曲禮足毋蹶鄭注行遽貌故蹶蹶訓爲敏也蹶蹶敏也者釋訓文魯說也

蟋蟀在堂役車其休今我不樂日月其慆【注】**韓詩曰今我不樂日月其陶陶除也**【疏】傳慆過也箋庶人乘役車役車休農功畢無事也○今我至除也玉篇阜部引韓詩文引經明韓毛文同皮嘉祐云慆陶音義並通菀柳詩上帝甚蹈韓詩作上帝甚慆玉篇引作上帝甚陶卽其證廣雅釋詁陶除也卽用韓義毛訓慆爲過韓訓陶爲除除過義亦通**無已大康職思其憂**【疏】傳憂可憂也箋憂者謂鄰國侵伐之憂○三國志曹植疏任益隆者負益重位益高者責益深書稱無曠庶官詩言職思其憂此其義也曹習韓詩韓義以負重責深爲憂更爲切至列女密康公母傳引詩無已大康職思其憂明魯毛文同**好樂無荒良士休休**【疏】傳休休樂道之心○魯說以休休爲顧禮節之儉者外雖樸謹中自寬裕也列女楚子發母傳詩云好樂無荒良士休休言不失和也不失和亦卽寬裕意

蟋蟀三章章八句

山有樞【疏】毛序刺晉昭公也不能修道以正其國有財不能用有鍾鼓不能以自樂有朝廷不能洒埽政荒民散將

以危亡四鄰謀取其國家而不知國人作詩以刺之也○史記晉世家當周公召公共和之時成侯曾孫僖侯甚嗇愛物儉不中禮國人閔之唐之變風始作以此推之三家與毛異義下引張賦薛注是魯說明作僖公

山有樞隰有榆【注】魯樞作蓲【疏】傳興也樞荎也國君有財貨而不能用如山隰不能自用其財○魯樞作蓲者石經殘碑作蓲釋木蓲荎郭璞曰今之刺榆詩曰山有蓲陳喬樅云郭引詩語今本爾雅注文脫此據御覽引補愚案據詩釋文毛詩雖亦樞蓲兩作然證以石經魯詩作蓲則所引舊注魯詩文也邢疏樞針刺如柘其葉如榆瀹爲茹美滑如白榆陳藏器本草拾遺云江東有刺榆無大榆是樞即刺榆榆即大榆白榆謂之枌樞枌皆榆之種類耳

子有衣裳弗曳弗婁子有車馬弗馳弗驅【注】魯韓婁作摟【疏】傳婁亦曳也○孔疏走馬謂之馳策馬謂之驅馳驅俱乘車之事則曳婁俱著衣之事魯婁作摟者釋詁摟聚也此據魯詩說文摟曳聚也正釋此詩摟字陳喬樅云左僖二十四年傳鄭子臧好聚鷸冠聚字與此同義韓婁作摟者玉篇手部詩曰弗曳弗摟摟亦曳也陳喬樅云此所引詩是據韓家之文玉篇又云本亦作婁今韓詩外傳宓子賤巫馬期治單父引子有衣裳四句作婁係推衍之詞即顧氏所云亦作本蓋後人依毛詩改之耳

宛其死矣他人是愉【注】魯齊愉作媮【疏】

傳宛死貌愉樂也箋愉讀曰偷偷取也○魯愉作婾者張衡西
京賦鑒戒唐詩他人是婾薛綜注唐詩刺晉僖公不能及時以
自娛樂齊愉作婾者漢地理志山樞之篇曰宛其死矣他人是
婾是據齊詩故文明齊魯文同陳喬樅云文選韋孟諷諫詩我
王以婾注婾與愉同集韻愉或从女偷或从心則婾愉偷古皆
通用又云說文婾巧黠也愉薄也段注謂當作薄樂也案論語
私覿愉愉如也愉愉者和氣之薄發於色也引申之爲凡淺薄
之稱故佻又訓愉婾爲巧黠故引申之爲偷盜也說文無偷字
當卽作婾愿案鄭蓋裘舍命不渝韓渝作愉亦其證馬瑞辰云
釋文宛本亦作苑案宛卽苑之段借淮南本經訓百節莫苑高
注苑病也俶眞訓形苑而神壯高注苑枯病也苑又通葾
廣雅蔫菸婑葾也玉篇萎葾也並與傳訓爲死貌義相近

山有栲隰有杻疏傳栲山樗杻檍也○毛說栲杻與釋木同郭
注栲似樗色小白生山中因名云亦類漆樹
杻似棣細葉葉新生可飼牛材中車輞關西呼杻子一名土橿
胡承珙云檍說文作橞梓屬大者可爲棺槨小者可爲弓材與
考工記取榦之道七
柘爲上檍次之合

子有廷內弗洒弗埽子有鍾鼓弗鼓弗考

宛其死矣他人是保疏傳洒灑也考擊也保安也箋保居也○
馬瑞辰云洒謂以水濕地而埽之故轉
爲灑案灑汎也洒滌也古文以爲灑埽字是洒灑二字本異義
古文以聲近故段洒爲灑弗鼓當爲弗鼓說文鼓擊鼓也讀若

扈考者攷之叚借說文攷敂也敂擊也思案廷與庭通庭內猶言堂室也漢書鼂錯傳今人家有一堂二內內之爲言室也

山有漆隰有栗子有酒食何不日鼓瑟且以喜樂且以永日宛其死矣他人入室【注】魯何作胡【疏】傳君子無故琴瑟不離於側永引也○魯何作胡者石經殘碑酒食至喜樂餘缺何作胡陳喬樅云何胡古通用字詩胡能有定傳云胡何也又胡臭亶時胡思畏忌箋並云胡之言何也書太甲疏云胡之與何方言之異耳

山有樞三章章八句

揚之水【注】齊說曰揚水潛鑿使石絜白衣素表朱戲遊皋沃得君所願心志娛樂【疏】毛序刺晉昭公也昭公分國以封沃沃盛強昭公微弱國將叛而歸沃焉箋封沃者封叔父桓叔于沃也沃曲沃晉之邑也○揚水至娛樂易林否之師文豫之小過震之屯同揚水潛鑿使石絜白者石在水中漂疾之水灌磨此石有如鑿然使石絜白鑿之不已故曰鑿鑿衣素表朱者卽素衣朱襮襮王念孫云襮之爲言表也呂覽忠廉篇臣請爲襮高注襮表也新序節士篇作臣請爲表班固幽通賦張修襮而內逼曹注與高同易林訓襮爲表與毛義合葢本

三家詩陳喬樅云易林用齊詩則訓襮爲表郎本齊詩故傳也戲遊臯沃者王念孫云卽詩從子于沃從子於鵠也鵠與臯古同聲若定四年春秋之臯鼬公羊作浩油爾雅臯臯琄琄樊光本臯臯作浩浩是其證馬瑞辰云臯之通鵠猶周禮臯舞當爲告舞臯者澤也覞鶴鳴毛傳臯沃豫之大過又作臯澤是知沃亦澤也澤也臯也沃也析言則異散言則通左襄二十五年傳鳩藪澤牧隰臯井衍沃此析言也鶴鳴傳訓臯爲澤易林臯沃一作臯澤曲沃本取沃澤之義故詩別稱臯沃以協韻三家詩從本字作臯毛叚借作鵠傳云鵠曲沃邑者正謂鵠卽曲沃非謂曲沃之旁別有邑名鵠也水經注涑水又西南逕左邑縣故城南故曲沃也晉武公自晉陽徙此秦改爲左邑縣詩所謂從子於鵠者也以鵠與曲沃爲一正與傳合正義謂曲沃旁更有別名鵠失傳恉矣得君所願心志娛樂者國人所願皆在得君故娛樂也齊詩襮作宵覞此仍作襮者魯齊詩皆有作襮之本又有作綃作宵之本也

揚之水白石鑿鑿〔注〕魯揚作楊〔疏〕傳興也鑿鑿然鮮明貌箋激揚之水波流湍疾洗去垢濁使白石鑿鑿然興者喻桓叔盛彊除民所惡民得以有禮義也○魯揚作楊者隸釋載石經魯詩殘碑作楊陳喬樅云御覽八百十五八百十六引詩亦作楊之水蓋三家今文皆爲楊惟毛詩古文作揚愚案詩字當爲揚叚借作楊說詳王揚之水陳奐

云白石喻桓叔白石之鑿鑿由於水之激揚桓叔之盛彊
實由於昭公之不能修道正國解者以揚水喻桓叔非也素衣
朱襮【注】魯作襮亦作綃齊作襮亦作宵【疏】傳襮領也諸侯繡黼丹朱中衣箋繡當爲
綃綃黼丹朱中衣以綃黼爲領丹朱爲純也國人欲進此服去
從桓叔○孔疏郊特牲云繡黼丹朱中衣大夫之僭禮也大夫
服茲爲僭禮知諸侯當服之中衣者朝衣祭服之裏衣也魯作
襮亦作綃者士昏禮注詩云素衣朱襮爾雅云黼領謂之襮周
禮曰白與黑謂之黼刺黼以爲領若今偃領矣郊特牲注詩云
素衣朱襮襮黼領也鄭注禮用魯義與毛同此魯作襮也郊特
牲繡黼注繡讀爲綃綃繒名也詩曰素衣朱綃士昏禮宵衣注
宵讀爲詩素衣朱綃之綃魯詩以綃爲綺屬此魯亦作綃也正
義箋從魯義讀繡爲綃以黼與繡共作中衣之領考工記云白
與黑謂之黼五色備謂之繡若五色聚居則白黑共爲繡文不
得別爲黼稱繡黼不得同處知非繡字故破繡爲綃綃是繒綺
別名於此綃上刺爲黼文故謂之綃黼也綃上刺黼以爲衣領
然後名之爲襮故爾雅黼領謂之襮襮爲領之別名此鄭說也
又云下章傳曰繡黼是以繡爲義未必如鄭爲綃傳意繡得爲
黼者繢是畫繡是刺之雖五色備具乃成爲繡初刺一色卽是
作繡之法故繡爲刺名傳言繡黼者謂於綃之上繡刺以爲黼
非訓繡爲黼也孫炎注爾雅云繡刺黼文以褗領是取毛繡黼
爲義其意不與箋同不破繡字義亦通也齊作襮亦作宵者據

易林文此齊作襮也特牲饋食禮鄭注詩有素衣朱宵此齊亦作宵也陳喬樅云儀禮宵衣鄭以爲此衣染之以黑其繒本名爲宵記有玄宵衣疋義此字據形聲爲綃從糸肖聲但詩及禮記皆作宵字故鄭引詩及禮記爲證士昏禮注破宵爲綃是據魯詩素衣朱綃之文齊段宵爲綃毛又段繡爲綃也

從子于沃旣見君子云何不樂疏傳沃曲沃也箋君子謂桓叔○子謂同謀之人于往也案左傳惠之二十四年晉始亂封桓叔於曲沃三十年晉潘父弑昭侯而納桓叔不克此國人欲從桓叔之事也曲沃今山西絳州聞喜縣東左邑城

揚之水白石晧晧素衣朱繡從子于鵠注齊鵠作皐疏傳晧晧潔白也繡黼也鵠曲沃邑也○齊鵠作皐者義見上

旣見君子云何其憂注魯何作胡疏傳言無憂也○魯何作胡者石經殘碑如此足證上下章及全經何皆作胡

揚之水白石粼粼疏傳粼粼清澈也**我聞有命不敢以告人**注魯作國有大命不可以告人妨其躬身疏傳聞曲沃有善政命不敢以告人箋不敢以告人而去者畏昭公謂己動民心○國有至躬身荀子臣道篇引詩文段玉裁云此所云卽是詩之異文前二章六句此章四句殊太短恐

漢初相傳有脫誤也愚案荀子傳詩於浮丘伯爲魯詩之祖蓋魯詩如此大命謂昭公有征討曲沃之命不可告人懼以漏師獲咎也

揚之水三章二章章六句一章四句

椒聊【疏】毛序刺晉昭公也君子見沃之盛强能修其政知其蕃衍盛大子孫將有晉國焉○三家無異義

椒聊之實蕃衍盈升【疏】傳興也椒聊椒也箋椒之性芬香而少實今一梂之實蕃衍滿升非其常也興者喻桓叔晉君之支別耳今其子孫衆多將日以盛也○阮元云也上脫梂字箋梂字卽承傳言之是也釋木椒樧醜菉又云朻者聊孔疏引李巡曰椒樧茱萸也椒茱萸皆有房故曰菉菉實也郭注椒之房裏名爲菉也菉梂通用字朻聊亦以聲近通借釋文以爲語助非也應劭漢官儀皇后稱椒房取其蕃實之義也詩曰椒聊之實蕃衍盈升應用魯詩明魯毛文同文選何晏景福殿賦曹子建求通親親表李注並引詩曰蔓延盈升美其繁興也蕃衍蔓延聲同字變蓋出三家美其繁興四字疑亦詩傳中語

彼其之子碩大無朋【疏】傳朋比也箋之子是子也謂桓叔也碩謂壯佼貌佼好也大謂德美廣博也無朋平均不朋黨○案詩以椒聊二句興此二句止是美其蕃衍盛大應意相比附碩大無朋依傳義惟言碩大無比

似木指其貌與脩也**椒聊且遠條且**疏傳條長也箋椒之氣日益遠長似桓叔之德彌廣博○案廣雅釋言條枝也汝墳傳枚曰條詩人言此椒聊之香氣日盛惜其尚在遠枝耳視其遂有晉國也楚詞九歎懷椒聊之蔎蔎兮王逸注椒聊香草也詩曰椒聊且明魯毛文同陳奐云逸以椒爲香草說文椒亦入草部葢草木散文得通也

椒聊之實蕃衍盈匊彼其之子碩大且篤疏傳兩手曰匊篤厚也言聲之遠聞也○案言其盛大且根柢厚也說苑立節篇論士欲立義行道引詩彼其之子碩大且篤而推衍之明魯毛文同**椒聊且遠條且**箋言馨之遠聞也

椒聊二章章六句

綢繆疏毛序刺晉亂也國亂則婚姻不得其時焉箋不得其時謂不及仲春之月○三家無異義

綢繆束薪三星在天疏傳興也綢繆猶纏綿也三星參也在天謂始見東方也男女待禮而成若薪芻待人事而後束也三星在天可以嫁娶矣箋三星謂心星也心有尊卑夫婦父子之象又爲二月之合宿故嫁娶者以爲候焉昏而火星不見嫁娶之時也今我束薪於野乃見其在天則三月之末四月之中見於東方矣故云不得其時○案史記參三

星直者爲衡石參辰三月不相比夏小正八月辰則伏辰伏則參見始嫁娶之候也鄭以參見嫁娶爲得時非詩正義故易之孝經援神契心三星中獨明是心亦三星也左昭十七年傳火出於夏爲三月於商爲四月於周爲五月小星箋心在東方三月時則心星始見在三月矣此箋云三月之末四月之中者正以三月至於六月則有四月此詩惟有三章而卒章言在戶謂正中直戶必是六月昏逆而差之則二章當五月首章當四月四月火見已久不得謂之始見以詩人總舉天象不必章舉一月鄭差次之使四月共當三章而每章連舉兩月也馬瑞辰云今夕即失時之夕孔疏謂今夕何夕即此三星在天之夕非傳恉如馬說首句與次句虛搆一在天之參星而不言爲何今夕事語不成義古人亦無此文法故知箋之易傳非得已也

今夕何夕見此良人〔疏〕傳良人美室也箋今夕何夕者言此夕何月之夕乎而女以見良人言非其時○孔疏下云見此粲者粲是三女故知良人爲美室胡承珙云漢興因秦稱號適稱皇后妾稱夫人美人良人見漢書外戚傳良人當即因詩而有此稱可見毛公以前經師已有訓此良人爲美室者矣

子兮子兮如此良人何〔疏〕傳子兮者嗟茲也箋子兮子兮者斥取者子取後陰陽交會之月當如此良人何○王引之云嗟茲即嗟嗞說文嗞嗟也廣韻嗞嗟憂聲也秦策嗟嗞乎司空馬管子小稱篇嗟茲乎聖人之言長乎哉說苑貴德篇嗟茲乎我窮必矣楊雄青州牧箴嗟茲天王

附命下士皆歎詞也或作嗟子楚策嗟乎子乎楚國亡之日至矣儀禮經傳通解續引尚書大傳諸侯在廟中者愀然若復見文武之身然後曰嗟子乎此蓋吾先君文武之風也夫是嗟子與嗟嗞同經言子兮猶曰嗟嗞乎嗟嗞乎也故傳以子兮爲嗟茲鄭謂子兮子兮斥娶者殆失其義

綢繆束芻三星在隅（疏）傳隅東南隅也箋心星在隅謂四月之末五月之中**今夕何夕見此邂逅**（注）韓邂逅作觧覯曰邂覯不固之貌（疏）傳邂逅解說之貌○釋文邂本亦作解覯本又作逅邂覯解說也似陸所見毛詩本作邂覯與今本不合逅作覯曰邂覯不固之貌者釋文引韓詩文胡承珙云邂逅會合之意淮南俶眞訓孰肯解構人間之事高注解構猶會合也凡君臣朋友男女之會合皆可言之魏志崔季珪傳注大丈夫爲有邂逅耳亦是遇合之意傳云解說之貌即因會合而心解意說耳韓云不固之貌則由不期而遇卒然會合故云不固後漢閻后紀安帝幸章陵崩於葉后與兄弟謀曰今晏駕道次濟陰王在內邂逅公卿立之還爲大害此邂逅亦謂倉卒遘會與韓詩不固義近總之解覯大旨是狀與己會合者之神情鄭風所謂有美一人清揚婉兮邂逅相遇適我願兮者也**子兮子兮如此邂逅何**

綢繆束楚（疏）王逸楚詞九歌注綢繆束也詩曰綢繆束楚明魯與毛同**三星在戶今夕何夕**

見此粲者疏傳參星正月中直戶也三女爲粲大夫一妻二妾箋心星在戶謂五月之末六月之中○孔疏此時貴者亦婚姻失時 子兮子兮如此粲者何

綢繆三章章六句

杕杜疏毛序刺時也君不能親其宗族骨肉離散獨居而無兄弟將爲沃所幷爾○三家無異義

有杕之杜其葉湑湑疏傳興也杕特皃杜赤棠也湑湑枝葉不相比也○杜赤棠釋木文詳甘棠詩馬瑞辰云湑湑菁菁皆言葉盛杜雖孤特猶有葉以爲蔭芘以杜之特喻君以葉之茂喻宗族與今之獨行無親爲杕杜不若也愚案棠棠者華其葉湑兮是湑湑與下菁菁同爲茂盛貌傳釋菁菁爲葉盛以湑湑爲枝葉不相比次未免歧異鄭又釋菁菁爲希少之貌以曲附傳義愈非詩恉不如馬說妥順馬又云之猶者也有杕之杜猶云有杕者杜與有頍者弁有菀者柳有卷者阿句法正同小雅有棧之車與有芃者狐相對成文之猶者也之諸一聲之轉士昏禮注諸之也左僖九年傳以是藐諸孤即藐者孤也釋魚龜前弇諸句果後弇諸句獵猶上云俯者靈仰者謝也是諸亦者也諸之古同訓諸訓者則之亦得訓者矣淮南說林訓高注杕讀詩有杕之杜之杕高用魯詩明魯毛文同 獨行踽踽注魯韓說曰踽踽

行也豈無他人不如我同父【疏】傳踽踽無所親也箋他人謂異姓也言昭公遠其宗族獨行於國中踽踽然此豈無異姓之臣乎顧恩不如同姓親親也○說文踽踽疏行皃詩曰獨行踽踽疏行猶獨行也踽踽行也者廣雅釋詁文張揖用魯韓詩所引魯韓說也陳奐云父爲考父之考爲王父王父之考爲曾祖王父曾祖王父之考爲高祖王父是祖曾高皆父也今以旁殺言之曰昆弟我之同於父者也曰從父昆弟我之同父於祖者也曰從祖昆弟我之同父於曾祖者也曰族昆弟我之同父於高祖者也皆可謂之我同父言他人不如我同父之親也嗟行之人胡不比焉人無兄弟胡不佽焉【疏】傳佽助也箋君所與行之人謂異姓卿大夫也比輔也此人女何不輔君爲政令又云異姓卿大夫女見君無兄弟之親親者何不相推佽而助之○孔疏佽古字欲使相推以次弟助之耳非訓佽爲助也愚案桓叔旣封而叛宗族相繼崩離昭公以宗族爲皆不可恃異姓卿大夫必從而和之勸其疏棄宗族然昭公但當修其政令以圖自强無怨及宗族之理故望君所與行之人以道輔其君仍篤親親之誼庶不爲踽踽睘睘之人耳

有杕之杜其葉菁菁獨行睘睘【注】魯睘作煢豈無他人不如我同姓【疏】傳菁菁葉盛也睘睘無所依也同姓同祖也箋菁菁希少之貌○釋文睘本亦作煢又作焭馬瑞辰云走部趨

獨行也從走勻聲讀若煢又曰部睘目驚視也從目袁聲今省作睘則睘煢皆趨之叚借煢又作儝方言儝獨也郭注古煢字是也煢卽煢之或體說文煢回疾也從凡從營省聲段注回轉之疾也引申爲煢煢獨取裴回無所依之意魯作煢者王逸楚詞九思注詩云獨行煢煢劉向楚詞九歎獨煢煢而南行張衡思元賦何孤行之煢煢兮三人習魯詩皆作煢煢是其證程瑤田宗法小記云孫以祖之字爲姓故同祖昆弟謂之同姓是故自曾祖與族曾祖等而下之旁及族昆弟皆與我同姓於高祖者也其宗子所謂繼高祖之宗也自祖父與從祖祖父等而下之旁及於從祖昆弟皆與我同姓於曾祖者也其宗子所謂繼曾祖之宗也自父與世父叔父等而下之旁及於從父昆弟皆與我同姓於祖父者也其宗子所謂繼祖之宗也案此卽同姓爲同祖之義

嗟行之人胡不比焉人無兄弟胡不佽焉

杕杜二章章九句

羔裘〔疏〕毛序刺時也晉人刺其在位不恤其民也箋恤憂也○三家無異義

羔裘豹袪自我人居居〔注〕魯說曰居居究究惡也又曰居居不狎習之惡〔疏〕傳袪袂也本末不同在位與民異心自用也居居懷惡不相親比之貌箋羔裘豹袪在位卿大夫之

服也其役使我之民人其意居居然有悖惡之心不恤我之困苦○王逸楚詞哀時命注袪袖也詩云羔裘豹袪易林蹇之家人亦引此句明魯齊毛文同居居究究惡也者釋訓文居居不狎習之惡也者孔疏引李巡注文此魯說言雖遇故舊之人安自尊大略無親愛與毛傳不親比義同胡承珙云說文處居字作凥蹲踞字作居曹憲廣雅音義云今居字乃箕居字故居又與倨通說文倨訓不遜倨傲無禮故為惡也漢書鄒都傳丞相條侯至貴居亦以居為倨言自我在位之人皆如此**豈無他人維子之故**〔疏〕箋此民卿大夫采邑之民也故云豈無他人可歸往者乎我不去者乃念子故舊之人

羔裘豹褎自我人究究〔注〕魯說曰究究窮極人之惡〔疏〕傳褎猶袪也究究猶居居也○究究窮極人之惡也者孔疏引孫炎注文亦魯詩舊說也與人不合疾之已甚極與孟子極之於其所往義同劉向九懷涕究究兮王逸注究究不止貌也又自窮極義推之**豈無他人維子之好**〔疏〕箋我不去而歸往他人者乃念子而愛好之也民之厚如此亦唐之遺風

羔裘二章章四句

鴇羽〔疏〕毛序刺時也昭公之後大亂五世君子下從征役不得養其父母而作是詩也箋大亂五世者昭公孝侯鄂侯

哀侯小子侯。

三家無異義

肅肅鴇羽，集于苞栩。疏傳：興也。肅肅，鴇羽聲也。集，止。苞，稹。栩，杼。箋：興者，喻君子當居安平之處，今下從征役，其爲危苦，如鴇之樹止然。稹者，根相迫迮梱致也。○陸疏云：鴇連蹄，性不樹止。釋文：鴇似雁而大，無後趾。馬瑞辰云：鴇蓋雁之類，雁亦不樹止也。曾目驗之，無後趾，信然，郎陸所云連蹄也。苞，稹，釋言文。孫炎曰：栩叢生曰苞。釋木：栩，杼。嘉祐本草引孫炎曰：栩一名杼。郭注：柞樹。蓋舊注魯詩之文。陸疏云：徐州人謂櫟爲杼，杼或謂之栩，其子爲皁，或言皁斗，其殼爲汁，可以染皁。今京洛及河內多言杼汁。說文栩下云：柔也。其實皁，一曰樣。從木，羽聲。柔下云：栩也。從木，予聲，讀若杼。樣下云：栩實也。從木，羕聲。郎今之橡字。

王事靡盬，不能蓺稷黍，父母何怙？注齊說曰：王事靡盬，秋無所收。疏傳：盬，不攻緻也。怙，恃也。箋：蓺，樹也。我迫於王事，無不攻緻，故盡力焉。既則罷倦，不能播種五穀，今我父母將何怙乎？○王事者，左傳隱五年王命虢公伐曲沃，桓八年王命虢仲立晉侯緡，九年虢仲、芮伯、荀侯、賈伯伐曲沃，皆王事也。四牡王事靡盬傳：盬，不堅固也。不堅固，郎不攻緻意。盡力王事，致曠田功，恐無以養父母。王事至所收，易林訟之復文，此齊義也，與毛詩合。鹽鐵論執務篇引王事靡盬三句，明齊毛文並同，言吏不奉法以存撫，人愁苦而怨思，又因兵役而推言之。悠悠蒼天曷其有所【疏】箋曷何也何時我得其所哉○馬瑞辰云三蒼所處也廣雅處止也所爲處即爲止曷其有所猶言曷其有止與下二章曷其有極曷其有常同義韓詩外傳二子路與巫馬期見富人處師氏失言而慚負薪先歸以告孔子孔子援琴而彈詩之首章曰子道不行邪使女願者此推衍之義韓詩蒼作倉詳王黍離外傳作蒼誤

肅肅鴇翼集于苞棘王事靡盬不能蓺黍稷父母何食悠悠蒼天曷其有極【疏】箋極已也

肅肅鴇行【疏】傳行翮也○馬瑞辰云行之訓翮經傳無徵鴇行說文𠂤相次也從匕十鴇從此蓋鴇之飛比次有行列故字從𠂤會意訓行列爲是集于苞桑王事靡盬不能蓺稻粱父母何嘗【疏】韓詩外傳三引詩父母何嘗明韓毛文同悠悠蒼天曷其有常

鴇羽三章章七句

無衣【疏】毛序美晉武公也武公始并晉國其大夫爲之請命乎天子之使而作是詩也箋天子之使是時使來者○陳

奐云禮爲人臣者無外交雖容或有周使適晉晉大夫不得與天子之使交通且命出自天子又不得私相干請使必吏之誤天子之吏謂三公也列國大夫入天子之國稱士士不得上通天子故屬於天子之吏若成二年左傳晉侯使鞏朔獻齊捷於周王使委於三吏禮之如侯伯克敵使大夫告慶之禮杜注委屬也三吏三公也此其義證矣武公幷晉以寶器賂僖王必有大夫至周其大夫亦但能屬乎天子之吏爲君請命僖王得賂遂以武公爲晉侯是請命在周不在晉由轉寫者吏誤作使遂多謬說此詩卽其大夫所作故爲美而不爲刺愚案陳說是三家無異義

豈曰無衣七兮【疏】傳侯伯之禮七命冕服七章箋我豈無是七章之衣乎晉舊有之非新命之服○孔疏典命侯伯七命其國家宮室車旗衣服禮儀皆以七爲節大行人諸侯之禮冕服七章**不如子之衣安且吉兮**【疏】傳諸侯不命於天子則不成爲君箋武公初幷晉國心未自安故以得命服爲安○案如陳說使作吏則子卽指天子之吏言與命王之三公八命大行人冕服八章此言不如子之衣者非敢較量章數但謂子之衣由王所賜今未得王新命有衣與無衣同故謂不如其安且吉兮

豈曰無衣六兮不如子之衣安且燠兮【疏】傳天子之卿六命車旗衣服以六爲節燠

暖也箋變七言六者謙也不敢必當侯伯得受六命之服列於天子之卿猶愈乎不○陳奐云天子之卿即侯伯也天子之卿六命出封侯伯加一等則七命晉爲侯伯之國實七命其在王朝則亦就六命之數詩人以七六分章實一意愚案陳說是也侯伯就封之後亦入王朝爲卿士如衛武公鄭莊公父子皆是故可言七亦可言六非謙也燠當從釋文作奥釋言奥暖也

無衣二章章三句

有杕之杜（疏）毛序刺晉武公也武公寡特兼其宗族而不求賢以自輔焉○三家無異義

有杕之杜生於道左（疏）傳興也道左之陽人所宜休息也箋道左道東也日之熱恆在日中之後道東之杜人所宜休息也今人不休息者以其特生陰寡也興者喻武公初兼其宗族不求賢者與之在位君子不歸似乎特生之杜然　彼君子兮噬肯適我（注）魯噬作遾說曰遾逮也韓作逝說曰逝及也（疏）傳噬逮也箋肯可適之也彼君子之人至於此國皆可求之我君所君子之人義之與比其不來者君不求之○魯噬作遾遾逮也者釋言遏遾逮也東齊曰遏北燕曰遾皆相及逮陳喬樅云毛作噬此作遾蓋據魯詩文郝懿行云方言蝎噬逮也蝎噬遏遾並字之叚音遏通作曷遾通作逝韓作逝逝及也者釋文引韓詩文陳喬樅云毛於邶詩逝不古處

云逝逮次章逝不相好云不及我以相好是訓逝爲逮訓逮爲及義皆展轉相通此詩噬即逝之借字**中心好之曷飲食之**〔疏〕箋曷何也言中心誠好之何但飲食之當盡禮極歡以待之○胡承珙云爾雅曷盍也郭注盍何不蘇氏詩傳云苟誠好之何不試飲食之庶其肯從我乎是已以曷爲盍矣葢緩言之曰曷不如曷不肅雝是也急言之則曰盍亦曰曷聲近義通故爾雅曰曷盍也愚案箋意好賢在能用不專在飲食故以曷爲何然武公葢並好賢之虛文亦所弗講不舉而又不能養詩人以特生之杕爲興則釋曷爲盍尤與詩意相合

有杕之杜生於道周〔注〕韓詩云周右也〔疏〕傳周曲也○周右也者詩攷引釋文載韓詩文呂記引釋文云周韓詩作右與今本釋文同葢誤道周與上章道左對文故韓訓周爲右非周直作右也馬瑞辰云右周古音同部周即右之借字右通作周猶詩既伯既禱禱通作禂也禱从𠷎聲𠷎从又聲右从又又亦聲皆與周通用从毛訓周爲曲據蒹葭詩道阻且右箋右者言其迂回即屈曲也則傳訓曲亦與右義相近**彼君子兮噬肯來遊中心好之曷飲食之**

有杕之杜二章章六句

葛生〔疏〕毛序刺晉獻公也好攻戰則國人多喪矣箋喪棄亡也夫從征役棄亡不反則其妻居家而怨思○孔疏其妻獨處於室故陳妻怨之詞以刺君也三家無異義

葛生蒙楚蘞蔓于野〔疏〕傳興也葛生延而蒙楚蘞生蔓於野喻婦人外成於他家○陸疏蘞似栝樓葉盛而細子正黑如燕薁不可食馬瑞辰云爾雅萰菟荄郭注未詳說文蘞白蘞也或作蘝本草白蘝一名菟核菟核與菟荄同是蘞卽爾雅之萰

予美亡此誰與獨處〔疏〕箋予我亡無也言我所美之人無於此謂其君子也吾誰與居乎獨處家耳從軍未還未知死生其今無於此○馬瑞辰云少儀有亡而無疾鄭注亡去也史記晉世家明因亦亡去亡卽去也公羊傳季子使而亡馬說苑至公篇作季子時使行不在是亡卽不在亡此猶云去此又如俗云不在此耳胡承珙云與當音餘誰與自問也與檀弓誰與哭者語同黃山云誰與讀如皇矣此維與宅之與卽予也皇矣因予懷明德予訓爲我特變文以別之此詩上有予美亡此正同一例夫因攻戰棄亡不返則與婦以獨處獨息獨旦者皆君也不欲斥言君第曰誰與而怨君刺君自見矣蓋與白華之子之遠俾我獨兮辭意略同愚案黃說較合

葛生蒙棘蘞蔓于域予美亡此誰與獨息〔疏〕傳域營域也息止也○馬瑞辰云葛

蘞延於松柏則得其所猶婦人隨夫榮貴今詩言蒙楚蒙棘蔓野蔓域蓋以喻婦人失所隨夫卑賤至於予美亡此則求貧賤相依而不可得矣

角枕粲兮錦衾爛兮疏傳齊則角枕錦衾禮夫不在斂枕篋衾席韣而藏之箋夫雖不在不失其祭也攝主主婦猶自齊而行事○陳奐云夫從征役既缺時祭婦人斂藏枕衾乃特假夫在齊物以起興**予美亡此誰與獨旦**疏箋旦明也我君子無於此吾誰與齊乎獨自潔明○陳奐云旦讀如昧旦之旦祭昧旦而興質明而行事夫不在故自傷其獨旦也

夏之日冬之夜百歲之後歸于其居疏傳言長也箋思者於晝夜之長時尤甚故極之以盡情居墳墓也言此者婦人專一義之至情之盡○漢書地理志葛生之篇曰百歲之後歸于其居班引齊詩明齊毛文同後漢蔡邕傳邕作釋誨云百歲之久歸于其居邕用魯詩後久音近疑魯異文

冬之夜夏之日百歲之後歸于其室疏傳室猶居也箋室猶冢壙

葛生五章章四句

采苓【疏】毛序刺晉獻公也獻公好聽讒焉○三家無異義

采苓采苓首陽之巔【疏】傳興也苓大苦也首陽山名也采苓細事也首陽幽辟也細事喻小行也幽辟喻無徵也箋采苓采苓者言采苓之人衆多非一也皆云采此苓於首陽山之上首陽山之上信有苓矣然而今之采者未必於此山然而人必信之興者喻事有似而非○馬瑞辰云詩言隰有苓是苓宜隰不宜山之證埤雅言葑生於圃何氏楷言苦生於田是三者皆非首陽山所宜有而詩言采於首陽者蓋設爲不可信之言以證讒言之不可聽即下所謂人之爲言也首陽者舊說在河東蒲阪或謂首陽即雷首在今山西蒲州府北臨海金鶚求古錄云曾子制言篇夷齊居河濟之間莊子讓王篇夷齊北至于首陽之山遂餓而死言北至於首陽則首陽當在蒲阪之北雷首陽坑大河不得言北也況論語言首陽之下是首陽二字名山非言首山之陽也蒲阪雷首山一名首山不名首陽則謂首陽在蒲阪者非也唐國即晉國晉始封在晉陽即夏禹都至穆侯遷于翼在今平陽獻公居絳亦屬平陽詩所詠首陽即夷齊所隱之首陽也平陽爲堯所都又黃帝所葬二子所願居其地近河濟又在蒲阪之北與曾子莊子所言皆合但非在河濟之間意二子先居河濟後乃隱於首陽史記云武王東伐紂夷齊叩馬而諫蓋在孟津之地孟津正當河濟間是夷齊去周尚未隱首陽而居於河濟之間也又云武王已平殷

亂天下宗周夷齊恥之隱於首陽山采薇而食遂餓死是武王克商之後乃隱於首陽山也故曾子言居河濟之間而不言隱首陽莊子言北至首陽明自河濟間而北去也首陽之在平陽可無疑矣愚案夷齊餓死之首陽諸書皆言在洛陽東北偃師縣西北二十五里其相距數十里之鞏縣當濟水入河然與晉都無涉詩人所詠卽目興懷自以平陽爲合無妨平陽自有首陽不必果爲夷齊所隱也巔俗顚字

人之爲言苟亦無信舍旃舍旃苟亦無然（注）傳苟誠也箋苟且也爲言謂爲人爲善言以稱薦之欲使見進用也旃之言焉也舍之焉舍之焉謂謗訕人欲使見貶退也此二者且無信受之且無答然○段玉裁云傳以苟爲果之雙聲苟且也者衆經音義二引韓詩文馬瑞辰云說文苟艸也訓誠訓且訓假皆雙聲假借苟假雙聲苟姑亦雙聲訓且者以苟爲姑之叚借此詩苟字當從

韓詩曰苟且也（疏）韓訓且謂姑置之勿信勿與勿從也陳奐云王肅諸本作爲言定本作僞言與釋文或作本同沔水正月民之訛言箋訛僞也說文作譌言無訛字古爲僞譌三字同毛詩本作爲讀作僞也譌言卽讒言所謂小行無徵之言也苟亦無信誠無信也亦爲語助無然無是也皇矣無然傳釋爲無是無是者無一是者也

人之爲言胡得焉（疏）箋人以此言來不信受之不答然之從後察之或時見罪何所得○孔疏君但能如此不受僞言則人之僞言者復何所得焉

采苦采苦，首陽之下。（疏）傳：苦，苦菜也。○孔疏：荼也。陸璣云：苦菜生山田及澤中，得霜甜脆而美，所謂堇荼如飴。內則云：濡豚包苦，用苦菜是也。人之爲言，苟亦無與。舍旃舍旃，苟亦無然。人之爲言，胡得焉。傳：無與，勿用也。

采葑采葑，首陽之東。（疏）傳：葑，菜名也。○詳邶谷風。人之爲言，苟亦無從。舍旃舍旃，苟亦無然。人之爲言，胡得焉。

采苓三章，章八句。

唐國十二篇，三十三章，二百三句。

詩三家義集疏卷八終